Gottfried Keller

Der grüne Heinrich

(Erste Fassung)

Deutscher Taschenbuch Verlag

Vollständige Ausgabe der ersten Fassung von 1853–1855. Herausgegeben und mit einem Nachwort versehen von Clemens Heselhaus. Mit Anmerkungen von Susanne Kießling, einer Zeittafel und Literaturhinweisen.

1. Auflage September 1978
3. Auflage Februar 1983: 17. bis 22. Tausend
Deutscher Taschenbuch Verlag GmbH & Co. KG, München

ISBN 3-446-10761-4

Umschlaggestaltung: Celestino Piatti unter Verwendung einer Zeichnung von Johann Salomon Hegi
Gesamtherstellung: C. H. Beck'sche Buchdruckerei, Nördlingen
Printed in Germany · ISBN 3-423-02034-2

Über dieses Buch

Gottfried Keller hat den ›Grünen Heinrich‹ zweimal geschrieben: das erste Mal als junger, noch weitgehend unbekannter Schriftsteller in den Jahren zwischen 1846 und 1855, das zweite Mal 25 Jahre später, als er schon auf ein tätiges Leben als Erster Staatsschreiber des Kantons Zürich und auf schriftstellerischen Ruhm zurückblicken konnte. Zwar sollte im allgemeinen der Wille eines Schriftstellers respektiert werden, daß ein umgearbeitetes Werk als das letztlich gültige der Nachwelt zu überliefern ist, doch bei Kellers ›Grünem Heinrich‹ liegt der Fall etwas anders. Die Erstfassung unterscheidet sich in zu starkem Maß vom endgültigen ›Grünen Heinrich‹, als daß man sie in der Versenkung germanistischer Archive verschwinden lassen sollte.

In dieser ersten Fassung stellte Keller kaum verhüllt seine eigene bittere und mit Schuldkomplexen beladene Jugendgeschichte dar. Gleichzeitig schuf er einen Künstlerroman, der die Tradition des Bildungsromans um die entscheidenden Aspekte einer Humanität bereicherte, die sich auch in den Niederungen des Alltags, in den unscheinbarsten und gewöhnlichsten Begebenheiten zu bewähren habe.

Als die zweite Fassung 1879/80 erschien, spottete Keller über die »tolle Welt«, denn »jetzt, da es den neuen Grünen gibt, will man den alten haben«. Schon damals also hatte man die Faszination der Erstfassung erkannt, der etwa Josef Hofmiller den unbedingten Vorzug gab: »Vor die Wahl gestellt, nur *eine* davon besitzen zu dürfen«, hätte er sich für den »Ur-Heinrich« entschieden.

INHALT

Vorwort 7

Erster Band

1. Kapitel 9
2. Kapitel 21
3. Kapitel 31
4. Kapitel 46
5. Kapitel 63
6. Kapitel 84
7. Kapitel 108
8. Kapitel 132
9. Kapitel 165

Zweiter Band

1. Kapitel 185
2. Kapitel 201
3. Kapitel 219
4. Kapitel 249
5. Kapitel 263
6. Kapitel 280
7. Kapitel 296
8. Kapitel 335

Dritter Band

1. Kapitel 388
2. Kapitel 412
3. Kapitel 435
4. Kapitel 466
5. Kapitel 482
6. Kapitel 493

Vierter Band

1. Kapitel 551
2. Kapitel 568
3. Kapitel 586
4. Kapitel 596
5. Kapitel 613
6. Kapitel 624
7. Kapitel 639
8. Kapitel 673
9. Kapitel 683
10. Kapitel 697
11. Kapitel 710
12. Kapitel 716
13. Kapitel 729
14. Kapitel 747
15. Kapitel 761

Anhang

Nachwort 771
Anmerkungen 798
Vergleichende Übersicht der Kapitelfolge in beiden Fassungen . 822
Zeittafel 825
Literaturhinweise 827

Die Ziffern am Innenrand des Textes bezeichnen die Kapitelfolge der 2. Fassung (vgl. Übersicht S. 822).

VORWORT ZUR ERSTEN FASSUNG

Von diesem Buche liegt der erste Band schon seit zwei Jahren, der zweite seit einem Jahre fertig gedruckt, während die Beendigung des dritten und vierten Bandes durch verschiedenes Ungeschick bis vor kurzem verzögert wurde. Absicht und Motive blieben dabei unverändert dieselben wie am ersten Tage der Konzeption, während in der Ausführung während mehrerer Jahre der Geschmack des Verfassers sich notwendig ändern mußte, oder ehrlich herausgesagt: ich lernte über der Arbeit besser schreiben. Die ersten Bogen dieses Romanes datieren noch aus dem Jahr 1847, die letzten entstanden in diesen Tagen, und die Entstehungsweise des Ganzen gleicht derjenigen eines ausführlichen und langen Briefes, welchen man über eine vertrauliche Angelegenheit schreibt, oft unterbrochen durch den Wechsel und Drang des Lebens. Man läßt den Brief ganze Zeiträume hindurch liegen, man wird vielfältig ein anderer; aber wenn man das Geschriebene wieder zur Hand nimmt, fährt man genau da fort, wo man aufgehört hatte, und wenn sich auch in dem, was man betont oder verschweigt, der Wechsel des Lebens kund tut, findet sich doch, daß man gegen den, an welchen der Brief gerichtet, und in dieser Sache der alte geblieben ist. Man hat den Brief mit einer gewissen, redseligen Breite begonnen, welche eher von Bescheidenheit zeugt, indem man sich kaum Stoffes genug zutraute, um den ganzen schönen Bogen zu füllen. Bald aber wird die Sache ernster; das Mitzuteilende macht sich geltend und verdrängt die gemütlich ausgeschmückte Gesprächigkeit, und endlich zwingt sich von selbst, und noch gedrängt durch die äußeren Ereignisse und Schicksale, nicht eine theoretische, sondern im Augenblick praktische Ökonomie in die in der Eile besonnene Feder, so daß nur das Wesentliche sich lösen darf aus dem Fluge der Gedanken, um sich gegen den Schluß des Briefes hin wenigstens so viel Raum zu erkämpfen, als nötig ist, mit der warmen Liebe des Anfanges zu endigen. So entsteht freilich nicht ein streng gegliedertes Kunstwerk, aber vielleicht ein um so treuerer Ausdruck dessen, was man war und wolkte mit dem Briefe. Eine andere Frage aber ist es nun, ob das Gleichnis hinreiche, eine gewisse Unförmlichkeit vorliegenden Romanes zu entschuldigen oder zu beschönigen. Ich bin weit entfernt, dies versuchen zu wollen; einzig und allein möchte ich durch das Gleichnis die Hoffnung andeuten, der geneigte Leser werde wenigstens, wenn auch nicht den Genuß eines reinen und meisterhaften Kunstwerkes, so doch den Eindruck einer wahr empfundenen und mannigfach bewegten Mitteilung davontragen. – Besagte Unförmlichkeit hat ihren Grund hauptsächlich in der Art, wie der Roman in zwei verschiedene Bestandteile auseinanderfällt, nämlich in eine Selbstbiographie des Helden, nachdem er eingeführt ist, und in den eigentlichen Roman, worin sein weiteres Schicksal erzählt und die in der Selbstbiographie gestellte Frage gewissermaßen gelöst wird. Der eine dieser Teile ist viel zu breit, um als Episode des andern zu gelten, und so bleibt nur zu wünschen, daß die Einheit des Inhaltes beide genugsam möge verbinden und die getrennte Form vergessen lassen. – Über den eigentlichen Inhalt weiß ich hier nichts zu sagen, als daß man das Buch leider als ein Tendenzbuch wird ansehen können, während es in der Tat nur insofern ein solches ist, als es mit Absicht nichts verschweigt, was in den notwendigen Kreis seines Stoffes gehört. Stoff und Form aber will ich hiermit bescheidenst dem ungewissen Stern jedes ersten Versuches anheimstellen.

Berlin 1853 Der Verfasser

ERSTER BAND

ERSTES KAPITEL

Zu den schönsten vor allen in der Schweiz gehören diejenigen Städte, welche an einem See und an einem Flusse zugleich liegen, so daß sie wie ein weites Tor am Ende des Sees unmittelbar den Fluß aufnehmen, welcher mitten durch sie hin in das Land hinauszieht. So Zürich, Luzern, Genf; auch Konstanz gehört gewissermaßen noch zu ihnen. Man kann sich nichts Angenehmeres denken als die Fahrt auf einem dieser Seen, z. B. auf demjenigen von Zürich. Man besteige das Schiff zu Rapperswyl, dem alten Städtchen unter der Vorhalle des Urgebirges, wo sich Kloster und Burg im Wasser spiegeln, fahre, Huttens Grabinsel vorüber, zwischen den Ufern des länglichen Sees, wo die Enden der reichschimmernden Dörfer in *einem* zusammenhängenden Kranze sich verschlingen, gegen Zürich hin, bis, nachdem die Landhäuser der Züricher Kaufleute immer zahlreicher wurden, zuletzt die Stadt selbst wie ein Traum aus den blauen Wassern steigt und man sich unvermerkt mit erhöhter Bewegung auf der grünen Limath unter den Brücken hinwegfahren sieht. Das ganze Treiben einer geistig bedeutsamen und schönen Stadt drängt sich an den leicht dahinschwebenden Kahn. Soeben versammelt sich der gesetzgebende Rat der Republik. Trommelschlag ertönt. In einfachen schwarzen Kleidern, selten vom neuesten Schnitte, ziehen die Vertreter des Volkes auf den Ufern dahin. Auch die Gesichter dieser Männer sind nicht immer nach dem neusten Schnitte und verraten durchschnittlich weder elegante Beredsamkeit noch große Belesenheit; aber aus gewissen Strahlen der lebhaften Augen leuchtet Besonnenheit, Erfahrung und das glückliche Geschick, mit einfachem Sinn das Rechte zu treffen. Von allen Seiten wandeln diese Gruppen, je nach den Tagesfragen und der verschiedenen Richtung begrüßt oder unbegrüßt vom zahlreichen emsigen Volke, nach dem dunkeln schweren Rathause, das aus dem Flusse emporsteigt. Stolz neben diesen Gestalten hin rasseln diplomatische Fremdlinge über die Brücken in wunderlichem Aufputze, und ihre komischen Livreen ergötzen, wie billig, einen Augenblick lang das einfache Volk. Zwischendurch steuert der deutsche Gelehrte mit gedankenschwerer Stirne nach seinem Hörsaal; sein Herz ist nicht hier, es weilt im Norden, wo seine tiefsinnigen Brüder, in zerrissenen Pergamenten lesend, finstere Dämonen beschwörend, sich ein Vaterland und ein Gesetz zu gründen trachten. Ausgeworfen von der Gärung dieses großen Experimentes, begegnet ihm der Flüchtling mit unsichern, zweifelhaften Augen und kummervollen Mienen und vermehrt die Mannigfaltigkeit und Bedeutung dieses Treibens. Jetzt ertönt das Getöse des Marktes von einer breiten Brücke über unserm Kopfe; Gewerk und Gewerb summt längs des Flusses und trübt ihn teilweise, bis die rauchende Häusermasse einer der größten industriellen Werkstätten voll Hammergetönes und Essensprühen das Bild schließt. Aus dem pfeilschnell vorübergeflossenen Gemälde haben sich jedoch zwei Bilder der Vergangenheit am deutlichsten dem Sinne eingeprägt: rechts schaute vom Münsterturme das sitzende riesige Steinbild Karls des Großen, eine goldene Krone auf dem Lockenhaupt, das goldene Schwert auf den Knien, über Strom und See hin; links ragte auf steilem Hügel, turmhoch über dem Flusse, ein uralter Lindenhain, wie ein schwebender Garten und in den schönsten Formen, grün in den Himmel. Kinder sah man in der Höhe unter seinen Laubgewölben spielen und über die Brustwehr herabschauen. Aber schon fährt man wieder zwischen reizenden Landhäusern und Gewerben, zwischen Dörfern und Weinbergen dahin, die Obstbäume hangen ins Wasser, zwischen ihren Stämmen sind Fischernetze ausgespannt. Voll und schnell fließt der Strom, und indem man unversehens noch ein Mal zurückschaut, erblickt man im Süden die weite schneereine Alpenkette wie einen Lilienkranz auf einem grünen Teppich liegen. Jetzt lauscht ein stilles Frauenkloster hinter Uferweiden hervor, und da nun gar eine mächtige Abtei aus dem Wasser steigt, so befürchtet man die schöne Fahrt wieder mittelalterlich zu schließen; aber aus den hellgewaschenen Fenstern des durchlüfteten Gotteshauses schauen statt der vertriebenen Mönche blühende Jünglinge herab, die Zöglinge einer Volkslehrerschule. So landet man endlich zu Baden, in einer ganz veränderten Gegend. Wieder liegt ein altes Städtchen mit mannigfachen Türmen und einer mächtigen Burgruine da, doch zwischen Hügeln und Gestein, wie man sie auf den Bildern der altdeutschen Maler sieht. Auf der gebrochenen Veste hat ein deutscher Kaiser das letzte Mahl eingenommen, eh er erschlagen wurde; jetzt hat sich der Schienenweg durch ihre Grundfelsen gebohrt.

Denkt man sich eine persönliche Schutzgöttin des Landes, so kann die durchmessene Wasserbahn allegorischer Weise als ihr kristallener Gürtel gelten, dessen Schlußhaken die beiden alten Städtchen sind und dessen Mittelzier Zürich ist, als größere edle Rosette.

So haben Luzern oder Genf ähnliche und doch wieder ganz eigene Reize ihrer Lage an See und Fluß. Die Zahl dieser Städte aber um eine eingebildete zu vermehren, um in diese, wie in einem Blumenscherben, das grüne Reis einer Dichtung zu pflanzen, möchte tunlich sein: indem man durch das angeführte, bestehende Beispiel das Gefühl der Wirklichkeit gewonnen hat, bleibt hinwieder dem Bedürfnisse der Phantasie größerer Spielraum und alles Mißdeuten wird verhütet.

Unser See bildet scheinbar ein weites ovales Becken, welches aus den bläulichen Farbenabstufungen des umgebenden Gebirges nur ahnen läßt, daß in der Ferne da und dort das Wasser in Buchten ausläuft und in den verschiedenen Seitentälern neue Seen bildet. Aus dem Hintergrunde der klaren Gewässer steigt die mächtige Gletscherwelt empor, senkt sich dann, im Kranze um den See herum, zum flacheren Gebirge herab, bis sich dieses in zwei schönen Bergen schließt, welche den mäßigen Strom zwischen sich durchtreten lassen, in das ebene Land hinaus. Am jenseitigen Berge, der seinen sonnigen runden Abhang, dem Süden zugewendet, aus dem See erhebt, liegt die Stadt hingegossen, fast von seinem Scheitel bis in das Wasser herunter, daß ihr steinerner Fuß sich noch in die spülende Flut hineintaucht. Vom diesseitigen Berge aber, welcher aus schroffen waldbewachsenen Felsen besteht, kann man in die Stadt hinein und hinüber schauen, wie in einen offenen Raritätenschrein, so daß die kleinen fernen Menschen, die in den steilen alten Gassen herumklimmen, sich kaum vor unserm Auge verbergen können, indem sie sich in ein Quergäßchen flüchten oder in einem Hause verschwinden. Es ist eine seltsame Stadt, mit einem altersgrauen Haupte und neuen glänzenden Füßen. Denn der

Verkehr und das tätige Leben haben unten am Ufer, wo die befrachteten Schiffe ab- und zugehen, nichts Altes und Unbequemes gelassen und die Steinmasse fortwährend erneuert, während das Alter sich am Berge hinaufflüchtete, mitten an demselben, auf einem platten Vorsprunge in der kühlen byzantinischen Stadtkirche ausruhte und oben zuletzt auf der halbzerfallenen Burg stehen blieb. Seinen innigen Zusammenhang mit dem gegenwärtigen Leben beweist es jedoch in den riesenhaften Burglinden, welche ewig grün ihre Äste zu einem mächtigen Kranze verschlingen hoch über der Stadt, unmittelbar unter dem Himmel. Wo der Fluß sich schon merklich verengt und seine eigene Strömung annimmt, steht noch ein malerisches festes Brückentor und sendet eine lange hölzerne Brücke herüber, bedeckt von einem altertümlichen Dache, dessen Gebälke mit Schnitzwerk und verblichenen Schildereien überladen ist. Diesseits empfängt sie wieder ein grauer Turm, und aus diesem hervor führen mehrere Wege, teils dem Flusse entlang nach der Fläche hinaus, teils auf jähen Steigen auf den Felsenberg. An dessen Mitte ragt ebenfalls ein beträchtliches Plateau hinaus; es trägt, wie es oft bei Flußstädten vorkommt, eine Art Anhängsel oder kleineren Teil der Stadt, bestehend aus einem Kastell und ehemaligen Kloster, deren innere Räume und Höfe vollständig mit Gräbern angefüllt sind, da sie der Stadt schon seit Jahrhunderten zum Kirchhofe dienen. Die Gebäude aber enthalten ein Irrenhaus, ein Armenhaus oder Hospital und dergleichen mehr. Seltsam und düster haben sich Tod und Elend zwischen dem alten winklichten Gemäuer eingenistet, aus dessen Dunkelheiten die herrliche schimmervolle Landschaft das Auge umso mehr blendet. Und über die Gräber hin führt der Weg dann vollends, sich durch epheubewachsene Nagelflühe empor windend, auf den Berg, wo er sich in einem weitgedehnten prächtigen Buchenwalde verliert.

Unter einer offenen Halle dieses Waldes ging am frühsten Ostermorgen ein junger Mensch; er trug ein grünes Röcklein mit übergeschlagenem schneeweißen Hemde, braunes dichtwallendes Haar und darauf eine schwarze Samtmütze, in deren Falten ein feines weiß und blaues Federchen von einem Nußhäher steckte. Diese Dinge, nebst Ort und Tageszeit, kündigten den zwanzigjährigen Gefühlsmenschen an. Es war Heinrich Lee, der heute von der bisher nie verlassenen Heimat scheiden und in die Fremde nach Deutschland ziehen wollte; hier herausgekommen, um den letzten Blick über sein schönes Heimatland zu werfen, beging er zugleich den Akt eines Naturkultus, wie es häufig bei hoffnungsreichen und enthusiastischen Jünglingen geschieht.

So wenig, außer dem tiefen ruhigen Strömen des Flusses, ein Ton in dieser Frühe hörbar wurde, ebenso wenig war an der weiten tiefen himmlischen Kristallglocke der leiseste Hauch eines Wölkleins zu sehen. Der weite See verschmolz mit den Füßen des Hochgebirges in eine blaugraue Dämmerung; die Schneekuppen und Hörner standen milchblaß in der Frühe. Als Heinrich an den Rand des Waldes trat, überflog der erste Rosenschimmer der nahenden Sonne die geisterhaften Gebilde; über dem letzten einsamen Eisaltar glimmte noch der Morgenstern.

Indem unser Knabe starr nach ihm hinsah, tat er einen jener stummen, flüchtigen Gebetseufzer, die, wenn sie in Worte zu fassen wären, ungefähr so lauten würden: Das ist sehr schön, o Gott! ich danke dir dafür, ich gelobe, das Meinige auch zu tun! Wo und wer du auch seist, habe Nachsicht mit mir, du weißt, wie alles kommt in deiner Welt, übrigens mache mit mir, was du willst!

Die Brust des jungen Menschen hob und senkte sich sehr stark; aber seine Seele war so keusch, daß er vor allem pathetischen Verweilen, vor aller Selbstgefälligkeit solcher Augenblicke floh, ehe sich obige wenigen Sätze in seinem Sinne deutlich entwickeln konnten. Also drehte er sich wie der Blitz auf seinem Absatze herum und eilte, nach Norden und Westen zu schauen. Die Sonne war aufgegangen; während im Süden die Alpenkette nun im fröhlichsten hellsten Golde glänzte, hatte das westliche und nördliche flache Land, gegen das Rheingebiet hin, die Rosenfarbe des Morgens angenommen, besonders wo sich die laublosen, für diese Farbe empfänglichen Waldungen und violetten Brachfelder dehnten; was junggrünes Saatland war, schimmerte mehr silbergrau in der Ferne. Von Schnee war außer dem Gebirge keine Spur mehr zu finden; aber das wenige Grün war noch trocken und taulos.

Die Tiefe des Himmels und mit ihr das Gewässer waren jetzt blau und das Land sonnig geworden. Nur der untere Teil der Stadt und der Fluß lagen noch im Schatten und letzterer ging tief grün, und bloß die länglich ziehenden Spiegel seiner Wellen warfen von ihren glattesten Stellen etwas Blau zurück.

Heinrich Lee sah in seine Vaterstadt hinüber. Die alte Kirche badete im Morgenschein, hie und da blitzte auch ein geöffnetes Fenster, ein Kind schaute heraus und sang, und man konnte aus der Tiefe der Stube die Mutter sprechen hören, die es zum Waschen rief. Die vielen Gäßchen, durch mannigfaltiges steinernes Treppenwerk unterbrochen und verbunden, lagen noch alle im Schatten und nur wenige freiere Kinderspielplätze leuchteten bestreift aus dem Dunkel. Auf allen diesen Stufen und Geländern hatte Heinrich gesessen und gesprungen, und die Kinderzeit dünkte ihm noch vor der Türe des gestrigen Abends zu liegen. Schnell ließ er seine Augen treppauf und ab in allen Winkeln der Stadt herum springen, die traulichen Kinderplätze waren alle still und leer wie Kirchenstühle am Werktag. Das einzige Geräusch kam noch vom großen Stadtbrunnen, dessen vier Röhren man durch den Flußgang hindurch glaubte rauschen zu hören; die vier Strahlen glänzten hell, ebenso was an dem steinernen Brunnenritter vergoldet war, sein Schwertknauf und sein Brustharnisch, welch letzterer die Morgensonne recht eigentlich auffing, zusammenfaßte und sein funkelndes Gold wunderbar aus der dunkelgrünen Tiefe des Stromes herauf widerscheinen ließ. Dieser reiche Brunnen stand auf dem hohen Platze vor dem noch reicheren Kirchenportale und sein Wasser entsprang auf dem Berge diesseits des Flusses, auf welchem Heinrich jetzt stand. Es war früher sein liebstes Knabenspiel gewesen, hier oben ein Blatt oder eine Blume in die verborgene Quelle zu stekken, dann neben den hölzernen Röhren hinab, über die lange Brücke die Stadt hinauf zu dem Brunnen zu laufen und sich zu freuen, wenn zu gleicher Zeit oben das Zeichen aus der Röhre in das Becken sprang; manchmal kam es auch nicht wieder zum Vorschein. Er pflückte eine eben aufgehende Primel und eilte nach der Brunnenstube, deren Dekkel er zu heben wußte; dann eilte er die unzähligen Stufen zwischen wucherndem Epheugewebe hinunter, über den Kirchhof, wieder hinunter, durch das Tor über die Brücke, unter welcher die Wasserleitung auch mit hinüberging. Doch auf der Mitte der Brücke, von wo man unter den dunklen Bogen des Gebälkes die schönste Aussicht über den glänzenden See hin genießt, selbst über dem Wasser schwebend, vergaß er seinen Beruf und ließ das arme Schlüsselblümchen allein den Berg wieder hinaufgehen. Als er sich endlich erinnerte und zum Brunnen hinanstieg, drehte es sich schon emsig in dem Wirbel unter dem Wasserstrahle herum und konnte nicht hinaus kommen. Er steckte es zu dem Federchen auf seiner Mütze und schlenderte endlich seiner Wohnung zu durch alle die Gassen, in welche überall die Alpen blau und silbern hineinleuchteten. Jedes Bild, klein oder groß, war mit diesem bedeutenden Grunde versehen: vor der niedrigen Wohnung armer Leute stand Heinrich still und guckte durch die Fensterlein, die, einander entsprechend, an zwei Wänden angebracht waren, quer durch das braune Gerümpel in die blendende Ferne, welche durch das jenseitige Fenster der Stube glänzte. Er sah bei dieser Gelegenheit den grauen Kopf einer Matrone nebst einer kupfernen Kaffeekanne sich dunkel auf die Silberfläche einer zehn Meilen fernen Gletscherfirne zeichnen und erinnerte sich, daß er dieses Bild unverändert gesehen, seit er sich denken mochte.

So spielte dieser Jüngling wie ein Kind mit der Natur und schien seine bevorstehende, für seine kleinen Verhältnisse bedeutungsvolle Abreise ganz zu vergessen. Allein plötzlich fiel es ihm schwer aufs Herz, als er nun vor seinem düstern Vaterhause stand und die Mutter ihm ungeduldig aus dem Fenster winkte. Schnell eilte er die engen Treppen hinauf, den Wohngemächern der Haushaltungen vorbei, die alle im Hause wohnten.

»Wo bleibst du denn so lang?« empfing ihn die Frau Lee, eine geringe Frau von etwa fünfundvierzig Jahren, an welcher weiter nichts auffiel als daß sie noch kohlschwarze schwere Haare hatte, was ihr ein ziemlich junges Ansehen gab; auch war sie um einen Kopf kleiner als ihr Sohn.

»Da habe ich schon angefangen, deinen Koffer zu packen, weil du sonst vor Abgang der Post nicht mehr fertig würdest.«

Heinrich guckte in den Koffer; mit richtigem Sinn hatte die gute Frau Mappen und Bücher auf den Boden gebreitet; nur hatte sie mit weniger Zartheit verschiedene Bogen und Papiere nicht genugsam zusammengeschichtet, so daß einige derselben an den Wänden des Koffers gekrümmt wurden, was der Sohn eifrig verbesserte. Für Papier haben die meisten Hausfrauen überhaupt nicht viel Gefühl, weil es nicht in ihren Bereich gehört. Die weiße Leinwand ist ihr Papier, die muß in großen, wohlgeordneten Schichten vorhanden sein, da schreiben sie ihre ganze Lebensphilosophie, ihre Leiden und ihre Freuden darauf. Wenn sie aber einmal ein wirkliches Briefchen schreiben wollen, so findet sich kaum ein veraltetes Blatt dazu und man kann sich alsdann mit einem hübschen Bogen Postpapier und einer wohlgeschnittenen Feder sehr beliebt bei ihnen machen.

Auch hier erwies es sich, daß die Mutter eigentlich die schweren Gegenstände zu unterst gepackt hatte, um die zwölf schönen neuen Hemden zu schonen, welche sie jetzt hinein legte.

»Trage doch recht Sorge für deine Hemden«, sagte sie, »ich habe das Tuch selbst gesponnen; siehst du, diese sechs sind fein und schön, sie stammen aus meinen jüngeren Jahren, diese sechs hingegen sind schon gröber, meine Augen sind eben nicht mehr so scharf. Alle aber sind schneeweiß, und wenn du auch, während sie noch gut sind, feinere Kleider anschaffen könntest, so darfst du doch meine Wäsche dazu tragen, weil es anständige und ehrbare Leinwand ist. Wechsle recht gleichmäßig ab, wenn du sie der Wäscherin gibst, damit nicht ein Teil zu viel gebraucht wird, und verfasse immer einen genauen Waschzettel. Und daß du mir nur das Weißzeug und dergleichen mehr estimierst als bisher und nichts verzettelst! Denn bedenke, daß du von nun an für jedes Fetzchen, das dir abgeht, bares Geld in die Hand nehmen mußt und es doch nicht so gut bekömmst als ich es verfertigt habe. Wenigstens untersteh dich nicht mehr und wische deine kotigen Schuhe auf Spaziergängen mit neuen Taschentüchern ab, welche du nachher wegwirfst, wie du neulich getan hast! Halte auch deine zwei Röcklein gut und ordentlich und hänge sie immer in den Schrank, anstatt sie zu Hause anzubehalten und halbe Tage lang so zu lesen, wie ich dich schon oft ertappt habe. Besonders wenn du sie ausbürstest, fahre nicht mit der Bürste darauf herum wie der Teufel im Buch Hiob, daß du alle Wolle abschabst!«

»Das verwünschte Kleiderputzen«, entgegnete hierauf der Sohn, welcher unterdessen beim Ausbreiten der Kleidungsstücke seine Hände auch immer unnützerweise im Koffer hatte, »das verwünschte Kleiderputzen wird überhaupt nun ein Ende nehmen; denn wenn man in der Fremde ist und sich eine ordentliche Wohnung mieten muß, so bekommt man die Bedienung mit in den Kauf. Es reut mich jeder Augenblick, den ich mit dem widerlichen Geschäft zugebracht habe.«

»Das ist wieder der Hans Obenhinaus!« rief etwas heftig die Mutter, »Bedienung! ich sage dir, lasse dich lieber nicht bedienen, wenn du dich dadurch billiger einrichten kannst. Ich sehe nicht ein, warum du nicht selbst deine Sachen in Ordnung halten solltest, während du sonst Stunden lang in die Berge hineinstarrst!«

»Das verstehst du halt nicht!« hätte Heinrich fast gesagt, fand es aber für gut, die Worte zu verschlucken und sich dafür mit dem festen Vorsatze zu wappnen, hinfüro keine Schuhbürste mehr anrühren zu wollen. Das undankbare Kind vergaß hierbei gänzlich, wie rührend ihn die Mutter oft überrascht hatte, wenn er beim Antritt irgend einer kleinen Reise, oder wenn Fremde im Hause waren, seine Schuhe glänzend gewichst fand, just wenn er mit Seufzen und falscher Scham vor dem Besuche an das verhaßte Geschäft gehen wollte.

Indessen war Frau Lee besorgt, noch ein Menge Kleinigkeiten auf die geschickteste Weise in dem Koffer unterzubringen. Dann brachte sie ein mächtiges Stück feine Seife, wohl eingewickelt, eine zierliche Nadelbüchse, Faden und Knöpfe aller Art in einem artigen Schächtelchen, eine Schere, eine gute neue Kleiderbürste, unterschiedliche Tuchabschnitzel, welche seinen Kleidungsstücken entsprachen, zusammengerollt und mit einem Bindfaden vielfach umwunden und die sie ihm ja nicht zu verlieren empfahl, indem ein gewandter Schneider die Existenz eines Rockes mit dergleichen manchmal um ein volles Jahr zu fristen vermöge. Sie geriet hierbei wieder in einigen Konflikt mit dem Sohne, welcher alle vorhandenen Lücken für die verschiedenen Bruchstücke einer alten Flöte, für ein Lineal, eine Farbenschachtel, einen baufälligen Operngucker, usw. in Beschlag nehmen wollte. Ja, er machte, obgleich er kein Mediziner war, doch einen vergeblichen Versuch, einen defekten Totenschädel, mit welchem er seinem Kämmerchen ein gelehrtes Ansehen zu geben gewußt hatte, noch unter den Deckel zu zwängen. Die Mutter jagte ihn aber mit widerstandsloser Energie von dannen, und man behauptet, daß das gräuliche Möbel nicht lange nachher einem ehrlichen Totengräber bei Nacht und Nebel nebst einem Trinkgelde übergeben worden sei.

Sie schlossen mit Mühe den vollgepfropften Koffer; denn auch das Kind der unbemitteltsten Eltern, wenn es aus den Armen einer treuen Mutter scheidet, nimmt immer noch etwas weniges über seine Bedürfnisse hinaus mit und ist in einem gewissen Sinne wohl ausgestattet. Die Tage sind traurig, wo diese Ausstattung, diese warme Hülle sich nach und nach auflöst und verliert und mit bitteren, oft reuevollen Erfahrungen durch wildfremdes Zeug ersetzt werden muß.

Während Heinrich noch eine große, schwere Mappe einwickelte, die ganz mit Zeichnungen, Kupferstichen und altem Papierwerk angefüllt war, sein wanderndes Museum, besorgte seine Mutter das Frühstück und ermahnte ihn, unterdessen noch bei den Hausgenossen Abschied zu nehmen. Das Haus gehörte ihr und war ein hohes altes bürgerliches Gebäude, dessen unterstes Geschoß noch in romanischen Rundbogen, die Fenster der mittleren im altdeutschen Stil und erst die zwei obersten Stockwerke modern, doch regellos gebaut waren. Alles war düster und geschwärzt. Drei oder vier Handwerkerfamilien bewohnten seit langen Jahren in guter Eintracht mit der Frau Hausmeisterin das Haus. Bei ihnen trat Heinrich nacheinander ein und sagte sein Lebewohl. Die braven Leute wünschten ihm mit herzlicher Teilnahme alles Glück und ermahnten ihn, nicht zu lange in der Welt herumzufahren, sondern bald wieder zu ihnen und zu der Mutter zurückzukehren. Die glückliche Festtagsruhe, in welcher er die zufriedenen und nach nichts weiter verlangenden Menschen antraf, trat ihm ans Herz, und er bat sie, seiner Mutter, die nun ganz allein sei, mit Rat und Tat beizustehen. Die ernsthaften Hausväter, den sonntäglichen Seifenschaum um Mund und Kinn, versicherten, daß seine Bitte unnötig sei, holten bedächtig aus ihren bescheidenen Pulten einen harten Taler hervor und drückten denselben dem Scheidenden mit diplomatischer Würde verdeckt in die Hand. Obgleich er, nach der Behauptung seiner Mutter, ein Obenhinaus war, so durfte er doch durch diese bürgerliche schöne Sitte sich nicht beleidigt finden. Auch lag ein rechter Segen in diesem sauererworbenen und mit ernstem Entschlusse geschenkten Gelde; es schien Heinrich die ersten Tage seiner Reise hindurch, wo er es zuerst gebrauchte, um seine Hauptkasse zu schonen, als ob es gar nicht ausgehen wollte.

Endlich saß er seiner Mutter beim Frühstück gegenüber, auf dem Stuhle, auf welchem der dreijährige Knabe schon geschaukelt hatte. Es war nun alles getan und vorbereitet; ein Mann hatte den Koffer nach der Post geholt – es war eine Totenstille in der Stube. Die Morgensonne umzirkelte die altertümlichen, ererbten Porzellantassen, welche Heinrich schon zwanzig Jahre lang durch die Hände seiner Mutter gehen sah, ohne daß je eine zerbrochen wäre. Es war ein feierlicher Moment gewesen, als er für würdig erfunden ward, sein Kinderschüsselchen mit einer dieser bunten und vergoldeten Tassen versuchsweise zu vertauschen.

Frau Lee hätte ihrem Sohne noch gern allerlei gesagt; aber sie konnte mit ihm gar nicht sentimental sprechen, so wenig als er mit ihr. Endlich sagt sie schüchtern und abgebrochen:

»Werde nur nicht leichtsinnig und vergiß nicht, daß wir eine Vorsehung haben! Denke an den lieben Gott, so wird er auch an dich denken, und mach, daß du bald etwas lernst und endlich selbständig werdest; denn du weißt genau, wieviel du noch zu verbrauchen hast und daß ich dir nachher nichts mehr werde schicken können, das heißt, wenn es dir übel ergehen sollte, so schreibe mir ja, so lange du weißt, daß ich selbst noch einen Pfennig besitze, ich könnte es doch nicht ertragen, dich im Elend zu wissen.«

Der Sohn schaute während dieser Anrede stumm in seine Tasse und schien nicht sehr gerührt zu sein. Die Mutter erwartete aber keine andern Gebärden, sie wußte schon, woran sie war, und fühlte sich etwas erleichtert. Ach, du lieber Himmel! dachte sie, eine Witwe muß doch alles auf sich nehmen; diese Ermahnungen zu erteilen, dazu gehört eigentlich ein Vater, eine Frau kann solche Dinge nicht auf die rechte Weise sagen; wenn das arme Kind nicht zurecht kommt, wie werde ich die Sorge mit dem gehörigen klugen Ernste vereinigen können?

Heinrich aber war jetzt mit seinen Gedanken schon weit in der Ferne; die Neugierde, die Hoffnung, Lebens- und Wanderlust hatten ihn mächtig angewandelt und die Ungeduld übernahm ihn. Er sprang auf und sagte: »Jetzt muß ich gehen, leb wohl, Mutter!« Die Tränen stürzten ihr in die Augen, als sie ihm die Hand gab, und er fühlte, als er vor ihr her die vier Treppen hinab eilte, daß sein Gesicht ganz heiß wurde, aber er bezwang sich. Die Hausgenossen kamen auch noch unter die Haustüre, wo Heinrich allen zumal noch die Hand gab, ohne seine Mutter dabei stark auszuzeichnen, wenn man einen letzten flüchtigen und wehmütigen Blick, den er auf sie warf, ausnehmen will. Das Volk, das mit der äußern Sorge sein Leben lang zu kämpfen hat, erweist sich selbst wenig sichtbare Zärtlichkeit. Von verwandtschaftlichen Umarmungen und Küssen ist wenig zu finden; niemand küßt sich als die Kinder und die Liebenden und selbst diese mit mehr Dezenz als die gebildete und sich bewußte Gesellschaft. Daß Männer einander küßten, wäre unerhört und überschwenglich lächerlich. Nur große Ereignisse und Schicksale können hierin eine Ausnahme bewirken.

Als Heinrich Lee mit schnellen Schritten nach dem Posthause hinlief und einige Minuten darauf oben auf dem schwerfälligen Wagen sitzend über die Brücke und neben dem Flusse das enge Tal entlang fuhr, mit begeisterten Augen das offene Land erwartend, die Primel noch auf seiner Mütze: da konnte dieser sonderbare Bursche für die Hälfte der Zuschauer etwas vorteilhaft Anregendes, aber gewiß auch für die andere Hälfte etwas ungemein Lächerliches haben. Fein gefühlig und klug sah er darein, jedoch sein Äußeres war zugleich seltsam und unbeholfen. Was er eigentlich war und wollte, das müssen wir mit ihm selbst zuerst erfahren und erleben; daß man es in jenem Augenblick nicht recht wissen konnte, machte seiner Mutter genugsamen Kummer.

Sie war auf ihre Stube zurückgekehrt. Ein tiefes Gefühl der Verlassenheit und der Einsamkeit überkam sie und sie weinte und schluchzte, die Stirn auf den Tisch gelehnt. Der frühe Tod ihres Mannes, die Zukunft ihres sorglosen Kindes, ihre Ratlosigkeit, alles kam zumal über ihr einsames Herz. Ein mächtiges Ostermorgengeläute weckte und mahnte sie, Trost in der Gemeinschaft der vollen Kirche zu suchen. Schwarz und feierlich gekleidet ging sie hin; es ward ihr wohl etwas leichter in der Mitte einer Menge Frauen gleichen Standes; allein, da der Prediger ausschließlich das Wunder der Auferstehung sowie der vorhergehenden Höllenfahrt dogmatisierend verhandelte, ohne die mindesten Beziehungen zu einem erregten Menschenherzen, so genoß die gute Frau vom ganzen Gottesdienste nichts als das Vaterunser, welches sie recht inbrünstig mitbetete, dessen innerste Wahrheit sie aufrichtete.

Die Erinnerung an empfangene Liebe, als ein Zeugnis, daß man *ein* Mal im Leben liebenswürdig und wert war, ist es vorzüglich, welche die Sehnsucht nach der früheren Jugend nie ersterben läßt. Wer nicht das Glück hatte, eine aufknospende zarte und heilige Jugendliebe zu genießen, der hat dagegen gewiß eine treue und liebevolle Mutter gehabt, und in den spätern Tagen bringen beide Erinnerungen ungefähr den gleichen Eindruck auf das Gemüt hervor, eine Art reuiger Sehnsucht. Wer aber in jeder Weise verwaist und einsam aufgewachsen ist, der kann wohl sagen, daß er um einen Teil des Lebens zu kurz gekommen sei.

ZWEITES KAPITEL

Indem eine Grundlinie der Landschaft nach der anderen sich verschob und veränderte und aus dem heiteren Ziehen und Weben ein ganz neuer Gesichtskreis hervorging, welcher allmählich wieder in einen neuen sich auflöste, war Heinrich, mit hellen Jugendaugen aufmerkend, seinem eigenen Wesen zurückgegeben. Die verlassene Mutter und Heimat bildeten wohl eine zarte und weiche Grundlage in seinem Gemüte; doch auf ihr spielten mit ungebrochenen Farben alle Bilder der neuen Welt, welche ihm aufging. Denn obgleich schon ziemlich die weite Welt in leicht erfaßten Bildern seinem inneren Sinne vorbeigezogen war und besonders sein Künstlergedächtnis die Formen und Gestalten der fernsten Zonen bewahrte, so war ihm doch jetzt die kleinste Neuheit, welche durch jede weitere Stunde Wegs gebracht wurde, das Nächste und Wichtigste. Eine neue Art von bemalten Fensterladen oder Wirtshausschildern, eine eigentümliche Gattung von Brunnensäulen oder Dachgiebeln in diesem oder jenem Dorfe, besonders aber die bald vor- bald seitwärts, bald fern bald nah, immer frisch auftauchenden Bergzüge und Erdwellen machten ihm die größte Freude. Es war ein windstiller, lieblicher Frühlingstag. Lange Zeit sah er eine milde weiße Wolke über dem Horizonte stehen, zu seiner Rechten, oder auch zur Linken, wie der Wagen eben fuhr; die sanften, bald fern blauen, bald nah grünen oder braunen Wogen der Erde flossen still darunter hin, sie aber blieb immer dieselbe, bis sie endlich, als er sie eine Weile vergessen hatte und wieder suchte, auch verschwunden war. Am meisten freute ihn jedoch, wenn er, immer mehr sich von der Geburtsstadt entfernend, stets noch an einem ihm unbekannten Orte ein bekanntes Gesicht vorübergleiten sah, das er sonst an Wochenmärkten oder Festtagen in der beschränkten Stadt bemerkt hatte; wohl zehn Stunden von zu Hause weg, sah er sogar an einem Brunnen noch ein schönes falbes Pferd trinken, welches ihm zu Hause schon öfters aufgefallen war, als vor ein buntes Wägelchen gespannt, auf welchem ein dicker Müller saß. Richtig ließ sich auch der Müller im Sonntagsstaate sehen und Heinrich wußte nun, wo das falbe Pferd zu Hause war. Dieses waren alles noch Zeichen der Heimat, freundliche Begleiter und sozusagen die letzten Türsteher, welche ihn wohlwollend entließen.

Aber nicht nur in der äußern Umgebung, auch an sich selbst empfand er den Reiz eines neuen Lebens. Dann und wann begegnete ein reisender Handwerksbursch, ein alter zitternder Mann, ein verlaufenes bleiches Bettlerkind dem dahinrollenden Wagen. Während keiner der andern Reisenden sich regte, wenn die demütig Flehenden mühsam eine Weile neben dem schnellen Fuhrwerke hertrabten, suchte Heinrich immer mit eifriger Hast seine Münze hervor und beeilte sich, sie zu befriedigen. Dabei fiel es ihm nicht schwer, es mit einer Miene zu tun, welche den Bettler gewissermaßen zu ihm herauf hob, statt noch mehr abwärts zu drücken, und je nach dem besonderen Erscheinen des Bittenden leuchtete aus Heinrichs Augen ein Strahl des Verständnisses, der unbefangenen Teilnahme, eines sinnigen Humores oder auch ein Anflug mürrischen, lakonischen Vorwurfes; immer aber gab er und die von ihm Beschenkten blieben oft überrascht und nachdenklich stehen. Weil Gewohnheit und Sitte nur eine kleine Gabe, ein Unmerkliches verlangen, so hielt er es umso mehr für würdelos, je einen Armen erfolglos bitten zu lassen, möge nun geholfen werden oder nicht, möge Erleichterung oder Liederlichkeit gepflanzt werden; ein gewisser menschlicher Anstand schien ihm unbedingt zu gebieten, daß mit einer Art Zuvorkommenheit diese kleinen Angelegenheiten abgetan würden. Er hatte noch nicht die Kenntnis erworben, daß bei dem faulen und haltlosen Teile der Armen durch wiederholtes Abweisen jenes Gekränktsein und dadurch jener Stolz geweckt werden müssen, welche endlich Selbstvertrauen hervorbringen.

Allein bisher war es ihm nur spärlich vergönnt, dem Zuge seines Herzens zu folgen. Indem er als einziges Kind bei seiner vorsichtigen und haushälterischen Mutter lebte, welche, während er seinen Träumen nachhing, ihm sozusagen den Löffel in die Hand gab, geschah es selten, daß er mit etwelcher Münze versehen, und wenn er es war, so brannte sie ihm in der Hand, bis er sie ausgegeben hatte. So kam es, daß ihn immer ein Schrecken überfiel, sobald er von fern einen Bettler ahnte, und ihm auszuweichen suchte. Konnte dies nicht geschehen, so ging er rasch abweisend vorbei, und wenn der Bettler nachlief, hüllte er seine Verlegenheit in einen rauhen, unwilligen Ton, wobei aber sein weißes Gesicht eine flammende Röte überlief. Er konnte so rechte Unglückstage haben, wo er viele und verschiedenste arme Teufel antraf, ohne einem einzigen etwas geben zu können, und er mußte fortwährend ein böses Gesicht machen; denn als er einst ganz gemütlich und vertraulich einem großen Schlingel gesagt hatte, er besäße selbst kein Geld, forderte ihn dieser höhnisch auf, mit ihm betteln zu gehen. In allem diesen lag nun freilich, wie viele Leute sagen würden, mehr ein unbefugter Hochmut als eine demütige Barmherzigkeit; vielleicht aber könnte man auch sagen: Es ist die königliche Gesinnung eines ursprünglichen und reinen Menschen, welche, allgemein verbreitet, die Gesellschaft in eine Republik von lauter liebevollen und wahrhaft adelig gesinnten Königen verwandeln würde; es ist die immerwährende Erhebung des Herzens, welche nach der Tat trachtet; es ist die göttliche Einfalt, welche nur ein Ja und ein Nein kennt und letzteres verwahrt und verbirgt wie ein schneidendes Schwert.

Wenigstens fuhr Heinrich wie ein wahrer König in die helle Welt hinaus. Er war nun sich selbst überlassen und konnte in den Kreis seines Geschickes aufnehmen, was sein leichtes Herz begehrte; und indem er gewissenhaft den Armen seinen Kreuzer mitteilte, rechnete er dieses zu den seinem Leben nötigen Ausgaben. Er dachte übermütig: Zwei Pfennige sind immer genug, um den einen wegzuschenken! und so trug er wenige Taler in der Tasche, aber ein Herz voll Hoffnung und blühenden Weltmutes in der Brust. Wäre er ein König dieser Welt gewesen, so hätte er vermutlich viele Millionen »verschleudert«, so aber konnte er nichts vergeuden als das wenige, was er besaß: seines und seiner Mutter Leben.

Gegen Mittag fuhr der Postwagen durch ein großes ansehnliches Dorf, wie sie in der flacheren Schweiz häufig sind, wo Fleiß und Betriebsamkeit, im Lichte fröhlicher Aufklärung und unter oder vielmehr *auf* den Flügeln der Freiheit, aus dem schönen Lande nur eine freie und offene Stadt erbauen. Weiß und glänzend standen die Häuser längs der breiten sauberen Landstraße, dehnten sich aber auch in die Runde, mannigfaltig durch Baumgärten schimmernd. Auch vor dem geringsten war ein Blumengärtchen zu sehen und im ärmsten derselben blühten eine Hyazinthe oder einige Tulpen hervor, Pflanzen, welche sonst nur von Vermöglicheren gezogen wurden. Es ist aber auch nichts so erbaulich als wenn durch einen ganzen Landstrich eine fromme Blumenliebe herrscht. Ohne daß die Hausväter im geringsten etwa unnütze Ausgaben zu beklagen hätten, wissen die Frauen und Töchter durch allerlei liebenswürdigen Verkehr ihren Gärten und Fenstern jede Zierde zu verschaffen, welche etwa noch fehlen mag, und wenn eine neue Pflanze in die Gegend kommt, so wird das Mitteilen von Reisern, Samen, Knollen und Zwiebeln so eifrig und sorgsam betrieben, es herrschen so strenge Gesetze der Gefälligkeit und des Anstandes darüber, daß in kurzer Zeit jedes Haus im Besitze des neuen Blumenwunders ist. So sind in neuerer Zeit eine der schönsten Erscheinungen die Georginen. Vor zehn oder funfzehn Jahren blühten sie nur noch in den stattlich umhegten Gärten der Reichen, in der Nähe der Städte, oder vor glänzenden Landhäusern; dann verbreiteten sie sich unter dem Mittelstande, sich zugleich in hundertfarbigen Arten entfaltend durch die Kunst der Gärtner, und jetzt steht ein Strauch dieser merkwürdigen Blume, wo nur ein Fleck Erde vor der Hütte des ländlichen Tagelöhners frei ist. Wie die flüchtig wandernden Stammväter eines später großen Weltvolkes sind die ersten einfachen Exemplare der Georginen aus dem fernen Reiche der Montezumas herübergekommen, und schon bedecken ihre Enkel zahllos unsere Gärten, aus der Tiefe ihrer Lebenskraft entwickeln sie eine endlose Farbenpracht, wie sie die Hochebenen Mexikos nie gesehen haben. Kinder des neuweltlichen Westens, herrschen sie nun neben den Kindern des alten Ostens, den Rosen, wie sonst keine Blume. Freilich noch immer geben diese allein den süßen Duft und jenes kühlende Rosenwasser, welches krank geweinte Augen erfrischt, und noch immer eignen sie sich am besten dazu, einen vollen Becher zu schmücken. Aber darin wetteifern die bunten Scharen Amerikas mit dem glühenden Rosenvolke des Morgenlandes, daß sie mit unverwüstlicher Lebenslust unser Herz bis an das Ende des Jahres begleiten und ihre samtenen Brüste öffnen, bis der kalte Schnee in sie fällt.

Hell und aufgeweckt erschien das Dorf, durch welches die Reisenden fuhren, in vielen Erdgeschossen erblickte man die Abzeichen von Gewerben: Uhrmachern, Kürschnern, sogar Goldschmieden, und von Krämereien, welche man sonst nur in den Städten findet; einige Häuser erschienen so herrisch, die Gärten davor so wohlgepflegt, daß man in den Besitzern mit Recht reiche Dorfmagnaten vermutete. Doch wenn auch der eine, gleich einem Deputierten der französischen Bourgeoisie, im eleganten Schlafrock, die Zigarre im Munde, aus dem Fenster schaute, so stand dafür der andere in bloßen weißen Hemdsärmeln auf der Hausflur, und seine braunen Hände verkündeten, ungeachtet des städtischen Hauses, den rüstigen Ackersmann, ja vor einem seiner Fenster hing zum Durchlüften die Uniform eines gemeinen Soldaten, während aus der Dachluke seines Knechtes diejenige eines Unteroffiziers in der Frühlingsluft flaggte. Bei all dieser Stattlichkeit war nun aber das Schulhaus doch das schönste Gebäude im Dorfe, welches in der ganzen Gegend öfter der Fall war. Auf einem freien geebneten Platze ragte es mit hohen blinkenden Fenstern empor und verriet heitere geräumige Säle; von seiner Front schimmerte in kolossalen goldenen Buchstaben das Wort Schulhaus. Hier, auf dem sonnigen Vorplatze und auf der breiten steinernen Treppe, welche fast tempelartig den ganzen vorderen Sockel bekleidete, mochte der Ort sein, welchen sonst die alten Dorflinden bezeichnen; denn eine Gruppe älterer und jüngerer Männer unterhielt sich hier behaglich, sie schienen zu politisieren; aber ihre Unterredung war umso ruhiger, bewußter und ernster, als sie vielleicht, dieselbe betätigend, noch am gleichen Tage einer wichtigen öffentlichen Pflichterfüllung beizuwohnen hatten. Die Physiognomien dieser Männer waren durchaus nicht national über einen Leisten geschlagen, auch war da nichts Pittoreskes, weder in Tracht noch in Haar- und Bartwuchs, zu bemerken; es herrschte jene Verschiedenheit und Individualität, wie sie durch die unbeschränkte persönliche Freiheit erzeugt wird, jene Freiheit, welche bei einer unerschütterlichen Strenge der Gesetze jedem sein Schicksal läßt und ihn zum Schmied seines eigenen Glückes macht. So erschienen hier die einen von rastloser Arbeit gebräunt und getrocknet, zäh und hart, andere in Energie und Gewandtheit aufblühend, andere wieder von Spekulation gefurcht. Alle waren aber äußerlich ruhig, ungebeugt und sahen kundig und auch ziemlich prozeßerfahren in die Welt.

So übereinstimmend mit seinen rührigen Bewohnern nun das schöne Dorf dastand, umso fremdartiger ragte die Kirche aus ihm hervor. Dem Stile oder besser Nichtstile nach stammte sie aus dem achtzehnten Jahrhundert, ein ovales nüchternes Gebäude mit kreisrunden Fenstern, förmlichen Löchern, war nicht alt und nicht neu, weder der verbrauchte Baustoff noch die mageren geschmacklosen Verzierungen so wenig als der gedankenlose Turm taten die mindeste Wirkung; man ahnte schon von außen die langweiligen hölzernen Bankreihen und die kleinliche Gipsbekleidung des Inneren, den unförmlich bauchigen Taufstein, das lächerliche braune Kanzelfaß; ohne Begeisterung gebaut und keine erweckend, verkündete das Gebäude den untröstlichen Schlendrian, mit welchem es gebraucht wurde. Es sah aus wie ein unnützes sonderbares Möbel in einem Hause, welches der Besitzer aber eigensinnig um keinen Preis veräußern will, weil er seit langen Jahren gewohnt ist, seinen Hut darauf zu stellen, wenn er nach Hause kehrt, oder, wenn man ein wenig artiger sein will, weil sein Firnis auf eine ihm angenehme Weise den Sonnenblick auffängt und auf den Stubenboden wirft.

Aus diesem herzlos unschönen Gebäude nun bewegte sich ein langer Zug sechszehnjähriger Konfirmandinnen quer über die Straße, von einem dicken jovialen Pfarrherrn angeführt, so daß der Postwagen anhalten mußte, bis alle vorbei waren. Schwarz gekleidet, mit gebeugten Häuptern, die tränenden Augen in weiße Taschentücher gedrückt, wallten die zarten Gestalten paarweise langsam vorüber, die keuschen Lippen noch feucht von dem Weine, welchen man ihnen als Blut zu trinken, in der Kehle noch das Brot, welches man ihnen als Menschenfleisch zu essen gegeben hatte. Diese dunkle Mädchenschar mit dem rotnasigen Pfarrer an der Spitze kam Heinrich vor wie ein Flug gefangener Nachtigallen aus dem Morgenlande, welche ein betrunkener Vogelhändler zum Verkauf umher führt. Der Zug schlängelte sich aber auch traumhaft genug unter dem klaren Himmel und durch Land und Leute hin.

Wenn wir solche Dinge in der Weise schildern, wie sie sich dem jungen Wanderer eindrückten, so wird man in derselben nicht die rücksichtslose Art der Jugend verkennen, welche mit einer gewissen, übrigens gesunden Unbestechlichkeit zwischen dem scheinbaren und dem wirklich Anstößigen durchaus keinen Unterschied zugeben will. Da religiöse Gegenstände vor allem nur Sache des Herzens sind, so bringt dieses in seiner aufwachenden Blütezeit das Recht zur Geltung, die Überlieferungen mit seinen angeborenen reinen Trieben in Einklang zu setzen. Wer erinnert sich nicht jener glücklichen Tage, wo man im geräuschvollen schwindelnden Kreisen dieses Rundes erwachend, mit den neuen feinen Fühlhörnern der jungen Seele um sich tastend, von keiner Autorität Notiz nehmen und den Maßstab seines unverdorbenen Gefühles auch an das Ehrwürdigste und Höchste legen will? Wer will wohl bestreiten, daß vielleicht, wenn das Ursprüngliche und also auch wohl Göttliche, das in der jungen Menschenseele liegt, nicht in das hanfene, dürrgeflochtene Netz eines Katechismus, heiße er wie er wolle, abgefangen würde, die schneidende blutige Kritik des Mannesalters und die wildesten Kämpfe verhütet würden? Heinrich hegte eine besondere Pietät gerade für die Begriffe Brot und Wein, das Brot schien ihm so sehr die ewig unveränderte unterste Grundlage aller Erden- und Menschheitsgeschichten, der Wein aber die edelste Gabe der geistdurchdrungenen lebenswarmen Natur zu sein, daß nichts ihn so geeignet dünkte zur Feier eines gemeinsamen symbolischen Mahles der Liebe als edles weißes Weizenbrot und reiner goldener Wein. Daher war es ihm auch anstößig, diese wichtigen, aber einfachen und reinlichen Begriffe mit einer heidnisch-mystischen und, wie ihm vorkam, widermenschlichen Mischung zu trüben. Auf das Historische des vorhandenen Sakramentes konnte er nun umso weniger Rücksicht nehmen als ihm die theologischen Einsichten und Kenntnisse abgingen.

Als die Sonne sich bereits zu neigen anfing, machte der Wagen an einem Dorfe wieder halt, damit die Pferde gewechselt werden konnten. Heinrich trat mit den andern Reisenden in das Gasthaus, um eine Erfrischung zu sich zu nehmen. Der eine wählte ein Glas Wein, der andere eine Schale Kaffee, der dritte verlangte schnell etwas Kräftiges zu essen, es ging geräuschvoll zu mit Genießen, Geldwechseln und Bezahlen; alle taten wichtig, zerstreut oder nur auf sich achtsam und liefen stumm aneinander vorbei in der Stube umher. Auch Heinrich spreizte sich, ließ es sich schmecken und zum Überfluß noch eine schlechte Zigarre geben, welche er ungeschickt in Brand zu stecken suchte. Da gewahrte er in einem Winkel der Stube eine ärmliche Frau mit ihrem jungen Sohne, welcher ein großes Felleisen neben sich auf der Bank stehen hatte. Beide waren ihm als Nachbarsleute bekannt. Er grüßte sie und vernahm, daß auch dieser junge Bursche, welcher das Handwerk eines Malers und Lackierers erlernt hatte, heute die Reise in die Fremde antrat, daß seine Mutter, die Feiertage benutzend, lange vor Tagesanbruch sich mit ihm auf den Weg gemacht und sie so, die Fuß- und Feldwege aufsuchend, bis hierher gekommen seien, wo sie sich nun trennen wollten. Die gute Frau gedachte dann bis zur völligen Dunkelheit noch ein Stück Weges zurück zu wandern und bei bekannten Landleuten über Nacht zu bleiben. Sie tranken einen blassen dünnen Wein und aßen Brot und Käse dazu; doch war es eine Freude zu sehen, wie sorglich die Frau die »Gottesgabe« behandelte, ihrem Sohne zuschob und für sich fast nur die Krumen zusammenscharrte. Dazwischen schärfte sie ihm ein, wie er seinen Meistern gehorchen, bescheiden und fleißig sein und keine Händel suchen sollte. Dann mußte er seinen Geldbeutel nochmals hervorziehen; vier oder fünf neue große Geldstücke wurden als bekannte Größen einstweilen beiseite gelegt, dagegen eine Handvoll kleineres Geld überzählt, betrachtet und ausgeschieden. Der Junge steckte seinen Schatz wieder ein, die Mutter aber entwickelte aus einem Zipfel ihres Schnupftuches etwas Kupfermünze und bezahlte die Zeche.

Inzwischen rollte das bewegliche Wanderhaus mit seinen ewig wechselnden Bewohnern wieder auf der Straße, eine Anhöhe hinan und der kühlen Nacht entgegen. Heinrich schaute fortwährend zurück nach Süden; rein, wie seine schuldlose Jugend, ruhte die Luft auf den Gebirgszügen seiner Heimat, aber diese waren ihm in ihrer jetzigen Gestalt fast ebenso fremd wie die Schwarzwaldhöhen im dämmernden Norden, denen er sich allmählich näherte und über welchen rötliche Wolkengebilde einen rätselhaften Vorhang vor das deutsche Land zogen.

Fern hinter dem Wagen sah er seinen jungen Nachbar den Hügel hinankeuchen, noch kaum erkennbar mit seinem schweren Felleisen. Über denselben hinweg gleiteten Heinrichs Augen noch einmal nach dem südlichen Horizonte; er suchte diejenige Stelle am Himmel, welche über seiner Stadt, ja über seinem Hause liegen mochte, und fand sie freilich nicht. Desto deutlicher hingegen sah er nun, als er sich in den Wagen zurücklehnend die Augen schloß, die mütterliche Wohnstube mit allen ihren Gegenständen, er sah seine Mutter einsam umhergehen, ihr Abendbrot bereitend, dann aber kummervoll am Tische vor dem Ungenossenen dasitzen. Er sah sie darauf einen Band eines großen Andachtswerkes, fast ihre ganze Bibliothek, nehmen und eine geraume Zeit hineinblicken, ohne zu lesen; endlich ergriff sie die stille Lampe und ging langsam nach dem Alkoven, hinter dessen schneeweißen Vorhängen Heinrichs Wiege gestanden hatte. Hier mußte er den Mantel ein wenig vor sein Gesicht drücken, es war ihm, als ob er schon Jahre lang und tausend Stunden weit in der Ferne gelebt hätte, und es befiel ihn eine plötzliche Angst, daß er die Stube nie mehr betreten dürfe.

Er konnte sich nicht enthalten, jene Familien bitterlich zu beneiden, welche Vater, Mutter und eine hübsche runde Zahl Geschwister nebst übriger Verwandtschaft in sich vereinigen, wo, wenn je eines aus ihrem Schoße scheidet, ein anderes dafür zurückkehrt und über jedes außerordentliche Ereignis ein behaglicher Familienrat abgehalten wird, und selbst bei einem Todesfalle verteilt sich der Schmerz in kleinere Lasten auf die zahlreichen Häupter, so daß oft wenige Wochen hinreichen, denselben in ein fast angenehm-wehmütiges Erinnern zu verwandeln. Wie verschieden dagegen war seine eigne Lage! Das ganze Gewicht ruhte auf zwei einzigen Seelen; wurden die auseinander gerissen, so kannte jede die Einsamkeit der anderen und der Trennungsschmerz wurde so verdoppelt.

»Haben wohl«, dachte er, »jene Propheten nicht unrecht, welche die jetzige Bedeutung der Familie vernichten wollen? Wie kühl, wie ruhig könnten nun meine Mutter und ich sein, wenn das Einzelleben mehr im Ganzen aufgehen, wenn nach jeder Trennung man sich gesichert in den Schoß der Gesamtheit zurückflüchten könnte, wohl wissend, daß der andere Teil auch darin seine Wurzeln hat, welche nie durchschnitten werden können, und wenn endlich demzufolge die verwandtschaftlichen Leiden beseitigt würden!«

Im Mittelalter wurde der Tod als ein menschliches Skelett abgebildet und es hat sich daraus eine ganze Knochenromantik entwickelt; sogar leblose Gegenstände, wie Meerschiffe, wurden skelettisiert und mußten auf dem Meere als Totenschiff spuken. Denkt man sich solcherweise das fliegende Gerippe einer Krähe, so war es der Schatten derselben, welchem der Gedanke glich, der soeben über Heinrichs Seele lief. Die warme Sonne schien reichlich durch das dürre Gitter der Knöchlein und Gebeine.

»Nein«, rief ihm sein innerstes Gefühl zu, »der Zustand, den sich diese Menschen wünschen, gleicht zu sehr der stabilen gedankenlosen Seligkeit, welche das höchste Ziel der meisten Christen ist. Man muß wohl unterscheiden zwischen Leiden und Leiden; das eine ist zu dulden, ja zu ehren, während das andere unzulässig ist!«

»Der beste Maßstab«, dachte er weiter, »ist vielleicht der ästhetische. Alle Leiden lassen sich in schöne und unschöne einteilen, in sittliche und unsittliche, unsittlich für die, welche sie ansehen und in ihrer Nähe dulden. Eine Waise, die auf einem Grabhügel in Tränen zerfließt, ist schön und ihr Schmerz wird ihr durch das ganze Leben wohltuend sein; aber ein Kind, welches verkommen und hungerig im Staube liegt, ist eine Schande für die ganze Landschaft, und für es selbst erwächst nicht die mindeste ersprießliche Regung aus diesem Zustande; eine greise Mutter, welche ihre Kinder und Enkel dahinsterben sieht, wird geheiligt durch ihr Weh, und ihr Lebensabend ist für sie und andere feierlicher; aber eine alte gebrechliche Frau, welche zitternd um den Tagelohn arbeitet, eine Bürde auf dem gebeugten Rücken, ist ein peinlicher Anblick und gereicht ihrer Gemeinde zum brennenden Vorwurf. Der Jüngling, der mit mächtigen Leidenschaften ringt und seine Grundsätze dem Leben Schritt für Schritt abstreitet, ist, so unglücklich er sich oft fühlt, bei alledem wohl daran, während uns der Bauernknecht in den Augen weh tut, der verachtet und vergessen, unwissend und trotzig vor seiner Stalltüre liegt und nach nichts verlangt als nach seinem Vesperbrot. Jener Jüngling gewinnt in jedem Sturme und seine Energie erfreut den Zuschauer, dieser unglückliche Faulpelz aber wird durch das langweilige Tröpfeln seiner naßkalten Tage zuletzt ganz verdorben. Kurz, man soll nur dasjenige Unglück dulden, was seinem Träger zur eigentlichen Zierde gereicht, alles andere ist in einer anständigen Gesellschaft auszurotten.«

So spekulierte Heinrich in der Finsternis seines Postwagens, er vergaß indessen eine Hauptsache, nämlich daß seine anständigen und unanständigen Leiden manchmal so durcheinander gemischt und mit Schuld und Unschuld so durchwebt sind, daß ein eigener Linné nötig wäre, sie einzureihen, und gerade für den Ästhetiker könnten bei unvorsichtigem Aufräumen die seltensten Exemplare verloren gehen.

DRITTES KAPITEL

Nicht ohne Herzklopfen vernahm er nun, daß man sich dem Rheine nähere, und bald sah er den schönen Fluß im Mondlichte glänzend daherwallen. Die Post hielt in einem kleinen Grenzorte, und als das Nachtquartier besorgt war, ging Heinrich wieder hinaus; denn die freie Natur, der nächtliche Himmel waren nun seine einzigen Bekannten. Einen jungen Fischer, der singend in seinem Kahne saß, bewog er, ein wenig stromaufwärts zu fahren. Die Nacht war schön; das deutsche Ufer zeichnete sich dunkel mit seinen Wäldern auf den heitern Himmel. Noch eine Ruderlänge, und Heinrich konnte den Fuß auf dies Land setzen, dessen Namen ihn mit dunklen lockenden Erwartungen erfüllte. Das badische Ufer war gerade nicht sehr verschieden vom schweizerischen. Es war finster und still, eine einsame Zollstätte ruhte unter Bäumen, ein mattes Licht brannte darin. Aber schimmernd umfaßte die Rheinflut den steinigen Strand, und ihre Wellen zogen gleichmäßig kräftig dahin, hellglänzend und spiegelnd in der Nähe, in der Ferne in einem mildern Scheine verschwimmend. Und über diese Wellen war fast alles gekommen, was Heinrich in seinen Bergen Herz und Jugend bewegt hatte. Hinter jenen Wäldern wurde seine Sprache rein und so gesprochen, wie er sie aus seinen liebsten Büchern kannte, so glaubte er wenigstens, und er freute sich darauf, sie nun ohne Ziererei auch mitsprechen zu dürfen. Hinter diesen stillen schwarzen Uferhöhen lagen alle die deutschen Gauen mit ihren schönen Namen, wo die vielen Dichter geboren sind, von denen jeder seinen eigenen mächtigen Gesang hat, der sonst keinem gleicht, und die in ihrer Gesamtheit den Reichtum und die Tiefe einer Welt, nicht eines einzelnen Volkes, auszusprechen scheinen. Er liebte sein helvetisches Vaterland; aber über diesen Strom waren dessen heiligste Sagen in unsterblichen Liedern verherrlicht erst wieder zurückgewandert; fast an jedem Herde und bei jedem Feste, wo der rüstige Schatten mit Armbrust und Pfeil herauf beschworen wurde, trug er *das* Gewand und sprach *die* Worte, welche ihm der deutsche Sänger gegeben hat. Er schwärmte nur für die deutsche Kunst, von welcher er allerlei Wundersames erzählen hörte, und verachtete alles andere, Frankreich liebte er, wie man ein schönes liebenswürdiges Mädchen mitliebt, dem alle Welt den Hof macht, und wenn etwas Gutes in Paris geschah, so freute er sich höchlich, kam etwas Widerwärtiges vor, so wußte er allerlei galante Entschuldigungen aufzubringen. Erblickte hingegen in Deutschland etwas Gutes das Licht, so machte er nicht viel Wesens daraus, als ob sich das von selbst verstände, und des Schlechten schämte er sich und es machte ihn zornig. Aber alles, was er sich unter Deutschland dachte, war von einem romantischen Dufte umwoben. In seiner Vorstellung lebte das poetische und ideale Deutschland, wie sich letzteres selbst dafür hielt und träumte. Er hatte nur mit Vorliebe und empfänglichem Gemüte das Bild in sich aufgenommen, welches Deutschland durch seine Schriftsteller von sich verfertigen ließ und über die Grenzen sandte. Das nüchterne praktische Treiben seiner eigenen Landsleute hielt er für Erkaltung und Ausartung des Stammes und hoffte jenseits des Rheines die ursprüngliche Glut und Tiefe des germanischen Lebens noch zu finden. Dabei hatte er alle Richtungen und Färbungen desselben ineinander geflochten, ohne Kenntnis und Beurteilung ihrer natürlichen Stellung unter und gegen einander. Dem Rationalismus hing die romantische Caprice am Arm, das Schillersche Pathos und der britische Humor, Jean Paulsche Religiosität und Heinesche Eulenspiegelei schillerten durcheinander wie eine Schlangenhaut; die Beschwörungsformeln aller Richtungen hatte er im Gedächtnis und sah darum begeistert das vor ihm liegende Land als einen großen alten Zaubergarten an, in welchem er als ein willkommener Wanderer mit jenen Stichworten köstliche Schätze heben und wieder in seine Berge zurücktragen dürfe.

Neugierig schaute Heinrich, näher hinzufahrend, in die dämmernde Waldnacht hinein, welche nur spärlich vom Mondlicht durchschienen ward, und als ein Reh aus dem Busche an das Ufer trat, ein in der Schweiz schon seltenes Tier, da begrüßte er es freudigen Mutes als einen freundlichen Vorboten. Es war übrigens gut, daß er keine solidere und gefährlichere Schmuggelware in seinem leichten Fahrzeuge führte als solche Hoffnungen; denn ein Wächter des deutschen Zollvereins war dem Schifflein schon geraume Zeit mit gespanntem Hahn nachgeschlichen, um zu spähen, wo es etwa landen möchte. Sein Rohr blinkte hin und wieder matt vom Scheine der mondbeglänzten Wellen.

Der Ostermontag sah den jungen Pilger schon früh den Rhein hinauf und Hussens Brandstätte vorbei über den weithin leuchtenden Bodensee fahren. Das schöne Gewässer, welches vom Mai bis zum Weinmonat der paradiesischen Landschaft zur Folie dient, machte jetzt noch seinen Reiz und seine Klarheit für sich selbst geltend, und das mehr und mehr im blauen Dufte verschwindende Ufer des Thurgaus schien nun bloß um der schönen Umgrenzung des Sees willen da zu sein. Sanft und rasch trugen die Fluten das Schiff an das fremde Gebiet hinüber, und erst als eine Schar grämlich-höflicher Bewaffneter den plötzlich Gelandeten umringte und von allen Seiten musterte, tat es ihm fast weh, daß an der Schwelle seines Vaterlandes ihn gar niemand um sein Weggehen befragt und besichtigt hatte.

Ein Fuhrmann mit einer leer dastehenden alten Reisekutsche trug Heinrich für wenig Geld die Weiterbeförderung an, und bald kutschierte dieser tief in das »Land der Zukunft« hinein. Die Sonne schien tapfer, er saß hoch auf dem Bock, immer noch die verwelkte Primel auf der Mütze, und führte die Zügel der beiden mageren Gäule, während der Fuhrmann neben ihm sich einem süßen Müßiggange überließ und mit den befreundeten Stallknechten aller Gasthäuser am Wege geläufige Witz- und Schimpfworte austauschte. Das Land wurde bald flach und kornreich, doch die Ortschaften lagen unverbunden und einsam da, das Volk war schweigsam und eintönig in seinem Aussehen. Aber Heinrich besaß eine unverwüstliche Pietät für die Natur; wo keine Gebirge und Ströme waren, da fand er jedes Gehölz, einen stillen Ackergrund, einen besonnten Hügel reizend um der »Stimmung« willen, die darauf lag, und seine Verbündeten waren hierbei die Atmosphäre und die Sonne, welche ihm jeden Busch zu etwas gestalten halfen. Und schon früh hatte er, ohne theoretische Einpflanzung, unbewußt, die glückliche Gabe, das wahre Schöne von dem bloß Malerischen, was vielen ihr Leben lang im Sinne steckt, trennen zu können. Diese Gabe bestand in einem treuen Gedächtnis für Leben und Bedeutung der Dinge, in der Freude über ihre Gesundheit und volle Entwicklung, in einer Freude, welche den äußeren Formenreichtum vergessen kann, der oft eigentlich mehr ein Barockes als Schönes ist. So war er imstande, einen mächtig in den Himmel strebenden Tannenbaum mit frohem Auge zu betrachten, während ein anderer denselben sogleich auf die Kunst bezog und die störende steife Linie hinwegwünschte und irgend einem recht zerrissenen verkrüppelten Birnbaum nachlief. Das glänzende ungebrochene Grün einer Wiese, eines Buchenwaldes im Frühling erquickte seinen Blick, indessen jener den »giftigen Ton« beklagte und ein Stück faulen Sumpf bewunderte. In dieser Weise, die Natur zu ergreifen, war er über das malerische Verständnis hinaus zum allgemeinen Dichterischen zurückgelangt, welches vom Anfang an in jedem Menschen liegt, und dieses zeigte ihm auch noch etwas Schönes, wo der Maler darbte.

Deswegen ließ Heinrich auch jetzt seine Augen schweifen, links und rechts vom Wege, und guter Laune wurde in einem ansehnlichen Dorfe Halt gemacht. Der arme fahrende Schüler sah sich an den runden Sondertisch des Gasthauses versetzt und begann eben, still auf seinen Teller schauend, an die heimatliche Mittagstafel zu denken, als ein herrschaftlicher Wagen mit Wappen und Bedienten heranfuhr und seine Inhaber unter großem Geräusch der Wirtsleute in die Stube traten. Es waren eine schöne Dame von etwa dreißig, ein noch schöneres Mädchen von funfzehn Jahren und ein großer feiner Herr im besten Mannesalter, welcher von dem Wirt untertänigst Herr Graf genannt wurde. Diese Umstände waren hinreichend, um für den unerfahrenen

Heinrich ein kleines Abenteuer zu sein. Obgleich er sich gegen allen ungebührlichen Respekt gewappnet fühlte, konnte er doch nicht umhin, einige neugierige Blicke nach diesen überbürgerlichen Wesen hinzuwerfen, von denen er noch keines in der Nähe gesehen hatte und die jetzt am gleichen Tische Platz nahmen.

Das nahe Rauschen und Knistern der seidenen Gewänder machte ihn befangen und behaglich zugleich, und während er sich mit seinen Händen und seinem Eßwerkzeuge möglichst enge zusammenhielt, hätte er sich doch um keinen Preis ganz von seinem Plätzchen hinweglocken lassen; denn wie zwei Frühlingssonnen ruhten die offenen kindlichen Augen des jungen Mädchens auf ihm. Er wagte auch bald das zweite Paar Blicke auszusenden, welche diesmal auf die ältere Dame trafen, wie sie ihn mit einem eiskalten, merkwürdigen Gesichte ansah und gar nicht zu bemerken schien, daß er sie ebenfalls betrachtete. Nachdem sie den rotgewordenen Heinrich eine Weile angesehen hatte, wandte sie ihre Augen wieder von ihm, wie wenn sie nur auf einem Krug oder einem Stuhl geruht hätten, ohne irgend einen jener feinen Übergänge, welche artigen und rücksichtsvollen Leuten in solchen Fällen schnell zu Gebote stehen. Diese Augengrobheit bewirkte, daß er von nun an nicht mehr aufsah und sich bestrebte, so bald als möglich vom Tische zu kommen. In diesem Bestreben schien ihn ein allerliebstes Bologneserhündchen unterstützen zu wollen, welches, auf dem Tische umherlaufend, plötzlich vor seinem Teller ein Männchen machte. »Ach, sieh den kleinen Schelm!« rief die Dame mit kindlicher Freude; Heinrich hielt dem Tiere unwillkürlich ein Stückchen Kuchen hin, da rief sie dasselbe sogleich zurück, und als es nicht kam, ergriff sie es unwillig beim Pelze und setzte es vor sich hin. »Willst du wohl da bleiben, du Landstreicher?« sagte sie, als der Graf hinzutrat und bemerkte: »Aber, Emilie, tu doch den Hund vom Tisch, wir sind ja nicht allein!« Emilie aber entgegnete mit einer unnachahmlichen Unbefangenheit: »Ach Gott, das arme Tierchen wird doch niemanden genieren?« Jetzt erst merkte Heinrich die neue Ungezogenheit und wollte diese übermüige Person heimlich mit irgend einem Schimpfworte bedienen, als die Kleine das Hündchen auf den Schoß nahm und mit ihren feinen Händchen in festen Banden hielt. Zugleich trat der Herr zu ihm und redete ihn an:

»Mein Herr, ich habe soeben von Ihrem Kutscher vernommen, daß wir den gleichen Weg reisen. Auch ich bin hierher gekommen, um mittelst der Post bis zur nächsten Eisenbahnstation zu gelangen. Da Sie aber ganz allein sind, so haben Sie vielleicht nichts dagegen, wenn ich mich zu Ihnen geselle? Denn ich ziehe die gemütliche Kutsche bei diesem Wetter dem dumpfen Postwagen vor; auch mein Gepäck, welches nicht beträchtlich ist, dürfte noch neben dem Ihrigen Platz finden.«

Heinrich erwiderte etwas unbeholfen, daß er gar nichts zu verfügen hätte, indem es dem Kutscher frei stände, so viel Passagiere aufzunehmen als er unterbringen könne. Die große Dame hingegen rief: »Du wirst dich doch nicht in den alten Rumpelkasten setzen wollen, mit dem schmutzigen Fuhrmann auf dem Bock? Nein, da dank ich dafür!«

»Wenn du ein Herz für mich hast, liebe Schwester«, sagte der Herr, »so wünschest du mir vielmehr Glück dazu, daß ich einige Stunden lang die freie Luft und das schöne Wetter genießen kann!«

»Gut, daß wir diesmal nicht mitreisen, sonst würdest du uns am Ende noch zwingen, mit einzusitzen!«

»Ebenso wenig als ich euch zumuten würde, die Post zu gebrauchen!«

»Zur Strafe werden wir deine glorreiche Abfahrt aber auch nicht abwarten, sondern sogleich zurückfahren!«

»Das kann ich auch gern erlauben; denn dieser Herr und ich werden uns unmittelbar nach euch auf den Weg machen.«

Während dieses Gespräches hatte sich zwischen Heinrich und dem jungen Dämchen ein artiger stummer Verkehr entsponnen. Das Hündchen auf ihrem Schoße blickte beständig nach dem Stückchen Kuchen hin, welches verlassen und unerreichbar auf dem Tische lag, das Mädchen langte danach, Heinrich anblickend, wie um Erlaubnis zu bitten, konnte es aber nicht erreichen, so daß er es ihr näher hinschob. Der Hund mußte nun seine Künste machen, ehe er den Kuchen erhielt, Heinrich legte ein anderes Stück auf die neutrale Mitte des Tisches, von wo es das freundliche Kind wegholte, und so ging es fort, bis der Vorrat verzehrt war. Dabei hatte sie den Fremden nicht mehr angesehen, jedoch so laut und fröhlich zu dem Tierchen gesprochen und die Hände so fest und traulich nach dem Backwerke bewegt, daß er sich wohl als zur Gesellschaft gehörig betrachten durfte, und er erwiderte auch diese Freundlichkeit durch die größte Stille und Bescheidenheit. Als der Graf nun die Damen nach dem Wagen hinaus führte, um dort von ihnen Abschied zu nehmen, grüßte die Kleine unter der Türe Heinrich ganz allerliebst und dieser machte dem unerwachsenen Kinde ein so ernsthaftes Kompliment, als wenn er die ehrwürdigste Matrone vor sich gehabt hätte.

Indessen hatte sich im Gastzimmer eine Gesellschaft von sechs bis sieben Männern eingefunden, sämtlich mit runden vollen Gesichtern und blonden Schnurrbärten verschiedensten Schnittes. Sie trugen graue Jagdröcke mit grünen Aufschlägen und einige waren mit Sporen versehen. Bald hatte jeder einen schäumenden Krug Bier vor sich, welches, nebst einer beabsichtigten Kegelpartie, auch der Hauptinhalt des lauten Gespräches war, aus welchem es sich weiter ergab, daß sämtliche Gesellschaft aus Gerichtsassessoren, Forstleuten, Steuerbeamten und dergleichen bestand; auch ein Physikus war dabei. Äußerlich konnte man sie nicht unterscheiden, weil alle gleich rüstig und forstmäßig aussahen, und Heinrich betrachtete sie mit Wohlgefallen und gestand sich, daß diese sporenklirrenden Beamten in ihren Jagdtrachten sich keck und malerisch ausnähmen im Gegensatz zu den nüchternen und friedlichen Würdeträgern in den Dörfern seines Vaterlandes. Die Männer sprachen viel von Büchsen und Kugeln, und er schrieb ihnen deswegen auch einen gehörigen Verstand zu, von seiner Heimat her gewohnt, denselben meistens bei guten Schützen und wehrhaften Leuten zu finden. Über diesen Betrachtungen hatte er achtlos den Kopf bedeckt, um sich das Anlegen seines Mantels, das Bezahlen seiner Zeche und dergleichen bequemer zu machen, und näherte sich schon der Türe, als einer der Herren vor ihn hintrat und ihm die Mütze vom Kopfe nahm mit den Worten: »Wenn Sie nicht wissen, mein Herr, was hier zu Lande Sitte ist, so ist man genötigt, es Ihnen deutlich zu zeigen!« – Heinrich sah ganz verblüfft auf den Redner, dann auf die großen Bierkrüge und in der braunen Stube umher; seine Augen glitten aber ab von den höhnischen Gesichtern, auf welche sie trafen und die darauf hinwiesen, daß diese Szene das Resultat einer förmlichen, vorhergehenden Beratung war; denn alle Genossen des Angreifers standen im Kreise um ihn herum. Jetzt erst wurde er feuerrot und stammelte zornig: »Wie können Sie sich unterstehen –«, dabei hob er seine Mütze vom Boden auf, drehte sie krampfhaft zusammen und hatte nicht übel Lust, den Mann damit ins Gesicht zu schlagen. Zugleich riefen verschiedene Stimmen: »Sein Sie ruhig, oder man wird Sie hinauswerfen!«

»Ich ersuche Sie, das bleiben zu lassen, meine Herren!« sagte der Graf, welcher hereinkommend alles mit angesehen hatte, mit entschiedener Stimme und trat neben Heinrich. »Wenn hier jemand«, fuhr er fort, »keine Lebensart besitzt, so ist es jedenfalls nicht dieser junge Mann, und insbesondere verwahre ich mich dagegen, daß es deutscher Sitte gemäß sei, einen harmlosen Reisenden durch Tätlichkeiten zu belehren!«

Die Anwesenden hatten sich schon stillschweigend zurückgezogen und der dicke Wirt, welcher vorhin keine Miene gemacht hatte, den Fremden in seinem Hause zu beschützen, war in angstvoller Verlegenheit. Nur der Anführer der Beamtengesellschaft erwiderte mit unsicherer Stimme: »Wenn wir von einem Fremden die gebührliche Achtung verlangen, so geschieht es in Rücksicht auf des Königs Majestät, dessen Stellvertreter wir sind.«

»Es liegt schwerlich im Wunsche des Königs, daß seine Beamten sich hinter den Bierkrug lagern, um darüber zu wachen, daß jeder Reisende im Lande den Hut abzieht!« Damit faßte der Graf seinen Schützling unter den Arm und ging mit ihm hinaus.

Die Beamten liefen in großer Verwirrung in der Stube umher und ergriffen stumm und grimmig ihre Krüge; sie schämten sich nicht voreinander, sondern vor den Wirtsleuten, welche Zeugen ihrer Demütigung gewesen waren. Nur einer sagte: »Das war wieder einmal Wasser auf seine Mühle, da konnte er seine merkwürdigen Launen wieder auslassen! Schade, daß er mit seinem Spleen nicht in England zu Hause ist!«

»Ich glaube, er würde noch lieber nach Amerika gehören«, versetzte ein anderer mit pfiffigem Ausdruck. –

In dem alten Wagen, als derselbe auf der Landstraße dahinfuhr, saßen die beiden Neubekannten anfangs schweigend und verstimmt. Heinrich aus guten Gründen; denn die leiseste Berührung einer fremden männlichen Hand in feindlicher Absicht jagt das Blut immer in eine heftige Wallung und hat schon oft genug Mord und Todschlag zur Folge gehabt; sein Begleiter hingegen mochte etwas ärgerlich darüber sein, daß er in so kurzer Zeit einen unscheinbaren Fremden wiederholt gegen die Ungezogenheit der eigenen Umgebung hatte schützen müssen, wozu noch die Ungewißheit kam, ob diese in Beziehung auf den inneren Wert des Schützlings wohl auch notwendig sei? Wie um sich hierin zu versichern, eröffnete er endlich das Gespräch, indem er Heinrich nach seinem Herkommen befragte. Als dieser erwiderte, daß er Schweizer sei und zum ersten Mal in Deutschland reise, versetzte der Graf: »Und sind Sie überrascht durch die vorige Tölpelei, oder finden Sie irgend eine vorgefaßte Meinung bestätigt?«

»Ich soll eigentlich nicht überrascht sein, wenn ich bedenke, daß jedes Volk seine eigenen Sitten hat, welche kennen zu lernen der Fremde wohl tut. Ich erinnere mich jetzt wirklich, daß in meiner Heimat dem Reisenden ähnliche Unannehmlichkeiten widerfahren, indem dort das Landvolk, wenn es von Begegnenden nicht gegrüßt oder sein Gruß nicht erwidert wird, dem Fehlenden Schimpf und Spott nachsendet. Dabei herrscht eine so genaue Etikette, daß der Ankommende oder Vorübergehende denjenigen, der an einer Stelle sitzt oder steht, zuerst begrüßen muß, wenn er nicht ausgescholten werden will.«

»Da scheint mir aber doch eine schönere Sitte allgemeiner Freundlichkeit und Zutraulichkeit zu Grunde zu liegen als die tolle Respektwut unserer Honoratioren ist. Oder ist es vielleicht die gleiche moralische Triebfeder, indem Ihr Landvolk sich als republikanischer Souverän respektiert wissen will?«

»Durchaus nicht! Das Volk bei uns hat nicht nötig, sich seine Bedeutung durch solche Dinge zu vergegenwärtigen; es atmet seine Lebensluft, ohne daran zu denken; der Herzschlag seines politischen Lebens gehört eben sowohl zu den unwillkürlichen Bewegungen als derjenige seines physischen Körpers. Auch sind Leute, welche eine absolute persönliche Nichtsnutzigkeit und Hohlheit fortwährend durch ihren überkommenen Anteil an der bürgerlichen Souveränität übertünchen wollen, nicht besonders angesehen. So mag es kommen, daß das Volk auf den Straßen den Postzug eines durchreisenden gekrönten Hauptes mit kindlicher Verwunderung begafft, und wenn es etwas recht Großes und Reiches bezeichnen will, die Worte König und königlich so wohl anwendet wie alle übrige Welt, oft mit solcher Naivität, daß der geschulte Demokrat sich darob ärgern mag.«

»Wenn Sie hierin noch die glückliche Stimmung Ihres Volkes teilen, werden Sie sich also nicht unbequem fühlen während Ihres Aufenthaltes in einer Monarchie?«

»Solange ich die Gewißheit habe zurückzukehren, sobald ich will, wohl nicht. Indessen muß ich Ihnen gestehen, mein Herr, daß doch schon eine sonderbare Stimmung anfängt, sich meiner zu bemächtigen, und der heutige Auftritt machte dieselbe nur klarer. Es ist mir zu Mute, wie wenn irgend einer zarten und bisher unberührten Saite meines Innern plötzlich Gewalt angetan wäre; jeder Stein, jeder Baum scheint hier einen Stempel zu tragen, noch neben dem der Gottheit und der Natur. Jedes Postschild scheint mir zuzurufen: Du mußt dich auch zeichnen lassen wie ich, hier ist alles das erste und letzte Eigentum eines einzelnen Menschen! Und je weniger das Wort in Wirklichkeit wahr ist, besonders in einer gesetzlich eingerichteten Monarchie, desto mehr kommt es mir als ein unwürdiger Spaß, als ein blauer Dunst vor, den man sich mit ernsthaftem Gesicht vormacht; je weniger ich, wenn ich recht tue, nach jemandem zu fragen habe, desto lästiger ist es mir, wenn ich mich doch so anstellen soll, vor einer Namens-Chiffer den Hut abzuziehen und den Nachbar dabei zu versichern, daß dies mein höchster Ernst sei. Eigentlich regieren überall doch diejenigen, welche die nötige Einsicht und Überlegenheit im Guten wie im Bösen dazu haben; manchmal ist es der Fürst, manchmal der letzte Hirtensohn seines Reiches, zuletzt fast immer die öffentliche Meinung oder die Mehrheit, und angesichts dieser Tatsache wird wohl nur darum die Republik in der weiten Welt fast unmöglich, weil sie von ihren Verkündigern anstatt zur Sache der kühlen Vernunft und Lebenspraxis, zur Sache des Gefühls, zum religiösen Ideal gemacht wird, welches wieder der Heuchelei, der Schwärmerei und einem politischen Pfaffentum Tür und Tor öffnet.«

»Ei, Sie sprechen ja wie ein Buch, junger Freund! Sie sind wohl ein eifriger Politiker?«

»Das gerade nicht mehr als nötig ist! Ich habe aber als ein Buchrepublikaner darüber nachgedacht, daß mein Volk so wenig Aufhebens macht mit seiner Republik, während es sich wahrhaft und nicht vorübergehend unglücklich fühlte, wenn es durch irgend eine Übermacht bezwungen, auch von dem besten Fürsten zu besitzen und zu regieren versucht würde. Und je mehr sich dieses Volk von uns, die wir Bücher lesen und den weltgeschichtlichen Begriff der Republik kennen, unterscheidet, desto liebenswürdiger ist es in seiner Duldsamkeit gegen Andersgläubige, gegen monarchische Untertanen, denen es nicht das brutale car tel est notre plaisir entgegenzuschreien braucht, welches der bornierte Royalist hervorkehrt, wenn er über seine Anhänglichkeit an eine Dynastie, von der er in seinem Leben noch keinen kleinen Finger gesehen hat, keine Rechenschaft weiter geben kann. Ich für mich aber kann mir bereits vorstellen, wie es einem ist, der in der Türkei reist, dem Drehtanze eines Derwisches zusehen und sich wohl hüten muß, den Mund zu verziehen.«

»Auf dieses wenig schmeichelhafte Gleichnis«, sagte der Graf lächelnd, »kann ich Ihnen entgegnen, daß ein Royalist vielleicht in ähnlicher Lage ist auf einer Reise durch die Schweiz und daß demselben die dortigen Zustände sehr barbarisch, zufällig und roh vorkommen dürften!«

»Dagegen«, erwiderte Heinrich ebenfalls lachend, »könnte ich nur das alte Sprichwort halten, welches am Ende der besprochenen Toleranz meiner gemeinen Landsleute zu Grunde liegt: über den Geschmack ist nicht zu streiten!«

»Da haben Sie ganz recht«, sagte Heinrichs Begleiter und gab ihm die Hand, »auch bin ich vielleicht am wenigsten im Fall, mit Ihnen zu streiten. Und was führt Sie denn, wenn ich fragen darf, nach unserm monarchischen Deutschland? Dem Anscheine nach sind Sie entweder Student oder ein junger Künstler?«

»Beides zusammen, wenn Sie wollen! letzteres im engern Sinne, ersteres überhaupt, insofern ich mir in der Mitte meines großen Stammvolkes selbst seine geistigen Errungenschaften aneignen und diejenigen allgemeinen Grundlagen und Anschauungen erwerben möchte, welche nur bei großen Sprachgenossenschaften zu finden sind und ohne welche es der einzelne zu nichts Ganzem und Höherm bringen kann.«

»Wie, eure schweizerische Nationalität genügt euch also doch nicht für den Hausgebrauch in allen Dingen? Sie gibt euch keine Ideen für ein höheres Bedürfnis?«

»Jedes Ding hat zwei Seiten, mein Herr! und, wie ich glaube, auch die Nationalität oder was man so nennen mag. Man kann ein sehr guter Hausvater, ein anhänglicher, pflichtgetreuer Sohn sein und doch das entsprechende Gebiet für verschiedene Bedürfnisse und Fähigkeiten außer dem Hause suchen und finden. Und wie die Familie die sicherste, trostreichste Zuflucht ist nach jeder Abschweifung und Irrfahrt, so ist das Vaterland, wenn seine Grenzen einen natürlichen Zusammenhang haben und wenn es zudem noch den sicheren Schoß eines aufgeweckten und vergnüglichen bürgerlichen Lebens bildet, der erste und letzte Zufluchtsort für alle seine besseren Kinder, und je ungleicher diese sich an Stamm und Sprache manchmal sind, desto fester ziehen sie sich, nach gewissen Gesetzen, gegenseitig an, freundlich zusammengehalten durch ein gemeinsam durchgekämpftes Schicksal und durch die erworbene Einsicht, daß sie zusammen so, wie und wo sie nun sich eingerichtet haben, am glücklichsten sind. Eine solche Lage ist die unsrige. Um einen uralten Kern hat sich nach und nach eine mannigfaltige Genossenschaft angesetzt, welche die Überlieferungen desselben, soweit sie in ihrer Bedeutung noch lebendig sind, mit aufnahm und sich bestrebt, sie fortwährend in gangbare Münze umzusetzen. Ähnliche Neigungen in der durchweg ähnlichen, schönen Landschaft, eine Menge nachbarlicher Berührungen bei der gemeinsamen Zähigkeit, den Boden unabhängig zu erhalten, haben ein von jedem andern Nationalleben unterschiedenes Bundesleben hervorgebracht, welches allen seinen Teilnehmern wieder einen gleichmäßigen Charakter bis in die feineren Schattierungen der Sitten und Sinnesart verliehen hat. Und je mehr wir uns in diesem Zustande geborgen glauben vor der Verwirrung, die uns überall umgibt, je mehr wir die träumerische Ohnmacht der altersgrauen großen Nationalerinnerungen, welche sich auf Sprache und Farbe der Haare stützen, rings um uns zu erkennen glauben, desto hartnäckiger halten wir an unserm schweizerischen Sinne fest. So kann man wohl sagen, nicht die Nationalität gibt uns Ideen, sondern eine unsichtbare, in diesen Bergen schwebende Idee hat sich diese eigentümliche Nationalität zu ihrer Verkörperung geschaffen.«

»Ich kann mich nun«, versetzte der Graf, »allerdings schon leichter in dieses sonderbare Nationalgefühl hineindenken, muß aber umso eher darauf bestehen, daß die Schweizer folgerechterweise auch einer ebenso eigentümlichen, aus ihren Verhältnissen erwachsenden Geisteskultur bedürfen sollten!«

»Das ist eben die andere Seite! Es gibt zwar viele meiner Landsleute, welche an eine schweizerische Kunst und Literatur, ja sogar an eine schweizerische Wissenschaft glauben. Das Alpenglühen und die Alpenrosenpoesie sind aber bald erschöpft, einige gute Schlachten bald besungen, und zu unserer Beschämung mussen wir alle Trinksprüche, Mottos und Inschriften bei öffentlichen Festen aus Schillers Tell nehmen, welcher immer noch das Beste für dieses Bedürfnis liefert. Und was die Wissenschaft betrifft, so bedarf diese gewiß noch weit mehr des großen Weltmarktes und zunächst der in Sprache und Geist verwandten größeren Völker, um kein verlorener Posten zu sein. Der französische Schweizer schwört zu Corneille, Racine und Molière, zu Voltaire oder Guizot, je nach seiner Partei, der Tessiner glaubt nur an italienische Musik und Gelehrsamkeit und der deutsche Schweizer lacht sie beide aus und holt seine Bildung aus den tiefen Schachten des deutschen Volkes. Alle aber sind bestrebt, alles nur zur größeren Ehre ihres Landes zurückzubringen und zu verwenden, und viele geraten sogar über diesem Bestreben in ein gegen die Quellen undankbares und lächerliches Zopftum hinein.«

»Es ist vielleicht«, wandte Heinrichs Begleiter ein, »ein unbescheidener Mißbrauch, welchen ich mit einem wackeren Volke treiben möchte, wenn ich auf meiner alten Behauptung beharre und sogar wünsche, daß ihr es einmal versuchsweise darauf anlegtet, in allen Dingen ganz selbständig und naturwüchsig zu sein und ganz auf eurem Boden eine eigene Weisheit zu pflegen. Dem Lande wie seiner Verfassung eigenst angemessen, müßte gewiß etwas Frisches und für uns andere Erbauliches zustande kommen. Sie würden vielleicht umkehren, junger Mann, wenn Sie wüßten, wie sich bei uns großen Nationen die Bildung im ewigen Kreise herumdreht, wie einflußlos unsere Heroen, die in jedermanns Munde sind, an unserm innersten Herzen vorübergehen und wie bis zur dumpfen Verzweiflung sich Ungeschmack und Unsinn jeden andern Tag wieder so breit macht, als wäre er nie überwunden worden!«

Mit diesen Worten stieß der Graf einen ziemlichen Seufzer aus; Heinrich aber schüttelte den Kopf und sagte:

»Nein, nein! erstens tun Sie sich selbst unrecht und zweitens können wir uns doch nicht abschließen! Zu einer guten patriotischen Existenz braucht es jederzeit nicht mehr und nicht weniger Mitglieder als gerade vorhanden sind. Mit den Kulturdingen ist es anders; da sind vor allem gute Einfälle, so viel als immer möglich, notwendig, und daß deren in vierzig Millionen Köpfen mehrere entstehen als nur in zwei Millionen, ist außer Zweifel!«

«Das ist freilich ein praktischer und triftiger Grund!« sagte der Graf mit herzlichem Lachen, »ich will Ihnen ferner auch nichts einwenden und wünsche Ihrer Jugend wie Ihren Hoffnungen das beste Gedeihen. Es sollte mich recht freuen, später einmal zu erfahren, wie Sie Ihre Rechnung befunden haben. Ich verlasse mich auch darauf; denn wenn man mit so klarem, schönem Willen in die Welt geht, so wird man gewiß etwas aus sich machen!«

Da die friedlich wackelnde Kutsche an einem Haltorte der Eisenbahn angekommen war und in demselben Augenblicke auch ein mächtiger Wagenzug heranpfiff, so stiegen sie nun aus und nahmen Abschied, indem der Graf, seinen jungen Gefährten mit fast wehmütiger Teilnahme ansehend, ihm noch ein freundliches »aufs Wiedersehen« nachrief. Heinrich drängte sich noch mit seinem Gepäcke unter den Leuten umher, um seinen Platz in der dritten Klasse aufzufinden, während der vornehme Herr schon in einem bequemen und prächtigen Coupé der ersten Klasse sich ganz allein ausstreckte. Er rutschte aber unruhig hin und her und sagte zu sich selbst: Wunderliches Verhältnis! Da würde ich nun gern mit diesem muntern Jungen weiter plaudern, aber der Unterschied unserer Geldbeutel reißt uns auseinander und ich darf ihm keinen Platz bei mir anbieten, während ich zu weichlich bin, mich unter das Volk hinaus zu setzen! Doch was hindert mich eigentlich daran? Und schon wollte er wieder aussteigen, als der Zug sich mit einem grellen Pfiff in Bewegung setzte und bald über das Feld hinglitt, die Sonne im Rücken lassend.

Dieselbe näherte sich bei der Ankunft in der großen Hauptstadt, dem Reiseziele Heinrichs, schon ihrem Untergange und vergoldete mit ihren letzten Strahlen die weite Ebene samt der Stadt mit ihren

Steinmassen und Baumwipfeln. Heinrich hatte kaum seine Sachen in einem Gasthofe untergebracht, so lief er ungeduldig wieder auf die Straße und stürzte sich unter das Wogen und Treiben der Stadt.

Da glühten im letzten Abendscheine griechische Giebelfelder und gotische Türme; Säulen der verschiedensten Art tauchten ihre geschmückten Häupter noch in den Rosenglanz, helle gegossene Bilder, funkelneu, schimmerten aus dem Helldunkel der Dämmerung, indessen buntbemalte offene Hallen schon durch Laternenlicht erleuchtet waren und von geschmückten Frauen durchwandelt wurden. Steinbilder ragten in langen Reihen von hohen Zinnen in die Luft, Königsburgen, Paläste, Theater, Kirchen bildeten große Gruppen zusammen, Gebäude von allen möglichen Bauarten, alle gleich neu, sah man hier vereinigt, während dort alte geschwärzte Kuppeln, Rat- und Bürgerhäuser einen schroffen Gegensatz machten. Es herrschte ein aufgeregtes Leben auf den Straßen und Plätzen. Aus Kirchen und mächtigen Schenkhäusern erscholl Musik, Geläute, Orgel- und Harfenspiel; aus mit allerlei mystischen Symbolen überladenen Kapellentüren drangen Weihrauchwolken auf die Gasse; schöne und fratzenhafte Künstlergestalten gingen scharenweis vorüber, Studenten in Schnürröcken und silbergestickten Mützen kamen daher, gepanzerte Reiter mit glänzenden Stahlhelmen ritten gemächlich und stolz über einen Platz, üppige Kurtisanen mit blanken Schultern zogen nach hellen Tanzsälen, von denen Pauken und Trompeten herniedertönten; alte dicke Weiber verbeugten sich vor dünnen schwarzen Mönchen, welche zahlreich umhergingen; unter offenen Hausfluren saßen wohlgenährte Spießbürger hinter gebratenen Gänsen und mächtigen Krügen und genossen den lauen Frühlingsabend; glänzende Wagen mit Mohren und Jägern fuhren vorbei und wurden aufgehalten durch einen ungeheueren Knäuel von Soldaten und Handwerksburschen, welche sich die Köpfe zerbleueten. Es war ein unendliches Gesumme überall und ein seltsamer Übergang der katholischen Festandacht und der kirchlichen Glockentöne in die laute Lustbarkeit des zweiten Osterabends.

Heinrich hatte sich aus dem Lärm verloren in eine lange und weite Straße, welche ganz von mächtigen neuen Gebäuden besetzt war. Steinerne Bildsäulen standen vor ernsten byzantinischen Fronten, die still und hoch in den dunkelnden Himmel hinauf stiegen, bald dunkelrot gefärbt, bald blendend weiß, alles wie erst heute und zur Mustersammlung für lernbegierige Schüler aufgestellt. Da und dort verschmelzten sich die alten Zierarten und Formen zu neuen Erfindungen, die verschiedensten Gliederungen und Verhältnisse stritten sich und verschwammen ineinander und lösten sich wieder auf zu neuen Versuchen; es schien, als ob die tausendjährige Steinwelt, auf ein mächtiges Zauberwort in Fluß geraten, nach einer neuen Form gerungen hätte und über dem Ringen in einer seltsamen Mischung wieder erstarrt wäre. Wie zum Spotte ragte tief im Hintergrunde eine kolossale alte Kirche im Jesuitenstile über alle diese Schöpfungen empor und die tollen Schnörkel und Schlangenlinien derselben schienen in dem schwachen Mondlichte auf und nieder zu tanzen. Das Getöse der inneren Stadt summte nur von ferne in die einsame, stille Straße herein, man hörte fast keines Menschen Tritt gehen, nur ein hoher, magerer Mann kam mit langen Schritten und wunderlichen Bewegungen durch das ersterbende Zwielicht daher und trat, als Heinrich ihn zerstreut ansah, plötzlich auf denselben zu und schlug ihm die Mütze vom Kopfe, daß sie auf den Boden fiel. Es lag aber etwas Schwärmerisches und gutmütig Edles in den Augen dieses Mannes, so daß Heinrich verlegen dastand, sich hinter den Ohren kratzte und nicht wußte, was nun wieder zu tun sei. Der Fremde rief ihm aber mit lauter Stimme zu: »Warum gaffen Sie mich an und grüßen nicht? Was ist das für eine Ungezogenheit?« Heinrich sagte: »Ich kenne Sie ja gar nicht, Herr!« »So? Wissen Sie, ich bin der König! Artig sein, Respekt haben, junger Mann!« und ohne eine fernere Rede abzuwarten, schritt er rasch von dannen.

Heinrich hob seine Mütze vom Boden, schlug den Staub ab und suchte eiligst seine Herberge auf.

VIERTES KAPITEL

Am andern Tage hantierte Heinrich Lee bereits in einem gemieteten Zimmer umher und war bemüht, seine Siebensachen in den verschiedenen Hausgeräten unterzubringen. Sein gewaltiger altväterlicher Holzkoffer stand mitten auf dem Boden und schien sich nicht erschöpfen zu wollen; denn außer dem reichlichen Vielerlei, womit ihn die Mutter für des Leibes Bedürfnis versorgt hatte, führte er auch einen ziemlichen Vorrat an sonstigen Dingen mit, von denen er sich nicht hatte trennen können, obschon ein guter Teil keinen andern Wert hatte, als daß Heinrich bisher die Sachen täglich vor Augen und in Händen sah. Er kannte den Zustand noch nicht, wo man jedes entbehrliche Buch, jedes Kästchen oder Schächtelchen aus alter Zeit, Briefschaften, sogar musikalische Instrumente, die einem fast an die Hand gewachsen sind, über Bord wirft und, starr und ängstlich seine Zukunft suchend, welche immer zurückzuweichen scheint, während sie fortwährend um uns herumschleicht und hinter unserm Rücken unbemerkt zur Vergangenheit wird, mit dem zusammengepreßten Gepäcke eines Kuriers Jahre lang dahinlebt, in Wohnungen, die ebenso knapp eingerichtet sind, ein Bett, ein Tisch, ein Sofa, vier Stühle, und das alles in der jämmerlichen Eleganz, wie sie der Laden eines Trödlers oder Möbelverleihers darbietet und der Geschmack einer hungrigen Witwe zusammenstellt. Da ist keine trauliche Uhr an der Wand, ja kein überzähliges Tischchen am Fenster, kein Blumenstock vor demselben; statt daß klare weiße Vorhänge schlicht darüberhangen, schlingt sich toll gewordener roter und gelber Kattun um einen trübselig vergoldeten Spieß, welcher schon zwölfmal verkauft und wieder gekauft wurde. Und trotz dieser Armseligkeit hat die einzige Kommode im Nu das Mitgebrachte des fahrenden Bewohners verschlungen, wie ein Haifisch eine Katze, und läßt nichts zu sehen übrig als hier einen Bogen Briefpapier, dort eine Haarbürste. Es ist ein unerquickliches Leben in dieser baumwollenen Pracht der Mietzimmer, immer den Reisekoffer neben dem Ofen!

Die Wohnung jedoch, welche Heinrich gefunden hatte, entsprach mehr seinen mitgebrachten mannigfaltigen Habseligkeiten. Sie war einfach, aber bequem und hatte in ihrer Einrichtung das Ansehen einer seit lange so bestandenen ordentlichen Wohnstube. Die Fenster gingen auf einen stillen Hof, die Sessel an denselben standen noch auf besonderen Erhöhungen, und noch ein anderer behaglicher Sitz zum träumerischen Ausruhen versprach die endlich geleerte Arche Noä Heinrichs zu werden, welche er zwischen den Ofen und das Bett hineinschob.

Er saß auch schon auf dem soliden Deckel, ausruhend und nachdenklich, wie einer, der für den Augenblick nicht weiß, was eigentlich zunächst nun zu beginnen ist. Ohne Empfehlungen und Bekanntschaften in dieser Stadt angekommen, mußte er sich ganz allein zu helfen und nach eigenem Überblick und Urteil seine Tätigkeit zu ordnen suchen. In der Hand hielt er ein eingebundenes Manuskript und blätterte darin umher, als ob er eine Richtschnur oder wenigstens die Anknüpfungspunkte für eine solche herausfinden wollte. Es war die Geschichte seiner bisherigen Jugend, welche er in jugendlicher Subjektivität und Schreibseligkeit während der letzten Zeit vor seiner Abreise niedergeschrieben hatte, um sich eine Art Abschluß und Übersicht zu bilden.

Bis seine neuen Verhältnisse eine bestimmte Gestalt angenommen haben, wollen wir das mäßige Büchlein durchlesen, um ihn selbst wie sein ferneres Geschick desto klarer beurteilen zu können. Schon daß er dasselbe geschrieben, ist so bezeichnend, daß auch der Inhalt denjenigen weiter anregen muß, der überhaupt an unserm Helden teilnehmen mag.

Eine Jugendgeschichte

Mein Vater war ein Bauernsohn aus einem uralten Dorfe, welches I, 1
seinen Namen von einer seit vielen Jahrhunderten verschollenen Familie hat. Niemand weiß mehr, wo einst das Schloß gestanden, von dem man in den Chroniken noch schwache Spuren findet; ebensowenig weiß man, wann der letzte »Edle« dieses Namens gestorben ist; aber das Dorf steht noch da, seelenreich und belebter als je, während das halbe Dutzend Familiennamen unverändert geblieben ist und für die zahlreichen, weitläufigen Geschlechter fort und fort ausreichen muß. Der kleine Gottesacker, welcher sich rings an die trotz ihres Alters immer schneeweiß geputzte Kirche schmiegt und niemals erweitert worden ist, besteht in seiner Erde buchstäblich aus den aufgelösten Gebeinen der vorübergegangenen Geschlechter, es ist unmöglich, daß bis zur Tiefe von zehn Fuß ein Körnlein sei, welches nicht seine Wanderung durch den menschlichen Organismus gemacht und einst die übrige Erde mit umgraben geholfen hat. Doch ich übertreibe und

vergesse die vier Tannenbretter, welche jedesmal mit in die Erde kommen und den ebenso alten Riesengeschlechtern auf den grünen Bergen rings entstammen; ich vergesse ferner die derbe ehrliche Leinwand der Grabhemden, welche auf diesen Fluren wuchs, gesponnen und gebleicht wurde, und also so gut zur Familie gehört wie jene Tannenbretter und nicht hindert, daß die Erde unseres Kirchhofes so schön kühl und schwarz sei als irgend eine. Es wächst auch das grünste Gras darauf, und die Rosen nebst dem Jasmin wuchern in göttlicher Unordnung und Überfülle, so daß nicht einzelne Stäudlein auf ein frisches Grab gesetzt, sondern das Grab muß in den Blumenwald hineingehauen werden, und nur der Totengräber kennt genau die Grenze in diesem Wirrsal, wo das frisch umzugrabende Gebiet anfängt.

Das Dorf zählt etwa zweitausend Bewohner, von welchen je etwa dreihundert den gleichen Namen führen; aber höchstens zwanzig bis dreißig von diesen pflegen sich Vetter zu nennen, weil die Familienerinnerungen selten bis zum Urgroßvater hinaufsteigen. Aus der unergründlichen Tiefe der Zeiten an das Tageslicht gestiegen, sonnen sich diese Menschen darin, so gut es gehen will, rühren sich und wehren sich ihrer Haut, um wohl oder wehe wieder in der Dunkelheit zu verschwinden, wenn ihre Zeit gekommen ist. Wenn sie ihre Nasen in die Hand nehmen, so sind sie sattsam überzeugt, daß sie eine ununterbrochene Reihe von zweiunddreißig Ahnen besitzen müssen, und anstatt dem natürlichen Zusammenhange derselben nachzuspüren, sind sie vielmehr bemüht, die Kette ihrerseits nicht ausgehen zu lassen. So kommt es, daß sie alle möglichen Sagen und wunderlichen Geschichten ihrer Gegend mit der größten Genauigkeit erzählen können, ohne zu wissen, wie es zugegangen ist, daß der Großvater die Großmutter nahm. Alle Tugenden glaubt jeder selbst zu besitzen, wenigstens diejenigen, welche nach seiner Lebensweise für ihn wirkliche Tugenden sind, und was die Missetaten betrifft, so hat der Bauer so gut Ursache wie der Vornehme, die seiner Väter in Vergessenheit begraben zu wünschen; denn er ist zuweilen eine so wüste und wilde Bestie wie manches andere Menschenkind.

Ein großes rundes Gebiet von Feld und Wald bildet ein reiches unverwüstliches Vermögen der Bewohner; doch es ist eigentlich nicht ganz rund, indem mancher mächtige Acker, manche Zelle Laub- und Nadelholz jenseits der Hügel hinunter kühn und naseweis in das Gebiet anderer Gemeinden eingreift, während jene sich gelegentlich durch die glückliche und listige Erwerbung eines diesseitigen Grenzstückes rächen und daher das Ganze einen so zerfetzten Rand hat wie ein Bettlermantel. Dieser Reichtum blieb sich von jeher so ziemlich gleich; wenn auch hie und da eine Braut einen Teil verschleppt, so unternehmen die jungen Bursche dafür häufige Raubzüge bis auf acht Stunden weit und sorgen für hinlänglichen Ersatz sowie dafür, daß die Gemütsanlagen und körperlichen Physiognomien der Gemeinde die gehörige Mannigfaltigkeit bewahren, und sie entwickeln hierin eine tiefere und gelehrtere Einsicht für ein frisches Fortgedeihen als manche reiche Patrizier- oder Handelsstadt und als die europäischen Fürstengeschlechter.

Die Einteilung dieses Besitzes aber verändert sich von Jahr zu Jahr teilweise und mit jedem halben Jahrhundert ganz bis zur Unkenntlichkeit. Die Kinder der gestrigen Bettler sind heute die Reichen im Dorfe, und die Nachkommen dieser treiben sich morgen mühsam in der Mittelklasse umher, um entweder ganz zu verarmen oder sich wieder aufzuschwingen.

Mein Vater starb so früh, daß ich ihn nicht mehr von *seinem* Vater konnte erzählen hören, ich weiß daher so gut wie nichts von diesem Manne; nur so viel ist gewiß, daß damals die Reihe einer ehrbaren Unvermöglichkeit an seiner engeren Familie war. Da ich nicht annehmen mag, daß der ganz unbekannte Urgroßvater ein liederlicher Kauz gewesen sei, so halte ich es für wahrscheinlich, daß sein Vermögen durch eine sehr zahlreiche Nachkommenschaft zersplittert wurde; wirklich habe ich auch eine Menge entfernter Vettern, welche ich kaum noch zu unterscheiden weiß, die, wie die Ameisen krabbelnd, bereits wieder im Schwunge sind, ein gutes Teil der viel zerhackten und durchfurchten Grundstücke an sich zu bringen. Ja, einige Alte unter denselben sind in der Zeit schon wieder reich gewesen und ihre Kinder wieder arm geworden.

Dazumal war es nicht ganz mehr jene erbärmliche Schweiz, wie sie Goethe im Wertherschen Nachlasse geschildert hat, und wenn auch die junge Saat der französischen Ideen durch einen ungeheueren

Schneefall östreichischer, russischer und selbst französischer Quartierbillets bedeckt worden war, so gestattete doch die kluge Mediations-Verfassung einen gelinden Nachsommer und verhinderte meinen Vater nicht, die Kühe, die er weidete, eines Morgens stehen zu lassen und, einem höheren Triebe folgend, nach der Stadt zu gehen, um ein gutes Handwerk zu erlernen. Von da an verscholl er so ziemlich für seine Mitbürger; denn nach langen und harten, aber meisterlich bestandenen Lehrjahren führte ihn sein Trieb, einen immer kühnern Schwung nehmend, in die Ferne und er durchschweifte als ein geschickter Steinmetz entlegene Reiche. Indessen aber hatte der sanftknisternde Papierblumenfrühling, welcher nach der Schlacht bei Waterloo aufging, wie überallhin so auch in die geheimsten Winkel der Schweiz sein bläuliches Kerzenlicht verbreitet, und der große Dichter hätte sich jetzt eher wieder zurecht finden können, wenn nicht unterdessen auch sein wackerer Lavater gestorben und mit demselben das letzte Restchen Phantasie aus dem städtischen Zopftume der Schweizer entflohen wäre. Auch in meines Vaters Geburtsdorf, dessen Bewohner in den neunziger Jahren ebenfalls entdeckt hatten, daß sie seit undenklichen Zeiten mitten in einer Republik lebten, war die ehrwürdige und zugleich muntere Dame Restauration mit allen ihren Schachteln und Kartons feierlich eingezogen und richtete sich in dem Neste so gut ein als sie konnte. Schattige Wälder, Höhen und Täler mit den angenehmsten Freudenplätzen, ein fischreicher, klarer Fluß und die Wiederholung aller dieser guten Dinge in einer weiten, belebten Nachbarschaft, welche sogar noch mit einigen bewohnten Schlössern gespickt war, zogen den einwohnenden Herrschaften Jahr aus und ein eine Menge jagender, fischender, tanzender, singender, essender und trinkender Gäste aus der Stadt zu. Man bewegte sich umso leichter, als man den Reifrock und die Perücke weislich da liegen ließ, wohin sie die Revolution geworfen hatte, und das griechische Kostüm der Kaiserzeit, wenn auch in diesen Gegenden etwas nachträglich, angetan hatte. Die Bauern sahen mit Verwunderung die weißumflorten Göttergestalten ihrer vornehmen Mitbürgerinnen, ihre sonderbaren Hüte und noch merkwürdigeren Taillen, welche dicht unter den Armen gegürtet waren. Die Herrlichkeit des aristokratischen Regimentes entfaltete sich am höchsten im Pfarrhause. Die reformierten Landgeistlichen der Schweiz waren keine armen, demütigen Schlucker wie ihre Amtsbrüder im protestantischen Norden. Da alle Pfründen im Lande ausschließlich den Bürgern der herrschenden Städte offen standen, so bildeten sie zu den weltlichen Ehrenstellen eine Ergänzung im Systeme der Herrschaft, und die Pfarrer, deren Brüder das Schwert und die Waage handhabten, nahmen teil an der Glorie, wirkten und regierten auf ihre Weise im Sinne des Ganzen kräftig mit oder überließen sich einem sorgenfreien, vergnüglichen Dasein, gleich den vornehmen Geistlichen der katholischen Kirche. Sehr oft waren sie von Haus aus reich und die ländlichen Pfarrhäuser glichen eher den Landsitzen großer Herren; auch gab es eine Menge adeliger Seelenhirten, welche die Bauern Junker Pfarrer nennen mußten. Ein solcher war nun zwar der Pfarrer meines Heimatdorfes nicht, auch nichts weniger als ein reicher Mann; doch sonst einer sehr alten Bürgerfamilie angehörend, vereinigte er in seiner Person und in seinem Hauswesen allen Stolz, Kastengeist und Lustbarkeit eines warmgesessenen Städtetumes. Er tat sich etwas darauf zugut, ein Aristokrat zu heißen, und vermischte seine geistliche Würde ungezwungen mit einem derben, militärisch-junkerhaften Anstriche; denn man wußte dazumal noch nichts, weder von dem Namen noch von dem Wesen des modernen, weinerlichen und heuchlerischen Konservatismus. Es ging in seinem Hause geräuschvoll und lustig her, die Pfarrkinder steuerten reichlich, was Feld und Stall abwarf, die Gäste holten sich selbst aus dem Forste Hasen, Schnepfen und Rebhühner, und da Treibjagden doch nicht landesüblich waren, so wurden die Bauern dafür zu großen Fischzügen freundschaftlich angehalten, welches jedesmal ein Fest gab, und so war das Pfarrhaus nie ohne Freude und Lärm. Man durchzog das Land rings umher, stattete Besuche ab in Masse und empfing solche, schlug Zelte auf und tanzte darunter oder spannte sie über die lauteren Bäche und die Griechinnen badeten darunter; man überfiel in hellen Haufen eine einsame kühle Mühle oder fuhr in vollgepfropften Nachen auf Seen und Flüssen, der Pfarrer immer voran mit einer Entenflinte über dem Rücken oder ein mächtiges spanisches Rohr in der Hand.

Geistige Bedürfnisse waren in diesen Kreisen nicht viele vorhanden; die weltliche Bibliothek des Pfarrers bestand, wie ich sie noch gesehen habe, aus einigen altfranzösischen Schäferromanen, Geßners Idyllen,

Gellerts Lustspielen und einem stark zerlesenen Exemplar des Münchhausen. Zwei oder drei einzelne Bände von Wieland schienen aus der Stadt geliehen und nicht mehr zurückgeschickt worden zu sein. Man sang Höltys Lieder und nur die Jugend führte etwa einen Matthisson mit sich. Der Pfarrer selbst, wenn einmal von dergleichen Dingen die Rede war, pflegte seit dreißig Jahren regelmäßig zu fragen: »Haben Sie Klopstocks Messias gelesen?« und wenn das, wie natürlich, bejaht wurde, schwieg er vorsichtig. Ein steinalter Herr, welcher sich in seiner Jugend einige Zeit in Berlin umhergetrieben hatte und in der Gesellschaft des Pfarrhauses allerlei schlechte Späße über den ehrwürdigen Beruf des Hausherrn zum besten gab, sprach viel von Voltaire und mischte ein pikantes Grauen in den unbefangenen Frohsinn der Damen. Im übrigen gehörten die Gäste nicht zu jenen feinsten Kreisen, welche die Kultur der herrschenden Interessen durch erhöhte Geistestätigkeit pflegen und durch eine edle Bildung zu befestigen suchen, sondern zu der gemütlichen Klasse, welche sich darauf beschränkt, die Früchte jener Bemühungen zu genießen und sich ohne weiteres Kopfzerbrechen lustig zu machen, so lange es Kirchweih ist.

Aber diese ganze Herrlichkeit barg bereits den Keim ihres Zerfalles in sich selbst. Der Pfarrer hatte einen Sohn und eine Tochter, welche beide in ihren Neigungen von denjenigen ihrer Umgebung abwichen. Während der Sohn, ebenfalls ein Geistlicher und dazu bestimmt, seinem Vater im Amte zu folgen, vielfache Verbindungen mit jungen Bauern anknüpfte, mit ihnen ganze Tage auf dem Felde lag oder auf Viehmärkte fuhr und mit Kennerblick die jungen Kühe betastete, hing die Tochter, sooft sie nur immer konnte, die griechischen Gewänder an den Nagel und zog sich in Küche und Garten zurück, dafür sorgend, daß die unruhige Gesellschaft etwas Ordentliches zu beißen fand, wenn sie von ihren Fahrten zurückkehrte. Auch war diese Küche nicht der schwächste Anziehungspunkt für die genäschigen Städtebewohner, und der große gutbebaute Garten zeugte für einen ausdauernden Fleiß und treffliche Ordnungsliebe.

Der Sohn endigte sein Treiben damit, daß er eine begüterte rüstige Bauerntochter heiratete, in ihr Haus zog und alle sechs Werktage hindurch ihre Äcker und ihr Vieh bestellte. In Anwartschaft seines höheren Amtes übte er sich, als Säemann den göttlichen Samen in

wohlberechneten Würfen auszustreuen und das Böse in Gestalt von
wirklichem Unkraut auszujäten. Der Schrecken und der Zorn hier-
über waren groß im Pfarrhause, zumal wenn man bedachte, daß die
junge Bäuerin einst als Hausfrau dort einziehen und herrschen sollte,
sie, welche weder mit der gehörigen Anmut im Grase zu liegen noch
einen Hasen standesgemäß zu braten und aufzutragen wußte. Deshalb
war es der allgemeine Wunsch, daß die Tochter, welche allmählich
schon über ihre erste Jugend hinausgeblüht hatte, entweder einen
standesgetreuen jungen Geistlichen ins Haus locken oder sonst noch
lange die zusammenhaltende Kraft desselben bleiben möchte. Aber
auch diese Hoffnungen schlugen fehl.

Denn eines Tages geschah es, daß das ganze Dorf in große Bewe- I, 2
gung gesetzt wurde durch die Ankunft eines schönen, schlanken
Mannes, der einen feinen grünen Frack trug nach dem neuesten
Schnitte, eng anliegende weiße Beinkleider und glänzende Suwarow-
stiefeln mit gelben Stulpen. Wenn es regnerisch aussah, so führte er
einen rotseidenen Schirm mit sich, und eine große goldene Uhr von
feiner Arbeit gab ihm in den Augen der Bauern einen ungemein
vornehmen Anstrich. Dieser Mann bewegte sich mit einem edeln
Anstande in den Gassen des Dorfes umher und trat freundlich und leut-
selig in die niederen Türen, verschiedene alte Mütterchen und Gevat-
tern aufsuchend, und war niemand anders als der weitgereiste Stein-
metzgeselle Lee, welcher seine lange Wanderschaft ruhmvoll beendigt
hatte. Man kann wohl sagen ruhmvoll, wenn man bedenkt, daß er
vor zwölf Jahren, als ein vierzehnjähriger Knabe, arm und bloß das
Dorf verlassen hatte, hierauf bei seinem Meister die Lehrzeit durch
lange Arbeit abverdienen mußte, mit einem dürftigen Felleisen und
wenig Geld in die Fremde zog und nun solchergestalt als ein förm-
licher Herr, wie ihn die Landleute nannten, zurückkehrte. Denn un-
ter dem niedern Dache seiner Verwandten standen zwei mächtige
Kisten, von denen die eine ganz mit Kleidern und feiner Wäsche, die
andere mit Modellen, Zeichnungen und Büchern angefüllt war. Es
war etwas Schwungvolles in dem ganzen Wesen des etwa sechsund-
zwanzig Jahre alten Mannes, seine Augen glühten wie von einem an-
haltenden Glanze innerer Wärme und Begeisterung, er sprach immer
hochdeutsch und suchte das Unbedeutendste von seiner schönsten

und besten Seite zu fassen. Er hatte ganz Deutschland vom Süden bis zum Norden durchreist und in allen großen Städten gearbeitet; die Zeit der Befreiungskriege in ihrem ganzen Umfange fiel mit seinen Wanderjahren zusammen, und er hatte die Bildung und den Ton jener Tage in sich aufgenommen, insofern sie ihm verständlich und zugänglich waren; vorzüglich teilte er das offene und treuherzige Hoffen der gebildeten Mittelklassen auf eine bessere, schönere Zeit der Wirklichkeit, ohne von den geistigen Überfeinerungen und Wunderseligkeiten etwas zu wissen, welche in manchen romantischen Elementen dazumal als deutsches Wesen durch die höhere Gesellschaft wucherten.

Es waren nur wenige gleichgesinnte Arbeitsgenossen, welche die ersten, seltenen und verborgenen Keime bildeten zu der Selbstveredlung und Aufklärung, so den wandernden Handwerkerstand zwanzig Jahre später durchdrang, und welche einen Stolz darauf setzten, die besten und gesuchtesten Arbeiter zu sein, und dadurch, verbunden mit erhöhtem Fleiße und Mäßigkeit, die Mittel erlangten, auch ihren Geist zu bilden und äußerlich wie innerlich schon in ihren Wanderjahren als achtungswerte, tüchtige Männer dazustehen. Überdies war dem Steinhauer in den großen Werken altdeutscher Baukunst ein Licht aufgegangen, welches seinen Pfad noch mehr erleuchtete, indem es ihn mit heitern Künstlerahnungen erfüllte und den dunklen Trieb jetzt erst zu rechtfertigen schien, welcher ihn von der grünen Weide hinweg dem gestaltenden Leben der Städte zugeführt hatte. Er lernte zeichnen mit eisernem Fleiße, brachte ganze Nächte und Feiertage damit zu, Werke und Muster aller Art durchzupausen, und nachdem er den Meißel zu den kunstreichsten Gebilden und Verzierungen führen gelernt und ein vollkommener Handarbeiter geworden war, ruhte er nicht, sondern studierte den Steinschnitt und sogar solche Wissenschaften, welche andern Zweigen des Bauwesens angehören. Er suchte überall an großen öffentlichen Bauten unterzukommen, wo es viel zu sehen und zu lernen gab, und brachte es durch seine Aufmerksamkeit bald dahin, daß ihn die Baumeister ebensoviel auf ihren Arbeitszimmern am Zeichnen- oder Schreibtische verwendeten als auf dem Bauplatze. Daß er dort nicht feierte, sondern manche Mittagsstunde damit zubrachte, alles Mögliche durchzuzeichnen und alle

Berechnungen zu kopieren, welche er erhaschen konnte, versteht sich von selbst. So wurde er zwar kein akademischer Künstler mit einer allseitigen Durchbildung, aber doch ein Mann, welcher wohl den kühnen Vorsatz fassen durfte, in der Hauptstadt seiner Heimat ein wackerer städtischer Bau- und Maurermeister zu werden. Mit dieser ausgesprochenen Absicht trat er nun auch im Dorfe auf zur großen Bewunderung seiner Sippschaft, und das Erstaunen wurde noch größer, als er, mit einem feinen Manschettenhemd bekleidet und sein reinstes Hochdeutsch sprechend, sich mitten unter die französisch-griechischen Gestalten des Pfarrhauses mischte und um die Pfarrerstochter warb. Der ländlich gesinnte Bruder mochte hierzu eine Vermittelung, wenigstens ein aufmunterndes Beispiel darbieten; die Jungfrau schenkte dem blühenden Freier bald ihr Herz, und die Verwirrung, welche dadurch zu entstehen drohte, löste sich schnell, als die Eltern der Braut kurz hintereinander starben.

Also hielten sie eine stille Hochzeit und zogen in die Stadt, sich weiter nicht nach der glanzvollen Vergangenheit des Pfarrhauses umsehend, in welches alsobald der junge Pfarrer mit ganzen Wagen voll Sensen, Sicheln, Dreschflegeln, Rechen, Heugabeln, mit gewaltigen Himmelbetten, Spinnrädern und Flachshecheln und mit seiner kekken, frischen Frau einzog, welche mit ihrem geräucherten Speck und mit ihren derben Mehlklößen schnell sämtliche Musselingewänder, Fächer und Sonnenschirmchen aus Haus und Garten vertrieben hatte. Nur eine Wand voll vortrefflicher Jagdgewehre, die auch der Nachfolger zu führen wußte, lockte im Herbst einzelne Jäger auf das Dorf und unterschied das Pfarrhaus einigermaßen von einem Bauernhause.

In der Stadt fing der junge Baumeister damit an, daß er einen oder zwei Arbeiter anstellte und, selbst arbeitend vom Morgen bis zum Abend, ganz kleine Aufträge aller Art annahm und darin so viel Geschick und Zuverlässigkeit zeigte, daß noch vor Ablauf eines Jahres sein Geschäft sich erweiterte und sein Kredit sich begründete. Er war so erfinderisch und einsichtsvoll, gewandt und schnell beraten, daß bald viele Bürger seinen Rat und seine Arbeit suchten, wenn sie in Zweifel waren, wie sie etwas verändern oder neu bauen lassen sollten. Dabei war er immer bestrebt, das Schöne mit dem Nützlichen zu verbinden, und war froh, wenn ihn seine Kunden nur gewähren ließen, so daß sie manche Zierde, manches Fenster und Gesims von reineren Verhältnissen erhielten, ohne daß sie deswegen den Geschmack ihres Baumeisters teurer bezahlen mußten.

Seine junge Frau indessen führte mit wahrem Fanatismus das Hauswesen, welches durch verschiedene Arbeiter und Dienstboten schnell erweitert wurde. Sie beherrschte mit Kraft und Meisterschaft das Füllen und Leeren einer Anzahl großer Speisekörbe und war der Schrekken der Marktweiber und die Verzweiflung der Schlächter, welche alle Gewalt ihrer alten Rechte aufbieten mußten, einen Knochensplitter mit auf die Waage zu bringen, wenn das Fleisch für die Frau Lee gewogen wurde. Obgleich Meister Lee fast keine persönlichen Bedürfnisse hatte und unter seinen zahlreichen Grundsätzen derjenige der Sparsamkeit in der ersten Reihe stand, so war er doch so gemeinnützig und großherzig, daß das Geld für ihn nur Wert hatte, wenn etwas damit ausgerichtet oder geholfen wurde, sei es durch ihn oder durch andere; daher verdankte er es nur seiner Frau, welche keinen Pfennig unnütz ausgab und den größten Ruhm darein setzte, jedermann weder um ein Haar zu wenig noch zu viel zukommen zu lassen, daß er nach Verfluß von zwei oder drei Jahren schon solche Ersparnisse vorfand, welche seinem unternehmenden Geiste nebst dem Kredite, den er bereits genoß, eine reichlichere Nahrung darboten. Er kaufte alte Häuser an für eigene Rechnung, riß sie nieder und baute an der Stelle stattliche Bürgerhäuser, in welchen er eine Menge Einrichtungen fremder oder eigener Erfindung anbrachte. Diese verkaufte er mehr oder weniger vorteilhaft, sogleich zu neuen Unternehmungen schreitend, und alle seine Gebäude trugen das Gepräge eines beständigen Strebens nach Formen- und Gedankenreichtum. Wenn ein gelehrter Architekt auch oft nicht wußte, wohin er alle angebrachten Ideen zählen sollte und vieles der Unklarheit oder Unharmonie zeihen mußte, so gestand er doch immer, daß es Gedanken seien, und belobte, wenn er unbefangen war, den schönen Eifer dieses Mannes mitten in der geistesarmen und nüchternen Zeit des Bauwesens, wie sie wenigstens in den abgelegenen Provinzen des Kunstgebietes bestand.

Dies tätige Leben versetzte den unermüdlichen Mann in den Mittelpunkt eines weiten Kreises von Bürgern, welche alle zu ihm in Wechselwirkung traten, und unter diesen bildete sich ein engerer Ausschuß gleichgesinnter und empfänglicher Männer, denen er sein rastloses Suchen nach dem Guten und Schönen mitteilte. Es war nun um die Mitte der zwanziger Jahre, wo in der Schweiz eine große Anzahl hochgebildeter Männer aus dem innersten Schoße der herrschenden Klassen selbst, die abgeklärten Ideen der großen Revolution wieder aufnehmend, einen frucht- und dankbaren Boden für die Julitage vorbereiteten und die edeln Güter der Bildung und Menschenwürde sorgsam pflegten. Zu diesen bildete Lee mit seinen Genossen, an seinem Orte, eine tüchtige Fortsetzung im arbeitenden Mittelstande, umso bedeutender, als viele Mitglieder in der Tiefe des Volkes auf den Landschaften umher ihre Wurzeln hatten. Während jene Vornehmen und Gelehrten die künftige Form des Staates, philosophische und Rechtswahrheiten besprachen und im allgemeinen die Fragen schönerer Menschlichkeit zu ihrem Gebiete machten, wirkten die rührigen Handwerker mehr unter sich und nach unten hin, indem sie einstweilen ganz praktisch so gut als möglich sich einzurichten suchten. Eine Menge Vereine, öfter die ersten in ihrer Art, wurden gestiftet, welche meistens irgend eine Versicherung zum Wohle der Mitglieder und ihrer Angehörigen zum Zwecke hatten. Schulen wurden gesellschaftsweise gegründet, um den Kindern des gemeinen Mannes eine bessere Erziehung zu sichern, da die damaligen, sehr gut eingerichteten Stadtschulen nur den wohlhabenden Altbürgerkindern zugänglich und die Volksschulen in einem elenden Zustande waren; kurz, eine Menge Unternehmungen dieser Art, zu jener Zeit noch neu und verdienstlich, gab den braven Leuten zu schaffen und Gelegenheit, sich daran empor zu bilden. Denn in zahlreichen Zusammenkünften mußten Statuten und Verfassungen aller Art entworfen, beraten, durchgesehen und angenommen, Vorsteher gewählt und nach außen wie nach innen Rechte und Formen erklärt und gewahrt werden.

Zu diesen verschiedenen Elementen kam und berührte sie gemeinschaftlich der griechische Freiheitskampf, welcher auch hier, wie überall, zum ersten Mal in der allgemeinen Ermattung die Geister wieder erweckte und erinnerte, daß die Sache der Freiheit diejenige der ganzen Menschheit sei. Die Teilnahme an den hellenischen Betätigungen verlieh auch den nicht philologischen Genossen zu ihrer übrigen Begeisterung einen edeln kosmopolitischen Schwung und benahm den hellgesinnten Gewerbsleuten den letzten Anflug von Spieß- und Pfahlbürgertum. Lee war überall der Erste, ein zuverlässiger, hingebender Freund für alle, seines reinen Charakters und seiner gehobenen Gesinnung wegen allgemein geachtet, ja geehrt. Er war glücklich zu nennen, umso mehr als er von keinerlei Art Eitelkeiten befangen war, und erst jetzt fing er von neuem an zu lernen und nachzuholen, was ihm immer erreichbar war. Er trieb auch seine Freunde dazu an, und es war bald keiner derselben mehr, der nicht eine kleine Sammlung geschichtlicher und naturwissenschaftlicher Werke aufzuweisen hatte. Da fast allen in ihrer Jugend die gleiche dürftige Erziehung zuteil geworden, so ging ihnen nun besonders bei ihrem Eindringen in die Geschichte ein reiches und ergiebiges Feld auf, welches sie mit immer größerer Freude durchwandelten. Ganze Stuben voll waren sie an Sonntagsmorgen beisammen, disputierten und teilten sich die immer neuen Entdeckungen mit, wie allezeit die gleichen Ursachen die gleichen Wirkungen hervorgebracht hätten und dergleichen. Wenn sie auch Schiller auf die Höhen seiner philosophischen Arbeiten nicht zu folgen vermochten, so erbauten sie sich umso mehr an seinen geschichtlichen Werken, und von diesem Standpunkte aus ergriffen sie auch seine Dichtungen, welche sie auf diese Weise ganz praktisch nachfühlten und genossen, ohne auf die künstlerische Rechenschaft, die der große Schriftsteller sich selber gab, weiter eingehen zu können. Sie hatten die größte Freude an seinen Gestalten und wußten nichts Ähnliches aufzufinden, das sie so befriedigt hätte. Seine gleichmäßige Glut und Reinheit des Gedankens und der Sprache war mehr der Ausdruck für ihr schlichtes, bescheidenes Treiben als für das Wesen mancher Schillerverehrer der vornehmen heutigen Welt. Aber einfach und durchaus praktisch, wie sie waren, fanden sie nicht volles Genügen an der dramatischen Lektüre im Schlafrock; sie wünschten diese bedeutsamen Begebenheiten leibhaftig und farbig vor sich zu sehen, und weil von einem stehenden Theater in den damaligen Schweizerstädten nicht die Rede war, so entschlossen sie sich, wiederum angefeuert von Lee, kurz und spielten selbst Komödie, so gut sie konnten. Die Bühne und die Maschinen waren freilich schneller und gründlicher hergestellt, als die Rollen erlernt wurden, und mancher suchte sich über den Umfang seiner Aufgabe selbst zu täuschen, indem er mit vergrößerter Wut

Nägel einschlug und Latten entzweisägte; doch ist es nicht zu leugnen, daß ein großer Teil der Gewandtheit im Ausdruck und des äußeren Anstandes, welche fast allen jenen Freunden eigen geblieben ist, auf Rechnung solcher Übungen gesetzt werden darf. Wie sie älter wurden, ließen sie dergleichen Dinge wieder bleiben, aber sie behielten den Sinn für das Erbauliche in jeder Beziehung getreulich bei. Würde man heutzutage fragen, wo sie denn die Zeit zu alledem hergenommen haben, ohne ihre Arbeit und ihr Haus zu vernachlässigen: so wäre zu antworten, daß es erstens noch gesunde und naive Männer und keine Grübler waren, welche zu jeder Tat und jeder außerordentlichen Arbeit einen Schatz von Zeit verschwenden mußten, indem sie alles zerfaserten und breit quetschten, ehe es genießbar war, und daß zweitens die täglichen Stunden von sieben bis zehn Uhr abends, gleichmäßig benutzt, eine viel ansehnlichere Masse von Zeit ausmachen als der Bürger heute glaubt, welcher dieselben hinter dem Weinglase im Tabaksqualm verbrütet. Man war damals noch nicht einer Rotte von Schenkwirten tributpflichtig, sondern zog es vor, im Herbste das edle Gewächs selbst einzukellern, und es war keiner dieser Handwerker, vermöglich oder arm, der sich nicht geschämt hätte, am Schlusse der abendlichen Zusammenkünfte ein Glas derben Tischweines mangeln zu lassen oder denselben aus der Schenke holen zu müssen. Während des Tages sah man keinen, oder höchstens flüchtig und heimlich, vor den Gesellen es verbergend, ein Buch oder eine Papierrolle in die Werkstatt eines andern bringen, und sie sahen alsdann aus wie Schulknaben, welche unter dem Tische einen Roman lesen, und versäumten wohl auch ebensowenig ihr zeitliches Wohl dabei.

Doch sollte dies aufgeregte Leben auf andere Weise Unheil bringen. Lee hatte sich, bei seinen gehäuften Arbeiten in steter Anstrengung, eines Tages stark erhitzt und achtlos nachher erkältet, was den Keim gefährlicher Krankheit in ihn legte. Anstatt sich nun zu schonen und auf jede Weise in acht zu nehmen, konnte er es nicht lassen, sein Treiben fortzusetzen und überall mit Hand anzulegen, wo etwas zu tun war. Schon seine vielfältigen Berufsgeschäfte nahmen seine volle Tätigkeit in Anspruch, welche er nicht plötzlich schwächen zu dürfen glaubte. Er rechnete, spekulierte, schloß Verträge, ging weit über Land, um Einkäufe zu besorgen, war im gleichen Augenblick zu oberst auf den Gerüsten und zu unterst in den Gewölben, riß einem Arbeiter die Schaufel aus der Hand und tat einige gewichtige Würfe damit, ergriff ungeduldig den Hebebaum, um eine mächtige Steinlast herumwälzen zu helfen, hob, wenn es ihm zu lange ging, bis Leute herbeikamen, selbst einen Balken auf die Schultern und trug ihn keuchend an Ort und Stelle, und statt dann zu ruhen, hielt er am Abend in irgend einem Verein einen lebhaften Vortrag oder war in später Nacht ganz umgewandelt auf den Brettern, leidenschaftlich erregt, mit hohen Idealen in einem mühsamen Ringen begriffen, welches ihn noch weit mehr anstrengen mußte als die Tagesarbeit. Das Ende war, daß er plötzlich dahinstarb, als ein junger, blühender Mann, in einem Alter, wo andere ihre Lebensarbeit erst beginnen, mitten in seinen Entwürfen und Hoffnungen und ohne die neue Zeit aufgehen zu sehen, welcher er mit seinen Freunden zuversichtlich entgegenblickte. Er ließ seine Frau mit einem fünfjährigen Kinde allein zurück, und dies Kind bin ich.

Der Mensch rechnet immer das, was ihm fehlt, dem Schicksale doppelt so hoch an als das, was er wirklich besitzt; so haben mich auch die langen Erzählungen der Mutter immer mehr mit Sehnsucht und Heimweh nach meinem Vater erfüllt, welchen ich nicht mehr gekannt habe. Meine deutlichste Erinnerung an ihn fällt sonderbarerweise um ein volles Jahr vor seinem Tode zurück, auf einen einzelnen schönen Augenblick, wo er an einem Sonntag abend auf dem Felde mich auf den Armen trug, eine Kartoffelstaude aus der Erde zog und mir die anschwellenden Knollen zeigte, schon bestrebt, Erkenntnis und Dankbarkeit gegen den Schöpfer in mir zu erwecken. Ich sehe noch jetzt das grüne Kleid und die schimmernden Metallknöpfe zunächst meinen Wangen und seine glänzenden Augen, in welche ich verwundert sah von der grünen Staude weg, die er hoch in die Luft hielt. Meine Mutter rühmte mir nachher oft, wie sehr sie und die begleitenden Mägde erbaut gewesen seien von seinen schönen Reden. Aus noch früheren Tagen ist mir seine Erscheinung ebenfalls geblieben durch die befremdliche Überraschung des vollen Waffenschmuckes, in welchem er eines Morgens Abschied nahm, um mehrtägigen Übungen beizuwohnen; da er ein Schütze war, so ist auch dies Bild mit der lieben grünen Farbe und mit heiterem Metallglanze für mich ein und dasselbe geworden. Aus seiner letzten Zeit aber habe ich nur noch einen verworrenen Eindruck behalten und besonders seine Gesichtszüge sind mir nicht mehr erinnerlich.

Wenn ich bedenke, wie heiß treue Eltern auch an ihren ungeratensten Kindern hangen und dieselben nie aus ihrem Herzen verbannen können, so finde ich es höchst unnatürlich, wenn sogenannte brave Leute ihre Erzeuger verlassen und preisgeben, weil dieselben schlecht sind und in der Schande leben, und ich preise die Liebe eines Kindes, welches einen zerlumpten und verachteten Vater nicht verläßt und verleugnet, und begreife das unendliche, aber erhabene Weh einer Tochter, welche ihrer verbrecherischen Mutter noch auf dem Schaffott beisteht. Ich weiß daher nicht, ob es aristokratisch genannt werden kann, wenn ich mich doppelt glücklich fühle, von ehrenvollen und geachteten Eltern abzustammen, und wenn ich vor Freude errötete, als ich, herangewachsen, zum ersten Male meine bürgerlichen Rechte ausübte in bewegter Zeit und in Versammlungen mancher bejahrte Mann zu mir herantrat, mir die Hand schüttelte und sagte, er sei ein Freund meines Vaters gewesen und er freue sich, mich auch auf dem Platze erscheinen zu sehen; als dann noch mehrere kamen und jeder den »Mann« gekannt haben und hoffen wollte, ich werde ihm würdig nachfolgen. Ich kann mich nicht enthalten, so sehr ich die Torheit einsehe, oft Luftschlösser zu bauen und zu berechnen, wie es mit mir gekommen wäre, wenn mein Vater gelebt hätte, und wie mir die Welt in ihrer Kraftfülle von frühester Jugend an zugänglich gewesen wäre; jeden Tag hätte mich der treffliche Mann weiter geführt und würde seine zweite Jugend in mir verlebt haben. Wie mir das Zusammenleben zwischen Brüdern ebenso fremd als beneidenswert ist und ich nicht begreife, wie solche meistens auseinander weichen und ihre Freundschaft außerwärts suchen, so erscheint mir auch, ungeachtet ich es täglich sehe, das Verhältnis zwischen einem Vater und einem erwachsenen Sohne umso neuer, unbegreiflicher und glückseliger als ich Mühe habe, mir dasselbe auszumalen und das nie Erlebte zu vergegenwärtigen.

So aber muß ich mich darauf beschränken, je mehr ich zum Manne werde und meinem Schicksale entgegenschreite, mich zusammenzufassen und in der Tiefe meiner Seele still zu bedenken: Wie würde Er nun an deiner Stelle handeln oder was würde Er von deinem Tun urteilen, wenn er lebte? Er ist vor der Mittagshöhe seines Lebens zurückgetreten in das unerforschliche All und hat die überkommene goldene Lebensschnur, deren Anfang niemand kennt, in meinen schwachen Händen zurückgelassen, und es bleibt mir nur übrig, sie mit Ehren an die dunkle Zukunft zu knüpfen oder vielleicht für immer zu zerreißen, wenn auch ich sterben werde. – Nach vielen Jahren hat meine Mutter, nach langen Zwischenräumen, wiederholt geträumt, der Vater sei plötzlich von einer langen Reise aus weiter Ferne, Glück und Freude bringend, zurückgekehrt, und sie erzählte es jedesmal am Morgen, um darauf in tiefes Nachdenken und in Erinnerungen zu versinken, während ich, von einem heiligen Schauer durchweht, mir vorzustellen suchte, mit welchen Blicken mich der teuere Mann ansehen und wie es unmittelbar werden würde, wenn er wirklich eines Tages so erschiene.

Je dunkler die Ahnung ist, welche ich von seiner äußern Erscheinung in mir trage, desto heller und klarer hat sich ein Bild seines innern Wesens vor mir aufgebaut, und dies edle Bild ist für mich ein Teil des großen Unendlichen geworden, auf welches mich meine letzten Gedanken zurückführen und unter dessen Obhut ich zu wandeln glaube.

FÜNFTES KAPITEL

I,3 Die erste Zeit nach dem Tode meines Vaters war für seine Witwe eine schwere Zeit der Trauer und Sorge. Seine ganze Verlassenschaft befand sich im Zustande des vollen Umschwunges und erforderte weitläufige Verhandlungen, um sie ins reine zu bringen. Eingegangene Verträge waren mitten in ihrer Erfüllung abgebrochen, Unternehmungen gehemmt, große laufende Rechnungen zu bezahlen und solche einzuziehen an allen Ecken und Enden, Vorräte von Baustoffen mußten mit Verlust verkauft werden, und es war zweifelhaft, ob bei der augenblicklichen Lage der Verhältnisse auch nur ein Pfennig übrig bleiben würde, wovon die bekümmerte Frau leben sollte. Gerichtsmänner kamen, legten Siegel an und lösten sie wieder; die Freunde des Verstorbenen und zahlreiche Geschäftsleute gingen ab und zu, halfen und ordneten; es wurde durchgesehen, gerechnet, abgesondert, gesteigert. Käufer und neue Unternehmer meldeten sich, suchten die Summen herunterzudrücken oder mehr in Beschlag zu nehmen als ihnen gebührte, es war ein Geräusch und eine Spannung, daß meine Mutter, welche immer mit wachsamen Augen dabei stand, zuletzt nicht mehr wußte, wie sie sich helfen sollte. Allmählich klärte sich die Verwirrung auf, ein Geschäft um das andere war abgetan, alle Verbindlichkeiten gelöst und die Forderungen gesichert, und es zeigte sich nun, daß das Haus, in welchem wir zuletzt wohnten, als einziges Vermögen übrig blieb. Es war ein altes hohes Gebäude, mit vielen Räumen und von unten bis oben bewohnt, wie ein Bienenkorb. Der Vater hatte es gekauft in der Absicht, ein neues an dessen Stelle zu setzen; da es aber von altertümlicher Bauart war und an Türen und Fenstern viele schöne Überbleibsel künstlicher Arbeit trug, so konnte er sich schwer entschließen, es einzureißen, und bewohnte es indessen nebst einer Anzahl von Mietsleuten. Auf diesem Hause blieben zwar noch einige fremde Kapitalien ruhen, jedoch hatte es der rührige Mann in der Schnelligkeit so gut eingerichtet und vermietet, daß ein jährlicher Überschuß an Mietgeldern meiner Mutter ein bescheidenes Auskommen sicherte. Die alte Wohnung ist seither unverändert geblieben, wie er sie verlassen hat, und wir haben darin gelebt bis auf diesen Tag, und eine einzige Geschäftsidee des früh Verstorbenen hat hingereicht, seinen Hinterlassenen das Brot zu verschaffen, dessen sie bis jetzt bedurften.

Das erste, was meine Mutter begann, war eine gänzliche Einschränkung und Abschaffung alles Überflüssigen, wozu voraus jede Art von dienstbaren Händen gehörte. In der Stelle dieses Witwentumes fand ich mein erstes deutliches Bewußtsein, welches seinen Inhaber zur Übung treppauf und ab im Innern des Hauses umherführte. Die untern Stockwerke sind dunkel, sowohl in den Gemächern wegen der Enge der Gassen als auf den Treppenräumen und Fluren, weil alle Fenster für die Zimmer benutzt wurden. Einige Vertiefungen und Seitengänge gaben dem Raume ein düsteres und verworrenes Ansehen und blieben noch zu entdeckende Geheimnisse für mich; je höher man aber steigt, desto freundlicher und heller wird es, indem der oberste Stock, den wir bewohnen, die Nachbarhäuser überragt. Ein hohes

Fenster wirft reichliches Licht auf die mannigfaltig gebrochenen Treppen und wunderlichen Holzgalerien des luftigen Estrichs, welcher einen heitern Gegensatz zu den kühlen Finsternissen der Tiefe bildet. Die Fenster unserer Wohnstube gehen auf eine Menge kleiner Höfe hinaus, wie sie oft von einem Häuserviertel umschlossen werden und ein verborgenes behagliches Gesumme enthalten, welches man auf der Straße nicht ahnt. Den Tag über betrachtete ich stundenlang das innere häusliche Leben in diesen Höfen; die grünen Gärtchen in denselben schienen mir kleine Paradiese zu sein, wenn die Nachmittagssonne sie beleuchtete und die weiße Wäsche in denselben wehte, und wunderfremd und doch bekannt kamen mir die Leute vor, welche ich darin gesehen hatte, wenn sie plötzlich einmal in unserer Stube standen und mit der Mutter plauderten. Unser eigenes Höfchen enthält zwischen hohen Mauern ein ganz kleines Stückchen Rasen mit zwei Vogelbeerbäumchen; ein nimmermüdes Brünnchen ergießt sich mit ewigem Geplätscher in ein ganz grün gewordenes Sandsteinbecken und der ganze Winkel ist kühl und fast schauerlich, ausgenommen im Sommer, wo die Sonne gegen Abend einige Stunden lang darin ruht. Alsdann schimmert das verborgene Grün durch den dunkeln Hausgang so kokett auf die Gasse, wenn die Haustür aufgeht, daß den Vorübergehenden immer eine Sehnsucht nach dem Freien befällt. Im Herbste werden diese Sonnenblicke immer kürzer und milder, und wenn dann die Blätter an den zwei Bäumchen gelb und die Beeren brennend rot werden, die alten Mauern so wehmütig vergoldet sind und das Wässerchen einigen Silberglanz dazu gibt, so hat dieser kleine abgeschiedene Raum einen so wunderbar melancholischen Reiz, daß ich später noch oft aus der schönsten offenen Landschaft nach Hause gelaufen bin, wenn ich wußte, daß die Sonne jetzt in den Hof schien. Gegen Sonnenuntergang jedoch stieg meine Aufmerksamkeit an den Häusern in die Höhe und immer höher, je mehr sich das Meer von Dächern, das ich von unserm Fenster aus übersah, rötete und vom schönsten Farbenglanze belebt wurde. Hinter diesen Dächern war für einmal meine Welt zu Ende; denn den duftigen Kranz von Schneegebirgen, welcher hinter den letzten Dachfirsten halb sichtbar ist, hielt ich, da ich ihn nicht mit der festen Erde verbunden sah, lange Zeit für eins mit den Wolken. Als ich später zum ersten Male rittlings auf dem obersten Grate unseres hohen, ungeheuerlichen Daches saß und die ganze ausgebreitete Pracht des Sees übersah, aus welchem die Berge in festen Gestalten, mit grünen Füßen aufstiegen, da kannte ich freilich ihre Natur schon von ausgedehnteren Streifzügen im Freien; für jetzt aber konnte mir die Mutter lange sagen, das seien große Berge und mächtige Zeugen von Gottes Allmacht, ich konnte und mochte sie darum nicht von den Wolken unterscheiden, deren Ziehen und Wechseln mich am Abend fast ausschließlich beschäftigte, deren Name aber ebenso ein leerer Schall für mich war wie das Wort Berg. Da die fernen Schneekuppen bald verhüllt, bald heller oder dunkler weiß oder rot sichtbar waren, so hielt ich sie wohl für etwas Lebendiges, Wunderbares und Mächtiges, wie die Wolken, und pflegte auch andere Dinge mit dem Namen Wolke oder Berg zu beleben, wenn sie mir Achtung und Neugierde einflößten. So nannte ich, ich höre das Wort noch schwach in meinen Ohren klingen und man hat es mir nachher oft erzählt, die erste weibliche Gestalt, welche mir wohlgefiel und ein Mädchen aus der Nachbarschaft war, die weiße Wolke, von dem ersten Eindrucke, den sie in einem weißen Kleide auf mich gemacht hatte. Mit mehr Richtigkeit nannte ich vorzugsweise ein langes hohes Kirchendach, das mächtig über alle Giebel emporragte, den Berg. Seine gegen Westen gekehrte große Fläche war für meine Augen ein unermeßliches Feld, auf welchem sie mit immer neuer Lust ruhten, wenn die letzten Strahlen der Sonne es beschienen, und diese schiefe, rotglühende Ebene über der dunkeln Stadt war für mich recht eigentlich das, was die Phantasie sonst unter seligen Auen oder Gefilden versteht. Auf diesem Dache stand ein schlankes, nadelspitzes Türmchen, in welchem eine kleine Glocke hing und auf dessen Spitze sich ein glänzender goldener Hahn drehte. Wenn in der Dämmerung das Glöckchen läutete, so sprach meine Mutter von Gott und lehrte mich beten; ich fragte: Was ist Gott? ist es ein Mann? und sie antwortete: Nein, Gott ist ein Geist! Das Kirchendach versank nach und nach in grauen Schatten, das Licht klomm an dem Türmchen hinauf, bis es zuletzt nur noch auf dem goldenen Wetterhahne funkelte, und eines Abends fand ich mich plötzlich des bestimmten Glaubens, daß dieser Hahn Gott sei. Er spielte auch eine unbestimmte Rolle der Anwesenheit in den kleinen Kindergebeten, welche ich mit vielem Vergnügen herzusagen wußte. Als ich aber einst ein Bilderbuch bekam, in dem ein prächtig gefärbter Tiger ansehnlich dasitzend abgebildet war, ging meine Vorstellung von Gott allmählich auf diesen über, ohne daß ich jedoch, so wenig wie vom Hahne, je eine Meinung darüber äußerte. Es waren ganz innerliche Anschauungen, und nur wenn der Name Gottes genannt wurde, so schwebte mir erst der glänzende Vogel und nachher der schöne Tiger vor. Allmählich mischte sich zwar nicht ein klareres Bild, aber ein edlerer Begriff in meine Gedanken. Ich betete mein Vaterunser, dessen vollendet schöne Einteilung und Abrundung mir das Einprägen leicht und das Wiederholen zu einer angenehmen Übung gemacht hatte, mit großer Meisterschaft und vielen Variationen, indem ich diesen oder jenen Teil doppelt und dreifach aussprach oder nach raschem und leisem Hersagen eines Satzes den folgenden langsam und laut betonte und dann rückwärts betete und mit den Anfangsworten Vater unser schloß. Aus diesem Gebete hatte sich eine Ahnung in mir niedergeschlagen, daß Gott ein Wesen sein müsse, mit welchem sich allenfalls ein vernünftiges Wort sprechen ließe, eher als mit jenen Tiergestalten.

So lebte ich in einem unschuldig vergnüglichen Verhältnisse mit dem höchsten Wesen, ich kannte keine Bedürfnisse und keine Dankbarkeit, kein Recht und kein Unrecht, und ließ Gott einen herzlich guten Mann sein, wenn meine Aufmerksamkeit von ihm abgezogen wurde.

Ich fand aber bald Veranlassung, in ein bewußteres Verhältnis zu ihm zu treten und zum ersten Mal meine menschlichen Ansprüche zu ihm zu erheben, als ich, sechs Jahre alt, mich eines schönes Morgens in einen großen, melancholischen Saal versetzt sah, in welchem etwa fünfzig bis sechzig kleine Knaben und Mädchen unterrichtet wurden. In einem Halbkreise mit sieben andern Kindern um eine Tafel herum stehend, auf welcher riesige Buchstaben gemalt waren, war ich sehr still und gespannt auf die Dinge, die da kommen sollten. Da wir sämtlich Neulinge waren, so hatte der Oberschulmeister, ein ältlicher Mann mit einem großen groben Kopfe, die erste Leitung selbst übernommen für eine Stunde und forderte uns auf, abwechselnd die sonderbaren Figuren zu benennen. Ich hatte schon seit geraumer Zeit einmal das Wort Pumpernickel gehört, und es gefiel mir ungemein, nur wußte ich durchaus keine leibliche Form dafür zu finden, und niemand konnte mir eine Auskunft geben, weil die Sache, welche diesen Namen führt, einige hundert Stunden weit zu Hause war. Nun sollte ich plötzlich das große P benennen, welches mir in seinem ganzen Wesen äußerst wunderlich und humoristisch vorkam, und es ward in meiner Seele klar und ich sprach mit Entschiedenheit: Dies ist der Pumpernickel! Ich hegte keinen Zweifel, weder an der Welt, noch an mir, noch am Pumpernickel, und war froh in meinem Herzen; aber je ernsthafter und selbstzufriedener mein Gesicht in diesem Augenblicke war, desto mehr hielt mich der Schulmeister für einen durchtriebenen und frechen Schalk, dessen Bosheit sofort gebrochen werden müßte, und er fiel über mich her und schüttelte mich an den Haaren eine Minute lang so wild hin und her, daß mir Hören und Sehen verging. Dieser Überfall kam mir seiner Fremdheit und Neuheit wegen wie ein böser Traum vor und ich machte augenblicklich nichts daraus, als daß ich, stumm und tränenlos, aber voll innerer Beklemmung den Mann ansah. Die Kinder haben mich von jeher geärgert, welche, wenn sie gefehlt haben oder sonst in Konflikt geraten, bei der leisesten Berührung oder schon bei deren Annäherung in ein abscheuliches Zetergeschrei ausbrechen, das einem die Ohren zerreißt; und wenn solche Kinder gerade dieses Geschreies wegen oft doppelte Schläge bekommen, so litt ich am entgegengesetzten Extrem und verschlimmerte meine Händel stets dadurch, daß ich nicht imstande war, eine einzige Träne zu vergießen vor meinen Richtern. Als daher der Schulmeister sah, daß ich nur erstaunt nach meinem Kopfe langte, ohne zu weinen, fiel er noch einmal über mich her, um mir den vermeintlichen Trotz und die Verstocktheit gründlich auszutreiben. Ich litt nun wirklich; anstatt aber in ein Geheul auszubrechen, ward es zum zweiten Male in mir klar und ich rief flehentlich in meiner Angst: Sondern erlöse uns von dem Bösen! und hatte dabei Gott vor Augen, von dem man mir so oft gesagt hatte, daß er dem Bedrängten ein hilfreicher Vater sei. Für den guten Lehrer aber war dies zu stark, der Fall war nun zum außerordentlichen Ereignisse gediehen, und er ließ mich daher stracks los, mit aufrichtiger Bekümmernis darüber nachdenkend, welche Behandlungsart hier angemessen sei. Wir wurden für den Vormittag entlassen, der Mann brachte mich selbst nach Hause. Erst dort brach ich heimlich in Tränen aus, indem ich abgewandt am Fenster stand und die ausgerissenen Haare aus der Stirn wischte, während ich anhörte, wie der Mann, der mir im Heiligtum unserer Stube doppelt fremd und feindlich erschien, eine ernsthafte Unterredung mit der Mutter führte und versichern wollte, daß ich schon durch irgend ein böses Element verdorben sein müßte. Sie war nicht minder erstaunt als wir beiden andern, indem ich, wie sie sagte, ein durchaus stilles Kind wäre, welches bisher noch nie aus ihren Augen gekommen sei und keine groben Unarten gezeigt hätte. Allerlei seltsame Einfälle hätte ich allerdings bisweilen; aber sie schienen nicht aus einem schlimmen Gemüte zu kommen, und, meinte sie ganz vernünftig, ich müßte mich wohl erst ein wenig an die Schule und ihre Bedeutung gewöhnen. Der Lehrer gab sich zufrieden, doch mit Kopfschütteln, und war innerlich überzeugt, wie sich aus wiederholten Fällen ergab, daß ich gefährliche Anlagen zeige. Er sagte auch sehr bedeutsam beim Abschiede, daß stille Wasser gewöhnlich tief wären. Dieses Wort habe ich seither in meinem Leben öfter hören müssen und es hat mich immer gekränkt, weil es keinen größeren Plauderer gibt als mich, wenn ich mit jemand zutraulich bin. Ich habe aber bemerkt, daß viele Menschen, welche immer das große Wort führen, aus denen nie klug werden, welche ihretwegen nie zu Worte kommen. Sie pflegen dann plötzlich einmal sich über das Schweigen zu verwundern und zur Teilnahme aufzufordern; ehe aber diese laut werden kann, haben sie schon wieder das Wort genommen und auf ein anderes Gebiet geführt, und wenn sie einmal einer Antwort Raum geben, so verstehen sie die einfache und kurze Logik nicht, an welche sich der Schweigende bei seinem Zuhören gewöhnt hat. Die meisten Gesellschaften lassen in ihrem Gespräche nicht so viel Raum für ein einzuschaltendes Wort, daß man mit einer Nähnadel dazwischen stechen könnte. Es gibt keinen Menschen, welcher nicht das Bedürfnis der Mitteilung empfände; nur muß man sich so weit entäußern können, zuweilen in seine Weise einzugehen und ihm die Fesseln zu lösen. Unter den Erwachsenen ist der Mangel dieser Kunst kein so großer Übelstand, und die ans Schweigen Gewiesenen befinden sich manchmal nur umso gemütlicher dabei. Im Umgange mit stillen Kindern aber kann es ein wahres Unglück werden, wenn die großen Schwätzer sich nicht anders zu helfen wissen als mit dem elenden Gemeinplatze: Stille Wasser sind tief!

Am Nachmittage wurde ich wieder in die Schule geschickt und ich trat mit großem Mißtrauen in die gefährlichen Hallen, welche die Verwirklichung seltsamer und beängstigender Träume zu sein schienen. Ich bekam aber den bösen Schulmann nicht zu Gesicht; er hielt sich in einem Verschlage auf, welcher eine Art Bureau vorstellte und ihm zur Einnahme von kleinen Kollationen diente. An der Türe dieses Verschlages befand sich ein rundes Fensterchen, durch welches der Tyrann öfters den Kopf zu stecken pflegte, wenn draußen ein Geräusch entstand. Die Glasscheibe dieses Fensterchens fehlte seit geraumer Zeit, so daß er durch den leeren Rahmen sein Haupt weit in die Schulstube hineinstrecken konnte zur sattsamen Umsicht. An diesem verhängnisvollen Tage nun hatte der Hausmeister gerade während der Mittagszeit die fehlende Scheibe ersetzen lassen und ich schielte eben ängstlich nach derselben, als sie mit hellem Klirren zersprang und der umfangreiche Kopf meines Widersachers hindurch fuhr. Die erste Bewegung in mir war ein Aufjauchzen der herzlichen Freude, und erst als ich sah, daß er übel zugerichtet war und blutete, da wurde ich betreten und es ward zum dritten Male in meiner Seele klar und ich verstand die Worte: Und vergib uns unsere Schulden, wie auch wir vergeben unsern Schuldigern! So hatte ich an diesem ersten Tage schon viel gelernt; zwar nicht, was der Pumpernickel sei, wohl aber, daß man in der Not einen Gott anrufen müsse, daß derselbe gerecht sei und uns zu gleicher Zeit lehre, keinen Haß und keine Rache in uns zu tragen. Aus dem Gebote, seinen Beleidigern zu vergeben, entsteht, wenn es befolgt wird, von selbst die Kraft, auch seine Feinde zu lieben; denn für die Mühe, welche uns jene Überwindung kostet, fordern wir einen Lohn und dieser liegt zunächst und am natürlichsten in dem Wohlwollen, welches wir dem Feinde schenken, da er uns einmal nicht gleichgültig bleiben kann. Wohlwollen und Liebe können nicht gehegt werden, ohne den Träger selbst zu veredeln, und sie tun dieses am glänzendsten, wenn sie dem gelten, was man einen Feind oder Widersacher nennt. Diese eigentümlichste Hauptlehre des Christentums fand eine große Empfänglichkeit in mir vor, da ich, leicht verletzt und aufgebracht, immer ebenso schnell bereit war zu vergessen und zu vergeben, und es hat mich später, als mein Sinn sich der Offenbarungslehre zu verschließen anfing, lebhaft beschäftigt, zu ermitteln, inwiefern jenes Gesetz nur der Ausdruck eines schon in der Menschheit vorhandenen und erkannten Bedürfnisses sei; denn ich sah, daß es nur von einem bestimmten Teile der Menschen rein und uneigennützig befolgt wurde, von denjenigen nämlich, welche ihre natürlichen Gemütsanlagen dazu trieben. Die andern, welche ihr ursprüngliches Rachegefühl überwanden und auf das Vergeltungsrecht mit Mühe verzichteten, schienen mir oft dadurch mehr Vorteil über ihren Feind zu gewinnen, als sich mit dem Begriffe der reinen Selbstentäußerung vertrug; weil zufolge der tiefen Vernunft und Klugheit, die zugleich im Verzeihen liegt, der Widersacher allein es ist, welcher sich in seiner unfruchtbaren Wut aufreibt und vernichtet. Dies Verzeihen ist es auch, was in großen geschichtlichen Kämpfen die Überlegenheit des Siegers, nachdem er einen Handel männlich ausgefochten hat, vermehrt und beurkundet, daß dieselbe auch moralisch eine reif gewordene ist. So ist das Schonen und Aufrichten des gebeugten Gegners mehr Sache der allgemeinen Weltweisheit und vor der Einführung des Christentums wohl so oft zur Geltung gekommen als nach derselben verleugnet worden; das eigentliche Lieben aber des Feindes in voller Blüte und solange er uns Schaden zufügt, habe ich nirgends gesehen, weil ich auch bei einigen armen und ungebildeten Sektierern, welche in ihrem heißen Bestreben, das Evangelium ganz wörtlich zu nehmen, neben andern verpöntern Dingen auch diese Tugend übten, das aufrichtige Wesen nicht sattsam von dem ängstlichen Scheine unterscheiden konnte.

I, 4 Im Verlaufe meiner ersten Schuljahre fand ich nun häufige Gelegenheit, meinen Verkehr mit Gott zu erweitern, da die kleinen Erlebnisse sich vermehrten. Ich hatte mich bald in den Weltlauf ergeben und tat, wie die andern Kinder, was ich nicht lassen konnte. Dadurch war ich abwechselnd zufrieden und geriet in Bedrängnis, wie es das Wohlverhalten oder die Vernachlässigung meiner Pflichten nebst allerhand kindischem Unfuge mit sich brachten. In jeder übeln Lage aber rief ich Gott an und betete in meinem Innern in wenigen wohlgesetzten Worten, wenn die Krisis zu reifen begann, um eine günstige Entscheidung und um Rettung aus der Gefahr, und ich muß zu meiner

Schande gestehen, daß ich immer entweder das Unmögliche oder das Ungerechte verlangte. Oft war es der Fall, daß meine Sünden übersehen wurden; und alsdann ließ ich es nicht an herzlichen Dankgebeten aus dem Stegreife fehlen, welche umso vergnüglicher waren als mir der Sinn für die Verdientheit der Strafe so lange verschlossen blieb, bis ich bewußte Fehler beging. So bestand der Stoff meiner Anrufungen aus der wunderlichsten Mischung; das eine Mal bat ich um die gelungene Probe eines schwierigen Rechnenexempels oder daß der Vorgesetzte für einen Tintenklecks in meinem Hefte mit Blindheit geschlagen werde, das andere Mal, ein zweiter Josua, um Stillstand der Sonne, wenn ich mich zu verspäten drohte, oder auch um Erlangung eines fremden reizenden Backwerkes. Als die Jungfrau, welche ich die weiße Wolke nannte, einst für lange Zeit verreiste und eines Abends bei uns Abschied nahm, während ich schon in meinem Bettchen lag, jedoch alles hörte, bat ich meinen himmlischen Vater in sehnlichen Ausdrücken, er möchte bewirken, daß sie mich hinter meinen Vorhängen nicht vergesse und noch einmal tüchtig küsse. Ich schlief über der steten Wiederholung des gleichen kurzen Satzes endlich ein und weiß zur Stunde noch nicht, ob meine Bitte in Erfüllung gegangen ist.

Eines Tages wurde ich zur Strafe über die Mittagszeit in der Schule zurückbehalten und eingeschlossen, so daß ich erst auf den Abend etwas zu essen bekam. Das war das erste Mal, wo ich den Hunger kennen und zugleich die Ermahnungen meiner Mutter verstehen lernte, welche mir Gott vorzüglich als den Erhalter und Ernährer jeglicher Kreatur anpries und als den Schöpfer unsers schmackhaften Hausbrotes darstellte, der Bitte gemäß: Gib uns heut unser tägliches Brot! welches nie fehlen dürfe, wenn die Sache nicht schief gehen sollte. Überhaupt gewann ich für Essen und Trinken ein großes Interesse und manche Einsicht in die Beschaffenheit derselben, indem ich fast ausschließlich den Verkehr von Frauen mit ansah, dessen Hauptinhalt der Erwerb und die Besprechung von Lebensmitteln war, und die Wichtigkeit, welche ich diesem Verkehre beilegen sah, trug sich mir auch auf meine Bitte um das tägliche Brot über. Auf meinen Wanderungen durch das Haus drang ich allmählich tiefer in den Haushalt der Mitbewohner ein und ließ mich oft aus ihren Schüsseln bewirten, und undankbarer Weise schmeckten mir die Speisen überall besser als bei meiner Mutter. Jede Hausfrau verleiht, auch wenn die Rezepte ganz die gleichen sind, doch ihren Speisen durch die Zubereitung einen besonderen Geschmack, welcher ihrem Charakter entspricht. Durch eine kleine Bevorzugung eines Gewürzes oder eines Krautes, durch größere Fettigkeit oder Trockenheit, Weichheit oder Härte, bekommen alle ihre Speisen einen bestimmten Charakter, welcher das genäschige oder nüchterne, weichliche oder spröde, hitzige oder kalte, das verschwenderische oder geizige Wesen der Köchin ausspricht, und man erkennt sicher die Hausfrau aus den wichtigsten Speisen des Bürgerstandes, nämlich dem Rindfleisch und dem Gemüse, dem Braten und dem Salate; ich meinerseits, als ein junger frühzeitiger Kenner, habe aus einer bloßen Fleischbrühe den Instinkt geschöpft, wie ich mich zu der Meisterin derselben zu verhalten habe. Die Speisen meiner Mutter hingegen ermangelten, sozusagen, aller und jeder Individualität. Ihre Suppe war nicht fett und nicht mager, der Kaffee nicht stark und nicht schwach, sie verwendete kein Salzkorn zu viel und keines hat je gefehlt, sie kochte schlecht und recht, ohne Manieriertheit, wie die Künstler sagen, in den reinsten Verhältnissen; man konnte von ihren Speisen eine große Menge genießen, ohne sich den Magen zu verderben. Sie schien mit ihrer weisen und maßvollen Hand, am Herde stehend, täglich das Sprichwort zu verkörpern: Der Mensch ißt, um zu leben, und lebt nicht, um zu essen! Nie und in keiner Weise war ein Überfluß zu bemerken und ebenso wenig ein Mangel. Diese nüchterne Mittelstraße langweilte mich, der ich meinen Gaumen dann und wann anderswo bedeutend reizte, und ich begann, über ihre Mahlzeiten eine scharfe Kritik zu üben, sobald ich satt und die letzte Gabel voll vertilgt war. Da ich mit meiner Mutter immer allein bei Tische saß und sie lieber auf Gespräch und Unterhaltung dachte als auf ein genaues Erziehungssystem, so wies sie mich nicht kurz und strafend zur Ruhe, sondern widerlegte mich mit Beredsamkeit und stellte mir hauptsächlich vor, auf Menschenschicksale und Lebensläufe übergehend, wie ich vielleicht eines Tages froh sein würde, an ihrem Tische zu sitzen und zu essen; dann werde sie aber nicht mehr da sein. Obgleich ich dazumal nicht recht einsah, wie das zugehen sollte, so wurde ich doch jedesmal gerührt und von einem geheimen Grauen ergriffen und so für einmal geschlagen. Machte sie alsdann auch noch auf die Undankbarkeit aufmerksam, welche ich gegen Gott beging, indem ich seine guten Gaben tadelte, so hütete ich mich mit einer heiligen Scheu, den allmächtigen Geber ferner zu beleidigen, und versank in Nachdenken über seine trefflichen und wunderbaren Eigenschaften.

Nun geschah es aber, daß, in dem Maße als ich ihn deutlicher erfaßte und sein Wesen mir unentbehrlicher und unersprießlicher wurde, mein Umgang mit Gott sich verschämt zu verschleiern begann und, als meine Gebete einen vernünftigen Sinn erhielten, mich eine wachsende Scheu beschlich, sie laut herzusagen. Meine Mutter ist eines einfachen und nüchternen Gemütes und nichts weniger als das, was man eine warm andächtige Frau nennt, sondern schlechthin gottesfürchtig. Ihr Gott war dazumal schon nicht der Befriediger und Erfüller einer Menge dunkler und drangvoller Herzensbedürfnisse, sondern klar und einfach der versorgende und erhaltende Vater, die Vorsehung. Ihr gewöhnliches Wort war: Wer Gott vergißt, den vergißt er auch; von der inbrünstigen Gottesliebe dagegen hörte ich sie nie reden, und ich selbst habe eine Stimmung dieser Art erst später empfunden, als das Wesen Gottes mir endlich meiner reifern Empfänglichkeit und Erkenntnis entsprechend sich ausgebildet hatte. Desto eifriger aber hielt sie darauf, und es ward ihr in unserer Verlassenheit für die lange und dunkle Zukunft eine Hauptsache, daß Gott der Ernährer und Beschützer mir immer vor Augen sei, und sie legte mit andauernder Sorge den Grund zu einem unwandelbaren Gottvertrauen in mich. Infolge dieses rührenden Bestrebens wollte sie eines Sonntags, als wir uns eben zu Tische gesetzt hatten, das Tischgebet einführen, welches bis dahin nicht üblich gewesen in unserm Hause, und sagte mir zu diesem Zwecke ein kleines altes Volksgebet vor, mit der Aufforderung, es jetzt und in Zukunft nachzubeten. Aber wie erstaunte sie, als ich nur die ersten Worte trocken hervorbrachte und dann plötzlich verstummte und nicht weiter konnte! – Das Essen dampfte auf dem Tische, es war ganz still in der Stube, die Mutter wartete, aber ich brachte keinen Laut hervor. Sie wiederholte ihr Verlangen, aber ohne Erfolg; ich blieb stumm und niedergeschlagen, und sie ließ es für diesmal bewenden, da sie mein Benehmen für eine gewöhnliche Kinderlaune hielt. Am folgenden Tage wiederholte sich der Auftritt und sie wurde nun ernstlich bekümmert und sagte: »Warum willst du nicht beten? Schämst du dich?« Das war nun zwar der Fall, ich vermochte es aber nicht zu bejahen, weil, wenn ich es getan, es doch nicht wahr gewesen wäre in dem Sinne, wie sie es verstand. Der gedeckte Tisch kam mir vor wie ein Opfermahl, obgleich ich von einem solchen noch nichts wußte, und das Händefalten nebst dem feierlichen Beten vor den duftenden Schüsseln wurde zu einer Zeremonie, welche mir alsbald unbesieglich widerstand. Es war nicht Scham vor der Welt, wie es der Priester zu nennen pflegt; denn wie sollte ich mich vor der einzigen Mutter schämen, vor welcher ich bei ihrer Milde nichts zu verbergen gewohnt war? Es war Scham vor mir selber; ich konnte mich selbst nicht sprechen hören und habe es auch nie mehr dazu gebracht, in der tiefsten Einsamkeit und Verborgenheit laut zu beten.

»Nun sollst du nicht essen, bist du gebetet hast!« sagte die Mutter, und ich stand auf und ging vom Tische weg in eine Ecke, wo ich in große Traurigkeit verfiel, mit einigem Trotze vermischt. Meine Mutter aber blieb sitzen und tat so, als ob sie essen würde, obgleich sie es nicht konnte, und es trat eine Art düstrer Spannung zwischen uns ein, wie ich sie noch nie gefühlt hatte und die mir das Herz beklemmte. Sie ging schweigend ab und zu und räumte den Tisch ab; als jedoch die Stunde nahte, wo ich wieder zur Schule gehen sollte, brachte sie mein Essen, indem sie sich die Augen wischte, als ob ein Stäubchen darin wäre, wieder herein und sagte: »Da kannst du essen, du eigensinniges Kind!« worauf ich meinerseits unter einem Ausbruche von Schluchzen und Tränen mich hinsetzte und es mir tapfer schmecken ließ, sobald die heftige Bewegung nachließ. Auf dem Wege zur Schule ließ ich es nicht an einem vergnügten Dankseufzer fehlen für die glückliche Befreiung und Versöhnung.

Als ich in späteren Jahren im Heimatdorfe auf Besuch war, wurde ich an das Ereignis lebhaft erinnert durch eine Geschichte, welche sich vor mehr als hundert Jahren mit einem Kinde dort zugetragen hatte und einen tiefen Eindruck auf mich machte. In einer Ecke der Kirchhofmauer war eine kleine steinerne Tafel eingelassen, welche nichts als ein halbverwittertes Wappen und die Jahrzahl 1713 trug. Die Leute nannten diesen Platz das Grab des Hexenkindes und erzählten allerlei abenteuerliche und fabelhafte Geschichten von demselben, wie es ein vornehmes Kind aus der Stadt, aber in das Pfarrhaus, in welchem dazumal ein gottesfürchtiger und strenger Mann wohnte, verbannt gewesen sei, um von seiner Gottlosigkeit und unbegreiflich frühzeitigen Hexerei geheilt zu werden. Dieses sei aber nicht gelungen; vorzüglich habe es nie dazu gebracht werden können, die drei Namen der höchsten Dreieinigkeit auszusprechen, und sei in dieser gottlosen Halsstarrigkeit verblieben und elendiglich verstorben. Es sei ein außerordentlich feines und kluges Mädchen in dem zarten Alter von sieben Jahren und dessenungeachtet die allerärgste Hexe gewesen. Besonders hätte es erwachsene Mannspersonen verführt und es ihnen angetan, wenn es sie nur angeblickt, daß selbe sich sterblich in das kleine Kind verliebt und seinetwegen böse Händel angefangen hätten. Sodann hätte es seinen Unfug mit dem Geflügel getrieben und insbesondere alle Tauben des Dorfes auf den Pfarrhof gelockt und selbst den frommen Herrn verhext, daß er dieselben öfter inbehalten, gebraten und zu seinem Schaden gespeist habe. Selbst die Fische im Wasser habe es gebannt, indem es tagelang am Ufer saß und die alten klugen Forellen verblendete, daß sie bei ihm verweilten und in großer Eitelkeit vor ihm herumschwänzelten, sich in der Sonne spiegelnd. Die alten Frauen pflegten diese Sage als Schreckmännchen für die Kinder zu gebrauchen, wenn sie nicht fromm waren, und fügten noch viele seltsame und phantastische Züge hinzu. Im Pfarrhause hingegen hing wirklich ein altes dunkles Ölgemälde, das Bildnis dieses merkwürdigen Kindes enthaltend. Es war ein außerordentlich zartgebautes Mädchen in einem blaßgrünen Damastkleide, dessen Saum in einem weiten Kreise starrte und die Füßchen nicht sehen ließ. Um den schlanken feinen Leib war eine goldene Kette geschlungen und hing vorn bis auf den Boden herab. Auf dem Haupte trug es einen kronenartigen Kopfputz aus flimmernden Gold- und Silberblättchen, von seidenen Schnüren und Perlen durchflochten. In seinen Händen hielt das Kind den Totenschädel eines andern Kindes und eine weiße Rose. Noch nie habe ich aber ein so schönes, liebliches und geistreiches Kinderantlitz gesehen wie das blasse Gesicht dieses Mädchens; es war eher schmal als rund, eine tiefe Trauer lag darin, die glänzenden dunkeln Augen sahen voll Schwermut und wie um Hilfe flehend auf den Beschauer, während um den geschlossenen Mund eine leise Spur von Schalkheit oder lächelnder Bitterkeit schwebte. Ein schweres Leiden schien dem ganzen Gesichte etwas Frühreifes und Frauenhaftes zu verleihen und erregte in dem Beschauenden eine unwillkürliche Sehnsucht, das lebendige Kind zu sehen, ihm schmeicheln und es küssen zu dürfen. Es war auch der Erinnerung des alten Dorfes unbewußt lieb und wert, und in den Erzählungen und Sagen von ihm war ebenso viel unwillkürliche Teilnahme als Abscheu zu bemerken.

Die eigentliche Geschichte war nun die, daß das kleine Mädchen, einer adeligen, stolzen und höchst orthodoxen Familie angehörig, eine hartnäckige Abneigung gegen Gebet und Gottesdienst jeder Art zeigte, die Gebetbücher zerriß, welche man ihm gab, im Bette den Kopf in die Decke hüllte, wenn man ihm vorbetete, und kläglich zu schreien anfing, wenn man es in die düstere, kalte Kirche brachte, wo es sich vor dem schwarzen Manne auf der Kanzel zu fürchten vorgab. Es war ein Kind aus einer unglücklichen ersten Ehe und mochte sonst schon ein Stein des Anstoßes sein. So beschloß man, als es durch keine Mittel von der unerklärlichen Unart abgebracht werden konnte, das Kind jenem wegen seiner Frömmigkeit und Strenggläubigkeit berühmten Pfarrherrn versuchsweise in Pflege zu geben. Wenn schon die Familie die Sache als ein befremdliches und ihrem Rufe Unehre bringendes Unglück auffaßte, so betrachtete der dumpfe, harte Mann dieselbe vollends als eine unheilvolle infernalische Erscheinung, welcher mit aller Kraft entgegenzutreten sei. Demgemäß nahm er seine Maßregeln, und ein altes vergilbtes »diarium«, von ihm herrührend und im Pfarrhause aufbewahrt, enthält einige Notizen, welche über sein Verfahren sowie das weitere Schicksal des unglücklichen Geschöpfes hinreichenden Aufschluß geben. Folgende Stellen habe ich mir ihres seltsamen Inhaltes wegen abgeschrieben und will sie diesen Blättern einverleiben und so die Erinnerung an jenes Kind in meinen, eigenen Erinnerungen aufbewahren, da sie sonst verloren gehen würde.

I, 5 »Heute habe ich von der hochgebornen und gottesfürchtigen Frau von M. das schuldende Kostgeld für das erste Quartal richtig erhalten, alsogleich quittiret und Bericht erstattet. Ferner der kleinen Meret (Emerentia) ihre wöchentlich zukommende Correction ertheilt und verscherpft, indeme sie nackent auf die Bank legte und mit einer neuen Ruthen züchtigte, nicht ohne Lamentiren und Seufzen zum Herren, daß Er das traurige Werk zu einem guten Ende führen möge. Hat die Kleine zwaren jämmerlich geschrieen und de- und wehmüthig um Pardon gebeten, aber nichts desto weniger nachher in ihrer Verstocktheit verharret und das Liederbuch verschmähet, so ich ihr zum Lernen vorgehalten. Habe sie derowegen kürzlich verschnauffen lassen und dann in Arrest gebracht in die dunkle Speckkammer, allwo sie gewimmert und geklaget, dann aber still geworden ist, bis sie urplötzlich zu singen und jubiliren angefangen, nicht anders wie die drey seligen Männer im Feuerofen, und habe ich zugehöret und erkennt, daß sie die nämliche versificirten Psalmen gesungen, so sie sonsten zu lernen refusirete, aber in so unnützlicher und weltlicher Weise, wie die thörichten und einfältigen Ammen- und Kindslieder haben; so daß ich solches Gebahren für ein neue Schalkheit und Mißbrauch des Teufels zu nennen gezwungen ward.«

Ferner:

»Ist ein höchst lamentables Schreiben arriviret von Madame, welche in Wahrheit eine fürtreffliche und rechtgläubige Person ist. Sie hat besagten Brief mit ihren Thränen benetzet und mir auch die große Bekümmerniß des Herren Gemahls vermeldet, daß es mit der kleinen Meret nicht besser gehen will. Und ist dieses gewißlich eine große Calamität, so diesem hochansehnlichen und berühmten Geschlecht passiret und möchte man der Meinung seyn, mit Respect zu sagen, daß sich die Sünden des Herren Großpapa väterlicher Seits, welches ein gottloser Wütherich und schlimmer Cavalier ware, an diesem armseligen Geschöpflein vermerken lassen und rechen. Habe mein Tractament mit der Kleinen changiret und will nunmehr die Hungerkur probiren. Auch hab ich ein Röcklein von grobem Sacktuch durch meine Ehefrau selbsten anfertigen lassen und verbothen, der Meret ein ander Habit anzulegen, sintemal diese Bußkleidung ihr am besten conveniret. Verstocktheit auf dem gleichen Puncto.«

»Sahe mich heute gezwungen, die kleine Demoiselle von allem Verkehr und Unterhalt mit denen Baurenkindern abzusperren, weill sie mit selbigen in das Holz gelauffen, allda gebadet im Holzweiher, das Bußhemdlein, so ich ihr ordiniret, an ein Baumast gehenkt hat und nackent davor gesprungen und getanzt und auch ihre Gespanen zu frechem Spott und Unfug aufgereizet. Beträchtliche Correction.«

»Heut ein großer Spectakel und Verdruß. Kame ein großer, starker Schlingel, der junge Müllerhans, und richtete mir Händel an von wegen der Meret, welche er alltäglich schreien und heulen zu hören vorgegeben, und disputirte ich mit demselben, als auch der junge Schulmeister, der Tropf, herankam und drohete, mich zu verklagen, und fiel über die schlimme Creatur her, herzete und küssete sie etc. etc. Ließ den Schulmeister alsogleich arretiren und zum Landvogt führen. Dem Müllerhans muß ich auch noch beikommen, obgleich selbiger reich und gewaltthätig ist. Möchte bald selber glauben, was die Bauersleute sagen, daß das Kind eine Hexe sey, wenn diese Opinion nicht der Vernunft widerspräche. Jeden Falls steckt der Teufel in ihr und habe ein schlimmes Stück Arbeit übernommen.«

»Diese ganze Woche habe ich einen Mahler im Hause tractiret, so mir Madame übersendet, damit er das Portrait der kleinen Fräulein anfertige. Die bedrängte Familie will das Geschöpf nicht mehr zu sich nemen und allein zum traurigen Angedenken und zur bußfertigen Anschauung, auch von wegen der großen Schönheit des Kindes, ein Conterfey behalten. Insbesundere will der Herr nicht von dieser Idee lassen. Meine Ehefrau verabreicht dem Mahler alltäglich zwei Schoppen Wein, woran er nicht genug zu haben scheinet, da er allabendlich in den rothen Löwen gehet und dorten mit dem Chirurgo spielet. Ist ein hochfahrendes Subject und setze ihm daher öfter ein Schnepfen oder ein Hechtlein vor, welches in dem Quartal Conto der Madame zu vermerken ist. Wollte anfenglich mit der Kleinen sein Wesen und Freundlichkeit treiben und hat sie sich sogleich an ihn attachiret, daher ich ihme bedeutet habe, mir in meinem Process nicht zu interveniren. Wie man der Kleinen ihr verwahrte Habit und Sonntagsstaat herfürgehohlt und angelegt benebst der Schapell und der Gürtlen, so hat sie großen Plaisir gezeiget und zu tanzen begonnen. Diese ihre Freude ist aber bald verbittert worden, als ich nach dem Befelch der Frau Mama 1 Todtenschedel hohlen ließe und in die Hand zu tragen gab, welchen sie partout nicht nemen wollen und hernachmalen weinend und zitternd in der Hand gehalten, wie wenn es ein feurig Eisen wär. Zwaren hat der Mahler behauptet, er könne den Schedel außwendig malen, weill solcher zu denen allerersten Elementen seiner Kunst gehöre, habe es aber nicht zugegeben, sintemal Madame geschrieben hat: »Was das Kind leidet, das leiden auch wir, und ist uns in seinem Leiden selbst Gelegenheit zur Buße gegeben, so wir für ihn's thun können; derohalb brechen Ew. Wohlehrwürden in Nichts ab, Euere Fürsorge und Education betreffend. Wenn das Töchterlein dereinst, wie ich zum allmächtigen und barmherzigen Gott verhoffe, hier oder dort erleuchtet und gerettet seyn wird, so wird es ohnzweifelhaft sich höchlich erfreuen, ein gutes Theil seiner Buße schon mit seiner Verstocktheit abgethan zu haben, welche über ihn's zu verhängen der unerforschliche Meister beliebt hat!« Diese tapferen Worte vor Augen, habe ich auch diese Gelegenheit für dienlich erachtet, der Kleinen mit dem Schedel eine ernsthafte Buße anzuthun. Man hat übrigens einen kleinen leichten Kindsschedel gebrauchet, dieweill der Mahler sich beschwehret, daß der große Mannsschedel zu unförmlich seye für die kleinen Händlein, in Betracht seiner Kunst-Regula und hat sie denselben nachher lieber gehalten; auch hat ihr der Mahler ein weißes Röslein dazugesteckt, was ich wohl leiden mochte, weil es als ein gutes Symbolum gelten kann.«

»Habe heut plötzlich ein Contreordre erhalten in Betreff des Tableau und soll nun selbiges nicht nach der Stadt spediren, sondern hier behalten. Es ist Schad um die brave Arbeit, so der Mahler gemacht hat, weil er ganz charmiret war von der Anmuth des Kinds. Hätt' ich es früher gewußt, so hätt' der Mann für diesen Kostenaufwand mein eigen Conterfey auf das Tuch mahlen können, wenn die schönen Victualien nebst Lohn einmal drauff gehen sollen.

Es ist mir fernerer Befelch zu Handen gekommen, mit aller weltlichen Instruction abzubrechen, besonders mit dem Französischen, da solches nicht mehr nöthig erachtet werde, so wie auch meine Gemahlin mit dem Unterricht auf dem Spinett aufhören solle, was der Kleinen leid zu thun scheinet. Vielmehr soll ich sie fortan als ein einfaches Pflegekind tractiren und allein fürsorgen, daß sie kein öffentlich Ärgerniß gebe.«

»Vorgestern ist uns die kleine Meret desertiret und haben wir große Angst empfunden, bis daß sie heute Mittag um 12 Uhr zu obrist auf dem Buchberge ausgespüret wurde, wo sie entkleidet auf ihrem Bußhabit an der Sonne saß und sich baß wärmete. Sie hatt' ihr Haar ganz aufgeflochten und ein Kränzlein von Buchenlaub darauff gesetzet, so wie ein dito Scherpen um den Leib gehenkt, auch ein Quantum schöner Erdbeeren vor sich liegen gehabt, von denen sie ganz voll und rundlich gegessen war. Als sie unser ansichtig ward, wollte sie wiederum Reißaus nemen, schämete sich aber ihrer Blöße und wollte ihr Habitlein überziehen, dahero wir sie glücklich attrapiret. Sie ist nun krank und scheinet confuse zu seyn, da sie keine vernünftige Antwort gibt.«

»Mit dem Meretlein gehet es wiederum besser, jedoch ist sie mehr und mehr verändert und wird des Gänzlichen dumm und stumm. Die Consultation des herbeygeruffenen Medicus verlautet dahin, daß sie irr- oder blödsinnig werde und nunmehr der medicinischen Behandlung anheim zu stellen sey; er offerirte sich auch zu derselbigen und hat verheißen, das Kind wieder auf die Beine zu bringen, wenn es in seinem Hause placiret würde. Ich merke aber schon, daß es dem Monsieur Chirurgo nur um die gute Pension benebst denen Präsenten von Madame zu thun seye, und berichtete derohalb, was ich für gut befunden, nemlich daß der Herr seinen Plan nunmehr an ein Ende zu führen scheine mit seiner Creatur und daß Menschenhände hieran Nichts changiren möchten und dürften, wie es in Wirklichkeit auch ist.«

Nach Überschlagung von fünf bis sechs Monaten heißt es weiter:

»Es scheinet dieses Kind in seinem blöden Zustande einer treff lichen Gesundheit zu genießen und hat ganz muntere rothe Backen bekommen. Hält sich nun den ganzen Tag in den Bohnen auf, wo man sie nicht siehet und weiter nicht um sie bekümbert, zumalen sie weiter kein Ärgernuß giebet.«

»Das Meretlein hat sich in Mitten des Bohnenplätz ein kleinen Salon arrangiret, so man entdecket, und hat dorten artliche Visites acceptiret von denen Baurenkindern, welche ihme Obst und andere Victualia zugeschleppet, so sie gar zierlich vergraben und in Vorrath gehalten hat. Daselbst hat man auch jenen kleinen Kindsschedel begraben gefunden, welcher längst abhanden gekommen und dahero dem Custos nicht restituiret werden konnte. Dergleichen auch die Spatzen und andere Vögel herbeygezogen und zahm gemacht, daß die den Bohnen viel Abbruch gethan und ich jedoch nicht mehr in die Bohnenstauden schießen können, von wegen der kleinen Insaß. Item hat sie mit einer giftigen Schlangen ihr Spiel gehabt, welche durch den Hag gebrochen und sich bei ihr eingenistet; in summa, man hat sie wieder ins Haus nemen und inne behalten müssen.«

»Die rothen Backen sind wiederum von ihr gewichen und behauptete der Chirurgus, sie werde es nicht mehr lang prästiren. Habe auch schon an die Eltern geschrieben.«

»Heut vor Tag schon muß das arme Meretlein aus seinem Bettlein entkommen, in die Bohnen hinauß geschlichen und dort verschieden seyn; denn wir haben sie alldort für todt gefunden in einem Grüblein, so sie in den Erdboden hinein gewühlet, als ob sie hineinschlüpfen wollte. Sie ist ganz gestabet gewesen und ihr Haar so wie ihr Hemdlein feucht und schwer vom Thau, als welcher auch in lauteren Tropfen auf ihren fast röthlichen Wänglein gelegen, nicht anders denn auf einem Apfelblust. Und haben wir einen heftigen Schrecken bekommen und bin ich in große Verlegenheit und Confusion gerathen den heutigen Tag, dieweill die Herrschaft aus der Stadt angelanget, just wie meine Ehefrau verreiset ist nach K., um allda einiges Confect und Provision einzukaufen, damit die Herrschaften höchlichst zu regaliren. Wußte derohalb nicht, wo mir der Kopf gestanden, und war ein großes Rennen und Laufen, und sollten die Mägde das Leichlein waschen und ankleiden, und zugleich für ein guten Imbiß sorgen. Endlich habe ich den grünen Schinken braten lassen, so meine Frau vor acht Tagen in Essig geleget, und hat der Jakob drei Stück von denen zahmen Forellen gefangen, welche noch hin und wieder an den Garten kommen, obgleich man die selige (?!) Meret nicht mehren zum Wasser hinauß gelassen. Habe zum Glück mit diesen Speißen noch ziemliche Ehre eingeleget und habe dieselbigen der Madame wohl geschmecket. Ist eine große Traurigkeit gewesen und haben wir mehr denn zwei Stunden in Gebeth und Todesbetrachtungen verbracht, desgleichen in melankolischen Reden von der unglückseligen Krankhaftigkeit des verstorbenen Mägdleins, da wir nun annemen müssen zu unserem vermehreten Trost, daß selbe in einer fatalen Disposition des Bluts und Gehirns ihren Ursprung gehabt. Daneben haben wir auch von den sonstigen großen Gaben des Kinds geredet und von seinen oftmaligen klugen und anmuthigen Einfällen und Impromptus und Alles nicht zusammenreimen können in unserer irdischen Kurzsichtigkeit. Morgens am Vormittag wird man dem Kind ein Christlich Begräbniß geben und ist die Präsenz der fürnehmen Eltern dazu kommlich, ansonsten die Pauren sich widersatzen mögten.«

»Dieses ist der allerwunderbarste und schreckhafteste Tag gewesen, nicht nur allein, seit wir mit dieser unseligen Creatur zu schaffen, sondern der mir überhaupt in meiner ruhsamen Existenz aufgestoßen ist. Denn als die Stunde gekommen und es zehn Uhr geschlagen, haben wir uns hinter dem Leichlein her in Bewegung gesetzet und nach dem Gottesacker begeben, indessen der Sigrist die kleine Glocken geläutet, was er aber nicht mit sehrem Fleiße gethan, dieweil es fast erbärmlich geklungen und das Geläute zur Halbpart vom starken Winde verschlungen worden, der unwirsch gewehet hat. Und war auch der Himmel ganz dunkel und schwül, sowie der Kirchhof von Menschen entblößet außer unserer kleinen Compagnie, hergegen außerhalb denen Mauren die ganze Baursame versammelt und hat neugierig die Köpfe herüber gerecket. Wie man aber so eben das Todtenbäumlein (Todtenbaum = Sarg) in das Grab hinunter senken wollen, hat man ein seltsamen Schrei gehört aus dem Todtenbäumlein hervor, so daß Wir auf das Heftigste erschrocken sind und der Todtengräber auf und davon gesprungen ist. Der Chirurgus aber, welcher sich auch herzugemachet, hat schleunigst den Deckel losgemacht und abgehebt, und hat sich das Tödlein als lebendig aufgerichtet und ist ganz behende aus dem Gräblein gekrochen und hat uns angeblicket. Und wie im selbigen Moment die Sonne seltsam und stechend durch die Wolken gedrungen, so hat es in seinem gelblichen Brokat und mit dem glitzrigen Krönlein ausgesehen wie ein Feyen- oder Koboltskind. Die Frau Mama ist alsobald in eine starke Ohnmacht verfallen und der Herr v. M. weinend zur Erde gestürzet. Ich selbst habe mich vor Verwunderung und Schrecken nicht gerühret und in diesem Moment steif an ein Hexenthum geglaubt. Das Mägdlein aber hat sich bald ermannt und ist über den Kirchhof davon und zum Dorf hinaus gesprungen, wie eine Katz, daß alle Leute voll Entsetzen heimgelaufen sind und ihre Thüren verriegelt haben. Zu selbiger Zeit ist just die Schulzeit aus gewesen und ist der Kinderhaufen auf die Gasse gekommen, und als das kleine Zeugs die Sache gesehen, hat man die Kinder nicht halten können, sondern ist eine große Schaar dem Leichlein nachgelaufen und hat es verfolget und hinterdrein ist noch der Schulmeister mit dem Bakel gesprungen. Es hat aber immer ein zwanzig Schritt Vorsprung gehabt und nicht eher Halt gemacht, als bis es auf dem Buchberg angekommen und leblos umgefallen ist, worauf die Kinder um dasselbe herumgekrabbelt und es vergeblich gestreichelt und caressiret haben. Dieses Alles haben wir nach der Hand erfahren, weil wir mit großer Noth in das Pfarrhaus uns salviret und in tiefer desolation verharret sind, bis man das Leichlein wiederum gebracht hat. Man hat es auf ein Matraz gelegt und ist die Herrschaft darauf verreiset mit Hinterlassung einer kleinen Steintafell, worein Nichts als das Familienwappen und Jahreszahl gehauen ist. Nunmehr liegt das Kind wieder für todt und getrauen wir uns nicht, zu Bett zu gehen aus Furcht. Der Medicus sitzet aber bey ihm und meint nun, es sey endlich zur Ruh gekommen.«

»Heute hat der Medicus nach unterschiedlichen Experimenten erklärt, daß das Kind wirklich todt seye und ist es nun in der Stille beigesetzt worden und nichts Weiteres arriviret« usf.

SECHSTES KAPITEL

Ich kann nicht sagen, daß, nachdem Gott einmal die bestimmte und I, 6
nüchterne Gestalt eines Ernährers und Aushelfers für mich gewonnen hatte, er mein Herz in jenem Alter mit zarteren Empfindungen oder höheren Gemütsfreuden erfüllt habe, zumal er aus dem glänzenden Gewande des Abendrotes sich verloren, um in viel späterer Zeit es wieder umzunehmen. Wenn meine Mutter von Gott und den heiligen Dingen sprach, so fuhr sie fort, vorzüglich im alten Testamente zu verweilen, bei der Geschichte der Kinder Israel in der Wüste, oder bei den Kornhändeln Josephs und seiner Brüder, bei der Witwe Ölkrug, der Ährenleserin Ruth und dergleichen, oder ausnahmsweise bei der Speisung der fünftausend Männer im neuen Testamente. Alle diese Ereignisse gefielen ihr ausnehmend wohl und sie trug mir dieselben mit warmer Beredsamkeit vor, während diese mehr einem un-

parteiischen und pflichtgemäß frommen Erzählen Raum gab, wenn das bewegte und blutige Drama von Christi Leidensgeschichte entwickelt wurde. So sehr ich daher den lieben Gott respektierte und in allen Fällen bedachte, so blieben mir doch die Phantasie und das Gemüt leer, solange ich keine neue Nahrung schöpfte außer den bisherigen Erfahrungen, und wenn ich keine Veranlassung hatte, irgend einen angelegentlichen Gebetvortrag abzufassen, so war mir Gott nachgerade eine farblose und langweilige Person, die mich zu allerlei Grübeleien und Sonderbarkeiten reizte, zumal ich sie bei meinem vielen Alleinsein doch nicht aus dem Sinne verlor. So gereichte es mir eine Zeit lang zu nicht geringer Qual, daß ich eine krankhafte Versuchung empfand, Gott derbe Spottnamen, selbst Schimpfworte anzuhängen, wie ich sie etwa auf der Straße gehört hatte. Mit einer Art behaglicher und mutwillig zutraulicher Stimmung begann immer diese Versuchung, bis ich nach langem Kampfe nicht mehr widerstehen konnte und im vollen Bewußtsein der Blasphemie eines jener Worte hastig ausstieß, mit der unmittelbaren Versicherung, daß es nicht gelten solle, und mit der Bitte um Verzeihung; dann konnte ich nicht umhin, es noch einmal zu wiederholen, wie auch die reuevolle Genugtuung, und so fort, bis die seltsame Aufregung vorüber war. Vorzüglich vor dem Einschlafen pflegte mich diese Erscheinung zu quälen, obgleich sie nachher keine Unruhe oder Uneinigkeit in mir zurückließ. Ich habe später gedacht, daß es wohl ein unbewußtes Experiment mit der Allgegenwart Gottes gewesen sei, welche ebenfalls anfing, mich zu beschäftigen, und daß schon damals das dunkle Gefühl in mir lebendig gewesen sei: Vor Gott könne keine Minute unseres inneren Lebens verborgen und wirklich strafbar sein, sofern er das lebendige Wesen für uns sei, für das wir ihn halten.

Indessen hatte ich eine Freundschaft geschlossen, welche meiner suchenden Phantasie zu Hilfe kam und mich von diesen unfruchtbaren Quälereien erlöste, indem sie, bei der Einfachheit und Nüchternheit meiner Mutter, für mich das wurde, was sonst sagenreiche Großmütter und Ammen für die stoffbedürftigen Kinder sind. In dem Hause gegenüber befand sich eine offene dunkle Halle, welche ganz mit altem und neuem Trödelkram angefüllt war. Die Wände waren mit alten Seidengewändern, gewirkten Stoffen und Teppichen aller Art behangen. Rostige Waffen und Gerätschaften, schwarze zerrissene Ölgemälde bekleideten die Eingangspfosten und verbreiteten sich zu beiden Seiten an der Außenseite des Hauses; auf einer Menge altmodischer Tische und Geräte stand wunderliches Glasgeschirr und Porzellan aufgetürmt, mit allerhand hölzernen und irdenen Figuren vermischt. In den tieferen Räumen waren Berge von Betten und Hausgeräten übereinandergeschichtet und auf den Hochebenen und Absätzen derselben, manchmal auf einem gefährlichen einsamen Grate, stand überall noch eine schnörkelhafte Uhr, ein Kruzifix oder ein wächserner Engel und dergleichen mehr. Im tiefsten Hintergrunde aber saß jederzeit eine bejahrte, dicke Frau in altertümlicher Tracht in einem trüben Helldunkel, während ein noch älteres, spitziges, eisgraues Männchen mit Hilfe einiger Untergebenen in der Halle herumhantierte und eine zahlreiche Menge Leute abfertigte, welche fortwährend ab und zu ging. Die Seele des Geschäftes war aber die Frau und von ihr aus gingen alle Befehle und Anordnungen, ungeachtet sie sich nie von ihrem Platze bewegte und man sie noch weniger je auf einer Straße gesehen hatte. Sie trug immer bloße Arme und hatte schneeweiße Hemdsärmel, auf eine künstliche Weise gefältelt, wie man es sonst nirgends mehr sah und es vielleicht vor hundert Jahren schon so getragen wurde. Es war die originellste Frau von der Welt, welche schon vor dreißig Jahren mit ihrem Manne blutarm und unwissend in die Stadt gezogen, um da ihr Brot zu suchen. Nachdem sie mit Tagelohn und saurer Arbeit eine Reihe von mühseligen Jahren durchgekämpft hatte, gelang es ihr, einen kleinen Trödelkram zu errichten, und erwarb sich mit der Zeit durch Glück und Gewandtheit in ihren Unternehmungen einen behaglichen Wohlstand, welchen sie auf die eigentümlichste Weise beherrschte. Sie konnte nur gebrochen Gedrucktes lesen, hingegen weder schreiben noch in arabischen Zahlen rechnen, welche letzteren es ihr nie zu kennen gelang; sondern ihre ganze Rechenkunst bestand in einer römischen Eins, einer Fünf, einer Zehn und einer Hundert. Wie sie diese vier Ziffern in ihrer frühen Jugend, in einer entlegenen und vergessenen Landesgegend überkommen hatte, überliefert durch einen Jahrtausend alten Gebrauch, so handhabte sie dieselben mit einer merkwürdigen Gewandtheit. Sie führte kein Buch und besaß nichts Geschriebenes, war aber jeden Augenblick imstande, ihren ganzen Verkehr, der sich oft auf mehrere Tausende in lauter kleinen Posten belief, zu übersehen, indem sie mit großer Schnelligkeit das Tischblatt mittelst einer Kreide, deren sie immer einige Endchen in der Tasche führte, mit mächtigen Säulen jener vier Ziffern bedeckte. Hatte sie aus ihrem Gedächtnisse alle Summen solchergestalt aufgesetzt, so erreichte sie ihren Zweck einfach dadurch, daß sie mit dem nassen Finger eine Reihe um die andere ebenso flink wieder auslöschte als sie dieselben aufgesetzt hatte, und dabei zählend die Resultate zur Seite aufzeichnete. So entstanden neue kleinere Zahlengruppen, deren Bedeutung und Benennung niemand kannte als sie, da es immer nur die gleichen vier nackten Ziffern waren und für andere aussahen, wie eine altheidnische Zauberschrift. Dazu kam noch, daß es ihr nie gelingen wollte, mit Bleistift oder Feder oder auch nur mit einem Griffel auf einer Schiefertafel das gleiche Verfahren vorzunehmen, indem sie nicht nur räumlich einer ganzen Tischplatte bedurfte, sondern auch nur mittelst der weichen Kreide ihre markigen Zeichen zu bilden imstande war. Sie beklagte oft, daß sie sich gar nichts Fixiertes aufbewahren könne, war aber gerade dadurch zu ihrem außerordentlichen Gedächtnisse gelangt, aus welchem jene wimmelnden Zahlenmassen plötzlich gestalt- und lebevoll erschienen, um ebenso rasch wieder zu verschwinden. Das Verhältnis zwischen Einnahme und Ausgabe machte ihr nicht viel zu schaffen; sie bestritt alle häuslichen Bedürfnisse und sonstige Ausgaben vorweg aus dem gleichen Seckel, welcher auch den Geschäftsverkehr begründete, und wenn eine überflüssige Summe Geldes beeinander war, so wechselte sie dieses sogleich in Gold um und verwahrte dasselbe in ihrer Schatztruhe, wo es für immer liegen blieb, wenn nicht ein Teil davon für eine besondere Unternehmung oder für ein ausnahmsweises Darlehen herausgenommen wurde, da sie sonst auf Zinsen kein Geld auslieh. Sie hatte besonders mit Landleuten von allen Seiten her Verkehr, welche sich ihre gerätschaftlichen Bedürfnisse bei ihr holten, und gab ihre Waren jedermann auf Borg, gewann oft viel dabei und verlor auch oft. So kam es, daß eine Menge von Leuten von ihr abhängig waren oder in einem verbindlichen oder feindlichen Verhältnisse zu ihr standen und daß sie beständig von Nachsichtsuchenden oder Bezahlenden umlagert war, welche ihr, zur Beherzigung oder als Dank, die mannigfaltigsten Gaben darbrachten, nicht anders als einem alten Landpfleger oder einer reichen Äbtissin. Feld- und Baumfrüchte jeder Art, Milch, Honig, Trauben, Schinken und Würste wurde ihr in gewichtigen Körben zugetragen, und diese reichlichen Vorräte bildeten die Grundlage zu einem stattlichen Wohlleben, welches alsobald begann, wenn das geräuschvolle Gewölbe geschlossen war und in der noch seltsameren Wohnstube das häusliche Abendleben zur Geltung kam. Dort hatte Frau Margret diejenigen Gegenstände zusammengehäuft und als Zierat angebracht, welche ihr in ihrem Handel und Wandel am besten gefallen hatten, und sie nahm keinen Anstand, etwas für sich aufzubewahren, wenn es ihr Interesse erweckte. An den Wänden hingen alte Heiligenbilder auf Goldgrund und in den Fenstern gemalte Scheiben, und allen diesen Dingen schrieb sie irgend eine merkwürdige Geschichte oder sogar geheime Kräfte zu, was ihr dieselben heilig und unveräußerlich machte, so sehr auch Kenner sich manchmal bemühten, die wirklich wertvollen Denkmäler ihrer Unwissenheit zu entreißen. In einer Truhe von Ebenholz bewahrte sie goldene Schaumünzen, Ketten, Becher, silberne Filigranarbeiten und andere köstliche Spielereien, für welche sie eine große Vorliebe trug und dieselben nur wieder veräußerte, wenn ein besonderer Gewinn sich damit verband, was öfters der Fall war. Endlich war auf einem Wandgestelle eine beträchtliche Zahl unförmlicher alter Bücher aufgespeichert, welche sie mit großem Eifer zusammenzusuchen pflegte. Es waren verschiedene Bibeln, alte Kosmographien mit zahllosen Holzschnitten, fabelgespickte Reisebeschreibungen, vorzüglich nordische, indische und griechische Mythologien aus dem vorigen Jahrhundert mit großen zusammengefalteten Kupferstichen, welche vielfach zerknittert und zerrissen waren; sie nannte diese naiv geschriebenen Werke schlechtweg Heiden- oder auch Götzenbücher. Ferner hielt sie eine reiche Sammlung solcher Volksschriften, welche Nachricht gaben von einem fünften Evangelisten, von den Jugendjahren Jesu, noch unbekannten Abenteuern desselben in der Wüste, von einer Auffindung seines wohlerhaltenen Leichnams nebst Dokumenten von der Erscheinung und den Bekenntnissen eines in der Hölle leidenden Freigeistes; einige Chroniken, Kräuterbücher und Prophezeiungen vervollständigten diese Sammlung. Für Frau Margret hatte ohne Unterschied alles, was gedruckt war, sowohl wie die mündlichen Überlieferungen des Volkes, eine gewisse Wahrheit, und die ganze Welt in allen ihren Spiegelungen, das fernste sowohl wie ihr eigenes Leben, waren ihr gleich wunderbar und bedeutungsvoll; sie trug noch den lebendigen ungebrochenen Aberglauben vergangener kräftiger Zeiten an sich ohne Verfeinerung und Schliff. Mit neugieriger Liebe erfaßte sie alles und nahm es als bare Münze, was ihrer wogenden Phantasie dargeboten wurde, und sie bekleidete es alsbald mit dem sinnlich greifbaren Formen der Volkstümlichkeit, welche massiven metallenen Gefäßen gleichen, die trotz ihres hohen Alters durch den stäten Gebrauch immer glänzend geblieben sind. Alle die Götter und Götzen der alten und jetzigen heidnischen Völker beschäftigten sie durch ihre Geschichte sowohl als durch ihr äußeres Aussehen in den Abbildungen, hauptsächlich auch daher, daß sie dieselben für wirkliche lebendige Wesen hielt, welche durch den wahren Gott bekämpft und ausgerottet würden; das Spuken und Umgehen solcher halb überwundenen schlimmen Käuze war ihr ebenso schauerlich anziehend wie das grauenvolle Treiben eines Atheisten, unter welchem sie nichts anderes verstand und verstehen konnte als einen Menschen, welcher seiner Überzeugung von dem Dasein Gottes zum Trotz dasselbe hartnäckig und mutwillig leugne. Die großen Affen und Waldteufel der südlichen Zonen, von denen sie in ihren alten Reisebüchern las, die fabelhaften Meermänner und Meerweibchen waren nichts anderes als ganz gottlose, nun vertierte Völker oder solche einzelne Gottesleugner, welche in diesem jammervollen Zustande, halb reuevoll, halb trotzig, Zeugnis gaben von dem Zorne Gottes und sich zugleich allerlei mutwillige Neckereien mit den Menschen erlaubten.

Wenn nun am Abend das Feuer prasselte, die Töpfe dampften, der Tisch mit den soliden volkstümlichen Leckereien bedeckt wurde und Frau Margret behaglich und ansehnlich auf ihrem zierlich eingelegten Stuhle saß, so begann sich nach und nach eine ganz andere Anhängerschaft und Gesellschaft einzufinden als die den Tag über in dem Gewölbe zu sehen waren. Es waren dies arme Frauen und Männer, welche, teils durch den Duft des wohlbesetzten Tisches, teils durch die belebte Unterhaltung von höheren Dingen angezogen, hier mannigfache Erholung von den Mühen des Tages suchten und fanden. Mit

Ausnahme einiger weniger heuchlerischer Schmarotzer hatten sonst alle ein aufrichtiges Bedürfnis, sich durch Gespräche und Belehrungen über das, was ihnen nicht alltäglich war, zu erwärmen und besonders in betreff des Religiösen und Wunderbaren eine kräftigere Nahrung zu suchen als die öffentlichen Kulturzustände ihnen darboten. Nichtbefriedigung des Gemütes, ungelöschter Durst nach Wahrheit und Erkenntnis, erlebte Schicksale, hervorgerufen durch die versuchte Befriedigung solcher unruhigen Triebe in der sinnlichen Welt, trieben diese Leute hier zusammen und überdies noch in mancherlei seltsame Sekten hinein, von deren innerem Leben und Treiben sich Frau Margret fleißig Bericht erstatten ließ; denn sie selbst war zu weltlich und zu derb, als daß sie so weit gegangen wäre, dergleichen mitzumachen. Vielmehr tadelte sie mit scharfen Worten die Kopfhänger und wurde sarkastisch und bitter, wenn sie allzu mystischen Unrat merkte. Sie bedurfte das Wunderbare und Geheimnisvolle, aber in der Sinnenwelt, in Leben und Schicksal, in der äußern wechselvollen Erscheinung; von innern Seelenwundern, bevorzugten Stimmungen, Auserwählten und dergleichen wollte sie nichts hören und kanzelte ihre Gäste tüchtig herunter, wenn sie mit solchen Dingen auftreten wollten. Außer daß Gott als der kunst- und sinnreiche Schöpfer all der wunderbaren Dinge und Vorkommnisse für sie existierte, war er ihr vorzüglich in einer Richtung noch merk- und preiswürdig: nämlich als der treue Beiständer der klugen und rührigen Leute, welche, mit nichts und weniger als nichts anfangend, ihr Glück in der Welt selbst machen und es zu etwas Ordentlichem bringen. Deshalb hatte sie ihre größte Freude an jungen Leuten, welche sich aus einer dunklen dürftigen Abkunft heraus durch Talent, Fleiß, Sparsamkeit, Klugheit usf. in eine gute Stellung gearbeitet hatten und wohl gar hohe Protektion genossen. Das Heranwachsen des Wohlstandes solcher Schützlinge war ihr wie eine eigene Sache angelegen, und wenn dieselben endlich dahin gediehen waren, einen behaglichen Aufwand mit gutem Gewissen geltend zu machen, so fühlte sie selbst die größte Genugtuung, ihrerseits reichlich beizusteuern und sich des Glanzes mitzufreuen. Sie war von Grund aus wohltätig und gab immer mit offenen Händen, den Armen und arm Bleibenden im gewöhnlichen abgeteilten Maße, denjenigen aber, bei welchen Hab und Gut anschlug, mit wahrer Verschwendung für ihre Verhältnisse. Es lag meistens ganz in der Natur solcher Emporkömmlinge, neben ihren anderweitigen größern Beziehungen auch die Gunst dieser seltsamen Frau sorglich zu pflegen, bis sie durch einen jüngeren Nachwuchs endlich verdrängt wurden, und so fand man nicht selten diesen oder jenen fein gekleideten und vornehm aussehenden Mann unter den armen Gläubigen, der durch sein gemessenes Betragen dieselben verschüchterte und unbehaglich machte. Auch nahmen sie wohl, wenn er abwesend war, Veranlassung, der Frau Weltsinn und Lust an irdischer Herrlichkeit vorzuwerfen, was dann jedesmal lebhafte Erörterungen und Streitreden hervorrief.

Von ihrer Freude an gedeihlichem Erwerb und emsiger Tätigkeit mochte es wohl kommen, daß mehrere Schacherjuden in den Kreis ihrer Wohlgelittenen aufgenommen waren. Die Unermüdlichkeit und stätige Aufmerksamkeit dieser Menschen, welche öfter bei ihr verkehrten und ihre schweren Lasten abstellten, volle Geldbeutel aus unscheinbarer Hülle hervorzogen und ihr zum Aufbewahren anvertrauten, ohne irgend ein Wort oder eine Schrift zu wechseln, ihre kindliche Gutmütigkeit und neugierige Bescheidenheit neben der unberückbaren Pfiffigkeit im Handeln, ihre strengen Religionsgebräuche und biblische Abstammung, sogar ihre feindliche Stellung zum Christentume und die groben Vergehungen ihrer Voreltern machten diese vielgeplagten und verachteten Leute der guten Frau höchst interessant und gern gesehen, wenn sie sich bei den abendlichen Zusammenkünften vorfanden, am Herde der Frau Margret koschern Kaffee kochten oder sich einen billig erstandenen Fisch buken. Wenn die fromm christlichen Frauen ihnen schonend vorhielten, wie es noch nicht gar zu lange her sei, seit die Juden doch schlimme Käuze gewesen, Christenkinder geraubt und getötet und Brunnen vergiftet hätten, oder wenn Margret behauptete, der ewige Jude Ahasverus hätte vor zwölf Jahren einmal im »roten Bären« übernachtet und sie hätte selbst zwei Stunden vor dem Hause gepaßt, um ihn abreisen zu sehen, jedoch vergeblich, da er schon vor Tagesanbruch weiter gewandert sei; dann lächelten die Juden gar gutmütig und fein und ließen sich nicht aus ihrer guten Laune bringen. Da sie jedoch ebenfalls Gott fürchteten und eine scharf ausgeprägte Religion hatten, so gehörten sie noch eher

in diesen Kreis als man zwei weitere Personen darin vermutet hätte,
welche allerdings irgend anderswo zu suchen waren als gerade hier;
und doch schienen sie eine Art unentbehrlichen Salzes für die wunder-
liche Mischung zu sein. Es waren dies zwei erklärte Atheisten. Der I, 7
eine, ein schlichter, einsilbiger Schreinersmann, welcher schon man-
ches Hundert Särge gefertigt und zugenagelt hatte, war ein braver
Mann und erklärte dann und wann einmal mit dürren Worten, er
glaube ebenso wenig an ein ewiges Leben, als man von Gott etwas
wissen könne. Im übrigen hörte man nie eine freche Rede oder ein
Spottwort von ihm; er rauchte gemütlich sein Pfeifchen und ließ es
über sich ergehen, wenn die Weiber mit fließenden Bekehrungsreden
über ihn herfuhren. Der andere war ein bejahrter Schneidersmann
mit grauen Haaren und mutwilligem, unnützem Herzen, der schon
mehr als einen schlimmen Streich verübt haben mochte. Während
jener sich still und leidend verhielt und nur selten mit seinem dürren
Glaubensbekenntnise hervortrat, verfuhr dieser angriffsweise und
machte sich ein Vergnügen daraus, die gläubigen Seelen durch derbe
Zweifel und Verleugnungen, rohe Späße und Profanationen zu ver-
letzen und zu erschrecken, als ein rechter Eulenspiegel das einfältige
Wort zu verdrehen und mit dick aufgetragenem Humor in den armen
Leuten eine sündhafte Lachlust zu reizen. Er besaß weder großen Ver-
stand noch Pietät für irgend etwas, selbst für die Natur nicht, und
schien einzig ein persönliches Bedürfnis zu haben, das Dasein Gottes
zu leugnen oder wegzuwünschen, indessen der Schreiner sich bloß
nicht viel daraus machte, hingegen auf seinen Wanderjahren die Welt
aufmerksam betrachtet hatte, sich fortwährend noch unterrichtete und
von allerlei merkwürdigen Dingen mit Liebe zu sprechen wußte,
wenn er auftaute. Der Schneider fand nur Gefallen an Ränken und
Schwänken und lärmenden Zänkereien mit den begeisterten Weibern;
auch sein Verhalten zu den Juden, gegenüber demjenigen des Sarg-
machers, war bezeichnend. Während jener wohlwollend und freund-
lich mit ihnen verfuhr als mit seinesgleichen, neckte und quälte sie der
Schneider, wo er nur konnte, und verfolgte sie mit echt christlichem
Übermute mit allen trivialen Judenspäßen, die ihm zu Gebote stan-
den, so daß die armen Teufel manchmal wirklich böse wurden und
die Gesellschaft verließen. Frau Margret pflegte alsdann auch ungedul-

dig zu werden und verwies den Dämon aus dem Hause; aber er fand sich bald wieder ein und wurde immer wieder gelitten, wenn er sein altes Wesen mit etwas Vorsicht und glatten Worten wieder begann. Es war, als wenn die viel redenden und disputierenden Genossen seiner als eines lebendigen Exempels des Atheismus bedurften, wie sie ihn verstanden; denn dies war er am Ende auch, indem es sich nicht undeutlich erwies, daß er den Gedanken Gottes und der Unsterblichkeit mehr zu unterdrücken suchte, weil er ihn in einem kleinlichen und nutzlosen Treiben beschränkte und belästigte, und als er späterhin starb, tat er dies so verzagt und zerknirscht, heulend und zähneklappernd und nach Gebet verlangend, daß die guten Leute einen glänzenden Triumph feierten, indessen der Schreiner ebenso ruhig und unangefochten seinen letzten Sarg hobelte, welchen er sich selbst bestimmte, wie einst seinen ersten.

Dieser Art war die Versammlung, welche an vielen Abenden, zumal im Winter, bei Frau Margret zu treffen war, und ich weiß nicht, wie es kam, daß ich mich plötzlich am Tage oft in dem kurzweiligen Gewölbe mitten unter den Geschäftigen und am Abend zu den Füßen der Frau sitzen fand, welche mich in große Gunst genommen hatte. Ich zeichnete mich durch meine große Aufmerksamkeit aus, wenn die wunderbarsten Dinge von der Welt zur Sprache kamen. Die theologischen und moralischen Untersuchungen verstand ich freilich in den ersten Jahren noch nicht, obschon sie oft kindlich genug waren; jedoch nahmen sie auch schon damals nicht zu viele Zeit in Anspruch, da sich die Gesellschaft immer bald genug auf das Gebiet der Begebenheiten und sinnlichen Erfahrungen, und damit auf eine Art von naturphilosophischem Feld hinüber verfügte, wo ich ebenfalls zu Hause war. Man suchte vorzüglich die Erscheinungen der Geisterwelt sowie die Ahnungen, Träume usw. in lebendigen Zusammenhang zu bringen und drang mit neugierigem Sinne in die geheimnisvollen Lokalitäten des gestirnten Himmels, in die Tiefe des Meeres und der feuerspeienden Berge, von denen man hörte, und alles wurde zuletzt auf die religiösen Meinungen zurückgeführt. Es wurden Bücher von Hellsehenden, Berichte über merkwürdige Reisen durch verschiedene Himmelskörper und andere ähnliche Aufschlüsse gelesen, nachdem sie der Frau Margret zur Anschaffung empfohlen worden, und alsdann darüber gesprochen und die Phantasie mit den kühnsten Gedanken angefüllt. Der eine oder andere fügte dann noch aufgeschnappte Berichte aus der Wissenschaft hinzu, wie er von dem Bedienten eines Sternguckers gehört hatte, daß man durch dessen Fernrohr lebendige Wesen im Monde und feurige Schiffe in der Sonne sehen könne. Frau Margret hatte immer die lebendigste Einbildungskraft und bei ihr ging alles in Fleisch und Blut über. Sie pflegte mehrmals in der Nacht aufzustehen und aus dem Fenster zu schauen, um nachzusehen, was in der stillen dunklen Welt vorging, und immer entdeckte sie einen verdächtigen Stern, der nicht wie gewöhnlich aussah, ein Meteor oder einen roten Schein, welch allem sie gleich einen Namen zu geben wußte. Alles war ihr von Bedeutung und belebt; wenn die Sonne in ein Glas Wasser schien und durch dasselbe auf den hell polierten Tisch, so waren die sieben spielenden Farben für sie ein unmittelbarer Abglanz der Herrlichkeiten, welche in der Sonne selbst sein sollten. Sie sagte: »Seht ihr denn nicht die schönen Blumen und Kränze, die grünen Geländer und die roten Seidentücher? diese goldenen Glöcklein und diese silbernen Brunnen?« und sooft die Sonne in die Stube schien, machte sie das Experiment, um ein wenig in den Himmel zu sehen, wie sie meinte. Ihr Mann und der Schneider lachten sie dann aus, und der erste nannte sie eine phantastische Kuh. Jedoch auf einem festeren Boden stand sie, wenn von Geistererscheinungen die Rede war, denn hier hatte sie feste und unleugbare Erfahrungen die Menge, welche sie schon Schweiß genug gekostet hatten, und fast alle anderen wußten auch davon zu erzählen. Seit sie nicht mehr aus dem Hause kam, waren freilich ihre Erlebnisse auf ein häufiges Pochen und Rumoren in alten Wandschränken und etwa auf das Umherschleichen eines schwarzen Schafes in der nächtlichen Straße beschränkt, wenn sie um Mitternacht oder gegen Morgen ihre Inspektionen aus dem Fenster hielt. Ausnahmsweise begegnete es ihr noch einmal, daß sie ein kleines Männchen vor der Haustür entdeckte, welches, während sie mit scharfen kritischen Augen dasselbe beobachtete, plötzlich in die Höhe wuchs bis unter ihr Fenster, daß sie dasselbe kaum noch zuschlagen und sich ins Bett flüchten konnte. Hingegen in ihrer Jugend war es lebhafter hergegangen, als sie, besonders noch auf dem Lande, bei Tag und Nacht durch Feld und Wald zu gehen hatte. Da waren kopflose Männer stundenweit ihr zur Seite gegangen und näher gerückt, je eifriger sie betete, umgehende Bauern standen auf ihren ehemaligen Grundstücken und streckten flehend die Hand nach ihr aus, Gehenkte rauschten von hohen Tannen hernieder mit schreckbarem Geheul und liefen ihr nach, um in den heilsamen Bereich einer guten Christin zu kommen, und sie schilderte mit ergreifenden Worten den peinlichen Zustand, in dem sie sich befand, wenn sie nicht unterlassen konnte, die unheimlichen Gesellen von der Seite anzuschielen, während sie doch wußte, daß dieses höchst schädlich sei. Einige Male war sie auch ganz aufgeschwollen auf der Seite, wo die Gespenster gelaufen waren, und mußte den Doktor herbeirufen. Ferner erzählte sie von den Zaubereien und bösen Künsten, welche zur Zeit ihrer Jugend, gegen das Ende des vorigen Jahrhunderts noch gang und gäbe waren unter den Bauern. Da waren in ihrer Heimat reiche gewaltige Bauernfamilien, welche alte Heidenbücher besaßen, mittelst deren sie den schlimmsten Unfug trieben. Daß sie mit offener Flamme Löcher durch Strohbunde brennen konnten, ohne diese zu zerstören, oder auf dem Wasser gehen oder den Rauch aus den Schornsteinen in beliebiger Richtung aufsteigen und possierliche Figuren bilden zu lassen verstanden, gehörte nur zu den unschuldigen Scherzen. Aber greulich war es, wenn sie ihre Feinde langsam töteten, indem sie für dieselben drei Nägel in einen Weidenbaum schlugen unter den gehörigen Sprüchen (Margrets Vater siechte lange infolge dieser freundschaftlichen Manipulation, bis sie entdeckt und er durch Kapuziner gerettet wurde), oder wenn sie den armen Leuten das Korn in der Ähre verbrannten, um sie nachher zu verhöhnen, wenn sie hungerten und Not litten. Man hatte zwar die Genugtuung, daß der Teufel den einen oder andern mit großem Aufwand abholte, wenn er reif war; allein das geriet den gerechten Leuten selbst wieder zum Schrecken, und es war eben nicht angenehm, den blutigen Schnee und die gelassenen Haare auf dem Platze zu sehen, wie es der Erzählerin selbst begegnet war. Solche Bauern hatten Geld genug und maßen es bei Hochzeiten und Leichenfeiern einander in Scheffeln und Wannen zu. Die Hochzeiten waren dazumal noch sehr großartig. Sie hatte selbst noch eine solche gesehen, wo sämtliche Gäste, Männer und Weiber, beritten waren und nahe an hundert Pferde beisammen.

Die Weiber trugen Kronen von Flittergold und seidene Kleider mit drei- bis vierfach umgewundenen Ketten von zusammengerollten Dukaten; aber der Teufel ritt unsichtbar mit, und es ging nach dem Nachtessen nicht am ehrbarsten zu. Diese Bauern hatten während einer großen Hungersnot in den siebziger Jahren ihren Hauptspaß daran, mit zwölf Dreschern in weit geöffneten Scheunen zu dreschen, dazu einen blinden Geiger aufspielen zu lassen, welcher auf einem großen Brote sitzen mußte, und nachher, wenn genug hungrige Bettler vor der Scheune versammelt waren, die grimmigen Hunde in den wehrlosen Haufen zu hetzen. Bemerkenswert war es, daß der Volksglaube diese reichen Dorftyrannen vielfach die verbauerten Nachkommen der alten Zwingherren sein ließ, unter welchen man alle ehemaligen Bewohner der vielen Burgen und Türme verstand, die im Lande zerstreut waren. Ein anderes ergiebiges Feld für abenteuerliche Kunden war der Katholizismus mit seinen hinterlassenen leeren Klosterräumen und den noch lebendigen Klöstern, welche etwa in der katholisch gebliebenen Nachbarschaft sich befanden. Dazu trugen die Ordensgeistlichen der letztern vieles bei, besonders die Kapuziner, welche sich heute noch mit den Scharfrichtern freundschaftlich in die Arbeit teilen, bei den abergläubischen reformierten Bauern Teufelsbannerei und Sympathiekünste zu treiben. In den abgelegenen Landesgegenden herrschte damals ein bewußtloser verkommener Protestantismus; die Landleute standen nicht etwa *über* den katholischen, als hinwegsehend über verdummte Menschen, sondern sie glaubten alle Märchen derselben getreulich mit, nur hielten sie den Inhalt für übel und verwerflich, und sie lachten nicht über den Katholizismus, sondern sie fürchteten sich vor demselben als vor einer unheimlichen heidnischen Sache. Ebenso wenig als es ihnen möglich war, sich unter einem Freigeiste einen Menschen vorzustellen, welcher wirklich in seinem Innern nichts glaube, so wenig waren sie imstande, von jemandem anzunehmen, daß er zu vieles glaube; ihr Maß bestand einzig darin, sich nur zu denjenigen geglaubten Dingen zu bekennen, welche vom Guten und nicht vom Bösen seien.

Der Mann der Frau Margret, Vater Jakoblein genannt, von ihr schlechthin Vater, war funfzehn Jahre älter als sie und näherte sich den Achtzigen. Er besaß eine fast ebenso lebhafte Einbildungskraft wie seine Frau, dabei reichten seine Erinnerungen noch tiefer in die Sagenwelt der Vergangenheit zurück; doch faßte er alles von einer spaßhaften Seite auf, da er von jeher ein spaßhaftes und ziemlich unnützes Männlein gewesen war, und so wußte er ebenso viel lächerlichen Spuk und verdrehte Menschengeschichten zu erzählen als seine Frau ernsthafte und schreckliche. In seine frühste Jugend waren noch die letzten Hexenprozesse gefallen, und er beschrieb mit Humor aus der mündlichen Überlieferung geschöpfte Hexensabbate und Bankette ganz genau so, wie man sie noch in den aktenmäßigen Geschichten jener Prozesse, in den weitläufigen Anklagen und erzwungenen Geständnissen liest. Dieses Gebiet sagte ihm besonders zu, und er versicherte feierlich von einigen seltsamen Personen, daß sie sehr wohl auf dem Besenstiele zu reiten verständen, versprach auch von einem Tage zum andern, solange er lebte, von einem Hexenmeister seiner Bekanntschaft die Salbe herbeizuschaffen, mit welcher die Besen bestrichen würden, um darauf aus dem Schornsteine fahren zu können. Dieses gedieh mir immer zum größten Jubel, besonders wenn er mir die projektierte Fahrt bei schönem Wetter, wo ich dann vorn auf dem Stiele sitzen sollte, von ihm festgehalten, mit lustigen Aussichten ausmalte. Er nannte mir manchen schönen Kirschbaum auf einer Höhe, oder einen trefflichen Pflaumenbaum aus seiner Bekanntschaft, bei welchem Halt gemacht und genascht, oder einen delikaten Erdbeerschlag in diesem oder jenem Walde, wo tapfer geschmaust werden solle, indessen der Besen an eine Tanne gebunden würde. Auch benachbarte Jahrmärkte wollten wir besuchen und in die verschiedenen Schaubuden, ohne Eintrittsgeld, durch das Dach eindringen. Bei einem befreundeten Pfarrherrn auf einem Dorfe müßten wir freilich, wenn wir anders von seinen berühmten Würsten etwas zu beißen bekommen wollten, den Besen im Holze verstecken und vorgeben, wir seien zu Fuß gekommen, um bei dem herrlichen Wetter den Herrn Pfarrer ein bißchen heimzusuchen; hingegen bei einer reichen Hexenwirtin in einem andern Dorfe müßten wir keck zum Schornstein hineinfahren, damit sie, in der törichten Meinung, ein Paar angehender hoffnungsvoller Hexer bei sich zu sehen, uns mit ihren vortrefflichen Pfannkuchen mit Speck und mit frischem Honig ohne Rückhalt bewirte. Daß unterwegs auf hohen Bäumen und Felsen Einsicht in die seltensten Vogelnester genommen und das Tauglichste von jungen Vögeln aufgesucht würde, verstand sich von selbst. Wie alles ohne Schaden zu unternehmen sei, dafür hatte er bereits eine Auskunft und kannte die Formel, mit welcher der Teufel, nach beendigtem Vergnügen, um seinen Teil gebracht würde.

Auch in dem Gespensterwesen war er sehr erfahren; doch auch hier verdrehte sich ihm alles zum Lustigen. Die Angst, welche er bei seinen Abenteuern empfunden, war immer eine höchst komische und endete öfter mit einem pfiffigen Streiche, welchen er den Quälgeistern spielte.

Auf diese Weise ergänzte er trefflich das phantastische Wesen seiner Frau, und ich hatte so die Gelegenheit, unmittelbar aus der Quelle zu schöpfen, was man sonst den Kindern der Gebildeten in eigenen Märchenbüchern zurecht macht. Wenn der Stoff auch nicht so rein und zierlich unbefangen war wie in diesen und nicht für eine so unschuldige kindliche Moral berechnet, so enthielt er nichtsdestoweniger immer eine menschliche Wahrheit und machte, besonders da in dem vielfältigen Sammelkrame der Frau Margret eine reiche Fundgrube die sinnliche Anschauung vervollständigte, meine Einbildungskraft freilich etwas frühreif und für starke Eindrücke empfänglich, etwa wie die Kinder des Volkes früh an die kräftigen Getränke der Erwachsenen gewöhnt werden, ohne zu verderben. Denn was ich hörte, beschränkte sich nicht allein auf diese übersinnliche Fabelwelt; sondern die Leute besprachen auch auf die leidenschaftlichste Weise ihre eigenen und fremde Schicksale, und hauptsächlich das lange Leben der Frau Margret und ihres Mannes war reich an ernsten und heiteren Geschichten, an Beispielen der Gerechtigkeit und Ungerechtigkeit, der Gefahr, Not, Verwicklung und Befreiung; Hunger, Krieg, Aufruhr und Pestilenz hatten sie gesehen; jedoch ihr eigenes Verhältnis zueinander war so sonderbar von Leidenschaften bewegt, und es traten so ursprünglich dämonische Gewalten der Menschennatur darin zutage, daß ich mit kindlich erstauntem Auge in die wilde Flamme sah und für ein späteres Verständnis schon tiefe Eindrücke empfing.

Während nämlich die Frau Margret die bewegende und erhaltende Kraft in ihrem Haushalte war, den Grund zum jetzigen Wohlstand gelegt hatte und jederzeit das Heft in den Händen hielt, war ihr Mann einer von denjenigen, welche nichts Erkleckliches gelernt haben, noch sonst tun können, und daher darauf angewiesen sind, mehr den Handlanger einer tatkräftigen Frau zu machen und auf eine müßige Weise unter dem Schilde ihres Regimentes ein weichliches ruhmloses Dasein zu führen. Als die Frau, besonders in früheren Jahren, durch kecke Benutzung der Zeitläufe und durch wahrhaft geistvolle Unternehmungen und originelle Handstreiche in wörtlichem Sinne Gold zusammenhäufte, spielte er nur die Rolle eines dienstbaren Hauskoboldes, welcher, wenn er seine Handleistungen getan hatte, mit dem, was ihm die Frau gab, sich gütlich tat und dazu allerhand Späße trieb, welche männiglich ergötzten. Seine unmännliche Ratlosigkeit und Unzuverlässigkeit, die Erfahrung, daß sie in kritischen Fällen nie einen kräftigen Schutz in ihm fand, ließen Frau Margret auch seine sonstige Nützlichkeit übersehen und erklärten die Rücksichtslosigkeit, mit welcher sie ihn ohne weiteres von der Mitherrschaft über die Geldtruhe ausschloß. Es hatte auch lange Zeit keines von beiden ein Arges dabei, bis einige Ohrenbläser, worunter auch jener ränkesüchtige Schneider, dem Manne das Demütigende seiner Lage vorhielten und ihn aufhetzten, endlich eine gesetzliche Teilung des Erworbenen und vollständige Mitherrschaft zu verlangen.

Sogleich schwoll ihm der Kamm gewaltig und er drohte, die schlimmen Ratgeber hinter sich, der bestürzten Frau mit den Gerichten, wenn sie nicht seinen Anteil an dem »gemeinschaftlich erworbenen« Gute herausgäbe. Sie fühlte wohl, daß es mehr um einen gewaltsamen Raub als um ein ehrliches Mitwirken zu tun sei, und sträubte sich mit aller Kraft dagegen, zumal sie wohl wußte, daß sie nach wie vor die einzig erhaltende Kraft im Hause sein würde. Sie hatte aber die Gesetze gegen sich, da diese nicht auf eine Ausscheidung der beitragenden Kräfte eingehen konnten, und zudem gab der Mann vor, sich allerlei mutwilliger Anklagen bedienend, sich nach geschehener Teilung von ihr trennen zu wollen, so daß sie betäubt und überführt wurde und, krank und halb bewußtlos, die Hälfte von allem Besitze herausgab. Er nähete sogleich seine schimmernden Goldstücke, je nach der Art, in lange, seltsame Beutel, legte dieselben in einen Koffer, den er am Boden festnagelte, setzte sich darauf und schlug seinen Helfershelfern, welche auch ihren Anteil zu erschnappen gehofft hatten, ein Schnippchen. Im übrigen blieb er bei seiner Frau und lebte nach wie vor bei und von ihr, indem er nur dann zu seinem Schatze griff, wenn er eine Privatliebhaberei befriedigen wollte. Sie erholte sich indessen wieder und hatte nach einiger Zeit ihren eigenen Schatz wieder vervollständigt und mit den Jahren verdoppelt; aber ihr einziger Gedanke war seit jenem Tage der Teilung, mit der Zeit wieder in den Besitz des Entrissenen zu gelangen, und das war nur möglich durch den Tod ihres Mannes. Daher ging ihr jedesmal ein Stich durch das Herz, wenn er ein Goldstück umwechselte, und sie harrte unverwandt auf seinen Tod. Er hingegen wartete ebenso sehnlich auf den ihrigen, um Herr und Meister des ganzen Vermögens zu werden und in voller Unabhängigkeit den Rest seines langen Lebens zuzubringen. Dieses grauenhafte Verhältnis hätte man freilich auf den ersten Blick nicht geahnt; denn sie lebten zusammen wie zwei gute alte Leutchen und nannten sich nur Vater und Mutter. Insbesondere war die Margret in allem einzelnen auch gegen ihn die gute und verschwenderische Frau, die sie sonst war, und sie hätte vielleicht ohne den vierzigjährigen Lebensgenossen und sein spaßhaftes Umhertreiben nicht einen Tag leben können; auch ihm war es mittlerweile wohl genug und er besorgte mit humoristischer Geschäftigkeit die Küche, während sie im Kreise ihrer schwärmerischen Genossen die überfüllte Phantasie entzügelte. Doch in jeder Jahreszeit ein Mal, wenn in der Natur die großen Veränderungen geschahen und die alten Menschen an die schnelle Vergänglichkeit ihres Lebens erinnerten und ihre körperlichen Gebrechen fühlbarer wurden, erwachte, meistens in dunklen schlaflosen Nächten, ein entsetzlicher Streit zwischen ihnen, daß sie aufrecht in ihrem breiten altertümlichen Bette saßen, unter dem einen buntbemalten Himmel, und bis zum Morgengrauen, bei geöffneten Fenstern, sich die tödlichen Beleidigungen und Zankworte zuschleuderten, daß die stillen Gassen davon widerhallten. Sie warfen sich die Vergehungen einer fern abliegenden, sinnlich durchlebten Jugend vor und riefen Dinge durch die lautlose Nacht aus, welche lange vor der Wende dieses Jahrhunderts in Bergen und Gefilden geschehen, wo seitdem ganze dichte Wälder entweder gewachsen oder verschwunden, und deren Teilnehmer längst in ihren Gräbern vermodert waren. Dann stellten sie sich darüber zur Rede, welchen Grund das eine denn zu haben glaube, das andere überleben zu können? und verfielen in einen elenden Wettstreit, welches von ihnen wohl noch die Genugtuung haben werde, das andere tot vor sich zu sehen. Wenn man am Tage darauf in ihr Haus kam, so wurde der greuliche Streit vor jedem Eintretenden, ob fremd oder bekannt, fortgeführt, bis die Frau erschöpft war und in Weinen und Beten verfiel, indes der Mann anscheinend munterer wurde, lustige Weisen pfiff, sich einen Pfannkuchen backte und fortwährend irgend eine Flause dazu hermurmelte. Er konnte auf diese Weise einen ganzen Morgen hindurch nichts sagen als immer: Einundfunfzig! einundfunfzig! einundfunfzig! oder zur Abwechslung einmal: Ich weiß nicht, ich glaube immer, die alte Kunzin da drüben ist heute früh spazieren geritten! sie hat gestern einen neuen Besen gekauft! ich habe so was in der Luft flattern sehen, das sah ungefähr aus wie ihr roter Unterrock; sonderbar! hm! einundfunfzig usf. Dabei hatte er Gift und Tod im Herzen und wußte, daß seine Frau durch das Betragen doppelt litt; denn sie hatte keine Bosheit noch Mutwillen, um den Kampf auf diese Weise fortzusetzen. Was aber beide in diesem Zustande sich zuleide taten, bestand dann gewöhnlich in einer verschwenderischen Freigebigkeit, womit sie alles beschenkten, was ihnen nahe kam, gleichsam als wollte eines vor des andern Augen den Besitz aufzehren, nach dem ein jedes trachtete.

Der Mann war gerade kein gottloser Mensch, sondern ließ, indem er in der gleichen wunderlichen Art, wie an Gespenster und Hexen, so auch an Gott und seinen Himmel glaubte, denselben einen guten Mann sein und dachte nicht im mindesten daran, sich auch um die moralischen Lehren zu bekümmern, welche aus diesem Glauben entspringen mußten; er aß und trank, lachte und fluchte und machte seine Schnurren, ohne je zu trachten, sein Leben mit einem ernstern Grundsatze in Einklang zu bringen. Aber auch der Frau fiel es niemals ein, daß ihre Leidenschaften mit dem religiösen Gebahren im Widerspruche sein könnten, und sie zeichnete sich vor ihren Glaubensschwestern darin aus, daß sie niemals dem Ausdrucke dessen, was sie bewegte, einen Zügel anlegte. Sie liebte und haßte, segnete und verwünschte und gab sich unverhüllt und ungehemmt allen Regungen ihres Gemütes hin, ohne je an eine eigene mögliche Schuld zu denken und sich unbefangenerweise stets auf Gott und seinen mächtigen Einfluß berufend.

Jede der Ehehälften hatte eine zahlreiche Verwandtschaft blutarmer Leute, welche im Lande zerstreut wohnten. Diese teilten unter sich die Hoffnung auf das gewichtige Erbe umso mehr als Frau Margret, zufolge ihrer hartnäckigen Abneigung gegen unverbesserlich arm Bleibende, ihnen nur spärliche Gaben von ihrem Überflusse zukommen ließ und sie nur an Feiertagen gastlich speiste und tränkte. Alsdann erschienen von beiden Seiten her die alten Vettern und Basen, Schwestern und Schwäger mit ausgehungerten langnasigen Töchtern und bleichen Söhnen und trugen Säcklein und Körbe herbei, welche die kümmerlichen Gaben ihrer Armut enthielten, um die alten launenhaften Leute für sich zu gewinnen, und worin sie reichere Gegenspenden nach Hause zu tragen hofften. Diese Sippschaft war schroff in zwei Lager geschieden, welche sich nach dem Streite, der zwischen den Hauptpersonen herrschte, ebenfalls den Hoffnungen auf den früheren Tod des Gegners hingaben, um einst ein vergrößertes Erbe zu erhalten. Sie haßten und befeindeten sich ebenso stark untereinander als die Leidenschaften Margrets und ihres Mannes das Vorbild dazu abgaben, und es entstand jedesmal, nachdem die zahlreiche Gesellschaft sich an dem ungewohnten Überflusse gesättigt und gewärmt hatte und der Übermut den anfänglichen Zwang auflöste, ein mächtiger Zank zwischen beiden Parteien, daß sich die Männer die übrig gebliebenen Schinken, ehe sie dieselben in ihre Quersäcke steckten, um die Köpfe schlugen und die armen Weiber sich gegenseitig unter die blassen spitzigen Nasen schimpften und über dem befriedigten Magen ein Herz voll Neid und Ärger auf den Heimweg trugen, Ihre Augen funkelten stechend unter den dürftig aufgeputzten Sonntagshauben hervor, wenn sie mit langen Schritten, die vollgepfropften Bündel unter dem Arme, aus dem Tore zogen und sich grollend auf den Scheidewegen trennten, um den entlegenen Hütten zuzueilen.

Solcherweise ging es viele Jahre, bis die alte Frau Margret mit dem Sterben den Anfang machte und in jenes fabelhafte Reich der Geister und Gespenster selber hinüberging. Sie hinterließ unerwarteterweise ein Testament, welches einen einzelnen jungen Mann zum alleinigen Erben einsetzte; es war der letzte und jüngste jener Günstlinge, an deren Gewandtheit und Wohlergehen sie ihre Freude gehabt hatte, und sie war mit der Überzeugung gestorben, daß ihr gutes Gold nicht in ungeweihte Hände übergehe, sondern die Kraft und die Lust tüchtiger Leute sein werde. Bei ihrem Leichenbegängnisse fanden sich sämtliche Verwandte beider Ehegatten ein, und es war ein großes Geheul und Gelärm, als sie sich also getäuscht fanden. Sie vereinigten sich in ihrem Zorne alle gegen den glücklichen Erben, welcher ganz ruhig seine Habe einpackte, was irgend von Nutzen war, und auf einen ungeheuerlichen Wagen lud. Er überließ den armen Leuten nichts als die vorhandenen Vorräte an Lebensmitteln und die gesammelten Seltsamkeiten und Bücher der Seligen, insofern sie nicht von Gold, Silber oder sonstigem Gehalte waren. Drei Tage und drei Nächte blieb der wehklagende Schwarm in dem Trauerhause, bis der letzte Knochen zerschlagen und dessen Mark mit dem letzten Bissen Brot aufgetunkt war. Sodann zerstreuten sie sich allmählich, ein jeder mit dem Andenken, das er noch erbeutet hatte. Der eine trug eine Partie Heiden- und Götzenbücher auf der Schulter, mit einem tüchtigen Stricke zusammengebunden und mit einem Scheite geknebelt, und unter dem Arme ein Säcklein getrockneter Pflaumen; der andere hing ein Muttergottesbild an seinem Stabe über den Rücken und wiegte auf dem Kopfe eine kunstreich geschnitzte Lade, sehr geschickt mit Kartoffeln angefüllt in allen ihren Fächern. Hagere lange Jungfrauen trugen zierliche altmodische Weidenkörbe und buntbemalte Schachteln, angefüllt mit künstlichen Blumen und vergilbtem Flitterkram, Kinder schleppten wächserne Engel in den Armen oder trugen chinesische Krüge in den Händen, es war, als sähe man eine Schar Bilderstürmer aus einer geplünderten Kirche kommen. Doch gedachte ein jeder seine Beute als ein wertes Angedenken an die Verstorbene aufzubewahren, sich schließlich an das genossene Gute erinnernd, und zog mit Wehmut seine Straße, indessen der Haupterbe, neben seinem Wagen einherschreitend, plötzlich Halt machte, sich besann, darauf die ganze Ladung einem Trödler verkaufte und auch nicht einen Nagel aufbewahrte. Dann ging er zu einem Goldschmied und verkaufte demselben die Schaumünzen, Kelche und Ketten und zog endlich mit rüstigen Schritten aus dem Tore, ohne sich umzusehen, mit seiner dicken Geldkatze und seinem Stabe. Er schien froh zu sein, eine verdrießliche und langwierige Angelegenheit endlich erledigt zu sehen.

In dem Hause aber blieb der alte Mann allein und einsam zurück mit dem zusammengeschmolzenen Reste jener früheren Teilung. Er lebte noch drei Jahre und starb gerade an dem Tage, wo das letzte Goldstück gewechselt werden mußte. Bis dahin vertrieb er sich die Zeit damit, daß er sich vornahm und ausmalte, wie er im Jenseits seine Frau haranguieren wolle, wenn sie da »mit ihren verrückten Ideen herumschlampe«, und welche Streiche er ihr angesichts der Apostel und Propheten spielen würde, daß die alten Gesellen was zu lachen bekämen. Auch an manchen Toten seiner Bekanntschaft erinnerte er sich und freute sich auf die Wiederbelebung verjährten Unfugs beim Wiedersehen. Ich hörte ihn immer nur in solch lustiger Art vom zukünftigen Leben sprechen. Er war nun blind und bald neunzig Jahre alt, und wenn er, von Schmerzen, Trübsal und Schwäche heimgesucht, traurig und klagend wurde, so sprach er nichts von diesen Dingen, sondern rief immer, man sollte die Menschen totschlagen, ehe sie so alt und elend würden.

Endlich ging er aus wie ein Licht, dessen letzter Tropfen Öl aufgezehrt ist, schon vergessen von der Welt, und ich, als ein herangewachsener Mensch, war vielleicht der einzige Bekannte früherer Tage, welcher dem zusammengefallenen Restchen Asche zu Grabe folgte.

Gleich dem Chorus in den Schauspielen der Alten hatte ich von I, 8
meiner frühsten Jugend an das Leben und die Ereignisse in diesem nachbarlichen Hause betrachtet und war ein allezeit aufmerksamer Teilnehmer. Ich ging ab und zu, aß und trank, was mir wohlgefiel, setzte mich in eine Ecke oder stand mitten unter den Handelnden und Lärmenden, wenn etwas vorfiel. Ich holte die Bücher hervor und verlangte, wessen ich von den Sehenswürdigkeiten bedurfte, oder spielte mit den Schmucksachen der Frau Margret. Alle die mannigfaltigen Personen, welche in das Haus kamen, kannten mich, und jeder war freundlich gegen mich, weil dieses meiner Beschützerin so behagte. Ich aber machte nicht viele Worte, sondern gab acht, daß nichts von den geschehenden Dingen meinen Augen und Ohren entging. Mit all diesen Eindrücken beladen, zog ich dann über die Gasse wieder nach Hause und spann in der Stille unserer Stube den Stoff zu großen träumerischen Geweben aus, wozu die erregte Phantasie den Einschlag gab. In der Tat muß ich auf diese erste Kinderzeit meinen Hang und

ein gewisses Geschick zurückführen, an die Vorkommnisse des Lebens erfundene Schicksale und verwickelte Geschichten anzuknüpfen und so im Fluge heitere und traurige Romane zu entwerfen, deren Mittelpunkt ich selbst oder die mir Nahestehenden waren, die mich viele Tage lang beschäftigten und bewegten, bis sie sich in neue Handlungen auf lösten, je nach der Stimmung und dem äußeren Ergehen. In jener ersten Zeit waren es kurze und wechselnde Bilder, welche sich rasch und unbewußt formierten und vorbeigingen, wie die befreiten Erinnerungen und Traumvorräte eines Schlafenden. Sie verflochten sich mir mit dem wirklichen Leben, daß ich sie kaum von demselben unterscheiden konnte.

Daraus nur kann ich mir unter anderm eine Geschichte erklären, welche ich ungefähr in meinem siebenten Jahre anrichtete und die ich gar nicht begreifen könnte, da die schlimme Art derselben sonst nicht in meinem Wesen liegt und sich zeither auch in keiner Weise wiederholt hat. Ich saß einst hinter dem Tisch, mit irgend einem Spielzeuge beschäftigt, und sprach dazu einige unanständige, höchst rohe Worte vor mich hin, deren Bedeutung mir unbekannt war und die ich auf der Straße gehört haben mochte. Eine Frau saß bei meiner Mutter und plauderte mit ihr, als sie die Worte hörte und meine Mutter aufmerksam darauf machte. Sie fragten mich mit ernster Miene, wer mich diese Sachen gelehrt hätte, insbesondere die fremde Frau drang in mich, worüber ich mich verwunderte, einen Augenblick nachsinnend, und dann den Namen eines Knaben nannte, den ich in der Schule gesehen hatte. Sogleich fügte ich noch zwei oder drei andere hinzu, sämtlich Jungen von zwölf bis dreizehn Jahren und einer vorgerückteren Klasse meiner Schule angehörig, mit denen ich aber kaum noch ein Wort gesprochen hatte. Einige Tage darauf behielt mich der Lehrer zu meiner Verwunderung nach der Schule zurück, sowie jene vier angegebenen Knaben, welche mir wie halbe Männer vorkamen, da sie an Alter und Größe mir weit vorgeschritten waren. Ein geistlicher Herr erschien, welcher gewöhnlich den Religionsunterricht gab und sonst der Schule vorstand, setzte sich mit dem Lehrer an einen Tisch und hieß mich neben ihn sitzen. Die Knaben hingegen mußten sich vor dem Tische in eine Reihe stellen und harrten der Dinge, die da kommen sollten. Sie wurden nun mit feierlicher Stimme gefragt, ob sie gewisse Worte in meiner Gegenwart ausgesprochen hätten; sie wußten nichts zu antworten und waren ganz erstaunt. Hierauf sagte der Geistliche zu mir: »Wo hast du die bewußten Dinge gehört von diesen Buben?« Ich war sogleich wieder im Zuge und antwortete unverweilt mit trockener Bestimmtheit: »Im Brüderleinsholze!« Dieses ist ein Gehölz, eine Stunde von der Stadt entfernt, wo ich in meinem Leben nie gewesen war, das ich aber oft nennen hörte. »Wie ist es dabei zugegangen, wie seid ihr dahin gekommen?« fragte man weiter. Ich erzählte, wie mich die Knaben eines Tages zu einem Spaziergange überredet und in den Wald hinaus mitgenommen hätten, und ich beschrieb mit merkwürdiger Wahrheit die Art, wie etwa größere Knaben einen kleinern zu einem mutwilligen Streifzuge mitnehmen. Die Angeklagten gerieten außer sich und beteuerten mit Tränen, daß sie teils seit langer Zeit, teils gar nie in jenem Gehölze gewesen seien, am wenigsten mit mir! Dabei sahen sie mit erschrecktem Hasse auf mich, wie auf eine böse Schlange, und wollten mich mit Vorwürfen und Fragen bestürmen, wurden aber zur Ruhe gewiesen und ich aufgefordert, den Weg anzugeben, welchen wir gegangen. Sogleich lag derselbe deutlich vor meinen Augen, und angefeuert durch den Widerspruch und das Leugnen eines Märchens, an welches ich nun selbst glaubte, da ich mir sonst auf keine Weise den wirklichen Bestand der gegenwärtigen Szene erklären konnte, gab ich nun Weg und Stege an, die an den Ort führen, und nannte hier ein Dorf, dort eine Brücke oder eine Wiese. Ich kannte dieselben nur vom flüchtigen Hörensagen, und obgleich ich kaum darauf gemerkt hatte, stellte sich nun jedes Wort zur rechten Zeit ein. Ferner erzählte ich, wie wir unterwegs Nüsse heruntergeschlagen, Feuer gemacht und gestohlene Kartoffeln gebraten, auch einen Bauernjungen jämmerlich durchgebleut hätten, welcher uns hindern wollte. Im Walde angekommen, kletterten meine Gefährten auf hohe Tannen und jauchzten in der Höhe, den Geistlichen und den Lehrer mit lächerlichen Spitznamen benennend. Diese Spitznamen hatte ich, über das Äußere der beiden Männer nachsinnend, längst im eigenen Herzen ausgeheckt, aber nie verlautbart; bei dieser Gelegenheit brachte ich sie zugleich an den Mann, und der Zorn der Herren war ebenso groß als das Erstaunen der vorgeschobenen Knaben. Nachdem sie wieder von den Bäumen heruntergekommen, schnitten sie große

Ruten und forderten mich auf, auch auf ein Bäumchen zu klettern und oben die Spottnamen auszurufen. Als ich mich weigerte, banden sie mich an einen Baum fest und schlugen mich so lange mit den Ruten, bis ich alles aussprach, was sie verlangten, auch jene unanständigen Worte. Indessen ich rief, schlichen sie sich hinter meinem Rücken davon, ein Bauer kam in demselben Augenblicke heran, hörte meine unsittlichen Reden und packte mich bei den Ohren. »Wart, ihr bösen Buben!« rief er, »diesen hab ich!« und hieb mir einige Streiche. Dann ging er ebenfalls weg und ließ mich stehen, während es schon dunkelte. Mit vieler Mühe riß ich mich los und suchte den Heimweg in dem dunklen Wald. Allein ich verirrte mich, fiel in einen tiefen Bach, in welchem ich bis zum Ausgange des Waldes teils schwamm, teils watete, und so, nach Bestehung mancher Gefährde, den rechten Weg fand. Doch wurde ich noch von einem großen Ziegenbocke angegriffen, bekämpfte denselben mit einem rasch ausgerissenen Zaunpfahl und schlug ihn in die Flucht.

Noch nie hatte man in der Schule eine solche Beredsamkeit an mir bemerkt wie bei dieser Erzählung. Es kam niemand in den Sinn, etwa bei meiner Mutter anfragen zu lassen, ob ich eines Tages durchnäßt und nächtlich nach Hause gekommen sei? Dagegen brachte man mit meinem Abenteuer in Zusammenhang, daß der eine und andere der Knaben nachgewiesenermaßen die Schule geschwänzt hatte, gerade um die Zeit, welche ich angab. Man glaubte meiner großen Jugend sowohl wie meiner Erzählung; diese fiel ganz unerwartet und unbefangen aus dem blauen Himmel meines sonstigen Schweigens. Die Angeklagten wurden unschuldig verurteilt als verwilderte bösartige junge Leute, da ihr hartnäckiges und einstimmiges Leugnen und ihre gerechte Entrüstung und Verzweiflung die Sache noch verschlimmerten; sie erhielten die härtesten Schulstrafen, wurden einige Wochen lang auf die Schandbank gesetzt und überdies noch von ihren Eltern geschlagen und eingesperrt.

Soviel ich mich dunkel erinnere, war mir das angerichtete Unheil nicht nur gleichgültig, sondern ich fühlte eher noch eine Befriedigung in mir, daß die poetische Gerechtigkeit meine Erfindung so schön und sichtbarlich abrundete, daß etwas Auffallendes geschah, gehandelt und gelitten wurde, und das infolge meines schöpferischen Wortes.

Ich begriff gar nicht, wie die mißhandelten Jungen so lamentieren und erbost sein konnten gegen mich, da der treffliche Verlauf der Geschichte sich von selbst verstand und ich hieran so wenig etwas ändern konnte als die alten Götter am Fatum.

Die Betroffenen waren sämtlich, was man schon in der Kinderwelt rechtliche Leute nennen könnte, ruhige, gesetzte Knaben, welche bisher keinen Anlaß zu grobem Tadel gegeben und aus denen seither stille und arbeitsame junge Bürger geworden. Umso tiefer wurzelte in ihnen die Erinnerung an meine Teufelei und das erlittene Unrecht, und als sie es jahrelang nachher mir vorhielten, erinnerte ich mich ganz genau wieder an die vergessene Geschichte, und fast jedes Wort ward wieder lebendig. Erst jetzt quälte mich der Vorfall mit verdoppelter nachhaltiger Wut, und sooft ich daran denke, steigt mir das Blut zu Kopfe, und ich möchte mit aller Gewalt die Schuld auf jene leichtgläubigen Inquisitoren schieben, ja sogar die plauderhafte Frau anklagen, welche auf die verpönten Worte gemerkt und nicht geruht hatte, bis ein bestimmter Ursprung derselben nachgewiesen war. Drei der ehemaligen Schulgenossen verziehen mir und lachten, als sie sahen, wie mich die Sache nachträglich beunruhigte, und sie freuten sich, daß ich zu ihrer Genugtuung mich alles einzelnen so wohl erinnerte. Nur der vierte, ein etwas beschränkter Mensch, der viele Mühe mit dem Leben hat, konnte niemals einen Unterschied machen zwischen der Kinderzeit und dem späteren Alter und trug mir die angetane Unbilde so nach, als ob ich sie erst heute, mit dem Verstande eines Erwachsenen, begangen hätte. Mit dem tiefsten Hasse geht er an mir vorüber, und wenn er mir beleidigende Blicke zuwirft, so vermag ich sie nicht zu erwidern, weil das Unrecht doch auf mir ruht und keiner von uns es vergessen kann.

SIEBENTES KAPITEL

Ich hatte mich nunmehr in der Schule zurecht gefunden und befand I,9
mich wohl in derselben, da das erste Lernen rasch aufeinander folgte und, leicht faßlich, täglich fortschritt. Auch die Einrichtung derselben hatte viel Kurzweiliges, ich ging gern und eifrig hinein, sie bildete

mein öffentliches Leben und war mir ungefähr was dem neugierigen Athenienser die Gerichtsstätte und das Theater. Es war keine öffentliche Anstalt, sondern das Werk eines gemeinnützigen wohltätigen Vereins und dazu bestimmt, bei dem damaligen Mangel guter niedriger Volksschulen, den Kindern dürftiger Leute eine bessere Erziehung zu verschaffen, und hieß daher Armenschule. Die Pestalozzische Unterrichtsweise wurde angewendet, und zwar mit einem Eifer und einer Hingebung, welche gewöhnlich nur Eigenschaften von leidenschaftlichen Privatschulmännern zu sein pflegen. Mein Vater hatte bei seinen Lebzeiten für die Einrichtung und für die Ergebnisse dieser Anstalt geschwärmt und oft den Entschluß ausgesprochen, meine ersten Schuljahre in derselben verfließen zu lassen, schon darin eine Erziehungsmaßregel suchend, daß ich mit den ärmsten Kindern der Stadt meine frühsten Jugendjahre zubrächte und aller Kastengeist und Hochmut so im Keime erstickt würden. Diese Absicht war für meine Mutter ein heiliges Vermächtnis und erleichterte ihr die Wahl der ersten Schule für mich. In einem großen Saale wurden etwa hundert Kinder unterrichtet, zur Hälfte Knaben, zur Hälfte Mädchen, vom fünften bis zum zwölften Jahre. Sechs lange Schulbänke standen in der Mitte, von dem einen Geschlechte besetzt, jede bildete eine Altersklasse, und davor stand ein vorgeschrittener Schüler von elf bis zwölf Jahren und unterrichtete die ganze Bank, welche ihm anvertraut war, indessen das andere Geschlecht in Halbkreisen um sechs Pulte herum stand, die längs den Wänden angebracht waren. Inmitten jedes Kreises saß auf einem Stühlchen ebenfalls ein unterrichtender Schüler oder eine Schülerin. Der Hauptlehrer thronte auf einem erhöhten Katheder und übersah das Ganze, zwei Gehilfen, aus ehemaligen Schülern herangezogen, standen ihm bei, machten die Runde durch den ziemlich düstern Saal, hier und dort einschreitend, nachhelfend und die gelehrtesten Dinge selbst beibringend. Jede halbe Stunde wurde mit dem Gegenstande gewechselt, der Oberlehrer gab ein Zeichen mit der Klingel, und nun wurde ein treffliches Manöver ausgeführt, mittelst dessen die hundert Kinder in vorgeschriebener Bewegung und Haltung, immer nach der Klingel, aufstanden, sich kehrten, schwenkten und durch einen wohlberechneten Contre-Marsch in einer Minute die Stellung wechselten, so daß die früher funfzig Sitzenden nun zu stehen kamen und umgekehrt. Es war immer eine unendlich glückliche Minute, wenn wir, die Hände reglementarisch auf dem Rücken verschränkt, die Knaben bei den Mädchen vorbeimarschierten und unsern soldatischen Schritt gegen ihr Gänsegetrippel hervorzuheben suchten. Ich weiß nicht, war es eine artige herkömmliche Vergessenheit, oder eine Pietät, oder gar eine Absicht, daß es erlaubt war, Blumen mitzubringen und während des Unterrichts in den Händen zu halten, wenigstens habe ich diese hübsche Lizenz in keiner andern Schule mehr gefunden; aber es war immer gut anzusehen während des lustigen Marsches, wie fast jedes Mädchen eine Rose oder eine Nelke in den Fingern auf dem Rücken hielt, während die Buben die Blumen im Munde trugen, wie Tabakspfeifen, oder dieselben burschikos hinter die Ohren steckten. Es waren alles Kinder von Holzhackern, Tagelöhnern, armen Schneidern, Schustern und von almosengenössigen Leuten. Habliche Handwerker durften ihres Ranges und Kredits wegen die Schule nicht benutzen. Daher war ich der best und reinlichst gekleidete unter den Buben und galt für halb vornehm, obgleich ich bald sehr vertraulich war mit den buntscheckig geflickten armen Teufeln, ihren Sitten und Gewohnheiten, insofern sie mir nicht allzu fremd und unfreundlich waren. Denn obgleich die Kinder der Armen nicht schlimmer und etwa boshafter sind als die der Reichen oder sonst Geborgenen, im Gegenteil eher unschuldiger und gutmütiger, so haben sie doch manchmal äußerliche grinsende Derbheiten in ihren Gebärden, welche mich bei einigen Mitschülern abstießen.

Die erste männliche Kleidung, welche ich erhielt, war grün, da meine Mutter aus der Schützenkleidung des Vaters eine Zwillingstracht für mich schneiden ließ, für den Sonntag einen Anzug und für die Werktage einen. Auch fast alle nachgelassenen bürgerlichen Gewänder waren von grüner Farbe; bis zu meinem zwölften Jahre aber reichte der Nachlaß zur Herstellung von grünen Jacken und Röcklein aus, bei der großen Strenge und Aufmerksamkeit der Mutter für Schonung und Reinhaltung der Kleider, so daß ich von der unveränderlichen Farbe schon früh den Namen »grüner Heinrich« erhielt und in unserm Städtchen bis auf den heutigen Tag trug. Als solcher machte ich in der Schule und auf der Gasse bald eine bekannte Figur und benutzte meine grüne Popularität zur steten Fortsetzung meiner Beobachtungen und chorartiger Teilnahme an allem, was geschah und gehandelt wurde. Die tatkräftigen und stimmführenden Größen der Bubenwelt ließen meine Nähe immer gelten, nahmen mich in Schutz und entdeckten öfter mit wohlwollender Herablassung, daß ich zu mehrerem zu gebrauchen sei als es den Anschein hatte; einzelne schlossen sich an mich an und blieben mir dann längere Zeit getreu in allerlei Bestrebungen. Ich drang mit den verschiedensten Kindern, je nach Bedürfnis und Laune, in die elterlichen Häuser und war als ein vermeintlich stilles gutes Kind gern gesehen, während ich mir genau den Haushalt und die Gebräuche der armen Leute ansah und dann wieder wegblieb, um mich in mein Hauptquartier bei der Frau Margret zurückzuziehen, wo es am Ende immer am meisten zu sehen gab. Sie freute sich, daß ich bald imstande war, nicht nur das Deutsche geläufig vorlesen, sondern auch die in ihren alten Büchern häufigen lateinischen Lettern erklären zu können sowie die arabischen Zahlen, die sie nie verstehen lernte. Ich verfertigte ihr auch allerlei Notizen in Frakturschrift auf Papierzettel, welche sie aufbewahren und bequem lesen konnte, und ward auf diese Weise ihr kleiner Geheimschreiber. Schon sah sie, die mich für ein großes Genie hielt, einen ihrer zukünftigen, klugen Glückmacher in mir und war im voraus meiner glänzenden Laufbahn froh. Wirklich machte mir das Lernen weder Mühe noch Kummer, und ich war, ohne zu wissen wie, zu der Würde herangediehen, die kleineren Genossen unterrichten zu dürfen. Dieses geriet mir zu einer neuen Lust, vorzüglich weil ich, ausgerüstet mit der Macht zu lohnen und zu strafen, kleine Schicksale kombinieren, Lächeln und Tränen, Freund- und Feindschaft hervorzaubern konnte. Sogar die Frauenliebe spielte ihre ersten schwachen Morgenwölkchen dazwischen. Wenn ich in einem Halbkreise von neun bis zehn kleinen Mädchen saß, so war der erste ehrenvollste Platz bald zunächst meiner Seite, bald war es der letzte, je nach der Gegend in dem großen Saale. So geschah es, daß ich die Mädchen, welche ich gern sah, entweder fortwährend oben hielt in der Region des Ruhmes und der Tugend, oder aber sie stets niederdrückte in die dunkle Sphäre der Sünde und der Vergessenheit, in beiden Fällen immer zunächst meinem tyrannischen Herzen. Dieses aber ward selbst reichlich mitbewegt, wenn ich oft von der ohne Verdienst erhobenen Schönen kein Lächeln des Dankes erhielt, wenn sie die unverdiente Ehre hinnahm, als ob sie ihr gebührte, und es mir durch mutwillige rücksichtslose Streiche unendlich erschwerte, sie auf der glatten Höhe zu halten ohne auffallende Ungerechtigkeit. Wenn ich hingegen eine andere Geliebte, jede kleine Unaufmerksamkeit benutzend, nach und nach heruntergebracht hatte bis auf den letzten ruhmlosen Platz an meiner Seite, nicht achtend auf ihre kummervollen Tränen oder vielmehr angenehm durchschauert durch dieselben, so suchte ich das Leid dann durch verdoppelte Freundlichkeit aufzuhellen, bis mich die hartnäckige Trauer, welche nichts von meinen wahren Gefühlen ahnen wollte, langweilte und ich die spröde Unglückliche jählings wieder hinaufjagte in die heitere kühle Höhe, wo sie wieder fröhlich wurde, während ich eine kleine unverbesserliche Sünderin ohne Mühe an den ihr gebührenden Schandenplatz herniederdonnerte, wo dieselbe gar wohl gedieh, meinem Zorne lächelte und sich im geheimen alle möglichen Neckereien gegen mich erlaubte, die ich halb murrend, halb verliebt erduldete.

Nur zwei Dinge waren mir in dieser Schule quälend und unheimlich und sind eine unliebliche Erinnerung geblieben. Das eine war die düstere kriminalistische Weise, in welcher die Schuljustiz gehandhabt wurde. Es lag dies teils noch im Geiste der alten Zeit, an deren Grenze wir standen, teils in einer Privatliebhaberei der Personen, und harmonierte übel mit dem übrigen guten Ton. Es wurden ausgesuchte peinliche und infamierende Strafen angewendet auf dies zarte Lebensalter und es verging fast kein Monat ohne eine feierliche Exekution an irgend einem armen Sünder. Zwar wurden meistens wirkliche frühzeitige Schlingel betroffen, war aber immerhin verkehrt, indem es die Kinder zu einem frühen geläufigen Verdammen und Pharisäertum hinführte; so schon ist es eine seltsame Erscheinung, daß die Kinder, selbst wenn sie das Bewußtsein des gleichen Fehlers in sich haben, aber verschont geblieben sind, ein bestraftes und bezeichnetes verachten, verfolgen und verhöhnen, bis die letzten Wirkungen verklungen oder die Verfolger selbst in das Netz gefallen sind. Solange das goldene Zeitalter nicht gekommen, müssen kleine Buben geprügelt werden; ich fühle die doppelte Wohltat noch jetzt nach, wie mich ein tüchtiger Prügelschauer wie ein Gewitter von einer drückenden Schwüle befreite und einem frischen Wohlverhalten wieder Raum verschaffte, da ich zu Hause nie gezüchtigt wurde. Allein einen widerlichen Eindruck machte es, wenn ein böser Junge, nach gehaltener Standrede, in ein abgelegenes Zimmer geführt, dort ausgezogen, auf eine Bank gelegt und abgehauen wurde, oder als einmal ein ziemlich großes Mädchen mit einer umgehängten Tafel auf einem Schranke stehen mußte, einen ganzen Tag lang. Ich hatte großes Mitleid mit ihr, obgleich sie etwas Großes begangen haben mußte. Vielleicht war sie auch unschuldig verurteilt! Ein paar Jahre später ertränkte sich das gleiche Mädchen während des Konfirmationsunterrichtes, ich weiß nicht mehr weshalb, erinnere mich aber noch der trauernden Teilnahme, welche ich für die Tote hegte, als ich sie begraben sah, gefolgt von einer großen Schar weiß gekleideter Mädchen zwischen fünf- und sechzehn Jahren, welche Blumen trugen. Man erwies ihr, ungeachtet ihres unchristlichen Todes, diese Ehre ihrer Jugend wegen, weil man zugleich das grelle Ereignis damit verhüllen und mäßigen konnte.

Die andere peinliche Erinnerung an jene Schulzeit sind mir der Katechismus und die Stunden, während deren wir uns damit beschäftigen mußten. Ein kleines Buch voll hölzerner, blutloser Fragen und Antworten, losgerissen aus dem frischen Leben der biblischen Schriften, nur geeignet, den dürren Verstand bejahrter und verstockter Menschen zu beschäftigen, mußte während der so unendlich scheinenden Jugendjahre in ewigem Wiederkäuen auswendig gelernt und in verständnislosem Dialoge hergesagt werden. Harte Worte und harte Bußen waren die Aufklärungen, beklemmende Angst, keines der dunklen Worte zu vergessen, die Anfeuerung zu diesem religiösen Leben. Einzelne Psalmstellen und Liederstrophen, ebenfalls aus allem Zusammenhange gezerrt und deshalb unlieber einzuprägen als ein ganzes organisches Gedicht, verwirrten das Gedächtnis, anstatt es zu üben. Wenn man diese, gegen die verwilderte Sündhaftigkeit ausgewachsener Menschen gerichteten, vierschrötigen nackten Gebote neben den übersinnlichen und unfaßlichen Glaubenssätzen gereiht sah, so fühlte man nicht den Geist wehen einer sanften menschlichen Entwicklung, sondern den schwülen Hauch eines rohen und starren Barbarentums, wo es einzig darauf ankommt, den jungen, zarten Nachwuchs auf der Schnell- und Zwangbleiche so früh als möglich für den ganzen Umfang des bestehenden Lebens und Denkens fertig und verantwortlich zu machen. Die Pein dieser Disziplin erreichte ihren Gipfel, wenn mehrere Male im Jahre die Reihe an mich kam, am Sonntage in der Kirche, vor der ganzen Gemeinde, mit lauter vernehmlicher Stimme das wunderliche Zwiegespräch mit dem Geistlichen zu führen, welcher in weiter Entfernung von mir auf der Kanzel stand, und wo jedes Stocken und Vergessen zu einer Art Kirchenschande gereichte. Viele Kinder schöpften zwar gerade aus dieser Übung Gelegenheit, mit Salbung und Zungengeläufigkeit, wohl gar mit ihrer Frechheit zu prunken, und der Tag geriet ihnen immer zu einem Triumph- und Freudentag. Gerade bei diesen erwies es sich aber jederzeit, daß alles eitel Schall und Rauch gewesen. Es gibt geborene Protestanten, und ich möchte mich zu diesen zählen, weil nicht ein Mangel an religiösem Sinne, sondern, freilich mir unbewußt, ein letztes feines Räuchlein verschollener Scheiterhaufen, durch die hallende Kirche schwebend, mir den Aufenthalt widerlich machte, wenn die eintönigen Gewaltsätze hin und her geworfen wurden. Nicht als ob ich mir einbilden wollte, ein scharfsinnig polemisches Wunderkind gewesen zu sein; sondern es war reine Sache des angeborenen Gefühles.

So wurde ich gewaltsam auf meinen Privatverkehr mit Gott zurückgedrängt, und ich beharrte auf meiner Sitte, meine Gebete und Verhandlungen selbst zu verfassen nach meinem Bedürfnisse und sie auch in Ansehung der Zeit nur dann anzuwenden, wenn ich ihrer bedurfte. Einzig das Vaterunser wurde morgens und abends regelmäßig, aber lautlos, gebetet.

Aber nicht nur dieses geschah. Auch aus meinem inneren und äußeren Spiel- und Lustleben wurde der liebe Gott verdrängt und konnte weder durch die Frau Margret noch durch meine Mutter darin erhalten werden. Für lange Jahre wurde mir der Gedanke Gottes zu einem prosaischen nüchternen Gedanken, in dem Sinne, wie die falschen Poeten das wirkliche Leben für prosaisch halten im Gegensatze zu dem erfundenen und fabelhaften. Das Leben, die sinnliche Natur waren merkwürdigerweise mein Märchen, in dem ich meine Freude suchte, während Gott für mich zu der notwendigen, aber nüchternen und schulmeisterlichen Wirklichkeit wurde, zu welcher ich nur zurückkehrte, wie ein müdgetummelter, hungriger Knabe zur alltäglichen Haussuppe, und mit der ich so schnell fertig zu werden suchte als möglich. Solches bewirkte die Art und Weise, wie die Religion und meine Kinderzeit zusammengekuppelt wurden. Wenigstens kann ich mich, trotzdem daß jene ganze Zeit wie ein heller Spiegel vor mir liegt, nicht entsinnen, daß ich vor dem Erwachen der Vernunft je einen Andachtschauer, wenn auch noch so kindlich, empfunden hätte.

Selbst die biblischen Geschichten, welche wir lasen, verschmolzen sich ganz mit den weltlichen Unterhaltungen, und ich gewann an der Geschichte Josephs und seiner Brüder und anderen prächtigen Episoden nur einen Stoff mehr für meine profanen Kompositionen. Aus diesem Grunde waren die biblischen Erzählungen, wie sie gewöhnlich für Kinder ausgezogen werden, lange Zeit mein Hauptbuch neben der Bibliothek der Frau Margret, und nur selten führte mich ein Anflug von Gelehrsamkeit dazu, mich in die Bibel zu vertiefen und ein ergiebiges Quellenstudium zu betreiben, da der hohe Schwung der Sprache für das Kind unzugänglich war und nur Stoff zum Lächerlichmachen dessen gab, was ich nicht begriff.

Ich betrachte diese halb gottlose Zeit gerade der weichsten und bildsamsten Jahre, welche deren wohl sieben bis achte andauerte, als eine kalte öde Strecke und weise die Schuld einzig auf den Katechismus und seine Handhaber. Denn wenn ich recht scharf in jenen vergangenen dämmerhaften Seelenzustand zurückzudringen versuche, so entdecke ich noch wohl, daß ich den Gott meiner Kindheit nicht liebte, sondern nur brauchte und daß damit das lebendige Gefühl der Liebe auch für alles übrige Leben nicht zum Erwachen kam und nur schwer durch die unnatürlich übergeworfene Eisdecke dringen konnte. Jetzt erst wird mir der trübe kalte Schleier ganz deutlich, welcher über jener Zeit liegt und mir dazumal die Hälfte des Lebens verhüllte, mich blöde und scheu machte, daß ich die Leute nicht verstand und mich selbst nicht zu erkennen geben konnte in meiner vollen Natur, so daß die weisen Erzieher vor mir standen als vor einem Rätsel und sagten: Dieses ist ein seltsames Gewächs, man weiß nicht viel damit anzufangen!

1, 10 Desto eifriger verkehrte ich im stillen mit mir selbst, in der Welt, die ich mir allein zu bauen gezwungen war. Meine Mutter kaufte mir nur äußerst wenig Spielzeug, immer und einzig darauf bedacht, jeden Heller für meine Zukunft zu sparen, und erachtete in ihrem Sinne jede

Ausgabe für überflüssig, welche nicht unmittelbar für das Notwendigste geopfert wurde. Sie suchte mich dafür durch fortwährende mündliche Unterhaltungen zu beschäftigen und erzählte mir tausend Dinge aus ihrem vergangenen Leben sowohl wie aus dem Leben anderer Leute, indem sie in unserer Einsamkeit selbst eine süße Gewohnheit darin fand. Aber diese Unterhaltung sowie das Treiben im wunderlichen Nachbarhause konnte doch zuletzt meine Stunden nicht ausfüllen, und ich bedurfte eines sinnlichen Stoffes, welcher meiner schaffenden Gewalt anheimgegeben war. So war ich bald darauf angewiesen, mir mein Spielzeug selbst zu schaffen. Das Papier, das Holz, die gewöhnlichen Aushelfer in diesem Falle, waren schnell abgebraucht, besonders da ich keinen männlichen Mentor hatte, welcher mich mit Handgriffen und Künsten bekannt machte. Was ich so bei den Menschen nicht fand, das gab mir die stumme Natur. Ich sah aus der Ferne bei vornehmern Knaben, daß sie artige kleine Naturaliensammlungen besaßen, besonders Steine und Schmetterlinge, und von ihren Lehrern und Vätern angeleitet wurden, dergleichen selbst auf ihren Ausflügen zu suchen. Ich ahmte dieses nun auf eigene Faust nach und begann gewagte Reisen längs der Bach- und Flußbette zu unternehmen, wo ein buntes Geschiebe an der Sonne lag. Bald hatte ich eine gewichtige Sammlung glänzender und farbiger Mineralien beisammen, Glimmer, Quarze, bunte Kiesel und solche Steine, welche mir durch ihre abweichende Form auffielen, wie Schieferstücke, gegenüber einem seltsam verwaschenen Kiesel usw. Glänzende Schlacken, aus Hüttenwerken in den Strom geworfen, hielt ich ebenfalls für wertvolle Stücke, Glasperlen für Edelsteine, und der Trödelkram der Frau Margret lieferte mir einigen Abfall an polierten Marmorscherben und halb durchsichtigen Alabasterschnörkeln, welche überdies noch eine antiquarische Glorie durchdrang. Für diese Dinge verfertigte ich Fächer und Behälter und legte ihnen wunderlich beschriebene Zettel bei. Wenn die Sonne in unser Höfchen schien, so schleppte ich den ganzen Schatz herunter, wusch Stück für Stück in dem kleinen Brünnlein und breitete sie nachher an der Sonne aus, um sie zu trocknen, mich an ihrem Glanze erfreuend. Dann ordnete ich sie wieder in die Schachteln und hüllte die glänzendsten Dinge sorglich in Baumwolle, welche ich aus den großen Ballen am Hafenplatze gezupft hatte. So trieb ich es lange Zeit; allein es war nur der äußere Schein, der mich erbaute, und als ich sah, daß jene Knaben für jeden Stein einen bestimmten Namen besaßen und zugleich viel Merkwürdiges, was mir unzugänglich war, wie Kristalle und Erze, auch ein Verständnis dafür gewannen, welches mir durchaus fremd war, so starb mir das ganze Spiel ab und betrübte mich. Dazumal konnte ich nichts Totes und Weggeworfenes um mich liegen sehen; was ich nicht brauchen konnte, verbrannte ich hastig oder entfernte es weit von mir, so trug ich eines Tages die sämtliche Last meiner Steine mit vieler Mühe an den Strom hinaus, versenkte sie in die Wellen und ging ganz traurig und niedergeschlagen nach Hause.

Nun versuchte ich es mit den Schmetterlingen und Käfern. Meine Mutter verfertigte mir ein Garn und ging oft selbst mit mir auf die Wiesen hinaus; denn die Einfachheit und Billigkeit dieser Spiele leuchteten ihr ein. Ich fing zusammen, wessen ich habhaft werden konnte, und setzte eine Unzahl Raupen in Gefangenschaft. Allein ich kannte die Speise dieser letzteren nicht und wußte sie sonst nicht zu behandeln, so daß kein Schmetterling aus meiner Zucht hervorging. Die lebendigen Schmetterlinge aber, welche ich fing, wie die glänzenden Käfer, machten mir saure Mühe mit dem Töten und dem unversehrten Erhalten; denn die zarten Tiere behaupteten eine zähe Lebenskraft in meinen mörderischen Händen, und bis sie endlich leblos waren, fand sich Duft und Farbe zerstört und verloren, und es ragte auf meinen Nadeln eine zerfetzte Gesellschaft erbarmungswürdiger Märtyrer. Schon das Töten an sich selbst ermüdete mich und regte mich zu sehr auf, indem ich die zierlichen Geschöpfe nicht leiden sehen konnte. Dieses war keine unkindliche Empfindsamkeit; mir widerwärtige oder gleichgültige Tiere konnte ich so gut mißhandeln wie alle Kinder; es war vielmehr ein aristokratisches Mitgefühl für diese edleren Kreaturen, denen ich wohlgewogen war. Jeder der unseligen Reste machte mich umso melancholischer, als er das Denkmal eines im Freien zugebrachten Tages und eines Abenteuers war. Die Zeit von seiner Gefangennehmung bis zu seinem qualvollen Tode war ein Schicksal, welches mich interessierte, und die stummen Überbleibsel redeten eine vorwurfsvolle Sprache zu mir.

Auch diese Unternehmung scheiterte endlich, als ich zum ersten Male eine große Menagerie sah. Sogleich faßte ich den Entschluß, eine solche anzulegen, und baute eine Menge Käfige und Zellen. Mit vielem Fleiße wandelte ich dazu kleine Kästchen um, verfertigte deren aus Pappe und Holz und spannte Gitter von Draht oder Faden davor, je nach der Stärke des Tieres, welches dafür bestimmt war. Der erste Insasse war eine Maus, welche mit eben der Umständlichkeit, mit welcher ein Bär installiert wird, aus der Mausefalle in ihren Kerker hinübergeleitet wurde. Dann folgte ein junges Kaninchen; einige Sperlinge, eine Blindschleiche, eine größere Schlange, mehrere Eidechsen verschiedener Farbe und Größe, ein mächtiger Hirschkäfer mit vielen andern Käfern schmachteten bald in den Behältern, welche ordentlich aufeinander getürmt waren. Mehrere große Spinnen versahen in Wahrheit die Stelle der wilden Tiger für mich, da ich sie entsetzlich fürchtete und nur mit großem Umschweife gefangen hatte. Mit schauerlichem Behagen betrachtete ich die Wehrlosen, bis eines Tages eine Kreuzspinne aus ihrem Käfig brach und mir rasend über Hand und Kleid lief. Der Schrecken vermehrte jedoch mein Interesse an der kleinen Menagerie, und ich fütterte sie sehr regelmäßig, führte auch andere Kinder herbei und erklärte ihnen die Bestien mit großem Pathos. Ein junger Weih, welchen ich erwarb, war der große Königsadler, die Eidechsen Krokodile, und die Schlangen wurden sorgsam aus ihren Tüchern hervorgehoben und einer Puppe um die Glieder gelegt. Dann saß ich wieder stundenlang allein vor den trauernden Tieren und betrachtete ihre Bewegungen. Die Maus hatte sich längst durchgebissen und war verschwunden, die Blindschleiche war längst zerbrochen, sowie die Schwänze sämtlicher Krokodile, das Kaninchen war mager wie ein Gerippe und hatte doch keinen Platz mehr in seinem Käfig, alle übrigen Tiere starben ab und machten mich melancholisch, so daß ich beschloß, sie sämtlich zu töten und zu begraben. Ich nahm ein dünnes langes Eisen, machte es glühend und drang mit zitternder Hand damit durch die Gitter und begann ein greuliches Blutbad anzurichten. Aber die Geschöpfe waren mir alle lieb geworden, auch erschreckte mich das Zucken des zerstörten Organismus und ich mußte innehalten. Ich eilte in den Hof hinunter, machte eine Grube unter den Vogelbeerbäumchen, worin ich die ganze Sammlung, tote, halbtote und lebende, in ihren Kasten kopfüber warf und eilig verscharrte. Meine Mutter sagte, als sie es sah, ich hätte die Tiere nur wieder ins Freie tragen sollen, wo ich sie geholt hätte, vielleicht wären sie dort wieder gesund geworden. Ich sah dies ein und bereute meine Tat; der Rasenplatz war aber lange eine schauerliche Stätte für mich, und ich wagte nie jener kindlichen Neugierde zu gehorchen, welche es immer antreibt, etwas Vergrabenes wieder auszugraben und anzusehen.

Bei Frau Margret tat sich mir die nächste Spielerei auf. In einer verrückten, marktschreierischen Theosophie, welche ich unter ihren Büchern fand, war eine Anweisung enthalten, die vier Elemente zu veranschaulichen, nebst andern kindischen Experimenten und den dazu gehörigen Tafeln. Nach diesen Vorschriften nahm ich eine große Phiole, füllte sie zum Vierteile mit Sand, zum Vierteile mit Wasser, dann mit Öl und das letzte Vierteil ließ ich mit Luft gefüllt. Die Marterien sonderten sich nach ihrer Schwere auseinander und stellten nun in dem geschlossenen Raume die vier Elemente vor: Erde, Wasser, Feuer (das Brennöl!) und Luft. Ich schüttelte sie tüchtig durcheinander, daraus entstand das Chaos, welches sich wieder aufs schönste abklärte, und ich saß sehr vergnügt vor der höchst gelehrten Erscheinung.

Dann nahm ich Bogen Papier und zeichnete darauf, nach den Angaben jenes Buches, große Sphären mit Kreisen und Linien kreuz und quer, farbig begrenzt und mit Zahlen und lateinischen Lettern besetzt. Die vier Weltgegenden, Zonen und Pole, Himmelsräume, Elemente, Temperamente, Tugenden und Laster, Menschen und Geister, Erde, Hölle, Zwischenreich, die sieben Himmel, alles war toll und doch nach einer gewissen Ordnung durcheinander geworfen und gab ein angestrengtes, lohnendes Bemühen. Alle Sphären wurden mit entsprechenden Seelen bevölkert, welche darin gedeihen konnten. Ich bezeichnete sie mit Sternen und diese mit Namen; der glückseligste war mein Vater, zunächst dem Auge Gottes, noch innerhalb des Dreieckes, und schien durch dieses allsehende Auge auf die Mutter und mich herunter zu schauen, welche in den schönsten Gegenden der Erde spazierten. Meine Widersacher aber schmachteten sämtlich in der Hölle, wo der Böse mit einem ansehnlichen Schwanze begabt war. Je nach dem Verhalten der Menschen veränderte ich ihre Stellungen, beförderte sie in reinere Gegenden oder setzte sie zurück, wo Heulen und Zähnklappen war. Manchen ließ ich prüfungsweise im Unbestimmten schweben, sperrte auch wohl zwei, die sich im Leben nicht ausstehen mochten, zusammen in eine abgelegene Region, indessen ich zwei andere, die sich gern hatten, trennte, um sie nach vielen Prüfungen zusammenzubringen an einem glückseligeren Orte. Ich führte so ganz im geheimen eine genaue Übersicht und Schicksalsbestimmung aller mir bekannten Leute, jung und alt.

In der Theosophie war ferner anbefohlen, geschmolzenes Wachs in Wasser zu gießen, um ich weiß nicht mehr was zu versinnbildlichen. Ich füllte mehrere Arzneigläser mit Wasser und belustigte mich an den Bildungen, welche durch das hineingegossene Wachs entstanden, verschloß die Gläser und vermehrte dadurch meine gelehrte Sammlung. Dieses Gläserwesen sagte mir sehr zu und ich fand einen neuen Stoff dafür, als ich einst mit tiefem Grauen durch eine kleine anatomische Sammlung lief, welche dem städtischen Krankenhause beigegeben war. Einige Reihen von Embryonen und Föten in ihren Gläsern jedoch erwarben sich meinen lebhaften Beifall und boten einen trefflichen Gegenstand für meine Sammlung dar, indem ich dergleichen nachzubilden versuchte. In einem Schranke verwahrte die Mutter die aufgeschichtete Leinwand ihrer Jugendzeit in rohen und gebleichten Stücken, und daselbst lagen auch, verborgen und vergessen, mehrere Scheiben reinlichen Wachses, die verjährten Zeugen einer einstigen fleißigen Bienenzucht. Von diesen brach ich immer ansehnlichere Stücke los und formte nun im kleinen solche großköpfige wunderliche Burschen, wie ich sie gesehen, und bestrebte mich, die Verschiedenheit ihrer phantastischen Bildung noch zu vergrößern. Ich trieb Gläser auf, so viel ich konnte, von allen Formen und Größen, und richtete die Bildwerke darnach ein. In langen schmalen Kölnischwasserflaschen, denen ich die Hälse abschlug, baumelten ebenso lange schmächtige Gesellen an ihrem Faden, in kurzen dicken Salbengläsern hausten knollenartige Gewächse. Statt mit Weingeist füllte ich die Gläser mit Wasser an und gab jedem Bewohner derselben einen Namen, welcher meinem humoristischen Interesse entsprach, das über der belustigenden Arbeit aus dem bloß gelehrten entstanden war. Es waren schon einige dreißig Mitglieder dieses artigen Vereins beisammen und das Wachs nahezu aufgebraucht, als ich meine Geschöpfe taufte mit Namen wie: Schnurper, Fark, Vogelmann, Säbelbein, Schneider, Schmerbauch, Nabelhans, Wachsbeißer, Wächserich, Honigteufel und dergleichen, und ich empfand ein dauerndes Vergnügen, indem ich zugleich für jeden eine kurze Lebensbeschreibung verfaßte, die sich in dem Berge zugetragen hatte, aus welchem nach unserm Ammenmärchen die kleinen Kinder geholt werden. Ich verfertigte auch eigene Sphärentafeln für sie, worauf jeder verzeichnet war mit seiner tugendlichen oder schlimmen Aufführung, und wenn einer mein Mißfallen erregte, so wurde er so gut an einen schlechtern Ort gebracht als die lebendigen Leute. Ich trieb diese Dinge alle in einer abgelegenen Kammer, wo ich eines Abends in der Dämmerung alle Gläser auf meinen Lieblingstisch stellte, ein altes braunes Möbel mit etlichen Auszügen. Ich reihte die Gläser in einen großen Kreis, die vier Elemente in der Mitte, und breitete meine bunten Tabellen aus, beleuchtet von einigen Wachsmännern, denen Dochte aus erhobenen Händen brannten, und vertiefte mich nun in die Konstellationen auf den Karten, während ich die betreffenden Schicksalsträger einzeln vortreten ließ und musterte, den Wächserich und den Hürlimann, den Meyer oder den Vogelmann. Von ungefähr stieß ich an den Tisch, daß alle Gläser erzitterten und die Wachsmännchen schwankten und zappelten. Dies gefiel mir, so daß ich anfing, nach dem Takte auf den Tisch zu schlagen, wozu die Gesellen tanzten, ich schlug immer stärker und wilder und sang dazu, bis die Gläser wie toll aneinander schlugen und erklangen. Auf einmal schneuzte es in einer Ecke, ein Paar feurige Augen funkelten hervor. Eine fremde große Katze war in die Kammer gesperrt, hatte sich bisher ruhig verhalten und wurde nun scheu. Ich wollte sie verscheuchen, da stellte sie sich drohend gegen mich, sträubte die Haare und pustete gewaltig; ich machte in der Angst ein Fenster auf und warf ein Glas nach ihr, sie sprang hinauf, konnte aber nicht weiter gelangen und kehrte sich wieder gegen mich. Nun schleuderte ich einen Wachsmann um den andern auf sie, sie schüttelte sich furchtbar und rüstete sich zum Sprunge, und als ich zuletzt die vier Elemente ihr an den Kopf warf, fühlte ich ihre Krallen an meinem Halse. Ich fiel am Tisch nieder, die Lichter löschten aus und ich schrie in der Dunkelheit, obgleich die Katze schon wieder weg war. Meine Mutter trat herein, während dieselbe hinausschlüpfte, und fand mich halb bewußtlos und blutend am Boden liegen mitten in den Glasscherben, Wasserbächen und Kobolden. Sie hatte nie auf mein Treiben in der Kammer geachtet, zufrieden, daß ich so still und vergnüglich war, und wußte sich nun meine ganze Geschichte und verwirrte Erzählung umso weniger zu reimen. Inzwischen entdeckte sie die gewaltige Abnahme ihres Wachses und betrachtete nun mit halbem Zorne und halber Lachlust die Trümmer der untergegangenen Welt.

Die Sache machte Aufsehen. Frau Margret ließ sich erzählen und die bemalten Bogen nebst übrigen Trümmern zeigen und fand alles höchst bedenklich. Sie befürchtete, daß ich am Ende in ihren Büchern gefährliche Geheimnisse geschöpft hätte, welche bei ihrem mangelhaften Lesen ihr selbst unzugänglich wären, und verschloß die bedenklichsten Bücher mit höchst bedeutungsvollem Ernste. Jedoch konnte sie sich einer gewissen Genugtuung nicht erwehren, da es sich zu bestätigen schien, wie hinter diesen Sachen mehr stecke als man geglaubt habe. Sie war der festen Meinung, daß ich auf dem besten Wege gewesen sei, durch ihre Bücher ein angehender Zaubermann zu werden.

Über solchen Mißgeschicken verleidete mir die einsame Beschäfti- I, 11
gung im Hause und ich schloß mich nun einigen Knaben an, welche sich gut zu unterhalten schienen, indem sie in einem großen alten Fasse Komödie spielten. Sie hatten einen Vorhang davorgezogen und ließen eine begünstigte Anzahl Kinder respektvoll harren, bis sie ihre geheimnisvollen Vorbereitungen geendet. Dann wurde das Heiligtum geöffnet, einige Ritter in papiernen Rüstungen führten ein gedrängtes Zwiegespräch tüchtiger Schimpfreden, um sich darauf schleunigst durchzubleuen und unter dem Fallen des durchlöcherten Teppichs tot hinzustrecken. Ich wurde bald eingeweiht als ein anstelliger Junge und brachte vor allem aus einen bestimmteren Stoff in das Faß, indem ich kurze Handlungen aus der biblischen Geschichte oder den Volksbüchern auszog und die vorkommenden Reden wörtlich abschrieb und durch einige Wendungen verband. Ich fand auch, daß es wünschbar wäre, wenn die Helden einen besondern Eingang

hätten, um vorher ungesehen auftreten zu können. Deshalb wurde in die Hinterwand ein Loch gesägt, geschnitten und gekratzt, bis ein Wohlgewappneter bescheiden durchkriechen konnte, was sehr possierlich aussah, wenn er mit seinen donnernden Reden begann, ehe er sich völlig aufgerichtet hatte. Sodann wurden grüne Zweige geholt, um das Innere des Fasses in einen Wald umzuwandeln; ich nagelte sie rings herum fest und ließ nur oben das Spundloch frei, durch welches überirdische Stimmen herniederzuschallen hatten. Ein Junge brachte eine ansehnliche Düte Theatermehl und hiermit ein neues prächtiges Element in unsere Bestrebungen.

Eines Tages wurde David und Goliath gegeben. Die Philister standen auf dem Plane, führten sich heidnisch auf und traten vor das Faß hinaus in das Proszenium. Dann krochen die Kinder Israel herein, lamentierten und waren verzagt und traten auf die andere Seite des Einganges, als Goliath, ein großer Bengel, erschien und übermütige Possen machte zum großen Gelächter beider Heere und des Publikums, bis David, ein unterwachsener bissiger Junge, plötzlich dem Unfug ein Ende machte und dem Riesen aus seiner Schleuder, die er trefflich führte, eine große Roßkastanie an die Stirne schleuderte. Darüber wurde dieser wütend und hieb dem David ebenso derb auf den Kopf, und sogleich waren beide im heftigsten Raufen ineinander verknäuelt. Die Zuschauer und die beiden Chöre klatschten Beifall und nahmen Partei; ich selbst saß rittlings oben auf dem Fasse, ein Lichtstümpfchen in der einen und eine tönerne Pfeife mit Kolophonium in der andern Hand, und blies als Zeus Donnerer gewaltige, ununterbrochene Blitze durch das Spundloch hinein, daß die Flammen durch das grüne Laub züngelten und das Silberpapier auf Goliaths Helm magisch erglänzte. Dann und wann guckte ich schnell durch das Loch hinunter, um dann die tapfer Kämpfenden ferner wieder mit Blitzen anzufeuern, und hatte kein Arges, als die Welt, welche ich zu beherrschen wähnte, plötzlich auf ihrem Lager wankte, überschlug und mich aus meinem Himmel schleuderte; denn Goliath hatte endlich den David überwunden und mit Gewalt an die Wand geworfen. Es gab ein großes Geschrei, der Eigentümer des Fasses kam heran und schloß kraft höheren Machtspruches das rollende Haus, nicht ohne Schelten und ausgeteilte Püffe, als er die willkürlichen Veränderungen entdeckte, welche angebracht waren. Insbesondere mißfiel ihm die Art, wie wir ein umgekehrtes Faß des Regulus hergestellt hatten, indem eine Anzahl Nägel mit den Spitzen nach außen ragten, gleich den Borsten eines Stachelschweines, und hingegen die Köpfe gemütlich nach innen streckten.

Jedoch vermißten wir dies verbotene Paradies nicht allzusehr, da bald darauf eine deutsche Schauspielergesellschaft in unsere Stadt kam, um mit obrigkeitlicher Bewilligung vor den Bewohnern die Bretter, welche die Welt bedeuten, in einem vollkommeneren Maße aufzubauen als bisher von Liebhabern und Kindern geschehen war. Der wandernde Künstlerverein schlug seinen Sitz im größten Gasthause der Stadt auf, wandelte den geräumigen Tanzsaal in ein Theater um und füllte zugleich alle bescheideneren Zimmer und Räume mit seinem häuslichen Leben. Nur der Direktor bewohnte vornehm ein glänzenderes Gemach.

Überdies zog uns das belebte Haus nicht nur während der abendlichen Vorstellungen an, sondern wir hatten auch während des Tages genug vor demselben zu stehen und zu beobachten, teils um die bewunderten Helden und Königinnen in ihrer verwegenen und anmutigen Tracht und Haltung aus- und eingehen zu sehen, teils um keine Maschine, keinen Korb mit roten Mänteln und Degen, kein Requisit aus den Augen zu verlieren, welches hineingetragen wurde. Vorzüglich hielten wir uns auch vor einem offenen Hintergebäude auf, wo ein kühner Maler inmitten einer Anzahl auf Kohlen stehender Töpfe, aufrechtstehend und die eine Hand in der Hosentasche, mit einem unendlich verlängerten Pinsel Wunder auf das ausgebreitete Papier warf. Ich erinnere mich deutlich des tiefen Eindruckes, welchen die einfache und sichere Art auf mich machte, mit welcher er duftige und durchsichtige weiße Vorhänge um die Fenster eines roten Zimmers zauberte; mit den wenigen weißen, wohlangebrachten Strichen und Tupfen auf dem roten Grunde ging ein erwärmendes Licht in meiner Seele auf, welche vor solchen Dingen, wenn sie in der nächtlichen Beleuchtung vor mir standen, begriffslos gestaunt hatte. Es entstand in mir die erste ahnende Einsicht in den Geist der Malerei; das freie Auftragen von dichten deckenden Farben auf durchsichtige Unterlagen machte mir vieles klar, und ich begann nachher der Grenze dieser zwei Gebiete nachzuspüren, wo ich ein Gemälde zu sehen bekam, und meine Entdeckungen hoben mich über den wehrlosen Wunderglauben hinaus, welcher es aufgibt, jemals dergleichen selbst zu verstehen. Diese Befangenheit ist allgemein in den untern Kreisen des Volkes, wo selten, vermöge der beschränkten Erziehung, ein früher Einblick in das Technische der Künste vergönnt wird, sondern nur die fertigen Früchte in ehrerbietiger Entfernung und unnahbarer Vollendung vor dem staunenden Auge stehen.

An den Abenden, wo gespielt wurde, waren wir vollzählig und unfehlbar auf unserm Platze und schlichen wie die Katzen um das Gebäude herum. Da ich bei der Sparsamkeit meiner Mutter keine Möglichkeit sah, auf legalem Wege in das Innere des Kunsttempels zu gelangen, so befand ich mich doppelt wohl bei meinen Genossen der Armenschule, welche ebenfalls darauf gewiesen waren, entweder durch kleine Dienstleistungen oder durch verwegene Schlauheit durchzuschlüpfen. Es gelang mir auch mehrere Male, mich mit klopfendem Herzen in den angefüllten Saal zu schleichen, und überflog mit befriedigten Blicken die Dekorationen, wenn der Vorhang aufging, dann die Kostüme und Trachten der Spieler, um endlich, nachdem schon Erkleckliches gesprochen war, mich in das Studium der Fabel zu vertiefen. Dieses machte mir am meisten Vergnügen bei den Opern, weil es dort am schwierigsten war; bei den Schauspielen war es zu leicht und riß mich zu schnell hin, indem es mir alle Objektivität sowie die gehörige Muße benahm, welche jene durch die unverstandene Musik darboten. Ich war bald ein großer Kenner und disputierte reichlich, unter angenommener Kaltblütigkeit, mit meinen Freunden. Dieser Zwiespalt, die angenommene kennerhafte Ruhe und das unausbleibliche leidenschaftliche Hingeben auch an das verworfenste Stück fing an mich zu ärgern, und ich sehnte mich auch sonst, mit einem Schlage hinter die Kulissen zu kommen und das berückende Spiel und seine Spieler, wie ihre Mittel, in der Nähe zu besehen; denn es bedünkte mich, daß es dort besser zu leben sein müsse als irgendwo in der Welt, leidenschaftslos und überlegen. Doch dachte ich nicht so leicht an eine Erfüllung meines Wunsches, als ein günstiger Stern dieselbe unverhofft darbrachte.

Wir standen eines Abends ziemlich mutlos vor einer Seitentür, als eben der Faust gegeben wurde. Wir hatten gehört, daß man den famosen Doktor Faust, den wir genugsam kannten, nebst dem Teufel und allen seinen Herrlichkeiten sehen würde, fanden aber heute alle Hindernisse unübersteiglich, welche auf unsern gewohnten Schlupfwegen sich entgegenstellten. So hörten wir betrübt die Klänge der Ouvertüre, welche von den vornehmen Liebhabern der Stadt aufgeführt wurde, und zerbrachen die Köpfe über einem noch möglichen Eindringen. Es war ein dunkler Herbstabend und regnete kühl und anhaltend. Es fror mich, und ich dachte ans Nachhausegehen, zumal sich die Mutter über das abendliche Umhertreiben beklagt hatte, als die dunkle Tür sich öffnete, ein dienstbarer Geist heraussprang und rief: Heda, ihr Buben! Drei oder vier von euch mögen hereinkommen, die sollen einmal mitspielen! Auf dieses Zauberwort drängten sich sogleich die Stärksten in das Haus; denn dies war ein Fall, wo ein jeder nur an sich selbst denken durfte. Er wies sie aber zurück, indem er sie für zu groß und dick erklärte und mich, der ich ohne sonderliche Hoffnungen im Hintergrunde stand, heranrief und sagte: Der da ist recht, der wird eine gute Meerkatze sein! Dazu ergriff er noch zwei andere, schmächtig gewachsene Jungen, schloß die Tür hinter uns und marschierte an unserer Spitze nach einem kleinen Saale, welcher als Garderobe diente. Dort hatten wir nicht Zeit, die aufgehäuften Gewänder, Waffen und Rüstungen zu betrachten; denn wir wurden schnell unserer Kleider entledigt und in abenteuerliche Pelze gesteckt, welche vom Kopf bis zum Fuße eine Hülle bildeten. Das Meerkatzengesicht konnte wie eine Kapuze zurückgeschlagen werden, und als wir solchergestalt verwandelt dastanden, die langen Schwänze in der Hand haltend, lächelten wir ganz vergnügt und beglückwünschten uns nun erst zu unserm unverhofften Glücke. Nun wurden wir auf die Bühne geführt, wo wir von zwei großen Meerkatzen lustig begrüßt und in aller Eile für unsere bevorstehende Aufgabe unterrichtet wurden. Wir begriffen dieselbe bald und leisteten eine gelungene Probe verschiedener Purzelbäume und Affensprünge, spielten auch zierlich mit einer Kugel, so daß wir bis zu unserm Auftreten entlassen wurden. Wir spazierten gravitätisch unter dem Gedränge herum, das sich auf dem schmalen Raume zwischen den vier wirklichen und den gemalten Wänden schob und mischte; ich schaute unverwandt bald auf die Bühne, bald hinter die Kulissen und beobachtete mit hoher Freude, wie aus dem unkenntlichen, unterdrückt lärmenden und streitenden Chaos sich still und unmerklich geordnete Bilder und Handlungen ausschieden und auf dem freien, hellen Raume erschienen, wie in einer jenseitigen Welt, um wieder ebenso unbegreiflich in das dunkle Gebiet zurückzutauchen. Die Schauspieler lachten, scherzten, koseten und zankten, hier und da ging einer plötzlich von seiner Gruppe weg und stand in einem Augenblicke einsam und feierlich mitten auf dem Zauberbanne und machte ein so frommes Gesicht gegen die mir unsichtbare Zuschauerwelt hinaus, als ob er vor den versammelten Göttern stände. Ehe ich mich dessen versah, war er wieder mit einem Sprunge unter uns und setzte die unterbrochenen Schimpf- oder Schmeichelreden fort, indessen schon irgend ein anderer sich ausgeschieden hatte, um es ebenso zu machen. Die Menschen führten ein doppeltes Leben, wovon das eine ein Traum sein mochte; aber ich wurde nicht klug daraus, welches davon der Traum und welches für sie die Wirklichkeit war. Lust und Leid schien mir in beiden Teilen gleich gemischt vorhanden zu sein; doch im innern Raume der Bühne, wenn der Vorhang geöffnet war, schien Vernunft und Würde und ein heller Tag zu herrschen und somit das wirkliche Leben zu bilden, während, sobald der Vorhang sank, mit ihm alles in trübe, traumhafte Verwirrung zu sinken schien. Auch dünkte es mich, daß diejenigen, welche sich in diesem wüsten Traume am heftigsten und leidenschaftlichsten gebärdeten, dort in dem bessern Stück Leben, wenn die Sonne des Kronleuchters hereinschien, die edelsten und ausdruckvollsten Gestalten waren; diejenigen aber, welche in der Nähe ruhig, kalt und friedfertig herumstanden, in jenem Glanze eine ziemlich traurige Rolle spielten. Der Text des Stückes war die Musik, welche das Leben in Schwung brachte. Sobald sie schwieg, stand der Tanz still, wie eine abgelaufene Uhr. Die Verse des Faust, welche jeden Deutschen, sobald er einen davon hört, elektrisieren, diese wunderbar gelungene und gesättigte Sprache klang fortwährend wie eine edle Musik, machte mich froh und setzte mich mit in Schwung, obgleich ich nicht viel mehr davon verstand als mancher Professor, der zum zwölften Male über Faust liest.

Indessen fühlte ich mich plötzlich beim Schwanze gefaßt und rücklings in die Hexenküche gezogen, wo bereits sämtliche Katzen umhersprangen und ein Schein und Gefunkel unzähliger Gesichter und Augen aus dem Parterre hereinschimmerte. Ich hatte bisher über meinen Betrachtungen die zutage getretene Dekoration der Hexenküche übersehen und daher vieles nachzuholen; denn die phantastischen Dinge um mich her, die Zerrbilder und Gespenster reizten mich sowohl wie das Treiben Mephistos, der Hexe und der andern Meerkatzen. Als ob ich nicht selbst eine Meerkatze wäre und meine Aufgabe zu erfüllen hätte, vergaß ich ganz die eingelernten Sprünge und Possen und sah ruhig und selbstvergessen den anderen zu. Nun schaute Faust voll Entzücken in den Zauberspiegel, und es nahm mich höchlich Wunder, was es dort zu sehen gebe? Indem ich in der gleichen Richtung nachahmend hinsah, gingen meine Blicke dem leeren, gemalten Spiegel vorbei hinter die Kulisse und entdeckten dort in der Wirrnis des jenseitigen Lebens das Bild, welches Faust zu sehen vorgab. Gretchen war unterdessen auf die Bühne gekommen und legte sich, einige tief bewegte Worte nach rückwärts rufend, eben die letzte Schminke auf, nachdem sie sich Augen und Wangen mit einem weißen Tuche sorglich und fest getrocknet hatte, als ob sie geweint hätte. Es war eine sehr schöne Frau, von welcher ich kein Auge mehr abwandte, ungeachtet der heimlichen Püffe und Schelten, welche ich von meinen fleißigen Mitmeerkatzen erhielt. So verlangte ich, der ich mich vorher nach dieser höheren Sphäre gesehnt hatte, um nichts weiter als dorthin zurückzukehren, wo die volle schöne Frauengestalt wandelte.

Die Zeit unseres Wirkens ging endlich vorüber, und ich machte meinen ersten und einzigen guten Sprung, als ich leidenschaftlich vom Schauplatze abtrat oder sprang und mich möglichst in die Nähe des gesehenen Bildes zu bringen suchte. Aber in demselben Augenblicke befand sie sich ihrerseits einsam in der Handlung, und ich konnte sie nur wieder von ferne sehen.

Sie schien irgend einen tiefen Verdruß in sich zu tragen, und daher war ihr Spiel halb aus Anmut und halb aus sichtbarem Zorne gemischt. Diese Mischung brachte zwar kein gutes Gretchen hervor, aber sie verlieh der Spielerin einen eigentümlichen Reiz, ich nahm

Partei für sie gegen ihre unbekannten Feinde und dachte mir sogleich den Roman aus, in welchen sie etwa verwickelt sein möchte. Doch löste sich dieses flüchtige Gespinste bald auf und verschmolz sich mit der dargestellten Dichtung, als Gretchens Schicksal tragisch wurde. Als sie im Kerker auf dem Stroh lag und nachher irre redete, spielte sie so meisterhaft, daß ich furchtbar erschüttert ward und doch in dur-stig heißer Aufregung das Bild des im grenzenlosen Unglücke ver-sunkenen Weibes in mich hineintrank; denn ich hielt das Unglück für wirklich und war ebenso erstaunt als gesättigt durch die Szene, welche an Stärke alles übertraf, was ich bisher gesehen, gehört oder selbst kombiniert hatte.

Der Vorhang war gefallen, und alles lief auf dem Theater bunt durcheinander, während ich einigen Papieren nachschlich, welche ich in den Händen des Direktors und der Künstler gesehen hatte und in einem Winkel hinter einer gemalten Mauer fand. Ich war begierig, Einsicht zu nehmen von dem Geschriebenen, welches so große Wir-kung hervorgebracht; daher war ich bald in das Lesen der Rollen versenkt. Aber obgleich ich die körperlichen Erscheinungen gefaßt und empfunden hatte, so waren doch nun die geschriebenen Worte, als die Zeichensprache eines gereiften und großen männlichen Geistes, dem unwissenden Kinde vollkommen unverständlich; der kleine Ein-dringling fand sich bescheidentlich wieder vor die verschlossene Türe einer höheren Welt gestellt, und ich schlief über meinen Forschungen schnell und fest ein.

Als ich wieder erwachte, war das Theater leer und still, die Lampen ausgelöscht, und der Vollmond goß sein Licht zwischen den Kulissen über die seltsame Unordnung herein. Ich wußte nicht, wie mir ge-schah, noch wo ich mich befand; doch als ich meine Lage erkannte, ward ich voll Furcht und suchte einen Ausgang, fand aber die Türen verschlossen, durch welche ich hereingekommen war. Nun schickte ich mich in das Geschehene und begann von neuem, alle Seltsam-keiten dieser Räume zu untersuchen. Ich betastete die raschelnden, pa-piernen Herrlichkeiten und legte das Mäntelchen und den Degen des Mephistopheles, welche auf einem Stuhle lagen, über meinen Meer-katzenhabit um. So spazierte ich in dem hellen Mondscheine auf und nieder, zog den Degen und fing an zu gestikulieren. Dann entdeckte ich die Maschinerie des Vorhanges, und es gelang mir, denselben aufzuziehen. Da lag der Zuschauerraum dunkel und schwarz vor mir, wie ein erblindetes Auge; ich stieg in das Orchester hinab, wo die Instrumente umherlagen und nur die Violinen sorgfältig in Kästchen verschlossen waren. Auf den Pauken lagen die schlanken Hämmer, welche ich ergriff und zagend gegen das Fell schlug, daß es einen dumpf grollenden Ton gab. Jetzt wurde ich kühner und schlug stärker, bis es zuletzt wie ein Gewitter durch den leeren, mitternächtlichen Saal hallte. Ich ließ den Donner anschwellen und wieder abnehmen, und wenn er verklang, so dünkten mich die unheimlichen Pausen noch schöner als das Geräusch selbst. Endlich erschrak ich über meinem Tun, warf die Schlägel hin und getraute mir kaum, über die Bänke des Parterre hinwegzusteigen und mich zu hinterst an der Wand hinzusetzen. Ich war kalt und wünschte zu Hause zu sein, auch ward es mir bange in meiner Einsamkeit. Die Fenster in diesem Teile des Saales waren dicht verschlossen, so daß nur die Bühne, welche immer noch den Kerker vorstellte, durch das Mondlicht magisch beleuchtet war. Im Hintergrunde stand das Pförtchen noch offen, hinter welchem Gretchen gelegen hatte, ein bleicher Strahl fiel auf das Strohlager, ich dachte an das schöne Gretchen, welches nun hingerichtet sein werde, und der stille mondhelle Kerker kam mir zauberhafter und heiliger vor als dem Faust einst Gretchens Kammer. Ich stützte meinen Kopf auf beide Hände und sah mit sehnenden Blicken hinüber, besonders in die vom Lichte halb bestreifte Vertiefung, wo das Stroh lag. Da regte es sich im Dunkel, atemlos sah ich hin, und jetzt stand eine weiße Gestalt in jenem Winkel; es war Gretchen, wie ich sie zuletzt gesehen hatte. Mich schauerte es vom Wirbel bis zur Zehe, meine Zähne schlugen zusammen, während doch ein mächtiges Gefühl glücklicher Überraschung mich durchzuckte und erwärmte. Ja, es war Gretchen, es war ihr Geist, obgleich ich in der Entfernung ihre Züge nicht unterscheiden konnte, was die Erscheinung noch geisterhafter machte. Sie schien mit dunklen Blicken in dem Raume umherzusuchen, ich richtete mich empor, es zog mich vorwärts, wie mit gewaltigen, unsichtbaren Händen, und während mein Herz hörbar klopfte, schritt ich über die Bänke gegen das Proszenium hin, jeden Schritt einen Augenblick anhaltend. Die Pelzumhüllung machte meine Füße unhörbar, so daß mich die Gestalt nicht bemerkte, bis ich, an dem Souffleurkasten hinaufklimmend, in meiner befremdlichen Tracht vom ersten Mondstrahle bestreift wurde. Ich sah, wie sie entsetzt ihr glühendes Auge auf mich richtete und, doch lautlos, zusammenfuhr. Einen leisen Schritt trat ich näher und hielt wieder ein; meine Augen waren weit geöffnet, ich hielt die Hände zitternd erhoben, indeß ich, von einem frohen Feuer des Mutes durchströmt, auf das Phantom losging. Da rief es mit gebieterischer Stimme: »Halt! kleines Ding! was bist du?« und streckte drohend den Arm gegen mich aus, daß ich fest auf der Stelle gebannt blieb. Wir sahen uns unverwandt an; ich erkannte jetzt ihre Züge wohl, sie hatte ein weißes Nachtkleid umgeschlagen, Hals und Schultern waren entblößt und gaben einen milden Schein, wie nächtlicher Schnee. Ich witterte alsogleich das warme Leben, und der abenteuerliche Mut, den ich dem Gespenste gegenüber empfunden hatte, verwandelte sich in die natürliche Blödigkeit vor dem lebendigen Weibe. Sie hingegen war immer noch zweifelhaft über meine dämonische Erscheinung, und sie rief daher noch einmal: »Wer seid Ihr, kleiner Bursch?« Kleinlaut antwortete ich: »Ich heiße Heinrich Lee und bin eine von den Meerkatzen; man hat mich hier eingeschlossen!«

Da trat sie auf mich zu, streifte meine Maske zurück, faßte mein Gesicht zwischen ihre Hände und rief, indem sie laut lachte: »Herr Gott! das ist die aufmerksame Meerkatze! Ei, du kleiner Schalk! bist du es, der den Lärm gemacht hat, als ob ein Gewitter im Hause wäre?« »Ja!« sagte ich, indem meine Augen fortwährend auf dem weißen Raume ihrer Brust hafteten und mein Herz zum ersten Male wieder so andächtig erfreut war wie einst, wenn ich in das glänzende Feld des Abendrotes geschaut und den lieben Gott darin geahnt hatte. Dann betrachtete ich in vollkommener Ruhe ihr schönes Gesicht und gab mich unbefangen dem süßen Eindrucke ihres reizenden Mundes hin. Sie sah mich eine Weile still und ernsthaft an, dann sprach sie: »Mich dünkt, du bist ein feiner Junge; doch wenn du einst groß sein wirst, so wirst du ein Lümmel sein, wie alle!« Und hiermit schloß sie mich an sich und küßte mich mehrere Male auf meinen Mund, der nur dadurch leise bewegt wurde, daß ich heimlich, von ihren Küssen unterbrochen, ein herzliches Dankgebet an Gott richtete für das herrliche Abenteuer.

Hierauf sagte sie: »Es ist nun am besten, du bleibest bei mir, bis es Tag ist; denn Mitternacht ist längst vorüber!« und sie nahm mich bei der Hand und führte mich durch mehrere Türen in ihr Zimmer, wo sie vorher schon geschlafen hatte und durch mein nächtliches Spuken geweckt worden war. Dort ordnete sie am Fußende ihres Bettes eine Stelle zurecht, und als ich darauf lag, hüllte sie sich dicht in einen sammetnen Königsmantel, legte sich der Länge nach auf das Bett und stützte ihre leichten Füße gegen meine Brust, daß mein Herz ganz vergnüglich unter denselben klopfte. Somit entschliefen wir und glichen in unserer Lage nicht übel jenen alten Grabmälern, auf welchen ein steinerner Ritter ausgestreckt liegt mit einem treuen Hunde zu Füßen. Nur lag hier anstatt des starren Ritters ein lebendiges, leicht atmendes Weib und an der Stelle des Hundes ein Knabe, dem in Kopf und Herz das frühe Leben zu rumoren begann.

ACHTES KAPITEL

Infolge der Angst, welche die Mutter über mein nächtliches Weg- I, 12
bleiben empfunden hatte, war mir das abendliche Umhertreiben und der Besuch des Theaters strengstens untersagt worden; auch am Tage wurde ich sorgfältiger beaufsichtigt und in meinem Umgange mit den Kindern der armen Leute beschränkt, welchen man fälschlicherweise eine verderbliche und ansteckende Ungebundenheit zuschrieb. So hatten die fremden Schauspieler die Stadt verlassen, ohne daß ich jene Frau, der mein Herz nun ganz gehörte, wiedergesehen, ausgenommen einmal von ferne, wo sie mich zu sich winkte, ich aber scheu vor ihr floh, um mich in den stillen Räumen unserer Wohnung umso leidenschaftlicher mit ihrem Bilde zu beschäftigen. Als ich hörte, daß die Gesellschaft fortgereist sei, bemächtigte sich meiner eine tiefe Traurigkeit, welche längere Zeit anhielt. Je unbekannter mir die Gegend war, wo sie hingezogen sein mochte, desto mehr war mir alles Land, welches jenseits der Berge lag, ein Land unbestimmter Wünsche und dunklen Verlangens, und diesen Zug empfinde ich seither immer, wenn jemand, den ich gern habe, die Gegend verläßt, wo ich lebe.

Um diese Zeit schloß ich mich enger an einen Knaben, dessen erwachsene, lesebegierige Schwestern eine Unzahl schlechter Romane zusammengetragen hatten. Verloren gegangene Bände aus Leihbibliotheken, niedriger Abfall aus vornehmen Häusern oder von Trödlern um wenige Pfennige erstanden, lagen in der Wohnung dieser Leute auf Gesimsen, Bänken und Tischen umher, und an Sonntagen konnte man nicht nur die Geschwister und ihre Liebhaber, sondern Vater und Mutter, und wer sonst noch da war, in die Lektüre dieser schmutzig aussehenden Bücher vertieft finden. Die Alten waren törichte Leute, welche in dieser Unterhaltung Stoff zu törichten Gesprächen suchten; die Jungen hingegen erhitzten ihre gemeine Phantasie an den gemeinen unpoetischen Machwerken, oder vielmehr sie suchten hier die bessere Welt, welche die Wirklichkeit ihnen nicht zeigte. Die Romane zerfielen hauptsächlich in zwei Arten. Die eine enthielt den Ausdruck der üblen Sitten des vorigen Jahrhunderts in jämmerlichen Briefwechseln und Verführungsgeschichten, die andere bestand aus derben Ritterromanen. Die Mädchen hielten sich mit großem Interesse an die erste Art und ließen sich dazu von ihren teilnehmenden Liebhabern sattsam küssen und liebkosen; uns Knaben waren aber diese prosaischen und unsinnlichen Schilderungen einer verwerflichen Sinnlichkeit glücklicherweise noch ungenießbar und wir begnügten uns damit, irgend eine Rittergeschichte zu ergreifen und uns mit derselben zurückzuziehen. Die unzweideutige Genugtuung, welche in diesen groben Dichtungen waltete, war meinen angeregten Gefühlen wohltätig und gab ihnen Gestalt und Namen. Wir wußten die schönsten Geschichten bald auswendig und spielten sie, wo wir gingen und standen, mit immer neuer Lust ab, auf Estrichen und Höfen, in Wald und Berg, und ergänzten das Personal vorweg aus willfährigen Jungen, die in der Eile abgerichtet wurden. Aus diesen Spielen gingen nach und nach selbsterfundene, fortlaufende Geschichten und Abenteuer hervor, welche zuletzt dahin ausarteten, daß jeder seine große Herzens- und Rittergeschichte besaß, deren Verlauf er den andern mit allem Ernste berichtete, so daß wir uns in ein ungeheures Lügennetz verwoben und verstrickt sahen; denn wir trugen unsere erfundenen Erlebnisse gegenseitig einander so vor, als ob wir unbedingten Glauben forderten, und gewährten uns denselben auch, in eigennütziger

Absicht, scheinbar. Mir ward diese trügliche Wahrhaftigkeit leicht, weil der Hauptgegenstand unserer Geschichten beiderseits immer eine glänzende und ausgezeichnete Dame unserer Stadt war und ich diejenige, welche ich für meine Lügen auserwählt, bald mit meiner wirklichen Neigung und Verehrung bekleidete. Daneben hatten wir mächtige Feinde und Nebenbuhler, als welche wir angesehene, ritterliche Offiziere bezeichneten, die wir oft zu Pferde sitzen sahen. Verborgene Reichtümer waren in unserer Gewalt, und wir bauten aus denselben wunderbare Schlösser an entlegenen Punkten, welche wir mit wichtiger Geschäftsmiene zu beaufsichtigen vorgaben. Jedoch beschäftigte sich die Einbildungskraft meines Genossen überdies mit allerhand Kniffen und Ränken und war eher auf Besitz und leibliches Wohlsein gerichtet, in welcher Beziehung er die sonderbarsten Dinge erfand, während ich alle Erfindungsgabe auf meine erwählte Geliebte verwandte und seine kleinlichen und mühsamen Geldverhältnisse, welche er unablässig zusammenträumte, mit einer kolossalen Lüge von einem gehobenen unermeßlichen Schatze überbot und kurz abfertigte. Dieses mochte ihn ärgern, und während ich, zufrieden in meiner ersonnenen Welt, mich wenig um die Wahrheit seiner Prahlereien bekümmerte, fing er an, mich mit Zweifeln an der Wahrheit der meinigen zu quälen und auf Beweise zu dringen. Als ich einst flüchtig von einer mit Gold und Silber gefüllten Kiste erzählte, welche ich in unserm Kellergewölbe stehen hätte, drang er auf das heftigste darauf, dieselbe zu sehen. Ich gab ihm eine Stunde an, zu welcher dies möglich wäre, und er fand sich pünktlich ein und versetzte mich in eine Verlegenheit, an welche ich im mindesten bisher noch nie gedacht hatte. Aber schnell hieß ich ihn eine Weile warten vor dem Hause und eilte in die Stube zurück, wo in dem Sekretär meiner Mutter ein altertümliches hölzernes Kästchen stand, welches einen kleinen Schatz an alten und neuen Silbermünzen und einige Dukaten enthielt. Dieser Schatz umfaßte einesteils die Patengeschenke aus der Kinderzeit meiner Mutter, andersteils meine eigenen und war sämtlich mein erklärtes Eigentum. Die Hauptzierde aber war eine mächtige goldene Schaumünze von der Größe eines Talers und bedeutendem Werte, welche Frau Margret in einer guten Stunde mir geschenkt und der Mutter zum sichern Verwahrsam eigenhändigt hatte zum treuen Angedenken, wenn ich einst erwachsen, sie hingegen nicht mehr sein werde. Ich durfte das Kästchen hervornehmen und den glänzenden Schatz beschauen, sooft ich wollte, auch hatte ich denselben schon in allen Gegenden des Hauses herumgetragen. Ich nahm ihn also jetzt und trug ihn in das Gewölbe hinunter und legte das Kästchen in eine Kiste, welche mit Stroh gefüllt war. Dann hieß ich den Zweifler mit geheimnisvoller Gebärde hereinkommen, lüftete den Deckel der Kiste ein wenig und zog das Kästchen hervor. Als ich es öffnete, blinkten ihm die blanken Silberstücke gar hell entgegen, als ich aber die Dukaten und zuletzt die große Münze hervornahm, daß sie im Zwielichte seltsam funkelte und der alte Schweizer mit dem Banner, der darauf geprägt war, sowie der Kranz von Wappenschilden zu Tage traten, da machte er große Augen und wollte mit allen fünf Fingern in das Kästchen fahren. Ich schlug es aber zu, legte es wieder in die Kiste und sagte: »Siehst du, solcher Dinge ist die Kiste voll!« Damit schob ich ihn aus dem Keller und zog den Schlüssel ab. Er war nun für einmal geschlagen, denn obgleich er von der Unwirklichkeit unserer Märchen überzeugt war, so gestattete ihm doch der bisher festgehaltene Ton unseres Verkehrs nicht, weiter zu dringen, da es auch hier die rücksichtsvolle Höflichkeit des Lebens erforderte, den mit guter Manier vorgetragenen blauen Dunst bestehen zu lassen. Vielmehr gab meinem Freunde diese vorläufige Toleranz Gelegenheit, mich zu weiteren Lügen zu reizen und auf immer bedenklichere Proben zu stellen.

Wir trafen bald darauf, als es gerade Meßzeit war, am Seeufer zusammen, vor den Krambuden flanierend, welche dort in langen Reihen aufgeschlagen waren, und begrüßten uns wie Macbeths Hexen mit: »was hast du geschafft?« Wir standen vor dem Magazine eines Italieners, welcher neben südlichen Eßwaren auch glänzende Bijouterien und Spielereien feilbot. Feigen, Mandeln und Datteln, Kisten voll reinlich weißer Makaroni, besonders aber Berge ungeheurer Salamiwürste reizten den Sinn meines Gesellen zu kühnen Phantasien, indessen ich zierliche Frauenkämme, Ölfläschchen und Schalen voll schwarzer Räucherkerzchen betrachtete und ungefähr dachte, wo diese Dinge gebraucht würden, da wäre es gut sein. »Ich habe soeben«, begann mein Lügengefährte, »solch eine Salamiwurst gekauft, zur

Probe, ob ich für mein nächstes Bankett eine Kiste voll anschaffen soll. Ich habe sie angebissen, fand sie aber abscheulich und schleuderte sie in den See hinaus; die Wurst muß noch dort schwimmen, ich sah sie den Augenblick noch.« Wir blickten auf den schimmernden Wellen-spiegel hinaus, wo zwischen den Marktschiffen wohl etwa ein Apfel oder ein Salatblatt umhertrieb, aber keine Salami zu sehen war. »Ei, es wird wohl ein Hecht danach geschnappt haben!« sagte ich gutmütig, und er gab diese Möglichkeit zu und fragte mich, ob ich nicht auch Einkäufe machen wolle? »Freilich«, erwiderte ich, »ich möchte wohl diese Kette haben für meine Geliebte!« und wies auf eine unechte, aber schön vergoldete Halskette. Jetzt ließ er mich nicht mehr los, sondern umwickelte mich mit einem moralischen Zwangsnetze, indem ihm die Neugierde, ob ich wirklich über meinen geheimnisvollen Schatz zu verfügen hätte, die Worte dazu lieh. So hatte ich keinen andern Ausweg, als nach Hause zu laufen und mir mit meinem Sparkästchen zu schaffen zu machen. Einige Augenblicke nachher ging ich wieder davon, einige glänzende Silberstücke in der festverschlossenen Hand, mit klopfender Brust dem Markte zu, wo mein lauernder Dämon mich empfing. Wir handelten um die Kette, oder gaben vielmehr, was der Italiener forderte, ich wählte noch ein Armband von Achatschildern und einen Ring mit einer roten Glaspaste; der Kaufmann besah mich und die schönen Gulden mit wunderlichen Blicken, steckte sie aber nichtsdestoweniger ein; ich aber wurde schon auf dem Wege nach dem Hause fortgedrängt, wo meine Dame wohnte. Auf einem abgelegenen Platze standen etwa sechs Patrizierhäuser, deren Besitzer sich durch den Seidenhandel auf der Höhe früherer Vornehmheit erhielten. Weder eine Schenke noch ein sonstiges niederes Gewerbe zeigte sich in dieser Gegend, welche still und einsam in ihrer Reinlichkeit ruhte; das Pflaster war weißer und besser als in anderen Stadtteilen, und kostbare eiserne Gartengeländer begrenzten dasselbe. In dem größten und vornehmsten dieser Paläste wohnte der Gegenstand meiner Lügen, eine jener jungen, anmutigen Damen, welche, schön und elegant gewachsen, mit rosiger Gesichtsfarbe, großen, lachenden Augen und freundlichen Lippen, mit reichen Locken, wehenden Schleiern und seidenen Gewändern die Unerfahrenheit berücken und selbst gefurchte Stirnen aufheitern, solange sie durch Unschuld liebenswürdig sind. Wir standen schon vor dem prächtigen Portale und mein Begleiter schloß seine Überredungen, daß ich jetzt oder nie meiner Gebieterin die Geschenke überbringen müßte, endlich dadurch, daß er frech den goldenen Griff der Hausglocke packte und anzog. Aber trotz seiner Frechheit, würde ein Aristokrat sagen, reichte doch die Energie seines Plebejertumes nicht aus, ein kräftiges Geklingel hervorzubringen; es gab nur einen einzigen zaghaften Ton, welcher im Innern des großen Hauses verhallte. Nach einigen Sekunden ruckte der eine Torflügel um ein Unmerkliches, und mein Begleiter schob mich hinein, was ich, aus Furcht vor allem Geräusche, willenlos geschehen ließ. Da stand ich in unsäglicher Beklemmung neben einer breiten steinernen Treppe, welche sich oben zwischen geräumigen Galerien verlor. Ich hielt Armband und Ring in die Hand gepreßt, und die Kette quoll teilweise zwischen den Fingern hervor; in der Höhe ertönten Tritte, welche von allen Seiten widerhallten, und jemand rief herunter, wer da sei? Doch hielt ich mich still, man konnte mich nicht sehen und ging wieder, Türen hinter sich zuschlagend. Nun stieg ich langsam die Treppe hinan, mich vorsichtig umsehend; an allen Wänden hingen große Ölgemälde, entweder wunderliche Landschaften oder Ahnenbilder enthaltend; die Decken waren in weißer, reicher Stukkatur gearbeitet mit kleinen Fresken dazwischen, und in abgemessenen Entfernungen standen hohe dunkelbraune Türen von Nußbaumholz, eingefaßt von Säulen und Giebeln von der gleichen Art, alles glänzend poliert. Jeder meiner Schritte erweckte Geräusch in den Wölbungen, ich wagte kaum zu gehen und dachte doch nicht daran, was ich sagen wollte, wenn ich überrascht würde. Vor jeder Tür lag eine Strohmatte, aber vor einer allein lag eine besonders reich und zierlich geflochtene von farbigem Stroh; daneben stand ein altes, vergoldetes Tischchen und auf diesem ein Arbeitskörbchen mit Strickzeug, einigen Äpfeln und einem hübschen, silbernen Messerchen zu äußerst am Rande, als ob es soeben hingestellt wäre. Ich vermutete, daß hier der Aufenthalt der Dame sei, und im Augenblicke nur an sie denkend, legte ich meine Kleinodien mitten auf die Matte, nur den Ring zu unterst in das Körbchen auf einen feinen Handschuh. Dann eilte ich trepphinunter aus dem Hause, wo ich meinen Quälgeist ungeduldig meiner wartend fand. »Hast du es getan?« rief er mir entgegen. »Ja freilich«, erwiderte ich mit leichterem Herzen. »Das ist nicht wahr«, sagte er wieder, »sie sitzt ja die ganze Zeit an jenem Fenster dort und hat sich nicht gerührt.« Wirklich war die schöne Frau hinter dem glänzenden Fenster sichtbar und gerade in der Gegend des Hauses, wo jene Zimmertür sein mochte. Ich erschrak heftig, sagte aber: »Ich schwöre dir, ich habe die Kette und das Armband zu ihren Füßen gelegt und den Ring an ihren Finger gesteckt!« »Bei Gott?« »Ja, bei Gott!« rief ich. »Nun mußt du ihr aber noch eine Kußhand zuwerfen, und wenn du es nicht tust, so hast du falsch geschworen; sieh, sie schaut gerade herunter!« Wirklich ruhten ihre glänzenden frohen Augen auf uns; aber der Einfall meines Freundes war ein teuflischer; denn lieber hätte ich dem Teufel selbst ins Gesicht gespien als diese Zumutung erfüllt. Durch meinen jesuitischen Schwur war ich aber erst recht in die Klemme geraten, es war kein Ausweg. Rasch küßte ich meine Hand und bewegte sie gegen das Fenster hinauf. Das Mädchen hatte uns aufmerksam angesehen und lachte nun ganz unbändig, indem es freundlich herunter nickte; doch ich lief, so schnell ich konnte, davon. Das Maß war gefüllt, und als mein Gefährte mich in der nächsten Straße wieder erreichte, trat ich bleich vor ihn hin und sagte: »Wie ists eigentlich mit deiner Salamiwurst? meinst du, dieselbe sei hinreichend, dergleichen Sachen, wie ich bestehe, das Gegengewicht zu halten?« Damit warf ich ihn unversehens nieder und schlug ihn mit der Faust ins Gesicht, bis mich ein Mann weghob und rief: »Die Teufelsjungen müssen sich doch immer raufen!«

Das war das allererste Mal in meinem Leben, daß ich einen Schul- und Jugendgenossen schlug; ich konnte denselben nicht mehr ansehen und zugleich war ich vom Lügen für einmal gründlich geheilt.

In dem lesebeflissenen Hause wurden indessen der Vorrat an schlechten Büchern und die Torheit immer größer. Die Alten sahen mit seltsamer Freude zu, wie die armen Töchter immer tiefer in ein einfältig verbuhltes Wesen hineingerieten, Liebhaber auf Liebhaber wechselten und doch von keinem heimgeführt wurden, so daß sie mitten in der übelriechenden Bibliothek sitzen blieben mit einer Herde kleiner Kinder, welche mit den zerlesenen Büchern spielten und dieselben zerrissen. Die Lesewut wuchs nichtsdestominder fortwährend, weil sie nun Zank, Not und Sorge vergessen ließ, so daß man in der Behausung nichts sah als Bücher, aufgehängte Windeln und die vielfältigen Erinnerungen an die Galanterie der ungetreuen Ritter, als gemalte Blumenkränze mit Sprüchen, Stammbücher voll verliebter Verse und Freundschaftstempel, künstliche Ostereier, in welchen ein kleiner Amor verborgen lag und dergleichen. Alles in allem genommen will es mir scheinen, daß auch dieses Elend sowohl wie das entgegengesetzte Extrem, die religiöse Sektiererei und das fanatische Bibelauslegen armer Leute, wie ich es im Hause der Frau Margret fand, nur die verwischte Spur eines edleren Herzensbedürfnisses und das heiße Suchen nach einer schöneren Wirklichkeit sei.

Bei dem Sohne dieses Hauses machte sich, als er größer wurde, die vielgeübte Phantasie auf andere, nicht minder bedenkliche Weise geltend. Er wurde sehr genußsüchtig, lag schon als Handelslehrling in den Wirtshäusern als ein eifriger Spieler und war bei allen öffentlichen Vergnügen zu sehen. Dazu brauchte er viel Geld, und um sich dieses zu verschaffen, verfiel er auf die sonderbarsten Erfindungen, Lügen und Ränke, welche ihm nur eine Art Fortsetzung der früheren Romantik waren. Jedoch hielt dies nur halbverdächtige Treiben nicht lange vor, vielmehr sah er sich bald darauf verwiesen zuzugreifen, wo er konnte. Denn er gehörte zu jenen Menschen, welche nicht gesonnen sind, sich in ihren Begierden im mindesten zu beschränken, und in der Gemeinheit ihrer Gesinnung dem Nächsten mit List oder Gewalt das entreißen, was er gutwillig nicht lassen will. Diese niedere Gesinnung ist gleichmäßig der Ursprung scheinbar ganz verschiedener Erscheinungen. Sie beseelt den ungeliebten Herrscher, welcher, in seinem Dasein jedem Kinde im Lande ein Überdruß, doch nicht von seiner Stelle weicht und nicht zu stolz ist, sich vom Herzblute des verachteten und gehaßten Volkes zu nähren; sie ist der Kern der Leidenschaftlichkeit eines Verliebten, welcher, nachdem er einmal die bestimmte Erklärung der Nichterwiderung erhalten hat, sich nicht sogleich bescheidet und in den edlen Schmerz der Entsagung hüllt, sondern mit gewaltsamer Aufdringlichkeit ein fremdes Leben verbittert; wie in allen diesen Zügen lebt sie endlich auch in der Selbstsucht des Betrügers und Diebes jeglicher Art, groß und klein, überall ist sie ein unverschämtes Zugreifen, zu welchem mein ehemaliger Gefährte nun auch seine

Zuflucht nahm. Ich hatte ihn im Verlaufe der Zeit ganz aus den Augen verloren, während er schon mehrere Male im Gefängnisse gesessenhatte, und dachte vor ungefähr einem Jahre an nichts weniger als an ihn, da ich einen verkommenen Menschen durch die Häscher dem Zuchthause zuführen sah. In demselben ist er seither gestorben.

Ich war nun zwölf Jahre alt, so daß meine Mutter auf weitere Schul- I, 13
bildung denken mußte. Der Plan des Vaters, daß ich der Reihe nach die von freisinnigen Vereinen begründeten Privatanstalten besuchen sollte, war nun zerschnitten, indem dieselben inzwischen durch wohleingerichtete öffentliche Schulen überflüssig geworden; denn die abermalige Regeneration der Schweiz hatte zuerst auf diesen Punkt ihr Augenmerk gerichtet. Der alte Gelehrten- und Lehrerstand der Städte wurde durch einberufene deutsche Schulmänner reichlich erweitert und in den meisten Kantonen an eine große Zwillingsschule verteilt, welche aus einem Gymnasium und einer Gewerbsschule bestand. Bei der letzteren brachte mich die Mutter nach mehreren Beratungen und feierlichen Gängen unter, und die Leistungen meiner bescheidenen Armenschule, aus welcher ich halb wehmütig und halb fröhlich schied, erwiesen sich bei der Aufnahmeprüfung so vorzüglich, daß ich neben den Zöglingen der guten alten Stadtschulen vollkommen bestand. Denn diese wohlhabenden Bürgerkinder waren nun ebenfalls auf die neuen Einrichtungen angewiesen. So fand ich mich plötzlich in eine ganz neue Umgebung versetzt. Statt wie früher der bestgekleidete und vornehmste meiner Mitschüler zu sein, war ich in meinen grünen Jäckchen, welche ich aufs äußerste ausnutzen mußte, nun einer der unansehnlichsten und bescheidensten, und das nicht nur in Ansehung der Kleidung, sondern auch des Benehmens. Die Mehrzahl der Knaben gehörte dem altherkömmlichen bewußtvollen Bürgerstande an, einige waren vornehme feine Herrenkinder und einige hinwieder stammten von reichen Dorfmagnaten, alle aber hatten ein sicheres Auftreten und Gebahren, entschiedene Manieren und einen fixen Jargon im Sprechen und Spielen, vor welchem ich blöde und unsicher dastand. Wenn sie sich stritten, so schlugen sie sich gleich mit raschen Bewegungen ins Gesicht, daß es klatschte, und mehr Mühe als das neue Lernen machte mir das Zurechtfinden in diese neue Umgangswelt, wenn ich nicht zu viel Unbilden erleiden wollte.

Ich erkannte nun erst, wie wild und gutmütig die Gesellschaft der armen Kinder gewesen war, und schlüpfte noch oft zu ihnen, die mich mit wehmütigem Neide von meinen jetzigen Verhältnissen erzählen hörten.

In der Tat brachte jeder Tag neue Veränderungen in meiner bisherigen Lebensweise. Seit alter Zeit war die Jugend der Städte in den Waffen geübt worden, vom zehnten Jahre an bis beinahe zum wirklichen Militärdienste des Jünglingsalters, nur war es mehr eine Sache der Lust und des freien Willens gewesen, und wer seine Kinder nicht wollte teilnehmen lassen, war nicht gezwungen. Nun aber wurden die Waffenübungen für die sämtliche schulpflichtige Jugend gesetzlich geboten, daß jede Kantonsschule zugleich ein soldatisches Korps bildete. Wir wurden in grüne Uniform gesteckt, ich glaubte schon mit meiner besonderen Grünheit in der allgemeinen aufgehen zu können und von meinem Spitznamen erlöst zu sein; aber weit gefehlt, meine Mutter ließ es sich nicht nehmen, die grünen Röcke meines Vaters, welche kein Ende nehmen zu wollen schienen, dem Schneider unterzuschieben und so ermangelte meine Uniform niemals um einen Grad dunkler oder heller zu sein als alle übrigen und mich fortwährend auszuzeichnen. Mit den kriegerischen Übungen war das Turnen verwandt, zu welchem wir ebenfalls angehalten wurden, so daß einen Abend exerziert und den andern gesprungen, geklettert und geschwommen wurde. Ich war bisher aufgewachsen wie ein Gras, mich biegend und schmiegend, wie jedes Lüftchen der Lebensregungen und der Laune es wollte; niemand hatte mir gesagt, mich grad zu halten, kein Mann mich an See und Fluß geführt und da hineingeworfen, wo es am tiefsten war, nur in der Aufregung hatte ich ein und andern Sprung getan, den ich mit Vorsatz nicht zu wiederholen vermochte. Mein Temperament aber hatte mich nicht dazu getrieben, wie etwa die Söhne anderer Witwen, da ich keinen Wert darauf legte und viel zu beschaulich war. Meine jetzigen Schulgenossen hingegen bis auf den kleinsten herab schwammen alle wie die Fische im See herum, sprangen und kletterten wie Katzen, und es war hauptsächlich ihr Spott, welcher mich zwang, mir einige Haltung und Gewandtheit zu erwerben, da sonst wohl mein Eifer bald erkaltet wäre. Denn es ist nicht zu leugnen, daß das allzu pedantische Betreiben solcher Dinge nicht nur gedankenreichen Erwachsenen, sondern auch einem Kinde, dessen Phantasie öfters spazieren geht, unbequem werden kann.

Aber noch viel tiefer sollten die Veränderungen in mein Leben einschneiden. Ich war nun in eine Umgebung geraten, welche sämtlich mit einem mehr oder minder genugsamen Taschengelde versehen war, teils infolge häuslicher Wohlhabenheit, teils auch nur infolge herkömmlichen städtischen Wohllebens und sorgloser Prahlerei der Eltern. An reichlicher Gelegenheit, Ausgaben zu machen, fehlte es noch weniger, da nicht nur bei den gewöhnlichen Übungen und Spielen auf den entlegenen Plätzen Obst und Backwerk zu kaufen üblich war, sondern auch bei größeren Turnfahrten und militärischen Ausflügen mit klingendem Spiel es für männlich galt, sich in den entfernten Dörfern hinter Wurst und Wein zu setzen. Dazu kamen noch die Ausgaben für allerhand Spielereien, welche in der Schule abwechselnd Mode wurden unter dem Vorwande nützlicher Beschäftigung, ferner der lehrreiche Besuch aller fremden Sehenswürdigkeiten, von welchem allem sich regelmäßig entfernt halten zu müssen einen unerträglichen Anstrich von Dürftigkeit und Verlassenheit verlieh. Meine Mutter bestritt mit gewissenhaftem Eifer alle die ungewohnten Ausgaben für Lehrmittel, Instrumente und Material und gab mir hierin sogar für eine gewisse Verschwendung Raum. Mit den feinen Zirkeln des Vaters durchstach ich das schönste Papier in der Klasse; jede Gelegenheit nahm ich wahr, ein neues Heft zu errichten, und meine Bücher waren immer am elegantesten gebunden. Allein für alles andere, was im geringsten des Überflusses verdächtig schien, beharrte sie unerbittlich auf dem Grundsatze, daß kein Pfennig unnütz dürfe ausgegeben werden und daß ich dies frühzeitig lernen müsse. Nur für die allgemeinsten Ausflüge und Unternehmungen, von denen zurückzubleiben ein zu großer Schmerz für mich gewesen wäre, gab sie mir ein kärgliches Geld, welches jedes Mal schon in der Mitte des frohen Tages aufgezehrt war. Dabei hielt sie mich in weiblicher Unkenntnis der Welt nicht etwa in der Abgeschiedenheit zurück, wie es sich zu ihrer strengen Sparsamkeit geschickt hätte, sondern ließ mich meine ganze Zeit in der Gemeinschaft der anderen zubringen, mich nur unter lauter wohlgezogenen Knaben und unter der Aufsicht des großen, angesehenen Lehrerpersonales wähnend, während gerade dadurch das Mitmachen und Vergleichen unvermeidlich wurde und ich in tausend Verlegenheiten und schiefe Stellungen geriet. In der Einfachheit und Unschuld ihres Gemütes und ihres Lebenslaufes hatte sie keine Ahnung von dem unheilvollen Giftkraute, welches falsche Scham genannt wird und in den frühesten Tagen des männlichen Lebens umso mehr zu wuchern beginnt, als es von der Insolenz der alten Menschen eher gehätschelt und gepflegt als unterschieden und ausgereutet wird. Unter tausend Jugendfreunden und Mitgliedern von Pestalozzi-Stiftungen gibt es vielleicht keine zwölf, welche aus ihren eigenen Erinnerungen sich noch auf das ABC des kindlichen Gemütes besinnen und wissen, wie sich daraus die verhängnisvollen Worte bilden, und man darf sie eigentlich nicht einmal darauf aufmerksam machen, sonst werfen sie sich sogleich auf dieses Gebiet und errichten darüber ein Statut.

Auf Pfingsten ward einst ein großer jugendlicher Feldzug verabredet; sämtliche kleine Mannschaft, einige Hundert an der Zahl, sollte mit klingendem Spiel ausrücken und, über Berg und Tal marschierend, die bewaffnete Jugend einer benachbarten Stadt besuchen, um mit derselben gemeinschaftliche Paraden und Übungen abzuhalten. Es herrschte eine allgemeine Aufregung, gemischt aus der Freude der Erwartung und aus der Lust der Vorbereitung. Kleine Tornister wurden vorschriftsmäßig bepackt, Patronen wurden so viele als möglich über die bestimmte Zahl angefertigt, unsere Zweipfünderkanonen sowie die Fahnen bekränzt, und überdies ging unter der Hand das Gerede, wie unsere Nachbaren nicht nur propere und gedrillte Soldaten, sondern auch aufgeweckte und lustige Zecher und Kameraden wären, daß es also nicht nur gelte, sich möglichst blank und strack zu halten, sondern jeder sich gut mit Taschengeld zu versehen hätte, um den berühmten Nachbaren auf jede Weise die Stange zu halten. Dazu wußten wir, daß dort die weibliche Jugend ebenfalls teilnehmen, festlich gekleidet und bekränzt uns beim Einmarsche begrüßen und daß nach dem gemeinschaftlichen Mahle getanzt würde. Auch in dieser Hinsicht waren wir nicht gesonnen, uns etwas zu vergeben; es hieß, jeder solle sich weiße Handschuhe verschaffen, um beim Balle ebenso galant als militärisch zu erscheinen, und alle diese Dinge wurden hinter dem Rücken der Aufseher mit solcher Wichtigkeit verhandelt, daß es mir angst und bange ward, allem zu genügen. Zwar war ich einer der ersten, welcher Handschuhe aufzuweisen hatte, indem meine Mutter auf meine Klage aus den begrabenen Vorräten ihrer Jugend ein paar lange Handschuhe von feinem weißen Leder hervorzog und unbedenklich die Hände vorn abschnitt, welche mir vortrefflich paßten. Hingegen in betreff des Geldes lebte ich der betrübten Aussicht, jedenfalls eine gedrückte und enthaltsame Rolle spielen zu müssen. In solchen Betrachtungen saß ich am Vorabend der Freudentage in einem Winkel, als mir plötzlich ein Gedanke durch den Kopf fuhr, ich das Hinausgehen der Mutter abwartete und dann zu dem Schranke eilte, in welchem mein Schatzkästchen lag. Ich öffnete es zur Hälfte und nahm unbesehen ein großes Geldstück heraus, das zu oberst lag; die anderen rückten alle ein klein wenig von der Stelle und machten ein leises Silbergeräusch, in dessen klangvoller Reinheit jedoch eine gewisse Gewalt lag, die mich schauern machte. Schnell brachte ich meine Beute zur Seite, befand mich aber nun in einer sonderbaren Stimmung, die mich scheu und wortkarg gegen meine Mutter machte. Denn wenn der frühere Eingriff mehr die Folge eines vereinzelten äußeren Zwanges gewesen und mir kein böses Gewissen hinterlassen hatte, so war das jetzige Unterfangen freiwillig und vorsätzlich; ich tat etwas, wovon ich wußte, daß es die Mutter nimmer zugeben würde, auch die Schönheit und der Glanz der Münze schienen von der profanen Verausgabung abzumahnen. Jedoch verhinderte der Umstand, daß ich mich selbst bestahl zum Zwecke der Nothilfe in einem kritischen Falle, ein eigentliches Diebsgefühl; es war mehr etwas von dem Bewußtsein, welches im verlornen Sohne dämmern mochte, als er eines schönen Morgens mit seinem väterlichen Erbteil auszog, es zu verschwenden.

Am Pfingsttage war ich schon früh auf den Füßen; unsere Trommler, als die allerkleinsten auch die muntersten Bursche, durchzogen in ansehnlichem Haufen die Stadt, umschwärmt von marschbereiten Schülern, und ich beeilte mich, zu ihnen zu stoßen. Meine Mutter hatte aber noch gar viel zu besorgen; sie füllte meinen Tornister mit Eßwaren, hing mir ein artiges Reisefläschchen um, mit süßem Wein gefüllt, steckte mir noch hie und da etwas in die Taschen und gab mir gute Verhaltungsregeln. Ich hatte längst mein Gewehr auf der Schulter und die Patronentasche umgehängt, worin unter den Patronen mein großer Taler steckte, und wollte mich endlich ihren Händen entreißen, als sie ganz verwundert sagte, ich werde doch etwas Geld mitnehmen wollen? Hierauf nahm sie das bereits Abgezählte hervor und unterwies mich, wie ich es einzuteilen hätte. Es war zwar nicht überreichlich, doch höchst anständig und vollkommen hinreichend und selbst für unvorhergesehene Fälle berechnet. In einem Papiere war noch ein besonderes Stück eingewickelt, welches ich in dem gastfreundlichen Hause, wo ich einquartiert würde, den Dienstboten zu geben hätte. Wenn ich die Sache recht betrachtete, so war dies auch die erste Gelegenheit, wo eine gute Ausstattung eigentlich notwendig schien, und die Mutter ließ es also nicht an dem Ihrigen fehlen. Aber nichtsdestominder war ich überrascht, ich geriet in die größte Verlegenheit und Aufregung, und indem ich die Treppen hinunterstieg, drangen mir seltenerweise Tränen aus den Augen, daß ich sie hinter der Haustür abtrocknen mußte, ehe ich auf die Straße trat und zu dem fröhlichen Haufen stieß. Der allgemeine Jubel hätte in meinem Gemüte, welches durch die liebevolle Sorge der Mutter bewegt war, einen umso empfänglicheren Grund gefunden, wenn nicht der Taler in meiner Giberne wie ein Stein auf meinem Herzen gelegen hätte. Jedoch als sich die ganze Schar zusammenfand, das Kommando erklang und wir uns ordneten und abzogen, wurden meine düstern Gedanken gewaltsam unterdrückt, und als ich, zur Vorhut eingeteilt, schon auf den freien Höhen ging unter dem morgenfrischen Himmel und der lange Zug, schimmernd und singend, mit wehenden Fahnen, sich zu unsern Füßen heranbewegte, da vergaß ich alles und lebte nur dem Augenblicke, welcher, Perle für Perle, von der glänzenden Schnur der nächsten Erwartung fiel. Wir führten ein lustiges Vorhutleben, ein alter Kriegsmann, in fremden Diensten ergraut und nun dazu verwendet, uns kleinen Nesthüpfern das Handwerk beizubringen, leitete uns an zu allerlei Schabernack und ließ sich unablässig bestürmen, aus unsern Feldflaschen zu trinken, was er mit scharfer Kritik des Inhalts tat. Wir waren stolz, keinen der Schulmänner bei uns zu haben, welche die große Kolonne begleiteten, und hörten andächtig die Kriegsabenteuer, so uns der alte Soldat erzählte.

Zur Mittagszeit machte der Zug in einem sonnigen unbewohnten Talkessel halt; der wilde Boden war mit vielen einzelnen Eichen besetzt, um welche sich das junge Kriegsvolk lagerte. Wir Leute der Vorhut aber standen auf einem Berge und schauten zufrieden auf das ferne fröhliche Gewühl hinunter. Wir waren still geworden und schlürften den stillen glanzvollen Tag ein; der alte Feldwebel lag froh an der Erde und blinzte in den ruhevollen Horizont hinaus, über blaue Ströme und Seen hin. Obgleich wir noch nichts von landschaftlicher Schönheit zu sagen wußten und einige vielleicht in ihrem Leben nie dazu kamen, fühlten wir alle doch ganz die Natur, und das umsomehr, weil wir mit unserm Freudenzuge eine würdige Staffage in der Landschaft bildeten, weil wir handelnd darin auftraten und daher der peinlichen Sehnsucht der untätigen bedeutungslosen Naturbewunderer enthoben waren. Denn ich habe erst später erfahren und eingesehen, daß das untätige und einsame Genießen der gewaltigen Natur das Gemüt verweichlicht und verzehrt, ohne dasselbe zu sättigen, während ihre Kraft und Schönheit es stärkt und nährt, wenn wir selbst auch in unserm äußern Erscheinen etwas sind und bedeuten, ihr gegenüber. Und selbst dann ist sie in ihrer Stille uns manchmal noch zu gewaltig; wo kein rauschendes Wasser ist und gar keine Wolken ziehen, macht man gern ein Feuer, um sie zur Bewegung zu reizen und sie nur ein bißchen atmen zu sehen. So trugen wir einiges Reisig zusammen und fachten es an, die roten Kohlen knisterten so leis und angenehm, daß auch unser graue und rauhe Führer vergnügt hineinsah, während der blaue Rauch dem Heerhaufen im Tale ein Zeichen unseres Aufenthaltes war; trotz der mittäglichen Sonnenhitze schien uns die erhöhte Glut des Feuers lieblich, wir verlöschten es ungern, als wir abzogen. Gar zu gern hätten wir einige Schüsse in die stille Luft gesandt, wenn es nicht streng untersagt gewesen wäre; ein Knabe hatte schon geladen und mußte den Schuß kunstgerecht wieder aus dem Gewehre ziehen, was ihm so peinlich war als einem Schwätzer das Unterdrücken eines Geheimnisses.

Im Scheine des Abendgoldes sahen wir endlich die befreundete Stadt vor uns, aus deren mit Blumen und grünen Zweigen bekleidetem altertümlichem Tor die so wie wir gerüstete Jugend uns entgegentrat, umgeben von den schaulustigen und freundlichen Eltern und Geschwistern. Ihre Artillerie löste uns zu Ehren eine Anzahl von Schüssen, wir betrachteten mit kritischem Auge, wie die kleinen

Kanoniere neben der Mündung mit ebenso zierlicher Verrenkung sich zurückbogen, wenn die Lunte sich dem Brander näherte, um mit einer ebenso verächtlichen Schwenkung wieder zur Erde gewandt zu werden, wie das alles bei uns üblich war. Noch mehr Ursache zur Eifersucht gaben uns die hübschen Perkussionsgewehre, womit unsere Kameraden versehen waren, da wir selbst nur alte Steinschlosse hatten, welche sich dann und wann erlaubten zu versagen. Die Regierung dieses Standes war ein wenig im Geruche, in ihrem aufgeweckten Sinne für alles Gute und Schöne manchmal mehr Aufwand zu machen, als sich mit haushälterischer Bedächtigkeit vertrüge, und hatte demgemäß für ihre Schuljugend solche neue Waffen beschafft zu einer Zeit, wo dergleichen erst bei größeren Militärstaaten in der Einführung begriffen waren. So hörten wir denn, während unsere Freunde uns wohlgefällig erklärten, wie bei ihnen während der Ladung die Bewegung des Patronbeißens nun wegfiele, unsere erwachsenen Begleiter heimlich einen bedächtigen Tadel über solchen Aufwand aussprechen. Doch waren wir endlich ermüdet und gaben uns willig den Einladungen der Familien hin, welche sich so eifrig um unsere Beherbergung stritten, daß unsere ganze Schar in ihren offenen Armen so schnell verschwand, wie ein flüchtiger Regenschauer im heißen durstigen Erdreiche versiegt. Wir sahen uns nun vereinzelt in die Mitte häuslicher Wirtlichkeit versetzt als Gegenstand des festlichsten Wohlwollens und belohnten diese Gastfreundschaft dadurch, daß wir, als ob wir in Feindesland wären, beim Schlafengehen unsere Flintchen mitnahmen und neben die großen Gastbetten stellten, welche zu ersteigen wir alle unsere Turnerkünste aufbieten mußten.

Das Fest des andern Tages erfüllte alle Erwartungen. Der Wetteifer ließ beide Parteien bei den Übungen gleich wohl bestehen; gegen die Perkussionsgewehre unserer Nebenbuhler aber hatten wir einen andern Trumpf auszuspielen. Indem ihre Artillerie nämlich nur blind zu schießen gewohnt war und keine Kugeln kannte, schoß die unserige so geschickt nach dem Ziele, daß das bei solcher Gelegenheit stehende Sprichwort: »die Kleinen machten es wahrlich besser denn die Großen!« diesmal nicht ganz unrichtig war und die Nachbaren dem ernsthaften Richten der Geschütze verwundert zuschauten.

Ein großes Festmahl, welches einige Tausend junge und alte Menschen vereinigte, wurde auf einer blühenden Wiese eingenommen. Beliebte Jugendfreunde hielten Tischreden und trafen in denselben das Rechte, indem sie, anstatt uns in hohlem, frühreifem Ernste zu halten, in reinem Humor den Ton unschuldiger Fröhlichkeit anstimmten, ihr Alter vergaßen, ohne kindisch zu tun, und uns dadurch desto leichter lehrten, die Freude nicht ohne Witz zu genießen. Darauf zog eine lange Reihe feiner Mädchen aus dem Tore an uns vorbei auf einen geebneten Rasenplatz und lud uns mit Gesang zu Spiel und Tänzen ein. Sie waren alle weiß und rot gekleidet und entfalteten sich in der lieblichsten Blüte vom kindlichen Lockenkopfe bis zur angehenden Jungfrau, hinter dem weiten Kranze ragte manch weibliches Haupt in reifer Schönheit, um die zarten Pflänzlinge zu überwachen und bei guter Gelegenheit selbst noch ein bißchen jugendlicher über den Rasen zu schlüpfen als in sonstigen Tagen erlaubt war. Hatten doch die Männer ihrerseits die Gelegenheit auch ersehen und die Lust der Kinder bereits zu ihrer eigenen Sache erklärt und schon mit mancher Flasche besiegelt! Unsere tapfere Schar näherte sich in dichtem Haufen dem flüsternden Kreise der Schönen, keiner wollte recht der Vorderste sein, unsere Sprödigkeit ließ uns fast feindlich und düster aussehen, während das Anziehen der weißen Handschuhe ein weitgedehntes Flimmern und Schimmern verursachte. Doch es zeigte sich nun, daß die Hälfte der Handschuhe überflüssig war, indem wir in zwei verschiedene Teile zerfielen, in solche Knaben nämlich, welche größere Schwestern zu Hause hatten, und in solche, welche dieses angenehme Glück nicht kannten. Die ersteren zeigten sich alle als zierliche Tänzer und Kavaliere, welche bald gesucht und ausgezeichnet wurden, indessen die letzteren wie ungeleckte Bären über den Rasen stolperten und nach einigen mißlungenen Abenteuern sich aus den Reihen stahlen und bei den Trinktischen zusammenfanden, wo wir mit energischem Gesang ein wildes Soldatenleben führten, als rauhe Krieger und Weiberfeinde, und uns gegenseitig einzubilden suchten, daß die Mädchen doch häufig nach unserm tüchtigen Treiben herüber schielten. Unser Zechen bestand zwar mehr in einer bescheidenen Nachahmung der Alten und überwand den natürlichen Widerwillen gegen Unmäßigkeit nicht, der noch in jenem Lebensalter liegt; doch bot es hinlänglichen Spielraum für unsere kleinen Leidenschaften. Der Weinbau dieser Landschaft war bedeutender und edler als bei uns, daher hatten unsere jungen Nachbaren schon eine entschiedenere Färbung in ihrer Fröhlichkeit und vertrugen ein stärkeres Glas Wein als wir, so daß sie ihren Ruf vollkommen rechtfertigten. Da galt es nun, sich hervorzutun; ich gab mich diesem Bestreben ohne Rückhalt hin, meine wohlversehene Kasse verlieh mir die nötige Sicherheit und Freiheit, und dieser folgte alsobald eine gewisse Achtung meiner Umgebung. Wir durchzogen Arm in Arm die Stadt und die Lustplätze vor derselben, das schöne Wetter, die Freude, der Wein regten mich auf und machten mich beredsam und ausgelassen, keck und gewandt; aus einem stillen und blöden Fernesteher war ich urplötzlich ein lauter Tonangeber geworden, der sich in übermütigen Bemerkungen, Witzworten und Erfindungen von Schwänken erging und welchen die übrigen Wortführer, die sich bisher wenig aus mir gemacht, sogleich anerkannten und hätschelten. Die Eigenschaft als Fremder, der neue Schauplatz erhöhte noch die Stimmung, es ist schwer zu entscheiden, was größer war, ob meine Redseligkeit, mein Freudenrausch oder meine erwachte Eitelkeit, kurz, ich schwamm in einem ganz neuen Glücke, welches am dritten Tage womöglich noch zunahm, als wir heimwärts zogen und die allseitige Zufriedenheit sowie die freiere Ordnung und Haltung eine neue Reihe fröhlicher Auftritte veranlaßten.

Als ich mit Sonnenuntergang das Haus meiner Mutter betrat, bestaubt und sonnverbrannt, die Mütze mit einem Tannenreise geschmückt, die Mündung des Gewehrchens und der eigene Mund prahlerisch von Pulver geschwärzt, da war ich nicht mehr der gleiche wie ich ausgezogen, sondern einer, der sich mit den kecksten Führern der Knabenwelt in verschiedene Verabredungen und Versprechungen eingelassen hatte zur Fortsetzung des begonnenen Tones, mittelst welcher wir auch in unserer Stadt eine Rolle zu spielen gedachten. Hauptsächlich sollten die tanzkundigen Feintuer oder Weichlinge, wie wir sie nannten, verhindert werden, uns bei der einheimischen Schönheit etwa in den Schatten zu stellen; wir wollten daher ihren zierlichen Künsten ein derbes militärisches Wesen, kühne Taten und allerlei Streifereien und Unternehmungen entgegensetzen zur Begründung eines bedenklichen Ruhmes. Voll von diesen Ideen und noch voll der durchlebten Freude, die ich so wenig erschöpft hatte, als sie mich, fühlte ich mich in der besten Laune und erging mich in unserm Hause in lauten Erzählungen und prahlerischem, barschem Wesen, bis ich durch einige magische Witzkörner, die meine Mutter in die unbescheidene Brandung warf, für einmal zu Ruhe und Schlaf gebracht wurde.

Meine neuen Freunde ließen mir nicht Zeit, aus meiner Verirrung I, 14
zu kommen; schon der nächste Tag, an dem ich, selbst eine Art von Größe, in der renommiertesten Gesellschaft unserer Stadt zu sehen war, weckte alle neuen Erinnerungen wieder, die Nachklänge des Festes gaben Gelegenheit, den Rest meiner Barschaft anzubringen und dagegen erneute Lorbeeren einzutauschen. Für einen der nächsten Sonntage wurde ein großer Spaziergang verabredet, welches wieder eine Demonstration gegen die Feinspinner werden sollte. In meinem Leichtsinn hatte ich nicht bedacht, woher ich die nötigen Mittel nehmen solle, also auch keinen Vorsatz gefaßt, als aber der Augenblick da war, griff ich wieder in den Schrein, ohne etwas anderes zu fühlen als das zwingende Bedürfnis und eine Art dunklen Entschlusses, daß es das letzte Mal sein solle.

So ging es den ganzen kurzen Sommer hindurch. Die veranlassende Laune war längst verflogen, die Teilnehmer hatten sich dem ordentlichen Lauf der Dinge wieder gefügt, auch über mich hätten Maß und und Bescheidenheit ihre Herrschaft wieder gewonnen, wenn nicht eine andere Leidenschaft aus der Sache erwachsen wäre, nämlich die des unbeschränkten Geldausgebens, der Verschwendung an sich. Es reizte mich, jeden Augenblick die kleinen Herrlichkeiten, wonach jenes Alter gelüstet, kaufen zu können; immer hatte ich die Hand in der Tasche, um mit Münzen hervorzufahren; Gegenstände, welche Knaben sonst vertauschen, kaufte ich nur mit barem Gelde, gab solches an Kinder, Bettler und beschenkte einige Gesellen, die meinen Schweif bildeten und meine Verblendung benutzten, so lange es ging. Denn es war eine wirkliche Verblendung. Ich bedachte im mindesten nicht, daß die Sache doch ein Ende nehmen müsse, nie mehr öffnete ich das Kästchen ganz und übersah das Geld, sondern schob nur die Hand unter den Deckel, um ein Stück herauszunehmen, und überdachte auch nie, wie viel ich schon verschleudert haben müsse. Ich empfand auch keine Angst vor der Entdeckung, in der Schule und bei meinen Arbeiten hielt ich mich nicht schlimmer als früher, eher besser, weil keine unbefriedigten Wünsche mich zu träumerischem Müßiggange verleiteten und die vollkommene Freiheit des Handelns, welche ich beim Geldausgeben empfand, sich auch im Arbeiten durch eine gewisse Raschheit und Entschlossenheit äußerte. Zudem fühlte ich das dunkle Bedürfnis, das unsichtbare Unheil, welches über mir sich sammelte, durch sonstige Pflichterfüllung einigermaßen aufzuwiegen.

Jedoch trotz allem befand ich mich jenen ganzen Sommer hindurch in einem unheimlichen und peinvollen Zustande, dessen Erinnerung, verbunden mit derjenigen an den blauen Himmel und Sonnenschein, an die stillen grünen Waldschenken, in welche wir uns zu heimlichen Gelagen verkrochen, eine seltsame Empfindung wachruft. Meine Genossen mußten längst gemerkt haben, daß es mit meinem Gelde nicht mit rechten Dingen zugehe, aber sie hüteten sich sorgfältig, einen Verdacht zu äußern oder die leiseste Frage an mich zu tun; vielmehr stellten sie sich, als ob sich alles von selbst verstünde, waren mir stillschweigend behilflich, die auffälligen blanken Silberstücke umzuwechseln, ohne in Erörterungen einzugehen, und als die Herrlichkeit ein Ende nahm, wandten sie sich ganz trocken und unbeteiligt von mir, ganz wie erwachsene brave Geschäftsleute, welche in aller Seelenruhe auch den Gewinn der Unredlichen an sich bringen, ohne über den Ursprung desselben Forschungen anzustellen. Dies vorausgeahnte Benehmen drückte mich umsomehr, als ich bald bemerkte, daß sie sich sonderbar gemessen gegen mich betrugen und nur wärmer wurden, wenn ich wieder ein Geldstück auf die Straße brachte, daneben aber sich anderweitig über mich zu besprechen schienen. Während jedoch die kleinliche und gewöhnliche Art der Mehrzahl keine heftige und leidenschaftliche Trennung bedingte, sollte mir die energische Selbstsucht eines einzigen und der daraus entspringende Haß Kummer und Leiden bereiten, wie sie wohl selten in diesem Alter sich zeigen. Derselbe war ein kleiner Bursche mit kleinen regelmäßigen Gesichtszügen, welche von Sommersprossen bedeckt waren. Er besaß einen frühreifen Verstand, lernte fleißig und genau, bestrebte sich gegen ältere Leute, besonders gegen Frauen, in wohlgesetzten, altklugen

Worten auszudrücken und galt daher für einen ordentlichen ersprießlichen Jungen. Er war fast in allen Übungen geschickt, durch Aufmerksamkeit und Ausdauer, und brachte alles, was er unternahm, auf eine zierliche Weise zustande. Meierlein, so hieß er, besaß aber kein tieferes Talent; in seinen verschiedensten Unternehmungen war nie etwas Neues oder Eigenes sichtbar, sondern er brachte nur das gut zuwege, was er sich vorgemacht sah, und ihn beseelte nur ein unablässiges Bedürfnis, sich alles Erdenkliche anzueignen. Deshalb konnte er ebensowohl eine vollkommene und reinliche Papparbeit hervorbringen als über einen breiten Graben setzen oder Ball schlagen oder mit einem Steinchen eine bezeichnete Stelle an einer Mauer treffen, alles durch langsame und anhaltende Übung; seine Schulhefte waren korrekt und in bester Ordnung, seine Schrift klein und zierlich, besonders seine Zahlen wußte er ausnehmend angenehm und rundlich in Reihen zu setzen. Seine vorzüglichste Gabe aber war eine gewisse Fähigkeit, mit verständiger Besprechung alles zu überspinnen, Verhältnisse auszuklügeln und mit vielsagender Miene Aufschlüsse und Vermutungen aufzustellen, welche über unser Alter hinausgingen. Dabei war er ein zuverlässiger und kurzweiliger Gesell, gesucht und nützlich, fing wenig Streit an, aber focht einen solchen höchst hartnäckig aus und war daher umso respektierter, als er immer wohlbedächtig auf der Seite stand, wo das wirkliche oder scheinbare Recht ersichtlich war.

Er war anderthalb Jahre älter als ich, hatte sich indessen enger an mich geschlossen als alle übrigen, so daß wir eine besondere Freundschaft bildeten und jeden freien Augenblick beisammen waren. Er ergänzte mich vortrefflich und sagte mir daher sehr zu. Meine Unternehmungen gingen immer auf das Phantastische, Bunte und Wirksame aus, während er durch Genauigkeit und Dauerhaftigkeit der mechanischen Arbeit meinen flüchtigen und rohen Entwürfen Nutzen und Ordnung verlieh. Meierlein ließ mein Geheimnis ebenso vorsichtig bestehen wie die anderen, obwohl es für seine verständige Aufmerksamkeit noch weniger eines sein konnte; doch ließ er nicht ebenso zwischendurch seine Einsicht ahnen, sondern bestrebte sich vielmehr, mich von den zu leichtsinnigen Ausgaben abzuhalten und meine Wünsche auf scheinbar nützliche und gute Dinge zu richten mit gesetzten Worten, was dem Verkehr mit ihm einen soliden Anstrich verlieh. Nur für sich selbst war er mit noch größerem Eifer bedacht als die übrigen, und sich nicht begnügend mit meiner unmittelbaren Freigebigkeit, errichtete er mit großer Einsicht ein Schuldverhältnis zwischen mir und ihm, indem er sich haushälterisch aus meinem Gelde eine kleine Kasse ansammelte, aus welcher er mir, wenn ich augenblicklich nicht über mein Kästchen konnte, mäßige Vorschüsse machte, die wir gemeinsam verbrauchten und die er in ein zierlich angefertigtes Büchelchen eintrug, dessen Seiten mit Soll und Haben ansehnlich überschrieben waren. Überdies wußte er mir eine Menge kindischer Gegenstände zu verkaufen, deren Betrag er durchaus nicht in bar annehmen wollte, sondern in sein Buch setzte. Seine Gewandtheit in den verschiedensten Übungen verwertete er ebenfalls, er war mein dienstbarer Dämon, der alles konnte und alles in Angriff nahm, was wir wünschten, aber jede Dienstleistung durch kleine Münzsorten in meinem Schuldregister bezeichnete. Auf Spaziergängen reizte er mich stets, seine Geschicklichkeit auf die Probe zu stellen. »Soll ich mit diesem Steinchen jenes dürre Blatt treffen?« sagte er, und ich erwiderte: »Das kannst du nicht!« »Willst du mir einen Kreuzer schuldig sein, wenn ich es tue?« »Ja« und er traf es und erschwerte unter den gleichen Bedingungen die Aufgabe manchmal zwölfmal hintereinander, ohne sie je zu verfehlen. Dann schrieb er den Betrag genau in sein Buch mit allerliebsten wohlgestalteten Zahlen, was mir solches Vergnügen gewährte, daß ich laut auflachte. Er aber sagte ernsthaft, da sei gar nichts zu lachen, ich sollte bedenken, daß ich alles einmal berichtigen müßte und daß sein Büchlein eine ordentliche Bedeutung und Gültigkeit hätte vor jedem Geschäftsmann! Dann veranlaßte er mich wieder zu zahlreichen Wetten, ob z.B. ein Vogel sich auf diesen oder jenen Pfahl setzen, ob ein vom Winde bewegter Baum sich das nächste Mal so oder so tief niederbeugen, ob am Gestade des Sees mit dem fünften oder sechsten Wellenschlage eine große Welle ankommen würde. Wenn bei diesem Spiele der Zufall mich manchmal gewinnen ließ, so setzte er in seinem Buche auf die Seite des Soll mit wichtiger Miene ein knappes Zählchen, welches sich in seiner Einsamkeit höchst wunderlich ausnahm und mir neuen Stoff zum Lachen, ihm hingegen zu ernsthaften Redensarten gab. Er suchte mich eifrigst zu überzeugen, daß Schulden eine wichtige Ehrensache seien, und eines Tages, als der Sommer sich seinem Ende nahte, überraschte mich Meierlein mit der Nachricht, daß er nun »abgerechnet« habe, und zeigte mir eine runde Zahl von mehreren Gulden nebst einigen Kreuzern und Pfennigen und bemerkte dabei, daß es nun tunlich wäre, wenn ich darauf dächte, ihm den Betrag einzuhändigen, indem er wünsche, aus seinen Ersparnissen sich ein schönes Buch zu kaufen. Doch erwähnte er hierüber die nächsten zwei Wochen nichts mehr und legte inzwischen eine neue Rechnung an, welches er mit vermehrtem Ernste tat und wobei er ein seltsames Betragen äußerte. Er wurde nicht unfreundlich, aber die alte Fröhlichkeit und Unbefangenheit unseres Verkehres war verschwunden. Eine große Traurigkeit beschlich mich, welche Meierlein durchaus nicht zu stören schien; vielmehr nahm er selber einen elegischen Ton an, ungefähr wie er Abraham überkommen haben mochte, als er mit seinem Sohne Isaak den vermeintlich letzten Gang tat. Nach einiger Zeit wiederholte er seine Mahnung, diesmal mit Entschiedenheit, doch nicht unfreundlich, sondern mit einer gewissen Wehmut und väterlichem Ernste. Nun erschrak ich und fühlte eine heftige Beklemmung, indessen ich versprach, die Sache abzumachen. Jedoch konnte ich mich nicht ermannen, die Summe zu entnehmen, und verlor selbst den Mut, meine gewöhnlichen Eingriffe fortzusetzen. Das Gefühl meiner Lage hatte sich jetzt ganz ausgebildet, ich schlich trübselig umher und wagte nicht zu denken, was nun kommen sollte. Ich fühlte eine beängstigende Abhängigkeit gegen meinen Freund, seine Gegenwart war mir drückend, seine Abwesenheit aber peinlich, da es mich immer zu ihm hintrieb, um nicht allein zu sein und vielleicht eine Gelegenheit zu finden, ihm alles zu gestehen und bei seiner Vernunft und Einsicht Rat und Trost zu finden. Aber er hütete sich wohl, mir diese Gelegenheit zu bieten, wurde immer gemessener im Umgange und zog sich zuletzt ganz zurück, mich nur aufsuchend, um seine Forderung nun mit kurzen, fast feindlichen Worten zu wiederholen. Er mochte ahnen, daß eine Krisis für mich nahe bevorstehe; daher war er besorgt, noch vor dem Ausbruche derselben sein so lang und sorglich gepflegtes Schäfchen ins Trockene zu bringen. Und so war es auch. Um diese Zeit war meine Mutter durch die verspätete Mitteilung eines Bekannten aufmerksam gemacht worden, sie erfuhr endlich mein bisheriges

Treiben außer dem Hause, woran hauptsächlich die übrigen Kumpane schuld sein mochten, die sich schon früher von mir gewendet hatten, als meine Niedergeschlagenheit begonnen.

Eines Tages, als ich am Fenster stand und für meine Blicke auf den besonnten Dächern, im Gebirge und am Himmel stille Ruhepunkte und die vorwurfsvolle Stube hinter mir zu vergessen suchte, rief mich die Mutter mit ungewohnter Stimme beim Namen; ich wandte mich um, da stand sie neben dem Tische und auf demselben das geöffnete Kästchen, auf dessen Boden zwei oder drei Silberstücke lagen.

Sie richtete einen strengen und bekümmerten Blick auf mich und sagte dann: »Schau einmal in dies Kästchen!« Ich tat es mit einem halben Blicke, der mich seit langer Zeit zum ersten Male wieder den wohlbekannten inneren Raum der geplünderten Lade sehen ließ. Er gähnte mir vorwurfsvoll entgegen. »Es ist also wahr«, fuhr die Mutter fort, »was ich habe hören müssen, und was sich nun bestätigt, daß sich mein guter und sorgloser Glaube, ein braves und gutartiges Kind zu besitzen, so grausam getäuscht sieht?« Ich stand sprachlos da und sah in eine Ecke, das Gefühl des Unglückes und der Vernichtung kreiste in meinem Innern so stark und gewaltig als es nur immer im langen und vielfältigen Menschenleben vorkommen kann; aber durch die dunkle Wolke blitzte bereits ein lieblicher Funke der Versöhnung und Befreiung. Der offene Blick meiner Mutter auf meine unverhüllte Lage fing an, den Alp zu bannen, der mich bisher gedrückt hatte, ihr strenges Auge war mir wohltätig und löste meine Qual, und ich fühlte in diesem Augenblicke eine unsägliche Liebe zu ihr, welche meine Zerknirschung durchstrahlte und fast in einen glückseligen Sieg verwandelte, während meine Mutter tief in ihrem Kummer und in ihrer Strenge beharrte. Denn die Art meines Vergehens hatte ihre empfindlichste Seite, sozusagen ihren Lebensnerv getroffen: einesteils das kindliche blinde Vertrauen ihrer religiösen Rechtlichkeit, andernteils ihre ebenso religiöse Sparsamkeit und unwandelbare Lebensfrage. Sie hatte keine Freude beim Anblick des Geldes, nie übersah sie unnötigerweise ihre Barschaft, aber jedes Guldenstück war ihr beinahe ein heiliges Symbolum des Schicksals, wenn sie es in die Hand nahm, um es gegen Lebensbedürfnisse auszutauschen. Desnahen war sie nun weit schwerer mit Sorge erfüllt, als wenn ich irgend etwas anderes begangen hätte. Wie um sich gewaltsam vom Gegenteile zu überzeugen, hielt sie mir alles deutlich und gemessen vor und fragte dann wiederholt: »Ist es denn wirklich wahr? Gestehe!« Worauf ich ein kurzes Ja hervorbrachte und mich meinen Tränen überließ, ohne indessen viel Geräusch zu machen; denn ich war nun völlig befreit und fast vergnügt. Sie ging tief bewegt auf und nieder und sprach: »So weiß ich nun nicht, was werden soll, wenn du dich nicht fest und für immer bessern willst!« Damit legte sie das Kästchen wieder in ihren Schreibtisch und ließ den Schlüssel desselben an dem gewohnten Ort. »Sieh«, sagte sie, »ich weiß nicht, ob du, wenn du deine paar Geldstücke noch verbraucht hättest, alsdann auch nach meinem Gelde, welches ich so sparen muß, gegriffen haben würdest; es wäre nicht unmöglich gewesen; aber mir ist es unmöglich, dasselbe vor dir zu verschließen. Ich lasse daher den Schlüssel stecken, wie bisher, und muß es darauf ankommen lassen, ob du freiwillig dich zum Bessern wendest; denn sonst würde doch alles nichts helfen und es wäre gleichgültig, ob wir beide ein bißchen früher oder später unglücklich würden!«

Es waren gerade etwa acht Tage Ferien, ich blieb von selbst im Hause und suchte alle Winkel auf, in denen ich den Frieden und die Ruhe der früheren Tage wiederfand. Ich war gründlich still und traurig, zumal die Mutter ihren Ernst beibehielt, ab- und zuging, ohne vertraulich mit mir zu sprechen. Am traurigsten war das Essen, wenn wir an unserm kleinen Eßtischchen saßen und ich nichts zu sagen wagte oder wünschte, weil ich das Bedürfnis dieser Trauer selbst fühlte und mir sogar darin gefiel, während meine Mutter in tiefen Gedanken saß und manchmal einen Seufzer unterdrückte.

So verharrte ich im Hause und gelüstete nicht im mindesten ins I, 15
Freie und zu meinen Genossen zurück. Höchstens betrachtete ich einmal aus dem Fenster, was auf der Straße vorfiel, und zog mich sogleich wieder zurück, als ob die unheimliche Vergangenheit zu mir heranstiege. Unter den Trümmern und Erinnerungen meines verflogenen Wohlstandes befand sich ein großer Farbenkasten, welcher gute Farbentafeln enthielt, statt der harten Steinchen, die man sonst den Knaben für Farben gibt, die aber auch den heißesten Bemühungen nicht eine wohlwollende Tinte preisgeben. Ich hatte schon durch Meierlein erfahren, daß man nicht unmittelbar mit dem Pinsel diese Täfelchen

aushöhlen, sondern dieselben in Schalen mit Wasser anreiben müsse. Sie gaben reichliche, gesättigte Tinten, ich fing an, mit selben Versuche anzustellen und lernte sie mischen. Besonders entdeckte ich, daß Gelb und Blau das verschiedenste Grün herstellten, was mich sehr freute, daneben fand ich die violetten und braunen Töne. Ich hatte schon längst mit Verwunderung eine alte in Öl gemalte Landschaft betrachtet, welche an unserer Wand hing; es war ein Abend, der Himmel, besonders der unbegreifliche Übergang des Roten ins Blaue, die Gleichmäßigkeit und Sanftheit desselben reizte mich ungemein, ebenso sehr der Baumschlag, welcher mich unvergleichlich dünkte. Obgleich das Bild unter dem Mittelmäßigen steht, schien es mir ein bewundernswertes Werk zu sein, denn ich sah die mir bekannte Natur um ihrer selbst willen mit einer gewissen Technik nachgeahmt. Stundenlang stand ich auf einem Stuhle davor und versenkte den Blick in die anhaltlose Fläche des Himmels und in das unendliche Blattgewirre der Bäume, und es zeugte eben nicht von größter Bescheidenheit, daß ich plötzlich unternahm, das Bild mit meinen Wasserfarben zu kopieren. Ich stellte es auf den Tisch, spannte einen Bogen Papier auf ein Brett und umgab mich mit alten Untertassen und Tellern; denn Scherben waren bei uns nicht zu finden. So rang ich mehrere Tage lang auf das mühseligste mit meiner Aufgabe; aber ich fühlte mich glücklich, eine so wichtige und andauernde Arbeit vor mir zu haben, vom frühen Morgen bis zur Dämmerung saß ich daran und nahm mir kaum Zeit zum Essen. Der Frieden, welcher in dem gutgemeinten Bilde atmete, stieg auch in meine Seele und mochte von meinem Gesichte auf die Mutter hinüberscheinen, welche am Fenster saß und nähte. Noch weniger als ich den Abstand des Originales von der Natur fühlte, störte mich die unendliche Kluft zwischen meinem Werke und seinem Vorbilde. Es war ein formloses, wolliges Geflecksel, in welchem der gänzliche Mangel jeder Zeichnung sich innig mit dem unbeherrschten Materiale vermählte; wenn man jedoch das Ganze aus einer tüchtigen Entfernung mit dem Ölbilde vergleicht, so kann man noch heute darin einen nicht ganz zu verkennenden Gesamteindruck finden. Kurz, ich wurde zufrieden über meinem Tun, vergaß mich und fing manchmal an zu singen, wie früher, erschrak jedoch darüber und verstummte wieder. Doch vergaß ich mich immer mehr und summte anhaltender vor mich hin, wie Schneeglöckchen im Frühjahr tauchte ein und das andere freundliche Wort meiner Mutter hervor, und als die Landschaft fertig war, fand ich mich wieder zu Ehren gezogen und das Vertrauen der Mutter hergestellt. Als ich eben den Bogen vom Brette löste, klopfte es an die Tür, und Meierlein trat feierlich herein, legte seine Mütze auf einen Stuhl, zog sein Büchlein hervor, räusperte sich und hielt einen förmlichen Vortrag an meine Mutter, indem er in höflichen Worten Klage gegen mich einlegte und die Frau Lee wollte gebeten haben, meine Verbindlichkeiten zu erfüllen; denn es würde ihm leid tun, wenn es zu Unannehmlichkeiten kommen sollte! Damit überreichte der kleine Knirps sein unvermeidliches Buch und bat, gefällige Einsicht zu nehmen. Meine Mutter sah ihn mit großen Augen an, dann auf mich, dann in das Büchelchen und sagte: »Was ist das nun wieder?« Sie durchging die reinlichen Rechnungen und sagte: »Also auch noch Schulden? Immer besser, ihr habt das Ding wenigstens großartig betrieben?« während Meierlein immer rief: »Es ist alles in bester Ordnung, Frau Lee! Diesen letzten Posten nach der Hauptrechnung bin ich jedoch erbötig nachzulassen, wenn Sie mir jene berichtigen wollten.« Sie lachte ärgerlich und rief: »Ei, ei! So so? Wir wollen die Sache einmal mit deinen Eltern besprechen, Herr Schuldenvogt! Wie sind denn diese artigen Schulden eigentlich entstanden?« Da reckte sich der Bursche empor und sagte: »Ich muß mir ausbitten, ganz in der Ordnung!« Die Mutter aber fragte mich streng, da ich ganz verblüfft und in neuer Beklemmung dagestanden: »Bist du dem Jungen dieses schuldig und auf welche Weise? Sprich!« Ich stotterte verlegen Ja und einige Tatsachen über die Natur der Schulden. Da hatte sie schon genug und jagte den Meierlein mit seinem Buche aus der Stube, daß er sich mit frechen Gebärden davonmachte, nachdem er noch einen drohenden Blick auf mich geworfen. Nachher befragte sie mich weitläufig über den ganzen Hergang und geriet in großen Zorn; denn es war vorzüglich das ehrbare Ansehen dieses Knaben gewesen, welches sie über meine Vergehungen keine Ahnung empfinden ließ. Sodann nahm sie Gelegenheit, gründlicher auf alles Geschehene einzugehen und mir eindringliche Vorstellungen zu machen, aber nicht mehr im Tone der strengen und strafenden Richterin, sondern der mütterlichen Freundin, die bereits verziehen hat. Und nun war alles gut.

Allein doch nicht alles. Denn als ich nun wieder in die Schule trat, bemerkte ich, daß mehrere Schüler, um Meierlein versammelt, die Köpfe zusammensteckten und mich höhnisch ansahen. Ich ahnte nichts Gutes, und als die erste Stunde zu Ende war, welche der Rektor der Schule selbst gegeben, trat mein Gläubiger respektvoll vor ihn hin, sein Büchlein in der Hand, und erhob in geläufiger Rede seine Anklage wider mich. Alles war gespannt und horchte auf, ich saß wie auf Kohlen. Der Rektor stutzte, durchsah das Heft und begann das Verhör, welches Meierlein zu beherrschen suchte. Aber der Vorsteher gebot ihm Stille und forderte mich zum Sprechen auf. Ich gab einige kümmerliche Nachricht und hätte gern alles verschwiegen; doch der Mann rief plötzlich: »Genug, ihr seid beide Taugenichtse und werdet bestraft!« Damit trat er zu den aufliegenden Tabellen und bedachte jeden von uns mit einer scharfen Note. Meierlein sagte betreten: »Aber, Herr Professor –« »Still«, rief dieser und nahm das verhängnisvolle Buch, welches er in tausend Stücke zerriß, »wenn noch ein Wort darüber verlautet oder sich dergleichen wiederholt, so werdet ihr eingesperrt und als ein Paar recht bedenkliche Gesellen abgestraft! Pack dich!«

Während der übrigen Unterrichtsstunden schrieb ich ein Briefchen meinem Widersacher, worin ich ihm versicherte, daß ich nach und nach meine Schuld abtragen und ihm jeden Kreuzer zustellen wolle, den ich von nun an ersparen könnte. Ich rollte das Papier zusammen, ließ es unter den Tischen zu ihm hin befördern und erhielt die Antwort zurück: Sogleich alles oder nichts! Nach Beendigung der Schule, als der Lehrer fort war, stellte sich der Dämon an der Tür auf, umgeben von einer schaulustigen Menge, und wie ich hinausgehen wollte, vertrat er mir den Weg und rief: »Seht den Schelm! Er hat den ganzen Sommer hindurch Geld gestohlen und mich um fünf Gulden dreißig Kreuzer betrogen! Wißt es alle und seht ihn an!« »Ein artiger Schelm, der grüne Heinrich!« ertönte es nun von mehreren Seiten, ich rief ganz glühend: »Du bist selbst ein Schelm und Lügner!« Allein ich wurde überschrien, fünf oder sechs boshafte Burschen, welche stets einen Gegenstand der Mißhandlung suchten, scharten sich um Meierlein, folgten mir nach und ließen Schimpfworte ertönen, bis ich in meinem Hause war. Von jetzt an wiederholten sich solche Vorgänge beinahe täglich; Meierlein warb sich eine förmliche Verbindung zusammen, und wo ich ging, hörte ich irgend einen Ruf hinter mir. Ich hatte mein renommistisches Benehmen schon verloren und war wieder ungeschickt und blöde geworden; das reizte den Mutwillen und die Spottsucht meiner Verfolger, bis sie endlich müde wurden. Es waren alles solche Kumpane, welche selbst schon irgend einen Streich verübt oder nur auf Gelegenheit warteten, Werg an die Kunkel zu bekommen. Es war auffallend, daß Meierlein trotz seines altklugen und fleißigen Wesens sich nicht zu ähnlich beschaffenen Naturen hielt, sondern immer in Gesellschaft der Leichtsinnigen, der Mutwilligen und Törichten zu sehen war, wie mit mir und den übrigen. Dagegen nahmen nun die Ruhigen und Unbescholtenen unseres Alters Teil gegen das verfolgungssüchtige Wesen jener, beschützten mich zu wiederholten Malen vor ihren Anfällen und ließen mich überhaupt weder Verachtung noch Unfreundlichkeit fühlen, so daß ich mehr als einem herzlich zugetan wurde, den ich vorher kaum beachtet hatte. Zuletzt blieb Meierlein ziemlich allein mit seinem Grolle, der aber dadurch nur heftiger und wilder wurde, so wie auch in mir jedes Vorgefühl einer Versöhnung erstarb. Wenn wir uns begegneten, so suchte ich wegzublicken und ging stumm vorüber; er aber rief mir laut ein giftiges und tödliches Wort zu, wenn wir allein in der Gegend oder nur fremde Menschen zugegen, waren wir aber nicht allein, so murmelte er dasselbe leise vor sich hin, daß nur ich es hören konnte. Ich haßte ihn nun wohl so bitter als er mich hassen konnte; aber ich wich ihm aus und fürchtete den Augenblick, wo es einmal zur Abrechnung käme. So ging es ein volles Jahr lang und der Herbst war wieder gekommen, wo eine große militärische Schlußübung stattfinden sollte. Wir freuten uns immer auf diesen Tag, weil wir da nach Herzenslust schießen durften. Aber für mich waren alle gemeinsamen Freuden trüb und kalt geworden, da mein Feind zugleich teilnahm und öfter in meine Nähe geriet. Diesmal wurde unsere Schar in zwei Hälften geteilt, von denen die eine den waldigen und steilen Gipfel einer Anhöhe besetzen, die andere aber den Fluß überschreiten, den Hügel umgehen und einnehmen sollte. Ich gehörte zu dieser, mein Feind zu jener Abteilung. Wir hatten schon die ganze Woche vorher mit köstlicher Freude einen leichten, spielzeugartigen

Brückenkopf gebaut und kleine Palisaden zugespitzt und eingerammelt während einige Zimmerleute eine Brücke über das seichte Wasser geschlagen. Nun erzwangen wir mit unserm Geschütze höherer Verabredung gemäß den Übergang und trieben rüstig den Feind berghinan. Die Hauptmasse zog auf einem schneckenförmigen Fahrweg aufwärts, indessen eine weitgedehnte Plänklerkette das Gebüsch säuberte und über Stock und Stein vorwärts drang. Bei dieser war das größte Vergnügen und auch die stärkste Aufregung; die einzelnen Leute rückten sich auf den Leib, die zum Rückzuge bestimmten wollten durchaus nicht weichen, man brannte sich die Schüsse fast ins Gesicht, einige wurden ertappt, wie sie Steinchen in den Lauf steckten, und mehr als ein Ladstock schwirrte, im Eifer vergessen, durch die Bäume, und nur das Glück der Jugend verhütete ernstliche Unfälle; auch war der alte Feldwebel, welcher die Plänkler beaufsichtigte, genötigt, mit seinem Stocke dazwischenzuschlagen und reichlich zu fluchen, um die Disziplin einigermaßen zu wahren. Ich befand mich auf einem äußersten Flügel dieser Kette, teilte aber die Aufregung meiner Kameraden nicht, sondern ging gedankenlos vorwärts, ruhig und melancholisch meine Schüsse abgebend und mein Gewehr wieder ladend. Bald hatte ich mich von den übrigen verloren und befand mich mitten am Abhange einer wilden, mir unbekannten Schlucht, in deren Tiefe ein Bächlein rieselte und die mit altem Tannenwalde erfüllt war. Der Himmel hatte sich bedeckt, es ruhte eine düstere und doch weiche Stimmung auf der Landschaft, das Schießen und Trommeln aus der Ferne hob noch die tiefe Stille der unmittelbaren Nähe, ich stand still und lehnte mich ausruhend auf das Gewehr, indem ich einer halb weinerlichen, halb trotzigen Laune anheimfiel, welche mich öfter beschlichen hat gegenüber der großen Natur und welche der Bedrängten Frage nach Glück ist. Da hörte ich Schritte in der Nähe, und auf dem schmalen Felspfade, in der tiefen Einsamkeit, kam mein Feind daher, das Herz klopfte mir heftig, er sah mich stechend an und sandte mir gleich darauf einen Schuß entgegen, so nah, daß mir einige Pulverkörner ins Gesicht fuhren. Ich stand unbeweglich und starrte ihn an; hastig lud er sein Gewehr wieder, ich sah ihm immer zu, dies verwirrte ihn und machte ihn wütend, und in unsäglicher Verblendung der Gescheitheit, der vermeintlichen Dummheit und Gutmütigkeit mitten ins Gesicht zu schießen, wollte er in dichter Nähe eben wieder anlegen, als ich, meine Waffe wegwerfend, auf ihn losfuhr und ihm die seinige entwand. Sogleich waren wir ineinander verschlungen und nun rangen wir eine volle halbe Stunde miteinander, stumm und erbittert, mit abwechselndem Glücke. Er war behend wie eine Katze, wandte hundert Mittel an, um mich zu Falle zu bringen, stellte mir das Bein, drückte mich mit dem Daum hinter den Ohren, schlug mir an die Schläfe und biß mich in die Hand, und ich wäre zehnmal unterlegen, wenn mich nicht eine stille Wut beseelt hätte, daß ich aushielt. Mit tödlicher Ruhe klammerte ich mich an ihn, schlug ihm gelegentlich die Faust ins Gesicht, Tränen in den Augen, und empfand dabei ein wildes Weh, welches ich sicher bin, niemals tiefer zu empfinden, ich mag noch so alt werden und das Schlimmste erleben. Endlich glitten wir aus auf den glatten Nadeln, welche den Boden bedeckten, er fiel unter mich und schlug das Hinterhaupt dermaßen wider eine Fichtenwurzel, daß er für einen Augenblick gelähmt wurde und seine Hände sich öffneten. Sogleich sprang ich unwillkürlich auf, er tat das gleiche; ohne uns anzusehen, ergriff jeder sein Gewehr und verließ den unheimlichen Ort. Ich fühlte mich an allen Gliedern erschöpft, erniedrigt und meinen Leib entweiht durch dieses feindliche Ringen mit einem ehemaligen Freunde. Die künstliche Verlängerung des menschlichen Armes durch eiserne Waffen ist gewiß die Hauptursache der unaustilgbaren Streitsucht; denn wenn die Männer sich von Hand zu Hand angreifen müßten, so würden sie ohne Zweifel die wilde Bestialität, nicht maskiert durch den kalten Stahl, eher inne werden und das öftere Zusammentreffen scheuen.

Von dieser Zeit an trafen wir nie wieder zusammen; er mochte aus meiner verzweifelten Entschlossenheit herausgefühlt haben, daß er im ganzen doch an den Unrechten gerate und vermied jetzt jede Reibung. Aber der Streit war unentschieden geblieben und unsere Feindschaft dauerte fort, ja sie nahm zu an innerer Kraft, während wir uns in den Jahren, die vergingen, nur selten sahen. Jedes Mal aber reichte hin, den begrabenen Haß aufs neue zu wecken. Wenn ich ihn sah, so war mir seine Erscheinung, abgesehen von der Ursache unserer Entzweiung, an sich selbst unerträglich, vertilgungswürdig; ich empfand keine Spur von der milden Wehmut, welche sich sonst beim Anblicke eines verfeindeten Freundes mit dem Unwillen vermischt; ich fühlte den reinen Haß und daß, wie sonst Jugendfreunde für das ganze Leben, auch bei getrennten Verhältnissen, eine Zuneigung bewahren, dieser im gleichen Sinne der Dauer mein Jugendfeind sein würde. Ganz die gleichen Empfindungen mochte er bei meinem Anblicke erfahren, wozu noch der Umstand kam, daß die engere Veranlassung unserer Feindschaft, die Geschichte des Schuldbuches, für ihn an sich selbst unvergeßlich sein mußte. Er war unterdessen in ein Komtoir getreten, hatte seine eigentümlichen Fähigkeiten fort und fort ausgebildet, bewies sich als sehr brauchbar, klug und vielversprechend und erwarb sich die Neigung seines Vorgesetzten, eines schlauen und gewandten Geschäftsmannes; kurz, er fühlte sich glücklich und sah voll Hoffnung auf sein zukünftiges Selbstwirken. So kann ich mir gar wohl denken, daß die arge Enttäuschung, welche sein erster jugendlicher Versuch, ein Geschäft zu machen, erfuhr, für ihn ebenso nachhaltig schmerzlich sein mußte als einer kindlichen Dichter- oder Künstlernatur der erste verneinende Hohn, welcher ihren naiven und harmlosen Versuchen zuteil wird.

Wir waren schon konfirmiert, er etwa achtzehn, ich siebzehn Jahre alt, wir begannen uns selbständiger zu bewegen und lernten nun Verhältnisse und Menschen kennen. Wenn wir an öffentlichen Orten zusammentrafen, so vermieden wir, uns anzusehen, aber jeder weihte seine Freunde in seinen Haß ein, welcher manchmal umso gefährlicher zu wirken und auszubrechen drohte, als nun ein jeder mit solchen jungen Leuten umging, die seiner Beschäftigung und seinem Wesen entsprachen und also einen empfänglichen Boden für eine weiterzündende Feindschaft bildeten. Deswegen dachte ich mit Sorge an die Zukunft und wie das denn nun das ganze Leben hindurch in der kleinen beschränkten Stadt gehen sollte? Allein diese Sorge war unnütz, indem ein trauriger Fall ein frühes Ende herbeiführte. Der Vater meines Widersachers hatte ein altes wunderliches Gebäude gekauft, welches früher eine städtische Ritterwohnung gewesen und mit einem starken Turme versehen war. Dies Gebäude wurde nun wohnlich eingerichtet und in allen Winkeln mit Veränderungen heimgesucht. Für den Sohn war dies eine goldene Zeit, da nicht nur das Unternehmen überhaupt eine Spekulation war, sondern es auch eine Menge Geschicklichkeiten und Selbsthilfe an den Tag zu legen gab. Jede Minute, die er frei hatte, steckte er unter den Bauleuten, ging ihnen an die Hand und übernahm viele Arbeiten ganz, um sie zu ersetzen und zu sparen. Mein Weg zur Arbeit führte mich jeden Tag an diesem Hause vorüber und immer sah ich ihn zwischen zwölf und ein Uhr, wenn alle Arbeiter ruhten, und am Abend wieder, mit einem Farbentopfe oder mit einem Hammer unter Fenstern oder auf Gerüsten stehen. Er war seit der Kinderzeit fast gar nicht mehr gewachsen und sah in seiner Emsigkeit, an den ungeheuerlichen Mauern hängend, höchst seltsam aus; ich mußte unwillkürlich lachen und hätte fast einem freundlicheren Gefühle Raum gegeben, da er in diesem Wesen doch liebenswürdig und tüchtig erschien, wenn er nicht einst die Gelegenheit wahrgenommen hätte, einen ansehnlichen Pinsel voll Kalkwasser auf mich herunterzuspritzen.

Eines Tages, als ich des Hauses bereits ansichtig war, führte mich mein milder Stern durch eine Seitenstraße einen andern Weg; als ich einige Minuten später wieder in die Hauptstraße einbog, sah ich viele erschreckte Leute aus der Gegend jenes Hauses herkommen, welche eifrig sprachen und lamentierten. Um die Wegnahme einer alten Windfahne auf dem Turme zu bewerkstelligen, hatten die Bauleute erklärt, ein erhebliches Gerüste anbringen zu müssen. Der Unglückliche, der sich alles zutraute, wollte die Kosten sparen und während der Mittagsstunde die Fahne in aller Stille abnehmen, hatte sich auf das steile hohe Dach hinausbegeben, stürzte herab und lag in diesem Augenblicke zerschmettert und tot auf dem Pflaster.

Es durchfuhr mich, als ich die Kunde vernommen und schnell meines Weges weiter ging, wohl ein Grauen, verursacht durch den Fall, wie er war; aber ich mag mich durchwühlen, wie ich will, ich kann mich auf keine Spur von Erbarmen oder Reue entsinnen, die mich durchzuckt hätte. Meine Gedanken waren und blieben ernst und dunkel, aber das innerste Herz, das sich nicht gebieten läßt, lachte auf und war froh. Wenn ich ihn leiden gesehen oder seinen Leichnam geschaut, so glaube ich zuversichtlich, daß mich Mitleid und Reue ergriffen hätten; doch das unsichtbare Wort, mein Feind sei mit einem Schlage nicht mehr, gab mir nur Versöhnung, aber die Versöhnung der Befriedigung und nicht des Schmerzes, der Rache und nicht der

Liebe. Ich konstruierte zwar, als ich mich besonnen, rasch ein künstliches und verworrenes Gebet, worin ich Gott um Verzeihung, um Mitleid, um Vergessenheit bat; mein Inneres lächelte dazu, und noch heute, nachdem wieder Jahre vorübergegangen, fürchte ich, daß meine nachträgliche Teilnahme an jenem Unglücke mehr eine Blüte des Verstandes als des Herzens sei, so tief hatte der Haß gewurzelt!

NEUNTES KAPITEL

I, 16 Um wieder zu jener Schulzeit zurückzukehren, so kann ich nicht bekennen, daß dieselbe hell und glücklich gewesen sei. Der Kreis des zu Erfahrenden hatte sich nun erweitert, die Ansprüche waren ernster geworden, ich hatte ein dunkles Gefühl, daß es sich um Wichtiges und Schönes handle, und auch einen gewissen Drang, diesem Gefühle zu genügen. Aber die Übergänge von einer Stufe zur anderen waren mir nie klar und gingen mir immer verloren. Das einzige Element, in dem ich sicher lebte wie in der Lebensluft, war die Sprache. Meine Schulabteilung war für solche bestimmt, welche sich später dem Gewerb- oder Handelsstande widmen wollten; daher wurde in den niederen Klassen, durch welche ich gelangte, außer dem Deutschen nur Französisch und Italienisch gelehrt. Letztere beiden bestritt ich ohne Mühe, indem ich, über die grammatikalischen und Vokabelnaufgaben flüchtiger hinwegeilend, durch die Geläufigkeit in der Muttersprache unterstützt, leicht erriet und daher gut ins Deutsche übersetzte. Sollte ich dagegen von diesem in die fremden Sprachen übersetzen, so kam mir eine große Geschicklichkeit im augenblicklichen Nachschlagen zustatten, da ich einmal sogleich fühlte, was tauglich und wo es zu suchen sei. Dies täuschte die Lehrer, daß sie mich überall für gut beschlagen hielten, mich zu denen zählten, welchen man weniger aufmerken müsse, und zufrieden waren, wenn ich die Übersetzungen und Stilübungen pünktlich und erträglich einlieferte. Mein deutsches Lernen hingegen konnte gar keine Arbeit, sondern nur ein Vergnügen genannt werden. Schon vor Jahren in der ersten Schule hatte ich Orthographie und Interpunktion mir vollkommen angeeignet und wie man sprechen lernt. Nachher hielt meine kleine Schreibkunst mit meiner Erfahrung Schritt, und was ich sagen wollte, konnte ich richtig niederschreiben und wunderte mich, wie gerade dies so viele Schüler in Verzweif lung setzte. Stilkünste und Wendungen merkte ich aus den gelesenen Büchern; was mir, nach meinem jeweiligen Geschmacke, auffiel, das wandte ich aus Nachahmungstrieb an, bis ich besser unterscheiden lernte. Daher fielen meine Aufsätze umfangreich und überschwenglich aus, ich schriftstellerte förmlich darin mit großer Liebhaberei und erschöpfte jedesmal den Stoff nach allen Seiten, soweit der Verstand reichte. Während meines Besuches der Schule waren sich zwei verschiedene deutsche Lehrer gefolgt. Der erste war ein patriotischer Mann, welcher uns mit Begeisterung die Schweizergeschichte vorerzählte und stückweise als Stoff zu schriftlichen Arbeiten aufgab. Dieser Stoff war mir zu knapp, da er jedesmal nur für zwei oder drei Seiten berechnet war und ich hier füglich nicht viel hinzutun konnte. Ich half mir mit allerlei Schilderungen der Lokalitäten und Personen, welche etwas seltsam und unnütz ausfielen und den Lehrer aufmerksam machten. Als wir zur Geschichte des Tell kamen, hatte ich das Schillersche Drama schon gelesen und glaubte mich im Besitze besonderer Quellen. Mein Aufsatz war eine prosaische Wiedererzählung des Gedichtes und besonders die Liebesgeschichte weitläufig ausgemalt. Als der Lehrer mit den durchgesehenen Heften in die Stunde und die Reihe des Beurteilens an mich kam, fragte er mich freundlich, wo ich diese und jene Umstände hergenommen hätte. Ich fürchtete Unrecht getan zu haben und schwieg auf sein wiederholtes Andringen hartnäckig still. Beim Nachhausegehen forderte er mich auf, nächstens zu ihm in sein Haus zu kommen. Ich war ihm sehr zugetan und ahnte wohl, daß mir Gutes geschehen sollte; aber ich war zu schüchtern und ging nicht hin. Der Mann starb und ein anderer folgte auf ihn, welcher die Aufgaben aus dem Leben griff und uns anwies, die verschiedenen Vorkommnisse desselben zu beschreiben. So mußten wir einmal unsere Ferienreise aufzeichnen; ich hatte keine gemacht, sondern die ganze Zeit über bei der Mutter hinter dem Ofen gesessen, erfand aber ein ganzes Heft voll mutwilliger Abenteuer, welche in dem witzelnden Jargon irgend eines satirischen Buches, das ich gelesen, gehalten waren. Ein ander Mal sollten wir einen vom Gewitter überfallenen Jahrmarkt schildern; auch dieser Aufsatz spann sich mir sehr lang aus, steckte aber so voller Possen, daß ich ihn so wenig eingab wie jene Ferienreise. Der Lehrer fragte aber gar nicht darnach, weil er wußte, daß ich alles konnte, was er von dieser Klasse verlangte, und da ich mich sonst still hielt, ließ er mich gänzlich in Ruhe und tat, als ob ich nicht da wäre, so daß ich während seiner Stunden immer las. Gelegentlich wurde ich etwa aufgerufen, um irgend einen lateinischen Ausdruck der Grammatik zu sagen; diese hatte ich aber längst vergessen und kenne sie auch jetzt nicht, weil ich ohne sie oder vielmehr neben ihr vorbei schreiben gelernt hatte. Doch der Lehrer hielt mein Schweigen für Vorsätzlichkeit und war froh, mich gelinde bestrafen zu können, um mich nicht zu stolz werden zu lassen.

Er war ein Schöngeist und diktierte uns dann und wann als Leckerbissen eine Stelle aus einem deutschen Klassiker, welche für uns zugänglich war. Solche Bruchstücke ließen mich das Untaugliche alles übrigen Treibens lebhaft fühlen; ich schrieb sie sorglich ins reine, las sie wieder und arbeitete sogleich in dem betreffenden Stile. In der Schule sah ich voll Sehnsucht auf die schöngebundenen Bücher, die der kühle Mann mitbrachte, und nahm mir fest vor, diesmal zu ihm zu gehen, wenn er mich etwa einladen würde wie der Verstorbene. Er starb indessen auch, ohne es je getan zu haben; entweder liebte er dergleichen nicht oder war überzeugt, daß ich für einmal genug Deutsch verstände.

Nicht so gut erging es mir mit dem übrigen Lernen. In allen Schulen, wo kein Latein getrieben wird, betrachtet man den Unterricht als einen Dampf, der möglichst rasch durch das Gehirn der Jugend gejagt werden müsse, um wieder zu verfliegen. Dies einmal und nie wieder Hören der Gegenstände, dies regelmäßige und vollkommene Vergessen dessen, was die einzelnen Naturen in den Jahren des Unverstandes nicht ansprach und was sie später doch so gerne wissen möchten, hat etwas Grauenhaftes in sich; es ist, als ob dies Unkraut nur da wäre, um auch das zu beeinträchtigen und zu schmälern, was man wirklich versteht und gerne lernt. Es sind vielleicht nicht die schlechteren Gewächse der Schule, welche für das, dessen Zweck sie einstweilen nicht einsehen, böswilligst keinen Sinn zeigen und beharrlich darin nichts tun, und es fragt sich, ob manche Lehre nicht erst dann begonnen werden sollte, auch in ihren Anfängen, wenn man imstande ist, den großen und erhabenen Endzweck klar und eindringlich zu machen. Die meisten Schulmänner haben ihr Leben lang nichts getrieben als das Fach, in welchem sie vierzehnjährige Knaben unterweisen sollen. Von frühster Jugend an haben sie besondere Neigung dafür gezeigt, dann studierten sie, hörten das gleiche Thema drei, vier Mal bei verschiedenen Lehrern, reisten und hörten es wieder, lasen nichts anderes als was davon handelte, und nun treten sie vor die Jugend und verlangen von ihr, daß sie aus einigen trockenen, grämlichen Einleitungsworten die ganze Einsicht und Begeisterung für eine lange Reihe von Unterrichtsstunden schöpfe und ebenso überzeugt sei von der Klarheit und Notwendigkeit jedes Punktes als sie selbst von ihrer Weisheit. Die Kinder des Latein und des Griechisch, der Student, werden freilich gehätschelt und gepflegt, damit die Kaste nicht ausgehe; aber alle Lehrer, welche in den geheiligten Mauern nicht unterkommen können, betrachten sich auf den Profanschulen als unglückliche Verbannte, welche Perlen vor die Säue zu werfen haben. Ich habe auch Schulmänner gesehen, deren Lebensaufgabe darin bestand, die Volkserziehung zu verbessern. Tag und Nacht arbeiteten sie daran, reisten herum auf Kongressen, schrieben Bücher und führten Polemik; ein inneres Feuer verzehrte sie. Was Wunder, wenn sie verdrießlich und einsilbig in die Stunde kamen und ängstlich darüber wegeilten, um nur wieder an die Lösung ihres einen Rätsels gehen zu können?

Man begann uns Weltgeschichte zu diktieren, und unzählige Namen orientalischer Urvölker schwirrten an uns vorüber, während wir gleichzeitig die Geographie von Europa betrieben, von dessen Bewohnern wir nichts vernahmen zu selber Zeit, und als die Sache umgekehrt wurde, hatten die meisten die entsprechende Kenntnis schon gründlich vergessen oder wußten sie nicht anzuwenden; denn eben diese Einsicht kommt erst mit der reiferen Jugend, welcher die Welt anfängt deutlich und wichtig zu werden.

Die Lehrer der verschiedenen mathematischen Übungen begannen ihren Kursus, mit wenigen Ausnahmen, durch einige magere Worte über den Sinn des Titels und begannen dann unaufhaltsam die Sache selbst, vorwärtsschreitend, ohne umzusehen, ob einer mit dem Verständnis zurückbleibe oder nicht. Daher gab es unter vierzig Schülern vielleicht höchstens drei, welche von dem Gegenstande am Schlusse eine wirkliche Rechenschaft geben konnten, solche, deren Neigungen und Fähigkeiten er entsprach. Die übrigen schleppten sich entweder mit mühseliger Aufmerksamkeit und angstvollem Fleiße von Stunde zu Stunde, ohne je recht klar zu sein, oder sie ließen gleich im Anfange die Hoffnung sinken und sich regelmäßig bestrafen. Was ich selbst tat, weiß ich kaum mehr zu sagen, ich lebte fortwährend wie in einem quälenden Traume. Manchmal hatte ich den Faden einige Tage hindurch wieder erwischt, dann verlor ich ihn plötzlich wieder, freilich durch eigene Schuld; aber die Schuld der Alten war eben, daß ein Moment der Unaufmerksamkeit für dieses Alter unwiederbringlich und zu einer Todsünde werden konnte.

Einst wurde uns ein edler stiller Mann vorgeführt, welcher uns die Pflanzenkunde lehren sollte. Er begann mit langsamen, faßbaren Worten ganz von vorne, wir hatten ganz reinen Tisch, und er fuhr so fort, daß nur die wirklich stumpfen Geister zurückblieben. Nachdem er uns die äußerliche Stellung der Pflanzen in der Natur klar gemacht und uns für sie eingenommen hatte, ging er auf ihre allgemeinen Eigenschaften und auf die Erklärung ihres Organismus über, wobei wir die ersten Blicke in die Bedeutung dieses Wortes erhielten, welche wir von nun an nicht vergaßen. Schon freuten wir uns der nahen Aussicht, einige Kenntnis im Bestimmen der einzelnen Gewächse zu erhalten, und mehr als einer war vielleicht in der Klasse, bei welchem eine einflußreiche Anhänglichkeit an die Natur und ihre Kenntnis geweckt worden wäre, als der von uns trotz seiner Einsilbigkeit hochgehaltene Lehrer erkrankte und den Unterricht aufgeben mußte. Statt daß nun ein anderer Botanikbeflissener gesandt worden wäre, welcher auf Grund unserer sämtlich musterhaften Hefte fortzufahren versucht hätte, wurde das Ganze unverhofft abgebrochen, und ein geistlicher Herr, welcher als Dilettant etwas Naturwissenschaft trieb, überfiel uns mit einem Heere wilder Bestien, indem er uns etwas aphoristische Zoologie vortrug. Während wir so mit jener liebgewonnenen Botanik ein organisches Ganzes verloren, erhielten wir dafür nur einige Tiergestalten; denn die Zoologie, welche man vierzehnjährigen Knaben lehrt, nährt nicht ihren Geist, weil sie ohne vergleichend anatomische Kenntnisse, mit einem Worte ohne wissenschaftliche Anknüpfungen bloßes Futter für die Neugierde ist.

Solches blindes Einwirken des Zufalles in unser Fortschreiten kam mehr als einmal vor, und es verletzt das ohnehin zarte Gewebe des zusammenhängenden Verständnisses rauher als man denkt.

Ich hatte ein sehr gutes Gehör und war ein eifriger Sänger. Wir hatten für die erste Schulzeit eine einfache Notenlehre gekannt, welche nun eines Morgens mit der eigentlichen verwickelteren Theorie verwechselt wurde. Die erste Stunde, in welcher der Musikus etwas über die Bedeutung und allgemeine Einrichtung derselben gesagt haben mochte, war ich abwesend, und als ich wieder eintraf, fand ich meine Mitschüler im ängstlichen Lesen der verschiedenen Skalen und Tonarten begriffen. Ich war nun ein für alle Mal vor die Tür gesetzt; wenn wir sangen, nachdem der Lehrer auf seiner Geige den Ton angegeben, krähete ich mit heller Stimme, traf immer sicher und wurde öfter gebraucht, die Höhe des Tones zu halten. Sollte ich aber das Lied lesen, so stockte ich bald und wurde als böswillig bezeichnet.

Überall war dieser unselige Zwiespalt zwischen klarem Zweck und scheinbarer Zwecklosigkeit, zwischen vorausgenommener Fertigkeit in diesem Ganzen und nachschleppendem Unverständnis jenes einzelnen. Und doch war die Anstalt gut und besser als viele andere; denn das Übel liegt oder lag in der ganzen Erziehungsweise, in den verwendeten Menschen. Der Staat gibt die rechte Parole und bringt die größten Opfer, mit denen er seiner Ehre genügt; aber ehe sie Früchte tragen, muß die ganze alte Generation der Pädagogen aussterben und ein neues Geschlecht entstehen, welches ein ganz anderes Fühlen, Sehen und Hören mitbringt als das alte.

Doch als ich mich ungefähr dem funfzehnten Jahre näherte und die Stimme sich zu verändern begann, brach durch alle Verwirrung hindurch ein helleres Licht; in dem Maße als man uns Heranwachsende ernster, aber auch rücksichtsvoller behandelte, fing an die eigentliche Lernbegierde aufzutauen, und wie ich ahnte, daß alle Kenntnisse wohl ineinander münden und sich zu einem lichten Zwecke verflechten würden, lernte ich die wirkliche und gewissenhafte Mühe kennen, welche nicht nur mit dem Talente spielen, sondern auch mit Lust arbeiten kann. Ich freute mich mit andern auf die höheren Klassen, welche wir bald antreten sollten, und wir warfen hoffnungsvolle Blicke in die wohlbestellten und geordneten Sammlungen, auf die mannigfaltigen Mittel, die jenen zu Gebote standen, auf das gesetzte und selbständigere Wesen, das dann seinen Anfang nehmen sollte. Ich fühlte die Wichtigkeit und nötige Fruchtbarkeit der nächsten Jahre; zu welchem Lebensberufe ich mich dann entscheiden würde, darüber konnte ich mir noch keine Rechenschaft geben. Denn auch insofern war die Anstalt vortrefflich geschaffen, daß gegen das Ende ihrer Studien, mitten aus ihr heraus, mit vollem Überblicke man sich einen Entschluß fassen konnte, ja mußte, wer nicht durch früh ausgesprochene Neigung schon bestimmt war. Nur zwei Richtungen drängten sich deutlicher vor meine Augen und spielten unbestimmt ineinander. Es war der große Zeichnungssaal mit seinen vielen Gipsabgüssen, schönen Kunstvorlagen und dem ganzen künstlerischen Treiben darin, und anderseits die tiefere und ausführlichere Behandlung der Sprache, das Lesen und Erklären von Schriftstellern verschiedener Zungen, worauf ich mich freute und welche ich ganz zu benutzen mir vornahm. Allein zwischen der Zukunft und der Gegenwart lag noch eine tiefe und breite Kluft.

Es lehrte an unserer Schule ein Mann, welcher mit wahrer Herzensgüte und ehrlichem Sinne eine große Unerfahrenheit, mit der Jugend umzugehen, und ein schwächliches und seltsames Äußeres verband. Er hatte in dem Kampfe, welcher den Umschwung der Dinge und besonders das erneute Schulwesen herbeiführte, tapfer mitgewirkt und war in der konservativen Stadt als ein leidenschaftlicher Liberaler verschrien. Wir Knaben waren allzumal gute Aristokraten, mit Ausnahme derer, die vom Lande kamen. Auch ich, obgleich meines Ursprunges halber auch ein Landmann, aber in der alten Stadt geboren, heulte mit den Wölfen und dünkte mich in kindischem Unverstande glücklich, auch ein städtischer Aristokrat zu heißen. Meine Mutter politisierte nicht, und sonst hatte ich kein nahestehendes Vorbild, welches meine unmaßgeblichen Meinungen hätte bestimmen können. Ich wußte nur, daß die neue radikale Regierung einige alte Türme und Mauerlöcher vertilgt hatte, welche Gegenstand unserer besonderen Zuneigung gewesen, und daß sie aus verhaßten Landleuten und Emporkömmlingen bestand.

Gleich beim Beginne der neuen Schulen, als der ungeschickte Lehrer seine Tätigkeit mit vieler Gemütlichkeit antrat, brachte ein Schüler, der Sohn eines fanatischen Stadtbürgers, mit wichtigen Worten die Nachricht unter uns, wie der Lehrer geschworen hätte, uns Aristokratenkinder mit eiserner Rute zu bändigen. Er war nämlich in einer Gesellschaft aufmerksam gemacht worden, wie er es teilweise mit einer durch altes Herkommen übermütigen und ausgelassenen Stadtjugend zu tun haben würde, worauf er antwortete, er werde mit den Bürschlein schon fertig zu werden wissen. Auf obige Weise dargestellt, wurde diese Rede nun, wahrscheinlich nicht ohne Zutun der Alten, unter unsere verstandlose Masse geworfen und sie begann sogleich zu wirken. Wir nahmen den Handschuh auf, die Verwegensten eröffneten einen geordneten Widerstand und ein leichtes Geplänkel des Unfugs. Schon dies verwirrte ihn, und anstatt mit Sarkasmen und ruhiger, überlegener Entschiedenheit die Angreifer zurückzuwerfen, rückte er sogleich mit seiner Hauptmacht und dem schweren Geschütze vor, indem er jeden kleinen Mutwillen, auch jede unabsichtliche Tat blindlings mit den schwersten und einflußreichsten Strafen belegte, die ihm zu Gebote standen und welche sonst nur in seltenen Fällen angewendet wurden. Dadurch entzog er sich in unsern Augen den guten Rechtsboden, da wir in der Abschätzung des Verhältnisses zwischen Strafe und Vergehen eine große Gewandtheit besaßen. Seine Strafen wurden bald wertlos und zuletzt eine Ehrensache, ein Martyrium. Es entstand offener Skandal in den Stunden, welcher sich auch in die anderen Säle verbreitete, wo der Gehetzte zu erscheinen hatte. Nun beging er einen neuen Fehlgriff; statt die Bewegung in sich selbst zerfallen zu lassen und eine Zeit lang ihr zu stehen, fing er an, jeden Schüler aus der Stube zu jagen, der das Geringste verübte. Eine unschuldig gestellte Frage an ihn, das absichtliche oder unabsichtliche Fallenlassen eines Gegenstandes reichte hin, ins Freie befördert zu werden. Wir merkten uns dies, und bald hielt er regelmäßig nur mit zwei oder drei Frommen seinen Unterricht, während der helle Haufen vor der Tür sich auf seine Kosten belustigte. Das Einschreiten oberer Behörden oder auch seine eigene Energie, wenn er, trotz des Verbotes, die Schüler zu schlagen, einige ein einziges Mal bei den Köpfen genommen und tüchtig durchgebleut hätte, würden hingereicht haben, die Ruhe herzustellen. Zu letzterem besaß er nicht die geeignete Persönlichkeit, das erstere unterblieb, da die unmittelbar folgende Instanz aus Schulmännern bestand, welche dem Verfolgten abgeneigt waren und so lang als möglich die Vorfälle nicht zu bemerken schienen. Die Schüler erzählten in ihren Familien mit Ruhmredigkeit ihre Taten, wobei sie nicht unterließen, den Lehrer als den schreckbarsten Popanz darzustellen. Die behäbigen Bürger, sich mit Wohlgefallen ihrer eigenen Knabenstreiche erinnernd und in der Erfahrung der alten Zeit aufgewachsen, daß die Schule nur eine Art Unterkommen bilde, bis das würdige Bürgerkind, ohne sich den Kopf zerbrechen zu müssen, in das behagliche Privilegien- und Zunftwesen der guten alten Stadt aufgenommen würde, bestärkten ihre Söhnlein durch unverhohlenes Lächeln, wo nicht durch direkte Aufreizung, in ihrem Treiben. Obgleich die Sache längst Aufsehen gemacht hatte, wurde sie nach oben hin stets so geschildert, als ob alle Schuld an dem Verfolgten läge; es kam etwa ein Herr in die Stunde, um selbst zu sehen, dann hüteten wir uns aber wohl, etwas zu beginnen, so wie wir auch in den Stunden der übrigen Lehrer uns doppelt ruhig verhielten. Der Unglückliche war ein Ableiter für allen bösen Stoff, welcher in der Schule steckte. So schleppte er sich beinahe ein Jahr lang hin, bis er endlich für eine Zeit lang suspendiert wurde. Er wäre so gerne ganz weggeblieben, indem er Schaden an seiner Gesundheit litt und ganz abmagerte; aber eine zahlreiche Familie schrie nach Brot und er war auf diesen Beruf angewiesen. So trat er eines Tages seinen Leidensweg wieder an, so versöhnlich und bescheiden als möglich; allein er fand keine Barmherzigkeit, ein wilder Jubel brach los, das alte Unwesen wiederholte sich und er mußte nach wenigen Tagen gänzlich entlassen werden.

Ich hatte mich lange Zeit ziemlich ruhig verhalten und nur den zahlreichen Auftritten behaglich zugesehen. Gegen den Mann selbst verging ich mich nicht ein einziges Mal, da es mir widerstand, einem Erwachsenen gegenüber aufzutreten. Erst als das Hinausschieben der ganzen Klasse begann, suchte ich auch teilzunehmen und bewerkstelligte dies durch kleine schüchterne Streiche oder wischte auch so mit hinaus; denn erstens ging es sehr lustig her draußen und zweitens hätte ich um keinen Preis bei den wenigen verpönten Gerechten bleiben mögen, welche in der Stube saßen. Desto lauter wurde ich, wenn ich einmal draußen war, half Aufzüge und Umgänge anordnen und überließ mich, nach langer Zurückgezogenheit, einer so wilden Freude, daß mir das Herz heftig klopfte und mein Blut ganz in Wallung war, wenn wir bei dem folgenden Lehrer wieder an unseren Plätzen saßen. Ich kann mir fest gestehen, daß ich mich damals über die Freude selbst freute und keinerlei Bosheit in mir trug. Vielmehr empfand ich ein heimliches Mitleid mit dem Armen, welches ich zu äußern aber unterließ, um nicht lächerlich zu werden. Einst traf ich ihn ganz allein auf einem Feldwege; er schien einen Erholungsgang zu machen; unwillkürlich zog ich ehrerbietig meine Mütze, was ihn so freute, daß er mir zuvorkommend dankte und mich dabei so märterlich ansah, als ob er um Barmherzigkeit flehte. Ich wurde gerührt und dachte fest, daß es anders werden müsse. Gleich am nächsten Tage trat ich zu einer Gruppe der wildesten Mitschüler, um geradezu am rechten Flecke anzugreifen und ein Wort des Mitgefühls, des Nachdenkens unter sie zu werfen; ich hatte den richtigen Instinkt, daß dieses gewiß, wenn auch nicht augenblicklich, weiter wirken und die Laune der Menge anziehen würde. Sie sprachen eben von dem Lehrer, hatten eben einen neuen Spitznamen erfunden, der so komisch klang, daß alles bester Laune war und auflachte, die vorbedachten Worte verdrehten sich mir auf der Zunge, und anstatt meine Pflicht zu tun, verriet ich ihn und mein besseres Selbst, indem ich das gestrige Abenteuer auf eine Weise vortrug, die der gegenwärtigen Stimmung vollkommen entsprach und dieselbe erhöhte!

Nach seiner Entfernung wurde es still unter uns; die Lärmbedürftigen und Schlimmgesinnten wandten sich unbehaglich hin und her, zehrten von der Erinnerung und konnten sich nicht zurechtfinden. Eines Abends, nach dem Schlusse des Unterrichts, ging ich ruhig meiner Wege und hatte bald meine Wohnung erreicht, als ich rufen hörte: Grüner Heinrich! hierher! Ich wandte mich um und erblickte in einer anderen Straße einen ansehnlichen Haufen Schüler, welche durcheinandertrieben, wie ein Ameisenhaufen, und sehr geschäftig schienen. Ich erreichte sie, man teilte mir mit, daß man in Gesamtheit dem verabschiedeten Lehrer noch einen Besuch abstatten und ein rechtes Schlußvergnügen veranstalten wolle, und forderte mich auf, teilzunehmen. Der Plan wollte mir gar nicht einleuchten, ich lehnte kurz ab und ging weg. Jedoch die Neugier wandte mich, daß ich von ferne nachzog und sehen wollte, wie es abliefe. Der Haufen bewegte sich vorwärts, andere Schulen, deren Bestandteile um diese Zeit alle in den Gassen wimmelten, wurden angeworben, daß bald ein Zug von hundert Jungen aller Art sich fortwälzte. Die Bürger standen unter den Türen und betrachteten mit Verwunderung das Tun, ich hörte einen sagen: »Was mögen die Teufelsbuben nur wieder vorhaben? Die sind bei Gott fast so munter als wir gewesen sind!« Diese Worte klangen in meinen Ohren wie Kriegsdrometen, meine Füße wurden lebendiger, und schon trat ich dem letzten Manne des Zuges auf die Fersen. Es war ein unsägliches Vergnügen in der Menge, hervorgerufen durch das improvisierte Beisammensein aus eigener Machtvollkommenheit. Ich ward immer wärmer, schob mich vorwärts und sah mich plötzlich bei der Spitze angelangt, wo die hohen Häupter gingen und mich mit Jubel begrüßten. »Der grüne Heinrich ist doch noch gekommen!« hieß es, der Name erschallte längs des ganzen Zuges und vermehrte den Stoff zu Geräusch und gegenstandloser Freude. Mir schwebten sogleich gelesene Volksbewegungen und Revolutionsszenen vor. »Wir müssen uns in gleichmäßigere Glieder abteilen«, sagte ich zu den Rädelsführern, »und in ernstem Zuge ein Vaterlandslied singen!« Dieser Vorschlag wurde beliebt und sogleich ausgeführt; so durchzogen wir mehrere Straßen, die Leute sahen uns mit Staunen nach, ich schlug vor, noch einen Umweg zu machen und dies Vergnügen so lange als möglich andauern zu lassen. Auch dies geschah, allein zuletzt langten wir doch am Ziele an. »Was wollen wir nun eigentlich beginnen?« fragte ich, »ich dächte, wir sängen hier ein Lied und zögen dann wieder mit einem Hurrah davon!« »Ins Haus! ins Haus!« tönte es zur Antwort, »wir wollen ihm eine Dankrede für sein Wirken abstatten!« »So sollen wenigstens alle für einen stehen und keiner davonlaufen, damit alle die gleiche Strafe tragen, wenn es etwas absetzt!« rief ich, worauf der ganze Schwarm in das kleine enge Haus einströmte und die Treppe hinantobte. Ich blieb an der Haustür stehen, teils um nicht dem Manne vor das Angesicht treten zu müssen, weil ich keinerlei Trieb dazu fühlte, teils um keinen Mitschuldigen sich einzeln entfernen zu lassen. Es war ein furchtbarer Lärm im Innern, die Knaben waren ganz berauscht von ihrer eigenen Aufregung; der Gesuchte lag krank in einem verschlossenen Zimmer, die Frauen waren bemüht, die übrigen Türen zu verschließen, und sahen sich aus den Fenstern nach Hilfe um. Doch schämten sie sich zu rufen, die Nachbaren wußten nicht, was alles zu bedeuten hätte, und sahen höchst verwundert zu; ich blieb mit nichts weniger als heiteren Gedanken auf meinem Posten. Das Haus war von unten bis oben angefüllt, die Lärmenden erschienen unter den Dachlucken, warfen alte Körbe heraus und stiegen sogar auf das Dach, die Luft mit ihrem Geschrei erfüllend. Ein altes Weib drang endlich beherzt aus einem Kämmerchen und trieb, geschützt durch Alter und Geschlecht, den ganzen Schwarm mit einem Besen allmählich aus dem Hause.

Dies Attentat war denn doch zu auffällig gewesen, als daß die oberen Behörden nicht endlich aufmerksam wurden. Sie verlangten eine strenge Untersuchung. Wir wurden in einem Saale versammelt und einzeln aufgerufen, um vor ein Tribunal zu treten, welches in einer Nebenstube saß. Das Verhör dauerte einige Stunden, die Zurückkehrenden gingen sogleich weg, ohne Bericht zu geben; zwei Dritteile der Versammelten waren schon fort und noch wurde ich nicht aufgerufen; dagegen bemerkte ich, daß zuletzt alle, welche aus der Verhörstube kamen, mich ansahen, ehe sie weggingen. Zuletzt hieß es, der ganze Rest solle hereinkommen mit Ausnahme des grünen Heinrich.

Wenn ich nicht überzeugt wäre, daß die Kindheit schon ein Vorspiel des ganzen Lebens ist und bis zu ihrem Abschlusse schon die Hauptzüge der menschlichen Zerwürfnisse im kleinen abspiegele, so daß später nur wenige Erlebnisse vorkommen mögen, deren Umriß nicht wie ein Traum schon in unserm Wissen vorhanden, wie ein Schema, welches, wenn es Gutes bedeutet, froh zu erfüllen ist, wenn aber Übles, als frühe Warnung gelten kann, so würde ich mich nicht so weitläufig mit den kleinen Dingen jener Zeit beschäftigen.

Endlich kam die Reihe an mich; der letzte Trupp erschien wieder und hieß mich hineingehen. Ich wollte fragen, was denn vorginge, erhielt aber keine Antwort, vielmehr sputeten sie sich ängstlich von hinnen. So trat ich in die Nebenstube, halb von Neugierde vorwärts gedrängt, halb von jener beklemmenden Furcht zurückgehalten, welche die Jugend vor den Alten empfindet, wenn sie in ihnen an Verstand überlegene und allmächtige Wesen voraussetzt. Es saßen zwei Herren am oberen Ende eines langen Tisches, zu dessen Fuß ich stand, einige Stücke Papier und ein Bleistift vor sich. Der eine war der nächste Vorsteher der Schule, der auch selbst Unterricht erteilte und mich kannte, der andere ein höherer gelehrter Herr, welcher wenig sagte. Zu jenem stand ich in einem eigentümlichen Verhältnisse; er war ein gemütlicher Poltron, gern viele Worte machend und froh, wenn ein Schüler durch bescheidene Widerrede ihm Gelegenheit gab, sich gründlich über ein Faktum zu verbreiten. Im Anfange hatte er mir wohl gewollt, da ich gerade bei ihm mich sehr ordentlich aufführte; aber meine Eigenschaft, den Vorwürfen, Ermahnungen und Strafen bei vorkommenden Fällen ein unwandelbares Schweigen entgegenzusetzen, hatte mir seine Abneigung zugezogen. Das ängstliche Leugnen, die Zungengeläufigkeit, Strafe von sich abzuwenden, das hartnäckige Feilschen um dieselbe waren mir unmöglich; glaubte ich eine solche verdient zu haben, so nahm ich sie schweigend hin, schien sie mir zu ungerecht, so schwieg ich ebenfalls, und nicht aus Trotz, sondern ich lachte innerlich ganz frohmütig darüber und dachte, der Richter hätte das Pulver auch nicht erfunden. Darum hielt mich der Herr für einen unbrauchbaren, bedenklichen Burschen und fuhr mich nun mit drohender Miene an: »Hast du an dem Skandale teilgenommen? Schweig! leugne nicht, es wird nichts helfen!« Ich brachte ein leises Ja hervor, der weiteren Dinge gewärtig. Doch wie um mich in seinen Augen, da ihm einmal zur Weckung guter Laune durchaus ein gründlicher Wortwechsel nötig war, noch zu retten, tat er, als ob er ein Nein vernommen hätte, und schrie: »Wie, was? Heraus mit der Wahrheit!« »Ja!« wiederholte ich etwas lauter. »Gut, gut, gut!« sagte er, »du wirst gewiß noch einen finden, der dir gewachsen ist, einen Stein, der eine Beule in deine eiserne Stirne schlägt!« Diese Worte beleidigten mich und taten mir weh; denn sie schienen nicht nur eine arge Verkennung meines Wesens zu enthalten, sondern auch eine ungehörige Voraussagung der Zukunft, eine persönliche Bitterkeit zu sein. Er fuhr fort: »Hast du auf dem Wege vorgeschlagen, einen förmlichen Zug zu ordnen und ein Lied zu singen?« Diese Frage machte mich stutzen, meine Genossen hatten also mich verraten und deshalb ohne Zweifel sich rein gewaschen; ich schwankte, ob ich nicht leugnen sollte, aber es kam wieder ein Ja hervor, zumal ich unmöglicherweise denken konnte, daß alles auf mich gewälzt werde. »Hast du am Hause des Herrn .... erklärt, daß keiner sich zurückziehen dürfe, und dieser Erklärung durch Bewachung der Tür Folge gegeben?« Das bejahte ich unbedenklich, da es mir weder eine Schande noch ein besonderes Vergehen zu sein schien. Diese beiden Momente, aus den ersten Fragen an die Mitschuldigen schon zutage getreten, schienen dem Herrn auf den Haupturheber hinzudeuten; sie ragten auch wohl am faßbarsten aus all dem wirren Treiben hervor und er hatte allein auf sie hin verhört. Jeder bejahte regelmäßig die Frage darnach und war froh, nicht über sich selbst sprechen zu müssen.

Ich wurde entlassen und ging etwas bewegt, doch gemächlich nach Hause; das Ganze schien mir nicht sehr würdig zu verlaufen. Zwar fühlte ich eine tiefe Reue, aber nur gegen den mißhandelten Lehrer. Zu Hause erzählte ich der Mutter den ganzen Vorgang, worauf sie mir eben eine Strafrede halten wollte, als ein Schuldiener hereintrat mit einem großen Briefe. Dieser enthielt die Nachricht, daß ich von Stund an und für immer von dem Besuche der Schule ausgeschlossen sei. Das Gefühl des Unwillens und erlittener Ungerechtigkeit, welches sich sogleich in mir äußerte, war so überzeugend, daß meine Mutter nicht länger bei meiner Schuld verweilte, sondern sich ihren eigenen bekümmerten Gefühlen überließ, da der große und allmächtige Staat einer hilflosen Witwe das einzige Kind vor die Türe gestellt hatte mit den Worten: Es ist nicht zu brauchen!

Wenn über die Rechtmäßigkeit der Todesstrafe ein tiefer und anhaltender Streit obwaltet, so kann man füglich die Frage, ob der Staat das Recht hat, ein Kind oder einen jungen Menschen, die gerade nicht tobsüchtig sind, von seinem Erziehungssysteme auszuschließen, zugleich mit in den Kauf nehmen. Gemäß jenem Vorgange wird man mir, wenn ich im späteren Leben in eine ähnliche ernstere Verwicklung gerate, bei gleichen Verhältnissen und Richtern, wahrscheinlich den Kopf abschlagen; denn ein Kind von der allgemeinen Erziehung ausschließen, heißt nichts anderes, als seine innere Entwicklung, sein geistiges Leben köpfen. Der Staat hat nicht darnach zu fragen, ob die Bedingungen zu einer weiteren Privatausbildung vorhanden seien oder ob trotz seines Aufgebens das Leben den Aufgegebenen doch nicht fallen lasse, sondern manchmal noch etwas Rechtes aus ihm mache: er hat sich nur an seine Pflicht zu erinnern, die Erziehung jedes seiner Kinder zu überwachen und zu Ende zu führen. Auch ist am Ende diese Erscheinung weniger wichtig in bezug auf das Schicksal solcher Ausgeschlossenen, als daß sie den wunden Fleck auch der besten unserer Einrichtungen bezeichnet, die moralische Faulheit nämlich, die Trägheit und Bequemlichkeit der mit diesen Dingen Beauftragten, derer, welche sich als Erzieher par excellence geben. Das Ausstoßen auch des nichtsnutzigsten Schülers ist nichts als ein Armutszeugnis, welches eine Schule sich gibt.

I, 17 Der Kummer und die Niedergeschlagenheit meinerseits waren nicht allzugroß; ich hatte dem Lehrer des Französischen einige Bücher zurückzustellen, da er mir mit Wohlwollen ehrwürdige Franzbände französischer Klassiker zu leihen pflegte. Auch führte er mich einige Male in einer großen Bibliothek umher, mir respektvolle Vorbegriffe vom Bücherwesen beibringend. Als ich zu ihm kam, drückte er mir sein Bedauern über das Geschehene aus und gab mir zu verstehen, wie ich es nicht allzu hoch aufzunehmen hätte, da seines Wissens die Mehrzahl der Lehrer, gleich ihm, nicht unzufrieden mit mir wären. Ferner lud er mich ein, ihn zu besuchen und seinen Rat zu holen, wenn ich Lust hätte, das Französische weiter zu betreiben. Ich sah ihn zwar nicht wieder im Wechsel der Zeit, aber seine Worte gaben mir eine gewisse Genugtuung, daß ich mich nun frei fühlte wie der Vogel in der Luft, zumal ich die Bedeutung des Augenblickes und die Wichtigkeit der Zukunft nicht zu übersehen vermochte.

Meine Mutter hingegen befand sich in großer Bedrängnis; sie konnte bestimmt annehmen, daß der Vater meine Schulbildung jetzt noch nicht abgeschlossen haben würde, wenn er noch lebte, und doch sah sie bei ihren beschränkten Mitteln keine Möglichkeit, mir Privatlehrer zu halten oder mich auf eine auswärtige Schule zu schicken, noch konnte sie sich den Beruf denken, welchen ich nun am besten ergriffe, da gerade für eine einsichtvollere Selbstbestimmung der erweiterte Gesichtskreis der nun verschlossenen höheren Klassen hätte Gelegenheit bieten sollen. Meine häusliche Beschäftigung hatte in letzter Zeit beinahe ausschließlich in Zeichnen und Malen bestanden, und auch in dieser Hinsicht befand ich mich in einem sonderbaren Verhältnis zur Schule. Dort galt ich für nichts weniger als für einen talentvollen Zeichner. Monatelang klebte der gleiche Bogen auf meinem Reißbrette, ich quälte mich verdrossen ab, einen kolossalen Kopf oder ein Ornament mit dem magern Bleistifte zu kopieren, Dutzende von Linien wurden ausgelöscht und blieben halb sichtbar, bis die richtige stehen blieb, das Papier wurde beschmutzt und durchgerieben und verkündete einen faulen und verdrießlichen Zeichner. Sobald ich aber nach Hause kam, warf ich diese Schulkunst beiseite und machte mich mit eifrigem Fleiße hinter meine Hauskunst. Nach jenem ersten Versuche, eine gemalte Landschaft zu kopieren, hatte ich fortgefahren, dergleichen Gebilde in Wasserfarben hervorzubringen; da ich nun aber weiter keine Vorbilder besaß, mußte ich sie auf eigene Faust ins Leben rufen und tat dieses mit anhaltendem und dankbarem Fleiße. Der gemalte Ofen unserer Stube enthielt eine Menge ganz naiv poetischer kleiner Landschaftsmotive, eine Burg, eine Brücke, einige Säulen an einem See und solches mehr; ein altes Stammbuch der Mutter sowie eine kleine Bibliothek verjährter Damenkalender aus ihrer Jugend bargen einen Schatz sentimentaler Landschaftsbilder, dem lyrischen Texte entsprechend, mit Tempeln, Altären und Schwänen auf Teichen, mit Liebespaaren, in Kähnen sitzend, und dunklen Hainen, deren Bäume mir unvergleichlich gestochen schienen. Aus allem diesem zusammen bildete sich eine höchst unschuldige und sozusagen elementare Poesie, welche meinem eifrigen Machen zu Grunde lag und mich während desselben beglückte. Ich erfand eigene Landschaften, worin ich alle poetischen Motive reichlich zusammenhäufte, und ging von diesen auf solche über, in denen ein einzelnes vorherrschte, zu welchem ich immer den gleichen Wanderer in Beziehung brachte, unter dem ich, halb unbewußt, mein eigenes Wesen ausdrückte. Denn nach dem immerwährenden Mißlingen meines Zusammentreffens mit der übrigen Welt hatte eine ungebührliche Selbstbeschauung und Eigenliebe angefangen, mich zu beschleichen, ich fühlte ein weichliches Mitleid mit mir selbst und liebte es, meine symbolische Person in die interessanten Szenen zu versetzen, welche ich erfand. Diese Figur, in einem grünen romantisch geschnittenen Kleide, eine Reisetasche auf dem Rücken, starrte in Abendröten und Regenbogen, ging auf Kirchhöfen oder im Walde, oder wandelte auch wohl in glückseligen Gärten voll Blumen und bunter Vögel. Das Machwerk an der beträchtlichen Sammlung solcher Bilder, welche sich bereits angehäuft hatte, blieb immer auf dem nämlichen Standpunkte gänzlicher Erfahrungs- und Unterrichtslosigkeit; nur eine gewisse Keckheit und Fertigkeit im Auftragen der grellen Farben, welche ich durch die unablässige Übung erwarb, verbunden mit der kühnen Absicht meiner Unternehmungen überhaupt, unterschied mein Treiben einigermaßen von sonstigen knabenhaften Spielen mit Bleistift und Farbe und mochte meinen vorläufigen Ausspruch, daß ich ein Maler werden wolle, veranlassen. Doch wurde jetzt nicht näher darauf eingegangen, sondern bestimmt, daß ich einige Zeit in dem ländlichen Pfarrhause bei meinem mütterlichen Oheime zubringen sollte, um über die nächsten Monate meines Ungemaches auf gute Weise hinwegzukommen, indessen eine taugliche Zukunft für mich ermittelt würde. Das Heimatdorf lag in einem äußersten Winkel des Ländchens, ich war noch nie dort gewesen, sowie auch meine Mutter seit meinem Gedenken es nie mehr besucht hatte und die dortigen Verwandten, mit seltenen Ausnahmen, nie in der Stadt erschienen. Nur der Oheim Pfarrer kam jedes Jahr einmal auf seinem Klepper geritten, um an einer Kirchenversammlung teilzunehmen, und schied immer mit jovialen Einladungen, endlich einmal hinauszuwandern. Er erfreute sich eines halben Dutzends Söhne und Töchter, welche mir noch so unbekannt waren wie ihre Mutter, meine rüstige Muhme und geistliche Bäuerin. Außerdem lebten dort zahlreiche Verwandte des Vaters, vor allen auch seine leibliche Mutter, eine hochbejahrte Frau, welche, schon längst an einen zweiten, reichen und finstern Mann verheiratet, unter dessen harter Herrschaft in tiefer Zurückgezogenheit lebte und nur selten mit den Hinterlassenen ihres früh gestorbenen Sohnes einen sehnsüchtigen Gruß aus der Ferne wechselte. Das Volk lebte noch in der stillen Einschränkung und Entsagung vergangener Jahrhunderte, wo besonders die Frauen, wenn sie einmal durch einige Meilen getrennt waren, einander nicht wieder, oder nur bei seltenen, hochwichtigen Ereignissen sahen, bei welchen es alsdann wahrhaft episch herging und Tränen der Rührung und schmerzlicher oder froher Erinnerung ihren Augen entflossen, während die Männer wohl sich vom Orte bewegten, aber in ernstem Geschäftssinne an den Türen halbverschollener Verwandter vorübergingen, wenn sie keinen Rat zu bringen oder zu holen hatten. Jetzt ist das Volk wieder lebendiger geworden; durch die erleichterten Verkehrsmittel, durch das wieder erstandene öffentliche Leben und zahlreiche Volksfeste veranlaßt, bewegt es sich fröhlich von der Stelle und macht damit zugleich seinen Geist wieder jung und fruchtbar, und nur beschränkte Eiferer predigen noch gegen die festliche Wanderlust derer, die den Pflug führen, und ihrer Kinder.

Meine Mutter befahl mir, insbesondere der einsamen überlebenden Großmutter so viele Zeit als möglich zu widmen und in Ehrerbietung und Liebe bei ihr auszuharren, solange es ihr gefiele, mich um sich zu haben und von meinem Vater, ihrem Sohne, zu reden.

So machte ich mich eines Morgens vor Sonnenaufgang auf die Füße und trat den weitesten Weg an, den ich bis dahin unternommen hatte. Ich genoß zum ersten Male das Morgengrauen im Freien und sah die Sonne über nachtfeuchten Waldkämmen aufgehen. Ich wanderte den ganzen Tag, ohne müde zu werden, kam durch viele Dörfer und war wieder stundenlang allein in gedehnten Waldungen oder auf freien heißen Höhen, mich oft verirrend, aber die verlorne Zeit nicht bereuend, weil ich fortwährend in meinen Gedanken beschäftigt war und zum ersten Mal, durch mein stilles Wandern bewegt, von der ernsten Betrachtung des Schicksals und der Zukunft erfüllt wurde. Kornblumen und roter Mohn und in den Wäldern bunte Pilze begleiteten mich längs der ganzen Straße, wunderschöne Wolken bildeten sich unablässig und zogen am tiefen stillen Himmel dahin, ich ging immerzu, indessen mich das selbstgefällige Mitleid mit mir selbst, welches mir die Welt aufgedrängt hatte, wieder überkam, bis ich gegen alle Gewohnheit bitterlich weinte. Ich wußte mich vor Betrübnis nicht zu lassen und saß an einer schattigen Quelle nieder, immer schluchzend, bis ich mich schämte, mein Gesicht wusch und über mich selbst lächelnd den Rest des Weges zurücklegte. Endlich sah ich das Dorf zu meinen Füßen liegen in einem grünen Wiesentale, welches von den Krümmungen eines leuchtenden kleinen Flusses durchzogen und von belaubten Bergen umgeben war. Die Abendsonne lag warm auf dem Tale, die Kamine rauchten freundlich, einzelne Rufe klangen herüber. Bald befand ich mich bei den ersten Häusern, ich fragte nach dem Pfarrhause, und die Leute, welche an meinen Augen und meiner Nase erkannten, daß ich zu dem Geschlechte der Lee gehöre, fragten mich, ob ich vielleicht ein Sohn des verstorbenen Baumeisters sei?

So gelangte ich zu der Wohnung meines Oheims, welche von dem rauschenden Flüßchen bespült und mit großen Nußbäumen und einigen hohen Eschen umgeben war; die Fenster blinkten zwischen dichtem Aprikosen- und Weinlaube hervor und unter einem derselben stand mein dicker Oheim in grüner Jacke, ein silbernes Waldhörnchen, in welchem eine Zigarre rauchte, im Munde und eine Doppelflinte in der Hand. Ein Flug Tauben flatterte ängstlich über dem Hause und drängte sich um den Schlag, mein Oheim sah mich und rief sogleich: »Ha ha, sakerment, Herr Neveu! das ist gut, daß du da bist, schnell heraufspaziert!« Dann sah er plötzlich in die Höhe, schoß in die Luft, und ein schöner Raubvogel, welcher über den Tauben gekreist hatte, fiel tot zu meinen Füßen. Ich hob ihn auf und trug ihn, durch diesen tüchtigen Empfang angenehm begrüßt, meinem Oheim entgegen.

In der Stube fand ich ihn allein neben einer langen Tafel, die für viele Personen gedeckt war. »Eben kommst du recht!« rief er, »wir halten heute das Erntefest, gleich wird das Volk da sein!« Dann schrie er nach seiner Frau, sie erschien mit zwei mächtigen Weingefäßen, stellte sie ab und rief: »Ei ei, was ist das für ein Bleichschnabel, für ein Milchgesicht? Warte, du sollst nicht mehr fort, bis du so rote Backen hast wie dein seliger Vater! Wie gehts der Mutter, was ist das, warum kommt sie nicht mit?« Sogleich richtete sie mir an der Tafel ein vorläufiges Mahl zu und trug mich, als ich zögerte, ohne weiteres wie ein Kind auf den Stuhl und befahl mir, stracks zu essen und zu trinken. Indessen näherte sich Geräusch dem Hause, der hohe Garbenwagen schwankte unter den Nußbäumen heran, daß er die untersten Äste streifte, die Söhne und Töchter mit einer Menge anderer Schnitter und Schnitterinnen gingen nebenher unter Gelächter und Gesang, der Oheim, seine Flinte reinigend, schrie ihnen zu, ich wäre da, und bald fand ich mich mitten im fröhlichen Getümmel. Erst spät in der Nacht legte ich mich zu Bette bei offenem Fenster; das Wasser rauschte dicht unter demselben, jenseits klapperte eine Mühle, ein majestätisches Gewitter zog durch das Tal, der Regen klang wie Musik und der Wind in den Forsten der nahen Berge wie Gesang, und die kühle erfrischende Luft atmend schlief ich sozusagen an der Brust der gewaltigen Natur ein.

ZWEITER BAND

ERSTES KAPITEL

I, 18 Am frühen Morgen, als Sonnenglanz durch das viele Laubwerk ins Zimmer drang, wurde ich auf eigentümliche Weise geweckt. Ein junger Edelmarder mit zartem Pelze saß auf meiner Brust und beschnüffelte mit den feinen hastigen Atemstößen seiner spitzen kühlen Schnauze meine Nase und huschte, als ich die Augen aufschlug, unter die Bettdecke, blinzelte da und dort hervor und versteckte sich wieder. Als ich aus dieser Erscheinung nicht klug wurde, brachen meine jungen Vettern aus ihrer Schlafkammer, in welcher sie gelauscht hatten, lachend hervor, veranlaßten das behende Tier zu den anmutigsten und possierlichsten Sprüngen und erfüllten das Zimmer mit Fröhlichkeit. Dadurch herangelockt, drang eine Meute schöner Hunde herein, ein zahmes Reh erschien neugierig unter der Tür, eine prachtvolle graue Katze folgte und schmiegte sich durch das Getümmel, die spielenden und zutäppischen Hunde würdevoll abweisend, Tauben saßen auf dem Fenster, Menschen und Tiere, die ersteren kaum halb angezogen, jagten sich durcheinander; alle aber hielt der kluge Marder zum besten und schien viel eher mit uns zu spielen als wir mit ihm. Nun erschien auch der Oheim mit dem rauchenden Waldhörnchen, uns eher noch zu Unfug anspornend als abwehrend; seine frisch blühenden Töchter folgten ihm, um nach der Ursache des Geräusches zu sehen und uns zu Frühstück und Ordnung zu rufen, mußten sich aber bald ihrer Haut wehren, da ein Krieg allgemeiner Neckerei sich gegen sie entspann, an dem sogar die Hunde teilnahmen, welche sich die Parole der erlaubten Ausgelassenheit am frühen Morgen nicht zweimal geben ließen, sondern sich tapfer an die starken Kleidersäume der scheltenden Mädchen hingen. Ich saß an dem offenen Fenster und atmete die balsamische Morgenluft; die glitzernden Wellen des raschen Flüßchens flimmerten wider an der weißen Zimmerdecke und ihr Reflex überstrahlte das Angesicht jenes seltsamen Kindes, dessen altertümliches Bild an der Wand hing. Es schien unter dem Wechseln des spielenden Silberscheines zu leben und vermehrte den Eindruck, den alles auf mich machte. Dicht unter dem Fenster wurde Vieh getränkt, Kühe, Ochsen, junge Rinder, Pferde und Ziegen gingen in der Mitte des klaren Wassers, tranken in bedächtigen Zügen und sprangen mutwillig davon; das ganze Tal war lebendig und glänzte vor Frische, und sein Rauschen vermischte sich mit dem Gelächter in meinem Zimmer, ich fühlte mich so glücklich wie ein junger Fürst, bei welchem glänzendes Lever gehalten wird. Endlich erschien die Muhme und befahl uns ohne Widerstand zum Frühstück.

Ich sah mich wieder an den langen Tisch versetzt, um welchen die zahlreiche Familie mit ihren Schützlingen und Arbeitern versammelt war. Letztere kamen schon von mehrstündiger Arbeit und erholten sich von der ersten leichten Müde, von der erstarkten Sonne als Morgengruß gesendet. Alles aß kräftige Hafersuppe, in welche reichlich Milch gegossen wurde; nur am obern Ende, zwischen Vater, Mutter und der ältesten Tochter, herrschte die Kaffeetasse, und ich, als Gast diesem vornehmen Anhängsel beigefügt, sah mit Neid in die frische Suppenregion hinüber, wo fröhliche Witzworte getauscht wurden und die geneckten Mädchen, mit braunen Wangen und Armen, doch mit schneeweißen Hemden und Halstüchern, geschützt durch den Anstand des versammelten Tisches, die vorlauten Jungen glänzend heimschickten. Doch bald brach die Gesellschaft wieder auf, um zur Arbeit auf dem fernen heißen Felde oder in Scheunen und Stall sich zu zerstreuen. Die Auszüge des Tisches wurden ineinander geschoben, daß er, eine schwere Masse glänzenden Nußbaumholzes, still in der geleerten Stube stand, bis die Hausfrau einen mächtigen Korb Hülsenfrüchte darauf schüttete, um sie für das Mittagsmahl vorzubereiten und dem Oheim kaum für seine Hefte Raum ließ, in welchen er den diesjährigen Ertrag seiner Felder eintrug, mit den früheren Jahrgängen und überdies noch das Verhalten der einzelnen Äcker untereinander verglich. Der jüngste Sohn, etwa in meinem Alter, mußte ihm, hinter seinem Stuhle stehend, Bericht erstatten, und als er seiner Pflicht genügt hatte, forderte er, selbst noch nicht zu anhaltender Arbeit verbunden, mich auf, mit ihm hinauszustreifen und etwa mit zu arbeiten, wo es uns am besten gefiele, vorzüglich aber uns bei dem Zwischenimbiß einzufinden, der auf dem Felde gehalten würde und wo es an Scherz nicht fehle. Indessen erschien aber ein Sendbote der Großmutter, die von meiner Ankunft gehört hatte und mich einlud, sogleich zu ihr zu kommen. Mein Vetter bot sich mir zur Begleitung an, ich putzte mich, nicht ohne Affektation, halb einfach ländlich, halb komödiantisch heraus und wir gingen auf den Weg, welcher zuerst über den Kirchhof führte, der auf einer kleinen Höhe gelegen ist. Dort duftete es gewaltig von tausend Blumen, eine flimmernde, summende Welt von Licht, Käfern und Schmetterlingen, Bienen und namenlosen Glanztierchen webte über den Gräbern hin und her. Es war ein feines Konzert bei beleuchtetem Hause, wogte auf und nieder, erlöschte bis auf das gehaltene Singen eines einzelnen Insektes, belebte sich wieder und schwellte mutwillig und volltönig an; dann zog es sich in die Dunkelheiten zurück, welche die Jasmin- und Holunderbüsche über den Grabzeichen bildeten, bis eine brummende Hummel den Reigen wieder ans Licht führte, die Blumenkelche nickten im Rhythmus vom fortwährenden Absitzen und Auffliegen der Musikanten. Und unter diesem zarten Gewebe lag das Schweigen der Gräber und der Jahrhunderte, beredt und vollmächtig, und schwoll hinunter bis in die Tage, wo dieser Zweig alemannischen Wandervolkes sich hier festgesetzt und die erste Grube gegraben. Ihr Wort, Spuren ihrer Sitte und ihrer Gesetze leben noch im grünen Gau, in den kleinen grauen Steinstädten, die an den Flüssen hangen oder an Halden lehnen, und ein heiliges Bewußtsein der Geschichte tat sich auf auf diesem Friedhofe. Daher empfand ich eine Art von Scheu, vor die ergraute Frau zu treten, die ich noch nie gesehen und mir eher als eine gestorbene Vorfahrin denn als eine lebendige Großmutter erschien. Auf engen Pfaden, unter fruchtbeschwerten Bäumen hin, um stille Gehöfte herum gelangten wir endlich vor ihr Haus, welches in tief grünem schweigendem Schatten lag: sie stand unter der braunen Tür und schien, die Hand über den Augen, sich nach mir umzusehen. Sogleich führte sie mich in die Stube hinein und hieß mich mit sanfter Stimme willkommen, ging zu einem blanken zinnernen Gießfasse, welches in gebohnter Nußbaumnische über einer schweren zinnernen Schale hing, drehte den Hahn und ließ sich das klare Wasser über die kleinen gebräunten Hände strömen. Dann setzte sie Wein und Brot auf den Tisch, stand lächelnd, bis ich getrunken und gegessen hatte, und setzte sich hierauf ganz nahe zu mir, da ihre Augen schwach waren, betrachtete mich unverwandt, während sie nach der Mutter und unserem Ergehen fragte und doch zugleich in Erinnerung früherer Zeit versunken schien. Auch ich sah sie aufmerksam und ehrerbietig an und behelligte sie nicht mit kleinen Berichten, welche mir nicht hierher zu gehören schienen. Sie war schlank und fein gewachsen, trotz ihres hohen Alters beweglich und aufmerksam, keine Städterin und keine Bäuerin, sondern eine wohlwollende Frau; jedes Wort, das sie sprach, war voll Güte und Anstand, Duldung und Liebe, Freude und Leid, von aller Schlacke übler Gewohnheit gereinigt, gleichmäßig und tief. Es war noch ein Weib, von dem man begreifen konnte, wie die Alten das verdoppelte Wehrgeld des Mannes forderten, wenn es erschlagen oder beschimpft wurde. Freilich war sie von ihrem Manne weder geachtet noch geliebt, sondern geknechtet, soweit dies möglich war; aber da nicht mehr alle Mannen sind, kann auch das Weib seinen Vollwert nicht mehr haben.

Ihr Mann erschien, ein diplomatischer und gemessener Bauer; er begrüßte mich mit freundlicher Teilnahmlosigkeit, und nachdem er mit einem Blicke gesehen, daß ich eine ähnliche »phantastische« Natur wie mein Vater und desnahen in der Zukunft weder Ansprüche noch Streitigkeiten zu befürchten seien, ließ er seine Frau in ihrer Freude gewähren, gab ihr sogar gelassen zu verstehen, daß sie mich nach Gefallen bewirten dürfe, und ging wieder seiner Wege.

Ich blieb einige Stunden bei ihr, ohne daß wir viel sprachen; sie saß stillvergnügt neben mir und schlief endlich lächelnd ein. Über ihre geschlossenen Augen ging eine leise Bewegung wie das Wallen eines Vorhanges, hinter welchem etwas vorgeht, man ahnte, daß sich dort Bilder in zartem, verjährtem Sonnenscheine zeigten, und die freundlichen Lippen verkündeten es in schwachen Regungen. Als ich mich erhob, um behutsam fortzugehen, erwachte sie sogleich, hielt mich an und betrachtete mich fremd; wie in ihrer Person das meinem Dasein Vorhergegangene groß und unvermittelt vor mir stand, mochte ich als die Fortsetzung ihres Lebens, als ihre Zukunft dunkel und rätselhaft vor ihr stehen, da meine Tracht wie meine Sprache von allem abwich, in dem sie sich lebenslang bewegt hatte. Sie schritt gedankenvoll in die Nebenkammer, wo sie in einem hohen Schranke einen Vorrat neuer Kleinigkeiten aufbewahrte, die sie von fahrenden Krämern zu kaufen pflegte, um sie gelegentlich an das junge Volk zu verschenken. Statt eines mächtigen Taschentuches ergriff sie, ihres blöden Gesichtes wegen, ein kleines rotseidenes Halstuch, wie es Bauernmädchen tragen, und gab mir es, noch in das gleiche Papier gewickelt, in dem sie es gekauft. Ich mußte ihr versprechen, jeden Tag zu kommen und nächstens einmal dort zu speisen.

Mein Vetter hatte sich längst entfernt und ich suchte allein meinen Heimweg, das rote Tüchelchen in der Tasche. Bei einem Hause vorbeigehend, bemerkte ich einige derbe Kinder, welche wie der Blitz hineinliefen und dort lärmend etwas riefen. Eine Frau kam heraus, holte mich ein, kündigte sich als Base an und fragte, ob ich denn nichts von ihr und ihrer Familie wisse? Ich bejahte die Frage, indem ich mich entschuldigte, sie nicht gekannt zu haben. Sie nötigte mich nun in das Haus, wo es von frisch gebackenem Brote duftete und eine lange Treppe von unten bis oben mit großen viereckigen und runden Kuchen bedeckt war, auf jeder Staffel einer, um zu verkühlen. Während diese Base, ein rüstiges Weib in voller Blüte der Arbeitslust und Kraft, schnell ihre Haare zurückstrich und eine Schürze umband, hockten die Kinder alle hinter dem heißen Ofen und guckten scheu, doch kichernd hervor, ohne daß ich die Gewandtheit besaß, sie zahm zu machen, weil ich selbst noch zu nah ihrem Alter stand und ihnen zu wenig überlegen war. Meine neue Gönnerin verkündigte, daß ich gerade zu einer guten Stunde gekommen sei, da sie heute gebacken hätte, zerschnitt sogleich einen gewaltigen Kuchen in vier Stücke und setzte Wein dazu, um dann den Tisch für das Mittagsmahl zu decken. Dieses Haus hatte nicht den patriarchalischen Anstrich, wie dasjenige der Großmutter; man sah keine Geräte von Nußbaum, sondern nur von lackiertem Tannenholz, die Wände waren noch von frischer Holzfarbe, die Ziegel auf dem Dache hellrot wie das zutage tretende Gebälke und vor dem Hause wenig oder kein Baumschatten; die Sonne überwand spielend die jungen Obstbäumchen und lag heiß auf dem weiten Gemüsegarten, in welchem nur ein bescheidenes Blumenrevier verkündete, daß diese Haushaltung einen jungen Wohlstand zu begründen im Begriffe und vor der Hand an den prosaischen Nutzen gewiesen sei. Nun kam der Mann vom Felde mit dem ältesten Knaben, besorgte, obgleich er vernahm, daß ich in der Stube sei, erst seine Ochsen und Kühe, wusch sich am Brunnen gemächlich die Hände und trat dann, dieselben mir reichend, fest und ruhig herein, sogleich nachsehend, ob seine Frau mich gehörig bewirte. Dabei zeigten die Leute keinerlei Ziererei, als ob ihre Gaben zu gering wären und dergleichen. Der Bauer ist der einzige, welcher nur *sein* Brot als das beste erachtet und es als solches jedermann anbietet. Seine Leckerbissen sind die Erstlinge jeder Frucht; die neue Kartoffel, die erste Birne, die Kirschen und die Pflaumen gehen ihm über alles, und er schätzt sie so hoch, daß er Wunder glaubt was zu gewinnen, wenn er von fremden Bäumen im Vorübergehen eine Handvoll erhaschen kann, während er an den bunten Leckereien der Städte gleichgültig vorübergeht und seinen Lieben höchstens ein ungenießbares Bonbon von Stärkemehl kauft, weil es die Form eines Herzens hat und ein hübscher Spruch darauf steht. Eine andere Delikatesse, die er aus der Stadt mitbringt, ist einfaches Weißbrot; hier holt er sich nur wieder zurück, was er selbst hervorgebracht hat, und deswegen zeichnet er es aus. Diese Überzeugung, daß er das Beste und Gesundeste biete, welche in unverdorbenen und noch nicht servilen Gegenden nicht ohne Ostentation hervortritt, geht auf den Gast über, welcher sich alsbald einer kräftigen Eßlust hingibt, ohne sie zu bereuen. Darum saß ich schmächtiges »Vetterlein« wieder tapfer schmausend hinter dem Tische, obgleich ich heute schon ein Erkleckliches getan hatte. Mit Wohlwollen überhäuften mich die Verwandten und betrachteten mich, wie jeden Städter, der nicht ein Zinsherr ist, als einen Hungerschlucker. Sie führten ein lebhaftes Gespräch über unser Schicksal und befragten mich des genauesten nach allen unseren Umständen. Die Frau erkundigte sich, ob ihre jährlichen Geschenke an Feldfrüchten immer richtig ankämen, und versprach, gewiß selbst einmal nach der Stadt zu kommen; der Mann erzählte von meinem Vater, wie derselbe als kleines Jüngelchen, wenn man ihn gefragt habe, was er geben wolle, geantwortet: Ein'n Herr ab! nämlich abgeben, was aber lustigerweise geklungen hätte wie: Ein Herab! »Nun«, fügte der Vetter hinzu, »wenn er gelebt haben würde, so wäre er noch ein vollständiger Herr geworden; eigentlich war er an sich schon mehr als unsereiner! Aber nun müsset Ihr aufmerken, Vetterlein, daß Ihr es auch zu was bringt und das zu Ende führet, was er angefangen hat. Allem Anscheine nach werdet Ihr für die Feder gut sein, sonderlich da Euch die Mutter gut schulen läßt, soviel wir hören, und was ehrenfest von ihr gehandelt ist. Da müsset Ihr vor allem aus nicht stolz werden und nicht so ein Fuchsschwanz, sondern Euch immerdar zu uns halten, damit Ihr ein rechter Volksmann werdet und wir auch was an Euch haben. Denn wir leiden in unserem Dorfe Not an gelehrten Leuten und müssen unseren Bezirksnachbaren trotz unserer starken Zahl bei Wahlen immer die Vorhand lassen, weil wir keine Federhelden aufbringen können. Wenn Ihr, gutes Vetterlein, daher etwas Rechtes werdet, so brauchet Ihr alsdann die Herren in der Stadt gar nicht, wir wollen Euch schon zu etwas machen. Obgleich Euer Vater schon lange tot ist und es dann noch länger sein wird, so hat er doch in dieser Gegend ein solches Andenken hinterlassen und Ihr selbst seid so mitten unter uns bürgerlich, daß Ihr weiter keine Gunst brauchet als Euere Tüchtigkeit!«

Diese Rede, an sich etwas zu früh an mich gerichtet, betrübte mich, daß ich ganz still schwieg; denn erstens war es nun mit der Schule vorbei, was der Mann noch nicht wußte, und zweitens fühlte ich mich nicht nach dem Geschäftsleben hingezogen, fühlte vielmehr eine Art von Grauen vor demselben.

Nachdem ich noch den Stall besehen und in der Scheune jeder Kuh eine Gabel voll Klee hinübergeschoben, verabschiedete ich mich; die Base ließ es sich aber nicht nehmen, mich ein Stück Weges zu begleiten, um mich schnell noch einer anderen Base vorzustellen, wo ich mich nicht lange aufzuhalten brauche für dieses Mal. Ich fand eine freundliche Matrone, nicht ganz von dem edlen und feinen Wesen meiner Großmutter, aber doch voll Anstand und Wohlwollen. Sie lebte allein mit einer Tochter, welche früher, einer häufigen Sitte gemäß, zwei Jahre in der Stadt gedient, dann einen vermöglichen Bauer geheiratet hatte, welcher bald gestorben, und nun Witwe bleiben wollte, wie sie versicherte, obgleich sie erst ungefähr dreißig Jahre alt war. Sie war von hohem und festem Wuchse, ihr Gesicht hatte den ausgeprägten Typus unserer Familie, aber durch eine seltsame Schönheit verklärt; besonders die großen braunen Augen und der Mund mit dem vollen üppigen Kinn machten augenblicklichen Eindruck. Dazu schmückte sie ein schweres dunkles, fast nicht zu bewältigendes Haar. Sie galt für eine Art Lorelei, obschon sie Judith hieß, auch niemand etwas Bestimmtes oder Nachteiliges von ihr wußte. Dies Weib trat nun herein, vom Garten kommend, etwas zurückgebogen, da sie in der Schürze eine Last frisch gepflückter Ernteäpfel und darüber eine Masse gebrochener Blumen trug. Dies schüttete sie alles auf den Tisch, wie eine reizende Pomona, daß ein Gewirre von Form, Farbe und Duft sich auf der blanken Tafel verbreitete. Dann grüßte sie mich mit städtischem Akzente, indessen sie aus dem Schatten eines breiten Strohhutes neugierig auf mich herabsah, sagte, sie hätte Durst, holte ein Becken mit Milch herbei, füllte eine Schale davon und bot sie mir an; ich wollte sie ausschlagen, da ich schon genug genossen hatte, allein sie sagte lachend: »Trinkt doch!« und machte Anstalt, mir das Gefäß an den Mund zu halten. Daher nahm ich es und schlürfte nun den marmorweißen und kühlen Trank mit einem Zuge hinunter und mit demselben ein unbeschreibliches Behagen, wobei ich sie ganz ruhevoll ansah und so ihrer stolzen Ruhe das Gleichgewicht hielt. Wäre sie ein Mädchen von meinem Alter gewesen, so hätte ich ohne Zweifel meine Unbefangenheit nicht bewahrt. Doch war dies alles nur ein Augenblick, und als ich mir darauf mit den Blumen zu schaffen machte, zwang sie sogleich einen großen betäubenden Strauß von Rosen, Nelken und stark duftenden Kräutern zusammen und steckte mir denselben wie ein Almosen in die Hand; das alte Mütterchen füllte meine Taschen mit Äpfeln, daß ich nun, mit Gaben förmlich beladen, ohne Widerrede gedemütigt, von dannen zog, von sämtlichen Frauen zu fleißigem Besuche bei ihnen, wie bei den noch übrigen Verwandten, aufgefordert.

Es war schon tiefer Nachmittag, als ich endlich das Haus meines I, 19
Oheims wiederfand; es war verschlossen, weil alle Bewohner im Freien waren; doch wußte ich, daß ich durch Scheune und Stall ein Schlupfloch finden würde. In der Scheune sprang mir das Reh entgegen und schloß sich mir unverweilt an, da es ihm langweilig sein mochte, im Stalle sahen sich die Kühe, Unterhaltung fordernd, nach mir um,

und ein lediges Rind tappte halbwegs auf mich zu, sah mich verwundert an und machte Anstalt, einen vertraulichen Satz gegen mich zu nehmen, daß ich mich furchtsam in den nächsten Raum salvierte, der ganz mit Ackergerätschaften und Holzgerümpel angefüllt war. Aus dem dunklen Wirrsal hervor schoß mit vergnüglichem Murren der Marder, welcher sich hier einsam amüsiert hatte, und saß mir im Augenblicke auf dem Kopfe, mir mit dem Schwanz um die Backen schlagend und vor Freude tollen Unsinn treibend, daß ich laut lachen mußte. So gelangte ich mit meiner Gesellschaft in den helleren, bewohnten Teil des Hauses und fand endlich die Wohnstube, wo ich meine Bürde von Blumen, Früchten und Tieren abwarf. Auf dem Tische stand mit Kreide geschrieben, wo ich zu essen finden würde, im Falle ich Lust hätte, nebst allerlei beigefügten Witzen des jungen Volkes; aber ich zog vor, mir das Geburtshaus meiner Mutter nun gemächlich anzusehen.

Mein Oheim hatte schon seit einigen Jahren seiner geistlichen Pfründe entsagt, um sich ganz seinen Neigungen hinzugeben. Da der Staat ohnehin Willens war, der Gemeinde ein neues Pfarrhaus zu bauen, kaufte der Oheim das alte Pfarrhaus von ihm, welches ursprünglich eigentlich der Landsitz eines Aristokraten gewesen war und daher steinerne Treppen mit Eisengeländern, in Gips gearbeitete Plafonds, einen Saal mit einem Kamine, viele Zimmer und Räume und überall eine Unzahl geschwärzter Ölgemälde enthielt, Tierstücke, Stilleben, Landschaften und Perückenbilder. In dieses Wesen hinein hatte der Oheim, unter das gleiche Dach, seine Landwirtschaft geschoben, indem er einen Teil der Wohnung herausgebrochen, daß sich beide Elemente, das junkerhafte und das bäuerliche, verschmolzen und durch wunderliche Türen und Durchgänge verbanden. Aus einem mit Jagden bemalten und mit alten theologischen Werken versehenen Zimmer sah man sich, wenn man eine Tapetentür öffnete, plötzlich auf den Heuboden versetzt, das Parkett und die Decke des Kaminsaales waren mit Falltüren versehen, welche mit Tenne und Speicher korrespondierten, und ich verwunderte mich nachher, als ich in dem kühlen und heitern Saale meinen Sitz aufgeschlagen und an nichts dachte, als plötzlich eine schwere Garbe aus dem Boden stieg, an einem Seile aufgezogen, und in den Gipsblumen der Decke wieder verschwand, wie ein Traum von den sieben fetten Jahren. Von der Decke dieses Saales hingen überdies große gläserne Kugeln herab, welche inwendig mit Herren und Damen in Reifröcken und Perücken, auf Papier gemalt, beklebt waren; dazwischen ein Kronleuchter, aus Hirschgeweihen zusammengesetzt, und neben der Flügeltür ragte eine in Holz geschnittene und bemalte Meerfrau aus der Wand, zwischen ihren Händen eine zierliche Walze haltend, über welche ehemals ein langes Handtuch gehangen wurde zu allgemeinem Gebrauche. Unter dem Dache fand ich eine kleine Mansarde, deren Wände mit alten Hirschfängern und Galanteriedegen sowie mit unbrauchbarem Schießgewehr bedeckt waren; eine überlange spanische Klinge mit herrlich gearbeitetem stählernem Griffe war ein seltenes Prachtstück und mochte schon seltsame Tage gesehen haben. Ein paar Folianten lagen bestäubt in der Ecke, in der Mitte des Zimmers stand ein mit Leder bezogener zerfetzter Lehnstuhl, so daß nur der Don Quixote fehlte, um das Ganze zu einem Bilde zu machen. Übrigens setzte ich mich behaglich hinein und dachte an den guten Herrn, dessen Geschichte ich, unter der Leitung meines ehemaligen Lehrers, aus dem Französischen des Mr. Florian übersetzt hatte. Ich hörte ein seltsames Geräusch, Gurren und Krabbeln an der Wand, schlug einen hölzernen Schieber zurück und steckte den Kopf hindurch in – den heißen Taubenschlag, welcher alsobald in solchen Alarm geriet, daß ich mich zurückziehen mußte. Ferner entdeckte ich die Schlafzimmer der Töchter, stille Gelasse mit grünen Fenstergärtchen und überdies von treuen Baumwipfeln bewacht, mit geretteten Stücken blumiger Tapeten bekleidet, wo die zahlreichen Rokokospiegel des ehemaligen Herrensitzes eine ehrenvolle Zurückgezogenheit gefunden hatten; so auch die große Kammer der Söhne, welche mit den Spuren einiger nicht zu tiefen Studien und den Werkzeugen des ländlichen Müßigganges, mit Angelzeug und Vogelgarnen verziert waren.

Gegen Osten sahen die Fenster des Hauses in das Wirrsal von Obstbäumen und Dachgiebeln des Dorfes, aus welchem der erhöhte Kirchhof mit der schneeweißen Kirche wie eine geistliche Festung emporragte, nach der Abendseite schaute die hohe lange Fensterflucht des Saales über ein sattgrünes Wiesental, durch welches sich der Fluß in vielen Armen und Windungen buchstäblich silbern schlängelte, da er höchstens zwei Fuß tief war und wie Brunnenwasser in lebendigen heftigen Wellen über weißes Geschiebe floß. Jenseits dieses Wiesengrundes stieg eine waldige Berghalde oder haldiger Bergwald auf, an welchem alle Laubarten durcheinander wogten, von düsteren Felswänden und Kuppen unterbrochen. Die untergehende Sonne aber hatte einen freien Eingang über fernere Blauberge in das Tal und übergoß es alle Abend mit Glut, daß man an den Fenstern des Saales im Roten saß, ja die Röte drang durch diesen hin, wenn seine Türen geöffnet, ins Innere des Hauses und überzog Gänge und Wände. Gemüse- und Blumengärten, vernachlässigte Zwischenräume, Holunderbüsche und eingefaßte Quellen, alles von Bäumen überschattet, bildeten eine reizende Wildnis weit herum und dehnten sich noch mittelst einer kleinen Brücke über das Wasser hinaus. Die etwas weiter oben liegende Mühle aber gab sich nur durch das Geräusch und durch das Blitzen und Stäuben des Rades kund, welches unter den Bäumen durchleuchtete. Das Ganze war eine Verschmelzung von Pfarrei, Bauernhof, Villa und Jägerhaus, und mein Herz jubelte, als ich alle Schönheit und Poesie entdeckte und übersah, umgaukelt von der geflügelten und vierfüßigen Tierwelt. Hier war überall Farbe und Glanz, Bewegung, Leben und Glück, reichlich, ungemessen, dazu Freiheit und Überfluß, Scherz, Witz und Wohlwollen. Der erste Gedanke war eine freie ungebundene Tätigkeit. Ich eilte auf mein Zimmer, welches auch nach der Abendseite lag, und begann meine indessen angekommenen Sachen auszupacken, meine Schulbücher und abgebrochenen Hefte, welche ich so gut möglich noch zu pflegen gedachte, vorzüglich aber einen ansehnlichen Vorrat von Papier verschiedener Art, Federn, Bleistifte und Farben, vermittelst deren ich zu schreiben, zu zeichnen, zu malen gedachte, was weiß ich was alles! In diesem Augenblicke wandelte sich der bisherige Spieltrieb in eine ganz ernsthafte und gravitätische Lust zu Schaffen und Arbeit, zu bewußtem Gestalten und Hervorbringen um. Mehr als alles vorhergehende Ungemach weckte dieser *eine*, so einfache und doch so reiche Tag den ersten Schein der Klarheit, die Morgendämmerung der reifern Jugend in mir auf. Als ich meine bisher übermalten Streifen und Bogen auf dem großen Bette ausbreitete, daß es mit wunderlich bunter Decke bezogen war, fühlte ich mich mit einem Male über diese Dinge hinausgerückt und mit dem Bedürfnis auch den Willen, sogleich einen Fortschritt aus mir selbst hervorzuzwingen. Es lag in der Luft, es lag in mir oder weiß Gott wo, daß ich das nächste Blatt mit mehr Energie und Geschick angegriffen vor mir schweben sah. Zuletzt eigentlich mochte ich nur die äußere Anregung vorausempfinden, die sich in diesem Augenblicke mir näherte.

Mein Oheim trat, von einer Aufsichtswanderung zurückgekehrt, zu mir herein und faßte eine gutmeinende Verwunderung, als er mich von meinem Krame umgeben sah. Die kindliche Renommisterei und Keckheit meiner Machwerke, die marktschreierischen Farben imponierten seinem ungeübten Auge und er rief: »Ei, du bist ja ein ganzer Maler, Herr Neveu! Das ist nun recht; da hast du ja auch eine Menge Papier und Farben? Gut! Was hast du hier für Sachen, wo hast du sie hergenommen?« Ich erwiderte, daß ich alles aus dem Kopfe gemacht hätte. »Ich will dir nun andere Aufgaben stellen«, sagte er, »du sollst nun unser Hofmaler sein! Gleich morgen sollst du versuchen, unser Haus zu zeichnen mit Gärten und Bäumen, und alles genau nachbilden! Auch kann ich dir manchen schönen Punkt in unserer Gegend zeigen, wo du interessante Prospekte aufnehmen magst; das wird dich üben und dir nützlich sein. Ich wollte selbst, ich hätte dergleichen geübt. Halt, ich kann dir einige hübsche Sachen zeigen, welche von einem Herrn herrühren, der vor dreißig Jahren oft bei uns zu Gast war, als wir immer Besuch aus der Stadt hatten. Er malte zu seinem Vergnügen in Öl, in Wasserfarben und stach in Kupfer oder radierte, wie er es nannte, und war geschickt, trotz einem Künstler!«

Er holte eine uralte Mappe herbei, welche mit einer ansehnlichen Schnur umwickelt war, und indem er sie öffnete, sagte er: »Ich habe bei Gott diese Dinge längst vergessen, ich seh sie selbst einmal gern wieder! Der gute Junker Felix liegt in Rom begraben, schon manches lange Jahr; er war ein alter Junggesell, trug gepuderte Haare und ein Zöpfchen noch anfangs der zwanziger Jahre; er malte und radierte den ganzen Tag, ausgenommen im Herbste, wo er mit uns jagte. Damals, zu Anfang der zwanziger Jahre, kamen ein paar junge Herren aus Italien zurück, worunter ein Malergenie. Diese Bursche machten einen Teufelslärm und behaupteten, die ganze alte Kunst sei verkommen und würde eben jetzt in Rom wiedergeboren von deutschen Männern. Alles was vom Ende des vorigen Jahrhunderts her datiere, das Geschwätz des sogenannten Goethe von Hackert, Tischbein und dergleichen, das sei alles Lumperei, eine neue Zeit sei angebrochen. Diese Redensarten störten meinen armen Felix urplötzlich in seinem bisherigen Lebensfrieden; umsonst suchten ihn seine alten Künstlerfreunde, mit denen er schon manchen Zentner Tabak verraucht hatte, gelassen zur Ruhe zu bringen, indem sie sagten, er möge doch die jungen Fänte schreien lassen, die Zeit werde so gut über sie hinweggehen wie über uns! Alles umsonst! Eines Morgens schloß er seinen hagestolzlichen Kunsttempel zu und rannte wie verrückt nach dem St. Gotthard hinüber und kam nicht wieder. Nachdem ihm die Halunken zu Rom den Zopf abgeschnitten bei einer Sauferei, verlor er allen Halt und alle Ehrbarkeit und starb in seinen alten Tagen nicht an Altersschwäche, sondern an dem römischen Wein und an den römischen Weibsbildern. Diese Mappe ließ er zufällig bei uns zurück.«

Wir durchblätterten nun die vergilbten Papiere; es waren ein Dutzend Baumstudien in Kreide und Rotstift, nicht sehr körperlich und sicher gezeichnet, doch von einem tüchtigen dilettantischen Streben zeugend, nebst einigen verblaßten Farbenskizzen und einer großen in Öl gemalten Eiche. »Dies nannte er Baumschlag«, sagte mein Oheim, »und machte ein großes Wesen daraus. Das Geheimnis desselben hatte er im Jahre 1780 in Dresden erlernt bei seinem verehrten Meister Zink, oder wie er ihn nannte. Es gibt, pflegte er zu sagen, zwei Klassen von Bäumen, in welche alle zerfallen, in die mit runden und die mit gezackten Blättern. Daher gibt es zwei Manieren: die gezackete Eichenmanier und die gerundete Lindenmanier! Wenn er bestrebt war, unsern jungen Damen das geläufige Schreiben dieser Manieren beizubringen, so sagte er, sie müßten sich vor allem an einen gewissen Takt gewöhnen, z.B. beim Zeichnen dieses oder jenes Baumschlages zählen: *Eins*, zwei drei – *vier*, fünf, sechs! Das ist ja der Walzertakt! schrien die Mädchen und begannen um ihn herumzutanzen, bis er wütend aufsprang, daß ihm der Zopf wackelte!«

So gewann ich auf dem seltsamen Wege einer Tradition, deren Träger selbst der Sache fremd war, den ersten Anhaltspunkt. Ich betrachtete die Blätter stumm und aufmerksam und bat mir die Mappe zur freien Verfügung aus. Sie enthielt überdies noch eine Anzahl radierter Landschaften, einige Waterloos, einige idyllische Haine von Geßner mit sehr hübschen Bäumen, deren Poesie mich frappierte und sogleich einnahm, bis ich eine Radierung von Reinhardt entdeckte, gelb und beschmutzt, knapp am Rande beschnitten, deren Kraft, Schwung und Gesundheit mächtig zu mir sprach und aus dem verzettelten Stückchen Papier gewaltig herausleuchtete. Während ich staunend das Blatt in der Hand hielt (ich hatte bis jetzt nie etwas wahrhaft Künstlerisches gesehen), kam der Oheim wieder und rief: »Komm mit, Neveu Maler! der Herbst wird bald genug da sein und da müssen wir sehen, wie es vorläufig um die Häslein und Füchslein, um Hühner und derlei Volk steht! Es ist ein schöner Abend, wir wollen ohne Gewehr ein bißchen auf den Anstand gehen, da kann ich dir zugleich hübsche Prospekte zeigen.«

Er ergriff aus einem Winkel, wo eine Menge alter spanischer Rohre versammelt war, einen tüchtigen Stock, gab mir auch einen solchen, pustete aus seinem Waldhörnchen den abgebrannten Zigarrenstumpf heraus, daß er gewaltsam an die Decke flog, steckte einen frischen Glimmstengel hinein, pfiff aus dem Fenster in weithin schallenden Tönen, worauf sogleich die Hunde aus allen Ecken des Dorfes wie der Blitz herbeisprangen, und wir zogen, umgeben von den bellenden Tieren, dem abendlichen Bergwalde zu.

Bald war die Meute weit voraus und im Gehölze verschwunden, aber kaum begannen wir die Höhe hinanzusteigen, so hörten wir sie über uns anschlagen und in voller Jagd am Berge hinziehen, daß die Schluchten widerhallten. Meinem Oheim lachte das Herz, er zog mich vorwärts und behauptete, wir müßten rasch nach einer kleinen Waldwiese eilen, um das Tier zu sehen; doch auf dem Wege horchte er auf und änderte die Richtung, indem er rief: »Es ist bei Gott ein Fuchs! *dorthin* müssen wir gehen, schnell, pst!« Kaum hatten wir einen schmalen Pfad betreten, welcher neben einem trockenen Waldbache hinlief, zwischen zwei bewachsenen Abhängen, als er mich plötzlich anhielt und lautlos vorwärts wies, ein rötlicher Streif schoß still über Weg und Schlucht, herab, hinauf, und eine Minute nachher heulten die sechs Hunde hinterdrein, rasend, toll! »Hast du ihn gesehen?« sagte der Oheim, so vergnügt, als ob er am Vorabend seiner Hochzeit stände; dann fuhr er fort: »Sie haben ihn verloren, doch in jenem Schlag müssen sie notwendig ein Häschen auftun! Wir wollen vollends hier hinaufgehen!« Wir gelangten auf eine kleine Hochebene, welche ein von der sinkenden Sonne gerötetes Haferfeld enthielt, umsäumt von stillglühenden Föhren. Hier hielten wir an und stellten uns am Rande auf, in wohligem Schweigen, unfern eines verwachsenen Weges, der ins Dunkle führte. Wir mochten so eine Viertelstunde gewartet haben, als das Gebell in großer Nähe plötzlich wieder begann und mein Oheim mich anstieß. Zugleich bewegte sich der Hafer vor uns, er flüsterte: »Was Teufel ist denn da los?« und es erschien eine riesenhafte Bauernkatze, welche uns ansah und davonschlich. In großem Zorne rief der geistliche Herr: »Du vermaledeite Bestie, was hast denn *du* hier zu schaffen? Da sieht man, wo die jungen Hasen hinkommen! Wart, ich will dir jagen helfen!« und er schleuderte ihr einen mächtigen Stein nach. Sie sprang wieder mitten in den Hafer hinein, indessen die Hunde an uns vorüberbrausten und mein zorniger Oheim ganz verblüfft sagte: »Da! nun haben wir den Hasen nicht gesehen!« Die Hunde waren ebenfalls im Haferfelde verschwunden, auch war es still geworden und wir bemerkten nur, daß fünfzig Schritte von uns eine große Bewegung darin herrschte, und zugleich sahen wir dort sechs vergnügte Hundeschwänze über den Halmen wedeln. »Sie haben entweder die Katze oder ein armes junges Häschen!« rief mein Führer. Wir begaben uns nach der Stelle und entdeckten beides. Die Katze hatte das zarte Tierchen erschnappt, nicht ahnend, daß es sechs Hunde hinter sich habe, und diese zerrissen sie in selbem Augenblicke samt ihrem Opfer. Wir hatten genug zu tun, mit unseren Stöcken den Knäuel auseinander zu treiben. Mein Oheim war verdrießlich über den Verlust des Hasen und er tröstete sich nur mit dem Tode der unbefugt jagdliebenden Katze.

»Genug für heute«, sagte er, und steckte das Häschen in seine weite Rocktasche, »da wir einmal unwillkürlich Wilddiebe sind, so wollen wir das Ding morgen braten! Nun laß uns noch da vornenhin gehen, wo du das Hochgebirge sehen kannst, dem du jetzt ein bißchen ferner gerückt bist.«

Am entgegengesetzten Rande des hohen Feldes, wo die Föhren sich lichteten, sah man über zuerst grüne, dann immer blauer werdende Bergrücken hin nach dem Gebirge im Süden, welches in seiner ganzen

Ausdehnung von Ost nach West vor uns lag, von den Appenzeller Kuppen bis zu den Berner Alpen, aber so fern, daß man nur den hohen Schnee sah in schwachem Rosenlichte, der Jura lag zu tief und der See bei meiner Stadt lag vollends in der Tiefe unsichtbar begraben. Dieser ferne, weite Kranz kam mir ganz fremd vor, da ich das Gebirge bisher nur in größerer Nähe und massenhafter, aber auch vereinzelter gesehen hatte.

Dadurch wurde ich auch auf den Charakter der mich umgebenden Landschaft aufmerksamer. Dieselbe war schon mehr in der Art, wie ich mir deutsches Gebirge vorstelle, grün, felsig und bebaut, in kleinerem Maßstabe, aber immer poetisch. Eine Menge Täler und Einschnitte, von Gewässern durchzogen, versprachen eine reiche Zuflucht für fortwährende Streifereien, vorzüglich war es ein rechtes Waldland. Die Formen waren eben nicht malerisch, meistens sogar monoton, und doch waren die Gegenstände groß und schön durch ihr Dasein, durch ihre Bedeutung, durch den Kontrast, in welchem sie zueinander standen, und erst in den Über- und Durchgängen gab es eine Menge malerischer Anblicke, welche gesucht sein wollten, indessen das reichste Detail an Bäumen und Steinen bei jedem Schritte entgegensprang. Kurz, es war nicht eine raffinierte schöne Gegend, deren Hauptzüge in einem Tage erschöpft sind, sondern eine solide Landschaft, welche bei anscheinender Härte und Schroffheit tief und lebendig war. Dieser und jener Berg lag gleich einem Walrosse träg und einförmig da, aber wenn man in ihn hineinging, so bot er alle Wunder der Phantasie so reichlich, daß einem die Wahl schwer wurde.

Indessen wir auf einem anderen Wege nach Hause kehrten, wechselten die reizenden Bilder vor meinen Augen bis in die Schatten der Nacht hinein und schlossen mit dem hellsten Mondscheine, der auf Mühle, Pfarrhaus und auf dem Wasser flimmerte, als wir anlangten. Die jungen Leute jagten sich auf dem Platze unter den Eschen umher und drängten einander in das Flüßchen, die Töchter sangen im Garten, die Muhme rief aus dem Fenster, ich wäre ein Landstreicher, den man den ganzen Tag nie gesehen hätte, und mein Oheim sagte, wir wollten das Häschen lieber heute noch braten, es werde ein trefflicher Nachtbissen sein!

I, 20 Der nächste junge Tag ließ mich von allen Seiten mit dem Rufe: Maler! begrüßen. Guten Morgen, Maler! Haben der Herr Maler wohl geruht? Maler, zum Frühstück! hieß es, und das Völklein handhabte diesen Titel mit derjenigen gutmütig spottenden Freude, welche es immer empfindet, wenn es für einen neuen Ankömmling, den es nicht recht anzugreifen wußte, endlich eine geläufige Bezeichnung gefunden hat. Ich ließ mir jedoch den angewiesenen Rang trefflich munden und nahm mir im stillen vor, denselben nie mehr aufzugeben. Ich brachte aus Pflichtgefühl die erste Morgenstunde noch über meinen Schulbüchern zu, mich selbst unterrichtend; aber mit dem grauen Löschpapier dieser melancholischen Werke kam die Öde und die Beklemmung der Vergangenheit wieder heran; jenseits des Tales lag der Wald in silbergrauem Duft, die Terrassen hoben sich merklich voneinander los, ihre laubigen Umrisse, von der Morgensonne bestreift, waren hellgrün, jede bedeutende Baumgruppe zeichnete sich groß und schön in dem zusammenhaltenden Dufte und schien ein Spielwerk für die nachahmende Hand zu sein; meine Schulstunde wollte aber nicht vorübergehen, obschon ich längst nicht mehr aufmerkte.

Ungeduldig ging ich, ein Lehrbuch der Physik in der Hand, hin und her und durch mehrere Zimmer, bis ich in einem derselben die weltliche Bibliothek des Hauses entdeckte; ein breiter alter Strohhut, wie ihn die Mädchen zur Feldarbeit brauchen, hing darüber und verbarg sie beinahe ganz. Wie ich denselben aber wegnahm, sah ich eine kleine Schar guter Franzbände mit goldenem Rücken, ich zog einen Quartband hervor, blies den dichten Staub davon und schlug die Geßnerschen Werke auf, in dickem Schreibpapier, mit einer Menge Vignetten und Bildern geschmückt. Überall wo ich blätterte, war von Natur, Landschaft, Wald und Flur die Rede, die Radierungen, von Geßners Hand mit Liebe und Begeisterung gemacht, entsprachen diesem Inhalte, ich sah meine Neigung hier den Hauptinhalt eines großen, schönen und ehrwürdigen Buches bilden. Als ich aber auf den Brief über die Landschaftsmalerei geriet, worin der Verfasser einem jungen Manne guten Rat erteilt, las ich denselben überrascht vom Anfang bis zum Ende durch. Die unschuldige Naivität dieser Abhandlung war mir ganz faßlich; die Stelle, wo geraten wird, mannigfaltig gebrochene Feld- und Bachsteine auf das Zimmer zu tragen und darnach Felsenstudien zu machen, entsprach meinem noch halbkindischen Wesen und leuchtete mir ungemein in den Kopf. Ich liebte sogleich diesen Mann und machte ihn zu meinem Propheten. Nach mehr Büchern von ihm suchend, fand ich ein kleines Bändchen, nicht von ihm, aber seine Biographie enthaltend. Auch dieses las ich auf der Stelle ganz durch. Er war ebenfalls ein hoffnungsloser Schüler gewesen, indessen er auf eigene Faust schrieb und künstlerischen Beschäftigungen nachhing. Es war in dem Werklein viel von Genie und eigener Bahn und solchen Dingen die Rede, von Leichtsinn, Drangsal und endlicher Verklärung, Ruhm und Glück. Ich schlug es still und gedankenvoll zu, dachte zwar nicht sehr tief, war jedoch, wenn auch nicht klar bewußt, für die Bande geworben.

Es ist bei der besten Erziehung nicht zu verhüten, daß dieser folgenreiche und gefährliche Augenblick nicht über empfängliche junge Häupter komme, unbemerkt von aller Umgebung, und wohl nur wenigen ist es vergönnt, daß sie erst das leidige Wort Genie kennen lernen, nachdem sie unbefangen und arglos bereits ein gesundes Stück Leben, Lernen, Schaffen und Gelingen hinter sich haben. Ja, es ist überhaupt die Frage, ob nicht zu dem bescheidensten Gelingen eine dichte Unterlage von bewußten Vorsätzen und allem Apparate genialer Grübelei gehöre, und der Unterschied möchte oft nur darin bestehen, daß das wirkliche Genie diesen Apparat nicht sehen läßt, sondern vorweg verbrennt, während das bloß vermeintliche ihn mit großem Aufwande hervorkehrt und um seine mageren Gestaltungen wirft wie einen Theatermantel.

Den berückenden Trank schöpfte ich jedoch nicht aus einem anspruchsvollen und blendenden Zauberbecher, sondern aus einer bescheidenen lieblichen Hirtenschale; denn bei allen Redensarten war dies Geßnersche Wesen durchaus einfacher und unschuldiger Natur und führte mich für einmal nur mit etwas mehr Bewußtsein unter grünen Baumschatten und an stille Waldquellen.

In der Biographie machte ich auch die Bekanntschaft mit dem alten Sulzer, welcher in Berlin des jungen Geßner Gönner gewesen; wie ich nun unter den Büchern einige stattliche Bände der »Theorie der schönen Künste« wahrnahm, nahm ich sie als in mein neuentdecktes Gebiet gehörig in Beschlag. Dies Buch muß seinerzeit eine gewaltige Verbreitung gefunden haben, da man es fast in allen alten Bücherschränken findet und es auf allen Auktionen spukt und für wenig Geld erstanden werden kann. Wie ich die enzyklopädische Einrichtung desselben bemerkte, schlug ich flugs den Artikel Landschaftsmalerei nach und, als ich ihn gelesen, alle möglichen übrigen Begriffe, die ich teils schon gehört, teils aus eben diesem Artikel abgezogen hatte, über Schulen, Meister, Farbe, Licht, Perspektive und dergleichen; las dazwischen schnell einen Artikel über ein anderes Gebiet, der gerade neben einem Malerartikel stand und mir auffiel, und als der Mittag herannahte, war mein Kopf von Gelehrsamkeit vollgepfropft, ich fühlte beinahe selbst den gravitätischen Hochmut in meinen festgeschlossenen Lippen und aufgespannten Augen und schleppte sämtliche Kunstliteratur in mein Zimmer hinüber zu der Mappe des Junker Felix.

Kaum nahm ich mir nach Tische noch Zeit, bei der Großmutter einen kurzen Besuch abzustatten, ein Glas Wein zu trinken, welchen sie schon seit Vormittag für mich bereit gehalten, und ein kleines Testamentchen mit Goldschnitt und silbernem Schlößchen, welches nach ihrer Angabe ein verspätetes Patengeschenk für meinen schon fortgezogenen Vater gewesen, vergessen worden und lange Jahre in ihrem Schranke liegen geblieben und welches sie treulich für mich aufgehoben hatte: kaum nahm ich mir Zeit, dies rührende und zierliche Geschenk einzustecken, und eilte wieder davon. Die Großmutter sah mir, so weit ihre schwachen Augen reichten, etwas wehmütig nach; denn sie hatte mir die heilige Gabe mit besonderer Liebe und Feierlichkeit einhändigen wollen. Aber ich schwand ihr eilig aus dem Gesichte, allein begierig, meine angefachte Kunsteinsicht an den Mann oder vielmehr an die Bäume zu bringen.

Mit einer Mappe und Zubehör versehen, schritt ich bereits unter den grünen Hallen des Bergwaldes hin, jeden Baum betrachtend, aber nirgends eigentlich einen Gegenstand sehend, weil der stolze Wald eng verschlungen, Arm in Arm stand und mir keinen seiner Söhne einzeln preisgab; die Sträucher und Steine, die Kräuter und Blumen, die Formen des Bodens schmiegten und duckten sich unter den Schutz der

Bäume und verbanden sich überall mit dem großen Ganzen, welches mir lächelnd nachsah und meiner Ratlosigkeit zu spotten schien. Endlich trat ein gewaltiger Buchbaum mit reichem Stamme und prächtigem Mantel und Krone herausfordernd vor die verschränkten Reihen, wie ein König aus alter Zeit, der den Feind zum Einzelkampfe aufruft. Dieser Recke war in jedem Aste und jeder Laubmasse so fest und klar, so lebens- und gottesfreudig, daß seine Sicherheit mich blendete und ich mit leichter Mühe seine Gestalt bezwingen zu können wähnte. Schon saß ich vor ihm und meine Hand lag mit dem Stifte auf dem weißen Papiere, indessen eine geraume Weile verging, ehe ich mich zu dem ersten Strich entschließen konnte; denn je mehr ich den Riesen an einer bestimmten Stelle genauer ansah, desto unnahbarer schien mir dieselbe und mit jeder Minute verlor ich mehr meine Unbefangenheit. Endlich wagte ich, von unten anfangend, einige Striche und suchte den schön gegliederten Fuß des mächtigen Stammes festzuhalten; aber was ich machte, war leben- und bedeutungslos, die Sonnenstrahlen spielten durch das Laub auf dem Stamme, beleuchteten die markigen Züge und ließen sie wieder verschwinden, bald lächelte ein grauer Silberfleck, bald eine saftige Moosstelle aus dem Helldunkel, bald schwankte ein aus den Wurzeln sprossendes Zweiglein im Lichte, ein Reflex ließ auf der dunkelsten Schattenseite eine neue mit Flechten bezogene Linie entdecken, bis alles wieder verschwand und neuen Erscheinungen Raum gab, während der Baum in seiner Größe immer gleich ruhig dastand und in seinem Innern ein geisterhaftes Flüstern vernehmen ließ. Aber hastig und blindlings zeichnete ich weiter, mich selbst betrügend, baute Lage auf Lage, mich ängstlich nur an die Partie haltend, welche ich gerade zeichnete, und gänzlich unfähig, sie in ein Verhältnis zum Ganzen zu bringen, abgesehen von der Formlosigkeit der einzelnen Striche. Die Gestalt auf meinem Papiere wuchs ins Ungeheuerliche, besonders in die Breite, und als ich an die Krone kam, fand ich keinen Raum mehr für sie und mußte sie, breit gezogen und niedrig, wie die Stirne eines Lumpen, auf den unförmlichen Klumpen zwingen, daß der Rand des Bogens dicht am letzten Blatte stand, während der Fuß unten im Leeren taumelte. Wie ich aufsah und endlich das Ganze überflog, grinste ein lächerliches Zerrbild mich an, wie ein Zwerg aus einem Hohlspiegel, die lebendige

Buche aber strahlte noch einen Augenblick in noch größerer Majestät als vorher, wie um meine Ohnmacht zu verspotten; dann trat die Abendsonne hinter den Berg und mit ihr verschwand der Baum im Schatten seiner Brüder. Ich sah nichts mehr als eine grüne Wirrnis und das Spottbild auf meinen Knien. Ich zerriß dasselbe, und so hochmütig und anspruchsvoll ich in den Wald gekommen, so kleinlaut und gedemütigt war ich nun. Ich fühlte mich abgewiesen und hinausgeworfen aus dem Tempel meiner jugendlichen Hoffnung, der tröstende Inhalt des Lebens, den ich gefunden zu haben wähnte, entschwand meinem innern Blicke, und ich kam mir nun vor wie ein wirklicher Taugenichts, mit welchem wenig anzufangen sei. Ich brach verzagt und weinerlich auf, mit gebrochenem Mute nach einem andern Gegenstande suchend, welcher sich barmherziger gegen mich erwiese. Allein die Natur, mehr und mehr sich verdunkelnd und verschmelzend, ließ mir kein Almosen ab; in meiner Bedrängnis tat sich mir das Wort kund »Aller Anfang ist schwer« und mit demselben die Einsicht, daß ich ja erst jetzt anfange und diese Mühsal eben den Unterschied von dem früheren Spielwerke begründe. Aber diese Einsicht stimmte mich nur trauriger, da mir Mühseligkeit und saurer Fleiß bisher spanische Dörfer gewesen und keineswegs sehr verlockend, vielmehr der Arbeit die Seele und die freudige Lust zu nehmen schienen. Ich nahm meine Zuflucht endlich wieder einmal zu Gott, der mir im Rauschen des Waldes und in meinem eingebildeten Elende wieder nahe getreten, und bat ihn flehentlich, mir zu helfen um meiner Mutter willen, deren sorgenvoller Einsamkeit ich nun auch gedachte.

Da traf ich auf eine junge Esche, welche mitten in einer Waldlücke auf einem niedrigen Erdwalle emporwuchs, von einer sickernden Quelle getränkt. Das Bäumchen hatte einen schwanken Stamm von nur zwei Zoll Dicke und trug oben eine zierliche Laubkrone, deren regelmäßig gereihte Blätter zu zählen waren und sich, sowie der Stamm, einfach, deutlich und anmutig auf das klare Gold des Abendhimmels zeichneten. Weil das Licht hinter der Pflanze war, sah man nur den scharfen Umriß des Schattenbildes, es schien wie absichtlich zur Übung eines Schülers hingestellt.

Ich setzte mich noch einmal hin und wollte flugs das kindliche Stämmchen mit zwei parallelen Linien auf mein Papier stehlen; aber noch einmal wurde ich gehöhnt, indem der einfache, grünende Stab im selben Augenblicke, wo ich ihn zu zeichnen und genauer anzusehen begann, eine unendliche Feinheit und Mannigfaltigkeit der Bewegung annahm. Die beiden aufstrebenden Linien schmiegten sich in allen kaum merklichen Biegungen so streng aneinander, sie verjüngten sich nach oben so fein und die jungen Äste gingen endlich in so gemessenen Winkeln daraus hervor, daß um kein Haar abgewichen werden durfte, wenn das Bäumchen seine schöne Gestalt behalten sollte. Doch nahm ich mich zusammen und klammerte mich ängstlich und aufmerksam an jede Bewegung meines Vorbildes, woraus endlich nicht eine sichere und elegante Skizze, sondern ein zaghaftes, aber ziemlich treues Gebilde hervorging. Ich fügte, einmal im Zuge, mit Andacht die nächsten Gräser und Würzelchen des Bodens hinzu und sah nun auf meinem Blatte eines jener frommen nazarenischen Stengelbäumchen, welche auf den Bildern der alten Kirchenmaler und ihrer heutigen Epigonen den Horizont so anmutig und naiv durchschneiden. Ich war zufrieden mit meiner bescheidenen Arbeit und betrachtete sie noch lange abwechselnd mit der schlanken Esche, die sich im leisen Abendhauche wiegte und mir wie ein freundlicher Himmelsbote erschien. Als ob ich Wunder was verrichtet hätte, zog ich hoch vergnügt dem Dorfe zu, wo meine Verwandten begierig waren, die Früchte meiner mit so viel Anspruch unternommenen Waldfahrt zu sehen. Nachdem ich aber mein Bäumlein mit seinen höchstens vier Dutzend Blättern hervorgezogen, löste sich die Erwartung in ein allgemeines Lächeln auf, welches bei den Unbefangensten zum Gelächter wurde; nur dem Oheim gefiel es, daß man doch gleich ein junges Eschchen erkannte, und er munterte mich auf, unverdrossen fortzufahren und die Waldbäume recht zu studieren, wozu er mir als Forstmann behilflich sein wolle. Er besaß noch so viel städtische Erinnerung, daß ihm dergleichen nicht lächerlich vorkam; auch mochten leidenschaftliche Jäger von jeher die Malerei wohl leiden, insofern sie den Schauplatz ihrer Freuden und ihre Taten selbst verherrlicht. Daher begann er nach dem Abendessen noch sogleich einen Kursus mit mir und sprach von den Eigentümlichkeiten der Bäume und von den Stellen, wo ich die lehrreichsten Exemplare finden würde. Zuvörderst aber empfahl er mir, die Studien des Junkers Felix zu kopieren, was ich an den folgenden Tagen mit großem Eifer tat, indessen wir an den schönen Abenden unsere Rekognoszierungen für die nächste Jagdzeit fortsetzten und dabei die reizendsten Gründe und Höhen durchstreiften, umgeben und begleitet von der reichsten Baumwelt.

So ging die erste Woche meines ländlichen Aufenthaltes angenehm zu Ende, und um diese Zeit wußte ich schon die meisten Bäume voneinander zu unterscheiden, und freute mich, die grünen Gesellen mit ihren Namen begrüßen zu können; nur hinsichtlich der reichen Kräuterwelt des feuchten oder trockenen Bodens bedauerte ich erst jetzt wieder lebhaft die Unterbrechung jener botanischen Anfänge in der Schule, da ich wohl fühlte, daß für die Kenntnis dieser kleinen, aber weit mannigfaltigeren Welt einige grobe Umrisse nicht genügten, und doch hätte ich so gern die Namen und Eigenschaften aller der blühenden Dinge gekannt, welche den Boden bedeckten.

I, 21 Auf den ersten Sonntag meiner Anwesenheit war schon ein Besuch verabredet worden, welchen wir jungen Leute hinter dem Walde abstatten wollten. Dort wohnte auf einem einsamen und abgelegenen Hofe ein Bruder meiner Muhme mit einer jungen Tochter, welche mit meinen Basen eine eifrige Mädchenfreundschaft pflag. Ihr Vater war früher Dorfschulmeister gewesen, hatte aber nach dem Tode seiner Frau sich in jenen beschaulichen Waldhof zurückgezogen, da er ein hinlängliches Vermögen besaß und das gerade Gegenteil meines Oheims darstellte. Während dieser, von städtischer Abkunft und in einigen geistlichen Studien aufgewachsen, dieses alles hinter sich geworfen und vergessen hatte, um sich ganz der braunen Ackererde und dem wilden Forste hinzugeben, strebte jener, von bäuerischem Herkommen und dürftiger Bildung, allein nach milden und feinen Sitten, nach dem Leben und Ruhme eines Weisen und Gerechten und vertiefte sich in beschauliche geistliche und philosophische Spekulationen, betrachtete die Natur nach Anleitung allerlei seltsamer Bücher und freute sich, vernünftige Gespräche anzuknüpfen, sooft sich hierzu die Gelegenheit bot, wobei er eine große Artigkeit zu entfalten bestrebt war. Sein Töchterchen, ungefähr von vierzehn Jahren, lebte still und fein in dem milden Lichte solcher Gesinnungsweise und stellte nach den Wünschen ihres Vaters eher ein zartes Pfarrerskind vor denn eine Landmannstochter, indessen die weibliche Nachkommenschaft meines Oheims, zur derben Arbeit gehalten, einen starken Anhauch von Regen und Sonnenschein zeigte, welcher sie aber viel eher zierte als entstellte und dem Glanze ihrer frischen Augen entsprach.

Meine drei Basen, von zwanzig, sechzehn und vierzehn Jahren, mit städtisch verwälschten Namen: Margot, Lisette und Caton, hielten am Sonntag nachmittag lange Konferenz in ihren Kämmerchen, einander wechselseitig besuchend und die Türen hinter sich abschließend. Wir Burschen, deren Toilette längst beendigt war, harrten ungeduldig und konnten nur durch Schlüssellöcher und Türspalten bemerken, daß die Kleiderschränke weit geöffnet und die Mädchen mit wichtigen Gebärden ratschlagend davor standen. Ein starker Geruch verschiedener Spezereien verbreitete sich und bildete mit den neuen Stoffen und Siebensächelchen, welche in den Schränken lagen, jenen behaglichen Duft, der sich aus geöffneten Frauenschränken oder sonstigen Mobilien entwickelt. Um uns die Zeit zu vertreiben, begannen wir die andächtigen Töchter zu necken und drangen endlich mit hellem Haufen in ihre Mitte, über einen mächtigen Schrank herfallend, um die Nasen in die hundert Schächtelchen, Büchschen und Heimlichkeiten zu stecken. Aber mit dem Mute wilder Löwinnen, denen man die Jungen rauben will, wurden wir hinausgeworfen und führten vor den Türen einen vergeblichen Kampf, dieselben wieder aufzubrechen. Da gingen sie mit einem Male nach einer kurzen Stille von selber auf und heraus traten, verschämt und unwillig und doch siegbewußt, die drei armen Kinder, bunt und prächtig, nach der vorjährigen Mode gekleidet, mit vorweltlichen Parasols und wunderbar geformten Ridiküls, der eine einem Sterne gleich, der andere einem Halbmonde, der dritte ein Mittelding zwischen Säbeltasche und Lyra.

Dies alles mußte umso größeren Eindruck machen, wenn man bedachte, daß die guten Mädchen Autodidaktinnen waren und in Sachen des Putzes ganz allein und ratlos in der Welt dastanden; denn ihre Mutter hatte einen Abscheu vor aller Stadtkleidung und riß jedesmal, wenn sie aus der Kirche kam, die furchtbare Horiahaube, welche sie als Pfarrfrau trug, sogleich herunter. Die Damen des neuen Pfarrers, außerdem die einzigen im Dorfe, waren stolz, unzugänglich und bezogen ihren Putz fertig aus der Stadt. So waren meine Basen ganz auf sich selbst, auf eine intelligente Dorfnähterin und auf einige Traditionen des Hauses gewiesen, welche sie als eifrige Forscherinnen der dunklen Vergangenheit entlockten. Deswegen waren ihre Erfolge doppelt achtungswert, und wenn wir sie mit einem spöttischen Ah! empfingen bei ihrer heutigen Erscheinung, so war dieser Spott nur ein verstellter und die Maske einer aufrichtigen Bewunderung.

Indessen entsprach unsere Tracht an kühner und eleganter Mischung vollkommen derjenigen der Jungfrauen. Die Vettern trugen Jacken von ziemlich grobem Tuche, welchen aber der Dorfschneider in betracht ihres Ranges einen kecken, ja höchst gewagten Zuschnitt gegeben hatte, indem er in die tiefsten Abgründe seiner Phantasie und Erfahrung hinuntergestiegen. Diese Jacken waren mit einer Unzahl blanker Knöpfe besetzt, auf welchen die Tiere des Waldes gepreßt in jagdgerechten Sprüngen erschienen und welche der Oheim einst bei guter Gelegenheit *en gros* eingehandelt und sich so für Kind und Kindeskind versehen hatte. Die abgefallenen Stücke dieser Zierat gingen unter der Dorfjugend als gangbare Münze und wogen beim Spiele sechs Horn- oder Bleiknöpfe auf. Daher mochte es kommen, daß die Jacken des jüngsten Sohnes, welcher noch in lebhaftem Verkehre mit den Knopfkapitalisten stand, äußerlich immer dieser Zierde beraubt waren und sie dagegen im Innern ihrer Taschen verbargen, daß sogar den Kleidungsstücken der älteren Brüder mehr Knöpfe abgingen als nach der Haltbarkeit des derben Zwirnes jenes Jackendichters zu berechnen war. Ich selber trug zu meinem grünen Soldatenrock mit roten Schnürchen weiße Beinkleider, keine Weste über dem burschikosen Hemde, hingegen das rote Seidentuch der Großmutter malerisch umgeschlungen, und überdies hing die goldene Uhr meines Vaters, die ich ererbt, aber nie recht in Ordnung zu halten verstand, an einem tüchtigen blauen Bande mit gestickten Blumen, das ich den Schachteln meiner Mutter entnommen hatte. Von der Mütze hatte ich längst den philisteriösen Schirm abgetrennt, daß sie die Stirn frei ließ, und ich hätte wie ein vollendeter Jahrmarktsbursche ausgesehen, wenn nicht die Unschuld und Schüchternheit des Alters den unbescheidenen Aufzug gemildert hätten. Menschen, welche etwas Besseres und

Tieferes ahnen und wünschen, werden sich, wie ich glaube, mehr und mehr aller lächerlichen Äußerlichkeiten enthalten, je mehr sie dem geahnten Inhalte durch Erfahrung und Tat nahe treten; je mehr sie aber noch davon entfernt sind, desto ängstlicher klammern sie sich an solche Schnörkeleien. Allein gerade diese Äußerlichkeit verhindert oft das Innere, sich rasch zu entwickeln, wenn nicht ein Mann und Vater vorhanden ist, welcher sie mit gesundem Spotte beschneidet und unterdrückt, indessen er dem aufstrebenden Sohne das Wahre mit fester Hand vorzeichnet.

Man konnte auf zwei Wegen zu der Wohnung des alten Schulmeisters gelangen: entweder mußten wir einen lang gedehnten Berg hinter dem Dorfe ersteigen und, längs auf demselben fortgehend, endlich jenseits niedersteigen, wo wieder ein Tal lag, ähnlich dem unserigen, nur kleiner und runder und beinahe ganz mit einem tiefen dunklen See erfüllt; oder wir konnten längs des Flusses unser Tal durchwandern und mit dem in Gehölzen sich verlierenden Wasser um den Berg herum an den See gelangen, in welchen jenes sich ergoß und an welchem das befreundete Haus lag.

Wir zogen es vor, mit dem kurzweiligen Flüßchen den Hinweg zurückzulegen und erst in der Abendkühle über den Berg heimzukehren, und unsere bunte, weithin glänzende Gesellschaft bewegte sich bald durch das grüne Tal hin, bis wir in eine reizende Wildnis gelangten, wo der Wald von beiden Seiten an das Gewässer niederstieg und dasselbe kühl und dunkel überschattete. Bald faßte er es mit undurchdringlichen Laubwänden ein, daß wir die überhangenden Zweige zurückbiegen mußten, bald weitete er sich aus und ließ eine Schar lichter, hoher Tannen auf sonnigem Boden vorrücken, dann lagen herabgestürzte Felsblöcke am Rande und im Wasser und verursachten Wasserfälle, indessen zurückgebliebene Trümmer aus dem Gebüsche der Abhänge hervorragten; kleine Seitenwege lockten ins Dunkel und überall enthüllten sich die lieblichsten Geheimnisse. Die roten, blauen und weißen Gewänder der Mädchen leuchteten herrlich in dem dunklen Grün, die Vettern sprangen von Stein zu Stein, daß ihre Goldknöpfe aufblitzten und mit den Silberkringeln der Wellen wetteiferten. Allerhand Getier machte sich sichtbar, hier sahen wir die Federn einer Taube, die unzweifelhaft von einem Raubvogel zerrissen worden, dort schoß eine Schlange durch die Uferwellen über die glatten Kiesel hin, und in einer abgetrennten Untiefe hatte sich eine schimmernde Forelle gefangen, welche mit ihrer Schnauze ängstlich an den abschließenden Steinen herumtastete, bei unserer Annäherung aber einen Salto mortale machte und im strömenden Elemente verschwand.

So waren wir unbemerkt um den Berg herumgekommen, die holde Wildnis erweiterte sich und ließ mit einem Male den stillen dunkelblauen, mit Silber besprengten See sehen, der mit seiner friedevollen Umgebung im lautlosen Glanze eines Sonntagnachmittages ruhte. Ein schmaler Streifen bebauter Erde zog sich um den See herum, hinter demselben setzte sich überall der ansteigende Wald fort, welcher aber da und dort wieder ein stilles Ackerfeld bergen mußte, da hier und da ein rotes Dach oder eine blaue Rauchsäule aus dem Dickicht emporstieg. Nur auf der Sonnenseite lag ein ansehnlicher Weinberg und zu Füßen desselben das Haus des Schulmeisters, dicht am See, unmittelbar über den höchsten Weinreihen aber hing der reine tiefe Himmel, und dieser spiegelte sich in dem glatten Wasser, bis wo er durch den gelben Kornstreifen, die smaragdenen Kleefelder und den dahinter liegenden Wald, welche alle sich gänzlich unverändert in der Flut auf den Kopf stellten, begrenzt wurde. Das Haus war weiß getüncht, das Fachwerk rot angestrichen und die Fensterladen mit großen Muscheln und Blumen bemalt, aus den Fenstern wehten weiße Gardinen und aus der Haustür trat, ein zierliches Treppchen herunter, das junge Bäschen, schlank und zart wie eine Narzisse, in einem weißen Röckchen und mit einem himmelblauen Bande gegürtet, mit goldbraunen Haaren, blauen Äuglein, einer etwas eigensinnigen Stirne und einem kleinen lächelnden Mündchen. Auf den schmalen Wangen wallte ein Erröten über das andere hin, das feine Glockenstimmchen klang kaum vernehmbar und verhallte alle Augenblicke wieder. Durch ein duftendes Rosen- und Nelkengärtchen führte uns Anna, nachdem sie sich mit meinen Basen so zärtlich und feierlich begrüßt hatte, als ob sie einander ein Jahrzehnt nicht gesehen, in das vor Reinlichkeit und Aufgeräumtheit widerhallende Haus, wo uns ihr Vater, in einem saubern grauen Fracke und weißer Halsbinde, in gestickten Pantoffeln einhergehend, herzlich und zufrieden willkommen hieß. Er hatte den beschaulichen Sonntag über Büchern zugebracht, welche noch auf dem Tische lagen, und mochte nun froh sein, unverhofft eine so hübsche Anzahl Zuhörer für seine Beredsamkeit vor sich zu sehen. Als ich ihm vorgestellt wurde, schien er sich besonders zu freuen, seine Manieren und gelehrte Reden mit Anerkennung an den Mann bringen zu können, da er mich mitten aus dem blühendsten höheren Schulwesen herkommend vermutete. Er hatte auch alle Ursache, sich an mich zu halten; denn schon hatten meine Vettern sich aus dem Staube gemacht, noch ehe der Schulmeister einen Stoff ergriffen, und ich sah, wie sie draußen am Ufer alle drei ihre Köpfe tief in die Öffnung eines Fischkastens steckten, daß man nichts von ihnen sehen konnte als ihre sechs Beine. Sie untersuchten aufmerksam den Fischbestand ihres Oheims, indessen die Schwestern seinem Töchterchen und einer alten Magd in Küche, Keller und Garten gefolgt waren.

Der Schulmeister merkte bald, daß ich ein andächtiger und bescheidener Zuhörer und auf seine Fragen nicht ohne Geschick einzugehen imstande sei. Freilich nahm er das stille Dasitzen, welches nicht immer auf die summenden Worte achtet und sie, etwas heuchlerisch, als angenehmes Wiegenlied zu einem anderweitigen Träumen benutzt, für bare Münze, umso mehr, als ich in solcher Lage doch immer wach genug war, auf die Übergänge zu merken. Nachdem er mich über die neuen Schuleinrichtungen angelegentlich befragt, fuhr er fort: »Aber etwas bunt muß es doch noch zugehen! Da habe ich eben in der Zeitung gelesen, daß in einer Abteilung unserer Kantonsschule die bekannten Störungen endlich dadurch gehoben worden, daß man den unpraktischen Lehrer und den unnützesten Schüler, einen wahren kleinen Revolutionär, zugleich entfernt und dadurch die Ruhe gründlich hergestellt habe. Daß man nun den Lehrer entlassen hat, scheint mir ganz vernünftig, wenn man ihn nur anderweitig versorgt; hingegen mit dem Schüler will es mir nicht recht einleuchten, es will mich bedünken, als ob man demselben damit verdeutet habe: Du bist nun außer unsere Gemeinschaft gestellt und magst zusehen, was du aus dir machst! Dies ist nicht christlich gehandelt, und unser Herr und Meister würde das verirrte Schaf gewiß zunächst unter die Falten seines Mantels genommen haben. Kennt Ihr, liebes Vettermännchen, den verstoßenen Knaben?«

Der Mann weckte durch diese Frage die peinvollen Erinnerungen und durch ihre Fassung zugleich eine tiefe Wehmut in mir auf, und ich antwortete kleinlaut und eine Träne im Auge, ich wäre es selbst.

Ganz erstaunt trat er einen Schritt zurück und betrachtete mich mit großen Augen; er war verlegen, einen angehenden Teufel in so harmloser Gestalt so nahe vor sich zu sehen. Doch hatte ich ihn schon zu sehr für mich eingenommen, als daß diese Verlegenheit zu lange andauern konnte, und mein eigenes Benehmen mochte ihn belehren, daß er mit seiner vorher ausgesprochenen milden Ansicht nicht das Unrechte getroffen.

»Ich habe mir es doch gleich gedacht«, versetzte er, »daß die Sache ein Häklein habe; denn ich sehe und will es gern glauben, daß der Vettermann ein junger Mensch ist, mit dem sich ein vernünftiges Wort reden läßt! Doch erzählt mir nun den Verlauf dieser schlimmen Geschichte recht getreulich, es nimmt mich sehr wunder, wie sich darin die Schuld und das Unrecht verteilen!«

Nachdem ich dem freundlichen Schulmeister den ganzen Hergang aufrichtig und weitläufig, zuletzt etwas leidenschaftlich berichtet, da ich zum ersten Mal seither mein Herz leeren konnte, besann er sich eine Weile, indem er verschiedene Hm! und So so! hervorstieß, und fuhr dann fort:

»Das ist ein ganz eigenes Geschick! Zuerst müsset Ihr nun Euch nicht überheben und etwa einen hochmütigen Groll auf das Erlittene begründen, welcher Euch für das ganze Leben schädlich sein könnte! Ihr müsset bedenken, daß Ihr doch das Unrecht und den Mutwillen der übrigen geteilt habt und Euch hiernach glücklich preisen, daß Ihr in so frühem Alter schon von Gott selbst eine ernste Strafe und Belehrung empfangen; denn das, was Euch widerfahren, ist nicht die Gerechtigkeit der Menschen, sondern ein unmittelbares Eingreifen des Herrn der Welt, womit er Euch frühzeitig gewürdigt und gezeigt hat, daß er mit Euch nicht zu spaßen gedenkt, sondern Euch seine eigenen strengen Wege führen will. Nachdem Ihr also dieses scheinbare Unglück dankbar und reuevoll angenommen und das vermeintliche Unrecht vergeben und vergessen, müßt Ihr allein darauf bedacht sein, dem Ernste dieses Erlebnisses entsprechend fortzuleben, und gewärtig, daß jede Abweichung von der Bahn des Rechten und

Guten sich an Euch empfindlicher rächen werde als an anderen, auf daß Ihr dadurch in der Übung des Guten gerade fleißiger und stärker werdet als viele, denen nicht solches geschieht. Nur auf diese Weise vermag das Ereignis etwas Heilbringendes und der Trost über sich selbst zu sein, ohne dies aber würde es nur eine fatale und ärgerliche Geschichte bleiben, mit welcher ein so junges Leben zu beladen nicht die Absicht und das Vergnügen Gottes sein kann. Freilich ist nun die Wahl eines Berufes das Nächste und Wichtigste, und wer weiß, ob nicht Euere Bestimmung ist, gerade durch diese plötzliche Bedrängnis Euch früher zu entscheiden als sonst geschehen wäre! Gewiß habt Ihr schon die Lust zu irgend einem besonderen Berufe in Euch verspürt?«

Diese Reden gefielen mir ausnehmend wohl; obgleich ich den ernsten moralischen Sinn derselben nicht sonderlich faßte, so ergriff ich doch den Gedanken an eine höhere Bestimmung und Leitung Gottes höchst lebendig und dünkte mich glücklich, mich unter dem besonderen Schutze Gottes in meinen Neigungen zu wissen; es ging mir ein heller Stern auf und ich sagte unumwunden: »Ja, ich möchte ein Maler werden!«

Bei dieser Antwort stutzte mein neuer Freund fast noch mehr als bei dem früheren Geständnisse, weil er in seiner Abgeschiedenheit von allem Verkehre der Kultur am wenigsten an dies Wort gedacht hatte. Doch besann er sich ebenfalls schnell und sprach:

»Ein Maler? Ei sieh, das ist seltsam! Doch lasset sehen! Es hat allerdings eine Zeit gegeben, wo es Maler gegeben hat, welche von göttlichem Geiste erfüllt waren, welche den dürstenden Völkern einen Trunk himmlischen Lebens reichten in Ermangelung des lebendigen Wortes, das wir jetzt haben. Allein so wie schon dazumal diese Kunst nur zu bald ein eitler Flitterkram der hochmütigen Kirche geworden, so scheint sie mir heutzutage vollends ohne inneren Kern und ein bloßes Gebaren der menschlichen Eitelkeit und Fratzenhaftigkeit zu sein. Ich habe zwar durchaus keine Kenntnis von den Künsten, wie sie jetzo in der Welt hantiert werden, kann mir aber desto weniger vorstellen, wie sich ein ernsthaftiges und geistiges Leben dabei führen läßt! Habt Ihr denn so große Lust und Geschick, allerlei unnützes Bildwerk zu verfertigen oder wohl gar Menschengesichter für Bezahlung abzubilden?«

»Zuvörderst will ich ein Landschaftsmaler werden«, erwiderte ich, »und habe dazu allerdings große Lust und hoffe, der liebe Gott werde mir auch das Geschick geben!«

»Ein Landschaftsmaler? das heißt, merkwürdige Städte, Gebirge und Weltgegenden abbilden? Hm! Dieses scheint mir nicht so übel zu sein, da lernt man wenigstens die Welt kennen und kommt weit umher; Länder, Meere und allenfalls auch die Menschen dazu; aber dazu gehört besonderer Mut und eigenes Glück, wie mich dünkt, und vor allem soll, meines Erachtens, ein junger Mensch darauf denken, wie er im Lande bleiben und sich redlich nähren, auch seinen Mitbürgern sich nützlich und seinen Eltern dienstbar erweisen kann!«

»Die Landschaftsmalerei, die ich im Sinne habe, ist nicht sowohl, was Ihr hiermit darunter versteht, Herr Vetter! als etwas ganz anderes!«

»Nun, und das wäre?«

»Sie besteht nicht darin, daß man merkwürdige und berühmte Orte aufsucht und nachmacht, sondern darin, daß man die stille Herrlichkeit und Schönheit der Natur betrachtet und abzubilden sucht, manchmal eine ganze Aussicht, wie diesen See mit den Wäldern und Bergen, manchmal einen einzigen Baum, ja nur ein Stücklein Wasser und Himmel.«

Da der Vetter hierauf nichts entgegnete, sondern auf eine Fortsetzung zu warten schien, fuhr ich auch fort und geriet nun meinerseits in eine Begeisterung und Beredsamkeit, die ich früher nicht gekannt hatte. Der zwischen Sonnenglanz und Waldesschatten schwebende See ruhte majestätisch vor den klaren Fenstern, von fernem Bergrücken schienen einige schlanke Eichen, die in die himmelhohe Sonntagsluft stiegen, mir zuzuwinken, fern, leise, aber eindringlich; ich blickte unverwandt nach ihnen, wie auf eine höhere Erscheinung, indem ich sprach:

»Warum sollte dies nicht ein edler und schöner Beruf sein, immer und allein vor den Werken Gottes zu sitzen, die sich noch am heutigen Tag in ihrer Unschuld und ganzen Schönheit erhalten haben, sie zu erkennen und zu verehren und ihn dadurch anzubeten, daß man sie in ihrem Frieden wiederzugeben versucht? Wenn man nur ein einfältiges Sträuchlein abzeichnet, so empfindet man eine Ehrfurcht vor jedem

Zweige, weil derselbe so gewachsen ist und nicht anders nach den Gesetzen des Schöpfers; wenn man aber erst fähig ist, einen ganzen Wald oder ein weites Feld mit seinem Himmel wahr und treu zu malen, und wenn man endlich dergleichen aus seinem Inneren selbst hervorbringen kann, ohne Vorbild, Wälder, Täler und Gebirgszüge, oder nur kleine Erdwinkel, frei und neu, und doch nicht anders als ob sie irgendwo gewachsen und sichtbar sein müßten, so dünkt mir diese Kunst eine Art wahren Nachgenusses der Schöpfung zu sein. Da lässet man die Bäume in den Himmel wachsen und darüber die schönsten Wolken ziehen und beides sich in klaren Gewässern spiegeln! Man spricht: es werde Licht! und streut den Sonnenschein beliebig über Kräuter und Steine und läßt ihn unter schattigen Bäumen erlöschen. Man reckt die Hand aus, und es steht ein Unwetter da, welches die braune Erde beängstigt, und läßt nachher die Sonne in Purpur untergehen! Und dies alles, ohne sich mit schlechten Menschen vertragen zu müssen; es ist kein Mißton im ganzen Tun!«

»Gibt es denn eine solche Art der Kunst und wird sie anerkannt?« fragte der gute Schulmeister ganz verblüfft.

»Ja wohl«, erwiderte ich, »in den Städten, in den Häusern der Vornehmen, da hängen schöne glänzende Gemälde, welche meistens stille grüne Wildnisse vorstellen, so reizend und trefflich gemalt, als sähe man in Gottes freie Natur, und die eingeschlossenen, gefangenen Menschen erfrischen ihre Augen an den unschuldigen Bildern und nähren diejenigen reichlich, welche sie zustande bringen!«

Der Schulmeister trat an das Fenster und schaute etwas überrascht hinaus.

»Also dieser kleine See zum Beispiel, diese meine holdselige Einsamkeit würde ein genugsamer Gegenstand sein für die Kunst, obgleich niemand den Namen kennte, bloß wegen der Milde und Macht Gottes, die sich auch hier offenbart?«

»Ja gewiß! ich hoffe noch, Euch diesen See mit seinem dunklen Ufer, mit dieser Abendsonne so zu malen, daß Ihr mit Vergnügen diesen Nachmittag darin erkennen sollt und selbst sagen müßt, es sei weiter hierzu nichts nötig, um bedeutend zu sein, das heißt, wenn ich ein Maler werden kann und etwas Rechtes lerne!« setzte ich hinzu.

»Jetzt habe ich alter Mensch wieder etwas Neues gelernt«, sagte mein Vetter gerührt, »es ist doch höchst merkwürdig, in wie vielen Weisen der menschliche Geist sich äußern kann. Mir scheint, Ihr seid auf einem guten und frommen Wege, und wenn Ihr ein solches Stück zustande bringen könnt, so möchte es leichtlich so verdienstvoll sein als ein gutes geistliches Frühlings- oder Erntelied. He, ihr Knaben!« rief er den jungen Fischkennern zu, welche immer noch an ihrem Geschäfte waren, »holt ein Gefäß und sucht ein tüchtiges Gericht Fische aus, Aale, Forellen oder Hechte, daß die Weiber sie backen können!«

Indessen waren die Mädchen wieder in die Stube gekommen und hatten teilweise unser Gespräch angehört, so daß der redselige Mann nicht verlegen war, auf einen neuen Stoff überzugehen und alle für denselben pflichtig zu machen. Ich selbst wurde wieder still und ziemlich befangen, da die zierliche Anna ungehört wieder da war und leise mit einer Base flüsterte. Der Alte sprach nun von der Ernte, von den Weinhoffnungen, von den Baumfrüchten mit den Mädchen, aber alles in einer feinen und salbungsvollen Weise, mir nebenbei manche Aufklärung gebend, wenn er meine Unbekanntschaft mit diesen Dingen voraussetzte. Ich aber sagte fürder nichts, sondern befand mich glücklich und wohlgemut in der Nähe des lieblichen Mädchens, ohne sie jedoch anzusehen, und nur angenehm berührt, wenn sie einmal ihr Stimmchen erhob.

Ein mächtiger Küchenduft verbreitete sich durch das Haus, zog die Knaben herbei und veranlaßte den Schulmeister, auf ein Zeichen der alten Köchin, zum Aufbruch in das obere Stockwerk aufzufordern. Dort war ein kleiner, heller und kühler Saal, welcher zwischen seinen ganz geweißten Wänden nichts enthielt als einen länglichen Tisch, Stühle und eine alte Hausorgel. Der Tisch war gedeckt, wir setzten uns zu einem fröhlichen Abendessen, welches aus den Fischen bestand, so die Vettern mit wenig Bescheidenheit ausgewählt hatten. Ländliches Backwerk und Früchte und ein milder unschuldiger Wein, an der Höhe hinter dem Hause gewachsen, schmückten das einfache und in seiner Art doch gewählte und anständige Mahl, der Alte würzte es mit sinnigen Reden, die Jungen scherzten und gaben sich naive Rätsel und Wortspiele auf, und dies alles übergoldete ein gehobener sonntäglicher Ton, anders als ob man zu Hause, und anders als ob man in einer gewöhnlichen Bauernfamilie wäre. Als wir uns genugsam erfrischt, schritt der Schulmeister zu der Orgel hin und öffnete dieselbe, daß die glänzende Pfeifenreihe zutage trat und das Innere der beiden Flügeltürchen das gemalte Paradies zeigte mit Adam und Eva, Blumen und Tieren. Er setzte sich davor, wir mußten uns in einen Kreis um ihn herumstellen, Anna teilte einige alte Musikbücher aus, und nachdem ihr Vater gar anmutig präludiert, sangen wir zu seinem Spiele und Vorsang einige schöne kirchliche Sommerlieder und hernach einen künstlichen Kanon. Wir sangen in heiterer Freude und aus voller Brust und doch mit Maß und Haltung, die Dankbarkeit gegen den Augenblick brachte bessere Musik hervor als die strengste Schulprobe, und ich selbst ließ mein inneres Glück unbefangen und frei in den Gesang strömen; denn dieser Tag war für mich wieder neuer und schöner als alle früheren. Wenn wir einen Vers geendigt hatten, erklang über den See her, von einer Wand im Walde, ein harmonisch verhallendes Echo, die Orgeltöne und Menschenstimmen verschmelzend zu einem neuen wunderbaren Tone, und zitterte eben aus, indem wir selbst den Gesang wieder anhoben. An verschiedenen Stellen, in der Höhe und Tiefe, wurden freudige Menschenstimmen wach, welche ihre Lust in die still webenden Lüfte sangen und jauchzten, so daß unser Kanon, mit welchem wir schlossen, sozusagen sich über das ganze Tal verbreitete.

Doch nun mußten wir aufbrechen, da die Sonne sich schon den Bergen näherte; der Schulmeister entließ uns mit Zufriedenheit und verabschiedete mich mit entschiedenen Zeichen seines Wohlwollens. Ich mußte ihm versprechen, auf meinen Streifzügen so oft als möglich in sein Tal zu kommen und in seinem Hause meinen Sitz aufzuschlagen, als ob er ebenfalls mein Oheim wäre. Anna wollte uns noch bis auf die Berghöhe begleiten, und so machten wir uns viel aufgeregter und lauter auf den Weg als wir gekommen waren. Die Mädchen, so schon durch ein Nichts, durch die bloße freie Gelegenheit, in die höchste Stimmung reiner mutwilliger Lust versetzt, sangen fort und fort mit glänzenden Augen und verlockten uns mitzusingen, indem sie Welt- und Vaterlandslieder anstimmten. Dazwischen machte sich eine gegenseitige Neckerei mit Herzensangelegenheiten unter den Geschwistern geltend, das ganze süße Geplauder jenes hoffnungsreichen Alters befreite sich aus den offenen Gemütern und umspann alle mit gern gehörten Anspielungen, verstelltem Widerstande und schelmischer Rückantwort. Nur Anna schien vor den Angriffen sicher zu sein, während sie hie und da einen schüchternen Scherz hinwarf, und ich sagte gar nichts dazu, weil mein Herz voll war von den Begebnissen des Tages. Wir standen nun auf der Höhe, welche von der Glut der untergehenden Sonne übergossen war, vor mir schwebte die federleichte, verklärte Gestalt des jungen Mädchens, und neben ihr glaubte ich den lieben Gott lächeln zu sehen, den Freund und Schutzpatron der Landschaftsmaler, als welchen ich ihn heute in dem Gespräche mit dem Schulmeister entdeckt hatte; das scheidende Mädchen errötete noch stärker in die Abendröte hinein, als sie zuletzt auch mir die Hand bot. Wir berührten uns kaum mit den Fingerspitzen und nannten uns höflich Sie; aber die Vettern lachten uns aus und die Basen verlangten ernsthaft, daß wir uns mit Du anreden sollten, da hier zu Lande nichts anderes geduldet würde unter jungen Leuten.

So wechselten wir unsere Taufnamen, verzagt und spröde; aber der meinige schlüpfte wie ein Flötenton in mein Ohr, und als Anna schnell und ängstlich im Schatten ihrer Bergseite verschwand und wir auf der unserigen niederstiegen, hatte ich zwei Dinge erworben: einen großen und mächtigen Kunstgönner, der unsichtbar über die dämmernde Welt hinschritt, und ein allerliebstes Schätzchen von meinem Alter im Herzen.

DRITTES KAPITEL

II,1 Ich konnte den unbestimmten Zwischenzustand nun nicht länger ertragen, sondern suchte unter meinen Sachen nach einem feinen Blättchen Papier, um einen Brief an meine Mutter zu schreiben, den ersten in meinem Leben. Als ich ganz zu oberst am Rande das »Liebe Mutter!« hinsetzte, schwebte sie mir in einem neuen Lichte vor, ich empfand diesen feinen Fortschritt und Ernst des Lebens wohl und meine Schreibgeläufigkeit ließ mich anfänglich im Stiche und kaum die ersten Sätze finden. Doch führten mich die Schilderungen meiner Reise und des Aufenthaltes im Pfarrhause sowie der sonstigen Erlebnisse bald in das Geleise zurück, und meine Beschreibung fiel nur allzu geschmückt und prahlerisch aus. Ich trug ein großes Behagen zur Schau und eine gewisses sonderbares Bestreben, welches sich nachher mehrmals wiederholte, auf meine Mutter mit einem glücklichen Befinden und mit meinen verschiedenen Taten und Abenteuern eine Art Eindruck zu bewirken, eine förmliche Sucht, auf naive Weise sie zu unterhalten und zugleich dadurch mich geltend zu machen, als ob ich auch ohne den Quell meines Lebens dieses zu finden und zu bezwingen wüßte. Alsdann ging ich auf den Zweck meines Schreibens über und erklärte ihr weitläufig, daß ich nun durchaus glaubte, ein Maler werden zu müssen, und infolge dessen bat ich sie, sich vorläufig umzusehen und mit den verschiedenen Erfahrenen unserer Bekanntschaft sich zu beraten. Die Familienberichte und Grüße sowie einige wichtige Aufträge über kleine Gegenstände bildeten den Schluß des Briefes, ich faltete ihn eng und künstlich zusammen und verschloß ihn mit meinem Leibsiegel, einem unbehilflichen Anker, das Zeichen der Hoffnung, welches ich längst in ein weiches Stückchen Alabaster selbst gegraben hatte und nun zum ersten Mal zu einem wirklichen Zwecke gebrauchte. Die Adresse schrieb ich sehr ausführlich und besonders das »an Frau Lee, née Hartmann« mit ungemeiner Ansehnlichkeit.

Nach dem Empfange dieses Briefes begab sich meine Mutter in ihre Staatskleidung, schlicht und einfarbig, bauschte ein frisches Taschentuch zusammen, das sie in die Hand nahm, und begann feierlich ihren Rundgang bei den ihr zugänglichen Autoritäten.

Zuerst sprach sie bei einem angesehenen Schreinermeister vor, welcher viel in vornehmen Häusern verkehrte und Weltkenntnis besaß. Als Freund meines seligen Vaters pflegte er noch Freundschaft und Wohlwollen für uns, so wie er auch die Bildungsbestrebungen jener Tage eifrig fortsetzte. Nachdem er Vortrag und Bericht der Mutter ernstlich angehört, erwiderte er kurzweg, das sei nichts und hieße so viel als das Kind einer liederlichen und ungewissen Zukunft aussetzen. Man solle sich umschauen, so viele Maler in unserm Gebiete sich noch hätten blicken lassen, so viele arme Teufel und verkommene Menschen wären es auch! So wies er vorzüglich auf einen Porträtmaler hin, welcher jedes Jahr zwei Mal in unsere Stadt gekommen, um die inzwischen entstandenen Bräute und solche bejahrte Herrschaften zu malen, die ihre silberne oder goldene Hochzeit feierten, daneben auch etwa einen angesehenen Magistraten, welcher sich durch hinlängliches öffentliches Wirken für die Verewigung auf eindringliches Bitten seiner Verehrer reif erachtete. Dieser Künstler war ein Habenichts und Branntweinsäufer gewesen, hatte immer Schulden hinterlassen, trotz dem reichlichen Verdienste, und war endlich auf der Landstraße erfroren. Hingegen wußte der Schreiner besseren Rat, wenn einmal etwas Künstlerisches ergriffen werden müsse. Ein junger Vetter von ihm hatte sich in einer entfernteren Stadt als Landkartenstecher ausgebildet und genoß einen reichlichen und anständigen Erwerb, so daß er in den Augen seiner Sippschaft als etwas Rechtes dastand. Daher erbot sich der Ratgeber, mich aus besonderer Freundschaft in der Nähe dieses Mannes unterzubringen, wo ich dann, wenn wirklich etwas Tüchtiges in mir stäke, es nicht nur bis zum Stechen, sondern zum Selbstentwerfen der Landkarten bringen könne, indem ich meine Zeit wohl anwende zur Erwerbung der nötigen Kenntnisse. Dies wäre dann ein feiner, ehrenvoller und zugleich ein nützlicher und in das große Leben passender Beruf.

Mit vermehrten Sorgen und Zweifeln gelangte meine Mutter zum zweiten Gönner und auch einem Freunde ihres Mannes. Derselbe war ein Fabrikant von farbigen und bedruckten Tüchern, welcher sein ursprüngliches geringes Geschäft nach und nach erweitert hatte und sich eines wachsenden Wohlstandes erfreute. Er erwiderte den Bericht meiner Mutter folgendermaßen:

»Dieses Ereignis, daß der junge Heinrich, der Sohn unseres unvergeßlichen Freundes, sich für eine künstlerische Laufbahn erklärt, und die Nachricht, daß er schon lange sich vorzugsweise mit Stift und Farben beschäftigt, kommt sehr erfreulich einer Idee entgegen, die ich schon einige Zeit in bezug auf den Knaben hege. Es entspricht ganz dem Geiste seines wackern Vaters, daß er seine Neigung einer feineren Tätigkeit zuwendet, zu welcher Talente und ein höherer Schwung erforderlich sind; allein diese Neigung muß auf eine solide und vernünftige Bahn gelenkt werden. Nun ist Euch, werteste Frau und Freundin, die Art meines nicht unbedeutenden Geschäftes bekannt; ich fabriziere bunte Stoffe, und wenn ich einen leidlichen Verdienst erzwecke, so geschieht es hauptsächlich dadurch, daß ich mit Aufmerksamkeit und Raschheit allezeit die neuesten und gangbarsten Dessins zu bringen und selbst den herrschenden Geschmack durch ganz Neues und Originelles zu überbieten suche. Hierzu sind eigene Zeichner vorhanden, deren Aufgabe es ist, lediglich neue Dessins zu erfinden und, in der behaglichen Stube sitzend, nach Herzenslust Blumen, Sterne und Linien durcheinander zu werfen. In meiner bescheidenen Anstalt habe ich drei solcher Leute, die gerade keine großen Kirchenlichter sind, denen ich aber ein lästerliches Geld bezahlen und sie obenhinein noch sehr glimpflich behandeln muß. Sie sind, obgleich sie ganz geschickt den Gang des Geschäftes begreifen und verfolgen, doch nur zufällig zu diesem Berufe gekommen und durch keinerlei innere Kraft vorher bestimmt. Was könnte mir nun willkommener sein als ein junger Mensch, der mit solcher Energie sich für Papier und Farben erklärt, in so frühem Alter, der den ganzen Tag, ohne weitere Anregung, Bäume und Blumengärtchen malt? Wir wollen ihm schon Blumen genug verschaffen, in geordneten Reihen soll er sie auf die Tücher zaubern, unerschöpflich, immer neu; er soll aus der reichen Natur die wunderbarsten und zierlichsten Gebilde abstrahieren, welche meine Konkurrenten zur Verzweiflung bringen! (Und der treffliche Mann erging sich hier, meine Mutter beinahe vergessend, in den kühnsten Spekulationen.) Kurz, gebt mir Euren Sohn ins Haus! Ich werde ihn bald so weit gebracht haben wie die anderen, und wenn er einige Jahre älter ist, so tun wir ihn nach Paris, wo die Sache ins Große betrieben wird und die ausgezeichnetsten Dessinateurs der verschiedensten Industriezweige leben wie die Fürsten und von den Geschäftsleuten auf Händen getragen werden. Hat er dort sich gehörig emporgeschwungen und seine Erfahrung bereichert, so ist er ein gemachter Mann und kann sein Los selbst bestimmen. Will er alsdann sich wieder mit mir verbinden, so wird das mir zur Freude und zum Vorteil gereichen, findet er aber sein Glück anderswo, so habe ich nichtsdestoweniger meine Zufriedenheit daran. Bedenket Euch, ich glaube mich nicht zu täuschen!«

Er führte hierauf meine Mutter in seinem Geschäfte herum und zeigte ihr die bunten Herrlichkeiten, die geschnittenen Holzmödel und vor allem die kühnen Kompositionen seiner Zeichner. Es leuchtete ihr alles vollkommen ein und erfüllte sie wieder mit Hoffnung. Abgesehen von dem gesicherten und reichlichen Erwerbe, welchen ein gewandter Geschäftsmann verbürgte, war ja diese ganze Kunst dem Dienste der Frauen gewidmet und so reinlich und friedsam, daß ein Sohn in ihrem Schoße wohl geborgen schien. Auch mochte es vielleicht eine Ader verzeihlicher Eitelkeit erwecken, wenn sie sich in einen der bescheideneren Stoffe meiner Erfindung gekleidet dachte. Sie war so mit diesen angenehmen Gedanken beschäftigt, daß sie für diesmal ihre Wanderung einstellte, um sich ganz in denselben zu ergehen.

Der folgende Tag jedoch rief sie wieder zur gänzlichen Erfüllung ihrer Mutterpflicht auf und führte sie mit neuen Sorgen und Zweifeln auf den Weg. Sie gelangte zu einem dritten Freunde des Vaters, einem Schuster, der im Geruche tiefen Verstandes lebte und ein gewaltiger Politiker war. Seit dem Tode meines Vaters war er durch die Zeitereignisse in eine strenge demokratische und sozialistische Richtung hineingetreten. Nach mißlaunischer Anhörung des Berichtes und des Erfolges der gestrigen Bemühungen brach er barsch los:

»Maler, Landkartenmacher, Blümchenzeichner, Stubensitzer, Herrenknecht! Handlanger der Geldaristokraten, Gehilfe des Luxus und der Verweichlichung, als Landkartenmacher sogar direkter Vorschubleister des bestialischen Kriegswesens! Handwerk, ehrliche und schwere Handarbeit ist uns vonnöten, gute Frau! Wenn Euer Mann lebte, so würde er den Jungen so gewiß durch schwere Handarbeit ins Leben führen als zwei mal zwei vier sind! Zudem ist der Junge schon ein bißchen schwächlich und verwöhnt durch Euere Weiberwirtschaft; laßt ihn ein Maurer oder Steinmetz werden, oder besser, gebt ihn mir, so wird er die gehörige Demut und damit den rechten Stolz eines Mannes aus dem Volke gewinnen, und bis er imstande ist, einen guten Schuh fix und fertig zu arbeiten, soll er gelernt haben, was ein Bürger ist, wenn er anders seinem Vater nachfolgt, den wir sehr vermissen, wir andere Handwerksleute! Besinnt Euch, Frau Lee! von der Pike auf dienen, das macht den Mann! Waren die neuen Schuhe doch nicht zu eng, die ich letzthin schickte?«

Die Frau Lee ging aber nicht sonderlich erbaut fort und murmelte vor sich her: »Schlag du nur deine Zwecke ein, bei mir erreichst du deinen Zweck nicht, Herr Schuster, ungehobelter Mann! Bleib nur bei deinem Leisten und warte, bis mein Kind kommt, dir Gesellschaft zu leisten! Draht ist nicht Rat! Wenn du Gott fürchten würdest, so brauchtest du nicht vor dem Gerber zu fliehen! Wer Pech angreift, besudelt sich!« Unter solchen Sarkasmen, welche sie nachher wiederholte, sooft sie auf diese Unterredung zu sprechen kam, zog sie die Klingel an einem hohen und schönen Hause, welches der Vater einst für einen vornehmen Herrn gebaut hatte. Es war ein feiner und ernster Mann, der in den Staatsgeschäften stand, nicht viele Worte machte, jedoch für uns einige Geneigtheit bezeigte und schon mehrmals mit entscheidendem Rat an die Hand gegangen war. Als er vernommen, warum es sich handelte, erwiderte er mit höflich ablehnenden Worten:

»Es tut mir leid, gerade in dieser Angelegenheit nicht dienen zu können! Ich verstehe so viel wie nichts von der Kunst! Nur weiß ich, daß auch für das ausgezeichnetste Talent lange Studienjahre und bedeutende Mittel erforderlich sind. Wir haben wohl große Genies, welche sich durch besondere Widerwärtigkeiten endlich emporgeschwungen; allein um zu beurteilen, ob Ihr Sohn hierzu nur die geringsten Hoffnungen biete, dazu besitzen wir in unserer Stadt gar keine berechtigte Person! Was hier an Künstlern und dergleichen lebt, ist ziemlich entfernt von dem, was ich mir unter wirklicher Kunst vorstelle, und ich könnte nie raten, einem ähnlichen verfehlten Ziele entgegenzugehen.« Dann besann er sich eine Weile und fuhr fort: »Betrachten Sie mit Ihrem Sohne die ganze Sache als eine kindische Träumerei; kann er sich entschließen, sich von mir in einer unserer Kanzleien unterbringen zu lassen, so will ich hierzu gern die Hand bieten und ihn im Auge behalten. Ich habe gehört, daß er nicht ohne Talent sei, besonders in schriftlichen Arbeiten. Würde er sich gut halten, so könnte er sich mit der Zeit ebenso gut zu einem tüchtigen Verwaltungsmanne emporarbeiten als mancher andere wackere Mann, welcher ebenso von unten angefangen und als armer Schreiberjunge in unsere Kanzleien getreten ist. Diese Bemerkung mache ich übrigens nicht, um irgend große Hoffnungen zu erregen, sondern nur um Ihnen zu zeigen, daß der Knabe auch auf diesem Wege nicht unbedingt an ein dunkles und dürftiges Los gebunden ist.«

Diese Rede, indem sie meiner Mutter eine ganz neue Aussicht eröffnete, warf sie gänzlich in Ungewißheit zurück, ob sie nicht ernstlich mich zur Änderung meines Sinnes bestimmen solle. Denn hier war, noch mehr als beim Fabrikanten, die Bürgschaft eines angesehenen und seiner Worte sicheren Mannes zur Hand, welcher einen großen Teil unserer Verhältnisse ebenso klar durchschaute als mit beherrschte und wohl imstande war, diejenigen über dem Wasser zu halten, die sich seinem Rate anvertrauten.

Sie beschloß hier ihren beschwerlichen Gang und beschrieb mir in einem großen Briefe sämtlichen Erfolg desselben, jedoch die Vorschläge des Fabrikanten und des Staatsmannes besonders hervorhebend, und ermahnte mich, meinen bestimmten Entschluß noch hinauszuschieben und eher darauf zu denken, auf welche Weise ich am füglichsten im Lande bleiben, mich redlich nähren, ihr selbst ein Trost und eine Stütze des Alters und doch meinen natürlichen Anlagen gerecht werden könne; denn daß sie je dazu helfen würde, mich gewaltsam zu einem mir widerstrebenden Lebensberufe zu bestimmen, davon sei keine Rede, da sie hierüber die Grundsätze des Vaters genugsam kenne und es ihre einzige Aufgabe wäre, annähernd so zu verfahren, wie er getan haben würde.

Dieser Brief war überschrieben »mein lieber Sohn!« und das Wort Sohn, das ich zum ersten Male hörte von ihr, rührte mich und schmeichelte mir aufs eindringlichste, daß ich für den übrigen Inhalt sehr empfänglich und dadurch an mir selbst irre und in Zweifel gesetzt wurde. Ich fühlte mich ganz allein und wehrlos mit meinen grünen Bäumen gegenüber dem ernsten kalten Weltleben und seinen Lenkern. Aber während ich schon begann, mich mit dem Gedanken, auf immer vom geliebten Walde zu scheiden, vertraut zu machen (ich wußte von keinem Dilettantismus und daß man auch als Weltmann seine Mußestunden dergleichen Neigungen widmen könne), gab ich mich nur umso inniger der Natur hin und schweifte den ganzen Tag in den Bergen, und die drohende Trennung ließ mich manches angehende Verständnis sicherer ergreifen als es sonst geschehen wäre. Ich hatte schon sämtliche Studien des Junker Felix nachgezeichnet und dadurch einige Ausdrucksweise gewonnen, so daß meine Blätter wenigstens ordentlich weiß und schwarz wurden von Stift und Tusche.

Oft, am Morgen oder am Abend, stand ich auf der Höhe über dem II, 2
tiefen See, wo unten der Schulmeister mit seinem Töchterchen wohnte, oder ich hielt mich auch einen ganzen Tag an einer Stelle des Abhanges auf, unter einer Buche oder Eiche, und sah das Haus abwechselnd im Sonnenscheine oder im Schatten liegen; aber je länger ich zauderte, desto weniger konnte ich es über mich gewinnen, hinabzugehen, da mir das Mädchen fortwährend im Sinne lag und ich deshalb glaubte, man würde mir auf der Stelle ansehen, daß ich seinetwegen käme. Meine Gedanken hatten von der feinen Erscheinung Annas plötzlich so vollständigen Besitz ergriffen, daß ich alle Unbefangenheit ihr gegenüber im gleichen Augenblicke verloren und in beschränkter Unerfahrenheit von ihrer Seite sogleich das gleiche voraussetzte. Indem ich jedoch mich nach dem Wiedersehen sehnte, war mir die Zwischenzeit und meine Unentschlossenheit gar nicht peinlich und unerträglich, vielmehr gefiel ich mir in diesem gedanken- und erwartungsvollen Zustande und sah einem zweiten Begegnen eher mit Unruhe entgegen. Wenn meine Basen von ihr sprachen, tat ich, als hörte ich es nicht, indessen ich doch nicht von der Stelle wich, solange das Gespräch dauerte, und wenn sie mich fragten, ob es denn nicht ein allerliebstes Kind sei, erwiderte ich ganz trocken: »Ja, gewiß!«

In diesen Tagen fand ich kaum Zeit, bei meiner Großmutter den täglichen kurzen Aufenthalt zu nehmen, und vernachlässigte die anderen Verwandten so ziemlich, wenn ich nicht gerade bestimmt eingeladen war zur Teilnahme an einem Ausnahmegericht oder sonstigem Schmause, wie solche durch den Wechsel der Feldfrüchte oder durch Schlachten und Backen hervorgerufen werden.

Auf diesen Wegen war ich häufig am Hause der schönen Judith vorübergekommen und, da ich eben deswegen, weil sie ein schönes Weib war, auch einige Befangenheit fühlte und Anstand nahm einzutreten, von ihr gebieterisch hereingerufen und festgehalten worden. Nach der Weise der aufopfernden und nimmermüden alten Frauen und auch aus unentbehrlicher Gewohnheit befand sich ihre Mutter beinahe immer auf dem warmen Felde, während die kräftige Tochter das leichtere Teil erwählte und im kühlen Haus und Garten gemächlich und halb müßig waltete. Deswegen war diese bei gutem Wetter fast immer allein zu Hause und sah es gern, wenn jemand, den sie leiden mochte, bei ihr vorkehrte und mit ihr plauderte. Als sie meine Malerkünste entdeckt hatte, trug sie mir sogleich auf, ihr ein Blumensträußchen zu malen, welches sie mit Zufriedenheit in ihr Gesangbuch legte. Sie besaß ein kleines Stammbüchelchen von der Stadt her, das nur zwei oder drei Inschriften und eine Menge leerer Blätter mit Goldschnitt enthielt; von diesen gab sie mir bei jedem Besuche einige, daß ich eine Blume oder ein Kränzchen darauf male (Farben und Pinsel hatte ich schon bei ihr deponiert und sie verwahrte dieselben sorgfältig), dann wurde ein Vers oder verliebter Spruch darunter geschrieben und ihr Kirchenbuch mit solchen Bildchen, die ich in ein paar Minuten anfertigte, angefüllt. Die Verse wurden einer großen Sammlung bedruckter Papierstreifchen entnommen, welche sie als Überbleibsel früher genossener Bonbons aufbewahrte. Durch diesen Verkehr war ich heimisch und vertraut bei ihr geworden, und, indem ich immer an die junge Anna dachte, hielt ich mich gern bei der schönen Judith auf, weil ich in jener unbewußten Zeit ein Weib für das andere nahm und nicht im mindesten eine Untreue zu begehen glaubte, wenn ich im Anblicke der entfalteten vollen Frauengestalt behaglicher an die abwesende zarte Knospe dachte als anderswo, ja als in Gegenwart dieser selbst. Manchmal traf ich sie am Morgen, wie sie ihr üppiges Haar kämmte, welches geöffnet bis auf ihre Hüften fiel. Mit dieser wallenden Seidenflut fing ich neckend an zu spielen und Judith pflegte bald, ihre Hände in den Schoß legend, den meinigen ihr schönes Haupt zu überlassen und lächelnd die Liebkosungen zu erdulden, in welche das Spiel allmählich überging. Das stille Glück, welches ich dabei empfand, nicht fragend, wie es entstanden und wohin es führen könne, wurde mir Gewohnheit und Bedürfnis, daß ich bald täglich in das Haus huschte, um eine halbe Stunde dort zuzubringen, eine Schale Milch zu trinken und der lachenden Frau die Haare aufzulösen, selbst wenn sie schon geflochten waren. Dies tat ich aber nur, wenn sie ganz allein und keine Störung zu befürchten war, so wie sie auch nur dann es sich gefallen ließ, und diese stillschweigende Übereinkunft der Heimlichkeit lieh dem ganzen Verkehre einen süßen Reiz.

So war ich eines Abends, vom Berge kommend, bei ihr eingekehrt; sie saß hinter dem Hause am Brunnen und hatte soeben einen Korb grünen Salat gereinigt, ich hielt ihre Hände unter den klaren Wasserstrahl, wusch und rieb dieselben, wie einem Kinde, ließ ihr kalte Wassertropfen in den Nacken träufeln und spritzte ihr solche endlich mit unbeholfenem Scherze ins Gesicht, bis sie mich beim Kopfe kriegte und ihn auf ihren Schoß preßte, wo sie ihn ziemlich derb zerarbeitete und walkte, daß mir die Ohren sausten. Obgleich ich diese Strafe halb und halb bezweckt hatte, wurde sie mir doch zu arg; ich riß mich los und faßte meine Feindin, nach Rache dürstend, nun meinerseits beim Kopfe. Doch leistete sie, indem sie immer sitzen blieb, so kräftigen Widerstand, daß wir beide zuletzt heftig atmend und erhitzt den Kampf aufgaben und ich, beide Arme um ihren weißen Hals geschlungen, ausruhend an ihr hangen blieb; ihre Brust wogte auf und nieder, indessen sie, die Hände erschöpft auf ihre Knie gelegt, vor sich hin sah. Meine Augen gingen den ihrigen nach in den roten Abend hinaus, dessen Stille uns umfächelte; Judith saß in tiefen Gedanken versunken und verschloß, die Wallung ihres aufgejagten Blutes bändigend, in ihrer Brust innere Wünsche und Regungen fest vor meiner Jugend, während ich, unbewußt des brennenden Abgrundes, an dem ich ruhte, mich arglos der stillen Seligkeit hingab und in der durchsichtigen Rosenglut des Himmels das feine, schlanke Bild Annas auftauchen sah. Denn nur an sie dachte ich in diesem Augenblicke, ich ahnte das Leben und Weben der Liebe, und es war mir, als müßte ich nun das gute Mädchen alsogleich sehen. Plötzlich riß ich mich los und eilte nach Hause, von wo mir der schrille Ton einer Dorfgeige entgegenklang. Sämtliche Jugend war in dem geräumigen Saale versammelt und benutzte den kühlen, müßigen Abend, nach den Klängen des herbeigerufenen Geigers sich gegenseitig im Tanze zu unterrichten und zu üben; denn die älteren Mitglieder der Sippschaft befanden für gut, auf die Feste des nahenden Herbstes den jüngeren Nachwuchs vorzubereiten und dadurch sich selbst ein vorläufiges Tanzvergnügen zu verschaffen. Als ich in den Saal trat, wurde ich aufgefordert, sogleich teilzunehmen, und indem ich mich fügte und unter die lachenden Reihen mischte, ersah ich plötzlich die errötende Anna, welche sich hinter denselben versteckt hatte. Sogleich war ich zufrieden und innerlich hoch vergnügt; aber obgleich schon zwei Wochen vergangen, seit ich sie zum ersten Male gesehen, ließ ich meine Zufriedenheit nicht merken und entfernte mich, nachdem ich sie kurz begrüßt, wieder von ihr, und als meine Basen mich aufforderten, mit ihr, die gleichfalls anfing, einen Tanz zu tun, suchte ich ungehobelt und unter tausend Ausflüchten auszuweichen. Dieses half nichts, widerstrebend fügten wir uns und tanzten, einander nicht ansehend und uns kaum berührend, etwas ungeschickt und beschämt einmal durch den Saal. Ungeachtet es mir schien, als ob ich einen jungen Engel an der Hand führte und im Paradiese herumwalzte, trennten wir uns doch nach der Tour so schleunig wie Feuer und Wasser und waren in selbem Augenblicke an den entgegengesetzten Enden des Saales zu sehen. Ich, der ich kurz vorher unbefangen und mutwillig die Wangen der großen und schönen Judith zwischen meine Hände gepreßt, hatte jetzt gezittert, die schmale, fast wesenlose Gestalt des Kindes zu umfangen, und dieselbe fahren lassen, wie ein glühendes Eisen. Sie verbarg sich ihrerseits wieder hinter die fröhlichen Mädchen und war so wenig mehr in die Reihen zu bringen als ich, hingegen bestrebte ich mich, meine Worte an die Gesamtheit zu richten und so zu stellen, daß sie von Anna auch hingenommen werden mußten, und bildete mir ein, sie meine es mit den wenigen Wörtchen, die sie hören ließ, ebenfalls so.

Sie war, da sie mit den Töchtern meines Oheims einen lebhaften Taubenverkehr führte, mit einem Körbchen voll junger Täubchen hergekommen, was hauptsächlich das Heraufrufen des herumziehenden Geigers veranlaßt hatte. Nun wurde verabredet, daß die Tanzübungen mehrere Male wiederholt werden sollten und Anna denselben beiwohnen. Für jetzt aber war es notwendig, da es dunkel geworden, daß jemand sie nach Hause begleite, und dazu wurde ich ausersehen. Diese Kunde klang mir zwar wie Musik, doch drängte ich mich nicht sonderlich vor und stellte mich eher, als ob es mir verdrießlich und unbequem wäre; denn es erwachte ein Stolz in mir, der es mir fast unmöglich machte, gegen das junge Ding freundlich zu tun, und je lieber ich es in meinem Herzen gewann, desto mürrischer und unbeholfener wurde mein Äußeres. Das Mädchen aber blieb immer gleich, ruhig, bescheiden und fein und band gelassen seinen breiten Strohhut um, auf welchem einige Kornblumen und eine brennend rote Mohnblüte lagen; der Nachtkühle wegen brachte die

Muhme einen prachtvollen weißen Staatsshawl aus alter Zeit mit Astern und Rosen besäet, den man um ihr blaues, halb ländliches Kleid schlug, daß sie mit ihren Goldhaaren und dem feinen Gesichtchen aussah wie eine junge Engländerin aus den neunziger Jahren. So wandte sie sich nun anscheinend ganz ruhig zum Gehen, gewärtig, wer sie begleiten würde, aber sich deswegen nicht unentschlossen aufhaltend. Sie lächelte, durch den Mutwillen der Basen belebt und gedeckt, über meine Ungeschicklichkeit, ohne sich nach mir umzublicken, und vermehrte so meine Verlegenheit, da ich gegenüber den zusammenhaltenden und verschworenen Mädchen allein dastand und fast willens war, im Saale zurückzubleiben. Doch erbarmte sich die älteste Base meiner und rief mich noch einmal entschieden heran, so daß es mit meiner Ehre verträglich war, mich wenigstens dem Zuge anzuschließen, der sich vor das Haus bewegte. Wir gingen gemeinschaftlich bis an das Ende des Dorfes, wo der Berg anhub, über welchen Anna zu gehen hatte. Dort wurde Abschied genommen; ich stand im Hintergrunde und sah, wie sie ihr Tuch zusammenfaßte und sagte: »Ach, wer will nun eigentlich mit mir kommen?« indessen die Mädchen schalten und sagten: »Nun, wenn der Herr Maler so unartig ist, so muß eben jemand anders dich begleiten!« und ein Bruder rief: »Ei, wenn es sein muß, so gehe ich schon mit, obgleich der Maler ganz Recht hat, daß er nicht den Jungfernknecht spielt, wie ihr es immer gern einführen möchtet!« Ich trat aber hervor und sagte barsch: »Ich habe gar nicht behauptet, daß ich es nicht tun wolle, und wenn es der Anna recht ist, so begleite ich sie schon.« »Warum sollte es mir nicht recht sein?« erwiderte sie, und ich schickte mich an, neben ihr herzugehen. Allein die übrigen riefen, ich müßte sie durchaus am Arme führen, da wir so feine Stadtleutchen seien, ich glaubte dies und schob meinen Arm in den ihrigen, sie zog ihn rasch zurück und faßte *mich* unter den Arm. sanft, aber entschieden, indem sie lächelnd nach dem spottenden Volke zurücksah; ich merkte meinen Fehler und schämte mich dergestalt, daß ich ohne zu sprechen den Berg hinanstürmte und das arme Kind mir beinahe nicht folgen konnte. Sie ließ sich dies nicht ansehen, sondern schritt tapfer aus, und sobald wir allein waren, fing sie ganz geläufig und sicher an zu plaudern über die Wege, welche sie mir zeigen mußte, über das Feld, über den Wald, wem diese und jene Parzelle gehöre und wie es hier und dort vor wenigen Jahren noch gewesen sei. Ich wußte wenig zu erwidern, während ich aufmerksam zuhörte und jedes Wort wie einen Tropfen Muskatwein verschlang; meine Eile hatte schon nachgelassen, als wir die Höhe des Berges erreichten und auf seiner Ebene gemächlich dahingingen. Der funkelnde Sternhimmel hing weit gebreitet über dem Lande und doch war es dunkel auf dem Berge, und die Dunkelheit band uns näher zusammen, da wir, unsere Gesichter kaum sehend, einander auch besser zu hören glaubten, wenn wir uns fest zusammenhielten. Das Wasser rauschte vertraulich im fernen Tale, hier und da sahen wir ein mattes Licht auf der dunklen Erde glimmen, welche sich massenhaft mit ihrem schwarzen Schatten vom Himmel sonderte, der sie am Rande mit einem blassen Dämmergürtel umgab. Ich beachtete dieses alles, lauschte den Worten meiner Begleiterin und bedachte zugleich für mich meine Freude und meinen Stolz, eine Geliebte am Arme zu führen, als welche ich sie ein für allemal betrachtete. Wir sprachen nun ganz munter und aufgeräumt von tausend Dingen, von gar nichts, dann wieder mit wichtigen Worten von unseren gemeinsamen Verwandten und ihren Verhältnissen, wie alte kluge Leute. Je näher wir ihrer Wohnung kamen, deren Licht bereits in der Tiefe glühte wie ein Leuchtwurm, desto sicherer und lauter wurde Anna, ihre Stimme bimmelte unaufhörlich und fein, gleich einem fernen Vesperglöckchen, ich setzte ihren artigen Einfällen die besten meiner eigenen Erfindung entgegen, und doch hatten wir uns den ganzen Abend noch nie unmittelbar angeredet und das Du war seit jenem einem Male nie mehr zwischen uns gefallen. Wir hüteten es, wenigstens ich, im Herzen gleich einem goldenen Sparpfennige, den man auszugeben gar nicht nötig hat; oder es schwebte wie ein Stern weit vor uns in neutraler Mitte, nach welchem sich unsere Reden und Beziehungen richteten und sich dort vereinigten, wie zwei Linien in einem Punkte, ohne sich vorher unzart zu berühren. Erst als wir in der Stube waren und ihren sie erwartenden Vater begrüßt hatten, nannte sie, die Ereignisse des Abends froh erzählend, beiläufig ganz unbefangen meinen Namen, sooft es erforderlich war, und nahm, unter dem Schutze ihres Vaterhauses, wo sie sich geborgen fühlte wie eine Taube im Neste, unbesehens das Wörtchen Du hervor und warf es unbekümmert hin, daß ich es nur aufzunehmen und ebenso arglos zurückzugeben brauchte. Der Schulmeister machte mir Vorwürfe über mein langes Ausbleiben, und um sicher zu gehen, forderte er mich zu dem Versprechen auf, gleich am nächsten Morgen früh zu kommen und den ganzen Tag an seinem See zuzubringen. Anna übergab mir den Shawl, den ich wieder zurücktragen sollte, dann leuchtete sie mir vor das Haus und sagte Adieu mit jenem angenehmen Tone, der ein anderer ist nach einer stillschweigend geschlossenen Freundschaft als vorher. Kaum war ich aus dem Bereiche des Hauses, so schlug ich das blumige weiche Tuch, das mir eine Wolke des Himmels zu sein dünkte, um Kopf und Schultern und tanzte darin wie ein Besessener über den nächtlichen Berg. Als ich auf seiner Höhe war unter den Sternen, schlug es unten im Dorfe Mitternacht, die Stille war nun nah und fern so tief geworden, daß sie in ein geisterhaftes Getöse überzugehen schien, und nur, wenn sich diese Täuschung zerstreute und man gesammelt horchte, rauschte und zog der Fluß immer vernehmlich, doch leise, wie ein im Traume klagendes Kind. Ein seliger Schauer schien, als ich einen Augenblick stand wie festgebannt, rings vom Gesichtskreise heranzuzittern an den Berg, in immer engeren Zirkeln bis an mein Herz heran. Das Glück des Lebens schien seinen Rundgang über die schlafende Welt zu machen und, mich auf dem Berge wachend findend, mich an die Hand und für immer an seine Seite zu nehmen. Ich entledigte mich andächtig meiner närrischen Umhüllung, legte sie zusammen, stieg träumend den Abhang hinunter und fand den Weg durch stockfinstere Waldwege nach Hause, ohne zu wissen wie.

Am nächsten Morgen legte ich denselben Weg, der von Tau und II, 3
Sonne funkelte und blitzte, mit meinem Geräte beladen, zurück und sah bald den See unter dem Morgendufte hervorleuchten. Haus und Garten waren vom jungen Tag übergoldet und warfen ein reizendes Farbenbild in die unbewegte Flut, zwischen den Beeten bewegte sich eine blaue Gestalt, so fern und klein wie in einem Nürnberger Spielzeuge, das Bild verschwand wieder hinter den Bäumen, um bald desto größer und näher hervorzutreten und mich in seinen Rahmen mit aufzunehmen. Schulmeisters hatten mit dem Frühstücke auf mich gewartet, ich war sehr eßlustig geworden durch den weiten Weg und

sah mich daher mit großer Zufriedenheit hinter dem Tische, während Anna die Tugenden eines angehenden Hausmütterchens aufs lieblichste spielen ließ und sich endlich neben mich setzte und so zierlich und mäßig an dem Essen nippte wie eine Elfe und als ob sie keine irdischen Bedürfnisse hätte. Ich sah sie indes kaum eine Stunde nachher mit einem mächtigen Stück Brot in der Hand und, mir auch ein solches bringend, unbefangen und tüchtig dreinbeißen mit ihren kleinen weißen Zähnen, und dies begierige Essen im Gehen und Plaudern stand ihr ebenso wohl an wie vorher der bescheidene Anstand am Tische und reizte mich, meinen Pferdekopf, wie wir die großen Brotstücke nannten, ebenso schnell und lustig zu verzehren, trotz des reichlich genossenen Frühstückes.

Nach diesem war der Vater mit der alten Magd in seinen Weinberg gestiegen, um von den reifenden Trauben das Laub zu brechen, welches den Sonnenstrahlen den Zugang versperrte. Die Besorgung des Weinberges war, nebst dem Schlagen und Kleinmachen des Holzes, seine Hauptarbeit in seinem beschaulichen Leben. Ich hingegen sah mich nach einem Gegenstande meiner Tätigkeit um. Anna hatte eine mächtige Wanne voll grüner Bohnen der Schwänzchen und Fäden zu entledigen und an lange Fäden zu reihen, um sie zum Dörren vorzubereiten. Damit ich in ihrer Nähe bleiben konnte, gab ich vor, ich müßte nun zur Abwechselung einmal Blumen nach der Natur malen, und bat sie, mir einen Strauß derselben zu brechen. Der Zusammenstellung wegen begleitete ich sie in den Garten, und nach einer guten halben Stunde hatten wir endlich ein hübsches Bouquet beisammen und setzten es in ein altmodisches Prunkglas, dieses auf einen Tisch, der in einer Weinlaube hinter dem Hause stand, Anna schüttete ihre Bohnen rings darum her und wir setzten uns einander gegenüber, bis zur Mittagsstunde arbeitend und von unseren gegenseitigen Lebensläufen, Eltern und Familien erzählend. Ich war nun ganz erwärmt und heimisch geworden und begann bald mit der Überlegenheit eines Bruders dem guten Kinde mit wichtigen Urteilen, eingestreuten Bemerkungen und Belehrungen zu imponieren, indessen ich meine Blumen mit verwegenen bunten Farben anlegte und sie mir erstaunt und vergnügt zuschaute, über den Tisch gebeugt und ein Büschel Bohnen in der einen, das kleine Taschenmesserchen in der anderen Hand. Ich zeichnete den Strauß in natürlicher Größe auf einen Bogen und gedachte damit ein rechtes Prunkstück im Hause zurückzulassen. Inzwischen kam die Magd vom Berge und forderte meine Gespielin auf, ihr zum Bereiten des Essens behilflich zu sein. Diese kurze Trennung, dann das Wiedersehen am Tische, die Ruhestunde nach demselben, das aufrichtige Bewundern meiner vorgeschrittenen Arbeit von seiten des Schulmeisters, gewürzt mit weisen Sprüchen, und endlich die Aussicht auf ein abermaliges Zusammensein bis zum Abend in der Laube veranlaßten ebenso viele angenehme Bewegungen und Zwischenspiele. Anna schien auch meines Sinnes zu sein, da sie eben wieder einen ansehnlichen Haufen Bohnen auf den Tisch schüttete, welcher bis zum Abend auszureichen schien. Allein die Haushälterin erschien plötzlich und erklärte, daß Anna mit in den Weinberg müßte, damit man heute mit demselben noch fertig würde und eines kleinen Überbleibsels wegen nicht am anderen Tage hinzugehen brauche. Diese Erklärung betrübte mich und ich ward sehr ärgerlich über die alte Frau, Anna hingegen brach sogleich willig und freundlich auf und bezeigte weder Freude noch Verdruß über die Änderung ihres Planes. Die Alte, als sie mich bleiben sah, sagte, ob ich nicht auch mitkomme, ich werde doch nicht allein hier sein wollen und es sei recht schön im Weinberge. Allein ich war nun schon zu tief betrübt und unwillig und erklärte, ich müßte meine Zeichnung zu Ende führen. Demgemäß wurde mir ein kleines Fläschchen Wein und Brot in der Stube zurechtgesetzt für die Vesperzeit und der Hausschlüssel übergeben, den ich neben mich legte. Bald war ich allein in der einsamen Gegend und der Nachmittagsstille und fühlte mich nun doch wieder zufrieden. Auch kam dies Alleinsein meinem Machwerke zugut, indem ich mir mehr Mühe gab, die natürlichen Blumen vor mir wirklich zu benutzen und an ihnen zu lernen, während ich am Vormittage mehr nach meiner früheren Kindermanier drauflos gepinselt hatte. Ich mischte die Farben genauer und verfuhr reinlicher und aufmerksamer mit den Formen und Schattierungen, und dadurch entstand ein Bild, welches an der Wand unschuldiger Landbewohner etwas vorstellen konnte.

Darüber verfloß die Zeit schnell und leicht und brachte den Abend, indessen ich mit Liebe die Zeichnung nach meiner Einsicht vervollkommnete und überall ein Blatt oder einen Blumenstiel ausbesserte und einen Schatten verstärkte, dort einen vergessenen Staubfaden hinzufügte. Die Neigung für das Mädchen lehrte mich dies gewissenhafte Fertigmachen und Durchgehen der Arbeit, welches ich bis dahin noch nicht gekannt, und als ich gar nichts mehr anzubringen sah, schrieb ich in eine Ecke des Blattes »Heinrich Lee fecit«, was ich mir anderswo schon gemerkt hatte, und unter den Strauß mit schöner Schrift den Namen der künftigen Eigentümerin.

Der Weinberg mußte inzwischen noch ein großes Stück Arbeit gegeben haben, denn schon schwebte die Sonne dicht über dem Waldrande und warf ein feuerfarbenes Band über das dunkelnde Gewässer her, und noch hörte ich nichts von meinen Gastfreunden. Ich setzte mich auf die Stufen vor dem Hause, den Wein und das Brot neben mir, wie ein Arbeiter, der seines Lohnes wert ist. Die Sonne ging hinab und ließ eine hohe Rosenglut zurück, welche auf alles einen sterbenden Nachglanz warf und die Zeichnung auf meinen Knien samt meinen Händen wunderbar rötete und etwas Rechtem gleichsehen ließ. Da ich sehr früh aufgestanden war und in diesem Augenblicke auch sonst nichts Besseres zu tun wußte, schlief ich allmählich ein, und als ich erwachte, standen die Zurückgekehrten in der vorgerückten Dämmerung vor mir und am dunkelblauen Himmel wieder die Sterne. Meine Malerei wurde nun in der Stube bei Licht besehen, die Magd schlug die Hände über den Kopf zusammen und hatte noch nie etwas Ähnliches erblickt, der Schulmeister fand mein Werk gut und belobte meine Artigkeit gegen sein Töchterchen mit schönen Worten und freute sich darüber, Anna lächelte vergnügt auf das Geschenk, wagte aber nicht, es anzurühren, sondern ließ es auf dem flachen Tische liegen und guckte nur hinter den anderen hervor darüber hin. Wir nahmen nun das Nachtmahl ein, nach welchem ich aufbrechen wollte; aber der Schulmeister verhinderte mich daran und gab Befehl, mir ein Lager zu bereiten, da ich mich auf dem dunklen Berge unfehlbar verirren würde. Obgleich ich einwandte, daß ich den nächtlichen Weg ja schon einmal zurückgelegt hätte, ließ ich mich doch leicht bereden, aus bloßer Freundschaft dazubleiben, worauf wir in den kleinen Saal mit der Orgel gingen. Der Schulmeister spielte und Anna und ich sangen dazu einige Abendlieder und, der Magd zu Gefallen, welche gern mitsang, einen Psalm, den sie mit heller Stimme beherrschte. Dann ging der Alte zu Bette. Doch jetzt begann erst die Herrschaft der alten Katherine, welche unten in der Stube einen ungeheuren Vorrat von Bohnen aufgetürmt hatte, welche heute Nacht noch sämtlich bearbeitet werden sollten. Denn da sie nachts nicht viel schlafen konnte, beharrte sie hartnäckig auf der ländlichen Sitte, dergleichen Dinge bis tief in die Nacht hinein vorzunehmen. So saßen wir bis um ein Uhr um den grünen Bohnenberg herum und trugen ihn allmählich ab, indem jedes einen tiefen Schacht vor sich hineingrub und die Alte den ganzen Vorrat ihrer Sagen und Schwänke heraufbeschwor und uns beide, die wir wach und munter blieben wie Wieselchen, so lachen machte, daß uns die Tränen über die Wangen liefen. Anna, welche mir gegenüber saß, baute ihren Hohlweg in die Bohnen hinein mit vieler Kunst, eine Bohne nach der andern herausnehmend, und grub unvermerkt einen unterirdischen Stollen, so daß plötzlich ihr kleines Händchen in meiner Höhle zutage trat, als ein Bergmännchen, und von meinen Bohnen wegschleppte in die grauliche Finsternis hinein. Katherine belehrte mich, daß Anna der Sitte gemäß verpflichtet sei, mich zu küssen, wenn ich ihre Finger erwischen könne, jedoch dürfe der Berg darüber nicht zusammenfallen, und ich legte mich deshalb auf die Lauer. Nun grub sie sich noch verschiedene Wege und begann mich auf die listigste Weise zu necken; die Hand in der Tiefe des Bohnengebirges versteckt, sah sie mich über dasselbe her mit ihren blauen Augen neckisch an, indessen sie hier eine Fingerspitze hervorgucken ließ, dort die Bohnen bewegte, wie ein unsichtbarer Maulwurf, dann plötzlich mit der ganzen Hand hervorschoß und wieder zurückschlüpfte, wie ein Mäuschen ins Loch, ohne daß es mir je gelang, sie zu haschen. Sie trieb es so weit, mir immer auf die Augen sehend, daß sie plötzlich eine Bohne, die ich eben ergreifen wollte, meinen Fingern entzog, ohne daß ich wußte, wo dieselbe hingekommen. Katherine bog sich zu mir herüber und flüsterte mir ins Ohr: »Laßt sie nur machen, wenn ihr der Bau endlich zusammenbricht über den vielen Löchern, so muß sie Euch auf jeden Fall küssen!« Anna wußte jedoch sogleich, was die Alte zu mir sagte; sie sprang auf, tanzte dreimal um sich selbst herum, klatschte in die Hände und rief: »Er bricht nicht! er bricht nicht! er bricht nicht!« Beim dritten Male gab Katherine mit ihrem Fuße dem Tische schnell einen Stoß, und der unterhöhlte Berg stürzte jammervoll zusammen. »Gilt nicht, gilt nicht!« rief Anna so laut und sprang so ausgelassen im Zimmer umher, wie man es gar nicht hinter ihr vermutet hätte. »Ihr habt an den Tisch gestoßen, ich hab es wohl gesehen!«

»Es ist nicht wahr«, behauptete Katherine, »Heinrich bekommt einen Kuß von dir, du Hexe!«

»Ei schame dich doch, so zu lügen, Katherine«, sagte das verlegene Kind, und die unerbittliche Magd erwiderte: »Sei dem wie ihm wolle, der Berg ist gefallen, ehe du dich dreimal gedreht hast, und du bist dem Herrn Heinrich einen Kuß schuldig!«

»Den will ich auch schuldig bleiben«, rief sie lachend, und ich, selbst froh der feierlichen Zeremonie entflohen zu sein und doch die Sache zu meinem Vorteile lenkend, sagte: »Gut, so versprich mir, daß du mir immer und jederzeit einen Kuß schuldig sein willst!«

»Ja, das will ich«, rief sie und schlug leichtsinnig und mutwillig auf meine dargebotene Hand, daß es schallte. Sie war jetzt überhaupt ganz lebendig, laut und beweglich wie Quecksilber und schien ein ganz anderes Wesen zu sein als am Tage. Die Mitternacht schien sie zu verwandeln, ihr Gesichtchen war ganz gerötet und ihre Augen glänzten vor Freude. Sie tanzte um die unbehilfliche Katherine herum, neckte sie und wurde von ihr verfolgt, es entstand eine Jagd in der Stube umher, in welche ich auch verwickelt wurde. Die alte Katherine verlor einen Schuh und zog sich keuchend zurück, aber Anna ward immer wilder und behender. Endlich haschte ich sie und hielt sie fest, sie legte ohne weiteres ihre Arme um meinen Hals, näherte ihren Mund dem meinigen und sagte leise, vom hastigen Atmen unterbrochen:

»Es wohnt ein weißes Mäuschen
Im grünen Bergeshaus;
Das Häuslein wollte fallen,
Das Mäuslein floh daraus«;

worauf ich in gleicher Weise fortfuhr:

»Man hat es noch gefangen,
Am Füßchen angebunden

Und um die Vordertätzchen
Ein rotes Band gewunden«;

dann sagten wir beide im gleichen Rhythmus und indem wir uns geruhig hin und her wiegten:

»Es zappelte und schrie:
Was hab ich denn verbrochen?
Da hat man ihm ins Herzlein
Ein goldnen Pfeil gestochen.«

Und als das Liedchen zu Ende war, lagen unsere Lippen dicht aufeinander, aber ohne sich zu regen; wir küßten uns nicht und dachten gar nicht daran, nur unser Hauch vermischte sich auf der neuen, noch ungebrauchten Brücke und das Herz blieb froh und ruhig.

Am andern Morgen war Anna wieder wie gewöhnlich, still und freundlich; der Schulmeister begehrte die Zeichnung bei Tage zu besehen, und da ergab es sich, daß sie von Anna schon in den unzugänglichsten Gelassen ihres Kämmerchens verwahrt und begraben worden. Sie mußte dieselbe aber wieder hervorholen, was sie ungern tat, der Vater nahm einen Rahmen von der Wand, in welchem eine vergilbte und verdorbene Gedächtnistafel der Teuerung von 1817 hing, nahm sie heraus und steckte den frischen bunten Bogen hinter das Glas. »Es ist endlich Zeit, daß wir dies traurige Denkmal von der Wand nehmen«, sagte er, »da es selber nicht länger vorhalten will. Wir wollen es zu anderen verschollenen und verborgenen Denkzeichen legen und dafür dieses blühende Bild des Lebens aufpflanzen, das uns unser junger Freund geschaffen. Da er dir die Ehre erwiesen hat, liebes Ännchen, deinen Namen unter die Blumen zu setzen, so mag die Tafel zugleich deine Ehren- und Denktafel in unserem Hause sein und ein Vorbild, immer heiter, mit geschmückter Seele und schuldlos zu leben wie diese zierlichen und ehrbaren Werke Gottes!«

Nach Tisch machte ich mich endlich bereit zur Rückkehr; Anna erinnerte sich, daß heute wieder Tanzübung stattfinde, und erbat sich die Erlaubnis, gleich mit mir gehen zu dürfen. Zugleich verkündete sie, daß sie bei ihren Basen übernachten würde, um nicht wieder so spät über den Berg zu müssen. Wir wählten den Weg längs des Flüßchens, um im Schatten zu gehen, und da dieser Pfad vielfach feucht war und von tiefen Kräutern und Gesträuchen beengt, schürzte sie das hellgrüne, mit roten Punkten besetzte Kleid, nahm den Strohhut der überhängenden Zweige wegen in die Hand und schritt anmutig neben mir her durch das Helldunkel, durch welches die heimlich leuchtenden Wellen über rosenrote, weiße und blaue Steine rieselten. Ihre Goldzöpfe hingen tief über den Nacken hinab, ihr Gesicht war von einer allerliebsten weißen Krause von eigener Erfindung eingefaßt und dieselbe bedeckte noch die jungen schmalen Schultern. Sie sagte nicht viel und schien sich ein wenig der vergangenen Nacht zu schämen; überall, wo ich nichts gewahrte, sah sie verborgene Blüten und brach dieselben, daß sie bald alle Hände voll zu tragen hatte. An einer Stelle, wo das Wasser sich in einer Erweiterung des Bettes sammelte und stille stand, warf sie ihre sämtliche Last zu Boden und sagte: »Hier ruht man aus!« Wir setzten uns an den Rand des Teiches; Anna flocht einen feinen Kranz aus den kleinen vornehmen Waldblumen und setzte ihn auf. Nun sah sie ganz aus wie ein holdseliges Märchen, aus der tiefen, dunkelgrünen Flut schaute ihr Bild lächelnd herauf, das weiß und rote Gesicht wie durch ein dunkles Glas fabelhaft überschattet. Aus der gegenüberliegenden Seite des Wassers, nur zwanzig Schritte von uns, stieg eine Felswand empor, beinahe senkrecht und nur mit wenigem Gesträuche behangen. Ihre Steile verkündete, wie tief hier das kleine Gewässer sein müsse, und ihre Höhe betrug diejenige einer großen Kirche. An der Mitte derselben war eine Vertiefung sichtbar, die in den Stein hineinging und zu welcher man durchaus keinen Zugang entdeckte. Es sah aus wie ein recht breites Fenster an einem Turme. Anna erzählte, daß diese Höhle die Heidenstube genannt würde. »Als das Christentum in das Land drang«, sagte sie, »da mußten sich die Heiden verbergen, welche nicht getauft sein wollten. Eine ganze Haushaltung mit vielen Kindern flüchtete sich in das Loch dort oben, man weiß gar nicht auf welche Weise. Und man konnte nicht zu ihnen gelangen, aber sie fanden den Weg auch nicht mehr heraus. Sie hausten und kochten eine Zeitlang und ein Kindlein nach dem andern fiel ihnen über die Wand herunter ins Wasser hier und ertrank. Zuletzt waren nur noch Vater und Mutter übrig und hatten nichts mehr zu essen und nichts zu trinken und zeigten sich als zwei Jammergerippe am Eingange und starrten auf das Grab ihrer Kinder, zuletzt fielen sie vor Schwäche auch herunter, und die ganze Familie liegt in diesem tiefen, tiefen Wasser; denn hier geht es so weit hinunter als der Stein hoch ist!«

Wir schauten, in tiefem Schatten sitzend, in die Höhe, wo der obere Teil des grauen Felsens im Sonnenscheine glänzte und die seltsame Vertiefung erhellt war. Wie wir so hinschauten, sahen wir einen blauen glänzenden Rauch aus der Heidenstube dringen und längs der Wand hinsteigen, und wie wir länger hinstarrten, sahen wir ein fremdartiges Weib, lang und hager, in der webenden Rauchwolke stehen, herabblicken aus hohlen Augen und wieder verschwinden. Sprachlos sahen wir hin, Anna schmiegte sich dicht an mich und ich legte meinen Arm um sie, wir waren erschreckt und doch glücklich, und das Bild der Höhle schwamm verwirrt und verwischt vor unseren emporgerichteten Augen, und als es wieder klar wurde, standen ein Mann und ein Weib in der Höhe und schauten auf uns herab. Eine ganze Orgelpfeifenreihe von Knaben und Mädchen, halb oder ganz nackt, saß unter dem Loche und hing die Beine über die Wand herunter. Alle Augen starrten nach uns, sie lächelten schmerzlich und streckten die Hände nach uns aus, wie wenn sie um etwas flehten. Es ward uns bange, wir standen eilig auf, Anna flüsterte, indem sie perlende Tränen vergoß: »Oh, die armen, armen Heidenleute!« Denn sie glaubte fest, die Geister derselben zu sehen, besonders da man in der Gegend überzeugt war, daß kein menschlicher Weg zu jener Stelle führe. »Wir wollen ihnen etwas opfern«, sagte das Mädchen leise zu mir, »damit sie unser Mitleid gewahr werden!« Sie zog eine Münze aus ihrem Beutelchen, ich ahmte ihr nach und wir legten unsere Spende auf einen Stein, der am Ufer lag. Noch einmal sahen wir hinauf, wo die seltsame Erscheinung uns fortwährend beobachtete und mit dankenden Gebärden nachschaute.

Als wir im Dorfe anlangten, hieß es, man habe eine Bande Heimatloser in der Gegend gesehen und man würde dieselben nächster Tage aufsuchen, um sie über die Grenze zu bringen. Anna und ich konnten uns nun die Erscheinung erklären, es mußte doch ein geheimer Weg dorthin führen, welcher nur unter dem unglücklichen Volke, das solche Schlupfwinkel braucht, bekannt sein mochte. Wir gaben uns in einem einsamen Winkel feierlich das Wort, den Aufenthalt der Armen nicht zu verraten, und hatten nun ein artiges Geheimnis zusammen.

II, 4 So lebten wir, unbefangen und glücklich, manche Tage dahin, bald ging ich über den Berg, bald kam Anna zu uns, und unsere Freundschaft galt schon für eine ausgemachte Sache, an der niemand ein Arges fand, und ich war am Ende der einzige, welcher heimlich ihr den Namen Liebe gab, weil mir einmal nach alter Weise alles sich zum entschiedenen Romane gestaltete.

Um diese Zeit erkrankte meine Großmutter, nach und nach, doch immer ernstlicher, und nach wenigen Wochen sah man, daß sie sterben würde. Sie hatte genug gelebt und war müde; solange sie noch bei guten Sinnen war, sah sie gern, wenn ich eine Stunde oder zwei an ihrem Bette verweilte, und ich fügte mich willig dieser Pflicht, obgleich der Anblick ihres Leidens und der Aufenthalt in der dumpfen Krankenstube mir ungewohnt und trübselig waren. Als sie aber in das eigentliche Sterben kam, welches mehrere Tage dauerte, wurde mir diese Pflicht zu einer ernsten und strengen Übung. Ich hatte noch nie jemanden sterben sehen und sah nun die bewußtlose, oder wenigstens so scheinende Greisin mehrere Tage röchelnd im Todeskampfe liegen, denn ihr Lebensfunke mochte fast nicht erlöschen. Die Sitte verlangte, daß immer mindestens drei Personen in dem Gemache sich aufhielten, um abwechselnd zu beten und den fremden Besuchern, welche unablässig eintraten, die Ehren zu erweisen und Nachricht zu geben. Nun hatten aber die Leute, bei dem goldenen Wetter, gerade viel zu arbeiten, und ich, der ich nichts zu tun hatte und geläufig las, war ihnen daher willkommen und wurde den größten Teil des Tages am Todesbette festgehalten. Die Weiber hatten zudem insbesondere ein großes Bedürfnis, die Traurigkeit und den Schrecken des Todes recht auszubeuten, und da die Männer sich niemals lange in der Kammer aufhielten, waren sie froh, mich für alle büßen zu lassen, und erklärten, der Tod meiner Großmutter müsse sich mir recht einprägen, dies würde mir für immer nützlich sein. Auf einem Schemel sitzend, ein Buch auf den Knien, mußte ich mit vernehmlicher Stimme Gebete, Psalmen und Sterbelieder lesen, erwarb mir zwar durch meine Ausdauer die Gunst der Frauen, wofür ich aber den schönen Sonnenschein nur von ferne und den Tod beständig in der Nähe betrachten durfte.

Ich konnte mich gar nicht mehr nach Anna umsehen, obschon sie mein süßester Trost in meiner asketischen Lage war; da erschien sie, schüchtern und manierlich, unversehens auf der Schwelle der Krankenstube, um die ihr sehr entfernt Verwandte zu besuchen. Das junge Mädchen war beliebt und geehrt unter den Bäuerinnen und daher jetzt willkommen geheißen, und als sie sich, nach einigem stillen Aufenthalte, anbot, mich im Gebete abzulösen, wurde ihr dies gern gestattet, und so blieb sie die noch übrige Sterbenszeit an meiner Seite und sah mit mir die ringende Flamme verlöschen. Wir sprachen selten miteinander, nur wenn wir uns die geistlichen Bücher übergaben, flüsterten wir einige Worte, oder wenn wir beide frei waren, ruhten wir behaglich nebeneinander aus und neckten uns im stillen, da die Jugend einmal ihr Recht geltend machte. Als der Tod eingetreten und die Frauen laut schluchzten, da zerfloß auch Anna in Tränen und konnte sich nicht zufrieden geben, da sie doch der Todesfall weniger berührte als mich, der ich als Enkel der Toten, obgleich ernst und nachdenklich, trockenen Auges blieb. Ich ward besorgt für das arme Kind, welches immer heftiger weinte, und fühlte mich sehr niedergeschlagen und unglücklich noch zu der Trauer über den Tod hinzu; denn ich konnte das zarte Mädchen nicht leiden sehen. Ich führte sie in den Garten, streichelte ihr die Wangen und bat sie inständigst, doch nicht so sehr zu weinen. Da erheiterte sich ihr Gesicht, wie die Sonne durch Regen, sie trocknete die Augen und sah mich urplötzlich lächelnd an.

Wir genossen nun wieder freie Tage und ich begleitete Anna zur Erholung sogleich nach Hause, um dort zu bleiben bis zum Leichenbegängnisse. Ich blieb die Zeit über ziemlich ernst, da der ganze Verlauf mich angegriffen und mir überdies die Großmutter sehr lieb und verehrungswürdig gewesen, ungeachtet ich sie seit kurzem kannte. Diese Stimmung war nun wiederum meiner Freundin unbehaglich, und sie suchte mich mit tausend Listen aufzuheitern und glich hierin den übrigen Frauen, welche alle wieder plaudernd und raisonnierend vor ihren Häusern standen.

Der Mann der toten Großmutter tat nun, während er sich bequem fühlte, als ob er sehr viel verloren und seine Frau im Leben wert gehalten hätte. Er ordnete eine pomphafte Leichenfeier an, woran über sechzig Personen teilnehmen sollten, und ließ es an nichts fehlen, alle alten Gebräuche in ihrem vollen Umfange zu beobachten.

Am bezeichneten Tage begab ich mich mit dem Schulmeister und mit Anna auf den Weg; er trug einen feierlichen schwarzen Frack mit sehr breiten Schößen und eine gestickte weiße Halsbinde, Anna ebenfalls ihr schwarzes Kirchengewand und eine ihrer eigentümlichen Krausen, worin sie aussah wie eine Art Stiftsfräulein. Den Strohhut hingegen ließ sie zu Hause und trug ihre Haare besonders kunstreich geflochten, dazu durchdrang sie heute eine tiefe Frömmigkeit und Andacht, sie war still und ihre Bewegungen voll Sitte, und dieses alles ließ sie in meinen Augen in neuem, unendlichem Reize erscheinen. In meine traurige festliche Stimmung mischte sich ein süßer Stolz, mit diesem liebenswürdigen und seltenen Wesen so vertraut zu sein, und zu diesem Stolze gesellte sich eine innige Verehrung, daß ich meine Bewegungen ebenfalls maß und zurückhielt und mit eigentlicher Ehrerbietung neben ihr her ging und ihr dienstbar war, wo es der unebene Weg erforderte.

Wir machten vorerst im Hause meines Oheims Halt, dessen Familie schon gerüstet war und sich, als die Totenglocke läutete, uns anschloß. Im Sterbehause wurde ich von meinen sämtlichen Begleitern getrennt, da meine Stellung als Enkel die Gegenwart unter den nächsten Leidtragenden mit sich brachte, und als der jüngste und unmittelbarste Nachkomme befand ich mich in meinem grünen Habit an der Spitze der ganzen Trauergesellschaft und war den umständlichen und langwierigen Zeremonien zuerst ausgesetzt. Die nähere Verwandtschaft war in der aufgeräumten großen Wohnstube versammelt und harrte auf das weibliche Geschlecht, welches erscheinen sollte, um hier seine Beileidsbezeugungen abzustatten. Nachdem wir eine geraume Weile stumm und aufrecht längs den Wänden gestanden, traten nach und nach viele bejahrte Bäuerinnen herein, in schwarzer Tracht, fingen bei mir an, eine um die andere, indem sie mir die Hand boten, ihren Spruch sagten und zum Nächsten fortschritten auf gleiche Weise. Diese Matronen gingen größtenteils gebückt und zitternd und sprachen ihre Worte mit Rührung als alte Freundinnen und Bekannte der Seligen und als solche, welche die Nähe des Todes doppelt empfanden. Sie sahen mich alle fest und bedeutungsvoll an, ich mußte jeder einzelnen danken und sie ebenfalls ansehen, was ich ohnehin getan hätte, da mir jede dieser Gestalten ihres ausgeprägten Lebens und Schicksales wegen auffallen mußte. Manchmal war eine noch hohe und kraftvolle alte Frau darunter, welche aufrecht heranschritt und mit Seelenruhe auf mich sah, dann folgte aber gleich wieder ein gebeugtes Mütterchen, welche an ihrem eigenen Leiden dasjenige der Geschiedenen zu kennen und zu schätzen schien. Doch wurden die Frauen immer jünger und in gleichem Verhältnisse mehrte sich die Zahl; die Stube war nun vollständig mit dunklen Gestalten angefüllt, die sich herbeidrängten, Weiber von vierzig und dreißig Jahren, voll Beweglichkeit und Neugierde, die verschiedenen Leidenschaften und Eigentümlichkeiten waren kaum durch die gleichmachende Trauerhaltung verschleiert. Der Andrang schien kein Ende nehmen zu wollen; denn nicht nur das ganze Dorf, sondern auch viele Frauen aus der Umgegend waren erschienen, weil die Großmutter eines großen Ruhmes unter ihnen genoß, der, zum Teil verjährt, jetzt noch einmal in vollem Glanze sich geltend machte. Endlich wurden die Hände glätter und weicher, das jüngste Geschlecht zog vorüber und ich war schon ganz mürbe und müde, als meine Basen herzutraten, mir aufmunternd und freundlich die Hand boten, und gleich hinter ihnen, wie ein Himmelsbote, die allerliebste Anna, welche, blaß und aufgeregt, mir flüchtig das Händchen reichte und schimmernde Tränen darüber fallen ließ. Weil ich seltsamerweise gar nicht an sie gedacht und auf sie gehofft hatte, schwebte sie mir jetzt umso überraschender und reizender vorüber, wie ein Bild aus glücklicheren Räumen.

Zuletzt erschöpfte sich doch die Frauenwelt und wir traten vor das Haus, wo eine unabsehbare Schar bedächtiger Männer harrte, um mit uns, die wieder eine Reihe bildeten, den gleichen Gebrauch vorzunehmen. Sie machten es zwar bedeutend kürzer und rascher als ihre Weiber, Töchter und Schwestern, allein dafür gebrauchten sie ihre schwieligen harten Hände wie Schmiedezangen und Schraubstöcke, und aus mancher Faust brauner Ackermänner glaubte ich meine Hand nicht mehr heil zurückzuziehen.

Endlich schwankte der Sarg vor uns her, die Weiber schluchzten und die Männer sahen bedenklich und verlegen vor sich nieder, der Geistliche erschien auch und machte seine Würde geltend, und ohne viel zu wissen, wie es zugegangen, sah ich mich endlich an der Spitze des langen Zuges auf dem Kirchhofe und dann in die kühle Kirche versetzt, welche von der Gemeinde ganz angefüllt wurde. Ich hörte nun mit Verwunderung und Aufmerksamkeit den ursprünglichen Familiennamen, die Abstammung, das Alter, den Lebenslauf und das Lob der Großmutter von der Kanzel verkünden und stimmte von Herzen in das Versöhnungs- und Ruhelied, welches zum Schlusse gesungen wurde. Als ich aber die Schaufeln klingen hörte vor der Kirchentür, drängte ich mich hinaus, um in das Grab zu schauen. Der einfache Sarg lag schon darin, viele Menschen standen umher und weinten, die Schollen fielen hart auf den Deckel und verbargen ihn allmählich, ich sah erstaunt hinein und kam mir fremd und verwundert vor, und die Tote in der Erde erschien mir auch fremd und ich fand keine Tränen. Erst als es mir durch den Sinn fuhr, daß es die leibliche Mutter meines Vaters gewesen, und an meine Mutter dachte, welche einst auch also in die Erde gelegt werde, da vergegenwärtigte sich mir wieder mein Zusammenhang mit diesem Grabe und das harte Wort: »Ein Geschlecht vergeht und das andere entsteht!« verlor die scheinbare Kälte seiner Notwendigkeit.

Der eingeladene Teil der Versammlung begab sich nun wieder nach dem Trauerhause, dessen Räume alle mit den Vorrichtungen des Leichenmahles erfüllt waren. Als man zu Tische saß, versetzte mich die Sitte wieder an die Seite des finstern Witwers, wo ich zwei volle Stunden aushalten mußte, ohne mit jemandem sprechen zu können, solange die erste herkömmliche Essenszeit mit allen ihren unvermeidlichen Gerichten dauerte. Ich sah die lange Tafel hinunter und suchte den Schulmeister und sein Kind, welche auch anwesend waren; sie mußten aber im anstoßenden Zimmer sein, denn ich fand sie nicht.

Anfänglich wurde mäßig und bedächtig gesprochen und die Speisen in großer Ehrbarkeit eingenommen. Die Bauern saßen aufrecht an ihre Stühle oder an die Wand gelehnt, in beträchtlichem Abstand vom Tische, und stachen die Fleischbissen mit feierlich ausgestrecktem Arme an, die Gabel am äußersten Ende haltend. So führten sie ihre Beute auf dem weitesten Wege zum Munde und tranken den Wein in kleinen, züchtigen, aber häufigen Zügen. Die Aufwärterinnen trugen die breiten Zinnschüsseln in erhobenen Händen in der

Höhe ihres Gesichtes heran, mit gemessenem Paradeschritt, die Hüften gewaltig hin und her wiegend. Wo sie die Tracht auf den Tisch setzten, mußten die beiden Zunächstsitzenden einen Wettstreit beginnen, indem sie ihnen ihre Gläser zum Trinken boten und jeder wenigstens zwei gute Witze auf den Nebenbuhler losließ; dieser kleine Kampf wurde dann dadurch geschlichtet, daß die Aufwärterin aus jedem Glase nippte und mehr oder weniger zufrieden mit der Ausführung dieser Etikette sich zurückzog.

Nach Verfluß zweier langen Stunden wurden die Gerichte feiner und leckerer, die Roheren unter den Gästen näherten sich immer mehr dem Tische, legten die Arme darauf und begannen nun erst, auf dem möglichst kürzesten Wege, ein ungeheures und heftiges Essen, wozu sie den Wein in tiefen Zügen schluckten. Die Älteren und Feineren aber wurden lauter im Gespräche, rückten ihre Stühle mehr zusammen und ließen die Unterhaltung allmählich in eine gehaltene Fröhlichkeit übergehen. Diese war wohl zu unterscheiden von einer gewöhnlichen lustigen Stimmung und eine symbolische Absicht, welche eine heitere Ergebung in den Lauf der Dinge und das Recht des Lebens gegen den Tod bedeuten sollte.

Ich fand nun endlich Raum, meinen Platz zu verlassen und umherzugehen. Im nächsten Zimmer fand ich an einer kleineren Tafel Anna neben ihrem Vater sitzen, welcher im Kreise einiger Klugen und Frommen die weise und fröhliche Ergebung in das Unvermeidliche mit ausgezeichneter Kunst übte. Er machte einigen bejahrten Frauen den Hof und wußte jeder noch zu sagen, was sie vor dreißig Jahren gern gehört; dafür schmeichelten sie der kleinen Anna, lobten ihre Manieren und priesen den Alten glücklich. Zu dieser Gruppe setzte ich mich und horchte neben Anna auf die beschaulichen Reden der Alten. Dabei hielten wir zwei, denen nun erst vergnüglich zumute wurde, noch eine kleine Mahlzeit aus der gleichen Schüssel und tranken zusammen ein Glas Wein.

Auf einmal fing es über unseren Köpfen an zu brummen und zu quieken. Geige, Baß und Klarinette wurden angestimmt und ein Waldhorn erging sich in schwülen, verliebten Tönen. Während der rüstige Teil der Versammlung aufbrach und nach dem geräumigen Boden hinaufstieg, sagte der Schulmeister: »So muß es also doch getanzt sein? Ich glaubte, dieser Gebrauch wäre endlich abgeschafft, und gewiß ist dies Dorf das einzige weit und breit, wo er noch manchmal geübt wird! Ich ehre das Alte, aber alles, was so heißt, ist doch nicht ehrwürdig und tauglich! Indessen mögt ihr einmal zusehen, Kinder, damit ihr später noch davon sagen könnt; denn hoffentlich wird das Tanzen auf Leichenbegängnissen endlich doch verschwinden!«

Wir huschten sogleich hinaus, wo auf der Flur und der Treppe, die nach oben führte, die Menge sich zu einem Zuge ordnete und paarte, denn ungepaart durfte niemand hinaufgehen. Ich nahm daher Anna bei der Hand und stellte mich in die Reihe, welche sich, von den Musikanten angeführt, in Bewegung setzte. Man spielte einen elendiglichen Trauermarsch, zog nach seinem Takte dreimal auf dem Boden herum, der zum Tanzsaal umgewandelt war, und stellte sich dann in einen großen Kreis. Hierauf traten sieben Paare in die Mitte und führten einen schwerfälligen alten Tanz auf von sieben Figuren mit schwierigen Sprüngen, Kniefällen und Verschlingungen, wozu schallend in die Hände geklatscht wurde. Nachdem dieses Schauspiel seine gehörige Zeit gedauert hatte, erschien der Wirt, ging einmal durch die Reihen, dankte den Gästen für ihre Teilnahme an seinem Leid und flüsterte hier und dort einem jungen Burschen, daß es alle sahen, in die Ohren, er möchte sich die Trauer nicht allzusehr zu Herzen gehen und ihn in seinem Schmerze jetzt nur allein und einsam lassen, er empföhle ihm vielmehr, sich nun wieder des Lebens zu freuen. Hierauf schritt er wieder gesenkten Hauptes von dannen und stieg die Treppe hinunter, als ob es direkt in den Tartarus ginge. Die Musik aber ging plötzlich in einen lustigen Hopser über, die Älteren zogen sich zurück und die Jugend brauste jauchzend und stampfend über den dröhnenden Boden hin. Anna und ich standen, noch immer Hand in Hand, verwundert an einem Fenster und schauten dem dämonischen Wirbel zu. Auf der Straße sahen wir die übrige Jugend des Dorfes dem Geigenklange nachziehen; die Mädchen stellten sich vor die Haustür, wurden von den Knaben heraufgeholt, und wenn sie einen Tanz getan, hatten sie das Recht erworben, aus den Fenstern die Burschen, die noch unten waren, heraufzurufen. Es wurde Wein gebracht und in allerhand Dachwinkeln kleine Trinkstätten hergestellt, und bald verschmolz alles in einen rauschenden und tobenden Wirbel der Lust, welche sich in ihrem Lärm umso sonderbarer ausnahm, als es Werktag war und das Dorf ringsherum in gewöhnlicher stiller Arbeit begriffen.

Nachdem wir lange Zeit zugeschaut, fortgegangen und wieder gekommen waren, sagte Anna errötend, sie möchte einmal probieren, ob sie in der großen Menge tanzen könne. Dieses kam mir sehr gelegen und wir drehten uns im selben Augenblicke in den Kreisen eines Walzers dahin. Von nun an tanzten wir mehrere Stunden ununterbrochen, ohne müde zu werden, die Welt und uns selbst vergessend. Wenn die Musik eine Pause machte, so standen wir nicht still, sondern setzten unsern Weg durch die Menge fort in raschem Schritte und fingen mit dem ersten Tone wieder zu tanzen an, wir mochten gerade gehen, wo es war.

Mit dem ersten Tone der Abendglocke aber stand auf einmal der Tanz still mitten in einem Walzer, die Paare ließen ihre Hände fahren, die Dirnen wanden sich aus den Armen der Tänzer, und alles eilte, sich ehrbar begrüßend, die Treppe hinunter, setzte sich noch einmal hin, um Kaffee mit Kuchen zu genießen und dann ruhig nach Hause zu gehen. Anna stand, mit glühendem Gesichte, noch immer in meinem Arme und ich schaute verblüfft umher. Sie lächelte und zog mich fort; wir fanden ihren Vater nicht mehr im Hause und gingen weg, ihn beim Oheim aufzusuchen. Es war Dämmerung draußen und die allerschönste Nacht brach an. Als wir auf den Kirchhof kamen, lag das frische Grab einsam und schweigend, vom aufgehenden goldfarbenen Monde bestreift. Wir standen vor dem braunen, nach feuchter Erde duftenden Hügel und hielten uns umfangen, zwei Nachtfalter flatterten durch die Büsche, die vielen Blüten gaben einen mächtigen Duft und Anna atmete erst jetzt schnell und stark. Wir gingen zwischen den Gräbern umher, für dasjenige der Großmutter einen Strauß zu sammeln, und gerieten dabei, im tiefen tauigen Grase wandelnd, in die verworrenen Schatten der üppigen Grabgesträuche. Da und dort blinkte eine matte goldene Schrift aus dem Dunkel oder leuchtete ein Busch weißer Rosen wie Schnee hervor, Anna brach, da hier von abgegrenztem Eigentume nicht die Rede war, ihr aufgeschürztes schwarzes Kleid ganz voll weißer und roter Rosen, und als sie, damit beladen und beide Hände beschäftigt, mit dem Köpfchen sich in den Zweigen eines dichten dunklen Holunderstrauches fing, ich sie befreien wollte und wir beide so in der stark duftenden Finsternis standen, da flüsterte sie, sie möchte mir jetzt etwas sagen, aber ich müßte sie nicht auslachen und es verschweigen. Ich fragte: Was? und sie sagte, sie wolle mir jetzt den Kuß geben, den sie mir von jenem Abend her schuldig sei. Ich hatte mich schon zu ihr geneigt und wir küßten uns zwei oder drei Mal, aber höchst ungeschickt, wir schämten uns, eilten zum Grabe, Anna warf die Blumenlast darauf hin, wir fielen uns um den Hals und küßten uns eine Viertelstunde lang unaufhörlich, zuletzt ganz vollendet und schulgerecht.

VIERTES KAPITEL

II,5 Als Anna mit ihrem Vater noch spät sich verabschiedete, war ich in dem Augenblicke nicht zugegen und sie konnte mir daher nicht Adieu sagen. Obgleich ich schmerzlich betroffen war, als ich sie nicht mehr zugegen fand, überwog doch mein junges Seelenglück; auf meiner Kammer lag ich noch eine volle Stunde unter dem Fenster und sah die Gestirne ihren fernen Gang tun, und die Wellen unter mir trugen das Mondsilber auf ihren klaren Schultern hastig und kichernd zu Tal, als ob sie es gestohlen hätten, warfen hier und da einige Schimmerstücke ans Ufer, als ob sie ihnen zu schwer würden, und sangen fort und fort ihr mutwilliges Wanderlied. Auf meinem Munde lag es unsichtbar, aber süß und warm und doch frisch und taukühl.

Als ich schlafen ging, spukte und rauschte es die ganze Nacht auf meinen Lippen, durch Traum und Wachen, welche oft und heftig wechselten; ich sank von Traum zu Traum, farbig und blitzend, dunkel und schwül, dann wieder sich erhellend aus dunkelblauer Finsternis zu blumendurchwogter Klarheit, ich träumte nie von Anna, aber ich küßte Baumblätter, Blumen und die lautere Luft und wurde überall wieder geküßt, fremde Frauen gingen über den Kirchhof und wateten durch den Fluß mit silberglänzenden Füßen, die eine trug Annas schwarzes Gewand, die andere ihr blaues, die dritte ihr grünes mit den roten Blümchen, die vierte ihre Halskrause, und wenn mich dies ängstigte und ich ihnen nachlief und darüber erwachte, war es, als ob die wirkliche Anna von meinem Lager soeben und leibhaftig wegschliche, daß ich verwirrt und betäubt auffuhr und sie laut beim Namen rief, bis mich die stille Glanznacht, welche getreulich im Tale lag, zu mir selbst brachte und in neue Träume hüllte.

So ging es in den hellen Morgen hinein, und beim Erwachen war ich wie von einem heißen Quell der Glückseligkeit durchtränkt und berauscht. Die Nacht in meinem Bewußtsein war wie ein großes schönes Ereignis und alle ihre verwirrten Träume ließen den Eindruck der schönsten Wirklichkeit zurück, ich war wie ein neuer Mensch, reicher an Wissen und Erfahrung als gestern, und doch wußte ich nichts und hätte es in keine Worte fassen können.

Ich ging, noch immer trunken und träumend, unter meine Verwandten und fand in der Wohnstube den benachbarten Müller vor, welcher mit einem leichten Fuhrwerke meiner harrte, um mich mit nach der Stadt zu nehmen. Meine Rückkehr war nämlich, seit einiger Zeit bestimmt, an die Geschäftsreise dieses Mannes geknüpft und zufällig verabredet worden, da das Fahren mit ihm einige Bequemlichkeit bot. Ich fragte nach dieser ohnehin nicht viel, der Müller erschien zudem unerwartet und früher als man geglaubt, mein Oheim und seine Sippschaft forderten mich auf, ihn fahren zu lassen und zu bleiben, in meinem Herzen schrie es nach Anna und nach dem stillen See – aber ich versicherte ernsthaft, daß meine Verhältnisse geböten, diese Gelegenheit zu benutzen, frühstückte eilig, nahm einige meiner Sachen zusammen und von den verblüfften und fast unwilligen Verwandten Abschied und setzte mich mit dem Müller auf das Wägelchen, welches ohne Aufenthalt zum Dorfe hinaus und bald auf der staubigen Landstraße dahinrollte. Dies alles tat ich halb unbewußt in der Verwirrung, zum Teil weil ich wähnte, man würde mir auf der Stelle ansehen, daß ich wegen Anna bliebe und daß ich sie wirklich liebe, und endlich auch aus unerklärlicher Laune.

Sobald ich hundert Schritte vom Dorfe entfernt war, reute mich meine Abreise, ich wäre gern vom Wagen gesprungen und drehte den Kopf immerwährend zurück nach den Höhen, welche um den See lagen, und schaute sie an, ohne zu gewahren, wie sie unter meinen Augen blau und klein wurden und hinter meinem Rücken das Hochgebirge aus größern und tiefern Seen emporstieg.

Ich konnte mich in den ersten Tagen meiner Rückkehr kaum zurechtfinden. Im Angesichte der großartigen und schönen Landschaft, welche die Stadt umgibt, schwebte mir nun die verlassene Gegend wie ein Paradies vor und ich fühlte erst jetzt jeden Reiz ihrer einfachen und anspruchlosen, aber so ruhigen und lieblichen Bestandteile. Wenn ich auf der höchsten Höhe über unserer Stadt in das Land hinaus sah, so war mir der kleine versteckte Strich blauen Fernegebietes, wo das Dorf und nicht weit davon des Schulmeisters See zu vermuten waren, die schönste Stelle des Gesichtskreises, die Luft wehte reiner und glücklicher von dort her, der mir unsichtbare Aufenthalt Annas in jener entlegenen bläulichen Dämmerung wirkte magnetisch über alles dazwischen liegende Land her; ja wenn ich, in der Tiefe gehend, jenen glücklichen Horizont nicht sah, so suchte und fühlte ich doch die Himmelsgegend und sah mit Heimweh und Sehnsucht das dorthin gehende Stück Himmel von näheren Bergen begrenzt.

Indessen erneuerte sich die Frage über meine Berufswahl und machte sich täglich dringender geltend, da man mich nicht länger halb müßig und planlos sehen konnte. Ich war einmal an den Türen des Fabrikgebäudes vorbeigestrichen, wo der eine Gönner hauste. Ein häßlicher Vitriolgeruch drang mir in die Nase und bleiche Kinder arbeiteten innerhalb und lachten mit rohen Grimassen hervor. Ich verwarf unbedingt die Hoffnungen, die sich hier darboten, und zog es vor, lieber ganz von solchen halbkünstlerischen Ansprüchen fern zu bleiben und mich dem Schreibertume entschieden in die Arme zu werfen, wenn einmal entsagt werden müsse, und ich gab mich diesem Gedanken schon geduldig hin. Denn nicht die mindeste Aussicht tat sich auf, bei irgend einem guten Künstler untergebracht zu werden.

Da gewahrte ich eines Tages, wie eine Menge der gebildeten Leute der Stadt in einem öffentlichen Gebäude aus- und eingingen. Ich erkundigte mich nach der Ursache und erfuhr, daß in dem Hause eine Kunstausstellung stattfinde, welche, von einem Vereine mehrerer größerer Schweizerstädte veranlaßt, in diesen bereits ihre Runde gemacht und nun noch durch die kleineren Städte zirkuliere, um auch hier der Kunst mehr Freunde zu gewinnen. Da ich sah, daß nur fein gekleidete Leute hineingingen, lief ich nach Hause, putzte mich ebenfalls möglichst heraus, als ob es in die Kirche ginge, und wagte mich alsbald in die geheimnisvollen Räume. Ich trat in einen hellen Saal, in welchem es von allen Wänden und von großen Gestellen in frischen Farben und Gold erglänzte. Der erste Eindruck war ganz traumhaft, große klare Landschaften tauchten von allen Seiten, ohne daß ich sie vorerst einzeln besah, auf und schwammen vor meinen Blicken mit zauberhaften Lüften und Baumwipfeln, Abendröten brannten, Kinderköpfe, liebliche Studien guckten dazwischen hervor und alles entschwand wieder vor neuen Gebilden, so daß ich mich ernstlich umsehen mußte, wo denn dieser herrliche Lindenhain oder jenes mächtige Gebirge hingekommen seien, die ich im Augenblicke noch zu sehen geglaubt? Dazu verbreiteten die frischen Firnisse der Bilder einen sonntäglichen Duft, der mir angenehmer dünkte als der Weihrauch einer katholischen Kirche, obschon ich diesen sehr gern roch.

Es ward mir kaum möglich, endlich vor einem Werke stillzustehen, und als dies geschah, da vergaß ich mich vor demselben und kam nicht mehr weg. Einige große Bilder der Genfer Schule, mächtige Baum- und Wolkenmassen in mir unbegreiflichem Schmelze gemalt, waren die Zierden der Ausstellung, eine Menge Genrebildchen und Aquarellen reizten dazwischen als leichtes Plänklervolk, und ein paar Historien und Heiligenscheine wurden kalt bewundert. Aber immer kehrte ich zu jenen großen Landschaften zurück, verfolgte den Sonnenschein, welcher durch Gras und Laub spielte, und prägte mir voll inniger Sympathie die schönen Wolkenbilder ein, welche von Glücklichen mit leichter und spielender Hand hingetürmt schienen.

Ich stak, solange es dauerte, den ganzen Tag in dem wonniglichen Saale, wo es fein und anständig herging, die Leute sich höflich begrüßten und vor den glänzenden Rahmen mit zierlichen Worten sich besprachen. Nach Hause gekommen, saß ich nachdenklich umher und beklagte fortwährend mein Schicksal, daß ich auf das Malen verzichten müsse, daß es meiner Mutter durchs Herz ging und sie nochmals eine Rundschau anstellte mit dem Vorsatze, mir meinen Willen zu tun, möchte es gehen, wie es wolle.

So trieb sie endlich einen Mann auf die Beine, welcher in einem alten Frauenklösterlein vor der Stadt, wenig beachtet, einen wunderlichen Kunstspuk trieb. Er war ein Maler, Kupferstecher, Lithograph und Drucker in einer Person, indem er, in einer verschollenen Manier, vielbesuchte Schweizerlandschaften zeichnete, dieselben in Kupfer kratzte, abdruckte und von einigen jungen Leuten mit Farben überziehen ließ. Diese Blätter versandte er in alle Welt und führte einen dankbaren Handel damit. Dazu machte er, was ihm unter die Finger kam, sonst noch, riskierte Porträts, fertigte Etiketten und Visitenkarten, Taufscheine mit Taufstein und Paten und Grabschriften mit Trauerweiden und weinenden Genien; wenn dazwischen ein Unkundiger gekommen wäre und ihm gesagt hätte: »Könnt Ihr mir ein Bild malen, so schön es zu haben ist, das unter Kennern zehntausend Taler wert ist? ich möchte ein solches!« so würde er die Bestellung unbedenklich angenommen und sich, nachdem die Hälfte des Preises im voraus bezahlt, unverweilt an die Arbeit gemacht haben. Bei diesem Treiben unterstützte ihn ein tapferes Häuflein Gerechter, und der Schauplatz ihrer Taten war das ehemalige Refektorium der frommen Klosterfrauen. Dessen beide Langseiten waren jede mit einem halben Dutzend hoher Fenster versehen mit runden Scheibchen, welche wohl Licht ein-, aber bei ihrer wellenförmigen Oberfläche keinen Blick hinausließen, was auf den Fleiß der hier waltenden Kunstschule wohltätigen Einfluß übte. Jedes dieser Fenster war mit einem Kunstbeflissenen besetzt, welcher, dem Hintermanne den Rücken zukehrend, dem Vordermanne ins Genick sah. Das Haupttreffen dieser Armee bildeten vier bis sechs junge Leute, teils Knaben, welche die Schweizerlandschaften blühend kolorierten; dann kam ein kränklicher, hustender Bursche, der mit Harz und Scheidewasser auf kleinen Kupferplatten herumschmierte und bedenkliche Löcher hineinfressen ließ, auch wohl mit der Radiernadel dazwischen stach und der Kupferstecher genannt wurde. Auf diesen folgte der Lithograph, ein froher und unbefangener Geist, der verhältnismäßig das weiteste Gebiet umfaßte, nächst dem Meister, da er stets gewärtig und bereit sein mußte, das Bildnis eines Staatsmannes oder eine Weinkarte, den Plan einer Drehmaschine wie das Titelblatt für eine Erbauungsschrift junger Töchter auf den Stein zu bringen mit Kreide, Feder, graviert oder getuscht. Im Hintergrunde des Refektoriums arbeiteten mit breiten Bewegungen zwei schwärzliche Gesellen, der Kupfer- und der Steindruckergehilfe, jeder an seiner Presse, indem sie die Werke obiger Künstler auf feuchtes Papier abzogen. Endlich, im Rücken der ganzen Schar und alle übersehend, saß der Meister, Herr Kunstmaler und Kunsthändler Habersaat, Besitzer einer Kupfer- und Steindruckerei und sich allen entsprechenden Aufträgen empfehlend, an seinem Tische mit den feinsten und schwierigsten Aufgaben, meistens jedoch mit seinem Buche, Briefschreiben und dem Verpacken der fertigen Sachen beschäftigt.

Es herrschte ein streng ausgeschiedener Geist in den Ansprüchen und Hoffnungen des Refektoriums. Der Kupferstecher und der Lithograph waren fertige Leute, die selbständig in die Welt schauten, bei Meister Habersaat um einen Gulden täglich ihre acht Stunden arbeiteten und sich weiter weder um ihn was bekümmerten noch große Hoffnungen nährten. Mit den jungen Koloristen hingegen verhielt es sich anders. Diese lustigen Geister gingen mit wirklichen, leichten und durchsichtigen Farben um, sie handhabten den Pinsel in Blau, Rot und Gelb, und das umso fröhlicher als sie sich um Zeichnung und Anordnung nichts zu bekümmern hatten und mit ihrem buntflüssigen Elemente vornehm über die düstern Schwarzkünste des Kupferstechers wegeilen durften. Sie waren die eigentlichen Maler in der Versammlung, ihnen stand noch das Leben offen, und jeder hoffte, wenn er nur erst aus diesem Fegefeuer des Meisters Habersaat entronnen, noch ein großer Künstler zu werden. In dieser Gruppe erbte sich durch alle Generationen, welche schon im Dienste des Meisters durch das Refektorium geschwunden, die große Künstlertradition von Samtrock und Barett fort; aber nur selten erreichte einer dies Ziel, indem immer der Flug vorher ermüdete und die Mehrzahl der Getäuschten nach ihrem Austritte noch ein gutes Handwerk erlernte. Es waren immer Söhne blutarmer Leute, welche, in der Wahl eines Unterkommens verlegen, von dem rührigen Manne in sein Refektorium gelockt wurden unter der Aussicht, eine Art Maler und Herren zu werden, die ihr Auskommen finden und immer noch etwas über dem Schneider und Schuster stehen würden. Da sie gewöhnlich keine Gelder beibringen konnten, so mußten sie sich verbindlich machen, den Unterricht in der »Malerkunst« abzuverdienen und vier Jahre für den Meister zu arbeiten. Er richtete sie dann vom ersten Tage an zum Färben seiner Landschaften ab und brachte sie, ungeachtet ihrer gänzlichen Unberufenheit, durch Strenge so weit, daß sie ihre Arbeit bald reinlich und klar und nach den überlieferten Gebräuchen verrichteten. Nebenbei durften sie, wenn sie wollten, an Feiertagen ein verkommenes oder zweckloses Blatt nachzeichnen zur weiteren Ausbildung, und sie wählten meistens solche Gegenstände, welche nichts zu lernen darboten, aber für den Augenblick am meisten Effekt machten und die ihnen der Meister korrigierte, wenn er nicht allzu beschäftigt war. Er sah es aber nicht einmal gern, wenn sie diesen Privatfleiß zu weit trieben; denn er hatte schon einige Male erfahren, daß solche, welche Geschmack daran fanden und eine künstlerische Ader in sich entdeckten, beim Kolorieren seiner Prospekte unreinlich und verwirrt geworden. Sie mußten streng und anhaltend arbeiten und steckten umso mehr voll Possen und Schwänke, die sich in jedem freien Augenblicke Luft machten, und erst gegen das vierte Jahr hin, wenn die schönste Zeit zur Erlernung von etwas Besserem verflossen war, wurden sie gebeugt und gedrückt, von den Eltern mit Vorwürfen geplagt, daß sie immer noch von ihrem Brote äßen, und dachten ernstlich darauf, während sie noch pinselten, bei guter Zeit noch etwas Einträglicheres zu ergreifen, und auch solche, die wirklich aus einem inneren Antriebe gekommen waren und außergewöhnliches Geschick bezeigten, fielen ohne weiteres ab, da sie in ihrer ganzen Erfahrung zufällig nie gehört, daß man nur durch Entbehren, Dulden und Ausharren ans Ziel gelange, und dagegen einzig wußten, daß man so bald als möglich Geld verdienen müsse. Die Jugendjahre von wohl Dreißigen solcher Knaben und Jünglinge hatte Habersaat schon in blauen Sonntagshimmeln und grasgrünen Bäumen auf sein Papier gehaucht, und der hüstelnde Kupferstecher war sein infernalischer Helfershelfer, indem er mit seinem Scheidewasser die schwarze Unterlage dazu ätzte, wobei die melancholischen Drucker, an das knarrende Rad gefesselt, füglich eine Art gedrückter Unterteufel vorstellten, nimmermüde Dämonen, die unter der Walze ihrer Pressen die zu bemalenden Blätter unerschöpflich, endlos hervorzogen. So begriff er vollständig das Wesen heutiger Industrie, deren Erzeugnisse umso wertvoller und begehrenswerter zu sein scheinen für die Käufer, je mehr schlau entwendetes Kinderleben darin aufgegangen ist. Es saßen im Refektorium zehnjährige Äffchen in Höschen und Jäckchen, die ihnen zu kurz waren, und ließen ihre Finger ruhlos tanzen, in strengster Reinlichkeit die leichteren Anlagen bereitend; die Unglücklichen waren in dies Paradies geraten, weil sie zu Hause allzu emsig die Titelblätter und Vignetten ihrer Testamente illuminiert und so ihre Eltern irre und die Aufmerksamkeit des Herrn Habersaat auf sich geleitet hatten. Er machte auch ganz ordentliche Geschäfte und galt daher für einen Mann, bei dem sich was lernen ließe, wenn man nur wolle.

Von irgend einer Seite her war meiner Mutter angeraten worden, sich mit ihm zu besprechen und sein Geschäft einmal anzusehen, da es wenigstens für den Anfang eine Zuflucht zu weiterem Vorschreiten böte, zumal wenn man mit ihm übereinkäme, daß er mich nicht zu seinem Nutzen verwende, sondern gegen genügende Entschädigung nach seinem besten Willen unterrichte. Er zeigte sich gern bereit und erfreut, einen jungen Menschen einmal als eigentlichen Künstler heranzubilden, und belobte meine Mutter höchlich für ihren kundgegebenen Entschluß, die nötigen Summen hieran wenden zu wollen; denn jetzt schien ihr der Zeitpunkt gekommen zu sein, wo die Frucht ihrer unablässigen Sparsamkeit geopfert und auf den Altar meiner Bestimmung mit voller Hand gelegt werden müsse. Es ward also ein Kontrakt geschlossen auf zwei Jahre, welche ich gegen regelmäßige Quartalzahlungen des Honorars im Refektorium zubringen sollte unter den zweckdienlichsten Übungen. Nach gegenseitiger Unterschreibung desselben verfügte ich mich eines Montags morgen in das alte Kloster und trug meine sämtlichen bisherigen Versuche und Arbeiten in bunter Mischung bei mir, um sie auf Verlangen des neuen Meisters vorzuzeigen. Er bezeugte, indem meine wunderlichen Blätter herumgingen, nachträglich seine Zufriedenheit mit meinem Eifer und meinen Absichten und stellte mich dem Personale, das sich erhoben hatte und neugierig herumstand, als einen wahren Bestrebten vor, wie er beschaffen sein müsse schon vor dem Eintritte in eine Kunsthalle. Sodann erklärte er, daß es ihm recht zum Vergnügen gereichen werde, einmal eine ordentliche Schule an einem Schüler durchzuführen, und sprach seine Erwartungen hinsichtlich meines Fleißes und meiner Ausdauer feierlich aus.

Einer der Koloristen mußte nun seinen Platz am Fenster räumen und sich neben einen andern setzen, indessen ich dort eingerichtet wurde, und hierauf, als ich erwartungsvoll der Dinge, die da kommen sollten, vor dem leeren Tische stand, brachte Herr Habersaat eine landschaftliche Vorlage aus seinen Mappen hervor, den Umriß eines einfachen Motives aus einem lithographierten Werke, wie ich es schon in den Schulen vielfach gesehen hatte. Dies Blatt sollte ich vorerst aufmerksam und streng kopieren. Doch bevor ich mich hinsetzte, schickte mich der Meister wieder fort, Papier und Bleistift zu holen, an welche ich nicht gedacht, da ich überhaupt keinen Begriff von dem ersten Beginnen gehabt hatte. Er beschrieb mir das Nötige, und da ich kein Geld bei mir trug, mußte ich erst den weiten Weg nach Hause machen und dann in einen Laden gehen, um es gut und neu einzukaufen, und als ich wieder hinkam, war es eine halbe Stunde vor Mittag. Dieses alles, daß man mir für diesen Anfang nicht einmal ein Blatt Papier und einen Stift gab, sondern fortschickte, welche zu holen, ferner das Herumschlendern in den Straßen, das Geldfordern bei der Mutter und endlich das Beginnen kurz vor der Stunde, wo alles zum Essen auseinanderging, erschien mir so nüchtern und kleinlich und im Gegensatze zu dem Treiben, das ich mir dunkel in einer Künstlerbehausung vorgestellt hatte, daß es mir das Herz beengte.

Jedoch ward es bald von diesem Eindrucke abgezogen, als die unscheinbaren Aufgaben, die mir gestellt wurden, mir mehr zu tun gaben als ich mir anfänglich eingebildet; denn Habersaat sah vor allem darauf, daß jeder Zug, den ich machte, genau die gleiche Größe des Vorbildes maß und das Ganze weder größer noch kleiner erschien. Nun kamen aber meine Nachbildungen immer größer heraus als das Original, obgleich in richtigem Verhältnisse, und der Meister nahm hieran Gelegenheit, seine Genauigkeit und Strenge zu üben, die Schwierigkeit der Kunst zu entwickeln und mich behaglich fühlen zu lassen, daß es doch nicht so rasch ginge, als ich wohl geglaubt hätte.

Doch fand ich mich wohl und geborgen an meinem Tische (die Abwesenheit von Staffeleien, die ich mir als besondere Zierde einer Werkstatt gedacht, empfand ich freilich) und arbeitete mich tapfer durch diese kleinlichen Anfänge hindurch. Ich kopierte getreulich die ländlichen Schweinställe, Holzschuppen und derlei Dinge, aus welchen, in Verbindungen mit allerlei magerem Strauchwerk, meine Vorbilder bestanden und die mir umso mühseliger wurden, je verächtlicher sie meinen Augen erschienen. Denn mit dem Eintritte in den Saal des Meisters hatte sich mit der Pflicht und dem Gehorsame zugleich der Schein der Nüchternheit und Leerheit über diese Dinge ergossen für meinen ungebundenen und willkürlichen Geist. Auch kam es mir fremd vor, den ganzen Tag, an meinen Platz gebunden, über meinem Papiere zu sitzen, zumal man nicht im Zimmer umhergehen und unaufgefordert nicht sprechen durfte. Nur der Kupferstecher und der Lithograph führten einen bescheidenen Verkehr mit sich und den betreffenden Druckergesellen und richteten das Wort auch an den Meister, wenn es ihnen gut dünkte, ein bißchen zu plaudern. Dieser aber, wenn er guter Laune war, erzählte allerlei Geschichten und geläufige Kunstsagen, auch Schwänke aus seinem früheren Leben und Züge von der Herrlichkeit der Maler. Sowie er aber bemerkte, daß einer zu eifrig aufhorchte und die Arbeit darüber vergaß, brach er ab und beobachtete eine geraume Zeit weise Zurückhaltung.

Ich genoß das Vorrecht, meine Vorlagen selbst hervorzuholen, und verweilte dabei immer längere Zeit, die vorhandenen Schätze durchzugehen. Sie bestanden aus einer großen Menge zufällig zusammengeraffter Gegenstände, aus guten alten Kupferstichen, einzelnen Fetzen und Blättern ohne Bedeutung, wie sie die Zeit anhäuft, Zeichnungen von einer gewissen Routine, ohne Naturwahrheit, und einem unendlichen übrigen Mischmasch. Was mich zunächst betraf, waren einige Hefte französischer Landschaftsstudien, mit Eleganz und Bravour auf Stein gezeichnet, welche mir für das eigentliche Studium in Aussicht gestellt waren. Handzeichnungen nach der Natur, Blätter, die um ihrer selbst willen da waren und denen man angesehen hätte, daß sie freie Luft und Sonne getrunken, fanden sich nicht ein einziges Stück vor, denn der Meister hatte seine Kunst und seinen Schlendrian innerhalb vier Wänden erworben und begab sich nur hinaus, um so schnell als möglich eine gangbare Ansicht zu entwerfen, wobei alle seine Bäume *einen* neutralen Typus erhielten und Erde, Weg und Steine mit den gleichen Tuschen und Charakteren gebildet wurden, daß sie alle aus dem nämlichen Stoffe zu bestehen schienen. Indessen zeigten diese Arbeiten alle ein fertiges Geschick in betreff der Klarheit und Sauberkeit der Tinten; dieselben waren nicht wahr und bestanden aus sogenannten Phantasiefarben, welche in der Natur nicht anzutreffen waren, wenigstens nicht an der Stelle, wo sie gerade angewendet erschienen; allein sie spielten glänzend und ansprechend ineinander für den unkundigen Beschauer. Diese gewandte, obschon falsche Technik war das eigentliche Wissen meines Meisters, und er legte alles Gewicht seines Unterrichtes auf diesen Punkt. Da er, während meiner Übungen mit Stift, Kreide und Feder, über den Zweck derselben, als da sind die Eigentümlichkeiten in den Ausladungen, den Silhouetten und Laubmassen der Bäume, sowie ihrer Charaktere, der Rinden und Äste, nicht viel zu sagen wußte, so veranlaßte er mich bald, die lithographierten Pariser Blätter, welche große effektvolle Baumgruppen enthielten, in Tusche, Sepia und dergleichen zu kopieren. Da diese Sachen nicht sehr gründlich und gut gezeichnet, hingegen in Ton und Haltung äußerst klar und kräftig waren, wobei vieles der vollendeten Technik des Steindruckes zugeschrieben werden konnte, so boten sie meinem Vorgesetzten günstige Gelegenheit, seine Erfahrung und Strenge hinsichtlich durchsichtiger und reiner Töne und Halbtöne an den Mann zu bringen.

Anfänglich hielt er mich eine Weile in respektierlicher Abhängigkeit, indem ich den Unterschied zwischen einem transparenten scharfen und einem rußigen stumpfen Vortrage nicht recht begriff und mehr auf Form und Charakter sah; doch endlich, durch das fortwährende Pinseln, geriet ich hinter das Geheimnis, und nun fertigte ich in einem fixen Jargon eine Menge brillanter Tuschzeichnungen an, ein Blatt ums andere. Schon sah ich nur auf die Zahl des Gemachten und hatte meine Freude an der anschwellenden Mappe, kaum daß bei meiner Wahl die wirkungsvollsten und auffallendsten Gegenstände mir noch eine weitere Teilnahme abgewannen. So war, noch ehe der erste Winter ganz zu Ende, schon meines Lehrers ganzer Vorrat an Vorlagen von mir durchgemacht, und zwar auf eine Weise, wie er es selbst ungefähr konnte; denn nachdem ich einmal die Handgriffe und Mittel einer sorgfältigen und reinlichen Behandlung gemerkt, erstieg ich bald den Grad geläufiger Pinselei, welchen der Meister selbst inne hatte, umso schneller, als ich dem wahren Wesen und Verständnis umso mehr und gänzlich zurückblieb. Habersaat war desnahen schon nach dem ersten halben Jahre in einiger Verlegenheit, was er mir vorlegen sollte, da er mich aus Sorge für sich selbst nicht schon in seine ganze

Kunst einweihen mochte; denn er hatte nun nur noch seine gewandte Behandlung der Wasserfarben im Hinterhalte, welche, wie er sie verstand, ebenfalls keine Hexerei war. Weil Nachdenken und geistige Gewissenhaftigkeit im Refektorium nicht gekannt waren, so bestand alles Können in demselben aus einer bald erworbenen leeren Äußerlichkeit. Doch fand ich selbst einen Ausweg, als ich erklärte, eine kleine Sammlung großer Kupferstiche mit meinem Tuschpinsel vornehmen zu wollen. Er besaß in derselben etwa sechs schöne Blätter nach Claude Lorrain, von Haldenwang und anderen gestochen, zwei große Felsenlandschaften mit Banditen nach Salvator Rosa und einige hübsche Stiche nach Ruisdael und Waterloo. Diese Sachen kopierte ich der Reihe nach in meiner geläufigen frechen Manier. Die Claudes und Rosas gerieten nicht so übel, da sie, abgesehen davon, daß sie selbst etwas konventionell gestochen waren, auch sonst mehr in symbolischen und breiten Formen sich darstellten; die feinen und natürlichen Niederländer hingegen zerarbeitete ich auf eine greuliche Weise, und niemand sah diese Lasterhaftigkeit ein.

Doch legte sich durch diese Arbeit in mir ein Grund edlerer Anschauung, und die schönen und durchdachten Formen, die ich vor mir hatte, hielten dem übrigen Treiben ein wohltätiges Gegengewicht und ließen die Ahnung des Besseren nie ganz in mir verlöschen. Auf der anderen Seite aber heftete sich an diese gute Seite sogleich wieder ein Nachteil, indem sich die alte voreilige Erfindungslust regte und ich, durch die einfache Größe der klassischen Gegenstände verführt, zu Hause anfing, selber dergleichen heroische Landschaftsbilder zu entwerfen, und diese Tätigkeit bald in der eigentlichen Arbeitszeit bei dem Meister fortsetzte, meine Entwürfe in anspruchsvollem Format mit der eingelernten Pinselvirtuosität ausführend. Herr Habersaat hinderte mich in diesem Tun nicht, sondern sah es vielmehr gern, da es ihn der weiteren Sorge um zweckdienliche Vorbilder enthob; er begleitete die ungeheuerlichen und unreifen Gedanken, welche ich zutage brachte, mit ansehnlichen Redensarten von Komposition, historischer Landschaft und dergleichen, und das alles brachte ein gelehrtes Element in seine Werkstatt, daß ich bald für einen Teufelsburschen galt und auch die luftigen Aussichten der Zukunft, Reise nach Italien, Rom, große Ölbilder und Kartons, was man mir alles vormalte, geschmeichelt hinnahm. Doch überhob ich mich nicht in diesen Dingen, sondern lebte in Eintracht und Schelmerei mit meinen jungen Genossen und war oft froh, das ewige Sitzen unterbrechen zu können, indem ich ihnen, die zugleich der Hausfrau untertänig waren, einen Haufen Brennholz unter Dach bringen oder ihre sämtlichen Betten auf dasselbe breiten und ausklopfen half. Überhaupt drängte sich die Frau, eine zungenfertige und streitbare Dame, mit Hauswesen und Familiengeschichten, Kind und Magd, häufig in das Refektorium und machte es zum Schauplatze heißentbrannter Kämpfe, in welche nicht selten die ganze Mannschaft verwickelt wurde. Dann stand der Mann an der Spitze einer ihm ergebenen Gruppe der Frau gegenüber, welche mit mächtigem Geräusche vor ihrem Anhange sich aufstellte und nicht eher abzog, als bis sie alles niedergesprochen hatte, was sich ihr entgegensetzte; manchmal befand sich auch das Ehepaar zusammen gegen das ganze übrige Haus im Streite, oft auch begann der Kupferstecher oder der Lithograph eine drohende Bewegung als Vasall, indessen die gemeinen Sklavenempörungen der Koloristen mit Macht niedergeschlagen wurden. Ich selbst kam mehr als ein Mal in gefährliche Lage, indem mich die heftigen Szenen belustigten und ich dies zu unvorsichtig kundgab und zum Beispiel einst eine solche theatralisch nachbildete und in dem halb verfallenen Kreuzgange des Hauses mit den jungen Malern zur Aufführung brachte. Denn obgleich ich um diese Zeit empfänglich und geneigt gewesen wäre, ein feines und reinstrebendes Leben zu führen, da während der schönen Tage auf dem Lande ein starkes Ahnen in mir erwacht war, so sah ich mich doch, von aller männlichen Stütze und Leitung entblößt, an das derbe Treiben des Refektoriums gewiesen und machte allen Unfug getreulich und lebhaft mit, weil ich des Umganges und der Mitteilung bedurfte und am wenigsten mich auf weise Zurückhaltung und halbe Teilnahme verstand. Und es war wohl auch am besten so; indessen der innere edlere Teil des Menschen unentwickelt blieb, übte sich wenigstens der äußere tüchtig in der Reibung mit anderen, in Verteidigung und Angriff, und streifte viel Unbeholfenheit und weichliches Wesen ab; zugleich lernte ich meine Nebenmenschen und dadurch mich selbst besser kennen und bereicherte meine Erfahrung sowie meine Einbildungskraft. Nur das gänzliche Stillestehen und die absolute Bewegungslosigkeit sind das eigentliche Schlimme und gleichen dem Tode.

Daß aber das Heulen mit den Wölfen mir nicht Schaden tat, wie ich glaube, verhütete der freundliche Stern Anna, der immer in meiner Seele aufging, sobald ich in dem Hause meiner Mutter oder auf einsamen Gängen wieder allein war. An sie knüpfte ich alles, wessen ich über den Tag hinaus bedurfte, und sie war das stille Licht, welches das verdunkelte Herz jeden Abend erleuchtete, wenn die rote Sonne niederging, und in der erhellten Brust wurde mir dann immer auch unser guter Freund, der liebe Gott, sichtbar, der um diese Zeit mit erhöhter Klarheit begann, seine hochherrlichen und ewigen Rechte auch an mir geltend zu machen.

Ich hatte, nach Büchern herumspürend, in der Leihbibliothek unserer Stadt einen Roman des Jean Paul in die Hände bekommen. In demselben schien mir plötzlich alles tröstend und erfüllend entgegenzutreten, was ich bisher gewollt und gesucht oder unruhig und dunkel empfunden: gefühlerfülltes und scharf beobachtetes Kleinleben und feine Spiegelung des nächsten Menschentums mit dem weiten Himmel des geahnten Unendlichen und Ewigen darüber; heitere, mutwillige Schrankenlosigkeit und Beweglichkeit des Geistes, die sich jeden Augenblick in tiefes Sinnen und Träumen der Seele verwandelte; lächelndes Vertrautsein mit Not und Wehmut, daneben das Ergreifen poetischer Seligkeit, welche mit goldener Flut alle kleine Qual und Grübelei hinwegspülte und mich in glückliche Vergessenheit tauchen ließ; vor allem aber die Naturschilderung an der Hand der entfesselten Phantasie, welche berauscht über die blühende Erde schweifte und mit den Sternen spielte wie ein Kind mit Blumen, je toller, desto besser! Diese Herrlichkeit machte mich stutzen, dies schien mir das Wahre und Rechte! Und inmitten der Abendröten und Regenbogen, der Lilienwälder und Sternensaaten, der rauschenden und plätschernden Gewitter, die der aufgehenden Sonne das Kinderantlitz wuschen, daß es einen Augenblick sich weinend verzog und verdunkelte, um dann umso reiner und vergnügter zu strahlen, inmitten all des Feuerwerkes der Höhe und Tiefe, in diesen saumlosen schillernden Weltmantel gehüllt der Unendliche, groß, aber voll Liebe, heilig, aber ein Gott des Lächelns und des Scherzes, furchtbar von Gewalt, doch sich schmiegend und bergend in eine Kinderbrust, hervorguckend aus einem Kindesauge wie das Osterhäschen aus Blumen! Das war ein anderer Herr und Gönner als der silbenstecherische Patron im Katechismus!

Früher hatte ich dergleichen etwas geträumt, die Ohren hatten mir geläutet, nun ging mir der Morgen auf in den langen Winternächten, welche hindurch ich an dreimal zwölf Bände des unsterblichen Propheten las. Und als der Frühling kam und die Nächte kürzer wurden, las ich von neuem in den köstlichen Morgen hinein und gewöhnte mir darüber an, lange im Bette zu liegen und am hellen Tage, die Wange auf dem geliebten Buche, den Schlaf des Gerechten zu schlafen. Dazumal schloß ich einen neuen Bund mit Gott und seinem Jean Paul, welcher Vaterstelle an mir vertrat, und mag diesen die wandelbare Welt in ihrer Vergänglichkeit zu dem alten Eisen werfen, mag ich selbst dereinst noch meinen und glauben, was es immer sei: ihn werde ich nie verleugnen, solange mein Herz nicht vertrocknet! Denn dieses ist der Unterschied zwischen ihm und den andern Helden und Königen des Geistes: bei diesen ist man vornehm zu Gaste und geht umher in reichem Saale, wohlbewirtet, doch immer als Gast, bei *ihm* aber liegt man an einem Bruderherzen! Was kümmert uns da der wunderliche Bettlermantel seiner Kunst und Art, der uns beide so närrisch umhüllt? Er teilt ihn mit uns, noch liebevoller als St. Martin, denn er gibt uns nicht ein abgeschnittenes Stück, sondern zieht uns unter dem Ganzen an seine Brust, während jene sich stolz in ihren Purpur hüllen und im innersten Winkel ihres Herzens sprechen: Was willst du von mir?

FÜNFTES KAPITEL

II,6 Als der Frühling kam, welchen ich voll Ungeduld erwartet hatte, begab ich mich in den ersten warmen Tagen ins Freie, ausgerüstet mit der erworbenen Fertigkeit, um an die Stelle der papiernen Vorbilder die Natur selbst zu setzen. Das sämtliche Refektorium sah voll Achtung und mit geheimem Neide auf meine umständlichen Zurüstungen; denn es war das erste Mal, daß eines seiner Mitglieder die Sache so großartig betrieb, und das Zeichnen »nach der Natur« war bisher ein wunderbarer Mythus gewesen. Ich selbst ging nicht mehr mit der unverschämten, aber gut meinenden Zutraulichkeit des letzten Sommers vor die runden, körperlichen und sonnebeleuchteten Gegenstände der Natur, sondern mit einer weit gefährlicheren und selbstgefälligen Borniertheit. Denn was mir nicht klar war oder zu schwierig erschien, das warf ich, mich selbst betrügend, durcheinander und verhüllte es mit einer unseligen Pinselgewandtheit, da ich, anstatt bescheiden mit dem Stifte anzufangen, sogleich mit den angewöhnten Tuschschalen, Wasserglas und Pinsel hinausging und bestrebt war, gleich ganze Blätter in allen vier Ecken bildartig anzufüllen. Die Bäume waren noch unbelaubt und ich hätte daher Gelegenheit gefunden, einstweilen den Bau ihrer Stämme, Äste und Zweige, die Verschiedenheit und Anmut im Verlaufe derselben zu beobachten und mir einzuprägen; statt dessen aber zog ich es vor, solche Gegenstände zu wählen, welche jetzt schon ein Ganzes vorstellten, und geriet deshalb an die schwierigsten und für jetzt zwecklosesten Dinge. Ich ergriff entweder ganze Aussichten mit See und Gebirgen oder ging im Walde den Bergbächen nach, wo ich eine Menge kleiner und hübscher Wasserfälle fand, welche sich ansehnlich zwischen vier Striche einrahmen ließen. Das lebendige, geistige und zarte Spiel des Wassers im Fallen, Schäumen und eiligen Weiterfließen, seine Durchsichtigkeit und tausendfältige Widerspiegelung ergötzte mich, aber ich bannte es in die plumpen und renommistischen Formeln meiner lächerlichen Virtuosität, daß Leben und Glanz verloren gingen, indessen nicht meine Mittel, ja nicht einmal die Materialien hinreichten, das bewegliche Wesen wiederzugeben. Leichter hätte ich die mannigfaltigen und schönen Steine und Felstrümmer der Bäche, in reicher Unordnung übereinander geworfen, beherrschen können, wenn nicht mein künstlerisches Gewissen verdunkelt gewesen wäre. Wohl regte sich dieses oft mahnend, wenn ich perspektivische Feinheiten und Verkürzungen der Steine, trotzdem daß ich sie sah und fühlte, überging und verhudelte, statt den bedeutenden Linien nachzugehen, mit der Selbstentschuldigung, daß es auf diese oder jene Fläche nicht ankomme und die zufällige Natur ja wohl auch so aussehen könnte, wie ich sie nachbildete; allein die ganze Weise meines Arbeitens ließ solche Gewissensbisse nicht zur

Geltung kommen, und der Meister, wenn ich ihm meine Machwerke vorzeigte, war nicht darauf eingerichtet, der fehlenden Naturwahrheit nachzuspüren, die sich gerade in den vernachlässigten Zügen hätte zeigen sollen, sondern er beurteilte die Sachen immer von seiner Stubenkunst aus.

Abgesehen von seinem Grundsatze der Reinlichkeit und Durchsichtigkeit des Vortrages, hegte er, in Beziehung auf inneren Gehalt, nur noch eine einzige Tradition, welche er in seinem Geschäfte zwar nicht selbst anwandte, als zu luxuriös und unpraktisch, die er aber mir zu überliefern für angemessen hielt, nämlich die des Sonderbaren und Krankhaften, was mit dem Poetischen oder Malerischen und Genialen verwechselt wurde. Er wies mich an, hohle, zerrissene Weidenstrünke, verwitterte Bäume und abenteuerliche Felsgespenster aufzusuchen mit den bunten Farben der Fäulnis und des Zerfalles, und pries mir solche Dinge als interessante Gegenstände an. Dies sagte mir sehr zu, indem es meine Phantasie reizte, und ich begab mich eifrig auf die Jagd nach solchen Erscheinungen. Doch die Natur bot sie mir nur spärlich, sich einer volleren Gesundheit erfreuend als mit meinen Wünschen verträglich war, und was ich an unglücklichem Gewächse vorfand, das wurde meinen überreizten Augen bald zu blöde und harmlos, wie einem Trinker, der nach immer stärkerem Schnapse verlangt. Das blühende Leben in Berg und Wald fing daher an, mir gleichgültig zu werden im einzelnen, und ich streifte vom Morgen bis zum Abend in der Wildnis umher, ohne etwas zu tun, und überließ mich einem träumerischen Müßiggange. Ich ging immer schwer bepackt früh hinaus, warf mich an einer einsamen Stelle nieder und verzehrte zuerst die Eßwaren, so mir die Mutter für den ganzen Tag mitgegeben; alsdann las ich in einem mitgenommenen Buche, schaute in die Wellen der plaudernden Bäche, machte mit jedem Stein Bekanntschaft und wiederholte wohl gar längst vergessene kindische Spiele, wie wenn ich dieselben vor Jahren nicht ganz ausgespielt hätte, indem ich allerlei Wasserbauten aufführte, irrende Insekten verfolgte und schamhaft um mich spähte, ob mich niemand dabei belausche. Auch sah ich Tag für Tag das Hervordringen des grünen jungen Laubes und beobachtete genau, wie ein und derselbe Baum nach und nach voll und rund wurde und die hervorkeimenden Pflanzen am Boden mit Blumen endigten, deren Art ich neugierig erwartet hatte. Ich drang immer tiefer in bisher nicht gesehene Winkel und Gründe; fand ich eine recht abgelegene und geheimnisvolle Stelle, so ließ ich mich dort nieder und fertigte rasch eine Zeichnung eigener Erfindung an, um ein Produkt nach Hause zu bringen. In derselben häufte ich die seltsamsten Gebilde zusammen, die meine Phantasie hervorzutreiben vermochte, indem ich die bisher wahrgenommenen Eigentümlichkeiten der Natur mit meiner erlangten Fertigkeit verschmolz und so Dinge hervorbrachte, die ich Herrn Habersaat als in der Natur bestehend vorlegte und aus denen er nicht klug werden konnte. Er gratulierte mir zu meinen Entdeckungen und fand seine Aussprüche über meinen Eifer und mein Talent bestätigt, da ich hiermit beweise, daß ich unverkennbar ein scharfes und glückliches Auge für das Malerische hätte und Dinge auffände, an welchen tausend andere vorübergingen. Diese gutmütige Täuschung erweckte mir eine üble Lust, dergleichen fortzusetzen und es förmlich darauf anzulegen, den guten Mann zu hintergehen. Ich erfand, irgendwo im Dunkel des Waldes sitzend, immer tollere und mutwilligere Fratzen von Felsen und Bäumen und freute mich im voraus, daß sie mein Lehrer für wahr und in nächster Umgebung vorhanden erachten würde. Doch mag es mir zu einiger Entschuldigung gereichen, daß ich in alten Kupferblättern, z.B. von Swanefeldt, die abenteuerlichsten Formationen als löbliche Meisterwerke vorgebildet sah und selbst der guten Meinung lebte, dieses sei das Wahre und immerhin eine gute Übung. Denn schon waren die edlen und gesunden Formen Claude Lorrains im flüchtigen Jugendgemüte wieder unter die Oberfläche getreten. Während der Winterabende war im Refektorium etwas Figurenzeichnen getrieben worden, und ich hatte mir, indem ich eine Menge radierter, bekleideter Staffagefiguren kopierte, einige grobe Übung und Kenntnis im Entwerfen solcher erworben. So erfand ich nun zu meinen wunderlichen Landschaftsstudien noch viel wunderlichere Menschen, zerlumpte Kerle, welche ich gesehen zu haben vorgab und welche das ganze Haus des Lehrers oft unmäßig zum Lachen brachten. Es war ein nichtsnutziges und verrücktes Geschlecht, welches in Verbindung mit der seltsamen Gegend eine Welt bildete, die nur in meinem Gehirne vorhanden war und endlich doch meinem Vorgesetzten verdächtig und ärgerlich wurde. Doch bemerkte er nicht viel hierüber, sondern ließ mich meine Wege gehen, da ihm einerseits das frische junge Gemüt mangelte, um dem Gedankengange und den Ränken meines Treibens nachzuspüren und mich darüber zu ertappen, und anderseits die völlige Überlegenheit des eigenen Wissens. Diese beiden Vermögen bilden ja das Geheimnis aller Erziehung: unverwischte lebendige Jugendlichkeit und Kindlichkeit, welche allein die Jugend kennt und durchdringt, und die sichere Überlegenheit der Person in allen Fällen. Eines kann oft das andere zur Notdurft ersetzen, wo aber beide fehlen, da ist die Jugend eine verschlossene Muschel in der Hand des Lehrers, die er nur durch Zertrümmerung öffnen kann. Beide Eigenschaften gehen aber nur aus einem und demselben letzten Grunde hervor: aus unbedingter Ehrlichkeit, Reinheit und Unbefangenheit des Bewußtseins.

Der Sommer war nun auf seine volle Höhe geschritten, als ich, die Zeit allgemeiner Erholung ersehend, meinem geheimen Verlangen nach der andern Heimat, dem entlegenen Dorflande, nachgab und mit meinen Siebensachen hinauszog. Die Mutter blieb wieder zurück in entsagender Unbeweglichkeit und Selbstbeschränkung, ungeachtet aller freundlichen Aufforderungen, die Wohnung doch ganz zu schließen und wieder einmal an den Orten ihrer Jugend sich zu ergehen. Ich aber führte die umfangreichen Früchte meiner zwischenweiligen Tätigkeit mit mir, da ich mittelst derselben ein günstiges Aufsehen zu erregen gedachte.

Die zahlreichen, kräftig geschwärzten Blätter verursachten im Hause meines Oheims allerdings einige Verwunderung, und im allgemeinen sah man, mich nun wirklich für einen Maler haltend, die Sache mit ziemlichem Respekt an; als jedoch der Oheim die Zeichnungen betrachtete, welche ich nach der Natur gefertigt haben wollte (denn ich glaubte nun wie ein verstockter Lügner beinahe selbst daran und wußte überdies, da ich die Dinge einmal unter freiem Himmel und immerhin unter dem Einflusse der Natur zuwege gebracht, keine andere Bezeichnung dafür aufzufinden), da schüttelte er bedenklich den Kopf und wunderte sich, wo ich denn meine Augen gehabt hätte. In seinem realistischen Sinne, als tüchtiger Land- und Forstmann, fand er trotz aller Unkunde in Kunstdingen den Fehler schnell und leicht heraus.

»Diese Bäume«, sagte er, »sehen ja einer dem andern ähnlich und alle zusammen gar keinem wirklichen! Diese Felsen und Steine könnten keinen Augenblick so aufeinanderliegen, ohne zusammenzufallen! Hier ist ein Wasserfall, dessen Masse einen der größeren Fälle verkündet, die aber über kleinliche Bachsteine stürzt, als ob ein Regiment Soldaten über einen Span stolperte; hierzu wäre eine tüchtige Felswand erforderlich, indessen nimmt es mich eigentlich Wunder, wo zum Teufel in der Nähe der Stadt ein solcher Fall zu finden ist! Dann möchte ich auch wissen, was an solchen verfaulten Weidenstöcken Zeichnenswertes ist, da dünkte mich doch eine gesunde Eiche oder Buche erbaulicher« usf.

Die Frauensleute hingegen ärgerten sich über meine Vagabunden, Kesselflicker und Fratzengesichter und begriffen nicht, warum ich im Felde nicht lieber ein artiges vorübergehendes Landmädchen oder einen anständigen Ackersmann abgebildet habe, als mich fortwährend mit solchen Unholden zu beschäftigen; die Söhne belachten meine ungeheuerlichen Berghöhlen, die unmöglichen und lächerlichen Brücken, die menschenähnlichen Steinköpfe und Baumkrüppel und gaben jeder solchen Tollheit einen lustigen Namen, dessen Lächerlichkeit auf mich zu fallen schien. Ich stand beschämt da als ein Mensch, der voll närrischer und eitler Dinge ist, und die mitgebrachte künstliche Krankhaftigkeit verkroch sich vor der einfachen Gesundheit dieses Hauses und der ländlichen Luft.

Gleich am ersten Tage nach meiner Ankunft stellte mir der Oheim, um mich wieder auf eine reale Bahn zu leiten, die Aufgabe, seine Besitzung, Haus, Garten und Bäume, genau und bedächtig zu zeichnen und ein getreues Bild davon zu entwerfen. Er machte mich aufmerksam auf alle Eigentümlichkeiten und auf das, was er besonders hervorgehoben wünschte, und wenn seine Andeutungen auch eher dem Bedürfnisse eines rüstigen Besitzers als denjenigen eines Kunstverständigen entsprachen, so ward ich doch dadurch genötigt, die Gegenstände wieder einmal genau anzusehen und in allen ihren eigentümlichen Oberflächen zu verfolgen. Die allereinfachsten Dinge am Hause selbst, sogar die Ziegel auf dem Dache, gaben mir nun wieder mehr zu schaffen, als ich je gedacht hatte, und veranlaßten mich, auch die umstehenden Bäume in gleicher Weise gewissenhafter zu zeichnen; ich lernte die aufrichtige Arbeit und Mühe wieder kennen, und indem darüber eine Arbeit entstand, die mich in ihrer anspruchlosen Durchgeführtheit selbst unendlich mehr befriedigte als die marktschreierischen Produkte der jüngsten Zeit, erwarb ich mir mit saurer Mühe den Sinn des Schlichten, aber Wahren.

Inzwischen erfreute ich mich des Wiederfindens alles dessen, was ich im letzten Jahre hier verlassen, beobachtete alle Veränderungen, welche etwa vorgefallen, und harrte im stillen auf den Augenblick, wo ich Anna wiedersehen oder wenigstens zuerst ihren Namen hören würde. Aber schon waren einige Tage verflossen, ohne daß die geringste Erwähnung fiel, und je länger dies andauerte, desto minder brachte ich die Frage nach ihr hervor. Man schien sie völlig vergessen zu haben, sie schien nie dagewesen zu sein, und, was mich innerlich kränkte, niemand schien die geringste Ahnung zu haben, daß ich irgend eine Veranlassung oder ein Bedürfnis haben könnte, von ihr zu hören. Wohl ging ich halbwegs über den Berg oder in den Schatten des Flußtales, allein jedesmal kehrte ich plötzlich um aus unerklärlicher Furcht, ihr zu begegnen. Ich ging auf den Kirchhof und stand an dem Grabe der Großmutter, welche nun schon seit einem Jahre in der Erde lag, aber die Luft war windstill vom Gedächtnisse Annas, die Gräser schienen nichts von ihr zu wissen, die Blumen flüsterten nicht ihren Namen, Berg und Tal schwiegen von ihr, nur mein Herz tönte ihn laut hinaus in die undankbare Stille.

Endlich wurde ich gefragt, warum ich den Schulmeister nicht besuche? und da ergab es sich zufällig, daß Anna schon seit einem halben Jahre nicht mehr im Lande sei und daß man meine Kunde hierüber vorausgesetzt habe. Ihr Vater hatte, in seiner steten Sehnsucht nach Bildung und Feinheit der Seele und in Betracht, daß nach seinem Tode sein Kind, das einmal für eine Bäuerin zu zart sei, verlassen in der rauhen dörflichen Umgebung bleiben würde, sich plötzlich entschlossen, Anna in eine Bildungsanstalt der französischen Schweiz zu bringen, wo sie sich feinere Kenntnisse und Selbständigkeit des Geistes erwerben sollte. Er ließ sich, als sie ihre Abneigung dagegen aussprach, durch ihre Tränen nicht erweichen, allein auf die Befriedigung seiner Wünsche bedacht, und begleitete das ungern scheidende Kind in das Haus des fernen, vornehm-religiösen Erziehers, wo sie nun noch wenigstens ein volles Jahr zu bleiben hatte. Diese Nachricht traf mich wie ein Schlag aus blauem Himmel. Nun wurde das ganze Land wieder beredt und voll ihres Lobes! Jedes Gras und jedes Blatt am Baume sprach mir von ihr, der blaue Himmel hier schien mir tausendmal schöner und sehnsüchtiger als anderswo, die blauen Bergzüge und die weißen Wolken zogen ihr nach, und von Westen her, wo Anna weilte, dünkte es mir leis aber selig über die Bergrücken herzuläuten.

Ich ging nun alle Tage zu ihrem Vater, begleitete ihn auf seinen Wegen und hörte von ihr sprechen; oft blieb ich mehrere Tage dort, alsdann wohnte ich in ihrem Kämmerchen, wagte mich jedoch fast nicht zu rühren darin und betrachtete die wenigen einfachen Gegenstände, welche es enthielt, mit heiliger Scheu. Es war klein und enge, die Abendsonne und der Mondschein füllten es immer ganz aus, daß kein dunkler Punkt darin blieb und es bei jener wie ein rotgoldenes, bei diesem wie ein silbernes Juwelenkästchen aussah, dessen Kleinod ich nicht verfehlte mir hineinzudenken.

Wenn ich nach malerischen Gegenständen umherstreifte, so suchte ich vorzüglich die Stellen auf, wo ich mit Anna geweilt hatte; so war die geheimnisvolle Felswand am Wasser, wo ich mit ihr geruhet und jene Erscheinung gesehen, schon von mir gezeichnet worden, und ich konnte mich nun nicht enthalten, auf der schneeweißen Wand des Kämmerchens ein sauberes Viereck zu ziehen und das Bild mit der Heidenstube so gut ich konnte hineinzumalen. Dies sollte ein stiller Gruß für sie sein und ihr später bezeugen, wie beständig ich an sie gedacht.

Diese fortwährende Erinnerung an sie und ihre Abwesenheit machten mich insgeheim immer kecker und vertraulicher mit ihrem Bilde; ich begann lange Liebesbriefe an sie zu schreiben, die ich zuerst verbrannte, dann aufbewahrte, und zuletzt ward ich so verwegen, alles, was ich für Anna fühlte, auf ein offenes Blatt zu schreiben, in den heftigsten Ausdrücken, mit Vorsetzung ihres vollen Namens und Unterschrift des meinigen, und dies Blatt auf das Flüßchen zu legen, daß es vor aller Welt hinabtrieb, dem Rheine und dem Meere zu, wie ich kindischerweise dachte. Ich kämpfte lange mit diesem Vorsatze, allein ich unterlag zuletzt; denn es war eine befreiende Tat für mich und ein Bekenntnis meines Geheimnisses, wobei ich freilich voraussetzte, daß es in nächster Nähe niemand finden würde. Ich sah, wie es gemächlich von Welle zu Welle schlüpfte, hier von einer überhängenden Staude aufgehalten wurde, dann lange an einer Blume hing, bis es sich nach langem Besinnen losriß; zuletzt kam es in Schuß und schwamm flott dahin, daß ich es aus den Augen verlor. Allein der Brief mußte sich später doch wieder irgendwo gesäumt haben, denn erst tief in der Nacht gelangte er zu der Felswand der Heidenstube, an die Brust einer badenden Frau, welche niemand anders als Judith war, die ihn auffing, las und aufbewahrte.

Dies erfuhr ich erst später, denn während meines jetzigen Aufenthaltes im Dorfe ging ich nie in ihr Haus und vermied den Weg desselben sorgfältig. Das Jahr, um welches ich älter geworden, ließ mich mit Beschämung auf das vertrauliche Verhältnis von früher zurückblicken und flößte mir eine trotzige Scheu ein vor der kräftigen und stolzen Gestalt; ich verbarg mich, ohne zu grüßen, rasch, als sie einmal am Hause vorüberging, und sah ihr doch verlangend nach, wenn ich sie von fern durch Gärten und Kornfelder schreiten sah. Meine Wünsche, wenn sie aus der Weite ruhlos zurückkehrten, flatterten Obdach suchend hin und her und nisteten sich endlich bei der Judith ein, als ob sie dort ein gutes Wort und das Geheimnis der Liebe erhaschen könnten.

II, 7 Ich kehrte dies Mal früher nach der Stadt zurück, mit einer tiefen Sehnsucht im Gemüte, welche sich nun gänzlich ausgebildet hatte und alles umfaßte, was mir fehlte und was ich in der Welt doch als vorhanden ahnte.

Mein Lehrer führte mich nun auf die letzten Stufen seiner Kunst, indem er mir die Behandlung seiner Wasserfarben mitteilte und mich mit aller Strenge zu deren sauberer und flinker Anwendung anhielt. Da jedoch die Natur nicht in Frage kam, oder doch nur höchst überlieferungsweise, so lernte ich bald, durch das endlich erreichte Ziel, »mit Farben umzugehen«, zu neuem Fleiße gereizt, gefärbte Zeichnungen hervorbringen, wie sie ungefähr als das Beste im Hause verlangt wurden, einzig aufgehalten und behindert, wenn ich gesehene Farben der Natur, die sich mir während des vielen Zeichnens eingeprägt hatten, anbringen wollte und dadurch mit den im Refektorium herkömmlichen Mitteln in Widerspruch geriet. Alsdann wurden meine Arbeiten unrein und ungeschickt, und der Meister war froh, mich der Unachtsamkeit und des Eigensinnes zu beschuldigen. Noch lange, ehe das zweite bedungene Jahr zu Ende war, sah ich nicht viel mehr und übte mich, auf den Rat des Lehrers, in den verschiedensten Fertigkeiten, die dort sonst getrieben wurden. Ich radierte, laborierte in Scheidewasser, pfuschte auf Stein herum, fertigte schlecht gezeichnete, aber buntgemalte kleine Porträts an, half den Genossen die Kupferdrucke färben, lernte solche verpacken und sonst mit allen den kleinen Geschäften solchen Betriebes umgehen, kurz ich wuchs den Winter hindurch zu einer Art Tausendkünstler und Faktotum heran, der nun für eine Bahn, wie sie Habersaat verfolgte, reif war und eigentlich das wirklich erreicht hatte, was dieser ihm beizubringen sich verpflichten konnte, der aber von dem Ziele, das ihm vorschwebte, entfernter als je war. Ich fühlte dunkel, daß ich eigentlich erst jetzt mit einigem Verstande beginnen sollte, und sah mich doch mit einer bedenklichen und leeren Fertigkeit ausgerüstet und ohne etwas Rechtes zu können. Dies gestand ich mir zwar nicht, aber es verursachte doch einen untröstlichen Widerspruch; ich langweilte mich in dem alten Kloster und blieb wochenlang zu Hause, um dort zu lesen oder Arbeiten zu beginnen, die ich vor dem Meister verbarg. Dieser suchte meine Mutter auf, beschwerte sich über meine Zerstreutheit, rühmte meine Fortschritte und schlug vor, ich sollte nun in ein anderes Verhältnis zu ihm treten, in seinem Geschäfte für ihn arbeiten, fleißig und pünktlich, aber gegen reichliche Entschädigung, da ich ihm gute Dienste zu leisten imstande wäre, zufolge seiner Erziehung. Es sei dies, erklärte er, das zweite Stadium, wo ich, indessen ich mich vorläufig immer mehr ausbilde, mich an vorsichtige Arbeit gewöhnen und zugleich Ersparnisse machen könne, um in einigen Jahren in die Welt zu gehen, wozu es doch noch zu früh sei. Er versicherte, daß es nicht die Schlechtesten unter den berühmten Künstlern wären, welche sich durch jahrelange anspruchlosere Arbeit endlich auf die Höhe der Kunst geschwungen, und eine mühevolle und bescheidene Betriebsamkeit dieser Art lege manchmal einen tüchtigeren Grund zur Ausdauer und Unabhängigkeit als eine vornehme und ausschließliche Künstlererziehung. Er habe, sagte er, talentvolle Söhne reicher Eltern gekannt, die es nur deswegen zu nichts gebracht hätten, weil sie nie zu Selbsthilfe und raschem Erwerb gezwungen gewesen und in ewiger Selbstverhätschelung, falschem Stolze und Sprödigkeit sich verloren hätten.

Diese Worte waren sehr verständig, obgleich sie auf einigem Eigennutze beruhen mochten; allein sie fanden keinen Anklang bei mir. Ich verabscheute jeden Gedanken an Tagelohn und kleine Industrie und wollte allein auf dem geraden Wege ans Ziel gelangen. Das Refektorium erschien mir mit jedem Tage mehr als ein Hindernis und eine Beengung; ich sehnte mich darnach, in unserem Hause mir eine stille Werkstatt einzurichten und mir selbst zu helfen, so gut es ginge, und eines Morgens verabschiedete ich mich, noch vor Beendigung meiner Lehrzeit, bei Herrn Habersaat und erklärte der Mutter, ich würde nun zu Hause arbeiten, wenn sie verlange, daß ich etwas verdienen solle, so könne ich dies auch ohne ihn tun, zu lernen wüßte ich nichts mehr bei ihm.

Vergnügt und hoffnungsvoll schlug ich meinen Sitz zu oberst im Hause auf, in einer Dachkammer, welche über einen Teil der Stadt weg weit nach Norden hin sah, deren Fenster am frühen Morgen und am Abend den ersten und letzten Sonnenblick auffingen. Es war mir eine ebenso wichtige als angenehme Arbeit, mir hier eine eigene Welt zu schaffen, und ich brachte mehrere Tage mit der Einrichtung der Kammer zu. Die runden Fensterscheiben wurden klar gewaschen, vor dieselben auf ein breites Blumenbrett, mit der Mutter Beihilfe, ein kleiner Garten gepflanzt und inwendig die Pfosten sowie die nächste Wand mit Efeu bezogen, zu welchem im Sommer noch blühende Schlingpflanzen kamen, so daß das helle große Fenster von einem grünen Urwald umgeben war. Die geweißten Wände behing ich teils mit Kupferstichen und solchen Zeichnungen, welche irgend einen abenteuerlichen Knalleffekt enthielten, teils zeichnete ich mit Kohle seltsame Larven oder schrieb Lieblingssprüche und gewaltsame Verse, die mir imponiert hatten, darauf. Ich stellte die ältesten und ehrwürdigsten unserer Geräte hinein, schleppte herzu, was nur irgend einem Buche gleichsah, und stellte es auf die gebräunten Möbeln, die verschiedensten Gegenstände häuften sich nach und nach an und vermehrten den malerischen Eindruck; in der Mitte aber ward eine mächtige Staffelei aufgepflanzt, das Ziel meiner langen Wünsche, und auf große Blendrahmen gespanntes Papier darauf gestellt; denn ich sehnte mich nach tüchtigem Hantieren in weitläufiger, handgreiflicher Materie, und da ich noch keinen Weg zur Ölmalerei offen sah, so half ich mir dadurch, daß ich einstweilen auf grobem Papiere mit Kohle, Kreide und kräftigen Farbentönen sattsam herumfegte. Ich freute mich großer Baumgruppen und Gebirgsformen, die ich ohne vieles Grübeln hervorrief, die Einzelheiten, die sich mir während meines Herumtreibens in der freien Natur mehr oder minder eingeprägt hatten, harmlos anwendend, Gestein und Bäume reichlich mit Moos, Wurzel- und Flechtwerk bekleidend. Das Beste davon waren noch die mannigfaltigen bewegten Lüfte; da ich von meiner hohen Warte aus ein weites Himmelsfeld beherrschte, so sah ich den ganzen Tag die Wolken kommen und gehen in allen Farben, und dies erregte in mir den Gedanken, eigene Luftstudien zu machen. Sooft ich daher eine schöne Wolkenmasse entdeckte, bildete ich sie schnell mit meinen Wasserfarben nach, indessen mich die kompakten und doch schmelzvollen Gebilde eine unbestimmte Sehnsucht nach der Ölpalette empfinden ließen. Doch erreichte ich eine ziemliche Übung und begann den lebendigen Himmel zu verstehen; ich ging leidenschaftlich den tausend Reizen der Wolken nach, besonders wandelten meine Blicke friedevoll durch die tiefen plastischen Täler, über die weißen Höhen und um die sonnigen Vorsprünge und Abhänge dieser luftigen Gebirge herum, sie schlichen verwegen unter der schattigen blauen Basis hindurch, die ungeheure Ausdehnung in der scheinbaren Verkürzung ermessend. Als ich später hörte, daß diese Übung allerdings ein sehr eifrig gepflegter Weg landschaftlicher Kunst sei, war ich nicht wenig stolz darauf, in meiner Abgeschiedenheit von selbst darauf verfallen zu sein, wie ich überhaupt erfuhr, daß das Bedürfnis solche Hilfen immer selbst erfindet und die allgemeine Wahrheit sich in jedem abgeschiedenen, aber lebendigen Bestreben Bahn bricht.

Erst jetzt, als die erste Begierde nach Staffelei und umfangreichen Flächen gestillt war, gewann es neuen Reiz für mich, daneben kleine saubere und zierliche Arbeiten auszuführen, und ich hatte immer einen idyllischen Gedanken in Bereitschaft, welchen ich in kleinem Umfange mit bunten und glänzenden Farbentönen aufs sorgsamste ausführte, im Gegensatze zu den größeren verwegenen Unternehmungen. Diese doppelte Art der Tätigkeit entsprach einem natürlichen Bedürfnisse und mochte als ein weiterer Beweis gelten, daß sich solches immer von selbst ausbildet und hilft, wo es nicht durch einseitige Schule gehindert wird.

Ich war nun ganz mir selbst überlassen, vollkommen frei und unabhängig, ohne die mindeste Einwirkung und ohne Vorbild noch Vorschrift. Ich knüpfte abwechselnden Verkehr an mit jungen Leuten, an denen mich ein verwandter Hang oder ein freundliches Eingehen anzog, am liebsten mit ehemaligen Schulgenossen, die in der Zeit ihre Studien fortsetzten und mir, mich in meiner Klause besuchend, getreulich Bericht erstatteten von ihren Fortschritten und von allem, was in den Schulen vorkam. Diese Gelegenheit benutzte ich, noch ein und andere Brocken aufzuschnappen, und sah öfter schmerzlich durch die verschlossenen Gitter in den reichen Garten der reiferen Jugendbildung, erst jetzt recht fühlend, was ich verloren. Doch lernte ich durch meine Freunde manches Buch und manchen Anknüpfungspunkt kennen, von wo aus ich weiter tappte am dürftigen Faden, und das Gefundene verschmelzend mit dem phantastischen Wesen meiner Abgeschiedenheit, gefiel ich mir in einer komischen, höchst unschuldigen Gelehrsamkeit, welche meine Beschäftigungen seltsam bereicherte und vermehrte. Ich schrieb am frühen stillen Morgen oder in später Nacht hochtrabende Aufsätze, begeisterte Schilderungen und Ausrufungen und war besonders eitel auf tiefsinnige Aphorismen, die ich, mit Skizzen und Schnörkeleien vermischt, in Tagebüchern anbrachte. So glich meine Zelle, in welcher sich gesuchte Gegenstände und Zieraten immer mehr anhäuften, dem kochenden Herde eines Hexenmeisters oder Alchimisten, auf welchem ein ringendes Leben gebraut wurde. Das Anmutige und Gesunde und das Verzerrte und Sonderbare, Maß und Willkür brodelten durcheinander und mischten sich oder schieden sich in Lichtblicken aus.

Und ungeachtet meines äußerlich stillen Lebens trat doch manche frühe Trübung hinzu, welche mich sorgenvoll oder leidenschaftlich bewegte. Mein Trieb, mich zu unterrichten und zu unterhalten, und meine Sammlungslust führten mich überall hin, wo alte Bücher, Kupferstiche und sonstige Dinge zu kaufen waren; denn die Bücher meines Vaters, deren Hauptzierde Schiller war, hatte ich längst, soweit sie mir verständlich, durchgelesen und zu eigen gemacht und selbst das Unverständliche übersetzte ich in eine eigens erfundene fabelhafte Wissenschaft, mit Worten spielend; Kupferstiche aber, wenn ich sie sah, reizten mich zum Besitz und bildeten überdies fast die einzige äußere Hilfsquelle für mich, so daß ihre Erwerbung mir Pflicht schien. Unsere Stadt zeugte in einer Menge alter guter Sammlungen von Büchern und Kupferstichen, welche für wenig Geld fast unerschöpflich in Winkeln und Magazinen zu finden waren, daß in den guten Häusern, aus welchen sie herrührten, in der vergangenen Zeit große Bildung gepflegt worden sei. Je mehr ich in Büchern und Bildwerken mich zurechtfand und mir was zugute tat, in Namen und Zeit bewandert zu sein, desto eifriger wurde meine Besitzlust; ich kaufte anfänglich manches für meine wenige Barschaft, dann entdeckte ich den verführerischen Ausweg schon früh, zu wählen und zu bestellen und sich, von der Bereitwilligkeit der Handelsleute unterstützt, reichliche Sendungen zuschicken und größere Rechnungen anlegen zu lassen. Diese waren nun bei alledem nie sehr bedenklich, und der Name meiner sparsamen Mutter gab mir einen guten Kredit. Allein da ich für mich allein handelte und meine Einkäufe selbst bezahlen wollte durch verkaufte Arbeiten, diesen Verkauf aber nicht einmal versuchte und vor dem Augenblicke scheu zurückwich, wo ich jemanden etwas antragen sollte, ohne was doch kein Anfang denkbar war, blieben meine Rechnungen so lange unbezahlt, bis es den Antiquaren und wunderlichen Trödelleuten endlich auffiel und sie mich durch höfliche Briefe mahnten. Dadurch geriet ich in tausend Ängsten, dachte aber nur unbestimmt auf Abhilfe, bis diese Mahnungen mir nicht mehr schrecklich waren. Dann erschienen meine Gläubiger mit feierlich langgezogenen Gesichtern unversehens im Hause, meine Mutter erschreckend und mir selbst nun streng und unheimlich vorkommend, die mich sonst so freundliche bejahrte Leutchen gedünkt hatten. Diese Umwandlung der sonst so harmlosen Persönlichkeiten durch ein Schuldverhältnis, aus einem unscheinbaren Trödelmännchen zum Beispiel in einen gefürchteten Verfolger, beunruhigte mich und ließ mich das Peinliche des Schuldenmachens empfinden, bis die Mutter, nachdem sie mich eine gute Weile hatte zappeln lassen, endlich unter ernsten Ermahnungen mich erlöste. Diese Weise sagte ihr gar nicht zu und war bisher unbekannt gewesen in ihrem Hause. Daher gedachte sie solche Frühlingsschwalben, die mit dem neuen Künstlerleben so zeitig einzogen, am besten zu vertreiben, wenn sie mich die Unbequemlichkeit eine Zeitlang fühlen ließe.

Ferner hatte ich um die Zeit einen feurigen und lebhaften Freund, welcher meine Neigungen stärker teilte als alle anderen Bekannten, viel mit mir zeichnete und poetisch schwärmte und, da er noch die Schulen besuchte, reichlichen Stoff von da in meine Kammer brachte. Doch war unser Verkehr mehr ein prahlerisches Feuerwerk und glänzende Übung genialer und origineller Formen, die wir nachahmend aus Gelesenem erhaschten. Zugleich war er lebenslustig und trieb sich ebenso oft mit flotten Leuten in Wirtshäusern herum, von deren Herrlichkeiten und energischen Gelagen er mir dann erzählte. Ich blieb meistens wehmütig zu Hause, da mich meine Mutter in dieser Beziehung äußerst knapp hielt und keine Notwendigkeit einer geringsten Ausgabe dieser Art einsah. Deswegen sah ich dem froh sich Herumtummelnden nach wie ein gefangener Vogel einem in der Höhe fliegenden und träumte von der Freiheit einer glänzenden Zukunft, wo ich eine Zierde der Zechgelage zu werden mir vornahm. Inzwischen aber mißbilligte ich, wie der Fuchs, dem die Trauben zu sauer sind, öfter die Wildheit meines Freundes und suchte ihn mehr an meine stille Wohnung zu fesseln. Dies verursachte manche Mißstimmung zwischen uns, und ich freute mich endlich innerlich seiner Abreise in die Ferne, welche zu einem feurigen Briefwechsel die willkommene Gelegenheit gab. Wir erhoben nun unser Verhältnis zu einer idealen Freundschaft, nicht getrübt von dem persönlichen Zusammensein, und boten in regelmäßigen Briefen die ganze Beredsamkeit jugendlicher Begeisterung auf. Nicht ohne Selbstgefälligkeit und Absicht suchte ich meine Episteln so schön und schwungreich als immer möglich zu schreiben und es kostete mich viele Übung im Nachdenken, meine unerfahrene Philosophie einigermaßen in Form und Zusammenhang zu bringen, weil die bisher erworbene Gestaltungskraft beim Zeichnen und damit verbundene Einsicht in meine Schreibübungen überging und mich auch ohne Logik ein Bedürfnis von Harmonie empfinden ließ. Leichter wurde es, den ernsten Teil der Briefe in ein Gewand ausschweifender Phantasie zu hüllen und mit dem bei meinem Jean Paul gelernten Humor zu verbrämen; allein wie sehr ich mich auch erhitzte und allen meinen Eifer auf bot, so übertrafen die Antworten des Freundes dieses alles jedesmal sowohl an reiferen und gediegenen Gedanken als an feinerem und gewähltem Witze, der mir beschämend das Schreiende und Unruhige meiner Ergüsse hervorhob. Ich bewunderte meinen Freund, war stolz auf ihn und nahm mich doppelt zusammen, indem ich mich an seinen Briefen bildete, derselben würdige und ebenbürtige Sendungen aufzubringen. Doch je mehr ich mich erhob, umso höher und unerreichbarer wich er zurück, wie ein glänzendes Luftbild, nach welchem ich fruchtlos zu schlagen strebte, ich rang gleichsam mit einem neckischen Heldenschatten. Dazu trugen seine Gedanken die abwechselndsten Farben gleich dem ewigen Meere, ebenso reizend launenhaft und überraschend und ebenso reich an Quellen, die aus der Tiefe, von Gebirgen herab und vom Himmel zugleich zu strömen schienen; ich staunte den fernen Genossen an wie eine geheimnisvolle großartige Erscheinung, deren herrliche Entwickelung von Tag zu Tag Größeres versprach, und rüstete mich allen Ernstes, an ihrer Seite ins Leben hinaus möglichst Schritt zu halten.

Da fiel mir eines Tages Zimmermanns Buch über die Einsamkeit in die Hände, von welchem ich schon viel gehört und das ich deshalb nun mit doppelter Begierde las, bis ich auf die Stelle traf, welche anfängt: »Auf deiner Studierstube möchte ich dich festhalten, o Jüngling!« Jedes Wort ward mir bekannter und endlich fand ich einen der ersten Briefe meines Freundes hier wortgetreu abgeschrieben. Bald darauf entdeckte ich einen anderen Brief in Diderots unmaßgeblichen Gedanken über die Zeichnung, welche ich bei einem Antiquar erworben, und fand so die Quelle jener Schärfe und Klarheit, die mir so imponiert hatten. Und wie lange getrennte Ereignisse und Zufälle plötzlich haufenweise zutage treten und sich ein verabredetes Rendezvous zu geben scheinen, so trat nun rasch eine Entdeckung nach der anderen hervor und enthüllten eine seltsame Mystifikation. Auch spürte ich den Büchern nach, von denen er in seinen Briefen beiläufig erwähnte. Ich fand Stellen aus Rousseau wie aus dem Werther, aus

Sterne und Hippel sowohl wie aus Lessing, glänzende Gedichte aus Byron und Heine in briefliche Prosa umgewandelt, sogar Aussprüche tiefsinniger Philosophen, die, unverstanden, mich mit Achtung vor dem Freunde erfüllt hatten. Mit solchen hellen Sternen hatte ich ohnmächtig gerungen; ich war wie vom Blitz getroffen, ich sah im Geiste meinen Freund über mich lachend und konnte mir seine Handlungsweise nur durch eigenen Unwert erklären. Doch fühlte ich mich schmerzlich beleidigt und schrieb nach einigem Schweigen einen spöttischen und anzüglichen Brief, mittelst dessen ich seine angemaßte geistige Herrschaft abzuwerfen, doch nicht unsere Freundschaft aufzuheben, vielmehr ihn zu treuer Wahrheit zurückzuführen gedachte. Allein mein verletzter Ehrgeiz ließ mich zu heftige und spitzige Ausdrücke wählen, mein Gegner hatte sich nicht über mich lustig machen, sondern nur mit wenig Mühe meinem Eifer die Waage halten wollen, wie er sich auch nachher, in ernsteren Dingen, immer mit solchen Mitteln zu helfen suchte, obgleich er die Talente zu wirklichem Streben in vollem Maße und daher auch Selbstgefühl besaß: so kam es, daß er, um seine Verlegenheit zu bedecken und ärgerlich über meine Auflehnung, noch gereizter und beleidigter antwortete. Es stieg ein mächtiges Zorngewitter zwischen uns auf, wir schalten uns rücksichtslos, und je mehr wir uns zugetan gewesen, mit desto mehr Aufwand und tragischen, feindlichen Worten kündeten wir uns plötzlich die Freundschaft auf und bestrebten uns blindlings, jeder der erste zu sein, der den andern aus seinem Gedächtnis verbanne!

Aber nicht nur seine, sondern auch meine eigenen harten Worte schnitten mir ins Herz, ich trauerte mehrere Tage lang tief und schmerzvoll, indessen ich den Geschiedenen zu gleicher Zeit noch achtete, liebte und haßte; ich empfand nun zum zweiten Male, in vorgerückterem Alter, das Weh beim Brechen einer engen Freundschaft, aber umso edler und feiner und daher schmerzvoller als die Verhältnisse edler waren. Die innere Grundlosigkeit eines solches Bruches läßt denselben umso dämonischer und einschneidender fühlen, da er durch ein feindliches unvermeidliches Schicksal herbeigeführt scheint.

In diese Bewegungen herein spielten abwechselnd das gepflegte Andenken an Anna und die Hoffnung auf ihr Wiedersehen sowie die Angst vor meinen gemütlichen Gläubigern, wenn sie mit Rechnungen kamen für allerhand alte Schwarten, Kupferstiche und verstümmelte Gipsfiguren, so daß ich komischerweise früh den Spruch auf mich anwenden konnte:

> Widersacher, Weiber, Schulden –
> Ach kein Ritter wird sie los!

SECHSTES KAPITEL

Der Frühling war gekommen; schon lagen viele Frühpflanzen, nach- II,8
dem sie flüchtige schöne Tage hindurch mit ihren Blüten der Menschen Augen vergnügt, nun in stiller Vergessenheit dem stillen Berufe ihres Reifens, der verborgenen Vorbereitung zu ihrer Fortpflanzung ob. Schlüsselblümchen und Veilchen waren spurlos unter dem erstarkten Grase verschwunden, niemand beachtete ihre kleinen Früchtchen. Hingegen breiteten sich Anemonen und die blauen Sterne des Immergrün zahllos aus um die lichten Stämme junger Birken, am Eingange der Gehölze, die Lenzsonne durchschaute und überschien die Räumlichkeiten zwischen den Bäumen, vergoldete den bunten Waldboden; denn noch sah es hell und geräumig aus, wie in dem Hause eines Gelehrten, dessen Liebste dasselbe in Ordnung gebracht und aufgeputzt hat, ehe er von einer Reise zurückkommt und bald alles in die alte tolle Verwirrung versetzt. Bescheiden und abgemessen nahm das zartgrüne Laubwerk seinen Platz und ließ kaum ahnen, welche Gewalt und Herrlichkeit in ihm harrte. Die Blättchen saßen symmetrisch und zierlich an den Zweigen, zählbar, ein wenig steif, wie von der Putzmacherin angeordnet, die Einkerbungen und Fältchen noch höchst exakt und sauber, wie in Papier geschnitten und gepreßt, die Stiele und Zweigelchen rötlich lackiert, alles äußerst aufgedonnert. Frohe Lüfte wehten, am Himmel kräuselten sich glänzende Wolken, es kräuselte sich das junge Gras an den Rainen, die Wolle auf dem Rücken der Lämmer, überall bewegte es sich leise mutwillig, die losen Flocken im Genicke der jungen Mädchen kräuselten sich, wenn sie in der Frühlingsluft gingen, es kräuselte sich in meinem Herzen. Ich lief über alle Höhen und blies an einsamen, schön gelegenen

Stellen stundenlang auf einer alten großen Flöte, welche ich seit einem Jahre besaß. Nachdem ich die ersten Griffe einem musikalischen Schuhmachergesellen abgelernt, war an weiteren Unterricht nicht zu denken und die ehemaligen Schulübungen waren längst in ein tiefes Meer der dunkelsten Vergessenheit geraten. Darum bildete sich, da ich doch bis zum Übermaß anhaltend spielte, eine wildgewachsene Fertigkeit aus, welche sich in den wunderlichsten Trillern, Läufen und Kadenzen erging. Ich konnte ebenso fertig blasen, was ich mit dem Munde pfeifen oder aus dem Kopfe singen konnte, aber nur in der härteren Tonart, die weichere hatte ich allerdings empfunden und wußte sie auch hervorzubringen, aber dann mußte ich langsam und vorsichtiger spielen, so daß diese Stellen gar melancholisch und vielfach gebrochen sich zwischen den übrigen Lärm verflochten. Musikkundige, welche in entfernterer Nachbarschaft mein Spiel hörten, hielten dasselbe für etwas Rechtes, belobten mich und luden mich ein, an ihren Unterhaltungen teilzunehmen. Als ich mich aber mit meiner mächtigen braunen Röhre einfand, deren Klappe einer messingenen Türklinke glich, und verlegen und mit bösem Gewissen die Ebenholzinstrumente mit einer Unzahl silberner Schlüssel, die stattlichen Notenblätter sah, bedeckt von Hieroglyphen, da stellte es sich heraus, daß ich rein zu gar nichts zu gebrauchen, und die Nachbaren schüttelten verwundert die Köpfe. Desto eifriger erfüllte ich nun die freie Luft mit meinem Flötenspiele, welches dem schmetternden und doch monotonen Gesange eines großen Vogels gleichen mochte, und empfand, unter stillen Waldsäumen liegend, innig das schäferliche Vergnügen des siebzehnten Jahrhunderts und zwar ohne Absicht und Gemachtheit.

Um diese Zeit hörte ich ein flüchtiges Wort, Anna sei in ihre Heimat zurückgekehrt. Ich hatte sie nun seit zwei Jahren nicht gesehen, wir beide gingen unserem sechzehnten Geburtstage entgegen. Sogleich rüstete ich mich zur Übersiedelung nach dem Dorfe und machte mich eines Sonnabends wohlgemut auf die geliebten Wege. Meine Stimme war gebrochen und ich sang, dieselbe mißbrauchend, mich müd durch die hallenden Wälder. Dann hielt ich inne, und die seit kurzem gekommene Tiefe meiner Töne bedenkend, dachte ich an Annas Stimme und suchte mir einzubilden, welchen Klang sie nun haben möge. Darauf bedachte ich ihre Größe, und da ich selbst in der Zeit rasch gewachsen, so konnte ich mich eines kleinen Schauers nicht erwehren, wenn ich mir die Gestalt sechzehnjähriger Mädchen unserer Stadt vorstellte. Dazwischen schwebte mir immer das halbkindliche Bild am See oder auf jenem Grabe vor, mit seiner Halskrause, seinen Goldzöpfen und freundlich unschuldigen Augen. Dies Bild verscheuchte einigermaßen die Unsicherheit und Zaghaftigkeit, welche sich meiner bemächtigen wollten, daß ich getrost fürbaß schritt und am Abend das Haus meines Oheims in alter Ordnung und lauter Fröhlichkeit fand.

Doch nur die älteren Personen waren sich eigentlich ganz gleich geblieben, das junge Volk ließ einen etwas veränderten Ton in Scherz und Reden merklich werden. Als nach dem Nachtessen sich die Ältern zurückgezogen und einige junge ledige Dorfbewohner beiderlei Geschlechtes dafür ankamen, um noch einige Stunden zu plaudern, bemerkte ich, daß die Gegenstände der Liebe und der geschlechtlichen Verhältnisse nun ausschließlicher und ausgeprägter der Stoff der neckischen Gespräche geworden, aber so, daß die Jünglinge mit gleichgültig verwegener und etwas spöttischer Galanterie den Schein tieferer Empfindung zu verhüllen, die Mädchen eine große Sprödigkeit, Männerverachtung und jungfräuliche Selbstzufriedenheit an den Tag zu legen bemüht schienen, und an der Art und Weise, wie die sich kreuzenden Scherze und Angriffe hier reizten, dort scheinbar verletzten, war nicht zu verkennen, daß hier die Kristallelemente zusammenzuschießen auf dem Punkte waren.

Ich war anfangs still und suchte mich in den wort- und witzreichen Scharmützeln zurechtzufinden; die Mädchen betrachteten mich als einen anspruchslosen Neutralen und schienen einen frommen und bescheidenen Knappen an mir gewinnen zu wollen. Doch unversehens nahm ich, das Scheingefecht für vollen Ernst haltend, die Partei meines Geschlechts. Die vermeintliche Bedürfnislosigkeit und stolze Selbstverklärung der Schönen schien mir gefährlich und beleidigend und entsprach nicht im mindesten meinen Gefühlen. Aber leider setzte ich, anstatt mich der praktischeren und beliebteren Waffen meiner Genossen zu bedienen, knabenhafter und ungalanter Weise den Mädchen ihre eigene Kriegführung entgegen. Der trotzige Stoizismus, welchen ich gegen das jungfräuliche Selbstgenügen aufwandte, warf mich umso schneller in eine isolierte und gefährliche Stellung, als ich in meiner Einfalt augenblicklich selber daran glaubte und mit heftigem Ernste verfuhr. Ich vereinigte sogleich alle Pfeile des Spottes auf mich, als ein nicht zu duldender Aufrührer; die männlichen Teilnehmer ließen mich auch im Stich oder hetzten mich fälschlicherweise auf, um bei den erzürnten Mädchen desto besser ihre Rechnung zu finden, worüber ich wieder verdrießlich und eifersüchtig ward, und es ärgerte mich gewaltig, wenn ich bemerkte, wie mitten im Kriege die verständnisvollen Blicke häufiger fielen und der schöne Feind seine Hände den Burschen immer anhaltender und williger überließ. Kurz, als die Gesellschaft auseinanderging und ich die Treppe hinanstieg als ein erklärter Weiberfeind, verfolgten mich die drei Basen, jede ihr Nachtlämpchen tragend, spottend bis vor die Tür meines Schlafzimmers. Dort wandte ich mich um und rief: »Geht, ihr törichten Jungfrauen mit euren Lampen! Obgleich jede nur zu bald ihren irdischen Bräutigam haben wird, fürchte ich doch, das Öl eurer Geduld reiche nicht aus für die kürzeste Frist; löscht eure Lichter und schämt euch im Dunklen, so spart ihr das bißchen Öl, ihr verliebten Dinger!«

Eine Magd trug gerade ein Becken mit Wasser hinein; sie tauchten ihre Finger in das Wasser und spritzen mir dasselbe ins Gesicht, während sie mit ihren brennenden Lämpchen mir um Haar und Nase herumzündeten und mich hart bedrängten. »Mit Feuer und Wasser«, sagten sie, »taufen wir dich zu ewigem Frauenhasse! Nie soll eine wünschen, diesen Haß schwinden zu sehen, und das Licht der Liebe soll dir für immerdar erlöschen! Schlafen Sie recht wohl, gestrenger Herr, und träumen Sie von keinem Mädchen!« Hiermit bliesen sie meine Kerze aus und huschten auseinander, daß ihre Lichtchen in dem dunklen Hause verschwanden und ich im Finstern stand. Ich tappte in das Zimmer, stieß an alle Gegenstände und streute in der Dunkelheit mißmutig meine Kleider auf dem Boden umher. Und als ich endlich das Kopfende des Bettes gefunden und mich rasch unter die Decke schwingen wollte, fuhr ich mit den Füßen in einen verwünschten Sack, daß ich sie nicht ausstrecken konnte, sondern in meiner gewaltsamen Bewegung auf das unangenehmste gehemmt und zusammengebogen wurde. Die Leintücher waren, infolge einer ländlich-sittlichen Neckerei, so künstlich ineinander geschürzt und gefaltet, daß es allen meinen ungeduldigen Bemühungen nicht gelang, sie zu entwirren, und ich mußte mich in der unbequemsten und lächerlichsten Lage von der Welt zum Schlafe zusammenkauern. Allein dieser wollte trotz meiner Müdigkeit sich nicht einfinden; ein ärgerliches und beschämendes Gefühl, daß ich mich in eine schiefe Stellung geworfen, die Besorgnis, wie Anna sich zu all diesem verhalten würde, und das verhexte Bett ließen mich die Augen nur auf Augenblicke schließen, wo dann die unruhigsten Traumbilder mich verfolgten. Die Nacht im Tale war unruhig und geräuschvoll, denn es war diejenige des Sonnabends auf den Sonntag, in welcher die ledigen Bursche bis zum Morgen zu schwärmen und ihren Liebeswegen nachzugehen pflegen. Ein Teil derselben durchzog in Haufen singend und jauchzend die nächtliche Gegend, bald fern, bald nah laut werdend; ein anderer Teil schlich einzeln um die Wohnungen her, mit verhaltner Stimme Mädchennamen rufend, Leitern anlegend, Steinchen an Fensterladen werfend. Ich stand auf und öffnete das Fenster; balsamische Mailuft strömte mir entgegen, die Sterne zwinkerten verliebt hernieder, ein Kätzchen duckte sich um die eine Hausecke, um die andere bog ein schlanker Schatten mit einer langen Leiter und lehnte sie an das Haus, drei oder vier Fenster von mir. Rüstig klomm er die Sprossen entlang und rief halblaut den Namen der ältesten Base, worauf das Fenster leise aufging und ein trauliches Geflüster begann, von einem Geräusche unterbrochen, welches von demjenigen feuriger Küsse nicht im mindesten zu unterscheiden war. »Oho!« dachte ich, »das sind feine Geschichten!« und indem ich so dachte, sah ich einen anderen Schatten aus dem Fenster der mittleren Base, welche eine Treppe tiefer schlief, sich auf den Ast eines nahen Baumes schwingen und flink zur Erde gleiten; kaum war er aber fünfzig Schritte entfernt, so brach er, den fernen Nachtschwärmern antwortend, in ein mörderliches Jauchzen aus, welches weithin widerhallte.

Mit sehr gemischten Empfindungen machte ich vorsichtig das Fenster zu und suchte in meinem boshaften Leinwandlabyrinth Mädchen, Liebe, Mainacht und Verdruß zu vergessen.

Noch gemischtere Gefühle jedoch kehrten zurück, als ich am Morgen meine gemachten Erfahrungen bedachte. Zuerst machte sich eine

Art von Zorn geltend gegen meine Basen und ihre Liebhaber, oder vielmehr eine gewisse Unbehaglichkeit, mir bekannte und nahstehende Mädchen in einem engen Verhältnis zu fremden Personen zu sehen. Es machte mir den Eindruck, wie wenn in einem heimlichen verschlossenen Garten allerlei Freimaurerei getrieben würde und ich als ein Verhöhnter vor dem Tore stände. Dann stellte sich aber sogleich das Bewußtsein heraus, mich im Besitze eines Geheimnisses zu finden, welches die Mädchen stark berührte, und mit diesem Bewußtsein noch schneller eine vorläufige Beratschlagung, in welcher Weise das Geheimnis am vorteilhaftesten für meine Stellung zu dem schönen Geschlechte zu verwenden sei? Hier muß ich zu meiner Schande aufrichtig gestehen, daß ich sehr unbefangen die Wahl zwischen Verschwiegenheit und Verrat ganz in der Ordnung fand, ja nicht einmal darüber dachte und allein meinen Nutzen ins Auge faßte. Es fragte sich, ob ich mich durch offene Mitteilung mit *einem* Schlage in das erzwungene Vertrauen der Mädchen setzen oder durch ein schonendes allmähliches Merkenlassen ihre Gunst besser erwerben könne; denn wenn auch das, was ich wußte, nicht für sie gefährlich oder schädlich war und man ohnehin von jeder herangewachsenen Schönen bestimmt voraussetzen konnte, daß sie mit ihrem Erwählten in der Sitte keine Ausnahme machen werde, wo dann der Grad der Hingabe immer noch von dem persönlichen Charakter abhing, wie andere Dinge mehr im Leben: so war doch das Bekanntwerden des einzelnen Falles verpönt und vielmehr das Gesetz beliebt: du sollst dich nicht erwischen lassen! wie bei anderen Dingen mehr, und ich entschloß mich, gelegentlich und mit guter Manier die eine und andere meiner Basen in meine Mitwissenschaft blicken zu lassen und durch ein vertrautes Verhältnis meine Ungeschicklichkeit aufzuwiegen, zumal ich nun schon merkte, daß ich dem gewohnten Krieg und Verkehr nicht gewachsen war. Ich dachte mir nun nicht anders, als die Liebe wäre das Geheimnis eines gemeinschaftlichen Ordens, in welchem voraus alle Frauen und Mädchen inbegriffen, der aber jedem Neuling, welcher sich ungeschickt anstelle, den Eintritt erschwere, und doch glaubte ich seiner schon vollkommen würdig und fähig zu sein.

Indessen beschloß ich, als es darauf ankam, in die große Wohnstube zu gehen und mein nächstes Benehmen zu bedenken, welches mir keineswegs klar war, vorderhand gänzliche Verschwiegenheit zu üben, und dieser Entschluß kam mir so edel und großmütig vor, daß ich, ganz aufgebläht davon, wähnte, die Mädchen müßten mir meine Großmut auf der Stelle ansehen, als ich in die Stube trat. Ich erregte jedoch nicht die mindeste Aufmerksamkeit; wohl aber sah ich an einem der Fenster eine schlank aufgewachsene jungfräuliche Gestalt stehen, umgeben von meinen drei Basen. An ihren eigentümlichen Zügen und der veränderten und doch gleich lieblich gebliebenen Stimme erkannte ich sogleich Anna; sie sah fein und nobel aus und ich blieb ganz ratlos und verblüfft stehen. Fein und bescheiden schaute sie in die Landschaft hinaus und die Basen sprachen gedämpft, zierlich und vertraulich mit ihr, wie es die Weiber zu tun pflegen, wenn sie einen Besuch haben, der ihrer Gesellschaft zum Schmucke gereicht. Es ging so freundlich andächtig zu, als ob die vier hübschen Kinder geraden Weges aus einer Klosterschule kämen, und besonders die Töchter des Hauses schienen nicht die leiseste Erinnerung an den Ton des gestrigen Abends zu hegen. Unbefangen grüßten sie mich, als ich endlich bemerkt wurde, und stellten mich der Anna vor. Wir sahen auf den Boden und boten uns die Fingerspitzen, die sich kaum berührten, wobei sie, wie ich glaube, einen kleinen höflichen Knix machte. Ich sagte ganz verlegen: »Sie sind also wieder zurückgekehrt?« worauf sie erwiderte: »Ja« – mit dem Tone eines Glöckchens, welches nicht recht weiß, ob es anfangen soll, Mittag oder Vesper zu läuten. Hierauf sah ich mich wieder aus dem Mädchenkreise herausversetzt, ohne zu wissen auf welche Weise, und machte mir eifrig mit einer Katze zu schaffen, indessen ich Anna verstohlen betrachtete. Sie war eine ganz andere Gestalt geworden, schmal und hoch, von einem schwarzen Seidenkleide umwallt, ihr Goldhaar lag schlicht und vornehm gebunden und ließ eine sorgfältige Toilette ahnen, während früher manche Löckchen sich auf eigne Hand gekräuselt und zwischen den Flechten hervorgeguckt hatten. Die Gesichtszüge waren in ihrer Eigentümlichkeit ganz gleich geblieben, nur hielten sie sich nun viel ruhiger, und die armen, schönen blauen Augen hatten ihre Freiheit verloren und lagen in den Banden vornehm bewußter Sitte. Dies alles unterschied ich im Augenblick nicht genau, allein es machte zusammen einen solchen Eindruck auf mich, daß ich erschrak, als ich mich zum Frühstück, welches inzwischen aufgetragen war, neben sie setzen mußte; denn der Oheim hatte, da Anna aus Wälschland kam, seine französischen Künste aus der eleganten Zeit des Pfarrhauses wieder zusammengelesen und zu mir gesagt: Eh bien! monsieur le neveu! prenez place auprès de Mademoiselle votre cousine, s'il vous plaît, hé, parbleu! est-ce que vous n'avez pas bien dormi? vous faites une triste figure, il me paraît! und zu Anna, mit einem komischen Kratzfuße, indem er mit seinem Waldhörnchen salutierte: Veuillez accepter les services de ce pauvre jeune homme de la triste figure, Mademoiselle! souffrez, s'il vous plaît, qu'il fasse votre galant, pour que notre illustre maison revisse les beaux jours d'autrefois! allons parler français toute la compagnie! Nun begann eine drollige Unterhaltung in französischen Brocken, welche sich auf die lustigste Weise kreuzten, indem niemand sich schämte, seine Schwerfälligkeit und Unkunde zu verraten, und der Scherz als eine Art Huldigung der Anna Gelegenheit geben sollte, ihre erworbene feine Bildung zu zeigen. Auch nahm sie bescheiden, aber sicher an dem seltsamen Gespräche teil und brachte ihre Reden mit artigem Akzente vor, geziert mit den Wendungen wälscher Konversation als: En vérité! Voilà qui est curieux! ah que c'est joliment dit! extrèmement, je vous dis! tenez! voyez! usf., wozwischen der Oheim, seine Geistlichkeit vergessend, einige diables! einfügte. Mir waren diese Formen keineswegs geläufig und ich konnte meine Meinungen nur in strikter und nackter Übertragung vorbringen, dazu nicht in dem lieblichsten Akzente; daher sagte ich nur dann und wann oui und non oder je ne sais pas! Die einzige Redensart, welche mir zu Gebote stand, war: Que voulez-vous que je fasse! und ich brachte diese Blüte mehrere Male an, ohne daß sie gerade paßte, Als hierüber gelacht wurde, machte mich dies trübselig und verstimmt, denn mit jedem Augenblicke, seit ich an das seidene Kleid Annas streifte, wurde es mir bänger, daß ich als gänzlich wertlos und unbedeutend zum Vorschein käme, während ich doch bisher überzeugt war, das Beste und Höchste schätzen und erstreben zu wollen und gerade dadurch selber einen nicht unerheblichen Wert in mir zu tragen. In der Theorie hatte ich schon die Welt erobert und auch verdient und besonders über Anna durchaus verfügt; da nun aber die Praxis begann, so beschlich mich gleich im Anfange eine verzagte

Demut, welche ich ungefähr in folgende trotzige und gewaltige Rede zusammenfaßte: Moi, j'aime assez la bonne et vénérable langue de mon pays, qui est heureusement la langue allemande, pour ne pas plaindre mon ignorance du français. Mais comme Mademoiselle ma cousine a le goût français et comme elle doit visiter l'église de notre village, c'est beaucoup à plaindre, qu'elle n'y trouvera point de ses orateurs vaudois, qui sont si élevés, élégants et savants. Aussi, que son déplaisir ne soit trop grand, je vous propose, Monsieur mon oncle, de remonter en chaire, nous ferons un petit mais élégant auditoire et vous nous ferez de beaux sermons français! Que voulez-vous que je fasse, fügte ich etwas verlegen hinzu, als ich diese Rede so hastig und fließend als möglich gehalten hatte. Die Gesellschaft war sehr verwundert über diese langatmige Phrase und betrachtete mich als einen unvermuteten Teufelskerl von Franzosen, besonders da sie wegen der Schnelligkeit, mit der ich sprach, nichts davon verstanden hatten, außer dem Oheim, welcher vergnüglich lachte. Man ahnte freilich nicht, daß ich die Rede im stillen förmlich ausgedacht und daß ich keineswegs mit dieser Geläufigkeit fortzufahren imstande wäre. Anna war die einzige Person, welche alles verstanden, und sie sagte kein Wort hierauf und schien innerlich beleidigt zu sein, denn sie ward rot und sah verlegen vor sich nieder. Sie verstand nämlich, wie es sich später zeigte, keinen Spaß in bezug auf die waadtländischen Geistlichen, die sie in dem Anflug kirchlichen Wesens, den das junge Ding nebst dem Französischen davongetragen, sehr verehrte und deren Andenken für sie eine schöne und bewußtvolle Erinnerung war. Da ich bemerkte, daß die verkehrte Art, meine innere Mutlosigkeit zu äußern, fast einen üblen Eindruck gemacht, so flüchtete ich mich so bald möglich vom Tische hinweg. Es läutete nun das letzte Zeichen zur Kirche und die ganze Familie rüstete sich zum Kirchgange. Anna zog feine glänzende Lederhandschuhe an und die drei Mädchen des Hauses, welche bisher, obgleich städtisch gekleidet, wie die Landmädchen ohne Handschuhe zur Kirche gegangen, brachten nun ebenfalls deren gestrickte aus Seide oder Baumwolle zum Vorschein und putzten sich damit aus. Anna zeigte, als man zum Gehen bereit war, ein gesammeltes und andächtiges Wesen, sprach nicht mehr viel und sah vor sich nieder, und die übrigen Bäschen, welche von jeher lachend und fröhlich zur Kirche gegangen, gaben sich nun auch ein feierliches Ansehen, daß ich ganz aus der Verfassung kam und nicht wußte, wie ich mich gebärden sollte. Ich stand aus Verlegenheit am Ofen, obschon die junge Sommersonne auf dem Garten sich lagerte; man fragte mich, ob ich denn nicht mitginge? worauf ich, um endlich mir wieder etwas Geltung zu verschaffen, mit Wichtigkeit sprach: nein, ich hätte nicht Zeit, ich müßte schreiben!

Diesmal ging das ganze Haus zur Kirche, wohl Anna zu Ehren, und nur ich allein blieb zurück. Durch das Fenster sah ich dem ansehnlichen Zuge nach, welcher sich durch die Wiesen unter den Bäumen hin bewegte und dann auf der Höhe des Kirchhofes zum Vorschein kam, um endlich in der Kirchentür zu verschwinden. Diese wurde bald darauf geschlossen, das Geläute schwieg, der Gesang begann und hallte deutlich und schön herüber. Auch dieser schwieg und nun verbreitete sich ein Meer von Stille über das Dorf, welches einzig dann und wann durch einen kräftigeren Ruf des Predigers unterbrochen wurde. Das Laub und die Millionen Gräser waren mäuschenstill, trieben aber nichtsdestominder mit Hin- und Herwackeln allerlei lautlosen Unfug, wie mutwillige Kinder während einer feierlichen Verhandlung. Die abgebrochenen Töne der Predigt, welche durch einen offenen Fensterflügel sich in die Gegend verloren, klangen seltsam und manchmal wie hollaho! manchmal wie juchhe! oder hopsa! bald in hohen Fisteltönen, bald tief grollend, jetzt wie ein nächtlicher Feuerruf und dann wieder wie das Gelächter einer Lachtaube. Während der Pfarrer predigte und ich Anna in Gedanken aufmerksam und still dasitzen sah, nahm ich Papier und Feder und schrieb meine Gefühle für sie in feurigen Worten nieder. Ich erinnerte sie an die zärtliche Begebenheit auf dem Grabe der Großmutter, nannte sie mit ihrem Namen und brachte so häufig als möglich das Du an, welches ehedem zwischen uns gebräuchlich gewesen. Ich ward ganz beglückt über diesem Schreiben, hielt manchmal inne und fuhr dann in umso schöneren Worten wieder fort. Das Beste, was in meiner zufälligen und zerstreuten Bildung angesammelt lag, befreite sich hier und vermischte sich mit der Empfindung meiner augenblicklichen Lage. Überdies wob sich eine schwermütige Stimmung durch das Ganze, und als das Blatt vollgeschrieben war, durchlas ich es mehrere

Male, als ob ich damit jedes Wort der Anna ins Herz rufen könnte. Dann reizte es mich, das Blatt offen auf dem Tische liegen zu lassen und in den Garten zu gehen, damit es der Himmel oder sonst wer durch das offene Fenster lesen könne; aber nur die völlige Sicherheit, daß jetzt doch keine menschliche Seele in der Nähe sei, gab mir diese Verwegenheit, mit welcher ich zwischen den Beeten auf und nieder spazierte, nach dem Fenster hinauf schauend, hinter welchem meine schöne Liebeserklärung lag. Ich glaubte etwas Rechtes getan zu haben und fühlte mich zufrieden und befreit, verfügte mich aber bald wieder in die Stube, da ich dem Frieden doch nicht recht traute, und kam gerade dort an, als das Blatt, durch den Luftzug getragen, zum Fenster hinaussäuselte. Es setzte sich auf einem Apfelbaume nieder; ich lief wieder in den Garten; dort sah ich es sich erheben und mit einem gewaltigen Schusse auf das Bienenhaus zufliegen, wo es hinter einem vollen summenden Bienenkorbe sich festklemmte und verschwand. Ich näherte mich dem Korbe, allein die Bienen waren, in Betracht der kurzen Sommerzeit, polizeilich von der Sonntagsfeier dispensiert und in vollster Bewegung und Tätigkeit begriffen; es summte und kreuzte sich vor dem Hause wie auf einem Jahrmarkte, daß an kein Durchkommen zu denken war. Unschlüssig und ängstlich blieb ich stehen, doch ein empfindlicher Stich auf die Wange bedeutete mir, daß meine Liebeserklärung für einmal der bewaffneten Obhut dieses Bienenstaates anheimgegeben sei. Für einige Monate lag sie allerdings sicher hinter dem Korbe; wenn aber der Honig ausgenommen wurde, so kam sicher auch mein Blatt zutage, und was dann? Indessen betrachtete ich diesen Vorfall als eine höhere Fügung und war halb und halb froh, meine Erklärung aus dem Bereiche meines Willens einer allfälligen Entdeckung ausgesetzt zu wissen, gleich einem verlornen Samenkorn des Aufblühens harrend. Meine gestochene Wange reibend, verließ ich endlich die Bienen, nicht ohne genau nachzusehen, ob nirgends ein Zipfelchen des weißen Blattes hervorgucke. Der Gesang in der Kirche ertönte wieder, die Glocken läuteten und die Gesellschaft kam in einzelnen Gruppen zerstreut nach Hause. Ich stand wieder oben am Fenster und sah Annas Gestalt durch das Grüne allmählich herannahen. Ihren weißen Hut abnehmend, stand sie vor dem Bienenhause einige Zeit still und schien die fleißigen Tierchen mit Wohlgefallen zu betrachten; mit noch größerem Wohlgefallen betrachtete ich jedoch sie, welche so ruhig vor meinem verborgenen Geheimnisse stand, und ich bildete mir ein, daß die Ahnung desselben sie an der blühenden und lieblichen Stelle festhalte. Als sie herauf kam, zeigte sie jene zufriedene Fröhlichkeit Andächtiger, welche aus der Kirche kommen, und machte sich nun ein wenig lauter und zugänglicher als vorher. Beim Mittagessen, wo ich wieder neben ihr zu sitzen kam, begann jedoch meine herb annehmliche Schule wieder. An Sonn- und Festtagen glich der Tisch meines Oheims ganz seinem Hause und zeigte dessen merkwürdige und malerische Zusammensetzung in allen Stücken. Drei Vierteile desselben, von der Jugend und den Dienstleuten besetzt, trugen große ländliche Schüsseln mit den entsprechenden Speisen: mächtige Stücke Rindfleisch und gewaltige Schinken. Neuer Wein aus einem großen Kruge wurde in einfache grünliche Gläser geschenkt, Messer und Gabeln waren aufs billigste beschaffen und die Löffel von Zinn. Nach der Spitze der Tafel zu, wo der Oheim und die allfälligen Gäste saßen, veränderte sich die Gestalt dieser Dinge. Dort waren die Ergebnisse der Jagd oder des Fischfanges nebst anderen guten Dingen in kleinen Portionen aufgestellt; denn da die Muhme dem Zubereiten und Essen solcher Sachen nicht grün war, so behandelte sie dieselben apothekerhaft und zimpferlich, gleich einem Grobschmied, der eine Uhr zusammensetzen will. Auf einem bunten alten Porzellanteller lag hier ein gebratener Vogel, dort ein Fisch, einige rote Krebse oder ein feines Salätchen. Alter starker Wein stand in kleineren Flaschen, uralte Ziergläser der verschiedensten Form dabei; die Löffel waren von Silber und das übrige Besteck bestand aus den Trümmern früherer Herrlichkeit, hier ein Messer mit einem Elfenbeinhefte, dort eine komisch gezackte Gabel mit Emailgriff. Aus dem Gewimmel dieser Zierlichkeiten ragte das ungeheure Brot wie ein Berg empor, als ein mächtiger Ausläufer des unteren Speisengebirges, dessen Anwohner sich an der Ausschließlichkeit der oberen Feinschmecker dadurch rächten, daß sie eine scharfe Kritik über deren Geschicklichkeit im Essen ausübten. Wer nicht rasch und reinlich einen Fisch zu verzehren oder die Knöchelchen eines Vogels zu zerlegen wußte, hatte für den Spott nicht zu sorgen. Da ich bei der Mutter an die einfachste Lebensweise gewöhnt war, so war meine Gewandtheit in Fisch- und Vogelessen nur gering und ich sah mich daher am meisten den Witzen der Tischgenossen ausgesetzt. So hielt mir auch heute ein Knecht einen Schinken her und bat mich, ihm diesen Taubenflügel zu zerlegen, da ich so geschickt hierin sei; ein anderer hielt mich für vortrefflich geeignet, den Rückgrat einer Bratwurst zu benagen. Dazu sollte ich als angeblicher Galan meine Schöne bedienen, was mir durchaus unbequem war; denn außer daß es mir lächerlich vorkam, ihr ein Gericht vorzuhalten, das ihr vor der Nase stand, und ich ihr lieber mit dem Herzen als mit den Händen dienen wollte, wo es nicht nötig war, reichte meine Kenntnis hierfür nicht aus, indem ich manchmal den Schwanz eines Fisches präsentierte, wo der Kopf gut war, und umgekehrt. Ich ließ sie auch bald unbedient sitzen und freute mich unbeschwert ihrer Nähe; aber der Oheim weckte mich aus diesem Vergnügen, indem er mich aufforderte, Anna einen Hechtkopf auseinander zu legen und ihr die Symbole des Leidens Christi zu zeigen, welche darin enthalten sein sollten. Allein ich hatte diesen Kopf unbesehens gegessen, obschon man früher davon gesprochen, und stellte mich nun zugleich als einen unwissenden Heiden dar; darüber ärgerlich, ergriff ich mit der Faust den mittlerweile entblößten Schinkenknochen, hielt ihn der Anna unter die Augen und sagte, hier wäre noch ein heiliger Nagel vom Kreuze. Ich behielt nun freilich wieder Recht in den Augen der Spötter, doch Anna hatte gerade solche Grobheit nicht verdient, da sie mich nicht verspottet und ganz still neben mir gesessen hatte. Sie wurde über und über rot, ich fühlte augenblicklich mein Unrecht und hätte aus Reue gern den Knochen verschlungen. Verlegen legte ich ihn auf meinen Teller und fügte noch ein paar schlechte Witze hinzu. »Diese Reliquie«, sagte ich, »würde allerdings ein artiger Sparren im Kopfe sein! Indessen mag es manchen Heiligen geben, dessen christliche Ideen einem Schinkenknochen gleichen.« Hierauf antwortete niemand etwas außer meinem Oheim, welcher mich ernstlich ersucht haben wollte, dergleichen Mitteilungen zu unterlassen. Das Rotwerden war nun an mir und ich sagte nichts mehr während der übrigen Zeit, die man am Tische zubrachte. Ich zog mich zurück in bitterem Unmute und gedachte mich nicht mehr sehen zu lassen, bis meine Bäschen mich aufsuchten und mich aufforderten, mit ihnen und ihren

Brüdern Anna nach Hause zu begleiten und den Schulmeister zu besuchen. Da ich durch den seltenen Verweis des Vaters in eine beschämende Lage geraten, so fanden sie es angemessen, mich durch diese Freundlichkeit daraus zu ziehen; denn sie wußten wohl, daß ich sonst nach der Etikette jenes Alters nicht mitkommen konnte, wo das Schmollen eine Ehrensache und an bestimmte Gesetze gebunden ist.

Wir zogen also aus und gingen dem Flüßchen nach durch den Wald. Ich blieb still, und als wir durch die Enge des Weges getrennt hintereinander gehen mußten, marschierte ich als der letzte hintendrein, dicht nach Anna, aber immer in tiefem Schweigen. Meine Augen hingen mit Andacht und Liebe an ihrer Gestalt, immer bereit, sich abzuwenden, sobald sie zurückschauen würde. Doch tat sie dies nicht ein einziges Mal; hingegen bildete ich mir mit innerlichem Vergnügen ein, daß sie hie und da mit einer kaum sichtbaren Absicht, zu gefallen, sich über schwierige Stellen hinbewegte. Ich machte ein paar Mal schüchterne Anstalten, ihr behilflich zu sein, allein immer kam sie meinen Händen zuvor. Da stand an einer erhöhten Stelle des Weges die schöne Judith unter einer dunklen Tanne, deren Stamm wie eine Säule von grauem Marmor emporstieg. Ich hatte sie lange nicht mehr gesehen, sie schien mit der Zeit noch immer schöner zu werden und hatte die Arme übereinander geschlagen, eine Rosenknospe im Munde, mit welcher ihre Lippen nachlässig spielten. Sie grüßte eines um das andere, ohne sich in ein Gespräch einzulassen, und als ich schließlich auch an die Reihe kam, nickte sie mir leicht zu mit einem etwas spöttischem Lächeln.

Der Schulmeister begrüßte uns mit Freuden und vor allen seine Tochter, die er sehnlich zurück erwartet. Denn sie war nun die Erfüllung seines Ideales geworden, schön, fein, gebildet und von andächtigem, edlem Gemüte, und mit dem bescheidenen Rauschen ihres Seidenkleides war, nicht in schlimmem Sinne, eine neue schöne Welt für ihn aufgegangen. Er hatte zu seinem bisherigen Vermögen noch eine gute Erbschaft gemacht und benutzte diese, ohne Vornehmtuerei, sich mit allerhand anständigen Annehmlichkeiten zu umgeben. Was seine Tochter nach den aus Wälschland mitgebrachten Bedürfnissen irgend wünschen konnte, schaffte er augenblicklich an und unter diesem Vorwande überdies eine Menge schöner Bücher für seine eigenen

Wünsche. Auch hatte er seinen grauen Frack mit einem feinen schwarzen Leibrock vertauscht, wenn er ausging, und im Hause trug er einen ehrbaren talarartigen Schlafrock, um mehr das Ansehen eines würdigen, halbgeistlichen Privatgelehrten zu gewinnen. Was irgend mit einer Stickerei geziert werden konnte an seiner Person oder an seinem Geräte, das zeigte diesen Schmuck in allen Manieren und Farben, da ihm solcher ausnehmend gefiel und Anna reichlich dafür sorgte. In dem kleinen Orgelsaale stand nun ein prächtiges Sofa mit bunt gestickten Kissen und vor demselben lag ein großblumiger Teppich von Annas Hand. Diese reiche Farbenpracht, an einer Stelle zusammengehäuft, nahm sich vortrefflich und eigentümlich aus im Gegensatze zu dem einfachen weiß getünchten Saale. Nur die Orgel bot noch einigen Schmuck in glänzenden Pfeifen und mit ihren bemalten Türchen. Anna erschien nun in einem weißen Kleide und setzte sich an die Orgel. Sie hatte in der Pension Klavier spielen müssen, lehnte es aber ab, ein Klavier zu haben, als ihr Vater sogleich ein solches anschaffen wollte; denn sie war zu klug und zu stolz, die gewöhnliche Klimperei fortzusetzen. Dagegen wandte sie das Erlernte dazu an, sich für einfache Lieder auf der Orgel einzuüben, sie begleitete also jetzt unseren Gesang und der Schulmeister stand dafür singend in unserm Kreise. Er sah fortwährend seine Tochter an und ich ebenfalls, da wir ihr im Rücken standen, sie sah wirklich aus wie eine heilige Cäcilie, während die Stellung ihrer weißen Finger auf den Tasten noch etwas Kindliches ausdrückte. Als wir des musikalischen Vergnügens satt waren, gingen wir vor das Haus; dort war auch vieles verändert. Auf dem Treppchen standen Mandel- und Oleanderbäumchen, das Gärtchen war nicht mehr ein krauses Rosen- und Gelbveigeleingärtchen, sondern Annas jetziger Erscheinung mehr angemessen mit fremden Gewächsen und einem grünen Tische nebst einigen Gartenstühlen versehen. Nachdem wir hier eine kleine Abendmahlzeit eingenommen, gingen wir an das Ufer, wo ein neuer Kahn lag; Anna hatte auf dem Genfersee fahren gelernt und der Schulmeister deswegen das Fahrzeug machen lassen, das erste, welches auf dem kleinen See seit Menschengedenken zu sehen war. Außer dem Schulmeister stiegen wir alle hinein und fuhren auf das ruhige glänzende Wasser hinaus; ich ruderte, da ich als Anwohner eines größeren

Sees auch meine Künste zeigen wollte, und die Mädchen saßen dicht beisammen, die Bursche aber hielten sich unruhig und suchten Scherz und Händel. Endlich gelang es ihnen, das Gefecht wieder zu eröffnen, zumal sich ihre Schwestern aus der gemessenen Haltung heraus nach freier Bewegung sehnten. Sie hatten sich nun genug darin gefallen, mit Anna die Feinen und Gestrengen zu machen, und wünschten vorzüglich die Früchte des Spukes, welchen sie sich mit meinem Bette erlaubt hatten, mit Glanz einzuernten. Deshalb wurde ich bald der Gegenstand des Gespräches; Margot, die Älteste, berichtete Anna, daß ich mich als einen strengen Feind der Mädchen dargestellt hätte und daß nicht zu hoffen wäre, daß ich jemals mich eines schmachtenden Herzens erbarmen würde; sie warne daher Anna zum voraus, sich nicht etwa früher oder später in mich zu verlieben, da ich sonst ein artiger junger Mensch sei. Darauf bemerkte Lisette, es wäre dem Schein nicht zu trauen; sie glaube vielmehr, daß ich innerhalb lichterloh brenne vor Verliebtheit, in wen, wisse sie freilich nicht; allein ein sicheres Zeichen davon wäre mein unruhiger Schlaf, man hätte am Morgen mein Bett im allersonderbarsten Zustande gefunden, die Leintücher ganz verwickelt, so daß zu vermuten, ich habe mich die ganze Nacht um mich selbst gedreht wie eine Spindel. Scheinbar besorgt fragte Margot, ob ich in der Tat nicht gut geschlafen habe? Wenn dem so wäre, so wüßte sie allerdings nicht, was sie von mir halten müßte. Sie wolle inzwischen hoffen, daß ich nicht ein solcher Heuchler sei und den Mädchenfeind mache, während ich vor Liebe nicht wüßte, wo hinaus! Überdies wäre ich doch noch zu jung für solche Gedanken. Lisette erwiderte, eben das sei das Unglück, daß ein Grünschnabel wie ich schon so heftig verliebt sei, daß er nicht einmal mehr schlafen könne. Diese letzte Rede brachte mich endlich auf und ich rief: »Wenn ich nicht schlafen konnte, so geschah das, weil ich durch euere eigene Verliebtheit die ganze Nacht gestört wurde, und ich habe wenigstens nicht allein gewacht!« »O gewiß sind wir auch verliebt, bis über die Ohren!« sagten sie etwas betroffen, faßten sich aber sogleich und die Ältere fuhr fort: »Weißt du was, Vetterchen, wir wollen gemeinsam zu Werke gehen; vertraue uns einmal deine Leiden und zum Danke dafür sollst du unser Vertrauter werden und unser Rettungsengel in unseren Liebesnöten!« »Es dünkt mich, du hast keinen

Rettungsengel notwendig«, antwortete ich, »denn an deinem Fenster steigen die Engel schon ganz lustig die Leiter auf und nieder!« – »Hört, nun redet er irre, es muß schon arg mit ihm stehen!« rief Margot, rot werdend, und Lisette, welche noch bei Zeiten sich verschanzen wollte, setzte hinzu: »Ach, laßt den armen Jungen in Ruh, er ist mir recht lieb und dauert mich!« »Schweig du!« sagte ich noch mehr erbost, »dir fallen die Liebhaber von den Bäumen in die Kammer!«

Die Bursche klopften in die Hände und riefen: »Oho, steht es so? Der Maler hat gewiß etwas gesehen, freilich, freilich, freilich! Wir habens schon lange gemerkt!« und nun nannten sie die begünstigten Liebhaber der beiden Dämchen, welche uns den Rücken wandten mit den Worten: »Larifari! ihr seid alle verlogene Schelme und der Maler ein recht böser Hauptlügner!« Lachend und flüsternd unterhielten sie sich hierauf mit den anderen beiden Mädchen, die nicht recht wußten, woran sie waren, und alle würdigten uns keines Blickes mehr. So hatte ich das Geheimnis, das ich am Morgen großmütig zu verschweigen gelobt, noch vor Untergang der Sonne ausgeplaudert. Dadurch war der Krieg zwischen mir und den Schönen erklärt und ich sah mich plötzlich himmelweit von dem Ziele meiner Hoffnungen gerückt; denn ich dachte mir alle Mädchen als eng verbündet und gleichsam eine Person, mit welcher man im Ganzen gut stehen müsse, wenn man ein Teilchen gewinnen wolle.

SIEBENTES KAPITEL

Um diese Zeit wurde der zweite Lehrer des Dorfes versetzt und an II, 9
seine Stelle kam ein blutjunges Schulmeisterlein von kaum siebzehn Jahren, welches bald ein Original in der Gegend wurde. Es war ein wunderhübsches Bürschchen mit rosenroten Wänglein, einem kleinen lieblichen Munde, mit einem kleinen Stumpfnäschen, blauen Augen und blonden gelockten Haaren. Er nannte sich selbst einen Philosophen, weshalb ihm dieser Name allgemein zuteil wurde, denn sein Wesen und Treiben war in allen Stücken absonderlich. Mit einem vortrefflichen Gedächtnisse begabt, hatte er die zu seinem Berufe gehörigen Kenntnisse bald erworben und sich im Seminare daher mit

dem Studium von allen möglichen Philosophien abgegeben, welche er der Reihe nach auswendig lernte; der Direktor dieser Anstalt war ein Mann, welcher seinen Zöglingen, obgleich sie nur Volkslehrer werden sollten, gern zum allgemeinsten Wissen verhalf, wenn sie sich durch Fleiß die nötige Zeit dazu erwarben. Das hatte freilich zur Folge, daß alle, welche wirklich ein höheres und gründliches Wissen erreichten oder für erreichbar hielten, so bald als möglich der Volksschule Valet sagten und andere Bahnen verfolgten. Dies war indessen nur billig; wenn das Seminar dabei seinen unmittelbaren Zweck verfehlte, so vergab es doch seiner Würde nichts, indem es armen Bauerssöhnen die Welt auftat. Auch behielten diese, wenn sie ansehnliche Gelehrte oder Staatsbeamte wurden, doch immer eine besondere Anhänglichkeit und Liebe für die Volksschule, welcher sie sich anfänglich geweiht hatten, und was dieser oft zu Schutz und Gedeihen gereichte.

Aber es gab auch eine andere Art Wißbegieriger, welche, mehr vom äußeren Schein und Hochmut getrieben, vieles erschnappten, ohne je den rechten Schlüssel zum wissenschaftlichen Leben zu finden, auch sonst behindert und ohne Talent, Schulmeister bleiben mußten und manchmal tüchtige Lehrer abgaben, wenn sie Eitelkeit und Unzufriedenheit überwunden, manchmal aber auch unnütze Gesellen wurden, welche alle Liebe für ihren Beruf verloren, während sie doch von jedermann die unbedingteste Hochachtung verlangten, ihre Zeit zwischen Dorfintriguen und Kartenspiel teilten oder unausgesetzt um alle Mädchen im Lande sich bewarben, die einige tausend Gulden zu erben hatten. Am liebsten heirateten sie endlich, nach vielen verfehlten Plänen, irgend eine verwitwete Schenkebesitzerin, wo sie alsdann als gelehrte Wirte stattlich figurierten, froh, dem Schulstaube entronnen zu sein.

Zu allen diesen gehörte jedoch der Philosoph nicht. Er behauptete, der beste Volksschulmeister wäre nur derjenige, welcher auf dem höchsten und klarsten Gipfel menschlichen Wissens stände, mit dem umfassenden Blicke über alle Dinge, das Bewußtsein bereichert mit allen Ideen der Welt, zugleich aber in Demut und Einfalt, in ewiger Kindlichkeit wandelnd unter den Kleinen, womöglichst mit den Kleinsten. Demgemäß lebte er wirklich, aber dies Leben war seiner großen Jugend wegen eine allerliebste Travestie in Miniatur. Gleich einem Stare wußte er alle Systeme von Thales bis auf heute herzusagen, allein er verstand sie immer im wörtlichsten und sinnlichsten Sinn, wobei besonders seine Auffassung der Gleichnisse und Bilder einen komischen Unfug hervorbrachte. Wenn er von Spinoza sprach, so war ihm nicht etwa die Idee aller möglichen Stühle der Welt, als ein Stück zweckmäßig gebrauchter Materie, der Modus, sondern der einzige Stuhl, der gerade vor ihm stand, war ihm der fertige und vollständige Modus, in welchem die göttliche Substanz in wirklichster Gegenwart steckte, und der Stuhl wurde dadurch geheiligt. Bei Leibniz fiel ihm nicht etwa die Welt in einem greulichen Monadenstaub auseinander, sondern die Kaffeekanne auf dem Tisch, mit welcher er gerade exemplierte, drohte auseinanderzugehen und der Kaffee, welcher im Gleichnis nicht mitbegriffen, auf den Tisch zu fließen, so daß der Philosoph sich beeilen mußte, durch die prästabilierte Harmonie die Kanne zusammenzuhalten, wenn wir den erquickenden Trank genießen wollten. Bei Kant hörte man das göttliche Postulat so leibhaftig und zierlich erklingen, wie ein Posthörnchen, aus der tiefen Ferne der innersten Brust; bei Fichte verschwand wieder alle Wirklichkeit gleich den Trauben in Auerbachs Keller, nur daß wir nicht einmal an unsere Nasen glauben durften, welche wir in den Händen hielten; wenn Feuerbach sagte: Gott ist nichts anderes als was der Mensch aus seinem eigenen Wesen und nach seinen Bedürfnissen abgezogen und zu Gott gemacht hat, folglich ist niemand als der Mensch dieser Gott selbst, so versetzte sich der Philosoph sogleich in einen mystischen Nimbus und betrachtete sich selbst mit anbetender Verehrung, so daß bei ihm, indem er die religiöse Bedeutung des Wortes immer beibehielt, zu einer komischen Blasphemie wurde, was im Buche die strengste Entsagung und Selbstbeschränkung war. Am drolligsten nahm er sich jedoch aus in seiner Anwendung der alten Schulen, deren Lebensregeln er in seinem äußeren Behaben vereinigte. Als Cyniker schnitt er alle überflüssigen Knöpfe von seinem Rocke, warf die Schuhriemen weg und riß das Band von seinem Hute, trug einen derben Prügel in der Hand, welcher zu seinem zarten Gesichtchen seltsam kontrastierte, und legte sein Bett auf den bloßen Boden; bald trug er sein schönes Goldhaar in langen tausendfach geringelten

Locken, weil die Schere überflüssig sei, bald schnitt er es so dicht am Kopfe weg, daß man mit dem feinsten Zängelchen kaum ein Härchen hätte fassen können, indem er die Locken als schnöden Luxus erklärte, und er sah dann mit seinem geschorenen Rosenköpfchen noch viel lustiger aus. Im Essen war er hinwieder Epikuräer, und die gewöhnliche Dorfkost verschmähend, schmorte er sich ein saures Eichhörnchen, briet ein Fischchen oder eine Wachtel, die er gefangen hatte, und aß ausgesuchte kleine Böhnchen, junge Krautchen und dergleichen, wozu er ein halbes Gläschen alten Wein trank. Als Stoiker hingegen richtete er allerhand spaßhafte Händel an und brachte die Leute in Harnisch, um in dem entstandenen Lärm dann einen kalten Gleichmut zu behaupten und sich nichts anfechten zu lassen; insbesondere aber erklärte er sich als einen Verächter der Frauen und führte einen beständigen Krieg mit ihnen, welche mit ihren sinnlichen Reizen und ihrem eitlen Wesen die Männer ihrer Tugend und Ernsthaftigkeit berauben wollten. Als Cyniker verfolgte er die Frauen und Mädchen überall mit Natürlichkeiten, als Epikuräer mit erotischen Witzen, und als Stoiker sagte er ihnen Grobheiten, war aber immer zu finden, wo drei beieinander standen. Sie wehrten sich mit geräuschvollem Entsetzen gegen ihn, so daß überall, wo er erschien, ein lustiger Spektakel losging; nichtsdestominder sah man ihn überall gern, die Männer achteten nicht auf ihn und die Kinder hingen mit großer Liebe an ihm; denn mit diesen war er auf einmal wie ein Lamm und stand in dem reinsten und schönsten Verhältnisse zu ihnen. Er hatte die Allerkleinsten zu besorgen, und er tat dies so vortrefflich, daß man noch nie einen so wohlgearteten und sittigen Schlag kleiner Jüngelchen und Dirnchens im Dorfe gesehen hatte. Deshalb übersah man seine übrigen Geschichten, die er anrichtete und die man seiner tollen Jugend zuschrieb, und selbst daß er sich für einen Atheisten ausgab, konnte ihn der Gunst des weiblichen Dorfes nicht berauben.

Er fand sich auch im Hause meines Oheims ein, wo eine gute Anzahl Mädchen und junger Bursche, die durch vielfältigen Besuch noch verstärkt wurde, für seine Aufführungen empfänglich war. Ich gesellte mich dem Philosophen bei, einesteils von seinem Philosophieren angezogen, andernteils von seinem Weiberkriege, da dieser gerade mit meiner schiefen Lage zu den Mädchen zusammentraf. Wir machten große Spaziergänge, auf welchen er mir die Systeme der Reihe nach vortrug, wie er sie im Kopfe hatte und wie ich sie verstehen konnte. Es kam mir alles äußerst wichtig und erbaulich vor und ich ehrte bald, gleich ihm, jede Lehre und jeden Denker, gleichviel ob wir sie billigten oder nicht. Über den christlichen Glauben waren wir bald einig und machten in die Wette unsern Krieg gegen Pfaffen und Autoritätsleute jeder Art; als ich aber den lieben Gott und die Unsterblichkeit aufgeben sollte und der Philosoph dieses mit höchst unbefangenen Auseinandersetzungen verlangte, da lachte ich ebenso unbefangen, und es kam mir nicht einmal in den Sinn, die Sache ernstlich zu untersuchen. Ich sagte, am Ende wäre die Hauptformel einer jeden Philosophie, und sei diese noch so logisch, eine ebenso große und greuliche Mystik wie die Lehre von der Dreieinigkeit, und ich wollte von gar nichts wissen als von meiner persönlichen angeborenen Überzeugung, ohne mir von irgend einem Sterblichen etwas dazwischen reden zu lassen. Außerdem daß ich nicht gewußt hätte, was ich anfangen sollte ohne Gott, und ich die Ahnung hatte, daß ich einer Vorsehung im Leben noch sehr benötigt sein würde, band mich ein künstlerisches Bewußtsein an diese Überzeugung. Ich fühlte, daß alles, was Menschen zuwege bringen, seine Bedeutung nur dadurch hat, daß sie es zuwege bringen konnten und daß es ein Werk der Vernunft und des freien Willens ist; deshalb konnte mir die Natur, an die ich gewiesen war, auch nur einen Wert haben, wenn ich sie als das Werk eines mir gleichfühlenden und voraussehenden Geistes betrachten konnte. Ein sonnedurchschossener Buchengrund konnte nur dann ein Gegenstand der Bewunderung sein, wenn ich ihn mir durch ein ähnliches Gefühl der Freude und der Schönheit geschaffen dachte. »Sehen Sie diese Blume«, sagte ich zum Philosophen, »es ist gar nicht möglich, daß diese Symmetrie mit diesen abgezählten Punkten und Zacken, diese weiß und roten Streifchen, dies goldene Krönchen in der Mitte nicht vorher gedacht seien! Und wie schön und lieblich ist sie, ein Gedicht, ein Kunstwerk, ein Witz, ein bunter und duftender Scherz! So was macht sich nicht selbst!« – »Auf jeden Fall ist sie schön«, sagte der Philosoph, »sei sie gemacht oder nicht gemacht! Fragen Sie einmal! Sie sagt nichts, sie hat auch nicht Zeit dazu, denn sie muß blühen und kann sich nicht um Ihre Zweifel kümmern! Denn das sind alles Zweifel, was Sie vorbringen, Zweifel an Gott und schnöde Zweifel an der Natur, und es wird mir übel, wenn ich nur einen Zweifler höre, einen empfindsamen Zweifler! O weh!« Er hatte diesen Trumpf beim Disputieren älterer Leute gehört und brachte denselben wie ähnliche Gewandtheiten, die er sich angeeignet, gegen mich vor, so daß ich zuletzt immer geschlagen wurde; besonders sagte er zuletzt immer, ich verstehe eben die Sache noch nicht und wüßte nicht richtig zu denken, was mich dann gewaltig erboste, und wir gerieten manchmal in grimmigen Zank. Doch vereinigten wir uns immer wieder, wenn wir mit den Mädchen zusammentrafen, wo wir einen gemeinsamen Kampf zu bestehen hatten, von allen Seiten angegriffen. Wir schlugen unsere Feinde eine Zeitlang mit unseren Sarkasmen siegreich zurück, wenn sie aber nicht mehr weiter konnten und zu sehr gereizt waren, so ging der Krieg in Tätlichkeiten über; eine einzelne begann damit, einem von uns unversehens ein Glas Wasser über den Kopf zu gießen, und alsobald war ein hitziges Jagen und Verfolgen durch Haus und Gärten im Gange. Andere Bursche machten sich schnell herbei, denn fünf bis sechs zornige Mädchen waren eine zu reizende Gelegenheit für sie. Man warf sich mit Früchten, schlug sich mit ausgerissenen Nesselstauden, suchte sich gegenseitig ins Wasser zu drängen, wobei man ins allerengste Handgemenge kam, und ich war sehr verwundert, die tollen Kinder so rührig und wehrbar zu finden. Wenn ich eine junge Wilde mit aller Kraft umfaßt hielt, um sie zu bändigen, während sie mich böslich zu schädigen suchte, so stritt ich ganz ehrlich und tapfer, ohne irgend einen Nebenvorteil zu suchen, und ich wußte gar nicht, daß ich ein Mädchen in den Arm preßte. Solche Gefechte geschahen immer in Annas Abwesenheit; einst aber entzündete sich der Streit in ihrer Gegenwart, ohne daß man es gewollt hatte, sie suchte sich schleunigst zu salvieren, ich aber, der eben hitzig einer anderen nachstellte, um sie für eine meuchlerische Bosheit zu bestrafen, kriegte plötzlich Anna zu fassen und ließ erschrocken meine Hände sinken.

So mutig ich an der Seite des Philosophen war, umso kleinlauter war ich, wenn ich den Mädchen allein gegenüber stand, denn alsdann war keine Rettung, als alles über sich ergehen zu lassen. Der Philosoph fürchtete sich vor dieser Feuertaufe nicht und tummelte sich manchmal furchtlos in einer Hölle von zwölf jungen und alten Weibern umher, und er triumphierte umso lauter, je übler er von ihren Zungen und Händen zugerichtet wurde, wenn er ihnen weiberschmähende Aussprüche aus der Bibel und weltliche Argumente an den Kopf warf. Ich hingegen räumte das Feld, wenn mir die Sache zu arg wurde, oder ich stellte mich, als ob ich ungeneigt wäre, mich belehren und bekehren zu lassen. Wenn ich vollends mit einem der Mädchen ganz allein war, so wurde stets ein Waffenstillstand geschlossen und ich war immer halb bereit, unsere Sache zu verraten und mich unter den Schutz des Feindes zu stellen. Jedoch muß ich diese Neigung schlecht zu äußern gewußt haben, denn niemals schien man sie zu bemerken und ich mußte zufrieden sein, sonst ein vernünftiges Wort zu wechseln. Ich wünschte durch diesen gemäßigten und freundlichen Verkehr allmählich dahin zu gelangen, auch mit Anna wieder im einzelnen und allein zu sprechen, und glaubte dies törichterweise immer am besten auf weitläufigem Wege zu bewerkstelligen, indem ich mich an die anderen hielt, statt Anna einfach einmal bei der Hand zu nehmen und anzureden. Allein dies letztere schien mir eben noch himmelweit zu liegen und eine reine Unmöglichkeit; lieber hätte ich einen Drachen geküßt als so leichtsinnig die Schranke gebrochen, obgleich es vielleicht nur an diesem Drachenkuß, an diesem ersten Worte hing, die schöne Jungfrau Vertraulichkeit aus der Verzauberung wieder zu gewinnen. Allein wer konnte wissen! Ein Sperling in der Hand ist besser als ein Adler auf dem Dache! Lieber noch dies stumme Nahsein sicher behalten als durch die beleidigte Ehre genötigt zu sein, auf immer zu scheiden! Dadurch ward ich immer mehr und mehr verhärtet, und zuletzt ward es mir unmöglich, das gleichgültigste Wort an Anna zu richten; so kam es, als sie auch nichts zu mir sagte, daß nach einer sehr stillschweigenden Übereinkunft wir für einander gar nicht da waren, ohne uns deswegen zu meiden. Sie kam ebenso oft zu uns herüber, wenn ich da war, wie sonst, und ich besuchte den Schulmeister nach wie vor, wo sie sich dann zufrieden herumzubewegen schien, ohne sich um mich zu bekümmern. Indessen kam es mir wunderlich vor, daß kein Mensch unsere seltsame Haltung zu bemerken schien, obgleich es doch gewiß auffallen mußte, daß wir auch gar nie etwas zueinander sagten. Die

älteste Base, Margot, hatte sich diesen Sommer mit dem jungen Müller verlobt, welcher ein stattlicher Reitersmann war, die mittlere duldete offen die Bewerbungen eines reichen Bauernsohnes, und die jüngste, ein Ding von sechzehn Jahren, welches sich im Kriege immer am wildesten und feindseligsten gebärdet, war unmittelbar oder fast während eines der hitzigsten Gefechte überrascht worden, wie sie in einer Laube sich schnell von dem Philosophen küssen ließ; die Wolken der Zwietracht hatten sich daher verzogen, der allgemeine Friede war hergestellt, nur zwischen mir und Anna, welche nie im Kriege gelegen miteinander, war auch kein Friede oder vielmehr ein sehr stiller, denn unser Verhältnis blieb sich immer gleich. Anna hatte die erste äußere Garnitur aus dem Wälschland schon abgelegt und war wieder frischer und freier geworden; allein sie blieb doch ein feines und sprödes Kind, das überhaupt nicht viel sprach, leicht beleidigt und gereizt wurde, was ein schnelles Erröten immer anzeigte, und besonders stellte sich ein leichter Stolz heraus, der sich mit etwas Eigensinn verband. Diesem Charakter zufolge war sie unerbittlich und hätte eher den Tod genommen, als daß sie sich durch das geringste Entgegenkommen etwas vergeben hätte. Desto verliebter aber wurde ich mit jedem Tage, so daß ich mich fortwährend mit ihr beschäftigte, wenn ich allein war, mich höchst unglücklich fühlte und sehnsüchtig träumend die Wälder und Höhen durchstreifte; denn da ich nunmehr wieder der einzige war, welcher seine Liebe verbergen mußte, wie ich wenigstens glaubte, so ging ich auch vorzugsweise wieder allein und auf mich
II, 10 selbst angewiesen. Ich brachte die Tage im tiefen Walde zu, mit meinem Handwerkszeuge versehen; allein ich zeichnete nur wenig nach der Natur, sondern wenn ich eine recht geheime Stelle gefunden, wo ich sicher war, daß niemand mich überraschte, zog ich ein großes schönes Stück Pergament hervor, auf welchem ich Annas Bildnis aus dem Gedächtnis in Wasserfarben malte. Dies war für mich das allergrößte Glück, wenn ich mich an einem klaren Spiegelwässerchen unter dichtem Blätterdache so wohnlich eingerichtet hatte, das Bild auf den Knien. Ich konnte nicht zeichnen, daher fiel das Ganze etwas byzantinisch aus, was ihm bei der Fertigkeit und dem Glanz der Farben ein eigenes Ansehen gab. Jeden Tag betrachtete ich Anna verstohlen oder offen und verbesserte danach das Bild, bis es zuletzt ganz

ähnlich wurde. Es war in ganzer Figur und stand in einem reichen Blumenbeete, dessen hohe Blüten und Kronen mit Annas Haupt in den tiefblauen Himmel ragten; der obere Teil der Zeichnung war bogenförmig abgerundet und mit Rankenwerk eingefaßt, in welchem glänzende Vögel und Schmetterlinge saßen, deren Farben ich noch mit Goldlichtern erhöhte. Alles dies, sowie Annas Gewand, welches ich phantasievoll bereicherte, war mir die angenehmste Arbeit während vieler Tage, die ich im Walde zubrachte, und ich unterbrach diese Arbeit nur, um auf meiner Flöte zu spielen, welche ich beständig bei mir führte. Auch des Abends nach Sonnenuntergang ging ich oft mit der Flöte noch aus, strich hoch über den Berg, bis wo der See in der Tiefe und des Schulmeisters Haus daran lag, und ließ dann meine selbsterfundenen Weisen oder auch ein schönes Liebeslied durch Nacht und Mondschein ertönen. Hierauf schien kein Mensch zu achten oder sich wenigstens so zu stellen; denn ich hätte sogleich aufgehört, wenn irgend jemand sich darum bekümmert hätte, und doch suchte ich gerade dies und blies meine Flöte wie einer, der gehört sein will. So gingen die Sommermonate vorüber; ich verbarg das Bild sorgfältig und gedachte es noch lange zu verbergen, indem es von jedermann als ein ziemlich deutliches Geständnis der Liebe angesehen werden mußte. An einem sonnigen Septembernachmittage, als der herbstliche Schein mild auf dem Garten lag und das Gemüt zur Freundlichkeit stimmte, wollte ich eben ausgehen, als ein ganz kleines Knäbchen mir die Botschaft brachte, ich möchte in die größere Gartenlaube kommen. Ich wußte, daß sämtliche Mädchen dort mit Margots Aussteuer beschäftigt waren und daß Anna ihnen half; das Herz klopfte mir daher sogleich, weil ich irgend etwas Angenehmes ahnte, doch ging ich erst nach einer kleinen Weile mit gleichgültiger Miene hin. Die Mädchen saßen in einem Halbkreise um das weiße Leinenzeug herum, unter dem grünen Rebendache, und sie sahen alle schön und blühend aus. Als ich eintrat und fragte, was sie begehrten, lächelten und kicherten sie eine Zeitlang verlegen, daß ich trotzig schon wieder umkehren und weggehen wollte. Jedoch Margot ergriff das Wort und rief: »So bleib doch hier, wir werden dich nicht fressen!« und nachdem sie sich geräuspert, fuhr sie fort: »Es sind mannigfaltige Klagen über dich angesammelt und wir haben daher uns als eine Art

Gerichtshof hieher gesetzt, um dich zu richten und ins Verhör zu nehmen, lieber Vetter! und wir fordern dich hiermit auf, uns auf alle Fragen treu, wahr und bescheiden zu antworten! Erstlich wünschen wir zu wissen – je, was wollten wir denn zuerst fragen, Caton?« »Ob er gern Aprikosen esse«, erwiderte diese, und Lisette rief: »Nein, wie alt er sei, müssen wir zuerst fragen, und wie er heiße!« »Bitte, macht euch nicht gar zu unnütz«, sagte ich, »und rückt heraus mit eurem Anliegen!« Doch Margot sagte: »Kurz und gut, du sollst einmal sagen, was du gegen die Anna hast, daß du dich so gegen sie benimmst?« »Wieso?« antwortete ich verlegen, und Anna wurde ganz rot und sah auf ihre Leinwand; Margot fuhr fort: »Wieso? das möchte ich auch noch fragen! Mit einem Wort: was hast du für einen Grund, seit deiner Ankunft bei uns kein Sterbenswörtchen zu Anna zu sagen und zu tun, als ob sie gar nicht in der Welt wäre? Dies ist nicht nur eine Beleidigung für sie, sondern für uns alle, und schon des öffentlichen Anstandes wegen muß es gehoben werden auf irgend eine Weise; wenn Anna dich beleidigt hat, ohne es zu wissen, so erkläre es, damit sie dir demütige Abbitte tun kann. Übrigens brauchst du hierauf nicht stolz zu sein oder zu glauben, es sei auf deine kostbare Gunst abgesehen! Einzig und allein muß durch gegenwärtige Verhandlung die Schicklichkeit und das gute Recht gewahrt werden!« Ich erwiderte, daß ich die Gründe für mein Benehmen gegen Anna angeben könne, sobald sie mir diejenigen für ihr eigenes Verhalten mitteilen wolle, indem ich mich ebensowenig eines an mich gerichteten Wortes rühmen könne. Auf diese Rede ward mir vorgehalten: ein Frauenzimmer könne immer noch tun, was sie wolle; jedenfalls müßte ich den Anfang machen, worauf dann Anna sich verpflichten würde, in einem gesellschaftlich freundlichen und zuvorkommenden Verkehr mit mir zu leben, wie mit anderen.

Dies ließ sich hören und schien mir ganz in dem Sinne gesagt zu sein, in welchem ich die Frauen als eine verschworene Einheit betrachtet hatte; es klang mir wie ein angenehmer Beweis davon, daß es gut sei, wenn sie eine Sache wohlwollend an die Hand nähmen. Ihre hochtrabenden Worte beirrten mich nicht und ich bildete mir gleich ein, daß man mich sehr nötig habe. Lächelnd erwiderte ich, daß ich mich einem vernünftigen Wort gern füge und daß ich nichts Besseres verlange, als mit aller Welt in Frieden zu leben. Nun stand ich aber wieder da, ohne Anna weiter anzusehen, welche emsig nähte. Lisette ergriff nun das Wort und sagte: »Um einen Anfang zu machen, gib nun der Anna die Hand und versprich ihr mit deutlichen Worten, jedesmal, wo du mit ihr zusammentriffst, sie mit ihrem Namen zu grüßen und sie zu fragen, wie es ihr geht; hierbei soll festgesetzt sein, daß jedesmal, wo du sie zuerst an dem Tage siehst, die Hand gereicht werde, wie es unter Christen gebräuchlich ist!« Ich näherte mich Anna, hielt meine Hand hin und sprach eine verworrene kleine Rede; ohne aufzusehen, gab sie mir die Hand, wobei sie die Nase ein bißchen rümpfte und ein wenig lächelte. Als ich hierauf mich aus der Laube entfernen wollte, begann Margot wieder: »Geduld, Herr Vetter! Es kommt nun der zweite Punkt, welcher zu erledigen ist.« Sie schlug die Tücher, welche den Tisch bedeckten, auseinander und enthüllte mein Bild Annas. »Wir wollen«, fuhr sie fort, »nicht lange erörtern, wie wir zu diesem geheimnisvollen Werke gelangt, genug, es ist entdeckt und wir wünschen nun zu wissen, mit welchem Recht und zu welchem Zweck harmlose Mädchen ohne ihr Wissen abkonterfeit werden?«

Anna hatte einen flüchtigen Blick auf das bunte Pergament geworfen und saß ebenso verlegen und unruhig da, als ich beschämt und trotzig war. Ich erklärte, daß das Blatt mein Eigentum und ich keiner sterblichen Seele eine Verantwortung darüber schuldig wäre, gleichviel ob es ans Tageslicht getreten oder noch im Verborgenen liege, wo ich künftig meine Sachen zu lassen bitte. Damit wollte ich meine Zeichnung ergreifen; allein die Mädchen deckten sie schleunig mit Leinwand zu und türmten die ganze Aussteuer darauf. Es könne ihnen nicht gleichgültig sein, sagten sie, ob ihre Bildnisse heimlich und zu unbekanntem Zwecke angefertigt würden. Ich müßte also bestimmt erklären, für wen ich besagtes Werk angefertigt habe oder was ich damit zu machen gedenke; denn daß ich es für mich behalten wolle, sei nach meinem bisherigen Verhalten nicht wohl anzunehmen, auch wäre dies nicht zu gestatten. »Die Sache ist sehr einfach«, erwiderte ich endlich, »ich habe dem Schulmeister, Annas Vater, eine kleine Freude zu seinem Namenstage machen wollen und gedachte dies am besten durch ein Porträt seiner Jungfer Tochter zu erreichen; habe ich damit Unrecht getan, so tut es mir leid, ich werde es nicht wieder tun!

Ich kann vielleicht durch eine Abbildung seines Hauses und Gartens am See dem Herrn Vetter den gleichen Dienst leisten, mir verschlägt es nichts?«

Durch diese Ausflucht beraubte ich mich zwar selbst des Bildes, das mir auch der Mühe und Arbeit wegen lieb geworden war, zugleich aber schnitt ich der unbequemen Verhandlung den Faden ab, indem die Mädchen hiegegen nichts mehr einzuwenden wußten und meine aufmerksame Gesinnung für den Schulmeister noch zu loben veranlaßt wurden. Doch beschlossen sie, das Pergament aufzubewahren bis zum bestimmten Tage, wo wir es sämtlich dem Schulmeister feierlich überbringen würden. So kam ich um meinen Schatz, verhehlte aber meinen Verdruß, indessen die kleine Caton, noch nicht zufrieden, wieder anfing: »‚Ihm verschlägt es nichts!‘ ob er das Haus zeichne oder Anna, sagte er! Was soll das wohl heißen?« Und Margot erwiderte: »Das soll heißen, daß er ein hochmütiger Gesell ist, welchem ein Haus und ein schönes Mädchen gleich unbedeutend sind! Hauptsächlich aber soll es heißen: Glaubt ja nicht etwa, daß ich das mindeste besondere Interesse an diesem Gesichtchen hatte, als ich es malte! Dies ist eine neue Beleidigung und der armen Anna gebührt eine glänzende Genugtuung!« Margot zog nun ein zusammengefaltetes Blatt aus dem Busen, entfaltete es und beauftragte Lisette, es laut und feierlich vorzulesen. Ich war sehr begierig, was es sein möchte, Anna wußte ebenfalls nicht, was das bedeute, und sah ein wenig auf; nach den ersten Worten aber erkannte ich, daß es meine Liebeserklärung aus dem Bienenhause war. Es wurde mir kalt und heiß während des Lesens, Anna kam, soviel ich in meiner Verwirrung bemerken konnte, erst nach und nach auf die Spur, die übrigen Mädchen, welche anfangs übermütige und lachende Gesichter zeigten, wurden durch die Stille während des Lesens und durch die ehrliche Schönheit und Kraft jener Worte betroffen und beschämt und sie erröteten der Reihe nach, wie wenn die Erklärung sie selber betroffen hätte. Indessen gab mir die Angst schon eine neue List ein, die Angst, welche ich vor dem Verklingen des letzten Wortes hatte. Als die Leserin schwieg, selbst in nicht geringer Verlegenheit, sagte ich so trocken als möglich: »Teufel! das kommt mir ganz bekannt vor, zeigt einmal her! – Richtig! das ist ein altes Blatt Papier, von mir beschrieben!«

»Nun? weiter?« sagte Margot etwas verblüfft, denn sie wußte nun ihrerseits nicht, wo es hinaus sollte. »Wo habt ihr das gefunden?« fuhr ich fort, »das ist ein Stück Übersetzung aus dem Französischen, das ich schon vor zwei Jahren hier im Hause gemacht habe. Die ganze Geschichte steht in dem alten vergoldeten Schäferroman, der im Dachstübchen liegt bei den alten Degen und Folianten; ich habe damals statt des Namens Melinde den Namen Anna hingesetzt zum Spaße. Hole einmal das Buch herunter, kleine Caton! ich will euch die Stelle französisch vorlesen.«

»Hol einmal selbst, kleiner Heinrich, wir sind gerade gleich alt!« versetzte die Kleine und die übrigen machten ganz enttäuschte Gesichter, da meine Erfindung zu natürlich und wahrhaft aussah. Nur Anna mußte wissen, daß die Erklärung doch ausschließlich an sie gerichtet war, weil sie allein an der Berufung auf das Grab der Großmutter erkennen konnte, daß Stoff und Datum neu waren. Sie rührte sich nicht. So war nun der Inhalt des fliegenden Blattes doch noch an seine rechte Bestimmung gelangt und ich konnte seine Wirkung sich selbst überlassen, ohne mit meiner Person unmittelbar dazu zu stehen und ohne daß die Mädchen einen Triumph davon hatten. Ich wurde so sicher und kühn, daß ich das Papier nahm, zusammenfaltete und es der Anna mit einer komischen Verbeugung und den Worten überreichte: »Da man dieser Stilübung einmal einen höheren Zweck zugeschrieben hat, so geruhen Sie, verehrtes Fräulein! dem irrenden Blatte ein schützendes Obdach zu geben und dasselbe als eine Erinnerung an diesen denkwürdigen Nachmittag von mir anzunehmen!« Sie ließ mich erst eine Weile stehen und wollte das Papier nicht nehmen; erst als ich eben links abschwenken wollte, nahm sie es rasch und warf es neben sich auf den Tisch.

Mein Witz war indessen zu Ende und ich suchte mit guter Manier aus der Laube zu kommen. Mit einer zweiten scherzhaften Verbeugung empfahl ich mich, sämtliche Mädchen standen zierlich auf und entließen mich unter spöttisch-höflichen Verneigungen. Der Spott kam von ihrem weiblichen Grolle, daß sie mich nicht gedemütigt und untergekriegt hatten, die Höflichkeit von der Achtung, welche ihnen mein Benehmen einflößte; denn während das Bild sowohl wie das beschriebene Blatt von dem Vorhandensein einer bestimmten

Neigung zeugten, war ich doch nicht aufdringlich und schwächlich mit derselben und hatte trotz der Öffentlichkeit der Verhandlung das eigentliche zarte Geheimnis so zu schützen gewußt, daß unter dem Mantel des Scherzes nicht nur ich, sondern auch Anna die volle Freiheit behalten hatte anzuerkennen, was ihr beliebte.

Höchst zufrieden zog ich mich in das Dachstübchen zurück, wo ich meinen Sitz aufgeschlagen hatte, und verträumte dort eine kleine Stunde in der größten Seligkeit. Anna kam mir so liebenswert und köstlich vor wie noch niemals, und indem mein eigensüchtiger Sinn sie sich nun unentrinnbar verfallen dachte, bedauerte ich sie in ihrer Feinheit beinahe und fühlte eine Art zärtlichen Mitleidens mit ihr. Doch machte ich mich bald wieder auf die Beine und schlich, da die Septembersonne sich schon zu neigen begann, dem Garten zu, um dem Tage die Krone aufzusetzen und zu sehen, ob ich Anna nach Hause geleiten könnte, zum ersten Male wieder seit den schönen Kindertagen. Sie aber war schon fort und allein über den Berg gegangen, die Basen räumten ihre Arbeit zusammen und taten sehr gleichmütig und ruhig, ich überblickte den leeren Tisch, hütete mich aber wohl zu fragen, ob Anna das Papier wirklich mitgenommen habe, und schlenderte das Tal hinauf in den Schatten hinein, unmutig wie einer, welcher von einem fröhlichen Mittagsmahle kommt und nicht weiß, wie er den Abend zubringen soll; denn ich dachte nicht daran, daß Anna, wenn sie mich liebte, nun ja auch allein über den Berg wanderte.

Die nächsten Tage kam sie nicht zu uns und ich getraute mir auch nicht, zum Schulmeister zu gehen; sie hatte nun ein schriftliches Geständnis von mir in den Händen, weswegen mir nun unser beider Freiheit verloren und deshalb unser Benehmen schwieriger schien, weil ich die Gewaltsamkeit einer solchen Erklärung wohl fühlte. Ich sehnte mich auch nicht sowohl nach einer Erwiderung von ihrer Seite als nach einem schweigenden und ruhigen Einverständnis und nach sicheren Zeichen, daß nicht etwa eine andere Neigung in ihrem Herzchen entstanden sei. Wie nun ein Tag nach dem anderen vorüberging, verschwand meine vergnügte Sicherheit wieder, besonders da ich gar keinerlei Erwähnung und Spuren von dem Vorgange in der Laube erfuhr, und ich war eben wieder auf dem Punkte, in meinem Herzen trotzig zu verstocken, als der Namenstag des Schulmeisters, welchen ich in der Not angerufen hatte, wirklich da war und die Bäschen erklärten, wir würden auf den Abend alle hingehen, um ihn zu beglückwünschen. Erst jetzt bekam ich mein Bild wieder zu sehen, welches ganz fein eingerahmt war. An einem verdorbenen Kupferstiche hatten die Mädchen einen schmalen, in Holz auf das Zierlichste geschnittenen Rahmen gefunden, welcher wohl siebenzig Jahr alt sein mochte und eine auf einen schmalen Stab gelegte Reihe von Müschelchen vorstellte, von denen eins das andere halb bedeckte. An der inneren Kante lief eine feine Kette mit viereckigen Gelenken herum, fast ganz frei stehend, die äußere Kante war mit einer Perlenschnur umzogen. Der Dorfglaser, welcher allerlei Künste trieb und besonders in verjährten Lackierarbeiten auf altmodischem Schachtelwerk stark war, hatte den Muscheln einen rötlichen Glanz gegeben, die Kette vergoldet und die Perlen versilbert und ein neues klares Glas genommen, so daß ich höchst erstaunt war, meine Zeichnung in diesem Aufputze wiederzufinden. Sie erregte die Bewunderung aller ländlichen Beschauer, und besonders meine Blumen und Vögel, sowie die Goldspangen und Edelsteine, womit ich Anna geschmückt, auch die fromme und sorgfältige Ausarbeitung ihrer Haare und ihrer weißen Halskrause, die schönblauen Augen und die rosenroten Wangen, der tiefrote Mund, alles entsprach dem phantasiereichen Sinne der Leute, welche ihre Augen an den mannigfaltigen Gegenständen vergnügten. Das Gesicht war fast gar nicht modelliert und ganz licht, und dies gefiel ihnen nur umso mehr, obgleich dieser vermeintliche Vorzug in meinem Nichtkönnen seinen einzigen Grund hatte.

Ich mußte das allerherrlichste Werk eigenhändig tragen, als wir fortgingen, und wenn die Sonne sich in dem glänzenden Glase spiegelte, so erwies es sich recht eigentlich, daß kein Fädelein so fein gesponnen, das nicht endlich an die Sonne käme. Auch machten die Mädchen reichliche Witze, wenn sie sich nach mir umsahen, der den Rahmen sorgfältig in acht nehmen mußte und daher aussah, als ob ich ein Palladium im Schweiße meines Angesichts über den Berg trüge. Aber die Freude, welche der Schulmeister bezeugte, entschädigte mich reichlich für alles sowie über den Verlust des Bildes, zumal ich mir vornahm, für mich selbst noch ein viel schöneres zu entwerfen. Ich war

der Held des Tages, als das Bild nach genugsamem Betrachten über dem
Sofa im Orgelsaale aufgehängt wurde, wo es sich wie das Bild einer
II, 11 märchenhaften Kirchenheiligen ausnahm. Doch dies alles trug dazu
bei, meine Annäherung zu Anna zu erschweren; es war mir unmög-
lich, diese Gelegenheit zu benutzen und mit ihr schön zu tun, ich
begriff ebenfalls, daß sie jetzt eben sich sehr gemessen benehmen mußte,
und ich erkannte, daß es eigentlich gar kein Spaß sei, einem Mädchen
seine Neigung so bestimmt kund zu tun. Desto besser stand ich mich
mit dem Schulmeister, mit welchem ich vielfach disputierte. Sein
Bildungskreis umfaßte hauptsächlich das christlich moralische Ge-
biet in einem halb aufgeklärten und halb mystisch andächtigen Sinne,
wo der Grundsatz der Duldung und Liebe, gegründet auf Selbst-
erkenntnis und auf das Studium des Wesens Gottes und der Natur,
zu oberst stand. Daher war er sehr bewandert in den memoirenartigen
Schriften geistreich andächtiger Leute aus verschiedenen Nationen,
und er besaß und kannte seltene und berühmte Bücher dieser Art,
die ihm die Überlieferung gleicher Bedürfnisse in die Hände gegeben
hatte. Es war viel Schönes, Vornehmes und allgemein Wahres zu le-
sen in diesen Büchern und ich hörte mit Bescheidenheit und Wohl-
gefallen seinen Vorträgen zu, indem das Grübeln nach dem Wahren
und Guten mich immer mehr anzog. Meine Einsprachen bestanden
darin, daß ich gegen das Christliche protestierte, welches das alleinige
Merkzeichen alles Guten sein sollte. Ich befand mich in dieser Hin-
sicht in einem peinlichen Zerwürfnisse. Während ich die Person
Christi liebte, wenn sie auch, wie ich glaubte, in der Vollendung, wie
sie dasteht, eine Sage sein sollte, und während ich vielfach das Wohl-
tuende ihrer Erinnerung empfand, war ich doch gegen alles, was sich
christlich nannte, ganz feindlich gesinnt geworden, ohne recht zu wis-
sen warum, und ich war sogar froh, diesen Haß zu empfinden; denn
wo sich Christentum geltend machte, war für mich reizlose und graue
Nüchternheit. Ich ging deswegen schon seit ein paar Jahren nicht mehr
in die Kirche als an hohen Festtagen, und die christliche Unterweisung
besuchte ich sehr selten, obgleich ich gesetzlich dazu verpflichtet war;
im Sommer kam ich durch, weil ich größtenteils auf dem Lande lebte,
im Winter ging ich zwei oder drei Mal und man schien dies nicht zu
bemerken, wie man mir überhaupt keine Schwierigkeiten machte, aus

dem einfachen Grunde, weil ich der grüne Heinrich hieß, d. h. weil ich meiner ganzen Vergangenheit nach eine abgesonderte und abgeschiedene Erscheinung war; auch machte ich ein so finsteres Gesicht dazu, daß die Geistlichen mich gern gehen ließen. So genoß ich einer vollständigen Freiheit und, wie ich glaube, nur dadurch, daß ich mir dieselbe, trotz meiner Jugend, entschlossen angemaßt; denn ich verstand durchaus keinen Spaß hierin. Jedoch ein oder zwei Mal im Jahre mußte ich genugsam für dieselbe bezahlen, wenn nämlich an mich die Reihe kam, in der Kirche »aufzusagen«, d. h. in der öffentlichen Kinderlehre nach vorhergegangener Einübung einige auswendig gelernte Fragen zu beantworten und schließlich eine Liederstrophe herzusagen. Dies war vor vielen Jahren schon eine Pein für mich gewesen, nun aber geradezu unerträglich; und doch unterzog ich mich dem Gebrauche oder mußte es vielmehr, da, abgesehen von dem Kummer, den ich meiner Mutter gemacht hätte, das endliche gesetzliche Loskommen daran geknüpft war. Auf die nächste Weihnacht sollte ich nun konfirmiert werden, was mir ungeachtet der gänzlichen Freiheit, welche mir nachher winkte, große Sorgen verursachte. Daher äußerte ich mein Antichristentum jetzt gegen den Schulmeister mehr als ich sonst getan haben würde, obgleich es in ganz anderer Weise geschah, als wenn ich mit dem Philosophen zusammen war; ich mußte nicht nur den Vater Annas, sondern überhaupt den bejahrten Mann ehren, und besonders seine duldsame und liebevolle Weise schrieb mir von selber vor, mich in meinen Ausdrücken mit Maß und Bescheidenheit zu benehmen und sogar die Voraussetzung, daß ich als ein junger Bursche noch was zu lernen möglich fände, nicht aufzugeben. Auch war der Schulmeister eher froh über meine abweichenden Meinungen, indem sie ihm Veranlassung zu geistiger Bewegung gaben und er Ursache fand, mich förmlich lieb zu gewinnen, der Mühe wegen, die ich ihm machte. Er sagte, es sei ganz in der Ordnung, ich sei wieder einmal ein Mensch, bei welchem das Christentum das Ergebnis des Lebens und nicht der Kirche sein würde, und werde noch ein rechter Christ werden, wenn ich erst etwas erfahren habe. Der Schulmeister stand sich nicht gut mit der Kirche und behauptete, ihre gegenwärtigen Diener wären unwissende und rohe Menschen. Ich habe ihn aber ein wenig im Verdacht, daß dies nur darin seinen Grund hatte, daß sie Hebräisch und Griechisch verstanden, was ihm verschlossen war. Ich lernte bei ihm viele Bücher kennen, die wieder eine ganz andere Welt enthielten als diejenigen des Philosophen, welcher ein mächtiges Zuckerfaß voll philosophischer Bücher ins Dorf gebracht hatte.

Indessen war die Ernte längst vorüber und ich mußte an die Rückkehr denken. Mein Oheim wollte mich diesmal nach der Stadt bringen und zugleich seine Töchter mitnehmen, von denen die zwei jüngeren noch gar nie dort gewesen. Er ließ eine alte Kutsche bespannen, welche seit Menschengedenken im Wirtshause stand, und so fuhren wir davon, die Töchter in ihrem besten Staate, zum Erstaunen aller Dorfschaften, durch welche wir kamen. Der Oheim fuhr am gleichen Tage mit Margot zurück, Lisette und Caton blieben eine Woche bei uns, wo die Reihe an ihnen war, die Blöden und Schüchternen zu spielen, denn ich zeigte ihnen mit wichtiger Miene alle Herrlichkeiten der Stadt und tat, als ob mir dies alles gehörte. Nicht lange nachdem sie fort waren, kam eines Morgens ein leichtes Fuhrwerk vor unser Haus gerollt und heraus stiegen der Schulmeister und sein Töchterchen, letzteres durch einen fliegenden grünen Schleier gegen die scharfe Herbstluft geschützt. Eine lieblichere Überraschung hätte mir gar nicht widerfahren können, und meine Mutter hatte die größte Freude an dem guten Kinde. Der Schulmeister wollte sich umsehen, ob für den Winter eine geeignete Wohnung zu finden wäre, indem er doch allmählich sein Kind mit der Welt mehr in Berührung bringen mußte, um ihre Anlagen nach allen Seiten sich entwickeln zu lassen. Es sagte ihm jedoch keine Gelegenheit zu und er behielt sich vor, lieber im nächsten Jahre ein kleines Haus in der Nähe der Stadt zu kaufen und ganz überzusiedeln. Diese Aussicht erfüllte mich teils mit Freuden, teils aber hätte ich mir Anna doch lieber für immer als das Kleinod jener grünen entlegenen Täler gedacht, die mir einmal so lieb geworden. Indessen hatte ich das heimliche Vergnügen zu sehen, wie meine Mutter Freundschaft schloß mit Anna und wie diese ebenso tiefen Respekt als herzliche Zuneigung zu jener bezeigte und zu meiner allergrößten Genugtuung gern zu zeigen schien. Wir wetteiferten nun förmlich, ich dem Schulmeister meine Achtung darzutun und sie meiner Mutter, und über diesem angenehmen Streite fanden wir keine Zeit, miteinander selbst zu verkehren, oder wir verkehrten vielmehr nur dadurch miteinander. So schieden sie von uns, ohne daß ich mit ihr einen einzigen besondern Blick gewechselt hätte.

Nun rückte der Winter heran und mit ihm das Weihnachtsfest. Wöchentlich dreimal früh um fünf Uhr mußte ich in das Haus des Pfarrhelfers gehen, wo in einer langen schmalen riemenförmigen Stube an vierzig junge Leute zur Konfirmation vorbereitet wurden. Wir waren Jünglinge, wie man uns nun nannte, aus allen Ständen; am oberen Ende, wo einige trübe Kerzen brannten, die Vornehmen und Studierenden, dann kam der mittlere Bürgerstand, unbefangen und mutwillig, und zuletzt, ganz in der Dunkelheit, arme Schuhmacherlehrlinge, Dienstboten und Fabrikarbeiter, etwas roh und schüchtern, unter denen nur dann und wann eine plumpe Störung vorfiel, während weiter oben man sich mit Geschicklichkeit fortwährend unruhig verhielt. Diese Ausscheidung war gerade nicht absichtlich angeordnet, sondern sie hatte sich von selbst gemacht. Wir waren nämlich nach unserem Verhalten und nach unserer Ausdauer geordnet; da nun die Vornehmsten von Haus aus zum äußeren Frieden mit der Kirche streng erzogen wurden und die meiste Sicherheit im Sprechen besaßen und dies Verhältnis durch alle Grade herunterging, so war dem Scheine nach die Rangordnung ganz natürlich, besonders da die Ausnahmen sich dann von selbst zu ihresgleichen hielten und durchaus nicht sich unter die anderen Stände mischen wollten. Es geziemte sich auch, daß diejenigen, welche vermöge ihrer Verhältnisse darauf gewiesen waren, als Männer einst in der Kirche eine Stütze für ihre politischen und sozialen Grundsätze und einen Schutz für das »Eigentum« zu finden, in dieser geweihten Werkstätte des Christentumes obenan saßen und sich aufmerksam verhielten, während dem gezeichneten Häuflein, welchem eingeprägt werden mußte, daß Christi Reich nicht von dieser Welt sei, zur heilsamen Übung auch hier der unterste Platz gebührte.

Schon das pünktliche Aufstehen und Hingehen am kalten dunklen Wintermorgen, an regelmäßigen Tagen, und das Hinsitzen an einen bestimmten Platz war mir unerträglich, da ich seit der Schulzeit dergleichen nicht mehr geübt. Nicht daß ich gänzlich unfügsam war für irgend eine Disziplin, wenn ich einen notwendigen und vernünftigen Zweck einsah; denn als ich zwei Jahre später meiner Militärpflicht genügen und als Rekrut mich an bestimmten Tagen auf die Minute am Sammelplatze einfinden mußte, um mich nach dem Willen eines versoffenen Exerziermeisters sechs Stunden lang auf dem Absatze herumzudrehen, da tat ich dies mit dem größten Vergnügen und war ängstlich bestrebt, mir das Lob des alten Kommißbruders zu erwerben. Allein hier galt es, sich zur Verteidigung des Vaterlandes und seiner Freiheit fähig zu machen; das Land war sichtbar, ich stand darauf und nährte mich von seiner Frucht. – Dort aber mußte ich mich gewaltsam aus Schlaf und Traum reißen, um in der düsteren Stube zwischen langen Reihen einer Schar anderer schlaftrunkener Jünglinge das allerfabelhafteste Traumleben zu führen unter dem eintönigen Befehl eines weichlichen Schwarzrockes, mit dem ich sonst auf der Welt nichts zu schaffen hatte.

Was unter fernen östlichen Palmen vor Jahrtausenden teils sich begeben, teils von heiligen Träumern geträumt und niedergeschrieben worden war, ein Buch der Sage, zart und luftig und weise wie alle Sage, das wurde hier als das höchste und ernsthafteste Lebenserfordernis, als die erste Bedingung, Bürger zu sein, Wort für Wort durchgesprochen und der Glaube daran auf das genaueste reguliert. Die wunderbarsten Ausgeburten menschlicher Phantasie, bald heiter und reizend, bald finster, brennend und blutig, aber immer durch den Duft einer entlegenen Ferne gleichmäßig umschleiert, mußten als das wirklichste und festeste Fundament unseres ganzen Daseins angesehen werden und wurden uns nun zum letzten Male und ohne allen Spaß bestimmt erklärt und erläutert, zu dem Zwecke, im Sinne jener Phantasien ein wenig Wein und ein wenig Brot am richtigsten genießen zu können; und wenn dies nicht geschah, wenn wir uns dieser fremden wunderbaren Disziplin nicht mit oder ohne Überzeugung unterwarfen, so waren wir ungültig im Staate und es durfte keiner nur eine Frau nehmen. Von Jahrhundert zu Jahrhundert war dies so geübt und die verschiedene Auslegung der poetischen Vorstellung hatte schon ein Meer von Blut gekostet, der jetzige Umfang und Bestand unseres Staates war größtenteils eine Folge jener Kämpfe, so daß für uns die Welt des Traumes auf das engste mit der merklichsten und greifbarsten Wirklichkeit verbunden war. Was als geschichtliches Dokument vergangener Geistesträume von der größten poetischen Meisterschaft und künstlerischen Vernunftmäßigkeit war, wenn man es unbefangen betrachten durfte, das wurde als aufgedrungene gegenwärtige Realität mit einem Schlage zu einem beängstigenden Unsinn, und es ward mir zu Mute, wenn ich den widerspruchlosen Ernst sah, mit welchem ohne Mienenverzug das Fabelhafte behandelt wurde, als ob von alten Leuten ein Kinderspiel mit Blumen getrieben würde, bei welchem jeder Fehler und jedes Lächeln Todesstrafe nach sich zog.

Welchen Boden die ausgestreute Lehre in dem Herzen jedes einzelnen fand, war nicht zu merken. Alle hatten von Kindheit auf die gleichen Worte und Bilder des Christentumes gehört, immer ein wenig deutlicher; alle fühlten jetzt, daß man nun das wahre Verständnis von ihnen verlange als ein Hauptkennzeichen ihrer menschlichen Tauglichkeit und als eine Hauptbedingung ihrer Glückseligkeit, aber alle setzten dem beredten Lehrer ein farbloses und stummes Schweigen entgegen, durch ihre knappen Antworten nur dürftig unterbrochen. Die starrsinnigen Knüppelstirnen sowohl wie die glatten und heiteren, die engherzig schmalen und niederen wie die hohen freien Wölbungen, diejenigen Stirnen, welchen in der Mitte nur ein Knöpfchen fehlte, um ganz ein viereckiges Schublädchen vorzustellen, wie diejenigen, welche in edler Rundung eine ganze runde Welt abbildeten, alle waren in der gleichen kühlen Ruhe gesenkt; weder der künftige Freigeist noch der künftige Fanatiker gaben ein Zeichen ihrer Natur von sich, weil der größte Proselytenmacher, das Menschenschicksal, nicht mit in der Stube war. Doch waren alle einstweilen aufmerksam, und ich selbst merkte wohl auf die inneren christlichen Grundlehren, während ich auf das wunderbare Gewand derselben, auf die biblischen Gestaltungen der göttlichen Persönlichkeiten, nicht achtete, und ich weiß mich nicht einmal einer Zeit zu entsinnen, wo ich darauf geachtet oder angefangen hätte, nicht daran zu glauben. Desto mehr hatte ich in meinem Herzen gegen jenen inneren Gehalt zu eifern, welcher uns einzig unter der Bedingung zugut kommen sollte, daß wir an die äußere Gestalt glaubten, und mein Herz behauptete, daß es jenen Gehalt mit auf die Welt gebracht habe, soweit er brauchbar sei, und daß der Erlöser in ihm erwache, sobald nur ein zweites Herz hinzukomme. Meine unchristliche und ungeistliche Gesinnung war mir damals nicht klar, und ich hielt mich halb und halb selbst für unfromm und lachte dazu, indem ich dabei doch keinerlei Schuld empfand. Die Sache war aber die, daß ich schon lebhaft fühlte, daß jener angeborne und berechtigte Gehalt viel zu zarter Natur war, als daß er in eine Staatsreligion gespannt oder auch nur mit einem anderen als dem schlechtweg menschlichen oder göttlichen Namen bezeichnet werden könnte.

Das erste, was uns der Lehrer als christliches Erfordernis bezeichnete und worauf er eine weitläufige Wissenschaft grundete, war das Erkennen und Bekennen der Sündhaftigkeit. Diese Lehre traf auf eine verwandte Richtung in mir, welche tief in meiner Natur begründet ist, wie in derjenigen jedes ordentlichen Menschen; sie besteht darin, daß man jeden Augenblick sich selbst klaren Wein einschenken soll, nie und in keiner Weise sich blauen Dunst vormachen, sondern das Unzulängliche und Fratzenhafte, das Schwache und Schlimme sich und anderen offen eingestehen. Der natürliche Mensch betrachtet sich selbst als einen Teil vom Ganzen und darum ebenso unbefangen wie dieses oder einen anderen Teil desselben; daher darf er sich ebenso wichtig und erbaulich vorkommen wie alles andere, sich selbst unbedenklich hervorkehren, wenn er nur zu gleicher Zeit jedes kranke Pünktchen an sich selbst ebenso genau sieht und ins Licht setzt. Ferner muß man die besonderen Umstände seiner Fehler oder Vergehen in Betracht ziehen und die jedesmalige Verantwortlichkeit feststellen, welche immer eine andere ist; denn das gleiche Vergehen kann bei dem einen Menschen fast unbedeutend sein, während es für den andern eine Sünde ist; ja für ein und denselben Menschen ist es zu der einen Stunde unverzeihlicher und schwerer als zu der anderen Stunde. Das richtige und augenblickliche Erkennen ist nicht eine weitläufige und schwerfällige Kunst oder Übung, sondern eine ganz leichte, flüssige und schmiegsame, weil jeder alsbald recht wohl weiß, wo ihn der Schuh drückt. Das eine Mal besteht unser Vergehen nur darin, daß wir nicht auf der Hut waren und in der selbstbeherrschenden Haltung, welche wir uns nach dem Grade unserer Einsicht, Fähigkeit und Erfahrung zu eigen gemacht und welche bei jedem wieder einen andern Maßstab verlangt, nachgelassen haben, ohne dessen inne zu werden; das andere Mal besteht aber das Vergehen so recht in und durch sich selbst, indem wir es uns in der vollen Gegenwart unserer

Einsicht und Erfahrung zu Schulden kommen lassen. Alsdann geht die Sünde sozusagen mit der Erkenntnis und Reue zusammen, und es gibt allerdings eine Hälfte Menschen, welche ihr Leben hindurch an der einen Hand die Sünde, an der anderen Hand die Reue gleichzeitig führen, ohne sich je zu ändern; aber ebenso gewiß gibt es eine Hälfte, welche im Verhältnis zu ihrer Erfahrung und Verantwortlichkeit in einem gewissen Grade von Schuldlosigkeit lebt, und jeder einzelne, wenn er sich recht besinnen will, kennt gewiß einzelne, bei welchen diese Schuldlosigkeit zu völliger Reinheit wird. Möge nun dieses auch eine bloße Folge von zusammengetroffenen glücklichen Umständen sein, so daß solche Erscheinungen zum Beispiel durch ein passives Fernsein vom Bösen von jeher schuldlos blieben: warum denn nicht ebenso gern an eine Unschuld des Glückes, ja der Geburt glauben als an eine Schuld des Mißgeschickes, der Vorherbestimmung? Solchen Glücklichen, welche, ohne zu wissen warum und wie, gerecht und rein sind, die Phantasie verderben und verunreinigen mit dem Gedanken angeborener ekler Sündlichkeit, ist im höchsten Grade unnütz und abgeschmackt, und wenn man nicht zu ihnen gehört, für sich selber das Bekenntnis der Sünden professionsmäßig betreiben, verwandelt jene natürliche und unbefangene Selbsterkenntnis mit einem Schlage in ein manieriertes Zopftum, aus welchem mich eine unsägliche frostige Nüchternheit und Schlaffheit anweht. Daher gedeiht diese Lehre am besten bei den entnervten und erschöpften Seelen; denn die Manieriertheit ist der Zeremonienmeister des Unvermögens auf jedem Gebiete, und sie ist es, welche die frischen Geister von jedem Gebiete wegscheucht, wo sie sich breit macht.

Nach der Lehre von der Sünde kam gleich die Lehre vom Glauben, als der Erlösung von jener, und auf sie ward eigentlich das Hauptgewicht des ganzen Unterrichtes gelegt; trotz aller Beifügungen, wie daß auch gute Werke vonnöten seien, blieb der Schlußgesang doch immer und allein: der Glaube macht selig! und dies uns einleuchtend zu machen als herangewachsenen jungen Leuten, wandte der geistliche Mann die möglichst annehmliche und vernünftig scheinende Beredsamkeit auf. Wenn ich auf den höchsten Berg laufe und den Himmel abzähle, Stern für Stern, als ob sie ein Wochenlohn wären und ich sie sämtlich in der Hosentasche hätte, so kann ich darunter kein Verdienst des Glaubens entdecken, und wenn ich mich auf den Kopf stelle und den Maiblümchen unter den Kelch hinaufgucke, so kann ich nichts Verdienstliches am Glauben ausfindig machen. Wer an eine Sache glaubt, kann ein guter Mann sein, wer nicht, ein ebenso guter. Wenn ich zweifle, ob zweimal zwei vier seien, so sind es darum nicht minder vier, und wenn ich glaube, daß zweimal zwei vier seien, so habe ich mir darauf gar nichts einzubilden und kein Mensch wird mich darum loben. Wenn Gott eine Welt geschaffen und mit denkenden Wesen bevölkert hätte, darauf sich in einen undurchdringlichen Schleier gehüllt, das geschaffene Geschlecht aber in Elend und Sünde verkommen lassen, hierauf einzelnen Menschen auf außerordentliche und wunderbare Weise sich offenbart, auch einen Erlöser gesendet unter Umständen, welche nachher mit dem Verstande nicht mehr begriffen werden konnten, von dem Glauben daran aber die Rettung und Glückseligkeit aller Kreatur abhängig gemacht hätte, alles dieses nur, um das Vergnügen zu genießen, daß an Ihn geglaubt würde, Er, der seiner doch ziemlich sicher sein dürfte: so würde diese ganze Prozedur eine gemachte Komödie sein, welche für mich dem Dasein Gottes, der Welt und meiner selbst alles Tröstliche und Erfreuliche benähme. Glaube! O wie unsäglich blöde klingt mich dies Wort an! Es ist die allerverzwickteste Erfindung, welche der Menschengeist machen konnte in einer zugespitzten Lammslaune! Wenn ich des Daseins Gottes und seiner Vorsehung bedürftig und gewiß bin, wie entfernt ist dies Gefühl von dem, was man Glauben nennt! Wie sicher weiß ich, daß die Vorsehung über mir geht gleich einem Stern am Himmel, der seinen Gang tut, ob ich nach ihm sehe oder nicht nach ihm sehe. Gott weiß, denn er ist allwissend, jeden Gedanken, der in meinem Inneren aufsteigt, er kennt den vorigen, aus welchem er hervorging, und sieht den folgenden, in welchen er übergeht; er hat allen meinen Gedanken ihre Bahn gegeben, die ebenso unausweichlich ist wie die Bahn der Sterne und der Weg des Blutes; ich kann also wohl sagen: ich will dies tun oder jenes lassen, ich will gut sein oder mich darüber hinwegsetzen, und ich kann durch Treue und Übung es vollführen; ich kann aber nie sagen: ich will glauben oder nicht glauben; ich will mich einer Wahrheit verschließen oder ich will mich ihr öffnen! Ich kann nicht einmal bitten um Glauben, weil, was ich nicht einsehe, mir niemals wünschbar sein kann, weil ein klares Unglück, das ich begreife, noch immer eine lebendige Luft zum Atmen für mich ist, während eine Seligkeit, die ich nicht begriffe, Stickluft für meine Seele wäre.

Dennoch liegt in dem Worte: der Glaube macht selig! etwas Tiefes und Wahres, insofern es das Gefühl unschuldiger und naiver Zufriedenheit bezeichnet, welches alle Menschen umfängt, wenn sie gern und leicht an das Gute, Schöne und Merkwürdige glauben, gegenüber denjenigen, welche aus Dunkel und Verbissenheit oder aus Selbstsucht alles in Frage stellen und bemäkeln, was ihnen als gut, schön oder merkwürdig erzählt wird. Wo das religiöse Glauben bei mangelnder Überlegungskraft seinen Grund in jener liebenswürdigen und gutmütigen Leichtgläubigkeit hat, da sagt man mit Recht, es mache selig, und denjenigen Unglauben, welcher aus der anderen Quelle herrührt, kann man billig unselig nennen. Allein mit der eigentlichen dogmatischen Lehre vom Glauben haben beide rein nichts zu tun; denn während es christlich Gläubige gibt, welche in allen anderen Dingen die unangenehmsten Bezweifler und Bemäkler sind, gibt es ebenso viele Ungläubige, sogar Atheisten, welche sonst an alles Hoffnungsvolle und Erfreuliche mit allbereiter Leichtigkeit glauben, und es ist ein beliebtes Argument der christlichen Polemiker, daß sie solchen höhnisch vorhalten, wie sie jeden auffallenden Quark als bare Münze annähmen und sich von Illusionen nährten, während sie nur das Große und Eine nicht glauben wollten. So haben wir das komische Schauspiel, wie Menschen sich der abstraktesten aller Ideologien hingeben, um nachher jeden, der an etwas erreichbar Gutes und Schönes glaubt, einen Ideologen zu nennen; sie bilden eine eigene wunderliche Bank der Spötter, vom Cäsar Napoleon bis herunter zum letzten Zappler und Stänker, der vor Hochmut und Unruhe nicht weiß, was er anfangen soll und, da es ihm an jedem Körnlein von Autorität und Witz mangelt, sich an die Rückwand des Glaubens lehnt, um was hinter sich zu haben, von wo aus er rumoren kann. Der Cäser ehrt den Glauben als Tyrann und Aristokrat, der Zappler und Stänker schätzt ihn als geistiger Proletarier und Skandalmacher, beide aus Selbstsucht. Will man die Bedeutung des Glaubens kennen, so muß man nicht sowohl die orthodoxen Kirchenleute betrachten, bei denen der

Institutionen wegen alles über einen Kamm geschoren ist und das Eigentümliche daher zurücktritt, als vielmehr die undisziplinierten Wildlinge des Glaubens, welche außerhalb der Kirchenmauern frei umherschwirren, sei es in entstehenden Sekten, sei es in einzelnen Personen. Hier treten die rechten Beweggründe und das Ursprüngliche in Schicksal und Charakter hervor und werfen Licht in das verwachsene und fest gewordene Gebilde der großen geschichtlichen Masse.

Es lebte in unserer Stadt ein Mann, welcher sich ein Vergnügen daraus machte, den Leuten, welche sich mit ihm abgaben, allerlei Erfindungen und Aufschneidereien vorzutragen, um sie nachher ihrer Leichtgläubigkeit wegen zu verhöhnen, indem er erklärte, die Geschichte sei gar nicht wahr. Jemand anders aber mochte erzählen was er wollte, so stellte der Mann es in Abrede und hatte eine ganz eigene tückische Manier, die Treuherzigkeit, mit welcher ihm etwas gesagt wurde, ins Lächerliche zu ziehen, auf die gleiche Weise, wie er die Treuherzigkeit derer, welche ihm glaubten, spöttisch zu machen wußte. Er aß keine Krume Brotes, die er sich nicht durch eine Lüge verschafft; denn er wäre lieber Hungers gestorben, eh als er in ein auf gradem Wege erworbenes Stück Brot gebissen hätte. Aß er aber sein Brot, so sagte er, es sei gut, wenn es schlecht war, und schlecht, wenn es gut war; hatte er Hunger, so benagte er es zimpferlich und warf die Brocken umher; hatte er keinen Hunger, so nahm er anderen den Bissen weg, den sie eben in den Mund stecken wollten, und fraß sich so voll, daß er krank wurde; alsdann behauptete er, sich sehr wohl zu befinden! Überhaupt ging sein ganzes Streben dahin, sich immer für etwas anderes zu geben als er war, was ihm ein fortgesetztes Studium verursachte, so daß er, der eigentlich nichts tat und nie etwas genützt hatte, doch zu jeder Minute in der kompliziertesten Tätigkeit begriffen war. Hierzu bedurfte er eines fortgesetzten Schleichens und Lauerns, teils um die günstigen Momente zu erhaschen, um seine Narrheiten vorzubringen, teils um andere auf schwachen Seiten zu ertappen, da eine Hauptleidenschaft von ihm darin bestand, die ganze Welt der Unwahrheit und Lüge zu überführen, und es war nichts Lustigeres zu sehen, als wenn er, soeben hinter einer Tür, wo er gelauert hatte, auf den Zehen hervorhüpfend, plötzlich strack und steif da stand, mit rollenden Augen um sich stierte und mit bombastischen Worten seine Gradheit, Ehrlichkeit und arglose Derbheit anrühmte. Da er bei alledem wohl fühlte, daß jedermann besser daran war als er, so erfüllte ein unnennbar neidisches Wesen seine Seele, welches ihn verzehrte wie ein glühendes Feuer und welches sich dadurch äußerte, daß sein drittes Wort immer das Wort »Neid« war. Er versicherte, sich in einer ewig glückseligen moralischen Überlegenheit zu befinden, und sah daher in jedem Blatte, das nicht nach seiner Weise säuselte, einen neidischen Widersacher, und die ganze Welt war nur ein vor Neid zitternder Wald für ihn. Widersprach ihm jemand, so schrieb er jeden Widerspruch dem Neide zu, schwieg man während seiner Vorträge, so ward er wütend und konnte kaum das Weggehen des Schweigenden abwarten, um denselben des Neides zu beschuldigen, so daß seine ganze Rede durch das unaufhörlich wiederkehrende Wort Neid recht eigentlich zum neidisch tönenden Gesange des Neides selbst wurde. So war er in allem der persönliche Feind der Wahrheit und atmete nur in Abwesenheit derselben, wie die Mäuse auf dem Tische tanzen, wenn die Katze nicht zu Hause ist, und die Wahrheit rächte sich auf die einfachste Weise an ihm. Sein Grundübel war, daß er schon im Mutterleibe hatte gescheiter sein wollen als seine Mutter, und infolgedessen konnte er nur leben, wenn er nichts zu glauben brauchte, was irgend ein Mensch sagte, alle Menschen aber glaubten, was er sagte. Nun konnte er sich freilich stellen, als ob dem so wäre, und er tat es auch, was schon eine energische Zusammenfassung der einzelnen Verlogenheiten und seine Hauptlüge war; allein der Beweis vom wahren Sachverhalte machte sich doch zu offenbar im Gelächter seiner Nebenmenschen. Daher fand er kurz und gut seinen besten Stützpunkt in derjenigen Lehre, welche den unbedingten Glauben zum Panier erhebt. Schon daß die allgemeine Richtung der Zeit sich vom Glauben abwandte und die Mehrzahl der denkenden Menschen, wenn sie sich auch nicht dagegen aussprachen, doch denselben gut sein ließen und in der Praxis nur auf das Begreifliche und Erkennbare bauten, war ihm Grund genug, sich dieser Richtung schnurstracks entgegenzustellen und dabei zu behaupten, der Hang und Drang der Zeit ginge unverkennbar auf den erneuten Glauben los; denn er konnte das Lügen nirgends lassen. Diejenigen, welche wirklich glaubten, waren ihm höchst langweilig und er bekümmerte sich nicht um sie, daher er auch nie in einer Kirche oder religiösen Gemeinschaft gesehen wurde. Dagegen hatte er es umso mehr mit denen zu tun, welche nicht glaubten. Nicht daß er sich um das Seelenheil derselben viel gekümmert hätte, obgleich er die Sache mit ängstlicher Hast verfolgte; seine Angst war die: Hatte er einmal gesagt, daß er glaube, so mußten für ihn alle, welche nicht glaubten, Esel sein, und wenn dies auf sein Wort hin nicht angenommen wurde, so glaubte er selbst als ein Esel dazustehen. Er hatte sich im Mutterleibe schon gesagt: Wenn du nun ans Licht kommst, so wird die Frage deiner Existenz die sein: Entweder bist *du* ein Esel, oder alle anderen sind Esel! Er verriet dies in schwachen Augenblicken des Streites, wenn er sich in eine Sackgasse verrannt, indem ihm alsdann das Wort entschlüpfte: Nun, da müßte ich also ein Esel sein, wenn ich so was glaubte, was nicht wahr wäre! und er bezeichnete damit, ohne es zu wollen, seinen Standpunkt und auch das Herz, welches er für seine Sache hatte. In der Tat könnte man den unseligen Streit die Eselfrage nennen, da gewiß von tausend Fanatikern, welche für ihre religiöse Meinung im Blute wateten, neunhundert neun und neunzig nur aus dem Grunde den Frieden verrieten und Scheiterhaufen anzündeten, weil ihnen aus dem Trotze der Verfolgten das Wort *Esel* entgegen zu tönen schien. Nichts haßte der Mann mehr als die gewissenhafte und redliche Forschung und die Entdeckung der Wissenschaft; wenn irgend ein Ergebnis derselben bekannt wurde, so zappelte er mit Händen und Füßen dagegen und suchte es lächerlich zu machen, und wenn es sich als richtig erwies und seine bedeutenden Folgen auf allen Gassen zu sehen und zu greifen waren, so tobte er erst recht und nannte es ins Angesicht eine Lüge. Das Einmaleins und eine chemische Schale waren ihm unerträglicher als dem Teufel Vaterunser und Weihkessel; aber auch die Natur rächte sich lächelnd an ihm. Denn während er die fünf Sinne nicht gelten ließ, war er stets bemüht, dieselben durch einige erfundene Sinne zu vermehren, durch deren possierliche Ausmalung er die christliche Wunderwelt erklären wollte. Wenn er hierdurch vielfach gegen den christlichen Geist verstieß und man ihm dies durch das neue Testament bewies, so sagte er, er pfeife auf das neue Testament, er habe seinen eigenen Kopf, im gleichen Augenblicke, wo er es das Buch des Lebens genannt hatte. Trotz alledem glaubte er aufrichtig, denn nach irgend einer Seite hin muß jeder Mensch sich ergeben, und er glaubte umso aufrichtiger, als einesteils der Gegenstand des Glaubens unerwiesen, unbegreiflich und überirdisch war, anderenteils ihn das innere Gefühl seines verunglückten Witzes sentimental und weinerlich machte.

Eines Tages ging er mit einer lustigen Gesellschaft über eine Felsenhöhe am Seeufer. Er war ursprünglich gut gewachsen, doch die andauernde Verdrehtheit seiner Seele hatte seinen Körper ganz windschief gemacht, daß er aussah wie ein verbogener Wetterhahn. Sein schöner Wuchs war aber ein Lieblingsthema seiner Rede und jeden Augenblick war er bereit, sich auszukleiden und ihn zu zeigen, während er an allen Sterblichen etwas auszusetzen hatte, ungefragt diesem einen Höcker andichtete, jenem krumme Beine. Als er nun etwas verstimmt vor den übrigen Gesellen herging, die ihn schon verschiedentlich aufgezogen hatten, rief plötzlich einer, welcher ihn zum ersten Mal genauer ins Auge faßte: Sie! Herr Ölfinger! Sie sind eigentlich verteufelt krumm! Erstaunt kehrte er sich um und sagte: Sie träumen wohl, oder soll das ein Witz sein? Der andere wandte sich aber zur Gesellschaft und forderte sie auf, ihn ebenfalls näher zu betrachten; man hieß ihn einige Schritte vorwärts gehen, er tat es, und jedermann bestätigte nun: Ja, er sei schief! Aufgebracht stellte er sich sogleich neben[6] den Angreifer und wollte ihm beweisen, daß dieser selbst der Mißgewachsene sei. Der war aber schlank wie eine Tanne und die Gesellschaft fing an zu lachen. Sprachlos und hastig kleidete er sich aus und ging splitternackt vor den übrigen her; die rechte Schulter war vom unaufhörlichen spöttischen Achselzucken höher als die linke, die Ellbogen von seiner eitlen Gespreiztheit nach auswärts gedreht und die Hüften verschoben; dazu wurde er durch das Bestreben, grade zu scheinen, nur noch krummer; er machte in seiner Nacktheit die wunderlichsten Beine, als er so dahinschritt und sich dann und wann ängstlich umsah, ob ihm noch nicht Beifall und Achtung der Gesellschaft nachfolge. Als diese aber in ein maßloses Gelächter ausbrach, geriet er in großen Zorn und begann, um sich Achtung zu erzwingen, ungeheuerliche Sprünge und Kunststücke zu machen, um die Stärke seines Körpers zu zeigen. Das Gelächter wurde immer größer und die Lachenden mußten sich auf die Erde setzen. An jener Stelle war vor Zeiten ein Fichtenwald in den See gestürzt und wurde in der Tiefe durch die nachgerollten Felsblöcke festgehalten. Wie nun der nackt umher Tanzende sah, daß die lachenden Menschen sich bereits auf der Erde wälzten mit nassen Augen, sprang er plötzlich in einem Anfall von unsäglicher Wut und irgend etwas Wunderbares erzwingen wollend, mit einem mächtigen Satz über den Rand hinaus in den See, hoch hinunter, wo der versunkene Wald lag. Erst eine geraume Weile nachher, als die lachende Gesellschaft sich einigermaßen gesammelt hatte, bemerkten sie sein Verschwinden, suchten ihn überall, traten an den Rand des Abgrundes, aber niemand hat ihn wieder gesehen.

Dies krankhafte Beispiel von den wunderbaren Gängen, welche die Entstehung des »Glaubens« in den Menschen verfolgt, mag nun freilich sehr vereinzelt dastehen; doch wenn sie auch bei der Mehrzahl einen edleren Grund und Boden hat, so werden ihre Schneckenlinien doch nicht grad. Ich würde mich schämen, wenn ich jemals dahin kommen würde, jemanden seines Glaubens wegen zu verachten oder zu verhöhnen oder den Gegenstand desselben nicht zu ehren, wenn der Gläubige darin seinen Trost findet; aber die nackte und gewaltsame Forderung des Glaubens, sozusagen die Theorie des Glaubens selbst, ist eine so mißliche Sache für mich, daß ich, indem ich diese meine geheime Schreiberei übersehe, mein Herz durch die lange Kundgebung *gegen* den Glauben beinahe so staubig, trocken und unangenehm fühle, als wenn ich ein ehrbarer Theologe wäre und *für* den Glauben polemisiert hätte, und ich muß mich beeilen, aus diesem unerquicklichen Gebiete wieder zu den Gestalten des einfachen wirklichen Lebens zu gelangen.

Die dritte Hauptlehre, welche der Geistliche uns als christlich vortrug, handelte von der Liebe. Hierüber weiß ich nicht viel Worte zu machen; ich habe noch keine Liebe betätigen können und doch fühle ich, daß solche in mir ist, daß ich aber auf Befehl und theoretisch nicht lieben kann. Inwiefern durch die stete Wiederholung des Worts das Christentum einen gewissen Bestand wirklicher Liebe in die Welt gebracht habe, wage ich nicht zu beurteilen; doch dünkt es mich, es habe vor zweitausend Jahren auch Liebe gegeben und gebe auch jetzt noch, wo das Christentum nicht hingelangt ist, wenn man nur die verschiedenen Formen unterscheiden will, in welche das wahre Gefühl sich hüllt. Gewiß ist schon mancher einzelne Unglücksmensch und mancher arme rauhe Volksstamm durch das eindringlich und heiß ausgesprochene Wort Liebe aufgeweckt und einem helleren und schöneren Dasein gewonnen worden; wenn aber solche gewonnenen Völker, einmal dem Christentum einverleibt, endlich das ganze Bewußtsein und die Bildung der christlichen Welt, welche wir alle zusammen ausmachen, erreicht haben, dann wird jenes naive Morgengefühl der Liebe wieder untergehen in der allgemeinen Kälte der alten Christenwelt und nur da bestehen, wo es ursprünglich in den Menschen wurzelte, also zuletzt überall auferstehen. Schon die unmittelbare Rücksicht auf den lieben Gott ist mir hinderlich und unbequem, wenn sich die natürliche Liebe in mir geltend machen will. Da einmal bei unseren Handlungen das Denken an Gott und das Verdienst in den Augen Gottes so fest in die Menschenwelt gewebt ist, so kann man oft trotz aller Unbefangenheit nicht verhindern, daß bei guten oder vielmehr pflichtmäßigen Handlungen nicht im tiefsten Innern der Hinblick auf Gott auftaucht mit der eigennützigen Hoffnung, daß Er uns die Tat wohlgefällig gut schreiben werde. Schon oft ist es mir begegnet, daß ich einen armen Mann auf der Straße abwies, weil ich, während ich ihm eben das wenige geben wollte, das ich hatte, zugleich an das Wohlgefallen Gottes dachte und nicht aus Eigennutz handeln wollte. Dann dauerte mich aber der Arme, ich lief zurück; allein während des Zurücklaufens dünkte meiner Selbstsucht gerade dieses Bedauern wieder artig und verdienstlich, ich kehrte nochmals um, bis ich endlich auf den vernünftigen Gedanken kam: Möge dem sein, wie ihm wolle, der arme Teufel müsse jedenfalls zu seiner Sache kommen, das sei die erste Frage! Manchmal kommt dieser Gedanke aber zu spät, und die Gabe bleibt in meiner Tasche, wo sie mir alsdann unerträglich ist. Daher freue ich mich immer wie ein Kind, wenn es mir passiert, daß ich unbedacht meine Pflicht erfüllt habe und es mir erst nachträglich einfällt, daß das etwas Verdienstliches sein dürfte; ich pflege dann höchst vergnügt ein Schnippchen gegen den Himmel zu schlagen und zu rufen: Siehst du, alter Papa! nun bin ich dir doch durchgewischt! Das höchste Vergnügen erreiche ich aber, wenn ich mir in solchen Augenblicken denke, wie ich Ihm nun sehr komisch vorkommen müsse; denn da der liebe Gott alles versteht, so muß er auch Spaß verstehen, obgleich man auch wieder mit Recht sagen kann, der liebe Gott verstehe keinen Spaß!

Das Heiterste und Schönste war mir die Lehre vom Geiste, als welcher ewig ist und alles durchdringt. Er war mächtig im Christentume, dessen Beweglichkeit und Feinheit die Welt fortbaute, solange es geistig war; als es aber geistlich wurde, war diese Geistlichkeit die Schlangenhaut, welche der alte Geist abwarf. Denn Gott ist nicht geistlich, sondern ein weltlicher Geist, weil er die Welt ist und die Welt in ihm; Gott strahlt von Weltlichkeit.

Alles in allem genommen, glaube ich doch, daß ich unter Menschen, welche rein in dem ursprünglichen geistigen Christentum lebten, glücklich sein und auch nicht ganz ohne deren Achtung leben würde, und wenn ich dies Annas Vater, dem Schulmeister, eingestehen mußte, forderte er, das Wunderbare und die Glaubensfragen einstweilen freisinnig bei Seite setzend, mich auf, das Christentum wenigstens dieser geistigen Bedeutung nach anzuerkennen und darauf zu hoffen, daß es in seiner wahren Reinheit erst noch erscheinen und seinen Namen behaupten werde; etwas Besseres sei einmal nicht da noch abzusehen. Hierauf erwiderte ich aber: der Geist könne wohl durch einen Menschen leidlich schön ausgesprochen, niemals aber erfunden werden, da er von jeher und unendlich sei; daher die Bezeichnung der Wahrheit mit einem Menschennamen ein Raub am unendlichen Gemeingute sei, aus welchem der fortgesetzte Raub des Autoritäts- und Pfaffenwesens aller Art entspringe. In einer Republik, sagte ich, fordere man das Größte und Beste von jedem Bürger, ohne ihm durch den Untergang der Republik zu vergelten, indem man seinen Namen an die Spitze pflanze und ihn zum Fürsten erhebe; ebenso betrachte ich die Welt der Geister als eine Republik, die nur Gott als Protektor über sich habe, dessen Majestät in vollkommener Freiheit das Gesetz heilig hielte, das er gegeben, und diese Freiheit sei auch unsere Freiheit, und unsere die seinige! Und wenn mir jede Abendwolke eine Fahne der Unsterblichkeit, so sei mir auch jede Morgenwolke die goldene Fahne der Weltrepublik! »In welcher jeder Fähndrich werden kann!« sagte freundlich lachend der Schulmeister; ich aber behauptete: die mora-

lische Wichtigkeit dieses Unabhängigkeitssinnes scheine mir sehr
groß und größer zu sein, als wir es uns vielleicht denken könnten.
Der geistliche Unterricht ging nun zu Ende; wir mußten auf unsere II, 12
Ausstattung denken, um würdig bei der Festlichkeit zu erscheinen.
Es war unabänderliche Sitte, daß die jungen Leute auf diese Tage den
ersten Frack machen ließen, den Hemdekragen in die Höhe richteten
und eine steife Halsbinde darum banden, auch die erste Hutröhre auf
den Kopf setzten; zudem schnitt jeder, wer jugendlich lange Haare
getragen, dieselben nun kurz und klein, gleich den englischen Rund-
köpfen. Dies waren mir alles unsägliche Greuel und ich schwur, die-
selben nun und nimmermehr nachzumachen. Die grünen Kleider
meines Vaters waren endlich zu Ende und zum ersten Male mußte
neues Tuch gekauft werden. Die grüne Farbe war mir einmal eigen
geworden und ich wünschte nicht einmal meinen Übernamen abzu-
schaffen, der mir noch immer gegeben wurde, wenn man von mir
sprach. Leicht wußte ich meine Mutter zu überreden, grünes Tuch
zu wählen und statt eines Frackes einen hübschen kurzen Rock mit
einigen Schnüren machen zu lassen, dazu statt des gefürchteten Hutes
eine schwarzes Sammetbarett, da Hut und Frack doch selten getragen
und wegen meines Wachstums sowie wegen der Mode also eine un-
nütze Ausgabe sein würden. Es leuchtete ihr klar ein, umso mehr da
die armen Lehrlinge und Tagelöhnersöhne auch keinen schwarzen
Habit zu tragen pflegten, sondern in ihren gewöhnlichen Sonntags-
kleidern erschienen, und ich erklärte, es sei mir vollkommen gleich-
gültig, ob man mich zu den ehrbaren Bürgerssöhnen zähle oder nicht.
So breit ich konnte, schlug ich den Hemdekragen zurück, strich mein
langes Haar kühn hinter die Ohren und erschien so, das Barett in der
Hand, am heiligen Abend in der Stube des Geistlichen, wo noch eine
herzliche und vertrauliche Vorbereitung stattfinden sollte. Als ich
mich unter die feierlich steif geputzte Jugend stellte, wurde ich mit
einiger Verwunderung betrachtet, denn ich stand allerdings in meinem
Aufzuge als ein vollendeter Protestant da; weil ich aber ohne Trotz
und Unbescheidenheit mich eher zu verbergen suchte, so verlor ich
mich wieder und wurde nicht weiter beachtet. Die Ansprache des
Geistlichen gefiel mir sehr wohl; ihr Hauptinhalt war, daß von nun
an ein neues Leben für uns beginne, daß alle bisherigen Vergehun-

gen vergeben und vergessen sein sollten, hingegen die künftigen mit einem strengeren Maße gemessen würden. Ich fühlte wohl, daß ein solcher Übergang notwendig und die Zeit dazu gekommen sei; darum schloß ich mich mit meinen ernsten Vorsätzen, welche ich insbesondere faßte, gern und aufrichtig diesem öffentlichen Vorgange an und war auch dem Manne gut, als er angelegentlich uns ermahnte, nie das Vertrauen zum Besseren in uns selbst zu verlieren. Aus seiner Behausung zogen wir in die Kirche vor die ganze Gemeinde, wo die eigentliche Feier vor sich ging. Dort war der Geistliche plötzlich ein ganz anderer; er trat gewaltig und hoch auf, holte seine Beredsamkeit aus der Rüstkammer der bestehenden Kirche und führte in tönenden Worten Himmel und Hölle an uns vorüber. Seine Rede war kunstvoll gebaut und mit steigender Spannung auf einen Moment hingerichtet, welcher die ganze Gemeinde erschüttern sollte, als wir, die in einem weiten Kreise um ihn herumstanden, ein lautes und feierliches Ja aussprechen mußten. Ich hörte nicht auf den Sinn seiner Worte und flüsterte ein Ja mit, ohne die Frage deutlich verstanden zu haben; jedoch durchfuhr mich ein Schauer und ich zitterte einen Augenblick lang, ohne daß ich dieser Bewegung Herr werden konnte. Sie war eine dunkle Mischung von unwillkürlicher Hingabe an die allgemeine Rührung und von einem tiefen Schrecken, welcher mich über dem Gedanken ergriff, daß ich, so jung noch und unerfahren, doch einer so uralten Meinung und einer gewaltigen Gemeinschaft, von der ich ein unbedeutendes Teilchen war, abgefallen gegenüberstand.

Am Weihnachtsmorgen mußten wir wieder im vereinten Zuge zur Kirche gehen, um nun das Nachtmahl zu nehmen. Ich war schon in der Frühe guter Laune, noch ein paar Stunden und ich sollte frei sein von allem geistigen Zwange, frei wie der Vogel in der Luft! Ich fühlte mich daher mild und versöhnlich gesinnt und ging zur Kirche, wie man zum letzten Mal in eine Gesellschaft geht, mit welcher man nichts gemein hat, daher der Abschied aufgeweckt und höflich ist. In der Kirche angekommen, durften wir uns unter die älteren Leute mischen und jeder seinen Platz nehmen, wo ihm beliebte. Ich nahm zum ersten und letzten Male in dem Männerstuhle Platz, welcher zu unserem Hause gehörte und dessen Nummer mir die Mutter in ihrem häuslichen Sinne sorglich eingeprägt hatte. Er war seit dem Tode des Vaters, also viele Jahre, leer geblieben oder vielmehr hatte sich ein armes Männchen, das sich keines Grundbesitzes erfreute, darin angesiedelt. Als er herankam und mich an dem Orte vorfand, ersuchte er mich mit kirchlicher Freundlichkeit, »seinen Ort« räumen zu wollen, und fügte belehrend hinzu, in diesem Reviere seien alles eigentümliche Orte. Ich hätte als ein grüner Junge füglich dem bejahrten Männchen Platz machen und mir eine andere Stelle suchen können; allein dieser Geist des Eigentums und des Wegdrängens mitten im Herzen christlicher Kirche reizte meine kritische Laune; zweitens wollte ich den frommen Kirchgänger für seine gemütliche Anmaßung bestrafen, und drittens tat ich dieses nur in dem Bewußtsein, daß der Abgewiesene alsobald wieder und für immer seinen gewohnten Platz einnehmen könne, und dieser Gedanke machte mir das größte Vergnügen. Als ich ihn meinerseits auch belehrt und ihn ganz verblüfft und traurig eine entfernte Stelle unter den unstet herumwandernden Besitzlosen aufsuchen sah, nahm ich mir vor, ihm am anderen Tage anzudeuten, daß er sich immerhin meines Stuhles bedienen solle, indem ich denselben nicht brauche. Einmal aber wollte ich darin sitzen und stehen, wie es mein Vater getan. Derselbe besuchte an allen Festtagen die Kirche, denn alle hohen Feste erfüllten ihn mit heiterer Freude und tapferem Mute, indem er den großen und guten Geist, welchen er in aller Welt und Natur sich erfüllen sah, alsdann besonders fühlte und verehrte. Weihnachten, Ostern, Himmelfahrt und Pfingsten waren ihm die herrlichsten Freudentage, an welchen es mit edlen Betrachtungen, Kirchenbesuch, duftendem Mittagsmahl und frohen Spaziergängen auf grüne Berge hoch herging. Diese Art hat sich auf mich vererbt, nämlich das frohe Genießen der Festtage, und wenn ich an einem Pfingstmorgen auf einem duftigen Berge stehe in der kristallklaren Luft, so ist mir das Glockengeläute in der fernen Tiefe die allerschönste Musik, und ich habe schon oft darüber spintisiert, durch welchen Gebrauch bei einer allfälligen Abschaffung des Kirchentumes das schöne Geläute wohl erhalten werden dürfte. Es wollte mir jedoch nichts einfallen, was nicht töricht und gemacht ausgesehen hätte, und ich fand zuletzt immer, daß der sehnsüchtige Reiz der Glockentöne gerade in dem jetzigen Zustande bestehe, wo sie fern aus der blauen Tiefe herüberklangen und mir sagten, daß dort das Volk in alten gläubigen Erinnerungen versammelt war. In meiner Freiheit ehrte ich dann diese Erinnerungen wie diejenigen der Kindheit, und eben dadurch, daß ich von ihnen geschieden war, wurden mir die Glocken, die so viele Jahrhunderte in dem alten schönen Lande klangen, wehmütig ergreifend. Ich empfand, daß man nichts »machen« kann und daß die Vergänglichkeit, der ewige Wandel alles Irdischen schon genugsam für poetisch sehnsüchtigen Reiz sorgen.

Der Freiheitssinn meines Vaters in religiöser Hinsicht war vorzüglich gegen die Übergriffe des Ultramontanismus und gegen die Unduldsamkeit und Verknöcherung reformierter Orthodoxen gerichtet, gegen absichtliche Verdummung und Heuchelei jeder Art, und das Wort Pfaff war bei ihm daher öfter zu hören. Würdige Geistliche ehrte er aber und freute sich, ihnen Ergebenheit zu zeigen, und wenn es wo möglich ein erzkatholischer, aber ehrenwerter Priester war, welchem er Ehrerbietung beweisen konnte, so machte ihm dies umso größeres Vergnügen, gerade weil er sich im Schoße der Zwinglischen Kirche sehr geborgen fühlte. Zwinglis Erscheinung ist reiner und milder als diejenige Luthers. Er hatte einen freieren Geist und einen weiteren Blick, war viel weniger ein Pfaff als ein humaner Staatsmann und besiegelte sein Wirken mit einem schönen Tode auf dem Schlachtfeld, das Schwert in der Hand. Daher war sein Bild meinem Vater ein geliebter sichrer Führer und Bürge. Ich aber stand nun auf einem anderen Boden und fühlte wohl, daß ich bei aller Ehrerbietung für den Reformator und Helden doch nicht eines Glaubens mit meinem Vater sein würde, während ich seiner vollkommenen Duldsamkeit und Achtung für die Unabhängigkeit meiner Überzeugung gewiß war. Dieses friedliche und achtungsvolle Ausscheiden in Glaubenssachen zwischen Vater und Sohn feierte ich nun in dem Kirchenstuhle, indem ich mir den Vater noch lebend vorstellte und ein geistiges Gespräch mit ihm führte, und als die Gemeinde sein ehemaliges Lieblings- und Weihnachtslied: »Dies ist der Tag, den Gott gemacht!« anstimmte, sang ich es für meinen Vater laut und froh mit, obgleich ich Mühe hatte, den richtigen Ton zu halten; denn rechts stand ein alter Kupferschmied, links ein gebrechlicher Chorherr, welche mich mit den wunderbarsten Variationen von der rechten Bahn zu locken suchten und dies umso lauter und kühner, je standhafter ich blieb.

Dann hörte ich aufmerksam auf die Predigt, kritisierte sie und fand sie gar nicht übel; je näher das Ende rückte und mir die Freiheit winkte, desto trefflicher fand ich die Predigt, und ich nannte in meinem Herzen den Pfarrer einen wackeren Mann. Meine Stimmung ward immer heiterer, endlich wurde das Nachtmahl genommen; aufmerksam verfolgte ich die Zurüstungen und beobachtete alles sehr genau, um es nicht zu vergessen; denn ich gedachte nicht mehr dabei zu erscheinen. Das Brot besteht aus weißen Blättern von der Größe und Dicke einer Karte und sieht feinem glänzendem Papiere ähnlich. Der Küster backt es und die Kinder kaufen sich bei ihm die Abfälle als einen unschuldigen Leckerbissen, und ich selbst hatte mir manchmal eine Mütze voll erworben und mich gewundert, daß man eigentlich doch nichts daran äße. Zahlreiche Kirchendiener bieten es aus, den Reihen entlang, worauf die Andächtigen eine Ecke davon brechen und die Blätter weitergeben, während andere Beamtete den Wein in hölzernen Bechern nachfolgen lassen. Manche Leute, besonders die Frauen und Mädchen, behalten gern ein Blättchen zurück, um es andächtig in ihr Gesangbuch zu legen. Auf ein solches, das ich im Buche einer meiner Basen gefunden, hatte ich einst ein Osterlämmchen gemalt mit einem Amor, der darauf reitet, und bei der Entdeckung ein strenges Verhör nebst Verweis zu bestehen gehabt; als ich jetzt mehrere solcher Blätter in der Hand hielt, erinnerte ich mich daran und mußte lächeln; auch gelüstete es mich einen Augenblick lang, eins zurückzubehalten, um irgend ein lustiges Erinnerungszeichen an meinen Abschied von der Kirche darauf zu malen. Aber ich besann mich, daß ich in dem väterlichen Stuhle stand, und gab das Brot weiter, nachdem ich eine Ecke davon in den Mund gesteckt zum andächtigen, aber allerletzten Abschiede von der Kinderzeit und der Kinderspeise, die ich beim Küster gekauft hatte. Als ich den Becher in der Hand hielt, blickte ich fest in den Wein, ehe ich trank; aber es rührte mich nicht, ich nahm einen Schluck, gab die Schale weiter und indem ich, mit den Gedanken schon weit auf dem Wege nach Hause, den Wein hinabschluckte, drehte ich ungeduldig mein Sammetbarett in der Hand und mochte kaum das Ende des Gottesdienstes abwarten, da es mich anfing, gewaltig an den Füßen zu frieren, und das Stillstehen sehr schwierig wurde.

Als die Kirchentüren geöffnet wurden, drängte ich mich geschmeidig durch die vielen Leute, ohne die Freude meiner Freiheit sichtbar werden zu lassen und ohne jemanden anzustoßen, und war bei aller Gelassenheit doch der erste, der sich in einiger Entfernung von der Kirche befand. Dort erwartete ich meine Mutter, welche sich endlich in ihrem schwarzen Gewande demütig aus der Menge hervorspann, und ging mit ihr nach Hause, gänzlich unbekümmert um meine Genossenschaft des geistlichen Unterrichts. Es war kein einziger darunter, mit welchem ich in näherer Berührung stand, und viele derselben sind mir bis jetzt noch gar nicht wieder begegnet. In unserer warmen Stube angekommen, warf ich vergnügt mein Gesangbuch hin, indessen die Mutter nach dem Essen sah, welches sie am Morgen in den Ofen gesetzt hatte. Es sollte heute so reichlich und festlich sein, wie unser Tisch seit den Tagen des Vaters nie mehr gesehen hatte, und eine arme Witwe war dazu eingeladen, welche der Mutter manche kleine Dienste leistete und sich jetzt pünktlich einfand. Am Weihnachtstage wird immer das erste Sauerkraut genossen, und so wurde es auch hier aufgestellt mit schmackhaften Schweinsrippchen. Die Beurteilung desselben gab den Frauen einen guten Anfang zum Gespräche. Die Witwe war von ebenso gutmütiger als polternder Gemütsart; als hierauf eine Pastete kam, schlug sie die Hände über dem Kopfe zusammen und versicherte, sie esse gewiß nichts davon, es wäre schade dafür. Den Schluß machte ein gebratener Hase, den der Oheim gesendet hatte. Diesen, ermahnte die Frau, sollten wir unangetastet lassen und auf den zweiten Feiertag versparen, es sei nun schon mehr als genug; trotzdem aßen wir alle mit trefflichem Appetit und saßen lange bei Tisch, aufs beste unterhalten von der armen Frau, welche die Tischreden mit der Erzählung ihres Schicksales durchflocht und die Schleusen ihres Herzens weit öffnete. Sie hatte vor langer Zeit einmal ein Jahr lang einen nichtsnutzigen Mann gehabt, der in alle Welt gegangen mit Hinterlassung eines Sohnes, welchen sie mit großer Not so weit gebracht, daß er als Geselle bei Dorfschneidern sich kümmerlich umhertreiben konnte, während sie in der Stadt ihr Brot mit Wassertragen, Waschen und solchen Dingen verdienen mußte. Schon die Beschreibung ihres Mannes, des Lumpenhundes, wie sie ihn nannte, machte uns höchlich lachen, doch noch mehr das Verhältnis, in welchem sie zu ihrem Sohne stand. Während sie ihn als eine Frucht des Lumpenhundes mit der größten Verachtung bezeichnete, war derselbe doch der einzige Gegenstand ihrer Liebe und ihrer Sorge, so daß sie fortwährend von ihm sprach. Sie gab ihm alles, was sie irgend konnte, und gerade die Kleinheit dieser Gaben, die für sie so viel waren, mußte uns rühren und zugleich zum Lachen reizen, wenn sie die »Opfer«, welche sie fortwährend bringe, mit gutmütiger Prahlerei aufzählte. Letzte Ostern, erzählte sie, habe er ein rot und gelbes Kattunfoulard von ihr erhalten, auf Pfingsten ein Paar Schuh, und zu Neujahr hätte sie ihm ein Paar wollene Strümpfe und eine Pelzkappe bereit, dem miserablen Kerl, dem Knirps, dem Milchsuppengesicht! Seit drei Jahren hätte er an zwei Louisd'or nach und nach von ihr empfangen, der Seuberling, die elende Krautstorze. Aber für alles müsse er ihr eine Bescheinigung zustellen, denn so wahr sie lebe, müsse ihr Mann, der Landstreicher, ihr jeden Liard ersetzen, wenn er sich nur einmal sehen ließe. Die Bescheinigungen ihres Sohnes, des Stuhlbeines, seien sehr schön, denn derselbe könne besser schreiben als der eidgenössische Staatskanzler, auch blase er die Klarinette gleich einer Nachtigall, daß man weinen müsse, wenn man ihm zuhöre. Allein er sei ein ganz miserabler Bursche, denn nichts gedeihe bei ihm, und so viel Speck und Kartoffeln er auch verschlinge, wenn er mit seinem Meister bei den Bauern auf Kundschaft gehe, nichts helfe es und er bleibe mager, grün und bleich, wie eine Rübe. Einmal habe er die Idee gehabt zu heiraten, da er nun doch dreißig Jahr alt sei. Da sie aber nun gerade ein Paar Strümpfe für ihn fertig gehabt, habe sie selbige unter den Arm genommen, auch eine Wurst gekauft und sei auf das Dorf hinaus gerannt, um ihm die saubere Idee auszutreiben. Bis er die Wurst fertig gegessen, habe er sich auch endlich in sein Schicksal ergeben, und nachher habe er noch auf das schönste die Klarinette geblasen. Er könne nähen wie der Teufel, sowie auch sein Vater nicht auf den Kopf gefallen sei und die besten Garnhäspel zu machen verstehe weit und breit; allein es wäre einmal ein böses Blut in diesen verteufelten Burschen und daher müsse der junge Seuberling im Zaume gehalten und mit dem Heiraten vorsichtig verfahren werden. Sie lobte das Essen unaufhörlich und pries jeden Bissen mit den überschwenglichsten Worten, nur bedauernd, daß sie ihrem Galgenstrick nichts davon geben könne, obschon er es nicht verdiene. Dazwischen brachte sie die Geschichte von drei oder vier Meisterfamilien an, bei denen ihr Söhnchen gearbeitet, die unschuldigen Zerwürfnisse mit denselben und lustige Vorfälle, welche sich in den Dörfern ereignet, wo Meister und Geselle geschneidert hatten, so daß die Schicksale einer großen Menge unser Mahl würzten, ohne daß diese etwas davon ahnte. Nach dem Essen nahm die Frau, durch ein paar Gläser Wein lustig geworden, meine Flöte und suchte darauf zu blasen, gab sie dann mir und bat mich, einen Tanz aufzuspielen. Als ich dies tat, faßte sie ihre Sonntagsschürze und tanzte einmal zierlich durch die Stube herum, wir kamen aus dem Lachen nicht heraus und waren alle höchst zufrieden. Sie sagte, seit ihrer Hochzeit habe sie nicht mehr getanzt, es sei doch der schönste Tag ihres Lebens, wenn schon der Hochzeiter ein Lumpenhund gewesen; und am Ende müsse sie dankbar bekennen, daß der liebe Gott es immer gut mit ihr gemeint und für ihr Brot gesorgt, auch ihr noch jederzeit eine fröhliche Stunde gegönnt habe; so hätte sie noch gestern nicht gedacht, daß sie einen so vergnügten Weihnachtstag erleben würde. Dadurch wurden die beiden Frauen veranlaßt, ernsthaftere und zufriedene Betrachtungen anzustellen, indessen ich Gelegenheit hatte, einen Blick in das Leben einer Witwe zu werfen, welche aus ihrem Sohne einen Mann machen möchte und hierzu nichts tun kann als demselben Strümpfe stricken. Auch mußte ich gestehen, daß meine Lebensverhältnisse, welche mir oft arm und verlassen schienen, wahrhaftes Gold waren im Vergleich zu der dürftigen Verlassenheit und Getrenntheit, in welcher die Witwe und ihr armer magerer Sohn lebten und die mir wie schlechtes Blei vorkamen.

ACHTES KAPITEL

II, 13 Einige Wochen nach Neujahr, als ich eben den Frühling herbeiwünschte, erhielt ich vom Dorfe aus die Kunde, daß mehrere Ortschaften jener Gegend sich verbunden hätten, dieses Jahr zusammen die Fastnachtsbelustigungen durch eine großartige dramatische Schaustellung zu verherrlichen. Die ehemalige katholische Faschingslust hat sich nämlich als allgemeine Frühlingsfeier bei uns erhalten, und seit einer Reihe von Jahren haben sich die derben Volksmummereien nach und nach in vaterländische Aufführungen unter freiem Himmel verwandelt, an welchen erst nur die reifere Jugend, dann aber auch fröhliche Männer teilnahmen; bald wurde eine Schweizerschlacht dargestellt, bald eine Handlung aus dem Leben berühmter Schweizerhelden, und nach dem Maßstabe der Bildung und des Wohlstandes einer Gegend wurden solche Aufzüge mit mehr oder weniger Ernst und Aufwand vorbereitet und ausgeführt. Einige Ortschaften waren schon berühmt und jedesmal stark besucht durch dieselben, andere suchten es zu werden. Mein Heimatdorf war nebst ein paar anderen Dörfern von einem benachbarten Marktflecken eingeladen worden zu einer großen Darstellung des Wilhelm Tell, und infolgedessen war ich wieder durch meine Verwandten aufgefordert worden, hinauszukommen und an den Vorbereitungen teilzunehmen, da man mir manche Einsicht und Fertigkeit besonders als Maler zutraute, umso mehr, als unser Dorf in einer fast ausschließlichen Bauerngegend lag und in solchen Dingen wenig Gewandtheit besaß. Ich war vollständig Herr meiner Zeit, auch war eine Unterbrechung zu solchem Zwecke zu sehr im Geiste meines Vaters, als daß die Mutter dagegen Bedenken erhoben hätte; also ließ ich es mir nicht zweimal sagen und ging jede Woche für einige Tage hinaus, wobei mir schon das stete Wandern zu dieser Jahreszeit, manchmal durch die schneebedeckten Felder und Wälder, die größte Freude machte. Ich sah nun das Land auch im Winter, die Winterbeschäftigungen und Winterfreuden der Landleute und wie dieselben dem erwachenden Frühling entgegengehen.

Man legte der Aufführung Schillers Tell zu Grunde, welcher in einer Volksschulausgabe vielfach vorhanden war und welchem nur die Liebesepisode zwischen Berta von Brunneck und Ulrich von Rudenz fehlte. Das Buch ist den Leuten sehr geläufig, denn es drückt auf eine wunderbar richtige Weise die schweizerische Gesinnung aus, und besonders der Charakter des Tell entspricht ganz der Wahrheit und dem Leben, und wenn Börne darin nur ein selbstsüchtiges und philiströses Ungeheuer finden konnte, so scheint mir dies ein Beweis zu sein, wie wenig die krankhafte Empfindsamkeit der Unterdrückten geeignet ist, die Art und Weise unabhängiger Männer zu begreifen. Weitaus der größere Teil der Teilnehmer sollte als Hirten,

Bauern, Fischer, Jäger das Volk darstellen und in seiner Masse von Schauplatz zu Schauplatz ziehen, wo die Handlung vor sich ging, getragen durch solche, welche sich zu einem kühnen Auftreten für berufen hielten; in den Reihen des Volks nahmen auch junge Mädchen teil, sich höchstens in den gemeinschaftlichen Gesängen äußernd, während die handelnden Frauenrollen blühenden Jünglingen übertragen waren. Es sollte nur vorgeführt werden, was wirklich geschichtlich ist, mit Weglassung aller Vorbereitungen und dramatischen Zwischenspiele, das Geschichtliche aber mit dem Schillerschen Personal und Dialog, außerdem aber auch seine poetische Färbung über dem Ganzen walten. Der Schauplatz der eigentlichen Handlung war auf alle Ortschaften verteilt, je nach ihrer Eigentümlichkeit, so daß dadurch ein festliches Hin- und Herwogen der kostümierten Menge und der Zuschauermassen bedingt wurde.

Ich erwies mich als brauchbar bei den Vorbereitungen und wurde mit manchen Geschäften betraut, welche in der Stadt zu besorgen waren. Ich stöberte alle Magazine durch, wo sich etwa Flitter- und Maskenwerk vorfinden mochte und suchte das Tauglichste vorzuschlagen, besonders da andere Beauftragte geneigt waren, zuerst nach dem Grellen und Auffallenden zu greifen. Ja ich kam sogar mit den Beamten der Republik in Berührung und fand Gelegenheit, mich als einen tapferen Vertreter meiner Landesgegend zu zeigen, da mir die Auswahl und Übernahme der alten Waffen übergeben wurde, welche die Regierung unter der Bedingung treuer Sorgfalt bewilligte. Weil aber gerade diesmal mehrere ähnliche Feste stattfanden, so mußten beinahe alle Vorräte geräumt werden, und nur die wertvollsten Trophäen, an welche sich bestimmte Erinnerungen knüpften, blieben zurück. Überdies stritten sich die Abgeordneten der Gemeinden um die Waffen, alle wollten dasselbe haben, obschon es nicht für alle sich schickte; eine Anzahl großer Schlachtschwerter und Morgensterne, welche ich für meine Eidgenossen ausgesucht, wollte mir von einem Gegner durchaus abgerungen werden, ungeachtet ich ihm vorstellte, daß er für den Schwabenkrieg, aus welchem seine Leute eine Schlacht spielen wollten, ganz anderer Gegenstände bedürfe. Ich berief mich endlich auf den Zeugwart, welcher mir Recht gab, und der ansehnliche starke Wirt aus den Dörfern, welcher hinter mir stand, um die Sachen wegzuführen, triumphierte und respektierte mich freundlich. Allein die Gegner hielten mich nun für einen gefährlichen Burschen, der das Beste vorwegnähme, und gingen mir auf Schritt und Tritt nach in dem alten Zeughause, gerade das ausersehend, was ich ins Auge faßte, so daß ich nur mit der äußersten Beharrlichkeit noch einen Wagen voll Eisenhüte und Hellebarden für meine reisigen Tyrannenknechte zur Seite brachte. So kam ich mir sehr wichtig vor, als ich mit den Aufsehern das Verzeichnis der verabfolgten Sachen feststellte, obgleich der Wirt der eigentliche Gewährsmann war und dasselbe unterschrieb.

Dann hatte ich wieder auf dem Lande vollauf zu tun und begab mich mit einigen Paketen Farbstoff und mächtigen Pinseln hinaus, um ein schönes neues Bauernhaus an der Straße noch völlig in Stauffachers Wohnung umzuwandeln mittelst bunter Zieraten und Sprüche; denn nicht nur sollte da die Unterredung zwischen Stauffacher und seinem Weibe stattfinden, sondern der Zwingherr vorher selbst heranreiten und seine böse Harangue loslassen.

Im Hause des Oheims war ich ein eigentliches Faktotum und eifrig bestrebt, die Kleidung der Söhne so historisch als möglich zu machen und die Töchter, welche sich sehr modern aufputzen wollten, von solchem Beginnen abzuhalten. Mit Ausnahme der Braut wollten sich alle Kinder des Oheims beteiligen und sie suchten auch Anna zu überreden, welche überdies von dem leitenden Ausschusse dringend eingeladen war. Allein sie wollte sich durchaus nicht dazu verstehen, ich glaube nicht nur aus Zaghaftigkeit, sondern auch ein wenig aus Stolz, bis der Schulmeister, für diese Veredlung der alten roheren Spiele durchaus begeistert, sie entschieden aufforderte, auch das ihrige beizutragen. Nun war aber die große Frage, was sie vorstellen sollte; ihre Feinheit und Bildung sollte dem Feste zur Zierde gereichen, während doch alle hervorragenden Frauenrollen jungen Männern zuteil geworden. Ich hatte mir aber längst etwas für sie ausgedacht und überzeugte bald meine Basen und den Schulmeister von der Trefflichkeit meines Vorschlages. Obgleich die Rolle der Berta von Brunneck gänzlich wegfiel, so konnte sie doch als stumme Person das ritterliche Gefolge Geßlers verherrlichen. Dieses war sonst vom Volkshumor ziemlich schofel und wild, und besonders der Tyrann sehr fratzenhaft und lächerlich dargestellt worden; dagegen hatte ich nun durchgesetzt, daß der Aufzug des Landvogts recht glänzend und herrisch sein müsse, weil der Sieg über einen elenden Widersacher nichts Absonderliches sei. Ich selbst hatte den Rudenz übernommen, auch sein Verhältnis zum Attinghausen fiel weg, und erst am Schlusse hatte er zum Volke überzugehen, so daß mir viel Freiheit und Zeit zu mancher Aushilfe und vor allem wenig zu sprechen blieb. Einer der Vettern machte Rudolf den Harras und Anna konnte also sich im Schutze von zwei Verwandten befinden. Zufällig war die Originalausgabe von Schiller gar nicht bekannt im Hause, und selbst der Schulmeister las diesen Dichter nicht, weil seine Bildung nach anderen Seiten hin strebte; also ahnte kein Mensch die Beziehungen, welche ich in meinen Plan legte, und Anna ging arglos in die ihr gestellte Falle. Das Schwerste war, sie zum Reiten zu bringen; ein kugelrunder gemütlicher Schimmel stand im Stalle meines Oheims, welcher nie jemandem ein Haar gekrümmt hatte und auf welchem der Oheim über Land zu reiten pflegte. Auf dem Boden befand sich ein vergessener Damensattel aus der alten Zeit; dieser wurde mit rotem Plüsch neu bezogen, welchen man einem ehrwürdigen Lehnstuhle entnahm, und als Anna zum ersten Mal sich darauf setzte, ging es ganz trefflich, besonders da der reitkundige Nachbar Müller einige Anleitung gab, und Anna fand zuletzt großes Vergnügen an dem guten Schimmel. Eine mächtige hellgrüne Damastgardine, welche einst ein Himmelbett umgeben hatte, wurde zerschnitten und in ein Reitkleid umgewandelt; auch besaß der Schulmeister als ein altes Erbstück eine Krone von silbernem Flechtwerke, wie sie ehemals die Bräute getragen; Annas goldglänzendes Haar wurde nur zunächst der Schläfe zierlich geflochten, unterhalb aber in seiner ganzen Länge frei ausgebreitet und dann die Krone aufgesetzt, auch ein breites goldenes Halsband umgetan, auf meinen Rat einige Ringe über die weißen Handschuhe gesteckt, und als sie zum ersten Mal diesen ganzen Anzug probierte, sah sie nicht nur aus wie ein Ritterfräulein, sondern wie eine Feenkönigin, und das ganze Haus war in ihrem lieblichen Anblick verloren. Aber jetzt weigerte sie sich aufs neue, an dem Spiele teilzunehmen, weil sie sich selber so fremd vorkam, und wenn nicht die ganze Bevölkerung in ihren ehrbarsten Familien bei der Sache gewesen wäre, so hätte man sie nicht dazu gebracht. Unterdessen hatte ich nicht geruht und mit meinen Herren Vettern ein wenig ins

Sattlerhandwerk gepfuscht, indem wir die nicht sehr sauberen Zügelriemen des Oheims mit rotem Seidenzeuge umnähten, welches wir von einem Juden billig gekauft; denn Annas Hände sollten das alte Lederwerk nicht unmittelbar berühren.

Meinen eigenen Anzug hatte ich längst in Ordnung gebracht und denselben grün und jägermäßig gewählt, da dadurch eine größere Einfachheit möglich war für meine geringen Mittel. Doch war er noch erträglich getreu, eine große zimmetfarbene Decke, ohne Beschädigung in einen faltenreichen Mantel umgewandelt, verhüllte die Unvollkommenheiten; auf dem Rücken trug ich eine Armbrust und auf dem Kopfe einen grauen Filz. Allein da der Mensch immer eine schwache Seite haben muß, so schnallte ich den langen Toledodegen um aus der Dachkammer; ich hatte alle anderen zu historischer Treue ermahnt, hatte zeitgemäße Waffen in Menge selbst aus dem Zeughause geholt und doch wählte ich diesen spanischen Bratspieß, ohne daß ich mir heute klar machen kann, was ich mir dabei dachte!

Der wichtige und ersehnte Tag brach an mit dem allerschönsten Morgen; der Himmel war ganz wolkenlos, es war in diesem Hornung schon so warm, daß die Bäume anfingen auszuschlagen und die Wiesen grünten. Mit Sonnenaufgang, als eben der Schimmel an dem funkelnden Flüßchen stand und gewaschen wurde, tönten Alpenhörner und Herdengeläute durch das Dorf herab und ein Zug von mehr als hundert prächtigen Kühen, bekränzt und mit Schellen versehen, kam heran, begleitet von einer großen Menge junger Bursche und Mädchen, um das Tal hinauf zu ziehen in die anderen Dörfer und so eine Bergfahrt vorzustellen. Die Leute hatten nur ihre altherkömmliche Sonntagstracht anzuziehen gebraucht, mit Ausschluß aller eingedrungenen Neuheiten und Hinzufügung einiger Prachtstücke ihrer Eltern und Großeltern, um ganz festlich und malerisch auszusehen, und der stärkste Anachronismus waren die kurzen Pfeifen, welche die Bursche unbekümmert im Munde trugen. Die frischen Hemdärmel der Jünglinge und Mädchen, ihre roten Westen und blumigen Mieder leuchteten weithin in frohem Gewimmel, und als sie vor unserem Hause und der benachbarten Mühle anhielten und unter den Bäumen plötzlich das bunteste Gewühl entstand, von Gesang, Jauchzen und Gelächter begleitet, als sie mit lautem Grüßen einen

Frühtrunk verlangten, da fuhren wir vom reichlichen Frühstück, um welches wir, mit Ausnahme Annas, schon angekleidet versammelt waren, lustig auf, und die Freude überraschte uns in ihrer Wirklichkeit viel gewaltiger und feuriger, als wir bei aller Erwartung darauf gefaßt waren. Schnell begaben wir uns mit den bereitgehaltenen Weingefäßen und einer Menge Gläser in das Gewimmel, der Oheim und seine Frau mit großen Körben voll ländlichen Backwerkes. Dieser erste Jubel, weit entfernt eine frühe Erschöpfung zu bedeuten, war nur der sichere Vorbote eines langen Freudentages und noch herrlicherer Dinge. Die Muhme prüfte und pries das schöne Vieh, streichelte und kraute berühmte Kühe, welche ihr wohlbekannt waren, und machte tausend Späße mit dem jungen Volke; der Oheim schenkte unaufhörlich ein, seine Töchter boten die Gläser herum und suchten die Mädchen zum Trinken zu überreden, während sie wohl wußten, daß ihr ehrsames Geschlecht am frühen Morgen keinen Wein trinkt. Desto munterer sprachen die Hirtinnen den schmackhaften Kuchen zu und versorgten mit denselben die vielen Kinder, welche nebst ihren Ziegen den Zug vergrößerten. In der Mitte des Gedränges stießen wir auf die Müllersleute, welche den Feind von der anderen Seite her angegriffen hatten, angeführt vom jungen Müller, der als geharnischter Reiter schwer einherklirrte und sein verjährtes Eisengewand andächtig verehren und betasten ließ. Auf einmal zeigte sich Anna, schüchtern und verschämt; doch ihre Zaghaftigkeit ward von der Gewalt der allgemeinen Freude sogleich vernichtet und sie war in einem Augenblicke wie umgewandelt. Sie lächelte sicher und wohlgemut, ihre Silberkrone blitzte in der Sonne, ihr Haar wehte und flatterte schön im Morgenwind und sie ging so anmutig und sicher in ihrem aufgeschürzten Reitkleide, das sie mit den ringgeschmückten Händen hielt, als ob sie ihr Lebenlang ein solches getragen hätte. Sie mußte überall herumgehen und wurde mit staunender Bewunderung begrüßt. Endlich aber bewegte sich der Zug weiter und mit seinem Aufbruche teilte sich auch unser Hausstand. Die zwei jüngeren Basen und zwei ihrer Brüder schlossen sich demselben an, die verlobte Schwester und der Schulmeister setzten sich in ein leichtes Fuhrwerk, um als Zuschauer ihren eigenen Weg zu fahren und uns gelegentlich zu treffen, auch um Anna aufzunehmen, im Falle ihr die Sache nicht zusagen würde. Der Oheim und die Frau blieben zu Hause, um andere Herumschwärmer zu bewirten und abwechselnd etwa sich in der Nähe umzusehen. Anna, Rudolf der Harras und ich aber setzten uns nun zu Pferde, eskortiert von dem klirrenden Müller. Dieser hatte für mich unter seinen Pferden einen ehrlichen Braunen ausgesucht und über den Sattel zu mehrerer Sicherheit einen Schafpelz geschnallt. Doch kümmerte ich mich im mindesten nicht um die Reitkunst, und da auch kein Mensch sich um dergleichen bekümmerte, so schwang ich mich ganz unbefangen auf den Braunen und tummelte denselben mit einer Keckheit herum, die ich jetzt gar nicht mehr begreife. Auf dem Lande kann jedermann reiten, der von einem dressierten Pferde herunterfallen würde. So ritten wir stattlich das Dorf hinauf und gaben nun selbst ein Schauspiel für die Leute, welche zurückblieben, und für eine Menge Kinder, welche uns nachliefen, bis eine andere Gruppe ihre Aufmerksamkeit erregte. Vor dem Dorfe sahen wir es bunt und schimmernd von allen Seiten her sich bewegen, und als wir eine Viertelstunde weit geritten waren, kamen wir an eine Schenke an einer Kreuzstraße, vor welcher die sechs barmherzigen Brüder saßen, welche den Geßler wegtragen sollten. Dies waren die lustigsten Bursche der Umgegend, hatten sich unter den Kutten ungeheure Bäuche gemacht und schreckliche Bärte von Werg umgebunden, auch die Nasen rot gefärbt; sie gedachten den ganzen Tag sich auf eigene Faust herumzutreiben und spielten gegenwärtig Karten mit großem Halloh, wobei sie andere Spielkarten aus den Kapuzen zogen und statt der Heiligen an die Leute austeilten. Auch führten sie große Proviantsäcke mit sich und schienen schon ziemlich angeglüht, so daß wir für die Feierlichkeit ihrer Verrichtung bei Geßlers Tod etwas besorgt wurden. Im nächsten Dorf sahen wir den Arnold von Melchthal ruhig einem Stadtmetzger einen Ochsen verkaufen, wozu er schon seine alte Tracht trug; dann kam ein Zug mit Trommel und Pfeife und mit dem Hut auf der Stange, um in der Umgegend das höhnische Gesetz zu verkünden. Denn dies war das Schönste bei dem Feste, daß man sich nicht an die theatralische Einschränkung hielt, daß man es nicht auf Überraschung absah, sondern sich frei herum bewegte und wie aus der Wirklichkeit heraus und wie von selbst an den Orten zusammentraf, wo die Handlung vor sich ging. Hundert kleine Schauspiele ent-

standen dazwischen und überall gab es was zu sehen und zu lachen,
während doch bei den wichtigen Vorgängen die ganze Menge an-
dächtig und gesammelt zusammentraf. Schon war unser Zug ansehn-
lich gewachsen, um mehrere Berittene und auch durch Fußvolk ver-
stärkt, welche alle zu dem Ritterzuge gehörten; wir kamen an eine
neue Brücke, die über einen großen Fluß führt; von der anderen Seite
näherte sich ein großer Teil der Bergfahrt, um das Vieh nach Hause zu
bringen und nachher wieder als Volk zu erscheinen. Nun war ein
knauseriger Zolleinnehmer auf der Brücke, welcher durchaus von
Kühen und Pferden den Zoll erheben wollte, gemäß dem Gesetze;
er hatte den Schlagbaum heruntergelassen und ließ sich durchaus nicht
bereden, diesmal von seiner Forderung abzustehen, indem man jetzt
nicht eingerichtet und aufgelegt sei, diese Umständlichkeiten zu be-
folgen. Es entstand ein großes Gedränge, ohne daß man jedoch wagte,
II, 14 mit Gewalt durchzukommen. Da erschien unversehens der Tell, wel-
cher mit seinem Knaben einsam seines Weges ging. Es war ein be-
rühmter fester Wirt und Schütze, ein angesehener und zuverlässiger
Mann von etwa vierzig Jahren, auf welchen die Wahl zum Tell un-
willkürlich und einstimmig gefallen war. Er hatte sich in die Tracht
gekleidet, in welcher sich das Volk die alten Schweizer ein für allemal
vorstellt, rot und weiß mit vielen Puffen und Litzen, rot und weiße
Federn auf dem eingekerbten rot und weißen Hütchen. Überdies trug
er noch eine seidene Schärpe über der Brust, und wenn dies alles nichts
weniger als dem einfachen Waidmann angemessen war, so zeigte doch
der Ernst des Mannes, wie sehr er das Bild des Helden in seinem Sinn
durch diesen Pomp ehrte; denn in diesem Sinne war der Tell nicht
nur ein schlichter Jäger, sondern auch ein politischer Schutzpatron
und Heiliger, der nur in den Farben des Landes, in Sammet und
Seide, mit wallenden Federn denkbar war. Der Schnitt seines Kleides
war aus dem sechzehnten Jahrhundert, so wie er überhaupt als alte
Schweizertracht noch bei dem Volke gilt und aus den letzten großen
Heldentagen der Schweizer herrührt. Sie pflegten sich mit einer Last
von Federn zu schmücken und sonst großen Aufwand zu treiben aus
Beute und fremdem Gold und gingen so in den Tod für fremde Her-
ren. Aber in seiner braven Einfalt ahnte unser Tell die Ironie seines
prächtigen Anzuges nicht; er trat mit seinem eigenen Knaben, der

wie eine Art Genius aufgeputzt war, besonnen auf die Brücke und fragte nach der Verwirrung. Als man ihm die Gründe angab, setzte er dem Zöllner auseinander, daß er gar kein Recht habe, den Zoll zu erheben, indem sämtliche Tiere nicht aus der Ferne kämen oder dahin gingen, sondern als im gewöhnlichen Verkehr zu betrachten seien. Der Zollmann aber, erpicht auf die vielen Kreuzer, beharrte spitzfindig darauf, daß die Tiere in einem großen Zuge los und ledig auf der Straße getrieben würden und gar nicht vom Felde kämen, also er den Zoll zu fordern berechtigt sei. Hierauf faßte der wackere Tell den Schlagbaum, drückte ihn wie eine leichte Feder in die Höhe und ließ alles durchpassieren, die Verantwortung auf sich nehmend. Die Bauern ermahnte er, sich zeitig wieder einzufinden, um seinen Taten zuzusehen, uns Rittersleute aber grüßte er kalt und stolz und er schien uns auf unseren Pferden für wirkliches Tyrannengesindel anzusehen, so sehr war er in seine Würde vertieft.

Endlich gelangten wir in den Marktflecken, welcher für heute unser Altorf war. Als wir durch das alte Tor ritten, fanden wir das winzige Städtchen, welches nur *einen* mäßigen Platz bildete, schon ganz belebt, voll Musik, Fahnen und Tannenreiser an allen Häusern. Eben ritt Herr Geßler hinaus, um in der Umgegend einige Untaten zu begehen, und nahm den Müller und den Harras mit; ich stieg mit Anna vor dem Rathause ab, wo die übrigen Herrschaften versammelt waren, und begleitete sie in den Saal, wo sie von dem Ausschusse und den versammelten Gemeinderatsfrauen bewunderungsvoll begrüßt wurde. Ich war hier nur wenig bekannt und lebte nur in dem Glanze, welchen Anna auf mich warf. Jetzt kam auch der Schulmeister angefahren mit seiner Begleiterin; sie gesellten sich zu uns, nachdem das Gefährt notdürftig untergebracht, und erzählten, wie soeben auf der Landschaft dem jungen Melchthal die Ochsen vom Pfluge genommen, er flüchtig geworden und sein Vater gefangen worden sei, wie die Tyrannen überhaupt ihren Spuk trieben und vor dem Stauffacherschen Hause merkwürdige Szenen stattgefunden hätten vor vielen Zuschauern. Diese strömten auch bald zum Tore herein; denn obgleich nicht alle überall sein wollten, so begehrte doch die größere Zahl die ehrwürdigen und bedeutungsvollen Hauptbegebenheiten zu schauen und vor allem den Tellenschuß. Bereits sahen wir auch aus dem Fenster des Rathauses die Spießknechte mit der verhaßten Stange ankommen, dieselbe mitten auf dem Platze aufpflanzen und unter Trommelschlag das Gesetz verkünden. Der Platz wurde jetzt geräumt, das sämtliche Volk, mit und ohne Kostüm, an die Seiten verwiesen und vor allen Fenstern, auf Treppen, Galerien und Dächern wimmelte die Menge. Bei der Stange gingen die beiden Wachen auf und ab, jetzt kam der Tell mit seinem Knaben über den Platz gegangen, von rauschendem Beifall begrüßt; er hielt das Gespräch mit dem Kinde nicht, sondern wurde bald in den schlimmen Handel mit den Schergen verwickelt, dem das Volk mit gespannter Aufmerksamkeit zusah, indessen Anna und ich nebst anderm zwingherrlichen Gelichter uns zur Hintertür hinaus begaben und zu Pferde stiegen, da es Zeit war, uns mit dem Geßlerschen Jagdzuge zu vereinigen, der schon vor dem Tore hielt. Wir ritten nun unter Trompetenklang herein und fanden die Handlung in vollem Gange, den Tell in großen Nöten und das Volk in lebhafter Bewegung und nur zu geneigt, den Helden seinen Drängern zu entreißen. Doch als der Landvogt seine Rede begann, wurde es still. Die Rollen wurden nicht theatralisch und mit Gebärdenspiel gesprochen, sondern mehr wie die Reden in einer Volksversammlung, laut, eintönig und etwas singend, da es doch Verse waren; man konnte sie auf dem ganzen Platze vernehmen, und wenn jemand, eingeschüchtert, nicht verstanden wurde, so rief das Volk: »lauter, lauter!« und war höchst zufrieden, die Stelle noch einmal zu hören, ohne sich die Illusion stören zu lassen. So erging es auch mir, als ich einiges zu sprechen hatte; ich wurde aber glücklicherweise durch einen komischen Vorgang unterbrochen. Es trieben sich nämlich ein Dutzend Vermummte der alten Sorte herum, arme Teufel, welche weiße Hemden über ihre ärmlichen Kleider gezogen hatten, ganz mit bunten Läppchen besetzt, auf dem Kopfe trugen sie hohe kegelförmige Papiermützen, mit Fratzen bemalt, und vor dem Gesicht ein durchlöchertes Tuch. Dieser Anzug war sonst die allgemeine Vermummung gewesen zur Fastnachtszeit und in derselben allerlei Späße getrieben worden; er scheint von der löblichen Tracht herzurühren, in welcher einst die verurteilten Ketzer verhöhnt wurden und welche nachher in den Fastnachtsspielen sich erhielt. Die armen Kerle waren den neueren Spielen nicht grün, da sie in dieser seltsamen Maskierung sich Gaben zu sammeln gewohnt und daher für deren Erhaltung begeistert waren. Sie stellten gewissermaßen den Rückschritt und die Verkommenheit vor und tanzten jetzt wunderlich genug mit Pritschen und Besen umher. Besonders zwei derselben störten das Schauspiel, als ich eben reden sollte, indem sie einander am Rückteile des Hemdes herumzerrten, welches mit Senf bestrichen war. Jeder hielt eine Wurst in der Hand und rieb sie, indem er sie aß, an dem Hemde des andern, während sie fortwährend sich im Kreise herumdrehten, wie zwei Hunde, die einander nach dem Schwanze schnappen. Auf diese Weise tanzten sie zwischen Geßler und Tell vorbei und glaubten wunder was zu tun in ihrer Unwissenheit; auch erfolgte ein schallendes Gelächter, indem das Volk im ersten Augenblicke seinen alten Nücken nicht widerstehen konnte. Doch alsobald erfolgten auch derbe Püffe und Stöße mit Schwertknäufen und Partisanen, die erschrockenen Spaßmacher suchten sich unter die Zuschauer zu retten, wurden aber überall mit Gelächter zurückgestoßen, so daß sie längs der fröhlichen Reihen kein Unterkommen fanden und ängstlich umherirrten, mit zerzausten Mützen und furchtsam ihre Verhüllung an das Gesicht drükkend, damit sie nicht erkannt würden. Anna empfand Mitleiden mit ihnen und beauftragte Rudolf den Harras und mich, den mißhandelten Fratzen einen Ausweg zu verschaffen, und so wurde ich meiner Rede enthoben. Dies störte übrigens nicht, da man gar nicht die Worte zählte und manchmal sogar die Schillerschen Jamben mit eigenen Kraftausdrücken verzierte, so wie es die Bewegung eben mit sich brachte. Doch machte sich der Volkshumor im Schoße des Schauspieles selbst geltend, als es zum Schlusse kam. Hier war seit undenklichen Zeiten, wenn bei Aufzügen die Tat des Tell auf derbe Weise vorgeführt wurde, der Scherz üblich gewesen, daß der Knabe während des Hin- und Herredens den Apfel vom Kopfe nahm und zum großen Jubel des Volkes gemütlich verspeiste. Dies Vergnügen war auch hier wieder eingeschmuggelt worden, und als Geßler den Jungen grimmig anfuhr, was das zu bedeuten hätte, erwiderte dieser keck: Herr! Mein Vater ist ein so guter Schütz, daß er sich schämen würde, auf einen so großen Apfel zu schießen! Legt mir einen auf, der nicht größer ist als Euere Barmherzigkeit, und der Vater wird ihn umso besser treffen! Als der Tell schoß, schien es ihm fast leid zu tun, daß er nicht seine Kugelbüchse zur Hand hatte und nur einen blinden Theaterschuß absenden konnte. Doch zitterte er wirklich und unwillkürlich, indem er anlegte, so sehr war er von der Ehre durchdrungen, diese geheiligte Handlung darstellen zu dürfen. Und als er dem Tyrannen den zweiten Pfeil drohend unter die Augen hielt, während alles Volk in atemloser Beklemmung zusah, da zitterte seine Hand wieder mit dem Pfeile, er durchbohrte den Geßler mit den Augen und seine Stimme erhob sich einen Augenblick lang mit solcher Gewalt der Leidenschaft, daß Geßler erblaßte und ein Schrecken über den ganzen Markt fuhr. Dann verbreitete sich ein frohes Gemurmel, tief tönend, man schüttelte sich die Hände und sagte, der Wirt wäre ein ganzer Mann, und so lange wir solche hätten, tue es nicht not! Doch ward der wackere Mann einstweilen gefänglich abgeführt und die Menge strömte aus dem Tore nach verschiedenen Seiten, teils um anderen Szenen beizuwohnen, teils um sich sonst vergnüglich umher zu treiben. Viele blieben auch im Orte, um dem Klange der Geigen nachzugehen, welche da und dort sich hören ließen. Auf die Mittagsstunde machte sich aber alles bereit, auf dem Grütli einzutreffen, wo der Bund beschworen wurde, mit Weglassung der Schillerschen Stellen, die sich auf die Nacht bezogen. Eine schöne Wiese an dem breiten Strom, von ansteigendem Gehölz umschlossen, war dazu bestimmt, wie auch der Strom überhaupt den See ersetzen mußte und den Fischern und Schiffsleuten zum Schauplatz diente. Anna setzte sich zu ihrem Vater in das Gefährt, ich ritt neben her und so begaben wir uns gemächlich auf den Weg dahin, um als Zuschauer auszuruhen und ausruhend zu genießen. Auf dem Grütli ging es sehr ernst und feierlich her; während das bunte Volk auf den Abhängen unter den Bäumen umhersaß, tagten die Eidgenossen in der Tiefe. Man sah dort die eigentlichen wehrbaren Männer mit den großen Schwertern und Bärten, kräftige Jünglinge mit Morgensternen und die drei Führer in der Mitte. Alles begab sich auf das beste und mit vielem Bewußtsein, der Fluß wogte breit glänzend und zufrieden vorüber; nur tadelte der Schulmeister, daß die Jungen und die Alten bei der feierlichen Handlung keinen Augenblick die Pfeifen aus dem Munde täten und kaum Walter Fürst und Stauffacher die ihrigen beiseite getan hätten; Melchthal aber, der viel Geld mit dem Ochsenhandel verdiente, rauchte eine Zigarre und der Pfarrer Rösselmann schnupfte unaufhörlich. Das störte in der Tat aber niemand als den Schulmeister, welcher weder rauchte noch schnupfte.

Als der Schweizerbund unter donnerndem Zuruf des lebendigen Berges umher beschworen war, setzte sich die ganze Menge, Zuschauer und Spieler untereinander gemischt, in Bewegung; der größte Teil wogte wie eine Völkerwanderung nach dem Städtchen, wo ein einfaches Mahl bereitet und fast jedes Haus in eine Herberge umgewandelt war, sei es für Freunde und Bekannte, sei es für Fremde gegen einen billigen Zehrpfennig; denn so unbefangen, wie wir die Aufzüge des Stückes durcheinander geworfen, hielten wir auch für gut, sie durch eine Erholungsstunde zu unterbrechen, um nachher die gewaltsamen Schlußereignisse mit desto frischerem Mute herbeizuführen. Der eigentliche Festwirt hatte in Betracht des ungewöhnlich warmen Wetters rasch den Markt, oder besser gesagt, den ganzen und einzigen inneren Raum des Städtchens in einen Speisesaal umgeschaffen; lange Tischreihen waren errichtet und gedeckt für diejenigen der »Verkleideten« und sonstigen Ehrenpersonen, welche das gemeinsame Essen teilen wollten, die übrigen besetzten die Häuser und viele einzelne Tische, welche vor die Häuser gestellt waren. So gewann das Städtchen doch wieder das Ansehen einer einzigen Familie, aus allen Fenstern blickten die abgesonderten Gesellschaften auf die große Haupttafel, und diejenigen vor den Häusern sahen bald wie unregelmäßige Verzweigungen derselben aus. Den Stoff zu den lauten Gesprächen lieh die allgemeine Theaterkritik, die sich über alle Tische verbreitete und deren mündliche Artikel die Künstler selbst verfaßten. Diese Kritik befaßte sich weniger mit dem Inhalte des Dramas und mit der Darstellung desselben als mit dem romantischen Aussehen der Helden und mit der Vergleichung mit ihrem gewöhnlichen Behaben. Daraus entstanden hundertfache scherzhafte Beziehungen und Anspielungen, von denen kaum der Tell allein frei gehalten wurde; denn dieser schien unangreifbar. Aber der Tyrann Geßler geriet in ein solches Kreuzfeuer, daß er in der Hitze des Gefechtes einen kleinen Rausch trank und seinen blinden Ingrimm bald auf sehr natürliche Weise darzustellen imstande war. Die heitersten Scherze veranlaßten die jungen Leute, welche in Frauentracht an der Tafel saßen. Es waren drei oder vier Burschen wie Milch und Blut, mit Sorgfalt gekleidet, und benahmen sich sehr züchtig und zimpferlich; während sie verliebter und kecker Natur und angehende Don Juans waren, ließen sie sich nun von ihren Kameraden, den ländlichen Kavalieren, spröde den Hof machen und ahmten aufs beste die Art sittsamer Frauen nach. Die wirklichen Mädchen betrachteten aus der Entfernung ziemlich wohlgefällig ihre neuen Rivalinnen; doch wenn die verkleideten Schälke plötzlich sich unter sie mischten und ein mädchenhaft vertrauliches Wort flüstern wollten, fuhren sie schreiend auseinander. Aber dies alles belustigte mich nicht sehr, da ich mich genug um Anna zu kümmern hatte. Sie saß am Ehrentische zwischen ihrem Vater und dem Regierungsstatthalter, gegenüber dem Tell und seiner wirklichen anwesenden Ehefrau. Nachdem sie schon ihrer reizenden und vornehmen Erscheinung wegen die allgemeine Aufmerksamkeit erregt, machte sich nun auch der ehrbare Ruf ihres Vaters, ihre feine Erziehung und im Hintergrunde ihr artiges Erbe geltend; ich mußte zu meiner großen Bekümmernis sehen, wie der Platz, wo sie saß, von allerhand hoffnungsvollen Gesellen belagert wurde, ja wie alle vier Fakultäten sich bestrebten, dem gravitätischen Schulmeister zu Gefallen zu leben. Ein frisch patentierter junger Doktor spielte den Erfahrenen, ein Jurist machte Witze, ein Vikarius verdrehte die Augen und sprach von der Poesie wie eine Kuh von der Muskatnuß (um das Sprichwort zu gebrauchen), und ein rationeller Landwirt, der die Philosophie vertrat, zog alle Augenblicke eine große Schweinsblase hervor, welche wenigstens funfzig Gulden in allen Silbersorten enthielt, und suchte mit starkem Gerassel einige Kreuzer, um einen Aufwärter zu bezahlen. Doch alle waren stattliche blühende Bursche mit einer behaglichen Zukunft; ich war arm und hatte einen Beruf gewählt, der nicht nur mit ewiger Armut verbunden war nach meinen eigenen Begriffen und zu meinem stolzen Vergnügen, sondern überhaupt bei allen diesen Leuten nichts gelten konnte, während der Stand eines jeden der vier Hoffnungsvollen, selbst wenn diese arm waren, großes Ansehen bei dem Volke genoß, wie alles, was es nach seinen Begriffen für notwendig hält und vom Staate kontrolliert oder besoldet sieht. Ich entdeckte daher zum ersten Mal mit Schrecken, welch einer geschlossenen Macht ich gegenüberstand. Anna war gegen alle gleich freundlich, so unbefangen und offen, wie ich sie gar nie gesehen und am wenigsten gegen mich; aber obgleich mich gerade das hätte beruhigen sollen und ich überdies die ungewöhnlich edle Denkart des Schulmeisters kannte, so wurde es mir doch ganz heiß und ich beschuldigte sogleich die Weiber, daß sie unter dem Vorwande der Selbstverleugnung und des kindlichen Gehorsams es doch immer vorzögen, wenn auch unter heuchlerischen Tränen, sich unvermerkt dahin zu salvieren, wo guter Rat und Wohlstand wäre, und wenn sie eine Ausnahme machten, so geschähe das weniger aus Liebe als aus Eigensinn, welcher sich auch in Übertreibung und Ungebärdigkeit alsobald kundgebe! Doch kam mir kein Gedanke an einen besonderen Vorwurf gegen Anna, weil mir alles achtungswert und notwendig schien, was sie tat oder je tun würde, und ich entschuldigte sie sogar im voraus, wenn sie etwa in den Fall geraten sollte, nach dem Willen ihres Vaters einem Angesehenen und Reichen ihre Hand zu geben. Auch achtete ich diese ganze mächtige Volksschaft zu sehr und fühlte mich nur unbedeutend und unnütz in diesem Augenblicke. Betrübt erhob ich mich von meinem Sitze, wo ich zufällig zwischen zwei fremde Personen geraten war, und schlenderte um die Tische herum, meine Vettern und Basen aufsuchend, die sich im vollen Jubel befanden. Sie waren zu sehr mit ihrer Freude beschäftigt, als daß sie meinen Trübsinn hätten bemerken können, und ich war nahe daran, in das empfindsame Mitleid mit mir selbst, das ich in früheren Tagen gekannt, zu verfallen, als Margot, die Braut, welche in stiller Glückseligkeit neben dem Müller saß, mich heranwinkte, mit freudestrahlenden und doch teilnehmenden Augen fragte, warum ich mich so einsam und düster umhertreibe, mich mit ungewohnter Herzlichkeit beim Arme nahm und an ihrem Stuhle festhielt. Ich hätte sie aus Dankbarkeit umhalsen und küssen mögen, zumal sie mir so schön und liebenswürdig vorkam wie früher nie. Eine Braut zur Beschützerin zu haben, schien mir halb gewonnenes Spiel. Ich empfand sogleich eine warme und treue Freundschaft für sie, und auch sie schien froh zu sein, die dünne Scheidewand der bisherigen Ironie zwischen uns fallen zu lassen und einen ihrem künftigen Hause ergebenen Vetter aus mir zu machen. Sie unterhielt sich fortwährend und angelegentlich mit mir und veranlaßte den Müller, an dem vertraulichen Geplauder teilzunehmen. Das tat er denn auch mit freundschaftlicher Kraft, wir wurden herzlicher und offener gegeneinander, kurz, ich glaubte endlich zu meinem großen Troste zu entdecken, daß man mich achtete und wert hielt. Zutraulich bei diesem hübschen Paare stehend, sah ich nun ruhiger über die Versammlung hin und rückte endlich ein Stück weiter, um mich bei dem Schulmeister und seiner Tochter einzufinden. Trotz des Verkommnisses in der Gartenlaube war unser Verkehr nicht sehr fortgeschritten, wir wechselten kaum einige Worte, im übrigen blieben wir still und zufrieden in unserer gegenseitigen Nähe, und selbst heute hatten wir fast nichts unmittelbar zueinander gesprochen. Als ich mich nachlässig hinter Annas Stuhl lehnte, bot mir der Schulmeister, während er mit den Nachbaren sprach, leichthin das Glas, wie man einem Angehörigen tut, den man oft sieht; seine Tochter kehrte sich nicht einmal um und fuhr fort, ihre Verehrer anzuhören. Das schmeichelte mir nun wieder, vor einer Viertelstunde hätte es meine Betrübnis vermehrt; ich schlug die Arme übereinander und hörte gelassen dem Gespräche zu. In ihrem Wetteifer waren die vier jungen Herren ein wenig kühn und prahlerisch geworden; ihre Studentenbildung und die Sitten ihres ländlichen Herkommens gerieten wunderlich durcheinander, sie verloren ihren Takt gegenüber dem feinen Kinde, das sie wie eine Mücke zu fangen glaubten, sagten Dummheiten ohne alle Anmut, und als das Zeichen zum Aufbruch erklang, gaben sie Anna ihre Visitenkarten! Was das heißen sollte, wußte kein Mensch; einer hatte angefangen, die anderen wollten nicht zurückbleiben. Sie hatten diese Karten beim Abgange von der Universität machen lassen, wie sie es bei anderen gesehen, die Hälfte davon gegen diejenigen ihrer Freunde vertauscht, indem sie einander besuchten, wenn sie nicht zu Hause waren, die andere Hälfte war nun noch vorrätig, und obgleich hier zu Lande keine Visitenkarten abgegeben wurden, wenn die Leute nicht zu Hause waren, so trugen sie doch stets einige bei sich, wie die Habichte auf einen günstigen Zufall lauernd, wo sie eine derselben anbringen konnten. Jetzt hatten sie mit kühner Hand sich die Gelegenheit vom Zaun gebrochen und ohne weiteres die glänzenden Dinger hervorgeholt. Anna hielt sie anscheinend bewunderungsvoll in der Hand; auf einem stand Dr. med., auf dem andern Cand. jur., auf dem des Vikars V.D.M. Als Anna fragte, was letzteres bedeute, lag es mir auf der Zunge, zu sagen: Verdammter Mucker! Denn der arme junge Priester war zwar ein sogenannter freisinniger Theologe, hatte aber von der Universität eine bedenkliche ästhetische Muckerei heimgebracht. Er erklärte aber, es hieße Verbi divini Minister [Diener des göttlichen Wortes]. Nur der rationelle Landwirt besaß keine Karte; dafür zog er noch einmal seine Blase heraus, setzte sie klirrend auf den Tisch, grub einen Franken aus derselben hervor und warf denselben ohne alle Veranlassung einem Kinde hin. Ich bemerkte, daß dies von den Anwesenden sehr mißfällig angesehen wurde, und triumphierte nun vollkommen in meinem schadenfrohen Gemüte. Es kann mich aber vielleicht entschuldigen, daß alle Vier sechs bis sieben Jahre älter als ich und schon gereist waren; auch haben sie seither nach ihrem Wunsche achtbare und vermögliche Frauen bekommen und sind ebenso tüchtige als geachtete junge Männer mit Ausnahme des Verbi divini Minister, welcher einen schlimmen Handel bekam und außer Landes ging.

Auf einmal kehrte sich Anna um und bat mich, ihr die Karten aufzubewahren; sie bemerkte lächelnd, ich möchte ja recht Sorge tragen, und als ich sie einsteckte, war mir, als ob ich alle vier Helden in der Tasche trüge. Doch diese mochten auch bereits einsehen, daß sie einen unschicklichen und törichten Streich begangen, und verloren sich aus unserer Umgebung; denn als kluger Bauern ebenso kluge Söhnlein waren sie nur oberflächlich in solche Schnörkeleien hineingeraten und soeben durch Annas feines Wesen fälschlich zu deren Anwendung verlockt worden.

Während man nun von allen Seiten aufbrach, hatte sich in unserer II, 15
Nähe, wo der Statthalter, Wilhelm Tell, der Wirt, und andere Männer von Gewicht saßen, eine bedächtige Unterhaltung entsponnen. Es handelte sich um die Richtung einer neuen Straße erster Klasse, welche von der Hauptstadt her durch diese Gegend an die Grenze geführt werden sollte. Zwei verschiedene Pläne standen sich in bezug auf unser engeres Gebiet entgegen, welche mit gleichwiegenden Vorteilen und Schwierigkeiten verbunden waren; die eine Richtung ging über eine gedehnte Anhöhe, fast zusammenfallend mit einer älteren Straße zweiten Ranges, mußte aber im Zickzack geführt werden und stellte bedeutende Kosten in Aussicht; die andere ging mehr grad und

eben über den Fluß, allein hier war das anzukaufende Land teurer und überdies ein Brückenbau notwendig, so daß die Kosten also sich gleich kamen, während die Verkehrsverhältnisse die Wünschbarkeit ebenfalls ziemlich gleich verteilten. Aber an der älteren Straße auf der Anhöhe lag das Gasthaus des Tell, weit hinschauend und viel besucht von Geschäftsmännern und Fuhrleuten; durch die große Straße in der Niederung würde sich der Verkehr dort hingezogen haben und das alte berühmte Haus vereinsamt worden sein; daher sprach sich der wackere Tell, an der Spitze eines Anhanges anderer Bewohner der Anhöhe, energisch für die Notwendigkeit aus, daß die neue Straße über dieselbe gezogen werde. In der Tiefe hingegen hatte ein reicher Holzhändler, die Schiffahrt abwärts benutzend, seine weitläufigen Räume angelegt, dem nun die Straße zum Transport aufwärts unentbehrlich schien. Er war seit einer Reihe von Jahren, schon in der Restaurationszeit, Mitglied des Großen Rates und einer jener Männer, die weniger ideellen Stoff in eine gesetzgebende Behörde bringen als durch geschäftliche Sach- und Lokalkenntnis ebenso schlichte als unentbehrliche und darum stehende Erscheinungen in denselben und jeder herrschenden Partei von Nutzen sind. Er war radikal und stimmte in allen politischen Fragen im Sinne des Fortschrittes, aber ohne viel Umstände, indem er mehr durch sein Beispiel als durch Reden wirkte. Nur wenn eine Frage in den Geldbeutel eingriff, pflegte er die Debatte mit genauen Erörterungen und Bedenklichkeiten aufzuhalten; denn auch der Radikalismus war ihm ein Geschäft und er der Meinung, mit den äußersten Ersparnissen, die man den Kosten von sechs Unternehmungen abgezwackt, könne man eine siebente obendrein ermöglichen. Er wollte die Sache der Freiheit und Aufklärung nach der Weise eines klugen Fabrikanten betrieben wissen, welcher nicht darauf ausgeht, mit ungeheuren Kosten auf einmal ein kolossales Prachtgebäude herzustellen, in welchem er die Arbeiter zur Not beschäftigen könnte, sondern der es vorzieht, unscheinbare räucherige Gebäude, Werkstatt an Werkstatt, Schuppen an Schuppen zu reihen, wie es Bedürfnis und Gewinn erlauben, bald provisorisch, bald solid, nach und nach, aber immer rascher mit der Zeit, daß es raucht und dampft, pocht und hämmert an allen Ecken, während jeder Beschäftigte in dem lustigen Wirrsal seinen Griff und Tritt kennt. Deswegen eiferte er immer gegen die schönen großen Schulhäuser, gegen die erhöhten Besoldungen der Lehrer und dergleichen, weil ein Land, welches mit einer Menge bescheidener, aber mit allen Mitteln vollgepfropfter Schulstuben gespickt sei, in bequemer Nähe überall, wo ein Paar Kinder wohnen, und wo an allen Ecken und Enden tapfer und emsig gelernt würde in aller Unscheinbarkeit, erst die wahre Kultur aufzeige. Der gravitätische Aufwand, behauptete der Holzhändler, behindere nur die tüchtige Bewegung; nicht ein goldenes Schwert tue not, dessen mit Edelsteinen besetzter Griff die Hand geniere, sondern eine scharfe leichte Axt, deren hölzerner Stiel, vom rüstigen Gebrauche geglättet, der Hand vollkommen gerecht sei zur Verteidigung wie zur Arbeit, und die ehrwürdige Politur an einem solchen Axtstiele sei ein viel schönerer Glanz als Gold und Steine jenes Schwertgriffes darböten. Ein Volk, welches Paläste baue, bestelle sich nur zierliche Grabsteine, und der Wandelbarkeit könne noch am besten widerstanden werden, wenn man sich unter ihrem Panier schlau durch die Zeit bugsiere, leicht und behende; erst ein Volk, das dies begriffen, immer bewaffnet und marschfertig, ohne unnützes Gepäck, aber mit gefüllter Kriegskasse versehen sei, dessen Tempel, Palast, Festung und Wohnhaus in einem Stück das leichte, luftige und doch unzerstörbare Wanderzelt seiner geistigen Erfahrung und Grundsätze sei, überall mitzuführen und aufzuschlagen, könne sich Hoffnung auf wahre Dauer machen, und selbst seinen geographischen Wohnsitz vermöge ein solches länger zu behaupten. Besonders von den Schweizern wäre es ein Unsinn, wenn sie ihre Berge mit schönen Gebäuden bekleben wollten; höchstens am Eingange wären allenfalls ein paar ansehnliche Städte zu dulden, sonst aber müßten wir es ganz der Natur überlassen, die Honneurs zu machen; dies sei nicht nur das Billigste, sondern auch das Klügste. Von den Künsten ließ er einzig Beredsamkeit und Gesang gelten, weil sie seinem »Wanderzelte« entsprachen, nichts kosten und keinen Platz einnehmen. Sein eigenes Besitztum sah ganz nach seinen Grundsätzen aus; Brenn- und Bauholz, Kohlen, Eisen und Stein bildeten in ungeheuren Vorräten ein großes Labyrinth, dazwischen kleine und große Gärten, denn wenn ein Platz für einen Sommer frei war, so wurde schnell Gemüse darauf gesäet; hie und da beschatteten mächtige Tannen, die er noch hatte stehen lassen, eine Sägemühle oder

Schmiede. Sein Wohnhaus lag mehr wie eine Arbeiterhütte als wie ein Herrenhaus dazwischen hingeworfen und seine Frauensleute mußten für ein bescheidenes Ziergärtchen einen fortwährenden Krieg führen und mit demselben stets um das Haus herum flüchten; bald wurde es an diese, bald an jene Ecke geschoben, von Hecken oder Geländern war auf dem ganzen Grundstück nichts zu sehen. Es lag ein großer Reichtum darin, aber dieser änderte täglich seine äußere Gestalt; selbst die Dächer von den Gebäuden verkaufte der Mann manchmal, wenn sich günstige Gelegenheit bot, und doch saß er seit langer Zeit auf diesem Besitze und die fragliche Straße schien demselben die Krone aufzusetzen; denn eine gute Straße dünkte ihm das beste Ding von der Welt, nur müsse sie ohne kostspielige Meilenzeiger und ohne Akazienbäumchen und derlei Firlefanz sein. Auch war er fast immer auf der Straße in einem leichten, einfachen, aber vortrefflichen Fuhrwerke, dessen Remise ebenfalls auf steter Wanderung begriffen war und lediglich aus losen Bauhölzern bestand. Der Holzhändler meinte nun, der Wirt müsse oben seine Hütte zuschließen und einen Gasthof unten an die neue Straße und Brücke bauen, wo noch ein größerer Verkehr zu erwarten wäre, da hier noch die Schiffsleute hinzukämen. Allein der Wirt war der entgegengesetzten Gesinnung. Er saß in dem Hause seiner Väter; es war seit alten Zeiten immer ein Gasthaus gewesen; von seiner sonnigen Höhe war er gewohnt, über das Land hinzublicken, und das Haus hatte er mit schönen Schweizergeschichten bemalen lassen. Von der Verteidigung mit einer schlechten Axt wollte er nichts hören, dieselbe sei höchstens zum gelegentlichen Erschlagen eines Wolfenschießen gut; sonst bedurfte er einer trefflichen und fein gearbeiteten Büchse, die Übung mit derselben war ihm der edelste Zeitvertreib. Er war auch der Meinung, ein freier Bürger müsse arbeiten und sorgen, sich ein unabhängiges Auskommen zu schaffen und zu erhalten, aber nicht mehr als nötig sei, und wenn die Sache in sicherm Gange, so zieme dem Mann eine anständige Ruhe, ein vernünftiges Wort beim Glase Wein, eine erbauliche Betrachtung der Vergangenheit des Landes und seiner Zukunft. Er betrieb einen beschränkten Weinhandel, nur mit gutem und wertvollem Wein, mehr gelegentlich als geschäftsmäßig; in seinem Hause ging alles seinen Gang, ohne daß er viel umhersprang, wozu er auch zu beleibt war.

Auch er war ein Mann des Rates und der Tat, aber mehr in der moralischen Welt, und in politischen Dingen ein einflußreicher Volksmann, ohne daß er im Großen Rate saß. Bei den Wahlen hörten viele auf ihn; daher mochte die Regierung ihn so wenig gegen sich aufbringen als den Holzhändler. Sie hatte dem Großen Rate, behufs eines Gesetzes über den fraglichen Straßenbau, ihr Gutachten vorzulegen; man wünschte, daß der betreffende Nachteil des Entscheides nicht den Behörden zur Last gelegt, sondern an Ort und Stelle ausgekocht würde, und zu diesem Ende hin hatte der Statthalter diese Gelegenheit ergriffen, die beiden Männer aneinander zu bringen und zu einer Verständigung aufzufordern. Der Statthalter war ein freundlicher und wohlbeleibter Mann mit einem hübschen Gesichte und vornehm grauen Haaren; er trug feine Wäsche und einen feinen Rock, an der feinen Hand goldene Ringe und lachte gern. Immer war er gelassen, führte seine Geschäfte mit Festigkeit durch, ohne sich auf die Gewalt zu berufen und als Regierungsperson zu brüsten. Er war sehr gebildet, allein davon zeigte er jederzeit nur so viel nötig war und tat dies auf eine Weise, als ob er den Bauern nur etwas erzählte, das er zufällig erfahren und sie ebenso gut wissen könnten, wenn es sich just gefügt hätte. Mit seinem feinen Rock und seinen Manschetten ging er überall hin, wo ein Bauersmann hinging, nahm seinen Putz nicht in acht dabei und verdarb ihn doch nicht. Zu den Leuten verhielt er sich nicht wie ein Vogt zu seinen Untergebenen oder wie ein Offizier zu seinen Soldaten, auch nicht wie ein Vater zu den Kindern oder ein Patriarch zu seinen Hirten, sondern unbefangen wie ein Mann, der mit dem andern ein Geschäft zu verrichten und eine Pflicht zu erfüllen hat. Er strebte weder herablassend noch leutselig zu sein, am wenigsten suchte er den besoldeten Diener des Volkes zu affektieren. Er gründete seine Festigkeit gar nicht auf die Amtsehre, sondern auf das Pflichtgefühl; doch wenn er nicht *mehr* sein wollte als ein anderer, so wollte er auch nicht weniger sein. Oder vielmehr *wollte* er gar nicht, denn er *war* alles, was er vorstellte. Und doch war er kein unabhängiger Mann; einer reichen, aber verschwenderischen Familie entsprossen und in seiner Jugend selbst ein lustiger Vogel, kehrte er mit erlangter Besonnenheit gerade in das väterliche Haus zurück, als dasselbe in Verfall geriet; es war gar nichts zu leben übrig geblieben, sein verkommener, lärmender Vater mußte noch erhalten werden; so sah sich der junge Mann genötigt, gleich ein Amt zu suchen, und war endlich unter vielen Wechseln und Erfahrungen einer von denen geworden, die ohne ihr Amt Bettler und Regierungspersonen von Profession sind. Er konnte aber als eine Ehrenrettung und Verklärung dieser verrufenen Lebensart gelten; den ersten Schritt hatte er in der Jugend und in der Not getan, und als es nachher nicht mehr zu ändern war, zog er sich wenigstens mit Ehre und wahrer Klugheit aus der Sache. Der Schulmeister pflegte von ihm zu sagen: er sei einer von den wenigen, die durch das Regieren weise werden. Doch alle Weisheit half ihm jetzt nicht, den Holzhändler und den Wirt zu einer Verständigung zu bringen, damit er der Regierung berichten könne, welcher Zug der Straße in der Gegend allgemein gewünscht werde. Jeder der beiden Männer verteidigte hartnäckig seinen Vorteil; der Holzhändler hielt sich schlechtweg an den Vernunftgrund, daß die Wahl zwischen einer ebenen und graden Linie und zwischen einem Berge heutzutage unzweifelhaft sein müsse, und barg so seinen eigenen Vorteil hinter die Vernunft; auch ließ er merken, daß er als Mitglied der Behörde derselben zum Siege zu verhelfen hoffe. Der Wirt dagegen sagte geradezu, er wolle sehen, ob er es um die Regierung verdient habe, daß man ihm das Haus seiner Väter in eine Einöde setze! Herabzusteigen und an dem feuchten Wasser sich anzunisten, wie eine Fischotter, dazu werde man ihn nicht überreden; oben, wo es trocken und sonnig, sei er geboren, und dort werde er auch bleiben! Hierauf versetzte sein Gegner lächelnd: Das möge er unbehindert tun und von der Freiheit träumen, während er ein Untertan seiner Vorurteile sei; andere zögen es vor, in der Tat frei zu sein und sich munter umherzutreiben. Schon fing die Gelassenheit an zu weichen und bei den beiderseitigen Anhängern Worte wie: Starrsinn und Eigennutz! laut zu werden, als ein fröhlicher Haufe den Tell zur Fortsetzung seiner Taten abholte; denn er sollte noch auf die Platte springen und den Vogt erschießen. Etwas zornig brach er auf, indes auch die übrigen sich zerstreuten und nur Anna mit ihrem Vater und ich sitzen blieben. Die Unterredung hatte einen peinlichen Eindruck auf mich gemacht; besonders am Wirt hatte mich dies unverhohlene Verfechten des eigenen Vorteiles, an diesem Tage und in solchem Gewande, gekränkt; diese Privatansprüche an ein öffentliches Werk, von vorleuchtenden Männern mit Heftigkeit unter sich behauptet, das Hervorkehren des persönlichen Verdienstes und Ansehens widersprachen durchaus dem Bilde, welches von dem unparteiischen und unberührten Wesen des Staates in mir war und das ich mir von den berühmten Volksmännern gemacht hatte. Ich äußerte diesen Eindruck in vorlauten Worten gegen Annas Vater, hinzufügend, daß mir der Vorwurf der Kleinlichkeit, des Eigennutzes und der Engherzigkeit, welcher den Schweizern von fremden, namentlich deutschen Reisenden gemacht würde, nun bald gerecht erschiene. Der Schulmeister milderte in etwas meinen Tadel und forderte mich zur Duldsamkeit auf mit der menschlichen Unvollkommenheit, welche auch diese sonst wackeren Männer überschatte. Übrigens, meinte er, sei nicht zu leugnen, daß unsere Freiheitsliebe noch zu sehr ein Gewächs der Scholle sei und daß unseren Fortschrittsmännern die wahre Religiosität fehle, welche in das schwere politische Leben jenen heitern, frommen, liebevollen Leichtsinn bringe, der aus warmem Gottvertrauen entspringe und erst die rechte Opferfreudigkeit, die allerfreieste Beweglichkeit von Leib und Seele möglich mache. Wenn unsere fleißigen Männer einmal einsähen, daß im Evangelio noch eine viel aufgewecktere und schönere Beweglichkeit gelehrt würde als diejenige sei, welche der Holzhändler predige, so werde das Politisieren noch viel erklecklicher vonstatten gehen und erst die reifen Früchte bringen. Ich wollte eben hiegegen mein rundes Veto einlegen, als jemand mir auf die Achsel klopfte; als ich mich umwandte, stand der Statthalter hinter uns, welcher freundlich sagte: Obgleich ich nicht der Ansicht bin, daß man in einer guten Republik stark auf die Meinungen der Jugend achte, so lange die Alten das Salz nicht verloren haben und Toren geworden sind, so will ich doch versuchen, junger Herr! Euren Kummer zu lindern, damit Euch über vermeintlichen trüben Erfahrungen nicht dieser schöne Tag zu Schanden gehe; zudem habt Ihr noch nicht einmal jenes Jugendalter erreicht, welches ich eigentlich meine, und da Ihr schon so kräftig zu tadeln wißt, so versteht Ihr gewiß noch ebenso gut zu lernen. Vor allem freut es mich, Euch in betreff der beiden Männer, welche soeben weggingen, Euren Mut wieder aufzurichten; es mögen allerdings nicht alle gleich sein in unserem Schweizerlande; doch vom Herrn Kantonsrat sowohl wie vom Leuenwirt mögt Ihr sicher glauben, daß sie Hab und Gut sowohl dem Lande in Gefahr hingeben als es einer für den andern opfern würde, wenn er ins Unglück geriete, und das vielleicht gerade desto unbedenklicher als der andere sich heut kräftiger um die Straße gewehrt hat. Sodann merkt Euch für Eure künftigen Tage: wer seinen Vorteil nicht mit unverhohlener Hand zu erringen und zu wahren versteht, der wird auch nie imstande sein, seinem Nächsten aus freier Tat einen Vorteil zu verschaffen! Denn es ist (hier schien sich der Statthalter mehr an den Schulmeister zu wenden) ein großer Unterschied zwischen dem freien Preisgeben oder Mitteilen eines erworbenen, errungenen Gutes und zwischen dem trägen Fahrenlassen dessen, was man nie besessen hat, oder dem Entsagen auf das, was man zu schwächlich ist zu verteidigen. Jenes gleicht dem wohltätigen Gebrauche eines wohlerworbenen Vermögens, dieses aber der Verschleuderung ererbter oder gefundener Reichtümer. Einer, der immer und ewig entsagt, überall sanftmütig hintenansteht, mag ein guter harmloser Mensch sein; aber niemand wird es ihm Dank wissen und von ihm sagen: Dieser hat mir einen Vorteil verschafft! Denn dieses kann, wie schon gesagt, nur der tun, der den Vorteil erst zu erwerben und zu behaupten weiß. Wo man dies aber mit frischem Mute und ohne Heuchelei tut, da scheint mir Gesundheit zu herrschen und gelegentlich ein tüchtiger Zank um den Vorteil ein Zeichen von Gesundheit zu sein. Wo man nicht frei heraus für seinen Nutzen und für sein Gut einstehen kann, da möchte ich mich nicht niederlassen; denn da ist nichts zu erholen als die magere Bettelsuppe der Verstellung, der Gnadenseligkeit und der romantischen Verderbnis, da entsagen alle, weil allen die Trauben zu sauer sind, und die Fuchsschwänze schlagen mit bittersüßem Wedeln um die dürren Flanken. Was aber die Meinung der Fremden betrifft (hier wandte er sich wieder mehr an mich), so werdet Ihr einst auf Euren Reisen lernen, weniger darauf zu achten. Man macht den Engländern und den Amerikanern die gleichen Vorwürfe der Engherzigkeit, des Eigennutzes; uns, die wir als kleine Schar unter den Tadlern leben, hängt man scharfsinnigerweise noch die Kleinlichkeit an; wenn Ihr aber einst die Grenzen überschreitet, so werdet Ihr erleben, daß der große Sinn nicht mit den Quadratmeilen zunimmt und, wo etwas dergleichen in den Lüften zu schweben scheint, es eigentlich nur ein trügerischer Wolkenmantel der Unentschlossenheit und der Verzweiflung ist.

Nach dieser Rede schüttelte uns der Statthalter die Hände und entfernte sich. Ich war indessen nicht überzeugt worden, so wenig als dem Schulmeister die Wendung des Gesprächs zu behagen schien. Doch kamen wir darin überein, daß er ein liebenswürdiger und kluger Mann sei, und indem ich ihm, mich durch seine Ansprache geehrt fühlend, wohlwollend nachblickte, pries ich ihn gegen den Schulmeister als einen verdienstvollen und daher gewiß glücklichen Mann. Der Schulmeister schüttelte aber den Kopf und meinte, es wäre nicht alles Gold, was glänze. Er hatte seit einiger Zeit angefangen, mich zu duzen, und fuhr daher jetzt fort: Da du ein nachdenklicher Jüngling bist, so gebührt es dir auch, früher als viele einen Blick in das Leben der Menschen zu gewinnen; denn ich halte dafür, daß die Kenntnis recht vieler Fälle und Gestaltungen jungen Leuten mehr nützt als alle moralischen Theorien; diese kommen erst dem Manne von Erfahrung zu, gewissermaßen als eine Entschädigung für das, was nicht mehr zu ändern ist. Der Statthalter eifert nur darum so sehr gegen das, was er Entsagung nennt, weil er selbst eine Art Entsagender ist, das heißt weil er selbst diejenige Wirksamkeit geopfert hat, die ihn erst glücklich machen würde und seinen Eigenschaften entspräche. Obgleich diese Selbstverleugnung in meinen Augen eine Tugend ist und er in seiner jetzigen Wirksamkeit so verdienstlich und nützlich dasteht als er es kaum anderswie könnte, so ist er doch nicht dieser Meinung, und er hat manchmal so düstere und prüfungsreiche Stunden, wie man es seiner heiteren und freundlichen Weise nicht zumuten würde. Von Natur nämlich ist er ebenso feuriger Gemütsart als von einem großen und klaren Verstande begabt und daher mehr dazu geschaffen, im Kampfe der Grundsätze beim Aufeinanderplatzen der Geister einen tapferen Führer abzugeben und im Großen Menschen zu bestimmen als in ein und demselben Amte ein stehender Verwalter zu sein. Allein er hat nicht den Mut, auf einen Tag brotlos zu werden, er hat gar keine Ahnung davon, wie sich die Vögel und die Lilien des Feldes ohne ein fixes Einkommen nähren und kleiden, und daher hat er sich der Geltendmachung seiner eigenen Meinung begeben. Schon mehr als ein Mal, wenn durch den Parteienkampf Regierungswechsel herbeigeführt wurden und der siegende Teil den unterlegenen durch ungesetzliche Maßregeln zwacken wollte, hat er sich wie ein Ehrenmann in seinem Amte dagegen gestemmt, aber das, was er seinem Temperament nach am liebsten getan hätte, nämlich der Regierung sein Amt vor die Füße zu werfen, sich an die Spitze einer Bewegung zu stellen und mittelst seiner Einsicht und seiner Energie die Gewalthaber wieder dahin zu jagen, von wannen sie gekommen: das hat er unterlassen, und dies Unterlassen kostet ihn zehnmal mehr Mühe und Bitterkeit als seine ununterbrochene arbeitsvolle Amtsführung. Den Landleuten gegenüber braucht er nur zu leben, wie er es tut, um in seiner Würde fest zu stehen. Bei den Behörden aber und in der Haupstadt braucht es manches verbindliche Lächeln, manche, wenn auch noch so unschuldige Schnörkelei, wo er lieber sagen würde: Herr! Sie sind ein großer Narr! oder: Herr! Sie scheinen ein Spitzbube zu sein! Denn wie gesagt, er hat ein dunkles Grauen vor dem, was man Brotlosigkeit nennt.

Aber zum Teufel! sagte ich, sind denn unsere Herren Regenten zu irgend einer Zeit etwas anderes als ein Stück Volk und leben wir nicht in einer Republik?

Allerdings, mein lieber Sohn! erwiderte der Schulmeister; allein es bleibt eine wunderbare Tatsache, wie besonders in neuerer Zeit ein solches Stück Volk, ein repräsentativer Körper durch den einfachen Prozeß der Wahl sogleich etwas ganz merkwürdig Verschiedenes wird, einesteils immer noch Volk und andernteils etwas dem ganz Entgegengesetztes, fast Feindliches wird. Es ist wie mit einer chemischen Materie, welche durch das bloße Eintauchen eines Stäbchens, ja sogar durch bloßes Stehen auf geheimnisvolle Weise sich in ihrem ganzen Wesen verändert. Manchmal will es fast scheinen, als ob die alten patrizischen Regierungen mehr den Grundcharakter ihres Volkes zu zeigen und zu bewahren vermochten. Aber lasse dich ja nicht etwa verführen, unsere repräsentative Demokratie nicht für die beste Verfassung zu halten! Besagte Erscheinung dient bei einem gesunden Volke nur zu einer wohltätigen Heiterkeit, da es sich mit aller Gemütsruhe den Spaß macht, die wunderbar verwandelte Materie manchmal etwas zu rütteln, die Phiole gegen das Licht zu halten, prüfend hindurch zu gucken und sie am Ende doch zu seinem Nutzen zu verwenden.

Den Schulmeister unterbrechend, fragte ich, ob denn der Statthalter als ein Mann von solchen Kenntnissen und solchem Verstande sich nicht reichlicher durch eine Privattätigkeit ernähren könnte als durch ein Amt? Worauf er antwortete: Daß er dies nicht kann, oder nicht zu können glaubt, ist wahrscheinlich eben das Geheimnis seiner Lebenslage! Der freie Erwerb ist eine Sache, für welche manchen Menschen der Sinn sehr spät, manchen gar nie aufgeht. Vielen ist es ein einfacher Trick, dessen Verständnis ihnen durch ein Handumdrehen, durch Zufall und Glück gekommen, vielen ist es eine langsam zu erringende Kunst. Wer nicht in seiner Jugend durch Übung und Vorbild seiner Umgebung, sozusagen durch die Überlieferung seines Geburtshauses, oder sonst im rechten Moment den rechten Fleck erwischt, wo der Tick liegt, der muß manchmal bis in sein vierzigstes oder funfzigstes Jahr ein umhergeworfener und bettelhafter Mensch sein, oft stirbt er als ein sogenannter Lump. Viele Personen des Staates, welche zeitlebens tüchtige Angestellte waren, haben keinen Begriff vom Erwerbe; denn alle öffentlich Besoldeten bilden unter sich ein Phalansterium, sie teilen die Arbeit unter sich und jeder bezieht aus den allgemeinen Einkünften seinen Lebensbedarf ohne weitere Sorge um Regen oder Sonnenschein, Mißwachs, Krieg oder Frieden, Gelingen oder Scheitern. Sie stehen so als eine ganz verschiedene Welt dem Volke gegenüber, dessen öffentliche Einrichtung sie verwalten. Diese Welt hat für solche, die von jeher darin lebten, etwas Entnervendes in bezug auf die Erwerbsfähigkeit. Sie kennen die Arbeit, die Gewissenhaftigkeit, die Sparsamkeit, aber sie wissen nicht, wie die runde Summe, welche sie als Lohn erhalten, im Wind und Wetter der Konkurrenz zusammengekommen ist. Mancher ist sein Leben lang ein fleißiger Richter und Exekutor in Geldsachen gewesen, der es nie dazu brächte, einen Wechsel auf seinen Namen in Umlauf zu setzen. Wer essen will, der soll auch arbeiten; ob aber der verdiente Lohn der Arbeit sicher und ohne Sorgen sein oder ob er außer der einfachen Arbeit noch ein Ergebnis der Sorge, des Geschickes und dadurch zum Gewinst werden soll, welches von beiden das Vernünftige und von höherer Absicht dem Menschen Bestimmte sei: das zu entscheiden wage ich nicht, vielleicht wird es die Zukunft tun. Aber wir haben beide Arten in unseren Zuständen und dadurch ein verworrenes Gemisch von Abhängigkeit und Freiheit und von verschiedenen Anschauungen. Der Statthalter glaubt sich abhängig und enthält sich während jeder Krise mit edlem Stolze gleichmäßig aller eigenen Kundgebung und weiß dabei nicht einmal, wie viele sich bemühen, hinter seinem Rücken seine innersten Gedanken zu erfahren, um sich danach zu richten.

Ich empfand eine große Teilnahme für den Statthalter und ehrte ihn aufrichtig, ohne mir darüber Rechenschaft geben zu konnen; denn ich mißbilligte höchlich seine Scheu vor der Armut, und erst später ward es mir klar, daß er das Schwerste gelöst habe: eine gezwungene Stellung ganz so auszufüllen, als ob er dazu allein gemacht wäre, ohne mürrisch oder gar gemein zu werden. Indessen waren mir die Reden des Schulmeisters über das Erwerben und über den rechten Tick keine liebliche Musik; es wurde mir ängstlich, ob ich diesen auch erwischen würde, da ich einzusehen begann, daß für alles dies rüstige Volk die Freiheit erst ein Gut war, wenn es sich seines Brotes versichert hatte, und ich fühlte vor den langen nun leeren Tischreihen, daß selbst dieses Fest bei hungrigem Magen und leerem Beutel ein sehr trübseliges gewesen wäre. Ich war froh, daß wir endlich aufbrachen. Annas Vater schlug vor, wir beide sollten uns zu ihm ins Fuhrwerk setzen, damit wir zusammen dem Schauspiele nachführen; doch gab sie den Wunsch zu erkennen, lieber noch einmal den Schimmel zu besteigen und noch ein wenig hinaus zu reiten, da es später unter keinem Vorwande mehr geschehen würde. Hiermit war der Schulmeister auch zufrieden und erklärte: so wolle er wenigstens mit uns fahren, bis er etwa Gelegenheit finde, einer bejahrten Person den Heimweg zu erleichtern, da ihn die Jungen alle im Stiche ließen. Ich aber lief mit frohen Gedanken nach dem Hause, wo unsere Pferde standen, ließ dieselben auf die Straße bringen, und als ich Anna in den Sattel half, klopfte mir das Herz vor heftigem Vergnügen und stand wieder still vor angenehmem Schreck, weil ich voraussah, bald allein neben ihr durch die Landschaft zu reiten.

II, 16 Dies traf auch ein, obgleich noch auf andere Weise als ich es gehofft hatte. Wir waren noch nicht weit aus dem Tore, als der gastliche Schulmeister sein Wägelchen schon mit drei alten Leutchen beladen hatte und in lustigem Trabe vorausfuhr, der angenommenen hohlen

Gasse zu. Still ritten wir nun im Schritte dahin und grüßten sehr beflissen die fröhlichen Leute, denen wir begegneten, links und rechts, bis wir in die Nähe der wogenden und summenden Menge kamen und dieselbe beinah erreichten. Da stießen wir auf den Philosophen, dessen schönes Gesichtchen vor Mutwillen glühte und den tollen Spuk verkündigte, welchen er schon ausgeübt. Er war in gewöhnlicher Kleidung und trug ein Buch in der Hand, da er nebst einem anderen Lehrer das Amt eines Einbläsers übernommen, um überall zur Hand zu sein, wenn einen Helden die Erinnerung verlassen sollte. Doch erzählte er jetzt, wie die Leute gar nichts mehr hören wollten und alles von selber seinen ziemlich wilden Gang ginge; er habe daher, rief er, nun die schönste Muße, uns beiden zu der Jagdszene zu soufflieren, die wir ohne Zweifel aufzuführen so einsam ausgezogen wären; es sei auch die höchste Zeit dazu und wir wollten uns ungesäumt ans Werk machen!

Ich wurde rot und trieb die Pferde an; aber der Philosoph fiel uns in die Zügel; Anna fragte, was denn das wäre mit der Jagdszene, worauf er lachend ausrief: er werde uns doch nicht sagen müssen, was alle Welt belustige und uns ohne Zweifel mehr als alle Welt! Anna wurde nun auch rot und verlangte standhaft zu wissen, was er meine. Da reichte er ihr das aufgeschlagene Buch, und während mein Brauner und ihr Schimmel behaglich sich beschnupperten, ich aber wie auf Kohlen saß, las sie, das Buch auf dem rechten Knie haltend, aufmerksam die Szene, wo Rudenz und Berta ihr schönes Bündnis schließen, von Anfang bis zu Ende, mehr und mehr errötend. Die Schlinge kam nun an den Tag, welche ich ihr so harmlos gelegt, der Philosoph rüstete sich sichtbar zu endlosem Unfuge, als Anna plötzlich das Buch zuschlug, es hinwarf und höchst entschieden erklärte, sie wolle sogleich nach Hause. Zugleich wandte sie ihr Pferd und begann feldein zu reiten auf einem schmalen Fahrwege, ungefähr in der Richtung nach unserm Dorfe. Verlegen und unentschlossen sah ich ihr eine Weile nach; doch faßte ich mir ein Herz und trabte bald hinter ihr her, da sie doch einen Begleiter haben mußte; während ich sie erreichte, sang uns der Philosoph ein loses Lied nach, welches jedoch immer schwächer hinter uns verklang, und zuletzt hörten wir nichts mehr als die muntere, aber ferne Hochzeitsmusik aus der hohlen Gasse und vereinzelte Freudenrufe und Jauchzer an verschiedenen Punkten der Landschaft. Diese erschien aber durch die Unterbrechungen nur umso stiller und lag mit Feldern und Wäldern friedevoll und doch so freudenvoll im Glanze der Nachmittagssonne wie im reinsten Golde. Wir ritten nun auf einer gestreckten Höhe, ich hielt mein Pferd immer noch um eine Kopflänge hinter dem ihrigen zurück und wagte nicht, ein Wort zu sagen. Da gab Anna dem Schimmel einen kecken Schlag mit der Gerte und setzte ihn in Galopp, ich tat das gleiche; ein lauer Wind wehte uns entgegen, und als ich auf einmal sah, daß sie, ganz gerötet die balsamische Luft einatmend und, während ihr Haar wie ein leuchtender Streif waagrecht schwebte, langhin flatternd: daß sie so ganz vergnügt vor sich hin lächelte, den Kopf hoch aufgehalten mit dem funkelnden Krönchen, da schloß ich mich dicht an ihre Seite, und so jagten wir wohl fünf Minuten lang über die einsame Höhe dahin. Aber diese fünf Minuten, kurz wie ein Augenblick, schienen doch eine Ewigkeit von Glück zu sein, es war ein Stück Dasein, an welchem die Zeit ihr Maß verlor, welches einer Blume vollkommen glich, einer Blume, von der man keine Frucht zu verlangen braucht, weil die bloße Erinnerung ihrer Blütezeit ein volles Genügen und ein Schutzbrief ist für alle Zukunft. Der Weg war noch halb feucht und doch fest, rechts unter uns zog der Fluß, wir sahen seine glänzende Länge hinauf, jenseits erhob sich das steile Ufer mit dunklem Walde und darüber hin sahen wir über viele Höhenzüge weg im Nordosten ein paar schwäbische Berge, einsame Pyramiden, in unendlicher Stille und Ferne. Im Südwesten lagen die Alpen weit herum, noch tief herunter mit Schnee bedeckt, und über ihnen lagerte ein wunderschönes mächtiges Wolkengebirge im gleichen Glanze, Licht und Schatten ganz von gleicher Farbe wie die Berge, ein Meer von leuchtendem Weiß und tiefem Blau, aber in tausend Formen gegossen, von denen eine die andere übertürmte, Gletscherhäupter und Wolken durcheinander geworfen. Das Ganze war eine senkrecht aufgerichtete glänzende und wunderbare Wildnis, gewaltig und nah an das Gemüt rückend und doch so lautlos, unbeweglich und fern. Wir sahen alles zugleich, ohne daß wir besonders hinblickten; wie ein unendlicher Kranz schien sich die weite Welt um uns zu drehen, bis sie sich verengte, als wir allmählich bergab jagten, dem Flusse zu. Aber es war uns nur, als ob wir im Traume in einen geträumten Traum träten, als wir auf einer Fähre über den Fluß fuhren, die durchsichtig grünen Wellen sich rauschend am Schiff brachen und unter uns wegzogen, während wir doch auf Pferden saßen und uns in einem schönen Halbbogen über die Strömung weg bewegten. Und wieder glaubten wir uns in einen andern Traum versetzt, als wir, am anderen Ufer angekommen, langsam einen dunklen Hohlweg emporklommen, in welchem schmelzender Schnee lag. Hier war es kalt, feucht und schauerlich; von den dunklen Büschen tropfte es und fielen zahlreiche Schneeklumpen, wir befanden uns ganz in einer kräftig braunen Dunkelheit, in deren Schatten der alte Schnee traurig schimmerte, nur hoch über uns glänzte der goldene Himmel. Auch hatten wir den Weg nun verloren und wußten nicht recht, wo wir waren, als es mit einem Male grün und trocken um uns wurde. Wir kamen auf die Höhe und befanden uns in einem hohen Tannenwald, dessen Stämme drei bis vier Schritte auseinander standen, dessen Boden dicht mit trockenem Moose bezogen war und dessen Äste hoch oben ein dunkelgrünes Dach bildeten, so daß wir vom Himmel fast nichts mehr sehen konnten. Ein warmer Hauch empfing uns hier, goldene Lichter streiften hier und da über das Moos und an den Stämmen, der Tritt der Pferde war unhörbar, wir ritten gemächlich zwischendurch, um die Tannen herum, bald trennten wir uns und bald drängten wir uns nahe zusammen zwischen zwei Säulen durch, wie durch eine Himmelspforte. Eine solche Pforte fanden wir aber gesperrt durch den quergezogenen Faden einer frühen Spinne; derselbe blitzte in einem Streiflichte in allen Farben, blau, grün und rot, wie ein Diamantstrahl. Wir bückten uns einmütig darunter weg und in diesem Augenblicke kamen sich unsere Gesichter so nahe, daß wir uns unwillkürlich küßten. Wir hatten schon im Hohlweg zu sprechen angefangen und plauderten nun eine Weile ganz glückselig, bis wir uns darauf besannen, daß wir uns geküßt, und sahen, daß wir rot wurden, wenn wir uns anblickten. Da wurden wir wieder still. Der Wald senkte sich nun auf die andere Seite hin und stand wieder im tiefen Schatten. In der Tiefe sahen wir ein Wasser glänzen und die gegenüberstehende Berghalde, ganz nah, leuchtete mit Felsen und Fichten im hellen Sonnenscheine durch die dunklen Stämme, unter denen wir zogen, und warf ein wunderbares

Zwielicht in die schattigen Hallen unseres Tannenwaldes. Der Boden wurde jetzt so abschüssig, daß wir absteigen mußten. Als ich Anna vom Pferde hob, küßten wir uns zum zweiten Male, sie sprang aber sogleich weg und wandelte vor mir über den weichen grünen Teppich hinunter, während ich die beiden Tiere führte. Wie ich die reizende, fast märchenhafte Gestalt so durch die Tannen gehen sah, glaubte ich wieder zu träumen und hatte die größte Mühe, die Pferde nicht fahren zu lassen, um mich von der Wirklichkeit zu überzeugen, indem ich ihr nachstürzte und sie in die Arme schloß. So kamen wir endlich an das Wasser und sahen nun, daß wir uns bei der Heidenstube befanden, in einem wohlbekannten Bezirke. Hier war es wo möglich noch stiller als in dem Tannenwalde, und am allerheimlichsten; die besonnte Felswand spiegelte sich in dem reinen Wasser, über ihr kreisten drei große Weihen in der Luft, sich unaufhörlich begegnend, und das Braun auf ihren Schwingen und das Weiß an der inneren Seite wechselten und blitzten mit dem Flügelschlage und den Schwenkungen im Sonnenscheine, während wir unten im Schatten waren. Ich sah dies alles in meinem Glücke, indessen ich den guten Gäulen, welche nach dem Wasser begehrten, die Zäume abnahm. Anna erblickte ein weißes Blümchen, ich weiß nicht was für eines, brach es und trat auf mich zu, es auf meinen Hut zu stecken; ich sah und hörte jetzt nichts mehr, als wir uns zum dritten Male küßten. Zugleich umschlang ich sie mit den Armen, drückte sie mit Heftigkeit an mich und fing an, sie mit Küssen zu bedecken. Erst hielt sie zitternd einen Augenblick still, dann legte sie ihre Arme um meinen Hals und küßte mich wieder; aber bei dem fünften oder sechsten Kusse wurde sie totenbleich und suchte sich loszumachen, indessen ich ebenfalls eine sonderbare Verwandlung fühlte. Die Küsse erloschen wie von selbst, es war mir, als ob ich einen urfremden, wesenlosen Gegenstand im Arme hielte, wir sahen uns fremd und erschreckt ins Gesicht, unentschlossen hielt ich meine Arme immer noch um sie geschlungen und wagte sie weder loszulassen noch fester an mich zu ziehen. Mich dünkte, ich müßte sie in eine grundlose Tiefe fallen lassen, wenn ich sie los ließe, und töten, wenn ich sie ferner gefangen hielt; eine große Angst und Traurigkeit senkte sich auf unsere kindischen Herzen. Endlich wurden mir die Arme locker und fielen auseinander, beschämt und niedergeschlagen standen wir da und blickten auf den Boden. Dann setzte sich Anna auf einen Stein, dicht an dem klaren tiefen Wasser, und fing bitterlich an zu weinen. Erst als ich dies sah, konnte ich mich wieder mit ihr beschäftigen, so sehr war ich in meine eigene Verwirrung und in die eisige Kälte versunken, die uns überfallen hatte. Ich näherte mich dem schönen, trauernden Mädchen, und suchte eine Hand zu fassen, indem ich zaghaft ihren Namen nannte. Aber sie hüllte ihr Gesicht fest in die Falten des langen grünen Kleides, fortwährend reichliche Tränen vergießend. Endlich erholte sie sich ein wenig und sagte bloß: »O es war so schön! wir waren so glücklich bis jetzt!« Ich glaubte sie zu verstehen, weil ich ziemlich das gleiche fühlte, nur nicht so tief und fein wie sie; daher erwiderte ich nichts, sondern setzte mich still neben sie, sie lehnte sich auf meine Schulter, und so blickten wir mit düsterem Schweigen in das feuchte Element, von dessen Grund unser Spiegelbild, Haupt neben Haupt, zu uns herauf sah.

Nicht nur unsere Neigung, sondern unsere ganze gegenseitige Art war zu ernst und zu tief, als daß ein so frühzeitiges unbeschränktes Liebkosen, Herzen und Küssen derselben hätte entsprechen können; wir waren keine Kinder mehr und doch lagen noch zu viele Jugendjahre vor uns, deren allmähliche Blüten voraus zu brechen unsere Natur zu stolz war. Meine Phantasie war zwar schon seit geraumer Zeit, eigentlich von jeher wach; allein abgesehen davon, daß zwischen Phantasie und Wirklichkeit eine jähe Kluft liegt, hatte ich, wenn mich verlangte, schöne Frauen zu liebkosen, immer mir sonst gleichgültige, meist nicht ganz junge Weiber im Sinne, nicht ein einziges Mal aber Anna, welcher immer nah zu sein und sie mein eigen zu wissen mein einziger Wunsch war. Um wieviel mehr mußte sie betroffen sein, welche ein Mädchen und dazu tausendmal feiner, reiner und stolzer war als alle anderen! Indem ich sie so gewaltsam an mich drückte und küßte und sie in der Verwirrung dies erwiderte, neigten wir den Becher unserer unschuldigen Lust zu sehr; sein Trank überschüttete uns mit plötzlicher Kälte und das fast feindliche Fühlen des Körpers riß uns vollends aus dem Himmel. Diese Folgen einer so unschuldigen und herzlichen Aufwallung zwischen zwei jungen Leutchen, welche als Kinder schon genau dasselbe getan ohne alle Bekümmernis, mögen vielen närrisch vorkommen; uns aber dünkte die Sache gar nicht spaßhaft, und wir saßen mit wirklichem Grame an dem Wasser, das um keinen Grad reiner war als Annas Seele. Unsere Lage war umso peinlicher, als wir uns diese Rechenschaft darüber damals nicht zu geben vermochten. Ich meinerseits befand mich in der völligsten Verwirrung. Daß wir etwas Unrechtes getan, konnte mir nicht einfallen; ich glaubte daher, daß der Vorfall irgend etwas Fremdes, Unheimliches zwischen uns ans Licht geführt, gar gezeigt hatte, daß eines von uns das andere nicht liebe; und doch fühlte ich wahrer als je meine Liebe und wagte auch nicht zu denken, daß Anna mich nicht lieben sollte. Den wahren Grund der schreckhaften Begebenheit ahnte ich gar nicht; denn ich hatte keine Ahnung davon, daß in jenem Alter das rote Blut weiser sei als der Geist und sich von selbst zurückdämme, wenn es in ungehörige Wellen geschlagen worden. Anna hingegen mochte sich hauptsächlich vorwerfen, daß sie nun doch für ihr Nachgeben, dem Feste beizuwohnen, bestraft und ihre eigene Art und Weise, unser Verhältnis nach ihrem freien und zarten Fühlen sich entwickeln zu lassen, gewaltsam gestört worden sei. Wäre ich ein paar Jahre älter gewesen als sie, so hätte ich ein gewisses Recht und damit auch die Kraft und Sicherheit gehabt, ihre Sprödigkeit zu überwinden und zu beruhigen; so aber vermehrte meine eigene Ratlosigkeit die Vorwürfe, die sie sich machte, während doch alle Schuld auf mir lag. Ja, es schien nun ausgemacht, daß eigentlich mein Plan, daß sie heute die Brunneckerin vorstellen sollte, während ich den Rudenz machte, das Ereignis herbeigeführt und daß unsere Küsse in den seltsamen Kleidern wohnten, welche wir anhatten. Jedenfalls hätte ich ohne diesen Umstand noch lange warten können, bis uns eine solche Vertraulichkeit widerfahren wäre.

Ein gewaltiges Rauschen in den Baumkronen rings um uns weckte uns aus der melancholischen Versenkung, die eigentlich schon wieder an eine andere Art von schönem Glück streifte; denn meiner Erinnerung sind die letzten Augenblicke, ehe uns der starke Südwind wach rauschte, nicht weniger lieb und kostbar als jener Ritt auf der Höhe und durch den Tannenwald. Auch Anna schien sich zufriedener zu fühlen; als wir uns erhoben, lächelte sie flüchtig gegen unser verschwindendes Bild im Wasser, doch schienen ihre anmutig entschiedenen

Bewegungen zugleich zu sagen: Wage es ferner nicht, uns berührend zu begegnen, bis die rechte Stunde gekommen!

Die Pferde hatten längst zu trinken aufgehört und standen verwundert in der engen Wildnis, wo sie zwischen Steinen und Wasser keinen Raum fanden zu stampfen oder zu scharren; ich legte ihnen das Gebiß an, hob Anna auf den Schimmel, und denselben führend, suchte ich auf dem schmalen, oft vom Flüßchen beeinträchtigten Pfade so gut als möglich vorwärts zu dringen, während der Braune geduldig und treulich nachfolgte. Wir gelangten auch wohlbehalten auf die Wiesen und endlich unter die Bäume vor dem alten Pfarrhause. Kein Mensch war daheim, selbst der Oheim und seine Frau waren auf den Abend fortgegangen und alles still um das Haus. Derweil Anna sogleich hineineilte, zog ich den Schimmel in den Stall, sattelte ihn ab und steckte ihm sein Heu vor. Dann ging ich hinauf, um für den Braunen etwas Brot zu holen, da ich auf ihm noch dem Schauspiele zuzueilen gedachte. Auch forderte mich Anna gleich dazu auf, als ich in die Stube kam. Sie war schon umgekleidet und flocht eben ihr Haar etwas hastig in seine gewohnten Zöpfe; über dieser Beschäftigung von mir betroffen, errötete sie aufs neue und ward verlegen. »Reut dich denn«, sagte ich, »dieser Tag so ganz und gar?« – »O nein!« erwiderte sie, auf ihr Kostüm deutend, welches schon zusammengelegt auf dem Tische lag, die Krone oben auf, »ich will auch diese Sachen aufbewahren und sie sollen nie mehr getragen werden!«

Ich ging hinab, den Braunen zu füttern, und während ich ihm das Brot vorschnitt und ein Stück um das andere in das Maul steckte, stand Anna an dem offenen Fenster, ihr Haar vollends aufbindend, und schaute mir zu. Die gemächliche Beschäftigung unserer Hände in der Stille, die über dem Gehöfte lagerte, erfüllte uns mit einer tiefen und von Grund aus glücklichen Ruhe, und wir hätten Jahre lang so verharren mögen; manchmal biß ich selbst ein Stück von dem Brote, ehe ich es dem Pferde gab, worauf sich Anna ebenfalls Brot aus dem Schranke holte und am Fenster aß. Darüber mußten wir lachen, und wie uns das trockene Brot so wohl schmeckte nach dem festlichen und geräuschvollen Mahle, so schien auch die jetzige Art unseres Zusammenlebens das rechte Fahrwasser zu sein, in welches wir nach dem kleinen Sturme eingelaufen und in welchem wir bleiben sollten. Anna gab ihre Zufriedenheit auch dadurch zu erkennen, daß sie das Fenster nicht verließ, bis ich weggeritten war, und mir noch ein liebevoll schalkhaftes Adieu nachrief.

II, 17 Gleich vor dem Dorfe kam der Schulmeister heim gefahren mit dem oheimlichen Ehepaar, denen ich sagte, daß Anna schon zu Hause sei, und ein Stück weiter stieß ich auf des Müllers Knecht, welcher dessen Pferd nach Hause führte. Da ich vernahm, daß schon alles bei dem Zwinguri versammelt und dort ein großes Halloh sei, auch der Weg dahin nicht mehr weit war, gab ich meinen Gaul auch dem Knecht und eilte zu Fuß weiter. Zum Zwinguri hatte man eine verfallene Burgruine bestimmt, welche auf dem höchsten Punkte einer Bergallmende steht und eine weite Aussicht ins Gebirge hinüber gewährt. Die Trümmer waren durch einiges Stangen- und Brettergerüst so bekleidet, als ob sie eben im Aufbau statt im Verfalle wären, und mit den Kränzen der triumphierenden Tyrannei behangen. Die Sonne ging eben unter, als ich ankam und sah, wie das Volk das Gerüste zusammen brach und mit den Kränzen auf einen gewaltigen Holz- und Reisighaufen warf und diesen anzündete. Hier ging auch die Verherrlichung des Tell vor sich, statt vor seinem Hause, doch nicht mehr nach der geschriebenen Ordnung, sondern infolge einer allgemeinen Erfindungslust, wie der Augenblick sie in den tausend Köpfen erweckte, und der Schluß der Handlung ging unbestimmt in eine rauschende Freudenfeier über. Die weggejagten Zwingherren mit ihrem Trosse waren wieder herangeschlichen und gingen um unter dem Volke als vergnügte Gespenster; sie stellten die harmloseste Reaktion vor. Auf allen Hügeln und Bergen sahen wir jetzt die Fastnachtsfeuer brennen; das unsrige flammte bereits in großem Umfange, wir standen in einem Kreise hundertweise darum und Tell, der Schütz, zeigte sich jetzt auch als einen guten Sänger, sogar als einen Propheten, indem er ein kräftiges Volkslied von der Sempacherschlacht vorsang, dessen Chorzeilen von allen wiederholt wurden. Wein war in Menge vorhanden, es bildeten sich mehrere Liederchöre, schlichte, einstimmige, welche alte Lieder sangen, wie vierstimmige Männerchöre mit neuen Liedern, gemischte Singschulen von Mädchen und Jünglingen, Kinderscharen, alles sang, klang und wogte durcheinander auf der Allmende, über welche das Feuer einen rötlichen Schein verbreitete. Vom Gebirge herüber wehte immer stärker und wärmer der Föhn und wälzte große Wolkenzüge über den Himmel; je dunkler die Luft wurde, desto lauter ward die Freude, welche zunächst um Burgtrümmer und Feuer in einem großen Körper lagernd, weiterhin die Halde hinab sich in viele Gruppen und einzelne verteilte, die bald noch im rötlichen Scheine streiften, bald in der Dunkelheit jauchzten. Noch weiterhin summte die Luft aus den dunklen Gefilden und widerglänzte zuletzt wieder sichtbar in den zahlreichen Flammen am Horizonte. Der uralte gewaltige Frühlingshauch dieses Landes, obschon er Gefahr und Not bringen konnte, weckte ein altes, trotzig frohes Naturgefühl, und indem er in die Gesichter und in die wilden Flammen wehte, ging die Ahnung zurück vom Feuerzeichen des politischen Bewußtseins, über die Christenfeuer des Mittelalters, zu dem Frühlingsfeuer der Heidenzeit, das vielleicht zur selben Stunde, auf derselben Stelle gebrannt. In den dunklen Wolkenlagern schienen Heerzüge verschwundener Geschlechter vorüberzuziehen, manchmal anzuhalten über dem nächtlich singenden und tönenden Volkshaufen, als ob sie Lust hätten herabzusteigen und sich unter die zu mischen, welche ihre Spanne Zeit am Feuer vergaßen. Es war aber auch eine köstliche Stelle, diese Allmende; der bräunliche Boden, vom ersten Anflug des ergrünenden wilden Grases überschossen, dünkte uns weicher und elastischer als Sammetpolster, und vor der fränkischen Zeit schon war er für die Bewohner der Gegend dasselbe gewesen, was heute.

Die Stimmen der Weiber waren mit der Nacht lauter geworden; während die älteren schon fortgegangen und die verheirateten Männer sich zusammentaten, um vertraute Zechstuben aufzusuchen, begannen die Mädchen ihre Herrschaft unbefangener auszuüben, erst in lachenden Kreisen, bis zuletzt alles beieinander war, was zusammengehörte, und jedes Paar auf seine Weise sich zeigte oder verbarg. Doch als das Feuer zusammenfiel, lösten sich die verschlungenen Menschenkränze und begannen in großen und kleinen Gruppen dem Städtchen zuzuziehen, wo auf dem Rathause sowie in einigen Gasthäusern Pfeifen und Geigen sie erwarteten. Ich hatte mich in dem Gedränge unstät herumgetrieben; denn wo es die Geschlechter miteinander zu tun haben, wird auf den Vereinzelten keine Rücksicht genommen, und jeder ist nur mit dem Gegenstande seiner Neigung beschäftigt, das

Errungene festhaltend oder das noch nicht Errungene mit seinen Wünschen verfolgend. So war ich achtlos zurückgeblieben und vergnügte mich an der verlöschenden Glut, um welche außer einigen Knaben nur noch jene Fratzengestalten herumtanzten, weil das für sie nichts kostete. Sie sahen in den flatternden Hemden und mit den hohen Papiermützen aus wie Gespenster, die dem grauen Gemäuer entstiegen. Einige zählten auch die Münzen, welche sie etwa erhascht, andere suchten aus dem Feuer noch ein verkohltes Holzscheit zu ziehen, und besonders sah ich einen, welcher sich zu den tollsten Sprüngen angestrengt und den ich für einen jungen Taugenichts gehalten, nunmehr nach der Entlarvung als ein eisgraues Männchen zum Vorschein kommen und sich hastig mit einem rauchenden Fichtenklotze abquälen.

Ich wandte mich endlich hinweg und ging langsam davon, unschlüssig, ob ich nach Hause gehen oder dem Städtchen zusteuern sollte. Mein Mantel, der Degen und die Armbrust waren mir längst hinderlich; ich nahm alles zusammen unter den Arm, und indem ich rascher von der Allmende herunter schritt, fühlte ich mich so munter und lebenslustig wie am frühen Morgen, und je länger ich ging, desto stärker erwachte mir ein unbändiger Durst, einmal die Nacht zu durchschwärmen, und zugleich ein mächtiger Zorn, daß ich Anna so leichten Kaufes entlassen. Ich bildete mir ein, ganz der Mann dazu zu sein, in hohem Liebesglücke ein Liebchen eine festliche Nacht entlang zu führen, unter Tanz, Becherklang, Scherz und Kuß. Ich machte mir die bittersten Vorwürfe, den einzigen Tag so ungeschickt und schwachmütig verpfuscht zu haben, und stellte mir zugleich voll Eitelkeit vor, daß es Anna ebenso ergehe und sie vielleicht schlaflos auf ihrem Lager sich nach mir sehne; denn es mochte schon zehn Uhr vorüber sein. Unversehens war ich in dem Flecken angelangt, welcher von Musik ertönte, und als ich in einen übervollen Saal trat, in welchem die blühenden Paare sich drehten, da klopfte mein Blut immer unwilliger und heißer; ich bedachte nicht, daß wir die einzigen sechzehnjährigen Leutchen gewesen wären, die sich im offenkundigen Vereine zeigten, noch weniger, daß unsere heutigen Erlebnisse zehnmal schöner und bedeutsamer waren als alles, was diese lärmende Jugend hier genießen konnte, und daß ich mich in der Erinnerung derselben reich und glücklich genug hätte fühlen sollen. Ich sah nur die Freude der Zwanzigjährigen, der Verlobten und Selbständigen, und maßte mir ihr Recht an, ohne im mindesten zu ahnen, daß mein prahlerisches Blut, sobald ich Anna wirklich zur Seite gehabt hätte, augenblicklich wieder zahm und sittig geworden wäre. Es gereicht mir auch nicht zur Ehre, daß es ihrer leibhaften Gegenwart bedurft hätte, zur Bescheidenheit zurückzukehren. Doch als ich von meinen Vettern und Bekannten als ein verloren Geglaubter tapfer begrüßt und in den Strudel gezogen wurde, blendete mich das Licht der Freude, daß ich mich und meinen Ärger vergaß und der Reihe nach mit meinen drei Basen tanzte. Nach diesen tanzte ich mit einem fremden zierlichen Mädchen; allein ich erhitzte mich immer mehr, ohne zufrieden zu sein; die Lust, welche im ganzen so viel Geräusch machte, ging mir im einzelnen viel zu langsam und nüchtern vor sich. So freudestrahlend alle die jungen Leute drein blickten, schien es mir doch nur ein matter Schimmer zu sein gegen den Glanz, der in meiner Phantasie wach geworden. Unruhig streifte ich durch einige Trinkstuben, die neben dem Saale waren, und wurde von einer Gesellschaft junger Burschen angehalten, welche purpurroten Wein tranken und dazu sangen. Hier schien meine Sehnsucht endlich ein Ziel zu finden, ich trank von dem kühlen Wein, dessen schöne Farbe meinen Augen sehr wohl gefiel, und fing leidenschaftlich an zu singen. Kaum hatte ein Lied geendet, so begann ich ein anderes, schlug ein rascheres Tempo an und erhob bei ausdrucksvollen Stellen die Stimme, daß sie bald die anderen übertönte. Verwundert, daß der Duckmäuser aus der Stadt noch besser trinken und lärmen könne als sie, wollten die Burschen nicht zurückbleiben, wir feuerten uns gegenseitig an, ich sang und sang immerzu und bemerkte erst bei einem Rundgesange, wo ich eine Weile schweigen mußte, daß sämtliche Bäschen durch die Türe guckten und mich mit vergnügtem Erstaunen in meiner Gloria sitzen sahen. Sie lachten mir zu, winkten mir drohend, weil ich ihr Panier verlassen, und forderten mich auf, wieder zu tanzen. Aber ich war nun ein gemachter und angesehener Mann unter meinen Gesellen, ganz wie einst als Knabe, wo ich eine Zeitlang den Renommisten gespielt, und als einige davon sich wieder nach Mädchen umsahen, brach ich mit zwei wilden Jünglingen auf, das Städtchen zu durchziehen. Arm in Arm stürmte ich mit den gesunden Bauerssöhnen über die Straße, wir gaben uns die lustigsten Redensarten zum besten, sangen und empfanden das reine und edle Vergnügen, welches entsteht, wenn Ungleiches sich eint und zu Gefallen lebt. Doch schon im nächsten Tanzhause, in welches wir traten, verlor ich einen um den anderen meiner neuen Freunde, indem sie hier fanden, was sie wahrscheinlich gesucht hatten, und ich setzte allein, aber rastlos, meinen Streifzug fort. Hie und da schaute ich einen Augenblick zu, trank bei Bekannten ein Glas, erwiderte ungesäumt und etwas gesalzen die Späße, die man an mich richtete, bis ich in eine Stube kam, wo an einem großen runden Tische noch vier von den barmherzigen Brüdern saßen. Zwei waren schon abgefallen und verschwunden; die hier saßen, hatten bereits ihren dritten Rausch hinter sich und befanden sich nun in jenem lässigen Zustande, in welchem erfahrene Zechbrüder einen lustigen Tag austönen lassen, wohlgeschliffene Witze machen und ihren Wein so trinken, als ob sie nicht mehr viel darum gäben, sich aber wohl hüten, schließlich einen Tropfen stehen zu lassen. Etwas entfernt von ihnen saß am gleichen Tische die Judith, welcher die Brüder der Sitte gemäß ein Glas geboten. Sie schien sich ganz allein bei dem Feste umgesehen zu haben und sich nun am besten zu gefallen, die Witze und Verfänglichkeiten dieser Herren schlagfertig zurückzugeben und sie in Respekt zu halten, wozu es keiner geringen Gewandtheit und Kraft bedurfte. Sie saß ebenso lässig da, zurückgelehnt und halb abgewandt und warf ihre Erwiderungen gleichmütig hin. Die Mönche hatten ihre Flachsbärte abgelegt und die gefärbten Nasen gewaschen; nur der älteste, welcher einen angehenden Kahlkopf und eine natürliche Feuernase besaß, prangte noch mit dem hohen Rot derselben. Dies war der Unnützeste und rief mir zu, als ich vorübergehen wollte: »Heda, Grünspecht! wo hinaus?« Ich stand still und erwiderte: »Guter Freund! Ihr habt vergessen, den Zinnober von Eurer Nase zu wischen, wie die anderen Herren doch getan! Ich mache Euch hiermit aufmerksam, damit Ihr nicht etwa Euer Kopfkissen rot macht.«

Das Gelächter der übrigen nahm mich sogleich in den holden Bund auf; ich mußte mich setzen und ein Glas annehmen, worauf sie sagten: »Und dennoch, könnt Ihr glauben, daß dieser Kerl es noch für nötig befunden hat, heut seine Nase zu schminken?« – »Das war freilich«, erwiderte ich, »ebenso töricht, als wenn man eine Rose schminken wollte!«

»Und dazu viel gefährlicher«, versetzte ein anderer, »denn eine Rose schminken, heißt ein Werk Gottes verbessern wollen, und der liebe Gott verzeiht! Aber eine rote Nase schminken, heißt den Teufel verhöhnen, und der verzeiht nicht!«

So ging es fort; sie verhandelten nun seinen Kahlkopf, wobei ich aber bald weit zurückblieb, indem sie über diesen Gegenstand allein wohl zwanzig verschiedene Witze machten, welche in der Phantasie die lächerlichsten Vorstellungen erregten und von denen einer den andern an Neuheit und Kühnheit der Bilder überbot. Judith lachte, als die Taugenichtse über sich selbst herfuhren, und als der Angegriffene dies sah, suchte er sich aus dem Feuer zu retten, indem er sich gegen sie wendete. Sie saß da in einem schlichten braunen Kleide, die Brust mit einem weißen Halstuche bedeckt, welches ein wenig ihren prächtigen Hals sehen ließ; um diesen lag eine feine Goldkette und verlor sich im Halstuche, sonst trug sie keinen Putz als ihr schönes braunes Haar. Der Kahlkopf blinzelte mit den Augen und sang:

»Mein Schatz, um deinen weißen Hals
Geht eine Schnur von Katzengold,
Die führt an deinem Busam
Teuf in dein falsches Herz!«

Judith erwiderte schnell: »Damit Ihr meinen weißen Hals einmal vergeßt, will ich Euch auch ein Lied von etwas Weißem berichten!« und sie sang nicht, sondern sagte einfach wohlklingend:

»Es ist eine üble Zeit!
Luna, die weiland keusche Maid,
Liebäugelt auf den Köpfen alter Sünder
Am hellen Tag und höhnt uns arme Kinder.
Schäm dich, Mondschein!

Ich tat das Fenster auf
In dunkler Nacht und suchte Lunas Lauf;
Da glänzt sie frech an meines Hauses Schwelle,
Wild goß ich Wasser auf die weiße Stelle.
Schäm dich, Mondschein!«

Ihre Mutter war gestorben, auch hatte sie seither in einer ausländischen Lotterie mehrere Tausend Gulden gewonnen, da sie aus langer Weile sich mit dergleichen Dingen befaßte. So schien sie nun mehr als je für schwere und leichte Schnapphähne ein guter Fang, und der Kahle glaubte sie, nachdem er verschiedene Anleihen bei ihr gemacht, welche sie ihm lachend gewährt, im Sturme nehmen zu können, ward aber ebenso lachend abgewiesen. Das obige Liedchen aber schien sogar auf ein schlimmes Abenteuer zu deuten, welches er auf seiner Freite bestanden. Denn mit einer ganz heillosen Diskretion sahen sich die drei übrigen an, mit funkelnden Augen und mühsam verhaltenem Munde, indem sie anfingen, halblaut zu summen:

hm! hm! – hm! hm! hm!
hm! hm! hm! – hm! hm! hm!

Der Rhythmus dieses Gesummes war so verführerisch, daß ich mit einstimmte und eine stolze Glückseligkeit empfand, mit den Spöttern singen zu dürfen: hm hm hm! hm hm hm ! – es war still und feierlich in der nur noch schwach erleuchteten Stube und mit feierlicher Behaglichkeit setzten wir die seltsamen Takte fort. Judith lachte hell auf und rief: »O ihr Kindsköpfe!« Da brachen wir laut aus: Ha ha ha! – ha ha ha! Der Gehöhnte aber spähte umher, zog unversehens dem lautesten Spötter ein hervorguckendes Blatt aus der Kutte und las dessen Überschrift: »Christliche Wochenbötin, ein konservatives Volksblättlein.« Der Spott entlud sich nun auf den Überraschten, dessen schwache Seite sein Konservatismus war, den er weder genugsam zu erklären noch zu verteidigen vermochte. Diese Benennung war erst seit einiger Zeit im Umlauf und fing einige Leute, welche vorher im Nebelhaften geschwebt. Der Kahle forderte den Konservativen auf, er solle einmal sagen, was er sich eigentlich darunter denke, wenn er behaupte, konservativ zu sein. Dieser wollte tun, als ob er hierüber keinen Spaß verstehe, und wünschte mit wichtigem Gesicht, nicht zu politisieren! Doch ein anderer rief: »Die Erklärung ist schon im Paradies zu suchen! Als Adam den Tieren ihren Namen gab, war eines darunter, das wedelte gar bedächtig mit den Ohren und sagte, es sei konservativ; es konnte aber keinen Grund hierfür angeben und Adam sagte: du sollst Esel heißen!« Erbost rückte dieser nun mit seinem innersten und eigentlichen Grunde, der seine fixe Idee war, heraus und warf dem Radikalismus vor, daß er den Wein versäuert und verteuert hätte. Wenn man noch ein süßes und billiges Glas trinken wolle, so sei dieses einzig in den abgelegenen altväterischen Wirtschaften zu finden, wo die alten Zöpfe hinkröchen, sich vor der Welt zu verbergen. »Sauft«, schrie er, »den radikalen Rachenputzer eurer berühmten politischen Wirte! Ich halt es mit den Zöpfen!« Da allerdings etwas Wahres in diesem Vorwurfe lag, so entbrannten die drei übrigen ihrerseits im Zorne, schalten den Konservativen einen Verleumder und suchten ihm zu beweisen, daß er ohne den Radikalismus gar keinen Wein zu riechen bekäme, weder guten noch schlechten, daß er selbst als konservativer Parteibedienter völlig überflüssig wäre und von seinen Zöpfen den Schuh unter den Rücken erhielte statt des stärkenden Weinchens der Proselytenbelohnung. Dies führte zu einem hitzigen Gefechte, worin die Herren gegenseitig ihre Grundsätze, Tatsachen und Parteichefs heruntermachten, und das in Ausdrücken, Vergleichungen und Wendungen, Schlag auf Schlag, wie sie kein dramatischer Dichter für seine Volksszenen treffender und eigentümlicher erfinden könnte; nicht einmal nachzuschreiben wären sie, so leicht und blitzähnlich entsprangen die Witze aus den Voraussetzungen, welche bald scharf zutreffend, bald böslich ersonnen, doch immer sich auf die Verhältnisse und Personen gründeten und zu immer neuen Gruppen verschlangen. Ein Leitartikel oder eine Rede wäre zwar aus diesem Turnier nicht zu schöpfen gewesen; doch konnte man sehen, welch eine ganz vertrackte Kritik das Volk auf seine Weise führt und wie sehr sich derjenige trügt, welcher, von der Tribüne herunter zu zweifelhaften Zwecken das »biedere, gute Volk« anrufend, irgend ein wohlwollendes und naives Pathos voraussetzt. Selbst Äußerlichkeiten, Angewöhnungen und körperliche Gebrechen wurden in einen solchen Zusammenhang mit den Worten und Handlungen hervorragender Männer gebracht, daß die letzten nur eine notwendige Folge der ersten zu sein schienen und man glaubte, in den ungelehrten, aber phantasiereichen Volksherren die doktrinärsten Physiognomisten vor sich zu sehen. Mancher angesehene Mann ward hier zu einem lächerlichen oder unheimlichen Popanz umgeschaffen, daß er leibhaft zu sehen war, und selbst die Verteidigung desselben hätte etwas Demütigendes für ihn gehabt, wenn er sie gehört hätte. Wie in einer ganz anderen Welt war ich hier als bei dem Schulmeister; und doch fühlte ich mich gleich zu Hause und schlürfte die starken und rücksichtslosen Redensarten, die spöttischen und wilden Einfälle ebenso andächtig ein wie die gewählten ruhigen Worte von Annas Vater, ohne deswegen den Verkehr mit diesem zu verachten. Ich schien mir dort ein anderer und hier ein anderer und doch immer der gleiche zu sein. Ich freute mich, daß mein Leben eine Seite um die andere vor mir auftat, und war stolz darauf, indem ich mir einbildete, daß diese lustigen Männer mich ihrer Gesellschaft würdig hielten und ihre Witze vor mir nicht zurückhielten. Mit Vergnügen dachte ich an den Schulmeister und wie ich fürder ernsthaft und anständig mit ihm disputieren wolle, während ich doch noch von was anderem wüßte; denn es schien mir nun darauf anzukommen, nirgends ausgeschlossen zu sein und alles zu übersehen, in welchem Vorsatze ich mir unendlich klug vorkam und nicht bemerkte, daß meine Einsicht bereits hintergangen war und ich als ein rechter Knabe in den Schlingen der schönen Judith saß; denn ihrer Anwesenheit war ein guter Teil meiner Behaglichkeit zuzuschreiben.

II, 18 Die barmherzigen Brüder waren durch die Politik wieder rüstig und munter geworden und hatten die Flaschen wieder füllen lassen, obgleich Mitternacht lange vorüber, als Judith plötzlich aufbrach und sagte: Frauen und junge Knaben gehören nun nach Hause! Wollt Ihr nicht mitkommen, Vetter, da wir den gleichen Weg haben? Ich sagte Ja, doch müßte ich erst nach meinen Verwandten sehen, welche wahrscheinlich auch mitkommen würden. »Die werden wohl schon fort sein«, erwiderte sie, »denn es ist spät; wenn ich nicht darauf gerechnet hätte, daß ich mit Euch gehen könnte, so wäre ich auch längst fort.« »Oho!« riefen die Zecher, »als ob wir nicht auch da wären! Wir alle begleiten Euch! Das soll nicht gesagt sein, daß die Judith nicht Begleiter zur Auswahl habe!« brachen auf und sorgten, noch den frischen Wein unterzubringen, während Judith mir winkte und, auf dem Flur angekommen, sagte: »Diese vier Heiden wollen wir schön anführen!« Auf der Straße sah ich, daß der Saal, wo meine Vettern und Basen sich aufgehalten, schon dunkel war, und mehrere Leute bestätigten ihre Heimkehr. So mußte ich der Judith folgen, als sie mich durch ein dunkles Seitengäßchen ins Freie und durch einige

Feldwege auf die Landstraße führte, daß wir einen Vorsprung gewannen und die vier Männer hinter uns rufen hörten. Indem wir eilend weiter schritten, gingen wir um einige Spannen entfernt neben einander her; ich hielt mich spröde zurück, während mein Ohr keinen Ton ihres festen und doch leichten Schrittes verlor und begierig das leise Rauschen ihres Kleides vernahm. Die Nacht war dunkel, aber das Frauenhafte, Sichere und die Fülle ihres Wesens wirkte aus allen Umrissen ihrer Gestalt wie berauschend auf mich, daß ich alle Augenblicke hinüberschielen mußte, gleich einem angstvollen Wanderer, dem ein Feldgespenst zur Seite geht. Und wie der Wanderer mitten in seiner Angst sein christliches Bewußtsein wachruft zum Schutze gegen den unheimlichen Begleiter, trug ich während des verlockenden Ganges einen geistlichen Hochmut der Sprödigkeit und der Unfehlbarkeit in mir. Judith sprach von den Männern und lachte über sie, erzählte mir unbefangen die Dummheiten, die der eine ihr gemacht, und fragte mich, ob Luna nicht eine alte Mondgöttin wäre? Wenigstens habe sie das immer vermutet, wenn sie jenes Lied in einem alten Buche gelesen; es habe auch gut für den Schlingel gepaßt. Dann fragte sie mich plötzlich, warum ich so stolz geworden sei und sie seit Jahren nie mehr angesehen, viel weniger besucht habe? Ich wollte mich damit entschuldigen, daß sie keinen Verkehr mit dem Hause meines Oheims pflege und ich daher schicklicherweise nicht allein sie besuchen könne. »Ach was!« sagte sie, »Ihr seid ja auch noch mein Vetter und könnt mich von Rechts wegen wohl heimsuchen, wenn Ihr wollt! Damals, wo Ihr so jung gewesen, habt Ihr mich so gern gehabt und Ihr seid mir immer ein wenig lieb; aber jetzt habt Ihr ein Schätzchen, in welches Ihr verliebt seid, und meint, keine andere Frau mehr ansehen zu dürfen!« – »Ich ein Schätzchen?« erwiderte ich, und als sie diese Behauptung wiederholte und Anna nannte, leugnete ich die Sache auf das bestimmteste. Wir waren unversehens beim Dorfe angekommen, in welchem noch viele Stimmen laut wurden und die jungen Leute über die Straße gingen; Judith wünschte ihnen aus dem Wege zu gehen, und obgleich ich nun füglich meine Straße hätte ziehen können, leistete ich doch keinen Widerstand und folgte ihr unwillkürlich, als sie mich bei der Hand nahm und zwischen Hecken und Mauern durch ein dunkles Wirrsal führte, um ungesehen in ihr

Haus zu gelangen. Sie hatte ihre Äcker verkauft und nur einen schönen Baumgarten nächst dem Hause behalten, in welchem sie ganz allein wohnte. Der genossene Wein erhöhte die Aufregung, in welcher ich mich befand, wie wir so durch die engen Wege hinschlüpften, und als bei dem Hause angekommen Judith sagte: »Kommt herein, ich will noch einen Kaffee kochen!« und ich hineinging und sie die Haustüre fest hinter uns verriegelte, da klopfte mir das Herz wie mit Hämmern, während ich mich übermütig des Abenteuers freute und mich vermaß, dasselbe zu meiner Ehre, aber verwegen zu bestehen. An Anna dachte ich gar nicht, mein wallendes Blut verfinsterte ihr Bild und ließ nur den Stern meiner Eitelkeit durchschimmern; denn genau erwogen, wollte ich nur um meiner selbst willen meine Standhaftigkeit erproben. So stark ist die Selbstsucht, daß sie selbst da noch leuchtet, wo die reinste Liebe untergeht, und mit trügerischen Vorspiegelungen den Willen zu gängeln weiß. Doch darf ich mir gestehen, daß es im Grunde eine Art romantischen Pflichtgefühls war, welches mich unbefangen antrieb, keiner merkwürdigen Erfahrung auszuweichen. Auch verlor sich die unheimliche Aufregung, sobald Judith Licht angezündet und ein helles Feuer entflammt hatte. Ich saß auf dem Herde und plauderte ganz vergnüglich mit ihr, und indem ich fortwährend in ihr vom Feuer beglänztes Gesicht sah, glaubte ich stolz mit der Gefahr spielen zu können und träumte mich in die Lage der Dinge zurück, wie ich vor zwei Jahren noch ihr Haar auf- und zugeflochten hatte. Während der Kaffee singend kochte, ging sie in die Stube, um ihr Halstuch abzulegen und ihr Sonntagskleid auszuziehen, und kam im weißen Untergewande zurück, mit bloßen Armen, und aus der schneeweißen Leinwand enthüllten sich mit blendender Schönheit ihre Schultern. Sogleich ward ich wieder verwirrt und erst allmählich, indem ich unverwandt sie anschaute, entwirrte sich mein flimmernder Blick an der ruhigen Klarheit dieser Formen. Ich hatte sie schon als Knabe ein oder zwei Mal so gesehen, wenn sie beim Ankleiden nicht sehr auf mich achtete, und obgleich ich jetzt anders sah als damals, schien doch die gleiche Vorwurfslosigkeit auf diesem Schnee zu ruhen, auch bewegte sich Judith so sicher und frei, daß diese Sicherheit auch auf mich überging. Sie trug den fertigen Kaffee in die Stube, setzte sich neben mich, und indem sie das herbeigeholte Kirchenbuch aufschlug, sagte sie: »Seht, ich habe alle die Bildchen noch, die Ihr mir gezeichnet habt!« Wir betrachteten die komischen Dinger, eins ums andere, und die unsicheren Striche von damals kamen mir höchst seltsam vor, wie vergessene Zeichen einer unabsehbar entschwundenen Zeit. Ich erstaunte vor diesen Abgründen der Vergessenheit, die zwischen den kurzen Jugendjahren liegen, und betrachtete die Blättchen sehr nachdenklich; auch die Handschrift, womit ich die Sprüche hineingeschrieben, war eine ganz andere und noch diejenige aus der Schule. Die ängstlichen Züge sahen mich traurig an; Judith sah auch eine Zeitlang still auf das gleiche Bildchen mit mir, dann sah sie mir plötzlich dicht in die Augen, indem sie ihre Arme um meinen Hals legte und sagte: »Du bist immer noch der gleiche? An was denkst du jetzt?« – »Ich weiß nicht«, erwiderte ich. »Weißt du«, fuhr sie fort, »daß ich dich gleich fressen möchte, wenn du so studierst, ins Blaue hinaus?« und sie drückte mich enger an sich, während ich sagte: »Warum denn?« – »Ich weiß selbst nicht recht; aber es ist so langweilig unter den Leuten, daß man oft froh ist, wenn man an etwas anderes denken kann; ich möchte dies auch gern, aber ich weiß nicht viel und denke immer das gleiche, obschon mir etwas Unbekanntes im Kopfe herumgeht; wenn ich dich nun so staunen sehe, so ist es mir, als ob du gerade an das denkst, woran ich auch gern sinnen möchte, ich meine immer, es müßte einem so wohl sein, wenn man mit deinen geheimen Gedanken so in die Weite spazieren könnte! O, es muß einem da so still und klug, so traurig und glückselig zu Mute sein!« So etwas hatte ich noch niemals zu hören bekommen; obgleich ich wohl einsah, daß die Judith sich allzusehr zu meinen Gunsten täuschte, was meine inneren Gedanken betraf, und ich tief beschämt errötete, daß ich glaubte, die Röte meiner brennenden Wange müsse ihre weiße Schulter anglühen, an welcher sie lag: so sog ich doch Wort für Wort dieser süßesten Schmeichelei begierig ein, und meine Augen ruhten dabei auf der Höhe der Brust, welche still und groß aus dem frischen Linnen emporstieg und in unmittelbarster Nähe vor meinem Blicke glänzte wie die ewige Heimat des Glückes. Judith wußte nicht, oder wenigstens nicht recht, daß es jetzt an ihrer eigenen Brust still und klug, traurig und doch glückselig zu sein war. Es dünkt mich, die Ruhe an der Brust einer schönen Frau sei der einzige und wahre irdische Lohn für die Mühe des Helden jeder Art und für alles Dulden des Mannes und mehr wert als Gold, Lorbeer und Wein zusammen. Nun war ich zwar sechzehn Jahr alt und weder ein Held noch Mann, der was getan hatte; doch fühlte ich mich ganz außer der Zeit, wir waren gleich alt oder gleich jung in diesem Augenblicke, und mir ging es durch das Herz, als ob ich jetzt jene schöne Ruhe vorausnähme für alles Leid und alle Mühe, die noch kommen sollten. Ja dieser Augenblick schien so sehr seine Rechtfertigung in sich selbst zu tragen, daß ich nicht einmal aufschreckte, als Judith, in dem Gesangbuch blätternd, ein zusammengefaltetes Blatt hervorzog, es aufmachte, mir vorhielt und ich nach langem Sinnen jenes beschriebene und an Anna gerichtete Liebesbriefchen erkannte, das ich vor Jahren einst den Wellen übergeben hatte. »Leugnest du noch, daß dies gute Kind dein Schätzchen sei?« sagte sie, und ich leugnete es aus Mutwillen zum zweiten Male, das Blatt eine vergessene Kinderei erklärend. In diesem Augenblicke riefen Stimmen vor dem Hause, welche wir als diejenigen der vier Männer erkannten. Sogleich löschte sie das Licht aus, daß wir im Dunkeln saßen; doch die unten begehrten nichtsdestominder Einlaß, indem sie riefen: »So macht doch auf, schöne Judith, und wartet uns mit einer Tasse heißem Kaffee auf! wir wollen uns ehrbar benehmen und noch ein vernünftiges Wort sprechen! Aber macht auf, zum Lohn dafür, daß Ihr uns so angeführt habt; es ist Fastnacht und Ihr dürft ohne Gefährde einmal die vier ruhmwürdigsten Kumpane des Landes bewirten!« Wir hielten uns aber ganz still; schwere Regentropfen schlugen an die Scheiben, es wetterleuchtete sogar und in der Ferne donnerte es, daß es klang, als wäre es Mai oder Juni; um Judith kirre zu machen, sangen die Männer mit heuchlerischer Sorgfalt ein vierstimmiges Lied, so schön sie konnten, und ihr überwachter Zustand gab ihren Stimmen wirklich etwas gerührt Vibrierendes. Als dies alles nichts half, fingen sie an zu fluchen, und einer kletterte am Spalier zum Fenster empor, um in die dunkle Stube zu sehen. Wir bemerkten wohl seine spitzige Kapuze, die er über den Kopf gezogen hatte; da erhellte mit einem Mal ein Blitz die Stube, und der Späher konnte Judith ihres weißen Zeuges wegen erkennen. »Die verwünschte Hexe sitzt ganz aufrecht und munter am Tisch!« rief er gedämpft hinunter; ein anderer sagte: »Laß mich einmal sehen!« Doch während sie sich ablösten und die Stube wieder finster war, huschte Judith schnell zu ihrem Bett, nahm die weiße Decke desselben und warf sie über den Stuhl, worauf sie mich leis nach dem Bett hinzog, welches man vom Fenster aus nicht sehen konnte. Als jetzt ein zweiter, noch stärkerer Blitz die Stube ganz klar machte, sagte der Mann, welcher die Augen wie eine Doppelbüchse auf den Stuhl gerichtet hatte: »Es ist sie nicht, es ist nur ein weißes Tuch; das Kaffeegeschirr steht auf dem Tisch und das Kirchenbuch liegt dabei. Der Himmelteufel ist am Ende frömmer als man glaubt!« Judith aber flüsterte mir ins Ohr: »Der Schelm hätte dich jetzt ganz gewiß erblickt, wenn wir sitzen geblieben wären!« Doch die gewaltigen Regengüsse, Blitz und Donner, die nun hereinbrachen, vertrieben den Späher vom Fenster; wir hörten, wie sie ihre Kutten schüttelten und auseinander sprangen, um im Dorfe ein Unterkommen zu suchen, da sie alle weit von Hause waren. Als wir nichts mehr von ihnen hörten, saßen wir noch eine Weile ganz still auf dem Bette und lauschten auf das Gewitter, welches das Häuschen erzittern machte, so daß ich mein eigenes leises Zittern nicht recht davon unterscheiden konnte. Ich umfaßte Judith, um nur dies beklemmende Zittern zu unterbrechen, und küßte sie auf den Mund; sie küßte mich wieder, fest und warm; doch dann löste sie meine Arme von ihrem Hals und sagte: »Glück ist Glück und es gibt nur *ein* Glück; aber ich kann dich nicht länger hier behalten, wenn du mir nicht gestehen willst, daß du und des Schulmeisters Tochter einander gern habt! Denn nur das Lügen macht alles schlimm!«

Ohne Rückhalt begann ich nun, ihr die ganze Geschichte zu erzählen von Anfang bis zu Ende, alles was je zwischen Anna und mir vorgefallen, und verband die beredte Schilderung ihres Wesens mit derjenigen der Gefühle, die ich für sie empfand. Ich erzählte auch genau die Geschichte des heutigen Tages und klagte der Judith meine Pein in betreff der Sprödigkeit und Scheue, welche immer wieder zwischen uns traten. Nachdem ich lange so erzählt und geklagt, antwortete sie auf meine Klagen nicht, sondern fragte mich: »Und was denkst du dir jetzt eigentlich darunter, daß du bei mir bist?« Ganz verwirrt und beschämt schwieg ich und suchte ein Wort; dann sagte ich endlich zaghaft: »Du hast mich ja mitgenommen!« – »Ja«, erwiderte sie,

»aber wärest du mit jeder anderen hübschen Frau ebenso gegangen, die dich gelockt hätte? Besinne dich einmal hierauf!« Ich besann mich in der Tat und sagte dann ganz entschieden: »Nein, mit gar keiner!« »Also bist du mir auch ein bißchen gut?« fuhr sie fort. Jetzt geriet ich in die größte Verlegenheit; denn die Frage zu bejahen, fühlte ich nun deutlich, würde die erste eigentliche Untreue gewesen sein, und doch, indem es mich trieb, ehrlich nachzudenken, konnte ich noch weniger ein Nein hervorbringen. Endlich konnte ich doch nicht anders und sagte: »Ja – aber doch nicht so wie der Anna!« – »Wie denn?« Ich umschlang sie ungestüm, und indem ich sie streichelte und ihr auf alle Weise schmeichelte, fuhr ich fort: »Siehst du! für die Anna möchte ich alles Mögliche ertragen und jedem Winke gehorchen; ich möchte für sie ein braver und ehrenvoller Mann werden, an welchem alles durch und durch rein und klar ist, daß sie mich durchschauen dürfte wie einen Kristall, nichts tun, ohne ihrer zu gedenken, und in alle Ewigkeit mit ihrer Seele leben, auch wenn ich von heute an sie nicht mehr sehen würde! Dies alles könnte ich für dich nicht tun! Und doch liebe ich dich von ganzem Herzen, und wenn du zum Beweis dafür verlangtest, ich sollte mir von dir ein Messer in die Brust stoßen lassen, so würde ich in diesem Augenblicke ganz still dazu halten und mein Blut ruhig auf deinen Schoß fließen lassen!« Ich erschrak sogleich über diesen Worten und entdeckte zugleich, daß sie nichts weniger als übertrieben, sondern ganz der Empfindung gemäß waren, die ich von jeher für Judith unbewußt getragen. Mit meinen Liebkosungen plötzlich innehaltend, ließ ich die Hand auf ihrer Wange liegen und in diesem Augenblicke fühlte ich eine Träne darauf fallen. Zugleich seufzte sie und sagte: »Was tue ich mit deinem Blute! – O! nie hat ein Mann gewünscht, brav, klar und lauter vor mir zu erscheinen, und doch liebe ich die Wahrheit wie mich selbst!« Betrübt sagte ich: »Aber ich könnte doch nicht dein ernsthafter Liebhaber oder gar dein Mann sein?« – »O das weiß ich wohl und fällt mir auch gar nicht ein!« erwiderte sie, »ich will dir auch sagen, was du von mir zu denken hast! Ich habe dich zu mir gelockt, erstens, weil ich wieder einmal ein wenig küssen wollte, was ich auch gleich hernach tun will, du bist mir dazu gerade recht! Zweitens wollte ich dich als ein hochmütiges Bürschchen ein wenig in die Schule nehmen, und drittens macht es mir Vergnügen, in Ermangelung eines anderen, den Mann zu lieben, der noch in dir verborgen ist, wie ich dich schon als Kind gern gesehen habe.« Mit diesen Worten packte sie mich und fing an mich zu küssen, daß es mir glutheiß wurde und ich nur, um die Glut zu kühlen, ihre feuchten Lippen festhalten und wieder küssen mußte. Als ich Anna geküßt, war es gewesen, als ob mein Mund eine wirkliche Rose berührt hätte; jetzt aber küßte ich eben einen heißen, leibhaften Mund, und der geheimnisvolle balsamische Atem aus dem Innern eines schönen und starken Weibes strömte in vollen Zügen in mich über. Dieser Unterschied fiel mir so auf, daß mitten im heftigen Küssen Annas Stern aufging, eben als Judith mehr wie für sich flüsterte: »Denkst du nun auch an dein Schätzchen?« – »Ja«, erwiderte ich, »und ich geh nun!« und wollte mich losmachen. »So geh!« sagte sie lächelnd, doch löste sie ihre weichen nackten Arme auf eine so sonderbare Weise auseinander, daß es mir schneidend weh tat, mich frei zu fühlen, und eben wieder im Begriffe war, in dieselben zu sinken, als sie aufsprang, mich noch einmal küßte und dann von sich stieß, indem sie leise sagte: »Nun pack dich, es ist jetzt Zeit, daß du heimkommst!« Beschämt suchte ich meinen Hut und eilte davon, daß sie laut lachte und mir kaum nachkommen konnte, um mir die Haustüre aufzumachen. »Halt«, flüsterte sie, als ich davonlaufen wollte, »geh da oben durch den Baumgarten hinaus und ein wenig ums Dorf herum!« und sie kam mit mir durch den Garten in ihrem leichten Gewande, obgleich es regnete und stürmte, was vom Himmel herunter mochte. Am Gatter stand sie still und sagte: »Hör einmal! ich sehe nie einen Mann in meinem Hause und du bist der erste, den ich seit langer Zeit geküßt! Ich habe Lust, dir nun erst recht treu zu bleiben, frage mich nicht warum, ich muß etwas probieren für die lange Zeit und es macht mir Spaß. Dafür verlange ich aber, daß du jedesmal zu mir kommst, wenn du im Dorfe bist, in der Nacht und heimlich; am Tage und vor den Leuten wollen wir tun, als ob wir uns kaum ansehen möchten. Ich verspreche dir, daß es dich nie gereuen soll. Es wird in der Welt nicht so gehen, wie du es denkst, und vielleicht auch mit Anna nicht; das alles wirst du schon sehen; ich sage dir nur, daß du später froh sein sollst, wenn du zu mir gekommen bist!« – »Nie komme ich wieder!« rief ich etwas heftig – »Bst!

nicht so laut«, sagte sie; dann sah sie mir ernsthaft in die Augen, daß ich trotz Sturm und Dunkelheit die ihrigen glänzen sah, und fuhr fort: »Wenn du mir nicht heilig und auf deine Ehre versprichst, daß du wieder kommen willst, so nehm ich dich sogleich wieder mit, nehme dich zu mir ins Bett und du mußt bei mir schlafen! Das schwöre ich bei Gott!« Es kam mir gar nicht in den Sinn, über diese Drohung zu lachen oder dieselbe zu verachten; vielmehr versprach ich, so schnell ich konnte, in Judiths Hand, daß ich wieder kommen wollte, und eilte davon. Ich lief daraufzu, ohne zu wissen wohin; denn der strömende Regen tat mir wohl; so war ich bald aus dem Dorfe und auf eine Höhe gekommen, auf welcher ich weiter ging. Der Morgen graute und warf ein schwaches Licht in das Unwetter; ich machte mir die bittersten Vorwürfe und fühlte mich ganz zerknirscht, und als ich plötzlich zu meinen Füßen den kleinen See und des Schulmeisters Haus erblickte, kaum erkennbar durch den grauen Schleier des Regens und der Dämmerung, da sank ich erschöpft auf den Boden und brach gar jämmerlich in Tränen aus. Es regnete immerfort auf mich nieder, die Windstöße fuhren und pfiffen durch die Luft und heulten erbärmlich in den Bäumen, ich weinte dazu, was nur die Augen fassen mochten; seltsamerweise machte ich niemandem Vorwürfe als mir selbst und dachte nicht daran, der Judith irgend eine Schuld beizumessen. Ich fühlte mein Wesen in zwei Teile gespalten und hätte mich vor Anna bei der Judith und vor Judith bei der Anna verbergen mögen. Ich gelobte aber, nie wieder zur Judith zu gehen und mein Versprechen zu brechen; denn ich empfand ein grenzenloses Mitleid mit Anna, die ich in der grauen feuchten Tiefe zu meinen Füßen jetzt so still schlafend wußte. Endlich raffte ich mich auf und stieg wieder ins Dorf hinunter; der Rauch stieg aus den Schornsteinen und kroch in wunderlichen Fetzen durch den Regen, ich sann etwas gefaßter darüber nach, was ich im Hause meines Oheims über mein nächtliches Ausbleiben vorgeben wolle. Ich wollte sagen, ich hätte mich verirrt und sei die ganze Nacht umhergestreift. Dies war seit den kritischen Knabenjahren das erste Mal, wo ich zu einem eigennützigen Zwecke wieder lügen mußte; mehrere Jahre hindurch hatte ich nicht mehr gewußt, was lügen sei, und diese Entdeckung machte mir vollends zu Mute, als ob ich aus einem schönen Garten hinausgestoßen würde, in welchem ich eine Zeit lang zu Gast gewesen.

DRITTER BAND

ERSTES KAPITEL

Ich schlief fest und traumlos bis zum Mittag; als ich erwachte, wehte III, 1
noch immer der warme Südwind und es regnete in einem fort. Ich sah aus dem Fenster und erblickte das Tal auf und nieder, wie Hunderte von Männern am Wasser arbeiteten, um die Wehren und Dämme herzustellen, da in den Bergen aller Schnee schmelzen mußte und eine große Flut zu erwarten war. Das Flüßchen rauschte schon ansehnlich und graugelblich daher; für unser Haus war gar keine Gefahr, da es an einem sicher abgedämmten Seitenarme lag, der die Mühle trieb; doch waren alle Mannspersonen fort, um die Wiesen zu schützen, und ich saß mit den Frauensleuten allein zu Tische. Nachher ging ich auch hinaus und sah die Männer ebenso rüstig und entschlossen bei der Arbeit als sie gestern die Freude angefaßt hatten. Sie hantierten wie die Teufel in Erde, Holz und Steinen, standen bis über die Knie in Schlamm und Wasser, schwangen Äxte und trugen Faschinen und Balken umher, und wenn so acht Mann unter einem schweren Werkstücke einhergingen, hielten die Witzbolde unter ihnen ohne Zeitverlust keinen Einfall zurück; nur der Unterschied war gegen gestern, daß man keine Tabakspfeifen sah, da dies Volk bei der Arbeit wohl wußte, was guter Ton ist. Ich konnte nicht viel helfen und war den Leuten eher im Wege; nachdem ich daher eine Strecke weit das Wasser hinaufgeschlendert, kehrte ich oben durch das Dorf zurück und sah auf diesem Gange die Tätigkeit auf allen ihren gewohnten Wegen. Wer nicht am Wasser beschäftigt war, der fuhr ins Holz, um die dortige Arbeit noch schnell abzutun, und auf einem Acker sah ich einen Mann so ruhig und aufmerksam pflügen, als ob weder der Nachtag eines Festes noch eine Gefahr im Lande wäre. Ich schämte mich, allein so müßig und zwecklos umherzugehen, und um nur etwas Entschiedenes zu tun, entschloß ich mich, sogleich nach der Stadt zurückzu-

kehren. Zwar hatte ich leider nicht viel zu versäumen und meine ungeleitete haltlose Arbeit bot mir in diesem Augenblicke gar keine lockende Zuflucht, ja sie kam mir schal und nichtig vor; da aber der Nachmittag schon vorgerückt war und ich durch Kot und Regen in die Nacht hinein wandern mußte, so ließ eine aszetische Laune mir diesen Gang als eine Wohltat erscheinen, und ich machte mich trotz allen Einreden meiner Verwandten ungesäumt auf den Weg.

So stürmisch und mühevoll dieser war, legte ich doch die bedeutende Strecke zurück wie einen sonnigen Gartenpfad; denn in meinem Innern erwachten alle Gedanken und spielten fort und fort mit dem Rätsel des Lebens wie mit einer goldenen Kugel, und ich war nicht wenig überrascht, mich unversehens vor dem Stadttore zu befinden. Als ich vor unser Haus kam, merkte ich an den dunkeln Fenstern, daß meine Mutter schon schlief; mit einem heimkehrenden Hausgenossen schlüpfte ich ins Haus und auf meine Kammer, und am Morgen tat meine Mutter die Augen weit auf, als sie mich unerwartet zum Frühstück erscheinen sah.

Ich bemerkte sogleich, daß in unserer Stube eine kleine Veränderung vorgegangen war. Ein artiges Lotterbettchen stand an der Wand, welches die Mutter aus Gefälligkeit von einem Bekannten gekauft, der dasselbe nicht mehr unterzubringen wußte; es war von der größten Einfachheit, leicht und zierlich gebaut und statt des Polsters nur mit weiß und grünem Stroh überflochten und doch ein allerliebstes Möbel. Aber auf demselben lag ein ansehnlicher Stoß Bücher, an die fünfzig Bändchen, alle gleich gebunden, mit roten Schildchen und goldenen Titeln auf dem Rücken versehen und durch eine starke vielfache Schnur zusammengehalten, wie nur eine Frau oder ein Trödler etwas zusammenbinden kann. Es waren Goethes sämtliche Werke, welche einer meiner Plagegeister hergebracht hatte, um sie mir zur Ansicht und zum Verkauf anzubieten. Es war mir zu Mute, als ob der große Schatten selbst über meine Schwelle getreten wäre; denn so wenige Jahre seit seinem Tode verflossen, so hatte sein Bild in der Vorstellung des jüngsten Geschlechtes bereits etwas Dämonisch-Göttliches angenommen, das, wenn es als eine Gestaltung der entfesselten Phantasie einem im Traume erschien, mit ahnungsvollem Schauer erfüllen konnte. Vor einigen Jahren hatte ein deutscher Schreinergeselle, welcher in unserer Stube etwas zurechthämmerte, dabei von ungefähr gesagt: »Der große Goethe ist gestorben«, und dies unbeachtete Wort klang mir immer wieder nach. Der unbekannte Tote schritt fast durch alle Beschäftigungen und Anregungen und überall zog er angeknüpfte Fäden an sich, deren Enden nur in seiner unsichtbaren Hand verschwanden. Als ob ich jetzt alle diese Fäden in dem ungeschlachten Knoten der Schnur, welche die Bücher umwand, beisammen hätte, fiel ich über denselben her und begann hastig ihn aufzulösen, und als er endlich aufging, da fielen die goldenen Früchte des achtzigjährigen Lebens auf das schönste auseinander, verbreiteten sich über das Ruhbett und fielen über dessen Rand auf den Boden, daß ich alle Hände voll zu tun hatte, den Reichtum zusammenzuhalten. Ich entfernte mich von selber Stunde an nicht mehr vom Lotterbettchen und las dreißig Tage lang, indessen es noch einmal strenger Winter und wieder Frühling wurde; aber der weiße Schnee ging mir wie ein Traum vorüber, den ich unbeachtet von der Seite glänzen sah. Ich griff zuerst nach allem, was sich durch den Druck als dramatisch zeigte, dann las ich alles Gereimte, dann die Romane, dann die Italienische Reise, dann einige künstlerische Monographien, und als sich der Strom hierauf in die prosaischen Gefilde des täglichen Fleißes, der Einzelmühe verlief, ließ ich das Weitere liegen und fing von vorn an und entdeckte diesmal die einzelnen Sternbilder in ihren schönen Stellungen zueinander und dazwischen einzelne seltsam glänzende Sterne, wie den Reineke Fuchs oder den Benvenuto Cellini. So hatte ich noch einmal diesen Himmel durchschweift und vieles wieder doppelt gelesen und entdeckte zuletzt noch einen ganz neuen hellen Stern: Dichtung und Wahrheit. Ich war eben mit diesem *ein* Mal zu Ende, als der Trödler hereintrat und sich erkundigte, ob ich die Werke behalten wolle, da sich sonst ein anderweitiger Käufer gezeigt habe. Unter diesen Umständen mußte der Schatz bar bezahlt werden, was weit über meine Kräfte ging; die Mutter sah wohl, daß er mir etwas Wichtiges war, aber mein dreißigtägiges Liegen und Lesen machte sie unentschlossen, und darüber ergriff der Mann wieder seine Schnur, band die Bücher zusammen, schwang den Pack auf den Rücken und empfahl sich.

Es war, als ob eine Schar glänzender und singender Geister die Stube verließen, so daß diese aufeinmal still und leer schien; ich sprang auf, sah mich um und würde mich wie in einem Grabe gedünkt haben, wenn nicht die Stricknadeln meiner Mutter ein freundliches Geräusch verursacht hätten. Ich machte mich ins Freie; die alte Bergstadt, Felsen, Wald, Fluß und See und das formenreiche Gebirge lagen im milden Schein der Märzsonne, und indem meine Blicke alles umfaßten, empfand ich ein reines und nachhaltiges Vergnügen, das ich früher nicht gekannt. Es war die hingebende Liebe an alles Gewordene und Bestehende, welche das Recht und die Bedeutung jeglichen Dinges ehrt und den Zusammenhang und die Tiefe der Welt empfindet. Diese Liebe steht höher als das künstlerische Herausstehlen des einzelnen zu eigennützigem Zwecke, welches zuletzt immer zu Kleinlichkeit und Laune führt; sie steht auch höher als das Genießen und Absondern nach Stimmungen und romantischen Liebhabereien, und nur sie allein vermag eine gleichmäßige und dauernde Glut zu geben. Es kam mir nun alles und immer neu, schön und merkwürdig vor und ich begann, nicht nur die Form, sondern auch den Inhalt, das Wesen und die Geschichte der Dinge zu sehen und zu lieben. Obgleich ich nicht stracks mit einem solchen fix und fertigen Bewußtsein herumlief, so entsprang das nach und nach Erwachende doch durchaus aus jenen dreißig Tagen, sowie deren Gesamteindrucke noch folgende Ergebnisse ursprünglich zuzuschreiben sind.

Nur die Ruhe in der Bewegung hält die Welt und macht den Mann; die Welt ist innerlich ruhig und still, und so muß es auch der Mann sein, der sie verstehen und als ein wirkender Teil von ihr sie widerspiegeln will. Ruhe zieht das Leben an, Unruhe verscheucht es; Gott hält sich mäuschenstill, darum bewegt sich die Welt um ihn. Für den künstlerischen Menschen nun wäre dies so anzuwenden, daß er sich eher leidend und zusehend verhalten und die Dinge an sich vorüberziehen lassen als ihnen nachjagen soll; denn wer in einem festlichen Zuge mitzieht, kann denselben nicht so beschreiben wie der, welcher am Wege steht. Dieser ist darum nicht überflüssig oder müßig, und der Seher ist erst das ganze Leben des Gesehenen, und wenn er ein rechter Seher ist, so kommt der Augenblick, wo er sich dem Zuge anschließt mit seinem goldenen Spiegel, gleich dem achten Könige im Macbeth, der in seinem Spiegel noch viele Könige sehen ließ. Auch nicht ohne *äußere* Tat und Mühe ist das Sehen des ruhig Leidenden, gleichwie der Zuschauer eines Festzuges genug Mühe hat, einen guten Platz zu erringen oder zu behaupten. Dies ist die Erhaltung der Freiheit und Unbescholtenheit unserer Augen.

Ferner ging eine Umwandlung vor in meiner Anschauung vom Poetischen. Ich hatte mir, ohne zu wissen wann und wie, angewöhnt, alles, was ich im Leben und Kunst als brauchbar, gut und schön befand, poetisch zu nennen, und selbst die Gegenstände meines erwählten Berufes, Farben wie Formen, nannte ich nicht malerisch, sondern immer poetisch, so gut wie alle menschlichen Ereignisse, welche mich anregend berührten. Dies war nun, wie ich glaube, ganz in der Ordnung, denn es ist das gleiche Gesetz, welches die verschiedenen Dinge poetisch oder der Widerspiegelung ihres Lebens wert macht; aber in bezug auf manches, was ich bisher poetisch nannte, lernte ich nun, daß das Unbegreifliche und Unmögliche, das Abenteuerliche und Überschwengliche nicht poetisch sind und daß, wie dort die Ruhe und Stille in der Bewegung, hier nur Schlichtheit und Ehrlichkeit mitten in Glanz und Gestalten herrschen müssen, um etwas Poetisches oder, was gleichbedeutend ist, etwas Lebendiges und Vernünftiges hervorzubringen, mit einem Wort, daß die sogenannte Zwecklosigkeit der Kunst nicht mit Grundlosigkeit verwechselt werden darf. Dies ist zwar eine alte Geschichte, indem man schon im Aristoteles ersehen kann, daß seine stofflichen Betrachtungen über die prosaisch-politische Redekunst zugleich die besten Rezepte auch für den Dichter sind.

Denn wie es mir scheint, geht alles richtige Bestreben auf Vereinfachung, Zurückführung und Vereinigung des scheinbar Getrennten und Verschiedenen auf *einen* Lebensgrund, und in diesem Bestreben, das Notwendige und Einfache mit Kraft und Fülle und in seinem ganzen Wesen darzustellen, ist Kunst; darum unterscheiden sich die Künstler nur dadurch von den anderen Menschen, daß sie das Wesentliche gleich sehen und es mit Fülle darzustellen wissen, während die anderen dies wieder erkennen müssen und darüber erstaunen, und darum sind auch alle die keine Meister, zu deren Verständnis es einer besonderen Geschmacksrichtung oder einer künstlichen Schule bedarf.

Ich hatte es weder mit dem menschlichen Wort noch mit der menschlichen Gestalt zu tun und fühlte mich nur glücklich und zufrieden, daß ich auf das bescheidenste Gebiet mit meinen Fuß setzen konnte, auf den irdischen Grund und Boden, auf dem sich der Mensch bewegt, und so in der poetischen Welt wenigstens einen Teppichbewahrer abgeben durfte. Goethe hatte ja viel und mit Liebe von landschaftlichen Dingen gesprochen, und durch diese Brücke glaubte ich ohne Unbescheidenheit mich ein wenig mit seiner Welt verbinden zu können.

Ich wollte sogleich anfangen, nun so recht mit Liebe und Aufmerksamkeit die Dinge zu behandeln und mich ganz an die Natur zu halten, nichts Überflüssiges oder Müßiges zu machen und mir bei jedem Striche ganz klar zu sein. Im Geiste sah ich schon einen reichen Schatz von Arbeiten vor mir, welche alle hübsch, wert- und gehaltvoll aussahen, angefüllt mit zarten und starken Strichen, von denen keiner ohne Bedeutung war. Ich setzte mich ins Freie, um das erste Blatt dieser vortrefflichen Sammlung zu beginnen; aber nun ergab es sich, daß ich eben da fortfahren mußte, wo ich zuletzt aufgehört hatte, und daß ich durchaus nicht imstande war, plötzlich etwas Neues zu schaffen, weil ich dazu erst etwas Neues hätte sehen müssen. Da mir aber nicht ein Blatt eines Meisters zu Gebote stand und die prächtigen Blätter meiner Phantasie sogleich in nichts sich auflösten, wenn ich den Stift auf das Papier setzte, so brachte ich ein trübseliges Gekritzel zustande, indem ich aus meiner alten Weise herauszukommen suchte, welche ich verachtete, während ich sie jetzt sogar nur verdarb. So quälte ich mich mehrere Tage herum, in Gedanken immer eine gute und sachgemäße Arbeit sehend, aber ratlos mit der Hand. Es wurde mir angst und bange, ich glaubte jetzt sogleich verzweifeln zu müssen, wenn es mir nicht gelänge, und seufzend bat ich Gott, mir aus der Klemme zu helfen. Ich betete noch mit den gleichen kindlichen Worten wie schon vor zehn Jahren, immer das gleiche wiederholend, so daß es mir selbst auffiel, als ich halblaut vor mich hinflüsterte. Darüber nachsinnend hielt ich mit der hastigen Arbeit inne und sah in Gedanken verloren auf das Papier und mit einem wehmütigen Lächeln.
III, 2 Da überschattete sich plötzlich der weiße Bogen auf meinen Knien, der vorher von der Sonne beglänzt war; erschrocken schaute ich um und sah einen ansehnlichen, fremd gekleideten Mann hinter mir stehen, welcher den Schatten verursachte. Er war groß und schlank, hatte

ein bedeutsames und ernstes Gesicht mit einer stark gebogenen Nase und einem sorgfältig gedrehten Schnurrbart und trug sehr feine Wäsche. In hochdeutscher Sprache redete er mich an: »Darf man wohl ein wenig Ihre Arbeit besehen, junger Herr?« Halb erfreut und halb verlegen hielt ich meine Zeichnung hin, welche er einige Augenblicke aufmerksam besah; dann fragte er mich, ob ich noch mehr in meiner Mappe bei mir hätte und ob ich wirklicher Künstler werden wollte. Ich trug allerdings immer einen Vorrat des zuletzt Gemachten mit mir herum, wenn ich nach der Natur zeichnete, um jedenfalls etwas zu tragen, wenn ich einen unergiebigen Tag hatte, und während ich nun die Sachen nach und nach hervorzog, erzählte ich fleißig und zutraulich meine bisherigen Künstlerschicksale; denn ich merkte sogleich an der Art, wie der Fremde die Sachen ansah, daß er es verstand, wo nicht selbst ein Künstler war. Dies bestätigte sich auch sogleich, als er mich auf meine Hauptfehler aufmerksam machte, die Studie, welche ich gerade vorhatte, mit der Natur verglich und mir an letzterer selbst das Wesentliche hervorhob und mich es sehen lehrte. Ich fühlte mich überglücklich und hielt mich ganz still, wie jemand, der sich vergnüglich eine Wohltat erzeigen läßt, als er einige Laubpartien auf meinem Papiere mit ihrem Vorbilde in der Natur verglich, mir zeigte, wie ich es ganz anders machen müßte, Schatten und Licht klar machte und auf dem Rande des Blattes mit wenigen mühlosen Meisterstrichen das herstellte, was ich vergeblich gesucht hatte. Er blieb wohl eine halbe Stunde bei mir, dann sagte er: »Sie haben vorhin den wackern Habersaat genannt; wissen Sie, daß ich vor fünfzehn Jahren auch ein dienstbarer Geist in seinem verwünschten Kloster war? Ich habe mich aber beizeiten aus dem Staube gemacht und bin seither immer in Italien und Frankreich gewesen. Ich bin Landschafter, heiße Römer und gedenke mich eine Zeitlang in meiner Heimat aufzuhalten. Es soll mich freuen, wenn ich Ihnen etwas nachhelfen kann, ich habe viele Sachen bei mir, besuchen Sie mich einmal oder kommen Sie gleich mit mir nach Hause, wenns Ihnen recht ist!«

Ich packte eilig zusammen und begleitete in feierlicher Stimmung den Herrn Römer, und mit nicht geringem Stolze. Ich hatte oft von ihm sprechen gehört; denn er war eine der großen Sagen des Refektoriums, und Meister Habersaat tat sich nicht wenig darauf zu gut, wenn es hieß, sein ehemaliger Schüler Römer sei ein berühmter Aquarellist in Rom und verkaufe seine Arbeiten nur an Fürsten und Engländer. Auf dem Wege, solange wir noch im Freien waren, zeigte mir Römer allerlei gute Dinge in der Natur, sei es in Licht und Tönen, sei es in Form und Charakter. Aufmerksam begeistert sah ich hin, wo er mit der Hand fein wegstreichend hindeutete; ich war erstaunt zu entdecken, daß ich eigentlich, so gut ich erst kürzlich noch zu sehen geglaubt, noch gar nichts gesehen hatte, und ich staunte noch mehr, das Bedeutende und Lehrreiche nun meistens in Erscheinungen zu finden, die ich vorher entweder übersehen oder wenig beachtet. Jedoch freute ich mich, sogleich zu verstehen, was mein Begleiter jeweilig meinte, und mit ihm einen kräftigen und doch klaren Schatten, einen milden Ton oder eine zierliche Ausladung eines Baumes zu sehen, und nachdem ich erst einige Male mit ihm spaziert, hatte ich mich bald gewöhnt, die ganze landschaftliche Natur nicht mehr als etwas Rundes und Greifliches, sondern nur als ein gemaltes Bilder- und Studienkabinett, als etwas bloß vom richtigen Standpunkte aus Sichtbares zu betrachten und in technischen Ausdrücken zu beurteilen.

Als wir in seiner Wohnung anlangten, welche aus ein paar eleganten Zimmern in einem schönen Hause bestand, setzte Römer sogleich seine Mappen auf einen Stuhl vor das Sofa, hieß mich auf dieses neben ihn sitzen und begann die Sammlung seiner größten und wertvollsten Studien eine um die andere umzuwenden und aufzustellen. Es waren alles umfangreiche Blätter aus Italien, auf starkes grobkörniges Papier mit Wasserfarben gemalt, doch auf eine mir ganz neue Weise und mit unbekannten kühnen und geistreichen Mitteln, so daß sie ebensoviel Schmelz und Duft als Klarheit und Kraft zeigten und vor allem aus in jedem Striche bewiesen, daß sie vor der lebendigen Natur gemacht waren. Ich wußte nicht, sollte ich über die glänzende und angenehm nahe tretende Meisterschaft der Behandlung oder über die Gegenstände mehr Freude empfinden, denn von den mächtigen dunklen Zypressengruppen der römischen Villen, von den schönen Sabinerbergen bis zu den Ruinen von Pästum und dem leuchtenden Golf von Neapel, bis zu den Küsten von Sizilien mit den zauberhaften hingehauchten, gedichteten Linien tauchte Bild um Bild vor mir auf mit den köstlichen Merkzeichen des Tages, des Ortes und des

Sonnenscheins, unter welchem sie entstanden. Schöne Klöster und Kastelle glänzten in diesem Sonnenschein an schönen Bergabhängen, Himmel und Meer ruhten in tiefer Bläue oder in heitrem Silberton, und in diesem badete sich die prächtige, edle Pflanzenwelt mit ihren klassisch einfachen und doch so reichen Formen. Dazwischen sangen und klangen die italischen Namen, wenn Römer die Gegenstände benannte und Bemerkungen über ihre Natur und Lage machte. Manchmal sah ich über die Blätter hinaus im Zimmer umher, wo ich hier eine rote Fischerkappe aus Neapel, dort ein römisches Taschenmesser, eine Korallenschnur oder einen silbernen Haarpfeil erblickte; dann sah ich meinen neuen Beschützer aufmerksam und von Grund aus wohlwollend an, seine weiße Weste, seine Manschetten, und erst, wenn er das Blatt umwandte, fuhr mein Blick wieder auf dasselbe, um es noch einmal zu überfliegen, ehe das nächste erschien.

Als wir mit dieser Mappe zu Ende waren, ließ mich Römer noch flüchtig in einige andere blicken, von denen die eine einen Reichtum farbiger Details, die andere eine Unzahl Bleistiftstudien, eine dritte lauter auf das Meer, Schiffahrt und Fischerei Bezügliches, eine vierte endlich verschiedene Phänomene und Farbenwunder, wie die blaue Grotte, außergewöhnliche Wolkenerscheinungen, Vesuvausbrüche, glühende Lavabäche usw. enthielten. Dann zeigte er mir noch im andern Zimmer seine gegenwärtige Arbeit, ein größeres Bild auf einer Staffelei, welches den Garten der Villa d'Este vorstellte. Dunkle Riesenzypressen ragten aus flatternden Reben und Lorbeerbüschen, aus Marmorbrunnen und blumigen Geländern, an welchen eine einzige Figur, Ariost, lehnte, in schwarzem ritterlichen Kleide, den Degen an der Seite. Im Mittelgrunde zogen sich Häuser und Bäume von Tivoli hin, von Duft umhüllt, und darüber hinweg dehnte sich das weite Feld, vom Purpur des Abends übergossen, in welchem am äußersten Horizonte die Peterkuppel auftauchte.

»Genug für heute!« sagte Römer, »kommen Sie öfter zu mir, alle Tage, wenn Sie Lust haben; bringen Sie mir Ihre Sachen mit, vielleicht kann ich Ihnen dies und jenes zum Kopieren mitgeben, damit Sie eine leichtere und zweckmäßigere Technik erlangen!«

Mit der dankbarsten Verehrung verabschiedete ich mich und sprang mehr als ich ging nach Hause. Dort erzählte ich meiner Mutter das glückliche Abenteuer mit den beredtesten Worten und verfehlte nicht, den fremden Herrn und Künstler mit allem Glanz auszustatten, dessen ich habhaft war; ich freute mich, ihr endlich ein Beispiel rühmlichen Gelingens als einen Trost für meine eigene Zukunft vorführen zu können; besonders da ja Römer ebenfalls aus Herrn Habersaats kümmerlicher Pflanzschule hervorgegangen war. Allein die fünfzehn in der weiten Ferne zugebrachten Jahre, welche zu diesem Gelingen gebraucht worden, leuchteten meiner Mutter nicht sonderlich ein, auch hielt sie dafür, daß es noch gar nicht ausgemacht wäre, ob der Fremde wirklich glücklich sei, indem er als solcher so einsam und unbekannt in seiner Heimat angekommen sei. Ich hatte aber ein anderweitiges geheimes Zeichen von der Richtigkeit meiner Hoffnungen, nämlich das plötzliche Erscheinen Römers unmittelbar nachdem ich gebetet hatte. Hiervon sagte ich aber nichts zu meiner Mutter, denn erstens war zwischen uns nicht herkömmlich, daß man viel von solchen Dingen sprach, besonders wenn sie nach salbungsvoller Prahlerei ausgesehen hätten, und dann baute die Mutter wohl fest auf die Hilfe Gottes, aber es würde ihr nicht gefallen haben, wenn ich mich eines so eklatanten und theatralischen Falles gerühmt hätte, und als ein solcher wäre ihr meine Erzählung ohne Zweifel erschienen, da sie viel zu schlicht und bescheiden war, um ein solches Einschreiten in solchen Angelegenheiten von Gott zu erwarten. Sie war froh, wenn er das Brot nicht ausgehen ließ und für schwere Leiden, für Fälle auf Leben und Tod seine Hilfe in Bereitschaft hatte. Sie hätte mich wahrscheinlich ziemlich ironisch zurechtgewiesen; desto mehr beschäftigte ich mich den Abend hindurch mit dem Vorfalle und muß gestehen, daß ich dabei doch eine grübelnde Empfindung hatte. Ich konnte mir die Vorstellung eines langen Drahtes nicht unterdrücken, an welchem der fremde Mann auf mein Gebet herbeigezogen sei, während, gegenüber diesem lächerlichen Bilde, mir ein Zufall noch weniger munden wollte, da ich mir das Ausbleiben desselben nun gar nicht mehr denken mochte. Seither habe ich mich gewöhnt, dergleichen Glücksfälle, so wie ihr Gegenteil, wenn ich nämlich ein unangenehmes Ereignis als die Strafe für einen unmittelbar vorhergegangenen, bewußten Fehler anzusehen mich immer wieder getrieben fühle, als vollendete Tatsachen einzutragen und Gott dafür dankbar zu sein, ohne mir des genaueren einzubilden, es sei unmittelbar und insbesondere für mich geschehen. Doch kann ich mich bei jeder Gelegenheit, wo ich mir nicht zu helfen weiß, nicht enthalten, von neuem durch Gebet solche hübsche faits accomplis herbeizuführen und für die Zurechtweisungen des Schicksals einen Grund in meinen Fehlern zu suchen und Gott Besserung zu geloben.

Ich wartete ungeduldig einen Tag und ging dann am darauf folgenden mit einer ganzen Last meiner bisherigen Arbeiten zu Römer. Er empfing mich freundlich zuvorkommend und besah die Sachen mit aufmerksamer Teilnahme. Dabei gab er mir fortwährend guten Rat, und als wir zu Ende waren, sagte er, ich müßte vor allem die ungeschickte alte Manier, das Material zu behandeln, aufgeben, denn damit ließe sich gar nichts mehr ausrichten. Nach der Natur sollte ich fleißig vorderhand mit einem weichen Blei zeichnen und für das Haus anfangen, seine Weise einzuüben, wobei er mir gerne behilflich sein wolle. Auch suchte er mir aus seinen Mappen einige einfache Studien in Bleistift sowie in Farben, welche ich zur Probe kopieren sollte, und als ich hierauf mich empfehlen wollte, sagte er: »O! bleiben Sie noch ein Stündchen hier, Sie werden den Vormittag doch nichts mehr machen können; sehen Sie mir ein wenig zu und plaudern wir ein bißchen!« Mit Vergnügen tat ich dies, hörte auf seine Bemerkungen, die er über sein Verfahren machte, und sah zum ersten Mal die einfache freie und sichere Art, mit der ein Künstler arbeitet. Es ging mir ein neues Licht auf und es dünkte mich, wenn ich mich selbst auf meine bisherige Art arbeitend vorstellte, als ob ich bis heute nur Strümpfe gestrickt oder etwas Ähnliches getan hätte.

Rasch kopierte ich die Blätter, die Römer mir mitgab, mit aller Lust und allem Gelingen, welche ein erster Anlauf gibt, und als ich sie ihm brachte, sagte er: »Das geht ja vortrefflich, ganz gut!« An diesem Tage lud er mich ein, da das Wetter sehr schön war, einen Spaziergang mit ihm zu machen, und auf diesem verband er das, was ich in seinem Hause bereits eingesehen, mit der lebendigen Natur, und dazwischen sprach er vertraulich über andere Dinge, Menschen und Verhältnisse, welche vorkamen, bald scharf kritisch, bald scherzend, so daß ich mit einem Male einen zuverlässigen Lehrer und einen unterhaltenden und umgänglichen Freund besaß. Ich erzählte ihm vieles von meinen Verhältnissen und Geschichten, fast alles, mit Ausnahme der Anna und Judith, und er faßte alles so auf, wie ich nur wünschen konnte, vom Standpunkte eines freien und erfahrenen Menschen und als Künstler. So stellte sich schnell ein ungezwungener Umgang her, bei welchem ich mich ganz konnte gehen lassen und keinen Einfall zu unterdrücken brauchte, ohne daß ich die Bescheidenheit und Ehrerbietung zu sehr verletzte, und wenn ich dies tat, so glich die widerspruchslose Bereitwilligkeit, welche jenes Alter den Zurechtweisungen der wahren und wohlmeinenden Autorität entgegenbringt, den Fehler bald wieder aus.

Bald fühlte ich das Bedürfnis, immer und ganz in seiner Nähe zu sein, und machte daher immer häufiger von meiner Freiheit, ihn zu besuchen, Gebrauch, als er eines Tages, nachdem er mir gründlich und schon etwas strenger eine Arbeit durchgesehen, zu mir sagte: »Es würde gut für Sie sein, noch eine Zeit ganz unter der Leitung eines Lehrers zu stehen; es würde mir auch zum Vergnügen und zur Erheiterung gereichen, Ihnen meine Dienste anzubieten; da aber meine Verhältnisse leider nicht derart sind, daß ich dies ganz ohne Entschädigung tun könnte, wenigstens wenn es nicht durchaus sein muß, so besprechen Sie sich mit Ihrer Frau Mutter, ob Sie monatlich zwei Louisd'ors daran wenden wollen. Ich bleibe jedenfalls einige Zeit hier und in einem halben Jahre hoffe ich Sie so weit zu bringen, daß Sie später besser vorbereitet und selbst imstande, einigen Erwerb zu finden, Ihre Reisen antreten könnten. Sie würden jeden Morgen um acht Uhr kommen und den ganzen Tag bei mir arbeiten.«

Ich wünschte nichts Besseres zu tun und lief eiligst nach Hause, den Vorschlag meiner Mutter zu hinterbringen. Allein sie war nicht so eilig wie ich und ging, da es sich um Ausgabe einer erklecklichen Summe handelte und ich selbst einen Teil des an Habersaat Bezahlten für verlorenes Geld hielt, erst jenen vornehmen Herrn, bei dem sie schon früher einmal gewesen, um Rat zu fragen; denn sie dachte, derselbe werde jedenfalls wissen, ob Römer wirklich der geachtete und berühmte Künstler sei, für welchen ich ihn so eifrig ausgab. Doch man zuckte die Achseln, gab zwar zu, daß er als Künstler talentvoll und in der Ferne renommiert sei; über seinen Charakter jedoch hüllte man sich ins Unklare, wollte nicht viel Gutes wissen, ohne etwas Näheres angeben zu können, und meinte schließlich, wir sollten uns in acht nehmen. Jedenfalls sei die Forderung zu groß, unsere Stadt sei nicht Rom oder Paris, auch hielte man dafür, es wäre geratener, dieMittel für meine Reisen aufzusparen und diese desto früher anzutreten, wo ich dann selbst sehen und holen könne, was Römer besäße.

Das Wort Reisen war nun schon wiederholt vorgekommen und war hinreichend, meine Mutter zu bestimmen, jeden Pfennig zur Ausstattung aufzubewahren. Daher teilte sie mir die bedenklichen Äußerungen mit, ohne zu viel Gewicht auf die den Charakter betreffenden zu legen, welche ich auch mit Entrüstung zunichte machte; denn ich war schon dagegen gewaffnet, indem ich aus verschiedenen rätselhaften Äußerungen Römers entnommen, daß er mit der Welt nicht zum besten stehe und viel Unrecht erlitten habe. Ja, es hatte sich schon eine verständnisvolle eigene Sprache über diesen Punkt zwischen uns ausgebildet, indem ich mit ehrerbietiger Teilnahme seine Klagen entgegennahm und so erwiderte, als ob ich selbst schon die bittersten Erfahrungen gemacht oder wenigstens zu erwarten hätte, welche ich aber festen Fußes erwarten und dann zugleich mich und ihn rächen wollte. Wenn Römer hierauf mich zurechtwies und erinnerte, daß ich die Menschen doch nicht besser werde kennen als er, so mußte ich dies annehmen und ließ mich mit wichtiger Miene belehren, wie es anzufangen wäre, sich gehörig zu stellen, ohne daß ich eigentlich wußte, warum es sich handelte und worin jene Erfahrungen denn beständen.

Ich entschloß mich kurz und sagte zur Mutter, ich wolle das Gold, welches in meinem ehemals geplünderten Sparkästchen übrig geblieben, für die Sache verwenden. Hiegegen hatte sie nichts einzuwenden und schien eher froh zu sein, diesen Mittelweg zu sehen, auf welchem ich wenigstens meine Selbstbestimmung betätigen konnte. Ich nahm also die Schaumünze und einige Dukaten, welche dabei waren, und trug alles zu einem Goldschmied, welcher mir acht Louisd'ors in Silber dafür bezahlte, brachte das Geld zu Römer und sagte, das sei alles, was ich verwenden könnte, und ich wünschte wenigstens vier Monate dafür seines Unterrichtes zu genießen. Zuvorkommend sagte er, das sei gar nicht so genau zu nehmen! Da ich tue, was ich könne, wie es einem Kunstjünger gezieme, so wolle er nicht zurückbleiben und ebenfalls tun, was er könne, solange er hier sei, und ich solle nur gleich morgen kommen und anfangen.

So richtete ich mich mit großer Befriedigung bei ihm ein. Den ersten und zweiten Tag ging es noch ziemlich gemütlich zu; allein schon am dritten begann Römer einen ganz anderen Ton zu singen, indem er urplötzlich höchst kritisch und streng wurde, meine Arbeit erbarmungslos heruntermachte und mir bewies, daß ich nicht nur noch nichts könne, sondern auch lässig und unachtsam sei. Das kam mir höchst wunderlich vor, ich nahm mich ein wenig zusammen, was aber nicht viel Dank einbrachte; im Gegenteil wurde Römer immer strenger und ironischer in seinem Tadel, den er nicht in die rücksichtsvollsten Ausdrücke faßte. Da nahm ich mich ernstlicher zusammen, der Tadel wurde ebenfalls ernstlich und fast rührend, bis ich endlich mich ganz zerknirscht und demütig daran machte, mir bei jedem Striche den Platz, wo er hin sollte, wohl besah, manchmal ihn zart und bedächtig hinsetzte, manchmal nach kurzem Erwägen plötzlich wie einen Würfel auf gut Glück hinwarf und endlich alles genau so zu machen suchte, wie Römer es verlangte. So erreichte ich endlich etwelches Fahrwasser, auf welchem ich ganz still dem Ziele einer leidlichen Arbeit zusteuerte. Der Fuchs merkte aber meine Absicht und erschwerte mir unversehens die Aufgaben, so daß die Not von neuem anging und die Kritik meines Meisters schöner blühte denn je. Wiederum steuerte ich endlich nach vieler Mühe einer angehenden Tadellosigkeit entgegen und wurde nochmals durch ein erschwertes Ziel zurückgeworfen, statt daß ich, wie ich gehofft, ein Weilchen auf den Lorbeeren einer erreichten Stufe ausruhen konnte. So erhielt mich Römer einige Monate in großer Unterwürfigkeit, wobei jedoch die mystischen Gespräche über die bitteren Erfahrungen und über dies und jenes fortdauerten, und wenn die Tagesarbeit geschlossen war oder auf unseren Spaziergängen, blieb unser Verkehr der alte. Dadurch entstand eine seltsame Weise, indem Römer mitten in einer traulichen und tiefsinnigen Unterhaltung mich jählings andonnerte: »Was haben Sie da gemacht! Was soll denn das sein! O Herr Jesus! Haben Sie Ruß in den Augen?« so daß ich plötzlich still wurde und voll Ingrimm über ihn und mich selbst meine Arbeit mit verzweifelter Aufmerksamkeit wieder aufnahm.

So lernte ich endlich die wahre Arbeit und Mühe kennen, ohne daß mir dieselbe lästig wurde, da sie in sich selbst den Lohn der immer neuen Erholung und Verjüngung trägt, und ich sah mich in den Stand gesetzt, eine große Studie Römers, welche schon mehr ein ganzes Bild mit den verschiedensten Bestandteilen vorstellte, vornehmen zu dürfen und dieselbe so zu kopieren, daß mein Lehrer erklärte, es sei nun genug in dieser Richtung, ich würde ihm sonst seine ganzen Mappen nachzeichnen; dieselben seien sein einziges Vermögen und er wünsche bei aller Freundschaft doch nicht, eine förmliche Doublette desselben in anderen Händen zu wissen.

Durch diese Beschäftigung war ich wunderlicherweise im Süden weit mehr heimisch geworden als in meinem Vaterlande. Da die Sachen, nach welchen ich arbeitete, alle unter freiem Himmel und sehr trefflich gemacht waren, auch die Erzählungen und Bemerkungen Römers fortwährend meine Arbeit begleiteten, so verstand ich die südliche Sonne, jenen Himmel und das Meer, beinahe wie wenn ich sie gesehen hätte, wußte Kakteen, Aloe und Myrthensträuche besser darzustellen als Disteln, Nesseln und Weißdorn, Pinien und immergrüne Eichen besser als Föhren und nordische Eichen, und Zypressen und Ölbäume waren mir bekannter als Pappeln und Weiden. Selbst der südliche Boden war mir viel leichter in der Hand als der nordische, da jener mit bestimmten glänzenden Farben bekleidet war und sich im Gegensatze zu der tiefen Bläue der mittleren und fernen Gründe fast von selbst herstellte, indessen dieser, um wahr und gut zu scheinen, eine unmerkliche, aber verzweifelt schwer zu treffende Verschiedenheit und Feinheit in grauen Tönen erforderte. Am See von Nemi war ich besser zu Hause als an unserem See, die Umrisse von Capri und Ischia kannte ich genauer als unsere nächsten Uferhöhen. Die roten, mit Efeu bekleideten Bogen der Wasserleitungen in der sonnverbrannten braungelben römischen Campagne mit den blauen Höhenzügen in der Ferne und dem graurötlichen Duft am Himmel konnte ich auswendig herpinseln.

Und wie schön waren alle diese Gegenstände! Auf einer sizilianischen Küstenstudie war vorn zwisc en goldenen Felsen eine Stelle im Meere, welche in der allerfabelhaftesten purpurnen Bläue funkelte, wie sie der ausschweifendste Märchendichter nicht auffallender hätte ersinnen können. Aber sie war hier an ihrem rechten und gesetzmäßigen Platze und machte daher eine zehnmal poetischere Wirkung, als wenn sie in einer erfundenen Landschaft unter anderen Umständen angebracht worden wäre.

Einen besonderen Reiz gewährten mir die Trümmer griechischer Baukunst, welche sich da und dort fanden. Ich empfand wieder Poesie, wenn ich das weiße, sonnige Marmorgebälke eines dorischen Tempels vom blauen Himmel abheben mußte. Die horizontalen Linien an Architrav, Fries und Kranz, sowie die Kannelierungen der Säulen mußten mit der zartesten Genauigkeit, mit wahrer Andacht, leis und doch sicher und elegant hingezogen werden; die Schlagschatten auf diesem weißgoldenen edlen Gestein waren rein blau, und wenn ich den Blick fortwährend auf dies Blau gerichtet hatte, so glaubte ich zuletzt wirklich einen leibhaften Tempel zu sehen. Jede Lücke im Gebälke, durch welche der Himmel schaute, jede Scharte an den Kannelierungen war mir heilig und ich hielt genau ihre kleinsten Eigentümlichkeiten fest.

Im Nachlasse meines Vaters fand sich ein Werk über Architektur, in welchem die Geschichte und Erklärung der alten Baustile nebst guten Abbildungen mit allem Detail enthalten waren. Dies zog ich nun hervor und studierte es begierig, um die Trümmer besser zu verstehen und ihren Wert ganz zu kennen. Auch erinnerte ich mich der Italienischen Reise von Goethe, welche ich kürzlich gelesen, Römer erzählte mir viel von den Menschen und Sitten und der Vergangenheit Italiens. Er las fast keine Bücher als die deutsche Übersetzung von Homer und einen italienischen Ariost. Den Homer forderte er mich auf zu lesen und ich ließ mir dies nicht zweimal sagen. Im Anfange wollte es nicht recht gehen, ich fand wohl alles schön, aber das Einfache und Kolossale war mir noch zu ungewohnt und ich vermochte nicht lange nacheinander auszuhalten. Am meisten fesselten mich nur die bewegtesten Vorgänge, besonders in der Odyssee, während die Ilias mir lange nicht nahe treten wollte. Aber Römer machte mich aufmerksam, wie Homer in jeder Bewegung und Stellung das einzig Nötige und Angemessene anwende, wie jedes Gefäß und jede Kleidung, die er beschreibe, zugleich das Geschmackvollste sei, was man sich denken könne, und wie endlich jede Situation und jeder moralische

Konflikt bei ihm bei aller fast kindlichen Einfachheit von der gewähltesten Poesie getränkt sei. »Da verlangt man heutzutage immer nach dem Ausgesuchten, Interessanten und Pikanten und weiß in seiner Stumpfheit gar nicht, daß es gar nichts Ausgesuchteres, Pikanteres und ewig Neues geben kann als so einen homerischen Einfall in seiner einfachen Klassizität! Ich wünsche Ihnen nicht, lieber Lee, daß Sie jemals die ausgesuchte pikante Wahrheit in der Lage des Odysseus, wo er nackt und mit Schlamm bedeckt vor Nausikaa und ihren Gespielen erscheint, so recht aus Erfahrung empfinden lernen! Wollen Sie wissen, wie dies zugeht? Halten wir das Beispiel einmal fest! Wenn Sie einst getrennt von Ihrer Heimat und von Ihrer Mutter und allem, was Ihnen lieb ist, in der Fremde umherschweifen, und Sie haben viel gesehen und viel erfahren, haben Kummer und Sorge, sind wohl gar elend und verlassen: so wird es Ihnen des Nachts unfehlbar träumen, daß Sie sich Ihrer Heimat nähern; Sie sehen sie glänzen und leuchten in den schönsten Farben; holde, feine und liebe Gestalten treten Ihnen entgegen; da entdecken Sie plötzlich, daß Sie zerfetzt, nackt und kotbedeckt einhergehen; eine namenlose Scham und Angst faßt Sie, Sie suchen sich zu bedecken, zu verbergen und erwachen in Schweiß gebadet. Dies ist, solange es Menschen gibt, der Traum des kummervollen umhergeworfenen Mannes, und so hat Homer jene Lage aus dem tiefsten und ewigen Wesen der Menschheit herausgenommen!«

Da es mir einmal bestimmt scheint, immer ruckweise und durch kurze Blitze und Schlagwörter auf eine neue Spur zu kommen, so bewirkten diese Andeutungen Römers, besonders diejenigen über das Pikante, mehr als wenn ich den Homer jahrelang so für mich gelesen hätte. Ich war begierig, selbst dergleichen aufzufinden, und lernte dadurch mit mehr Bewußtsein und Absicht lesen.

Inzwischen war es gut, daß das Interesse Römers, hinsichtlich des Kopierens seiner Sammlungen, sich mit dem meinigen vereinigte; denn als ich nun, gemäß seiner Aufforderung, mich wieder vor die Natur hinsetzte, erwies es sich, daß ich Gefahr lief, meine ganze Kopierfertigkeit und mein italienisches Wissen zu einer wunderlichen Fiktion werden zu sehen. Es kostete mich die größte Beharrlichkeit und Mühe, ein nur zum zehnten Teile so anständiges Blatt zu wege zu bringen als meine Kopien waren; die ersten Versuche mißlangen fast gänzlich, und Römer sagte schadenfroh: »Ja, mein Lieber, das geht nicht so rasch! Ich habe es wohl gedacht, daß es so kommen würde; nun heißt es auf eigenen Füßen stehen oder vielmehr mit eigenen Augen sehen! Eine gute Studie leidlich kopieren, will nicht so viel heißen! Glauben Sie denn, man läßt sich ohne weiteres für andere die Sonne auf den Buckel zünden?« usf. Nun begann der ganze Krieg des Tadels gegen das Bemühen, demselben zuvorzukommen und ihm boshafte Streiche zu spielen, von neuem; Römer ging mit hinaus und malte selbst, so daß er mich immer unter seinen Augen hatte. Es war hier nicht geraten, die Torheiten und Flausen zu wiederholen, die ich unter Herrn Habersaat gespielt hatte, da Römer durch Steine und Bäume zu sehen schien und jedem Striche anmerkte, ob derselbe gewissenhaft sei oder nicht. Er sah es jedem Aste an, ob derselbe zu dick oder zu dünn sei, und wenn ich meinte, derselbe könnte ja am Ende so gewachsen sein, so sagte er: »Lassen Sie das gut sein! Die Natur ist vernünftig und zuverlässig; übrigens kennen wir solche Finessen wohl! Sie sind nicht der erste Hexenmeister, welcher der Natur und seinem Lehrer ein X für ein U machen will!«

Doch rückte ich allmählich vorwärts; aber leider muß ich gestehen, daß mehr ein äußerer Ehrgeiz mich dazu antrieb als eine innere Treue. Denn es war mir hauptsächlich darum zu tun, daß die Arbeiten, welche ich selbst nach der Natur machte, nicht zu sehr zurückstehen möchten gegen meine kopierte Sammlung, und recht bald ein geistiges Eigentum von einigem Wert zu haben. Ich gelangte auch im Laufe des Sommers in Besitz von einem Dutzend starker und solider Papierbogen, auf welchen sich ansehnliche Baumgruppen, Steingerölle und Buschwerke ziemlich keck und sachgemäß darstellten, die einen Vorrat von guten Motiven enthielten, die Spuren der Natur und einer künstlerischen Leitung zeigten und des nahen, wenn sie auch weit entfernt waren, etwas Meisterhaftes zu verraten, doch als eine erste ordentliche Grundlage zu der Mappe eines Künstlers betrachtet werden konnten, welche man nicht nur der Erinnerung, sondern auch der fortdauernden Nutzbarkeit wegen aufbewahren mag. In diesen Blättern war dann noch diese oder jene Lieblingsstelle, wo ich einen glücklichen Ton getroffen und der Natur einen guten Blick abgelauscht, ohne es zu wissen, irgend ein gutes Grünlich-Grau oder ein deutliches Sonnenlicht auf einem schwärzlichen Steine, womit Römer so zufrieden war, daß er es der Brauchbarkeit halber für sich kopierte. Er konnte dies unbeschadet seiner Strenge tun; denn ich durfte nur einen Blick auf seine eigenen Studien werfen, welche er in diesem Sommer machte, so verging mir alle Überhebung, und wenn ich noch so viel Freude an meinen Schülerwerken empfand, so war diese Freude noch viel größer und schöner, wenn ich Römers glänzende und meisterhafte Arbeiten sah. Aber düster und einsilbig legte er sie zu seinen übrigen Sachen, als ob er sagen wollte: was hilft das Zeug! während ich die meinigen mit stolzer Hoffnung aufbewahrte und die Zeit nahe sah, wo ich ebensolche Meisterwerke mein nennen würde.

Neben den ausgeführten Studien sammelte sich noch ein artiger Schatz von kleinen und fragmentarischen Bleistift- und Federskizzen, die alle wohl zu brauchen waren und mein erstes, auf eigene Arbeit und wahre Einsicht gegründetes Besitztum vervollständigten.

Weil ich die mir durch den Aufenthalt Römers zugemessene Zeit III,
wohl benutzen mußte, so konnte ich nicht daran denken, das Dorf zu besuchen, obschon ich verschiedene Grüße und Zeichen von daher erhalten hatte. Umso fleißiger dachte ich an Anna, wenn ich arbeitete und die grünen Bäume leise um mich rauschten. Ich freute mich für sie meines Lernens und daß ich in diesem Jahre so reich an Erfahrung geworden gegen das frühere Jahr; ich hoffte einigen wirklichen Wert dadurch erhalten zu haben, der in ihren Augen für mich spräche und in ihrem Hause die Hoffnung begründe, die ich selbst für mich zu hegen mir erlaubte.

Wenn ich aber nach getaner Arbeit in meines Lehrers Wohnung ausruhte, seinen Erzählungen vom südlichen Leben zuhörte und dabei seine Sachen beschaute, worunter manches Studienbild einer schönen vollen Römerin oder Albanerin dunkeläugig glänzte, so trat unversehens Judiths Bild vor mich und wich nicht von mir, bis es, von selbst Annas Gestalt hervorrufend, von dieser verdrängt wurde. Wenn ich eine blendend weiße Säulenreihe ansah und mit lebendiger Phantasie das Weben der heißen Luft zu fühlen glaubte, in welcher sie stand, so schien Judith plötzlich hinter einer Säule hervorzutreten, langsam die verfallenden Tempelstufen herabzusteigen und, mir winkend, in ein blühendes Oleandergebüsch zu verschwinden, unter welchem eine klare Quelle hervorfloß. Folgten meine Gedanken aber dahin, so sahen sie Anna im grünen Kleide an der Quelle sitzen, das silberne Krönchen auf dem Kopfe und silberblinkende Tränchen vergießend.

Der Herbst war gekommen, und als ich eines Mittags zum Essen nach Hause ging und in unsere Stube trat, sah ich auf dem Ruhbettchen einen schwarzseidenen Mantel liegen. Freudig betroffen eilte ich auf denselben zu, hob das leichte angenehme Ding in die Höhe und besah es von allen Seiten, auf der Stelle Annas Mantel erkennend. Ich eilte damit in die Küche, wo ich die Mutter beschäftigt fand, ein feineres Essen als gewöhnlich zu bereiten. Sie bestätigte mir die Ankunft des Schulmeisters und seiner Tochter, setzte aber sogleich mit besorgtem Ernst hinzu, daß dieselben nicht zum Vergnügen gekommen wären, sondern um einen berühmten Arzt zu besuchen. Während die Mutter in die Stube ging und den Tisch deckte, deutete sie mir mit einigen Worten an, daß sich bei Anna seltsame und beängstigende Anzeichen eingestellt hätten, daß der Schulmeister sehr bekümmert sei und sie, die Mutter, selbst nicht minder, denn nach der ganzen Erscheinung des armen Mädchens glaube sie nicht, daß das feine zarte Wesen lange leben würde.

Ich saß auf dem Ruhbette, hielt den Mantel fest in meinen Händen und hörte ganz verwundert auf diese Worte, die mir so unerwartet und fremd klangen, daß sie mir mehr wunderlich als erschreckend vorkamen. In diesem Augenblicke ging die Tür auf, und die ebenso geliebten als wahrhaft geehrten Gäste traten herein. Überrascht stand ich auf und ging ihnen entgegen, und erst als ich Anna die Hand geben wollte, sah ich, daß ich immer noch ihren Mantel hielt. Sie errötete und lächelte zugleich, während ich verlegen dastand; der Schulmeister warf mir vor, warum ich mich den ganzen Sommer über nie sehen lassen, und so vergaß ich über diesen Begrüßungen ganz die Mitteilung der Mutter, an welche mich auch nichts Auffallendes erinnerte. Erst als wir am Tische saßen, wurde ich durch eine gewisse vermehrte Liebe und Aufmerksamkeit, mit welcher meine Mutter Anna behandelte, erinnert und glaubte jetzt nur zu sehen, daß sie gegen früher fast größer, aber auch zugleich zarter und schmächtiger erschien; ihre Gesichtsfarbe war wie durchsichtig geworden und um ihre Augen, welche erhöht glänzten, bald in dem kindlichen Feuer früherer Tage, bald in einem träumerischen tiefen Nachdenken, lag etwas Leidendes. Sie war heiter und sprach ziemlich viel, während ich schwieg, hörte und sie ansah; denn sie hatte ein dreifaches Recht zu sprechen: als Gast, als Mädchen und als die Hauptperson dieses Besuches, wenn auch die Ursache traurig war. Andächtig und gern beschied ich mich und gönnte von ganzem Herzen Anna die Ehre, bei Tische mit den Eltern auf gleichem Fuße zu stehen, zumal sie durch ihr Schicksal diese Ehre mit frühen Leiden zu erkaufen bestimmt schien. Auch der Schulmeister war heiter und ganz wie sonst; denn bei den Schicksalen und Leiden, welche uns Angehörige betreffen, benehmen wir uns nicht lamentabel, sondern fast vom ersten Augenblicke an mit der gleichen Gefaßtheit, mit dem gleichen Wechsel von Hoffnung, Furcht und Selbsttäuschung wie die Betroffenen selbst. Doch ermahnte jetzt der Schulmeister seine Tochter, nicht zu viel zu sprechen, und mich fragte er, ob ich die Ursache der kleinen Reise schon kenne, und fügte hinzu: »Ja, lieber Heinrich! meine Anna scheint krank werden zu wollen! Doch laßt uns den Mut nicht verlieren! Der Arzt hat ja gesagt, daß vorderhand nicht viel zu sagen und zu tun wäre. Er hat uns einige Verhaltungsregeln gegeben und anbefohlen, ruhig zurückzukehren und dort zu leben, anstatt hierher zu ziehen, da die dortige Luft angemessener sei. Für unsern Doktor will er uns einen Brief mitgeben und von Zeit zu Zeit selbst hinauskommen und nachsehen.«

Ich wußte hierauf rein nichts zu erwidern noch meine Teilnahme zu bezeugen; vielmehr wurde ich ganz rot und schämte mich nur, nicht auch krank zu sein. Anna hingegen sah mich bei den Worten ihres Vaters lächelnd an, als ob sie Mitleid mit mir hätte, so peinliche Dinge hören zu müssen.

Nach dem Essen verlangte der Schulmeister, von meinen Beschäftigungen zu wissen und etwas zu sehen; ich brachte meine wohlgefüllte Mappe herbei und erzählte von meinem Meister; doch sah man jetzt wohl, daß er zu sehr von seiner Sorge befangen war, als daß er lange bei diesen Dingen hätte verweilen können. Er machte sich bereit, einige Gänge zu tun und Einkäufe zu machen, welche hauptsächlich in einigen ausländischen Produkten zu Nahrungsmitteln für Anna bestanden, welche der Arzt einstweilen verordnet. Meine Mutter begleitete ihn und ich blieb allein mit Anna zurück. Sie fuhr fort, meine Sachen aufmerksam zu beschauen; auf dem Ruhbett sitzend, ließ sie sich alles von mir vorlegen und erklären. Während sie auf meine Landschaften sah, blickte ich auf sie nieder, manchmal mußte ich mich beugen, manchmal hielten wir ein Blatt zusammen in den Händen lange Zeit, doch ereignete sich sonst gar nichts Zärtliches zwischen uns; denn während sie für mich nun wieder ein anderes Wesen war und ich mich scheute, sie nur von ferne zu verletzen, häufte sie alle Äußerungen der Freude, der Aufmerksamkeit und sogar der Ehrenbezeugung allein auf meine Arbeiten, sah sie fort und fort an und wollte sich gar nicht von denselben trennen, während sie mich selbst nur wenig ansah.

Plötzlich sagte sie: »Unsere Tante im Pfarrhaus läßt dir sagen, du solltest mit uns sogleich hinausfahren, sonst sei sie böse! Willst du?« Ich erwiderte: »Ja, jetzt kann ich schon!« und setzte hinzu: »Was fehlt dir denn eigentlich?« »Ach, ich weiß es selbst nicht, ich bin immer müde und leide manchmal ein wenig; die anderen machen mehr daraus als ich selbst!«

Meine Mutter und der Schulmeister kamen zurück; neben den seltsamen und fremdartigen Paketen, die er mit einem verstohlenen Seufzer auf den Tisch legte, brachte er einige Geschenke für Anna mit, feine Kleiderstoffe, einen schönen großen Shawl und eine goldene Uhr, als ob er mit diesen kostbaren und auf die Dauer berechneten Sachen eine günstige Wendung des Geschickes erzwingen wollte. Als Anna darüber erschrak, sagte er, sie habe diese Dinge schon lange verdient und das bißchen Geld hätte gar keinen Wert für ihn, wenn er nicht ihr eine kleine Freude dadurch verschaffen könnte.

Er zeigte sich zufrieden, daß ich mitfahren wollte; meine Mutter sah es auch gern und legte mir einige Sachen zurecht, indessen ich das Gefährt aus dem Gasthause holte, wo es eingestellt war. Anna sah allerliebst aus, als sie wohlvermummt und verschleiert dem Schulmeister zur Seite saß. Ich behauptete den Vordersitz und hatte das Leitseil des gutgenährten Pferdes ergriffen, welches ungeduldig scharrte; die Mutter machte sich noch lange am Wagen zu schaffen und wiederholte dem Schulmeister ihre Anerbietungen zu jeglicher Hilfe und, wenn es notwendig würde, hinzukommen und Anna zu pflegen;

die Nachbaren streckten die Köpfe aus den Fenstern und vermehrten mein angenehmes Selbstbewußtsein, als ich endlich mit meiner liebenswürdigen und anmutigen Gesellschaft die enge Straße entlang fuhr.

Es glänzte ein sonniger Herbstnachmittag auf dem Lande. Wir fuhren durch Dörfer und Felder, sahen die Gehölze und Anhöhen im zarten Dufte liegen, hörten die Jägerhörnchen in der Ferne, begegneten überall zahlreichem Fuhrwerke, welches den Herbstsegen einbrachte; hier machten die Leute die Gefäße zur Weinlese zurecht und bauten große Kufen, dort standen sie reihenweise auf den Äckern und gruben Kartoffeln aus, anderswo wieder pflügten sie die Erde um und die ganze Familie war dabei versammelt, von der Herbstsonne hinausgelockt; überall war es lebendig und zufrieden bewegt. Die Luft war so mild, daß Anna ihren grünen Schleier zurückschlug und ihr liebliches Gesicht zeigte. Wir vergaßen alle drei, warum wir eigentlich auf diesen Wegen fuhren; der Schulmeister war gesprächig und erzählte uns viele Geschichten von den Gegenden, durch welche wir kamen, zeigte uns die heiteren Wohnungen, wo berühmte Männer hausten, deren wohlgeordnete und gepflegte Räume und Gärten die weise Klugheit ihrer Besitzer verkündeten oder deren weiße Giebelwände und glänzende Fenster auch von entlegenen Halden im Sonnenschein die gleiche Kunde gaben. Da und dort wohnte eine berühmte Tochter oder deren zwei, von denen etwas zu erblicken wir im Vorüberfahren uns bemühten, und wenn dies gelang, so benahm sich Anna mit dem bescheidenen Anstande derjenigen, welche selbst Blumen des Landes sind.

Doch dunkelte es eine geraume Weile, ehe wir ans Ziel gelangten, und mit der Dunkelheit fiel es mir plötzlich ein, daß ich Judith das Versprechen gegeben, sie jedesmal zu besuchen, wenn ich ins Dorf käme. Anna hatte sich wieder verhüllt, ich saß nun neben ihr, da der Schulmeister, welche die Wege besser kannte, die Zügel genommen, und weil wir der Dunkelheit wegen nun schweigsamer waren, so hatte ich Zeit, darüber nachzudenken, was ich tun wollte.

Je unmöglicher es mir schien, mein Versprechen zu halten, je weniger ich das Wesen, welches ich mir zur Seite fühlte und das sich nun sanft an mich lehnte, auch nur in Gedanken beleidigen und hintergehen mochte, desto dringender ward auf der andren Seite die Überzeugung, daß ich am Ende doch mein Wort halten müsse, da mich Judith nur im Vertrauen auf dasselbe in jener Nacht entlassen, und ich nahm keinen Anstand, mir einzubilden, daß das Brechen desselben sie kränken und ihr weh tun würde. Ich mochte um alles in der Welt gerade vor ihr nicht unmännlich als einer erscheinen, welcher aus Furcht ein Versprechen gäbe und aus Furcht dasselbe bräche. Da fand ich einen sehr klugen Ausweg, wie ich dachte, der mich wenigstens vor mir selbst rechtfertigen sollte. Ich brauchte nur bei dem Schulmeister zu wohnen, so war ich nicht im Dorfe, und wenn ich am Tage dasselbe besuchte, so brauchte ich Judith nicht zu sehen, welche sich nur meinen nächtlichen und geheimen Besuch während eines Aufenthaltes im Dorfe ausbedungen hatte.

Als wir daher in des Schulmeisters Haus ankamen und dort die Muhme mit einem Sohne und zwei Töchtern vorfanden, welche uns erwarteten, teils um sogleich zu hören, was der Arzt gesprochen, teils um dem Schulmeister das Zurückbringen des geliehenen Fuhrwerks zu ersparen, als sie nun mich mitnehmen wollten, und der Schulmeister sich freundlich dagegen beschwerte, erklärte ich unversehens, hier bleiben zu wollen, und die alte Katherine, welche jetzt Annas wegen sehr sorgenvoll und kleinlaut war, eilte, mir ein Unterkommen zu bereiten, indessen Anna, welche ganz ermüdet und angegriffen war und von Husten befallen wurde, sich sogleich zu Bett begeben mußte. Sie führte mich an einen artig eingerichteten Tisch, auf welchem ihre Bücher und Arbeitssachen, auch Papier und Schreibzeug lagen, setzte Licht darauf und sagte lächelnd: »Mein Vater bleibt alle Abend bei mir, bis ich eingeschlafen bin, und liest mir manchmal etwas vor. Hier kannst du dich vielleicht solange beschäftigen. Sieh, hier mache ich etwas für dich!« und sie zeigte mir eine Stickerei zu einer kleinen Mappe, welche sie nach jener Blumenzeichnung verfertigte, die ich vor mehreren Jahren in der Weinlaube gemacht und ihr geschenkt hatte. Das naive Bild hing über ihrem Tische. Dann gab sie mir die Hand und sagte wehmütig leise und doch so freundlich: Gut' Nacht! und ich sagte ebenso leise Gut' Nacht.

Einige Augenblicke nachher, als sie gegangen, kam der Schulmeister herein und ich sah, daß er ein schön eingebundenes Andachtsbuch mitnahm, als er sich wieder entfernte, um in Annas Zimmer zu gehen. Ich hingegen beschaute alle Sächelchen, welche auf dem Tische lagen, spielte mit ihrer Schere und konnte mir gar nicht ernstlich denken, daß irgend eine Gefahr für Anna sein sollte.

ZWEITES KAPITEL

Da ich in dem Hause meines Liebchens zu Gaste war, so erwachte III,4
ich am Morgen sehr früh, noch eh eine Seele sich regte. Ich machte das Fenster auf und sah lange auf den See hinaus, dessen waldige Uferhöhen vom Morgenrote beglänzt waren, indessen der späte Mond noch am Himmel stand und sich ziemlich kräftig im dunklen Wasser spiegelte. Ich sah ihn nach und nach erbleichen vor der Sonne, welche nun die gelben Kronen der Bäume vergoldete und einen zarten Schimmer über den erblauenden See warf. Zugleich aber begann die Luft sich wieder zu verhüllen, ein leiser Nebel zog sich erst wie ein Silberschleier um alle Gegenstände, und indem er ein gänzendes Bild um das andere auslöschte, daß sich rings ein Reigen von aufleuchtendem Scheiden und Verschwinden bewegte, wurde der Nebel plötzlich so dicht, daß ich nur noch das Gärtchen vor mir sehen konnte, und zuletzt verhüllte er auch dieses und drang feucht an das Fenster. Ich schloß dieses zu, trat aus der Kammer und fand die alte Katherine in der Küche an dem traulichen hellen Feuer.

Ich plauderte lange mit ihr; sie ergoß sich in zärtlichen Klagen über Annas bedenklichen Zustand, berichtete mir, seit wann derselbe begonnen, ohne daß ich jedoch über seine eigentliche Beschaffenheit klar wurde, da sie sich mancher dunkeln und geheimnisvollen Anspielung bediente. Dann begann sie mit rührender, aber ganz trefflicher Beredsamkeit das Lob Annas zu verkünden und ihr bisheriges Leben zu beschauen bis in die Kinderjahre zurück, und ich sah deutlich vor mir das dreijährige Engelchen umherspringen, in genau beschriebener Kleidung, aber freilich auch ein frühes und leidenvolles Krankenlager, auf welches das kleine Wesen dann jahrelang gelegt wurde, so daß ich nun ein schlohweißes, länglichgestrecktes Leichnamchen erblickte, mit geduldigem, klugem und immer lächelndem Angesicht. Doch das kranke Reis erholte sich, der wunderbare Ausdruck der durch das Leiden hervorgebrachten frühen Weisheit verschwand wieder in seine unbekannte Heimat, und ein rosig unbefangenes Kind blühte, als ob nichts vorgefallen wäre, der Zeit entgegen, wo ich es zuerst sah.

Endlich zeigte sich der Schulmeister, welcher, da seine Tochter nun des Morgens länger im Bette bleiben mußte und länger schlief als früher, sich des frühen Aufstehens auch nicht mehr freute und in seiner Zeiteinteilung ganz nach derjenigen seines kranken Kindes richtete. Nach einer guten Weile erschien auch Anna und nahm ihr besonders vorgeschriebenes Frühstück, indessen wir das gewöhnliche verzehrten. Es verbreitete sich dadurch eine gewisse Wehmut über den Tisch, welche nach und nach in eine ernste Beschaulichkeit überging, als wir drei sitzen blieben und uns unterhielten. Der Schulmeister nahm ein Buch, die Nachfolge Christi von Thomas a Kempis, und las einige Seiten daraus vor, indessen Anna ihre Stickerei vornahm. Dann hob ihr Vater über das Gelesene ein Gespräch an und suchte mich an demselben zu beteiligen und nach der herkömmlichen Weise meine Urteilskraft zu prüfen, zu mildern und zu gemeinsamer Erbauung auf einen belehrenden Vereinigungspunkt zu lenken. Aber ich hatte durch den letzten Sommer die Lust an solchen Erörterungen fast gänzlich verloren, mein Blick war auf sinnliche Erscheinung und Gestalt gerichtet, und selbst die rätselhaften Betrachtungen über die Erfahrungen, die ich mit Römer anstellte, gingen in einem durchaus weltlichen Sinne vor sich. Außerdem fühlte ich, daß ich nun die größte Rücksicht auf Anna nehmen mußte, und als ich bemerkte, daß sie sogar froh schien, mich hier eingefangen und einem angehenden Bekehrungswerke preisgegeben zu sehen, hütete ich mich wohl, einen Widerspruch zu äußern, gab denjenigen Stellen, welche eine innere Wahrheit enthielten oder tief, schön und kraftvoll ausgedrückt waren, meinen aufrichtigen Beifall, oder überließ mich einer reizenden Langweile, die schönen Farben an Annas Seidenknäulchen beschauend.

Sie hatte sich wohl ausgeruht und schien ziemlich munter zu sein, so daß kein großer Unterschied gegen ihr früheres Wesen während des Tages bemerklich war. Der angenehme Aufenthalt in ihrem Hause diente daher nur dazu, meinen Leichtsinn und meine Sorglosigkeit zu bestärken und eine Bewegungslust in mir anzufachen, die mich hinaustrieb. Außerdem mußte ich ja am Tage meine Verwandten im

Dorfe besuchen, wenn ich den kasuistischen Ausweg, Judith zu hintergehen, anwenden wollte.

Als ich daher in den dichten Nebel hinausging, war ich, noch mehr aufgeweckt durch den frischen Herbstgeruch, sehr guter Dinge und mußte lachen über meine seltsame List, zumal das verborgene Wandeln in der weiß verhüllten Natur meinen Gang einem Schleichwege noch vollständig ähnlich machte. Ich ging über den Berg und gelangte bald zum Dorfe; doch verfehlte ich hier des Nebels wegen den rechten Weg und sah mich bald in ein Netz von schmalen Garten- und Wiesenpfaden versetzt, welche bald zu einem entlegenen Hause, bald wieder gänzlich zum Dorfe hinausführten. Ich konnte nicht vier Schritte vor mir sehen, Leute hörte ich immer, ohne sie zu erblicken, aber zufälligerweise traf ich niemanden auf meinen Wegen. Da kam ich zu einem offen stehenden Pförtchen und entschloß mich, hindurchzugehen und alle Gehöfte gerade zu durchkreuzen, um endlich wieder auf die Hauptstraße zu kommen. Ich sah mich in einen prächtigen großen Baumgarten versetzt, dessen Bäume alle voll der schönsten reifen Früchte hingen. Man sah aber immer nur *einen* Baum ganz deutlich, die nächsten standen schon halb verschleiert im Kreise umher, und dahinter schloß sich wieder die weiße Wand des Nebels. Es war daher, als ob man in einen weiten Tempel getreten, dessen Säulen von Räucherwolken und Seidengeweben umhüllt und von dessen Decke grüne Kränze mit goldenen und rubinfarbigen Früchten herabhingen. Plötzlich sah ich Judith mir entgegenkommen, welche einen großen Korb mit Äpfeln gefüllt in beiden Händen vor sich her trug, daß von der kräftigen Last die Korbweiden leise knarrten. Das Einsammeln des Obstes war fast die einzige Arbeit, der sie sich mit Liebe und Eifer hingab. Sie hatte ihr Kleid des nassen Grases wegen etwas aufgeschürzt und zeigte die schönsten Füße; ihr Haar war von Feuchte schwer und das Gesicht von der Herbstluft mit reinem Purpur gerötet. So kam sie gerade auf mich zu, auf ihren Korb blickend, sah mich plötzlich, stellte erst erbleichend den Korb zur Erde und eilte dann mit den Zeichen der herzlichsten und aufrichtigsten Freude auf mich zu, fiel mir um den Hals und drückte mir ein Dutzend voll und rein ausgeprägte Küsse auf die Lippen. Ich hatte Mühe, dies nicht zu erwidern und rang mich endlich von ihrer Brust los.

»Sieh, sieh! du gescheites Bürschchen!« sagte sie froh lachend, »du bist heute gekommen und machst dir gleich den Nebel zunutze, mich noch vor Nacht heimzusuchen; das hätte ich dir nicht einmal zugetraut!« – »Nein«, erwiderte ich, zur Erde blickend, »ich bin gestern gekommen und wohne beim Schulmeister, weil Anna krank ist. Unter diesen Umständen kann ich jedenfalls nicht zu dir kommen!« Judith schwieg eine Weile, die Arme übereinandergeschlagen, und sah mich klug und durchdringend an, daß mein Blick in die Höhe gezogen und auf den ihrigen gerichtet wurde.

»Das wäre allerdings noch gescheiter als wie ich es meinte«, sagte sie endlich, »wenn es dir nur etwas helfen würde! Doch weil unser armes Schätzchen krank ist, so will ich billig sein und unsere Übereinkunft abändern. Der Nebel wird sich wenigstens zwei Wochen lang täglich mehrere Stunden auf dieselbe Weise zeigen. Wenn du jeden Tag während desselben zu mir kommst, so will ich dich für die Nacht deiner Pflicht entbinden und dir zugleich versprechen, dich nie zu liebkosen und dich selbst zurechtzuweisen, wenn du es tun wolltest; nur mußt du mir jedesmal auf ein und dieselbe Frage ein einziges Wörtchen antworten, ohne zu lügen!« »Welche Frage?« sagte ich. »Das wirst du schon sehen!« erwiderte sie; »komm, ich habe schöne Äpfel!«

Sie ging mir voran zu einem Baume, dessen Äste und Blätter edler gebaut schienen als die der übrigen, stieg auf einer Leiter einige Sprossen hinan und brach einige schön geformte und gefärbte Äpfel. Einen derselben, der noch im feuchten Dufte glänzte, biß sie mit ihren weißen Zähnen entzwei, gab mir die abgebissene Hälfte und fing an die andere zu essen. Ich aß die meinige ebenfalls und rasch; sie war von der seltensten Frische und Gewürzigkeit, und ich konnte kaum erwarten, bis sie es mit dem zweiten Apfel ebenso machte. Als wir drei Früchte so gegessen, war mein Mund so süß erfrischt, daß ich mich zwingen mußte, Judith nicht zu küssen und die Süße von ihrem Munde noch dazu zu nehmen. Sie sah es, lachte und sprach: »Nun sage: bin ich dir lieb?« Sie blickte mich dabei fest an, und ich konnte, obgleich ich jetzt lebhaft und bestimmt an Anna dachte, nicht anders und sagte Ja! Zufrieden sagte Judith: »Dies sollst du mir jeden Tag sagen!«

Hierauf fing sie an zu plaudern und sagte: »Weißt du eigentlich, wie es mit dem guten Kinde steht?« Als ich erwiderte, daß ich allerdings nicht klug daraus würde, fuhr sie fort: »Man sagt, daß das arme Mädchen seit einiger Zeit merkwürdige Träume und Ahnungen habe, daß sie schon ein paar Dinge vorausgesagt, die wirklich eingetroffen, daß manchmal im Traume wie im Wachen sie plötzlich eine Art Vorstellung und Ahnung von dem bekomme, was entfernte Personen, die ihr lieb sind, jetzt tun oder lassen oder wie sie sich befinden, daß sie jetzt ganz fromm sei und endlich auf der Brust leide! Ich glaube dergleichen Sachen nicht, aber krank ist sie gewiß, und ich wünsche ihr aufrichtig alles Gute, denn sie ist mir auch lieb um deinetwillen. – Aber alle müssen leiden, was ihnen bestimmt ist!« setzte sie nachdenklich hinzu.

Während ich ungläubig den Kopf schüttelte, durchfuhr mich doch ein leichter Schauer, und ein seltsamer Schleier der Fremdartigkeit legte sich um Annas Gestalt, welche meinem inneren Auge vorschwebte. Und fast in demselben Augenblicke war es mir auch, als ob sie mich jetzt sehen müsse, wie ich vertraulich bei der Judith stand; ich erschrak darüber und sah mich um. Der Nebel löste sich auf, schon sah man durch seine silbernen Flocken den blauen Himmel, einzelne Sonnenstrahlen fielen schimmernd auf die feuchten Zweige und beglänzten die Tropfen, welche von denselben fielen; schon sah man den blauen Schatten eines Mannes vorübergehen und endlich drang die Klarheit überall durch, umgab uns und warf, wie wir waren, unser beider Schlagschatten auf den matt besonnten Grasboden.

Ich eilte davon und hörte in dem Hause meines Oheims die Bestätigung dessen, was mir Judith mitgeteilt; wohlaufgehoben in dem lebendigen Hause und beruhigt durch das vertrauliche Gespräch, lächelte ich wieder ungläubig und war froh, in meinen jungen Vettern Genossen zu finden, welche sich auch nicht viel aus dergleichen machten. Doch blieb immer eine gemischte Empfindung in mir zurück, da schon die Neigung zu solchen Erscheinungen, der Anspruch auf dieselben mir beinahe eine Anmaßung zu sein schien, die ich der guten Anna zwar keineswegs, aber doch einem mir fremden und nicht willkommenen Wesen zurechnen konnte, in welchem ich sie jetzt befangen sah. So trat ich ihr, als ich abends zurückkehrte, mit einer gewissen Scheu entgegen, welche jedoch durch ihre liebliche Gegenwart bald wieder zerstreut wurde, und als sie nun selbst, in Gegenwart ihres Vaters, leise anfing von einem Traume zu sprechen, den sie vor einigen Tagen geträumt, und ich daher sah, daß sie willens sei, mich in das vermeintliche Geheimnis zu ziehen, glaubte ich unverweilt an die Sache, ehrte sie und fand sie nur umso liebenswürdiger, je mehr ich vorhin daran gezweifelt.

Als ich mich allein befand, dachte ich mehr darüber nach und erinnerte mich, von solchen Berichten gelesen zu haben, wo, ohne etwas Wunderbares und Übernatürliches anzunehmen, auf noch unerforschte Gebiete und Fähigkeiten der Natur selbst hingewiesen wurde, so wie ich überhaupt bei reiflicher Betrachtung noch manches verborgene Band und Gesetz möglich halten mußte, wenn ich meine größte Möglichkeit, den lieben Gott, nicht zu sehr bloßstellen und in eine öde Einsamkeit bannen wollte.

Ich lag im Bette, als mir diese Gedanken klar wurden und ich mit denselben der Unschuld und Redlichkeit Annas gedachte, als welche doch auch zu berücksichtigen wären; und nicht so bald befiel mich diese Vorstellung, so streckte ich mich anständig aus, kreuzte die Hände zierlich über der Brust und nahm so eine höchst gewählte und ideale Stellung ein, um mit Ehren zu bestehen, wenn Annas Geisterauge mich etwa unbewußt erblicken sollte. Allein das Einschlafen brachte mich bald aus dieser ungewohnten Lage und ich fand mich am Morgen zu meinem Verdrusse in der behaglichsten und trivialsten Figur von der Welt.

Ich raffte mich hastig zusammen, und wie man des Morgens Gesicht und Hände wäscht, so wusch ich gewissermaßen Gesicht und Hände meiner Seele und nahm ein zusammengefaßtes und sorgfältiges Wesen an, suchte meine Gedanken zu beherrschen und in jedem Augenblicke klar und rein zu sein. So erschien ich vor Anna, wo mir ein solch gereinigtes und festtägliches Dasein leicht wurde, indem in ihrer Gegenwart eigentlich kein anderes möglich war. Der Morgen nahm wieder seinen Verlauf wie gestern, der Nebel stand dicht vor den Fenstern und schien mich hinauszurufen. Wenn mich jetzt eine Unruhe befiel, Judith aufzusuchen, so war dies weniger eine maßlose Unbeständigkeit und Schwäche als eine gutmütige Dankbarkeit, die ich fühlte und die mich drängte, der reizenden Frau für ihre Neigung freundlich zu sein; denn nach der unvorbereiteten und unverstellten Freude, in welcher ich sie gestern überraschte, durfte ich mir nun wirklich einbilden, von ihr herzlich geliebt zu sein. Und ich glaubte ihr unbedenklich sagen zu können, daß sie mir lieb sei, indem ich sonderbarerweise dadurch gar keinen Abbruch meiner Gefühle für Anna wahrnahm und es mir nicht bewußt war, daß ich mit dieser Versicherung fast nur das Verlangen aussprach, ihr recht heftig um den Hals zu fallen. Zudem betrachtete ich meinen Besuch als eine gute Gelegenheit, mich zu beherrschen und in der gefährlichsten Umgebung doch immer so zu sein, daß mich ein verräterischer Traum zeigen durfte.

Unter solchen Sophismen machte ich mich auf, nicht ohne einen ängstlichen Blick auf Anna zu werfen, an welcher ich aber keinen Schatten eines Zweifels wahrnahm. Draußen zögerte ich wieder, fand aber den Weg unbeirrt zu Judiths Garten. Sie selbst mußte ich erst eine Weile suchen, weil sie, mich gleich am Eingange sehend, sich verbarg, in den Nebelwolken hin und herschlüpfte und dadurch selbst irre wurde, so daß sie zuletzt still stand und mir leise rief, bis ich sie fand. Wir machten beide unwillkürlich eine Bewegung, uns in den Arm zu fallen, hielten uns aber zurück und gaben uns nur die Hand. Sie sammelte immer noch Obst ein, aber nur die edleren Arten, welche an kleinen Bäumen wuchsen; das übrige verkaufte sie und ließ es von den Käufern selbst vom Baume nehmen. Ich half ihr einen Korb voll brechen und stieg auf einige Bäume, wo sie nicht hingelangen konnte. Aus Mutwillen stieg ich auch zuoberst auf einen hohen Apfelbaum, wo sie mich des Nebels wegen nicht mehr sehen konnte. Sie fragte mich unten, ob ich sie lieb hätte, und ich antwortete gleichsam aus den Wolken mein Ja. Da rief sie schmeichelnd: »Ach, das ist ein schönes Lied, das hör ich gern! Komm herunter, du junger Vogel, der so artig singt!«

So brachten wir alle Tage eine Stunde zu, ehe ich zu meinem Oheim ging; wir sprachen dabei über dies und jenes, ich erzählte viel von Anna und sie mußte alles anhören und tat es mit großer Geduld, nur damit ich dabliebe. Denn während ich in Anna den besseren und geistigeren Teil meiner selbst liebte, suchte Judith wieder etwas Edleres in meiner Jugend als ihr die Welt bisher geboten; und doch sah sie wohl, daß sie nur meine sinnliche Hälfte anlockte, und wenn sie auch ahnte, daß mein Herz mehr dabei war als ich selbst wußte, so hütete sie sich wohl, es merken zu lassen, und ließ mich ihre tägliche Frage in dem guten Glauben beantworten, daß es nicht so viel auf sich hätte.

Oft drang ich auch in sie, mir von ihrem Leben zu erzählen und warum sie so einsam sei. Sie tat es, und ich hörte ihr begierig zu. Ihren verstorbenen Mann hatte sie als junges Mädchen geheiratet, weil er schön und kraftvoll aussah. Aber es zeigte sich, daß er dumm, kleinlich und klatschhaft war und ein lächerlicher Topfgucker, welche Eigenschaften sich alle hinter der schweigsamen Blödigkeit des Freiers versteckt hatten. Sie sagte unbefangen, sein Tod sei ein großes Glück gewesen. Nachher bewarben sich nur solche Männer um sie, welche ihr kleines Vermögen im Auge hatten und sich schnell anderswohin richteten, wenn sie ein paar hundert Gulden mehr verspürten. Sie sah, wie blühende, kluge und handliche Männer ganz windschiefe und blasse Weibchen heirateten mit spitzigen Nasen und vielem Gelde, weswegen sie sich über alle lustig machte und sie schnöde behandelte. »Aber ich muß selbst Buße tun«, fügte sie hinzu, »warum hab ich einen schönen Esel genommen!«

III,5 Nach acht Tagen kehrte ich zur Stadt zurück und nahm meine Arbeit bei Römer wieder auf. Da es mit dem Zeichnen im Freien vorbei und auch nichts weiter zu kopieren war, leitete mich Römer an, zu versuchen, ob ich aus dem Gewonnenen ein Ganzes und Selbständiges herstellen könne. Ich mußte unter meinen Studien ein Motiv suchen und selbiges zu einem kleinen Bilde ausdehnen und abgrenzen. »Da wir hier ohne alle Mittel sind«, sagte er, »außer meiner eigenen Mappe, welche Sie mir diesen Winter hindurch in die Ihrige hinüberpinseln würden, wenn ich es zugäbe, so ist es am besten, wir machen es so: Sie sind zwar noch zu jung dazu und werden noch ein oder zweimal mit neuen Erfahrungen von vorn anfangen müssen, ehe Sie etwas Dauerhaftes machen. Indessen wollen wir immerhin versuchen, ein Viereck so auszufüllen, daß Sie es im Notfall verkaufen können!«

Mit der ersten Probe ging es ganz ordentlich; ebenso mit der zweiten und dritten. Die frische Lust, die Einfachheit des Gegenstandes und

Römers sichere Erfahrung ließen die Gründe sich wie von selbst aneinanderfügen, das Licht wurde ohne Schwierigkeit verteilt und jede Partie in Licht und Schatten vernünftig und klar ausgefüllt, so daß keine nichtssagenden und verworrenen Stellen übrig blieben. Großes Vergnügen gewährte es mir, wenn ich einen oder einige Gegenstände, zu denen die vorliegenden Studien im Licht gehalten waren, in Schatten setzen mußte oder umgekehrt, wo dann durch eigenes Nachdenken und Berechnung ein Neues und doch einzig Notwendiges bezweckt wurde, nach den Bedingungen der Lokalfarbe, der Tageszeit, des blauen oder bewölkten Himmels und der benachbarten Gegenstände, welche mehr oder weniger Licht und Farbe zurückwerfen mußten. Gelang es mir, den wahrscheinlichen Ton zu treffen, der unter ähnlichen Verhältnissen über der Natur selbst geschwebt hätte – was man gleich sah, indem ein wahrer Ton immer einen ganz eigentümlichen Zauber übt –, so beschlich mich ein pantheistisch stolzes Gefühl, in welchem mir meine Erfahrung und das Weben der Natur eins zu sein schienen. Dazu war es höchst vergnüglich, in Gedanken um einen schönen, gemalten Baum herumzugehen und seine andere Seite zu betrachten, um zu ermessen, wieviel Licht sie wohl auf einen benachbarten Baum werfen könne. Ich sah dann allerlei Geheimnisse um Äste säuseln, die nicht auf dem Papiere waren, und guckte auf diesen Wanderungen auch nebenaus in verborgene Winkel und Gründe der Landschaft. Dies war besonders im Winter sehr angenehm, wenn die Schneeflocken vor dem Fenster tanzten.

Allein das Vergnügen wurde bald schwieriger, als umfang- und inhaltsreichere Sachen unternommen wurden und, durch diese Tätigkeit hervorgerufen, trotz Goethe, Natur und gutem Lehrer, meine Erfindungslust wieder auftauchte und überwucherte. Das gewichtige Wort Komponieren summte mir mit prahlerischem Klang in den Ohren und ich ließ, als ich nun förmliche Skizzen entwarf, die zur Ausführung bestimmt waren, meinem Hange den Zügel schießen. Überall suchte ich poetische Winkel und Plätzchen, geistreiche Beziehungen und Bedeutungen anzubringen, welche mit der erforderlichen Ruhe und Einfachheit in Widerspruch gerieten. Römer ließ mich eine solche Skizze unbeschnitten ausführen und das Bild nach allen Erfahrungen des Naturstudiums und der Technik fertig machen, und als das Machwerk mir selbst nicht behagen wollte, ohne daß ich wußte warum, zeigte er mir triumphierend, daß die technischen Mittel und die Naturwahrheiten im einzelnen der anspruchsvollen und gesuchten Komposition wegen keine Wirkung tun, zu keiner Gesamtwahrheit werden könnten und um meine hervorstechende Zeichnung hingen wie bunte Flitter um ein Gerippe, ja daß sogar im einzelnen keine frische Wahrheit möglich sei, auch bei dem besten Willen nicht, weil vor der überwiegenden Erfindung, vor dem anmaßenden Spiritualismus (wie er sich ausdrückte), die Naturfrische sich sogleich sozusagen aus der Pinselspitze in den Pinselstiel spröde zurückziehe.

»Es gibt allerdings«, sagte Römer, »eine Richtung, deren Hauptgewicht auf der Erfindung, auf Kosten der unmittelbaren Wahrheit, beruht. Solche Bilder sehen aber eher wie geschriebene Gedichte als wie wirkliche Bilder aus, wie es ja auch Gedichte gibt, welche mehr den Eindruck einer Malerei machen möchten als eines geistig tönenden Wortes. Wenn Sie in Rom wären und die Arbeiten des alten Koch oder Reinhards sähen, so würden Sie, Ihrer deutlichen Neigung nach, sich entzückt den alten Käuzen anschließen; es ist aber gut, daß Sie nicht dort sind, denn dies ist eine gefährliche Sache für einen jungen Künstler. Es gehört dazu eine durchaus gediegene, fast wissenschaftliche Bildung, eine strenge, sichere und feine Zeichnung, welche noch mehr auf dem Studium der menschlichen Gestalt als auf demjenigen der Bäume und Sträucher beruht, mit einem Wort: ein großer Stil, welcher nur in dem Werte einer ganzen reichen Erfahrung bestehen kann, um den Glanz gemeiner Naturwahrheit vergessen zu lassen; und mit allem diesem ist man erst zu einer ewigen Sonderlingsstellung und Armut verdammt, und das mit Recht, denn die ganze Art ist unberechtigt und töricht!«

Ich fügte mich diesen Reden aber nicht, weil ich ihm schon abgemerkt hatte, daß das Erfinden und ein tieferer Gehalt nicht seine Stärke waren; denn schon mehr als einmal hatte er, meine Anordnungen korrigierend, Lieblingsstellen in Bergzügen oder Waldgründen, die ich recht bedeutsam glaubte, gar nicht einmal gesehen, indem er sie mit dem markigen Bleistifte schonungslos überschraffierte und zu einem kräftigen, aber nichtssagenden Grunde ausglich. Wenn sie auch störten, so hätte er meiner Meinung nach wenigstens sie bemerken, mich verstehen und etwas darüber sagen müssen.

Ich wagte daher zu widersprechen, schob die Schuld auf die Wasserfarben, in welchen keine Kraft und Freiheit möglich sei, und sprach meine Sehnsucht aus nach guter Leinwand und Ölfarben, wo alles schon von selbst eine respektable Gestalt und Haltung gewinnen würde. Hiemit griff ich aber meinen Lehrer in seiner Existenz an, indem er glaubte und behauptete, daß die ganze und volle Künstlerschaft sich hinlänglich und vorzüglich nur durch etwas weißes Papier und einige englische Farbentäfelchen betätigen und zeigen könne. Er hatte seine Bahn abgeschlossen und gedachte nichts anderes mehr zu leisten als er schon tat; daher beleidigte ihn, wie ich nun zu erkennen gab, daß ich das durch ihn Gelernte nur als eine Staffel betrachte und bereits mich darüber hinweg zu etwas Höherem berufen fühle. Er wurde umso empfindlicher, als ich einen lebhaften und wiederholten Streit über diesen Gegenstand hartnäckig aushielt, von meinen Hoffnungen nicht abließ und seine Aussprüche, wenn sie ins Allgemeine gingen, nicht mehr unbedingt annahm, vielmehr ungescheut bestritt. Hieran war hauptsächlich der Umstand schuld, daß seine sonstigen Gespräche und Mitteilungen einerseits immer deutlicher, andererseits aber immer sonderbarer und auffallender geworden und meine Achtung vor seiner Urteilskraft geschwächt hatten. Manches fiel zusammen mit den dunklen Gerüchten, die über ihn ergingen, so daß ich eine Zeitlang in der peinlichsten Spannung mich befand, aus einem geehrten und zuverlässigen Lehrer die seltsamste und rätselhafteste Gestalt sich herausschälen zu sehen.

Schon seit einiger Zeit wurden seine Äußerungen über Menschen und Verhältnisse immer härter und zugleich bestimmter, indem sie sich ausschließlicher auf politische Dinge bezogen. Er ging alle Abende in den Lesezirkel unserer Stadt, las dort die französischen und englischen Blätter und pflegte sich vieles zu notieren, so wie er auch in seiner Wohnung allerlei geheimnisvolle Papierschnitzel handhabte und sich oft über wichtigem Schreiben betreffen ließ. Vorzüglich machte er sich oft mit dem Journal des Débats zu schaffen. Unsere Regierung nannte er einen Trupp ungeschickter Krähwinkler, den Großen Rat aber ein verächtliches Gesindel und unsere heimischen

Zustände im ganzen dummes Zeug. Darüber ward ich stutzig und hielt mit meinen Zustimmungen zurück oder verteidigte unsere Verhältnisse und hielt ihn für einen malkontenten Menschen, welchen der lange Aufenthalt in fremden großen Städten mit Verachtung der engen Heimat gefüllt habe. Er sprach oft von Louis Philipp und tadelte dessen Maßregeln und Schritte, wie einer, der eine geheime Vorschrift nicht pünktlich befolgt sieht. Einst kam er ganz unwirsch nach Hause und beklagte sich über eine Rede, welche der Minister Thiers gehalten. »Mit diesem vertrackten kleinen Burschen ist nichts anzufangen!« rief er, indem er ein Zeitungsexzerpt zerknitterte, »ich hätte ihm diese eigenmächtige Naseweisheit gar nicht angesehen! Ich glaubte in ihm den gelehrigsten meiner Schüler zu haben.« – »Zeichnet denn der Herr Thiers auch Landschaften?« fragte ich und Römer erwiderte, indem er sich bedeutungsvoll die Hände rieb: »Das eben nicht! lassen wir das!«

Doch bald darauf deutete er mir an, daß alle Fäden der europäischen Politik in seiner Hand zusammenliefen und daß ein Tag, eine Stunde des Nachlasses in seiner angestrengten Geistesarbeit, die seinen Körper aufzureiben drohe, sich alsobald durch eine allgemeine Verwirrung der öffentlichen Angelegenheiten bemerklich mache, daß eine konfuse und ängstliche Nummer des Journal des Débats jedesmal bedeute, daß er unpäßlich oder abgespannt und sein Rat ausgeblieben sei. Ich sah meinen Lehrer ernsthaft an, er machte ein unbefangenes und ernsthaftes Gesicht, die gebogene Nase stand wie immer mitten darin, darunter der wohlgepflegte Schnurrbart, und über die Augen flog auch nicht das leiseste ungewisse Zucken.

Mein Erstaunen gewann nicht Zeit sich aufzuhellen, indem ich ferner erfuhr, daß Römer, während er der verborgene Mittelpunkt aller Weltregierung, zugleich das Opfer unerhörter Tyranneien und Mißhandlungen war. Er, der vor aller Augen auf dem mächtigsten Throne Europas hätte sitzen sollen von mehr als eines Rechtes wegen, wurde durch einen geheimnisvollen Zwang gleich einem gebannten Dämon in Verborgenheit und Armut gehalten, daß er kein Glied ohne den Willen seiner Tyrannen rühren konnte, während sie ihm täglich gerade soviel von seinem Genius abzapften, als sie zu ihrer kleinlichen Weltbesorgung gebrauchten. Freilich, wäre er zu seinem Recht und zu seiner Freiheit gekommen, so würde im selben Augenblicke die

Mäusewirtschaft aufgehört haben und ein freies, lichtes und glückliches Zeitalter angebrochen sein. Allein die winzigen Dosen seines Geistes, welche nun so tropfenweise verwandt würden, sammelten sich doch allmählich zu einem allmächtigen Meere, indem es ihre Art sei, daß keine davon wieder vergehen oder aufgehoben werden könne, und in jenem allbezwingenden Meere werde sein Wesen zu seinem Rechte kommen und die Welt erlösen, daher er gerne seine körperliche Person wolle verschmachten lassen.

»Hören Sie diesen verfluchten Hahn krähen?« rief er, »dies ist nur ein Mittel von tausenden, die sie zu meiner Qual anwenden; sie wissen, daß der Hahnenschrei mein ganzes Nervensystem erschüttert und mich zu jedem Nachdenken untauglich macht; deshalb hält man überall Hähne in meiner Nähe und läßt sie spielen, sobald man die verlangten Depeschen von mir hat, damit das Räderwerk meines Geistes für den übrigen Tag still stehe! Glauben Sie wohl, daß dies Haus hier ganz mit verborgenen Röhren durchzogen ist, daß man jedes Wort hört, das wir sprechen, und alles sieht, was wir tun?«

Ich sah mich im Zimmer um und versuchte einige Einwendungen zu machen, welche jedoch durch seine bestimmten, geheimnisvollen und wichtigen Blicke und Worte unterdrückt wurden. Solange ich mit ihm sprach, befand ich mich in der wunderlichen Stimmung, in welcher ein Knabe halbgläubig das Märchen eines Erwachsenen anhört, welcher ihm lieb ist und seiner Achtung genießt; war ich aber allein, so mußte ich mir gestehen, daß ich das Beste, was ich bisher gelernt, aus der Hand des Wahnsinns empfangen habe. Dieser Gedanke empörte mich und ich begriff nicht, wie jemand wahnsinnig sein könne. Eine gewisse Unbarmherzigkeit erfüllte mich, ich nahm mir vor, mit einem klaren Worte die ganze unsinnige Wolke gewiß zerstreuen zu wollen; stand ich aber dem Wahnsinne gegenüber, so mußte ich seine Stärke und Undurchdringlichkeit sogleich fühlen und froh sein, wenn ich Worte fand, welche, auf die verirrten Gedanken eingehend, dem Leidenden durch Mitteilung einige Erleichterung gewähren konnten. Denn daß er wirklich unglücklich und leidend war und alle eingebildeten Qualen wirklich fühlte, konnte ich nicht verkennen. Unter seinen Einbildungen war eine einzige, welche ihm ein Ersatz für den übrigen Schaden zu sein schien und zugleich so komisch, daß sie mich zum Gelächter reizte. Er lebte nämlich der Überzeugung, daß er bei allen hohen diplomatischen Verheiratungen eine Art Recht der ersten Nacht genösse, teils um einer jeden europäischen Verbindung durch seine persönliche Einwirkung die rechte Weihe zu geben, teils um ihn durch solche Annehmlichkeit einzuschläfern und ihn abzuhalten, eine eigene hohe Heirat einzugehen, um seine Selbständigkeit zu verhindern, da, wie er behauptete, durch die feste Verbindung des Mannes mit dem Weibe jener erst seine volle Freiheit und Bedeutung erhielte. Wenn daher in den Zeitungen eine wichtige politische Heirat gemeldet wurde, so machte er sich für eine kurze Zeit unsichtbar und überließ sich nachher noch lange einer geheimnisvollen süßen Träumerei, deren Schleier er mich nur mit verhüllten Worten durchblicken ließ. Ich mußte mir alsdann die Möglichkeit vorzustellen suchen, wie er an einem Tage an das entfernteste Ende Europas und wieder zurückgelangen konnte.

Jedoch fiel aus dem Unsinne manch vernünftiges Gespräch, und die Erörterungen über sein Unglück und die dasselbe veranlassenden Menschen waren oft lehrreich. Einst sagte er: »Ich kann mich ganz genau des Wendepunktes entsinnen, wo mein Geschick sich verfinsterte. Ich war in Rom und lag auf diesem alten Weltplatze meinen tiefen Studien ob. Nebenbei betrieb ich die Landschaftsmalerei, teils um durch sie nach und nach das Terrain von ganz Europa auf die genaueste Weise kennen zu lernen, teils um, wie ich selbst für nötig fand, das Geheimnis meiner Person zu verhüllen. Die diplomatische Welt hatte diese Maske akzeptiert und nahm mich unter derselben bei sich auf. Wenn von meinen Arbeiten gesprochen wurde, so war dies nur eine symbolische Blumensprache, die jeder Eingeweihte verstand. Ich glaubte mich auf dem besten Wege, zu meiner offenen und freien Tatkraft zu gelangen, als ich einen hochgestellten Mann unversehens gegen mich einnahm; es war der ...sche Gesandte, welcher zum Zeitvertreibe Kunstnotizen in ein auswärtiges weitverbreitetes Blatt schrieb und in einer solchen auch meiner erwähnte, dessen geniale Aquarellen in römischen Kreisen ein günstiges Aufsehen für den »bescheidenen« jungen Mann erregten. Er legte ein Hauptgewicht auf meine vermeintliche Bescheidenheit, obgleich der Esel gar nicht wissen konnte, ob ich bescheiden oder nicht bescheiden sei. Die Besprechung meiner Arbeiten war insofern nicht übel, als man in Paris, London und Petersburg leidlich verstehen konnte, was darunter gemeint sei; die ausführliche Beschreibung meiner Bescheidenheit hingegen war die erste Sonde, die man an mich legte, um zu erfahren, ob ich das volle Gefühl meiner Größe in mir trage. Ich ging richtig in die Falle und warf dem unbescheidenen Geschäftsmacher seine Anmaßung vor, indem ich ihm erklärte, ich sei gar nicht bescheiden und er habe kein Recht, dies von mir zu sagen. Von diesem Tage an desavouierte mich die große Welt öffentlich und fesselte mich an mein unglückseliges Joch; denn sie fühlte wohl, daß das Bewußtsein meiner Größe sie bald auseinanderblasen würde. Ich rate Ihnen wohlmeinend, junger Mann! wenn einst ein einfältiger Gönner von Ihnen sagen sollte, Sie seien ein bescheidener Mensch, so widersprechen Sie nicht, sonst sind Sie verloren!«

Ich verschwieg Römers Irrsinn lange gegen jedermann und selbst gegen meine Mutter, weil ich meine eigene Ehre dabei beteiligt glaubte, wenn ein so trefflicher Lehrer und Künstler als toll erschien, und weil es mir widerstrebte, den schlimmen Gerüchten, die über ihn in Umlauf waren, entgegenzukommen. Es war mir auch aufgefallen, daß Römer ganz vereinsamt lebte und, trotzdem daß er mehrere Herren aus angesehenen Häusern kannte, die sich zu gleicher Zeit mit ihm in jenen großen Städten aufgehalten, doch von denselben gemieden wurde. Daher wollte ich seine Lage nicht noch verschlimmern. Doch verlockte mich einst ein unwilliges republikanisches Gefühl zum Plaudern. Nachdem er nämlich öfter bedeutungsvoll bald von den Bourbonen, bald von den Napoleoniden, bald von den Habsburgern gesprochen, ereignete es sich einst, daß die Königin-Mutter aus Neapel, eine alte Frau mit vielen Dienern und Schachteln, einige Tage sich in unserer Stadt aufhielt. Sogleich geriet Römer in eine große Aufregung, lenkte auf Spaziergängen unsern Weg an dem Gasthofe vorbei, wo sie logierte, ging in das Haus, als ob er mit der Dame, die er als sehr intrigant beschäftigt und seinetwegen hergekommen schilderte, wichtige Unterredungen hätte, und ließ mich lange unten warten. Doch bemerkte ich, daß er sich nur an dem geheimsten und zugänglichsten Ort des Hauses aufhielt, welches ein unangenehmer Duft verriet, den er an die frische Luft mit sich brachte. Diese Narrenpossen, von einem Manne mit so edlem und ernstem Äußern, empörten mich umsomehr, da sie mit einer lächerlichen Listigkeit betrieben wurden. Ein andermal, nach dem Straßburger Attentat, als Frankreich die Auslieferung des Urhebers Louis Napoleon verlangte, mit Gewalt drohte und deshalb zum Schutze des Asylrechtes oder vielmehr des Bürgerrechtes eine große Aufregung herrschte und sogar schon Truppen aufgeboten wurden, stellte er sich, als ob Thiers nur nach seinen, des Schweizers, Vorschriften handelte und das Ganze nur ein berechneter Zug in seinem großen Schachspiele wäre. Dazumal hielt sich der besagte Prinz zwei Tage in der Stadt auf, um seine Angelegenheit auch in unserm Kanton zu empfehlen; denn er hatte sich noch nicht entschlossen, freiwillig das Land zu verlassen. Wir trafen ihn auf der Straße als einen jungen bleichen Mann mit einer großen Nase, der in Begleitung eines älteren Mannes ging, welcher ein rotes Bändchen im Knopfloch trug. Die Leute blickten ihm ernsthaft nach, besonders die Frauen sahen gar bedenklich darein, da ihre Männer und Söhne schon in Waffen umhergingen und bereits stundenlang im Regen standen, um zum Abmarsche Pulver und Blei, Äxte, Kessel und dergleichen zu fassen. Nur Römer fühlte von allem nichts und grüßte im Vorübergehen den Fremdling vertraulich lächelnd wie ein ebenbürtiger Vornehmer, wobei ich zugleich bemerkte, daß er vor Aufregung zitterte, einem Napoleoniden so nahe zu sein.

Wenn ich den Wahnsinn verzeihen und tragen mußte, so konnte ich hier die innere Ursache nicht verzeihen, welche demselben zugrunde zu liegen und nichts anderes zu sein schien als jene unerträgliche Sucht eitler Menschen, von der wesentlichen und inhaltvollen Einfachheit der Heimat abzufallen und dem lächerlichen Schatten ausländisch-diplomatischer Klug- und Feintuerei nachzutrachten. Die aufbrausende Jugend war dazumal so schon erzürnt über einige gereiste Gelbschnäbel, welche sich eine Zeitlang darin gefielen, in dem läppischen Stile müßiger Gesandtschaftsbedienter Berichte über unsere Heimat in fremde Blätter zu senden und sich dabei das Ansehen zu geben, als ob sie durch ihre Diplomatie dem Lande oder ihrer Partei wunder was genützt hätten. Als Römer sich ein Stückchen rotes Band an einem Frack befestigte und diesen wie von ungefähr auf einen Stuhl legte, schien er mir die zusammengezogene Erscheinung jenes verwerflichen Unsinnes zu sein, und ich ging mit großem Zorne weg und beklagte mich zu Hause über den Unglücklichen. Es waren gerade Leute da, welche mehr von ihm wußten, und ich erfuhr, daß es längst von ihm bekannt sei, daß er sich bald für einen Sohn Napoleons, bald für den Sprößling dieser oder jener älteren Dynastie halte. Von seinen einzelnen und ausführlichen Narrheiten wußten nur wenig Leute, hingegen hielt man jene fixe Idee für eine absichtliche Verstellung, um mittelst derselben sich ungehörige Vorteile zu verschaffen, andere ums Geld zu bringen und ein müßiges, abenteuerliches Leben zu führen, da er nicht gern arbeite und vom Hochmute besessen sei, und man schrieb ihm demzufolge einen gefährlichen Charakter zu. Diese Beurteilung war im höchsten Grade oberflächlich und ungerecht, und ich habe mit Mühe nach und nach folgenden Sachverhalt herausbringen können.

Er war auf dem Lande geboren und als ein kleiner Junge nach der Stadt zu Habersaat gebracht worden, da er große Neigung verriet, etwas anderes zu werden als ein Ackerbauer. Es war in der Restaurationszeit, wo arme Bauernkinder, wenn sie etwas lernen wollten, nur die Wahl hatten zwischen einem Handwerk und einem Plätzchen in einem städtischen Gewerbe. Es war ein Glück für sie, wenn sie als Laufbürschchen in Handelshäusern, Fabriken oder Kanzleien ein Fleckchen fanden, auf dem sie Fuß fassen und, wenn etwas an ihnen war, sich aufarbeiten konnten. Da Habersaats Anstalt auch eine Unterkunft dieser Art war, obgleich eine schlimme, so geriet Römer ganz zufällig dahin, ohne viel zu wissen, was man aus ihm machen würde. Er war fleißig und hielt seine Zeit aus, nach welcher ihn ein französischer Kunsthändler, welcher durchreiste, um ein Werk schweizerischer Prospekte vorzubereiten, nebst einigen anderen jungen Leuten mit nach Paris nahm, indem der Mann dort die Habersaatsche Art, welche er sehr praktisch fand, anwenden wollte. Römer hielt sich tapfer; nach wenigen Jahren hatte er eine artige Summe erspart, mit welcher er nach Rom ging, entschlossen, etwas Rechtes zu werden. Indem er sich umsah, ergriff er alsobald die englische Art, in Aquarell zu malen, hielt sich aber dabei gründlich an die Natur und verbesserte das Mittel durch einen reineren Zweck, so daß seine Arbeiten einiges Aufsehen erregten und er unter dem Zusammenfluß von Künstlern aller Nationen bald seine eigentümliche Stellung einnahm. Indessen suchte er sich auch sonst auszubilden und stellte sich endlich als ein feiner und unterrichteter Mann in jeder Weise dar. Seine geistreichen und zugleich eleganten Zeichnungen kamen besonders dem Bedürfnis der vornehmen Welt entgegen; einer römischen Prinzessin gefielen sie so sehr, daß er berufen wurde, ihr in seiner Technik Unterricht zu geben, und täglich in den Palast ihres Gemahles gehen mußte. Dies verdrehte ihm den Kopf oder lenkte ihn vielmehr auf den Weg, dessen Anfang von je in ihm war; er machte irgend eine Dummheit, auch mochte der Vorfall mit der Bescheidenheit, den er auf seine Weise mir erzählt, dazukommen: sein Glück verließ ihn plötzlich, er wurde vermieden und ging nach Paris zurück. Dort gelang es ihm durch den Kunsthändler, auf günstige Weise bekannt zu werden; er mußte eines Tages in die Tuilerien gehen, seine Mappen vorlegen und sah sich in einen allerliebsten kleinen Salon versetzt, in welchem die blühenden Kinder des Königs, Mädchen und Söhne, scherzend und lachend um seine Arbeiten sich drängten und Blätter für ihre Albums auswählten. Diese Auszeichnung wurde in den Pariser Journalen gemeldet, und er las seinen Namen im Journal des Débats, aber zum ersten und letzten Male, obgleich er seither keinen Tag ruhig schlafen konnte, wenn er dies Blatt nicht gelesen.

Von nun an nahm der Irrsinn vollständig Platz in ihm, er behandelte seinen Beruf als Nebensache und trachtete mehr danach, seinen eingebildeten Rechten Geltung zu verschaffen. Zum zweiten Mal von der vornehmen Welt zurückgewiesen, mußte er in einen nachteiligen Verkehr mit Händlern treten, um nur dann und wann ein Blatt zu verkaufen. Von wohlhabenden Landsleuten, die sich zum Vergnügen in Paris aufhielten und den Umgang des Künstlers gesucht hatten, lieh er Geld, wenn er in Not war, und da er dieses mit ernsthaften und anständigen Manieren tat, das Geliehene aber nicht zurückgab, vielmehr von großen und wichtigen Dingen sprach, während er doch sonst ein kluger und einsichtiger Mann schien, so hielt man ihn bald für einen durchtriebenen und gefährlichen Schelm, der nur darauf ausgehe, andere auf tückische Weise um das Ihrige zu bringen. Daß er in der festen Überzeugung lebte, jeden Tag sein großes Schicksal aufgehen zu sehen, wo er als ein König dieser Welt alles Empfangene hundertfach vergelten könne, wurde ihm nicht angerechnet; vielmehr verzieh man ihm nicht, wenn er einmal verrückt sei, daß er doch mit so viel schlauem Anstand und wahrer Menschenkenntnis seine wohlhabenden Bekannten wiederholt habe anführen können. Er fühlte dies recht gut mit seiner vernünftigeren Hälfte, welche durch die Not immer zur Not wach gehalten wurde; denn während unserer seltsamen Gespräche über die Erfahrungen sagte er mir einst: »Wenn Sie einst in Verlegenheit geraten und Geld leihen müssen, so tun Sie dies ja nicht auf eine anständige und geschickte Weise, wie es ernsten Leuten geziemt, wenn Sie nicht ganz sicher sind, es auf den bestimmten Tag zurückzugeben, sonst wird man Sie für einen abgefeimten Betrüger halten! Vielmehr tun Sie es ohne alle Scham und auf liederliche, närrische Weise, damit die Leute sagen können: Es ist ein Lump, aber ein guter Teufel, man muß ihm helfen!«

Überhaupt erschien er sonst in allen Dingen als ein gewandter und verständiger Mann und wußte seinen Irrsinn lange zu verbergen. Auch hatte er nach Art der Irren doch immer ein böses Gewissen, welches ihn trachten ließ, die Leute über ihn im unklaren zu halten, um nicht gewaltsam in seinen Gedankengängen gestört zu werden, und jene List, welche sich manchmal vernünftig stellt, um einen freieren Spielraum zum Unsinne zu gewinnen. In einem solchen Gefühle war er endlich in seine Heimat zurückgekehrt, um sich da auszuruhen und durch fleißige Arbeit und ein vernünftiges Leben zu Kräften und zu einem festeren Standpunkte zu gelangen, von dem aus er seinen Stern erwarten könnte. Allein er fand durch die Familien von einem oder zweien jener Muttersöhnchen, denen er mäßige Summen schuldete, die Stimmung so gegen sich eingenommen, daß er überall abgestoßen und mit Verdacht umgeben ward. Er schrieb dies Mißgeschick den Kabalen der europäischen Kabinette zu, hielt sich ganz still, um diese zu täuschen und einzuschläfern, und machte dabei die schönsten Zeichnungen. Diese sandte er aber nicht an namhafte Plätze, weil er der Meinung war, seine Feinde würden den Verkauf verhindern, sondern an entlegene Orte, von wo sie immer unverkauft zurückkamen. Ich glaube, daß Römer während der Zeit seines Aufenthaltes keine anderen Mittel hatte als das wenige Geld, was er von mir empfangen. Es stellte sich erst nachher heraus, daß er nie etwas Warmes genossen, sondern sich heimlich mit Brot und Käse ernährte, und seine größte Ausgabe bestand in der Unterhaltung seiner feinen Wäsche und der Handschuhe. Zu seinen Kleidern wußte er so Sorge zu tragen, daß sie bei seiner Abreise noch ebenso gut aussahen wie bei der Ankunft, obschon er immer dieselben trug.

Nachdem ich vier Monate unter seiner Leitung zugebracht, wollte ich mich zurückziehen, indem ich die bezahlte Summe nun als ausgeglichen betrachtete. Doch er wiederholte seine Äußerung, daß es hiermit nicht so genau zu nehmen und die Studien deshalb nicht abzubrechen wären; es sei ihm im Gegenteil ein angenehmes Bedürfnis, unsern Verkehr fortzusetzen. So arbeitete ich zwar nicht mehr anhaltend in seiner Wohnung, besuchte ihn aber jeden Tag, empfing seinen Rat und richtete mich manchmal auch vorübergehend bei ihm ein. Weitere vier Monate vergingen so, während welcher er, durch die Not gezwungen, aber leichthin und beiläufig mich anfragte, ob meine Mutter ihm mit einem kleinen Darlehen auf kurze Zeit aushelfen könne? Er bezeichnete ungefähr eine gleiche Summe wie die schon empfangene, und ich brachte ihm dieselbe noch am gleichen Tage. Im Frühjahr endlich gelang es ihm, aber erst infolge eines mühseligen Briefwechsels, wieder einmal eine Arbeit zu verkaufen, wodurch er zum ersten Mal seit langer Zeit eine Summe in die Hände bekam. Mit dieser beschloß er, wieder nach Paris zu gehen, da ihm hier kein Heil blühen wollte und ihn sonst auch der Wahn forttrieb, durch Ortsveränderung ein besseres Los erzwingen zu können. Denn trotz allem scharfsinnigen Instinkte, den ein Irrsinniger und Unglücklicher hat, ahnte er von ferne nicht, daß sein wirkliches Geschick viel schlimmer als sein eingebildetes Leiden und daß die Welt übereingekommen war, seine armen schönen Zeichnungen und Bilder entgelten zu lassen, was man von seiner vermeintlichen Schlechtigkeit hielt.

Ich fand ihn, wie er seine Sachen zusammenpackte und einige Rechnungen bezahlte. Er kündigte mir seine Abreise an, die am andern Tage erfolgen sollte, und verabschiedete sich zugleich freundlich von mir, noch einige geheimnisvolle Andeutungen über den Zweck der Reise beifügend. Als ich meiner Mutter die Nachricht mitteilte, fragte sie sogleich, ob er denn nichts von dem geliehenen Gelde gesagt habe?

Ich hatte bei Römer einen entschiedenen Fortschritt gemacht, mein ganzes Können abgerundet und meinen Blick erweitert, und es war gar nicht zu berechnen und schon nicht mehr zu denken, wie es ohne dies alles mit mir hätte gehen sollen. Deswegen hätten wir das Geld füglich als eine wohlangewandte Entschädigung ansehen müssen, und dies umso mehr als Römer mir die letzte Zeit nach wie vor seinen Rat gegeben hatte. Allein wir glaubten nur einen Beweis von der Richtigkeit jener Gerüchte zu sehen und wußten auch dazumal noch nicht, wie kümmerlich er lebte; wir dachten ihn im Besitze guter Mittel, denn er hatte seine Armut sorgfältig verborgen. Meine Mutter bestand darauf, daß er das Geliehene zurückgeben müsse, und war zornig, daß jemand von dem zum Besten ihres Söhnleins bestimmten kleinen Geldvorrate sich ohne weiteres einen Teil aneignen wolle. Was ich gelernt, zog sie nicht in Betracht, weil sie es für die Schuldigkeit aller Welt hielt, mir mitzuteilen, was man irgend Gutes wußte.

Ich dagegen, teils weil ich zuletzt auch gegen Römer eingenommen war und ihn für eine Art Schwindler hielt, teils weil ich meine Mutter zur Herausgabe der Summe beredet, und endlich aus Unverstand und Verblendung, hatte nichts einzuwenden und war vielmehr fast schadenfroh, Römer etwas Feindliches anzutun. Als daher die Mutter ein Billett an ihn schrieb und ich einsah, daß er, wenn er entschlossen war, das Geld zu behalten, die Mahnung einer in seinen Augen gewöhnlichen Frau nicht beachten werde, kassierte ich das Schreiben meiner Mutter, welche ohnedies verlegen war, an einen so ansehnlichen und fremdartigen Mann zu schreiben, und entwarf ein anderes, welches, ich muß es zu meiner Schande gestehen, höchst zweckmäßig eingerichtet war. In höflicher und geistreicher Sprache berechnete ich halb seine fixen Ideen, halb seinen Stolz und sein Ehrgefühl (dieses dachte ich durch jene zu zwingen), und indem das bescheidene Billett erst zu einer Bitterkeit wurde, wenn es unberücksichtigt blieb, war es, wenn Römer alles das verlachen sollte, schließlich so beschaffen, daß er doch nicht lachen, sondern sich durchschaut sehen konnte. So viel brauchte es indessen gar nicht; denn als wir das Machwerk hinschickten, kehrte der Bote augenblicklich mit dem Gelde zurück. Ich war etwas beschämt; doch sprachen wir jetzt alles Gute von ihm, er sei doch nicht so übel usf., nur weil er uns das elende Häufchen Silber herausgegeben.

Ich glaube, wenn Römer sich eingebildet hätte, ein Nilpferd oder ein Speiseschrank zu sein, so wäre ich nicht so unbarmherzig und undankbar gegen ihn gewesen; da er aber ein großer Prophet sein wollte, so fühlte sich meine eigene Eitelkeit dadurch verletzt und waffnete sich mit den äußerlichen scheinbaren Gründen.

Nach einem Monate erhielt ich von Römer folgenden Brief aus Paris:

»Mein werter junger Freund!

Ich bin Ihnen eine Nachricht über mein Befinden schuldig, da ich gern annehme, mich Ihrer ferneren Teilnahme und Freundschaft erfreuen zu dürfen. Bin ich Ihnen doch meine endliche Befreiung und Herrschaft schuldig. Durch Ihre Vermittlung, indem Sie das Geld von mir zurückverlangten (welches ich nicht vergessen hatte, aber Ihnen in einem freieren Augenblicke zurückgeben wollte), bin ich endlich in den Palast meiner Väter eingezogen und meiner wahren Bestimmung anheimgegeben! Aber es kostete Mühseligkeit. Ich gedachte jene Summe zu meinem ersten Aufenthalte hier zu verwenden; da Sie aber selbige zurückverlangten, so blieb mir nach Abzug der Reisekosten noch 1 Franc übrig, mit welchem ich von der Post ging. Es regnete sehr stark und verwandte ich daher den besagten Franc dazu, nach dem Mont piété zu fahren und dorten meinen Koffer zu versetzen. Bald darauf sah ich mich genötigt, meine Sammlungen einem Trödler für ein Trinkgeld zu verkaufen und erst jetzt, als ich endlich von aller angenommenen Künstlermaske und allem Kunstapparate glücklich befreit und hungernd in den Straßen umherlief, ohne Obdach, ohne Kleider, doch jubelnd über meine Freiheit, da fanden mich treue Diener meines erlauchten Hauses und führten mich im Triumph heim! Aber noch beobachtet man mich zuweilen, und ich benutze eine günstige Gelegenheit, dies Zeichen zu senden. Sie sind mir wert geworden und ich habe etwas Gutes mit Ihnen vor! Inzwischen nehmen Sie meinen Dank für die günstige Wendung, die Sie herbeigeführt! Möge alles Elend der Erde in Ihr Herz fahren, jugendlicher Held! Mögen Hunger, Verdacht und Mißtrauen Sie liebkosen und die schlimme Erfahrung Ihr Tisch- und Bettgenosse sein! Als aufmerksame Pagen sende ich Ihnen meine ewigen Verwünschungen, mit denen ich mich bis auf weiteres Ihnen treulichst empfehle!

Ihr wohlgewogener Freund.

Dies nur in Eile, ich bin zu sehr beschäftigt!«

Erst vor einem Jahre erfuhr ich, daß Römer in einem französischen Irrenhause verschollen sei. Wie es dazu kam, wird in obigem Briefe ziemlich klar. Meine Mutter, welcher ich alles verhehlte, konnte keine Schuld treffen als diejenige aller Frauen, welche aus Sorge für ihre Angehörigen engherzig und rücksichtslos gegen alle Welt werden. Ich hingegen, der ich gerade zu dieser Zeit mich gut und strebsam glaubte, sah nun ein, welche Teufelei ich begangen hatte. Ich log, verleumdete, betrog oder stahl nicht, wie ich es als Kind getan, aber ich war undankbar, ungerecht und hartherzig unter dem Scheine des äußeren Rechtes. Ich mochte mir lange sagen, daß jene Forderung ja nur eine einfache Bitte um das Geliehene gewesen sei, wie sie alle Welt versucht, und daß weder meine Mutter noch ich je gewaltsam darauf bestanden hätten, ich mochte mir lange sagen, daß Erfahrung den Meister mache und man auch diese Art Unrecht, als die gangbarste und am leichtesten zu begehende, am besten durch ein tüchtiges Erlebnis recht einsehen und vermeiden lerne, mochte ich mich auch überreden, daß Römers Wesen und Schicksal mein Verhalten hervorgerufen und auch ohne diesen Vorgang seine Erfüllung erreicht hätte; alles dies hinderte nicht, daß ich mir doch die bittersten Vorwürfe machen mußte und mich schämte, so oft Römers Gestalt vor meinen Sinn trat. Wenn ich auch die Welt verwünschte, welche dergleichen Handlungen als klug und recht anerkennt (denn die rechtlichsten Leute hatten uns zu der Wiedererlangung der Summe beglückwünscht), so fiel doch alle Schuld wieder auf mich allein zurück, wenn ich an die Anfertigung jenes Billetts dachte, welches ich so recht con amore und ohne die mindeste Mühe geschrieben und gleichsam aus dem Ärmel geschüttelt hatte. Ich war bald achtzehn Jahre alt und entdeckte jetzt erst, wie ruhig und unbefangen ich seit den Knabensünden und Krisen gelebt, sechs lange Jahre! Und nun plötzlich diese Teufelei! Wenn ich schließlich bedachte, wie ich jenes unverhoffte Erscheinen Römers als eine höhere Fügung angesehen, so wußte ich nicht, sollte ich lachen oder weinen über den Dank, den ich dafür gespendet. Den unheimlichen Brief wagte ich nicht zu verbrennen und fürchtete mich, ihn aufzubewahren; bald begrub ich ihn unter entlegenem Gerümpel, bald zog ich ihn hervor und legte ihn zu meinen liebsten Papieren, und noch jetzt, sooft ich ihn finde, verändere ich seinen Ort und bringe ihn anderswohin, so daß er auf steter Wanderschaft ist.

DRITTES KAPITEL

III,6 Diese Demütigung traf mich umso stärker als ich, in Annas Träumen und Ahnungen rein und gut zu erscheinen, den Winter über ein puritanisches Wesen angenommen hatte und nicht nur meine äußerliche Haltung, sondern auch meine Gedanken sorgfältig überwachte und mich bestrebte, wie ein Glas zu sein, das man jeden Augenblick durchschauen dürfe. Welche Ziererei und Selbstgefälligkeit dabei tätig war, wurde mir jetzt erst bei dieser gewaltsamen Störung deutlich, und meine Selbstanklage wurde noch durch das Gefühl der Narrheit und Eitelkeit verbittert.

Anna hatte während des Winters streng das Zimmer hüten gemußt und wurde im Frühling bettlägerig. Der arme Schulmeister kam in die Stadt, um meine Mutter abzuholen; er weinte, als er in die Stube trat. Wir schlossen also unsere Wohnung zu und fuhren mit ihm hinaus, wo meine Mutter wie ein halbes Meerwunder empfangen und geehrt wurde. Sie enthielt sich jedoch, alle die Orte, die ihr teuer waren, aufzusuchen und ihre gealterten Bekannten zu sehen, sondern eilte, sich bei dem kranken Kinde einzurichten; erst nach und nach benutzte sie günstige Augenblicke, und es dauerte Monate lang, bis sie alle Jugendfreunde gesehen, obgleich die meisten in der Nähe wohnten.

Ich hielt mich im Hause des Oheims auf und ging alle Tage an den See hinüber. Anna litt morgens und abends und in der Nacht am meisten; den Tag über schlummerte sie oder lag lächelnd im Bette und ich saß an demselben, ohne viel zu wissen, was ich sagen sollte. Unser Verhältnis trat äußerlich zurück vor dem schweren Leiden und der Trauer, welche die Zukunft nur halb verhüllte. Wenn ich manchmal ganz allein auf eine Viertelstunde bei ihr saß, so hielt ich ihre Hand, während sie mich bald ernst, bald lächelnd ansah, ohne zu sprechen, oder höchstens um ein Glas oder sonst einen Gegenstand von mir zu verlangen. Auch ließ sie sich oft ihre Schächtelchen und kleinen Schätze auf das Bett bringen, kramte dieselben aus, bis sie müde war, wo sie mich dann alles wieder einpacken ließ. Dies erfüllte uns mit einem stillen Glücke, und wenn ich dann beinahe stolz auf dies so zarte und reine Verhältnis fortging, so konnte ich nicht begreifen, wie und warum ich Anna in Erwartung schmerzenvoller Qualen zurückließ.

Der Frühling blühte nun in aller Pracht; aber das arme Kind konnte kaum und selten ans Fenster gebracht werden. Wir füllten daher die Wohnstube, in welcher ihr weißes Bett stand, mit Blumenstöcken und bauten vor dem Fenster ein breites Gerüste, um auf demselben durch größere Töpfe möglichst einen Garten einzurichten. Wenn Anna an sonnigen Nachmittagen eine gute Stunde hatte und wir der warmen Maisonne das Fenster öffneten, der silberne See durch die Rosen und Oleanderblüten herein glänzte und Anna in ihrem weißen Krankenkleide dalag, so schien hier ein sanfter trauernder Kultus des Todes begangen zu werden.

Manchmal aber wurde Anna in solchen Stunden ganz munter und verhältnismäßig redselig; wir setzten uns dann um ihr Bett herum und führten ein gemächliches Gespräch über Personen und Begebenheiten, bald heiterer Natur, und bald ernster, so daß Anna Bericht erhielt von dem, was unsere kleine Welt bewegte. Eines Tages, als meine Mutter in das Dorf gegangen war, fiel das Gespräch auf mich selbst, und der Schulmeister wie seine Tochter schienen es auf diesem Gegenstande so wohlwollend festhalten zu wollen, daß ich mich äußerst geschmeichelt fühlte und aus behaglicher Dankbarkeit die größte Aufrichtigkeit entgegenbrachte. Ich benutzte den Anlaß, mein Verhältnis zu dem unglücklichen Römer zu erzählen, über welches ich seit jenem Briefe mit niemanden gesprochen, und ich brach in die heftigsten Klagen über den Vorfall und mein Verhalten aus. Der Schulmeister verstand mich aber nicht recht; denn er wollte mich beruhigen und die Sache als nicht halb so schlimm darstellen, und was darin noch gefehlt war, sollte mich aufmerksam machen, daß wir eben allzumal Sünder und der Barmherzigkeit des Erlösers bedürftig seien. Das Wort Sünder war mir aber ein für allemal verhaßt und lächerlich und ebenso die Barmherzigkeit; vielmehr wollte ich ganz unbarmherzig die Sache mit mir selbst ausfechten und mich verurteilen auf gut weltlich gerichtliche Art und durchaus nicht auf geistliche Weise. Plötzlich aber bekam Anna, welche sich bisher still verhalten, aufgeregt durch meine Erzählung und durch mein Gebaren, einen heftigen Anfall ihrer Krämpfe und Leiden, daß ich das arme zarte Wesen zum ersten Mal seiner ganzen hilflosen Qual verfallen sah. Große Tränen, durch Not und Angst erpreßt, rollten über ihre weißen Wangen, ohne daß sie dieselben aufhalten konnte. Sie war ganz durch die Bewegungen ihrer Leiden beschäftigt, so daß bald alle Rücksicht und Haltung verschwinden mußten, und nur dann und wann richtete sie einen kurzen irrenden Blick auf mich, wie aus einer fremden Welt des Schmerzes heraus; zugleich schien sie dann eine zarte Scham zu ängstigen, so maßlos vor mir leiden zu müssen; und ich muß bekennen, daß meine Verlegenheit, so gesund und ungeschlacht vor dem Heiligtume dieser Leidensstätte zu stehen, fast so groß war als mein Mitleiden. Überzeugt, daß ich ihr dadurch wenigstens einige Befreiung verschaffe, ließ ich sie in den Armen ihres Vaters und eilte bestürzt und beschämt davon, meine Mutter herbeizuholen.

Nachdem diese mit einer Nichte sich fortbegeben, um das kranke Kind zu pflegen, blieb ich den Rest des Tages im oheimlichen Hause, mir Vorwürfe machend über mein plumpes Ungeschick. Nicht nur mein Unrecht gegen Römer, sondern sogar das Bekenntnis desselben und seine heutigen Folgen warfen einen gehässigen Schein auf mich, und ich fühlte mich gebannt in einer jener dunklen Stimmungen, wo einem der Zweifel aufsteigt, ob man wirklich ein guter, zum Glück bestimmter Mensch sei? wo es scheint, als ob nicht sowohl eine Schlechtigkeit des Herzens und des Charakters als eine gewisse Schlechtigkeit des Kopfes, des Geschickes einem anhafte, welche noch unglücklicher macht als die entschiedene Teufelei. Ich konnte nicht einschlafen vor dem Bedürfnisse, mich zu äußern, da das immerwährende Verschweigen wie die mißlungene Aufrichtigkeit den Anstrich des Unheimlichen noch vermehrt. Ich stand nach Mitternacht auf, kleidete mich an und schlich mich aus dem Hause, um Judith aufzusuchen. Ungesehen kam ich durch Gärten und Hecken, fand aber alles dunkel und verschlossen bei ihr. Ich stand einige Zeit unschlüssig vor dem Hause; doch kletterte ich zuletzt am Spalier empor und klopfte zaghaft an das Fenster; denn ich fürchtete mich, das gereifte und kluge Weib aus dem geheimnisvollen Schleier der Nacht aufzuschrecken, ich besorgte zu meiner Beschämung erfahren zu müssen, daß ein solches Weib zuletzt doch manchmal zu tun für gut finden könne, was nicht jeder Junge zu wissen brauche. Aber sie war ganz allein, hörte und erkannte mich sogleich, stand auf, zog sich leicht an und ließ mich zum Fenster hinein. Dann machte sie Licht, Helle zu verbreiten, weil sie glaubte, ich sei in der Absicht gekommen, irgend einige Liebkosungen zu wagen. Aber sie war sehr verwundert, als ich anfing, meine Geschichten zu erzählen, erst die gewaltsame Störung, welche ich heute in die stille Krankenstube getragen, und dann die unglückliche Geschichte mit Römer, deren ganzen Verlauf ich schilderte. Nachdem ich meinen kunstreichen Mahnbrief und den darauf erhaltenen Pariserbrief beschrieben, aus dessen Inhalt wir wohl Römers Schicksal ahnen konnten, nur daß wir statt des Irrenhauses gar ein Gefängnis vermuteten, rief Judith: »Das ist ja ganz abscheulich! Schämst du dich denn nicht, du Knirps?« Und indem sie zornig auf und niederging, malte sie recht genau aus, wie Römer sich vielleicht erholt hätte, wenn man ihm nicht die Mittel zu seinem ersten Aufenthalte in Paris entzogen, wie ihn der Erhaltungstrieb vielleicht, ja sicher eine Zeitlang hätte klug sein lassen und hieraus unberechenbar eine bessere Wendung auf diese oder jene Weise möglich gewesen. »O hätte ich den armen Mann pflegen können«, rief sie aus, »gewiß hätte ich ihn kuriert! Ich hätte ihn ausgelacht und ihm geschmeichelt, bis er klug geworden wäre!« Dann stand sie still, sah mich an und sagte: »Weißt du wohl, Heinrich, daß du allbereits ein Menschenleben auf deiner grünen Seele hast?« Diesen Gedanken hatte ich mir noch nicht einmal klar gemacht, und ich sagte betroffen: »Ho, so arg ist es wohl nicht! Im schlimmsten Falle wäre es ein unglücklicher Zufall, den ich nicht herbeizuführen je wähnen konnte!« – »Ja«, erwiderte sie sachte, »wenn du eine einfache, sogar grobe Forderung gestellt hättest! Durch deinen sauberen Höllenzwang aber hast du ihm förmlich den Dolch auf die Brust gesetzt, wie es auch ganz einer Zeit gemäß ist, wo man sich mit Worten und Brieflein tot sticht! Ach, der arme Kerl! er war so fleißig und gab sich Mühe, aus der Patsche zu kommen, und als er endlich ein Röllchen Geld erwarb, nimmt man es ihm weg! Es ist so natürlich, den Lohn der Arbeit zu seiner Ernährung zu verwenden; aber da heißt es: gib erst zurück, wenn du geborgt hast, und dann verhungere!«

Wir saßen beide eine Weile düster und nachdenklich da; dann sagte ich: »Das hilft nichts, geschehene Dinge sind einmal nicht zu ändern. Die Geschichte soll mir zur Warnung dienen; aber ich kann sie nicht ewig mit mir herumschleppen, und da ich mein Unrecht einsehe und bereue, so mußt du es mir endlich verzeihen und mir die Gewißheit geben, daß ich deswegen nicht hassenswert und garstig aussehe!«

Ich merkte nämlich erst jetzt, daß ich darum hergekommen und allerdings bedürftig war, durch Mitteilung und durch die Vermittlung eines fremden Mundes die Vertilgung eines drückenden Gefühles oder Verzeihung zu erlangen, wenn ich mich auch gegen des Schulmeisters christliche Vermittlung sträubte. Aber Judith antwortete: »Daraus wird nichts! Die Vorwürfe deines Gewissens sind ein ganz gesundes Brot für dich, und daran sollst du dein Leben lang kauen, ohne daß ich dir die Butter der Verzeihung darauf streiche! Dies könnte ich nicht einmal; denn was nicht zu ändern ist, ist eben deswegen auch nicht zu vergessen, dünkt mich, ich habe dies genugsam erfahren! Übrigens fühle ich leider nicht, daß du mir irgend widerwärtig geworden wärest; wozu wäre man da, wenn man nicht die Menschen, wie sie sind, lieb haben müßte?« Und sie drückte, da sie auf dem Rande des Bettes und ich auf einer altmodisch bemalten Kiste zu ihren Füßen saß, meinen Kopf auf ihren Schoß und verband ihre Hände liebevoll unter meinem Kinn.

Diese seltsame Äußerung in Judiths Munde machte mich tief betroffen und verursachte mir ein langes Nachsinnen; je länger ich sann, desto gewisser wurde es mir, daß Judith das Rechte getroffen, und ich gelangte zu einem Schluß, welcher, indem er zugleich zu einem Entschluß wurde, nämlich das Bewußtsein des begangenen Unrechtes nie mehr vergessen und immer in seiner ganzen Frische tragen zu wollen, mir die einzig mögliche Ausgleichung zu sein schien. Nur einer kann und soll verzeihen und vergessen, der von Unrecht Betroffene selbst, der Täter und alle anderen können es niemals, solange eine innere oder äußere Spur übrigbleibt. Dies kann man am deutlichsten an den großen Beispielen der Geschichte sehen. Die Tausende, welche Philipp der Zweite verbrennen ließ, haben ihm gewiß längst verziehen und betrachten ihn wie einen anderen Mann, der gefehlt hat, während die Millionen Protestanten, welche leben, ihm immer noch nicht verzeihen können, weil die Wirkungen seiner Tat noch täglich vor unser aller Augen sind, und, ihn selbst betreffend, ist es gar nicht denkbar, daß er sein weltgeschichtliches Unrecht habe vergessen können; denn wenn er auch mit seinem Tode als König abgesetzt und in den Wirbel der anderen Wesen gerissen wurde, so hörte er darum nicht auf, Philipp der Zweite zu sein, vielmehr, wenn er es je gewesen ist, wird er es ewig bleiben. Dadurch aber, daß nur die vom Unrecht Betroffenen unmittelbar verzeihen, was man so verzeihen nennt, bleibt zuletzt doch kein Haß übrig als derjenige gegen das Böse, das man in sich selber hat; denn das Nichtverzeihen der übrigen ist wieder etwas anderes.

Es ist merkwürdig, daß die Menschen immer nur große Dummheiten, die sie begangen, glauben nicht vergessen zu können, sich bei deren Erinnerung vor den Kopf schlagen und kein Hehl daraus machen, zum Zeichen, daß sie nun klüger geworden; begangenes Unrecht aber machen sie sich weis, allmählich vergessen zu können, während es in der Tat nicht so ist, schon deswegen, weil das Unrecht mit der Dummheit nahe verwandt und ähnlicher Natur ist. Ja, dachte ich, so unverzeihlich mir meine Dummheiten sind, wird es auch mein Unrecht sein! Was ich an Römer getan, werde ich von nun an nie mehr vergessen und, wenn ich unsterblich bin, in die Unsterblichkeit hinübernehmen, denn es gehört zu meiner Person, zu meiner Geschichte, zu meinem Wesen, sonst wäre es nicht passiert! Meine einzige Sorge wird sein zu trachten, daß ich noch so viel Rechtes tue, daß mein Dasein erträglich bleibt!

Ich sprang auf und verkündete der Judith diese Ausführung und Anwendung ihrer einfachen Worte; denn es dünkte mir ein wichtiges Ereignis, so für immer auf das Vergessen einer Übeltat zu verzichten. Judith zog mich nieder und sagte mir ins Ohr: »Ja, so wird es sein; du bist jetzt erwachsen und hast in diesem Handel schon deine moralische Jungfernschaft verloren! Nun kannst du dich in acht nehmen, Bürschchen, daß es nicht so fort geht!« Der drollige Ausdruck, den sie gebrauchte, stellte mir die Sache noch in ein neues und lächerlich deutliches Licht, daß ich einen großen Ärger empfand und mich einen ausgesuchten Esel, Laffen und aufgeblähten Popanz schalt, der sich so blindlings habe übertölpeln lassen. Judith lachte und rief: »Denke daran, wenn man am gescheitesten zu sein glaubt, so kommt man am ehesten als ein Esel zum Vorschein!« – »Du brauchst nicht zu lachen!« erwiderte ich ärgerlich, »ich habe dir soeben, als ich kam, auch einen Tort angetan: ich habe gefürchtet, daß du vielleicht einen fremden Mann bei dir haben könntest!«

Sie gab mir sogleich eine Ohrfeige, doch, wie es mir schien, mehr aus Vergnügen als aus Zorn und sagte: »Du bist ein recht unverschämter Gesell und glaubst wohl, du brauchst deine schändlichen Gedanken nur einzugestehen, um von mir absolviert zu sein! Freilich sind es nur die beschränkten und vernagelten Leute, welche nie etwas eingestehen wollen; aber die übrigen machen deswegen damit auch nicht alles gut! Zur Strafe gehst du mir jetzt gleich zum Tempel hinaus und machst, daß du nach Hause kommst! Morgen des Nachts darfst du dich wieder zeigen!« Sie trieb mich unerbittlich aus dem Hause; denn sie hatte jetzt genugsam gemerkt, daß es mich stark zu ihr hinzog und daß ich eifersüchtig auf sie war.

Ich begab mich nun, sooft es anging, des Nachts zu ihr; sie brachte den Tag meistens allein und einsam zu, während ich entweder weite Streifzüge unternahm, um zu zeichnen, oder in des Schulmeisters Haus, als in einer Schule des Leidens, mich still und gemessen halten mußte. So hatten wir in diesen Nächten vollauf zu plaudern und saßen oft stundenlang am offenen Fenster, wo der Glanz des nächtlichen Himmels über der sommerlichen Welt lag, oder wir machten dasselbe zu, schlossen die Laden und setzten uns an den Tisch und lasen zusammen. Ich hatte ihr im Herbst auf ihr Verlangen nach einem Buche eine deutsche Übersetzung des Rasenden Roland zurückgelassen, welchen ich selbst noch nicht näher kannte; Judith hatte aber den Winter über oft darin gelesen und pries mir jetzt das Buch als das allerschönste in der Welt an. Judith zweifelte nicht mehr an Annas baldigem Tod und sagte mir dies unverhohlen, obgleich ich es nicht zugeben wollte; durch diesen Gegenstand und meine Berichte von jenem Krankenlager wurden wir trübselig und düster, jedes auf seine Weise, und wenn wir nun im Ariost lasen, so vergaßen wir alle Trübsal und tauchten uns in eine frische glänzende Welt. Judith hatte das

Buch erst ganz volkstümlich als etwas Gedrucktes genommen, wie es war, ohne über seinen Ursprung und seine Bedeutung zu grübeln; als wir aber jetzt zusammen darin lasen, verlangte sie manches zu wissen, und ich mußte ihr, so gut ich konnte, einen Begriff geben von der Entstehungsweise und der Geltung eines solchen Werkes, von dem Wollen und den bewußten Absichten des Dichters, und ich erzählte, so viel ich wußte, von Ariost. Nun wurde sie erst recht fröhlich, nannte ihn einen klugen und weisen Mann und las die Gesänge mit verdoppelter Lust, da sie wußte, daß diesen so heiteren und so tiefsinnigen Wechselgeschichten eine helle und tiefgefühlte Absicht zu Grunde lag, ein Wollen, Schaffen und Gestalten, eine Einsicht und ein Wissen, das ihr in seiner Neuheit wie ein Stern aus dunkler Nacht erglänzte. Wenn die in Schönheit leuchtenden Geschöpfe rastlos an uns vorüberzogen, von Täuschung zu Täuschung, und leidenschaftlich sich jagend und haschend, immer eins dem anderen entschwand und ein drittes hervortrat, oder wenn sie in kurzen Augenblicken bestraft und trauernd ruheten von ihrer Leidenschaft oder vielmehr sich tiefer in dieselbe hinein zu ruhen schienen an klaren Gewässern, unter wundervollen Bäumen, so rief Judith: »O kluger Mann! Ja, so geht es zu, so sind die Menschen und ihr Leben, so sind wir selbst, wir Narren!«

Noch mehr glaubte ich selbst der Gegenstand eines poetischen Scherzes zu sein, wenn ich mich neben einem Weibe sah, welches ganz wie jene Fabelwesen auf der Stufe der voll entfalteten Kraft und Schönheit still zu stehen und dazu angetan schien, unablässig die Leidenschaft fahrender Helden zu erregen. An ihrer ganzen Gestalt hatte jeder Zug ein siegreiches festes Gepräge, und die Faltenlagen ihrer einfachen Kleider waren immer so schmuck und stattlich, daß man durch sie hindurch in der Aufregung wohl goldene Spangen oder gar schimmernde Waffenstücke zu ahnen glaubte. Entblößte jedoch das üppige Gedicht seine Frauen von Schmuck und Kleidung und brachte ihre bloßgegebene Schönheit in offene Bedrängnis oder in eine mutwillig verführerische Lage, während ich mich nur durch einen dünnen Faden von der blühendsten Wirklichkeit geschieden sah, so war es mir vollends, als wäre ich ein törichter Fabelheld und das Spielzeug eines ausgelassenen Dichters; nicht nur das platonische Pflicht- und Treuegefühl gegen das von christlichen Gebeten umgebene Leidensbett eines zarten Wesens, sondern auch die Furcht, schlechtweg durch Annas krankhafte Träume verraten zu werden, legten ein Band um die verlangenden Sinne, während Judith aus Rücksicht für Anna und mich und aus dem Bedürfnisse sich beherrschte, in dem zierlich platonischen Wesen der Jugend noch etwas mitzuleben. Unsere Hände bewegten sich manchmal unwillkürlich nach den Schultern oder den Hüften des anderen, um sich darum zu legen, tappten aber auf halbem Wege in der Luft und endigten mit einem zaghaften abgebrochenen Wangenstreicheln, so daß wir närrischerweise zwei jungen Katzen glichen, welche mit den Pfötchen nach einander auslangen, elektrisch zitternd und unschlüssig, ob sie spielen oder sich zerzausen sollen.

In solchen Augenblicken rafften wir uns auf; Judith zog ihre Schuhe an und begleitete mich in die Sommernacht hinaus; es reizte uns, ungesehen ins Freie zu gelangen und auf nächtliche Abenteuer durch den Wald und über die Höhen zu gehen. Solche romantische Gewohnheiten vergnügten meine Begleiterin umso mehr, als sie ihr neu waren und sie noch nie ohne einen bestimmten und außerordentlichen Zweck nächtlicherweise aus dem Dorfe gegangen war. Sie freuete sich aber dieser Freiheit um ihrer selbst willen und nicht aus Naturschwärmerei, weil sie einmal ein abgesondertes und eigenes Leben führte, obgleich ursprünglich niemand besser als sie zu einem frischen Zusammenleben geschaffen war. Sie stellte daher keine gefühlvollen Betrachtungen über den Mondschein an, sondern sie rauschte mutwillig und rasch durch die Gebüsche oder knickte halb unmutig manchen grünen Zweig, mit dem sie mir ins Gesicht schlug, als ob sie damit alles wegzaubern wollte, was zwischen mir und ihr lag, die Jahre, die fremde Liebe und den ungleichen Stand. Sie wurde dann ganz anders, als sie erst in der Stube gewesen und förmlich boshaft, spielte mir tausend Schabernack, verlor sich im dunklen Dickicht, daß ich sie plötzlich zu fassen bekam, oder hob beim Springen über einen Graben das Kleid so hoch, daß ich in Verwirrung geriet. Einmal erzählte ich ihr das Abenteuer, das ich als kleiner Junge mit jener Schauspielerin gehabt, und vertraute ihr ganz offen, welchen Eindruck mir der erste Anblick einer bloßen Frauenbrust gemacht, so daß ich dieselbe noch immer in dem weißen Mondlicht vor mir sehe und dabei der längst entschwundenen Frau fast sehnsüchtig gedenke, während ihre Gesichtszüge und ihr Name schon lange bis auf die letzte Spur in meinem Gedächtnis verwischt. Wir gingen gerade dem Waldbache entlang, über welchem der Mond ein geheimnisvolles Netz von Dunkel und Licht zittern ließ; Judith verschwand plötzlich von meiner Seite und huschte durch die Büsche, während ich verblüfft vorwärts ging. Dies dauerte wohl fünf Minuten, während welcher ich keinen Laut vernahm außer dem leisen Wehen der Bäume und dem Rieseln der Wellen. Es wurde mir zu Mute, wie wenn Judith sich aufgelöst hätte und still in die Natur verschwunden wäre, in welcher mich ihre Elemente geisterhaft neckend umrauschten. So gelangte ich unversehens in die Gegend der Heidenstube und sah nun die graue Felswand im hellen Vollmond, der über den Bäumen stand, in den Himmel ragen; das Wasser und die Steine zu meinen Füßen waren ebenfalls beschienen. Auf den Steinen lagen Kleider, zuoberst ein weißes Hemd, welches, als ich es aufhob, noch ganz warm war, wie eine soeben entseelte irdische Hülle. Ich vernahm aber keinen Laut, noch sah ich etwas von Judith, es wurde mir wirklich unheimlich zu Mute, da die Stille der Nacht von einer dämonischen Absicht ganz getränkt erschien. Ich wollte eben Judith beim Namen rufen, als ich seltsame, halb seufzende, halb singende Töne vernahm, aus denen zuletzt ein deutliches altes Lied wurde, das ich schon hundertmal gehört und jetzt doch einen zauberhaften Eindruck auf mich machte. Sein Inhalt war die Tiefe des Wassers, etwas von Liebe und sonst nichts weiter; aber zuletzt war es von einem fast sichtbaren verführerischen Lächeln durchdrungen und von einem silbernen Geräusch begleitet, wie wenn jemand im Wasser plätschert und sich dasselbe in sanften Wellen gegen die Lenden schlägt. Wie ich so hinhorchte, entdeckte ich endlich mir gegenüber eine undeutliche weiße Gestalt, welche sich im Schatten hinter dem Felsen bewegte, sich an überhängende Zweige hing und den Körper im Wasser treiben ließ oder plötzlich sich hoch aufrichtete und eine Weile gespenstisch unbeweglich hielt. Es führte ein untiefer Damm des Geschiebes zu jener Stelle, und zwar in einem ziemlich weiten Bogen, und als ich einen Augenblick mich vergessen hatte, sah ich unversehens die nackte Judith schon auf der Mitte dieses Weges angelangt und auf mich zukommen. Sie war bis unter die Brust im Wasser; sie näherte sich im Bogen und ich drehete mich magnetisch nach ihren Bewegungen. Jetzt trat sie aus dem schief über das Flüßchen fallenden Schlagschatten und erschien plötzlich im Mondlichte; zugleich erreichte sie bald das Ufer und stieg immer höher aus dem Wasser und dieses rauschte jetzt glänzend von ihren Hüften und Knien zurück. Jetzt setzte sie den triefenden weißen Fuß auf die trockenen Steine, sah mich an und ich sie; sie war nur noch drei Schritte von mir und stand einen Augenblick still; ich sah jedes Glied in dem hellen Lichte deutlich, aber wie fabelhaft vergrößert und verschönt, gleich einem überlebensgroßen alten Marmorbilde. Auf den Schultern, auf den Brüsten und auf den Hüften schimmerte das Wasser, aber noch mehr leuchteten ihre Augen, die sie schweigend auf mich gerichtet hielt. Jetzt hob sie die Arme und bewegte sich gegen mich; aber ich, von einem heißkalten Schauer und Respekt durchrieselt, ging mit jedem Schritt, den sie vorwärts tat, wie ein Krebs einen Schritt rückwärts, aber sie nicht aus den Augen verlierend. So trat ich unter die Bäume zurück, bis ich mich in den Brombeerstauden fing und wieder still stand. Ich war nun verborgen und im Dunkeln, während sie im Lichte mir vorschwebte und schimmerte; ich drückte meinen Kopf an einen kühlen Stamm und besah unverwandt die Erscheinung. Jetzt ward es ihr selbst unheimlich; sie stand dicht bei ihrem Gewande und begann wie der Blitz sich anzuziehen. Ich sah aber, daß sie erst jetzt in Verlegenheit geriet, und trat unwillkürlich, meine eigene Verwirrung vergessend, hervor, half ihr zitternd den Rock über der Brust zuheften und reichte ihr das große weiße Halstuch. Hierauf umschlang ich ihren Hals und küßte sie auf den Mund, gewissermaßen um keinen müßigen Augenblick aufkommen zu lassen; sie fühlte dies wohl; denn sie war nun über und über rot bis in die noch feuchte Brust hinein; sie steckte hastig ihre feinen Strümpfe in die Tasche und schlüpfte mit bloßen Füßen in die Schuhe, worauf sie mich noch einmal umschloß und heftig küßte, dann quer durch die Bäume die Halde hinaneilte und verschwand, indessen ich das Wasser entlang nach Hause ging. Ich fühlte sonderbarerweise die Schuld dieses Abenteuers allein auf mir ruhen, obgleich ich mich leidend dabei verhalten, während ich schon empfand, wie unauslöschlich der nächtliche Spuk, die glänzende Gestalt für immer meinen Sinnen eingeprägt sei und wie ein weißes Feuer in meinem Gehirne und in meinem Blute umging.

Zu diesen so ganz entgegengesetzten Aufregungen der Tage und III, 7
der Nächte kamen diesen Sommer noch verschiedene Auftritte im ländlichen Familienleben, welche bei aller Einfachheit doch den gewaltigen Wechsel des Lebens und sein unaufhaltsames Vorübergehen ins Licht stellten. Der Haushalt des jungen Müllers ließ seine Heirat nicht länger aufschieben, und es wurde also eine dreitägige Hochzeit gefeiert, bei welcher die spärlichen Überreste städtischen Gebrauches, so die Braut aus ihrem Hause mitbrachte, gar jämmerlich dem ländlichen Pomp unterliegen mußten. Die Geigen schwiegen nicht während der drei Tage; ich ging jeden Abend hin und fand Judith festlich geschmückt unter dem Gedränge der Gäste; ein und das andere Mal tanzte ich bescheiden und wie ein Fremder mit ihr, und auch sie hielt sich zurück, obgleich wir während der geräuschvollen Nächte Gelegenheit genug hatten, uns unbemerkt nahe zu sein. Aber erst dadurch empfand ich recht, welch ein zwingender Reiz in einem solchen Doppelleben und welch ein Zauber in dem Geheimnis liegt; ich war innerlich wie berauscht, und die schöne Judith sah es wohl und bewegte sich umso ruhiger und mit allen Leuten lachend, plaudernd herum, wobei es mir doch wohlgefiel, daß sie im geheimen doch auch ernster und leidenschaftlicher bewegt schien. Alles war mir wie ein Märchen; die Geigen und die Gläser klangen, die Leute sangen und tanzten, überall faßte man sich bei den Händen und lachte sich an, und wenn mich soeben ein lustiges Mädchen gestellt und angeredet und ich schweigend etwa das goldene Herzchen, das ihr vor der klopfenden Brust tanzte, in die Hand genommen und von allen Seiten beschaut, bis sie mir auf die Finger schlug, so ging ich umso nachdenklicher weiter. Dann kam die glückliche Braut, welche der Reihe nach mit aller Welt einer geheim vertraulichen Unterhaltung pflag, zog auch mich beiseite, fragte, warum ich nicht lustiger sei, und versicherte mir angelegentlich, daß ich ein guter Junge und ihr sehr lieb sei. Ich ward gerührt und betroffen und mußte mich von ihr wenden, da mir die Tränen nahe waren, ohne daß ich eigentlich wußte warum, und sie noch weniger. Noch tiefer fühlte ich mich betroffen, als ich an einem der Tage meine Mutter, welche auf ein halbes Stündchen er-

schienen war, fortbegleitete und plötzlich aus dem Lärm und Gedränge der Hochzeit heraus mich auf die stillen grünen Sommerpfade versetzt sah. Meine Mutter war so ruhig, zufrieden und gesprächig im Gefühle der erfüllten Pflicht und eines immer gleichen anspruchlosen Lebens, daß mein leidenschaftlich bewegtes Treiben im grellsten Lichte dagegen abstach und ich, obgleich ich nun schon ein anderes Sittengesetz zu kennen glaubte als das überkommene, mir den Gedanken nicht verwehren konnte, daß ich sie mit dem hintergehe, wovon sie keine Ahnung hatte.

Kaum war die Hochzeit vorüber, so erkrankte die Muhme, welche noch nicht funfzig Jahre alt war, und starb in Zeit von drei Wochen. Sie war eine starke und gesunde Frau, daher ihre Todeskrankheit umso gewaltsamer, und sie starb sehr ungern. Sie litt heftig und unruhig und ergab sich erst in den letzten zwei Tagen, und an dem Schrecken, der sich im Hause verbreitete, konnte man erst sehen, was sie allen gewesen. Aber wie nach dem Hinsinken eines guten Soldaten auf dem Felde der Ehre die Lücke schnell wieder ausgefüllt wird und der Kampf rüstig fortgeht, so erwies sich die Art des Lebens und des Todes dieser tapfern Frau auch auf das schönste dadurch, daß die Reihen ohne Lamentieren rasch sich schlossen, die Kinder teilten sich in Arbeit und Sorge und versparten den beschaulichen Schmerz bis auf die Tage, wo geruht und wo ihnen der Verlust ihrer Mutter erst ein schweres Wahrzeichen des Lebens werden wird. Nur der Oheim äußerte erst einige tiefere Klagen, faßte diese aber bald in das Wort »meine selige Frau« zusammen, das er nun bei jeder Gelegenheit anbrachte. An dem Leichenbegängnisse sah ich Judith unter den fremden Frauen. Sie trug ein städtisches schwarzes Kleid bis unter das Kinn zugeknöpft, sah demütig auf den Boden und ging doch hoch und stolz einher.

Wenige Wochen später erschien der junge philosophische Schullehrer im Hause und bewarb sich unversehens um die jüngste Tochter. Die Jungen wußten zwar schon längst, daß die beiden sich leidenschaftlich verbunden; allein dem Vater kam es ganz unerwartet, und man sah nun an seinem Erstaunen und an seinem Unwillen, den er wenig verhehlte, welch ein unwillkommener Gast er bei allem Scherz für eine engere Verbindung war. Der Oheim wies ihn ab oder wenigstens auf die Zukunft, wegen des kürzlichen Todes seiner Frau und weil er auch deswegen jetzt keine Tochter mehr entbehren könne, am wenigsten die jüngste. Doch der Philosoph gab sich nicht zufrieden, sondern wandte ein, daß er, zum Oberlehrer vorgerückt, nun einen eigenen Haushalt zu führen und eine Frau zu haben wünsche, überhaupt er kein Hindernis sehe zu heiraten, da er und das Mädchen einverstanden seien. Hierauf setzte er eine lange Denkschrift auf, in welcher er durch philosophische und rechtliche Gründe seine Sache verteidigte, mit großer Logik vom naturrechtlichen Standpunkt aus in die verwickelteren Verhältnisse unseres Land- und Familienrechtes überging und alle Konsequenzen in Aussicht stellte, welche er zu benutzen oder hervorzurufen wissen werde. Alles war in den kunstreichsten und ernsthaftesten Phrasen abgefaßt, und er erschien mit der Schrift und las dieselbe nach verlangter Erlaubnis mit seinem Silberstimmchen vor. Der Vater und die Söhne, welche letztere durch sein rücksichtsloses Benehmen nun auch gegen ihn eingenommen waren, glaubten nun ihre Sache gewonnen und entschieden, da sie, besonders wenn sie das immer noch zierliche Miniaturgesichtchen des Philosophen ansahen, einer so spaßhaften Wendung unmöglich eine ernste Folge zuschreiben mochten. Aber sie täuschten sich sehr. Sie warfen ihn zwar aus dem Hause, wobei sie auf das Schwesterchen keine große Rücksicht nahmen, allein der seltsame Werber verklagte sie sogleich und begann einen Prozeß um sein Recht, den er mit solcher Konsequenz und Energie durchführte, daß der Oheim entrüstet und aufgeregt schon auf halbem Wege erklärte, das Kind könne laufen, wohin es wolle. Noch glaubte man, das junge Mädchen, das man immer noch als Kind anzusehen gewohnt war, würde jetzt wenigstens noch eine Zeit bleiben, bis es im Frieden gehen könne, und man konnte seinen Abfall von der Familie nicht begreifen und schrieb denselben einem störrischen und mangelhaften Herzen zu; aber es kümmerte sich nicht darum, sah nicht Vater noch Schwestern und Brüder und kaum das Grab seiner Mutter an und zog ohne Aussteuer, ohne Sang und Klang mit dem Philosophen aus dem Dorfe. Mit Verwunderung sah ich, wie Logik und Leidenschaft im Bunde in noch so jungen Köpfchen wohl so viel Bewegung verursachen können als Erfahrung und gereifter Wille der Alten. Denn das Philosöphchen hatte sich vorgenommen, streng nach seiner Vernunft und seinem Naturrechte zu handeln, und auch seine Handlungen ganz in diesem Sinne durchgeführt, so daß er sich unter der ganzen Lehrerschaft ein großes Ansehen erwarb, als ein Besieger des Vorurteils, während das Mädchen durch seine unerwartete und rücksichtslose Leidenschaft, für die es auf der ganzen Welt keine Richtschnur mehr gab als der Wille des Geliebten, weitherum ein wunderliches Aufsehen erregte.

So war in kurzer Zeit die Gestalt des oheimlichen Hauses verändert und durch die verschiedenen Vorgänge alles älter und ernster geworden. Von der traurigen Schaubühne ihres Krankenbettes sah die arme Anna alle diese Veränderungen, aber schon mehr als äußerlich getrennt von den Ereignissen. Sie hatte eine geraume Zeit im gleichen Zustande verharrt und alle hofften, daß sie am Ende wieder aufleben würde. Aber da man es am wenigsten dachte, erschien eines Morgens im Herbste der Schulmeister schwarz gekleidet bei dem Oheim, welcher selbst noch schwarz ging, und verkündete ihren Tod.

In einem Augenblicke war nicht nur das Haus von Klagen erfüllt, sondern auch die benachbarte Mühle, und die Vorübergehenden verbreiteten das Leid im ganzen Dorfe. Seit bald einem Jahre war der Gedanke an Annas Tod großgezogen worden, und die Leute schienen sich ein rechtes Fest der Klage und des Bedaurens aufgespart zu haben; denn für eine allgemeine Totentrauer war dieser anmutige, schuldlose und geehrte Gegenstand geeigneter als die eigenen Verluste.

Ich hielt mich ganz still im Hintergrunde; denn wenn ich auch bei freudigen Anlässen laut wurde und unwillkürlich eine anmaßende Rolle spielte, so wußte ich dagegen, wo es traurig herging, mich gar nicht vorzudrängen und geriet immer in die Verlegenheit, für teilnahmlos und verhärtet angesehen zu werden, und dies umso mehr, als mir von jeher nur die aus Schuld oder Unrecht entstandenen Mißstimmungen, die innere Berührung der Menschen, nie aber das unmittelbare Unglück oder der Tod Tränen zu entlocken vermochten.

Jetzt aber war ich erstaunt über den frühen Tod und noch mehr darüber, daß dies arme tote Mädchen meine Geliebte war. Ich versank in tiefes Nachdenken darüber, ohne Schrecken oder heftigen Schmerz zu empfinden, obgleich ich das Ereignis mit meinen Gedanken nach allen Seiten durchfühlte. Nicht einmal die Erinnerung an Judith verursachte mir Unruhe. Nachdem der Schulmeister einige Anordnungen getroffen, wurde ich endlich aus meiner Verborgenheit hervorgezogen, indem er mich aufforderte, nunmehr mit ihm zurückzugehen und einige Zeit bei ihm zu wohnen. Wir machten uns auf den Weg, indessen die übrigen Verwandten, besonders die noch im Hause lebende Tochter und die junge Müllerin, versprachen, sogleich nachzukommen.

Auf dem Wege faßte der Schulmeister sein Leid zusammen und gab ihm durch die nochmalige Schilderung der letzten Nacht und des Sterbens, das gegen Morgen eintraf, Worte. Ich hörte alles aufmerksam und schweigend an; die Nacht war beängstigend und leidenvoll gewesen, der Tod selbst aber fast unmerklich und sanft.

Meine Mutter und die alte Katherine hatten die Leiche schon geschmückt und in Annas Kämmerchen gelegt. Da lag sie, nach des Schulmeisters Willen, auf dem schönen Blumenteppich, den sie einst für ihren Vater gestickt und man jetzt über ihr schmales Bettchen gebreitet hatte; denn nach solchem Dienste gedachte der gute Mann diese Decke immer zunächst um sich zu haben, solange er noch lebte. Über ihr an der Wand hatte Katherine, deren Haar nun schon ganz ergraut war und die aufs heftigste und zärtlichste lamentierte, das Bild hingehängt, das ich einst von Anna gemacht, und gegenüber sah man immer noch die Landschaft mit der Heidenstube, welche ich vor Jahren auf die weiße Mauer gemalt. Die beiden Flügeltüren von Annas Schrank standen geöffnet und ihr unschuldiges Eigentum trat zutage und verlieh der stillen Totenkammer einen wohltuenden Schein von Leben. Auch gesellte sich der Schulmeister zu den beiden Frauen, die vor dem Schranke sich aufhielten und half ihnen, die zierlichsten und erinnerungsreichsten Sächelchen, deren die Selige von früher Kindheit an gesammelt, hervorziehen und beschauen. Dies gewährte ihm eine lindernde Zerstreuung, welche ihn doch nicht von dem Gegenstande seines Schmerzes abzog. Manches holte er sogar aus seinem eigenen Verwahrsam herbei, wie z. B. ein Bündelchen Briefe, welche das Kind aus Wälschland an ihn geschrieben; diese legte er, nebst den Antworten, die er nun im Schranke vorfand, auf Annas kleinen Tisch, und ebenso noch andere Sachen, ihre Lieblingsbücher, angefangene und vollendete Arbeiten, einige Kleinode, jene silberne Brautkrone. Einiges wurde sogar ihr zur Seite auf den Teppich gelegt, so daß hier unbewußt und gegen den sonstigen Gebrauch von diesen einfachen Leuten eine Sitte alter Völker geübt wurde. Dabei sprachen sie immer so miteinander, als ob die Tote es noch hören könnte, und keines mochte sich gern aus der Kammer entfernen.

Indessen verweilte ich ruhig bei der Leiche und beschauete sie mit unverwandten Blicken; aber ich ward durch das unmittelbare Anschauen des Todes nicht klüger aus dem Geheimnis desselben, oder vielmehr nicht aufgeregter als vorhin. Anna lag da, nicht viel anders als ich sie zuletzt gesehen, nur daß die Augen geschlossen waren und das blütenweiße Gesicht auf den Wangen wunderbarerweise mit einem leisen rosigen Hauche überflogen, wie vom Widerschein eines fernen, fernen Morgen- oder Abendrotes. Ihr Haar glänzte frisch und golden, und ihre weißen Händchen lagen gefaltet auf dem weißen Kleide mit einer weißen Rose. Ich sah alles wohl und empfand beinahe eine Art glücklichen Stolzes, in einer so traurigen Lage zu sein und eine so poetisch schöne tote Jugendgeliebte vor mir zu sehen. Erst als mir die alte Katherine jene Stickerei in die Hände gab, welche Anna zu einer Mappe für mich bestimmt und mühsam vollendet hatte, mit dem Bericht, daß die Leidende während der verwichenen Nacht plötzlich einmal gesagt, man solle nicht vergessen, mir das Geschenk zu übergeben, sobald ich wiederkomme, erst jetzt fiel es mir ein, daß wir unsterblich sind, und fühlte mich durch ein unauflösliches Band mit Anna verbunden.

Auch meine Mutter und der Schulmeister schienen stillschweigend mir ein nahes Recht auf die Verstorbene zuzugestehen, als man verabredete, daß fortwährend jemand bei der Toten weilen und ich die erste Wache halten sollte, damit die übrigen sich in ihrer Erschöpfung einstweilen zurückziehen und etwas erholen konnten. Ohne jene Voraussetzung hätten sie mir eine solche zugleich zarte und ernste Zumutung wohl nicht gestellt.

Ich blieb aber nicht lange allein mit der Anna, da bald die Basen aus dem Dorfe kamen und nach ihnen viele andere Mädchen und Frauen, denen ein so rührendes Ereignis und eine so berühmte Leiche wichtig genug waren, die drängendste Arbeit liegen zu lassen und dem ehrfurchtsvollen Dienste des Menschengeschickes, des Todes, nachzugehen. Die Kammer füllte sich mit Frauensleuten, welche erst einer feierlich flüsternden Unterhaltung pflagen, dann aber in ein ziemliches Geplauder gerieten. Sie standen dichtgedrängt um die stille Anna herum, die jungen mit ehrbar aufeinandergelegten Händen, die ältern mit untergeschlagenen Armen. Die Kammertür stand geöffnet für die Ab- und Zugehenden und ich nahm die Gelegenheit wahr, mich hinauszumachen und im Freien umherzuschlendern, wo die nach dem Dorfe führenden Wege ungewöhnlich belebt waren.

Erst nach Mitternacht traf mich die Reihe wieder, die Totenwache zu versehen, welche wir seltsamerweise nun einmal eingerichtet. Ich blieb nun bis zum Morgen in der Kammer; aber so schnell mir die Stunden vorübergingen wie ein Augenblick, so wenig wüßte ich eigentlich zu sagen, was ich gedacht und empfunden. Es war so still, daß ich durch die Stille hindurch glaubte das Rauschen der Ewigkeit zu hören; das tote weiße Mädchen lag unbeweglich fort und fort, die farbigen Blumen des Teppichs aber schienen zu wachsen in dem schwachen Lichte. Nun ging der Morgenstern auf und spiegelte sich im See; ich löschte die Lampe ihm zu Ehren, damit er allein Annas Totenlicht sei, saß nun im Dunkeln in meiner Ecke und sah nach und nach die Kammer sich erhellen. Mit dem Morgengrauen, welches in das reinste goldene Morgenrot überging, schien es zu leben und zu weben um die stille Gestalt, bis sie deutlich und reglos im goldenen Tage da lag. Ich hatte mich erhoben und vor das Bett gestellt, und indem ihre Gesichtszüge klar wurden, nannte ich ihren Namen, aber nur hauchend und tonlos; es blieb totenstill, und als ich zugleich zaghaft ihre Hand berührte, zog ich die meinige entsetzt zurück, als ob ich an glühendes Eisen gekommen wäre; denn die Hand war kalt wie ein Häuflein kühler Ton.

Wie dies abstoßende kalte Gefühl meinen ganzen Körper durchrieselte, ließ es mir nun auch plötzlich das Gesicht der Leiche so seelenlos und abwesend erscheinen, daß mir beinahe der erschreckte Ausruf entfuhr: »Was hab ich mit dir zu schaffen?« als aus dem Saale her die Orgel in milden und doch kräftigen Tönen erklang, welche nur manchmal in leidvollem Zittern schwankten, dann aber wieder zu harmonischer Kraft sich ermannten. Es war der Schulmeister, welcher in dieser Morgenfrühe seinen Schmerz und seine Klage durch die Melodie eines alten Liedes zum Lob der Unsterblichkeit zu lindern suchte. Ich lauschte der Melodie, sie bezwang meinen körperlichen Schrecken, ihre geheimnisvollen Töne öffneten die unsterbliche Geisterwelt, und reuevoll gelobte ich Anna ewige Treue.

Ich fühlte mich stolz und glücklich durch diesen Entschluß; aber zugleich wurde mir nun der Aufenthalt in der Totenkammer zuwider und ich war froh, mit dem Gedanken der Unsterblichkeit hinauszukommen ins lebendige Grüne. Es erschien an diesem Tage ein Schreinergesell aus dem Dorfe, um hier den Sarg zu machen. Der Schulmeister hatte vor Jahren schon eigenhändig ein schlankes Tännlein gefällt und zu seinem Sarge bestimmt. Dasselbe lag in Bretter gesägt hinter dem Hause, durch das Vordach geschützt, und hatte immer zu einer Ruhebank gedient, auf welcher der Schulmeister zu lesen und seine Tochter als Kind zu spielen pflegte. Es zeigte sich nun, daß die obere schlankere Hälfte des Baumes den schmalen Totenschrein Annas abgeben könne, ohne den zukünftigen Sarg des Vaters zu beeinträchtigen; die wohlgetrockneten Bretter wurden abgehoben und eines nach dem anderen entzweigesägt. Der Schulmeister vermochte aber nicht lange dabei zu sein, und selbst die Frauen im Hause klagten über den Ton der Säge. Der Schreiner und ich trugen daher die Bretter und das Werkzeug in den leichten Nachen und fuhren an eine entlegene Stelle des Ufers, wo das Flüßchen aus dem Gehölze hervortritt und in den See mündet. Junge Buchen bilden dort am Wasser eine lichte Vorhalle, und indem der Schreiner einige der Bretter mittelst Schraubzwingen an den Stämmchen befestigte, stellte er eine zweckmäßige Hobelbank her, über welcher die goldenen Laubkronen der Buchen sich wölbten. Zuerst mußte der Boden des Sarges zusammengefügt und geleimt werden. Ich machte aus den ersten Hobelspänen und aus Reisig ein Feuer und setzte die Leimpfanne darauf, in welche ich mit der Hand aus dem Bache Wasser träufelte, indessen der Schreiner rüstig darauf los sägte und hobelte. Während die gerollten Späne sich mit dem fallenden Laube vermischten und die Bretter weiß wurden, machte ich die nähere Bekanntschaft des jungen Gesellen. Es war ein Norddeutscher von der fernsten Ostsee, groß und schlank gewachsen, mit kühnen und schön geschnittenen Gesichtszügen, hellblauen, aber feurigen Augen und mit starkem goldenem Haar, welches man immer über die freie Stirn zurückgestrichen und hinten in einen Schopf gebunden zu sehen glaubte, so urgermanisch sah er aus. Seine Bewegungen bei der Arbeit waren elegant und dabei hatte sein Wesen doch etwas Kindliches. Wir wurden bald vertraut, und er erzählte mir von seiner Heimat, von den alten Städten im Norden, vom Meere und von der mächtigen Hansa. Wohlunterrichtet, erzählte er mir von der Vergangenheit, den Sitten und Gebräuchen jener Seeküsten; ich sah den langen und hartnäckigen Kampf der Städte mit den Seeräubern, den Vitalienbrüdern, und wie Klaus Stürzenbecher mit vielen Gesellen von den Hamburgern geköpft wurde; dann sah ich wieder, wie am ersten Mai aus den Toren von Stralsund der jüngste Ratsherr mit einem glänzenden Jugendgefolge im Waffenschmuck zog und in den prächtigen Buchenwäldern zum Maigrafen gekrönt wurde mit einer grünen Laubkrone und wie er abends mit einer schönen Maigräfin tanzte. Auch beschrieb er die Wohnungen und Trachten nordischer Bauern, von den Hinterpommern bis zu den tüchtigen Friesen, bei welchen noch Spuren männlichen Freiheitsinnes zu finden; ich sah ihre Hochzeiten und Leichenbegängnisse, bis der Geselle endlich auch von der Freiheit deutscher Nation redete und wie bald die stattliche Republik eingeführt werden müßte. Ich schnitzte unterdessen nach seiner Anleitung eine Anzahl hölzerner Nägel, er aber führte schon mit dem Doppelhobel die letzten Stöße über die Bretter, feine Späne lösten sich gleich zarten glänzenden Seidenbändern und mit einem hell singenden Tone, welcher unter den Bäumen ein seltsames Lied war. Die Herbstsonne schien warm und lieblich drein, glänzte frei auf dem Wasser und verlor sich im blauen Duft der Waldnacht, an deren Eingang wir uns angesiedelt. Jetzt baueten wir die glatten weißen Bretter zusammen, die Hammerschläge hallten wider durch den Wald, daß die Vögel überrascht aufflogen und die Schwalben erschreckt über den Seespiegel streiften, und bald stand der fertige Sarg in seiner Einfachheit vor uns, schlank und ebenmäßig, der Dekkel schön gewölbt. Der Schreiner hobelte mit wenigen Zügen eine schmale zierliche Hohlkehle um die Kanten, und ich sah verwundert, wie die zarten Linien sich spielend dem weichen Holze eindrückten; dann zog er zwei schöne Stücke Bimsstein hervor und rieb sie aneinander, indem er sie über den Sarg hielt und das weiße Pulver über denselben verbreitete; ich mußte lachen, als er die Stücke gerade so gewandt und anmutig handhabte und abklopfte, wie ich bei meiner Mutter gesehen, wenn sie zwei Zuckerschollen über einem Kuchen rieb. Als er aber den Sarg vollends mit dem Steine abschliff, wurde derselbe so weiß wie Schnee, und kaum der leiseste rötliche Hauch des Tannenholzes schimmerte noch durch, wie bei einer Apfelblüte. Er sah so weit schöner und edler aus als wenn er gemalt, vergoldet oder gar mit Erz beschlagen gewesen wäre. Am Haupte hatte der Schreiner der Sitte gemäß eine Öffnung mit einem Schieber angebracht, durch welche man das Gesicht sehen konnte, bis der Sarg versenkt wurde; es galt nun noch eine Glasscheibe einzusetzen, welche man vergessen, und ich fuhr nach dem Hause, um eine solche zu holen. Ich wußte schon, daß auf einem Schranke ein alter kleiner Rahmen lag, aus welchem das Bild lange verschwunden. Ich nahm das vergessene Glas, legte es vorsichtig in den Nachen und fuhr zurück. Der Geselle streifte ein wenig im Gehölze umher und suchte Haselnüsse; ich probierte indessen die Scheibe, und als ich fand, daß sie genau in die Öffnung paßte, tauchte ich sie, da sie ganz bestaubt und verdunkelt war, in den klaren Bach und wusch sie sorgfältig, ohne sie an den Steinen zu zerbrechen. Dann hob ich sie empor und ließ das lautere Wasser ablaufen, und indem ich das glänzende Glas hoch gegen die Sonne hielt und durch dasselbe schaute, erblickte ich das lieblichste Wunder, das ich je gesehen. Ich sah nämlich drei reizende, musizierende Engelknaben; der mittlere hielt ein Notenblatt und sang, die beiden anderen spielten auf altertümlichen Geigen, und alle schaueten freudig und andachtsvoll nach oben; aber die Erscheinung war so luftig und zart durchsichtig, daß ich nicht wußte, ob sie auf den Sonnenstrahlen, im Glase oder nur in meiner Phantasie schwebte. Wenn ich die Scheibe bewegte, so verschwanden die Engel auf Augenblicke, bis ich sie plötzlich mit einer anderen Wendung wieder entdeckte. Ich habe seither erfahren, daß Kupferstiche oder Zeichnungen, welche lange, lange Jahre hinter einem Glase ungestört liegen, während der dunklen Nächte dieser Jahre sich dem Glase mitteilen und gleichsam ihr dauerndes Spiegelbild in demselben zurücklassen. Ich ahnte jetzt auch etwas dergleichen, als ich die fromme Schraffierung altdeutscher Kupferstecherei und in dem Bilde die Art Van Eyckscher Engel entdeckte. Eine Schrift war nicht zu sehen und also das Blatt vielleicht ein seltener Probedruck gewesen, der in diese Täler auf ebenso wunderbare Weise gekommen als er wieder verschwunden war. Jetzt aber war mir die kostbare Scheibe die schönste Gabe, welche ich in den Sarg legen konnte, und ich befestigte sie selbst an dem Deckel, ohne jemandem etwas von dem Geheimnis zu sagen. Der Deutsche kam wieder herbei; wir suchten die feinsten Hobelspäne, unter welche sich manches gefallene Laub mischte, zusammen und breiteten sie zum letzten Bett in den Sarg; dann schlossen wir ihn zu, trugen ihn in den Kahn und schifften mit dem weithin scheinenden weißen Gerät über den glänzenden stillen See, und die Frauen mit dem Schulmeister brachen in lautes Weinen aus, als sie uns heranfahren und landen sahen.

Am folgenden Tage wurde die Ärmste in den Sarg gelegt, von allen Blumen umgeben, welche in Haus und Garten augenblicklich blüheten; aber auf die Wölbung des Sarges wurde ein schwerer Kranz von Myrtenzweigen und weißen Rosen gelegt, welchen die Jungfrauen aus der Kirchgemeinde brachten, und außerdem noch so viele einzelne Sträuße weißer duftender Blüten aller Art, daß die ganze Oberfläche davon bedeckt wurde und nur die Glasscheibe frei blieb, durch welche man das weiße zarte Gesicht der Leiche sah.

Das Begräbnis sollte vom Hause des Oheims aus stattfinden, und zu diesem Ende hin mußte Anna erst über den Berg getragen werden. Es erschienen daher eine Anzahl Jünglinge aus dem Dorfe, welche die Bahre abwechselnd auf ihre Schultern nahmen, und unser kleines Gefolge der nächsten Angehörigen begleitete den Zug. Auf der sonnigen Höhe des Berges wurde ein kurzer Halt gemacht und die Bahre auf die Erde gesetzt. Es war so schön hier oben! Der Blick schweifte über die umliegenden Täler bis in die blauen Berge, das Land lag in glänzender Farbenpracht rings um uns. Die vier kräftigen Jünglinge, welche die Bahre zuletzt getragen, saßen ruhend auf den Tragewangen derselben, die Häupter auf ihre Hände gestützt, und schaueten schweigend in alle vier Weltgegenden hinaus. Hoch am blauen Himmel zogen leuchtende weiße Wolken und schienen über dem Blumensarge einen Augenblick still zu stehen und neugierig durch das Fensterchen zu gucken, welches fast schalkhaft zwischen den Myrten und Rosen hervorfunkelte im Widerscheine der Wolken. Wir saßen, wie es sich traf, umher und selbst mich rührte jetzt eine große Traurigkeit, so daß mir einige Tränen entfielen, als ich bedachte, daß Anna nun zum letzten Mal und tot über diesen schönen Berg gehe.

Als wir ins Dorf hinunter gestiegen, läutete die Totenglocke zum ersten Mal; Kinder begleiteten uns in Scharen bis zum Hause, wo man den Sarg unter die Nußbäume vor die Tür hinstellte. Wehmütig gewährten die Verwandten der Toten das Gastrecht bei dieser letzten Einkehr; es waren nun kaum anderthalb Jahre vergangen, seit jener fröhliche Festzug der Hirten sich unter diesen selben Bäumen bewegte und mit bewundernder Lust Annas damalige Erscheinung begrüßte. Bald war der Platz voll Menschen, welche sich herandrängten, um der Seligen zum letzten Mal ins Angesicht zu schauen.

Nun ging der Leichenzug vor sich, welcher außerordentlich groß war; der Schulmeister, welcher dicht hinter dem Sarge ging, schluchzte fortwährend wie ein Kind. Ich bereute jetzt, keinen schwarzen ehrbaren Anzug zu besitzen, denn ich ging unter meinen schwarz gekleideten Vettern in meinem grünen Habit wie ein fremder Heide. Die Kirche war ganz mit Leuten angefüllt, obgleich es im Felde viel zu tun gab. Nachdem die Gemeinde den gewohnten Gottesdienst beendigt und mit einem Choral beschlossen, scharte man sich draußen um das Grab, wo die ganze Jugend, außergewöhnlicherweise, einige sorgfältig eingeübte Figuralgesänge mit heller und reiner Stimme sang. Ich hatte mich dicht an den Rand des Grabes gestellt, während die übrigen Verwandten mit dem leidvollen Vater in der Kirche blieben. Jetzt ward der Sarg hinabgelassen; der Totengräber reichte den Kranz und die Blumen herauf, daß man sie aufbewahre, und der arme Sarg stand nun blank in der feuchten Tiefe. Der Gesang dauerte fort, aber alle Frauen schluchzten. Der letzte Sonnenstrahl leuchtete nun durch die Glasscheibe in das bleiche Gesicht, das darunter lag; das Gefühl, das ich jetzt empfand, war so seltsam, daß ich es nicht anders als mit dem fremden hochtrabenden und kalten Worte »objektiv« benennen kann, welches die deutsche Ästhetik erfunden hat. Ich glaube, die Glasscheibe tat es mir an, daß ich das Gut, was sie verschloß, gleich einem in Glas und Rahmen gefaßten Teil meiner Erfahrung, meines Lebens, in gehobener und feierlicher Stimmung, aber in vollkommener Ruhe begraben sah; noch heute weiß ich nicht, war es Stärke oder Schwäche, daß ich dies tragische und feierliche Ereignis viel eher genoß als erduldete und mich beinahe des nun ernst werdenden Wechsels des Lebens freute.

Der Schieber wurde zugetan, der Totengräber und sein Gehilfe stiegen herauf, und bald war der braune Hügel aufgebaut.

Judith ließ sich nicht sehen am Grabe; in einem demütigen und entsagenden Gefühle der Fremdheit hielt sie sich in ihrem Hause verschlossen.

Am anderen Tage, als der Schulmeister zu erkennen gab, daß er III, 8
nun seinen Schmerz in der Einsamkeit allein mit seinem Gott überwinden wolle, schickte ich mich an, mit der Mutter nach der Stadt zurückzukehren. Vorher ging ich zur Judith und fand sie beschäftigt, ihre Bäume zu mustern, da die Zeit wieder gekommen war, wo man das Obst einsammelte. Der Herbstnebel traf gerade heute zum ersten Mal ein und verschleierte schon den Baumgarten mit seinem silbernen Gewebe. Judith war ernst und etwas verlegen, als sie mich sah, da sie nicht recht wußte, wie sie sich zu dem traurigen Erlebnis stellen sollte, während sie doch schon die Zeit vor sich sah, wo ich mich wenigstens so lange ihr ohne Rückhalt hingeben konnte, bis das Leben mich weiter führte.

Ich sagte aber ernsthaft, ich wäre gekommen, um Abschied von ihr zu nehmen, und zwar für immer; denn ich könnte sie nun nie wiedei sehen. Sie erschrak und rief lächelnd, das werde nicht so unwiderruflich feststehen; sie war bei diesem Lächeln so erbleicht und doch so freundlich, daß dieser Zauber mich beinahe umkehrte, wie man einen Handschuh umkehrt. Doch ich bezwang mich und fuhr fort: daß es ferner nicht so gehen könne, daß ich Anna von Kindheit auf gern gehabt, daß sie mich bis zu ihrem Tode wahrhaft geliebt und meiner Treue versichert gewesen sei. Treue und Glauben müßten aber in der Welt sein, an etwas Sicheres müßte man sich halten, und ich betrachte es nicht nur für meine Pflicht, sondern auch als ein schönes Glück, in dem Andenken der Verstorbenen, im Hinblick auf unsere gemeinsame Unsterblichkeit, einen so klaren und lieblichen Stern für das ganze Leben zu haben, nach dem sich alle meine Handlungen richten könnten.

Als Judith diese Worte hörte, erschrak sie noch mehr und wurde zugleich schmerzlich berührt. Es waren wieder von den Worten, von denen sie behauptete, daß niemals jemand zu ihr welche gesagt habe. Heftig ging sie unter den Bäumen umher und sagte dann: »Ich habe geglaubt, daß du mich wenigstens auch etwas liebtest!«

»Gerade deswegen«, erwiderte ich, »weil ich wohl fühle, daß ich heftig an dir hange, muß ein Ende gemacht werden!«

»Nein, gerade deswegen mußt du erst anfangen, mich recht und ganz zu lieben!«

»Das wäre eine schöne Wirtschaft!« rief ich, »was soll dann aus Anna werden?«

»Anna ist tot!«

»Nein! Sie ist nicht tot, ich werde sie wiedersehen und ich kann doch nicht einen ganzen Harem von Frauen für die Ewigkeit ansammeln!«

Bitter lachend stand Judith vor mir still und sagte:

»Das wäre allerdings komisch! Aber wissen wir denn, ob es eigentlich eine Ewigkeit gibt?«

»So oder so«, erwiderte ich, »gibt es eine, und wenn es nur diejenige des Gedankens und der Wahrheit wäre! Ja, wenn das tote Mädchen für immer in das Nichts hingeschwunden und sich gänzlich aufgelöst hätte, bis auf den Namen, so wäre dies erst ein rechter Grund, der armen Abwesenden Treue und Glauben zu halten! Ich habe es gelobt, und nichts soll mich in meinem Vorsatz wankend machen!«

»Nichts!« rief Judith, »o du närrischer Gesell! Willst du in ein Kloster gehen? Du siehst mir darnach aus! Aber wir wollen über diese heikle Sache nicht ferner streiten; ich habe nicht gewünscht, daß du nach der traurigen Begebenheit sogleich zu mir kommest, und habe dich nicht erwartet. Geh nach der Stadt und halte dich ein halbes Jahr still und ruhig, und dann wirst du schon sehen, was sich ferner begeben wird!«

»Ich seh es jetzt schon«, erwiderte ich, »du wirst mich nie wieder sehen und sprechen, dies schwöre ich hiermit bei Gott und allem, was heilig ist, bei dem besseren Teil meiner selbst und –«

»Halt inne!« rief Judith ängstlich und legte mir die Hand auf den Mund; »du würdest es sicher noch einmal bereuen, dir selbst eine so grausame Schlinge gelegt zu haben! Welche Teufelei steckt in den Köpfen dieser Menschen! Und dazu behaupten sie und machen sich selber weis, daß sie nach ihrem Herzen handeln. Fühlst du denn gar nicht, daß ein Herz seine wahre Ehre nur darin finden kann, zu lieben, wo es geliebt wird, wenn es dies kann? Du kannst es und tust es heimlich doch, und somit wäre alles in der Ordnung! Sobald du mich nicht mehr leiden magst, sobald die Jahre uns sonst auseinander führen, sollst du mich ganz und für immer verlassen und vergessen, ich will dies über mich nehmen; aber nur jetzt verlaß mich und zwinge dich nicht, mich zu verlassen, dies allein tut mir weh, und es würde mich wahrhaft unglücklich machen, allein um unserer Dummheit willen nicht einmal ein oder zwei Jahre noch glücklich sein zu dürfen!«

»Diese zwei Jahre«, sagte ich, »müssen und werden auch so vorübergehen, und gerade dann werden wir beide glücklicher sein, wenn wir jetzt scheiden; es ist nun gerade noch die höchste Zeit, es ohne spätere Reue zu tun und das Bisherige gut zu machen. Und wenn ich dir es deutsch heraussagen soll, so wisse, daß ich mir auch *dein* Andenken, was immer ein Andenken der Verirrung für mich sein wird, doch noch so rein und schön als möglich retten und erhalten möchte, und das kann nur noch durch ein rasches Scheiden in diesem Augenblicke geschehen. Du sagst und beklagst es, daß du nie teilgehabt an der edleren und höheren Hälfte der Liebe! Welche bessere Gelegenheit kannst du ergreifen, als wenn du aus Liebe zu mir mir freiwillig erleichterst, deiner mit Achtung und Liebe zu gedenken und zugleich der Verstorbenen treu zu sein? Wirst du dich dadurch nicht an jener tieferen Art der Liebe beteiligen?«

»O alles Luft und Schall!« rief Judith, »ich habe nichts gesagt, ich will nichts gesagt haben! Ich will nicht deine Achtung, ich will dich selbst haben, solange ich kann!«

Sie suchte meine beiden Hände zu fassen, ergriff dieselben, und während ich sie ihr vergeblich zu entziehen mich bemühte, indes sie mir ganz flehentlich in die Augen sah, fuhr sie mit leidenschaftlichem Tone fort:

»O liebster Heinrich! Geh nach der Stadt, aber versprich mir, dich nicht selbst zu binden und zu zwingen durch solche schreckliche Schwüre und Gelübde! Laß dich –«

Ich wollte sie unterbrechen, aber sie verhinderte mich am Reden und überflügelte mich:

»Laß es gehen, wie es will, sag ich dir! Auch an mich darfst du dich nicht binden, du sollst frei sein wie der Wind! Gefällt es dir –«

Aber ich ließ Judith nicht ausreden, sondern riß mich los und rief:

»Nie werd ich dich wiedersehen, so gewiß ich ehrlich zu bleiben hoffe! Judith! leb wohl!«

Ich eilte davon, sah mich aber noch einmal um, wie von einer starken Gewalt gezwungen, und sah sie in ihrer Rede unterbrochen dastehen, die Hände noch ausgestreckt von dem Losreißen der meinigen und überrascht, kummervoll und beleidigt zugleich mir nachschauend, ohne ein Wort hervorzubringen, bis mir der von der Sonne durchwirkte Nebel ihr Bild verschleierte.

Eine Stunde später saß ich mit meiner Mutter auf einem Gefährt, und einer der Söhne meines Oheims führte uns nach der Stadt. Ich blieb den ganzen Winter allein und ohne allen Umgang; meine Mappen und mein Handwerkszeug mochte ich kaum ansehen, da es mich immer an den unglücklichen Römer erinnerte und ich mir kaum ein Recht zu haben schien, das, was er mich gelehrt, fortzubilden und anzuwenden. Manchmal machte ich den Versuch, eine neue und eigene Art zu erfinden, wobei sich aber sogleich herausstellte, daß ich selbst das Urteil und die Mittel, die ich dazu verwandte, nur Römern verdankte. Dagegen las ich fort und fort, vom Morgen bis zum Abend und tief in die Nacht hinein. Ich las immer deutsche Bücher und auf die seltsamste Weise. Jeden Abend nahm ich mir vor, den nächsten Morgen, und jeden Morgen, den nächsten Mittag die Bücher beiseite zu werfen und an meine Arbeit zu gehen; selbst von Stunde zu Stunde setzte ich den Termin; aber die Stunden stahlen sich fort, indem ich die Buchseiten umschlug, ich vergaß sie buchstäblich; die Tage, Wochen und Monate vergingen so sachte und heimtückisch, als ob sie, leise sich drängend, sich selbst entwendeten und zu meiner fortwährenden Beunruhigung lachend verschwänden. Sonst, wenn ich die Bücher alter und fremder Völker las, füllten mich dieselben stets mit frischer Lust zur Arbeit, und selbst die neueren französischen oder italienischen Sachen waren, selbst wenn ihr Gehalt nicht vom erlauchtesten Geiste, doch von solcher Gestaltungslust getränkt, daß ich sie oft fröhlich wegwarf und auf eigenes Tun sann. Durch die deutschen Bücher hingegen wurde ich tief und tiefer in einen schmerzlichen Genuß unrechtmäßiger Ruhe und Beschaulichkeit hineingezogen, aus welchem mich der immer wache Vorwurf doch nicht reißen konnte. Ja, ich empfand trotz des bösen Gewissens sogar mehr und mehr eine Sehnsucht, selbst über den Rhein zu setzen und erst recht mitten in diese Welt zu geraten.

Jedoch brachte der Frühling eine kräftige Erlösung aus diesem unbehaglichen Zustande; ich hatte nun das achtzehnte Jahr überschritten, war militärpflichtig geworden und mußte mich am festgesetzten Tage in der Kaserne einfinden, um die kleinen Geheimnisse der Vaterlandsverteidigung zu lernen. Ich stieß auf ein summendes Gewimmel von vielen hundert jungen Leuten aus allen Ständen, welche jedoch bald von einer Handvoll grimmiger Kriegsleute zur Stille gebracht, abgeteilt und während vieler Stunden als ungefüger Rohstoff hin und hergeschoben wurden, bis sie das Brauchbare zusammengestellt hatten. Als sodann die Übungen begannen und die Abteilungen zum ersten Mal unter den einzelnen seltsamen Vorgesetzten, welches vielumhergeratene Soldatennaturen waren, zusammenkamen, wurde mir, der ich nichts bedacht hatte, unter Gelächter mein langes Haar dicht am Kopfe weggeschnitten. Aber ich legte es mit dem größten Vergnügen auf den Altar des Vaterlandes und fühlte behaglich die frische Luft um meinen geschorenen Kopf wehen. Jetzt mußten wir aber auch die Hände darstrecken, ob sie gewaschen und die Nägel ordentlich beschnitten seien, und nun war die Reihe an manchem biederen Handarbeiter, sich geräuschvoll belehren zu lassen. Dann gab man uns ein kleines Büchelchen, das erste einer ganzen Reihe, in welchem Pflichten und Haltung des angehenden Soldaten in wunderlichen Sätzen als Fragen und Antworten deutlich gedruckt und numeriert waren. Jeder Regel war aber eine tüchtige kurze Begründung beigefügt, und wenn auch manchmal diese in den Satz der Regel, die Regel aber hintennach in die Begründung hineingeraten war, so lernten wir doch alle jedes Wort eifrig und andächtig auswendig und setzten eine Ehre darein, das Pensum ohne Stottern herzusagen. Endlich verging der Rest des ersten Tages über den Bemühungen, von neuem gerade stehen und einige Schritte gehen zu lernen, was unter dem Wechsel von Mut und Niedergeschlagenheit sich vollendete.

Es galt nun, sich einer eisernen Ordnung zu fügen und sich jeder Pünktlichkeit zu befleißen, und obgleich dies mich aus meiner vollkommenen Freiheit und Selbstherrlichkeit herausriß, so empfand ich doch einen wahren Durst, mich dieser Strenge hinzugeben, so komisch auch ihre nächsten kleinen Zwecke waren, und als ich einigemal nahe an der Strafe hinstreifte, und zwar nur aus Versehen, überkam mich ein wahrhaftes Schamgefühl vor den Kameraden, welche sich ihrerseits ganz ähnlich verhielten.

Als wir so weit waren, mit Ehren über die Straße zu marschieren, zogen wir jeden Tag auf den Exerzierplatz, welcher im Freien lag und von der Landstraße durchschnitten wurde. Eines Tages, als ich mitten in einem Gliede von etwa fünfzehn Mann nach dem Kommando des Instruktors, der unermüdlich rückwärts vor uns herging, schreiend und mit den Händen das Tempo schlagend, so schon stundenlang den weiten Platz nach allen Richtungen durchmessen und vielfach in unseren Schwenkungen die vielen anderen Abteilungen gekreuzt hatte, kamen wir plötzlich dicht an die Landstraße zu stehen und machten dort Halt und Front gegen dieselbe. Der Exerziermeister, welcher hinter der Front stand, ließ uns eine Weile regungslos verharren, um einige nicht schmeichelhafte Bemerkungen und Ausstellungen an unseren Gliedmaßen anzubringen. Während er hinter unserm Rücken lärmte und fluchte, soweit es ihm Gesetz und Sitte nur immer erlaubten, und wir so mit dem Gesichte gegen die Straße gewendet ihm zuhörten, kam ein großer, mit sechs Pferden bespannter Wagen angefahren, wie die Auswanderer ihn herzurichten pflegen, welche sich nach den französischen Häfen begeben. Dieser Wagen war mit ansehnlichem Gute beladen und schien einer oder zwei stattlichen Familien zu dienen, die nach Amerika gingen. Zwei kräftige Männer gingen neben den Pferden, vier oder fünf Frauen saßen auf dem Wagen unter einem bequemen Zeltdache, nebst mehreren Kindern und selbst einem Greise. Aber diesen Leuten hatte sich Judith angeschlossen; denn ich entdeckte sie, als ich zufällig hinsah, hoch und schön unter den Frauen, mit Reisekleidern angetan. Ich erschrak heftig und das Herz schlug mir gewaltig, während ich mich nicht regen noch rühren durfte. Judith, welche im Vorüberfahren, wie mir schien, mit finsterem Blicke auf die Soldatenreihe sah, erschaute mich mitten in derselben und streckte sogleich die Hände nach mir aus. Aber im gleichen Augenblicke kommandierte unser Tyrann »Kehrt euch!« und führte uns wie ein Besessener im Geschwindschritte ganz an das entgegengesetzte Ende des weiten Platzes. Ich lief immer mit, die Arme vorschriftsmäßig längs des Leibes angeschlossen, »die kleinen Finger an der Hosennaht, die Daumen auswärts gekehrt«, ohne mir was ansehen zu lassen, obgleich ich heftig bewegt war; denn in diesem Augenblicke war es mir, als ob sich mir das Herz in der Brust wenden wollte. Als wir endlich das Gesicht wieder der Straße zukehrten, nach den maßgebenden Zickzackgedanken im Gehirne des Führers, verschwand der Wagen eben in weiter Ferne.

Glücklicherweise ging man nun auseinander, und indem ich mich sogleich entfernte und die Einsamkeit suchte, fühlte ich, daß jetzt der erste Teil meines Lebens für mich abgeschlossen sei und ein anderer beginne.

In diesem Frühling traf es sich noch, daß ich mich zugleich in anderer Weise zum ersten Mal als Bürger geltend machen durfte, indem eine Integral-Erneuerung der gesetzgebenden Behörde und die von dieser abhängige Erneuerung der verwaltenden und richterlichen Gewalt vor sich ging und die Wahlen dazu festgesetzt waren.

Als ich mich aber, hierzu aufgefordert, in einige Vorversammlungen und endlich am ersten Maisonntage in die Kirche begab, um meine Stimme abzugeben, fand ich darin nicht jene Erhebung, auf welche ich mich schon lange gefreut, obgleich ich von den immer noch lebensfrohen Freunden meines Vaters tapfer begrüßt und aufgemuntert wurde. Ich sah, daß alle anderen jungen Leute, die zum ersten Mal hier erschienen, als Handwerker, Kaufleute oder Studierende entweder schon selbständig oder durch ihre Väter oder durch einen bestimmten, nahe gesteckten Zweck mit der öffentlichen Wohlfahrt in einem klaren und sicheren Zusammenhang standen; und wenn selbst diese Jünglinge sich höchst bescheiden und still verhielten bei der Ausübung ihres Rechtes, so mußte ich dies noch weit mehr tun und sogar von einer gewissen kühlen Schüchternheit befangen werden, da ich noch gar nicht absah, wie bald und auf welche Weise ich ein nützliches und wirksames Glied dieser Gesamtheit werden würde. Bis jetzt war durch mich noch nicht ein Bissen Brot in die

Welt gekommen, und mein bisheriges Treiben hatte mich weit von dem betriebsamen Verkehr abgeführt; ich gab also ohne großen Aufwand von Gefühlen meine Erstlingsstimme in öffentlichen Dingen, mehr um einstweilen mein Recht zu wahren und dasselbe bloß andeutungsweise einmal auszuüben, ehe ich in die Weite ging, um erst etwas zu werden. Indessen betrachtete ich mit Vergnügen die versammelten Männer und ihr Behaben und freute mich an ihnen sowohl wie an den zahllosen Blüten, welche überall die Erde bedeckten, und an dem blauen Maihimmel, welcher über alle sich ausspannte.

Mein einziges Trachten ging aber von nun an dahin, so bald als möglich über den Rhein zu gelangen, und um mir bis dahin die Stunden zu verkürzen, habe ich mir diese Schrift geschrieben.

Ende der Jugendgeschichte

VIERTES KAPITEL

Das zweite Jahr ging seinem Ende entgegen, seit Heinrich in der deutschen Hauptstadt, dem Sitze eines vielseitigen Kunst-, Gelehrten- und Volkslebens, sich aufhielt, mitten in einem Zusammenflusse von Fremden aller Gegenden in und außer Deutschland. Er hatte längst sein Sammetbarett und den beschnürten grünen Rock abgelegt und ging in schlichten Kleidern und mit einem Hute, der nur durch etwas breitere Krämpen und durch die sorglose Art, mit welcher er behandelt und getragen wurde, den Künstler bezeichnete. Aber desto tiefer hatte sich der inwendige grüne Heinrich das Barettchen in die Augen gezogen und in das närrische Röckchen eingeknöpft, und wenn unser Held in der großen Stadt rasch die Freiheit und Sicherheit der äußerlichen Bewegung unter den vielen jungen Leuten angenommen hatte, so verkündete dagegen sein selbstvergessenes und wie im Traume blitzendes Auge, daß er nicht mehr der durch Einsamkeit frühreife und unbefangene Beobachter seiner selbst und der Welt war, wie er sich in seiner Jugendgeschichte gezeigt, sondern daß er von der Gewalt einer großen Nationalkultur, wie diese an solchem Punkte und zu dieser Zeit gerade bestand, gut oder schlecht, in ihre Kreise gezogen worden. Er schwamm tapfer mit in dieser Strömung und hielt vieles, was oft nur Liebhaberei und Ziererei ist, für dauernd und wohnlich, dem man sich eifrig hingeben müsse. Denn wenn man von einer ganzen Menge, die eine eigene technische Sprache dafür hat, irgend eine Sache ernsthaft und fertig betreiben sieht, so hält man sich leicht für geborgen, wenn man dieselbe nur mitspielen kann und darf. III, 1

Da ihn aber dennoch irgend ein Gefühl ahnen ließ, daß auch diese Zeit mit ihren Anregungen vorübergehen werde, so gab er sich nur mit einem bittersüßen Widerstreben hin, von dem er nicht wußte, woher es kam. Heinrich war ausgezogen, die große Germania selbst zu küssen, und hatte sich statt dessen in einem der schimmernden Haarnetze gefangen, mit welchen sie ihre seltsamen Söhne zu schmükken pflegen.

Sein täglicher Umgang bestand in zwei Genossen, welche, gleich ihm vom äußersten Saume deutschen Volkstumes herbeigekommen, in verschiedener und doch ähnlicher Lage sich befanden. Der Zufall, welcher das Kleeblatt zusammengeführt, schien bald ein notwendiges Gesetz zu sein, so sehr gewöhnten sie sich aneinander.

Der erste und hervorragendste an körperlicher Größe und Wohlgestalt war Erikson, ein Kind der nördlichen Gewässer, ein wahrer Riese, welcher selbst nicht wußte, ob er eigentlich ein Däne oder ein Deutscher sei, indessen gern deutsch gesinnt war, wenn er um diesen Preis den großen Stock der Deutschen, gewissermaßen das Reich der Mitte, wie er es nannte, als charakterlos und aus der Art geschlagen tadeln durfte. Er war ein vollkommener Jäger, ging stets in rauher Jägertracht und hielt sich häufig auf dem Lande, im Gebirge auf, um Birkhühner zu schießen, sich in der Gemsjagd zu versuchen oder sich selbst den Männern des Gebirges anzuschließen, wenn sie nach einem seltenen Bären auszogen. Alle Vierteljahr malte er regelmäßig ein Bildchen vom allerkleinsten Maßstabe, nicht größer als sein Handteller, das in einem oder anderthalb Tagen fertig war. Diese Bildchen verkaufte er jedesmal ziemlich teuer, und aus dem Erlöse lebte er und rührte dann keinen Pinsel wieder an, bis die Barschaft zu Ende ging. Seine kleinen Werke enthielten weiter nichts als ein Sandbord, einige Zaunpfähle mit Kürbissen oder ein paar magere Birken mit einem blassen schwindsüchtigen Wölkchen in der Luft. Warum sie den Liebhabern gefielen und wie er selbst dazu gekommen, sie zu malen, wußte er nicht zu sagen und niemand. Erikson war nicht etwa ein schlechter Maler, dazu war er zu geistreich; er war *gar kein* Maler. Das wußte er selbst am besten, und aus humoristischer Verzweiflung verhüllte er die Nüchternheit und Dürre seiner Erfindungen und seine gänzliche Unproduktivität mit so verzwickten zierlichen Pinselstrichen, geistreichen Schwänzchen und Schnörkelchen, daß die reichen Kenner ihn für einen ausgesuchten Kabinettsmaler hielten und sich um seine seltsamen Arbeiten stritten. Seine größte, tiefsinnigste Kunst, und von wahrhaftem Verdienst, bestand in der weisen Ökonomie, mit welcher er seine Bildchen so anzuordnen wußte, daß weder durch den Gegenstand noch durch die Beleuchtung Schwierigkeiten erwuchsen und die Inhaltlosigkeit und Armut als elegante Absichtlichkeit erschienen. Aber trotzdem waren jedesmal die anderthalb Tage Arbeit ein höllisches Fegefeuer für den biederen Erikson. Seine Hünengestalt, die sonst nur in ruhig kräftiger Tat sich bewegte, ängstigte sich alsdann in peinlicher Unruhe vor dem kleinen Rähmchen, das er bemalte; er stieß mächtige Rauchwolken aus der kurzen Jägerpfeife, welche ihm an den Lippen hing, seufzte und stöhnte, stand hundertmal auf und setzte sich wieder und klagte, rief oder brummte: »O heiliges Donnerwetter! Welcher Teufel mußte mir einblasen, ein Maler zu werden! Dieser verfluchte Ast! Da hab ich zuviel Laub angebracht, ich kann in meinem Leben nicht eine so ansehnliche Masse Baumschlag zusammenbringen! Welcher Hafer hat mich gestochen, daß ich ein so kompliziertes Gesträuch wagte? O Gott, o Gott, o Gott, o Gott! O wär ich, wo der Pfeffer wächst! ei, ei, ei, ei! Das ist eine saubere Geschichte – wenn ich nur diesmal noch aus der Tinte komme! Oh! warum bin ich nicht zu Hause geblieben und ein ehrlicher Seemann geworden!«

Dann fing er aus Verzweiflung an zu singen, denn er sang so schön und gewaltig wie ein alter Seekönig, und sang mit mächtiger Stimme:

»O wär ich auf der hohen See
Und säße fest am Steuer!«

Er sang Lied auf Lied, Trinklieder, Wanderlieder, Jagdlieder, der Glanz und Duft der Natur kam über ihn, er pinselte in seiner Angst kühn darauf los, und seine winzige Schilderei erhielt zuletzt wirklich einen gewissen Zauber. War das Bildchen fertig, so versah es Erikson mit einem prachtvollen goldenen Rahmen, sendete es weg, und sobald er die gewichtigen Goldstücke in der Tasche hatte, hütete er sich, an die überstandenen Leiden zu denken oder von Kunst zu sprechen, sondern ging unbekümmert und stolz einher, war ein herrlicher Kumpan und Zechbruder und machte sich bereit, ins Gebirge zu ziehen, aber nicht mit Farben und Stift, sondern mit Gewehr und Schrot.

Der Hervorragendste an feinem Geiste und überlegenem Können in dem Bunde war ein Holländer aus Amsterdam, Namens Ferdinand Lys, ein junger Mann mit anmutigen, verführerischen Gesichtszügen, der letzte Sprößling einer reichen Handelsfamilie, ohne Eltern und Geschwister, schon früh in der Welt alleinstehend und von halb schwermütiger, halb lebenslustiger Gemütsart, gewandt und selbständig und wegen des Zusammentreffens seines großen Reichtumes, seiner Einsamkeit und seines genußdürstigen Witzes ein großer Egoist.

Während mehrerer Jahre, welche Ferdinand in der Werkstatt eines berühmten genialen Meisters zugebracht, hatte sich sein glänzendes Talent immer bestimmter und siegreicher hervorgetan; indem er sich eifrig und aufrichtig der neuen deutschen Kunst anschloß, schrieb er mit seiner Kohle schon fast ebenso schön und sicher wie der Meister auf den Karton die menschliche Gestalt, nackt oder bekleidet, in einem Zuge, langsam, fest und edel, gleich dem Zuge des Schwanes auf dem glatten Wasserspiegel. Ebenso zeigte er sich in Aneignung und Verständnis der Farbe von Tag zu Tag blühender und männlicher, und die seltene Reife in der Vereinigung beider Teile überraschte jedermann, erwarb ihm die Achtung von Alten und Jungen und erweckte die größten Hoffnungen, wenn Erfahrung und Jahre ihm auch den tieferen Inhalt und das Ziel für diese glänzenden Fortschritte brächten.

Als Ferdinand aber von einem vorläufigen einjährigen Aufenthalt in Italien zurückkehrte, war er wie umgewandelt. Er zerriß alle seine früheren Entwürfe und Skizzen von Schlachten, Staatsaktionen, mythologischen Inhalts und diejenigen, welche nach Dichtungen gebildet waren, was er alles in seiner alten Wohnung aufgehäuft fand, in tausend Stücke und ließ nichts bestehen als seine schönen musterhaften Studien nach der Natur und seine Kopien nach den alten Italienern. Eh er nach Rom gegangen, war er ein stolzer und spröder Jüngling, der mit jugendlichem Ernste nach dem Ideale der alten herkömmlichen großen Historie strebte und von Zeit und Leben keine Erfahrung hatte. Italien, seine Luft und seine Frauen lehrten ihn, daß Form, Farbe und Glanz nicht nur für die Leinwand, sondern auch zum lebendigen Gebrauch gut und dienlich seien. Er wurde ein Realist und gewann von Tag zu Tag eine solche Kraft und Tiefe in der Empfindung des Lebens und des Menschlichen, daß die Überlieferungen seiner Jugend und Schülerzeit dagegen erbleichen mußten. Wohl drängte sich diese Kraft gleich in die Malerhand; aber indem er mit gewissenhaftem Fleiße sich in die Werke der Alten vertiefte, mußte er sich überzeugen, daß diese großen Realisten schon alles getan, was in unserem Jahrtausend vielleicht überhaupt erreicht werden konnte, und daß wir einstweilen weder so erfinden und zeichnen werden wie Raffael und Michelangelo, noch so malen wie die Venetianer. Und wenn wir es könnten, sagte er sich, so hätten wir keinen Gegenstand dafür. Wir sind wohl etwas, aber wir sehen wunderlicherweise nicht wie etwas aus, wir sind bloßes Übergangsgeschiebe. Wir achten die alte Staats- und religiöse Geschichte nicht mehr und haben noch keine neue hinter uns, die zu malen wäre, das Gesicht Napoleons etwa ausgenommen; wir haben das Paradies der Unschuld, in welchem jene noch alles malen konnten, was ihnen unter die Hände kam, verloren und leben nur in einem Fegefeuer. Wenigstens war es bei ihm wirklich der Fall. Lys gähnte schon, wenn er von weitem ein historisches, allegorisches oder biblisches Bild sah, war es auch von noch so gebildeten und talentvollen Leuten gemacht, und rief: »Der Teufel soll den holen, welcher behauptet, ergriffen zu sein von dieser Versammlung von Bärten und Nichtbärten, welche die Arme ausrecken und gestikulieren!« Von dem Anlehnen des Malers an die Dichtung oder gar an die Geschichte der Dichtung wollte er jetzt auch nichts mehr wissen; denn seine Kunst sollte nicht die Bettlerin bei einer anderen sein. Alle diese Widersprüche zu überwinden und ihnen zum Trotz das darzustellen, was er nicht fühlte noch glaubte, aber es durch die Energie seines Talentes doch zum Leben zu bringen, nur um zu malen, dazu war er zu sehr Philosoph und, so seltsam es klingen mag, zu wenig Maler.

So schloß er sich nach seiner Rückkehr ab, malte nur wenig und langsam, und was er malte, war wie ein Tasten nach der Zukunft, ein Suchen nach dem ruhevollen Ausdruck des menschlichen Wesens, in dem Beseligtsein in seiner eigenen körperlichen Form, sei sie von Lust oder Schmerz durchdrungen. Er malte am liebsten schöne Weiber nach der Natur oder solche männliche Köpfe, deren Inhaber Geist, Charakter und etwas Erlebnis besaßen. Die wenigen Bilder, welche er jahrelang unvollendet und doch mit großem Reiz übergossen bei sich stehen hatte, enthielten einzelne oder wenige Figuren in ruhiger Lage, und zuletzt verfiel er ganz auf einen Kultus der Persönlichkeit, dessen naive Andacht, verbunden mit der Überlegenheit des Machwerkes, allein das Lachen der anderen verhindern konnte. Dieser Kultus, heiße Sinnlichkeit und eine geheimnisvolle Trauer waren ziemlich die Elemente seiner Tätigkeit.

Er hatte drei oder vier Bilder, die er nie ganz vollendete, die niemand außer seinen nächsten Freunden zu sehen bekam, aber auf jeden, welcher sie sah, einen immer neuen tiefen Eindruck machten. Das erste war ein Salomo mit der Königin von Saba. Es war ein Mann von wunderbarer Schönheit, der sowohl das hohe Lied gedichtet als geschrieben haben mußte: es ist alles eitel unter der Sonne! Die Königin war als Weib, was er als Mann, und beide, in reiche, üppige Wänder gehüllt, saßen allein und einsam sich gegenüber und schienen, die brennenden Augen eines auf das andere geheftet, in heißem, fast feindlichem Wortspiele sich das Rätsel ihres Wesens, der Weisheit und des Glückes herauslocken zu wollen. Das Merkwürdige dabei war, daß der schöne König in seinen Gesichtszügen ein zehnmal verschönter und verstärkter Ferdinand Lys zu sein schien.

Ein anderes Bild stellte einen Hamlet dar, aber nicht nach einer Szene des großen Trauerspieles, sondern als Porträt und so, als ob ein anachronischer Van Dyk den Prinzen in seinen Staatsgewändern gemalt hätte, ganz jung, blühend und hoffnungsvoll, und doch mit seinem ganzen Schicksal schon um Stirn und Augen. Dieser Hamlet glich ebenfalls stark dem Maler selbst.

Obgleich im strengsten Stil gehalten, machte doch einen überwältigenden, verführerischen Eindruck eine Königin, welche, schon von jeder Hülle entblößt, eben mit dem Fuß in einen klaren Bach zum Bade tritt und vergessen hat, ihre goldene Krone vom Haupte zu tun. So trat sie, mit derselben geschmückt, dem Beschauer gerade entgegen, jeder Zoll ein majestätisches Weib, aus einem Lorbeergebüsch hervor, den ruhigen Blick auf das kühle Wasser gesenkt. Dies Bild, so gewaltig es war, war doch mit wahrhaft klassischer Liebe und Kindlichkeit ausgeschmückt und ausgeführt. Das Beiwerk, die glänzenden Steine im Bach, die durchsichtigen spielenden Wellen, die stahlblauen Libellen darüber, die Blumen am Ufer, die Lorbeerbäumchen und endlich die Wolken am tiefblauen Himmel, alles war so frisch und leuchtend und doch so streng und fromm geformt, daß die sinnliche Gewalt, welche auf den reichen Gliedern der Hauptfigur herrschte, auf dem heiligsten Rechtsboden zu stehen schien.

Das Hauptbild aber und auf welches er den meisten Fleiß verwandte, war eine größere Komposition, deren Veranlassung die Psalmworte gegeben: Wohl dem, der nicht sitzet auf der Bank der Spötter! Auf einer halbkreisförmigen Steinbank in einer römischen Villa, unter einem Rebendache, saßen vier bis fünf Männer in der Tracht des achtzehnten Jahrhunderts, einen antiken Marmortisch vor sich, auf welchem Champagner in hohen venetianischen Gläsern perlte. Vor dem Tische, mit dem Rücken gegen den Beschauer gewendet, saß einzeln ein üppig gewachsenes junges Mädchen, festlich geschmückt, welches eine Laute stimmt und, während sie mit beiden Händen damit beschäftigt ist, aus einem Glase trinkt, das ihr der nächste der Männer, ein kaum neunzehnjähriger Jüngling, an den Mund hält. Dieser sah beim lässigen Hinhalten des Glases nicht auf das Mädchen, sondern fixierte den Beschauer, indessen er sich zu gleicher Zeit an einen silberhaarigen Greis mit kahler Stirn und rötlichem Gesicht lehnte. Der Greis sah ebenfalls auf den Beschauer und schlug dazu spöttisch mutwillig Schnippchen mit der einen Hand, indessen die andere sich gegen den Tisch stemmte. Er blinzelte ganz verzwickt freundlich mit den Augen und zeigte allen Mutwillen eines Neunzehnjährigen, indessen der Junge, mit trotzig schönen Lippen, matt glühenden schwarzen Augen und unbändigen Haaren, deren Ebenholzschwärze durch den verwischten Puder glänzte, die Erfahrungen eines Greises in sich zu tragen schien. Auf der Mitte der Bank, deren hohe, zierlich gemeißelte Lehne man durch die Lücken bemerkte, saß ein ausgemachter Taugenichts und Hanswurst, welcher mit offenbarem Hohne, die Nase verziehend, aus dem Bilde sah und seinen Hohn dadurch noch beleidigender machte, daß er sich durch eine vor den Mund gehaltene Rose das Ansehen gab, als wolle er denselben gutmütig verhehlen. Auf diesen folgte ein stattlicher ernster Mann; dieser blickte ruhig, fast schwermütig, aber mit mitleidigem, bedauerlichem Spott drein, und endlich schloß den Halbkreis, dem Jüngling gegenüber, ein eleganter Abbé in seidener Soutane, welcher, wie eben erst aufmerksam gemacht, einen forschenden stechenden Blick auf den Beschauer richtete, während er eine Prise in die Nase drückte und in diesem Geschäft einen Augenblick anhielt, so sehr schien ihn die Lächerlichkeit, Hohlheit oder Unlauterkeit des Beschauers zu frappieren und zu heillosen Witzen aufzufordern. So waren alle Blicke, mit Ausnahme derer des Mädchens, auf den gerichtet, welcher vor das Bild trat, und sie schienen mit unabwehrbarer Durchdringung jede Selbsttäuschung, Halbheit, Schwärmerei, jede verborgene Schwäche, jede unbewußte Heuchelei aus ihm herauszufischen oder vielmehr schon entdeckt zu haben. Auf ihren eigenen Stirnen und über ihren Augen, um ihre Mundwinkel ruhte zwar unverkennbare Hoffnungslosigkeit; aber trotz ihrer Marmorblässe, die alle, ohne den rötlichen Greis, überzog, staken sie in einer so unverwüstlichen muntern Gesundheit, und der Beschauer, der nicht ganz seiner bewußt war, befand sich so übel unter diesen Blicken, daß man eher versucht war auszurufen: Weh dem, der da steht vor der Bank der Spotter! und sich gern in das Bild hinein geflüchtet hätte.

Waren nun Absicht und Wirkung dieses Bildes durchaus verneinender Natur, so war dagegen die Ausführung mit der positivsten Lebensessenz getränkt. Jeder Kopf zeigte eine inhaltvolle eigentümlichste Individualität und war für sich eine ganze tragische Welt oder eine Komödie und nebst den schönen arbeitlosen Händen vortrefflich beleuchtet und gemalt. Die gestickten Kleider der wunderlichen Herren, der grüne Sammet und der rote Atlas an der reichen Tracht des Weibes, ihr blendender Nacken, die Korallenschnur darum, ihre von Perlenschnüren durchzogenen schwarzen Zöpfe und Locken, die goldene sonnige Bildhauerarbeit an dem alten Marmortische, die Gläser mit den aufschäumenden Perlen, selbst der glänzende Sand des Bodens, in welchen sich der reizende Fuß des Mädchens drückte, diese zarten weißen Knöchel im rotseidenen Schuh: alles dies war so zweifellos, breit und sicher und doch ohne alle Manier und Unbescheidenheit, sondern aus dem reinsten naiven Wesen der Kunst und aus der Natur herausgemalt, daß der Widerspruch zwischen diesem freudigen, kraftvollen Glanz und dem kritischen Gegenstand der Bilder die wunderbarste Wirkung hervorrief. Dies klare und frohe Leuchten der Formenwelt war Antwort und Versöhnung, und die ehrliche Arbeit, das volle Können, welche ihm zu Grunde lagen, waren der Lohn und Trost für den, der die skeptischen Blicke der Spötter nicht zu scheuen brauchte oder sie tapfer aushielt.

Lys nannte dies Bild seine »hohe Kommission«, seinen Ausschuß der Sachverständigen, vor welchen er sich selbst zuweilen mit zerknirschtem Herzen stelle; auch führte er manchmal einen armen Sünder, dessen gezierte Gefühligkeit und Weisheit nicht aus dem lautersten Himmel zu stammen schien, vor die Leinwand, wo dann der

Kauz mit seltsamem, etwas einfältigem Lächeln seine Augen irgendwo unterzubringen suchte und machte, daß er bald davon kam.

Heinrich wurde von seinen beiden Freunden und anderen Gesellen auch hier der grüne Heinrich genannt, da er sie einst mit diesem Titel bekannt gemacht, und er trug ihn, wie man ihn gab, umso lieber, als er seiner grünen Bäume und seiner hoffnungsvollen Gesinnung wegen denselben wohl zu verdienen schien und sich überdies heimatlich dadurch berührt fühlte. Übrigens war er, wie es einst der unglückliche Römer prophezeit, richtig in den Hafen der gelehrten und stilisierten Landschaften eingelaufen und gab sich, indem er seit seinem Hiersein nicht mehr aus den Mauern der großen Stadt gekommen, rückhaltlos einem Spiritualismus hin, welcher seinen grünen, an den frischen Wald erinnernden Namen fast zu einem bloßen Symbol machte.

Sobald er die angehäuften Kunstschätze der Residenz und dasjenige, was von Lebenden täglich neu ausgestellt wurde, gesehen, auch sich in den Mappen einiger jungen Leute umgeschaut, welche aus poetischen Schulen herkamen, ergriff er sogleich diejenige Richtung, welche sich in reicher und bedeutungsvoller Erfindung, in mannigfaltigen, sich kreuzenden Linien und Gedanken bewegt und es vorzieht, eine ideale Natur fortwährend aus dem Kopfe zu erzeugen, anstatt sich die tägliche Nahrung aus der einfachen Wirklichkeit zu holen.

Der Verfasser dieser Geschichte fühlt sich hier veranlaßt, sich gewissermaßen zu entschuldigen, daß er so oft und so lange bei diesen Künstlersachen und Entwickelungen verweilt, und sogar eine kleine Rechtfertigung zu versuchen. Es ist nicht seine Absicht, so sehr es scheinen möchte, einen sogenannten Künstlerroman zu schreiben und diese oder jene Kunstanschauungen durchzuführen, sondern die vorliegenden Kunstbegebenheiten sind als reine gegebene Facta zu betrachten, und was das Verweilen bei denselben betrifft, so hat es allein den Zweck, das menschliche Verhalten, das moralische Geschick des grünen Heinrich und somit das Allgemeine in diesen scheinbar zu absonderlichen und berufsmäßigen Dingen zu schildern. Wenn oft die Klage erhoben wird, daß die Helden mancher Romane sich eigentlich mit nichts beschäftigen und durch einen andauernden Müßiggang den fleißigen Leser ärgern, so dürfte sich der Verfasser sogar noch beglückwünschen, daß der seinige wenigstens etwas tut, und wenn er auch nur Landschaften verfertigt. Das Handwerk hat einen goldenen Boden und ganz gewiß in einem Romane ebensowohl wie anderswo. Übrigens ist nur zu wünschen, daß der weitere Verlauf die Endabsicht klar machen und der aufmerksame Leser inzwischen solche Stellen dulden und von besagtem Standpunkte aus ansehen möge.

Also Heinrich versenkte sich nun ganz in jene geistreiche und symbolische Art. Da er seine Jugendjahre meistens im Freien zugebracht, so bewahrte er in seinem Gedächtnisse, unterstützt von einer lebendigen Vorstellungskraft und seinen alten Studienblättern, eine ziemliche Kenntnis der grünen Natur, und dieser Jugendschatz kam ihm jetzt gut zustatten; denn von ihm zehrte er diese ganzen Jahre. Aber dieser Vorrat blaßte endlich aus, man sah es an Heinrichs Bäumen; je geistreicher und gebildeter diese wurden, desto mehr wurden sie grau oder bräunlich, statt grün; je künstlicher und beziehungsreicher seine Steingruppierungen und Steinchen sich darstellten, seine Stämme und Wurzeln, desto blasser waren sie, ohne Glanz und Tau, und am Ende wurden alle diese Dinge zu bloßen schattenhaften Symbolen, zu gespenstigen Schemen, welche er mit wahrer Behendigkeit regierte und in immer neuen Entwürfen verwandte. Er malte überhaupt nur wenig und machte selten etwas ganz fertig; desto eifriger war er dahinter her, in Schwarz oder Grau große Kartons und Skizzen auszuführen, welche immer einen bestimmten, sehr gelehrten oder poetischen Gedanken enthielten und sehr ehrwürdig aussahen.

Und merkwürdigerweise waren diese Gegenstände fast immer solche, deren Natur er nicht aus eigener Anschauung kannte, ossianische oder nordisch mythologische Wüsteneien, zwischen deren Felsenmälern und knorrigen Eichenhainen man die Meereslinie am Horizonte sah, düstere Heidebilder mit ungeheuren Wolkenzügen, in welchen ein einsames Hünengrab ragte, oder förmliche Kulturbilder, welche etwa einen deutschen Landstrich im Mittelalter, mit gotischen Städtchen, Brücken, Klöstern, Stadtmauern, Galgen, Gärten, kurz ein ganzes Weichbild aus einem andern Jahrhundert ausbreiteten, endlich sogar hochtragische Szenen aus den letzten Bewegungen der Erdoberfläche, wo dann die rüstige Reißkohle gänzlich in Hypothesen hin und wieder fegte.

Daß Heinrich, dem doch so früh ein guter Sinn für das Wahre und Natürliche aufgegangen war, sich dennoch so schnell und anhaltend diesem künstlichen und absonderlichen Wesen hingeben konnte, davon lag einer der Gründe nahe genug.

Er hatte von Jugend auf, seit er kaum sein inneres Auge aufgetan, alle Überlieferung und alles Wunder von sich gestoßen und sich einem selbstgemachten, manchmal etwas flachen Rationalismus hingegeben, wie ihn eben ein sich selbst überlassener Knabe einseitig gebären kann.

In dem zweifelhaften Lichte dieser Aufklärung stand einsam und unvermittelt sein Gott, ein wahrer Diamantberg von einem Wunder, in welchem sich die Zustände und Bedürfnisse Heinrichs abspiegelten und in flüchtigen Regenbogenfarben ausstrahlten. Er glaubte diesen Diamantfels ureigen in seiner Menschenbrust begründet und angeboren, weil unvorbereitet und ungezwungen ein inniges und tiefes Gefühl der Gottheit ihn erfüllte, sobald er nur einen Blick an den Sternenhimmel warf oder Bedürfnis und Verwirrung ihn drängten.

Er wußte oder bedachte aber nicht, daß das Angeborne eines Gedankens noch kein Beweis für dessen Erfüllung ist, sondern ein bloßes Ergebnis der langen Fortpflanzung in den Geschlechtsfolgen sein kann; wie es denn wirklich sittliche oder unsittliche Eigenschaften gibt, welche sich unbestritten in einzelnen Familien wie in ganzen Stämmen fortpflanzen und oft ganz nah an das Gebiet der Ideen streifen, aber dennoch nicht unaustilgbar sind. Es ist wahrscheinlich, daß die angelsächsische Rasse nahezu lange genug frei gewesen ist, um das Freiheitsgefühl physisch angeboren zu besitzen, ohne es deswegen für alle Zukunft gesichert zu haben, während den Russen die Zusammenfassung und Verherrlichung der Nationalität in einer absoluten und despotischen Person und der daraus entspringende Unterwürfigkeitstrieb ebensowohl angeboren ist, ohne deswegen unsterblich zu sein. Da also beide, der Freiheitssinn sowohl wie das Untertanenbewußtsein, im Menschen angeboren vorkommen, so kann keines sich darauf berufen, um sich als die unbedingte Wahrheit darzustellen; aber beide bestehen in der Tat umso kräftiger als ihr Dasein eben die Frucht tausendjährigen Wachstumes ist.

Wo nun der Fall eintritt, daß der Gegenstand eines angeborenen Glaubens und Fühlens, welches durch Jahrtausende sich im Blut überliefert, außer dieser körperlichen Welt sein soll, also gar nicht vorhanden ist, da spielt das erhabenste Trauer- und Lustspiel, wie es nur die ganze Menschheit mit allen, die je gelebt haben und leben, spielen kann, und zu dessen Schauen es wirklicher Götter bedürfte, wenn nicht eben diese Menschheit aus der gleichen Gemütstiefe, aus welcher sie die große Tragikomödie dichtete, auch das volle Verständnis zum Selbstgenuß schöpfen könnte.

Zahllos sind die Verschlingungen und Variationen des uralten Themas und erscheinen da am seltsamsten und merkwürdigsten, wo sie mit Bildung und Sinnigkeit verwebt sind.

Weil Heinrich auf eine unberechtigte und willkürliche Weise an Gott glaubte, so machte er unter anderem auch allegorische Landschaften und geistreiche, magere Bäume; denn wo der wundertätige Spiritualismus im Blute steckt, da muß er trotz Aufklärung und Protestation irgendwo heraustreten. Der Spiritualismus ist diejenige Arbeitsscheu, welche aus Mangel an Einsicht und Gleichgewicht der Erfahrungen und Überzeugungen hervorgeht und den Fleiß des wirklichen Lebens durch Wundertätigkeit ersetzen, aus Steinen Brot machen will, anstatt zu ackern, zu säen, das Wachstum der Ähren abzuwarten, zu schneiden, dreschen, mahlen und zu backen. Das Herausspinnen einer fingierten, künstlichen, allegorischen Welt aus der Erfindungskraft, mit Umgehung der guten Natur, ist eben nichts anderes als jene Arbeitsscheu; und wenn Romantiker und Allegoristen aller Art den ganzen Tag schreiben, dichten, malen und operieren, so ist dies alles nur Trägheit gegenüber derjenigen Tätigkeit, welche nichts anderes ist als das notwendige und gesetzliche Wachstum der Dinge. Alles Schaffen aus dem Notwendigen und Wirklichen heraus ist Leben und Mühe, die sich selbst verzehren, wie im Blühen das Vergehen schon herannaht; dies Erblühen ist die wahre Arbeit und der wahre Fleiß; sogar eine simple Rose muß vom Morgen bis zum Abend tapfer dabei sein mit ihrem ganzen Corpus und hat zum Lohne das Welken. Dafür ist sie aber eine wahrhaftige Rose gewesen.

Es war so artig und bequem für Heinrich, daß er eine so lebendige Erfindungsgabe besaß, aus dem Nichts heraus fort und fort schaffen, zusammensetzen, binden und lösen konnte! Wie schön, lieblich und mühelos war diese Tätigkeit, wie wenig ahnte er, daß sie nur ein übertünchtes Grab sei, das eine Welt umschloß, welche nie gewesen ist, nicht ist und nicht sein wird! Wie wunderbar dünkte ihm die schöne Gottesgabe des vermeintlichen Ingeniums, und wie süß schmeckte das Wunder dem rationellen, aber dankbaren Gottgläubigen! Er wußte sich nicht recht zu erklären und ging darüber hinweg, daß sein Freund Lys, wenn er nur einige Stunden in der Woche still und aufmerksam gemalt hatte, viel zufriedener und vergnügter schien, obgleich er ein arger Atheist war, als Heinrich, wenn er die ganze Woche komponiert und mit der Kohle gedichtet. Desto bescheiden wohlgefälliger nahm er die Achtung vieler jungen Deutschen hin, welche sein tiefsinniges Bestreben lobten und ihn für einen höchst respektablen Scholaren erklärten.

Warum Heinrich nicht auf dem kürzesten Wege, durch das gute Beispiel Ferdinands, das ihm so nahe war, zur gesunden Wahrheit zurückkehrte, fand seinen Grund eben in der Verschiedenheit ihrer religiösen Einsichten. Der Holländer hatte ohne besondere Aufregungen abgeschlossen und war ruhig; Heinrich griff ihn beständig an; aber Ferdinand setzte ihm jene Art von Überlegenheit entgegen, welche nicht sowohl aus der Wahrheit als aus der Harmonie der Grundsätze mit dem übrigen Tun und Lassen entspringt, während Heinrich die Unruhe einer einzelnen, verfrühten oder verspäteten Überzeugung äußerte und sonderbarerweise, um dem Spotte, an welchen vielleicht niemand dachte, zuvorzukommen, Scharfsinn und Phantasie aufbot, Andersdenkende durch Witze in die Enge zu treiben. Wenn er vor Ferdinands hoher Kommission, vor der gemalten Bank der Spötter, stand, so lachte er den wunderlichen Käuzen ins Gesicht und freute sich über sie; denn er hielt sich wegen seines Rationalismus, auf den er sich gutmütig viel zugut tat, halb und halb von der Gesellschaft, bis ihn plötzlich die zornige Ahnung überkam, daß es auch auf ihn gemünzt wäre, und der gute Lys, welcher Heinrich wirklich liebte und wohl wußte, daß er nicht vor dies Tribunal gehöre, mußte dann hundert Angriffe und Sarkasmen aushalten.

Außer diesem Umstande verursachte noch ein anderer eine Ungleichheit zwischen beiden Freunden. Lys, der wie Erikson um sechs bis sieben Jahre älter war als Heinrich, liebte das Glück bei den Weibern und sah, wo er es fand, ohne bisher ein Gefühl für Treue und bindende Dauer empfunden zu haben. Er war höflich und aufmerksam gegen sie, ohne für sie eine allzu große Achtung in sich zu beherbergen, während Heinrich zurückhaltend, scheu und fast grob gegen sie war und doch eine herzliche Achtung für jedes weibliche Wesen hegte, das sich nur einigermaßen zu halten wußte. So seltsam vertraut und sinnlich sein Umgang mit Judith gewesen, hatte ihn doch der Instinkt der Jugend und die ganze Lage der Dinge vor dem Äußersten bewahrt, und diese Rettung, auf die er sich nun mit der Koketterie der Zwanzigjährigen viel zugute tat, betrachtete er nun als ein zu erhaltendes Glück und als eine Erleichterung, dem reineren Andenken Annas leben zu können. Denn obgleich er nun auch bereits merkte, daß jenes jugendliche Gelübde ein Traum gewesen sei, so war er doch weit entfernt, irgend eine neue Liebe zu hoffen und nahe zu sehen, und seine Sehnsucht ging mit ihren Bildern und Träumen daher immer in die Vergangenheit zurück. Dies gab seiner Denkungsart etwas Zartes und Edles, welches er wirklich fühlte und ihn über sich selbst täuschte.

Wenn daher Ferdinand die Weiber beurteilte wie ein Kenner eine Sache, wenn er in galanten, eleganten und ausgesuchten, ja frivolen Dingen, Gerätschaften, Gesprächen und Gebräuchen sich gefiel, wenn er wirklich auf ein Abenteuer ausging oder von einem solchen erzählte, so wurde Heinrich in seiner Gesinnung betroffen und verlegen. Ferdinand besaß ein mit einem Schlosse versehenes Album, in welches er alle seine Liebesabenteuer in verschiedenen Ländern gezeichnet hatte. Man erblickte die bald empfindsamen, bald leichtfertigen Schönen in den verschiedensten Lagen, bald schmollend, zornig, weinend, bald übermütig und zärtlich in Ferdinands Armen, diesen aber immer mit der größten Sorgfalt ähnlich gemacht bis auf die Kleidungsstücke, und nicht zu seinem Nachteile, während den zornigen und schmollenden Schönen durch allerlei Schabernack, entblößte Waden oder triviale Faltenlagen in den Gewändern weniger ein Reiz als ein Anflug von Lächerlichkeit und Erniedrigung gegeben war. Dies Buch konnte Heinrich nicht ausstehen; sein Freund schien ihm darin sich selbst herabgewürdigt zu haben; aber weit entfernt, mit ihm darüber zu disputieren oder den Sittenrichter zu spielen, lächelte er vielmehr dazu. Anders als in den religiösen Fragen, wo er die Existenz seines Bewußtseins auf dem Spiele glaubte, zwang er sich hier, die Art und Weise anderer gelten zu lassen und sie sogar anzuerkennen. Es war ein Zeichen seiner gänzlichen geistigen Unschuld; denn bei mehr Erfahrung hätte das Verhältnis gerade umgekehrt sein müssen.

Aber alles zusammengenommen bewirkte, daß Heinrich glaubte, sich seinen eigenen Weg in jeder Hinsicht freihalten zu müssen, und für Ferdinands künstlerisches Beispiel unzugänglich wurde, zumal in dessen fertiger und bewußter Tüchtigkeit etwas von der Keckheit und Erfahrungsreife, von dem Liebesglücke Ferdinands zu liegen schien.

Sonst waren die Drei, Lys, Erikson und Heinrich, die besten Freun- III,
de von der Welt, und jeder gab seinen Charakter in der unbefangensten Weise dem andern zum besten. Sie waren umso lieber und unzertrennlicher zusammen, als noch ein besonderes gemeinsames Band sie vereinigte. Jeder von ihnen stammte aus einer Heimat, wo germanisches Wesen noch in ausgeprägter und alter Feste lebte in Sitte, Sprachgebrauch und persönlichem Unabhängigkeitssinne; alle Drei waren von dem Sonderleben ihrer tüchtigen Heimat abgefallen und zu dem großen Kern des beweglichen deutschen Lebens gestoßen, und alle Drei hatten dasselbe, erstaunt und erschreckt über dessen Art, in der Nähe gesehen. Schon die Sprache, welche der große Haufen in Deutschland führt, war ihnen unverständlich und beklemmend; die tausend und aber tausend »Entschuldigen Sie gefälligst, Erlauben Sie gütigst, Wenn ich bitten darf, Bitt' um Entschuldigung«, welche die Luft durchschwirrten und bei den nichtssagendsten Anlässen unaufhörlich verwendet wurden, hatten sie in ihrem Leben nie und in keiner anderen Sprache gehört, selbst das »Pardon Monsieur« der höflichen Franzosen schien ihnen zehnmal kürzer und stolzer, wie es auch nur in dem zehnten Falle gebraucht wird, wo der Deutsche jedesmal um Verzeihung bittet. Aber durch den dünnen Flor dieser Höflichkeit brachen nur zu oft die harten Ecken einer inneren Grobheit und Taktlosigkeit, welche ebenfalls ihren eigentümlichen Ausdruck hatten. Sie erinnerten sich, niemals weder in ihrer Heimat noch in fremden Sprachen die in Deutschland so geläufigen Gesellschaftsformeln gehört zu haben: »Das verstehen Sie nicht, mein Herr! Wie können Sie behaupten, da Sie nicht einmal zu wissen scheinen! Das ist nicht

wahr!« oder so häufige leise Andeutungen im freundschaftlichen Gespräche, daß man das, was ein anderer soeben gesagt, für erlogen halte, – welches wieder auf einen anderen noch tieferen Übelstand schließen ließ. Auch die allgemeine deutsche Autoritätssucht, welche so wunderlich mit der unendlichen Nachgiebigkeit und Unterwürfigkeit kontrastierte, machte einen peinlichen Eindruck auf die Deutschen vom Grenzsaume des großen Volkes; einer donnerte, die Vorteile seiner Stellung benutzend, den andern an, und wer niemand mehr um sich hatte, den er anfahren, dem er imponieren konnte, der prügelte seinen Hund. Recht eigentlich weh aber tat den Freunden die gegenseitige Verachtung, welche sich die Süd- und Norddeutschen bei jeder Gelegenheit angedeihen ließen und welche ihnen ebenso auf ganz grundlosen Vorurteilen zu beruhen als schädlich schien. Bei Völkerfamilien und Sprachgenossenschaften, welche zusammen ein Ganzes bilden sollen, ist es ein wahres Glück, wenn sie untereinander sich etwas aufzurücken und zu sticheln haben; denn wie durch alle Welt und Natur bindet auch da die Verschiedenheit und Mannigfaltigkeit, und das Ungleiche und doch Verwandte hält besser zusammen; aber es muß Gemüt und Verstand in dem Scherzkampfe sein und dieser zutreffend auf das wahre Wesen der Gegensätze. Das, was die Nord- und Süddeutschen sich vorwerfen, ist tödlich beleidigend, indem diese jenen das Herz, jene aber diesen den Verstand absprechen, und zugleich kann es keine unbegründetere und unbegreiflichere Tradition und Meinung geben, die nur von wenigen der tüchtigsten Männer beider Hälften nicht geteilt wird. Wo im Norden wahrer Geist ist, da ist immer und zuverlässig auch Gemüt, wo im Süden wahres Gemüt, da auch Geist. Es gibt in Norddeutschland Unwissende und Strohköpfe unter den Gebildeten und in Süddeutschland unter den Bauern Witzbolde und Spekulanten. Wenn nun die Drei so oft hören mußten, wie die Nordmänner die Süddeutschen für einfältige Leutchen, für eine Art gemütlicher Duseler ausgaben, und diese ihre nordischen Brüder hinter dem Rücken anmaßende Schwätzer und unerträgliche Prahlhänse schalten, so schnitt ihnen dies widerliche Schauspiel ins Herz, weil sie gekommen waren, den Herd des guten lebendigen deutschen Geistes zu finden, und nun eine große Waschküche voll unnützen Geplauders zu sehen glaubten.

Wie es Fremdlingen oft zu ergehen pflegt, welche in einem Lande oder in einer Stadt im Genusse des Gastrechtes zusammentreffen, daß sie, dasselbe übel vergeltend, Geist und Sitten, welche sie vorfinden, mit der entfernten Heimat vergleichen und sich in gemeinsamem Tadel auf Kosten des gastlichen Landes einigen, übertrieben auch die drei Freunde vielfach ihren Tadel, nachdem sie einmal den Schmerz einer großen Enttäuschung empfunden zu haben glaubten, und sie redeten sich oft in einen großen Zorn hinein und sagten Deutschland feierlich ab. Erikson sagte, er wolle seiner Zwitternatur ein Ende machen und ein guter Däne werden; Lys behauptete, man müsse an den Deutschen ihr Großes und Eigentümliches benutzen und sich im übrigen nichts um sie bekümmern; nur der grüne Heinrich hing mit seinem ganzen Herzen an Deutschland. Er schmähte es zwar auch mit dem Munde und sprach vielleicht noch Stärkeres als die anderen; er sagte, da er vor allem aus Schweizer sei, wünsche er manchmal ein Wälscher zu sein, um nicht mehr deutsch denken zu müssen, und er sei beinahe versucht, französisch schreiben und denken zu lernen. Aber gerade weil es ihm hiermit bitterer Ernst war und mehr als den Freunden, war auch sein Verdruß tiefer und gründlicher. In der Sprache, mit der man geboren, welche die Väter gesprochen, denkt man sein ganzes Leben lang, so fertig man eine andere spricht; und dies anders zu wünschen, die Sprache, in der man sein Geheimstes denkt, vergessen zu wollen, zeigt, wie tief man getroffen ist und wie sehr man gerade diese Sprache liebt.

Aber dessenungeachtet ward er mit jedem Tage träumerischer und deutscher und baute alle Hoffnungen auf das Deutsche; denn seit er in Deutschland war, hatte er die Krankheit überkommen, aller Einsicht zum Trotz das Gegenteil von dem zu tun, was er sprach, und Theorie und Praxis himmelweit voneinander zu trennen.

FÜNFTES KAPITEL

Die beste Gelegenheit, ihren Unmut und Groll zu vergessen und sich wenigstens an dem heraufbeschworenen Glanze früherer deutscher Herrlichkeit zu erheitern, fanden sie, als die ganze reich geartete

Künstlerschaft sich zusammentat, um in einem großen Schau- und Festzuge für die kommende Faschingszeit ein Bild untergegangener Reichsherrlichkeit zu schaffen; denn es war ein wirkliches Schaffen, nicht mittelst Leinwand, Pinsel, Stein und Hammer, sondern wo man die eigene Person als Stoff einsetzte und in vielhundertfältigem Zusammentun jeder ein lebendiger Teil des Ganzen war und das Leben des Ganzen in jedem einzelnen pulsierte, von Auge zu Auge strahlte und eine kurze Nacht sich selber zur Wirklichkeit träumte.

Es sollte das alte Nürnberg wieder auferweckt werden, wie es wenigstens in beweglichen Menschengestalten sich darstellen konnte und wie es zu der Zeit war, als der letzte Ritter, Kaiser Maximilian I., in ihm Festtage feierte und seinen besten Sohn, Albrecht Dürer, mit Ehren und Wappen bekleidete. In einem einzelnen Kopfe entstanden, wurde die Idee sogleich von achthundert Männern und Jünglingen, Kunstbeflissenen aller Grade, aufgenommen und als tüchtiger Handwerksstoff ausgearbeitet, geschmiedet und ausgefeilt, als ob es gälte, ein Werk für die Nachwelt zu schaffen. Das Vollkommene hat in dem Augenblicke seinen ganzen Wert, wo es geworden ist, und in diesem Augenblicke liegt eine Ewigkeit, welche durch eine Dauer von Jahren nur weggespottet wird; die Künstler empfanden daher in der sachgerechten und allseitigen Vorbereitung eine anhaltend wachsende Lust und Geselligkeit, welche wohl von der Freude der eigentlichen Feststunden überboten wurde, aber in der Erinnerung endlich der hellere und deutlichere Teil vom Ganzen blieb.

Der große Festzug zerfiel in drei einzelne Hauptzüge, von denen der erste die Nürnbergische Bürger-, Kunst- und Gewerbswelt, der zweite den Kaiser mit Reichsrittern und Helden und der dritte einen mittelalterlichen Mummenschanz umfaßte, wie von der reichen Stadt dem gekrönten Gast etwa gegeben wurde. In diesem letzten Teile, welcher recht eigentlich ein Traum im Traume genannt werden konnte, in welchem die in historische Vergangenheit sich Zurückträumenden mit den Sinnen dieser Vergangenheit das Märchen und die Sage schauten, hatten die drei Freunde ihren Raum gewählt, um als verdoppelte Phantasiegebilde dem Phanatasiebilde der gestorbenen Reichsherrlichkeit vorzutanzen.

Die Töchter, Schwestern und Bräute vieler Künstler hatten sich artig und froh ergeben, dem lebendigen Kunstwerke zum höchsten Schmucke zu gereichen, in manchem Hause waren die Hände geschäftig, schöne Frauenkörper in die weiblichen Prachtgewänder der alten Reichsstadt zu kleiden, und es war nicht das geringste Vergnügen der Künstler, auch hier die Hand anzulegen und, die alten Trachtenbücher und den Weißkunig vor sich, in Stoff, Schnitt und Schmuck die eigensinnigen Neigungen, den unkundigen Modegeschmack der Frauensleute im Zaum zu halten. Wo Liebe mithalf, da spielte der anmutigste Roman in den Sammet- und Goldstoffen und um die Perlenschnüre, und manche zur Probe Vollgeschmückte entzog sich den verlangenden Armen ihres augenseligen Geliebten mit einem Lächeln, welches den weisen Sinn der Schönen verriet, daß sie auf einen bessern Augenblick zu hoffen wisse, wann Pauken und Trompeten ertönten und die glänzenden Paarreihen sich schwängen.

Heinrich sah solchem Glücke halb gleichgültig, halb sehnsüchtig zu und war, als frei und ledig und mit seinen eigenen Sachen handlich und ohne Geräusch bald fertig, anderen dienstbar in ihren vermehrten Geschäften. Es war sein mütterliches Erbteil, daß er still und rasch seine eigene Person zu versehen und zugleich alle Aufmerksamkeit anderen zu schenken wußte. Solche Züge verkünden ein tüchtiges Geblüt und weit mehr ein wahrhaft gutes Herkommen als alle angelernten Höflichkeiten und Anstandsformen. Wo sie sich, wie hier, in unwichtigen Dingen, sogar nur in Sachen des Vergnügens äußern, während ihre Ausbildung und Betätigung in den großen Lebenslagen stockt, da muß ein ernstes Schicksal, eine tiefe Verirrung im Anzuge sein, welche sich nur dem unkundigen Beobachter verbergen.

Beide Freunde Heinrichs waren zwei reizenden Wesen für das kommende Fest verpflichtet. In einer vergessenen altertümlichen Gegend der Stadt lag ein ganz kleiner, gevierter sonniger Platz, wo zwischen anderen ein schmales Häuschen im Renaissancestil zierlichst sich auszeichnete, in der Breite ein einziges Fenster von den schönsten Verhältnissen zeigend. Beide Stockwerke bildeten zusammen einen kleinen Turm oder eher ein Monument und waren durch den Gedanken der Gliederung ein Ganzes; die wohlgefügten, von der Zeit geschwärzten Backsteine zeigten eine scharfe und gediegene Arbeit, und selbst der Türklopfer von Erz, welcher ein schlankes, den schmalen Leib kühn hinausbiegendes Meerweibchen vorstellte, verriet die Spuren vortrefflicher Künstlerarbeit. Über der reich verzierten Tür ragte ein morgenländisches Marienbild von schwarzem Marmor, das auf einem stark im Feuer vergoldeten metallenen Halbmonde stand. So erinnerte das Ganze an jene kleinen zierlichen Baudenkmäler, welche einst große Herren für irgend eine Geliebte, oder berühmte Künstler zu ihrem eigenen Wohnsitze bauten. Hierher hatte Ferdinand seine Schritte zu lenken; denn in dem reich gesimsten Fenster sah man ein dunkles Mädchenhaupt auf schmalem Körper schwanken, wie eine Mohnblume auf ihrem Stengel. Die Witwe eines Malers aus der vorhergegangenen Periode wohnte in dem Häuschen, eines Malers, der zu seiner Zeit oft genannt wurde, von welchem aber nirgends mehr die Werke zu finden waren; sogar seine seltsame Witwe, die einst nur außerordentlich schön gewesen, hatte das letzte Fetzchen gefärbter Leinwand weggeräumt und dafür das alte Haus inwendig bekleidet mit allen Erzeugnissen der Modenindustrie und den Spielereien der Bequemlichkeit. Nur ihr pomphaftes Bildnis, wie der Verstorbene sie einst als geschmückte Braut gemalt in aller ihrer Schönheit, bewahrte sie an einem altarähnlichen Platze und betete das Bild unverdrossen an. Sonst war die achtzehnjährige Tochter Agnes der einzige ästhetische Nachlaß des Mannes, und man bedauerte bei ihrem Anblick den Ärmsten, daß er dieses sein bestes Kunstwerk nicht selber mehr sehen konnte, und man bedauerte umso tiefer, als die Witwe gar kein Auge für das liebliche Wunder zu haben schien, sondern in die Betrachtung ihrer eigenen früheren Schönheit versunken, die zarte Blume des Kindes schwanken und blühen ließ, wie sie eben wollte.

Von einer Schulter zur andern, mit Inbegriff beider, war Agnes kaum eine Spanne breit, aber Hals und Schultern waren bei aller Feinheit wie aus Elfenbein gedrechselt und rund wie die zwei kleinen vollkommenen Brüstchen und wie die schlanken Arme, deren Ellbogen bei der Schlänke ein anmutiges Grübchen zeigten. Bis zu den Hüften wurde der Leib immer schlangenartiger, und selbst die Hüften verursachten eine fast unmerkliche Wölbung; aber diese war so schön, daß sie beinahe mehr Kraft und Leben verriet als die breitesten Lenden. Das Gewand saß ihr schön und sicher auf dem Leibe; sie liebte es ganz knapp zu tragen, so daß ihre ganze Schmalheit erst recht zutage trat, und doch berauschten sich die Augen dessen, der sie sah, mehr in dieser Erscheinung als in den reichen Formen eines üppigen Weibes, und wer einer vollen Schönheit kalt vorüberging, glaubte dies schmale Wesen augenblicklich in die Arme schließen zu müssen. Auf solchem schwanken Stengel aber wiegte sich die wunderbarste Blume des Hauptes. In dem marmorweißen Gesicht glänzten zwei große dunkelblaue Augen und ein kirschroter Mund, und das Rund des Gesichtes spitzte sich stark in dem kleinen reizenden Kinne zu, und doch war dies Kinn nicht so klein, daß es nicht noch die reizendste Andeutung einer Verdoppelung geziert hätte. Aber der breiteste Teil der ganzen Gestalt im wörtlichen Sinne schien das große volle Haar zu sein, welches sie krönte; die gewaltige, tiefschwarze Last, vielfach geflochten und gewunden und immer mit grünem Seidenbande durchzogen, wuchtete rund um den kleinen Kopf, und da, wenn die schlanke Geschmeidige sich anmutig und leicht bewegte und das schöne Haupt senkte, dies unwillkürlich die Vorstellung erregte, das Gewicht des dunklen Haarbundes verursache das liebliche Schwanken und Beugen, so rief sie von selbst das Bild einer Blume hervor; aber noch froher überraschte es, wenn sie sich unversehens frei aufrichtete und die schwere Krone so leicht und unbewußt trug wie ein schlanker Hirsch sein Geweih.

In ihr geistiges Leben war noch kein sicherer Blick zu tun. Meist schien sie kindlicher zu sein als es ihrem Mädchenalter eigentlich zukam; gelernt hatte sie auch nicht viel und las nicht gern, ausgenommen komische Erzählungen, wenn sie deren habhaft werden konnte; aber sie mußten gut, ja klassisch sein, und alsdann studierte sie dieselben sehr ernsthaft und verzog nicht den Mund. Manchmal schien sie entschieden beschränkten Verstandes und unbehilflich; sobald aber Ferdinand da war, überfloß sie von klarem kristallenem Witze, der noch in der Sonne der Kindheit funkelte, indessen ihre Augen eine reife Sinnenwärme ausstrahlten, wenn sie neckend und zärtlich an seinem Halse hing. Er durfte aber alsdann nicht wagen, sie kosend ebenfalls zu umfassen, wie er überhaupt sich leidend verhalten mußte, wenn er sie nicht erzürnen und von sich scheuchen wollte.

Wie Ferdinand in das Haus gekommen, wußte er selber kaum mehr zu sagen; er hatte das seltene Gebilde im Rahmen des alten Fensters gesehen, und es war ihm nachtwandlerhaft gelungen, sich alsogleich einzuführen und der tägliche Besucher zu werden.

Aber bald mußte er in einen Zwiespalt mit sich selbst geraten, da das eigentümliche und rätselhafte Wesen nicht die gewohnte Art zuließ, das Glück bei Frauen zu erhaschen. Diese Erscheinung war zu köstlich, zu selten und zugleich zu kindlich und zu unbefangen, als daß sie durfte zum Gegenstande einer vorübergehenden Neigung gemacht werden, und auch wieder zu eigen und absonderlich unbestimmt, um gleich den Gedanken einer Verbindung für das Leben zu erlauben. Ferdinand sah, daß das Kind ihn liebte, und er fühlte auch, daß er ihr von Herzen gut war, noch über das leidenschaftliche Wohlgefallen hinaus, welches ihr Äußeres erregte; aber er glaubte überhaupt nicht an seine Liebe, er bildete sich ein, nicht dauernd lieben zu können oder zu dürfen, und wußte nicht, daß Liebe im Grunde leichter zu erhalten als auszulöschen ist; und gerade dieser verzweifelte Zweifel an sich selbst ließ keine tiefere Neigung in ihm reif werden.

»Sie ist ein Phänomen!« sagte er sich und glaubte zu erschrecken bei dem Gedanken, sich für immer ein solches zu verbinden oder, einfach gesagt, ein Phänomen zur Frau zu haben. Und doch war es ihm unmöglich, nur einen Tag vorübergehen zu lassen, ohne das reizende Wunder zu sehen. Nun beschuldigte er sich wieder, daß solches Bedürfnis nur die geheime Begierde sei, die Blume zu brechen, um sie dann zu vergessen, und da er fest gewillt war, sich treu und ehrlich zu verhalten, schon aus einer Art von künstlerischem Gewissen die Verpflichtung fühlend, dies außergewöhnliche Dasein nicht zu verwirren und zu stören, so hielt er sich standhaft in seiner passiven Stellung und suchte derselben einen brüderlich freundschaftlichen Anstrich zu geben. Er behandelte sie mehr als Kind und nahm scheinbar ihre Liebkosungen als diejenigen einer kleinen Freundin hin, suchte sie zu unterrichten und nahm hin und wieder ein kaltes und ernsthaftes Ansehen an. Ängstlich vermied er, das Wort Liebe auszusprechen oder es zu veranlassen, und vermied mit dem Mädchen allein zu sein. So glaubte er als ein Mann zu handeln und seiner Pflicht und Ehre zu genügen und ahnte nicht, daß er echt weiblich zu Werke ging. Denn er war nun wirklich auf dem Punkte angelangt, wo liebenswürdige und geistreiche Männer gerade so auf eigennützige Weise mit weiblichen Wesen spielen, wie es tugendhafte Koketten mit jungen Männern zu tun pflegen.

Auch wußte das ärmste Kind ihm keinen Dank dafür. Sie achtete nicht auf seinen Unterricht und wurde traurig oder unmutig, wenn er die väterliche Art annahm. Hundertmal suchte sie das Wort auf Liebe und verliebte Dinge schüchtern zu lenken; allein er stellte sich, als kennte er dergleichen nicht, und der erwachende Trotz verschloß ihr den Mund. Hundertmal liebkoste sie ihn jetzt und hielt sich dann ein Weilchen geduckt und still, damit er das Kosen erwidern solle, und sie war nicht mehr bereit, zornig davonzufliehen; allein er rührte sich nicht und ertrug das ungeduldige Spiel des schmalen schlangenähnlichen Körpers mit der größten Standhaftigkeit. Dennoch sah die Arme recht gut, daß er mit ganz anderen Gefühlen zu ihr kam als mit denen eines Bruders oder schulmeisterlichen Freundes, und sah wohl das verhaltene Feuer in seinen Augen, wenn sie ihm nahe trat, und das unablässig betrachtende Wohlgefallen, wenn sie umherging; und sie war nur bekümmert, den Grund seines Betragens nicht zu kennen, und fürchtete, da sie die Welt nicht kannte, ihr verborgene, unheilvolle Dinge, die gar in ihr selbst lägen, dürften ihrem Glücke im Wege stehen.

In dem Maße aber, in welchem sie täglich verliebter und trauriger wurde, gewann ihr Wesen an Entschiedenheit und Klugheit, und im gleichen Maße wuchs die Verlegenheit Ferdinands; denn er sah nun ein, daß er nicht länger sich also verhalten durfte. Ihr verliebtes und sich hingebendes Wesen schreckte ihn durchaus nicht ab, weil er dessen Grund und Natur durchschaute und sie darum nur umso reizender fand; dagegen mußte er nun gestehen, daß wohl eine artige und köstliche Frau aus ihr zu machen wäre, und schüttelte sich innerlich bei dem Gedanken, sie je in eines andern Händen zu sehen, während der Unselige doch immer noch sich nicht entschließen konnte, seine Selbstherrlichkeit mit einem anderen Wesen für immer zu teilen und noch für eine zweite Hälfte zu leben.

Beide Waagschalen standen sich vollkommen gleich und das Zünglein seiner Unentschlossenheit schwebte still in der Mitte, als das

Künstlerfest herannahte. Agnes sollte daran teilnehmen; Ferdinand war beflissen, ihre Gestalt vollends zu einem Feenmärchen zu machen, und faßte dabei den Vorsatz, es nunmehr darauf ankommen zu lassen, ob das Fest eine Entscheidung herbeiführe oder nicht; er wollte eine solche weder suchen noch ihr widerstehen; denn noch immer hielt er sich in seiner Selbstsucht für vollkommen frei. Wenn er aber das Mädchen nur ein einziges Mal geküßt habe, gab er sich das Wort, so solle sie unverbrüchlich die Seinige sein.

Agnes aber hatte einen ähnlichen Plan in ihrem Herzchen ausgesponnen, der indessen sehr einfach war. Sie gedachte, in einem geeigneten günstigen Augenblicke ohne weiteres mit ihren Armen den Geliebten zu umstricken und zum Geständnis seiner Neigung zu zwingen und, falls dies noch nicht hülfe, die Aufregung der Festfreude benutzend, ihn so mit Liebeschmeicheln zu berauschen und förmlich zu verführen, daß er das Opfer ihrer Unschuld nähme. Dieser verzweifelte Plan gor und rumorte in ihrem pochenden Busen, daß sie wie eine Träumende umherging und nicht einmal bemerkte, wie Ferdinand starr auf ihren jungen Busen hinsah, als er einen Augenblick beim Probieren der schimmernden Festgewänder entblößt wurde. Sie war in ihrer Unschuld fest überzeugt, daß Ferdinand, wenn ihr Plan gelänge, alsdann für immer der Ihrige würde.

In nicht so bedenklicher Lage befand sich Erikson, welchem sich alle Dinge, außer seinen Bildern, mühelos und körnig gestalteten; er schritt auch mit ausreichenden Waidmannsschritten, obwohl nicht ohne die nötige Behutsamkeit, durch sein Liebesverhältnis und auf das Teil zu, das er oder das Schicksal sich erwählt.

Eine reiche und schöne Brauerswitwe hatte bei der Verlosung der großen Gemäldeausstellung ein Bildchen von ihm gewonnen, welches ihm teuer bezahlt worden war. Die Dame stand nicht im Rufe einer besonderen Kunstfreundin, und Erikson hoffte, sie würde froh sein, ihm den Gewinst um einen ermäßigten Preis wieder abzutreten; er gedachte dann das Bild anderwärts zu versenden zu erhöhtem Preise und so abermals eine Summe einzunehmen, ohne der Qual und Mühsal des Erfindens und der Ausführung eines neuen Gegenstandes ausgesetzt zu sein. Diese Aussicht gewährte ihm so viel Vergnügen, daß er sich unverweilt aufmachte und mit dem Wunsche, alle seine sauern

Arbeiten noch einmal und immer wieder verkaufen zu können, das Haus der Witwe aufsuchte.

Bald stand er auf dem Vorsaale des stattlichen Witwensitzes, dessen Pracht das Gerücht von dem unmäßigen hinterlassenen Vermögen des verstorbenen Bierbrauers zu bestätigen schien. Eine alte Aufwärterin, welcher er sein Anliegen mitteilen mußte, brachte ihm indessen gleich den Bericht, daß die Herrin das Bild mit Vergnügen wieder abtrete, daß er aber ein ander Mal vorsprechen möge. Weit entfernt, über diese Willfährigkeit und Geringschätzung empfindlich zu sein, ging Erikson ein zweites und drittes Mal hin, und erst das dritte Mal wurde er etwas betroffen und erbost, als dieselbe Aufwärterin endlich kund tat, daß die bequeme Dame das Bild um ein Viertel des angegebenen Wertes wieder verkaufe und die Summe für die Armen bestimme, daß der Herr Maler, um ihm nicht fernere Mühe zu machen, es am anderen Tage bestimmt abholen und das Geld mitbringen möchte. Er tröstete sich indessen mit der Aussicht, nunmehr sicher ein Vierteljahr nicht malen zu müssen, und das Wetter betrachtend, ob es gute Jagdtage verspräche, machte er sich zum vierten Male auf den Weg.

Die unvermeidliche Alte führte ihn in ihr kleines Wärtergemach und ließ ihn da stehen, um das Kunstwerkchen herbeizuholen. Dieses war aber nirgends zu finden; immer mehr Bedienstete, Köchin, Kammermädchen und Hausknecht rannten umher und suchten in Küche, Keller und Kammern. Endlich rief das Geräusch die schöne Witwe selbst herbei, und als sie, die, nach dem kleinen wunderlichen Bildchen urteilend, gewähnt hatte, einen ebenso kleinen und dürftigen Urheber zu finden, als sie nun den gewaltigen Erikson dastehen sah, der mit der Stirn beinahe die Decke des niedern Verschlages berührte, indessen sein nordisches Goldhaar glänzend auf die breiten Schultern fiel, da geriet sie in die größte Verlegenheit, zumal er, aus einem ruhigen Lächeln erwachend, sie jetzt mit festem und wohlgefälligem Blick betrachtete. Sie war aber auch des längsten Anschauens wert: kaum sechsundzwanzig Sommer alt, stand Rosalie liebreizend da, von der Rosenfarbe der Gesundheit und Lebensfrische überhaucht, von freundlichen Gesichtszügen, mit braunem Seidenhaar und noch brauneren lachenden Augen. Indessen, um ihre Verlegenheit zu endigen, lud sie den Maler ein, in das Zimmer zu kommen, und wie sie eintraten, sahen sie beide zugleich die kleine Gemäldekiste, welche als Fußschemel unter dem Arbeitstischchen der Witwe stand, dieser selbst unbewußt und vergessen, daß sie schon seit einigen Tagen mit ihren Füßchen mutwillig darauf getrommelt.

Errötend lachte sie und zog das Bild eigenhändig hervor. Zugleich aber sagte sie, indem sie einen flüchtigen Blick auf Erikson warf, sie hätte sich eines anderen besonnen und bedaure, ihm das Bild nicht mehr für ein Viertel, sondern nur für die Hälfte des Wertes lassen zu können. Besorgt, sie möchte noch mehr den Preis steigern, zog er seine Börse und legte die Goldstücke auf den Tisch, indessen sie das Bild anscheinend aufmerksam betrachtete und wieder begann: Je mehr sie die Arbeit, welche sie bisher nur oberflächlich besehen, ins Auge fasse, desto besser gefiele sie ihr, sie müsse nunmehr wirklich die volle Summe fordern! Seufzend bot er drei Vierteile der Summe. Allein die schöne Witwe war unerbittlich und sagte: »Ihr Eifer, mein Herr, durch bares Geld Ihr eigenes Bild wieder zu erwerben, beweist mir den Wert, den ich erst verkannt habe. Ich fordere nun die doppelte Summe, die Freiheit der Frauenlaune benutzend, oder ich will das Werk lieber behalten.«

Als Erikson diese seltsame Steigerung auffiel und er sie zu seinen Gunsten auszulegen und zu wenden beschloß, verbeugte er sich lächelnd, strich sein Geld wieder ein und erwiderte: »Da mein kleines Bild eine so gute Stelle gefunden, wäre es lieblos von mir, es derselben zu berauben!« Die Schöne aber fuhr fort: »Und damit Sie sehen, daß nicht Habsucht mich zu dieser Steigerung antrieb, bitte ich, mir ein Seitenstück um diesen verdoppelten Preis zu malen, so bald als möglich, und mir jetzt gleich den Platz für beide Bilder aussuchen zu helfen!«

Erikson spazierte wohl eine Stunde mit ihr in den Gemächern herum, bis er den geeigneten Platz gefunden, und als er sich verabschiedete, grüßte sie ihn freundlich, aber kurz, und lud ihn nicht ein, sonst wieder zu kommen.

Aber er hatte wohlweislich vergessen, das Maß des Bildchens gleich zu nehmen, und sah sich daher gezwungen, am zweiten Tage sich wieder hinzubegeben, um vieles sorgfältiger gekleidet. Sie erschien sogleich selbst und führte ihn zu dem Bildchen, hielt ihn aber nach getaner Verrichtung durchaus nicht weiter auf. Und doch schien sie dem Weggehenden so froh und munter während des kurzen Besuches, daß er höchst zufrieden nach Hause ging und die neue Arbeit begann. Auch vergingen kaum einige Tage, als ihn Rosalie höchst dringend rufen ließ, um sich wegen des Rahmens mit ihm zu besprechen: derjenige des ersten Bildes gefiele ihr ausnehmend wohl und sie wünsche einen ganz gleichen zum zweiten zu bekommen.

Als er sie über diesen Punkt einigermaßen beruhigt, entließ ihn die ihn stets schöner dünkende Rosalie auf das freundlichste, doch nicht ohne ihn auf den kommenden Sonntag zu Tische gebeten zu haben, indem sie, wie sie anmutig sich ausdrückte, diese Gelegenheit nun zu benutzen wünsche, ihr Haus mit einiger Künstlerschaft zu zieren und etwas zu lernen, damit solche grobe Verstöße, wie der begangene, immer weniger wiederkehren könnten.

Erikson betrug sich ruhig und bescheiden, und wie ein Jäger auf ein edles Wild ging er auf sein schönes Ziel los mit klopfendem Herzen, aber ohne einen Schritt zu viel noch zu wenig zu tun, und zwar nicht aus allzutiefer Berechnung, sondern aus natürlicher Klugheit. Inzwischen malte er das bestellte Bildchen und ließ sich alle Zeit dazu; er malte diesmal mit wahrer Zufriedenheit ein recht hoffnungsgrünes Frühlingslandschäftchen, welches fast reich und anmutig zu nennen war; denn es schwante ihm, daß dieses seine letzte Schilderei sein werde.

Es war im Spätherbste, als ihm dies Abenteuer begegnete, und im Februar war er schon so weit, daß Rosalie unter seinem offenen Schutze an dem Künstlerfeste erscheinen wollte. Noch hatte weder Erikson Ferdinands wundersame Agnes, noch dieser die anmutsvolle und freundliche Witwe gesehen, und beide waren übereingekommen, daß dies am Feste zum ersten Male geschehen sollte. Heinrich hingegen war beiden Geliebten als ein ungefährliches junges Blut gelegentlich vorgestellt worden, und er freute sich, ohne leidenschaftlich beteiligt zu sein, die kommende Festzeit in dem Scheine solcher zwei Sterne mit genießen zu können.

II, 13 Das große Theater war in einen Saal umgewandelt und hatte, voll erleuchtet, bereits die beiden Hauptkörper des Festheeres, die, welche das Fest geben, und die, welche es sehen sollten, in sich aufgenommen. Während in den Logenreihen die wohlhabendere und gebildete Hälfte der Stadt in vollem Schmucke versammelt hatte, den königlichen Hof in der Mitte, waren die Seitensäle und Gänge dicht angefüllt von den sich ordnenden Künstlerscharen. Hier wogte es hundertfarbig und schimmernd durcheinander. Jeder war für sich eine inhaltvolle Erscheinung, und indem er selber etwas Rechtem gleich sah, betrachtete er freudig den Nächsten, welcher, durch die schöne Tracht gänzlich umgewandelt, nun ebenfalls so vorteilhaft und kräftig erschien, wie man es gar nicht in ihm gesucht hätte.

Allen klopfte das Herz vor froher Erwartung, und doch hielten sie sich ruhig und gemessen, wie Leute, welche fühlten, daß ihnen eine schönere äußere Erscheinung für das ganze Leben gebührte und nicht bloß für eine Nacht.

Seltsame Zeit, wo die Menschen, wenn sie sich freudig erheben wollen, das Gewand der Vergangenheit anziehen müssen, um nur anständig zu erscheinen! Und allerdings ist es ein prickliches Gefühl zu wissen, daß die Nachkommen unsere jetzige Tracht nur etwa hervorziehen werden, um sich im Spotte zu ergehen, wie wir dies jetzo mit derjenigen des achtzehnten Jahrhunderts tun, welches sich selbst doch so wohl gefiel. Und wir können uns nicht anders rächen, als indem wir, wie öfter geschieht, die verborgene Zukunft in mutmaßenden Zerrbildern lächerlich machen und zum voraus beschimpfen! Wann wird wieder eine Zeit kommen, wo wir uns um die eigene Achse drehen und uns in eigener Gegenwart genügen?

Nun öffneten sich endlich die Türen, und die Trompeter und Pauker, welche klangvoll erschienen, verbargen in ihrer Breite den hinter ihnen anschwellenden Zug, so daß man ungeduldig harrte, bis sie weiter vorgeschritten und der reichen Entfaltung Raum gaben. Ihnen folgten zwei Zugführer mit dem alten Wappen von Nürnberg, dem Jungfernadler auf den weißen und roten Wappenröcken, und hinter ihnen schritt schlank und zierlich einher, in dieselben Farben gekleidet, aber mit einem mächtigen Laubkranze auf dem Kopfe, der Zunftführer, welcher der stattlichen Zunft der Meistersänger voranging mit seinem goldenen Stabe. Alle bekränzt, ging jetzt die gute Schar der nürnbergischen Meistersänger daher mit ihrer Spruchtafel, die Jugend, in welcher noch das abenteuernde Wanderblut wallte, voran in kurzer Tracht mit der Zither auf dem Rücken; dann aber folgten die Alten, um den ehrwürdigen Hans Sachs gesellet; dieser stellte sich dar in dunkelfarbigem Pelzmantel, ehrbar und stattlich wie ein wohlgelungenes Leben und doch mit dem Sonnenschein ewiger Jugend um das weiße Haupt. Das junge Weib mit voller Brust und rundem Leib, wie Goethe sang, hatte ihm gezeigt:

»Der Menschen wunderliches Weben,
Ihr Wirren, Suchen, Stoßen und Treiben,
Schieben, Reißen, Drängen und Reiben,
Wie kunterbunt die Wirtschaft tollert,
Der Ameishauf durcheinander kollert! –
Unter dem Himmel allerlei Wesen,
Wie ihrs möcht in sein'n Schriften lesen.«

Welcher auch das alte Weiblein zu ihm gleiten sah:

»Man nennet sie Historia,
Mythologia, Fabula.
Sie ist rumpfet, strumpfet, bucklet und krumb,
Aber eben ehrwürdig darumb« –

auch welcher tat einen Narren spüren

»mit Bocks- und Affensprüngen hofiren;«

welchem endlich stieg

»auf einer Wolke Saum
Herein zu 's Oberfensters Raum
Die Muse, heilig anzuschaun
Wie'n Bild unsrer lieben Fraun.
Die umgibt ihn mit ihrer Klarheit,
Immer kräftig wirkender Wahrheit.« –

Und obgleich hier der Sängergreis ganz erschien, wie ihn sein wackerer Schüler Puschmann beschrieben:

»In dem Saal stund unecket
bedecket
ein Tisch mit Seiden grüne,
am selben saß
ein Alt Mann, was
Grau und weiß, wie ein Taub dermaß,
der hett ein'n großen Bart fürbas;
in ein'm schönen großen Buch las
mit Gold beschlagen schön;«

so verstand der Darsteller doch sein Urbild so wohl, daß man ihm noch ansah, was Goethe wieder sang:

»Ein holdes Mägdlein sitzend warten
Am Bächlein beim Holunderstrauch;
Mit abgesenktem Haupt und Aug
Sitzts unter einem Apfelbaum
Und spürt die Welt rings um sich kaum;
Hat Rosen in ihr'n Schoß gepflückt
Und bindet ein Kränzlein gar geschickt
Mit hellen Knospen und Blättern drein.
Für wen mag wohl das Kränzel sein? –
– Wie er den schlanken Leib umfaßt,
Von aller Müh er findet Rast;
Wie er ins runde Ärmlein sinkt,
Neue Lebenstäg und Kräfte trinkt. –
– So wird die Liebe nimmer alt
Und wird der Dichter nimmer kalt.« –

So ging er jetzt im Schmucke des Alters und der Poesie daher, ein großes Buch tragend.

Aber das bürgerliche Lied war dazumal so reich und überquellend, daß es mit jeder Meisterschaft unzertrennlich war und hauptsächlich auch unter dem Banner der nun folgenden Baderzunft hinter Schermesser und Bartbecken herging. Da war unter den kränzegeschmückten

Gesellen Hans Rosenplüt, genannt der Schnepperer, der vielgewanderte Schalks- und Wappendichter, ein krummbuckliger munterer Gesell mit einer großen Klistierspritze im Arm. Mit langen Schritten folgte diesem der hochbeinige magere Hans Foltz von Worms, der berühmte Barbier und Dichter der Fastnachtsspiele und Schwänke und als solcher Genoß des Rosenplüt und Vorzünder des Hans Sachs. Zwei Bartscherer und ein Schuhmacher pflegten so das zarte Schoß des deutschen Theaters.

Liederreich waren alle die alten Zünfte, die jetzt folgten in ihren bestimmten Farben an Kleid und Banner; die Schäffler und Brauer, die Metzger, welche in rotem und schwarzem, mit Fuchspelz verbrämten Zunftgewande höchst tüchtig aussahen, sowie die hechtgrauen und weißen Bäcker; die Wachszieher, lieblich in Grün, Rot und Weiß und die berühmten Lebküchler, hellbraun mit Dunkelrot gekleidet; die unsterblichen Schuster, schwarz und grün, in die Farbe des Peches und der Hoffnung gehüllt; buntflickig die Schneider; die Damast- und Teppichwirker, bei welchen das Künstlichere den Anfang nahm und schon meisterliche Namen aufzeichnete; denn diese webten und wirkten die fürstlichen Teppiche und Tücher, mit denen die Häuser der großen Kaufherren und Patrizier angefüllt waren.

Alle nun folgenden Zünfte waren angefüllt mit einer wahren Republik kraftvoller, erfindungsreicher und arbeittreuer Handwerks- und Kunstmänner. Die Tüchtigkeit teilte sich sowohl unter die Gesellen, welche manchen handlichen berühmten Burschen aufzuweisen hatten, als unter die Meister. Schon die Dreher zeigten den Meister Hieronymus Gärtner, welcher mit kindlich frommem Eifer aus einem Stücklein Holz eine Kirsche schnitzte, so zart, daß sie auf dem Stiele schwankte und die Fliege, welche auf ihr saß, mit den Flügeln wehte und auf den Füßen sich bewegte, wenn man daran hauchte – der aber zugleich ein erfahrener Meister und Errichter von Wasserwerken und kunstreichen Brunnen war.

Unter den Hufschmieden, rot und schwarz gekleidet wie Feuer und Kohle, ging Meister Melchior, der die großen eisernen Schlangengeschütze aus freier Hand schmiedete; unter den Büchsenmachern der erfindungsreiche Geselle Hans Danner, welcher schon dazumal von den harten Metallen Späne trieb, als hätte er weiches Holz unter den Händen, und sein Bruder Leonhard, der Erfinder von mauerstürzenden Brechschrauben. Da ging auch der Meister Wolff Danner, der Erfinder des Feuersteinschlosses an den Gewehren und Büchsen, die er trefflich schmiedete und künstlich ausbohrte, und neben ihm Böheim, der Meister der Geschützgießer, welche ihre gleißenden, wohlverzierten Geschützröhren, Kanonen, Metzen und Kartaunen durch alle Welt berühmt machten.

Überhaupt war der Krieg die zehnte Muse. Die Zunft der Schwertfeger und Waffenschmiede allein umfaßte eine mehrfach gegliederte Welt kunstreicher, feiner und fleißiger Metallarbeiter. Der Schwertfeger, der Haubenschmied, der Harnischmacher, jeder von diesen brachte den Teil der kriegerischen Rüstung, der seinem Namen entsprach, zur größten Gediegenheit und Zierlichkeit und bewährte darin ein nachhaltiges Künstlerdasein. Wunderbar löste sich diese strenge Einteilung und Beschränkung in die Freiheit und Allseitigkeit, mit welcher die schlichten Zunftmänner wieder zu den wichtigsten Taten und Erfindungen vorschritten und alle wieder alles konnten, oft ohne lesen und schreiben zu können. So der Schlosser Hans Bullmann, der Verfertiger großer Uhrwerke mit Planetensystemen und musizierenden Figuren, und der Vervollkommner dieser, Andreas Heinlein, welcher auch so kleine Uhren zuwege brachte, daß sie im Knopfe der Spazierstöcke Platz fanden; auch Peter Hele, der eigentliche Erfinder der Taschenuhren, ging hier unter dem handfesten Namen eines Schlossermeisters.

Gleich auf dies handlich sinnige Zunftwesen folgte dasjenige, welches am schärfsten diese Zeit von einem früheren Jahrtausend unterschied, nämlich das der Buchdrucker und Formschneider, welche für Wort und Bild die Schleusen der unendlichen Vervielfältigung auftaten und den Strom losließen, der nun die Welt überschwemmt. Vor bald vierhundert Jahren haben sie den Zapfen ausgestoßen, daß das Brünnlein sprang, und wo stehen wir jetzt? Es ist ein großes unentbehrliches Mittel geworden, welches der Unsinn ebenso behende braucht als die Vernunft; es ist die Luft, welche der Gerechte wie der Ungerechte atmet, und der Tischklopfer badet sich so munter und unbefangen in seiner Flut wie der Sperling im Bache. Weit hinter dieser Flut ist die langsame, aber stete Bewegung des eigentlichen Geistes geblieben, des Geistes, der nicht auf dem Papier, sondern in Fleisch und Blut lebt und sich nur von Leib zu Leib, von Auge zu Auge, von Ohr zu Ohr mitteilt, überzeugt, trennt und einigt.

Auch hier kommt zuletzt alles wieder auf den persönlichen Menschen an, wie er leibt und lebt und zu dem anderen hintritt mit seiner Wahrheit oder Täuschung.

Aber nichtsdestominder wollen wir die Gruppe der Meister höchlich ehren, welche nun schwarz und weiß gekleidet daher kam. Es waren die Männer, welche nebst der unschätzbaren Bibel freilich auch das Corpus juris druckten, aber daneben auch eifrig bemüht waren, stattliche Ausgaben der wiedererstandenen Klassiker herzustellen, und eine Ehre darein setzten. So wackere und fähige Werkleute waren sie, daß sie nicht nur das kitzliche und zusammengesetzte Handwerkszeug selbst anfertigten und verbesserten, sondern auch die griechischen und lateinischen Bücher selbst zu korrigieren verstanden.

Es lag aber etwas Griechisches in der Luft jener Zeit, und wie alle Gewerke schon durch den Meistergesang mit der Kunst verbunden waren, so ging beinahe jedes einzelne unmittelbar in die bildende Kunst über und hatte bei derselben als Legaten die Sprößlinge seiner Werkstatt. So waren hier mit den Buchdruckern die Formschneider gepaart, deren Kunst alsobald der jungen Buchdruckerei zur Seite ging und in dem damaligen Drange, jedem geeigneten Raume Form und Bild aufzudrücken, sich blühend entfaltete. Ein tödlicher Frost ist dann lange Jahre hindurch auf diesen Blütendrang, der in allem Handwerk trieb, gefallen, und erst in neuester Zeit erholt er sich wieder ein wenig und fängt gerade, die bis zur Überfeinerung gediehene Kupferstecherei der verdunkelten Jahre überspringend, wieder da an wie ehemals, nämlich beim Holzschnitt. Aber noch wuchert mit der zehnfachen Mühe, mit welcher das Gute zu tun wäre, das Krabbeliche, Charakterlose und Schwächliche und überwuchert das Klare und Feste, und das Übel scheint von oben zu kommen, wo man den festen Gedanken, der zur festen Form gehört, nicht freigeben will. Bezeichnend hiefür ist ein Zug, welcher sich unlängst zutrug. Der König eines großen deutschen Staates hatte über seine eigenen Porzellanwerkstätten in ernster Kunst ergraute Männer gesetzt, daß sie die

Formen der Gefäße überwachten und den unreinen Geschmack austrieben und fernhielten. Allein eine überroyalistische Zeitung tadelte des Königs Maßregel und bemerkte ziemlich unbotmäßig, daß sich die vornehme Welt wohl keinen Geschmack vorschreiben ließe und den Rokokostil, welchen sie einmal zu ihrem Zeichen erhoben, aufrecht zu halten wissen werde. Diese Palastrevolution gelang denn auch insofern als die Pairs des Landes nicht des Königs rein geformte Blumengeschirre kauften, sondern sich anderwärts mit solchen versahen, welche einem aufrechtstehenden gefrorenen Waschlappen gleichen, und die Wächter des Geschmackes bewachten trauernd des Königs Ladenhüter.

Neben Hans Schäufelein, dem fleißigen Schüler Albrecht Dürers, ging unter den Holzschneidern ein kleines Männchen in einem Mäntelchen von Katzenpelz und einer ebensolchen Zipfelkappe. Dies war Hieronymus Rösch, ein großer Katzenfreund, in dessen stiller Arbeitsstube überall spinnende Katzen saßen, am Fenster, auf Bänken und auf dem Tische.

Auf das dunkle Katzenmännchen folgte eine lichte Erscheinung, die Silberschmiede in himmelblauem und rosenrotem Gewand mit weißem Überwurf, die Klarheit und das kunstweckende Wesen ihres Metalles verkündend, während die Goldschmiede, ganz rot gekleidet in schwarz-damastenem Mantel und reich mit Gold gestickt, den tieferen Glanz ihres Stoffes zur Schau trugen. Silberne Bildtafeln und goldgetriebene Schalen wurden ihnen vorangetragen; die plastische Kunst lächelte hier aus silberner Wiege und die neugeborene Kupferstecherkunst hatte hier ihren metallischen Ursprung, wunderlich getrennt von dem Holzschnitt, welcher mit der schwärzlichen Buchdruckerei ging.

Mit Holz und Kupfer nur hatten es die nun auftretenden Kupfertreiber und Ornamentschneider zu tun, dafür waren sie aber schon ganz Künstler und unbezweifelte Bildwerker. Sebastian Lindenast arbeitete seine kupfernen Gefäße und Schalen so schön und kostbar, daß ihm der Kaiser das Vorrecht verlieh, sie zu vergolden, welches sonst niemand durfte. Obgleich dergleichen für heute nicht mehr ziemte, so kann es doch keine sinnigere Beschränkung und Befreiung von derselben geben als diese, wo ein kunstreicher treuer Mann vom obersten Haupte der Nation, des Reiches die Befugnis erhielt, sein geringes Metall der edlen Form wegen, die er ihm zu geben wußte, mit Goldglanz zu umgeben und es so zum Golde zu erheben.

Neben dieser, um dieses Umstandes willen so lieblichen und wohltuenden Gestalt des Lindenast (wie deutsch und grün wehend war schon dieser Name!) ging Veit Stoß, der Mann von wunderlichster Mischung. Dieser schnitzte aus Holz so holde Marienbilder und Engel und bekleidete sie so lieblich mit Farben, güldenem Haar und Edelsteinen, daß damalige Dichter begeistert seine Werke besangen. Dazu war er ein mäßiger und stiller Mann, der keinen Wein trank und fleißig seines Werkes oblag, die frommen Wunderbilder für die Altäre zutage fördernd. Welch reines Gemüt mußte dieser Künstler in sich tragen. Aber er machte eifrigst falsche Wertpapiere, um sein Gut zu erhöhen, und als er ertappt ward, durchstach man ihm beide Wangen öffentlich mit glühendem Eisen. Aber weit entfernt, von solcher Schmach gebrochen zu werden, erreichte er in aller Gemächlichkeit ein Alter von fünfundneunzig Jahren und schnitt nebenbei schöne und lehrreiche Reliefkarten von Landschaften mit Städten, Gebirgen und Flüssen; auch malte er und stach in Kupfer.

Noch ein sinnreicher Arbeiter in Kupfer war Hans Frei, Dürers Schwiegervater, welcher reizende und mutwillige Frauenfiguren in Kupfer trieb, die aus den Brüsten und aus dem Kopfputze Wasser springen ließen; zugleich spielte er trefflich die Harfe und war in Musik und Poesie wohlerfahren. Seine schöne böse Tochter Agnes aber, in welcher sich Liebreiz und Unerträglichkeit unablässig vermählten, brachte den schönheitbedürftigen und sanftmütigen Albrecht unter den Boden.

Doch als ein ganzer und klassischer Genoß trat nun, unter dem schlichten Namen der Gelb- und Rotgießer, Peter Vischer einher mit seinen fünf Söhnen, die Hantierer in glänzendem Erze. Er sah aus mit seinem kräftig gelockten Bart, seiner runden Filzmütze und seinem Schmiedefell wie der wackere Hephästos selber. Sein freundliches großes Auge verkündete, daß es ihm gelang, aus reinlichem Erz sich ein unvergängliches Denkmal zu setzen, reich in der Arbeit vieler Jahre und beschienen von der fernen Sonne griechischer Welt. Noch heute steht sein Grabmal des heiligen Sebaldus, ein schlank edler

Aufbau von romantischer Phantasie und klassischer Anmut, der reiche Wohnsitz einer Schar edler mannigfaltiger Bildwerke, die in lichtem Raume den silbernen Sarg des Heiligen hüten. Er wohnte mit seinen fünf Söhnen samt deren Weibern und Kindern in einem Hause, an einer Werkstatt, und konnte so mit seiner Familie einem geheiligten Baume verglichen werden, in dessen Ästen die köstlichen Früchte von Erz reiften, die in alle Länder hin sich verbreiteten. Die Wiege eines Helden, Staatsmannes oder Dichters müßte einmal in solcher Werkstatt stehen, wo unter leidenschaftlich bewegter Arbeit die ehernen Gestalten und eine Welt ebenmäßiger Zieraten aus einem Kerne sich bilden und das lang ausdauernde Schaffen einem lebendigen Epos gleicht.

Zu den edelsten und vertrauenswertesten Gestalten einer wohlbestehenden Stadt gehören die kundigen Baumeister. Sie stehen unter allen Künstlern dem Rat am nächsten und sind dem Bürgerkinde stets eine werte Erscheinung, welche ihm Einsicht, Maß und Zierde bedeutet, Rat und Tat für das öffentliche Ganze wie für das Bedürfnis des einzelnen. Sie sind am innigsten mit Land und Boden verbunden; denn sie bauen das Unbewegliche und müssen daher kundig sein in Fels und Wald wie am rauschenden Wasser. Ganz in diesem Sinne erschien in dem Zuge mit den Maurer- und Zimmermeistern besonders der eine der beiden Behaims, Hans, von dem die Nachrichten sagen, er sei angesehen gewesen bei Rat und Gemeinde, freundlich und gütigen Bescheids gegen jedermann wie gegen die geringsten seiner Arbeitsleute. Wenn man an die zierbegabten und gewaltigen Bauwerke jener Glanzzeit denkt, so muß man dieses Mannes vorzüglich zugleich gedenken. Wir aber, die wir nach menschlicher Schwachheit immer lieber das auffallende und seltsame Gute als das in gereihter sicherer Ordnung Erwachsene betrachten, sehen jetzt mit Vorliebe jenen großen dickstarken Mann heranschreiten, den Zimmermann Georg Weber, zu dessen grauem Kleide es einer Unzahl von Ellen handfesten Tuches bedurfte. Dieser war ein rechter Wäldervertilger; denn mit seinen Werkleuten, die er alle so groß und stark aussuchte, wie er selber war, mit dieser Riesenschaft werkte er so mächtig in Bäumen und Balken und zugleich so sinnreich und künstlich, daß er seinesgleichen nicht fand. Aber er war auch ein trotziger Volksmann und machte im Bauernkrieg den Bauern Geschütze aus grünen Waldbäumen, aus welchen sie ganz emsig auf die Adeligen schossen. Er sollte desnahen zu Dinkelsbühl geköpft werden. Allein der Rat von Nürnberg löste ihn wegen seiner Kunst und Nutzbarkeit aus und machte ihn zum Stadtzimmermeister; denn er baute nicht nur schönes und festes Sparren- und Balkenwerk, sondern auch Mühl- und Hebemaschinen und gewaltige lasttragende Wagen und fand für jedes Hindernis, eine jede Gewichtmasse einen Anschlag unter seiner starken Hirnschale. Das Merkwürdigste war nun, daß er weder lesen noch schreiben konnte und bei aller dieser trotzigen Stärke doch so genau, maßtreffend, sorgfältig und fast zart in seinem Werke war, wie es nur die mit frommer Kindesunschuld gepaarte Kraft des Volkes sein kann.

Endlich erschien, eröffnet von zwei »Lehrbuben«, die eigentliche Zunft der Maler und Bildhauer; wie bei allen anderen Zünften folgten auch hier nach den Lehrlingen die Träger der Zunftzeichen, und nach diesen zwei Gesellen: der Maler Hans Spring in Klee, Dürers Schüler und Hausgenoß und kunstreich im Malen auf Pergament, in zierlich goldschimmernden und azurblauen Arabesken und Figuren, dann der Bildhauer Peter Flötner, ein geistvoller handsicherer Gesell und Künstler. Einzeln ging jetzt ein schöner Edelknabe mit dem Wappen, das in himmelblauem Felde drei silberne Schildchen zeigt und von Maximilian dem großen Meister für die ganze geehrte Künstlerschaft gegeben worden ist. Der Sinn dieses Wappens dürfte sich am einfachsten in den Begriff von Tafeln oder Schilderei auflösen. Hätten die Maler selbst es bestimmen dürfen, so würden sie wahrscheinlich in hergebrachtem Sinne eine Trophäe der bekannten Malergerätschaften gewählt haben; der wappenkundige und poetische Kaiser aber wußte das einfache Besondere in die einfachste allgemeine sinnige Form zu kleiden.

Hinter diesem anmutigen Wappen schritt nun Albrecht Dürer, zwischen seinem Lehrer Wohlgemuth und Adam Kraft, wie zwischen den guten Genien seines eigenen Namens. Für seine Person hatte sich ein Maler gefunden, der sein Äußeres, mit Ausnahme der Kleidung, nicht zu ändern brauchte, um dem Bildnisse des deutschen Meisters, das dieser selbst von sich gefertigt, beinahe ganz zu gleichen. Die hellen Ringellocken fielen zu beiden Seiten gleich gescheitelt ganz so auf die breiten pelzgeschmückten Schultern nieder, das gedankentiefe, fromme heitere Antlitz schien aus jenem Bilde herausgeschnitten und ein schlank geformter geschmeidiger Leib bewegte sich in dem schwarzen Untergewande. Diese Erscheinung war ganz germanisch und ganz christlich, und wenn sich auch in den geringelten Haaren ein anmutiger Schalk ahnen ließ, so war auch dieser christlich und ließ sich von der kirchlich angetrauten bösen Ehehälfte geduldig unter die Erde zanken.

Wie anders jener römische Raffael, der, vom Anschauen des alten Marmors gesättigt, im Christlichen nur das Menschliche sah und sein kurzes blühendes Leben in freudebringendem gewaltigen Schaffen und freier Frauenliebe verzehrte. Albrecht war ein eifriger Reformationsmann, eben weil er ein tiefer Christ war; hätte Raffael die Reformation empfunden und mitgelebt, er würde vielleicht nicht Raffael gewesen sein. Der Glückliche träumte in einer anderen Welt, und Papst wie Luther gingen wie Schatten an seinem Auge vorüber.

Albrecht Dürer schloß als der letzte die vorüberwandelnde Schar der Bildner und Werkleute. Sie war der bedeutsamste Teil des ganzen Zuges gewesen, weil sie für alle noch eine Wahrheit war. Wenn auch nicht als organisches, republikanisch bürgerliches Gemeinwesen erwachsen wie jenes reichsstädtische, sondern durch das Wort eines zufälligen Fürsten zusammengerufen, gepflegt und bestärkt, hatten alle diese Männer und Jünglinge nicht nur durch die ungebrochene äußere Gestalt, sondern auch durch ihr Können und Wollen die Fähigkeit und das Recht, jene bewährten Vorfahren darzustellen. Denn es war kein dilettantisches Bestreben, was in dieser Stadt herrschte, sondern die Meisterschaft blühte in hundert Zweigen in glänzend reifender Technik. Außer den vielen Malern und Bildhauern gingen Baumeister, Erzgießer, Glas- und Porzellanmaler, Holzschneider, Kupferstecher, Steinzeichner, Medailleure und viele andere Angehörige eines vollen Kunstlebens. In den Gießhäusern standen zwölf Ahnenbilder für den Palast des Königs, soeben vollendet, jedes zwölf Fuß hoch und vom Scheitel bis zur Zehe im Feuer vergoldet; zahlreiche kolossale Statuen von Fürsten, Dichtern und anderen Großen der Nation, zu Roß und Fuß, samt den reichen Bildwerken ihrer Fußgestelle, waren schon vollendet und über Deutschland zerstreut, riesenhafte Unternehmungen begonnen, und es ging in diesen Feuerhäusern wohl schon so gewaltsam und kraftvoll her wie an jenem Gußofen zu Florenz, als Benvenuto seinen Perseus goß. In Fresko und in Wachs waren schon unabsehbare Wände bemalt, ja in diesem Gebiete war ein Unerhörtes und Neues geschehen, indem ein schlichter Meister lange Hallen mit italienischen und hellenischen Landschaften auf eine maßgebende und bleibende Weise und zwar so bemalt hatte, daß die Griechen, deren plastischem Auge unsere heutige Landschafterei wahrscheinlich ungenießbar wäre, diese Bilder verstanden und genossen und darin unserer Zeit einen Vorteil beneidet hätten. Haushohe Glasfenster wurden hier gebrannt und zusammengesetzt in einem Farbenfeuer und mit solch bewußtem Geschmacke, daß sie gegen die alten Reste, die wir besitzen, als eine neue Tat gelten konnten, und was die Gemäldesammlungen des Staates an seltenen und unersetzbaren Schätzen auf verwitterter Leinwand bewahrten, wurde zur Erhaltung von bewährten Arbeitern mit anspruchlosem Fleiße auf Porzellanplatten und edle Gefäße getreu übergetragen mit einer Kunst, die man selbst vor zwanzig Jahren nicht geübt hatte. Neue bedeutsame Sammlungen entstanden auf diese Art.

Nachdem nun, was eine Stadt baut und ziert und von ihr liebend gehegt wird, vorangegangen, trat gewissermaßen die Stadt selbst auf, wenn der nun folgende Zug von jenem irgend noch zu trennen ist; denn beide zusammen machten ja das Ganze aus, und sein rühmliches Wohl kannte nur einen Boden für seine Wurzeln.

Von zwei bärtigen Hellebardierern begleitet wurde das große Stadtbanner getragen. Hoch trug der kecke Träger im weiß und roten, üppig geschlitzten Kleide die wallende Fahne, die eine Faust stattlich in die Seite gestemmt und anmutig den Fuß vorsetzend. Alsdann kam der Stadthauptmann, kriegerisch prachtvoll in Rot und Schwarz gekleidet, mit einem Brustharnisch angetan und den Kopf mit breitem, von Federn wogenden Baretthute bedeckt.

Ihm folgten gleich die beiden Bürgermeister, staatsmännischen und weisen Ansehens, dann der Syndikus und die Ratsherren, unter denen manch ein im weiten Reich angesehener und demselben ersprießlicher Mann war.

Von den beiden Stadtschreibern, welche nebeneinander gingen, war der eine schmächtige Schwarzgekleidete, mit der schön geschnitzten Elfenbeinbrille auf der Nase, in Wirklichkeit der Literator der Künstlerschaft und der gelehrte Beschreiber des Festes. Sein rühmliches Gedenkbuch ist unserem Gedächtnis dankbar zur Hilfe genommen.

Den Schluß bildeten nun die festlichen Reihen der ehrbaren Geschlechter. Seide, Gold und Juwelen glänzten hier in schwerem Überfluß. Diese kaufmännischen Patrizier, deren Güter auf allen Meeren schwammen, die zugleich in kriegerischer Haltung mit dem selbst gegossenen trefflichen Geschütze ihre Stadt verteidigten und an Reichskriegen teilnahmen, übertrafen den Adel an Pracht und Reichtum und unterschieden sich von ihm durch Gemeinsinn und sittliche Würde, vom gemeinen Bürger aber durch weitsehenden Blick und umfassenden erhaltenden Sinn. Ihre Frauen und Töchter rauschten wie große lebende Blumen einher, und die Damen mußten sich selbst gestehen, daß man vor vierhundert Jahren sich auch zu putzen wußte. Einige gingen mit goldenen Netzen und Häubchen um die schön gezöpften Haare, andere mit federwallenden Baretten und Hüten; manche die Brüste straff in Goldstoff und Perlenstickerei gespannt, zwei Rubinen auf den höchsten Punkten, mit feinstem Linnen den Hals umschlossen, manche aber mit prächtig entblößten Schultern, von köstlichem Rauhwerk eingefaßt. Das Fremde und Eigensinnige im Schnitt der Gewänder entstellte nicht, wie sonst verjährte oder unkluge Moden, sondern es schmückte auf das höchste und berauschte den Blick durch Eigentümlichkeit und Phantasie. Diese Trachten waren allerdings den klassischen einfachen Gewandmassen griechischer Welt gerade entgegengesetzt; aber nichtsdestominder verkündeten sie eine kecke Freude am Leben und am Leiblichen, nur daß der persönliche Sinn, der im Christentume liegt, sich in den wunderlich ausgedachten Umspannungen und Angehängseln das schönen Körpers zeigte.

Überhaupt machte der ganze Festzug durch die bloße Tracht, welche auf das genaueste wiedergegeben war, einen ganz anderen Eindruck als unsere neuesten frömmelnden Romantiker in ihren unkundigen und siechen Schilderungen des Mittelalters beabsichtigen.

Inmitten diesen glänzenden Reihen gingen einige venetianische Patrizier und Maler, als Gäste gedacht, poetisch in ihre wälschen, purpurnen und schwarzen Mäntel gehüllt um Haupt und Schultern. Diese Gestalten lenkten trefflich die Vorstellungskraft auf die Lagunenstadt und von da ins ungemessene Weite an die Küsten der alten und neuen Welt, um von da wieder zurückzukehren zur spitzbogigen Wunderstadt mitten im Festlande.

Trompeter und Pauker, gefolgt von drei Zugführern in Gold und Schwarz mit dem Reichsadler, eröffneten jetzt den Zug des Kaisers und Reiches, mit allem was dieses an Tapferkeit und Glanz um jenen geschart hatte.

Ein Haufen Landsknechte mit seinem robusten Hauptmann gab sogleich ein lebendiges Bild jener Kriegszeit und ihres unruhigen, auf Abenteuer gehenden, wilden und doch sanglustigen kindlichen Volkstumes. Diese frommen Landsknechte, einen Wald von achtzehn Schuh langen Spießen tragend, sahen sehr unfromm aus in ihrer bunten, aus aller Herren Länder zusammengeraubten Tracht. Die rechte und linke Seite an demselben Mann war nicht nur ungleichfarbig, sondern auch ungleich geschnitten; das rechte Bein, der linke Arm steckten in ungeheuer aufgebauschten, fabelhaft zerschlitzten und bebänderten Gewandstücken, während der rechte Arm und das linke Bein in knappester Umhüllung sich formten. Der eine trug Hals und Schultern nackt und sonnenverbrannt, der andere mit einem erbeuteten Panzerstück bedeckt; diesem saß das leichtfertig gekerbte Barett schief auf dem Kopfe, indessen die langen angehäuften Federn ihm unten an die Kniekehle schlugen; jener hatte es auf dem Rücken hängen und schleifte die gestohlenen Federn gar am Boden. Sonst nannten sie nichts ihr als den sicheren Tod im Felde, und auf dies schlimme Gut, auf Wein und Weibsbilder und etwa noch auf ihren geliebten Führer Frundsberg dichteten sie die artigsten Liedchen. In diesen weithinziehenden Fußknechten sah der innere Blick Berg und Tal, Wälder, Burgen und Festen, deutsches und wälsches Land sich ausbreiten, nachdem die schöngebaute, mauergeschützte und maßvolle Stadt sich vorhin kundgetan.

Vier Edelknaben mit den Wappenschildern von Burgund, von Holland, von Flandern und von Österreich, dann vier Ritter mit den Bannern von Steyer, Tyrol, Habsburg und mit dem kaiserlichen Paniere folgten; dann ein Schwertträger und zwei Herolde mit dem schwarzen Doppeladler auf dem goldenen Brust- und Rückenteil ihrer Röcke. Auf die Flamberge tragende Leibwache des Kaisers kam eine zarte Schar Edelknaben in kurzen goldstoffenen Wämsern, goldene Pokale tragend, dem kaiserlichen Mundschenk vorauf. Ebenso gingen grüne Jäger und Falkoniere dem Oberjägermeister voran, und wiederum Edelknaben dem Kaiser selbst.

Fackelträger mit vergittertem Gesicht umgaben diesen. Rock und Hermelinmantel von schwarzdurchwirktem Goldstoff, einen goldenen Brustharnisch tragend, nebst goldenem Schwert in roter Sammetscheide, und auf dem Barett den königlichen Zackenreif, ging Maximilian I. heroisch daher, das edle Angesicht auf das Heldenmütige, Ritterhafte, Gemüt- und Sinnreiche gerichtet. So konnte man sagen selbst bei diesem lebenden Konterfei. Denn es hatte sich für das Bild des Kaisers ein junger Mann aus den fernsten Gauen des ehemaligen Reiches eingefunden, der, ein merkwürdiges Naturspiel, von edler Haltung und edlem Angesicht, wie dazu geschaffen war, ganz dasselbe offene, mannhafte und angenehme Gesicht, die starke gebogene Nase, die bei den besseren Habsburgern immer angenehm hervortretende Unterlippe und das kräftige schlichte, rund um den Kopf gleichgeschnittene Haar.

Unmittelbar hinter dem Kaiser ging sein lustiger Rat Kunz von der Rosen, aber nicht gleich einem Narren, sondern wie ein kluger und wehrbarer Held launiger Weisheit. Er war ganz in rosenroten Sammet gekleidet, knapp am Leibe, aber mit weiten ausgezackten hängenden Oberärmeln. Auf dem Kopfe trug er ein azurblaues Barett mit einem Kranze von je einer Rose und einer goldenen Schelle; an der Hüfte aber hing an rosenfarbenem Gehänge ein breites langes Schlachtschwert von gutem Stahl. Wie sein Held und Kaiser war er nicht sowohl ein Dichter als, was schöner ist, selbst ein Gedicht.

Der Erbschenk von Kärnten und Statthalter der innerösterreichischen Lande, Sigmund von Dietrichstein, der als vertrautester und treuester Rat Maximilians zu dessen Seite begraben liegt, und der zum tüchtigen Feldherrn gediehene gelahrte Doktor der Rechte, Ulrich von Schellenberg, eröffneten nun die lange Reihe dessen, was die Tafelrunde Maxens an glänzenden Ritter- und Fürstengestalten aufzuweisen hatte. Da schritt in Stahl gehüllt und waffenklirrend einher, was von der Lüneburger Heide bis zur alten Stadt Rom, von den Pyrenäen bis zur türkischen Donau gefochten, geblutet und gesiegt hatte. Schlachten und harte Belagerungen, Schießen, Mauerbrechen, Hängen und Köpfen, ritterlich treues Leben und ruhmreiche Taten knüpften sich an die Namen aller dieser Kämpen, welche alle jedoch von den rastlosen wunderbaren Abenteuern und Taten des einzigen Kaisers übertroffen wurden.

Den Feldherrnstab auf die Hüfte gestützt, trat zuerst auf Georg von Frundsberg, allein schon eine ganze Kriegszeit und Historie. Das Schwert Franz I. von Frankreich wurde ihm auf goldenem Kissen vorangetragen mit der Inschrift: *Pavia 1525*. Ein bärtiger Landsknecht trug seine Hellebarde; denn er liebte es, mit gutem Werkzeuge in der Schlacht hie und da selbst mit einigen Streichen nachzuhelfen und auszubessern, wie ein guter Handwerksmeister, und man sah ihn dann dergestalt hantieren, daß er mit jedem Schlage einen Mann niederschlug und dazu hauchte wie ein Holzhacker. Ein Bergschütz aus seinem Stammland Tyrol, mit Armbrust, Köcher, Panzerhemd und Schwert, trug seinen Wappenschild.

Ihm folgte ein hoher gewaltiger Ritter, Herzog Erich von Braunschweig; seinen Stahlhelm zierte die Herzogskrone, aus welcher ein schillernder Busch von Pfauenfedern emporschwankte, und über diesem schwebte hoch ein goldener Stern. Voraus ging ein Edelknabe mit einer böhmischen Fahne, auf welcher geschrieben stand: *Regensburg 1504*. Die wilde Böhmerschlacht, in welcher er dem Kaiser das Leben gerettet, trat hiemit vor das geistige Auge.

Schwer an Erinnerung und Bedeutsamkeit folgte Franz von Sickingen, in Eisen gehüllt, mit seinem langen, gerechten und Freiheit liebenden Schwert, seinem langen Arm. Ein Edelknabe trug die Fahne der Picardie voran mit der Inschrift: *Bouillon 1518*. Zwei geharnischte Reiterknechte gingen hinter ihm mit Waffen und Schild, der seinen Wahlspruch glänzen ließ: *Gottes Freund, aller Welt Feind*. Er selbst aber sah wohl aus wie der, welcher in der Not eines blutigen wilden Belagerungstodes im Harnischkasten begraben wurde.

Wilhelm von Roggendorf und Graf Niklas Salm, jener von maurischen Siegeszeichen und der Inschrift: *Berg Spadan 1522*, dieser mit türkischen und der Inschrift: *Wien 1529* begleitet, gaben das Bild einer schönen Heldenfreundschaft. Denn der eine, welcher als Jüngling in die Waffenlehre des anderen gegeben ward, wurde in seltsam leidenschaftlicher Umkehrung des Weltlaufes der jugendliche Schwiegervater des Heldengreises, der seine Tochter liebte und auch vor ihm in heißer Türkenschlacht in seinen Armen starb. Beide aber ruhen in derselben Gruft.

Dem Grafen Andreas von Sonnenburg ward die französische Fahne mit der Inschrift: *Guinegaste 1479* vorgetragen. Ein Bergschütz aus seiner tyrolischen Grafschaft, in Panzerhemd und Jägerhut, mit breitem Gürtel, langem Bogen und Köcher folgte und trug den Schild mit dem alten schwäbischen Wappen, zu Ehren seines Ahnherrn, der dem letzten Hohenstaufen im Tode beistand.

Dem Fürsten Rudolf von Anhalt ging eine Fahne mit der Inschrift: *Stuhlweißenburg 1490* voran, und seine Knappen trugen Lanze und Schild mit den Worten: *Anhalt das treue Blut.* Und endlich trug dem in blauer Rüstung und schwarzem Helmbusch schreitenden Marx Sittich von Hohenems ein Edelknabe die venetianische Fahne mit der Inschrift: *Verona 1516* voran.

Jetzt erschienen die gelehrten Räte des Kaisers; allein gleich der erste derselben, der berühmte Wilibald Pirkheimer war wieder ein Stück Krieg, und nicht nur Schriftsteller, Altertumskenner und Beschützer aller Gelehrten und Künstler, sondern auch zuweilen Feldherr; der edle und treue Freund Dürers führte eine Kriegsschar seiner Vaterstadt Nürnberg, ein zweiter Xenophon, gegen die Schweizer im Schwabenkriege; und der gelehrte Mann mußte sich freilich mit noch bewährteren Kriegsfürsten trösten, wenn er in dieser schlimmen Gegend nicht die Lorbeeren holte wie auf den ruhigen Gefilden der Wissenschaft.

Melchior Pfinzing, Verfasser des Teuerdank, und Marx Treitzsauerwein, der Geheimschreiber des Kaisers und Ordner des Weißkuniges, erschienen als die Zeugen der sinnreichen und fabelweisen Gemütsrichtung des römischen Königs.

Ein reicher Hof von Rittern und Edelfrauen und endlich ein einsamer fahrender Ritter, geharnischt und die Zither über der Schulter, schlossen das Gefolge des Kaisers, welches ein zweiter Haufen Landsknechte von dem folgenden Zuge trennte.

Auch diese Ritter- und Kriegswelt, von friedlichen Künstlern dargestellt, zeigte sich dessenungeachtet wahr und wesentlich, getragen von stattlich körperlicher Befähigung. Hier waren vorzugsweise die in männlicher Reife, Kunst und bürgerlicher Stellung vorgerückten Mitglieder vertreten, deren durch rüstiges und gelungenes Schaffen erreichter Wohlstand die kostbaren Gewänder möglich machte. Sie trugen mit kriegerischem Anstand die reichgeschmiedeten Rüstungen aus dem Zeughause, und die kecken, mannigfach geschnittenen Bärte schienen weniger die Zeichen malerischen Behabens als die Zierden wirklich tatenreicher Kämpen zu sein. Da nun aber jeder einzelne Mann nicht etwa ein schöngewachsenes Schema, ein bloßer Statist, sondern eine bedeutende Persönlichkeit, ein rechter Schmied seines Glückes war, der aus diesem, der aus jenem Winkel deutschen Volkstumes hervorgekommen, so mußte man beim Anblick so vieler unwillkürlich die Hoffnung fassen, daß ein solches Volk doch noch zu was anderem fähig sei als zur Darstellung der Vergangenheit und daß diese körperliche Wohlgestalt, welche so ähnliche Bilder toter Helden und Kaiser zeigte, unausbleiblich einst die wahren Kaiser, die rechten Schmiede und Herrscher des eigenen Geschickes, die selbständigen Männer der Zukunft hervorbringen werde.

Während die Scharen aller bisher Vorübergeschrittenen weithin dem Blicke entschwanden und im weiten Rundgange sich kreuzten, rauschte und tanzte jetzt die Mummerei heran, in welcher alles, was die Künstlerschaft an übermütigen Sonderlingen, Witzbolden, seltsamen Lückenbüßern und Kometennaturen in sich hegte, Platz gewählt hatte.

Der Mummereimeister Peter von Altenhaus eröffnete auf einem launischen Esel den träumerischen Zug, und hinter ihm kollerten die altdeutschen Narrengestalten, die zierlichen bunten Narren Gylyme, Pöck und Guggerillis und die verwachsenen Schälke Metterschie und Duweindel daher nebst vielen anderen Narren, welche aber nie beisammen blieben, sondern unaufhörlich zwischen den Gruppen des Zuges herumfuhren.

Dann kam der bekränzte Thyrsusträger, welcher die behaarte, gehörnte und geschwänzte Musikbande führte. In ihren Bockshäuten nach der eigenen Musik hüpfend und hopsend, brachten diese Gesellen eine uralte, seltsam schreiende und brummende Musik hervor, bald in der Oktave, bald in lauter Quinten pfeifend und schnarrend, jetzt in schwindelnder Höhe, dann in der tiefsten Tiefe.

Mit goldenem umlaubten Thyrsusstabe schritt der Anführer des Bacchuszuges vor. Ein Kranz blauer Trauben umschattete tief seine glühende Stirn; von den Schultern flatterte und wallte eine festliche Last buntgestreifter Seidenbänder bis auf die Füße und verhüllte wehend den unbekleideten Körper. Nur die Füße waren mit goldenen Sandalen versehen.

In biblischer Erinnerung trugen hierauf, umtanzt von halb mittelalterlich, halb antik geschürzten Winzern mit Krügen, Traubenbutten, die zwei Kundschafter aus dem gelobten Lande an schwer gebogener Stange die große Traube. Vier noch kernhaftere Männer trugen an vier aufrechten Fichten eine noch viel größere Traube. Auch der dicke Silen, welcher unbehilflich und ängstlich zu Fuß ging, und die tobende Schar von Schenken, Faunen und Winzern, welche den Wagen des Bacchus zogen, schoben und umschwärmten, Schalen, Becken und Stäbe zusammenschlagend, waren halb modern, halb mythologisch gekleidet. Selbst der junge, efeubekränzte Bacchus, sonst ganz nackt, trug mittelalterlich gedacht ein zierliches Küferschürzchen um die runden Hüften. Eine Rebenlaube wölbte sich und die dichten Trauben bildeten einen dunkelblauen Himmel über ihm, in den er sehnsüchtig hineinlächelte. Es war ein schöner rosiger Jüngling mit schwarzgelocktem Haar.

Könige mit Krone und Szepter, zerlumpte Bettler mit dem Schnappsack, Pfaffen und Juden, Türken und Mohren, Knaben und weiße Greise zogen nun den Triumphwagen der Venus herbei. Diese war niemand anders als die schöne Rosalie in aller Anmut ihres rosig lachenden Wesens. Sie ruhete auf einem Rosenlager unter durchsichtiger Blumenlaube, in ein seidenes antikes Purpurkleid gehüllt, mit bloßen Armen und Füßen. Über der Stirn strahlte ein goldener Stern aus den dunklen Locken, in der Hand hielt sie eine goldene Weltkugel, auf welcher zwei silberne Täubchen saßen, die mit den Flügeln schlagend sich schnäbelten. Zwei Kreuzfahrer gingen unter den Gefangenen der Venus zu beiden Seiten des Wagens und gereichten ihr mit aufmerksamer Haltung zu besonderem Schutzgeleit. Sie aber sah sich dann und wann begierig und lächelnd um, da gleich hinter ihrem Wagen der biedere Erikson, welcher den Zug der Diana anführte, als wilder Mann einherschritt, seinen kraftvollen schönen Körper nur um Lenden und Stirn mit dichtem Eichenlaub geziert; er überragte um einen Kopf seine Umgebung, obgleich noch manche stattliche Gestalt dabei war. Viele Jäger folgten ihm mit grünen Zweigen auf Hüten und Kappen, die großen Hifthörner mit Laubwerk umwunden, das Jagdkleid aber mit Iltisfellen, Luchsköpfen, Rehpfoten und Eberzähnen besetzt. Einige führten Rüden und Windspiele, einige, mit Gebirgsschuhen und Steigeisen am Gürtel, trugen Gemsböcke auf dem Rücken, andere Auerhähne und Bündel von Fasanen und wieder andere auf Bahren Schwarzwild und Hirsche mit versilberten Hauern, Geweihen und Pfoten. Dann trug eine Schar trotziger wilder Männer einen wandernden Wald belaubter Bäume aller Gattung, in welchen Affen, wilde Katzen und Eichhörnchen kletterten und Vögel nisteten. Durch die Stämme dieses Waldes aber sah man bereits die silberne Gestalt der schmalen Diana schimmern, der lieblichen Agnes, wie sie von Ferdinand geschmückt worden war. Ihr Wagen war von allem möglichen Wilde bedeckt und dessen Köpfe umkränzten ihn mit vergoldetem Gehörn und bunten Federn. Sie selbst saß mit Bogen und Pfeil auf einem bemoosten Fels, aus welchem ein lebendiger Quell in ein natürliches Becken von Tropfsteinen sprang, an welches die wilden Männer und Jäger sich manchmal durstig niederbeugten und aus der Hand tranken.

Agnes war in ein Gewand von Silberstoff gekleidet, welches bis tief auf die Hüften ganz anliegend war und alle ihre geschmeidigen Formen wie in Silber gegossen erscheinen ließ. Die kleine klare Brust war wie von einem Silberschmied zierlich getrieben. Vom Schoße abwärts aber, der von einem grünen Gürtel mehrfach umwunden war, floß das Gewand weit und faltig, mehrfach geschürzt, doch bis auf die Füßchen, welche mit silbernen Sandalen keusch hervorguckten. Im schwarzen, griechisch geknüpften Haare machte sich mit Mühe die strahlende Mondsichel sichtbar, und wenn sich Agnes nur ein bißchen regte, so wurde sie von den dunklen Locken zeitweise ganz bedeckt. Ihr Gesicht war weiß wie Mondschein und noch bleicher als gewöhnlich; ihr Auge flammte dunkel und suchte den Geliebten, während in dem silberglänzenden Busen der kühne Anschlag, den sie gefaßt, pochte und rumorte.

Ferdinand aber, welcher das Gewand eines jagdliebenden Königs gewählt hatte, um der Diana nahe zu sein, hatte sich längst unter den Triumphzug der Venus gemischt, betrachtete sie wie ein Träumender unverwandt und wich keinen Schritt von ihrem Wagen, ohne sich dessen inne zu werden; denn kaum hatte er Rosalien beim Beginne des Festes gesehen, so ließ er Agnes, die er geschmückt und soeben auf den Wagen gehoben, wie sie war, und folgte jener gleich einem Nachtwandler.

Heinrich hatte sich in ein laubgrünes Narrenkleid gehüllt und trug einen Jagdspieß statt des Kolbens; um die Schellenkappe hatte er ein Geflecht von Stachelpflanzen und Stechpalme mit ihren roten Beeren geschlungen als eine grünende Dornenkrone. Was er damit wollte, wußte er selbst kaum zu sagen; es war eine mehr unwillkürliche Geschmacksäußerung, welche der innersten Seelenstimmung entsprang. Er ging, nur hie und da sich umsehend und durch den wandelnden Wald huschend, immer der Diana zur Seite, da sonst kein Befreundeter um sie war; denn Erikson, der wilde Mann, hielt sein Auge auf Rosalien und Ferdinand gerichtet, ohne indessen stark aus seiner Gemütsruhe zu geraten.

Als nordisches Märchen folgte diesen südlichen Bildern der Zug des Bergkönigs. Ein ansehnliches Gebirge von glänzenden Erzstufen und Kristallen war auf seinem Wagen errichtet und darauf thronte die riesige Gestalt in grauem Pelztalar, den schneeweißen Bart wie das Haar bis auf die Hüften gebreitet und diese davon umwallt. Das Haupt trug eine hohe goldene Zackenkrone.

Um ihn her schlüpften und gruben kleine Gnomen in den Höhlen und Gängen; dieses waren wirkliche kleine Bübchen; aber der kleine Berggeist, welcher vorn auf dem Wagen stand, ein strahlendes Grubenlicht auf dem Köpfchen, den Hammer in der Hand, war ein kaum drei Spannen hoher, ausgewachsener Künstler, aber dennoch ebenmäßig fein gebaut, mit männlich schönem Gesichtchen, wundervollen blauen Augen und blondem Zwickelbart; das kleine Wesen, einem Zaubermärchen gleichend, war nichts weniger als eine bloße Seltsamkeit, vielmehr ein wohlbewußter und rühmlicher Maler.

Hinter dem Bergkönig auf demselben Wagen schlug der Prägemeister aus Silber und blankem Kupfer (statt des Goldes) kleine Denkmünzen auf das Fest; ein Drache speiete sie in ein klingendes Becken, und sie diesem entnehmend, warfen zwei Pagen, »Gold« und »Silber«, die schimmernden Münzen unter das schauende Volk.

Ganz zuletzt und einsam schlich der Narr Gülichisch her, traurig und achselzuckend den geleerten Beutel schüttelnd, umkehrend und rings umher zeigend. Es war aber noch nicht ernst gemeint mit diesem Bedauern; denn dem nachhinkenden Narren auf dem Fuße folgte wieder der glänzende Anfang; wieder gingen die Zünfte, das alte Nürnberg, Kaiser und Reich und die Fabelwelt vorüber, und so zum dritten Male, bis aller Augen sich an dem Gestaltenwechsel gesättigt hatten.

Dann scharte sich die ganze Masse in gedrängte Ordnung; die sangkundige Menge der Künstler ließ die Festlieder ertönen und brachte dem vergnügten wirklichen Könige, in dessen Machtkreis zuletzt diese ganze Traumwelt hing, ein opferndes Lebehoch. Durch den Logensaal der königlichen Familie, wo diese versammelt war, bewegte sich nun der ganze Zug und auf bedeckten Gängen in die Residenz hinüber, durch deren Säle und Korridore, welche alle von begünstigten Zuschauern angefüllt waren.

Als Heinrich in die Nähe des zufriedenen Königs kam, gedachte er jenes wunderlichen Auftrittes, wo dieser ihm die Mütze heruntergeschlagen hatte. Er hatte ihn nie wieder so nahe gesehen bis jetzt und ihm längst verziehen; denn wenn die Könige nicht beleidigt werden dürfen, so können sie auch nicht beleidigen noch beschimpfen, da ihre einsame Willkür alle gewöhnliche Wirkung aufhebt. Doch mußte er jetzt lachen, als er sich vorstellte, wie schön der König sich nun vergreifen würde, wenn er ihm die stachlichte Schellenkappe abschlagen wollte. Mutwillig bot er ihm sein bestechpalmtes Haupt hin und sagte leise: He König! schlag mir die Kappe 'runter! Der König sah ihn betroffen an, schien sich zu erinnern und sagte kein Wort. Heinrich sah ihn ernsthaft an, klingelte bedeutsam mit den Schellen auf seinem Kopfe und sprang davon.

In den Gemächern und Gängen des Palastes, wie in den Gartenarkaden gingen die Künstler recht durch ihr eigenes Werk, das in vielfältiger Gestalt, von Säulen, Wänden, Decken und Treppen, in Gold, Farben und Marmor sie umglänzte. Und als sie über den von Pechflammen erleuchteten Platz zogen, durch das Gewoge des Stadtvolkes hin, ragte wieder überall ihr Werk in Erzbildern und hohen Gebäuden.

Doch mündete nun der Zug in das benachbarte große Odeon und ergoß sich froh aufatmend in den zu Bankett und Spiel geschmückten mächtigen Saal. Mit Mühe gelang es den Führern und Zeremonienmeistern die Plätze zu ordnen, da die traumhafte Selbsttäuschung auch hier fortdauern und die Teilnehmer nach Rang und Bedeutung bankettieren sollten. Ein erhöhtes Halbrund war mit des Königs kostbaren Teppichen, welche er samt reichem Tischzeug, Silbergeschirr und goldenen Pokalen und Kannen aus seinen Kammern gegeben, bekleidet, um den Kaiser mit seinen Grafen und den Patriziern aufzunehmen. Mit großem Anstande nahmen sie Platz, und noch mehr als der glänzende Kaiser, welcher sich mit wirklich monarchischem Behagen gefiel, wußten sich die schönen Damen in adeligem Tun zu gefallen. Die Mundschenken und Edelknaben aber dienten und warteten auf und fanden hierin, unter Lust und Scherz, ihre volle Zufriedenheit.

An langen Tafeln saßen die Zünfte und die Landsknechte; nur Albrecht Dürer hatte seinen Platz neben dem Kaiser, wo auch der majestätische märchenhafte Bergkönig ragte.

Von hohen, mit goldgestickten Teppichen behangenen, blumenüberwölbten Galerien tönten die lauten Musikchöre, bald selbständig, bald die Bankettlieder begleitend; es war nicht ein Schuh von moderner prosaischer Kleidung im Saale, und selbst in den Nebengemächern, wo noch viele kleinere Kreise tafelten und zechten, sah man nichts als Mittelalter bis auf die Leute des Wirtes, welche alle kostümiert waren. Darum verbreitete sich ein prächtig rauschender Strom der Freude über die Menge, in welchem sie sich froh und aufblühend badete. Kaum konnte der Kaiser mit der schönsten Dame den altertümlichen Fackeltanz eröffnen, bis die Reihen der Handwerksmänner und Landsknechte, welche an den springenden goldenen Weinquellen saßen, allmählich sich zurückdrängen ließen, und sie taten es endlich umso williger, als die prächtigen Damen sich weigerten, mit den Schustergesellen und wilden Fußknechten zu tanzen. Denn die Schönen hatten sich schon so tief in ihre Gewänder hineingelebt, daß sie vergaßen, wie mancher der Verschmähten von gleichem Range mit ihnen war und, obgleich er ein reinliches neues Schurzfell trug und in weißen Hemdsärmeln ging, doch gleich ihnen sich freute, von einem würdigen Kaufmann, Professor oder geheimen Registrator abzustammen. Für den Anblick gewann jedoch durch diese Wunderlichkeit der Tanz an Schönheit, als die Ritterpaare, Raum gewinnend, mit wogenden Federn und wehenden Mänteln in langsamem Walzer oder anderen Tänzen sich feierlich bewegten.

Doch wurde der Tanz öfters unterbrochen durch die Schauzüge, welche in immer neuer Gestaltungslust durch den Saal tosten. Bald erschien der Mummenschanz, welcher nicht satt wurde, sich in neue Märchen umzubilden und seine einzelnen Teile fabelhaft zu vermischen, bald stürmten die singenden Landsknechte vorbei, welche es so gut trieben, saß sich von diesem Feste her noch lang eine förmliche Landsknechtskultur erhielt in Bild und Lied, und deren Zechweise und verlorenes Leben als das löblichste Bild deutscher Romantik erschien. Bald gaben die Zünfte eine Schaustellung, bald führten die Narren dem Kaiser ihre Schwänke auf.

Die Meistersänger hielten in einem kleineren Saale bei offenen Türen eine Singschule. Es wurde unter den zünftigen Gebräuchen wettgesungen, ein Schulfreund oder Singer zum Meister gesprochen und dergleichen. Die vorgetragenen Gedichte enthielten Lobpreisungen und Danksagungen gegen den kunstsinnigen König, dann aber hauptsächlich Hecheleien der verschiedenen Kunstrichtungen, Verspottung irgend einer anmaßlichen oder eigensinnigen Gestalt der Künstlerschaft, Klagen über Verwaltung gemeinsamer Anstalten, gesellige Übelstände und solches mehr. Es war sozusagen eine allgemeine Abrechnung, und vorsorglich hatte jede Richtung und jede Größe ihren Vertreter mit fertigem Gedicht unter die Meistersänger gesteckt. Es erklangen öfter ganz scharfe und satirische Verse, aber dieser Inhalt nahm sich höchst seltsam aus in den trockenen und feierlichen Formen, in denen er vorgebracht wurde, und mit dem komischen Wesen dieser Formen. Denn während alle Singenden in demselben eintönigen und schalkhaften Leierton ihr Gedicht sangen, und in denselben

Knittelversen, so wurde doch bei jedem vorher mit lautem Ausruf eine andere neue Weise angegeben, wie sie ehemals von den wackeren Meistersängern erfunden und getauft wurden. Da wurde angeblich gesungen in der »glatten Seidenweise, der rotbacketen Öpfelinweise, der Strohhalmweise, der Schreibpapierweise, in der Stechpalmweise, süßen Pfirsichweise, blauen Traubenweise, Silberweise, überhohen Bergweise, glitzerigen Thurngockelweise, Rosentonweise, spitzigen Pfeilweise, krummen Zinkenweise, Orpheus' sehnlicher Klagweise«, in der »gelben Löwenhautweise, stachlichten Igelweise«, in der »schwarzen Agtsteinweise, blauen Kornblümelweise« wie in der »verschlossenen Helmweise«. Das Gelächter war groß, wenn nach diesen pomphaften, malerischen und poetischen Ankündigungen sich immer der alte grämliche Leierton mit den trockenen Witzen hören ließ. Aber nicht alle Gedichte waren dieses satirischen Inhaltes. Einige blutjunge Meistersingerlein wagten es, ihre durch den lauschenden Frauenkranz angeregten Gefühle zu äußern und diese oder jene Gestalt nicht undeutlich zu besingen. Ein blühendes Schuhmächerlein pries, um Rache zu nehmen für den Stolz, welchen die Damen beim Tanz gezeigt hatten, sein heimliches Glück bei mehr als einer goldenen Gräfin, und sogleich nahm ein lustiger Schneiderlehrling den Kampf mit ihm auf in Festsetzung der Liebes- und Glücksregeln im Frauendienst. Der Schuster behauptete, daß Tiefsinnigkeit, poetisches Wesen und stolze Bescheidenheit die Frauen gewännen; der Schneider hingegen verlangte zu solchem Glücke Anmaßung, Mutwillen und leichtsinniges Aufgeben der eigenen Person. Hans Rosenplüth, der Schnepperer, aber schlichtete den Streit und erklärte die Frauen für wunderliche Wesen, welche stets die eine Art liebten, wenn die andere gerade nicht zu haben wäre, und daß beide abwechselnd ihres Glückes genössen.

In einer schön geschmückten großen Nische war um Rosalien ein ordentlicher Venushof versammelt. Zwei oder drei anmutige Frauen hatten sich ihr zugesellt, weil es hier fröhlich und galant herging und sich der ganze Schwarm der Gefangenen der Schönheit mit großer Geschicklichkeit und Aufrichtigkeit in seine Rolle fand.

In einer anderen Nische, welche mit dieser durch eine offene Tür verbunden war, hatten die Jäger ihren Sitz aufgeschlagen und einige lustige junge Mädchen zur Gesellschaft der Diana herbeigelockt. Heinrich saß Agnes zur Seite und beschützte sie insbesondere. Erikson, der wilde Mann, ging ab und zu; er konnte seiner seltsamen Tracht wegen nicht wohl tanzen, noch sich in zu große Nähe der Frauen setzen und beschränkte sich daher, hier und dort einen Becher zu trinken oder an den improvisierten Spielen teilzunehmen. Fast bereute er, diese Rolle gewählt zu haben, und sah ziemlich unbehaglich, wie Ferdinand fort und fort Rosalien den Hof machte; sie hatte sich mit weißen Atlasschuhen versehen und tanzte zuweilen mit Ferdinand, der in seinem Hubertusgewande sehr wohl aussah und sich mit sicherem Anstande betrug. Er hatte einige kostbare Brillanten, Zeichen seines holländischen Reichtumes, in Ringen und Spangen angelegt, und die reiche Rosalie benahm sich gegen ihn mit der heiteren Ungezwungenheit, welche die gesicherten Reichen gegenseitig zu üben pflegen. Sie lachte, scherzte und strahlte von freundlichem Liebreiz, indem sie gegen alle sich hold und froh zeigte, gegen Ferdinand aber ihre Unwissenheit beklagte und bedauerte, welche sie so lange von den wahrhaft frohen und klugen Kreisen der Künstler fern gehalten habe und sie selbst jetzt nur ihre Freude, nicht aber den Ernst ihrer Arbeit verstehen lasse. Sie drückte sich aber mit so artigen und klugen Worten aus, daß Ferdinand von ihrem naiven, anmutigen Geiste entzückt wurde und immer weniger seine Blicke von ihr wandte oder von ihrer Seite wich. Es wehte ein süßer Hauch der Frauenhaftigkeit ihn an, wenn sie lächelte und sprach, und der Stern in ihren Locken glänzte wirklich wie der Stern der Venus.

Er fühlte eine Fesselung aller Sinne, welche ihn alles andere vergessen und alles Trachten auf das reizende Weib richten ließ, von dem sie ausging, als ob sonst kein Heil in Zeit und Ewigkeit zu finden wäre. Bei den meisten Männern ist dies ein vorübergehendes inneres Begehren, eine rasche, allmählich verwehende Aufwallung des Denkens, die hundertmal entsteht und hundertmal verschwindet. Ferdinand war aber einer von denen, welche, in allen anderen Dingen klar und besonnen, in diesem einen Punkte die Verblendung und Aufwallung mit schrankenloser und unverhüllter Selbstsucht kundgeben. Rosalie lieh seiner beredten Aufmerksamkeit ein williges Ohr und blickte ihn dabei mit großem Wohlwollen an, nur zuweilen einen flüchtigen, aber zufriedenen Blick auf die prachtvoll und mächtig geformte Gestalt Eriksons werfend, wenn er vorüberging, so daß dieser mit der Wahl seines Kostümes sich ausgesöhnt, wenn er diese Blicke gesehen hätte. Er ließ aber den Unmut nicht über sich Herr werden, sondern betrug sich gleichmütig und stolz, und nur wenn sein Blick denjenigen Rosaliens traf, sah er sie mit großen fragenden Augen an.

Agnes hatte schon lange stumm neben Heinrich gesessen; sie wiegte trauernd, und den Busen von ungestümem Schmerze bewegt, das schwarzgelockte Haupt auf den schmalen Silberschultern, und nur zuweilen schoß sie einen flammenden Blick zu Ferdinand und Rosalien hinüber, zuweilen sah sie verwundert und wehmütig hin, aber immer sah sie dasselbe Schauspiel.

Heinrich, welcher aus Ferdinands Betragen nicht klug wurde, indem ihm eine solche Unmittelbarkeit des Wechsels und unter solchen Umständen doch nicht glaubhaft schien, versank in tiefes Sinnen. Die vergangene Zeit kam über ihn, und indem er an die bemalte Decke des Saales emporsah, erinnerte er sich jener Fastnacht, wo er unter dem freien Himmel der Heimat, auf luftigen Bergen, unter Vermummten sich umgetrieben oder neben der toten Anna durch den Wald geritten. Er verfiel mehr und mehr auf das Andenken dieses guten Mädchens, und eine große Verliebtheit erfüllte ihn, wie er sie lange nicht empfunden.

Ein tiefer Seufzer weckte ihn auf, welchen die silberne Agnes neben ihm tat, und sogleich schlossen sich seine Empfindungen, die aus dem Schattenreiche gleich Abendnebeln aufgestiegen, an diesen lebendigen Kern; er sah ihre seltsame Schönheit und trank verwirrt aus seinem Weinglase, als Agnes ihn plötzlich aufforderte, mit ihr zu tanzen. Schon drehten sie sich rasch durch die rauschende Menge, und jedermann lachte voll Vergnügen, als der grüngekleidete Narr mit der elfengleichen Diana dahinwalzte. Sie tanzten zwei und dreimal um den Saal und begegneten jedesmal der rosigen Venus, deren Purpurgewand flog und den mit ihr tanzenden Lys zeitweise halb verhüllte. Dieser grüßte das Dianenpaar froh und zufrieden, wie man Kinder grüßt, welche sich gut zu unterhalten scheinen, denn er war in dieser Sache so verblendet, daß er sich vollkommen unverpflichtet und frei glaubte, bloß weil er mit dem armen Mädchen absichtlich noch nie von Liebe gesprochen hatte. Rosalie hingegen, welche von der früheren Bewandtnis dieses Verhältnisses nichts wußte, freute sich über das zierliche Kind und verlangte dasselbe in ihrer Nähe zu haben, als Heinrich mit anderen an einigen lustigen Spielen, die aufgeführt wurden, teilnehmen mußte.

Kunz von der Rosen führte an einem langen Seile alle vorhandenen Narren durch das Gedränge; jeder trug auf einer Tafel geschrieben den Namen seiner Narrheit, und von den leichteren und liebenswürdigeren Narrheiten schied der lustige Rat neun schwere aus und stellte mit ihnen vor dem Kaiser ein Kegelspiel auf. So standen da vor aller Augen: Hochmut, Neid, Vielwisserei, Grobheit, Eitelkeit, Wankelmut in der Hoffnung, Halsstarrigkeit, tatlose Vergleichungssucht und unfruchtbare Selbstbespiegelung. Mit einer ungeheuren Kugel, welche die leichteren Narren mit komisch heftigen Gebärden herbeiwälzten, versuchte nun mancher Ritter und Bürger nach den neun Narren zu schieben, aber nicht einer wankte allen diesen Einzelwürfen, bis endlich der kaiserliche, tadellose Held, in welchem sich gewissermaßen das ganze deutsche Volk darstellte, sie alle mit einem Wurfe über den Haufen warf, daß sie possierlich übereinander purzelten.

Kunz von der Rosen richtete die Gefallenen halb auf und ordnete sie zu einer plastisch-mimischen Darstellung der Niobidengruppe, und von diesem Scherze ging er zur Bildung anderer berühmten Gruppen über: drei reizende, nicht völlig ausgewachsene Schüler im Narrenhabit stellten die Grazien dar, und das so anmutig schalkhaft, daß sie, kaum auseinandergegangen, in den Kreis der Damen gelockt wurden, ohne zu wissen wie, und sich dort aufs liebreichste geschmeichelt und gehätschelt sahen. Des gleichen Vorzuges genoß ein schöner Zwerg, der kleinere Bruder jenes Koboldes auf dem Wagen des Bergkönigs, welcher mit klassischem Anstande den sterbenden Fechter machte in seinem Schellenkleidchen. Dann stellte Erikson den Laokoon vor, durch mächtige Papierschlangen mit zwei jungen Narren verbunden.

Als er in der beschwerlichen Stellung dasaß und sich nicht rühren durfte, indessen seine kräftigen Muskeln alle in wunderschönem Spiele seiner Bewegung gehorchten, sah er, wie Rosalie, deren Augen unverwandt an ihm gehangen, fast gewaltsam von Ferdinand weggezogen und durch die Räume geführt wurde. Er hielt es nun nicht länger aus, und kaum von den Schlangen losgewickelt, durchstürmte er das Haus und bettelte sich von befreundeten Gestalten Gewandstücke zusammen, die sie in der vorgerückten Stunde nun wohl entbehren konnten, und warf sich dieselben hastig über. Wunderlich gekleidet, teilweise ein Mönch, ein Jäger und ein wilder Mann, den Kopf noch grün belaubt, suchte er die engere Gesellschaft auf und setzte sich dicht an die andere Seite Rosaliens; denn die Bacchusleute, die Jäger und der Hof der Venus hatten sich nun in einem großen Kreise vereinigt, um bis zum nahenden Morgen gemeinsam zu jubilieren, und Ferdinand wich nicht von der Seite der schönen Witwe. Mit der größten Tollheit fuhr er fort, ihr den Hof zu machen, obgleich er die Hoffnungen Eriksons wohl kannte. Dieser saß und lauschte seinen Worten, ohne daß er sich seine Unruhe anmerken ließ und ohne seine Schöne zu belästigen, welche ebenfalls fortfuhr, Ferdinands Huldigungen ihre Freundlichkeit entgegenzusetzen und sich von ihm aufs angenehmste unterhalten zu lassen. Erikson besorgte wohl, daß der Teufel sein Spiel treiben und ihm die Jagd verderben könnte; aber als ein erfahrener Jäger verharrte er unbeweglich auf dem Anstande, weil ihm das zu erjagende Wild zu kostbar und edel war, als daß er sich durch Leidenschaftlichkeit verwirren wollte.

Gegenüber an dem großen Tische saß Agnes, welche den grünen Heinrich ängstlich bei sich festhielt, da er Ferdinands Freund und das einzige Band war, welches sie mit diesem Ungetreuen einigermaßen zusammenhielt. Alles freute und ergötzte sich, klang und jubelte in gewichtiger rauschender Pracht um sie her, nur sie allein verzehrte sich in ungestillter Begierde. Die Nacht näherte sich ihrem Ende, und statt die gehoffte Liebesentscheidung zu bringen, sah sie ihr Glück deutlich entfliehen.

In der schmerzlichsten Aufregung verlangte sie wieder zu tanzen und zog Heinrich fort. Dieser berauschte sich, indem er sie zum Tanze umfing, an ihrem Anblick; ein heftiges Begehren wallte durch seinen ganzen Körper, daß der äußerste Zipfel an seiner grünen Kappe erzitterte und die Schelle daran leise erklang. Als aber Agnes plötzlich anhielt, ihm die Hand auf die Schulter legte und leidenschaftlich schmeichelnd bat, er möchte doch sogleich hingehen und Ferdinand bitten, daß er nur *ein* Mal mit ihr tanze, lief er gehorsam, ja eifrig hin, zog seinen Freund zur Seite und beschwor ihn mit zärtlichen Worten, es zu tun. Lys bat ihn angelegentlich, statt seiner mit Agnes zu tanzen, und entzog sich ihm rasch.

Die beiden jungen Leute drehten sich nun wieder heftig und lustig herum. Das Mädchen atmete so hoch, daß die schmale Spanne ihrer Silberbrust wogte und funkelte, wie die glänzenden Wellen im Mondschein, und alle Glöckchen an Heinrichs Kleid und Kappe zitterten und klangen.

Abermals sandte sie ihn zu Ferdinand mit dem nämlichen Auftrag, und da Heinrich diesen mit eindringlichen und tadelnden Worten, sehr aufgeregt, ausrichtete, fuhr ihn jener an und sagte: »Was ist denn das für eine Sitte von einem jungen Mädchen? Tanzt miteinander und laßt mich zufrieden!«

Heinrich fühlte sich halb erzürnt und halb erfreut über diese Antwort, und die dämonische Lust, eine schlimme Sachlage zu benutzen, stieg in ihm auf; doch bis er zu dem harrenden Mädchen gelangte, siegte das Mitleid und die natürliche Artigkeit, und er hinterbrachte ihr nicht Ferdinands harte Worte, sondern suchte sie zu vertrösten.

Noch einmal tanzten sie und noch bewegter und ungestümer herum, und noch einmal sandte sie ihn zu dem Wankelmütigen und ließ diesen bitten, sie nach Hause zu bringen.

Ferdinand eilte jetzt sogleich herbei, besorgte den warmen Mantel des Mädchens und ihre Überschuhe, und als sie gut verhüllt war, führte er sie unter die Haustür, legte ihren Arm in denjenigen Heinrichs und bat diesen, indem er sich von Agnes in freundlich väterlichem Wohlwollen verabschiedete, seine kleine Schutzbefohlene recht sorgsam und wacker nach Hause zu geleiten.

Zugleich verschwand er, nachdem er beiden die Hände gedrückt, wieder in der Menge, welche die breite Treppe auf und niederstieg.

Da standen sie nun auf der Straße; der Wagen, welcher sie hergebracht, war nicht zu finden, und nachdem Agnes traurig an das erleuchtete Haus, in welchem es sang und klang, hinaufgesehen, kehrte sie ihm noch trauriger den Rücken und trat, von Heinrich geführt, den Rückweg an durch die stillen Gassen, in denen der Morgen graute.

Sie hielt das Köpfchen tief gesenkt und vermochte nicht auf den Mantel acht zu geben, welcher alle Augenblicke von den Schultern sank, so daß ihr feiner Oberkörper durch das Zwielicht schimmerte, bis Heinrich sie wieder verhüllte. In der Hand trug sie unbewußt den großen eisernen Hausschlüssel, welchen ihr Lys in der Zerstreuung zugesteckt, statt ihrem Begleiter. Sie trug ihn fest umschlossen in dem dunklen Gefühle, daß Ferdinand ihr das kalte rostige Eisen gegeben. Als sie bei dem Hause angekommen waren, stand sie schweigend und rührte sich nicht, obgleich Heinrich sie wiederholt fragte, ob er die Glocke ziehen sollte, und erst als er den Schlüssel in ihrer Hand entdeckte, aufschloß und sie bat, hineinzugehen, legte sie ihm langsam die Arme um den Hals und küßte ihn, aber wie im Traume und ohne ihn anzusehen. Sie zog hierauf die Arme enger zusammen und küßte ihn heißer und heißer, bis Heinrich unwillkürlich sich regte und sie auch in die Arme schließen wollte. Da erkannte sie ihn, eilte wie wahnsinnig ins Haus und schlug die Tür zu. Heinrich hörte, wie sie, die Treppe hinaufgehend, sich wiederholt an den Stufen stieß. Alles war dunkel und still in dem romantischen Hause; die Mutter schien fest zu schlafen, und nachdem Heinrich eine Weile auf dem kleinen Platze, von seltsamen Empfindungen und Gedanken erfüllt, umhergegangen, schlug er endlich den Rückweg nach dem Odeon ein.

II, 14 Die Sonne ging eben auf, als er in den Saal trat. Alle Frauen und viele ältere Männer waren schon weggegangen; die große Menge der Jungen aber, von höchster Lust bewegt, tummelte sich singend durcheinander und schickte sich an, eine Reihe von Wagen zu besteigen, um unverzüglich, ohne auszuruhen, ins Land hineinzufahren und das Gelage in den Forsthäusern und Waldschenken fortzusetzen, welche romantisch an den Ufern des breiten Gebirgsstromes lagen.

Rosalie besaß in jener Gegend ein Landhaus, und sie hatte die fröhlichen Leute der Mummerei eingeladen, sich auf den Mittag dort einzufinden, bis wohin sie als bereite Wirtin ebenfalls da sein würde. Insbesondere hatte sie viele Damen gebeten, und diese hatten ausgemacht, da es einmal Fasching sei, in der mittelalterlichen Tracht hinauszufahren; denn auch sie wünschten, solange als möglich sich des schönen Ausnahmezustandes zu erfreuen.

Erikson war nach Hause geeilt, um sich nun gänzlich umzukleiden; mit Hilfe einer ganzen Schneiderwerkstatt brachte er in einigen Stunden noch ein gutes ehrbares Jägergewand zustande, in welchem er hinauseilte. Aber auch Ferdinand war nicht müßig. Er nahm einen Wagen, kaufte teure Stoffe ein und fuhr von Schneider zu Schneider, jedem ein Stück in die Arbeit gebend und dieselben zur größten Eile anspornend. In kaum einer Stunde war die Tracht eines altorientalischen Königs fertig, von feinster weißer Leinwand und Purpurseide. Dann fuhr er zu einem Bankier und von da zu allen Juwelieren, den tauglichsten Schmuck aussuchend und sich mit demselben bedeckend; er verwandte eine solche Summe für Gold und Steine, als ob er damit handeln wollte, und doch wußte er recht gut, daß es nur eine vorübergehende Leidenschaft, eine Art Tollwut sei, für welche er so hartnäckig alles daran setzte, der sonst kein Verschwender war, sondern vielmehr mit großer Sparsamkeit und sehr zweckmäßig die Mittel abwog, welche er an sein Leben und Vergnügen wandte.

Zuletzt ließ er sich das lockige Haar salben mit den köstlichsten Ölen; die Arme trug er bloß und mit goldenen Spangen geschmückt, und so erschien er mittags, ohne vorher die im Walde lagernden Künstler aufgesucht zu haben, in Rosaliens Landhaus.

Heinrich hingegen fuhr gleich in der Morgenfrühe mit der übrigen Schar hinaus. Große Wagen, mit Landsknechten über und über beladen und von deren Spießen starrend, fuhren voraus, und ihnen nach die lange Reihe der bunten Gestalten in die helle Morgensonne hinein, am Rande der schönen Buchenwälder, hoch auf dem Ufer des tiefliegenden Stromes, der in glänzenden Windungen sich um die Geschiebe- und Gebüschinseln wälzte. Über den Wäldern sah man wie blaue Schatten die Kuppen des fernen Hochlandes.

Es war ein milder Februartag und der Himmel blau; die herrlichen Buchen wurden bald von der wärmenden Sonne durchschossen, und wenn ihnen das Laub fehlte, so glänzte das weiche Moos am Boden und auf den Stämmen umso grüner, und in der Tiefe dampfte und leuchtete das blaue Bergwasser.

Der Zug ergoß sich über eine malerische Gruppe von Häusern, welche vom Wald umgeben auf der Uferhöhe lag. Ein Forsthof, ein altertümliches Wirtshaus und eine Mühle an schäumendem Waldbach waren bald in ein gemeinsames, von Farben glänzendes Freudenlager verwandelt und verbunden; die stillen Bewohner sahen sich wie von einem lebendig gewordenen Traume überfallen und umklungen; den Künstlern aber weckte die freie Natur, der erwachende Lenz den Witz in der tiefsten Seele. Die frische Luft verwehte den Rausch der Nacht und legte die zartesten und beweglichsten Fühlfäden der Freude und Aufgeregtheit bloß, wenn die Lust der verschwundenen Festnacht zum größten Teil auf Verabredung und Einrichtung beruhte, so lockte dagegen die heutige, ganz frei und in sich selbst gegründet, wie eine am Baume prangende Frucht, zum lässigen Pflücken. Die schönen, dem phantastischen Fühlen und Genießen angemessenen Kleider waren nun wie etwas Hergebrachtes, das schon nicht mehr anders sein kann, und in ihnen begingen die Glücklichen tausend neue Scherze, Spiele und Tollheiten von der geistreichsten wie von der allerkindlichsten Art, oft plötzlich unterbrochen durch den wohlklingenden, festen Männergesang.

Heinrich trieb sich überall umher und vergaß sich selber; er war überwacht und doch nicht müde, vielmehr neugierig und begierig, erst recht in den glänzenden Becher des Lebens zu schauen. Das klare Licht, das Land, die Leute, der Gesang umwirkten ihn seltsam. Als alle die Hundert auf den närrischen Einfall eines einzelnen plötzlich auf die Bäume geklettert waren und wie ein großer Schwarm fremder, farbiger Vögel in den kahlen Ästen saßen, blieb er, nachdem sie voll Gelächter hinabgesprungen, in Gedanken auf einer schwanken Birke sitzen; denn er verwunderte sich, wie nun das ganze Wesen in die Runde gleich einer stillen weiten Ferne um ihn war und die Rufe und Lieder selbst wie über eine weite See her klangen, auch die Gestalten wirr und traumhaft sich bewegten. Es war einer jener Augenblicke, wo die Zeit eine Minute still zu stehen scheint und man von aller Außenwelt losgelöst endlich sich selbst sieht, fühlt und bemerkt. Es fiel ihm auf, daß er nun schon bei fünf und sechs Jahren zurückzählen konnte, ohne aus dem Bereiche des bewußten, reifenden Alters zu geraten; er fühlte zum ersten Male die Flucht des Lebens. Er war nun zweiundzwanzig Jahre alt; plötzlich kam es ihm in den Sinn, daß er in seiner Wohnung diese und jene kleine Gegenstände besaß, ein Pappdeckelchen, eine Schachtel oder gar etwas, das an Spielzeug grenzte, welche unmittelbar aus der Kinderzeit stammten und die er in fortwährendem Gebrauche um sich gehabt, ohne sich dessen inne zu sein.

Er sah deutlich ihre Gestalt, kleine Beschädigungen, und erinnerte sich, wo und wann er sie verfertigt, ein Stückchen Papier abgerissen oder mit dem Federmesser daran gekritzelt hatte.

Sogleich glaubte er vom Baume herunterspringen, nach Hause laufen und die unschuldigen Sachen vernichten zu müssen. Denn sie kamen ihm nun ganz unerträglich vor. Er sah auch seine Jugendgeschichte vor Augen, ihren Einband, den er selbst verfertigt, das Geschreibsel, alles würde er sogleich zerrissen und vernichtet haben, wenn er es in Händen gehabt hätte.

Alles Vergangene erschien ihm töricht, dumpf und beschämend, auch erinnerte er sich genau aller Dummheiten, die er gemacht, sogar solcher, die er im Kinderröckchen begangen, und er fühlte sich rot werden über alle, weil er sich jetzt unendlich klug und gereift vorkam. Auch nahm er sich vor, von diesem Augenblicke an ganz klug zu sein und durchaus nichts Törichtes mehr anzustellen.

Aber alles dies geschah mit reißender Schnelligkeit in wenig Augenblicken, und er ließ sich, schon von anderen Gedanken ergriffen, von der Birke herunter, als eben Erikson aus der Stadt herangeschritten kam.

Ihr erstes Gespräch war das Benehmen Ferdinands. Erikson sagte nicht viel, während Heinrich mit großer Beredsamkeit sein Erstaunen ausdrückte, wie jener ein solches Wesen, wie Agnes sei, also behandeln könne. Er ergoß sich in den bittersten Tadel, und umso lauter, als er selbst in das schöne Kind verliebt war und sein Gewissen ihm sagte, daß das nichts weniger als in der Ordnung sei.

Erikson hörte nicht viel darauf, sondern sagte: »Ich will wetten, daß er das arme Ding heute sitzen läßt und nicht mitbringt. Wir sollten ihm aber einen Streich spielen, damit er zur Vernunft kommt. Nimm einen der Wagen, fahre in die Stadt und sieh ein wenig zu! Findest du den verliebten Teufel nicht zu Hause, noch bei dem Mädchen, so bring dieses ohne weiteres mit, und zwar in Rosaliens Namen und Auftrag, so kann die Mutter nichts dagegen haben; ich werde dies verantworten. Zu Lys wirst du nachher einfach sagen, daß du das für deine Pflicht gehalten, da er dir die Schöne am Abend vorher so hartnäckig anvertraut.«

Heinrich ließ sich nicht zweimal auffordern und fuhr sogleich in die Stadt. Auf dem Wege traf er Ferdinand ganz allein in einer Kutsche.

»Wohin willst du?« rief er Heinrich zu. »Ich soll«, erwiderte dieser, »dich aufsuchen und sehen, daß du das feine Mädchen mitbringst, im Fall du es nicht ohnehin tun würdest. Dies scheint nun so zu sein und ich will sie holen, wenn du nichts dagegen hast. Eriksons schöne Witwe wünscht es.«

»Tu das, mein Sohn!« erwiderte Ferdinand ganz gleichgültig, indem er sich dichter in seinen Mantel hüllte, und fuhr seines Weges, und Heinrich hielt bald darauf vor Agnesens Wohnung an. Das Rollen und plötzliche Stillstehen der Räder widerhallte auffallend auf dem kleinen stillen Platze, so daß Agnes im selben Augenblicke mit strahlenden Augen ans Fenster fuhr. Als sie Heinrich aussteigen sah, verschleierte sich der Blick wieder, doch harrte sie neugierig, daß er in die Stube träte.

Ihre Mutter empfing ihn, beschaute ihn um und um, und indem sie fortfuhr, mit einer Straußfeder, die sie in der Hand hielt, ihren Altar, das daraufstehende Bild ihrer vergangenen Schönheit, die Porzellansachen und Prunkgläser davor, abzustäuben und zu reinigen, begann sie mit einem seelenlosen, singenden Tone zu plaudern: »Ei, da kommt uns ja auch ein Stück Karneval ins Haus, gelobt sei Maria! Welch allerliebster Narr ist der Herr! Aber was tausend habt Ihr denn, was hat Herr Lys nur mit meiner Tochter angefangen? Da sitzt sie den ganzen Morgen, sagt nichts, ißt nichts, schläft nicht, lacht nicht und weint nicht! Dies ist mein Bild, Herr! wie ich vor zwanzig Jahren gewesen bin! Dank sei unserem Herrn Jesus Christ, man darf es ansehen! Sagen Sie nur, was ist es mit dem Kinde? Gewiß hat sie Herr Lys zurechtweisen müssen, ich sag es immer, sie ist noch zu ungebildet für den feinen Herrn, sie lernt nichts und beträgt sich unanständig. Ja, ja, sieh nur zu, Nesi! lernst du das von mir? Siehst du nicht auf diesem Bild, welchen Anstand ich hatte, als ich jung war? Sah ich nicht aus wie eine Edeldame?«

Heinrich antwortete auf alles dies mit seiner Einladung, welche er sowohl in Ferdinands als in Rosaliens Namen ausrichtete; er suchte einige Gründe hervor, warum *er* und nicht jener selbst komme, indessen die Mutter einmal über das andere rief: »So mach, so mach, Nesi! Jesus Maria, wie reiche Leute sind da beisammen! Ein bißchen zu klein, ein kleines bißchen ist die gnädige Frau, sonst aber reizend! Nun kannst du nachholen, was du gestern etwa versäumt und verbrochen! Geh, kleide dich an, Undankbare! mit den kostbaren Kleidern, die Herr Ferdinand dir geschenkt! Da liegt der köstliche Halbmond am Boden. Aber komm, jetzt muß ich dir das Haar machen, wenns der Herr erlaubt!«

Agnes setzte sich mitten in die Stube; ihre Augen funkelten und die Wangen röteten sich leis von Hoffnung. Ihre Mutter frisierte sie nun mit großer Geschicklichkeit; sie führte mit großer Anmut den Kamm und Heinrich mußte gestehen, als er die hochgewachsene Frau betrachtete und die immer noch schönen Anlagen und Züge ihres Gesichtes sah, daß sie wenigstens einen wahren Grund ihrer Eitelkeit gehabt. Doch wurde sein Auge bald von Agnes allein beschäftigt. Sie saß mit bloßem Halse, von der Nacht der aufgelösten Haare umschattet; um die langen Stränge zu kämmen und zu salben, mußte die Mutter weit von ihr zurücktreten. Sie sprach fortwährend, indessen weder Heinrich noch Agnes etwas sagten. Er hätte gewünscht, ein Jahr in dieser Ruhe zu verharren und keinen anderen Anblick zu haben als diesen.

Endlich war das Haar gemacht und Agnese ging in ihre Kammer, das Dianengewand wieder anzuziehen; die Mutter ging mit, ihr zu helfen; allein sobald sie einigermaßen damit zustande gekommen, erschienen sie wieder und vollendeten den Anzug in der Stube, weil die Alte sich unterhalten wollte.

Agnes sah nun womöglich noch wunderbarer aus als gestern; denn ihr seltsamer Zustand, in dem sie nicht geschlafen hatte, während sie doch von neuer Hoffnung und Sehnsucht belebt und durchglüht war, warf einen geisterhaften Glanz über sie.

Sie fuhren in verschlossenem Wagen durch die Stadt; sobald sie aber im sonnigen Freien waren, ließ Heinrich die Decke zurückschlagen. Agnes atmete auf und fing an zu plaudern. Heinrich mußte ihr erzählen, wie die heutige Lustbarkeit sich veranlaßt habe, wer draußen zu treffen und wo Ferdinand sei. Sie wurde immer vertraulicher, sah ihm freundlich lächelnd in die Augen und ergriff seine Hand; denn er war ihr wie ein guter Engel erschienen, der sie zum Glücke führen sollte. Die Landleute am Wege sahen mit Verwunderung das einzelne Pärchen dahin fahren, das wie aus einer anderen Welt kam, und Heinrich fühlte sich zufrieden und beglückt.

Der Mensch nährt sich, wird gut oder böse, vom Schein. Wenn ihm das Glück eine bloße Situation gibt, so wurzelt er daran, wie eine Pflanze am nackten Felsen. Weil Heinrich nun wieder mit einem reizenden und ungewöhnlichen Mädchen, in schöner Tracht, in vertrautem Zusammensein unter dem blauen Himmel dahin fuhr wie vor Jahren, als er mit einem wirklichen Liebchen über den Berg geritten, erklärte sich sein Herz zufrieden und verlangte nichts Besseres.

Er faßte sich also zusammen und nahm sich vor, ordentlich zu sein. Zwar fühlte er sich noch mehr als gestern in Agnes verliebt, aber er fühlte nun auch, daß er ihr herzlich gut war und nur Gutes wünschte. Daher entschloß er sich, ihr als treuer Freund zu dienen und alles daran zu setzen, daß ihr kein Unrecht geschähe.

Als sie schon das weiße Landhaus in geringer Entfernung glänzen sahen, geriet Agnes aufs neue in große Aufregung; sie wurde bald rot, bald blaß, und da sich eine kleine ländliche Kapelle am Wege zeigte, verlangte sie auszusteigen.

Sie eilte, ihr langes Silbergewand zierlich zusammennehmend, in die Kapelle; der Kutscher nahm seinen Hut ab und stellte ihn neben sich auf den Bock, um die fromme Muße auch zu einem Vaterunser zu benutzen, und Heinrich trat verlegen unter die offene Tür. Das Innere der Kapelle zeigte nichts als einen wurmstichigen Altar, bedeckt mit einer verblichenen veilchenblauen Decke. Das Altarbild enthielt einen englischen Gruß, und vor demselben stand noch ein kleines Marienbildchen in einem starren Reifröckchen von Seide und Metallflittern in allen Farben. Rings um den Altar hingen geopferte Herzen von Wachs, in allen Größen und auf die mannigfaltigste Weise verziert; im einen stak ein Papierblümchen, im anderen eine Flamme von Rauschgold, das dritte durchbohrte ein Pfeil, wieder ein anderes war ganz in rote Seidenläppchen gewickelt und mit Goldfaden umwunden, eines war mit großen Stecknadeln besteckt, wie ein Nadelkissen, wohl zum Zeichen der schmerzvollen Pein seiner Spenderin,

Auf den Bänken aber lagen zahlreiche Abdrücke eines Gebetes, das auf Pappe gezogen auch an der Tür hing und folgende Überschrift trug: Gebet zur allerlieblichsten, allerseligsten und allerhoffnungsreichsten heiligen Jungfrau Maria, der gnadenreichen und hilfespendenden Fürbitterin Mutter Gottes. Approbiert und zum wirksamen Gebrauche empfohlen für bedrängte weibliche Herzen durch den hochwürdigsten Herrn Bischof etc.

Dazu war noch eine Gebrauchsanweisung gefügt, wie viele Ave und andere Sprüche dazwischen zu beten seien.

Agnes lag auf den Knien vor dem Altare, und den Rosenkranz, den sie aus dem Busen gezogen, um die Hände gebunden, betete sie leise, aber inbrünstig, das Gebet vor sich auf dem Boden. Wenn sie einige Worte abgelesen hatte, so schaute sie flehend auf zu dem Marienpüppchen und bat die göttliche Frau mit heiligem Ernst, ihr beizustehen in ihrer Bedrängnis und in ihrem Vorhaben.

Endlich stand sie mit einem großen Seufzer auf und ging nach dem Weihkessel, in welchen sie ihre weißen Finger tauchte. Da sah sie Heinrich in die Tür gelehnt, wie er sie unverwandt betrachtete, und an seiner Haltung sah sie, daß er ein Ketzer sei. Ängstlich tauchte sie den vorhandenen Wedel tief in den Kessel, eilte damit auf Heinrich zu, wusch ihm förmlich das Gesicht und besprengte ihn über und über mit Wasser, indem sie mit dem Wedel unaufhörliche Kreuze schlug. Nachdem sie so die schädliche Einwirkung seiner Ketzerei auf ihre Andacht gebannt, ergriff sie beruhigter seinen Arm und ließ sich wieder in die Kutsche heben.

Heinrich zog sein Taschentuch und trocknete sich das Gesicht, welches von Weihwasser troff; Agnes wollte ihn daran verhindern und zog ihm das Tuch weg, und indem sie so in einen Streit gerieten, der zuletzt zum mutwilligen Scherz wurde, vergaßen sie ganz, daß sie bereits an dem Garten Rosaliens angekommen waren.

Die zahlreiche Gesellschaft, welche schon in dem Landhause versammelt war, begrüßte die liebliche Erscheinung mit lauter Freude. Rosalie hatte außer den Künstlern und den Damen von gestern noch mehrere ihrer Verwandten und Freunde holen lassen, welche sich nun in sonntäglicher moderner Kleidung unter die Vermummten mischten, wovon die Gesellschaft ein zufälliges und leichtes Ansehen gewann. Rosalie selbst, um ihren Pflichten als Wirtin besser nachzukommen, zeigte sich in einfacher häuslicher Tracht, welcher sie auf das anmutvollste einigen heiteren Schmuck beigefügt hatte.

Als Agnes Ferdinand in seinem fremdartigen und fast weiblichen Schmucke erblickte, blieb sie einen Augenblick offenen Mundes stehen und geriet in eine verwirrte Berauschung, da er zärtlich auf sie zueilte, Heinrich für seine Mühe dankte und mit voller Aufmerksamkeit für sie besorgt war. Erst nach und nach kam sie wieder zum Bewußtsein, wachte nun auf in froher Hoffnung und ging, indem es ihr wie ein Stein vom Herzen fiel, in eine blühende Fröhlichkeit über. Sie fing an zu zwitschern, wie ein Vögelchen im Frühling, und schaute vergnügt um sich; denn sie sah nun wirklich Ferdinand neben sich sitzen und hörte seine vertraute Stimme in artigen Worten, die er an sie richtete.

Das kleine, schön gebaute Haus war mit Gästen angefüllt. In dem mäßigen Saale und den wohnlichen Zimmern brannte lockendes Kaminfeuer, indessen die Sonne wärmend durch die Fenster schien und auf dem Garten lag, so daß man durch die offenen Glastüren aus und ein ging. Überall blühten Hyazinthen und Tulpen, und das Treibhaus, welches im schönsten Flore stand, war zwischen seinen grünen Gebüschen mit gedeckten Tischchen versehen. Einige Musiker waren bestellt und man tanzte in dem Saale, jedoch ohne Hast und ohne Zeremonien, sondern behaglich und abwechselnd. Es war anmutig zu sehen, wie ein Teil der Gesellschaft zierlich und fröhlich tanzte, während ein anderer Teil sich in Spielen und Erfindungen erging in Haus und Garten, indessen ein dritter sich im traulichen Zimmer in weitem Ringe um den runden Tisch reihte und die Champagnergläser hob. Die Wirtin war so unermüdlich und liebenswürdig, daß der Fremdeste sich bald zu Hause fühlte. Jedem wußte sie durch einen einzigen Blick, durch ein Wort oder eine Frage dies Gefühl zu geben, und diejenigen jungen Leute, welche aus dürftiger Dachkammer herabgestiegen, nur durch ihr Faschingsgewand in diese Räume der Wohlhabenheit und Zierlichkeit geführt und wenig an die Gebräuche der sogenannten guten Gesellschaft gewöhnt waren, richteten sich nichtsdestominder mit großer Unbefangenheit an ihren Trinktischen ein, und Rosalie schien geehrt und erfreut zu sein durch das treuherzige Schenkeleben, welches sie mit Maß und Sitte zur Schau stellten.

Dadurch gewann sie sich die Herzen aller Anwesenden, so daß sich alle mehr oder weniger in sie verliebten. Sie war sozusagen die Frau von Gottes Gnaden, deren Anmut Wohlwollen und Trost ausstrahlte und allgemeines Wohlwollen erntete, und indem in ihrer Umgebung jeder einzelne bei ihrem Anblick des Glaubens wurde, daß sie ihm besonders freundlich sei, so begnügte er sich mit diesem Gefühle, und sie sah sich von der Bescheidenheit und Sitte aller umgeben.

Nur Ferdinand verhärtete sich immer mehr in seiner Leidenschaft. Er hatte sein Benehmen gegen Agnes nur geändert, um ihren Wert und ihre Schönheit erst recht an das Licht zu stellen, zu zeigen, welch ein seltenes Wesen er so gut wie in der Hand hätte, wie dieses ihn aber ganz unberührt lasse, ja, wie er sie ganz und gar nur als ein liebliches Kind betrachte, welches neben der gereiften Schönheit Rosaliens nicht in Rede kommen könne. Er hatte auch mit großer Feinheit seine Rolle gespielt, so daß niemand deren Falschheit bemerkte als Rosalie und Agnes selbst, welche bald nach ihrer ersten Freude die alte Weise Ferdinands erkannte und darüber tödlich erschrak.

Rosalien war seine veränderte kokette Tracht aufgefallen, und sie fühlte sich dadurch beleidigt; auch hatte sie von Erikson, soviel dieser davon wußte, sein Verhältnis zu Agnes erfahren und war erst willens, durch ein kluges Verfahren dem jungen seltsamen Mädchen, das ihr wohlgefiel, zu seinem Rechte zu verhelfen und Ferdinand in Güte zu ihr hinzulenken. Im Verlauf des Tages sah sie aber ein, daß er kein Glück sei für ein so naives Kind und daß sie mit gutem Gewissen nicht in dessen Geschick eingreifen dürfe, und sie entschloß sich, den selbstsüchtigen Untreuen seinen Weg gehen zu lassen und ihn auf ihre Weise zu bestrafen.

Als er daher Agnes, nachdem er sie der Obhut Heinrichs übergeben, plötzlich wieder verließ und begann, seine Bewerbungen um Rosalien fortzusetzen, empfing sie ihn mit alter Freundlichkeit, und als er sie auf Schritt und Tritt begleitete, hörte sie ihn holdselig an und tat, als ob sie weder dies noch die mißbilligende Verwunderung der Gesellschaft bemerkte.

In einem Seitengemache gefiel sich eine gewählte Gesellschaft darin, in den glänzenden Fabelgewändern ruhig eine Partie Whist zu spielen. Rosalie und Ferdinand traten ein, um sich hier umzusehen, und beteiligten sich am Spiele. Er benutzte dasselbe, um allerlei Galanterien zu begehen und ungestört eine Weile ihr gegenüber zu sitzen. Sie lächelte ihm zu und hielt gut mit ihm zusammen. Als die Partie geendet, ergriff sie die Karten und bat die Spieler und andere, welche in der Nähe waren und welche alle aus vermöglichen Personen bestanden, eine kleine Rede von ihr anzuhören.

»Ich habe mich«, sagte sie, »bisher arg gegen die Kunst versündigt und, trotzdem daß ich mit Glücksgütern gesegnet bin, so viel wie nichts für sie getan; ich bin umso tiefer beschämt, als ich durch dieses Fest die sinnige, treuliche Lebenslust empfinden gelernt habe, welche in den Künstlern ist und von ihnen ausgeht, und ich möchte einen besseren Anfang machen und wünsche in meiner Dankbarkeit, daß heute in meinem Hause, welches durch die fröhliche Anwesenheit so vieler Künstler geehrt wird, etwas Gutes geschähe und daß ich, was wie ich glaube für die rechte Kunstbeförderung ebenso notwendig ist, auch andere veranlasse, etwas Gutes zu tun. Ich sehe unter meinen Gästen so manches junge Bürschchen mit glänzenden Augen, dem es aber, nach seiner schüchternen Haltung zu urteilen, nicht zum besten geht. Wie schön wäre es, wenn wir wenigstens einen oder zwei dieser flüggen Vögel unmittelbar aus dieser Festfreude heraus nach Italien schicken könnten! Da ich aber an niemanden bestimmte Anforderungen machen darf, so will ich hier Bank halten und diejenigen, welche es können, zum Spiele einladen. Was gewonnen wird, legen wir zusammen, ich verdoppele die Summe alsdann, und je nach dem Befunde wählt dann die anwesende Gesellschaft denjenigen aus ihrer Mitte, welchen sie für den Würdigsten und Bedürftigsten hält!«

Und mit verbindlichem Lächeln sich zu Ferdinand wendend und ihn zum Tische ziehend, sagte sie: »Herr Lys, Sie sind ein reicher Mann! Geben Sie ein gutes Beispiel und fangen Sie an!«

Ferdinand hatte von der bedeutenden Summe, welche er in seiner Narrheit bei den Juwelieren ausgegeben, noch zehn bis zwölf Louisd'ors übrig, die er in ein Papier gewickelt in den Busen gesteckt hatte, da in der Eile an seinem ganzen Kostüm nicht eine Tasche angebracht worden. Verlegen zog er das Geld hervor, wie ein Mädchen einen Liebesbrief, und verlor es schnell an die schöne Bankhalterin.

Sie warf es in eine leere Fruchtschale und dankte ihm, indem sie zugleich bedauerte, daß er nicht mehr zu verlieren habe. Ihm schien aber das Verlorene schon zu viel zu sein, und um wieder etwas davon zu gewinnen, warf er, scheinbar um noch mehr beizutragen, den kleinsten seiner Ringe hin.

Allein er verlor auch diesen. Rosalie hatte zu ihrer großen Freude ein merkwürdiges Glück, Ferdinand verlor Stück um Stück von seinem Schmucke; Armspangen, Agraffen, Ringe und Ketten warf er auf den Tisch in dem aufgeregten Bestreben, wieder zu dem Seinigen zu kommen; Rosalie setzte gemünztes Gold dagegen, aber nach wenigen Schwankungen lag der ganze Schmuck Ferdinands, im Wert von über dreitausend Gulden, schimmernd in der Schale.

Rosalie klatschte in die Hände und verkündete unverhohlen ihre Freude über dies unverhoffte Gelingen, und als sie Ferdinand holdselig dankend die Hand reichte, mußte auch dieser eine gute Miene machen, obgleich er nun eine seltsame Figur spielte, da der noch seltsamere Schmuck jetzt erst recht die Aufmerksamkeit erregte.

Aber nun ging es erst recht an. Die Damen wurden von den Edelsteinen mächtig angezogen, und in der Hoffnung, dies oder jenes, was ihnen besonders gefiel, zu gewinnen, drängten sich bald alle um den Tisch und spielten eifrig um den Schmuck; denn sie nahmen sich samt und sonders vor, ihre Männer oder Väter zu bewegen, den verhofften Gewinst mit barem Gelde auszulösen. Allein Rosalie hatte unverwüstliches Glück und häufte endlich fast alles vorhandene Geld zu dem Schmuck in die Schale, und als zuletzt niemand mehr spielte, rief sie: »Obgleich mein Unternehmen einen Umfang gewonnen hat weit über das erwartete Ziel hinaus, so freue ich mich dennoch, mein Wort zu halten und diesen ganzen Gewinst zu verdoppeln!«

Einige angesehene ältere Künstler und ein anwesender Kaufmann berieten nun die Sache, und es fand sich, daß man zwei junge Leute reichlich ausstatten könne auf einige Jahre.

Das Ereignis erregte das größte Erstaunen und den freudigsten Jubel im ganzen Hause, und die Freude war so plötzlich gekommen, daß nicht der leiseste Schatten von Neid sich daruntermischte, als man nun auf Rosaliens Wunsch die zwei jungen Maler auswählte, welche die Reise nach Italien machen sollten.

Die Wahl war eine neues und das edelste Vergnügen von allen bisherigen, und es wurde auf das sinnreichste und lieblichste hin und hergewandt, da es so gut schmeckte, und endlich wurden zwei Brüder gewählt, welche sich ebenso durch ihren Fleiß als durch ihre Armut auszeichneten, zwei liebenswürdige Bürschchen aus Sachsen, welchen während ihres Aufenthaltes in der Kunststadt Vater und Mutter gestorben und jeder Unterhalt verloren war. Man begriff nicht, wie sie leben konnten, so kümmerlich nährten sie sich, und doch waren sie der Kunst so anhänglich und treu und immer so guten Mutes, daß sie bei aller Armut und Sparsamkeit doch immer einige blanke Gulden bereit hatten, jedes Künstlerfest mitzufeiern und jedermann durch ihre bescheidene Fröhlichkeit zu erfreuen.

Die zwei Kirchenmäuse wußten nicht, wie ihnen geschah, und küßten in ihrer Verwirrung der reizenden Urheberin dankbar die Hand. Rosalie konnte sich nicht enthalten, den schüchternen jungen Bürschchen die Wangen zu streicheln, und hätte sie gern geküßt, wenn es sich hätte tun lassen.

Sie wurden im Triumph herumgeführt, woraus sich ein neues Anordnungs- und Wandervergnügen ergab.

Indessen verfiel Ferdinand gänzlich seinem Geschick. Es begab sich mit ihm, was sich immer begeben hat, er geriet durch das Schiefe und Unrechte der einen Leidenschaft in eine Niedrigkeit des Empfindens und Denkens, welche sonst nicht in ihm lag. Er war allerdings selbstsüchtig und sparsam gegen andere, sobald es Geld oder Gut betraf, aber doch nicht in dem Grade, daß er sich nicht im allgemeinen mit einem anständigen und liebenswürdigen Charakter vertragen hätte; er würde über den erlittenen Verlust unter allen Umständen verdrießlich geworden sein, aber nicht so sehr, daß der Verdruß im mindesten auf andere Ideen und Vorstellungen eingewirkt oder dieselben getrübt hätte. Jetzt aber verband sich mit seinem geheimen Ärger sogleich der Gedanke, sich zu entschädigen; er machte in seinem Innern Rosalien sich verpflichtet und hielt sie durch den Vorfall für gebunden an ihn durch ein starkes Band.

Diese bedenkliche Ausschweifung verwirrte ihn ganz und trieb ihn demgemäß zum Handeln. Er nahm sich also äußerlich zusammen, da er in seiner Torheit seiner Sache sicher zu sein glaubte, und beobachtete Rosalien mit mehr Ruhe, um den günstigen Augenblick zu finden, sie allein zu sehen.

Rosalie schien ihn hierin zu unterstützen; denn er bemerkte, daß sie mehrmals allein wegging auf eine Weise, als ob sie wünsche, daß jemand ihr folge und sie aufsuche.

Sie hatte Spiel, Schmuck und Ferdinand vergessen und war jetzt mit einem anderen Gedanken beschäftigt, und dieser Gedanke rötete ihre Wangen und entfachte ihre Augen in holder Glut. Sie wünschte, daß Erikson sie suchte und allein spräche, ohne daß sie ihn geradezu aufforderte. Aber dieser merkte von allem nichts, und anstatt daß er selber auf den Gedanken kam, den er vielmehr beinahe scheute wie eine gefährliche Entscheidung, beobachtete er Ferdinand, der sich nun ruhiger hielt, und glich einem Jäger, der nach einer anderen Seite sieht, wo er etwa einen Fuchs vermutet, während das schöne Reh in Schußweite vor ihm hinspringt.

Ferdinand aber verlor nun keine Zeit mehr, sondern verschwand unversehens aus dem Saale, als er gesehen, daß Rosalie sich wiederum entfernt habe. Sobald er auf dem Gange war, folgte er ihr mit stürmischen Schritten, daß seine assyrischen Gewänder nur so flogen, erreichte sie in einem abgelegenen stillen Zimmerchen, welches zur Sommerzeit ihr Boudoir war, ergriff ihre beiden Hände und begann dieselben leidenschaftlich zu küssen. Sie hatte gehofft, daß Erikson hinter ihr her käme; aber bald erkannte sie an dem leichten Schritte, daß er es nicht sei, und wußte nun in der Verwirrung nicht sogleich, was sie anfangen sollte.

Doch entzog sie ihm die Hände, indessen er sagte: »Schönste Frau! Sie haben zwei Glückliche gemacht! Beglücken Sie den dritten, indem Sie mir erlauben, Ihnen zu sagen, wie tief ich von Ihrer Schönheit und Anmut, von Ihrem ganzen Wesen ergriffen bin!«

Rosalie zappelte mit ihren Händchen, ihn abwehrend, und rief halb ängstlich, halb lachend: »Herr Lys! Herr Lys! ich bitte Sie! Sehen Sie denn nicht, daß ich heute in meinen Alltagskleidern stecke und nicht mehr die Göttin der Liebe bin?«

»O schöne, liebe Rosalie!« rief Lys und fuhr fort mit schöner Beredsamkeit, »mehr als je sind Sie die Schönheit und Liebe selbst und alles das, was die Alten so tiefsinnig vergöttert haben! Sie sind eine ganze Frau im edelsten Sinne des Wortes, in Ihnen ist nur Anmut und Wohlwollen, und Sie verwandeln alles dazu, was um Sie ist. O jetzt begreife ich, warum ich ein Ungetreuer und Wankelmütiger war mein Leben lang! Wie kann man treu und ganz sein, wo man immer nur das halbe und durch Sonderlichkeit getrübte Weib trifft, bald unfertig in seinem Bewußtsein, bald eigensinnig und überreif in demselben? Sie sind das wahre Weib, in dem der Mann seine Ruhe und seinen dauernden Trost findet, Sie sind heiter und sich selber gleich, wie der Stern der Venus, den Sie gestern trugen! O verkennen Sie sich nicht, erkennen Sie Ihr eigenes Wesen! Diese göttliche Freundlichkeit, welche Sie beseelt, ist nichts als Liebe, welche gewähren muß, sobald sie erkannt und verstanden wird! Sie muß sich äußern hoch über der trüben Welt von Tugend und Sünde, Pflicht und Verrat, in der Höhe des klaren unveränderlichen Lebens ihres eigenen Wesens!«

Er hatte wieder ihre Hand ergriffen und sah jetzt so schön und aufrichtig aus, daß sie ihm nicht gram werden konnte; sie ließ ihm desnahen noch eine Weile die Hand und sagte mit großer Anmut und Freundlichkeit: »Sie sind jetzt sehr liebenswürdig, Herr Lys! und ich will deshalb vernünftig mit Ihnen sprechen. Ich bin weit entfernt, Ihre Grundsätze zu verdammen oder Ihnen eine zimperliche Predigt halten zu wollen, da ich sehe, daß dieselben nicht leere Worte eines unsicheren Mannes, vielmehr nur zu deutlich die Äußerung einer tiefer begründeten Lebensrichtung sind. Sehen Sie zu, wie Sie dabei Ihr Glück und Ihre Ruhe finden, von der Sie sprechen! Aber ich muß Ihnen wenigstens sagen und kann Sie auf das Heiligste versichern, daß ich mich selber sehr wohl kenne und daß Sie sich hinsichtlich meines Wesens vollkommen getäuscht haben. Sehen Sie, Herr Lys! (und hier zog sie ihre Hand zurück und maß ihm eine rosige Fingerspitze vor, indessen sie etwas ungeduldig mit den Füßchen strampelte) ich empfinde nicht so viel Neigung für Sie, und ich schwöre Ihnen, daß, was meine Freundlichkeit betrifft, dieselbe nun und nimmermehr das für Sie sein wird, was Sie Liebe nennen oder was ich Liebe nenne! Ja vielmehr steht sie auf dem Punkte, in Haß und Abscheu umzuschlagen, wenn Sie Ihr Benehmen nicht sogleich ändern! Entschließen Sie sich dazu, oder ich bitte Sie, mein Haus zu verlassen, denn Sie stören mir alle Freude und machen ein unnützes Aufsehen!«

Als sie dies sprach, funkelte zuletzt durch alle lächelnde Freundlichkeit ein lichter Zorn in ihren Augen, gleich einem Blitz im Sonnenschein, welcher zwar bezaubernd, aber auch so deutlich und entschieden war, daß Lys nicht ein Wort zu erwidern wußte. Er sah sie erstaunt und wehmütig an, wie einer, der aus seiner ganzen persönlichen Beschaffenheit und Überzeugung heraus gehandelt hat und darüber traurig ist, daß er keinen Anklang findet. Dann ging er, ohne ein Wort zu sagen, langsam aus dem Zimmer.

Rosalie schaute ihm nach, und während sie aufatmend sich auf ein Sofa warf, mischte sich in den freundlichen Spott, den sie empfand, doch ein geheimstes bedauerndes Gefühl, daß ihr Wohlwollen nicht etwas der Art sein dürfe, für was Lys es gehalten wissen wollte.

Inzwischen hatte Erikson endlich ihre und Ferdinands gleichzeitige Abwesenheit entdeckt, und da er Rosalien zu sehr ehrte und liebte in seiner breiten Brust, um sie genauer zu kennen, und auch ein ziemlicher Neuling in dieser Lage war, so verließ ihn plötzlich sein bisheriges Phlegma und er geriet in die heftigste Aufregung.

Die abenteuerlichsten und graulichsten Geschichten von der geheimen Verworfenheit und Schwachheit der Weiber, welche er in Schenken und Männergesellschaften gehört, fuhren ihm wie Gespenster durch den Kopf, die wunderlichsten Eroberungen und Überrumpelungen durch kühne Gesellen, unter den schwierigsten Umständen, kamen ihm in den Sinn und wechselten mit dem Bilde der sich immer gleichen Rosalie, und dies Bild verscheuchte dann alle jene Schrecken für einen Augenblick; aber sie kehrten wieder und peinigten ihn auf das ärgste.

Und als er sie endlich gewaltsam unterdrückte, sagte er sich: Und was wäre es denn, wenn mir dieser Teufel zuvorkäme und das täte, was ich schon längst hätte wagen sollen? Wer wäre zu tadeln als ich selbst? Soll mir die liebe Schöne sich selbst auf einem Teller präsentieren? Hole der Henker das Geld! Ich glaube, ich wäre nicht halb so blöde, wenn sie nicht so reich wäre! Aber was tut das zur Sache? Sie ist ein Weib, ich ein Mann, Himmel! sie wird mir den Kopf nicht abbeißen!

Als ob seine Seligkeit auf dem Spiele stände, durchmaß er alle Zimmer, und als er sie nirgends fand, riß er voll Furcht und Zorn die letzte Tür auf, die ihm noch übrig blieb, trat hastig in das schwach erleuchtete Stübchen und fand Rosalien auf dem Sofa sitzend. Sie hielt sich ganz still und sah ihn an, und Erikson stand plötzlich ratlos da.

Nachdem er eine Weile gestanden, indessen sich die Schöne nicht gerührt, gewann er über ihrem Anblicke seine Bewegung wieder, stärker als vorhin, aber nun rein und gleichmäßig, eine schöne, mächtige Wallung. Er tat einen Schritt auf sie zu, ergriff ihren Arm so fest, daß es sie schmerzte, und gab nun seinen Gefühlen und Meinungen Worte, so gut er sie zu finden vermochte.

Rosalie beklagte sich nicht über den Druck seiner starken Hand, es schien sogar, als ob ihr der kleine Schmerz das größte Vergnügen gewähre. Sie hörte ihn mit schwerverhaltenem Lächeln an, und eine Viertelstunde nachher sah man ihn feierlich und zufrieden durch die Räume kommen, mit glänzenden Augen einige Verwandte Rosaliens zusammenzusuchen und zu ihr zu berufen, und abermals eine Viertelstunde nachher erschienen diese wieder und ordneten in dem Saale eine Abendtafel für die gesetztere Hälfte der Gesellschaft und besonders für sämtliche Verwandte und Freunde Rosaliens, deren noch manche schnell geholt wurden; und als alles dies zustande gekommen, indessen auch die Lichter angesteckt wurden, verkündete ein ehrwürdiger Oheim die unverhoffte Verlobung, und das glückliche Paar nahm die überraschten Glückwünsche von allen Seiten frohlauschend auf.

Alle, die in gewöhnlicher Kleidung anwesend waren, führten unter sich alsbald eine gelinde Kritik über die seltsame Verlobung und die künstlerischen Neigungen der reichen Witwe, die so rasch nacheinander zutage träten; doch wenn sie, besonders die Schönen, auf Erikson blickten, so blieben ihre Worte nur noch tönende, während das Auge gestehen mußte, daß die feine Rosalie wohl zu wählen gewußt habe.

Die Künstler aber freuten sich unbändig über diese neue glückliche Wendung zu Ehren ihres Standes und machten Erikson glückwünschend zu ihrem Helden, nicht ahnend, welcher Abfall von Pinsel und Palette mit dieser Verlobung sich vollende. Denn Erikson hat in der Tat nie wieder gemalt, obgleich er den Künstlern zugetan blieb und mit vieler Behaglichkeit sich später eine Bildersammlung anlegte.

Nur Ferdinand ertrug diesen Vorfall nicht; er verlor sich in der größten Uneinigkeit mit sich selbst aus dem Hause und stürmte in den Buchenwald hinaus, in welchem viele einzelne Masken umherirrten und lärmten. Viele kamen auch von den Forsthäusern auf die Kunde von den artigen Begebenheiten in das Landhaus der Witwe oder nunmehrigen Braut und wurden da bewirtet. Erikson rührte sich sogleich lustig als künftiger Herr des Hauses und schaffte mit ausgiebiger Bewegung Raum und Stoff in die Verwirrung, die rauschend hereingebrochen war.

Dann aber geleitete er Rosalien, die sich zurückziehen wollte, als sie alles im besten Gange und durch treue Freunde und Diener überwacht sah, nach der Stadt. Sie erbebte in der Dunkelheit vor Vergnügen, als er sie in den Wagen hob und als der leichte Kasten heftig schaukelte, da der hünenmäßige Erikson einstieg.

Während sich dies alles begeben, hauste in dem Gewächshause ein kleines Trüppchen Leute, abgelegen und vergessen von der großen Gesellschaft, und führte zwischen den Myrten- und Orangenbäumen ein wunderlich verborgenes Leben. Da saß an einem Tischchen der fabelhafte Bergkönig, welcher mit seiner Krone und seinem weißen Barte aussah, als wäre er eben aus den Fluten des Rheines, aus der Nibelungenzeit heraufgestiegen, und sang, indem er das lange Kelchglas schwenkte, die lustigsten Lieder; neben ihm zechte ein Winzer aus dem Bacchuszuge, ein wirklicher Rheinländer, welcher eine Anzahl Champagnerflaschen erhascht und unter den Myrten verborgen hatte. Es war ein untersetzter Mann von dreißig Jahren mit einem braunen Krauskopfe und kindlich lachenden Augen, welche bald mit frommem Ausdrucke in die Welt schauten, bald in schlauer Lustigkeit funkelten. Seine Hände verkündeten einen fleißigen Metallarbeiter und der weichgeschnittene Mund einen andächtigen Trinker, indessen doch die Mundwinkel einen sinnenden festen Zug hatten vom häufigen Verschließen und Verziehen des Mundes über der beharrlichen plastischen Arbeit. Man nannte ihn den kleinen Gottesmacher, weil er nicht nur alle für den katholischen Kultus notwendigen Silbergefäße, sondern auch sehr wohlgearbeitete Christusbilder in Elfenbein verfertigte. Nebenbei war er ein trefflicher Musikus, der mehrere Instrumente spielte und ein Kenner der alten Kirchenmusik sowohl als einer Menge melancholischer Volkslieder war. Diese sang er jetzt abwechselnd mit dem Bergkönig und dem grünen Heinrich, welcher mit Agnes den kleinen Kreis vervollständigte.

Das verzweifelte Mädchen hatte sich hierher zurückgezogen, weil sie nicht unter den anderen Frauensleuten sein mochte, die alle glücklich waren und sich ihres Lebens freuten. Sie saß nun wieder stumm und still und lauschte auf die Worte Heinrichs, welcher ihr fortwährend Hoffnung machte und zuflüsterte, sie solle nur Geduld haben; wenn erst diese tolle Zeit vorüber sei, so würde sich Ferdinand schon besinnen und müsse es, er wolle ihn dazu zwingen. Als das Geräusch der Verlobung sich verbreitete, eilte Heinrich weg, um Ferdinand aufzusuchen, während Agnes mit banger Hoffnung und aufblitzender Lebenslust seiner harrte. Aber er fand ihn nirgends und kehrte allein zurück.

Agnes versank in eine tiefe Erstarrung, alles vergessend, was um sie war. Der Bergkönig und der Winzer begannen jetzt ihren Zustand zu erkennen und bewährten sich als bescheidene und treuherzige Gesellen, welche mit herzlicher Schicklichkeit ihrer schonten und zugleich mit derselben sie aufzuwecken und zu beleben suchten.

Heinrich bot ihr an, sie nach Hause zu bringen; allein sie verweigerte es und ging nicht von der Stelle, indem sie behauptete, Ferdinand müsse sie nach Hause begleiten und würde gewiß noch kommen. Sie trank nun mehreremal von dem brausenden Weine, den sie in ihrem Leben noch nie getrunken, und als derselbe seine Wärme durch ihr Blut ergoß, wurde sie allmählich laut und ergab sich einer selbstbetäubenden Freude. Sie sang nun selbst mit den Gesellen und ließ eine so wohlklingende Stimme ertönen, daß alle bezaubert wurden. Sie wurde immer lustiger und trank in kurzer Zeit einige Gläser aus.

Die drei Burschen, wenig erfahren in so bedenklichen Sachen, ließen sich nun ohne Arg von ihrer Ausgelassenheit hinreißen und freuten sich über das reizende lustige Mädchen, über welches ein eigentümlicher dämonischer Zauber gegossen war. Sie brach blühende Myrten- und Lorbeerzweige und flocht Kränze daraus; sie plünderte das ganze Gewächshaus, um Sträuße zu binden, und indem sie ihre

Zechbrüder mit den fremden Wunderblumen aufputzte und ihnen die Kränze aufsetzte sowie sich selbst, tanzte sie nicht wie eine Diana, sondern wie eine kleine angehende Bacchantin herum, ohne daß indes die ganze Szene das geringste von ihrer Unschuld und Harmlosigkeit verloren hätte.

Aber plötzlich, als die Lust am größten war, veränderte sich ihr Gesicht und sie fing bitterlich an zu weinen; sie warf sich auf einen Stuhl und weinte mehr und mehr, es war, als ob alle Quellen des Leides sich geöffnet hätten, und bald war das Tischtuch, auf das sie ihr schluchzendes Haupt niederbeugte, von ihren strömenden Tränen benetzt, die sich mit dem Champagner ihres umgestürzten Glases vermischten.

Mit durchdringender, klagender Stimme rief sie, vom Schluchzen unterbrochen, nach Ferdinand, nach ihrer Mutter. In größter Ratlosigkeit suchten die Gesellen sie zu beruhigen und aufzurichten, zugleich befürchtend, daß andere Gäste herbeikommen und Agnesens bedenklichen Zustand sehen möchten.

Allein ihr Schrecken wurde noch größer, als die Tränen unversehens versiegten, Agnes vom Stuhle sank und in wilde Krämpfe und Zukkungen verfiel. Sie warf ihre feinen weißen Arme umher, die Brust drohte das spannende Silbergewand zu sprengen, und die schönen dunkelblauen Augen rollten wie irre Sterne in dem bleichen Gesicht. Heinrich wollte nach Hilfe rufen, aber der Bergkönig, welcher der älteste war, hielt ihn davon ab, um einen allgemeinen Auftritt zu verhüten. Sie hofften, der Anfall würde vorübergehen, sprengten ihr Wasser ins Gesicht und lüfteten das Brustgewand, daß der kleine pochende Busen offen leuchtete. Heinrich hielt das schöne tobende Mädchen, das mehr dem Tode als dem Leben nahe schien, auf seinen Knien, da kein geeigneter Ruhesitz im Treibhause war, und indem er das zärtlichste Mitleid für sie fühlte, verwünschte er den eigensüchtigen Ferdinand, welcher nun weiß Gott wo umherschweifen mochte.

Als aber der unglückliche Zustand, anstatt vorüberzugehen, immer schlimmer und bedrohlicher wurde, indem die Zuckende kaum mehr zu halten war, entschlossen sie sich in der größten Angst, die Kranke vorsichtig nach dem Hause zu tragen.

Der Bergkönig und der Winzer hoben sie auf ihre Arme und trugen die tobende Diana auf dem dunkelsten Seitenwege durch den

Garten, indessen Heinrich voranging und die Gelegenheit erspähte. So gelangten sie mit der verräterisch glänzenden und ächzenden Last mit Mühe endlich durch eine Hintertür in das Haus und in das obere Stockwerk, wo sie ein mit Betten versehenes Zimmer fanden. Sie legten dort das arme Kind hin und suchten in der Stille einige weibliche Hilfe herbei. Es war auch die höchste Zeit, denn sie lag nun in tiefer Ohnmacht; zugleich erregte aber die herbeigeeilte Gärtnersfrau, die Heinrich gefunden, ein solches Lamento, daß bald alle noch anwesenden Damen in dem Zimmer waren, der Vorfall nun mit dem größten Aufsehen bekannt ward und die betroffenen drei Zecher sich in den Hintergrund ziehen mußten.

Es gelang endlich, die Ohnmächtige wieder ins Leben zu rufen, und da sich auch zweckmäßige Hilfsmittel fanden, erholte sie sich in etwas, ohne jedoch zum klaren Verstande zu kommen. Doch konnte keine Rede davon sein, sie noch heute nach Hause zu bringen, obgleich ein schnell herbeigekommener Arzt die Sache nicht für gefährlich erklärte und Ruhe und Schlaf als die sicherste Hilfe zur gänzlichen Erholung bezeichnete.

Heinrich machte sich auf den Weg nach der Stadt, um Agnesens Mutter zu benachrichtigen. Die Fahrstraße war bedeckt mit Wagen, die, mit Tannenreis geschmückt, die heimkehrenden Masken trugen, und dazwischen von vielen Fußgängern. Um schneller vorwärts zu gelangen und ungestörter zu sein, schlug Heinrich einen Fußpfad ein, welcher im lichten Walde sich hinzog zur Seite der Straße. Als er einige Zeit gegangen, holte er Ferdinand ein, dessen weiter seidener Mantel sowie der Saum des batistenen langen Rockes sich unablässig in den Sträuchern und Dornen verwickelten und zerrissen und so sein Fortkommen erschwerten. Fluchend schlug er sich mit dem Gestrüpp herum, als Heinrich zu ihm stieß.

Sobald sie sich erkannten, erzählte Heinrich das Vorgefallene und in einem Tone, welcher deutlich verriet, wo der Erzähler hinaus wollte. Ferdinand, welcher ein ausdauernder Trinker war, aber alle eigentliche Betrunkenheit schon an Männern verabscheute, empfand einen tiefen Verdruß und suchte überdies mit der Äußerung desselben den weiteren Auslassungen Heinrichs zuvorzukommen.

»Das ist eine schöne Geschichte!« rief er, »ist das nun deine größte Heldentat? Ein unerfahrenes Mädchen berauscht zu machen? Wahrhaftig, ich habe das arme Kind guten Händen übergeben!«

»Übergeben! Verlassen, verraten willst du sagen!« rief Heinrich und übergoß nun seinen Freund mit einer Flut der bittersten Vorwürfe.

»Ist es denn so schwer«, schloß er, »seinen Neigungen einen festen Halt zu geben und gerade dadurch die Gesamtheit der Weiber recht zu lieben und zu ehren, daß man einer treu ist? Denn es ist ja doch eine wie die andere und in der einen hat man alle!«

Ferdinand hatte sich indessen aus den Dornen losgewickelt; er sah nun aus wie ein zerzauster und gerupfter Vogel. Da er sah, daß er Heinrich nicht einschüchtern konnte, ergab er sich und sagte ruhig, indem sie weitergingen: »Laß mich zufrieden, du verstehst das nicht!«

Heinrich brauste auf und rief: »Lange genug habe ich mir eingebildet, daß in deiner Sinnes- und Handlungsweise etwas liege, was ich mit meiner Erfahrung nicht übersehen und beurteilen könne! Jetzt aber sehe ich nur zu deutlich, daß es die trivialste und nüchternste Selbstsucht und Rücksichtslosigkeit ist, welche dich treibt, so leicht erkennbar als verabscheuenswert. O wenn du wüßtest, wie tief dich diese Art entstellt und befleckt und allen denen weh tut, welche dich kennen und achten, du würdest aus eben dieser Selbstsucht heraus dich ändern und diesen häßlichen Makel von dir tun!«

»Ich sage noch einmal«, erwiderte Lys, »du verstehst das nicht! Und das ist deine beste Entschuldigung in meinen Augen für deine unziemlichen Reden! Nun, du Tugendheld! Ich will dich nicht an deine Jugendgeschichte erinnern, die du so artig aufgeschrieben hast, erstens um dein Vertrauen nicht zu mißbrauchen, und zweitens, weil dir nach meiner Ansicht aus derselben wirklich nichts vorzuwerfen ist. Denn du hast getan, was du nicht lassen konntest, du tust es jetzt, und du wirst es tun, solange du lebst –«

»Halt«, sagte Heinrich, »ich hoffe wenigstens, daß ich immer weniger das tue, was ich lassen kann, und daß ich zu jeder Zeit etwas lassen kann, das schlecht und verwerflich ist, sobald ich es nur erkenne!«

»Du wirst zu jeder Zeit«, erwiderte Ferdinand kaltblütig, »das lassen, was dir nicht angenehm ist!«

Heinrich wollte ihn ungeduldig nochmals unterbrechen, allein Lys übersprach ihn und fuhr fort: »Angenehm oder unangenehm aber ist nicht nur alles Sinnliche, sondern auch die moralischen Hirngespinste sind es. So bist du jetzt sinnlich verliebt in das eigentümliche Mädchen, dessen absonderliche Gestalt und Art die äußersten Sinne reizt, wie ich nun an mir einsehe; dies ist dir angenehm; aber weil du wohl merkst, daß du dabei kein rechtes Herz hast, nicht in deinem eigentlichen Sinne liebst, so verbindest du mit jenem Reiz noch die moralische Annehmlichkeit, dich für das schmale Wesen ins Zeug zu werfen und den uneigennützigen Beschützer zu machen. Wisse aber, wenn du einen Funken eigentlicher Leidenschaft verspürtest, so würdest und müßtest du allein darnach trachten, deinen Schützling meinem Bereiche ganz zu entziehen und dir anzueignen. Du hast aber die wahre Leidenschaft noch nie gekannt, weder in meinem noch in deinem Sinne. Was du als halbes Kind erlebt, war das bloße Erwachen deines Bewußtseins, das sich auf sehr normale Weise sogleich in zwei Teile spaltete und an die ersten zufälligen Gegenstände haftete, die dir entgegentraten. Die sinnliche Hälfte an das reife kräftige Weib, die zartere geistige an das junge transparente Mädchen, das du an jenes verraten hast. Dies würdest du, trotz deiner selbst, nie getan haben, wenn eine wirkliche ganze Liebe in dir gewesen wäre! Wisse ferner, was mich betrifft: jeder ganze Mann muß jedes annehmliche Weib sogleich lieben, sei es für kürzer, länger oder immer, der Unterschied der Dauer liegt bloß in den äußeren Umständen. Das Auge ist der Urheber, der Vermittler und der Erhalter oder Vernichter der Liebe; ich kann mir vornehmen, treu zu sein, aber das Auge nimmt sich nichts vor, das gehorcht und fügt sich der Kette der ewigen Naturgesetze. Luther hat nur als Normalmann, nicht als einer von denen gesprochen, welche Religionen stiften oder säubern und die Welt verändern, wenn er sagte, er könne kein Weib ansehen, ohne ihrer zu begehren! Erst durch ein Weib, welches durch spezifisches Wesen, durch Reinheit von allem eigensinnigen, kränklichen und absonderlichen Beiwerke eine Darstellung einer ganzen Welt von Weibern ist, durch ein Weib von so unverwüstlicher Gesundheit, Heiterkeit, Güte und Klugheit wie diese Rosalie – kann ein kluger Mann für immer gefesselt werden. Wie beschämt sehe ich nun ein, welche vergängliche Spezialität, welch phänomenartiges Wesen ich in dieser Agnes mir zu verbinden im Begriffe war! Du aber schäme dich ebenfalls, als solch ein zierlich entworfenes, aber noch leeres Schema in der Welt umherzulaufen, wie ein Schatten ohne Körper! Suche, daß du endlich einen Inhalt, eine solide Füllung bekommst, anstatt anderen mit deinem Wortgeklingel beschwerlich zu fallen!«

Vielfach beleidigt schwieg Heinrich eine Weile; er war tief gereizt und es kochte und gärte gewaltig in ihm; denn er war in seinem besten Bewußtsein angegriffen und fühlte sich umso verletzter und verwirrter, als in Ferdinands Worten etwas lag, das er im Augenblick nicht zu erwidern wußte. Der genossene Wein und die nun schon vierundzwanzigstündige ununterbrochene Aufregung taten auch das Ihrige, seine Lust, die Sache vollends auszufechten, zu entflammen, und er begann daher wieder mit entschiedener Stimme: »Nach deiner vorhinnigen Äußerung zu urteilen, bist du also nicht sehr willens, dem Mädchen die Hoffnungen, die du ihr leichtsinnigerweise angeregt, zu erfüllen?«

»Ich habe keine Hoffnungen angeregt«, sagte Lys, »ich bin frei und meines Willens Herr, gegen ein Weib sowohl wie gegen alle Welt! Übrigens werde ich für das gute Kind tun, was ich kann, und ihr ein wahrer und uneigennütziger Freund sein, ohne Ziererei und ohne Phrasen! Und zum letztenmal gesagt: Kümmere dich nicht um meine Liebschaften, ich weise es durchaus ab!«

»Ich werde mich aber darum kümmern«, rief Heinrich, »entweder sollst du einmal Treue und Ehre halten, oder ich will es dir in die Seele hinein beweisen, daß du unrecht tust! Das kommt aber nur von dem trivialen trostlosen Atheismus! Wo kein Gott ist, da ist kein Salz und kein Schmalz, nichts als haltloses Zeug!«

Ferdinand lachte laut auf und rief: »Nun dein Gott sei gelobt! Dacht ich doch, daß du endlich noch in diesen glückseligen Hafen einlaufen würdest! Ich bitte dich aber jetzt, grüner Heinrich, laß den lieben Gott aus dem Spiele, der hat hier ganz und gar nichts damit zu tun! Ich versichere dich, ich würde mit oder ohne Gott ganz der gleiche sein! Das hängt nicht von meinem Glauben, sondern von meinen Augen, von meinem Hirn, von meinem ganzen körperlichen Wesen ab!«

»Und von deinem Herzen!« rief Heinrich zornig und außer sich, »ja, sagen wir es nur heraus, nicht dein Kopf, sondern dein Herz kennt keinen Gott! Dein Glauben oder vielmehr dein Nichtglauben ist dein Charakter!«

»Nun hab ich genug, Verleumder!« donnerte Ferdinand mit starkem und erschreckendem Tone, »obgleich es ein Unsinn ist, den du sprichst, welcher an sich nicht beleidigen kann, so weiß ich, wie du es meinst: denn ich kenne diese unverschämte Sprache der Hirnspinner und Fanatiker, die ich dir nie, nie zugetraut hätte! Sogleich nimm zurück, was du gesagt hast! Denn ich lasse nicht ungestraft meinen Charakter antasten!«

»Nichts nehm ich zurück und werfe dir deinen Verleumder zu eigenem Gebrauche zu! Nun wollen wir sehen, wie weit dich deine gottlose Tollheit führt!« Dies sagte Heinrich, während eine wilde Streitlust in ihm aufflammte. Ferdinand aber antwortete mit bitterer verdrußvoller Stimme: »Genug des Schimpfens! Du bist von mir gefordert! Und zwar mit Tagesanbruch halte dich bereit, einmal mit der Klinge in der Hand für deinen Gott einzustehen, für den du so weidlich zu schimpfen verstehst! Sorge für deinen Beistand, und nun geh deines Weges und laß mich allein!«

Er brauchte dies nicht zweimal zu sagen; denn Heinrich hatte unter anderen Torheiten, als er fechten gelernt, sich auch das großländische Benehmen in sogenannten Ehrensachen gemerkt und angeeignet, ohne daß er es bis jetzt betätigen konnte; und obgleich er noch genug auf dem Herzen hatte und gern noch lange gesprochen und gezankt hätte, gleich den alten Helden, welche wenigstens ebensoviele Worte als Streiche auszugeben wußten und bei aller Tatkräftigkeit doch gern vorher den Streit gründlich besprachen, so ging er doch jetzt ebenso stramm und lautlos von hinnen wie ein geforderter Student oder Gardeoffizier, während der Zipfel seiner Kappe gemütlich klingelte und sein Herz gewaltig klopfte.

Beide erzürnte Freunde fanden nur zu leicht und bald andere Törichte unter den heimwärts schwärmenden Künstlern, welche sogleich mit feierlicher Bereitwilligkeit die erforderlichen Verabredungen und Vorbereitungen trafen. Das Duell sollte in Ferdinands Wohnung stattfinden.

Dieser begab sich nach Hause und blieb den übrigen Teil der Nacht auf, ohne sich umzukleiden. Er schrieb einige Briefe und versiegelte sie, warf das erotische Album, das ihm in die Hände fiel, unwillkürlich und errötend ins Feuer, ordnete dies und jenes, und als er damit zu Ende war, löschte er das Licht, setzte sich an das Fenster und erwartete den anbrechenden Morgen. Ohne Haß gegen Heinrich zu empfinden, war er doch sehr traurig und gekränkt durch das unbedachte und bösartige Wort, welches dieser ihm ins Gesicht geworfen. Er unterdrückte daher den Gedanken, als der Ältere die Beleidigung zu verzeihen und sich bei kaltem Blute mit dem jungen Freunde auszugleichen, und gedachte dem Unbesonnenen als einem Vertreter einer ganzen Gattung und Lebensrichtung einmal eine Lektion zu geben oder wenigstens durch den Ernst des Vorfalles ihm die Augen zu öffnen. Für sich war er nicht besorgt und es war ihm in seiner jetzigen Stimmung gleichgültig, was ihn betreffen möchte, ja er wünschte, daß Heinrich ihn träfe und sein Blut vergösse, damit er recht empfindlich für seine leichtsinnige Kränkung bestraft würde.

Dann richtete er seine Gedanken auf Rosalien, die ihm nun, da sie liebte und verlobt war, noch schöner und wünschenswerter erschien. Er glaubte überzeugt zu sein, daß er sie dauernd geliebt hätte, und sah sich die schöne Frau wie ein guter Stern entschwinden, der nie wiederkehrt.

Heinrich fühlte sich so aufgeregt und munter, daß er anstatt nach Hause zu gehen und auszuruhen, sich bis zum Morgen in verschiedenen Zechstuben herumtrieb, wo die unermüdlichsten der Künstler die zweite Nacht ohne Schlaf bei Wein und Gesang vollendeten. Auch sagte ihm ein schlauer Instinkt, daß er, wenn er anders das tüchtige Erlebnis, das tatkräftige Gebaren, das ihn lockend durchfieberte, nicht verlieren wollte, die Sache nicht vorher beschlafen und mit der Einkehr in seine Behausung und bei sich selbst etwa auf nüchterne Gedanken kommen dürfe.

Er sah jetzt nur das Kreuzen der glänzenden Klingen, mit welchem er das Dasein Gottes entweder in die Brust des liebsten Freundes schreiben oder es mit seinem eigenen Blute besiegeln wollte. Beides reizte ihn gleich angenehm, und er dachte daher an Ferdinand mit ungewöhnlicher Zärtlichkeit, wie an ein köstliches Pergament, auf welches man seine heiligste Überzeugung schreiben will. Der Morgen ging endlich auf und Heinrich eilte an den verabredeten Ort. Unterwegs kam er an seiner Wohnung vorbei; aber er ging nicht hinein, um nur das Geringste zu besorgen, sondern eilte hastig weiter. An einem Brunnen wusch er sich sorgfältig Gesicht und Hände und ordnete seine Kleider, und darauf trat er frisch und munter, mit seltsam gespannter Lebenskraft, in Ferdinands großes Atelier, wo schon alle Beteiligten versammelt waren.

Man hatte kurze dreikantige Stoßdegen gewählt, welche mit einer vergoldeten Glocke versehen waren, sehr hübsch aussahen und Pariser genannt wurden. Jeder nahm seine Waffe, ohne den anderen anzusehen; doch als sie sich gegenüberstanden, mußten sie unwillkürlich lächeln und begannen mit sehnsüchtiger Lust die Klingen in behaglicher Langsamkeit aneinander hingleiten zu lassen.

Sie standen gerade vor dem wandgroßen Bilde, auf welchem die Bank der Spötter gemalt war. Das schöne Bild glänzte im Morgenlicht und in all seiner festen vollen Farbenpracht, und die Spötter schienen die Kämpfenden neugierig und launig zu betrachten. Der Abbé nahm seine Prise, der Alte schlug ein Schnippchen und der Taugenichts hielt die Rose vor den höhnischen Mund.

Bis jetzt war das Fechten ein Spiel gewesen, bei welchem nichts herauskommen konnte, da jeder mit Leichtigkeit die Stöße des anderen übersah und parierte. Die scharfgeschliffenen Spitzen, welche vor ihren Augen herumflirrten, übten aber eine unwiderstehliche Lockung, und beide gingen fast gleichzeitig in ein rascheres Tempo über. Heinrich, welcher der Hitzigere und Betörtere war, in welchem auch eine Menge Weines glühte, wurde noch ungestümer und entschiedener, und unversehens trat Lys mit einem leisen Schrei einen Schritt zurück und sank dann auf einen Stuhl.

Er war in die rechte Seite getroffen, das Blut tropfte erst langsam durch das weiße Kleid, bis der Arzt die Wunde untersuchte und offen hielt, worauf es in vollen Strömen sich ergoß. Nach einigen Minuten, während welcher Ferdinand sich munter und aufrecht hielt, beruhigte der Arzt die Anwesenden möglichst und erklärte die Verletzung zwar für gefährlich und bedenklich, aber nicht für unbedingt tödlich. Die Lunge sei verletzt und alle Hoffnungen oder Befürchtungen eines solchen Falles müßten mit ruhiger Vorsicht abgewartet werden.

Heinrich hörte dies aber nicht, obgleich er dicht bei dem Verwundeten stand und denselben umfaßt hielt. Er war nun totenbleich und sah sich ganz verwundert um. Die Kraft verließ ihn, und er mußte sich selbst auf einen Stuhl setzen, wo er wie durch einen Traum hindurch das rote Blut fließen sah.

Erikson, welchen es trieb, die Freunde aufzusuchen und, da er sich nun geborgen sah, in gemütlichem Scherze den verunglückten Ferdinand zu trösten und etwas zu hänseln, trat jetzt ein und sah mit Schrecken das angerichtete Unheil, nicht wissend, was es bedeute.

»Was zum Teufel treibt ihr denn da?« rief er und eilte bestürzt und besorgt auf Ferdinand zu.

»Nichts weiter», sagte dieser schmerzlich lächelnd, »der grüne Heinrich hat nur die Feder, mit welcher er seine Jugendgeschichte geschrieben, an meiner Lunge ausgewischt – ein komischer Kauz –«

Weiter konnte er nicht sprechen, da ihm Blut aus dem Munde drang und eine tiefe Ohnmacht ihn befiel.

VIERTER BAND

ERSTES KAPITEL

I, 15 Da der wunderliche Zweikampf in Ferdinands Wohnung vorgefallen war und der schwer Verwundete ohne Aufsehen daselbst gepflegt wurde, so konnte der unglückliche Vorfall ohne Mühe gänzlich geheim gehalten werden. Es wurde ausgesagt, Lys habe eine Reise angetreten, und Heinrich hielt sich ebenfalls in seiner Werkstatt verschlossen, ohne sich sehen zu lassen.

Agnes saß in trostloser Traurigkeit in ihrem Häuschen; sie hatte die vorgebliche Abreise Ferdinands vernommen, daß er weit, weit fortgegangen sei, und wähnte der alleinige Grund dieser plötzlichen Entfernung zu sein. In der Stadt hatte sich das Gerücht gebildet, daß das seltsame Mädchen sich an dem Feste höchst leidenschaftlich und ungebärdig übernommen, sich berauscht und so den reichen Holländer, dessen Hand ihr schon sicher gewesen sei, von sich abgeschreckt und zu eiliger Flucht bewogen hätte. Diese Sage drang auch in ihr Haus, die zornige Mutter, welche eine geborgene glanzvolle Zukunft sich entschwinden sah, überhäufte die Arme mit ihren singenden monotonen Vorwürfen, und so saß Agnes, welche selbst einen Teil dieses Geredes für wahr hielt und sich schuldig glaubte, voll Scham und Furcht und in verlorener Sehnsucht da.

Da Heinrich in jener Nacht über dem Streite mit Ferdinand ganz seine Absicht vergessen hatte, Agnesens Mutter von dem Unfalle zu benachrichtigen, und also weder diese, noch Ferdinand, noch Heinrich wieder in dem Landhause erschienen, so hatte sich das verlassene Mädchen aufgerafft und entschieden begehrt, in die Stadt gebracht zu werden. Sie war daher in einen Wagen gesetzt und durch die Gärtnersfrau begleitet worden. Überdies hatte sich der rheinische Gottesmacher auf den Bock gesetzt und war treulich besorgt gewesen, die kranke Schöne in ihrer Behausung unterzubringen.

Als einige Tage verflossen waren und die Blume jenes Gerüchtes völlig aufgegangen, versammelte der Gottesmacher einige Musikgenossen, mit welchen er gewöhnlich Quartett spielte, und übte mit ihnen einen ganzen Tag lang. Am Abend führte er sie vor Agnesens kunstreiches Häuschen; der Violoncellist, welcher ein Landschafter war, hatte seinen Feldstuhl mitgenommen und setzte sich auf denselben zum Spiele, die anderen drei standen neben ihm, und nachdem sie leise und sorgfältig die Saiten gestimmt, erklangen die harmonischen, gehaltenen Töne der Geigen über den kleinen, stillen Platz. Augenblicklich öffneten sich alle Fenster in der Runde, die Nachbaren steckten neugierig entzückt die Köpfe in die laue Märznacht hinaus, und die Frauen und Mädchen spähten, wem die unerwartete Serenade gelten möchte.

Die Musiker spielten einige ernste, klagende Stellen aus älteren Tonwerken, deren edle, kräftige Unbefangenheit süß und wohllautend das helle Mondlicht durchklang und in ihrer klaren Bestimmtheit mit den scharfen Umrissen der voll beleuchteten Gegenstände wetteiferte. Agnes saß zuhinterst in der matt erleuchteten Stube; die schöne Musik tönte in ihren dumpfen Schmerz hinein, sie erhob das schwere Köpfchen und lauschte alsobald mit kindlich neugierigem Wohlbehagen den Tönen, ohne sich zu wundern noch zu kümmern, woher sie kämen. Ihre Mutter dagegen eilte ans Fenster, und sobald sie sich überzeugt hatte, daß die Herren nur an ihr Haus hinaufspielten, rief sie: »Bei Marias Hilf und frommer Fürbitte! Wir haben ein Ständchen! Wir haben ein Ständchen!« Sie zündete sogleich die zwei rosenroten Wachskerzen an, welche sonst immer wie Altarleuchter vor ihrem Bildnisse standen, und stellte dieselben feierlich auf den Tisch, damit jedermann an der hell erleuchteten Stube sehen sollte, wem die Musik gelte. Dann zog sie ihre Tochter, die sie kurz vorher gescholten hatte, freundlich zum Fenster, und Agnes sah lächelnd auf die freundlichen Musiker nieder. Diese gingen nun in einen rascheren Takt und in hellere Weisen über, und nachdem sie dieselben mit kräftigem Bogenstrich geschlossen, begannen sie plötzlich, ebenso geübt im Gesange wie im Spiel, ein vierstimmiges Frühlingslied zu singen, daß der wohltönende Gesang heiter in die Lüfte stieg. Sie begleiteten sich selbst auf ihren Instrumenten, bald mit zartem Bogenstrich, bald mit der Hand die Saiten rührend.

In der zarten und doch festen Tüchtigkeit dieses Vortrages tat sich ein wohlbestelltes Gemüt kund, und die zusammenklingenden Männerstimmen richteten Agnesens Seelchen auf und drangen mit ehrendem und tröstendem Schmeicheln in ihr verzagtes Blut.

Sie errötete freundlich und schlief diese Nacht wieder zum ersten Mal froh und ruhig, in beiden zierlichen Ohrmuscheln die wohltuenden Töne bewahrend.

Am anderen Tage fand sich der Gottesmacher im Häuschen der Malerswitwe ein und stellte sich als den Urheber des nächtlichen Konzertes vor. Die Alte errötete noch mehr als ihre Tochter, und alle drei befanden sich in einiger Verlegenheit. Um diese zu unterbrechen, erbat sich der Rheinländer Entschuldigung für die Freiheit, die er sich genommen, so ohne weiteres mit einer Nachtmusik aufzuwarten, und zugleich die Erlaubnis, seine Besuche fortsetzen zu dürfen. Diese wurde ihm gewährt; das junge Mädchen fand sich durch die musikalische Ehrenrettung aus einer peinvollen und öden Lage erlöst; sie fühlte nun reiner das süßherbe Weh des Liebesunglückes, und in ihr Leid um Ferdinand Lys mischte sich mit nicht abzuwehrender Wärme die Dankbarkeit gegen den wohlgesinnten Gottesmacher.

Dieser brachte mehrere Male seine Freunde samt den Instrumenten mit und führte mit ihnen in Agnesens Wohnung kleine Konzerte auf, denen niemand zuhörte als sie und ihre Mutter. Die klare Musik, die wohlgemessenen Töne hellten ihren Geist auf und erweckten reifende, bewußte Gedanken in ihr, so daß eine ernste Haltung, ein inhaltsvollerer Blick mit ihrer Kindlichkeit und ihrem naiven Wesen sich mit großem Reize vereinigten.

Als eines Abends der Gottesmacher sich mit seinen Freunden entfernt hatte, kehrte er gleich darauf allein zurück und in sonderbarer angenehmer Aufregung, und indem er einen glänzenden Blick auf die reizende Gestalt des Mädchens warf, küßte er der Mutter die Hand, nahm sich zusammen und hielt, im Anfang nicht ohne Stottern, folgende Rede:

»Sie sind, liebeköstliche Agnes – Ihre Tochter ist, verehrte Frau! von einem glänzenden Liebhaber herzlos verlassen. Weder mit den persönlichen Vorzügen noch mit den Reichtümern jenes Treulosen begabt, fühle ich dennoch mich unaufhaltsam getrieben und gezwungen, das Glück herauszufordern, mich an die Stelle des Verschwundenen zu drängen und mit meiner Hand der Verlassenen ein leidenschaftlich erregtes, aber dauerhaftes und treues Herz anzubieten! – Ich bin ein Silberschmied und am Rhein zu Hause; meine Eltern sind mir schon früh gestorben, so daß ich von Jugend auf allein in der Welt stand. Aber nachdem ich in Arbeit, Musik und Lustigkeit viele sorgenvolle und lustige, klangvolle Jahre zugebracht, fiel mir von weiter Verwandtschaft her das Erbe eines schönen, frommen und nährenden Heimwesens zu, durch den Schutz der gebenedeiten Jungfrau. Ich hatte nun reichlicher zu leben und durfte, einigen künstlerischen Neigungen folgend, mit denen ich versehen bin, auf einige Jahre hierherkommen, um in dieser gut katholischen Stadt mein Handwerk durch etwas gute Bildnerei verbessern zu lernen. Die vorgesetzte Zeit ist nun vorüber, ich kehre nächstens an den schönen Strom zurück, wo Kirchen, Klöster und vornehme Prälaten meine Arbeiten begehren. Mein Gut liegt zwischen zwei uralten Städtchen am sonnigen Abhang, aus dem Hause tritt man in den Garten und schaut den goldenen Rheingau hinauf und hinunter, Türme und Felsen schwimmen in bläulichem Dufte, durch welchen sich das glänzende Wasser zieht; hinter dem Hause legt sich der edle, einträgliche Wein, der mir Gut und Freude bringt, an den aufsteigenden Berg, und oben steht eine Kapelle unserer lieben Frau, die weit über die Gauen, Wälder und in die Berge hineinschaut und sich ins letzte Abendrot taucht. Dicht daneben habe ich ein kleines Lusthäuschen gebaut und unter demselben einen kleinen Keller in den Felsen gehauen, wo stets ein Dutzend Flaschen klaren Weins liegen. Wenn ich nun einen neuen kunstreichen Kelch fertig habe, so steige ich, eh ich ihn inwendig vergolde, hier hinauf, und nachdem ich der Jungfrau meinen Dank abgestattet für ihre Hilfe bei der Arbeit, probiere und weihe ich das Gefäß in dem luftigen Häuschen, und leere es drei, auch wohl viermal auf das Wohl aller Heiligen und aller unschuldigen frohen Leute. Ich führe dies hier an, weil ich damit meine Schwäche bekenne, daß ich nämlich bis jetzt ein bißchen viel Wein getrunken habe, zwar nie so viel, daß ich nicht jenen Berg wieder allein hätte hinuntergehen können, so steil er auch ist. Meine Silberarbeit, Musik und Wein sind meine einzige Freude gewesen und meine schönsten Tage die sonnigen

Kirchentage der Mutter Gottes, wenn ich zu ihrem Preise auf dem Chore der benachbarten Kirchen spielte, während unten am belaubten und bekränzten Altare meine Gefäße glänzten. Ein klingendes und singendes Weinräuschchen an heiterer Pfaffentafel, in Refektorien oder in schön gebohnten, duftenden Pfarrhäusern war dann der Gipfel des vergnügten Daseins. – Aber seit einiger Zeit sehnten sich meine Lippen auch nach einem anderen Tranke, es war mir immer, als möchte ich die unsichtbare Himmelskönigin einmal küssen, und wenn ich die Bilder, die ich von ihr in Silber oder Elfenbein machte, zu küssen mich gewaltsam bekämpfen mußte, bat ich die schöne Gottesfrau schmerzlich, mir aus meiner Not zu helfen. – Da habe ich dich bei dem Feste gesehen, ärmste, schönste Agnes, und sogleich war es mir, als hätte die Jungfrau selbst deine Gestalt angenommen, mir zur Freude, und meinem Silber, meinem Elfenbein zu Vorbild und Richtschnur; denn was ich bislang an zartem Gebilde in Traum und Wachen vergeblich gesucht und angestrebt, das sah ich nun plötzlich lebendig vor mir! Ich wußte nicht: drängte es mich zuerst, zu Stift und Griffel zu greifen, um deine kostbare Erscheinung hastig dem edlen Metalle einzugraben, oder dich mit dem Schwure zu umschließen, daß ich dich nun und immerdar mir aneignen und auf Händen tragen wolle, das lichte Seelchen, das in deiner Gestalt wohnt, in Frömmigkeit küssend! Kommst du mit mir in meine Heimat, so soll die Zeit des Weines für mich vorüber sein und die Zeit der Liebe und Schönheit beginnen! Das Land ist schön und fromm und fröhlich, Ruhe und Heiterkeit sollen dich und deine geehrte Mutter umgeben, indessen jeder Punkt deines Daseins und deiner Erscheinung ein Gegenstand meiner immerwährenden Verehrung sein wird. Zahlreiche Kapellen und Kirchlein unserer lieben Frau, die aus allen lauschigen Winkeln, auf Bergen und im Strome glänzen, stehen bereit, deine sonstigen Wünsche und Anliegen und meine Dankgebete für die eine Gnade deines Besitzes aufzunehmen.«

Als der Gottesmacher seine Rede in schöner und einnehmender Erregtheit geendet und, Agnesens Hand ergreifend, sie mit seinen lebhaften Äuglein, die in gemütvollem poetischen Feuer funkelten, anblickte, wollte die Mutter mit diplomatischer Gebärde das Wort ergreifen; allein ihre Tochter, welche während der Zeit ihr prächtiges

Auge mit melancholischem Lächeln auf die Erde gerichtet hatte, richtete sich jetzt auf, unterbrach die Alte und erwiderte mit einem freien und vollen Blicke auf den Rheinländer, indem sie ihm die Hand ließ:

»Ja, ich will dein sein, mein lieber Freund! Du hast mir Ehre erwiesen und Trost gebracht und deine schöne Musik hat ein helles Licht in meinem verwirrten Gemüte verbreitet! Und indem ich überlege, wie ich es dir am besten und wahrsten danken kann, fühle ich wohl und fühle es gern, daß es am besten mit meinem verlassenen Selbst geschieht, das nun nicht mehr verlassen ist! Ohne zu forschen, ob deine Neigung fest und dauernd sei, will ich mich mit all der Sehnsucht meiner verschmähten Liebe unter den Schutz deines fröhlichen Herzens flüchten und so zugleich das Unheil einer neuen Verschmähung verhüten. Ich will nicht rückwärts schauen und nur fühlen, daß ich mit meiner einen Kraft liebe und wieder geliebt werde. Sollte es mir geschehen, daß ich einmal den Namen des Verschwundenen statt des deinigen ausspreche, so sei mir nicht böse, ich will dich dafür zweimal ans Herz drücken! Was den Wein betrifft, so bitte ich dich, wegen meiner nicht einen Becher weniger zu trinken! Dieser goldene Schelm hat mir Weh getan und ich habe ihn schmerzlicherweise dafür lieb gewonnen; ich sah, daß an seinen Quellen ehrliche Freude, Herzlichkeit und Artigkeit wohnen; jene Stunden zwischen den Myrten und Orangen, obgleich ich sie nie zurückwünsche, sind wie ein unauslöschliches Märchen in meinem Gedächtnis, wie ein schmerzlich süßer Traum, welchen ich zwischen neuen, unbekannten und doch vertrauten treuherzigen Gestalten geträumt.

Aber noch eines muß ich sagen. In die vielen Kirchen und Kapellen am Rheine werde ich nicht eintreten! Ich habe in meiner Not um den Ungetreuen zu der fabelhaften Frau im Himmel gefleht, und sie hat mir nicht geholfen! Oder ich habe um Ungehöriges und Sündliches gefleht; dann aber dünkt es mich, daß ein wahres göttliches Wesen hierzu niemals verlocken kann. Als ich noch hoffte, den schlimmen Ferdinand mein zu nennen, wußte ich, daß er nichts glaubte und im stillen über mein Vertrauen zur Jungfrau lächelte. Ich war darüber bekümmert und gedachte in meiner Kindheit, ihn noch gut katholisch zu machen. Jetzt, wo seine Entfernung und sein selbstsüchtiger Verrat mir seine Grundsätze doppelt verdächtig und verhaßt machen sollten, fühle ich mich seltsamerweise zu denselben hingezogen, ja ich wün-sche zuweilen, wie wenn ich nach seinem Beifall lüstern wäre, daß er es wissen möchte!

Zürne nicht hierüber, liebster frommer Gottesmacher! Ich will dir kein Ärgernis geben, sondern dein gehorsames und treues Haus- und Bergfräulein sein! Ich will fromm deiner Trauben pflegen und dir jeden Becher kredenzen, den du trinkest!«

Die Zuhörer waren höchlich verwundert über diese Reden; die Mutter bekreuzte sich dreimal, indem sie sowohl über Agnesens Beredsamkeit als über den Inhalt ihrer Worte sich entsetzte, und sie wollte ein lautes Lamentieren beginnen. Aber sie wurde wieder unterbrochen durch den Gottesmacher, welcher, nachdem er sich von seinem Erstaunen erholt, erwiderte:

»Ich hätte allerdings nicht vermutet, daß meine ehrwürdige, von frommen Meistern gesetzte Musik ein Licht dieser Art in einem jugendlichen Frauenhaupte aufstecken und eine solche anmutige Beredsamkeit erzeugen würde! Doch die Wege des Herrn sind wunderbar! möchte ich fast sagen, wenn nur dieses Sprichwort hier besser angewendet wäre!

Ich bin in dem andächtigen Glauben an Gott und seine Heiligen erzogen, und insbesondere das Bild der Maria hat mich von Kindheit auf in seiner Milde und Schönheit angelacht. Ihr Kultus hat mich zur Kunst begeistert und mir Brot gegeben, als ich arm, verlassen und unwissend war; sie war mir Mütterchen, Geliebte, göttliche Fürbitterin, Muse in Bild und Tönen, und überdies belebte sie wie eine allgegenwärtige Göttin die Fluren meiner schönen Heimat. Aus der Bläue des Himmels, auf goldenen Wolken, im Glänzen des Gewässers, im leuchtenden Grün der Wälder, auf den Blumensternen, auf den roten Rosen lächelte mir die unsichtbare Himmelsfrau sichtbar entgegen und weckte ein süßes Sehnen in meiner Brust. Jetzt ist mir beinahe, als wäre dies Sehnen gestillt, auch weiß ich gar wohl, daß derlei katholische Dinge von aufgeklärten oder auch nur unbefangenen Leuten nicht mehr geglaubt werden; aber warum wollen wir die selige Menschgöttin unserer Jugendzeit, die uns Unschuld und Anmut bedeutet, so ohne weiteres absetzen? Ist es uns nicht lieblicher und vertrauter, die Altbekannte, Schöne ferner über unseren Fluren zu ahnen und sie mit dem armen Volke in den geschmückten Tempeln zu verehren, in denen wir so wohl zu Hause sind, als uns den Kopf zu zerbrechen und für das, was uns beglückt, gelehrte heidnische Namen oder gar nur tönende Worte zu gebrauchen? Wenn ich erst einmal anfinge, mich in solche Dinge einzulassen, so hätte ich nicht mehr Zeit, mein Silber zu treiben; denn mein Kopf ist nicht zu leichten Übergängen eingerichtet und muß alles gründlich einüben. Also schlage ich vor, daß wir uns die Sache nicht unnötig schwer machen, vielmehr dieselbe, sozusagen, der heiligen Jungfrau selbst überlassen! Was jenen unglücklichen Verräter betrifft, so wage ich zu hoffen, daß ich sein Andenken je länger, je weniger zu fürchten brauche, ja sogar daß das Bestreben, in Glauben oder Unglauben zu gefallen, eines Tages sich mir gänzlich zuwenden werde; denn ich fühle eine solche Ganzheit und Sicherheit der Liebe zu dir in mir, daß ich mir Meisterschaft und Kunst genug zutraue, den Lauf deines Geblütes endlich ganz zu meinen Gunsten zu lenken!«

Agnes blickte während dieser Worte wieder vor sich nieder, ohne den Mund zu verziehen, wie in tiefen Gedanken verloren; doch dann stand sie auf und küßte den Gottesmacher mehrere Male auf den Mund.

Es wurde nun beschlossen, gleich mit dem Beginne des Frühlings die Hochzeit zu begehen und nach dem Rheine zu ziehen, was auch alles auf das beste geschah, und der Gottesmacher war und blieb so glücklich, daß daraus notwendig auf Agnesens eigenes Glück zu schließen war. Ihre Mutter war erst in der großen belebten Stadt geblieben, da ihrem eitlen Sinne dieselbe zur Unterlage nötig schien; auch hoffte sie im geheimen durch die Abwesenheit der störenden Schönheit ihrer Tochter noch einen stillen und erbaulichen Nachsommer ihrer eigenen Person zu genießen, wenn auch nur vor sich selbst und angesichts ihres Bildes. Aber bald mußte sie zu ihrem Schrecken erfahren, daß ihr Licht nicht mehr genugsam leuchtete und daß sie, ohne es zu wissen, schon bislang im Widerschein von ihres Kindes Schönheit geatmet hatte. Sie fühlte sich einsam, alt und verwelkt, mehr als sie es im Grunde war, erhob einen großen Jammer, bis sie zu dem jungen Paare reisen konnte, und es war rührend zu sehen, wie sie sich klagend beeilte, nur wieder in den Bereich der Jugend und Schönheit zu kommen, die Jugend von ihrer Jugend und Schönheit von ihrer Schönheit war.

Ehe aber das seltsam erregte Paar abgereist, hatte es auf den besonderen Wunsch Agnesens den abgeschlossenen Heinrich aufgesucht, um sich bei ihm zu verabschieden.

Die erste Gefahr in Ferdinands Zustande war einstweilen vorüber, und der Verwundete ging einer leidlichen Herstellung entgegen. Heinrich hatte ihn aber noch nicht wieder gesehen. Eine tiefe Verwirrung und Scham, welche ihn in der starken Abspannung nach jenen aufgeregten Tagen befiel, mischte sich mit einer Art trotziger Scheu, sich an das Krankenbett zu drängen, und als die Lebenskräfte des Kranken sich wieder gesammelt, fragte er wohl nach Heinrich, aber er verlangte ihn nicht zu sehen. Ein bitteres Schmollen waltete zwischen beiden, welches zwar bei jedem mehr gegen sich selbst gerichtet war, aber doch den anderen mit hineinzog, da ohne denselben die begangene gefährliche Torheit nicht möglich geworden wäre. Und wie eine sündliche Torheit, in Aufregung und Verblendung hereingebrochen und für einmal noch gnädig ablaufend, doch den Vorhang lüftet vor einem unliebsamen Dunkel, das in uns zu wogen scheint, so zeigte das Vorgefallene dem melancholischen grünen Heinrich eine dunkle Leere in sich selber, in welcher seine eigene Gestalt, mit tausend Fehlern und Irrtümern behaftet, ganz unleidlich auf und nieder tauchte.

Er wohnte längst nicht mehr in jenem behaglichen Stübchen, das er bei seiner Ankunft gemietet, sondern in einem großen saalartigen Raume mit hohen grauen Wänden, der durch ein mächtiges helles Fenster erleuchtet war. Seine ungeheuerlichen Kartons mit den abenteuerlichen Kompositionen, die großen blassen Bilder auf Leinwand bildeten zusammen ein Labyrinth von verschiedenen helldunklen Gelassen und Winkeln, als ob eine kolossale spanische Wand, mit spanischen Schlössern bemalt, sich durch den Raum zöge. Der einzige Luxusgegenstand im Zimmer war ein mächtiges breites Sofa, das aber ganz mit Papier und Büchern bedeckt war und dadurch verriet, daß der junge Bewohner sich noch stramm und aufrecht zu halten gewohnt war und trotz seiner Melancholie keines Lotterbettes bedurfte. Sonst war jede Zierlichkeit und Fülle vermieden; auf ein paar wackeligen Tischchen lagen bestäubt die Geräte Heinrichs, auf dem Boden seine Mappen, die Wände waren kahl und öde, und wenn er früher einer museumartigen Fülle, einer beschaulichen Kramseligkeit bedurft hatte, um sich zu gefallen, so schien er jetzt mit einer düstern Leere und Schmucklosigkeit zu kokettieren. Nur ein etwa anderthalb Fuß hoher borghesischer Fechter, trefflich gearbeitet, aber vielfach beschädigt und beräuchert, stand in einer Ecke auf dem Boden, und von der Fensternische herab hing zerrissen und verdorrt eine große Efeuranke. Auf der kahlen Mauer, wo der Efeu früher in die Höhe gewachsen, sah man dieselbe Ranke mit Kohle höchst sorgfältig und reinlich nachgezeichnet, nämlich nach den Umrissen des Schattens, welchen der Efeu einst in der frühen Morgensonne auf die Mauer geworfen hatte.

Aber diese Spur eines melancholischen Müßigganges war noch höchst heiter und tüchtig zu nennen im Vergleich zu einer anderen, welche in Heinrichs Werkstatt zu entdecken war oder vielmehr dem ersten Blicke auffiel. Unter den großen Schildereien ragte besonders ein wenigstens acht Fuß langer und entsprechend hoher Rahmen hervor, mit grauem Papiere bespannt, der auf einer mächtigen Staffelei im vollen Lichte stand. Am Fuße desselben war mit Kohle ein Vordergrund angefangen und einige Föhrenstämme, mit zwei leichten Strichen angegeben, stiegen in die Höhe. Davon war einiges bereits mit der Schilffeder markiert, dann schien die Arbeit stehengeblieben. Über den ganzen übrigen leeren Raum schien ein ungeheures graues Spinnennetz zu hangen, welches sich aber bei näherer Untersuchung als die sonderbarste Arbeit von der Welt auswies. An eine gedankenlose Kritzelei, welche Heinrich in einer Ecke angebracht, um die Feder zu proben, hatte sich nach und nach ein unendliches Gewebe von Federstrichen angesetzt, welches er jeden Tag und fast jede Stunde in zerstreutem Hinbrüten weiterspann, so daß es nun den größten Teil des Rahmens bedeckte. Betrachtete man das Wirrsal noch genauer, so entdeckte man den bewunderungswertesten Zusammenhang, den löblichsten Fleiß darin, indem es in einem fortgesetzten Zuge von Federstrichen und Krümmungen, welche vielleicht Tausende von Ellen ausmachten, ein Labyrinth bildete, das vom Anfangspunkte bis zum Ende zu verfolgen war. Zuweilen zeigte sich eine neue Manier, gewissermaßen eine neue Epoche der Arbeit, neue Muster und Motive, oft sehr zart und anmutig, tauchten auf, und wenn die Summe der Aufmerksamkeit, Zweckmäßigkeit und Beharrlichkeit, welche zu dieser unsinnigen Mosaik erforderlich war, verbunden mit Heinrichs gesammeltem Talente, auf eine wirkliche Arbeit verwendet worden wäre, so hätte er ein Meisterwerk liefern müssen. Nur hier und da zeigten sich kleinere oder größere Stockungen, gewissermaßen Verknotungen in diesen Irrgängen einer zerstreuten, gramseligen Seele, und die sorglose und kluge Art, wie sich die Federspitze aus der Verlegenheit zu ziehen gesucht, bewies deutlich, daß das träumende Bewußtsein Heinrichs aus irgend einer Patsche hinauszukommen suchte.

Schon seit vielen Wochen hatte er jeden Tag zur eigentlichen Arbeit angehoben und war alsobald, ohne es zu wissen noch zu wollen, in dunklem Selbstvergessen an die Fortsetzung der kolossalen Kritzelei geraten, und er arbeitete eben wieder mit eingeschlummerter Seele, aber großem Fleiß und Scharfsinn an derselben, als an die Tür geklopft wurde.

Er erschrak heftig und fuhr zusammen, als ob er über einem Verbrechen ertappt wäre. Agnes und ihr Bräutigam traten herein, und kaum hatte man sich begrüßt, so erschien Erikson mit seiner nunmehrigen Frau Rosalie, und Heinrich sah sich von Geräusch, Leben und Schönheit wachgerüttelt. Er hatte weder von Eriksons Hochzeit als von Agnesens Verlobung etwas gewußt, und der Zufall wollte, daß beide Paare am folgenden Tage abreisen wollten, das eine nach dem Rheine, das andere nach Italien.

»Meine Frau«, sagte Erikson, »bestand darauf, mit hinaufzukommen, als ich, unten vorbeigehend, mich beurlauben wollte, um dir Adieu zu sagen. Wir bleiben bis zum Juni im Süden, dann gehen wir durch Frankreich nach dem Norden, streichen in meiner Heimat herum und sehen, wo wir da einmal leben wollen. Vielleicht in einer Seestadt, etwa Hamburg. Hernach besuchst du uns auf einige Zeit, wir wollen dich protegieren und ein bißchen zurechtstutzen!« Rosalie unterbrach ihn und verlangte auf das freundlichste von Heinrich das Versprechen, daß er sie aufsuchen werde, und Agnes nebst dem Gottesmacher begehrten, daß er jedenfalls den Rhein hinunterfahren und auch sie besuchen solle.

Inzwischen hatte sich Erikson vor die Staffelei gestellt und betrachtete höchst verwundert Heinrichs neuste Arbeit. Dann betrachtete er mit bedenklichen Blicken den Urheber, welcher in peinlicher Verlegenheit dastand, und sagte: »Du hast, grüner Heinrich, mit diesem bedeutenden Werke eine neue Phase angetreten und begonnen, ein Problem zu lösen, welches von größtem Einflusse auf unsere deutsche Kunstentwicklung sein kann. Es war in der Tat längst nicht mehr auszuhalten, immer von der freien und für sich bestehenden Welt des Schönen, welche durch keine Realität, durch keine Tendenz getrübt werden dürfe, sprechen und räsonnieren zu hören, während man mit der gröbsten Inkonsequenz doch immer Menschen, Tiere, Himmel, Sterne, Wald, Feld und Flur und lauter solche trivial wirkliche Dinge zum Ausdrucke gebrauchte. Du hast hier einen gewaltigen Schritt vorwärts getan von noch nicht zu bestimmender Tragweite. Denn was ist das Schöne? Eine reine Idee, dargestellt mit Zweckmäßigkeit, Klarheit, gelungener Absicht! Diese Million Striche und Strichelchen, zart und geistreich oder fest und markig, wie sie sind, in einer Landschaft auf materielle Weise placiert, würden allerdings ein sogenanntes Bild im alten Sinne ausmachen und so der hergebrachten gröbsten Tendenz frönen! Wohlan! du hast dich kurz entschlossen und alles Gegenständliche hinausgeworfen! Diese fleißigen Schraffierungen sind Schraffierungen an sich, in der vollkommensten Freiheit des Schönen schwebend, dies ist der Fleiß, die Zweckmäßigkeit, die Klarheit an sich, in der holdesten, reizendsten Abstraktion! Und diese Verknotungen, aus denen du dich auf so treffliche Weise gezogen hast, sind sie nicht der triumphierende Beweis, wie Logik und Kunstmäßigkeit erst im Wesenlosen recht ihre Siege feiern, im Nichts sich Leidenschaften und Verfinsterungen gebären und sie glänzend überwinden? Aus Nichts hat Gott die Welt geschaffen! Sie ist ein krankhafter Abszeß dieses Nichts, ein Abfall Gottes von sich selbst. Das Schöne, das Poetische, das Göttliche besteht eben darin, daß wir uns aus diesem materiellen Geschwür wieder ins Nichts zurückabstrahieren, nur dies kann eine Kunst sein! – Aber mein Lob muß sogleich einen Tadel gebären, oder vielmehr die Aufforderung zu weiterem energischen Fortschritt! In diesem reformatorischen Versuch liegt noch immer ein Thema vor, welches an etwas erinnert, auch wirst du nicht umhin können, um dem herrlichen Gewebe einen Stützpunkt zu geben, dasselbe durch einige verlängerte Fäden an den Ästen dieser

Föhren zu befestigen, sonst fürchtet man jeden Augenblick, es durch seine eigene Schwere herabsinken zu sehen. Hierdurch aber knüpft es sich wiederum an die abscheulichste Realität! Nein, grüner Heinrich! nicht also! nicht hier bleibe stehen! Die Striche, indem sie bald sternförmig, bald in der Wellenlinie, bald rosettenartig, bald geviereckt, bald radienartig, strahlenförmig sich gestalten, bilden ein noch viel zu materielles Muster, welches an Tapeten oder bedruckten Kattun erinnert. Fort damit! Fange oben in der Ecke an und setze einzeln nebeneinander Strich für Strich, eine Zeile unter die andere; von Zehn zu Zehn mache durch einen verlängerten Strich eine Unterabteilung, von Hundert zu Hundert eine wackere Oberabteilung, von Tausend zu Tausend einen Abschluß durch einen tüchtigen Sparren. Solches Dezimalsystem ist vollkommene Zweckmäßigkeit und Logik, das Hinsetzen der einzelnen Striche aber der in vollkommener Tendenzfreiheit in reinem Dasein sich ergehende Fleiß. Zugleich wird dadurch ein höherer Zweck erreicht. Hier in diesem Versuche zeigt sich immer noch ein gewisses Können; ein Unerfahrener, Nichtkünstler hätte diese Gruselei nimmer zustande gebracht. Das Können aber ist von zu leibhafter Schwere und verursacht tausend Trübungen und Ungleichheiten zwischen den Wollenden; es bringt die tendenziöse Kritik hervor und steht der reinen Absicht fort und fort feindlich entgegen. Das moderne Epos zeigt uns die richtige Bahn! In ihm zeigen uns begeisterte Seher, wie durch dünnere oder dickere Bände hindurch die unbefleckte, unschuldige, himmlisch reine Absicht geführt werden kann, ohne je auf die finsteren Mächte irdischen Könnens zu stoßen! Eine goldschnittheitere, ewige Gleichheit herrscht zwischen der Brüderschaft der Wollenden! Mühelos und ohne Kummer teilen sie einige tausend Zeilen in Gesänge und Strophen ab; der wahre Fleiß an sich freut sich seines Daseins, kein schlackenbeschwerter Könnender stört die Harmonie der Wollenden. Und weit entfernt, daß der Bund der Wollenden etwa eine einförmige, langweilige Schar darstellte, birgt er vielmehr die reizendste Mannigfaltigkeit in sich und kommt auf den verschiedensten Wegen zum Ziele. Hauptsächlich teilt er sich in drei große Heerlager; das eine dieser Heerlager will, das heißt arbeitet, ohne etwas gelernt zu haben; das zweite wendet mit eiserner Ausdauer das Gelernte, aber nicht Begriffene an; das dritte endlich arbeitet und will, ohne das Gelernte und Begriffene auf sich selber anzuwenden, und alle drei Heerzüge vereinen sich an einem friedlichen Ziele. Wer kann ermessen, wie nahe die Zeit ist, wo auch die Dichtung die zu schweren Wortzeilen wegwirft, zu jenem Dezimalsystem der leichtbeschwingten Striche greift und mit der bildenden Kunst in einer äußeren Form sich vermählt? Alsdann wird der reine Schöpfer- und Dichtergeist, welcher in jedem Bürger schlummert, durch keine Schranke mehr gehemmt, zutage treten, und wo sich zwei Städtebewohner träfen, wäre der Gruß hörbar: »Dichter?« »Dichter!« oder: »Künstler?« »Künstler!« Ein zusammengesetzter Senat geprüfter Buchbinder und Rahmenvergolder würde in wöchentlichen olympischen Spielen massenhaft die Würde des Prachteinbandes und des goldenen Rahmens erteilen, nachdem sie sich eidlich verpflichtet, während der Dauer ihres Richteramtes selbst keine Epen und keine Bilder zu machen, und ganze Kohorten wissenschaftlich wie ästhetisch verbildeter Verleger würden die gekrönten Epen in stündlich folgenden Auflagen von je einem Exemplare über ganz Deutschland hin so tiefsinnig verlegen, daß sie kein Teufel wieder finden könnte!«

»Lieber Mann, was befällt dich, wo willst du hin?« rief Rosalie, die wie die anderen mit offenem Munde dagestanden und abwechselnd bald den über und über bekritzelten Rahmen, bald den Redner betrachtet hatte, indessen Heinrich, mit Rot begossen, dann bleich werdend, in der unglückseligsten Laune verharrte. »Laßt es gut sein!« sagte Erikson, »dieser Witz, dieses Geschwätz sei für einmal mein gerührter Abschied von Deutschland! Von nun an wollen wir dergleichen hinter uns werfen und uns eines wohlangewandten Lebens befleißen!« Dann nahm er mit ernsterem Blicke Heinrich bei der Hand, führte ihn hinter einen großen Karton und sagte leise zu ihm: »Lys läßt dich freundlichst grüßen; der Arzt hat ihm geraten, nun sogleich nach dem Süden zu gehen und sich dort wenigstens zwei Jahre aufzuhalten. Er wird nach Palermo und dort genesend in sich gehen; die Krankheit scheint doch etwas an ihm geändert zu haben. Dein Gekritzel da auf dem Rahmen zeigt mir, daß du dich übel befindest und nicht mit dir einig bist; sieh, wie du aus der verfluchten Spinnwebe herauskommst, die du da angelegt hast, und wenn du dich mit dem Ding, mit der Kunst oder deren Richtung irgend getäuscht fändest, so besinne dich nicht lange und stelle die Segel anders! Ich bin im gleichen Falle und muß erst jetzt sehen, wie ich noch etwas Tüchtiges hantieren werde, daß einige nützliche Bewegung von mir ausgeht!«

Heinrich ward sehr beklemmt und erwiderte nichts als: »Wann geht Ferdinand fort?« »In den nächsten Tagen«, sagte Erikson, »er wünscht indes, daß ihr euch für jetzt nicht sehet; überhaupt laßt uns alle drei aufs Geratewohl auseinandergehen, ernst und doch leicht, und es der Zukunft überlassen, was sie aus jedem machen und ob sie uns wieder zusammenführen wird! Ein dreifaches stilles Gedenken mag umso treuer in uns leben; du besonders bist uns beiden anderen lieb, wie ein kleiner Benjamin, und es nimmt uns höchlich wunder, was aus dir, welcher so viel jünger ist als wir, eigentlich sich noch hervorspinnen wird.«

Als sie wieder hinter ihrer Kulisse hervorgetreten, wurde rasch Abschied genommen. Erikson und der Gottesmacher drückten ihm kräftig die Hand; Rosalie, welche mit feinem Sinnen wohl ahnte, daß Heinrich etwas fehlte, dämpfte mit zartem Gefühl den munteren Glanz des Glückes in ihren Augen, als sie ihm die Hand reichte und freundlich lächelte, und Agnes, welche sich zugleich herandrängte, schoß vollends einen warmen, dunklen Blick in seine Augen, und zwischen ihren schwarzen Wimpern schimmerte es wie silberner Tau. Er fühlte, daß das wundersame Wesen ihm mit wenigem viel sagen möchte, daß sie dem Vertrauten jener schmerzlichen Freudentage ihre tiefbewegte Verwunderung über sich selbst, über den Lauf der Welt verschweigen mußte. Selbst verwundert stand Heinrich einen Augenblick zwischen zwei reizvollen Weibern, dann sah er sich allein und schaute in dem grauen, zum Teil düsteren, zum Teil mit grellem Lichte durchstrahlten Raum herum, in welchem soeben sich kräftige und schöne, glücklich gepaarte Menschengestalten bewegt hatten.

Er sah auf die Tür, durch welche sie verschwunden und welche mit ihrer weißgestrichenen Fläche vor seinen Augen schwirrte und flimmerte wie eine Leinwand, von welcher mit einem Zuge ein lebendiges Gemälde weggewischt worden. Er sah durch das hohe Fenster, dessen untere Hälfte verhüllt war, in die leere Luft hinaus, das freundliche Stück blauen Himmels schien anderswohin niederzublicken auf

rüstig bewegtes Menschengewimmel; sein Blick irrte hierauf über die
umherstehenden anspruchsvollen Arbeiten hin, welche grau in grau,
als wesenlose Fiktionen von Bäumen und Steinen, ineinander schwam-
men. Eine beklemmende Unruhe bemächtigte sich seiner, heftig schritt
er auf und nieder, und sich Raum schaffend, rückte und schob er die
Bilder und Kartons ringsherum zurück, zusammen, drängte sie auf
einen Haufen an die Wand, bis das große Zimmer leer und geräumig
erschien. Wie einen guten tröstenden Freund entdeckte er da die Gips- IV, 1
figur des borghesischen Fechters, welche aus ihrem Winkel zutage
trat. Unwillkürlich hob er sie empor und setzte sie auf ein Tischchen
mitten in das hereinströmende Licht.

Alles war Leben in dem von Sonne, Wind und Wetter gereiften
Körper dieses abgehärteten Kriegers, der mit ehrlichem Fleiße sich
seiner Haut wehrte. Den feindlichen Angriff abwehrend und zugleich
selbst kraftvoll angreifend, war der ganze Mann mit allen Gliedern in
der Anregung dieses Doppelzweckes gespannt; Verteidigung und
Ausfall, Selbsterhaltung und Wirkung nach außen, Zusammenziehen
und Ausdehnung vereinigten sich in einem Momente, in welchem das
schönste Spiel der Muskeln darstellte, wie das Leben recht eigentlich
durch sich selbst um sich selber kämpfte in dieser munteren Menschen-
krabbe.

Trotz des bröcklichen beschmutzten Gipses ging ein Licht von
dem rüstigen, tapferen Bilde aus, welches erhellend in Heinrichs Au-
gen fiel. Er hatte sonderbarerweise noch nie einen ernstlichen Versuch
zur kundigen Nachahmung der menschlichen Gestalt gemacht und
gerade seit seinem Aufenthalte in der Kunstresidenz, wo Mittel und
Aufforderung genug im größten Maßstabe sich aufdrängten, sich
eigensinnig davon zurückgehalten, in der willkürlich bescheidenen
Einbildung, daß Beruf und Bestimmung die ausschließliche Ausbil-
dung des einmal gewählten Zweiges erforderten. Nicht nur verkannte
er das Gesetz, daß je weiter und mannigfaltiger die Kunst verwandter
Gegenstände ist, desto freier und vollkommener ein Auserwähltes
betrieben werde, sondern es verbarg sich in jener Bescheidenheit
auch die Anmaßung, schließlich in dem einen Fache so glänzen zu
wollen, daß alle andere Kenntnis entbehrlich erschiene. Nicht sowohl
in der Erkenntnis dieses Jrrtums als mehr um sich irgend Luft zu

verschaffen, spitzte er rasch eine schlanke Reißkohle scharf zu, stemmte einen Blendrahmen, mit frischem Papier bezogen, gegen die Knie und begann aufmerksam und aufgeregt den Fechter zu zeichnen. Obschon er nicht die mindeste Kenntnis von dem besaß, was unter der Haut wirkte und sich darstellte, und kaum eine zufällige Ahnung vom Knochengerüste hatte, ging es doch in der ersten Anspannung und Hitze ganz gut vonstatten, und er freute sich sogar, die Dinge zu nehmen, wie er sie unmittelbar sah, und mit natürlichem Scharfblicke sich zurechtzufinden.

Er zeichnete anhaltend mehrere Stunden und brachte nicht eine elegante Studie, sondern eine Arbeit zustande, welche ihn unvermuteterweise wenigstens nicht abschreckte. Aber je länger er zeichnete, desto wunderlicher erging es ihm; die Phantasie eilte, indem die Kohle in der Hand rüstig arbeitete, mächtig voraus und sah sich bereits weit vorgeschritten in der Behandlung und Verwendung der menschlichen Gestalt. Und wie in der fieberischen Aufregung die Glieder des Fechters sich verhältnismäßig leicht gestalteten und die kraftvollen Muskelwölbungen sich reihten, deren Namen und Bedeutung er nicht kannte, flog die Phantasie in die Vergangenheit zurück, und Heinrich erinnerte sich plötzlich, wie frühere und früheste Versuche in Figuren, in der Heimat aus Scherz oder Laune unternommen, ihn eigentlich nicht ein Jota mehr Mühe gekostet als andere Dinge; er malte sich die Erinnerung, die Gegenstände und Anlässe auf das genaueste aus und glaubte deutlich zu sehen, wie nur der Mangel an Pflege und Fortsetzung schuld sei, warum er nicht in diesem Gebiete ebenso viel und vielleicht Besseres leistete als in der erwählten Landschaft. Mit einem Worte, mit einem seltsamen Frösteln überzeugte er sich, aufspringend und die Tafel von sich schleudernd, daß seine geliebte und begeisterte Wahl, der er vom vierzehnten Jahre an bis heute gelebt, nicht viel mehr als ein Zufall, eine durch zufällige Umstände bedingte Ideenverbindung gewesen sei.

Jünglinge von zwei- oder dreiundzwanzig Jahren wissen noch nicht, daß jedes Leben seinen eigenen Mann macht, und haben noch keine Trostgründe für Jahre, welche sie verloren wähnen. Wenn sie schon bei acht Jahre zurückzählen können, die sie über einer Lebenstätigkeit zugebracht, so befällt sie eine Art heiligen Grauens, selbst wenn diese Jahre wohl angewandt sind. Sie vertändeln, verträumen die Stunden und Tage, aber sie hegen einen tiefen Respekt vor den Jahren, tun sich auf ihre Jugend so viel als möglich zugut und stecken sich unaufhörlich feste Ziele, welche sie in so oder so viel Jahren erreichen wollen.

Umso verdutzter und bitterlicher lächelte Heinrich jetzt vor sich hin. Er ergriff in der Verwirrung seine alte Flöte, tat einige seiner naturwüchsigen selbsterfundenen Läufe darauf und warf sie wieder weg. Der Ärmste ahnte aber nicht einmal, was die verklungenen Töne gesungen hatten und daß, wenn zufällig ein Klavier in seinem elterlichen Hause gestanden und er etwa als Kind einen Musikkundigen in der Nähe gehabt hätte, es sich vielleicht jetzt gar nicht einmal um Bäume oder Menschen handeln, sondern er irgendwo als eingeübter Musikant oder gar als hoffnungsvoller Komponist existieren würde, der auf seinen selbstgewählten Beruf schwüre, ohne auf einem festeren Grunde zu stehen, kurz, daß ihn der Zufall auf hundert andere vermeintliche Bestimmungen hätte führen können.

ZWEITES KAPITEL

Mehr um für seine verwirrten Gedanken ein Unterkommen zu finden als aus einem festen Entschlusse drehte nun Heinrich den Fechter herum und zeichnete denselben während mehrerer Tage von verschiedenen Seiten. Sobald aber das erste instinktive Geschick und Feuer sich abgekühlt, drängte es ihn, die Erscheinungen, welche sich auf dieser bewegten Oberfläche zeigten, in ihrem Grund und Wesen näher zu kennen. In der Meinung, keine Zeit mehr zu verlieren, ging er vor allem aus, eine genauere Kunde vom menschlichen Körper zu erwerben, und suchte zu diesem Zwecke einige junge Mediziner auf, die er als Landsleute kennen gelernt und zuweilen gesehen hatte. Sie zeigten ihm bereitwillig ihre anatomischen Atlanten, erklärten aus ihrem Wissen heraus, was ihnen gut dünkte, und führten ihn in die öffentlichen Sammlungen, wohl auch durch die Säle, wo ein blühendes Geschlecht von Jünglingen, geleitet von gewandten Männern, mit vergnügtem Eifer einen Vorrat von Leichen zerlegte.

Als Heinrich erstaunte, so viele begeisterte Leute zu sehen, welche ein und denselben Gegenstand in allseitigster Bestrebung hin und her wandten und sich der bloßen Erkenntnis freuten, ohne etwas dazu noch davon zu tun noch die mindeste Erfindungslust zu besitzen, als er noch mehr erstaunte über die reiche Welt selbst, welche sich bei näherer Einsicht an diesem einzigen Gegenstande selbst auftat, mit weiten unerforschten Gebieten, Vermutungen, Hoffnungen, welche so voll und wichtig klangen wie diejenigen, welche die Vorgänge des Weltraumes, des gestirnten Himmels zum Gegenstande hatten; als er endlich nicht wußte, wie er sich zu all diesem verhalten sollte, riet ihm ein junger Doktor, eine berühmte Vorlesung über Anthropologie zu besuchen, welche eben in diesen Tagen ihren Anfang nahm. Der kluge junge Mann wußte wohl, daß dergleichen allgemeine, einleitende Lehren am besten geeignet wären, die erste verzeihliche Neugierde zu stillen, den Nichtberufenen aber gerade dadurch abhielten, sich dann ferner da zwecklos umherzutreiben, wo er nicht hingehörte.

So trat Heinrich zum ersten Male in das weitläufige, palastartige Universitätsgebäude und sah sich unter die summende Menge junger Leute verwickelt, welche aus allen Sälen strömte und auf den Gängen und Treppen sich kreuzte. Heinrich mußte alle diese jungen Männer als seit zartester Jugend der Schule angehörend sich denken, unter dem doppelten Schutze des Staates und der Familie ununterbrochen lernend ins männliche Alter und in die Selbständigkeit hinüberreifend, und zwar so, daß mit der letzten Prüfung zugleich der sichere Eintritt in das bürgerliche Leben verbunden war. Sie bildeten gewissermaßen die Staatsjugend, gegenüber welcher er sich als obskuren Gegenstand, als Stoff des Staates fühlte, besonders da sein heimatliches demokratisches Bewußtsein hier zurücktrat vor der allgemeinen Kluft, welche durch alle europäische Erziehung sich ausdehnt. Diese durcheinanderwogenden Jünglinge erschienen ihm auf den ersten Blick rücksichtslos und selbstgefällig, und in Erwartung von Amt und Würden, welche sie zu verhöhnen vorgaben, einstweilen ihren Entwicklungszustand zu einer Art souveräner Autorität machend, von welcher aus alles sich bemessen und verachten ließe; ja innerhalb derselben schien es noch verschiedene Kasten, Stufen und Abzeichen zu geben, als reichliche Gelegenheit, schon hier, unter dem Deckmantel der akademischen Freiheit, den Korporalsstab der Autorität tüchtig zu schwingen, und mancher jugendliche Führer sah schon leibhaftig aus wie ein Rekruten quälender Korporal.

Doch diese Eindrücke wechselten rasch mit anderen, als Heinrich in den bezeichneten Hörsaal trat, dessen Bänke noch leer waren. Die kahle Wand, die schwarze Tafel an derselben, die zerschnittenen und mit Tinte bekleckten Tische, alles erweckte in ihm das Gefühl, als verwirkliche sich jener ängstliche Traum aller Autodidakten, welche sich im Mannesalter, ja mit grauen Haaren in die Schulstube versetzt sehen, mitten unter ein Geschlecht mutwilliger Knaben, den alten strengen Lehrer vor sich, der sie beschämt und um ganze Reihen von blühenden Buben hinunterrücken läßt. Er fürchtete sich, aufgefordert zu werden aufzustehen und Rechenschaft zu geben von allem, was er nicht gelernt habe.

Nun füllte sich aber allmählich der Saal, und voll Verwunderung änderte sich Heinrichs Stimmung wieder, als er die gedrängte Versammlung übersah. Neben einer Menge junger Leute seines Alters, welche höchst selbständig und rücksichtslos ihre Plätze einnahmen und behaupteten, erschienen viele vorgerückteren Alters, gut oder schlecht gekleidet, welche schon stiller und bescheidener unterzukommen suchten, und sogar einige alte Herren mit weißem Haar, selbst rühmliche Lehrer in anderen Gebieten, nahmen entlegene Seitenplätze ein, um dort zu sehen, was es noch für sie zu lernen gäbe. So mochten über hundert Zuhörer versammelt sein, welche des Vortragenden harrten, jeder mit anderer Empfänglichkeit, anderen Absichten und anderen Erfahrungen, so daß eigentlich jeder im wahren Sinne des Wortes hier ein Autodidakt war, das heißt, ein solcher, der sich am Ende selbst zu dem macht, was er ist und wird. Dies wurde in der Tat augenscheinlich, als der berühmte Mann endlich in die Tür trat, sich das Haar zurecht strich, rasch und anständig nach seinem Känzelchen eilte und dort mit achtungsvoller Anrede seinen Vortrag begann, nicht wie einer, der streng und trocken lehren will, sondern wie ein Künstler, welcher durch Artigkeit, Wahl der Worte, Verbindung der Gedanken, durch Geist und Witz sich hervortun möchte und sichtlich bestrebt ist, sich den Beifall auch der geringsten seiner Zuhörer zu erwerben. Aus der leichten Anordnung und dem rednerischen fließenden Vortrage des

Gegenstandes, ohne alle geschriebene Vorlage, machten sich nicht im mindesten die mühseligen Studien und die gewissenhaft sorgfältigen Arbeiten fühlbar, welche sie gekostet hatten; die schnell vorübergehende anschauliche Rede schien mehr eine Anregung und Aufforderung zu eigener Belehrung als eine feststehende unveränderliche Lehre zu sein, bei jedem wieder anders wirkend und sein unmittelbares Selbsturteil erweckend. Der gleiche Gegenstand führte den einen sofort und vielleicht für immer zu philosophischem Denken, den andern zu umfassender Naturbetrachtung, den dritten zur besonderen Erforschung des menschlichen Körpers oder zur Heilkunst; der vierte endlich, durch die Darstellung des Nahrungsprozesses, verfiel gar auf nationalökonomische Studien und wurde vielleicht ein großer Politikus, während der fünfte, sechste und siebente die gleichen Dinge nur anhörten und niederschrieben, um sie in einem halben Jahre gänzlich zu vergessen und später als große Theologen, Seelenkundige und Sittenlehrer von Fleischeslust, Herzensverstocktheit, Augen- und Ohrendienst zu reden, ohne eine klare Vorstellung von den betreffenden Organen zu besitzen.

Auf Heinrich, welcher arglos gekommen war, zu äußerer plastischer Verwendung einige gute Kenntnisse zu holen, wirkte schon die erste Stunde so, daß er sowohl seinen Zweck als alle seine Verhältnisse vergaß und allein gespannt war auf die zuströmende Erfahrung. Hauptsächlich beschäftigte ihn alsobald die wunderbar scheinende Zweckmäßigkeit in den Einzelheiten des tierischen Organismus; jede neue Tatsache schien ihm ein Beweis zu sein von der Scharfsinnigkeit und Geschicklichkeit Gottes, und obgleich er sich sein Leben lang die ganze Welt nur als vorgedacht und geschaffen vorgestellt hatte, so war es ihm nun bei diesem ersten Einblicke zu Mut, als ob er bisher eigentlich gar nichts gewußt hätte von der Erschaffung der Kreatur, dagegen jetzt mit der lebendigsten Überzeugung wider jedermann das Dasein und die Weisheit des Schöpfers behaupten könne und wolle. Aber nachdem der kluge Lehrer die Trefflichkeit und Unentbehrlichkeit der Dinge auf das schönste geschildert, ließ er sie unvermerkt in sich selbst ruhen und so vollkommen ineinander aufgehen, daß die ausschweifenden Schöpfergedanken ebenso unvermerkt zurückkehrten und in den geschlossenen Kreis der Tatsachen gebannt blieben, welcher jener Schlange der Ewigkeit gleicht, die sich selbst in den Schwanz beißt. Und wo ein Teil noch unerklärlich war und dunkel ins Fabelhafte verschwand, da holte der Redner ein helles Licht aus dem Erklärten und ließ es in jene Dunkelheit glänzen, so daß wenigstens alle unbescheidenen und ungehörigen Seitengedanken vertrieben wurden und der dunkle Gegenstand unberührt und jungfräulich seiner Zeit harrte, wie eine ferne Küste im Frühlichte. Selbst da, wo er entsagen zu müssen glaubte auf eine jemalige Erkenntnis, tat er dies mit der überzeugenden Hinweisung, daß doch alles mit rechten Dingen zuginge und in der Grenze des menschlichen Wahrnehmungsvermögens keineswegs eine Grenze der Folgerichtigkeit und Einheit der Natur läge. Hierbei brauchte er keinerlei gewaltsame Reden und vermied gewisse theologische Ausdrücke so gut wie den Widerspruch dagegen; die Stumpfsinnigen und Eingenommenen merkten auch von allem nichts und schrieben unverdrossen nieder, was ihnen zweckdienlich schien für Eigenliebe und aufzustellende Meinungen, während die Unbefangenen alle Hintergedanken fahren ließen und bei des Lehrers klugen Wendungen mit frohem Lächeln die Achtung vor dem reinen Wissen lernten.

Auch im zuhörenden Heinrich traten die willkürlichen Voraussetzungen und Anwendungen bald in den Hintergrund, ohne daß er wußte, wie ihm geschah, als er sich den Einwirkungen der einfachen Tatsachen hingab; denn das Suchen nach Wahrheit ist immer ohne Arg, unverfänglich und schuldlos; nur in dem Augenblicke, wo es aufhört, fängt die Lüge an bei Christ und Heide. Er versäumte nun keine Stunde in dem Hörsaal und nahm begierig ein neues Ganzes in sich auf, welches er vom Anfang bis zum Ende verstand und übersehen konnte. Wie ein Alp fiel es ihm vom Herzen, daß er nun doch noch etwas zu wissen anfing; im gleichen Augenblicke bereute er auch nicht mehr die gewaltsame und lange Unterbrechung des Lernens, da dasselbe dem Stillen des leiblichen Hungers gleicht; sobald der Mensch zu essen hat, empfindet er nichts mehr von der Pein und der Ungeduld des Hungers. Das Glück des Wissens gehört auch dadurch zum wahren Glücke, daß es einfach und rückhaltlos und, ob es früh oder spät eintrete, immer ganz das ist, was es sein kann, ohne Reue über das Versäumte zu erwecken; es weiset vorwärts und nicht zurück und läßt über dem unabänderlichen Bestand und Leben des Gesetzes die eigene Vergänglichkeit vergessen.

Heinrich wurde von Wohlwollen und Liebe erfüllt gegen den beredten Lehrer, von dem er nicht gekannt war und mit welchem er nicht ein Wort gesprochen hatte; denn es ist nicht eine schlimme Eigenschaft des Menschen, daß er für geistige Wohltaten dankbarer ist als für leibliche, und sogar in dem erhöhten Maße, daß die Dankbarkeit und Anhänglichkeit wächst, je weniger selbst die geistige Wohltat irgend einem unmittelbaren äußerlichen Nutzen Vorschub zu leisten scheint. Nur wenn leibliches Wohltun so hingebend und unwandelbar ist, daß es Zeugnis gibt von einer moralischen Kraft, also dem Empfänger wiederum zu einer geistigen Erfahrung und Wohltat, zu einem inneren Halt- und Stützpunkte wird, erreicht seine Dankbarkeit eine schönere Höhe, welche ihn selber bildet und veredelt. Die Erfahrung, daß unbedingte Tugend und Güte irgendwo sind, ist ja die schönste, die man machen kann, und selbst die Seele des Lasterhaften reibt sich vor Vergnügen ihre unsichtbaren dunklen Hände, wenn sie sich überzeugt, daß andere für sie gut und tugendhaft sind.

Mit dem praktischen Sinne und dem raschen Aneignungsvermögen des Autodidakten fand sich Heinrich zurecht in der reichen Welt, die sich ihm auftat; mit der plastischen Anschauungsweise, welche er als Künstler mitbrachte, wußte er die verschiedenen Momente des organischen Wesens lebendig aufzufassen, auseinander zu halten, wieder zu verbinden und sich deutlich einzuprägen und so die Kunde von dem, woraus er eigentlich bestand, wodurch er atmete und lebte, in dem edelsten Teile desselben selbst aufzubewahren und mit sich herumzutragen, ein Vorgang, dessen Natürlichkeit jetzt endlich wohl so einleuchtend werden dürfte, daß er zum Gegenstande allgemeinster Erziehung gemacht wird. Mit dieser Kenntnis, auf welche der Mensch das erste Anrecht hat, müßten alle Volksschulen abschließen; sie ist es, welche alle anderen von selbst anzieht, und in notwendigster Weise sehr zweckmäßig gerade je nach Beschaffenheit des lernenden jungen Menschen. Alle Einwürfe und Altklugheit, Halbverständnis oder gar von Verbreitung einer allgemeinen Hypochondrie in das unbefangene Volksgemüt werden verstummen, sobald die klassische Form für den großen öffentlichen Unterricht vom leiblichen Menschen gefunden ist.

Die Kenntnis vom Charakteristischen und Wesentlichen der Dinge läßt diejenige vom letzten Grunde einstweilen eher vermissen oder führt wenigstens auf den Weg, denselben auf eine vernünftigere und mildere Weise zu suchen, während sie zugleich alle unnützen, müßigen Märchen und Vorurteile hinwegräumt und dem Menschen einen schönen, wirklichen Stoff und Halt zum Nachdenken gibt, ein Nachdenken, welches dann zu dem einzig möglichen Ideal, zu dem, was wirklich besteht, hinführt. Welch ein Unterschied ist zwischen dem theosophischen Phantasten, der immerdar von der Quelle des Lichtes als von einem irgendwo ins Zentrum gesetzten sprühenden Feuertopfe spricht, und zwischen dem sterbenden Goethe, welcher nach mehr Licht rief, aber ein besseres Recht dazu besaß als jener, der nie sich um einen wahrhaften wirklichen Lichtstrahl bekümmert hat. Welch ein Ersatz für das hergebrachte begriffslose Wort Ewigkeit ist die Kenntnisnahme von der Entfernung der Himmelskörper und der Schnelligkeit des Lichtes, von der Tatsache, daß wir allaugenblicklich Licht, also Körper mit ihren Schicksalen, in ihrem Bestehen, wahrnehmen, welches vor einem Jahre, vor hundert, tausend und mehr Jahren gewesen ist, daß wir also mit einem Blicke tausend Existenzen tausend verschiedener Zeiträume auffassen, vom nächsten Baume an, welchen wir gleichzeitig mit seinem wirklichen augenblicklichen Dasein wahrnehmen, bis zu dem fernen Stern, dessen Licht länger unterwegs ist als das Menschengeschlecht unseres Wissens besteht und der vielleicht schon nicht mehr war, ehe dasselbe begann, und den wir doch jetzt erst sehen.

Wo bleibt da noch eine Unruhe, ein zweifelhaftes Sehnen nach einer unbegriffenen Ewigkeit, wenn wir sehen, daß alles entsteht und vergeht, sein Dasein abmißt nacheinander und doch wieder zumal ist?

Das Licht hat aber den Sehnerv gereift und ihn mit der Blume des Auges gekrönt, gleich wie die Sonne die Knospen der Pflanzen erschließt; es hat das Auge scheinbar selbständig sich gegenüber gesetzt, so daß, wenn das Auge des Tieres und des bewußtlosen Menschen sich schließt, für dasselbe auch kein Licht mehr in der Welt ist; aber im bewußten Menschen bleibt die Erfahrung, und durch die Generationen vereinigt die eingeborne Kunde wieder die Welle mit der Quelle, das Auge mit dem Lichte, so daß beide eines sind, und wenn ein Auge sich schließet, so weiß es: noch ist das Licht da und genug Augen, es zu sehen. Das Licht hat den Gesichtssinn hervorgerufen, die Erfahrung ist die Blüte des Gesichtssinnes und ihre Frucht ist der selbstbewußte Geist; durch diesen aber gestaltet sich das Körperliche selbst um, bildet sich aus, und das Licht kehrt in sich selber zurück aus dem von Geist strahlenden Auge. Denn der Geist, welchen die Materie die Macht hat in sich zu halten, hat seinerseits die Kraft, in seinen Organen dieselbe zu modifizieren und zu veredeln, alles mit »natürlichen Dingen«, und jeder Lebende, der mit Vernunft lebt und insofern er sich fortpflanzt oder erhebliche Geistestaten übt, hat im strengsten Sinne des Wortes seinen bestimmten Anteil z.B. an der Ausbildung und Vergeistigung des menschlichen Gehirnes, seinen ganz persönlichen, wenn auch unmeßbaren Anteil.

Nur *diesen* Kreislauf können wir sehen und erkennen, und wir tun es; was darüber hinaus liegen sollte, das geht uns zunächst nichts an und darf uns nichts angehen; denn so erfordert es die große Ökonomie des Weltlebens und der Welterkenntnis. Sollte wider allen sinnlichen Anschein und alles sinnliche Gefühl ein übernatürliches geistiges Gottwesen der Urgrund der Natur und unser aller sein, so würde erst recht dieses Wesen selbst solche Ökonomie in die Welt gelegt und angeordnet haben, auf daß alles seinen Gang gehe und nichts vorweggenommen werde. Diese Ökonomie verlangt, daß wir an das Natürliche glauben, solange wir es nicht ausgemessen haben und mit unseren kleinen Schädeln an den Rand gestoßen sind, und sie ist es, welche uns zuruft: Was wollet ihr aus der Schule laufen und suchet ein Verdienst darin, an das Übernatürliche zu glauben, welches der Tod des Natürlichen ist, solange eure kühnsten und erhabensten übernatürlichen Einbildungen und Vorstellungen noch tausendmal dunkler, ungewisser und kleiner sind als die natürlichen Wirklichkeiten, zu deren Erkenntnis und Begriff ihr ein sicheres Pfand in der Hand habt? Ist das Verdienst, Treue, Ausdauer und Weisheit? Nein, es ist Untreue, Feldflüchtigkeit und Torheit!

Dergleichen Dinge ließ der vortragende Lehrer, nicht in solchen Ausdrücken, aber mit solchen Eindrücken seine Zuhörer gelegentlich zwischen den Zeilen lesen. Heinrich gehörte zu denen, welche recht wohl zwischen den Zeilen zu lesen wußten, und zwar weil er einen natürlichen Sinn für das Erhebliche besaß, auf welches es ankommt, und mit der Aufmerksamkeit und dem raschen Instinkte der Autodidakten das Wesentliche ersah, das hinter den Dingen liegt. Er merkte auch bald, daß es sich um nichts Geringeres als um seinen Glauben an Gott und Unsterblichkeit handle; aber indem er denselben für lange geborgen und es nicht für nötig hielt, auf seine Rettung bedacht zu sein, war er umso freisinniger beflissen, alles aufzufassen und zu begreifen, was die innere Notwendigkeit, Identität und Selbständigkeit der natürlichen Dinge bewies; denn eine wahrhaft wahre und freie Natur steht nicht an, sondern sie sucht es geflissentlich, Zugeständnisse zu machen, wo sie nur immer kann, gleich jenem idealen Könige, der noch nie dagewesen ist und von welchem man träumt, daß er nicht aus Klugheit, sondern um ihrer selbst willen und rein zu seinem Vergnügen Konzessionen mache. Rechthaberei und Not sind die Mütter der Lüge; aber die Notlüge ist ein unschuldiges Engelskind gegenüber der Lüge aus Rechthaberei, welche eines ist mit Hochmut, Eitelkeit, Engherzigkeit und nackter Selbstsucht und nie ein Zugeständnis macht, eben um keines zu machen. So entstand aus der Lüge die Rechtgläubigkeit auf Erden und aus der Rechtgläubigkeit wieder die Lüge; freilich auch ein Kreislauf und eine Identität!

Heinrich freute sich im Gegenteile, im Namen seines liberalen und generösen Gottes jedes Fleckchen Welt einzuräumen, das sich selbst bewirtschaften konnte, und er gab sich redlich Mühe, ein festes Bewußtsein von solcher freien Notwendigkeit oder notwendigen Freiheit zu gewinnen, nicht zweifelnd, daß alles zur größeren Ehre Gottes geschehe wie des Menschen, dessen Ehre mit der größeren Selbständigkeit und Verantwortlichkeit wachsen mußte.

Er suchte sich daher auch außer den anthropologischen Stunden so gut als möglich zu unterrichten, und wie er z. B. durch die Lehre vom Auge zum ersten Male veranlaßt wurde, sich in das Wesen des Lichtes einen Blick zu verschaffen, dadurch in die unendlichen Räume der Außenwelt geführt ward und von da wieder in den selbstbewußten Punkt seines eigenen sehenden Auges zurückkehrte, so geschah es noch in manch anderer Hinsicht, und alles das ohne zu große Mühe noch Zeitaufwand. Die Ergebnisse der wahren Wissenschaft haben die gute Eigenschaft, daß sie sich auf den ersten Blick von allem Phantastischen und Willkürlichen unterscheiden und in kürzerer oder längerer Zeit zum überzeugenden festen Lehrsatz eignen ohne fortwährende Probe ihres besonderen Rechenexempels. Der Satz, daß die Erde sich um die Sonne bewegt, wird in allen Kinderschulen gelehrt, und die Kinder nehmen ihn in ihr Wissen auf, ohne die physikalische Untersuchung seines Beweises anzustellen, während sie für ein einziges religiöses Dogma bis zu ihrer Mündigwerdung mit allem katechetischen Apparate unterwiesen werden, ohne am Ende mehr zu wissen als am Anfange und ohne wider den Zweifel geschützt zu sein. Noch nie hat es einen Krieg gegeben wegen verschiedener Meinungen über Naturgesetze, weil ihre Art friedfertig, rein und genügend ist, und es gelang den Theologen nicht einmal, eine wehrbare Sekte für die stehende Erde oder zum Schutze der mosaischen Schöpfungsgeschichte auf die Beine zu bringen; Religionskriege aber wird es geben, solange es Priester, Dogmen und Bekenntnisse gibt. Im Kleinen schaut man diesen Vorgang alle Tage; hat jemand eine gute Wahrheit oder Tatsache geäußert, und sie wird ihm angezweifelt, so fällt es ihm nicht ein, darüber aufgebracht zu werden und sich ins Zeug zu werfen; wenn derselbe Mensch aber eine Sache erzählt oder vorgibt, von der er doch nicht so recht überzeugt und überführt ist, so wird er alsobald in die größte Hitze geraten und Ehre, Gut und Leben verpfänden, am liebsten aber demjenigen gleich an den Kragen gehen, der ihm einen Zweifel entgegensetzt. Wenn ein Bauersmann sagt: Ich habe das Korn besehen; es ist reif! der Nachbar aber erwidert: Ich glaube nicht, daß es reif ist! so wird er ruhig sprechen: Das ist Eure Sache! Ich halt' es für reif und werde es schneiden! Wenn derselbe Bauer aber sagt: Ich sah vergangene Nacht einen Geist auf meinem Markstein sitzen, und der Nachbar spricht: Das ist nicht möglich, denn es gibt keine Geister! so wird der Bauer einen großen Lärm erheben, erstlich weil man ihm abstreitet, was er mit eigenen Augen gesehen haben will, zweitens weil man die Geister leugnet, und endlich weil man infolgedessen wohl gar nicht an ein »anderes Leben« und an eine Wiedervergeltung nach dem Tode glaubt. Ja, er wird deswegen vielleicht dem Nachbar gar nicht antworten, aber demselben nichts mehr vertrauen und allen Umgang mit ihm abbrechen; und doch hätte er als Bauer mehr Grund, jenem zu mißtrauen, welcher die Reife des Kornes nicht zu beurteilen weiß, da derselbe in seinen Augen notwendig ein schlechter Landwirt sein muß. Aber er tut dies im Grunde auch ganz gewiß; nur macht er kein Aufhebens davon und läßt es sich nicht anmerken, da er über die Sache klar und ruhig ist, da er sie übersieht und weiß, daß Zank die Wahrheit nicht ändert, das Korn nicht unreif macht und die Regeln des Ackerbaues nicht aufhebt. Sein Lärm gegen den Gespensterleugner hingegen ist ein blinder Lärm und Trotz, der mehr gegen sich selbst gerichtet ist, gegen die Dunkelheit und Unsicherheit des eigenen Bewußtseins über den kitzligen Punkt. Und so ist es von je gewesen, ist es und wird es sein. Jeder, der einem anderen moralische oder physische Gewalt antut wegen dessen, was er nur glaubt oder behauptet, aber nicht weiß, gibt mit jedem Gewaltstreiche sich selbst eine Ohrfeige, und dieser geheime Übelstand verleiht solchem Streite den schmerzlichen, bitterlichen und fanatischen Charakter, den Religionskriegen das vertrackte hypochondrische Ansehen.

Ketzer braten ist ein durchaus hypochondrisches, trübsinniges Vergnügen, ein selbstquälerisches und wehmütiges Geschäft und gar nicht so lustig, wie es den Anschein hat.

Heinrich faßte indessen alles Wissen, das er erwarb, sogleich in ausdrucksvolle poetische Vorstellungen, wie sie aus dem Wesen des Gegenstandes hervorgingen und mit demselben eines waren, so daß, wenn er damit hantierte, er die allerschönsten Symbole besaß, die in Wirklichkeit und ohne Auslegerei die Sache selbst waren und nicht etwa darüber schwammen wie die Fettaugen über einer Wassersuppe. So waren ihm die beiden Systeme des Blutkreislaufes und der Nerven mit dem Gehirne, jedes in sich geschlossen und in sich zurückkehrend wie die runde Welt, und doch jedes das andere bedingend, die schönsten plastischen Charakterwesen, welche ihm allezeit bewunderswert, geheimnisvoll und anlockend waren, ohne mystisch zu sein. Das schöne rote Blut, sicht-, fühl- und hörbar, unablässig umgetrieben und wandernd, gegenüber dem unbeweglichen, still verharrenden und farblosen Nervensystem, welches doch der allgegenwärtige und allmächtige Herr der Bewegung ist, mit geheimnisvoller Blitzesschnelle herrschend, während jenes in ehrlicher und handgreiflicher Arbeit wandern muß, das Blut war ihm der allgemeine Strom organischen Lebens, angefüllt mit sphärischen Körpern, jeder schon eine kleine Welt und ungezählt wie die Sterne des Himmels; und jeder dieser Myriaden Körper, der einige Pulsschläge lang kreiste, ehe er unterging, war ihm so wichtig und merkwürdig wie jene leuchtenden Globen, welche Millionen Jahre sich im Strome fortschwingen, ehe sie eben auch wieder anderen Platz machen. Wenn man dem Menschen einen bestimmten Teil seines Blutes entzieht und weggießt, so wird er dadurch weder verstümmelt noch verändert, und jenes Blut ersetzt sich unaufhörlich; daher sah der grüne Heinrich recht eigentlich in ihm das rote Lebensbächlein, das vorüberfließt, an welchem erst die bleiche geheimnisvolle Individualität des Nervensystemes sitzt, wie der Knabe an der Quelle, immer durstig daraus trinkend, behende um sich schauend und dabei ein wahrer Hexenmeister von Proteus, bald Gesicht, bald Gehör, bald Geruch, bald Gefühl, jetzt Bewegung und jetzt Gedanke und Bewußtsein, und doch bezwingbar wie Proteus, sich in seiner wahren Gestalt zu zeigen, wenn man das seltsame Wesen unerschrocken greift und festhält.

Die Menschen, insofern sie sich unterrichten, zerfallen unter sich vorzüglich in zwei verschiedene Arten oder Klassen. Die eine derselben lernt ohne plastischen und drastischen Anknüpfungspunkt alles, was ihr unter die Zähne gerät, alles zumal, alles mit gleicher Leichtigkeit oder Schwierigkeit, das Wichtige wie das Unwichtige, und alles zu äußerlichem Gebrauche, schnell es ausgebend und noch schneller vergessend, oder auch wohl die tönende Formel unermüdlich wiederholend, während der lebendige Inhalt schon längst tot und verschwunden ist. Da diese Heerschar das Wesentliche vom Unwesentlichen, wie es von Zeit und Umständen bedingt wird, nie unterscheidet, sondern beides mit gleichem Eifer betreibt, das Wesentliche aber seiner gewichtigeren Natur nach unter diesem Eifer leicht zu Boden fällt, so bleibt ihr meistens die Spreu des Unwesentlichen zwischen den Fingern, welche sie hastig hin und her wendet, besieht und an die Nase hält. Weil sie das Wesentliche immer entschlüpfen läßt, so hält sie es für schwieriger und höchst geheimnisvoll, zunftmäßig und exklusiv, streitet sich darüber mit den Manieren und Eigenschaften des Unwesentlichen, mit dem sie es gewöhnlich zu tun hat, oder behandelt dieses mit dem Gewichte des Wesentlichen, welches ihr längst unter den Händen verschwunden ist. In der Tat ist aber beides gleich leicht und gleich schwer zu lernen, das Wesentliche und das Unwesentliche, wenn es nur zur rechten Stunde geschieht, und die Verkennung dieser Tatsache, welche mit dem ganzen Gesetz der Natur innig verbunden und vereint ist, bringt den Lärm und Ruf der falschen Gelehrsamkeit hervor, welche die Welt erfüllt, verwirrt und verdunkelt, statt sie zu erhellen.

Die zweite Klasse der Lernenden besteht aus denjenigen, welche nichts lernen, ohne daß der innere Antrieb und die Einsicht des vernünftigen Zweckes mit dem äußeren Anlasse zusammenfällt, welche absolut nichts verstehen, was nicht vernünftig und wesentlich für sie ist, denen alle Mittel furchtbare Rätsel sind, solange sie nicht das Gesetz einsehen, das sie bewegt, und den Zweck, um dessentwillen sie da sind. Vor allem Unwesentlichen stehen diese wie Dummköpfe und begreifen das Treiben der Welt nicht, und sie verharren in ihrer Demut und halten das auch wohl für etwas, was sie eben nicht verstehen; gewohnt, selbst nur das Wesentliche und Lebendige zu begreifen und zu verstehen, setzen sie dies auch von allen anderen voraus, welche vorgeben, etwas zu verstehen. Aus diesem letzteren Umstande, wenn sie endlich doch einen Zipfel erhaschen, sich Luft verschaffen und mit der ersten Klasse zusammenstoßen, entstehen alsdann neue sonderbare Mißverständnisse und Verwirrungen, indem die Leute des Wesentlichen den Leuten des Unwesentlichen das, worauf es ankommt, entgegenhalten, was diese nicht verstehen; diese aber das, worauf es nicht ankommt, hervorkehren, was jene hinwieder nicht begreifen. Beide Abteilungen verfallen aber einer sehr tragischen Schuld: die eine, weil sie sich immer mit Dingen abgibt, auf welche es unter den gegebenen Umständen niemals ankommt, läßt sich eine mutwillige und unnütze Tätigkeit zu Schulden kommen; die andere, weil in der allgemeinen Verwirrung ihr leicht alles eitel und wertlos erscheint, hat eine Neigung, es dem Zufall zu überlassen, ob er ihr Anknüpfungspunkte zum Erfassen und Durcharbeiten zuführen wolle, und einen bedenklichen Hang zur Trägheit, anstatt die Dinge zu schütteln und das Wesentliche aus freiem Entschlusse an die Oberfläche und an sich heranzuziehen. Jene leben daher in munterer Begehungssünde, diese leiden an Unterlassungssünden.

Heinrich fühlte plötzlich, daß er, was wenigstens das Unterlassen betrifft, bisanher zu der letzteren Sündenschar gehört habe, als der Professor die Nervenlehre mit einigen Bemerkungen über den sogenannten freien Willen abschloß. Denn obgleich er schon hundertmal diesen Ausdruck gehört und gelesen, auch genügsam wilde Philosophie und Theologie, wie sie in seinem Garten wuchs, getrieben hatte, so war es ihm doch noch nie eingefallen, darüber nachzudenken, oder hielt höchstens den »freien Willen« für eine Art müßigen Lückenbüßers für zusammengesetzte Dinge, woran er nicht ganz unrecht tat, nur daß er dazu nicht reif und befähigt war, ehe er die fragliche Sache näher kannte und verstand. Es gibt eine Redensart, daß man nicht nur niederreißen, sondern auch aufzubauen wissen müsse, welche von gemütlichen und oberflächlichen Leuten allerwege angebracht wird, wo ihnen eine sichtende Tätigkeit oder Disziplin unbequem in den Weg tritt. Diese Redensart ist da am Platze, wo man abspricht oder negiert, was man nicht durchlebt und durchdacht hat, sonst aber ist sie überall ein Unsinn; denn man reißt nicht immer nieder, um wieder aufzubauen; im Gegenteil, man reißt recht mit Fleiß nieder, um einen freien Raum für das Licht und die frische Luft der Welt zu gewinnen, welche von selbst überall da Platz nehmen, wo ein sperrender Gegenstand weggenommen ist. Wenn man den Dingen ins Gesicht sieht und sie mit Aufrichtigkeit gegen sich selbst behandelt, so ist nichts negativ, sondern alles ist positiv, um diesen Pfefferkuchenausdruck zu gebrauchen, und die wahre Philosophie kennt keinen andern Nihilismus als die Sünde wider den Geist, d.h. das Beharren im selbstgefühlten Unsinn zu einem eigennützigen oder eitlen Zwecke.

IV, 2 Was aber Heinrich besonders zu seinen Gedanken über den freien Willen antrieb, das war die auffallende Energie, welche in den kurzen Bemerkungen des Lehrers lag, gegen dessen sonstige Gewohnheit in solchen heiklen Punkten. Denn es war das Steckenpferd des sonst durchaus unbefangenen und duldsamen Mannes, die Lehre vom freien Willen des Menschen überall anzugreifen und abzutun, wo und wie er ihr nur beikommen konnte, und er ließ sich desnahen sogar in seinen Vorlesungen an dieser Stelle jedesmal zu einer kurzen, aber sehr kräftigen Demonstration gegen das Dasein der moralischen Kraft, die man freien Willen nennt, hinreißen in einem auf die Spitze getriebenen materialistischen Sinne. Diese Absonderlichkeit war nun zwar durchaus keine negative nihilistische Manie, sondern sie ruhte auf der »positiven« Grundlage einer durchgeführten Nachsicht und Geduldsamkeit für die Irrtümer, Schwächen und trübselig tierischen Handlungen der schlechtbestellten Menschenkinder; aber nichtsdestominder hatte sie ihren Grund in der unglücklichen Neigung vieler, selbst ausgezeichneter Naturalisten, auch an ungehöriger Stelle die Materie auf abstoßende und ganz überflüssige Weise zu betonen. Wenn man aus einem grünen Tannenbaum drei Dinge macht: eine Wiege, einen Tisch und einen Sarg, so sagt man nicht, solange diese Dinge ihre nutzbare Bestimmung erfüllen: bringt mir das Tannenholz, das dermalen eine Wiege formiert; setzt euch an das Tannenholz, welches auf vier Beinen sich zum Tische erhebt, legt mich in das sechsbretterige Tannenholz; sondern man nennt diese Gegenstände schlechtweg eine Wiege, einen Tisch und einen Sarg, und erst wenn sie ihre vergängliche Bestimmung erfüllt haben, erinnert man sich wieder an das Holz, aus welchem sie gemacht, und man sagt beim Anblicke ihrer Trümmer: dies ist altes Tannenholz, lasset es uns verbrennen; alles zu seiner Zeit!

Ihre Zeit hat auch die Rose. Wer wird, wenn sie erblüht, um sie herumspringen und rufen: He! dies ist nichts als Pottasche und einige andere Stoffe, in den Boden damit, auf daß der unsterbliche Stoffwechsel nicht aufgehalten werde! Nein, man sagt: Dies ist zurzeit eine Rose für uns und nichts anderes, freuen wir uns ihrer, solange sie blüht!

Während Schiller, der idealste Dichter einer großen Nation, seine unsterblichen Werke schrieb, konnte er nicht anders arbeiten, als wenn eine Schublade seines Schreibtisches gänzlich mit faulen Äpfeln angefüllt war, deren Ausdünstung er begierig einatmete, und Goethe, den großen Realisten, befiel eine halbe Ohnmacht, als er sich einst an Schillers Schreibtisch setzte. So niederschlagend dieser ausgesuchte Fall für alle verklärten und übernatürlichen Idealisten sein mag, so wird während des Genusses von Schillers Geistestaten deswegen niemand an die faulen Äpfel denken oder mit besonderer Aufmerksamkeit bei ihrer Erinnerung verweilen.

Aber der Professor konnte sich von der Vorstellung des ununterbrochenen aktiven und passiven Verhaltens des Gehirnes und der Nerven, als des hervorbringenden lebendigen Ackergrundes, niemals trennen zugunsten des Hervorgebrachten, der moralischen Frucht, als ob eine Ähre und eine Erdscholle nicht unzweifelhaft zwei Dinge, zwei Gegenstände wären.

Das kam daher, daß er jedesmal auf diesem Punkte einer kleinen Verwirrung anheimfiel, welche seine Begeisterung für seinen materiellen Gegenstand anrichtete und in welcher er ein wenig zu jener großen Schule derer gehörte, die das Wesentliche vom Unwesentlichen nicht zu unterscheiden wissen; denn in dem Augenblicke, wo es sich um eine moralische Welt handelt, hört die Materie, so fest jene an diese geschmiedet ist, auf, das Höchste zu sein, und nach dem Edleren muß man trachten, sonst wird das, was man schon hat, blind und unedel.

Es reizte Heinrich, auch in dieser Frage die Welt seinem Gotte, zwar immer in dessen Namen, unabhängig gegenüberzustellen und einen moralischen freien Willen des Menschen, als in dessen Gesamtorganismus begründet und als dessen höchstes Gut, aufzufinden. Sogleich sagte ihm ein guter Sinn, daß, wenn auch dieser freie Wille ursprünglich in den ersten Geschlechtern und auch jetzt noch in wilden Völkerstämmen und verwahrlosten einzelnen nicht vorhanden, derselbe sich jedoch einfinden und auswachsen mußte, sobald überhaupt die Frage nach ihm sich einfand, und daß, wenn Voltaires Trumpf: »wenn es keinen Gott gäbe, so müßte man einen erfinden!« viel mehr eine Blasphemie als eine »positive« Redensart war, es sich nicht also verhalte, wenn man dieselbe auf das Dasein des freien Willens anwende, und man vielmehr nach Menschenpflicht und Recht sagen müsse: Wenn es bis diesen Augenblick wirklich keinen freien Willen gegeben hätte, so wäre es »des Schweißes der Edlen« wert, einen solchen zu erringen, hervorzubringen und seinem Geschlechte für alle Zeiten zu übertragen.

Gegenüber den materialistischen sowohl als den mystischen Gegnern des freien Willens, den Leuten von der Gnadenwahl, steht die rationelle Richtung, die Vernunftgläubigkeit von Gottes Gnaden, die Bekennerin des bestimmten und unbeschränkten freien Willens, göttlichen Ursprungs, unzweifelhafter Allmacht und der untrügliche Richter seiner selbst. Aber diese Richtung hegt, bei diesem Anlasse, ebensowenig Achtung vor dem Körperlich-Organischen und dessen bedingender Kontinuität als die Materialisten von der gröbsten Sorte vor dem vermeintlichen Abstraktum, und ihr absoluter rationalistischer freier Wille ist ein kleiner Springinsfeld, dessen Leben, Meinungen und Taten eben auch nicht weiter reichen, als es gelegentlich allerlei Umstände erlauben wollen. Heinrich, welcher seinen bisherigen Meinungen nach ganz dazu angetan war, sich zu dieser Fahne zu schlagen, hatte jetzt schon zu viel Aufmerksamkeit und Achtung für das Leibhafte und dessen gesetzliche Macht erworben, als daß er es unbedingt getan hätte. Vielmehr geriet er auf den natürlichen Gedanken, daß das Wahrste und Beste hier wohl in der Mitte liegen dürfte, daß innerhalb des ununterbrochenen organischen Verhaltens, der darin eingeschachtelten Reihenfolge der Eindrücke, Erfahrungen und Vorstellungen, zuinnerst der moralische Fruchtkern eines freien Willens keime zum emporstrebenden Baume, dessen Äste gleichwohl wieder sich zum Grunde hinabbögen, dem sie entsprossen, um dort unablässig aufs neue Wurzeln zu schlagen.

»Diesen Prozeß«, sagte er sich, »kann man am füglichsten mit einer Reitbahn vergleichen. Der Boden derselben ist das Leben dieser Welt, über welches es gilt hinwegzukommen auf gute Manier, und kann zugleich den festen derben Grund aller Materie vorstellen. Das wohlgeartete und geschulte Pferd ist das besondere, immer noch materielle Organ, der Reiter darauf der gute menschliche Wille, welcher jenes zu beherrschen und zum freien Willen zu werden trachtet, um auf edlere Weise über jenen derben Grund wegzukommen; der Stallmeister endlich mit seinen hohen Stiefeln und seiner Peitsche ist das moralische Gesetz, das aber einzig und allein auf die Natur und Eigenschaften des Pferdes gegründet ist und ohne dieses gar nicht vorhanden wäre, nicht ‚gedacht werden könnte', wie die Juden sagen. Das Pferd aber würde ein Unding sein, wenn nicht der Boden da wäre, auf welchem es traben kann, so daß also sämtliche Glieder dieses Kreises durcheinander bedingt sind und keines sein Dasein ohne das andere hat, ausgenommen den Boden der stummen und blinden Materie, welcher daliegt, ob jemand über ihn hinreite oder nicht. Nichtsdestoweniger gibt es gute und schlechte Reitschüler, und zwar nicht allein nach der körperlichen Befähigung, sondern auch, und zwar vorzüglich, infolge des freien entschlossenen Zusammennehmens. Den Beweis dafür liefert das erste beste Reiterregiment, das uns über den Weg reitet. Die tausend Mann Gemeine, welche keine Wahl hatten, mehr oder weniger aufmerksam zu lernen, sondern durch eine eiserne Disziplin in den Sattel gewöhnt wurden, sind alle gleich zuverlässige und brave Reiter, keiner zeichnet sich besonders aus, keiner bleibt zurück, und um das Bild von einem tüchtigen und gesunden Schlendrian des gemeinen Lebens vollständig zu machen, kommen ihnen die zusammengedrängten und in die Reihe gewöhnten Pferde auf halbem Wege entgegen, und was der Reiter etwa versäumen sollte, tut unfehlbar sein Organ, das Pferd, von selbst. Erst wo dieser Zwang und Schlendrian, oder das bitter Notwendige der Masse aufhört und wo die Freiheit beginnt, beim hochlöblichen Offiziercorps, gibt es sogenannte gute Reiter, schlechte Reiter und vorzügliche Reiter; denn diese haben es in ihrer Gewalt, über das geforderte Maß hinaus mehr oder weniger zu leisten. Das Ausgezeichnete, Kühne, was der Gemeine erst im Drange der Schlacht, in unausweichlicher Gefahr und Not unwillkürlich und unbewußt tut, die großen Sätze und Sprünge, übt der Offizier alle Tage zu seinem Vergnügen, aus freiem Willen und gewissermaßen theoretisch; doch fern sei es von ihm, daß er deswegen allmächtig sei und nicht trotz allem Mut und aller seiner Kunst von einem erschreckten Pferde einmal abgeworfen oder von seinem allzu überlegenen Tiere bewogen werden könne, durch ein anderes Sträßlein zu reiten, als er eigentlich gewollt hat. Ob nun ein gutes Reiterregiment denkbar wäre, das aus lauter Offizieren bestände, das heißt aus Leuten, welche ihren freien Willen zur Grundlage ihrer Tüchtigkeit machten, und in betracht, daß Bürgerwehrkavallerie, wo dies der Fall ist, nicht viel taugt, dies zu beantworten, gehört nicht hierher, da jedes Gleichnis hinkt, welches man über seine Bestimmung hinaus verfolgt.«

»Wird der Steuermann«, fuhr Heinrich fort, »zufälliger Stürme wegen, die ihn verschlagen können, der Abhängigkeit wegen von günstigen Winden, wegen schlechtbestellten Fahrzeuges und unvermuteter Klippen, wegen verhüllter Leitsterne und verdunkelter Sonne sagen: es gibt keine Steuermannskunst! und es aufgeben, nach bestem Vermögen sein vorgenommenes Ziel zu erreichen?

Nein, gerade die Unerbittlichkeit, aber auch die Folgerichtigkeit, Notwendigkeit der tausend ineinandergreifenden Bedingungen in ihrer Klarheit müssen uns reizen, das Steuer nicht fahren zu lassen und wenigstens die Ehre eines tüchtigen Schwimmers zu erkämpfen, welcher in möglichst grader Richtung quer durch einen stark ziehenden Strom schwimmt. Nur zwei werden nicht über solchen Strom gelangen: derjenige, welcher sich nicht die Kraft zutraut und sich von den Wellen widerstandslos fortreißen läßt, und der andere, welcher vorgibt, er brauche gar nicht zu schwimmen, er wolle hinüberfliegen in der Luft, er wolle nur noch ein Weilchen warten, bis es ihm recht gelegen und angenehm sei!«

Dann kam Heinrich noch einmal auf den Satz zurück, wiederholte ihn und befestigte ihn recht in sich: die Frage nach einem gesetzmäßigen freien Willen ist zugleich in ihrem *Entstehen* die Ursache und Erfüllung derselben, und wer einmal diese Frage getan, hat die Verantwortung für eine sittliche Bejahung auf sich genommen.

Dies war einstweilen das Schlußergebnis, welches er aus jenen anthropologischen Vorlesungen davontrug, und indem er dasselbe sich ernsthaft vorsagte, merkte er erst, daß er bis jetzt vom Zufälligen sich habe treiben lassen, wie ein Blatt auf dem Bache; oder er dachte sogleich an seine aufgeschriebene Jugendgeschichte, die in seinem alten Koffer lag, und an alles seither Erlebte, und alles kam ihm nunmehr mit einem Blicke vor wie ein unbewußter Traum. Zugleich fühlte er aber, daß er von nun an sein Schifflein tapfer lenken und seines Glükkes und des Guten Schmied sein müsse, und ein sonderbares, verantwortlichkeitsschwangeres Wesen kräuselte sich tief in seinem Gemüte, wie er es bis jetzt noch nie empfunden zu haben sich erinnerte.

DRITTES KAPITEL

Aber der freie Wille des Menschen gleicht dem Keime, der im Samenkorne liegt und des feuchten und warmen Erdreiches bedarf, um sich entwickeln und wachsen zu können. Heinrich mußte sogleich erfahren, daß dieser Keim, dieser löbliche Vorsatz des freien Willens, auch beim besten Willen, noch über seine Meinung hinaus das bedingteste Wesen von der Welt ist und ohne die notwendige Nahrung, ohne einen gesättigten Grund von Erfahrung, Einsicht und bereits erfüllten Bestimmungen so ruhig schläft wie das Weizenkorn auf dem Speicher. Dieser Grund, dieser Humus aber ist für jede Anlage ein anderer, gleichwie die Distel nicht da gedeiht, wo das Korn wächst, die Fichte noch fortkommt, wo die Tanne verschwindet, und selbst auf dem gleichen Boden bildet der Lindenkeim ein rundes Blatt, die Eiche ein gezacktes.

Heinrichs Lage erforderte, daß er sich nun mit allem Ernste in seinem erwählten Berufe an ein Ziel bringe, entweder seine eingetretene Mutlosigkeit und Täuschung in der Wahl, wenn dieselbe eine vorübergehende war, überwinde oder, wenn er sich darüber klar gemacht, mit raschem Entschlusse ein anderes Bestimmtes ergreife, ehe noch mehr Jahre ins Land gingen. Allein eben zu diesem Entschlusse noch zu irgend einem hatte er durchaus keine Wahl, weil er sich zu dieser Zeit an Erfahrung und Umsicht tausendmal ärmer fühlte als früher, da er ein bescheidenes, aber sicher begrenztes Ziel verfolgt hatte. Doch er war sich nicht einmal dieses Mangels einer Wahl und eines freien Entschlusses bewußt, sondern wie der Keim eines Samenkornes, sobald er etwas Wärme und Feuchte verspürt, nur erst ein Würzelchen auszudehnen und ein Stämmchen an das Licht zu bringen sucht, ehe er seine besondere Blattform ansetzt, so wurde Heinrich durch seinen Instinkt getrieben, das Bewußtsein ohne Nutzanwendung und Mäßigung zu bereichern und zu erfahren, was es eigentlich überhaupt zu lernen und zu bebauen gäbe in der Menschengeschichte.

So sog er, während er mit ernstem Pathos einen bewußten freien Willen zu üben wähnte, aber willenlos alle seine Angelegenheiten und bisherige Tätigkeit da liegen ließ, wo sie zuletzt gelegen, so sog er jetzt, einer willenlosen durstigen Pflanze gleich, die Nahrung der Erfahrung und das Lebenslicht der Einsicht in sich und setzte damit nur den im zarten Knabenalter gewaltsam unterbrochenen Prozeß fort, aber mit umso größerer Schwere als er unterdessen ein erwachsener Mensch geworden.

Sein liebster Aufenthalt war nun das Universitätsgebäude. Er besuchte die verschiedensten Vorlesungen und sah überall, was da gelernt werde, darüber alle Sorgen vergessend und das äußere Auge vor der Zukunft verschließend, aber innerlich umhertastend gleich der Raupe, die für ihren bestimmungsvollen Heißhunger ein anderes Baumblatt sucht.

Zu der Zeit seiner Jean Paulschen Belesenheitsbildung hatte er das Rechtswesen für eine Sache gehalten, von der absolut nichts zu wissen noch zu ahnen eine Ehre für jeden wohlangelegten Menschen sein müsse, und die Juristen waren ihm eine Art unglücklicher, in keiner Beziehung beneidenswerter Schicksalsgenossen gewesen, deren unterste Stufe etwa die Häscher und Abdecker wären, vom Abhub und Eiter der Gesellschaft lebend. Der Zivilrichter war ihm dazumal noch viel verächtlicher als der Prozeßsüchtige und dessen Advokat; denn, sagte er, wenn die Menschen stupid und schlecht genug sind, unklare und falsche Ansprüche gegeneinander zu erheben und sich um des Kaisers Bart zu zanken, so ist derjenige noch der viel größere Esel, der sich dazu hergibt, sich von den Zankbolden anschreien und belügen zu lassen und ihre schmutzige Wäsche rein zu machen. Vielmehr, meinte er, sollte man alle Leute sich so lange zanken lassen, bis der eine oder der andere Gewalt braucht, diesen alsdann beim Kopf nehmen, dem Strafrichter überweisen und erst jetzt zugleich mit dem Strafprozesse die zivilrechtliche Frage entscheiden, den aber noch besonders abstrafen, der den Prozeß verliert. Denn mit dem Strafrichter allein machte er eine Ausnahme, und der war ihm eine geheiligte Person.

Solche harmlose Aussprüche der Unschuld vergessend, war Heinrich jetzt öfter in den verrufensten aller Vorlesungen, in den Pandekten zu finden, fast leidenschaftlich beflissen, ein Stück Textur und Gewebe römischen Rechtes vor seinen Augen ausbreiten und erklären zu sehen. Er sah aus den naturwüchsig konkreten Anfängen mit ihren plastischen Gebräuchen das allgemeinste in sich selbst ruhende Rechtsleben hervorgehen, zu einer ungeheuren für Jahrtausende maßgebenden Disziplin sich entwickeln, doch in jeder Faser eine Abspiegelung der Menschenverhältnisse, ihrer Bestimmungen, Bedürfnisse, Leidenschaften, Sitten und Zustände, Fähigkeiten und Mängel, Tugenden und Laster darstellen. Er sah, wie dies ganze Wesen, dem Rechts- und Freiheitsgefühl einer Rasse entsprossen, in seiner Befähigung zur Allgemeinheit, seither neben der staatlichen Verkommenheit und der Knechtschaft hergehend, von dieser allein geübt und gepflegt, gerade seiner in sich wurzelnden Allgemeinheit wegen als eine Fähigkeit des menschlichen Geschlechtes eher geeignet war, unter den betrübtesten Verhältnissen den Sinn des Rechtes und mit diesem den Sinn der Freiheit, wenn auch schlafend, aufzubewahren, als das germanische Recht, welches seiner Gewohnheitsnatur, seiner eigensinnigen Liebhabereien, seines äußerlichen Gebrauchswesens und seines unechten Individualismus halber sich unfähig gezeigt hat, den vielgerühmten germanischen Sinn für Recht und Freiheit im ganzen und großen zu erhalten, so wenig als sich selbst. Denn das Recht ist eigentlich nichts als Kritik; diese soll so allgemein und grundsätzlich als möglich sein, und das produktive Leben, der Gegenstand dieser Kritik, ist es, welches allzeit naturwüchsig und individuell sein soll.

Dafür regte das, was er vom germanischen Recht erfaßte, durch den poetischen und ehrwürdigen Duft und Glanz seiner verjährten Sprache und durch das malerische Kostüm seine Begier und Aufmerksamkeit für die Geschichte. Er hatte, durch den fragmentarischen Einblick in diese Disziplinen aufgefordert, damit geschlossen, sich einen allgemeinen Begriff von der Rechtsgeschichte zu verschaffen, und indem er, durch das Lesen deutscher Rechtsaltertümer veranlaßt, Vergangenheit und Ursprung der deutschen Sprache in den von trefflichen Männern dargebotenen Werken betrachtete, erstaunte er, in dieser Sprachgeschichte, die zugleich die schönste Völkergeschichte war, ein wahrhaftes, großes, singendes und klingendes Epos zu finden, in zahllosen Völkerstämmen herüberziehend und rauschend aus den grünen Waldschatten der Vorzeit, an Strömen und Meerborden hin- und herwandelnd, Völkerschlachten schlagend, Städte bauend und eine Geschichte lebend in frommem Ernst und derbem Schwank, in Festglanz und Todesschauern. Die uralte heilige Ehrbarkeit, mit welcher in der Menschensprache überall das Abgeteilte, Zahl, Maß und Gewicht, Trockenes und Flüssiges, Bodeneinteilung und Geschlechtsverwandtschaft erschienen, wies von selbst wieder hin auf die Rechtsgeschichte und bestätigte deren Qualität in der Menschennatur, so wie die ehrwürdige und ursprüngliche Allgemeinheit der Wörter für die wichtigsten physischen Gegenstände mit der inneren Einfachheit und Allgemeinheit der Natur selbst zusammentraf, wie er sie in den betreffenden Betrachtungen und Studien kennen und ehren gelernt hatte.

So gewann nun Heinrich, durch die unmittelbare Anschauung solcher Dinge, erst eine lebendige Liebe zu der Geschichte, wie überhaupt die unmittelbare Kenntnis der Faser und der Textur der Wirklichkeit tiefere, nachhaltigere und fruchtbarere Begeisterung erweckt in allen Übungen als alles abstrakte Phantasieren. Und selbst diejenigen, welche nur teilweise Kenntnis genommen haben vom Bestehen dieses organisch-notwendigen Gewebes, dieser Textur der Dinge, werden dem Ganzen ersprießlicher sein durch die erworbene Fähigkeit, sich alles gewaltsamen Räsonierens zu enthalten und nicht länger eine ungleichmütige Verwirrung bald feiger, bald übermütiger Stimmungen und Forderungen über die Dinge auszugießen, die sie nicht begreifen und die sich doch von selbst verstehen und machen.

Heinrich trug ein zwiefaches praktisches Ergebnis von seinem Selbstunterricht in der Geschichte davon. Erstlich gewöhnte er sich gänzlich ab, irgend einen entschwundenen Völkerzustand, und sei er noch so glänzend gewesen, zu beklagen, da dessen Untergang der erste Beweis seiner Unvollständigkeit ist. Er bedauerte nun weder die beste Zeit des Griechentums noch des Römertums, da das, was an ihr gut und schön war, nichts weniger als vergangen, sondern in jedes bewußten Mannes Bewußtsein aufbewahrt und lebendig ist und in dem Grade, nebst anderen guten Dingen, endlich wieder hervortreten wird als das Bewußtsein der Menschengeschichte, d.h. die wahre menschliche Bildung allgemein werden wird. Insofern bestimmte Geschlechter und Personen die Träger der Tugenden vergangener Glanztage sind, müssen wir ihnen, da diese Hingegangenen Fleisch von unserem Fleische sind, den Zoll weihen, der allem Wesentlichen, was war und ist, gebührt, ohne sie zurückzuwünschen, da sonst wir selbst nicht Raum noch Dasein hätten.

Sodann lernte er die unruhigen Gegensätze von Hoffnung und Furcht, wie sie durch Fortschritt und Rückschritt in der Geschichte wach gehalten werden, in sich bändigen und ausgleichen, und zwar in bezug auf den Teil davon, den die nächste Zeit und der einzelne selbst erlebt. Er sah, daß die Geschichte nicht einem schlechten Romane gleicht, wo eine Anzahl gemütlicher und tadelloser Menschen von der willkürlichen Teufelei absoluter Schurken gehemmt und verwickelt wird, sondern daß in ihr das Unheil eben nur der Lückenbüßer und Ährenleser des Heiles, d.h. der Rückschritt nichts anderes als der stockende Fortschritt ist; oder mit deutlicheren Worten gesagt, wenn ein sogenannter Fortschritt nicht Stich hält, so ist er eben keiner gewesen.

Daher ist der Grund und das Wesen einer Reaktion nicht in ihr selbst zu suchen, als in einer selbständigen feindlichen Kraft, sondern in der Unvollkommenheit des Fortschrittes; denn es gibt nur eine wirkliche Bewegung, diejenige nach vorwärts; alle Völker und Menschen wollen vorwärtsschreiten auf ihre Weise, und die Reaktionäre von Profession, die sich so nennen, wissen selbst nicht, warum und woher sie in der Welt sind. Sie sind nämlich nur die Fußschwielen der vorwärtsschreitenden Menschheit. So wenig die Physiker der Wärme gegenüber eine eigentümliche Kälte kennen, so wenig es dem Schönen gegenüber eine absolute dämonische Häßlichkeit gibt, wie die dualistischen Ästhetiker glauben, so wenig wie es ein gehörntes und geschwänztes Prinzip des Bösen, einen selbstherrlichen Teufel gibt, so wenig gibt es eine Reaktion, welche aus eigener innewohnender Kraft und nach einem ursprünglichen Gesetze zu bestehen vermöchte.

Der hervorspringendste Beweis hiervon ist die umfangreichste Tat der Reaktion, wie sie ist, der Jesuitismus. Dieser ist an sich nichts als die Anziehung und Beschäftigung aller unnützen und eitlen Köpfe, welche zur Ausübung ihres Unsinnes einer kolossalen Methode bedürfen, um sich selbst zu genügen. Dies ist das innerste Geheimnis des Jesuitismus.

Daß er eine ungeheure hohle Blase ist, ein eingefleischter Widerspruch und Mutwillen, beweist die fürchterliche Dummheit, mit welcher er tiefer zu sein glaubt als die Kluft zwischen Wahrheit und Lüge, die greuliche Naivität, mit welcher er allen Ernstes glaubt, etwas Erkleckliches hervorzubringen durch die krasse Weltklugheit, die er in tausend verbohrte Schädel pflanzt, geschwollen von Herrsch- und Imponiersucht, und der Köhlerglaube, daß eine Armee solcher methodisierten Hans Narren eine höhere positive Welt bauen und sichern werden, die einen eigenen Leib und Geist habe.

Welch eine kindische Unbefangenheit für Leute, welche etwas Großes wollen: fortwährend mit der einen Hand eine sogenannte Kasuistik anzuwenden und mit der anderen abzuleugnen, als ob der Weltgang Muße und Unschuld genug hätte, auf dergleichen Torheiten einzugehen, und als ob ein großer Zweck mit kleinlichen Mitteln erreichbar wäre! Deswegen ist auch der Jesuitenspruch: der Zweck heiligt die Mittel! ein charakteristischer Hauptunsinn; denn nicht nur heiligt kein Zweck ihm entgegengesetzte Mittel, sondern er kennt gar keine solchen Mittel in seiner Eigenschaft als Zweck. Hätten die Jesuiten einen einfachen, offen auszusprechenden, materiell weltlichen Zweck für ihr Dasein, so würden ihre materielle Machtverbreitung, ihre Schlauheit, ihre Politik, ihre Gewaltsamkeit und Fügsamkeit, ihre tausend Künste vielleicht große Mittel sein; so wie sie aber einen religiösen, geistlichen, überweltlichen Zweck zu haben auch nur vorgeben, so werden in einem Handumkehren alle jene Anstrengungen zu unsäglich kleinen mißgriffenen und törichten Mitteln, welche die ewigen Henker ihres eigenen Zweckes sind. Auch arbeiten die Jesuiten, als moderne Sisyphusse, im Schweiße ihres Angesichtes an ihrer unausgesetzten Selbstaufhebung, und wo sich die rechtmäßige Weltbewegung, die keine Ränke übt, nur im Schlafe schüttelt, müssen sie davonlaufen oder der Bewegung dienen ohne Dank. Am seltsamsten nehmen sich in solchen Katastrophen alle jene Müßiggänger aus, welche unter dem drohenden Namen von »geheimen Jesuiten« in aller Welt herumliegen und tun, als ob sie was zu tun hätten außer der zwecklosen Unruh- und Zwietrachtserregung, die ihr närrisches Gebaren hervorbringt!

Weil die Reformation ihrer Zeit und Möglichkeit nach eine Halbheit war, so entstand durch ihre Bewegung sogleich der Jesuitismus, um den leeren Raum zu füllen; oder vielmehr war er selbst eine leere Löwenhaut, in welche sich, dem wirklichen Löwen der Reformation gegenüber, andere Tiere steckten, vom Esel an bis zum Wolf und Tiger, und selbst wenn sich ein löwenartiges Tier darin verbarg, so hob sich dieses selbst wieder auf durch die doppelte Haut, wie zwei Nein sich aufheben oder zwei Ja wirkungslos und matt werden.

Diese Löwenhaut ist eben die Methode, die Verfassung, die Weltverbreitung, das scheinbare Gelingen der Jesuiten, und das tragikomische Schicksal dieses gewaltigen Balges ohne ein eingewachsenes, eigentümliches Tier hat ein neuerer Schriftsteller wohl bezeichnet, wenn er sagt »dadurch, daß der Jesuitismus in die weltliche Gesellschaft eintritt und sich mit ihr vereinigt, wird er unfähig, sich von ihr loszumachen, *d. h. sie etwas Besonderes zu lehren, die Welt hat ihn erobert, nicht er die Welt.*«

Es gibt daher, wenigstens in unserer Zeit, keinen edleren Prinzipienkampf gegen ihn, sondern nur Polizei, Exekution und Austreibung, wo immer er sich mit fleißiger Rührigkeit dazu reif gemacht hat. Die neue Bundesverfassung der Schweizer tat sehr wohl daran, die Verpönung der Jesuiten unmittelbar neben den Paragraphen zu setzen, welcher von den gemeingefährlichen Seuchen handelt; denn ebenso äußerlich wie diese kommt, verschwindet und kommt wieder der Jesuitismus. Gegen ihn selbst soll darum keine tiefere Leidenschaft des Hasses mehr Raum finden; dagegen soll sich diese wider alles das kehren, was dem Jesuitismus Nahrung gibt, d. h. wir müssen das edle Pathos des wahren Hasses zur Reinigung unserer selbst gegen das wenden, was im allgemeinen Vorrat unserer Eigenschaften, Neigungen und Zustände dem Jesuitismus den Stoff und die Werkzeuge liefert. Der Stoff ist das zu verführende, zu beherrschende oder zu bestimmende Volk; dieses dem Jesuitismus abzuringen, ist der einzig radikale Weg: sich in allen Ränken den Jesuiten gerade entgegengesetzt zu verhalten, in der Tat und in der Wahrheit. Was dies heißen will, darüber soll jeder im vorkommenden Fall nachdenken. Die Werkzeuge sind obige unnütze und eitle Köpfe, blasierte und verdorbene Fähigkeiten aller Art, deren verkünsteltem und autoritätssüchtigem Wesen es besser zusagt, sich in eine marktschreierische und methodische Autoritätskompagnie zu retten, wenn auch als »Leichnam«, als sich der offenen, einfachen und naiven Weltbewegung, die sie in ihrer Verschrobenheit für trivial halten, anzuschließen. Es ist eine Krankheit, welche man die Talentfäulnis nennen könnte und welche vorzüglich in Übergangszeiten entsteht und wuchert. Den damit Behafteten ist es nicht gegeben und nicht möglich, ihre Anlagen reifen zu lassen und mit anderen ehrlichen Leuten an derselben unmittelbaren Sonne des Lebens zu gehen und zu wirken; sie wollen das Allgemeine überholen und überlisten, und indem sie einen Vorsprung zu gewinnen trachten, geben sie sich dem Gemachten und Künstlichen, dem Komplizierten und Mittelbaren hin, dem Unechten und dem Erlogenen, und von diesem Gebiete aus, wo es ihnen nicht mehr möglich ist, recht zu tun, werden sie die geschworenen Feinde des Allgemeinen, das schlecht und recht vorwärts geht. Dies Unwesen in allen Graden, auf jedem Boden und in jeder Umgebung zu bekämpfen und zu ersticken und jedes kranke Glied abzuschneiden, ist der beste Kampf auch gegen den Jesuitismus.

So kam Heinrich zu der Überzeugung, daß das historische und politische Bewußtsein weniger in der Ausbildung eines spezifischen Hasses gegen die Hemmung als in der Reinigung und Befestigung seiner selbst bestehen und hierdurch wesentlich die Aufmerksamkeit, Tätigkeit und Hoffnung gelenkt werden solle. Schon weil alles das, was sich reaktionär nennt, jederzeit haßerfüllt, straf- und rachsüchtig ist, so kann es der Fortschritt unmöglich sein, oder er ist keiner. Die Reaktion liebt z.B. das Blut, folglich darf es der Fortschritt nicht lieben, wenn er ihr wahrhaft überlegen sein will. Auch die gerechteste Rache führt den eigenen schließlichen Untergang mit sich, und die heldenmütigsten Rächer bringen mit ihrem Siege höchstens eine große Tragödie zustande; es handelt sich aber eben in der Geschichte und Politik um das, was die kurzatmigen Helden und Rhetoren nie einsehen: nicht um ein Trauerspiel, sondern um ein gutes Ziel und Ende, wo die geläuterte unbedingte Einsicht alle versöhnt, um ein großes heiteres Lustspiel, wo niemand mehr blutet und niemand weint. Langsam, aber sicher geht die Welt diesem Ziele entgegen.

Mit einem Worte, Heinrich erlangte die gute und nützliche Erkenntnis: Alles, was wir an unseren Gegnern verwerflich und tadelnswert finden, das müssen wir selber vermeiden und nur das an sich Gute und Rechte tun, nicht allein aus Gutmütigkeit und Neigung, sondern recht aus Zweckmäßigkeit und energischem geschichtlichen Bewußtsein.

Wie er nun dazu noch sah, daß jede geschichtliche Erscheinung genau die Dauer hat, welche ihre Gründlichkeit und lebendige Innerlichkeit verdient und der Art ihres Entstehens entspricht, wie die Dauer jedes Erfolges nur die Abrechnung der verwendeten Mittel und die Prüfung des Verständnisses ist und wie gegen die ununterbrochene

Ursachenreihe auch in der Geschichte weder hoffen noch fürchten, weder jammern noch toben, weder Übermut noch Verzagtheit etwas hilft, sondern Bewegung und Rückschlag ihren wohlgemessenen und begründeten Rhythmus haben, so gab er besonders acht auf die Zeit- und Dauerverhältnisse in der Geschichte und verglich den Charakter der Ereignisse und Zustände mit ihrer Dauer und dem Wechsel ihrer Folge: welche Art von anhaltenden Zuständen z.B. ein plötzliches oder ein allmähliches Ende nehme, oder welche Art von unerwarteten raschen Ereignissen dennoch einen dauernden Erfolg haben, und warum? welche Bewegungsarten einen schnellen oder langsamen, einen gänzlichen oder teilweisen Rückschlag hervorrufen, welche von ihnen scheinbar täuschen und in die Irre führen, und welche den erwarteten Gang offen gehen? in welchem Verhältnis überhaupt die Summe des moralischen Inhaltes zu dem Rhythmus der Jahrhunderte, der Jahre, der Wochen und der einzelnen Tage in der Geschichte stehe usw.? Dies alles betrieb er nicht, um eine Kalenderwissenschaft aufzustellen, sondern lediglich um die eine moralische Anschauung von allen Dingen zu verstärken. Durch diese Anschauung wurde er befähigt, schon im Beginn einer Bewegung nach ihren Mitteln und nach ihrer Natur die Hoffnung oder Furcht zu beschränken, die er auf sie zu setzen hatte, wie es einem besonnenen, freien Staats- und Weltbürger geziemt. Es ist, nicht leider, sondern glücklicherweise, kein Gemeinplatz, sondern eine eiserne Wahrheit, daß in der Geschichte überall keine Hexerei, sondern das Sprüchlein: wie mans treibt, so gehts! die lehrreichste Erklärung für alles ist.

Der ruhige feste Gleichmut, welcher aus solcher Auffassung des Ganzen und Vergleichung des Einzelnen hervorgeht, glücklich gemischt mit lebendigem Gefühl und Feuer für das nächst zu Ergreifende und Selbsterlebte, macht erst den guten und wohlgebildeten Weltbürger aus. Denn wenn er in diesen, in seinen eigenen Bestrebungen scheitert oder ein großes Mißlingen oder einen Untergang miterlebt, so gibt nur jene Ruhe ihm denjenigen Trost und Halt, ohne welchen kein selbstbewußtes menschliches Wesen denkbar ist und leben kann.

Heinrich erwarb sich indessen nichts weniger als eine große Gelehrsamkeit oder gar die bloße Einbildung einer solchen; lediglich schaute er sich um, von einem dringenden Instinkte getrieben, erhellte sein Bewußtsein von den Dingen, die da sind, gelehrt, gelernt und betrieben werden, und hatte an allem eine ungetrübte gleichmäßige Freude, ohne sich anzumaßen, sich selbst etwa hervortun zu wollen, oder sich für dies oder jenes selbsttätig entscheiden zu können. Alles, was gründlich und zweckmäßig betrieben wurde und echt menschlich war, erschien ihm jetzt gleich preiswürdig und wesentlich, und jeder schien ihm glücklich und beneidenswert, der, seinen Beruf recht begreifend, in Bewegung und Gesellschaft der Menschen, mit ihnen und für sie, unmittelbar wirken kann.

Dies alles hatte die kleine Figur des borghesischen Fechters veranlaßt, und Heinrich trieb es wie etwa der Sohn eines wohlhabenden guten Hauses, welcher sich zu seiner Formierung im Auslande aufhält und einige allgemeine Studien treibt, von allem ein bißchen lernt, um dereinst einen wohlbestellten und unterrichteten Bürgersmann vorzustellen, welcher weiß, warum es sich handelt, und, ohne gelehrt zu sein, doch in manchem Falle, wo er nicht schon eine eigene Meinung hat, imstande ist, sich eine solche auf dem kürzesten Wege anzueignen.

So verging die Zeit, und während Heinrich ohne freien Willen, denn er konnte gar nicht anders, rücksichtslos gänzlich die Zeit verwendete, sich Zeug und Stoff für seinen freien Willen zu verschaffen, nämlich Einsicht, wußte er bereits nicht mehr, wovon er leben sollte, und sah sich plötzlich zu seinem großen Erstaunen von Not und Sorge umgeben, so daß er kaum wußte, wie ihm geschah.

VIERTES KAPITEL

Als er vor nun bald vier Jahren sein Vaterhaus und seine Heimat ver- IV, 3
ließ, war zu seinem Eintritt in die Welt die mäßige Barsumme bestimmt, welche seine Mutter während ihres Witwenstandes, trotz ihrer beschränkten Verhältnisse und ungeachtet sie zu gleicher Zeit einen Sohn erzog, doch unbemerkt erspart hatte. Diese Summe war bei bescheidener Lebensweise für etwa ein Jahr hinreichend, nach dessen Ablauf sich ernähren und zugleich weiterbilden zu können Heinrich

nicht zweifelte und seine Mutter ebenso sicher hoffte, da es geschehen mußte und sie ihrer ganzen Lebensart nach selbst von nichts anderem wußte, als dem Notwendigen sich zu fügen und ihm gerecht zu werden. Sie nannte dies »sich nach der Decke strecken« und verzierte jeden ihrer Briefe, die sie an den Sohn schrieb, sorgfältigst am Eingang und am Schlusse mit dieser Metapher, und der Sohn nannte dieselbe scherzweise das Prokrustesbette seiner Mutter. Indessen, um für alle Fälle das Ihrige zu tun, veränderte sie sogleich am Tage nach seiner Abreise ihre Wirtschaft und verwandelte diese beinahe vollständig in die Kunst, von nichts zu leben.

Sie erfand ein eigentümliches Gericht, eine Art schwarzer Suppe, welches sie jahraus, jahrein, einen Tag wie den anderen um die Mittagszeit kochte, auf einem Feuerchen, welches ebenfalls beinahe von nichts brannte und ein Klafter Holz ewig dauern ließ. Sie deckte während der Woche nicht mehr den Tisch, da sie nun ganz allein aß, nicht um die Mühe, sondern die Kosten der Wäsche zu ersparen, und setzte ihr Schüsselchen auf ein einfaches Strohmättchen, welches immer sauber blieb, und indem sie ihren abgeschliffenen Dreiviertelslöffel in die Suppe steckte, rief sie pünktlich den lieben Gott an, denselben für alle Leute um das tägliche Brot bittend, besonders aber für ihren Sohn. Nur an den Sonn- und Festtagen deckte sie den Tisch förmlich und setzte ein Pfündchen Rindfleisch darauf, welches sie am Sonnabend eingekauft. Diesen Einkauf selber machte sie weniger aus Bedürfnis – denn sie hätte sich für ihre Person auch am Sonntage noch mit der lakonischen Suppe begnügt, wenn es hätte sein müssen – als vielmehr um noch einen Zusammenhang mit der Welt und Gelegenheit zu haben, wenigstens einmal die Woche auf dem alten Markt zu erscheinen und den Weltlauf zu sehen. So marschierte sie denn still und eifrig, ein kleines Körbchen am Arm, erst nach den Fleischbänken, und während sie dort klug und bescheiden hinter dem Gedränge der großen Hausfrauen und Mägde stand, welche lärmend und stolz ihre großen Körbe füllen ließen, machte sie höchst kritische Betrachtungen über das Behaben der Leute und ärgerte sich besonders über die munteren leichtsinnigen Dienstmägde, welche sich von den lustigen Metzgerknechten also betören ließen, daß sie, während sie mit ihnen scherzten und lachten, ihnen unversehens eine ungeheure Menge Knochen und

Luftröhrenfragmente in die Waagschale warfen, so daß es die Frau Elisabeth Lee fast nicht mitansehen konnte. Wenn sie die Herrin solcher Mädchen gewesen wäre, so hätten diese ihre Verliebtheit an den Fleischbänken teuer büßen und jedenfalls die Knorpel und Röhren der falschen trügerischen Gesellen selbst essen müssen. Allein es ist dafür gesorgt, daß die Bäume nicht in den Himmel wachsen, und diejenige, welche von allen anwesenden Frauen vielleicht die böseste und strengste gewesen wäre, hatte dermalen nicht mehr Macht als über ihr eigenes Pfündlein Fleisch, das sie mit Umsicht und Ausdauer einkaufte. Sobald sie es im Körbchen hatte, richtete sie ihren Gang nach dem Gemüsemarkt am Wasser und erlabte ihre Augen an dem Grün, an den frischen Früchten, welche aus Gärten und Fluren hereingebracht waren. Sie wandelte von Korb zu Korb und über die schwanken Bretter von Schiff zu Schiff, das aufgehäufte Wachstum übersehend und an dessen Schönheit und Billigkeit die Wohlfahrt des Staates und dessen innewohnende Gerechtigkeit ermessend, und zugleich tauchten in ihrer Erinnerung die grünen Landstriche und die Gärten ihrer Jugend auf, in welchen sie einst selbst so gedeihlich gepflanzt hatte, daß sie zehnmal mehr wegzuschenken imstande war als sie jetzt bedächtig und teuer einkaufen mußte. Hätte sie noch große Vorräte für eine zahlreiche Familie einzukaufen und zu ordnen gehabt, so würde das ein Ersatz gewesen sein für das Pflanzen und Graben; aber auch dieser Beruf war ihr genommen und daher war die Handvoll grüner Bohnen, Spinatblättchen oder junger Rübchen, welche sie endlich in ihr Körbchen tat, nachdem sie manchen scharfen Verweis und Zuspruch wegen Überteuerung ausgeteilt, ihr ein notdürftiges Pfand und Symbolum, samt dem Büschelchen Petersilie oder Schnittlauch, das sie gratis erkämpft. Dies war ihre Poesie, Elegie und Samstagstragödie.

Das schöne weiße Stadtbrot, das bislang in ihrem Hause gegolten, schaffte sie nach Heinrichs Abreise sogleich ab und bezog alle vierzehn Tage ein billiges rauhes Landbrot, welches sie so sparsam aß, daß es zuletzt immer steinhart wurde, und dasselbe vergnüglich und zufrieden bewältigend, schwelgte sie ordentlich in ihrer freiwilligen Aszese.

Zugleich wurde sie karg und herb gegen jedermann, in ihrem gesellschaftlichen Leben vorsichtig und zurückhaltend, um alle Ausgaben zu vermeiden, und bewirtete niemanden, oder doch so knapp und ängstlich, daß sie bald für geizig und ungefällig gegolten hätte, wenn sie nicht durch eine verdoppelte Bereitwilligkeit mit dem, was sie durch die Mühe ihrer Hände, ohne andere Kosten, bewirken konnte, jene herbe Sparsamkeit aufgewogen hätte. Überall wo sie mit Rat und Tat beistehen konnte, im ganzen Umkreise ihrer Nachbarschaft, war sie immer wach und rüstig bei der Hand, keine Mühe und Ausdauer vermeidend, insofern sie nur nichts kostete, und da sie für sich bald fertig war und sonst nichts zu tun hatte, so verwandte sie fast ihre ganze Zeit zu solchen Dienstleistungen, still und fleißig denselben obliegend, bald in diesem Hause, bald in jenem, wo Krankheit oder Tod die Menschen bedrängten.

Aber überallhin brachte sie ihre strenge Einteilung und Sparsamkeit mit, so daß die unerfahrenen und behäbigen Weiber, während sie dankbar und rühmend ihre unermüdliche Hilfe sich gefallen ließen, doch hinter ihrem Rücken sagten, es wäre eigentlich doch eine Sünde von der Frau Lee, daß sie gar so ängstlich sei und spröde in sich verschlossen dem lieben Gott nichts überlassen könne oder wolle. Dies war aber durchaus nicht der Fall; sie überließ der Vorsehung des Gottes alles, was sie nicht verstand, vorerst die Verwicklungen und Entwicklungen der moralischen Welt, mit denen sie nicht viel zu tun hatte, da sie sich nicht in Gefahr begab; nichtsdestominder war Gott ihr auch der Grundpfeiler in der Viktualienfrage; aber diese hielt sie für so wichtig, daß es für sie eine eigentliche Ehrensache war, sich zuerst selber mit Hand und Fuß zu wehren. Denn ein doppelter Strick halte besser, und wenn auf Erden und im Himmel zugleich gesorgt würde, so könne es umso weniger fehlen!

Und mit eiserner Treue hielt sie an ihrer Weise fest; weder durch die Sonnenblicke der Fröhlichkeit noch durch düsteres Unbehagen, weder im Scherz noch im Ernst ließ sie sich verleiten und überrumpeln, auch die kleinste ungewohnte Ausgabe zu machen. Sie legte Groschen zu Groschen, und wo diese einmal lagen, waren sie so sicher aufgehoben wie im Kasten des eingefleischten Geizes. Mit der Ausdauer und Konsequenz des Geizes sammelte sie Geld, aber nicht zu ihrer Freude und zur Lust ihrer Augen, denn das Gesammelte beschaute sie niemals und überzählte es nie, und hierdurch unterschied sich ihr Tun und Lassen von demjenigen der Geizigen.

Allein diese ihre Art, indem sie zurückhaltend, ängstlich und geizig erschien und zugleich dienstfertig, still, hilfereich und liebenswürdig war, verlieh ihr einen eigentümlichen und einsamen Charakter, so daß die Leute ihre freundliche und nützliche Seite annahmen und über ihr stilles, strenges Sorgen, Hoffen und Fürchten sie nicht befragten.

Zudem würden sie dasselbe weder begriffen noch gebilligt haben; denn alle verlangten von ihren eigenen Söhnen, wenn sie nicht Gelehrte wurden, daß sie sich zeitig selbst ernährten, und wenn je einmal eine ganz behagliche Familie ihrem in die Klemme geratenen Sohn Schreiner oder Schlosser einige Taler übersandte, so geschah dies mit einem erheblichen Aufwande von Lärm, und des Goldeinwechselns, Verpackens, Versiegelns, Versicherns auf der Post und des Sprechens von alledem war kein Ende; daß aber Heinrich schon abgereist war, um förmlich im Auslande von einer bestimmten Summe zu leben, dazu hatten die Nachbaren schon die Köpfe geschüttelt und gemeint, er hätte doch schon genug gekostet und könnte nun sehen, etwas zu verdienen, wie anderer Leute Kinder auch. Deshalb sagte seine Mutter zu niemanden, warum sie so sparsam sei.

Der Held dieser Geschichte reichte auch mit jener Summe für ein Jahr so knapp aus; denn obgleich dieselbe sehr bescheiden war, so waren seine Gewohnheiten und Ansprüche zu jener Zeit trotz aller Anlage zu einem tüchtigen Aufschwunge ebenso bescheiden, und da die Mutter ihm das Geld vorsorglich nur in vielen kleinen Abteilungen übersandte, jede in einen Brief mit obigem Motto gewickelt, so kam mit den guten Silberstücken, von denen sie jedes einzelne in den sparsamen Händen gehabt, jedesmal auch ihr häuslicher Machteinfluß und die eiserne Gewohnheit der Bescheidenheit und des Respektes mit. Als jedoch das erste Jahr und mit ihm die mütterlichen Sendungen zu Ende gingen, da hatte Heinrich noch nicht die mindesten Anstalten getroffen, sich auf eigene Faust zu ernähren; denn hier trat nun der Zeitpunkt ein, wo die allgemeine und doch so geheimnisvolle Macht dieser modernen Kunst und Heldenschaft sich ihm offenbaren sollte. In der heutigen Welt sind alle, die in der Werkstatt der fortschreitenden Kultur beschäftigt sind und es mit einem Zweige derselben zu tun haben, geschieden von Acker und Herde, vom Wald und oft sogar vom Wasser. Kein Stück Brot, sich zu nähren, kein Bündel Reisig, sich zu wärmen, keine Flocke Flachs oder Wolle, sich zu kleiden, in großen Städten keinen frischen Trunk Wasser können sie unmittelbar durch eigene frohe Mühe und Leibesbewegung von der Natur gewinnen. Viele unter ihnen, wie die Künstler und Schriftmenschen, empfangen ihre Nahrung nicht einmal von denen, welche der Natur näher stehen, sondern wieder von solchen, welche ihr ebenso entfernt stehen wie sie selbst und eine künstliche abstrakte Existenz führen, so daß der ganze Verkehr ein Gefecht in der Luft, eine ungeheure Abstraktion ist, hoch über dem festen Boden der Mutter Natur. Und selbst dann noch, wenn die einen die Mittel ihres Daseins von den anderen empfangen, geschieht dieses so unberechenbar, launenhaft und zufällig, daß jeder, dem es gelungen ist, dies nicht als den Lohn seines Strebens, sein Verdienst betrachten darf, sondern es als einen blinden Glücksfall, als einen Lotteriegewinst preisen muß. In diesem seltsamen Zusammentreffen der Geister, oder vielmehr der Leiber, ist der unmittelbare Prozeß des Essens, des Zusichnehmens der Nahrung zwar noch nicht offen als eine Tugend und Ehre an sich ausgesprochen, und noch immer gilt zur Notdurft die Moral, daß das Essen eine verdienstlose Notwendigkeit sei, obgleich mancher sein Brot so ißt, daß man sieht, er macht sich das Beißen und Kauen schon zur Ehre und kaut dem, der keines hat, recht unter die Nase; aber der glückliche Erwerb des Brotes ist zu dieser Zeit aus einer einfachen Naturpflicht zu einer ausgesuchten Ehrentugend und Ritterschaft geworden, zu deren Erlangung der Neuling nicht ohne weiteres zugelassen wird, sondern verschiedene freimaurerische Grade der Niederträchtigkeit oder der Verdrehtheit und zweckwidrigen Unsinnes jeder Art durchmachen muß. In der Bevölkerung, welche ihr Leben unmittelbar der Natur und dem untersten Bedürfnis abgewinnt, ist die Heiligkeit und die Bedeutung der Arbeit noch klar und verständlich; da versteht es sich von selbst, daß keiner dem anderen zusehen darf, wie er gräbt und schaufelt, um ihm das Herausgegrabene wegzunehmen und zu verzehren. Alles, was einer da tut, hilft ihn und die Welt erhalten und hat einen unbezweifelten, wahren und sicheren Zweck. In jener höheren abstrakten Welt aber ist einstweilen alles auf den Kopf gestellt und die Begriffe von der Bedeutung der Arbeit verkehrt bis zum Unkenntlichwerden.

Hier führt ein bloßes Wollen, ein glücklicher Einfall ohne Mühe zu reichlichem Erwerb, dort eine geordnete und nachhaltige Mühe, welche mehr der wirklichen Arbeit gleicht, aber ohne innere Wahrheit, ohne vernünftigen Zweck, ohne Idee. Hier heißt Arbeit, lohnt sich und wird zur Tugend, was dort Nutzlosigkeit, Müßiggang und Laster ist. Hier nützt und hilft etwas teilweise, ohne wahr zu sein; dort ist etwas wahr und natürlich, ohne zu nützen, und immer ist der Erfolg der König, der den Ritterschlag in dieser künstlichen Welt erteilt. Und alle diese Momente vermischen und kreuzen sich auf so wunderliche Weise, daß für die gesunde Vernunft das Urteil schwer wird.

Ein Spekulant gerät auf die Idee der Revalenta arabica und bebaut dieselbe mit aller Umsicht und Ausdauer; sie gewinnt eine auffallende Ausbreitung und gelingt glänzend; Hunderttausende, vielleicht Millionen werden dadurch in Bewegung gesetzt und gewonnen, und doch sagt jedermann: es ist ein Betrug und ein Schwindel! Und doch muß man die Sache näher ansehen. Betrug und Schwindel nennt man sonst, was gewinnen soll ohne Arbeit und Mühe, gegründet auf eine Vorspiegelung oder Täuschung. Niemand wird aber sagen können, daß das Revalentageschäft ohne Arbeit betrieben werde; es herrscht da gewiß eine so gute Ordnung, Fleißigkeit, Betriebsamkeit, Um- und Übersicht wie in dem notwendigsten, solidesten Handelszweige oder Staatsgeschäfte; es ist, gegründet auf den Einfall des Spekulanten, eine umfassende Tätigkeit, eine wirkliche Arbeit entstanden.

Die Beschaffung des Mehles, die Anfertigung der Blechbüchsen, die Verpackung und Versendung, der Vertrieb in den verschiedensten Ländern schafft vielen Menschen Handarbeit und Gewinn. Die zahllosen marktschreierischen Ankündigungen, mit einer durchdachten und mühevollen Umsicht betrieben, bringen Hunderten von Zeitungen reichlichen Gewinn, und diese brauchen in gleichem Maße vermehrte Arbeitskräfte; Setzer und Drucker finden viele Tage Nahrung in dem weitesten Umkreise nur durch die Inserate der Revalentamänner, und diese selbst, das Ganze beherrschend, nennen ihre Tätigkeit gewiß nicht minder Arbeit, wenn sie aus ihrem Komptoir kommen, als ein Rothschild die seinige. Hier sind der spekulative Einfall, oder was die Unternehmer wahrscheinlich die Idee nennen, und die Mühe, die wirklichste Arbeit verbunden; es wird gewirkt und genützt im vollen Maße und wohl niemandem was geschadet, und doch ist das Ganze ein skandalöser Schwindel und sein Kern eine hohle Nuß, indem die Hauptsache, der vorgegebene Zweck, die Eigenschaft des Gegenstandes dieser ganzen Tätigkeit eine offenkundige Täuschung ist, und dessenungeachtet doch wieder der Chef dieser ungeheuren Blase der Zeit in seiner Umgebung so geachtet und geschätzt wie jeder andere Geschäftsmann. Wo liegt hier die Ehre und wo die Schande? Dies ist aber nur ein grobes Beispiel aus dem gröberen Weltverkehr. Es wird Revalenta arabica gemacht in Kunst und Wissenschaft, in Theologie und Politik, in Philosophie und bürgerlicher Ehre aller Art, nur mit dem Unterschied, daß es nicht immer so unschädliches Bohnenmehl ist, aber mit der gleichen rätselhaften Vermischung von Arbeit und Täuschung, innerer Leerheit und äußerem Erfolg, Unsinn und weisem Betriebe, von Zwecklosigkeit und stattlich ausgebreitetem Gelingen, bis der Herbstwind des Todes alles hinwegfegt und auf dem öden Stoppelfelde nichts übrig läßt als hier ein seltsam zusammengewürfeltes Vermögen, dort ein Haus, dessen Erben nicht zu sagen wissen, auf welchem Grund und mit welchem Recht es gegründet ist, und wenn dies Erbe auch noch verweht ist, so ist weder eine geistige noch leibliche Spur noch ein Zusammenhang mehr zu finden zum Zeugnis, daß jene Betriebsamen einst auch dagewesen seien und sich, obgleich fleißig, doch mit Recht und Ehre genährt haben, während jeder wohlbestellte Acker ein Denkmal ist dessen, der ihn einst geackert hat.

Will man hingegen aus der großen öffentlichen Welt ein Beispiel wirkungsreicher Arbeit, die zugleich ein wahres und vernünftiges Leben ist, betrachten, so muß man das Leben und Wirken Schillers ansehen. Dieser, aus dem Kreise hinausflüchtend, in welchem Familie und Landesherr ihn halten wollten, alles das im Stiche lassend, zu was man ihn machen wollte, stellte sich in früher Jugend auf eigene Faust, nur das tuend, was er nicht lassen konnte, und schaffte sich, um ein eigenhöriges Leben zu beginnen, sogar durch eine schreiende

Ausschweifung, durch eine überschwengliche und wilde Räubergeschichte, durch einen Jugendfehler Luft und Licht; aber sobald er dies gewonnen, veredelte er sich unablässig von innen heraus und sein Leben ward nichts anderes als die Erfüllung seines innersten Wesens, die folgerechte und kristallreine Arbeit der Wahrheit und des Idealen, die in ihm und seiner Zeit lagen. Und dieses einfach fleißige Dasein verschaffte ihm alles, was seinem persönlichen Wesen gebührte; denn da er, mit Respekt zu melden, bei alledem ein Stubensitzer war, so lag es nicht in demselben, ein reicher und glänzender Weltmann zu sein. Eine kleine Abweichung in seinem leiblichen und geistigen Charakter, die eben nicht Schillerisch war, und er wäre es auch geworden. Aber nach seinem Tode erst, kann man sagen, begann sein ehrliches, klares und wahres Arbeitsleben seine Wirkung und seine Erwerbsfähigkeit zu zeigen, und wenn man ganz absieht von seiner geistigen Erbschaft, welche er der Welt hinterlassen, so muß man erstaunen über die materielle Bewegung, über den bloß leiblichen Nutzen, den er durch das bloße treue Hervorkehren seines geistigen Ideales hinterließ. Soweit die deutsche Sprache reicht, ist in den Städten kaum ein Haus, in welchem nicht seine Werke ein- oder mehrfach auf Gesims und Schränken stehen, und in Dörfern wenigstens in einem oder zwei Häusern. Je weiter aber die Bildung der Nation sich verbreitet, desto größer wird die jetzt schon ungeheure Vervielfältigung dieser Werke werden und zuletzt in die niederste Hütte dringen. Hundert Geschäftshungrige lauern nur auf das Erlöschen des Privilegiums, um die edle Lebensarbeit Schillers so massenhaft und wohlfeil zu verbreiten wie die Bibel, und der umfangreiche leibliche Erwerb, der während der ersten Hälfte eines Jahrhunderts stattgefunden, wird während der zweiten Hälfte desselben um das Doppelte wachsen und vielleicht im kommenden Jahrhundert noch einmal um das Doppelte. Welch eine Menge von Papiermachern, Papierhändlern, Buchdruckersleuten, Verkäufern, Laufburschen, Kommentatoren der Werke, Lederhändlern, Buchbindern verdienten und werden ihr Brot noch verdienen, welch eine fortwährende Tat, welch nachhaltiger Erwerb im materiellsten Sinne waren also die kurzen Schillerschen Arbeits- und Lebensjahre. Dies ist, im Gegensatz zu der Revalenta arabica manches Treibens, auch eine umfangreiche

Bewegung, aber mit einem süßen und gehaltreichen Kern, und nur die äußere derbe Schale eines noch größeren und wichtigeren geistigen Glückes, der reinsten nationalen Freude.

Gegenüber diesem einheitlichen organischen Leben gibt es nun auch ein gespaltenes, getrenntes, gewissermaßen unorganisches Leben, wie wenn Spinoza und Rousseau große Denker sind ihrem inneren Berufe nach und, um sich zu ernähren, zugleich Brillengläser schleifen und Noten schreiben. Diese Art beruht auf einer Entsagung, welche in Ausnahmsfällen dem selbstbewußten Menschen wohl ansteht, als Zeugnis seiner Gewalt. Die Natur selbst aber weist nicht auf ein solches Doppelleben, und wenn diese Entsagung, die Spaltung des Wesens eines Menschen allgemein gültig sein sollte, so würde sie die Welt mit Schmerz und Elend erfüllen. So fest und allgemein wie das Naturgesetz selber sollen wir unser Dasein durch das nähren, was wir sind und bedeuten, und das mit Ehren sein, was uns nährt. Nur dadurch sind wir ganz, bewahren uns vor Einseitigkeit und Überspanntheit und leben mit der Welt im Frieden, so wie sie mit uns, indem wir sie sowohl bedürfen mit ihrer ganzen Art, mit ihrem Genuß und ihrer Müh, als sie unser bedarf zu ihrer Vollständigkeit, und alles das, ohne daß wir einen Augenblick aus unserer wahren Bestimmung und Eigenschaft herausgehen.

Wenn nun schon unter den hervorragenden Existenzen jenes künstlichen Ernährungsverkehres ein solches Durcheinander von Geltung, Pflicht, Ehre und Zweckmäßigkeit herrscht, so daß diese in jedem Augenblicke und an jeder Stelle einen anderen Maßstab und eine andere Anerkennung verlangen, eine andere Energie und eine andere Geschicklichkeit, wie schwierig wird diese Verwickelung erst für den unbefangenen und einfach gearteten Neuling, Kleinen und Werdenden! Weit entfernt, sein wahres Wesen hervorkehren zu dürfen und dieses einfach wirken zu lassen, soll er tausend kleine Künste und Fähigkeiten lügen oder gewaltsam erwerben, welche zu allem, was er sonst ist, treibt und gelernt hat, sich vollkommen unsinnig und zweckwidrig verhalten. Er soll lernen, auf den Vorteil zu schießen, wie eine Spinne auf die Mücke, während vielleicht die besondere Natur seines Berufes langsam, gründlich und beschaulich ist; er soll demütig und kriechend sein, wo er stolz sein möchte, und hinwieder unverschämt und prahlerisch, wo er nur bescheiden sein kann; er muß geizig und zurückhaltend sein mit dem Reifen und Fertigen, das sich wie die Frucht von dem Baume seines Daseins ablösen will, und er muß hinwieder mit blutendem Herzen freigebig sein mit dem Unreifen und Werdenden und es wegwerfen um des Erwerbes willen. Wenn er nimmt, was ihm gebührt, so muß er dafür danken, und erst wenn er empfängt, was ihm nicht gebührt, so ist er des Dankes quitt und hat Ehre davon, so daß schon die notwendige Angewöhnung und Gewandtheit des Erwerbes unwillkürlich nach einem verwerflichen Ziele führt.

Welch eine Menge von kleinen persönlichen und gesellschaftlichen Verumständungen gehört dazu, wenn es dem jungen Künstler gelingen soll, sein Erstlingswerk an den Mann zu bringen, und von diesem einzigen Erfolge hängt meistens das weitere glückliche Fortschreiten der nächsten fünf, ja zehn Jahre ab, die Entscheidung, ob die lange Jugend bis tief in die Männerjahre hinein eine blühende und glückliche Zeit oder eine dürre und finstere sein, freilich auch oft, ob der Mann auf der leichtfertigen und oberflächlichen oder auf der tieferen und nachhaltigen Seite des Lebens stehen soll. Gleich dem armen Weibe, dessen Leben im Niedergange ist und welches aus zarter Baumwolle und etwas Goldschaum ein Schäfchen wickelt, dasselbe auf den Weihnachtsmarkt trägt und dort mit seinen vier steifen Beinchen auf einen trockenen Stein setzt, gewärtigend, ob einer von den tausend Vorübergehenden seinen Blick auf das Schäfchen lenke und dasselbe kaufe, stellt in der Regel der junge Kunstmann, dessen Leben im Aufgange ist, sein erstes Werk an einen öffentlichen Ort, und all sein Vertrauen und seine Hoffnung auf das, was er gelernt und geleistet hat, vergessend, ist er schon bereit, nur den Zufall zu preisen, der einen geneigten Käufer vor sein Weihnachtslämmchen führt und durch ein halbes Almosen vielleicht seinem Lebenslaufe den Ausschlag gibt.

Als Heinrich zu Ende des ersten Jahres seinen letzten Taler in der Hand hielt, und vorher keinen Augenblick, machte er endlich ernstliche Anstalten, sich sein Brot zu erwerben, und zweifelte nicht im mindesten, daß dieses bei der ersten offenen Bemühung sofort gelingen werde, zumal er täglich Arbeiten verkaufen sah, welche zustande zu bringen er für kein Hexenwerk hielt. Er beschloß, ein Bild auszustellen, und ersann zu diesem Ende hin ein anmutiges und reichhaltiges Motiv, welches nicht nur die Entfaltung poetischer Einfälle und feiner Zeichnung, sondern auch schöne Farbenverhältnisse von selbst bedingte und mithin ein sehr glücklich und richtig gewähltes war.

Als er es entworfen hatte, ersuchte er einen Künstler, welchem er vom Sehen einigermaßen bekannt war, ihn einmal mit seinem Besuch zu beehren und seines guten Rates teilhaftig zu machen. Der Künstler, ein stattlicher verheirateter Mann mit einem ansehnlichen Leibe, war einer von denen, die in der Wolle sitzen, und er verdiente es auch vollkommen; denn er war ein gesunder und meisterhafter Kumpan und schritt mit seinen schön und energisch gemalten Bildern, die von selbst eine glänzende Kritik alles Schwächlichen waren, rüstig über den krabbelnden und kletternden Anspruch des gedankenlosen Haufens hinweg. Sein Wahlspruch war: »Erst etwas recht lernen und dann gute Musik machen! Nichts trübseliger, als allerlei lernen und dann schlecht musizieren!«

Es war seit Jahren das erste Mal, daß ein erfahrener Meister wieder Heinrichs Arbeit beriet und kritisierte, und dieser fand alle Ursache, über sein eigenes Ungeschick zu erstaunen, als der Mann in seinem Entwurfe herumwirtschaftete und denselben so trefflich behandelte und zusammenrückte, daß durch die Anwendung der kräftigen und praktischen Meisterkünste des dicken Herrn Heinrichs Idee erst schön und wahrhaft idealisiert wurde. Es zeigte sich, daß das reale technische Wissen und Empfinden allein die Gedanken gut macht und noch bessere von sich aus vermittelt und hervorzurufen imstande ist. Durch das bloße Besprechen und Durcharbeiten der äußeren technischen Seite des Gegenstandes taten sich mehrere ganz neue und glückliche Motive auf, welche gewissermaßen in der Natur der Sache lagen und doch die ursprünglichen Erfindungen des armen Heinrich, so geistreich dieselben waren, an Wirkung weit hinter sich ließen.

Der Künstler hatte in einer halben Stunde, immerfort sprechend, auf ein besonderes Blatt seine Meinung hingezeichnet und so in aller Raschheit eine treffliche Meisterskizze hergestellt, welche füglich für eine wertvolle Handzeichnung gelten konnte und welche Heinrich mit äußerstem Wohlgefallen betrachtete. Als aber die Audienz beendigt war, faltete der Meister ruhig das Blatt zusammen, steckte es in die Tasche und überließ den dankbaren Heinrich freundlich seinen weiteren Bestrebungen.

Dieser setzte sich denn auch rüstig an die Arbeit; allein hier ahnte er eben nicht, woran es lag, daß sein Bild nun doch nicht so wurde, wie es nach allen diesen Umständen hätte werden sollen. Das zu einer Sache berufene besondere Talent macht diese, sobald ihm ein Licht aufgesteckt ist, ohne weiteres immer gut, und das erste, was es von Hause aus mitbringt, ist ein glückliches Geschick zum vollständigen Gelingen. Der allgemeine wohleingerichtete Kopf aber kann sich mit hundert Dingen beschäftigen, dieselben verstehen und einsehen, ohne es darin zu einem reif gestalteten Abschluß zu bringen; nur eine lange und bittere Erfahrung oder eine augenblickliche Erleuchtung können manchmal ein vorübergehendes Zusammenraffen und eine Ausnahme hervorbringen, welche aber das ganze Wesen nur noch rätselhafter und meistens mißlicher machen. Dies ist das innere Wesen des gebildeten, strebsamen, talentvollen Dilettantismus, und tausend Existenzen in allen Lebenstätigkeiten, berühmt oder unberühmt, haben in ihm ihr Geheimnis. Sie treiben und betreiben, suchen und haschen im Schweiße ihres Angesichtes und mit hochtrabender Zufriedenheit, während ihr wahres Geschick, ihre eigentümliche Kraft schlummert für ewige Zeiten oder für eine andere Sache aufbewahrt bleibt. Besonders in Literatur und Kunst sucht der Dilettantismus die mangelnde naive Meisterschaft durch Neuheit und Betriebsamkeit in allerhand Versuchen zu ersetzen, zeichnet sich fortwährend durch halbe Anläufe aus und gewinnt nach diesen einige Poesie, einiges Pathos in einem wehmütigen elegischen Ende. Er bereitet die Blütenzeit vor, bringt sie zu Fall und verscharrt sie eifrigst, düngt aber wieder ihr Grab zu neuem Wachstum. Er ist der große Vermittler, Dämpfer und Hinhalter in der Weltökonomie; denn wenn die schlafenden Meisternaturen, die zweifelsohne jeden Augenblick vorhanden sind, aber unbewußt hinter dem Pfluge gehen oder auf dem Dreifuß des Schusters sitzen, alle ihre Bestimmung entdecken und erfüllen würden, so würde unsere Erdenherrlichkeit längst ihr Lied abgeschnurrt haben, gleich einer Uhr, aus welcher man die Hemmung genommen hat; denn jenes

Liedchen hat eigentlich einen einfachen und eintönigen Inhalt. Indessen ist der Dilettantismus trotz seiner umfangreichen Macht ein unerfreuliches Dasein; im Grunde sind trotz aller äußeren Schicksale nur die Meister glücklich, d.h. die das Geschäft verstehen, was sie betreiben, und wohl jedem, der zur rechten Zeit in sich zu gehen weiß. Er wird, einen Stiefel zurechthämmernd, ein souveräner König sein neben dem hypochondrischen Ritter vom Dilettantismus, der im durchlöcherten Ordensmantel melancholisch einherstolziert.

Heinrichs Werklein, als es fertig war, sah nun höchst seltsam aus. Er hatte sich die vollsaftige Frische des Vortrages, auf welche die von dem Meister geratene Anordnung durchaus berechnet war, doch nicht geben können und war unwillkürlich wieder in seine blasse traumhafte Malerei verfallen, während die vielen naiven und liebenswürdigen Züge eines erfindungslustigen Gemütes, welche auch ein solches mangelhaftes Werk gewissermaßen ansprechend und unterhaltend machen, daraus entfernt waren. So stellte es nun durch seinen gesichteten Inhalt und das magere scheinlose Machwerk den geübten geistreichen Dilettantismus dar, obgleich es auf der Stube noch ziemlich respektabel aussah und von den Leuten, welche das ernstlich Angestrebte, aber nicht ganz Gelungene immer zärtlicher behandeln als das schlechtweg Gute, vergnüglich belobt wurde.

Er ließ es nun mit einem knappen hölzernen Rahmen versehen, um dem Bilde noch mehr ein ernstgemeintes und gelehrtes Ansehen zu geben, brachte es auf den Saal, wo wöchentlich die neuesten Arbeiten ausgestellt wurden, gab schüchtern und verschämt die Anzeige der Verkäuflichkeit und den Preis ab, der ihn nun bis auf weiteres ernähren sollte, und zog sich so eilig aus dem Hause zurück, als ob er etwas darin habe entwenden wollen.

Als der Sonntagmorgen kam, wo ein elegantes Publikum die Räume füllte, in welchem die neuen glänzenden Bilder hingen, ging Heinrich mit einigen Bekannten hin und sah sein Werk, weit weg an ihm vorübergehend, mit einem halben Blick dahängen. Sogleich kam es ihm, indem sein Auge auf andere stattliche Gegenstände hinüberstreifte, unerträglich vor in seiner bleichen Farblosigkeit. Als er aber in einen Nebensaal trat, hing da im besten Lichte der gleiche Gegenstand, unübertrefflich gemalt mit wenigen sehr zweckmäßigen

Abänderungen von jenem tüchtigen Meister, welcher seine Skizze kritisiert und die hübsche Kritik in die Tasche gesteckt hatte. Wie vom Donner gerührt, betrachtete Heinrich das Bild und konnte nicht umhin, über das, was der Künstler daraus gemacht hatte, die größte Freude allmählich zu empfinden und sich sogar geschmeichelt zu fühlen. Übrigens war das Bild schon mit einem Zettel versehen, welcher anzeigte, daß die Kommission dasselbe bereits zu einem sehr erklecklichen Preise angekauft, noch ehe es ausgestellt gewesen, und jedermann lobte den Kauf.

Heinrichs Bekannte, welche so schlecht und recht zum betriebsamen, nicht ungeschickten Mittelschlage gehörten, waren höchlich entrüstet über das Verfahren eines wohlversorgten und glücklichen Meisters und nannten sein frisch und munter glänzendes Werk einen Diebstahl und eine rücksichtslose Räuberei, eine Herzlosigkeit und eine Gemeinheit. Heinrich jedoch schwieg still und verarbeitete, als ein löblicher und gelehriger Jüngling, die soeben gemachte Erfahrung, die er sogleich begriff: daß es in Sachen der Kunst keinerlei Patent gibt, sondern nur den einen Satz: Machs, wer kann! Seis, wers wolle, wenns nur entsteht! und daß, wer eine gute Idee schlecht ausführt, dem Rabenvater gleicht, welcher ein Kind aussetzt, wer sie rettet, demjenigen, der es aufnimmt und pflegt!

Er fühlte keinen Groll gegen den behenden Meister, sondern veranstaltete stracks die Wegnahme seiner eigenen Arbeit und steckte beschämt jenen Zettel wieder ein, auf welchem er seinen Preis angegeben hatte nebst seinem Namen.

Dies war einstweilen der erste und letzte Versuch Heinrichs, durch seiner Hände Arbeit sein Leben zu gewinnen, und nichts ging daraus hervor als die unbezahlte Rechnung für den ernsthaften stoischen Rahmen. Er begann zwar bald einige andere Sachen, welche er besser zu machen gedachte, und man sollte glauben, daß er bei seiner Unbefangenheit und Einsicht dies wirklich hätte müssen zuwege bringen; aber es ist eben das Kennzeichen der berufenen Meister einer Art, daß sie von selbst mit dem Guten und Richtigen den Drang verbinden nach gemeiner Brauchbarkeit und Genießbarkeit und das Ziel erreichen, ohne ihrer Ehre zu vergeben; der Dilettanten dagegen, daß sie immer wieder in ihren unfruchtbaren Eigensinn zurückfallen und dem angenehmen Erfolge hochfahrend entsagen. Dies nennen sie meistens edlen Stolz und treues Beharren am Höheren. Bei Heinrich war es indes nicht sowohl dieser Eigensinn als die zuströmende Gedankentätigkeit, welche, keinen anderen Ausweg sehend, ihn abermals bald auf das alte Erfindungswesen und die wechselnde Unternehmungslust geraten ließ, das dringende Lebensbedürfnis allmählich vergessend. Dazu war er scheu und zag geworden, der Welt seine Arbeit gegen Geld anzubieten, und war aufrichtig überzeugt, daß dieses unrechtmäßig gewonnen wäre, solange er nicht selbst zufrieden sei mit seinen Erzeugnissen, ungleich jenen rüstigen Weltmenschen, welche sich desto mehr mit einem glückhaften Erwerbe brüsten, je wertloser und törichter das ist, was sie leisten und durch irgend eine verkehrte Laune des Geschmackes unterzubringen wissen.

Während er aber solche stolze Ehrlichkeit besaß, besann er sich, da er Kredit fand als ein unbescholtener junger Mensch, gar nicht, Schulden zu machen, und fand es ganz in der Ordnung, auf diese Weise bequem und ohne weiteres Kopfzerbrechen das zweite Jahr hindurch zu leben.

Die Schulden sind für den modernen Menschen eine ordentliche hohe Schule, in welcher sich sein Charakter auf das trefflichste entwickeln und bewähren oder in welcher er, falls dieser von Hause aus fest ist, sein Urteil und seine Anschauungsweise der Welt gründen und regulieren kann. Jener beliebte Paragraph in den gang und gäben Verhaltungslehren »eines Vaters an seinen Sohn«: Borge von niemandem, aber borge auch niemandem, denn das Borgen entfremdet die besten Freunde und stört alle Verhältnisse! ist ein gedankenloser, schäbiger Paragraph, der Paragraph der Kindsköpfe, die nichts erfahren haben, nichts erfahren wollen und nichts sein und bleiben werden als eben Kindsköpfe. Verhältnisse, welche durch Schulden zerstört werden, haben von Anfang an nichts getaugt, und es ist ein närrisches Wesen der Leute, daß sie wollen Leute sein und gute Freunde bleiben, ohne ihr gemütliches Vertrauen, ihre Achtung und Liebe irgendwie auf eine wirklich »unbequeme« Weise prüfen und beweisen zu müssen. Ein kluger Mann wird daher jene kurzgeschorene Kahlmäuser-Weisheit kassieren und zu seinem Sohne sagen: »Mein Sohn! wenn du ohne Not und sozusagen zu deinem Vergnügen

Schulden machst, so bist du in meinen Augen nicht sowohl ein Leichtsinniger als vielmehr eine niedrige Seele, die ich im Verdachte eines schmutzigen Eigennutzes habe, der andere unter dem Deckmantel einer gemütlichen Liederlichkeit absichtlich um ihre Habe bringt. Wenn aber ein solcher von dir borgen will, so weise ihn ab; denn es ist besser, du lachest über ihn als er über dich! Wenn du hingegen in Verlegenheit gerätst, so borge so viel es sein muß, und ebenso diene deinen Freunden, ohne zu rechnen, und alsdann trachte, für deine Schulden aufzukommen, Verluste verschmerzen oder zu dem Deinigen gelangen zu können, ohne zu wanken und ohne schimpflichen Zank; denn nicht nur der Schuldner, der seine Verpflichtungen einhält, sondern auch der Gläubiger, der ohne Zank dennoch zu dem Seinigen kommt, beweist, daß er ein wohlbestellter Mann ist, welcher Ehrgefühl um sich verbreitet. Bitte keinen zweimal, der dir nicht borgen will, und laß dich ebensowenig drängen; denke immer, daß deine Ehre an die Bezahlung der Schulden geknüpft sei, oder vielmehr denke das nicht einmal, denke an gar nichts, als daß so und so viel zu bezahlen sei; aber hüte dich, über einen anderen, der dir ein gegebenes Versprechen nicht einhalten kann, sogleich den Stab zu brechen und dich auf seine Ehre zu berufen. Nach dem Maße aber, in welchem du dich in Verpflichtungen begibst und deine in dir selbst liegenden Kräfte dabei in Erwägung ziehst, wirst du erfahren, ob du dich überhaupt unter- oder überschätzest, und wenn eines von beidem der Fall wäre, so würde es gleichgültig sein, ob du es gerade noch in Schuldsachen tätest, da du es in allen anderen Dingen doch auch tun und ein unglückseliger Patron mit oder ohne Schulden sein würdest. Wenn du aus alledem unbescholten und als ein Freund deiner Freunde hervorgehst, so bist du mein Mann! Du wirst die Abhängigkeit unseres Daseins menschlich fühlen gelernt haben und das Gut der erkämpften Unabhängigkeit auf eine edlere Weise zu brauchen wissen als der, welcher nichts geben und nichts schuldig sein will.«

Idealisiert ist das wahre Wesen des ehrlichen Schuldenmachens im Cid, welcher den Juden eine Kiste voll Sand versetzt und sagt: Es ist Silber darin! und dann erst auszieht, um auf gut Glück mit dem Schwerte in der Hand seine Lüge wahr zu machen! Welche Verdrießlichkeiten, wenn ein Neugieriger vor der Zeit die Kiste erbrochen und untersucht hätte! Und doch wäre es derselbe Cid gewesen, dessen Leiche noch das Schwert ein bißchen aus der Scheide zog, als sie ein Jude am Bart zupfen wollte!

Wir wollen indessen den grünen Heinrich nicht mit jenem tapferen Cid vergleichen, welcher in seinem Manneshandwerk ein Meister war und jeden Augenblick wußte, was er wollte. Heinrich wußte dies, als er wie ein Robinson in der zivilisierten Wildnis nach Nahrungsmitteln ausgehen sollte, schon nicht mehr deutlich, und die beiden Entdeckungsreisen, diejenige nach seiner menschlichen Bestimmung und diejenige nach dem zwischenweiligen Auskommen, trafen auf höchst mißliche Weise zusammen. Genug, da er vor allem Muße brauchte, so war er sein eigener Mäzen und machte Schulden.

FÜNFTES KAPITEL

Er verschwieg dies sorgsam vor seiner Mutter, schrieb ihr aber auch nicht, daß er etwas erwerbe, da es ihm nicht einfiel, sie anzulügen, und da es ihm in der Tat bei seiner Sorglosigkeit und seinem sicheren Gefühl, daß er schon etwas werden müsse und würde, ganz gut erging, so berichtete er der Mutter in jedem Briefe, es ginge ihm gut, und erzählte ihr weitläufig allerlei lustige Dinge, die ihm begegneten oder welche er in dem fremden Lande beobachtete. Die Mutter hingegen glaubte echt frauenhaft, wenn man von einem Übel nicht spreche, so bleibe es ungeschehen, und hütete sich, ihn nach etwaigen Schulden zu befragen, in der Meinung, daß wenn solche noch nicht vorhanden wären, so würden sie durch diese Erkundigung hervorgerufen werden; auch hatte sie keine Ahnung davon, daß ihr Söhnchen, welches sie so knapp gehalten hatte, in seiner Freiheit etwa so lange Kredit finden würde. Sie hielt ihre Ersparnisse fortwährend bereit, um sie auf die erste Klage teilweise oder ganz abzusenden, während Heinrich seine Lage verschwieg und sich an das Schuldenwesen gewöhnte, und es war rührend komisch, wie beide Teile über diesen Punkt ein feierliches Schweigen beobachteten und sich stellten, als ob man von der Luft leben könnte; der eine Teil aus Selbstvertrauen, der andere aus weiblicher Klugheit.

Gerade mit einem Jahreslaufe ging aber Heinrichs Kredit zu Ende oder vielmehr bedurften die Leute ihr Geld, und in dem Maße, als sie ihn zu drängen anfingen und er höchst verlegen und kleinlaut war, wurden auch seine Briefe seltener und einsilbiger, so daß die Mutter Angst bekam, die Ursache erriet und ihn endlich zur Rede stellte und ihm ihre Hilfe anbot. Diese ergriff er nun ohne besondere dankbare Redensarten, die Mutter sandte sogleich ihren Schatz ab, froh, zur rechten Zeit dafür gesorgt zu haben, und zweifelte nicht, daß damit nun etwas Gründliches und Rechtes getan sei. Der Sohn aber hatte IV, 4
nun Gelegenheit, die andere Seite des Schuldenmachens kennen zu lernen, welche ist die nachträgliche Bezahlung eines schon genossenen und vergangenen Stück Lebens, eine unerbittliche und kühle Ausgleichung, gleichviel ob die gelebten Tage, deren Morgen- und Abendbrot angeschrieben steht, etwas getaugt haben oder nicht. Ehe zwei Stunden verflossen, hatte Heinrich in einem Gange die zweijährige Ersparnis der Mutter nach allen Winden hin ausgetragen und behielt gerade so viel übrig als zu dem Mitmachen jenes Künstlerfestes erforderlich war.

Ein recht vorsichtiger und gewissenhafter Mensch würde nun ohne Zweifel in Rücksicht auf diese Umstände und auf die Herkunft des kostbaren Geldes sich vom Feste zurückgezogen und doppelt sparsam gelebt haben; aber derselbe hätte sich auch recht bescheiden und ärmlich angestellt, die Größe der erhaltenen mütterlichen Gelder verschwiegen und seine Gläubiger demütig und vorsichtig hingehalten, alles aus der gleichen Rücksicht, und hätte seine Vorsicht mit dem lebendigen Gefühl der Kindespflicht gerechtfertigt. Heinrich aber, da er dies nicht tat, befand sich nach dem Feste wieder wie vorher, und wenn er sich darüber nicht verwunderte oder grämte, so geschah dies nur, weil seine Gedanken und Sorgen durch jene anderweitigen Folgen der übel abgelaufenen Lustbarkeit abgelenkt wurden.

Er lebte also von neuem auf Borg, und da er diese Lebensart nun schon eingeübt hatte, auch dieselbe nach der stattgehabten Abrechnung trefflich vonstatten ging, Heinrich zugleich aber nicht mehr an der zusammenhaltenden Handarbeit saß und auch nicht mehr mit solchen Freunden umging, die den Tag über an zurückgezogener werktätiger Arbeit saßen, sondern mit allerlei studierendem, oft halbmüßigem Volke, so gewann dies neue Schuldenwesen wieder einen anderen Anstrich als das frühere; je weniger er bei seinem neuen Treiben ein nahes Ziel und eine Auskunft vor sich sah, desto mehr verlor und vergaß er sein armes Muttergut und den Mutterwitz der ökonomischen Bescheidenheit und Sparsamkeit, die Kunst, sich nach der Decke zu strecken, und den Maßstab des Möglichen auch mitten in der Verwirrung. Er verlor dies Muttergut zwar nicht von Grund aus und für immer wie einen Anker, den ein Verzweifelter sinken läßt, sondern wie ein Gerät, welches für einen gewagten Auszug nicht recht paßt und welches man unwillkürlich liegen läßt, um es bei der Rückkehr wieder aufzunehmen, wie eine feine kostbare Uhr, welche man vor einer zu erwartenden Balgerei von sich legt, oder wie das ehrbare Bürgerkleid, welches man in den Schrank hängt beim Einbruch der Elemente, der Regenflut und des Schmutzwetters.

Die vermehrten Vorstellungen und Kenntnisse, das täglich neu genährte Denkvermögen, welches so lange geschlummert, erweckten von selbst eine rührige Bewegung, so daß Heinrich sich vielfach umtrieb und mit einer Menge von Leuten umging, welche den verschiedensten Studien, Richtungen und Stimmungen angehörten. Es wiederholte sich jener Vorgang aus seiner Kinderzeit, als er, indem er seine Sparbüchse verschwendete, plötzlich ein lauter und beredter Tonangeber geworden war. Auch jetzt entwickelte er unversehens eine große Beredsamkeit, ward, was er sich früher auch einmal sehnlich gewünscht hatte, ein meisterlicher Zecher, welcher die deutsche Zechweise mit so viel Phantasie und Geschicklichkeit betrieb, daß die so verbrachten Stunden und Nächte eher ein lehrreicher Gewinn, eine Art peripatetischer Weisheit schienen als ein Verlust. Das, was man lernte und sich mitteilend kehrte und wendete, geriet durch das aufgeregte Blut erst recht in Bewegung und durch die gesellschaftlichen Gegensätze, durch die hundert bald komischen, bald ernsten Konflikte in lebendigen Fluß, und das scheinbar rein Wissenschaftliche und Farblose bekam durch das gesellschaftliche und moralische Verhalten der Leute bestimmte Färbung und Anwendung oder diente diesem zu sofortiger Erklärung. Erst war die gewohnte Art herrschend gewesen, bei hervortretendem Widerspruche sich unwiderruflich auf seiner Seite zu halten, die Ehre in der Hartnäckigkeit zu suchen, mit welcher

man um jeden Preis eine Meinung behaupten zu müssen glaubt, und
im allgemeinen bei allen Andersdenkenden einen bösen Willen oder
Unfähigkeit und Unwissenheit vorauszusetzen. Heinrich aber, wel-
chen nun die Dinge von Grund aus zu berühren anfingen und welcher
sich mit warmer Liebe um das Geheimnis ehrlicher Weltwahrheit be-
kümmerte, wie sie im Menschen sich birgt, ihn bewegt oder verläßt,
brachte mit unbefangener und durchdringender Kraft zur anfäng-
lichen Verwunderung der anderen die Lebensart auf, Recht- oder
Unrechthaben als ganz gleichgültige Dinge zu betrachten und erst
ihre Quellen als einen beachtenswerten Gegenstand aufzunehmen, in
der höflichen und artigen Voraussetzung, daß es alle gut meinen und
alle fähig wären, das Gute einzusehen. Dabei war er, wenn er sich
ins Unrechthaben hineingeredet hatte, selbst der erste, welcher darüber
nachdachte und bei kühlerem Blute sich selbst preisgab, die Sache
wieder aufnahm und seinen Irrtum auch nach den eifrigsten und här-
testen Äußerungen eingestand und von neuem untersuchen half, jene
falsche Höflichkeit verdrängend, welche mit dem kalten Aufsich-
beruhenlassen einer Sache einen umso größeren heimlichen Hochmut
und einen Dorn im Bewußtsein aller davonträgt. Diese Weise machte
sich umso leichter geltend, als es sich bald bemerklich machte, daß
nur diejenigen, welche einen wirklich bösen Willen oder eine gewisse
Unfähigkeit besitzen mochten, mit jenem kalthöflichen Abbrechen
sich zurückzuziehen beliebten und jeder also auch den Schein hier-
von vermeiden wollte. In solchen Fällen stellte es sich dann auf das
liebenswürdigste heraus, daß durch diesen bloßen Schein die inner-
lich Widerstrebenden und Murrenden doch eine goldene Brücke fan-
den und unvermerkt auf die bessere Seite gezogen wurden und so einen
Gewinn davontrugen, den sie früher nie gekannt in ihrem verstockten
Wesen. Zugleich kam die löbliche Manier auf, alles im gleichen Flusse
und mit gleicher Schwere oder Leichtigkeit zu behandeln und die
anmaßliche Art zu unterdrücken, einzelne vorübergehende Entdek-
kungen, Einfälle und Bemerkungen feierlich zu betonen und steif-
schreierisch vorzutragen, als ob jeden Augenblick eine Perle gefun-
den wäre zu ungeheuerster Erbauung, welche Art derjenigen schlech-
ter Skribenten gleicht, die alle Augenblicke ein Wort unterstreichen,
einen neuen Absatz machen und ihre magere Schrift mit allen auf-

gehäuften interpunktorischen Mitteln überstreuen. Denn die gute schriftliche Rede soll so beschaffen sein, daß, wenn sie durch Zeit und Schicksale aller äußeren Unterscheidungszeichen beraubt und nur eine zusammengelaufene Schriftmasse bilden würde, sie dennoch nicht ein Jota an ihrem Inhalt und an ihrer Klarheit verlöre.

Alle diese Lebensart gewann nun einen gewissermaßen veredelnden und rechtfertigenden Anstrich dadurch, daß von dem Verkehr mit Weibern keine Rede war, sondern zufällig eine Schar junger Leute zusammentraf, welche sich darin gefiel, in diesen Dingen unberührt zu heißen oder höchstens einer Neigung sich bewußt zu sein, welche heilig gehalten und unbesprochen sein wollte. Heinrich war sogleich seiner äußeren leiblichen Unschuld froh und vergaß gänzlich, daß er jemals nach schönen Gesichtern gesehen hatte und daß es solche überhaupt in der Welt gab, die Fähigkeit des Menschen erfahrend, zu jeder Zeit neu werden zu können, wenn er die letzten zarten Schranken der Dinge nirgends überwältigt und durchbrochen hat. Er fühlte diese ganze Seite des Lebens wohltuend in sich ruhen und schlummern, und je früher und stärker seine Phantasie und seine Neigungen sonst wach gewesen waren, umso kühler und unbekümmerter lebte er jetzt und glich einen langen Zeitraum hindurch an wirklicher Reinheit der Gedanken dem jüngsten und sprödesten der Gesellen. Höchstens spielten die Frauen als Gegenstand der Betrachtung und Untersuchung in den Gesprächen eine zierliche Rolle, wobei sie denn freilich, da die Erfahrung der rüstigen Meinungskraft nicht gleichkam, meistens nicht zu gerecht beurteilt wurden. So war denn auch sogar dieser Umstand schon in jener Knabenzeit vorgezeichnet, wo die jungen Zecher und Prahler zugleich die Mädchenfeinde spielten.

Sollte sich nun vollends jener Abschluß der Knabenzeit, die Ausstoßung aus der Schule, als eine solche Vorzeichnung erweisen und Heinrich in der Schule des Lebens unhaltbar werden, so waren seine Aussichten nicht die rosenfarbensten, und ein Gefühl dieser Art, abgesehen von dem neulich Erlebten, gab seinem Treiben eine dunkle Grundlage. Indessen war es ihm unmöglich, aus sich herauszugehen, und da er sich unterrichtete und zugleich deutsche Luft atmete, so war es erklärlich, daß er in seiner rhetorischen Welt ein Weiser und Gerechter, ein geachteter Tonangeber war, äußerst Weises und Gerechtes dachte und sprach, ohne im mindesten etwas Gerechtes wirklich zu tun, d.h. für Gegenwart und Zukunft tätlich einzustehen.

Das Ende davon war, daß er sich nach Verlauf einer guten Zeit mit noch weit bedeutenderen Schulden überhäuft sah als das erste Mal, und diesmal war er es, welcher zuerst das Schweigen brach und, da er sich durchaus zu leben und etwas zu werden getraute, seiner Mutter in einem überzeugenden und hoffnungsvollen Briefe die Notwendigkeit dartat, noch einmal eine gründliche und umfangreichere Aushilfe zu veranstalten. Es war dies weniger eine unedle und selbstsüchtige Zumutung als das ehrliche Bestreben, ehe man die fremden Menschen beeinträchtige, mit allem, was einem angehört und also auch mit dem Gute seiner Angehörigen einzustehen und von diesen zuerst zu verlangen, volles Vertrauen in das Dasein der Ihrigen zu setzen und mit denselben zu stehen oder zu fallen.

Die Mutter erschrak heftig über seinen Brief; statt desselben hatte sie den Sohn selber bald erwartet, und jetzt schien alles wieder in Frage gestellt. Jedoch da er ja mehrere Jahre älter war, in der Fremde lebte unter so viel gescheiten Leuten, und besonders da sie erfuhr, daß er manches lerne und studiere und so doch noch von der wenig empfohlenen Künstlerei abzukommen schien, hauptsächlich aber weil in ihm der gleiche Trieb, etwas zu werden, wie im verstorbenen Vater zu leben schien und sie selbst ja sich nur als eine Vermittlung zwischen diesen beiden Gliedern betrachtete, zuletzt aber auch einzig und allein, weil das Kind dessen bedürftig war und es forderte, so traf sie unverweilt Anstalten, dem Verlangen zu genügen. Die Ersparnisse wollten aber diesmal nicht viel sagen, und sie mußte, um die angegebenen Mittel aufzubringen, eine Summe auf ihr Haus aufnehmen und eintragen lassen. Dies war nun seit langen Jahren das erste Mal, daß an ihrem kleinen Besitztum eine eingreifende Veränderung vorgenommen wurde, und zwar nicht zu dessen Vermehrung; zudem herrschte gerade eine Geldklemme, so daß die gute Frau viele Mühe und viele saure Gänge bei Geschäftsleuten und Unterhändlern aller Art zu bestehen hatte, bis endlich das Geld in ihrem Schreibtische lag und sie dazu noch die Darleiher, welche für ihren Nutzen hinlänglich gesorgt hatten, als große Wohltäter betrachten mußte. Nur war sie aber auch so müde und eingeschüchtert, daß sie nicht vermochte, sich etwa nach einem bequemen Wechselbrief umzusehen, sondern sie wickelte das Geld in vieles starkes Papier ein, umwand es mit vielen dicken Schnüren und wandte es seufzend und unter Tränen um und um, überall das heiße Siegelwachs aufträufelnd und höchst ungeschickt siegelnd und petschierend. Dann legte sie das schwere unbeholfene Paket in ihren Strickbeutel, nahm diesen auf den Arm und schlich damit auf Seitenwegen zur Post; denn sie wünschte um alles in der Welt nicht, daß jemand sie sähe, und zwar aus dem Grunde, weil sie, befragt, wo sie mit dem Gelde hinwolle, durchaus um eine Antwort verlegen gewesen wäre. Sie reichte, den seidenen Ridikül verschämt und zitternd abstreifend, den Pack durch das Schiebfensterchen, der Postbeamte besah die Adresse und dann die Frau, gab ihr den Empfangschein, und sie machte sich davon, als ob sie so viel Geld jemandem genommen anstatt gegeben hätte. Der linke Arm, auf welchem sie das Geld getragen, war ganz steif und ermüdet, und so kehrte sie auch körperlich angegriffen in ihre Behausung zurück und war froh, als sie dort war. Nichtsdestominder fühlte sie einen gewissen mütterlichen Stolz, als sie durch so viele selbstzufriedene und prahlende Männer und Weiber hindurchging, welche unfehlbar ihren Gang scharf getadelt hätten und selbst eher dafür, daß sie den Knieriemen tüchtig handhabten, sich am liebsten von ihren Kindern gleich einen Erziehergehalt ausbezahlen ließen, anstatt irgend etwas Ungewöhnliches für sie zu opfern oder zu wagen.

Mit Heinrich, als er das Geld empfing, begab sich jetzt etwas sehr Natürliches und doch wieder sehr Sonderbares. Er hatte seiner Mutter gerade um so viel Geld geschrieben als seine Schulden betrugen, aus Gewissenhaftigkeit und Bescheidenheit mitten im Leichtsinn, und erst als die Summe unterwegs war, fiel ihm ein, daß er ja, wenn die Schulden bezahlt seien, abermals auf dem gleichen Punkte stehe wie vorher. Er nahm sich also vor, diesmal weltklug zu sein und, wie er es schon öfter bei anderen ganz ehrbaren Leuten gesehen, seinen Gläubigern einstweilen die Hälfte ihrer Forderungen zu tilgen, mit der anderen Hälfte aber dann gut Haus zu halten und ganz gewiß mit festem Willen den Anfang zu einem selbständigen Leben zu machen. Die Gläubiger waren alles solche, welche den entschieden und verständig angebrachten Antrag gern angenommen hätten, und auch der zweite

Vorsatz war bei dem erweiterten Gesichtskreis und guten Willen keine Unmöglichkeit; vielmehr kam es nur auf frische Lust, gute Laune und einiges Glück an, das jeder Tag bringt, wenn der Mensch nur bereit ist, es zu haschen. Als aber die Gläubiger, die diesmal sich nicht aufsuchen ließen, erschienen und sich freuten, sich auch hier nicht getäuscht zu haben in der Ehrlichkeit der Jugend, da brachte es Heinrich nicht über sich, auch nur bei einem einzigen mit seinem Vorschlag herauszurücken; er befriedigte vielmehr einen jeden bei Heller und Pfennig, ohne zu zögern und zu seufzen, und dem letzten, welcher weniger eilig war und sich nicht sehen ließ, brachte er sein Guthaben ängstlich ins Haus beim ärgsten Regenwetter. Jetzt hatte er noch einige Taler in der Hand, welche er, ohne einen Groschen weniger auszugeben, aufbrauchte und zu Ende gehen sah. Dies geschah auch in kurzer Zeit, und eines Morgens, als er aufstand, erinnerte er sich, daß er nicht einen Pfennig mehr im Vermögen hatte. Obgleich er dies vorausgewußt, so war er doch ganz verblüfft darüber und noch mehr, als er nun klar fühlte, daß er unmöglich jetzt von neuem borgen könne; denn teils wußte er nun bestimmt, daß er neue Schulden nicht mehr bezahlen könne, teils widerstrebte es ihm, nach Verlauf einiger Tage abermals bei denen anzuklopfen, die er soeben befriedigt hatte, kurz auf einmal verließ ihn alle die Herrlichkeit, Weisheit und Gewandtheit, der Schleier fiel von der dürren Lage der Dinge, und er ergab sich ganz demütig und geduldig dem Gefühle der nackten Armut. Als der Mittag kam, ging er aus in alter Gewohnheit, verbarg sich aber vor allen Bekannten; er kehrte wieder in seine Wohnung, und als der Abend kam, war er doch höchlich verwundert, nichts gegessen zu haben an diesem Tage. Als aber der nächste Tag ebenso verlief und es ihn anfing tüchtig zu hungern, erinnerte er sich plötzlich der weisen Tischreden seiner Mutter, wenn er als kleiner Junge das Essen getadelt hatte und sie ihm dann vorhielt, wie er einst vielleicht froh sein würde, nur solches Essen zu haben. Das erste Gefühl, was er hierbei empfand, war ein Gefühl der Achtung vor der ordentlichen Regelmäßigkeit und Folgerichtigkeit der Dinge, wie alles so schön eintreffe; und in der Tat ist nichts so geeignet, den notwendigen und gründlichen Weltlauf recht einzuprägen, als wenn der Mensch hungert, weil er nichts gegessen hat, und nichts zu essen hat, weil er nichts besitzt, nichts besitzt, weil er sich nichts erworben hat. An diesen einfachen und unscheinbaren Gedankengang reihen sich dann von selbst alle weiteren Folgerungen und Untersuchungen, und Heinrich, indem er nun in seiner Einsamkeit vollständige Muße hatte und von keiner irdischen Nahrung beschwert war, überdachte sein Leben und seine Sünden, welche jedoch, da der Hunger ihn unmittelbar zum Mitleid mit sich selbst stimmte, mehr als die Sättigung, welche manche übermütige und geistreiche Aszese hervorbringt, noch ziemlich glimpflich ausfielen. Im ganzen befand er sich nicht sehr trübselig; die Einsamkeit tat ihm eher wohl und das Hungern verwunderte ihn immer aufs neue, während er in des Königs Gärten auf abgelegenen sonnigen Pfaden spazierte oder durch die belebte Stadt nach Hause ging; auch wunderte es ihn, daß ihm das niemand ansah und ihn niemand befragte, ob er gegessen habe? worauf er sich sogleich antwortete, daß dies sehr gesetzmäßig der Fall sei, da es niemanden was anginge und er sich auch nichts ansehen lasse, woran sich denn wieder weitere Gedanken knüpften. Am dritten Tage, als er begann sich wirklich schwächer zu fühlen und eine bedenkliche Mattigkeit in den Füßen sich kundgab, kam ihm dies erst lächerlich vor; dann aber begann er ängstlich zu werden, und als er sich zum dritten Mal ungegessen ins Bett legen mußte, ward es ihm höchst weinerlich und ärgerlich zu Mute und er gedachte, durch den in seiner Schwäche rumorenden Leib gemahnt, sehnlich und bitterlich seiner Mutter, nicht besser als ein sechsjähriges Mädchen, das sich verlaufen hat. Wie er aber an die Geberin seines Lebens dachte, fiel ihm auch der höchste Schutzpatron und Oberviktualienmeister seiner Mutter, der liebe Gott, ein, und da Not beten lehrt, so betete er ohne weiteres Zögern, und zwar zum ersten Mal sozusagen in seinem Leben um das tägliche Brot. Denn bisher hatte er nur um Aushilfe in moralischen Dingen oder um Gerechtigkeit und gute Weltordnung gebeten in allerhand Angelegenheiten für andere Leute; in den letzten Jahren zum Beispiel, daß der liebe Gott den Polen helfen und den Kaiser von Rußland unschädlich machen möge oder daß er den Amerikanern über die Kalamität der Sklavenfrage auf eine gute Weise hinweghelfen möchte, damit die Republik und Hoffnung der Welt nicht in Gefahr käme, und dergleichen Dinge mehr. Jetzt aber widersetzte er sich nicht mehr, um seine Lebensnahrung zu beten; doch benahm er sich noch höchst manierlich und anständig dabei, indem er trotz seines bedenklichen Zustandes erst bei der Bitte für die Mutter anfing, dann einige andere edlere Punkte vorbrachte und dann erst mit der Eßfrage hervorrückte; jedoch nicht sowohl, um den lieben Gott hinter das Licht zu führen, als um zwangsweise den allgemeinen Anstand zu wahren, auch vor sich selbst.

Jedoch betete er nicht etwa laut, sondern es war mehr ein stilles Zusammenfassen seiner Gedanken und er dachte das Gebet nur, und trotzdem war es ihm ganz seltsam zu Mute, sich wieder einmal persönlich an Gott zu wenden, welchen er zwar nicht vergessen oder aufgegeben, aber etwas auf sich beruhen gelassen und unter ihm einstweilen alle ewige Weltordnung und Vorsehung gedacht hatte.

Am Morgen stand er in aller Frühe auf und pfiff, so gut es mit seiner immer ängstlicher schnappenden Lunge gehen mochte, munter ein Liedchen; es war ihm, als ob jetzt eine gute Mahlzeit alsogleich vor der Tür sein müsse, denn weiter als an eine solche dachte er nicht mehr. Zugleich ergriff er unwillkürlich ein stattliches und höchst inhaltreiches Buch, das da zunächst bestaubt auf einer Tischecke lag, ging damit zu einem Büchertrödler, dem er schon manches Buch abgekauft hatte, und trug einige Augenblicke darauf mehrere nagelneue blanke Guldenstücke davon, welche der gute Jude freundlich aus seinem ledernen Beutelchen geklaubt. Heinrich hatte die lieblichen Münzen nur beim Übergang aus des Juden Tasche in die seinige flüchtig blinken gesehen; aber dies Blinken machte auf ihn in seiner Leibesschwäche vollkommen den Eindruck wie der Sonnenaufblitz eines unmittelbaren allernächsten Wunders. Er gewann auch unmittelbar durch diesen bloßen Eindruck einige Lebensgeister, so daß er, obgleich es nun schon der vierte Fasttag war, sich vornahm, doch nicht vor Mittag zu Tische zu gehen, sondern seinen wunderlichen Zustand noch recht erbaulich auszugenießen. Er begab sich also wieder in den Schatten eines lieblichen Wäldchens, setzte sich auf eine Bank und zog unverweilt die schönen Gulden hervor, sie nunmehr in aller Behaglichkeit betrachtend. Es war ihm, als ob er niemals Geld besessen hätte, als ob es eine Ewigkeit her wäre, seit er in der Gesellschaft von Menschen gewesen und sich gleich ihnen genährt, und so ein hinfälliges Ding ist der Mensch, daß Heinrich eine kindliche Freude über den Besitz dieser paar elenden Münzen empfand und sie mit gierigen Blicken verschlang. Es schien ihm das reinste und höchste Glück zu sein, was er da in der Hand hielt; denn es war die unzweifelhafteste Lebensfristung, Rettung und Erquickung, und darüber hinaus dachte der Frohe gar nicht. Er dankte dem lieben Gott sehr zufrieden für die Erhörung seines Gebetes, wie in den Tagen seiner Kindheit; sonst dachte er nicht viel, denn die Gedanken waren allbereits sehr kurz und dünn gesäet; er genoß nur mit stillem Wohlgefühl den durch das Grün flimmernden Sonnenschein und den Glanz der klingenden Silberstücke.

Hier wird sich nun der dogmatische Leser in zwei Heersäulen spalten: die eine wird behaupten, daß es allerdings die Kraft des Gebetes und die Hilfe der Vorsehung gewesen sei, welche die magischen Guldenstücke auf Heinrichs Hand legten, und sie wird diesen Moment, da wir bereits mitten im letzten Bande stehen, als den Wendepunkt betrachten und sich eines erbaulichen Endes versehen; die andere Partei wird sprechen: »Unsinn! Heinrich würde sich so wie so endlich dadurch haben helfen müssen, daß er das Buch oder irgend einen anderen Gegenstand verkaufte, und das Wunderbare an diesem Helden ist nur, daß er dies nicht schon am ersten Tage tat! Es sollte uns übrigens nicht wundern, wenn der dünne Feldweg dieser Geschichte doch noch in eine frömmliche Kapelle hineinführt!« Wir aber als die verfassenden Geister dieses Buches können hier nichts tun als das Geschehene berichten und enthalten uns diesmal aller Reflexion mit Ausnahme des Zurufes: »Richtet nicht, damit ihr nicht gerichtet werdet!« Selbst wenn wir nun gleich erzählen, welches Verhalten Heinrich annahm, nachdem er sich durch einige gute Nahrung gestärkt, so werden wir durchaus nicht unsere Meinung hinzufügen, ob der nüchterne oder der gesättigte grüne Heinrich Recht habe.

Er begab sich also nun mit kurzen Schritten nach dem gewohnten Speisehaus, welches ihm als der allerseligste Aufenthalt vorkam, und der Geruch der Speisen dünkte ihn köstlicher denn der Duft von tausend Rosengärten. Die aufwartenden Mädchen, welche sonst schon hübsch und munter waren, erschienen ihm wie huldreiche Engel, in deren Obhut es gut wohnen sei, und gerührt darüber, daß es in der Welt doch so wohlmeinend zugehe, setzte sich der gänzlich Ausgehungerte und mürbe Gewordene zu Tisch, in der festen Absicht, sich für das Fasten gründlich zu entschädigen.

Hatte aber der bloße Anblick des vielvermögenden Geldes ihn aufgemuntert, so stärkte ihn jetzt das Essen zusehends, daß er ordentlich zu Gedanken kam, und schon während er die kräftige Fleischbrühe einschlürfte, besann er sich und nahm sich vor, nicht mehr zu essen als gewöhnlich und sich überhaupt anständig zu verhalten. Als er jedoch ein saftiges Stück Ochsenfleisch und einen guten Teller Blumenkohl verzehrt, dazu einen Krug schäumenden Bieres vor sich stehen hatte, strich und kräuselte er sich wieder ganz selbstbewußt den jungen Bart, und indem er das ganze Abenteuer gemächlich überdachte, schämte er sich jetzt plötzlich seines Wunderglaubens und daß er so ganz haltlos in die Falle gegangen, in seiner Schwäche den trivialsten Vorgang von der Welt als eine unmittelbare Einwirkung einer höheren Vorsehung zu nehmen. Er bat den lieben Gott sogar um Verzeihung für die Zumutung, sich mit seiner Ernährung unmittelbar zu behelligen, den natürlichen Lauf der Dinge unterbrechend, während er selbst die Hände in den Schoß gelegt.

SECHSTES KAPITEL

Als er solchergestalt diese Dinge betrachtete, nicht eben denkend, daß sie damit noch lange nicht zu Ende seien, und einen kräftigen Zug aus seinem Kruge tat, kamen einige seiner Bekannten heran und überhäuften ihn mit Fragen, warum er sich so lange nicht sehen lassen und wo er gewesen sei. Heinrich tat, als ob nichts geschehen wäre, und froh, wieder unter frohen Menschen zu sein, zechte und scherzte er mit ihnen, während in seinem Gemüte dieser erste kräftige Stoß des stillen, aber unerbittlichen Lebens langsam verschmerzte. Denn er fühlte erst jetzt, als mitten in Scherz und Gelächter die Brust sich noch heftig bewegte und er eine nur allmählich sich legende Aufregung empfand, wie so vielsagend und schonungslos dieser Stoß gewesen, daß er sich wie geschändet fühlte und ihn unwillkürlich verschwieg.

Er ging dessenungeachtet mit dem wenigen Gelde um, als ob er ohne alle Sorgen wäre, und das betrachten wir eher als eine Tugend denn als einen Fehler. Die einen Menschen verhalten sich unablässig im Kleinen höchst zweckmäßig, ausdauernd und ängstlich, ohne je einen festen Grund unter den Füßen und ein klares Ziel vor Augen zu haben, indessen anderen es unmöglich ist, ohne diesen Grund und dieses Ziel sich zweckmäßig und absichtlich zu verhalten, aus dem einfachen Grunde, weil sie gerade aus Zweckmäßigkeit nicht aus Nichts etwas machen können und wollen. Diese halten es dann für die größte Zweckmäßigkeit, sich nicht am Nichtssagenden aufzureiben, sondern Wind und Wellen mit der tieferen, der wahren menschlichen Geduld über sich ergehen zu lassen, aber jeden Augenblick bereit, das rettende Tau zu ergreifen, wenn sie nur erst sehen, daß es irgendwo befestigt ist. Sind sie am Lande, so wissen sie, daß sie alsdann wieder die Meister sind, während jene noch auf ihren kleinen Balken und Brettchen herumschwimmen, die über eine Spanne weit immer zu Ende sind. Wer immer emsig zappelt und zweckmißt, dessen Ausdauer ist alles andere, nur keine Geduld, welche wirklich etwas erdulden und über sich ergehen lassen will.

Heinrich entledigte sich nun, da die Sachen blieben wie sie waren, nach und nach aller Gegenstände, für welche man ihm irgend etwas geben wollte, und indem er je nach diesen Einkünften sich gütlich tat oder sich dürftig behelfen mußte, wurde er erst jetzt, als sein fahrendes wunderliches Eigentum verschwand, arm wie eine Kirchenmaus. Das letzte, was er besaß, waren seine Mappen. Er hatte schon wiederholt versucht, eine bessere Studie oder Zeichnung, da dergleichen oft zum Verkaufe geeignet und gesucht ist, bei den Kunsthändlern anzubringen; allein er war zu seiner Beschämung immer kurz abgewiesen worden als einer, der etwas anbietet und zwar, wie es zu sehen war, aus Not. Jetzt nahm er abermals einige Blätter und ging damit in eine abgelegene Seitengasse zu einem alten seltsamen Männchen, welches einen erbärmlichen Kram von allerlei Schnickschnack führte und in seinem dunklen Laden saß und allerhand laborierte. Am Fenster hatte dieser Mann immer einige vergilbte Zeichnungen oder Druckblätter hängen ohne Wert, wie sie der Zufall zusammengeweht, und ebenso wertlos war eine kleine Bildersammlung im Innern des armseligen Magazins, das Ganze eine jener Zufluchtsstätten und Vermittlungsanstalten für jene gottverlassene Klasse von Kunstbeflissenen, die gänzlich von jeder Weihe, jedem Bewußtsein und jeder Bildung entfernt ihr Wesen treibt in seltsamer Industrie und Armut, ohne Handwerker zu sein. Hier holten sich die Bierwirte der untersten Ordnung oder die Kunstfreunde mit fünfhundert Gulden Einkommen ihren Bedarf, um das für wenige Münzen erstandene Meisterwerk, sobald es in ihrem Besitze war, mit rührender Bewunderung zu preisen. Heinrich hatte bei dem Männchen in seinen guten Tagen zuweilen eine verlorene gute Radierung und dergleichen gekauft, welche der Seltsame, der sich mit eben der Befugnis, welche seine Käufer zu Kunstkennern schuf, zum Kunstmäkler aufgeworfen hatte, mit großem Mißtrauen und Widerstreben zu geringen Preisen abließ, indem er den Wert nicht beweisen konnte und, wenn ein gebildeter Käufer sich bei ihm einfand, stets um einen ungeheuren verborgenen Schatz gebracht zu werden fürchtete. Auf den Tisch dieses Mannes, der außerdem noch mit einer Kaffeekanne, einer auseinandergenommenen Schwarzwälderuhr, einem Kleistertopfe und verschiedenen Firnisgläsern beladen war, legte Heinrich jetzt seine guten Blätter, welche fleißig und treulich gezeichnete Waldstellen aus seiner Heimat enthielten, und mit dem gleichen Mißtrauen, mit dem das greise Männchen sonst ihm etwas verkauft hatte, betrachtete es jetzo die unschuldigen Studien und den jungen Mann. Seine erste Frage war, ob er sie selbst gemacht habe, und Heinrich zögerte mit der Antwort; denn noch war er zu hochmütig gegenüber dem übrigens freundlichen Trödelmännchen, zu gestehen, daß die Not ihn mit seiner eigenen Arbeit in dessen düstere Spelunke treibe. Der graue Krämersmann jedoch, wenn er ein sehr schlecht beratener Kunstkenner war, verstand sich umso besser auf die Menschen und schmeichelte dem Widerstrebenden ohne weiteres die Wahrheit ab, deren er sich, wie er aufmunternd sagte, nicht zu schämen brauche, vielmehr zu rühmen hätte; denn die Sachen schienen ihm in der Tat gar nicht übel und er wolle es wagen und etwas Erkleckliches daran wenden. Er gab ihm auch so viel dafür, daß Heinrich einen oder zwei Tage davon leben konnte, und diesem schien das ein Gewinn, dessen er froh war, obschon er seinerzeit lust- und fleißerfüllte Wochen über diesen Sachen zugebracht hatte. Jetzt aber wog er das erhaltene winzige Sümmchen nicht gegen den Wert seiner Arbeiten ab, sondern gegen die Not des Augenblickes, und da erschien ihm denn der ärmliche Handelsmann mit seiner kleinen Kasse noch als ein freundlicher Wohltäter; denn er hätte ihn ja auch abweisen können, und das wenige, was er mit gutem Willen und gutmütigen Gebärden gab, war so viel, als wenn jene reichen Bilderhändler erkleckliche Summen für eine Laune oder Spekulation ihres ebenso unsicheren Geschmackes hingaben.

Aber noch in Heinrichs Anwesenheit befestigte der alte Kauz die unglücklichen Blätter an seinem Fenster und Heinrich machte errötend, daß er fortkam. Auf der Straße warf er einen flüchtigen Blick auf das Fenster und sah die liebsten Erinnerungen an Heimat und Jugendarbeit de[illegible] und wehmütig an diesem Pranger der Armut und Verkommenheit hangen.

Aber nichtsdestominder schlich er in zwei Tagen abermals mit einem Blatte zu dem Mann, welcher ihn ganz aufgeweckt und freundschaftlich empfing; denn er hatte die ersten Sachen schon verkauft, während er sonst gewohnt war, seine Erwerbungen jahrelang in seiner Obhut zu hegen und an seinen Türpfosten hängen zu sehen. Sie wurden bald des Handels einig; Heinrich machte eine vergebliche kurze Anstrengung, einen barmherzigeren Preis zu erhalten; ungewohnt zu feilschen und fürchtend, den Handel abgebrochen zu sehen, da er nach der bestimmten Äußerung, mehr haben zu wollen, ja nicht mehr hätte nachgeben dürfen oder gar zum zweiten Male wieder kommen, war er bald froh, daß der Alte noch kauflustig blieb, und dieser munterte ihn auf, nur zu bringen, wenn er etwas fertig hätte (denn er bildete sich ein, der arme junge Künstler mache diese Sachen vorweg), sich ferner zu bescheiden und hübsch fleißig und sparsam zu sein, und die Zeit würde gewiß kommen, wo aus diesem kleinen Anfang etwas Tüchtiges würde; dabei klopfte er ihm vertraulich auf die Achsel und forderte ihn auf, nicht so traurig und einsilbig zu sein.

Heinrichs ganzes künstlerisches Besitztum wanderte nun nach und nach in den dunklen Winkel des immer kauflustigen Hökers; wenn es auch manchmal Monate dauerte, bis dieser wieder etwas verkaufte davon, so blieb er sich doch gleich, und hierin war es nun nicht zu verkennen, daß der Alte, so knapp er Heinrich hielt, denselben doch nicht wollte im Stiche lassen und auch bei der Befürchtung, die ganze Bescherung auf dem Halse zu behalten, denselben nicht abweisen wollte.

Das war die Treue, die Gemütsehre der Armut und Einfalt. Mit diesem Wesen schmeichelte er förmlich den armen Heinrich in eine große Demut und Vertraulichkeit hinein; denn nicht nur erzwang er von ihm eine gute Miene zum bösen Spiel, sondern, wenn diese endlich erfolgte und Heinrich sich plaudernd und lachend ein Stündchen bei ihm aufhielt, dann aber weggehen wollte, forderte er ihn auf, nicht ins Wirtshaus zu laufen und sein Geldchen zu vertun, sondern mit ihm etwas Geschmortes oder Gebratenes zu essen. Der alleinlebende katholische alte Gesell hatte nämlich bei aller Knauserei stets ein gutes Gericht in dem Ofen seines dunklen Gewölbes stehen und war ein vortrefflicher Koch. Bald war es eine Gans, bald ein Hase, welche er sich auf den Feiertag zubereitete, bald kochte er meisterhaft ein gutes Gemüse, welches er durch die Verbindung mit kräftigem Rind- oder Schweinsfleisch, je nach seinem Charakter, zum trefflichsten Gerichte zu machen wußte. Besonders verstand er sich auf die Fastenspeisen, welche er mehr aus Schleckerei als aus Frömmigkeit nie umging, und jeden Freitag gab es bei ihm entweder köstliche Fische, das heißt ziemlich bescheidene und wohlfeile Wassertiere, die er aber durch seine vielseitige Kunst zum höchsten Rang erhob, oder es duftete eine Makaronipastete in seinem Laden, zwischen welche er kleine Bratwürstchen und Schinken hackte, welche unerlaubte Fragmente er spaßhaft Sünder nannte und, indem er seinem Gast vorlegte, eifrig aussuchte und zuschob.

Hierbei blieb er aber nicht stehen, sondern eines Tages, als er den armen jungen Heiden besonders kirre gemacht, wickelte er eine fette Ganskeule nebst einem Stück Brot in ein Papier und suchte es ihm schmunzelnd in die Tasche zu stecken. Heinrich wehrte sich ganz rot werdend heftig dagegen; wie aber der Alte den Finger aufhob und leise sagte: »Na, was ist denn das? Es brauchts ja kein Mensch zu wissen!« da ergab er sich demütig in den Willen des seltsamen Mannes, der ein unerklärliches Vergnügen zu empfinden schien, den ihm fremden Menschen auf diese Weise gemütlich zu tyrannisieren. Das Seltsamste war, daß er sich nicht um dessen Herkunft und Schicksal bekümmerte, nicht einmal fragte, wo er wohne, und am wenigsten den Gründen seiner jetzigen Armut nachforschte. Das schien sich alles von selbst zu verstehen.

Heinrich trug dazumal die Ganskeule wirklich nach Hause. Auf der Schwelle sah er ein Bettelweib sitzen, welches ihn in so erbärmlichen Tönen um Barmherzigkeit anflehte, als ob es am Spieße stäke, und Heinrich fuhr mit der Hand in die Tasche, um hier auf die beste Weise das Nahrungsmittel anzubringen und zugleich dem Alten einen Streich zu spielen. Wie er aber die elende und hinfällige alte Frau näher ansah, da verging ihm endlich der letzte Stolz, und statt des Fleisches gab er ihr eines der Geldstücke, die er eben von seinem Gönner erhalten, ging auf seine Stube und aß die Ganskeule aus der einen Hand, aus der anderen das Brot, nicht um sich gütlich zu tun, sondern zu Ehren und zu Liebe der Menschlichkeit und der Armut, welche die Mutter der Menschlichkeit ist, und diese einsame Mahlzeit war gewissermaßen seine nachgeholte und verbesserte Abendmahlsfeier.

So erhielt er sich ein gutes halbes Jahr, und so wenig der Alte ihm für seine mannigfaltigen Studienblätter, Skizzen und Zeichnungen gab, so waren dieselben doch so zahlreich, daß sie kein Ende zu nehmen schienen. Nie sagte ihm der Wunderliche, wer eigentlich die Sachen kaufe und was er daran gewinne, und Heinrich fragte nicht mehr darnach. Er war im Gegenteil froh, wie er nun gestimmt war, alles hinzugeben und das kärgliche Brot, welches die Welt ihm gewährte, verschwenderisch zu bezahlen, was nun freilich wieder nicht sehr demütig war; aber der Mensch lebt vom Widerspruch! Indessen war das wenige, was er erhielt, das erste, was er seinen eigenen Händen verdankte, und desnahen lernte er davon, sich einzurichten und sich mit wenigem zu begnügen. Unter seinen vielen Zechgesellen und Studiengenossen war es längst bemerkt worden, daß er gänzlich verarmt sei; niemand fragte ihn aber darum, und da er das tonangebende Wesen wieder verloren hatte oder, wenn es unerwartet sich geltend machte, in Heftigkeit und Leidenschaft ausbrach, so lösten sich alle diese munteren Verhältnisse und Heinrich zog sich zurück und fand sich bald ganz allein, oder wenn ihm dies unerträglich wurde, trieb er sich mit allerlei zufälligen Gesellen, wie sie die Ähnlichkeit des Schicksales vorübergehend herbeiführte, herum.

Gleichzeitig nahm aber sein ernährender Jugendvorrat ein Ende, nachdem er schon sorgfältig die letzten Fetzen und Fragmente zusammengesucht und für den Alten zugestutzt hatte. Endlich bot er ihm seine großen Bilder und Kartons an, und der Alte sagte, er solle sie nur einmal herbringen. Heinrich erwiderte, das ginge nicht wohl an, und bat ihn um so viel Geld, daß er sie könne hertragen lassen. »Warum nicht gar, hertragen lassen! Sie Sapperloter! Gleich gehen Sie hin und holen ein Stück her! Fürchten Sie denn, man werde Ihnen den Kopf abbeißen?« Und er schmeichelte und schalt so lange, bis Heinrich sich entschloß und nach Hause ging und das Bild holte, welches er einst so unglücklich ausgestellt hatte. Es war sehr schwer und der weite Weg ermüdete seine Arme auf ungewohnte Weise. Der Alte aber lächelte und schmunzelte und rief: »Ei, ei! sieh, sieh! das ist ja ein ganzes Gemälde! Verstehe nicht den Teufel davon! Aber hochtragisch siehts aus (er wollte sagen: hochtragend oder hochstelzig), habe in meinem Leben nichts so im Laden gehabt! Wissen Sie was, Freundchen, jetzt holen Sie hübsch noch die anderen Sachen, damit wir alles beisammen haben. Nachher wollen wir schauen, ob sich ein Handel machen läßt. Gehen Sie, gehen Sie, Bewegung ist immer gesund!«

Heinrich ging abermals nach seiner Wohnung und ergriff den größten Karton, einen mit Papier bespannten Blendrahmen von acht Fuß Breite und entsprechender Höhe. Dies Ungetüm war leicht von Gewicht, aber ungefüg zu tragen wegen seiner Größe, und als der unmutige Träger damit auf die Straße gelangte, blies sofort ein lustiger Ostwind darein, daß es Heinrich kaum zu halten vermochte. Überdies mußte er, da die große Fahne nur auf der Rückseite an der Kreuzleiste zu halten war, die bemalte Seite nach außen kehren, und so begann er, sich dahinter bestmöglich verbergend, mit seiner Oriflamme durch die belebten Straßen zu ziehen. Alsobald zog eine Schar Knaben und Mädchen vor der wandelnden Landschaft her, und jeder Erwachsene ging ebenfalls ein Dutzend Schritte daneben hin und stolperte, während er die offenbaren und preisgegebenen Erfindungen Heinrichs zu enträtseln suchte, über die Steine. Zwei wohlhabende und angesehene Künstler gingen vorüber und betrachteten vornehm und verwundert den beschämten Träger, der ihnen bekannt vorkam; er fuhr mit seiner spanischen Wand gegen einen Wagen, den er nicht sehen konnte, so daß die Pferde scheu wurden, der Fuhrmann fluchte, und zugleich brachten starke Windstöße das ganze Wesen ins Schwanken und dieses stieß Heinrichs Hut herunter, so daß er nun nicht wußte, sollte er den im Kote dahinrollenden oder sein behextes Werk fahren lassen. Diese Flucht seines Hutes war einer jener kleinen lächerlichen Unfälle, welche einen tiefen Verdruß oder grämliches Leiden auf den Gipfel bringen, und so stand Heinrich ganz elend und ratlos da und unterdrückte einen bitterlichen Zorn im Herzen. Er war in der Verwirrung mitten auf den Gemusemarkt geraten und konnte sich vollends nicht mehr rühren. Fluchend tat er einen Ruck und schwang seinen Karton über seinen Kopf, um ihn dort in die andere Hand und in eine bequemere Lage zu bringen; als das unselige Werk aber in der Luft schwebte, fand er nicht mehr Raum, es wieder herunterzunehmen, und hielt es so über den wogenden Köpfen der Menschenmenge. Erst jetzt gab es einen rechten Auflauf auf dem Markte, denn das Luftphänomen zog alle Leute herbei, die Fenster in den umliegenden Häusern taten sich auf, alles lachte, schimpfte und rief: Wer wird denn mit solchem Ofenschirm über den Markt gehen um diese Zeit? Da drängte sich Heinrichs Gönnermännchen aus dem Dickicht, im grauen Schlafrock und seine weiße Zipfelkappe auf dem Kopfe, über die Schulter ein Netz mit Gemüse und Fleisch geworfen und Heinrichs übelzugerichteten Hut in der Hand. Freundlich winkte die lächerliche Gestalt ihm zu und Heinrich streckte sehnlich die Hand nach seinem Hute. Aber der Alte rief mit wahrer Dämonenfreude: »Nicht doch! mit nichten, Freundchen! Ihr kommt so viel besser fort! will Euch den Hut schon tragen und den Weg bahnen!« und der Ärmste, er mochte flehen wie er wollte, mußte mit bloßem Kopfe, den mächtigen Rahmen über demselben schwingend, den übrigen Weg zurücklegen, den schlurfenden Alten mit seinem Netz vor sich her, der sich zu größerer Bequemlichkeit den Hut über die Zipfelkappe gestülpt hatte und schreiend und lärmend voranschritt.

Als sie endlich vor dem Häuschen des Alten angekommen und die Unheilsfahne mit vieler Mühe in den engen Laden hineingezwängt hatten, schien das freundliche boshafte Greischen befriedigt. Er öffnete ausnahmsweise sein kleines Pult zur Hälfte, denn bisher hatte er seine winzigen Auszahlungen immer aus der Hosentasche bestritten, und griff behutsam unter den Deckel, wie einer, der eine Maus aus der Falle herausgreifen will, und indem er die Hand zurückzog, drückte er dem ausruhenden Heinrich zehn nagelneue Guldenstücke in die Hand für die beiden Schildereien, ohne ihn zu fragen, ob er damit einverstanden sei. »Für einmal«, sagte er zutraulich leise, »will ich es mit diesen beiden Tausendsassas von Bildern wagen! Wenn ich sie auch behalten muß, was tuts? Ihr seid mir darum nicht feil, Freundchen, Schweizerchen! habt Euch heute gut gehalten, wie? hä hä hä, hi hi hi, was ist das für ein Kreuz mit so hochfahrendem Blute!«

Heinrich sagte kurz und bündig: »Das versteht Ihr nicht, alter Herr!« »Was versteh ich nicht?« flüsterte der Alte, und der Junge wollte fortfahren: »Es ist nicht das, was Ihr meint, etwa Hochmut oder dergleichen: es ist vielmehr der bescheidene Wunsch, nicht aller Welt in die Augen zu fallen und Narrheiten zu treiben auf offener Straße; denn ein Renommist und ein Narr ist, wer mit einer Kleinigkeit einem armen Teufel dienen könnte und ihn das tun lassen, wozu er geschickt und gewöhnt ist, und statt dessen selber auf Abenteuer ausgeht –«; der unbelehrbare Alte ließ ihn aber nicht ausreden, sondern zwang ihn, noch einen Fischschwanz aufzuessen, oder vielmehr die Brühe aufzutunken, welches die Hauptsache sei, und er ließ ihn nicht eher los, bis er den Teller, an welchem ein Stück Rand fehlte, ganz leer gegessen. Erst als das geschehen, sah Heinrich, daß der Tyrann vom Fenster eine große Zeichnung weggenommen hatte, so daß der essende Heinrich in der Spelunke recht sichtbar wurde, und er grüßte dabei mit seiner Zipfelmütze grinsend nach allen Seiten, um die Leute aufmerksam zu machen und herbeizuziehen. Über dieses sonderbare Vergnügen des Männchens mußte endlich Heinrich so herzlich lachen, daß er ganz aufgeweckt wurde und in seiner Freude dem Alten die Zipfelmütze abriß und sich selbst aufsetzte. Zugleich trat aber auf dem kahlen Schädel des Alten eine seltsame Erhöhung oder runder Wulst zutage, ein hügelartiger Auswuchs des Knochens, und auf dieser einsam ragenden Extrakuppe ein stehengebliebenes Wäldchen grauer Haare, was einen höchst lächerlichen Anblick gewährte. Die zornige Verlegenheit des also Beschaffenen bewies, daß dieses sein Geheimnis und seine schwache Seite war; aber Heinrich hatte ihm, als er dies gesehen, unwillkürlich die Zipfelmütze so blitzschnell wieder aufgesetzt und geriet selbst in so harmlose Mitverlegenheit, daß der Alte sich halb schmunzelnd, halb murrend zufrieden gab und überdies etwas nachdenklich wurde.

Heinrich hatte indessen lange nicht so viel Geld besessen wie jetzt, und er beschloß, ehe dasselbe zu Ende gehe, sich neues zu erwerben und, was im Großen nicht hatte gelingen wollen, allmählich im Kleinen zu versuchen. Da seine guten Studienblätter alle verschwunden waren, so machte er sich daran, welche aus dem Stegreif zu schaffen, und fabrizierte in kurzer Zeit eine Anzahl flüchtiger, aber bunter und kecker Skizzen, ohne Andacht und Liebe, denen man es auf den ersten Blick ansah, daß sie nicht im Freien, sondern in der Stube entstanden. Über dieser herzlosen Beschäftigung stand natürlich alles tiefere und innere Streben und Sein vollends still, wie denn auch, da kein Buch mehr in seinem Besitze war und er sich aus den Hörsälen zurückgezogen, seine Selbstbildung von dieser Seite unterbrochen war, indessen er sich in einer anderen Schule befand, wo der Alte Professor war; denn man kann nicht alles zumal treiben. Der Alte empfing ihn aber ganz vergnügt mit den neuen Sachen, die ihm sehr in die Augen sprangen; er nahm ihm ab, was er ihm brachte, war aber nach einiger Zeit verwundert, daß er hiervon auch nicht ein Stück verkaufte und der Käufer, welcher die guten Sachen alle geholt hatte, plötzlich wegblieb. Er teilte dies seinem Schützling mit, schob aber die Schuld auf die Wunderlichkeit und den Eigensinn der Leute und forderte Heinrich auf, nur nicht nachzulassen, sie wollten einmal auf den Vorrat arbeiten, bis sich neue Käufer finden würden. Heinrich konnte das aber nicht länger mit ansehen und sagte dem Alten, daß er wahrscheinlich nie einen Fetzen von dieser neuen Art verkaufen würde und daß er sein Geld, so wenig es sei, wegwerfe. Ganz verblüfft verlangte der Alte eine deutlichere Belehrung und Heinrich setzte ihm, so gut es ging, auseinander, welcher Unterschied zwischen diesen und den früheren Sachen bestehe, wie jene eben etwas Gewordenes, diese etwas Gemachtes seien, jene ohne des Künstlers besonderes Verdienst von einem ganz bestimmten Stoff und Wert, diese dagegen vollkommen wertlos. Er sei nun sogar froh, setzte er hinzu, daß diese Industrie vollständig mißlungen, und um sein Gewissen vollständig zu beschwichtigen, zog er seinen Geldbeutel, der die zehn Gulden enthielt, und anerbot dem Alten, ihm wieder zu ersetzen, was er ihm für die liederlichen

Arbeiten gegeben. Denn er hatte jetzt vollständig das Schmähliche einer hohlen herzlosen Tätigkeit empfinden gelernt, die, ohne nur eine ordentliche ehrliche Handarbeit zu sein, sich den Schein eines edleren Berufes gibt.

Der Alte hörte aufmerksam zu, nahm eine Prise über die andere, lächelte dann schlau und vergnügt, indem er das angebotene Geld sogleich einstrich, und streichelte dem Jungen die Backen, welcher Liebkosung sich dieser sachte entzog. Er hatte den Ersatz unwillkürlich angeboten und war jetzt doch etwas betroffen, denselben angenommen zu sehen, da seine kleine Barschaft dadurch stark abnahm, ohne nun weiter zu wissen, was er tun sollte.

Der Alte aber nahm ihn bei der Hand und sagte: »Nur munter, Freundchen! wir wollen sogleich eine Arbeit beginnen, die sich sehen lassen kann und wird! Jetzt sind wir gerade auf dem rechten Punkt, da darf nicht gefeiert und nicht gemault werden!« Und er führte und schob ihn in ein noch dunkleres Verlies, das hinter dem Laden lag und sein Licht nur durch eine schmale Schießscharte empfing, die in der feuchten schimmligen Mauer sich auftat. Als Heinrich sich einigermaßen an diese Dunkelheit gewöhnt, erblickte er das Loch angefüllt mit einer Unzahl hölzerner Stäbe und Stangen, ganz neu, rund und glatt gehobelt, von allen Größen lastweise an den Wänden stehend. Auf einer verjährten längst erloschenen Feueresse, welche das Denkmal irgend eines Laboranten war, der vielleicht vor hundert Jahren in diesem Finsternis sein Wesen getrieben, stand ein tüchtiger Eimer voll weißer Leimfarbe inmitten mehrerer Töpfe mit anderen Farben, jeder mit einem mäßigen Streicherpinsel versehen. »In vierzehn Tagen«, lispelte der Alte, abwechselnd schreiend, »wird die Braut unseres Kronprinzen in unserer Residenz ihren Einzug halten; die ganze Stadt wird geschmückt und verziert werden, Tausende und aber Tausende von Fenstern werden mit Fahnen in unseren und den Landesfarben der Braut versehen; Kattunfahnen von jeder Größe werden die nächsten zwei Wochen die gesuchteste Ware sein, habe schon zweimal in meinem Geschäft den Witz mitgemacht und jedesmal ein gut Stück Geld verdient; wer der erste, schnellste und billigste ist, der hat den Zulauf. Darum frisch dran, keine Zeit zu verlieren! Habe schon seit zwei Wochen vorgesehen und Stöcke machen lassen, weitere

Lieferungen sind bestellt, das Kattunschneiden und Nähen wird ebenfalls beginnen, Ihr aber, Schweizermännchen, müßt die Stangen anstreichen. Bst! nicht gemuckst! Hier für diese großen gebe ich einen Kreuzer das Stück, für diese kleineren einen halben, von diesen ganz kleinen aber, welche für die Mauslöcher und Blinzelfenster der Armut bestimmt sind, müssen vier Stück auf den Kreuzer gehen! Jetzt aber paßt auf, wie das zu machen ist, alles will gelernt sein!«

Er hatte schon mehrere Stücke teils halb, teils ganz vorgearbeitet; nachdem die Stange mit der weißen Grundfarbe versehen, welche für beide Landesfarben dieselbe war, wurde sie durch die andere Farbe mit einer Spirallinie umwunden. Der Alte legte eine grundierte Stange am einen Ende in die Schießscharte, hielt sie mit der linken Hand waagerecht, und indem er, den Pinsel eintauchend, Heinrich aufmerksam machte, wie dieser nicht zu voll, noch zu leer sein dürfe, damit eine sichere und saubere Linie in einem Zuge entstände, begann er, die Stange langsam drehend, von oben an die himmelblaue Spirale zu ziehen, womöglichst ohne zu zittern oder eine Stelle nachholen zu müssen. Er zitterte aber doch, auch geriet ihm der weiße Zwischenraum nicht gleichmäßig, so daß er das mißlungene Werk wegwarf und rief: »Item! auf diese Weise mein ichs! Eure Sache ist es nun, das Zeug besser zu machen, denn wofür seid Ihr jung?«

Heinrich legte nun auch eine Stange in die Schießscharte und versuchte sich in dieser seltsamen Arbeit, und bald ging es ganz ordentlich vonstatten, während der Alte vorn im Laden hauste und zwei oder drei Nähtermädchen, die sich eingefunden hatten, rüstig Zeug zuschnitt, damit sie es in zwei Farben zusammennäheten.

Draußen war es anhaltend das lieblichste Sommerwetter, der Sonnenschein lag auf der Stadt und dem ganzen Lande und die Leute trieben sich lebhafter als sonst im Freien herum, teils im Verkehre für die zu treffenden Vorbereitungen, teils im Vorgenuß der kommenden Festtage, welche dies dem Genusse nachhangende Volk recht auszubeuten gedachte. Der Laden des Alten war angefüllt mit Leuten, welche Fahnen bestellten und holten, nähenden Mädchen, Tischlern, die Stangen brachten, und er selbst regierte, lärmte und hantierte dazwischen herum, nahm Geld ein und zählte Fahnen, und ab und zu ging er einmal in Heinrichs Verlies hinein, wo dieser mutterseelenallein in dem blassen Lichtstrahl der Mauerritze stand, seinen weißen Stab drehete und die sorgfältige reinliche Spirale zog.

Der Alte klopfte ihm dann sachte auf die Schulter und flüsterte ihm ins Ohr: »So recht, mein Söhnchen! dies ist die wahre Lebenslinie; wenn du die recht akkurat und rasch ziehen lernst, so hast du vieles gelernt!« Und wirklich fand Heinrich in dieser einfachen und verachteten Arbeit allmählich einen solchen Reiz, daß ihm die langen Sommertage, in diesem Loch zugebracht, gleich Stunden vorübergingen. Er hatte sich bald eine große Geschicklichkeit erworben, welche trotz ihrer Geringfügigkeit recht bedeutsam war; denn nicht nur galt es, die ewige Linie ohne Anstoß und Aufenthalt, ohne Abschweifung und Ungleichheit fortzuführen, sondern sie auch so zu beschleunigen, daß es überhaupt der Mühe lohnte und den Anforderungen genügt wurde, ohne daß durch die Eile die Arbeit schlechter wurde und die Linie sich verwirrte.

Unablässig zog er dieselbe, gleichmäßig, rasch und doch vorsichtig, ohne zuletzt einen Klecks zu machen, einen Stab ausschießen zu müssen oder einen Augenblick zu verlieren durch Unschlüssigkeit oder Träumereien, und während sich so die umwundenen Stäbe unaufhörlich anhäuften und weggingen, während ebenso unaufhörlich neue ankamen, um welche alle sich dasselbe endlose Band hinzog, wußte er doch jeden Augenblick, was er geleistet, und jeder Stab hatte seinen bestimmten Wert. Er brachte es in den ersten Tagen so weit, daß ihm der ganz verdutzte Alte am Abend jedesmal nicht weniger als zwei Kronentaler auszahlen mußte. Erst sperrte er sich dagegen und schrie, er hätte sich verrechnet; als aber Heinrich mit einer ihm ganz neuen Beharrlichkeit erklärte, so ginge es nicht, und ihm nachwies, daß er froh sein müsse, so viel liefern zu können, indem ihn Heinrichs erworbene Fertigkeit nichts anginge, gab sich der Alte mit einer gewissen Achtung und forderte ihn auf, nur so fortzufahren, denn die Sache sei bestens im Gange. Wirklich hatte er auch einen gewaltigen Zulauf und versorgte einen großen Teil der Stadt mit seinen Freudenpanieren. Heinrich drehte unverdrossen seinen Stab, und zwar so sicher und geläufig, daß er dabei ein ganzes Leben durchdrehte und auf der sich abwickelnden blauen Linie eine Welt durchwanderte, bald traurig und verzagt, bald hoffnungsvoll, bald heiter und ausgelassen, die schnurrigsten Abenteuer erlebend.

Am Abend, nachdem er in einer entlegenen Schenke ein spärliches Abendbrot gegessen, seinen Erwerb geizig zusammenhaltend, kehrte er müde und zufrieden in seine Wohnung zurück und konnte kaum den Tag erwarten, wo er in aller Frühe wieder an die seltsame Arbeit gehen durfte.

So kam endlich der Tag heran, an welchem die künftige Königin ihren Einzug hielt. Schon am frühen Morgen fingen die Straßen an das allerbunteste Gewand anzuziehen, und die Bevölkerung wogte hin und her, der besitzende, angesessene oder abhängige Teil noch mit den Anstalten beschäftigt, der müßige und unabhängige Teil gaffend und sich an dem Tun der anderen vergnügend. Werkleute hämmerten und kletterten an Gerüsten und Ehrenbogen umher, Gärtner und Bauern führten ganze Lasten grünen Zeuges herbei, indessen die Behörden und Zünfte auf den Beinen waren und ihren Aufzug in zwecklosem Umherstehen und Gehen den ganzen Tag hielten. Die dicke gespreizte Magistratsperson, die nicht wußte, wo ihr der Kopf stand vor aufgeblähtem Eifer, Wohldienerei und Wichtigtuerei, rannte die arme Witwe über den Haufen, die noch in der letzten Stunde ein Kränzchen oder Fähnchen herbeiholte, und der reiche Hofschuhmacher stieß mit der ungeheuren Schilderei, welche er an seinem Laden aufrichtete, der über ihm wohnenden alten Jungfer den verblühten Myrtenstock herunter, welchen die Geizige statt allen Aufwandes vor das Fenster gesetzt.

Im Laden des Alten war es allmählich leer geworden, nur einzelne arme Leute kamen am Nachmittage noch, um nach reiflichem Entschlusse und Erwägung des Nutzens oder des Schadens, welchen die Unterlassung bringen könnte, noch eine billige Fahne oder zwei zu holen, und feilschten hartnäckig um den Preis. Der Alte zählte jetzt seine Einnahme, und vollauf damit beschäftigt, forderte er Heinrich auf, sich jetzt hinauszumachen, unter die Leute zu gehen, den Einzug anzusehen und sich etwas gütlich zu tun. »Sie machen sich wohl nichts daraus, wie?« fügte er hinzu, als er sah, daß der Aufgeforderte keine besondere Lust zeigte, »sehen Sie, so wird man gesetzt und klug! Schon weiser geworden dahinten bei der alten Esse in der kurzen Zeit!

Das ist recht, so muß es kommen! Aber geht dennoch ein bißchen hinaus, Liebster, und wäre es nur, um einmal die Sonne zu genießen und ein schönes junges Königskind anzusehen.« Heinrich fühlte sich nicht berufen, dem Alten auseinanderzusetzen, inwiefern er Recht oder Unrecht habe mit seiner Zufriedenheit und seiner Anschauung, ging jedoch vor die Stadt hinaus, um jedenfalls etwas Luft zu schöpfen. Er sah nun auf dem Wege die ganze Herrlichkeit fertig und mit einem Male, alles schwamm, flatterte, glänzte und schimmerte in Farben, Gold und Grün, und ein unzähliger Menschenstrom wälzte sich vor das Tor, wo eine schon vorhandene gleiche Menge auf dem Felde lagerte und zechte, als ob es gälte, ein Ilion von Tonnen zu bezwingen. Aber die goldene Nachmittagssonne rechtfertigte und verklärte allen Lärm, alles Toben und alle Lust; Heinrich atmete tief auf und es war ihm zu Mut, als ob er ein Jahr lang am Schatten gelegen hätte in einem kalten Gefängnis, so wärmend und wohltuend strömte der goldene Schein auf ihn ein.

Plötzlich ertönte Kanonendonner, Glockengeläute über der ganzen weitgedehnten Stadt, Musik erschallte an allen Enden, die Trommeln wurden gerührt, auf der breiten Landstraße wälzte sich erst ein laufender Menschenknäuel daher, dann rasselte ein geharnischter Reiterhaufen, ritten Beamtete aller Art heran und an der Spitze eines langen Wagenzuges rollte jetzt der Blumenwagen vorüber, in welchem ein liebliches junges Mädchen saß in Reisekleidern und höchst vergnügt das tobende Volk begrüßte. Doch alles ging so schnell vorüber wie ein Traum, und hinter den letzten Reitern flutete die Menge zusammen und bedeckte, sich langsam nach der Stadt wälzend, alle Gehöfte, Wirtshäuser und Schenken im Umkreise und fiel singend, lärmend, prügelnd in die zahllosen Fallen, welche ihr die stillen Spekulanten des Tages überall aufgestellt.

Auch Heinrich schlenderte in die Stadt zurück und unterhielt sich nun damit, seine Fahnenstangen vor den anderen herauszusuchen; er kannte sie bald an verschiedenen Zeichen, und ein um das andere Haus wies diese Erzeugnisse seines Fleißes auf. Unversehens aber erwachte der Republikaner in ihm und er rief schmerzlich in sich hinein: »Das ist also nun das Ende vom Liede, daß du in dieser Stadt sitzest und solchen Unsinn beiträgst zum Unsinn!« Und als ob alle

Leute ihm ansehen könnten, daß er die unzähligen Stängelchen und Stangen bemalt, während in der Tat kein Sterblicher eine Ahnung hatte außer dem Alten, eilte Heinrich voll Scham und Zerknirschtheit wieder aus der Stadt an den abendlichen Fluß hinaus und in die schönen Gehölze, die sich längs desselben hinzogen. Er ging auf denselben Wegen, auf welchen er einst in Floribus als hoffnungsreicher Kunstjünger gefahren und gegangen in jener grünen Narrentracht und mit Ferdinand Lys gestritten hatte. Die politischen Bedenken wegen seiner Steckenarbeit traten jetzt zwar zurück, aber nur um noch tieferen Platz zu machen. »Das war nun«, sagte er sich, »so ein Stück Schulzeit in der Schule dieses Alten! aber nun ist es nachgerade mehr als genug!« Der rauschende Fluß, die rauschenden Bäume, die balsamische Luft der hereinbrechenden Nacht, die er alle so lange nicht genossen, schienen ihn aufzurufen zur Treue gegen sich selbst und zum Widerstand gegen jedes unnatürliche Joch und schienen zu singen: Siehe, wir rauschen, wehen und fließen, atmen und leben und sind alle Augenblicke da, wie wir sind, und lassen uns nichts anfechten. Wir biegen und neigen uns, leiden und lassen es über uns dahinbrausen und brausen selbst mit und sind doch nie etwas anderes als das, was wir sind! Wir gehen unter und leben doch, und was wir leben, das sorgen wir nicht! Im Herbst schütteln wir alle Blätter ab, und im Lenz bekleiden wir uns mit jungem Grün; heute verrinnen wir und scheinen versiegt und morgen sind wir da und strömen einher, und ich, der Wind, wehe wohin ich muß und tue es mit Freuden, ob ich auf meinen Flügeln Rosengerüche trage oder die Wolken des Unheils!

Als Heinrich nach der Stadt zurückkehrte, beschloß er, nie mehr zum Alten zu gehen, möge ihm geschehen, was da wolle, und so schwer es ihm auch fiel; denn er hatte das ungewöhnliche graue Männchen liebgewonnen.

SIEBENTES KAPITEL

Den anderen Morgen, als Heinrich aufgestanden, empfing er einen Besuch von seiner Hauswirtin, welche eine unvermögliche Frau war und einen ganzen Trupp Kinder zu ernähren hatte, während ihr

Mann seinen Erwerb anderweitig hintrug. Heinrich war ihr seit einem halben Jahre die Miete schuldig; denn dies war ein Gegenstand, welcher ihm keine Wahl ließ, Schulden zu machen oder nicht, da er ein Obdach haben mußte. Die arme Frau hatte ihn nie gedrängt und wußte, daß die, so in Sorgen leben, am besten mit Geduld und Nachsicht zusammen auskommen, was aber dann eine umso größere Zuverlässigkeit und Ehrlichkeit mit sich bringt, die wiederum nicht so wohl wie eine harte Geschäftspflicht als mit frohem Dank aufgenommen wird. Jetzt bat sie ihn um Berichtigung seiner Schuld, da mit ihrer Beobachtung, daß Heinrich einiger Barschaft froh war, zugleich das eigene nicht eine Stunde länger zu ertragende Bedürfnis sich gesteigert hatte, und zwar in aller Aufrichtigkeit und Überzeugung. Denn das ist das ergötzliche und artige Band bei der Armut, wenn eines ein Häppchen erschnappt hat, so schreit das andere, das sich bislang ganz still gehalten, plötzlich und ohne Bosheit, als ob es am Spieße stäke, und dieser liebenswürdige Wechsel von Entbehrung und Mitgenuß, von Opferfreudigkeit und unverhohlenem Anspruch läßt sie nur umso natürlicher und menschlicher empfinden und zum Vorschein kommen. Heinrich, der seinerseits ebenso unbefangen nicht an seine Schuld gedacht hatte, war in der gleichen Unbefangenheit nur froh, der Frau sogleich genügen zu können, und sah sich, ehe er sich ganz ermuntert, beinahe des ganzen Ergebnisses seiner Spirallinie beraubt. So erfuhr er nun eine noch bedeutsamere Seite der Schuldbarkeit und Pflichterfüllung, nämlich wie es tut, wenn man nicht etwa nur mit leicht erworbenen oder fremden Mitteln zierlich und gern seine Pflicht löst, sondern auch mit der Frucht der bitteren und anhaltenden Arbeit Recht und Menschlichkeit zufriedenstellt, ehe man an die eigene Not denkt. Dies war sein glückliches Erbgut, das weit mehr in seinem Blute als in seinem Wissen lag, daß er durchaus keinen Unterschied zu machen vermochte zwischen dem Gelde, das er ohne Mühe durch die Sorge anderer erhalten, und zwischen dem, was er sich sauer erworben; denn es hinderte ihn nun, in der Versuchung der Not jener Klugheit und anscheinend gerechtfertigter Berechnung zu verfallen, welche so manche Menschen in schlimmeren Zeiten wohl schlau über dem Wasser hält, aber nur um sie dann gänzlich in Selbstsucht und Gemütsschmutz untergehen zu lassen.

Die bedrängte Wirtin befreite sich noch am selben Tage von einer Menge kleiner heftiger Gläubiger, erhielt neuen Kredit beim Bäcker, tat sich etwas gütlich mit ihren vom Vater verlassenen Kindern, erwarb sogar ein Stück geringen Zeuges zu neuen Hemdchen für dieselben, kurz, sie atmete auf und lebte nach ihrer Weise herrlich und in Freuden, während Heinrich am gleichen Tage einen so ratlosen Zeitraum antrat, wie er ihn vor kurzem noch nicht geahnt. Hatte sich seine Wohnung von allem Besitztume geleert, so sah er jetzt, daß sie dennoch noch leerer und kahler werden konnte, indem er von den letzten fast völlig wertlosen Gegenständchen und Bruchstücken zehrte, und bald sah es so verzweifelt dürr und hoffnungsarm um ihn aus, daß die Wirtin ihn auffordern mußte, sich eine andere Wohnung zu suchen; denn er war nun, wie sie wohl sah, unter den Stand ihrer eigenen Armut hinabgesunken, und bei dieser Ungleichheit lag es nicht mehr in ihrem Vermögen, etwa auf sein besseres Glück zu bauen und die Selbsterhaltung hintanzusetzen.

So zog er mit seinem leeren Koffer, in welchem allein das Buch seiner Jugendgeschichte lag, in eine neue Wohnung und erlebte es zum ersten Male, von unbekannten Leuten gleich als Habenichts ohne Höflichkeit und mit Mißtrauen empfangen und angesehen zu werden, als sie seine Nichthabe bemerkten. Er ging jetzt auch schlecht in Kleidern einher und mußte tausend Geschicklichkeiten erwerben, dies so gut als möglich zu verbergen, und alles dies und wenn ihm das Wasser in die zerrissenen Sohlen drang, lehrte ihn mit stummer Beredsamkeit die menschlichen Dinge zu empfinden und zog und bog den grünen Zweig seines Wesens kräftig nach allen Seiten, daß er geschmeidig wurde.

Er ertrug das Härteste ohne Verbitterung und ohne Hoffnungslosigkeit, wohl fühlend, daß eher ein Berg einstürzt, als ein Menschenwesen ohne angemessene Schuld zugrunde geht; wenn er sich selbst sah, wie er ebenso still und geduldig alle Strapazen, Entbehrungen und Demütigungen zu bestehen als behende und begehrlich, wie ein hungriges Füchslein, ein sich darbietendes Lebensmittelchen zu erschnappen und auch dem Allerwenigsten dankbar einen hohen Wert beizulegen verstand, ohne sich doch gierig und tierisch zu gebärden, so übte er sich gerade an diesem Schauspiel, sein besseres Bewußtsein über dasselbe zu erheben ohne geistige Überhebung und Mystizismus und sein edleres Ich beschaulich aus dem dunklen Spiegel der leiblichen Not zurückleuchten zu sehen.

Es fand sich und kam ihm gut, daß Heinrich von Natur aus verstand geduldig zu sein und äußeres leibliches Leidwesen zu dulden, ohne die Beweglichkeit der Seele zu verlieren. Diese Kunst des Duldens, welche das Christentum vorzüglich sich angeeignet und zu einer ausgebildeten Kultur erhoben hat, ist eine löbliche Eigenschaft des ursprünglichen Menschen, und das Christentum hat sie weder vom Himmel geholt noch sonst erfunden, sondern fertig im Vermögen des Menschen vorgefunden, und sie ist so gut weltlicher Natur, daß nicht nur kluge und edle Heiden sie besessen, sondern auch am kranken und leidenden Tiere täglich zu sehen ist, und zwar nicht zum Zeugnis ihrer Niedrigkeit, sondern ihrer maßgeblichen Ursprünglichkeit und Natürlichkeit. Freilich ist das Dulden der meisten Christen längst nicht mehr dieser edle und kraftvolle Grundzug, sondern ein künstliches Wesen, welches darauf hinausläuft, so bald als möglich nicht mehr dulden zu wollen und für das Erduldete hinlänglich entschädigt zu werden, daher auch die gedankenlosen und lärmenden Gegner des Christentums das Kind mit dem Bade ausschütten, alles Leiden entweder für Heuchelei und Beschränktheit oder für Feigheit halten und sich gebärden wie eigensinnige kreischende Kinder, die keine Suppe essen wollen.

Obgleich Heinrich das Unglück um seiner selbst willen ertrug als eine ins Leben getretene sehr deutlich gestaltete Sache, die um ihrer Klarheit willen zu einem Gute wurde, so verfiel er doch täglich immer wieder der christlichen Weise, Gott um unmittelbare Hilfe zu bitten in allen möglichen Tonarten, und zwar nicht seinetwegen, sondern um seiner Mutter willen, da deren Ruhe und Wohlfahrt jetzt von seinem eigenen Befinden abhing. Seit ihr letztes Opfer einen so plötzlichen schlechten Erfolg gehabt, war es ihm nicht möglich gewesen, ihr wieder zu schreiben, da er ihr nichts Gutes berichten konnte und sie doch nicht anlügen mochte. Von Woche zu Woche eine günstigere Wendung verhoffend, verschob er das Schreiben, bis eine so lange Zeit verstrichen war und sich ein trauriges Schweigen so in ihm festgesetzt hatte, daß er dieses nun nicht mehr brechen zu können meinte.

als zugleich mit den wohlgefälligsten Nachrichten und am besten mit einer glücklich bestellten Rückkehr. Die Mutter hatte ihm noch einigemal geschrieben und die Hoffnung seiner baldigen Heimkehr jedesmal mit der Todesanzeige eines Verwandten, Freundes oder Nachbarn geschlossen, so erst mit derjenigen des Schulmeisters, des Oheims, dann mit derjenigen alter Leute sowohl wie junger kräftiger Menschen aus Dorf und Stadt, und zahlreiche Familienereignisse und Veränderungen, Entfremdung alter Verhältnisse, Untergang manches bekannten Wohlergehens und Daseins und die Begründung gänzlich neuer verkündeten vollends dem fernen Sohne die unerbittliche Flucht der Zeit und ließen ihn die Vereinsamung seiner Mutter und den Wert eines jeden Tages doppelt fühlen. Als sie aber keine Antwort mehr erhielt, schwieg sie endlich still, und nun sprach diese Stille beredter als alle Briefe in Heinrichs Seele, welcher sich doch nicht rühren noch regen konnte.

So kam es, daß er, während er für seine Person sich schuldlos fühlte und die Dinge nicht fürchtete, in Ansehung seiner Mutter eine große Schuld erwachsen sah, an der er doch wieder nicht schuld zu sein meinte, und daher wußte er in diesem Doppelzustande keinen anderen Ausweg, als Gott zu bitten, seine Mutter vor Kummer und Leid zu schützen. Daß er bei diesem Schutze selber gut weg kam, darüber gab er sich vollkommen Rechenschaft und suchte sich zu überzeugen, daß dennoch sein Gebet uneigennützig und es ihm durchaus nicht um sich selbst zu tun sei; dann mußte er sich aber wieder sagen, daß seine Mutter ohne Zweifel zu Hause in der nämlichen Weise Gott für ihr Kind und nicht für sich selbst bitte, und da doch alles beim Alten blieb und Gott in der Mitte der sich kreuzenden flehentlichen Bitten sich ganz still verhielt, so vermehrten starke Zweifel an der Vernünftigkeit dieses ganzen Wesens sein Leid und sein Schuldbewußtsein. Denn wenn er sich bemühte, um sich das Verhalten eines wirklich vorsehenden und eingreifenden Gottes glaubwürdig und begreiflich zu machen, an der Mutter selbst eine Art Schuld aufzufinden, welche eine solche Leidensschule verursacht, so konnte er keine finden, und diese ganze Untersuchung dünkte ihn lästerlich und unkindlich; oder wenn er endlich etwa dachte, daß vielleicht gerade das ängstliche Wesen der Mutter in irdischen Dingen, der große Wert, den sie auf ein sicheres Auskommen und auf eine herbe Sparsamkeit legte, ihr Vergehen sei, welches eine weise Schule Gottes hervorgerufen, so konnte er doch zwischen der anhaltenden und bitteren Strenge dieser Schule und der geringfügigen harmlosen und unschädlichen Ursache derselben durchaus kein gerechtes und weises Verhältnis finden, und wenn noch irgend etwas Verhältnismäßiges da war, so dünkte es ihn erträglicher und edler, es lediglich als die innewohnende Folgerichtigkeit und Notwendigkeit der Dinge zu betrachten, als es dem vorsätzlichen Benehmen eines überkritischen Gottes zuzuschreiben. Nichtsdestominder wandte er sich jedesmal, wenn das verlorene Schweigen zwischen ihm und der Mutter recht in ihn hineinfraß, wieder mit einem wahren sehnsüchtigen Höllenzwang von heißen Gebeten an eben diesen sich mäuschenstill verhaltenden Gott.

Als er eines Tages niedergeschlagen und in schlechten Zuständen IV, 6
auf der Straße ging und sich von keinem Menschen beachtet glaubte, kam ein stattlicher junger Bürgersmann mit einem blühenden Weib am Arme auf ihn zu und redete ihn in seiner Heimatsprache an, welche ihm wie ein Laut aus besserer Welt klang in dem Rauschen und Dröhnen der fremden Stadt. Der Landsmann zeigte sich erfreut, ihn endlich gefunden zu haben, und verkündete ihm Grüße von seiner Mutter. Während in Heinrich süße Freude und trauriger Schreck sich mischten und bekämpften und er rot und blaß wurde, erzählte der Fremde, wer er sei, und wunderte sich, von Heinrich nicht gekannt zu sein. Es war aber niemand anders als ein nächster Nachbar des väterlichen Hauses und jener junge Handwerker, welcher mit Heinrich am gleichen Tage in die Fremde gezogen, aber zu Fuß und ein schweres Felleisen tragend, von seiner armen Mutter begleitet, indessen jener so hoffnungsvoll auf dem Postwagen in die Welt hinein fuhr. Sich in seinem einfachen Handwerk beschränkend und nichts anderes kennend als die unermüdete Nutzanwendung seiner fleißigen und geschickten Hand, jeden Vorteil für dieselbe ersehend und die Augen überall aufmachend, aber nur auf ein und denselben Gegenstand gerichtet und aller Orten nur diesen sehend, war er nach wenigen Jahren als ein wohlgeschulter und entschlossener junger Mann zurückgekehrt und begann die Gründung seines Hauses mit so zweifellosem und glücklichem Willen, als ob es gar nicht anders hergehen könnte, und

die Welt empfing und förderte ihn dabei, als ob es nur so sein müßte, von seinem klaren Mute angezogen und bezwungen, und als Pfand gab sie ihm ein schönes und wohlhabendes Bürgermädchen zur Frau, mit welcher er jetzt eben, nicht ohne kluge geschäftliche Nebenzwecke, die Hochzeitreise machte.

Er hatte vor seiner Abreise bei Heinrichs Mutter angefragt, ob sie etwas für ihren Sohn auszurichten hätte, und diese, indem sie mit Beschämung gestehen mußte, daß sie nicht einmal wisse, wo er sei, und sich zu diesem Geständnis nur widerstrebend verstand, bat ihn, den Sohn aufzusuchen und denselben aufzufordern, ihr Nachricht von sich zu geben, oder ihn womöglich zu bestimmen, nach Hause zu kommen.

So stand Heinrich nun vor dem stattlich aussehenden blühenden Paare, welches bei aller Freundlichkeit sich nicht enthalten konnte, prüfende Blicke auf seinen schlechten Anzug zu werfen. Da es der letzte Tag ihres Aufenthaltes war und sie auf den Abend abreisen wollten, so luden sie ihn ein, mit ihnen zu gehen und die übrige Zeit noch mit ihnen zu verbringen. Sie führten ihn in den Gasthof und Heinrich aß mit ihnen zu Mittag. Es war lange her, seit er sich an einem so wohlbesetzten Tische gesehen und feuriger Wein seine Lippen berührt. Der landsmännische Gastfreund ließ reichlich auftragen und drang wohlmeinend in ihn, es sich schmecken zu lassen, und alles dies machte Heinrich nur umso verlegener und ließ ihn seine Armut doppelt empfinden, und indem er sah, daß die jungen Eheleute das wohl bemerkten, sich in ihrer glücklichen Stimmung mäßigten und mit zartem Sinne einen der seltsamen Lage angemessenen Ton inne zu halten suchten, empfand er es wieder bitter, nicht nur selbst unglücklich zu sein, sondern durch sein so beschaffenes Dasein die heitere Stimmung anderer vorübergehend zu trüben, gleich einer Regenwolke, die über einen hellen Himmel hinzieht.

Obgleich es ihn drängte, so viel als möglich von seiner Mutter sprechen zu hören, suchte er sich lange zu bezwingen und nicht durch Fragen zu verraten, daß er gar nichts von ihr wisse, bis der edle Wein, welchen der Mann genugsam strömen ließ, ihm die Zunge löste, ihn alles Widerstreben vergessen, sehnlich und unverhohlen nach der Mutter fragen ließ.

Da nahm sich der Landsmann zusammen und sagte: »Ich will es Ihnen nicht verhehlen, Herr Lee, daß Ihre Mutter sehr Ihrer Rückkunft bedarf, und ich würde Ihnen raten und fordere Sie sogar auf, so bald als immer möglich heim zu kommen; denn während die brave Frau den tiefsten Kummer und die Sehnsucht nach Ihnen zu verbergen sucht, sehen wir wohl, wie sie sich darin aufzehrt und Tag und Nacht nichts anderes denkt. Soviel ich jetzo sehe, wenn Sie meine Freiheit nicht übel nehmen wollen, steht es nicht zum besten mit Ihnen, und erachte ich, daß Sie in dem Stadium sind, wo die Herren Künstler allerlei durchmachen müssen, um endlich mit Ehre und stattlichem Ansehen aus der Not hervorzugehen. Unsereines hat wohl auch allerlei Strapazen auf der Wanderschaft durchzumachen oder als Anfänger harte Zeit zu erleben; allein mit der Arbeit können wir, wenn wir nur wollen, uns jederzeit helfen, und unsere Hände sind immer so gut wie bares Geld oder gebackenes Brot und für jede Stunde eine unmittelbare Selbsthilfe, während es bei Ihnen dazu noch gutes Glück und allerlei Unerhörtes braucht, wovon ich nichts verstehe. Vorlaute und unverständige Weibsen und auch ebensolche Männer in unserer Stadt, wo es ruchbar geworden, daß Ihre Mutter große Summen an Sie gewendet und ihr eigenes Auskommen dadurch bedeutend geschmälert hat, haben es sich beikommen lassen, dieselbe hart zu tadeln hinter ihrem Rücken und auch ihr ins Gesicht ungefragt zu sagen, daß sie unrecht getan und sowohl ihrem Sohne schlecht gedient als durch solche unzukömmliche Opfer sich selbst überhoben habe. Jedermann, der Ihre Mutter kennt, weiß, daß alles eher als dieses der Fall ist, aber das unverständige Geschwätz hat sie vollends eingeschüchtert, daß sie fast mit niemand zusammenkommt und so in Einsamkeit und harter Selbstverleugnung dahinlebt. Obgleich die Nachbaren ihr manche Dienste anbieten, nimmt sie nichts an, und die Art, wie sie dies tut und wie sie ihre Sachen besorgt, hat, soviel man davon sehen kann, etwas höchst Seltsames und Schwermütigmachendes für uns Zuschauer. Sie sitzt den ganzen Tag am Fenster und spinnt, sie spinnt jahraus und ein, als ob sie zwölf Töchter auszusteuern hätte, und zwar, wie sie sagt, damit doch mittlerweile etwas angesammelt würde und, da sie nichts anderes ansammeln könne, wenigstens ihr Sohn für sein Leben lang und für sein ganzes Haus genug Leinwand finde. Wie es scheint, glaubt sie durch diesen Vorrat weißen Tuches, das sie jedes Jahr weben läßt, Ihr Glück herbeizulocken, gleichsam wie in ein aufgespanntes Netz, damit es durch einen tüchtigen Hausstand ausgefüllt werde, oder gleichsam wie die Gelehrten und Schriftsteller durch ein Buch weißes Papier gereizt und veranlaßt werden sollen, ein gutes Werk darauf zu schreiben, oder die Maler durch eine ausgepannte Leinwand, ein schönes Stück Leben darauf zu malen. Zuweilen stützt sie ausruhend den Kopf auf die Hand und staunt unverwandt in das Land hinaus über die Dächer weg oder in die Wolken; wenn es aber dunkelt, so läßt sie das Rad still stehen und bleibt so im Dunkeln sitzen, ohne Licht anzuzünden, und wenn der Mond oder ein fremder Lichtstrahl auf ihr Fenster fällt, so kann man alsdann unfehlbar ihre Gestalt in demselben sehen, wie sie immer gleich ins Weite hinausschaut. Seit Jahren geht sie in demselben braunen Kleide, welches sich gar nicht abzutragen scheint, über die Straße und hat sich streng von aller auch der einfachsten Zier entblößt, daß es unsere Weiber ärgert, welche gewöhnt sind, sich mit der Zeit immer reicher zu kleiden anstatt schlichter und darnach ihr Gedeihen berechnen. Wahrhaft melancholisch aber ist es anzusehen, wenn sie zuweilen ihre Betten sonnt; anstatt sie mit Hilfe anderer auf unseren geräumigen Platz hinzutragen, wo der große Brunnen steht, schleppt sie dieselben allein auf das hohe schwarze Dach Eures Hauses, breitet sie dort an der Sonnenseite aus, geht emsig auf dem steilen Dache umher, ohne Schuhe zwar, aber bis an den Rand hin, klopft die Stücke aus, kehrt sie, schüttelt sie und hantiert dermaßen seelenallein in dieser schwindligen Höhe unter dem offenen Himmel, daß es höchst verwegen und sonderbar anzusehen ist, zumal wenn sie, einen Augenblick innehaltend, die Hand über die Augen hält und da hoch oben in der Sonne stehend in die weite Ferne hinaus sieht. Ich konnte es einmal nicht länger ansehen von meinem Hofe aus, wo ich eben einen Wagen lackierte, ging hinüber, stieg bis zum Dache hinauf und hielt unter der Luke eine Anrede an sie, indem ich ihr die Gefahr ihres Tuns vorstellte und bat, doch die Hilfe anderer Leute in Anspruch zu nehmen. Sie lächelte aber nur und bedankte sich, und bin ich auch der Meinung, daß nur durch Ihre Heimkehr solche peinliche Abstinenz und Pönitenz vertrieben werden kann!«

Der wackere Mann, welcher keinen Augenblick Heinrich verächtlich behandelte, vielmehr dessen Lage mit achtungsvollem Mitgefühl für einen notwendigen Künstlerzustand hielt, aus welchem herauszukommen und dann die Herrlichkeiten des Künstlertums anzutreten nur von einem festen Wollen und Zusammenraffen Heinrichs abhinge, munterte ihn nun wiederholt auf, nach Hause zu kommen, und malte ihm aus, wie die sichere Luft der Heimat meistens in solchen Fällen eine günstige Wendung herbeiführe und dem Erfahrenen und Geprüften einen neuen Mut und zugleich einen klaren Überblick gebe, so daß er entweder gedeihlich im Lande bliebe oder, wenn es der Beruf so mit sich führe, mit neuer Kraft und größerer Zweckmäßigkeit zum zweiten Mal ausfliegen könne. Er bot ihm, indem er von der Mutter den Auftrag zu haben vorgab, die nötige Barschaft an zur Heimreise.

Heinrich hatte dem Erzähler unverwandt zugehört; statt auf die Vorschläge des braven Nachbars zu hören, dessen Anerbieten und jetziges Wesen er vor Jahren kaum geahnt hätte und den er dazumal kaum näher gekannt, sah er fort und fort die seltsamen Bilder seiner Mutter, welche der Landsmann ihm entworfen, und sie prägten sich seinem Sinne in einer goldenen sonnigen Verklärung ein, so daß er träumend ihnen nachhing. Als der Landsmann ihn endlich ermunterte und, sein Glas füllend, sein Anerbieten und seine Aufforderung wiederholte, lehnte er alles mit bescheidenem Danke ab und bat, die freundlichen Leutchen möchten seine Mutter tausendmal grüßen und nur sagen, es ginge ihm ganz ordentlich, er würde gewiß so bald immer tunlich zurückkehren. Denn das Anerbieten des Mannes zu ergreifen und in diesem Augenblicke und auf diese Weise nach der Heimat zu gehen, schien ihm ganz gewaltsam und wie aus der Schule gelaufen, ohne seine Tagesaufgabe gelöst zu haben.

Er begleitete das Paar nach dem Bahnhofe und sah sie mit Hunderten von glücklichen Reisenden davonfliegen, indes er selbst traurig in die Stadt zurückkehrte, welche ihm nun vollends zu einem Aufenthalt des Elendes, der Verbannung wurde. Aber dieser Zustand war nun schon wieder ein anderer geworden als erst vor einem Tage, und durch die Begegnung mit dem Landsmanne und dessen Mitteilungen nahm sein leidendes Verhalten eine bestimmte und veredelte

Gestalt, und er fühlte sich durch einen klaren notwendigen Verlauf der Dinge, durch die Erfüllung eines jeden Teilchens seiner Selbstbestimmung und Verschuldung an das ferne Elend gefesselt, während alle seine Gedanken mit tiefer Sehnsucht nach der Heimat zogen, wo er unaufhörlich das Bild seiner Mutter an dem drehenden Rade sitzen, durch die Straßen der alten Stadt gehen oder auf dem sonnbeglänzten Hausdache emporragen sah.

Sein ganzes Wesen wurde von diesen Bildern und von glänzenden Vorstellungen der Heimat getränkt und durchdrungen, und die einfache Rückkehr nach derselben erschien ihm jetzt nach all den Hoffnungen und Bestrebungen das wünschenswerteste und höchste Gut, welches doch wiederum durch eine seltsame künstlerische Gewissenhaftigkeit in eine ungewisse, fast unerreichbare Ferne gerückt wurde, durch die künstlerische Gewissenhaftigkeit nicht etwa des Malers, sondern des Menschen, welchem es unmöglich erschien, ohne Grund und Abschluß, ohne das Verdienst eines erreichten Lebens jenes Glück vom Zaune zu brechen und gewaltsam herbeizuführen.

Allein das heiße Verlangen nach diesem so einfachen und natürlichen Gute wirkte so mächtig in ihm, daß in tiefer Nacht, wenn der Schlaf ihn endlich heimgesucht, eine schöpferische Traumwelt lebendig wurde und durch die glühendsten Farben, durch den reichsten Gestaltenwechsel und durch die seligsten, mit dem allerausgesuchtesten Leide gepaarten Empfindungen den Schlafenden beglückte, mit ihrer Nacherinnerung aber auch den Wachen für alles Übel vollkommen schadlos hielt und das Unerträgliche erträglich machte, ja sogar zu einer Art von bemerkenswertem Glücke umwandelte.

Ganz wie es ihm einst Römer, sein unkluger und doch so erfahrener Lehrer, verkündet, sah er nun im Traume bald die Stadt, bald das schöne Dorf auf wunderbare Weise verklärt und verändert, ohne je hinein gelangen zu können, oder, wenn er dort war, mit einem plötzlichen traurigen Ausgang und Erwachen. Er durchreiste die schönsten Gegenden seines Vaterlandes, welche er in der Wirklichkeit nie gesehen, sah die Gebirge, Täler und Ströme mit wohlbekannten und doch ganz unerhörten Namen, die wie Musik klangen und doch etwas kindisch Komisches an sich hatten, wie es nur der Traum gebären kann; er näherte sich allmählich der Stadt, worin das Vaterhaus lag, auf wunderbaren Wegen, am Rande breiter Ströme, auf denen jede Welle einen schwimmenden Rosenstock trug, so daß unter dem dahinziehenden Rosenwalde das Wasser kaum hindurch funkelte. Ein Landmann pflügte mit einem goldenen Pfluge am Ufer mit milchweißen Ochsen, unter deren Tritten große Kornblumen aufsproßten; die Furche füllte sich mit goldenen Körnern, welche der Bauer, indem er mit der einen Hand den Pflug lenkte, mit der anderen aufschöpfte und weithin in die Luft warf, worauf sie in einem goldenen Regen über Heinrich herabfielen, der sie in seinem Hute auffing und sah, daß sie sich in lauter goldene Schaumünzen verwandelten, auf welchen ein alter Schweizer mit dem Schwerte geprägt war und mit einem sehr langen Barte. Er zählte sie eifrig und konnte sie doch nicht auszählen, füllte aber alle Taschen damit; die er nicht hineinbrachte, als sie voll waren, warf er wieder in die Luft, da verwandelte sich der Goldregen in einen prächtigen Goldfuchs, welcher wiehernd an der Erde scharrte, aus welcher dann der schönste Hafer in Haufen hervorquoll, den der Goldfuchs mutwillig verschmähte. Jedes Haferkorn war ein süßer Mandelkern, eine getrocknete Weinbeere und ein neuer Batzen, die in rote Seide zusammengewickelt und mit einem goldenen Faden zugebunden waren; zugleich war ein Endchen Schweinsborste eingebunden, welche einen angenehm kitzelte, und indem das schöne Pferd sich behaglich darin wälzte, rief es: der Hafer sticht mich! der Hafer sticht mich! Heinrich bestieg das Pferd, ritt beschaulich am Ufer hin und sah, wie der Bauer in die Rosen hineinpflügte und mit seinem ganzen Gespann darunter versank. Die Rosen nahmen ein Ende, und während sie sich zu dichten Scharen verzogen und in die Ferne hinschwammen, eine hohe Röte am runden Horizonte ausbreitend, der Fluß aber jetzt rein und wie ein unermeßliches Band fließenden blauen Stahles erschien, fuhr der Bauer auf seinem Pfluge, der sich in ein Schiff verwandelt hatte, dessen Steuer sich aus der goldenen Pflugschar formierte, singend dahin und sang: »Das Alpenglühen rückt aus und geht ums Vaterland herum!« Dann bohrte er eifrig ein Loch in den Schiffboden; dann steckte er das eherne Mundstück einer Trompete an das Loch, sog einen Augenblick kräftig daran, worauf es mächtig erklang, gleich einem Harsthorn, und einen glänzenden Wasserstrahl ausstieß, der den herrlichsten Springbrunnen in dem fahrenden Schifflein bildete. Der Bauer nahm den Brunnenstrahl, setzte sich auf den Rand des Schiffes und schmiedete auf seinen Knien und mit der rechten Faust ein mächtiges Schwert daraus, daß die Funken nur so stoben. Als das Schwert fertig war, probierte er es an einem ausgerupften Barthaar und überreichte es höflich sich selbst, der plötzlich als jener dicke Wirt ihm gegenüberstand, welcher an jenem Volksfeste den Wilhelm Tell vorgestellt. Dieser nahm das Schwert, schwang es und sang mächtig:

Heio heio! bin auch noch do
Und immer meines Schießens froh!
Heio heio! die Zeit ist weit,
Der Pfeil des Tellen fleugt noch heut!
Heio heio! seht ihr ihn nicht?
Dort oben fliegt er hoch im Licht!
Man weiß nicht, wo er stecken bleibt,
Heio heio! 's ist, wie mans treibt!

Dann hieb der dicke Tell mit dem Schwerte von der Schiffswand, die nun eine Speckseite war, urplötzlich einen dicken Span herunter und trat mit demselben feierlich in die Kajüte, um einen Imbiß zu halten.

Heinrich ritt nun auf seinem Goldfuchs in das Dorf ein, darin sein Oheim wohnte; es sah ganz fremd aus, die Häuser waren neugebaut und alle Kamine rauchten, indessen die Bewohner sämtlich hinter den hellen Fenstern zu erblicken waren, wie sie eifrig um den Tisch herum saßen und aßen, keine Seele sich aber auf der Straße sehen ließ und ihn also auch niemand bemerkte. Dessen war er aber höchlich froh; denn er entdeckte erst jetzt, daß er auf seinem leuchtenden Pferde noch die alten abgeschabten und anbrüchigen Kleider anhatte. Er bestrebte sich desnahen auch, ungesehen hinter das Haus des Oheims zu gelangen; aber wie wunderte er sich, als dieses über und über mit Efeu bewachsen und außerdem noch ganz von den alten wuchtigen Nußbäumen überhangen war, so daß kein Stein und kein Ziegel zu sehen war und nur hie und da ein Stückchen Fensterscheibe durch das dichte Grün blinkte. Er sah wohl, daß sich Leute hinter denselben bewegten, aber er konnte niemanden erkennen. Der Garten war mit einer Wildnis von wuchernden Feldblumen bedeckt, aus denen die alten verwilderten Gartenstauden baumhoch emporragten, und Schwärme wild gewordener Bienen brausten auf dieser Blumenwildnis umher. Im Bienenhause aber lag sein alter Liebesbrief, den der Wind einst dahingetragen, vergilbt und vom Wetter zugerichtet, ohne daß ihn die Jahre her jemand gefunden, obgleich er offen dalag; er nahm ihn und wollte ihn entfalten, da riß ihn jemand aus seiner Hand, und als er sich umsah, huschte Judith damit lachend um die Ecke und küßte Heinrich aus der Entfernung durch die Luft, daß er den Kuß auf seinem Munde fühlte; aber der Kuß verwandelte sich sogleich in ein Apfelküchlein, das er begierig aß, da er im Schlafe mächtigen Hunger empfand. Dies sah er auch sogleich ein und überlegte, daß er ja träume, daß aber der Apfelkuchen von jenen Äpfeln herkomme, welche er einst küssend mit Judith zusammen gegessen. Aber das Stückchen Kuchen machte ihn erst recht heißhungrig und er gedachte, daß es nun Zeit sei, in das Haus zu gehen, wo wohl eine gute Mahlzeit bereit sein würde. Er packte also einen schweren Mantelsack aus, welcher sich unversehens auf seinem Pferde befand, nachdem er dasselbe an einen Baum gebunden, und aus seinem Mantelsack rollten die schönsten Kleider hervor und ein feines weißes Hemd mit gestickter Brust. Wie er dieses auseinanderfaltete, wurden zwei daraus, aus den zweien vier, aus den vieren acht, kurz eine Menge der feinsten Leibwäsche breitete sich aus, welche wieder in den Mantelsack zu packen Heinrich sich abmühte, aber vergeblich; immer wurden es mehr Hemden und bedeckten den Boden umher und Heinrich empfand die größte Angst, über diesem sonderbaren Geschäft von seinen Verwandten überrascht zu werden. Endlich ergriff er in der Verzweiflung eines, um es anzuziehen, und stellte sich schamhaft hinter einen Nußbaum; aber man sah vom Hause aus an diese Stelle, und er schlich sich beklemmt hinter einen anderen, und so immer fort von einem Baume zum anderen, bis er dicht an das Haus gelehnt und sich in den Efeu hineindrückend in der größten Verwirrung und Eile den Anzug wechselte, die schönen Kleider anzog und doch fast nicht fertig damit werden konnte, und als er es endlich war, befand er sich wieder in der größten Not, wohin er das traurige Bündel der alten Kleider bergen möge. Wohin er es auch trug, immer fiel ihm ein

Stück auf die Erde; zuletzt gelang es mit saurer Mühe, das Zeug in den Bach zu werfen, wo es aber durchaus nicht talab schwimmen wollte, sondern sich immer an selber Stelle herumdrehte ganz gemächlich. Er ergriff eine verwitterte Bohnenstange, die ihm in den Händen zerbrach, und quälte sich ab, die schlechten Lumpen in die Strömung hineinzustoßen; aber die morsche Stange brach und brach immer wieder und zersplitterte bis auf das letzte Stümpfchen. Da berührte ein süßer duftiger Hauch seine Wangen, den er so recht durch allen Traum hindurch empfand, und Anna stand vor ihm und führte ihn freundlich in das grüne Haus hinein. Er stieg Hand in Hand mit ihr die Treppe hinauf und trat in die Stube, wo der Oheim, die Tante, die Basen und die Vettern sämtlich versammelt waren und ihn herzlich begrüßten. Er sah sich aufatmend um; die alte Wohnung war ganz neu und sonntäglich aufgeputzt, manches neue, ihm noch unbekannte Möbel, wie es im Laufe der Jahre wohl in ein Haus kommt, stand da, und es war so sonnenhell in dem Gemach, daß Heinrich nicht begriff, wie durch den dicken Efeu all das Licht herkomme. Der Oheim und die Tante waren in ihren besten Jahren, die Bäschen und die Vettern lustig und blühender als je, der Schulmeister ebenfalls ein sehr schöner Mann und aufgeräumt wie ein Jüngling, und Anna war als Mädchen von vierzehn Jahren in jenem rotgeblümten Kleide und mit der lieblichen Halskrause. Was aber sehr sonderbar war: Alle, Anna nicht ausgenommen, trugen lange feine kölnische Pfeifen in den Händen und rauchten einen wohlriechenden Tabak und Heinrich ebenfalls. Dabei standen sie, die Verstorbenen und die noch Lebendigen, keinen Augenblick still, sondern gingen mit freundlichen frohen Mienen unablässig die Stube auf und nieder, hin und her, und dazwischen niedrig am Boden die zahlreichen Jagdhunde, das Reh, der Marder, zahme Falken und Tauben in friedlicher Eintracht, nur daß die Tiere den entgegengesetzten Strich mit den Menschen gingen und so ein wunderbares Weben durcheinanderging. Der große Nußbaumtisch war mit dem schönsten weißen Damasttuche gedeckt und mit einer duftenden vollaufgerüsteten Mahlzeit besetzt, an welche aber niemand rührte. Heinrich konnte kaum erwarten, bis man sich zu Tische setze, so wässerte ihm der Mund, und unterdessen sagte er zum Oheim: Ei, Ihr scheint es Euch da recht wohl sein zu lassen! »Versteht sich!« sagte der, und alle wiederholten: »Versteht sich!« mit angenehm klingender Stimme.

Plötzlich befahl der Oheim, daß man zu Tische sitze, und alle stellten die Pfeifen pyramidenweise zusammen auf den Boden, je drei und drei, wie die Soldaten die Gewehre. Darauf schienen sie unversehens wieder zu vergessen, daß sie sich eigentlich zu Tisch setzen wollten, zum großen Verdruß Heinrichs; denn sie gingen nun ohne die Pfeifen wieder umher und fingen allmählich an zu singen, und Heinrich sang mit:

Wir träumen, wir träumen,
Wir träumen, träumen, träumen,
Wir säumen, träumen, säumen,
Wir eilen und wir weilen,
Wir weilen und wir eilen,
Sind da und sind doch dort,
Wir gehen bleibend fort,
Wem konveniert es nicht?
Wie schön ist dies Gedicht!
Halloh, halloh!
Es lebe was auf Erden stolziert in grüner Tracht,
Die Wälder und die Felder, die Jäger und die Jagd!

Diese merkwürdige Traumkomposition sangen die Weiber und Männer mit wundervoller Harmonie und Lust und das Halloh stimmte der Oheim mit gewaltiger Stimme an, so daß die ganze Schar mit verstärktem Gesange dareintönte und rauschte und zugleich blässer und blässer werdend sich in einen wirren Nebel auflöste, während Heinrich bitterlich weinte und schluchzte und die Tränen stromweis flossen. Er erwachte in Tränen gebadet, und sein schlechtes Lager, welches seine jetzigen Wirtsleute, weil er nicht bezahlen konnte, lange nicht aufgefrischt, war von Tränen benetzt. Als er diese mit Mühe getrocknet, war das erste, dessen er sich erinnerte, der wohlbesetzte Tisch, der ihm so schnöde entschwunden, und erst dann fiel ihm nach und nach der ganze Traum bei und er schlief voll Sehnsucht hurtig wieder ein, um nur schnell wieder in das gelobte Land zu kommen und die Heimreise zu vollenden.

IV, 7 Er fand sich in einem großen Walde wieder und ging auf einem wunderlichen schmalen Brettersteig, welcher sich hoch durch die Äste und Baumkronen wand, eine Art endlosen hängenden Brückenbaues, indessen der bequeme Boden unten unbenutzt blieb. Aber es war schön hinabzuschauen auf denselben, da er ganz aus grünem Moose bestand, welches in tiefer Dunkelheit lag. Auf dem Moose wuchsen Tausende von einzelnen sternförmigen Blumen auf schwankem Stengel, die sich immer dem oben gehenden Beschauer zuwandten; im Schatten jeder Blume stand ein kleines Bergmännchen, welches mittelst eines in einem goldenen Laternchen eingefaßten Karfunkels die nächste Blume beleuchtete, daß sie aus der Tiefe glänzte wie ein blauer oder roter Stern, und indem sich die Blumengestirne langsamer oder schneller drehten, gingen die Männchen mit ihren Laternchen um sie herum und lenkten sorgfältig den Lichtstrahl auf den Kelch. Jede Blume hatte ihr eigenes Männchen, und das kreisende Leuchten in der dunklen Tiefe sah sich von dem hohen Bretterwege wie ein unterirdischer Sternhimmel an, nur daß er grün war und die Sterne in allen Farben strahlten. Heinrich ging entzückt auf seiner Hängebrücke weiter und schlug sich tapfer durch die Buchen- und Eichenkronen, manchmal kam er in eine Föhrengruppe hinein, welche etwas lichter war, und das purpurrote, von der Sonne durchglühte, starkduftende Holzwerk der Fichtenkronen bot einen fabelhaften Anblick und Aufenthalt, da es wie künstlich bearbeitet, gezimmert und mit wunderlichem Bildwerk verziert erschien und doch natürliches Astwerk war. Manchmal führte der Steg auch ganz über die Bäume hinweg unter den offenen Himmel und Sonnenschein, und Heinrich stellte sich auf das schwanke Geländer, um zu sehen, wo es hinausginge; aber nichts war zu erblicken, als ein endlos Meer von grünen Baumwipfeln, soweit das Auge reichte, auf dem der heiße Sommertag flimmerte und Abertausende von wilden Tauben, Hähern, Mandelkrähen, Finken, Weihen und Dohlen herumschwärmten, und das Wunderbare war nur, daß man auch die allerfernsten Vögel deutlich erkannte und ihre glänzenden Farben unterscheiden konnte. Nachdem Heinrich sich sattsam umgeschaut, ging er weiter und schaute wieder in die Tiefe, wo er jetzt eine noch viel tiefere Felsschlucht entdeckte, die aber für sich allein gänzlich von der Sonne erhellt war, welche durch irgend eine

Bergspalte hereinbrach. Auf dem Grunde war eine kleine Wiese an einem klaren Bache; mitten auf der Wiese saß auf ihrem kleinen Strohsessel Heinrichs Mutter in einem braunen Einsiedlerkleide und mit eisgrauen Haaren. Sie war uralt und gebeugt, und Heinrich konnte ungeachtet der fernen Tiefe jeden ihrer Züge genau erkennen. Sie hütete mit einer grünenden Rute eine kleine Herde großer Silberfasanen, und wenn einer sich aus ihrem Umkreise entfernen wollte, schlug sie leise auf seine Flügel, worauf einige glänzende Federn emporschwebten und in der Sonne spielten. Am Bächlein aber stand ihr Spinnrad, das mit Schaufeln versehen und eigentlich ein kleines Mühlrad war und sich blitzschnell drehte; sie spann nur mit der einen Hand den leuchtenden Faden, der sich nicht auf die Spule wickelte, sondern kreuz und quer an dem Abhange herumzog und sich da sogleich zu großen Flächen blendender Leinwand bildete. Diese stieg höher und höher hinan, und plötzlich fühlte Heinrich ein schweres Gewicht auf seiner Schulter und entdeckte, daß er den vergessenen Mantelsack trug, der von den feinen Hemden ganz geschwollen war. Indem er sich mühselig damit schleppte, sah er wie die Fasanen plötzlich schöne Bettstücke waren, die seine Mutter sonnte und eifrig ausklopfte. Dann nahm sie dieselben zusammen und trug sie geschäftig herum und eines ums andere in den Berg hinein. Wenn sie wieder herauskam, so schaute sie mit der Hand über den Augen sich um und sang:

Mein Sohn, mein Sohn,
O schöner Ton!
Wie schön er verhallt
Im tönenden Wald!
Mein Sohn, mein Sohn geht durch den Wald!

Ihre Stimme tönte rührend hell und klingend in der weit und breiten Stille; da ersah sie ihn plötzlich, als er hoch über der Schlucht auf seinem schwebenden Stege stand und sehnlich auf sie herabschaute. Sie stieß einen lauten, weithin verklingenden Freudenschrei aus und schwebte blitzschnell wie ein Geist davon über Stock und Stein, ohne zu gehen, so daß sie Heinrich immer in der größten Ferne zu entschwinden drohte, während er ihr vergeblich rufend nacheilte, daß die Baumkronen um ihn tanzten und sausten und der Steg sich bog und knarrte.

Plötzlich war der Wald aus und Heinrich sah sich auf dem steilen Berge stehen, welcher seiner Geburtsstadt gegenüberlag, aber welch einen Anblick bot diese! Der Fluß war zehnmal breiter als sonst und glänzte wie ein Spiegel; die Häuser waren alle so groß wie sonst die Münsterkirche, von der fabelhaftesten Bauart und leuchteten im Sonnenschein; alle Fenster waren mit einer Fülle der seltensten Blumen bedeckt, die schwer über die mit Bildwerk bedeckten Mauern herabhingen, die Linden stiegen in unabsehbarer Höhe in den dunkelblauen durchsichtigen Himmel hinein, der ein einziger Edelstein schien, und die riesenhaften Lindenwipfel wehten daran hin und her, als ob sie ihn noch blanker fegen wollten, und zuletzt wuchsen sie in die durchsichtige blaue Masse hinein, daß es vollkommen anzusehen war wie die Moospflänzchen, die man im Bernstein eingeschlossen sieht, nur unendlich größer.

Zwischen den ungeheuren grünen Laubmassen der Linden stiegen die beiden gotischen Türme des Münsters empor, indessen das byzantinische Schiff der Kirche wie ein Steingebirge unter der Laubmasse lag; aber wo etwas davon sichtbar wurde, war es die künstlichste Bildhauerarbeit. Die beiden goldenen Kronen aber, welche, Heinrich wohlbekannt, die Turmknöpfe bildeten, funkelten in der Himmelshöhe und waren voll junger Mädchen, die darin tanzten. Obgleich er trotz des breiten Stromes jede Fuge an der Stadt und jedes einzelne Lindenblatt klar und scharf erkennen konnte, so konnte er doch nicht sehen, wer die Mädchen waren, und er beeilte sich, hinüberzukommen, da es ihn sehr wunder nahm, wer sie sein möchten.

Zur rechten Zeit sah er den Goldfuchs neben sich stehen, legte ihm den Mantelsack auf und begann den jähen Staffelweg hinunterzureiten, der an die Brücke führte. Jede Staffel war aber ein geschliffener Bergkristall, in welchem gewissermaßen als Kern ein spannelanges pudelnacktes Weibchen eingeschlossen lag, von unbeschreiblichem Ebenmaß und Schönheit der kleinen Gliederchen. Während der Goldfuchs den halsbrechenden Weg hinuntertrabte und jeden Augenblick mit seinem Reiter in den Abgrund zu stürzen drohte, bog sich Heinrich links und rechts vom Sattel und suchte mit sehnsuchtsvollen Blicken in den Kern der durchsichtigen Kristallstufen zu dringen. »Tausend noch einmal!« rief er lüstern aus, »was mögen das nur für allerliebste närrische Wesen sein in dieser verwünschten Treppe?«

»Ei was wirds sein?« erwiderte das Pferd, indem es springend den Kopf zurückwandte, »das sind nur die guten Dinge und Ideen, welche der Boden der Heimat in sich schließt und welche derjenige herausklopft, der im Lande bleibt und sich redlich nährt!«

»Teufel!« rief Heinrich, »ich werde gleich morgen hier herausgehen und mir einige Staffeln aufklopfen!« und er konnte seine Blicke nicht wegwenden von der langen Treppe, die sich schon glänzend hinter ihm den Berg hinaufwand. Er war jetzt unten bei der Brücke angekommen; das war aber nicht mehr die alte hölzerne Brücke, sondern ein marmorner Palast, welcher in zwei Stockwerken eine unabsehbare Säulenhalle bildete und so als eine nie gesehene Prachtbrücke über den Fluß führte. »Was sich doch alles verändert und vorwärts schreitet, wenn man nur einige Jahre weg ist!« sagte Heinrich, als er gemächlich in die weite Brückenhalle hineinritt. Während das Gebäude von außen nur in weißem, rotem und grünem Marmor glänzte, allerdings in den herrlichsten Verhältnissen und Gliederungen, waren die Wände inwendig mit zahllosen Malereien bedeckt, welche die ganze fortlaufende Geschichte und alle Tätigkeiten des Landes darstellten. Hirten und Jäger, Bauern und Pfaffen, Staatsmänner, Künstler, Handwerker, Schiffer, Kaufleute, Gemsjäger, Mönche, Jünglinge und Greise, alle waren in ihrem Wesen kenntlich und verschieden und doch sich alle gleich und traten in den dargestellten Handlungen ungezwungen zusammen in den bestimmtesten und klarsten Farben. Die Malerei war einfach, hatte durchaus den Charakter der alten soliden Freskomalerei, aber alle Abwesenheit von gebrochenen Farben und den Künsten des Helldunkels ließ die Bilder nur umso klarer und bestimmter erscheinen und gab ihnen einen unbefangenen und munteren Anstrich. Auch verstand sie alles Volk, das auf der Brücke hin und her wogte, und während sie so durch einen guten und männlichen Stil für den Gebildeten erfreulich blieben, wurden sie durch jene Künste nicht ungenießbar für den weniger Geschulten; denn die Bedeutung der alten Freskomalerei liegt in ihrer tüchtigen Verständlichkeit und Gemeingenießbarkeit, während die Vorzüge der neueren Malerei ein geübtes Auge erfordern und das Volk sich den Teufel um gebrochene Töne kümmert.

Das lebendige Volk, welches sich auf der Brücke bewegte, war aber ganz das gleiche wie das gemalte und mit demselben eines, wie es unter sich eines war, ja viele der gemalten Figuren traten aus den Bildern heraus und wirkten in dem lebendigen Treiben mit, während aus diesem manche unter die Gemalten gingen und an die Wand versetzt wurden. Diese glänzten dann in umso helleren Farben, als sie in jeder Faser aus dem Wesen des Ganzen hervorgegangen und ein bestimmter Zug im Ausdrucke desselben waren. Überhaupt sah man jeden entstehen und werden, und der ganze Verkehr war wie ein Blutumlauf in durchsichtigen Adern. In dem geschliffenen Granitboden der Halle waren verschiedene Löcher angebracht mit eingepaßten Granitdeckeln, und was sich Geheimnisvolles oder Fremdartiges in dem Handel und Wandel erblicken ließ, wurde durch diese Löcher mit einem großen Besen hinabgekehrt in den unten durchziehenden Fluß, der es schleunig weit wegführte. Der Ein- und Ausgang der Brücke aber war offen und unbewacht, und indem der Zug über dieselbe beständig im Gange war, der Austausch zwischen dem gemalten und wirklichen Leben unausgesetzt stattfand und alles sich unmerklich jeden Augenblick erneuerte und doch das Alte blieb, schien auf dieser wunderbar belebten Brücke Vergangenheit, Gegenwart und Zukunft nur ein Ding zu sein.

»Nun möcht ich wohl wissen«, sagte Heinrich vor sich hin, während er aufmerksam alles aufs genaueste betrachtete, »was dies für eine muntere und lustige Sache hier ist!«

Das Pferd erwiderte auf der Stelle: »Dies nennt man die Identität der Nation!«

»Himmel!« rief sein Reiter, »du bist ein sehr gelehrtes Pferd! Der Hafer muß dich wirklich stechen! Wo hast du diese gelehrte Anschauung erworben?«

»Erinnere dich,« sagte der Goldfuchs, »auf wem du reitest! Bin ich nicht aus Gold entstanden? Gold aber ist Reichtum und Reichtum ist Einsicht.«

Bei diesen Worten merkte Heinrich plötzlich, daß sein Mantelsack statt mit Wäsche jetzt gänzlich mit jenen goldenen Münzen angefüllt und ausgerundet war, welche er mit den alten Kleidern in das Wasser geworfen hatte. Ohne zu grübeln, woher sie so unvermutet wiederkämen, fühlte er sich höchst zufrieden in ihrem Besitze, und obschon er dem weisen Gaule nicht mit gutem Gewissen Recht geben konnte, daß Reichtum Einsicht sei, so war er doch schon insoweit von seiner Behauptung angesteckt und fand sich doch plötzlich so leidlich einsichtsvoll, daß er wenigstens nichts erwiderte und gemütlich weiter ritt auf der schönen Brücke.

»Nun sage mir, du weiser Salomo!« begann er nach einer Weile wieder, »heißt eigentlich die Brücke oder die Leute, so darauf sind: die Identität? oder welches von beiden nennst du so?«

»Beide zusammen sind die Identität!« sagte das Pferd.

»Der Nation?« fragte Heinrich.

»Der Nation, zum Teufel noch einmal, versteht sich!« sprach der Goldfuchs.

»Gut! aber welches ist denn die Nation, die Brücke oder die Leute, so darüber rennen?« sagte Heinrich.

»Ei seit wann«, rief das Pferd, »ist denn eine Brücke eine Nation? Nur Leute können eine Nation sein, folglich sind diese Leute hier die Nation!«

»So! und doch sagtest du soeben, die Nation und die Brücke zusammen machten eine Identität aus!« – erwiderte Heinrich.

»Das sagt ich auch und bleibe dabei!« versetzte das Pferd.

»Nun, also?« fuhr Heinrich fort.

»Wisse«, antwortete der Gaul bedächtig, indem er sich auf allen Vieren ausspreizte und tiefsinnig in den Boden hineinsah, »wisse, wer diese heiklige Frage zu beantworten, den Widerspruch zu lösen versteht, ohne den scheinbaren Gegensatz aufzuheben, der ist ein Meister hierzulande und arbeitet an der Identität selber mit. Wenn ich die richtige Antwort, die mir wohl so im Maule herumläuft, rund und nett zu formulieren verstände, so wäre ich nicht ein Pferd, sondern längst hier an die Wand gemalt. Übrigens erinnere dich, daß ich nur ein von dir geträumtes Pferd bin und also unser Gespräch eine subjektive Ausgeburt und Grübelei deines eigenen Gehirnes ist, die du Aberwitziger mit über den Rhein gebracht hast. Mithin magst du fernere Fragen dir nur selbst beantworten aus der allerersten Hand!«

»Ha! du widerspenstige Bestie!« schrie Heinrich in anthropologischem Zorne und spornte das Pferd heftig, »umso mehr, undankbarer

Klepper, bist du mir zu Red und Antwort verpflichtet, da ich dich aus meinem so sauer ergänzten Blute erzeugen und diesen Traum lang speisen und unterhalten muß!«

»Hat auch was Rechtes auf sich!« erwiderte das Pferd ganz gelassen. »Dieses ganze Gespräch, überhaupt unsere ganze werte Bekanntschaft ist das Werk und die Dauer von kaum zwei Sekunden und kostet doch wohl kaum einen Hauch von deinem geehrten Körperlichen.«

»Wie, zwei Sekunden?« rief Heinrich und hielt das schöne Goldtier an, »ist es nicht wenigstens eine Stunde, daß wir auf dieser endlosen Brücke reiten und uns umsehen in dem Getümmel?«

»Gerade eine Sekunde ists«, sagte der Gaul, »daß ein berittener Nachtwächter um die Straßenecke bog, und ein einziger Hufschlag hat in dir meine Erscheinung erneuert, welche überhaupt veranlaßt wurde, als vor einer halben Stunde derselbe Nachtwächter des entgegengesetzten Weges kam. Auch ist dieses Minimum von Zeit ein und dasselbe Minimum von Raum, kurz die identische Kleinigkeit deines in das Kopfkissen gedrückten Schädels, in welchem sich eine so weite Gegend und tausend belebte und verschiedene Dinge gleichzeitig ausbreiten und zwar alles auf Rechnung des einen Hufschlages, welcher nichtsdestominder nur als ein gemeiner Hammerschlag zu betrachten ist, der nur dazu dient, den Kasten deines eigenen Wesens aufzutun, worin alles schon hübsch zusammengepäschelt liegt, was –«

»Um Himmels willen!« rief Heinrich, »vergeude nicht länger die kostbare Dauer des Hufschlages mit deinen Auseinandersetzungen, sonst ist der nur allzu kurze Augenblick vorbei, ehe ich über diese schöne Brücke im reinen bin!«

»Eilt gar nicht! Alles, was wir für jetzo zu erleben und zu erfahren haben, geht vollkommen in das Maß des wackeren Pferdetrittes hinein, und wenn der sehr richtig denkende Psalmist den Herrn seinen Gott anschrie: Tausend Jahre sind vor dir wie ein Augenblick! so ist diese gut begründete Hypothese von hinten gelesen eine und dieselbe Wahrheit: Ein Augenblick ist wie tausend Jahre! Wir könnten noch tausendmal mehr sehen und hören während dieses Hufschlages, wenn wir nur das Zeug dazu in uns hätten, lieber Mann! Doch alles Pressieren oder Zögern hilft da nichts, alles hat seine bequemliche Erfüllung und wir können uns ganz gemächlich Zeit lassen mit unserem

Traum, er ist was er ist und dauert einen Schlag und nicht mehr noch minder!« sagte das Pferd.

»Gut, so beantworte mir ohne Anstand noch diese Frage!« erwiderte Heinrich, »ich muß mir aber die Frage erst noch ein wenig zurechtlegen und deutlich abfassen; denn ich weiß nicht recht, wie ich mich ausdrücken soll. Bereite dich indessen, da wir, wie du sagst, ausreichende Traumeszeit haben, recht gründlich auf die Beantwortung vor!«

»Wie kann ich mich zur Antwort vorbereiten, eh ich nur die Frage kenne?« sagte das Pferd verwundert.

»Was?« rief Heinrich erbost, »das weißt du nicht? Deinen guten Willen und dein bißchen Ehrlichkeit sollst du zusammennehmen und den Vorsatz fassen, ohne alle Heuchelei und Ausschmückung zu antworten, und selbst wenn du gar nichts zu antworten weißt, so sollst du dies mit gutem ehrlichen Willen bekennen, und dies wird alsdann die gesundeste Antwort sein. Kurz, du sollst, während du philosophierst, wirklich ein Philosoph sein und nicht etwa ein Buchbinder oder ein Kattundrucker!«

»Es ist doch wunderbar mit den Menschen!« bemerkte der Goldfuchs melancholisch. »Bist denn du etwa jetzt ein Philosoph, während du dir erst ein Pferd träumst, um dir von demselben Fragen beantworten zu lassen, welche du dir einfacher und unmittelbar aus dir selbst beantworten kannst? Muß denn dein träumender Verstand wirklich erst ein Pferd formen, es auf vier Beinen dahinstellen und sich rittlings daraufsetzen, um aus dem Munde dieses Geschöpfes das Orakel zu vernehmen?«

Heinrich lächelte vergnügt und selbstzufrieden wie einer, der es wohl weiß, daß er sich selbst einen Spaß vormacht, und versetzte: »Antworte! Ich sehe hier eine Brücke; dieselbe ist aber vollkommen gebaut und eingerichtet wie ein Palast oder großer Tempel, so daß es in dieser Hinsicht wieder mehr als eine Brücke zu sein scheint, während eine solche vielmehr nur der Weg etwa zu einem guten Tempel oder derartigen Bauwerke zu sein pflegt. Auch beginnt am Ausgange dieser herrlichen Palastbrücke oder dieses Brückenpalastes eine herrliche alte Stadt, deren himmelhohe Lindenwipfel und goldene Turmknöpfe wir wohl unter diese Bogenwölbungen können einherfunkeln sehen, wenn wir uns bücken, so wie wir ja auch aus der schönsten Landschaft herkommen und soeben über die treffliche ideenhaltige Kristalltreppe heruntergestolpert sind. Trotzdem scheint alles auf dieser Brücke so zu leben und zu weben, als ob nichts als diese Brücke da wäre, und ich bin nun begierig zu hören, ob dies stattliche Brückenleben eigentlich ein Übergang, wie es einer Brücke geziemt, oder ein Ziel, wie es ihr auch wieder geziemen könnte, da sie so hübsch ist, ein Zweck oder ein Mittel sei? Ein bloßes Bindemittel oder eine in sich ruhende Vereinigung? Ein Ausgang oder ein Eingang, ein Anfang oder ein Ende? ein A oder ein O? Dies nimmt mich wunder!«

Das weise Pferd erwiderte: »Alles dies ist zumal der Fall und das ist eben das Herrliche und Bedeutungsvolle an der Sache! Ohne die schönen Ufer wäre die Brücke nichts und ohne die Brücke wären die Ufer nichts. Alles, was auf der Brücke geht, ist und bedeutet nur etwas, insofern es aus dem Gelände hüben und drüben kommt und wieder dahin geht und dort etwas Rechtes ist, und dort kann man es wiederum nur sein, wenn man als etwas Rechtes über die Brücke gegangen ist. Wenn man auf der Brücke ist, so denkt man an nichts anderes und stürzt sich in den Verkehr, indessen man doch unversehens hinüber gelangt und wieder in seiner besonderen Behausung ist. Dort duselt und hantiert man in Küche und Keller, auf dem Estrich, rund in der Stube herum, als ob man nie auf der Brücke gewesen wäre, bis man plötzlich einmal den Kopf aus dem Fenster steckt und sieht, ob sie noch stehe; denn von allen Punkten aus kann man sie ragen und sich erstrecken sehen. So ist sie ein prächtiges Monument und doch nur eine Brücke, nicht mehr als der geringste Brettersteg; eine bloße Geh- und Fahrbrücke und doch wieder eine statiöse Volkshalle.«

Plötzlich bemerkte Heinrich, daß er von allen Seiten mit biederer Achtung begrüßt wurde, welche sich besonders dadurch kundgab, daß manche mit einem vertraulichen Griffe und wichtiger Miene seinen strotzenden Mantelsack betasteten, wie etwa die Bauern auf den Viehmärkten die Weichen einer Kuh betasten und kneifen und dann wieder weitergehen.

»Der Tausend«, sagte Heinrich, »das sind ja absonderliche Manieren! ich glaubte, es kenne mich hier kein Mensch.«

»Es gilt auch«, sagte das Pferd, »nicht so wohl dir als deinem schweren Quersack, deiner dicken Goldwurst, die auf meinem Kreuz liegt.«

»So?« sagte Heinrich, »also ist das Geheimnis und die Lösung dieser ganzen Identitätsherrlichkeit doch nur das Gold, und zwar das gemünzte? Denn sonst würden sie dich ja auch betasten, da du aus dem nämlichen Stoffe bist!«

»Hm«, sagte das Pferd, »das kann man eigentlich nicht behaupten! Die Leute auf dieser Brücke haben vorerst ihr Augenmerk darauf gerichtet, ihre Identität allerdings zu behaupten und gegen jeglichen Angriff zu verteidigen. Nun wissen sie aber sehr wohl, daß ein kampffähiger guter Soldat wohlgenährt sein muß und ein gutes Frühstück im Magen haben muß, wenn er sich schlagen soll. Da dies aber am bequemsten durch allerlei Gemünztes zu erreichen und zu sichern ist, so betrachten sie jeden, der mit dergleichen wohlversehen, als einen gerüsteten Verteidiger und Unterstützer der Identität und sehen ihn drum an. Sei dem wie ihm wolle, ich rate dir, dein Kapital hier noch ein wenig in Umlauf zu setzen und zu vermehren. Wenn die Meinung der Leute in allgemeinen auch eine irrige ist, so steht es doch jedem frei, sie für sich zu einer Wahrheit und so seine öffentliche Stellung angenehm zu machen.«

Heinrich griff in seinen Sack und warf einige Hände voll Goldmünzen in die Höhe, welche sogleich von hundert in die Luft greifenden Händen aufgefangen und weiter geworfen wurden. Heinrich warf immer mehr Gold aus, und dasselbe wanderte von Hand zu Hand über die ganze Brücke und über dieselbe hinaus über das Land; jeder gab es emsig weiter, nachdem er es besehen und ein bißchen an seinem eigenen Golde gerieben hatte, wodurch sich dieses verdoppelte, und bald kehrten alle Goldstücke Heinrichs in Gesellschaft von drei bis vier anderen wieder zurück, und zwar so, daß die ursprüngliche Münze, auf welcher der alte Schweizer geprägt war, die übrigen anführte mit einem Gepräge aus aller Herren Länder. Er wies ihnen mit seinem Schwerte, welches jetzt ein Merkuriusstab war, den Platz an und es regnete von allen Seiten auf Heinrich ein. Das Gold setzte sich klumpenweise an alle vier Beine des Pferdes, wie der Blumenstaub, welcher die Höschen der Bienen bildet, so daß es bald nicht mehr gehen konnte. Da es aber immer mehr Gold regnete, so bildete dieses noch zwei große Flügel an dem Tiere, und dieses glich nun wirklich mehr einer ungeheuren beladenen Biene als einem Pferde und flog mit Heinrich lustig von der Brücke auf, welche jetzt endlich zu Ende war.

Heinrich ritt oder flog jetzt durch die sonnigen Straßen der Stadt, welche herrlich und fabelhaft aussahen und ihm doch ganz bekannt waren, bis er unter die himmelhohen Linden kam, zwischen welchen in der Höhe die zwei goldenen Münsterkronen glänzten, mit lebendigen Mädchen angefüllt. Das goldene Bienenpferd schwang sich mit ihm höher und höher und setzte sich endlich auf einen grünen Lindenast, welcher gerade zwischen beiden Kronen mitteninne schwebte.

»Das sind«, sagte das lustige Vogeltier, »die heiratslustigen Jungfernmädchen dieses Landes, unter denen du dir als wohlbestellter Mann füglich ein Frau aussuchen kannst.« Heinrich blickte unentschlossen in beide Kronen hinüber, wie der Esel des Buridan zwischen den Heuschobern, und flog endlich mit seinem Tiere in die eine der Kronen, so daß er wie eine Reiterstatue plötzlich in einem Kranze ältlicher Mädchen stand, welche anständig und gemessen um ihn herum tanzten und sangen: »Wir sind diejenigen heiratsfähigen Frauenzimmer, welche gerade mannbar waren, als du in die Fremde gereiset bist, und welche seitdem alte Jungfern geworden! kennst du uns noch? Unten in der Kirche wird getraut!«

»Teufel noch einmal«, sagte Heinrich, »wie die Zeit vergeht! Wer hätte das gedacht! Ich will aber sehen, was das da drüben für welche sind!«

Er flog in die andere Krone und sah sich unter eine Schar siebzehn- bis achtzehnjähriger Jüngferchen versetzt, welche die Locken schüttelnd mutwillig und doch zartverschämt um ihn tanzten, ihn dabei mit offenen Rehaugen ansahen und sangen: »Wir sind diejenigen heiratsfähigen Frauenzimmer, welche noch mit der Puppe spielten, als du verreiset bist! Kennst du uns noch?«

»Alle Himmel!« rief Heinrich, »wie die Zeit vergeht! Wer hätte das gedacht? Eure Gesichtchen sind aber lieblichere Zeitsonnenuhren als die da drüben! Welche Zeit ist es, du kleine Schlanke?«

»Es ist Heiratenszeit«, lachte hold die Angeredete, und Heinrich rief hocherfreut und lachend, indem er ihr das zarte Kinn streichelte:

»Warte du einen Augenblick, ich will nur erst meine Mutter aufsuchen und mit ihr Absprache nehmen!«

Er flog eilig vom Turm hernieder, und die bergige Stadt hinanreitend suchte er endlich die Straße und das Haus seiner Mutter auf. Das schwere Pferd konnte aber nur mühsam vorwärts und es dünkte Heinrich eine qualvolle Ewigkeit, bis er endlich vor dem ersehnten Hause anlangte. Da fiel das Tier vor der Haustür zusammen und verwandelte sich zum Teil wieder in das Gold, aus welchem es entstanden, zum Teil in die schönsten und reichsten Effekten und Merkwürdigkeiten aller Art, wie man sie nur von einer bedeutsamen und glücklichen Reise zurückbringen kann; Heinrich aber stand verlegen bei dem aufgetürmten Haufen von Kostbarkeiten, der sich ganz offen ohne alle tragbare Hülle auf der Straße ausbreitete, und vergeblich suchte er den Drücker der verschlossenen Haustür oder den Glockenzug. Ungeduldig und ratlos, indem er ängstlich seine Reichtümer hütete, sah er an das Haus hinauf und bemerkte erst jetzt, wie seltsam es aussah. Es war gleich einem alten edlen und fachreichen Schrankwerke ganz von dunklem Nußbaumholz gebaut mit unzähligen Gesimsen, Balkonen und Galerien, alles auf das feinste gearbeitet und spiegelhell poliert. Auf den Gesimsen und Galerien standen altertümliche silberne Trinkbecher von jeder Gestalt, kostbare Porzellangefäße und kleine feine Marmorbilder aufgereiht. Große Fensterscheiben von klarem Kristallglas, denen aber das dunkle Innere des Hauses einen dunklen geheimnisvollen Glanz gab, dunkelten hinter den Galerien, oder herrlich gemaserte Holztüren, welche ins Innere führten und mit reich geformten blanken Stahlschlüsseln versehen waren, boten dem Lichte ihre glänzende Fläche dar; denn der Himmel wölbte sich jetzt ganz dunkelblau über dem Hause, und eine merkwürdige halbnächtliche Sonne spiegelte sich in der dunklen Pracht des Nußbaumholzes, im Silber der Gefäße und in den Fensterscheiben. Alles dies sah aus wie das nach außen gekehrte Inwendige eines altbestandenen reichen Hauses und hatte doch ein sehr festes und bauliches Ansehen. Jetzt entdeckte Heinrich, daß außen schön geschnitzte Treppen zu den Galerien hinaufführten, und bestieg dieselben, Einlaß suchend. Wenn er aber eine der Türen öffnete, so sah er nichts als ein Gelaß vor sich, welches mit Vorräten der verschiedensten Art angefüllt war. Hier tat sich eine reiche Bücherei auf, deren dunkle Lederbände von Gold glänzten, dort war Gerät und Geschirr aller Art übereinandergeschichtet, was man nur wünschen mochte zur Annehmlichkeit des Lebens, dort wieder türmte sich ein Schneegebirge feiner Leinwand empor, oder ein duftender Schrank tat sich auf mit hundert köstlichen Kästchen voll Spezereien und Gewürze. Er machte eine Tür nach der anderen wieder zu, wohlzufrieden mit dem Gesehenen und nur ängstlich, daß er die Mutter nirgend fand, um sich in dem trefflichen Heimwesen sogleich einrichten zu können. Suchend drückte er sich an eines der prächtigen Fenster und hielt die Hand an die Schläfe, um die Blendung des dunklen Kristalles zu vermeiden; da sah er, anstatt in ein Gemach hinein, in einen herrlichen Garten hinaus, der im Sonnenlichte lag, und dort glaubte er zu sehen, wie seine Mutter im Glanze der Jugend und Schönheit, angetan mit seidenen Gewändern, durch die Blumenbeete wandelte. Er wollte ihr eben sehnlich zurufen, als er unten auf der Gasse ein häßliches Zanken vernahm. Erschreckt sah er sich um und sprang im Nu hinunter; denn unten stand der vom Turme gestürzte junge Mensch aus der Jugendzeit, jener feindliche Meierlein, und störte mit einem Stecken Heinrichs schöne Effekten auseinander. Wie dieser aber unten war, gerieten sie einander in die Haare und rauften sich ganz unbarmherzig. Der wütende Gegner riß dem keuchenden Heinrich alle seine schönen Kleider in Fetzen, und erst als dieser ihm einige verzweifelte Knüffe versetzte, entschwand er ihm unter den Händen und ließ den Ermatteten und ganz Trostlosen in der verdunkelten kalten Straße stehen. Heinrich sah sich angstvoll mit bloßen Füßen und mit nichts als einem zerrissenen Hemde bekleidet dastehen; das Haus aber war das alte wirkliche Haus, jedoch halb verfallen, mit zerbröckelndem Mauerwerk, erblindeten Fenstern, in denen leere oder verdorrte Blumenscherben standen, und mit Fensterläden, die im Winde klapperten und nur noch an einer Angel hingen. Von seiner vortrefflichen Traumeshabe war nichts mehr zu sehen als einige zertretene Reste auf dem kotigen Pflaster, welche dazu von nichts Besonderem herzurühren schienen, und in der Hand hielt er nichts als den seinem bösen Feinde entrungenen Stecken. Heinrich trat entsetzt auf die andere Seite der Straße und blickte kummervoll nach den öden Fenstern empor, wo er deutlich seine Mutter, alt und grau, hinter der dunklen Scheibe sitzen sah, in tiefem Sinnen über die schwarzen Dächer der Nachbarschaft hinausschauend.

Heinrich streckte die Arme nach dem Fenster empor; als sich die Mutter aber leise rührte, verbarg er sich hinter einem Mauervorsprung und suchte angstvoll aus der stillen dunklen Stadt zu entkommen, ohne gesehen zu werden. Er drückte sich längs den Häusern hin und wanderte auch alsbald an seinem schlechten Stecken auf einer unabsehbaren Landstraße dahin zurück, wo er hergekommen war. Er wanderte und wanderte rastlos und mühselig, ohne sich umzusehen, und als er in sein wirkliches Elend aufwachte, fiel ihm ein Stein vom Herzen und er war froh, als ob der glücklichste Tag ihn begrüßte.

So zeigte sich dem schlafenden Heinrich die Kraft und Schönheit des Vaterlandes in den lieblichsten Traumbildern, wo alles glänzend übertrieben war in dem Maße, als er sich dahin zurücksehnte und seine verlangende Phantasie das Ersehnte ausmalte. Er wunderte sich über diese Traumgewalt und freute sich derselben wie einer schönen Freundin, welche ihm das Elend versüßte; denn er zehrte tagelang von der Erinnerung der schönen Träume. Noch mehr wunderte er sich über die Gier, mit welcher der Mangel ihn fortwährend von Geld und Gut und allen guten Dingen träumen ließ, was aber gewöhnlich ein schlimmes Ende nahm, und studierte darüber, ob diese Gier wirklich etwa eine in ihm schlummernde Untugend sein möchte? Je tiefer er aber in gänzliche Verlassenheit hineinlebte, desto weniger märchenhaft und unsinnig wurden die Träume, aber sie nahmen eine einfache Schönheit und Wahrheit an, welche, selbst wenn sie traurigen Inhaltes war, eine tröstliche Rührung und Ruhe in Heinrichs Gemüt verbreitete. Die Träume wurden so folgerichtig und lebendig, daß er sich sozusagen sogar während des Traumes jene unmäßigen Geld- und Gutphantasien abgewöhnen konnte mit ihren närrischen Täuschungen und sich auf einfach artige Bilder beschränkte. So träumte er eine Nacht, daß er an dem Rande des Vaterlandes auf einem dunklen Berge säße, während das Land in hellem Scheine vor ihm ausgebreitet lag. Auf den weißen Straßen, auf den grünen Fluren wallten und zogen viele Scharen von Landleuten und sammelten sich zu heiteren Festen, zu allerhand Handlungen und Lebensübungen, was er alles aufmerksam beobachtete. Wenn aber solche Züge nahe an ihm vorübergingen und er manche Befreundete erkennen konnte, so schalten diese ihn im Vorbeigehen, wie er, teilnahmlos in seinem Elende verharrend, nicht sehen könne, was um ihn herum vorgehe. Er verteidigte sich, indem sie vorüberzogen, und rief ihnen sorgfältig gefügte Worte nach, welche wie ein Lied klangen, und dieser Klang lag ihm nach dem Erwachen fort und fort im Gehör, indessen er sich wohl noch des Sinnes, aber durchaus nicht mehr der Worte erinnern konnte, oder wenigstens nur so viel, daß sie wohl an sich sinnlos, aber gut gemeint gewesen seien. Es reizte ihn aber unwiderstehlich, die liedartige Rede herzustellen oder vielmehr von neuem abzufassen bei wachen Sinnen, und indem er ein altes Bleistümpfchen und ein Fetzchen Papier mit Mühe zusammensuchte, schrieb er, in Takt geratend und mit den Fingern zählend, diese Strophen auf:

Klagt mich nicht an, daß ich vor Leid
Mein eigen Bild nur könne sehen!
Ich seh durch meinen grauen Flor
Wohl euere Gestalten gehen.

Und durch den starken Wellenschlag
Der See, die gegen mich verschworen,
Geht mir von euerem Gesang,
Wenn auch gedämpft, kein Ton verloren!

Und wie die Danaide wohl
Einmal neugierig um sich blicket,
So schau ich euch verwundert nach,
Besorgt, wie ihr euch fügt und schicket.

Je herber und trockener diese Verse an sich waren, desto unmittelbarer und wahrer drückten sie seine Gemütsverfassung aus, da ein blühendes und vollkommenes Kunstwerkchen nicht in einer solchen selbst, sondern erst in der versöhnten Erinnerung entstehen kann. Die Zeilen dünkten den über seine plötzliche Kunst Verwunderten aber die schönste Musik; er vertrieb sich die öde Zeit, indem er ferner dergleichen Träume festhielt, und als er wieder von dem schlimmen

Meierlein träumte, hämmerte er in stillem Ingrimm einige bittere Verse zurecht:

Im Traum sah ich den schlimmen Jugendfeind,
Mit dem ich in der Schule einst gesessen;
Sein Name schon verdunkelt mir den Sinn,
Wie viel der Jahre auch geflohn indessen!

Als bärt'ge Männer trafen wir uns nun;
Doch jeder trug annoch sein Bücherränzchen,
Das warf er ab und rief dem andern zu,
Die Fäuste ballend: he, willst du ein Tänzchen?

Wir rauften uns, er spie mir ins Gesicht,
Ich unterlag in Schmach und wildem Bangen;
Da bin in Schweiß und Tränen ich erwacht
Und sah die Sonne kalt am Himmel prangen.

Inzwischen erhielt er endlich wieder einen Brief von seiner Mutter, welche ihn beschwor, Nachricht von sich zu geben und, wie er sei, nach Hause zu kehren, auch wenn er gar nichts erreicht von allen Hoffnungen und alles verloren habe. Sie warf ihm vor, daß er sie zwinge, zuerst das Schweigen zu brechen, indem sie es nicht mehr aushalten könne, und erzählte ihm, ihren Kummer vergessend und des Schreibens froh, allerlei Dinge, unter anderen auch, wie sie geträumt habe, daß Heinrich auf einem schönen Pferde reitend in der Vaterstadt angekommen und vor dem Hause abgestiegen sei, was sie für eine günstige Vorbedeutung halten wolle.

Es war ihm unmöglich, auch nur eine Zeile zur Erwiderung hervorzubringen; dagegen folgte dem ersten Schmerz über den rührenden Brief ein begieriges Aufsichladen einer verhängnisvollen Verschuldung, indem er sein ganzes Leben und sein Schicksal sich als seine Schuld beimaß und sich darin gefiel, in Ermangelung einer anderen froheren Tätigkeit, diese Schuld als ein köstliches Gut und Schoßkind zu hätscheln, ohne welches ihm das Elend unerträglich gewesen wäre. Seine Traumgedichte vergessend, brachte er diese neue Leidseligkeit in gereimte Wortzeilen und feilte die folgenden mit so wehevollem Herzen aus, als ob er die schlimmsten Dinge verübt hätte:

O ich erkenn das Unglück ganz und gar
Und sehe jedes Glied an seiner Kette!
Es ist vernünftig, liebenswürdig klar!
Kein Schlag, den ich nicht ganz verschuldet hätte!

Nicht zehnmal Ärgeres hat mir gebührt,
Gerecht ist mir die Schale zugemessen!
Doch zehnmal bittrer hab ich sie verspürt
Als ich im Glück zu träumen mich vermessen!

Doch zehnmal leichter bring ich sie zum Mund
Als die Erinnrung einst sich noch entsinnet;
Der quellenklare Perltrank ist gesund,
Ich lieb ihn drum und weiß, woher er rinnet!

Wenn er aber in dies Wesen sich recht hineingegrämt hatte, wobei ihn die traurigsten Erlebnisse unterstützten, die nicht erbaulich zu beschreiben wären, die er aber anfing mit Lust in sich hineinzutrinken, so schrieb er plötzlich voll guten Mutes, einem frischen Lufthauch Raum gebend:

Ein Meister bin ich worden,
Zu tragen Gram und Leid,
Und meine Kunst zu leiden
Wird mir zur Seligkeit.

Doch fühl ich auch zum Glücke
In mir die volle Kraft
Und werde leichtlich üben
Die schönre Meisterschaft!

Auf einem goldnen Feuer
Von Zimmet süß und echt
Will zierlich ich verbrennen
Das schnöde Dorngeflecht,

Das mir ums Haupt gelegen
So viele Tage lang,
Und lachend übertön ich
Der Bettlerkrone Knistersang!

Als er aber eines Abends nach seiner Wohnung zurückkehrte, sich IV,8 auf die Dunkelheit und Vergessenheit der Nacht freuend, fand er die Wirtsleute darin, welche die ärmliche Stube eifrig aufräumten und zurecht machten. Das Bett war schon weggenommen, die leeren Schränke standen spöttisch offen, sein Koffer war erbrochen und durchsucht, und dessen einziger Inhalt, Heinrichs Jugendgeschichte, lag zerblättert und zerknittert auf die Dielen geworfen. Die Wirtsleute kündigten ihm mit harten Worten an, daß er hier nicht länger wohnen könne, sondern noch heute das Haus verlassen solle. Schweigend nahm er das Buch auf, wickelte es in ein Stückchen altes Wachstuch, das auch noch in dem Koffer lag und dem man es ansah, daß es ebenfalls um und um gekehrt worden, und entfernte sich mit diesem Päcklein aus dem Hause, indes die Leute höhnisch hinter ihm nachschalten.

Ohne einen Pfennig in der Tasche, ohne etwas zu sich zu nehmen, ging er mit einbrechender Nacht aus dem Tore und schlug die Straße nach der Heimat ein. Er dachte nichts anderes, als unaufhaltsam und auf jede Weise zu gehen und zu gehen, wie er ging und stand, bis er dort angekommen. Denn nun dünkte ihn, daß sein Geschick die zur Rückkehr notwendige klare und fertige Form angenommen habe, und da er nicht mit erfüllten Hoffnungen wiederkehren konnte, kehrte er doch in dem ernsten heiligen Bettlerleide eines gänzlich Obdachlosen und Hilfesuchenden und zeigte so wenigstens eine bestimmte Gestalt und Gewandung dem mitlebenden Geschlechte und nahm einen erkennbaren Rang in demselben ein. Dies war nichts weniger als etwa Trotz und Hohn, sondern er hielt es aufrichtig für ein kostbares und erlösendes Gut, und das Wie war ihm gleichgültig, wenn nur das Geschick für einmal erfüllt war. Ja der Augenblick, wo er in voller Demut und mit der reichen Erfahrung von Not und Abhängigkeit unter das Dach der Mutter treten würde, erschien ihm als das süßeste Glück und kaum zu erwarten, und er schätzte jeden Schritt, den er auf der nächtlichen Straße tat, mit einem Seufzer nach dem Maß und Wert, in welchem er ihn seinem Ziele näher brachte.

ACHTES KAPITEL

Aber er lernte erst jetzt die allerursprünglichsten menschlichen Zustände kennen. Er war auf dem Dampfwagen angekommen vor Jahren und seitdem nach dieser Seite hin kaum über das Weichbild der Stadt hinausgelangt und hatte sich um die Lage der Ortschaften und um das Straßennetz nicht gekümmert. Bald stieß er in der Dunkelheit auf den Eisenbahndamm, welcher die Landstraße durchschnitt; ein später Zug brauste vorüber, der in fliegender Eile an das gleiche Ziel führte, welches Heinrich zu erreichen strebte, und wehmütig sah er die dröhnende Wagenburg in der nächtlichen Ferne verschwinden. Jetzt teilte sich die Straße in zwei fast gleich große Zweige, und da er den Unterschied wegen der Nacht nicht bemerkte, folgte er dem etwas schmäleren Zweige; nach einer Stunde wiederholte sich der gleiche Irrtum, indem die Straße sich abermals in eine unmerkliche kleinere abzweigte, und endlich war Heinrich, auf einem schmalen holprigen Fahrweg gehend, weit seitwärts von der Heerstraße und in das Innere des alten Landes geraten. Er ging über dunkle Höhen, durch Gehölze, über Feld- und Wiesenfluren, an Dörfern vorüber, deren schwache Umrisse oder matte Lichter weit vom Wege lagen; er begegnete einzelnen unkenntlichen Menschen, welche ihn ebensowenig erkennen mochten und behutsam grüßten oder auch schweigend vorbeigingen. Aber er fragte niemanden nach dem Wege, da er einen näheren Ort in der Richtung nach der Schweiz nicht zu nennen wußte, und nach der letzteren am wenigsten fragen mochte in der Überzeugung, daß die Frage, so tief im fremden Lande, auf nächtlichen Wegen an herumdämmernde Landleute gerichtet, vollkommen zwecklos und töricht erscheinen, ja sogar bedenklich auffallen würde. So ging er mitten in dem zivilisiertesten Weltteil wie in einer unbewohnten Wildnis und suchte nur die Richtung nach der Heimat innezuhalten, indem er die Himmelsgegend nach den Spuren des verloschenen herbstlichen Abendrotes im Auge behielt. Obschon er müde ward, so wanderte er unverdrossen weiter, sein Päckchen bald unter diesen, bald unter jenen Arm nehmend; denn die Nacht war frostig und kalt. Bald schmerzten ihn auch die steinigen harten Geleise der Wege durch die schlechten Sohlen und er schlotterte in seinen dünnen Kleidern. Die tiefste Einsamkeit waltete jetzt auf Erden, da es Mitternacht war und Heinrich über weite Felder ging; aber umso belebter waren die herbstlichen, mondlosen, aber mit tausend Sternbildern durchwirkten Lüfte, denn singende, zwitschernde Staren- und Schwalbenvölker zogen nach Süden, ja die ganze Nacht hindurch rauschte und tönte es auf den himmlischen Straßen von Sängerscharen, wilden Tauben-, Hühner- und Gänsezügen, welche entweder weit aus Norden kamen oder aus diesen Fluren aufbrachen und südwärts reisten. Noch nie hatte Heinrich diesen herbstlichen Nachtverkehr der Lüfte so genau und auffallend gesehen, und indem er sich unten auf der dunklen harten Erde mühselig forthalf, blickte er fortwährend nach dem Himmel und beobachtete neugierig das Ziehen und Begegnen der gefiederten Völkerschaften, denen mit Sonnenaufgang das wärmere Land und die neue lustige Heimat gewiß war.

Dann geriet er in einen großen Forst und die Dunkelheit wurde vollkommen. Still huschte der Kauz an seinem Gesichte vorüber, die Waldschnepfe bog hier und dort blitzschnell um die Büsche, wovon er aber nur ein leises Wehen hörte, aus der Tiefe schrie der Uhu. Diesen hatte Heinrich nie gehört und er kannte sein Geschrei nicht, daher machte es die Verwirrung und Fremdheit des Abenteuers vollständig. Doch stieß er nun an einer Lichtung auf einen rauchenden Kohlenmeiler, dessen Hüter in der Erdhütte steckte und schlief. Heinrich setzte sich auf einen Baumstrunk an den heißen Meiler und wärmte sich, und er wäre ganz glücklich gewesen, wenn er jetzt nur etwas zu essen und zu trinken gehabt hätte. Er ging zwar einigemal unter die Bäume und ein wenig in sie hinein und griff gierig mit den Händen im Dunkeln herum, ob nicht etwa ein Tier oder ein Vogel in dieselben geraten möchte, was er würgen und braten könnte; es rauschte auch auf und gab Laut da und dort; allein nichts kam ihm unter die begierigen Hände und traurig kehrte er an seinen Platz zurück, wo er endlich einschlief. Ein Flug laut schreiender Wanderfalken, deren silberblaue Flügel und weiße Federbrüste im ersten Morgenrot blitzten, weckte den Schläfer aus verlorenen Träumen, und da, wie er sich ermunterte, der Köhler sich zugleich zu regen und aus seiner Hütte zu kriechen begann, die Füße voran, so stand Heinrich auf und setzte seinen Weg fort, dem Köhler einen guten Morgen wünschend, und der Köhler dankte ihm, des Glaubens, es wäre ein früh vorübergehender Reisender mit kleinem Wachstuchbündel. »Der mag auch kaum ein altes Hemd in seinem Päckchen haben!« sagte er vor sich hin, als die dürftige Gestalt im Walde verschwand.

Doch dieser nahm bald ein Ende und Heinrich trat in eine weite, wunderschöne deutsche Herbstmorgenlandschaft hinaus. Waldige und dunkle Gebirgszüge umgaben den Horizont, durch das weite Tal schlängelte sich ein rötlicher Fluß daher, weil der halbe Himmel im Morgenrot flammte und die purpurisch angeglühten Wolkenschichten über Feldern, Höhen, Dörfern und kleinen grauen Städten hingen. Nebel rauchte an den Waldhängen und verzog sich an den dunkelblauen Bergen; Burgen, hohe Stadttore und Kirchtürme glänzten rötlich auf, und über all dem stand noch der spät aufgegangene Mond am Himmel und vermehrte, ohne zu leuchten, den Reichtum dieser Herbstwelt um sein goldenes Rund. Längs des Waldrandes, über welchem er schwebte, entspann sich ein hallender Jagdlärm; Hörner tönten, Hunde musizierten fern und nah, Schüsse knallten, und ein schöner Hirsch sprang an Heinrich vorüber, als er eben den Forst verließ. Das Morgenrot und der alte Mond waren so ruhig und heimatlich, ihn dünkte, er müsse und müsse zu Hause sein, während das fremde Gebirge ihm nur zu deutlich sagte, wie fern er noch sei, und das Morgenrot überdies noch den Seufzer entlockte: Morgenrot bringt ein nasses Abendbrot! Jenes verkündete einen unzweifelhaften tüchtigen Regentag, und der wandernde Heinrich dachte mit Schrekken an die kommenden Fluten und daß er durchnäßt bis auf die Haut in die zweite Nacht hineingehen müsse. Die Nässe und der Schmutz besiegeln jeglichen schlechten Humor des Schicksals und nehmen dem Verlassenen noch den letzten Trost, sich etwa erschöpft an die trockene Erde zu werfen, wo es niemand sieht. Überall kältet ihm die bitterliche Feuchte entgegen und er ist gezwungen, aufrecht über sie hinzutanzen und doch immer zu versinken.

Bald verhüllte auch ein dichtes Nebeltuch alle die Morgenpracht, und das graue Tuch begann sich langsam in nasse Fäden zu entfasern, bis ein gleichmäßiger starker Regen weit und breit herniederfuhr, welcher den ganzen Tag anhielt. Nur manchmal wechselte das naßkalte Einerlei mit noch stärkeren Wassergüssen, welche einen kräftigen

Rhythmus in das Schlamm- und Wasserleben brachten, das bald alles Land und alle Wege überzog. Heinrich ging unverdrossen durch die Fluten, welche längst seine Kleider durchdrangen, in den Nacken strömten und aus den Rockärmeln herausliefen. Einen Bauernknecht auf dem Felde fragte er nun nach der Gegend und vernahm, daß er im allgemeinen die rechte Richtung innegehalten und nur um einige Stunden seitwärts geraten sei. Er sah mit Seufzen ein, daß er unmöglich in einem Zuge nach der Heimat gelangen könne, ohne etwas zu essen; doch berechnete er, daß er bis zum nächsten Tage eine Landschaft erreichen müsse, wo seiner dunklen Erinnerung nach schon etwas Obst wuchs, daß er gefallene Früchte suchen, sich leiblich stärken und unter irgend einer Feldscheune ruhen könne, um dann in einem zweiten Anlauf die Schweizer Grenze zu erreichen, wo er heimisch und geborgen war. Doch schon um die Mittagszeit, als er durch ein triefendes Gehölz ging und es rings im Lande Mittag läutete, schien ihm der Hunger und die Ermattung unerträglich und er setzte sich ratlos auf einen nassen Steinblock. Da kam ein altes Mütterchen dahergetrippelt, welches mit der einen Hand ein elendes Bündel kurzen Reisigs auf dem grauen Kopfe trug, dessen Haare so rauh und struppig waren wie das Reisig, und mit der anderen Hand mühselig eine abgebrochene Birkenstaude nachschleppte. Mit tausend kurzen, zitternden Schrittchen zerrte sie emsig und keuchend, viele Seufzer ausstoßend, den widerspenstigen Busch über alle Hindernisse nach sich, gleich einer Ameise, die einen zu schweren Halm nach dem Bau schleppt. Heinrich bedachte eben mit Scham über seine eigene Ungeduld, wie das schwache bejahrte Weib, das vielleicht dem Lande arbeitende und starke Söhne geboren hatte, sein ganzes Leben nur einen fortgesetzten Gang in Regen und Not ging, ohne Grund und ohne Schuld, als ein dicker Flurschütz des Weges kam, wohl ebenso alt wie das arme Weib, aber mit rotem trotzigen Gesicht und einem eisgrauen Schnurrbart und scheibenrunden töricht rollenden Augen. Dieser fuhr sogleich über die Frau her, welche den Busch zitternd fahren ließ, und schrie: Hast wieder Holz gestohlen, du Strolchin! Bei allen Heiligen beteuerte die Alte, daß sie das Birkenbäumchen also geknickt mitten auf dem Wege gefunden habe; aber er rief: Lügen tust du auch noch? wart, ich werd dirs austreiben! Und der alte

Mann nahm die alte Graue beim vertrockneten Ohr, welches unter der verschobenen geblümten Kattunhaube hervorguckte, und zerrte sie mehrmals an selbem hin und her, wie man etwa einen bösen jungen Buben schüttelt, daß es höchst seltsam und unnatürlich anzusehen war. Heinrich sprang mit einem Satze hinzu und schlug dem bösen Holzvogt sein hartes Wachstuchpäcklein einigemal so heftig um die Ohren und auf das Gesicht, daß der Unhold taumelte und ihm das übermütige Blut aus Mund und Nase rann. Das Frauchen machte sich, so schnell es konnte, aus dem Staube, oder vielmehr aus dem Regen, der Feldwärtel aber wollte seinen Säbel ziehen, und indem dieser nicht hervorkommen wollte, verharrte der Wütende krampfhaft in der ziehenden Stellung, die eine Hand am Griff, die andere an der Scheide, schnaubend und fluchend, und gab in dieser gebannten Lage ein so herausforderndes Bild der höchsten Wut, daß Heinrich noch einmal auf ihn zusprang, ihm noch mehrere Maulschellen gab und mit Scheltworten, Stößen und Schlägen davonjagte. Froher als der junge Moses, der den ägyptischen Aufseher erschlagen, atmete er auf und fand plötzlich, daß das unvorhergesehene Abenteuer ein gutes Mittagsmahl war, denn er fühlte nicht mehr den mindesten Hunger und sich so angenehm aufgeregt und bei Kräften, daß er wohlgemut seinen Weg fortsetzte und sich nicht stark um die Rache des Flurschützen kümmerte, welcher wahrscheinlich Mannschaften herbeiholte.

Wie er nun so vorwärts drang durch Wind und Regen, wirkte die Wärme der guten Tat, welche die Stelle eines nahrhaften Imbisses bei ihm vertreten, immer angenehmer nach; es ging wie ein Licht in ihm auf und es wollte ihn bedünken, als ob eine solche fortgesetzte und fleißige Tätigkeit in lebendigem Menschenstoffe doch etwas ganz anderes wäre als das abgeschlossene Phantasieren auf Papier und Leinwand, insonderheit wenn man für dieses nicht sehr geeignet sei. Oder vielmehr begann es ihm klarer zu werden mitten in dem düstern Unwetter, in welcher Weise er sich in der Berufswahl getäuscht, da erst jetzt, und noch viel eindringlicher als durch jenes borghesische Fechterbild, das runde lebendige Menschenleben sich in seiner Hand abgedruckt und noch deutlich nachfühlte, im Gegensatz zu dem kalten Flächenleben, dem er sich sonst ergeben.

Auf der Höhe des nahen Gehölzes fürbaß schreitend, dachte er sich den Fall, daß er den bösen Flurschützen in der Hitze eines Kampfes tot geschlagen und infolgedessen gefangen worden und vor ein Gericht über Leben und Tod gestellt sei, und er dachte sich eine feurige und siegreiche Verteidigungsrede aus, welche ihn nicht nur aus dem bösen Handel zöge, sondern auch der Sache der Menschlichkeit ein kräftiges Wort liehe und aus dem Angeklagten einen Ankläger machen würde. Dann von diesem gewaltsamen Gegenstande zu anderen Vorstellungen übergehend, sah er sich handelnd und redend, streitend und überzeugend oder sich unbefangen überzeugen lassend, unter den Menschen verkehren und durch das bloße Hervorkehren eines guten Gewissens, einer wahren Natur und Offenheit, eines unverhohlenen und kräftigen Benehmens die Lügner überführen, die Unentschlossenen antreiben und die vorsätzlich Unklaren zum Sehen zwingen, jeden Handel bestehen, jede Verwirrung zerstreuen und durch das einfachste und unverfänglichste Dasein das Wahre an sich ziehen und Heiterkeit um sich verbreiten. Er sah sich das Verwerfliche unter allen Bedingungen verwerfen und ohne Prahlerei und Salbung, ohne Verzerrung des Gesichtes und Verrenkung des Lebens überall für das Sprüchlein einstehen: Ehrlich währt am längsten und was dem einen recht, ist dem andern billig; und er lachte ruhig und unbekümmert diejenigen aus, welche weiser zu sein glaubten als diese einfache Lehre und weitsehender als deren unabweichliche Folgen. Dann, indem er wieder des Flurschützen gedachte und den Grund von dessen bestialischem Wesen aufzufinden sich bemühte, stellte er sich die Gestalt desselben nochmals lebendig vor die Augen, und indem er die rollenden Augen, die hochroten Backen und Nasenpolster, den grauen, wohl im Stand gehaltenen Schnurrbart, den dicken Bauch und die blanken Knöpfe des Dienstrockes betrachtete, sah er wohl, daß das Fundament alles dieses anmaßlichen behaglich brutalen Gebausches eine unbegrenzte Eitelkeit sei, die sich, da sie einer halben Bestie angehörte, nicht anders als in solcher Weise äußern konnte: »Dieser Kerl, welcher vielleicht der beste Vater und Gatte war und ein ganz guter Geselle unter seinesgleichen, insofern man ihn nur nicht im Prahlen und Ausbreiten seiner Art behinderte, dieser Kerl gefiel sich ausnehmend wohl und hielt sich für einen Kerl, nach Maßgabe seiner

Dummheit, als er die alte Frau am Ohr zerrte. Nicht daß er etwa in der Kirche oder im Beichtstuhl zuweilen nicht einsähe, daß er unchristlich lebe und handle; der Rausch der Eitelkeit und Selbstgefälligkeit ist es, welcher ihn alle Augenblicke fortreißt und seinem Götzen frönen läßt. Gleichermaßen sieht er das Laster an seinem nächsten Vorgesetzten, dieser an dem seinigen und so fort stufenweise, indem einer es am anderen gar wohl bemerkt, selbst aber nichts Eifrigeres zu tun hat, als der eigenen Unart voll Wut den Zügel schießen zu lassen, um nicht zu kurz zu kommen und sich herrlich darzustellen. Alle die tausend voneinander Abhängigen streichen ihre grauen Schnäuze und lassen die Augen rollen, nicht aus Bosheit, sondern aus kindischer Eitelkeit; sie sind eitel im Befehlen und eitel im Gehorchen, eitel im Stolz und eitel in der Demut; sie lügen aus Eitelkeit und die Wahrheit wird aus Eitelkeit in ihrem Munde zur Lüge; denn sie sagen eine Wahrheit nicht um ihrer selbst willen, sondern weil es ihnen im Augenblicke gut anzustehen scheint. Stolz, Herrschsucht, Neid, Habsucht, Hartherzigkeit, Verleumdung, alle diese Laster lassen sich bändigen und zurückhalten oder in Schlummer singen; nur die Eitelkeit ist immer wach und verstrickt den Menschen unaufhörlich in tausend lügenhafte Dinge, Brutalitäten und kleinere oder größere Gefahren, die alle zuletzt ein ganz anderes Wesen aus ihm machen, als er ursprünglich war und eigentlich sein will. Denn die Eitelkeit ist nichts anderes als die krankhafte Abirrung von sich selbst, der Mangel an genügendem Gefühl seines sichern Daseins und die Angst, gerade durch diese Verwirrung um das Dasein zu kommen. Hiegegen hilft kein Christentum; denn der bekehrte Sünder ist erst recht eitel auf seine Reue und auf die Gnade des Herrn und wird seinen neuen Tick darin finden, über die Eitelkeit der Welt zu jammern. Gegen alles das Übel, was von diesem Mehlstaub Eitelkeit stammt, hilft nur die einfache rein sachliche Gegenwirkung: die Eitelkeit immer und allüberall zu verletzen, sie bei der Nase zu nehmen und ihr die eigene Zwecklosigkeit deutlich zu machen, d.h. insofern als sie nicht die unschuldige Beschäftigung mit der eigenen Person, sondern die Reibung an den Mitmenschen zu ihrer Befriedigung wählt. In der Tat sieht man oft, wie ein einziger Mensch, der nicht eitel ist oder doch das Gift unschädlich zu verbergen weiß, wenn er nur will, einen frischen

Luftzug unter die Leute bringt, und wo mehrere zusammentreffen, die sich nur leidlich zu mäßigen vermögen, wird sogleich Ruhe, Ehre, Offenheit und Sicherheit herrschen und etwas Erkleckliches getan werden.« »Ist die Eitelkeit, indem sie in der Zudringlichkeit, in der gewaltsamen Verfügung über die Meinung und Gemütsruhe anderer besteht, ein Riß und eine Abirrung vom eigenen Wesen, so ist hingegen die unschuldige Eitelkeit, welche in einer gutartigen Verzierung des eigenen Wesens und in der Freude an demselben besteht, eine wahrhafte Ergänzung desselben, sozusagen das goldene Hausmittelchen der Menschlichkeit und das beste Gegengift für jene bösartige weltliche Eitelkeit. Aber die gute und schöne Eitelkeit, als die zierliche Vervollkommnung oder Ausrundung unseres Wesens, indem sie alle Keimchen zum Blühen bringt, die uns brauchbar und annehmlich machen für die äußere Welt, ist zugleich der beste und feinste Richter und Regulator ihrer selbst und treibt uns an, das Gute und Wahre, was wir auch sonst vorbringen würden, ohne häßliche Manier, ohne Aufgeblasenheit und Schnörkelei zu vertreten, und so veredelt sie sich von selbst zum guten Geschmack, welcher seinerseits wieder nichts anderes als die Gesundheit und das Vernünftige selbst ist.«

Indem Heinrich dergestalt vor sich hin predigte, lenkte er endlich seine Gedanken auf sich selbst und fragte sich, zum ersten Male in seinem Leben, ob er selbst nicht eitel sei, und in welcher Weise, in der verwerflichen oder in der guten Art? Er setzte sich abermals höchst bedächtig auf einen Stein und sann darüber nach, traurig und verfroren; denn in guten jungen Tagen fragt man sich wohl einmal, ob man gut oder böse sei, ob aber eitel, anmaßend oder unerträglich, erst wenn man etwas mürbe geworden und ordentlich durchgeregnet ist. Da fiel sein Blick auf das triefende Päcklein, das er in seinen Händen hielt, und er fand sofort, daß der Inhalt desselben wohl das Produkt der Selbstgefälligkeit sein dürfte, welche ihn in so frühem Alter unbewußt getrieben hatte, ein Bild von sich selbst zu entwerfen und festzuhalten. Doch als er dieses selbe Bild näher und nicht unliebsam betrachtete und der Sonnenschein der entschwundenen Jugendzeit durch das dunkle feuchte Wachstüchelchen zu leuchten begann, glaubte er sich sagen zu dürfen, daß die Eitelkeit der eingewickelten Bücher zu der guten Art gehöre, welche ihren Inhaber zierlich verlockt, sich selbst zu ergänzen und darzustellen, und ihm hilft zu sein, was er seiner Natur nach sein kann. Wie er nun das verhüllte Buch in Gedanken durchblätterte, sah er jene Stelle, wo er in den frühesten Tagen der Kindheit seine kleinen Mitschüler ins Unglück hineingelogen und eine ganze Malefizgeschichte über sie aus dem Stegreif ersonnen hatte, und damit tauchte die weitere Frage in ihm auf, ob er eigentlich von Grund aus eine Neigung zum Wahren oder zu dessen Gegenteil habe; denn ohne die Liebe zur Wahrheit und Aufrichtigkeit ist die Eitelkeit in allen Fällen ein schädliches Laster. Da er aber seit nun bald zwanzig Jahren nicht die mindeste Lust zu solcher Teufelei mehr verspürt und sich auch gestehen konnte, aufrichtig um das Wahre bekümmert zu sein, so beruhigte er sich über diesen Punkt und suchte sich nur jene so ausgeprägte Kinderuntat auf andere Weise zu erklären.

Und da führte er sich dann den seltsamen Vorgang auf die angeborene Lust und Neigung zurück, im lebendigen Menschenverkehr zu wirken und zu hantieren und seinerseits dazu beizutragen, daß alle Dinge, an denen er beteiligt, einen ordentlichen Verlauf nähmen. Dem Kinde war der Unterschied zwischen Gut und Böse oder vielmehr zwischen wahrer und falscher Sachlage nicht bewußt und völlig gleichgültig; die Erwachsenen hatten jenen Handel unvernünftig eingeleitet, das Kind hatte nichts zu tun als, da ihm die wirkliche Gerechtigkeit verborgen war, eine poetische Gerechtigkeit herzustellen und dazu erst einen ordentlichen faktischen Stoff zu schaffen. Auch erinnerte er sich noch heute, daß er damals ohne die mindesten Gewissensbisse und mit dem unbefangensten Interesse dem angerichteten Schaden zugesehen. Gedachte er nun noch, wie er um die gleiche Zeit sich Bilder von Wachs gemacht und eine tabellarische Schicksals- und Gerechtigkeitsordnung über sie geführt, so schien es ihm jetzt beinahe gewiß, daß in ihm mehr als alles andere eigentlich eine Lust läge, im lebendigen Wechselverkehr der Menschen, auf vertrautem Boden und in festbegründeten Sitten das Leben selbst zum Gegenstande des Lebens zu machen.

Mit diesen tüchtigen Gedanken stand Heinrich auf und sah, daß er sich über einem Tale befand, und dicht zu seinen Füßen lag ein altertümliches Städtlein, wo um ein graues mächtiges Kirchenschiff und um den Giebel des Rathauses sich ein hundert kleine Häuser zusammenkauerten. Heinrich sah in die paar Sträßlein und auf den Platz hinein, wie auf einen Pfannkuchen, und sah zu seiner Verwunderung, daß die ganze Einwohnerschaft trotz des Regenwetters auf den Beinen war und die kleine Öffentlichkeit des Ortes erfüllte. Er bemerkte auch alsbald, daß einige Feuerspritzen, begleitet von vielen Männern in kühnen Feuerkappen, sich durch das Gedränge bewegten, und da er keinen Rauch sah, so nahm er an, daß diese Leute wohl ihre herbstliche Feuermusterung und Spritzenprobe hielten. So war es auch; denn indem um das Rathaus herum Platz gemacht wurde und man Feuerleitern daran legte, fingierte man kühnlich einen Brand auf dem Dache desselben, und alle Fenster des Städtleins waren geöffnet und die Einwohner, so nicht auf der Straße waren, harrten vergnügt unter den Fenstern der tapferen jährlichen Bespritzung ihres Rathausgiebels. Um die Übung unternehmender und künstlicher zu gestalten, waren die Spritzen in kleinen Seitengäßchen verteilt, und die langen Schläuche zur Freude der Stadtjugend, die verstohlen darauf herumtrampelte, zogen sich in mäandrischen Windungen bis zu dem unsichtbaren Feuer hinan. Männer standen hoch auf den Leitern und schritten auf dem Dache, die metallenen Wendröhren in der Hand, während andere ihnen von unten auf Befehlsworte zusandten und sie auf die gefährlichsten Punkte aufmerksam machten. Aber als nun das Abenteuer vonstatten gehen sollte, da gab es eine große Verwirrung, ein Rufen, Schreien, Schelten und zuletzt ein bedenkliches Durcheinanderdrängen und Puffen, ohne daß die Leute wußten, woran es lag und wie sie sich helfen sollten. Heinrich aber sah ganz herrlich, woher die Not kam, und hätte gern gelacht, wenn er nicht so naß gewesen wäre; denn die Wendrohrführer hatten in der kunstreichen Verschlingung der Schläuche jeder das unrechte Rohr ergriffen, und als sie nun oben auf dem Kapitol ihrer Spritzenmannschaft laut zuriefen, Wasser zu geben oder damit nachzulassen, je nach der Wendung des Abenteuers, da gab immer die Spritze eines andern Wasser oder versiegte plötzlich, so daß ihr Vorkämpfer vergeblich sein Rohr kühnlich emporhielt und klug zielend hin und her schwenkte, während sein Nebenmann, der an nichts dachte, unerwartet Wasser bekam und dem Bürgermeister damit die Perücke abspritzte, der den Kopf aus einer Dachluke streckte. Immer größer ward die Verwirrung, und ein allgemeiner Kampf schien zu entstehen; denn den einfachen Grund, die Verwechslung der Wendröhre, entdeckte niemand, da die verschlungenen Schläuche um die Ecke gingen und keiner die Sachlage übersah.

Heinrich ging still an dem Städtlein vorüber voll Nachdenken über dies wunderbare Gesicht. Dann rief er mit allem Feuer, dessen sein ausgehungertes und erfrorenes Leibwerk noch habhaft war: »Dies ist das Geheimnis! O wer allezeit auf rechte Weise zu sehen verstände, unbefangen mitten in der Teilnahme, ruhig in edler Leidenschaft, selbstbewußt, doch anspruchlos, künstlos und doch zweckmäßig! Ich will nun aber doch gehen und noch irgend etwas Lebendiges lernen, wodurch ich unter den Menschen etwas wirke und nütze!«

Also ging er darauf zu, als ob die nächsten hundert Schritte ihn dahin bringen könnten, und die einfache Sehnsucht nach der Heimat verwandelte sich nun in schönste Hoffnung und gewichtige Entschlüsse, also daß Heinrich, da er ganz im Unstern war und verlassen als ein Bettler im Unwetter dahintrieb, sich selbst erhöhte und wenigstens vor sich selbst gute Figur machte.

NEUNTES KAPITEL

IV, 9 Jedoch hielten diese moralischen Lebensgeister den Wanderer kaum noch ein Stündchen aufrecht, worauf, als es Abend wurde, seine Kräfte endlich nachzulassen begannen und er merkte, daß er in keinem Falle die Nacht hindurch gehen könne. Die leibliche Not, Schwäche, Hunger und Kälte machten sich jetzt so vermehrt und unmittelbar geltend, daß Heinrich gänzlich jener Niedergeschlagenheit und Ratlosigkeit anheimfiel, welche durch den Ärger noch erbittert wird, daß ja keine Rede davon sein könne, etwa umzukommen oder unterzugehen, und also das schlechte Abenteuer nur eine entbehrliche Vexation sei. Doch raffte er sich noch einmal zusammen und behauptete dem guten Mute mit verzweifelter Kraftanstrengung die Oberhand. Er war jetzt aus einer Waldstraße getreten und sah ein breites Tal vor sich, welches ein großes Gut zu enthalten schien; denn schöne Parkbäume, die eine herrschaftliche Dächergruppe umgaben, wechselten mit den Waldungen ab und zwischen weiten Wiesengründen und Feldern lag eine weitläufige Dorfschaft zerstreut. Zunächst vor ihm sah er ein katholisches Kirchlein stehen, dessen Türen offen waren.

Er trat hinein, wo es schon ganz dämmerig war und das ewige Licht wie ein Stern vor dem Altar schwebte. Die Kirche schien uralt zu sein, die Fenster waren zum Teil gemalt und die Wände sowie der Boden mit adeligen Grabsteinen bedeckt. »Hier will ich die Nacht zubringen«, sagte Heinrich zu sich selbst, »und unter dem Schutze der allerchristlichen Kirche austrocknen und ausruhen.« Er setzte sich in einen dunklen Beichtstuhl, in welchem ein stattliches Kissen lag, und wollte eben das grüne seidene Vorhängelchen vorziehen, um augenblicklich einzuschlafen, als eine derbe Hand das Vorhängelchen anhielt und der Küster, der ihm nachgegangen, vor ihm stand und sagte: »Wollt Ihr etwa hier übernachten, guter Freund? Hier könnt Ihr nicht bleiben!«

»Warum nicht?« sagte Heinrich.

»Weil ich sogleich die Kirche zuschließen werde! Gehet sogleich hinaus!« erwiderte der Küster.

»Ich kann nicht gehen«, sagte Heinrich, »laßt mich hier sitzen, die Mutter Gottes wird es Euch nicht übel nehmen!«

»Geht jetzt sogleich hinaus! Ihr könnt durchaus nicht hier bleiben!« rief der Küster, und Heinrich schlich trübselig aus der Kirche, während der Küster rasselnd die Türen zuschlug und um die Kirche herumging. Heinrich stand jetzt auf einem Kirchhof, welcher durchaus einem schönen und wohlgepflegten Garten glich, indem jedes Grab ein Blumenbeet vorstellte, die Gräber zwanglos und malerisch gruppiert waren, hier ein einzelnes großes Grab, dort ein solches nebst einem Kindergräbchen, dann eine ganze Kolonie kleiner Kindergräber, dann wieder eine größere oder kleinere Familie großer Gräber usf., welche alle in verschiedenem Charakter bepflanzt und mit Blumen besetzt waren. Die Wege waren sorgfältig mit Kies bedeckt und gerechet und verloren sich ohne Scheidemauer unter die dunklen Bäume eines Lustwaldes, große Ahornbäume, Ulmen und Eichen. Es hatte etwas zu regnen nachgelassen, doch tröpfelte es noch ziemlich, indessen gegen Abend ein schmaler feuriger Streifen Abendrot auf den Hügeln lag und einen schwachen Schein auf die Leichensteine warf. Heinrich sank auf eine zierliche Gartenbank unter den Gräbern; denn er vermochte kaum mehr zu stehen. Nun kam ein schlankes weibliches Wesen unter den Bäumen hervor mit raschen leichten Schritten, welches eine schwarzseidene Mantille trug, reiche dunkle Locken lustig im Winde schüttelte und mit der einen Hand die Mantille über der Brust festhielt, indes die andere Hand einen leichten Regenschirm trug, der aber nicht aufgespannt war. Diese sehr anmutige Gestalt eilte gar wohlgemut zwischen den Gräbern herum und schien dieselben aufmerksam zu besichtigen, ob die Gewächse von Sturm und Regen nicht gelitten hätten. Hie und da kauerte sie nieder, warf ihr Schirmchen auf den Kiesweg und band eine flatternde Rose frisch auf oder schnitt sich mit einem Scherchen eine Blume ab, worauf sie wieder weitereilte. Heinrich sah, erschöpft wie er war, diese schöne Erscheinung wie einen Traum vor sich hin schweben und dachte nicht viel dabei, obschon sie ihm einen angenehmen Eindruck machte, als der Küster wieder hinter der Kirche hervorkam und Heinrich abermals anredete.

»Hier könnt Ihr auch nicht bleiben, guter Freund!« sagte er, »dieser Gottesacker gehört gewissermaßen zu den herrschaftlichen Gärten, und kein Fremder darf sich da zur Nachtzeit herumtreiben.«

Heinrich antwortete gar nicht, sondern sah teilnahmslos vor sich hin.

»Nun, hört Ihr nicht? Auf! Steht in Gottes Namen auf, guter Freund!« rief der Küster etwas lauter und rüttelte den Müden an der Schulter, wie man etwa einen Betrunkenen aufmuntert. In diesem Augenblicke kam jenes Frauenzimmer zur Stelle und hielt ihren zierlichen Gang an, um dem Handel neugierig zuzuschauen. Diese Neugierde war so kindlich und gutmütig, und zugleich war die ganze Erscheinung, welche Heinrich die schönäugigste und anmutigste Person dünkte, die er je gesehen, von so unverhohlener, natürlicher und doch kluger Freundlichkeit, daß er von dem Anblick ein neues Leben gewann, sich schnell aufrichtete und eine höfliche Verbeugung vor ihr machte. Aber indem er seinen nassen Hut schwenkte, fiel derselbe gänzlich zusammen und er hielt den übel aussehenden wie ein schlechtes Symbol in der Hand. So stand er denn auch gar über und über mit Schlamm und Kot bedeckt vor der schönen Person, die ihn aufmerksam betrachtete, und er schlug höchst verlegen die Augen nieder und schämte sich vor ihr, indessen er doch ein wenig lächeln mußte, denn er gedachte sogleich wieder des unglückseligen Römer, welcher ihm einst den vor der schönen Nausikaa sich schämenden Odysseus poetisch erklärt hatte. »O«, dachte er, »da es noch hie und da eine Nausikaa gibt, so werde ich auch mein Ithaka noch erreichen! Aber welch närrische Odysseen sind dies im neunzehnten Jahrhundert christlicher Zeitrechnung!«

Diese Betrachtung dauerte aber nur einen Augenblick und die liebliche Jungfrau sagte inzwischen zu dem unholden Kirchendiener: »Was gibt es hier mit diesem Manne?«

»Ei, gnädiges Fräulein!« erwiderte der Küster, »weiß Gott, was dies für ein Heide mag sein! Er will durchaus in der Kirche oder auf dem Kirchhof einschlafen; das kann doch nicht geschehen, und wenn er ein armer Landfahrer ist, so schläft er gewiß im Dorf besser in irgend einer Scheune!«

Die junge Dame sah den Heinrich an und sagte freundlich: »Warum wollen Sie durchaus hier schlafen? Lieben sie die Toten so sehr?«

»Ach, mein Fräulein«, sagte Heinrich, indem er ziemlich furchtsam aufblickte, »ich hielt sie für die eigentlichen Inhaber und Gastgeber der Erde, die keinen Müden abweisen; aber wie ich sehe, so sind sie von den Lebendigen auch in dieser Hinsicht arg bevormundet und wird ihre Intention stets ausgelegt, wie es denen gefällt, die über ihren Köpfen dahin gehen!«

»Das sollen Sie nicht sagen«, erwiderte lieblich lachend das Fräulein, »daß wir hierzulande schlimmer gesinnt seien als die Toten! Wenn Sie sich nur erst ein bißchen ausweisen wollen und sagen, wie es Ihnen geht, so werden Sie uns Lebendige hier schon als leidliche Leute finden!«

»Was meine Herkunft betrifft«, antwortete Heinrich und blickte sie jetzt sicher und ernsthaft an, »so bin ich sehr guter Leute Kind und eben im Begriff, so sehr ich kann zu laufen, wo ich hergekommen bin. Ich bin aus der Schweiz und seit mehreren Jahren habe ich als Künstler in der Hauptstadt dieses Landes gelebt, um zu entdecken, daß ich eigentlich kein Künstler sei. Dabei erging es mir übel und ich begab mich ohne alle Mittel, wie ich ging und stand, auf den Heimweg, um mich zu bessern. Ich wünsche und hoffe aber unbemerkt, und ohne irgend den Menschen unterwegs auf- und lästig zu fallen, nach Hause zu kommen. Ich wollte ungesehen und unbemerkt in dieser Kirche die Nacht zubringen, da es so abscheuliches Wetter ist, und in aller Stille am Morgen wieder weiterziehen. Wenn hier ganz in der Nähe irgendein Vordach oder eine Hütte ist, denn weiter kann ich nicht mehr, so befehlen Sie, daß man mich dort ruhen läßt und tut, als ob ich gar nicht da wäre, und am Morgen werde ich dankbar wieder verschwunden sein.«

Das Mädchen besann sich eine kleine Weile, den Fremden ansehend, und sagte dann mit unveränderter Freundlichkeit: »Sie kommen mir zwar ganz fremd vor; doch wollt ich wetten, daß Sie jener junge Schweizer sind, der vor sechs Jahren mit uns in dem Gasthofe zusammentraf, einige Stunden von hier, und der dann mit meinem Papa weiterfuhr nach der Residenz! Erinnern Sie sich nicht mehr des kleinen Hündchens, welchem Sie Kuchen gaben über den Tisch?«

Heinrich sah jetzt das hochgewachsene schöne Frauenzimmer, das zwei bis dreiundzwanzig Jahre zählen mochte, erstaunt an. Das also war jenes liebliche und freundliche Mädchenkind, und welch artiges Wunder, daß eben jetzt bei seinem traurigen Abzug aus Deutschland das gleiche Wesen in reifer Vollendung ihm entgegentreten mußte, das ihn bei seinem pompösen Einzug als angehende Grazie begrüßt hatte! Und wie wohlbestellt mußte dies Wesen im Gemüte sein, da es jene wahrhaft wohlgezogene Höflichkeit des Herzens besaß, welche auch das Gleichgültigste und Vorübergehendste nicht vergißt und jedem Menschenantlitz, so ihr einmal begegnet ist, ein freundliches unverhohlenes Gedächtnis entgegenbringt! Diese höfliche und aufmerksame Gemütsgegenwart erwärmte und belebte den Durchnäßten sichtlich und gab ihm einen guten Mut zu sich selber, da ein so preiswertes und zierbegabtes Gewächs seine Person der Wiedererkennung würdigte.

»O sicher erinnere ich mich«! sagte er errötend, »aber ich würde Sie doch nicht wiedererkannt haben; denn Sie sind so viel größer geworden!«

Bei diesen Worten errötete sie auch ein weniges, aber sehr unverfänglich und nur insofern als sie fühlte, welch einen rosigen Glanz die Erwähnung der märzlich flimmernden und schimmernden Mädchenflegeljahre über eine Großgewordene verbreitet, die man lange nicht gesehen. Dann sagte sie aber mit herzlicher Bekümmernis: »Ach Gott! Sie müssen also nun auf so traurige Weise wieder in Ihre Heimat kehren?«

»O das hat gar nichts zu sagen«, erwiderte Heinrich lachend, »ich bin bereits auf dem Wege wieder ganz munter geworden und habe es nun gut vor, wenn ich nur erst dort bin!«

»Kommen Sie nun jedenfalls mit mir«, sagte das Fräulein, »mein Papa ist den ganzen Tag weggewesen, und bis er nach Hause kommt, will ich es über mich nehmen und Ihnen ein vorläufiges Unterkommen anbieten in meinem Gartenhause; ich bin versichert, daß er sich wohl Ihrer erinnert und Sie nicht fortlassen wird diese Nacht! Kommen Sie nur, gleich unter diesen Bäumen treibe ich so den ganzen Sommer und Herbst mein Wesen, und Ihr, Küster, folgt uns als dienstbare Begleitung zur Strafe, daß Ihr diesen Herrn so ungastlich behandelt!«

Heinrich war zu schwach, als daß er sich hätte bedenken können, ob er der Einladung Folge leisten wolle oder nicht; auch machte dieselbe einen so herzlichen und unbefangenen Eindruck auf ihn, daß er der Schönen gern folgte und, so rasch er noch vermochte, neben ihr hin marschierte, sich einzig nach einer Ruhestelle und etwas Wärme sehnend, indessen der Küster ganz verblüfft und mißtrauisch hinter dem Paare her ging. Es hatte endlich ganz zu regnen aufgehört, der feste Boden unter den großen alten Bäumen war fast gänzlich trocken, und in das prächtige Dunkel, in dem sie jetzt gingen, leuchteten nur zwischen den Stämmen der feurige Abendreif und im Hintergrund die erhellten Fenster eines Park- oder Gartenhauses. In diesem befand sich ein kleiner Saal, der nur durch eine Glastür vom Parke getrennt war, und in dem Saale brannte ein helles Kaminfeuer; als sie eingetreten, rückte das Frauenzimmer einen Stuhl zum Feuer und forderte Heinrich auf, sich auszuruhen. Ohne Verzug setzte er sich und schämte sich noch eine Weile seines schlechten Aussehens; die junge Dame schien das zu bemerken und stellte sich voll Mitleid vor ihn hin, indem sie sagte: »Sagen Sie doch, Herr – wie heißen Sie denn?«

»Heinrich Lee«, sagte er.

»Herr Lee, geht es denn Ihnen ganz schlecht? ich habe keinen rechten Begriff davon; Sie sind doch am Ende nicht so arm, daß Sie auch nichts zu essen haben?«

Heinrich lächelte und sagte: »Es hat nicht zum mindesten etwas zu bedeuten, wie ich Ihnen sage, aber im Augenblick ist es allerdings so!« Er erzählte ihr hierauf mit wenig Worten sein Abenteuer, worauf sie die Hände zusammenschlug und rief: »Herr Gott! aber warum tun Sie denn das? Wie können Sie sich so der Not aussetzen?«

»Nun, mit Absicht hab ich es gerade nicht getan«, sagte er, »da es aber einmal so ist, so bin ich sogar sehr froh darüber; sehen Sie, man lernt an allem etwas und hat manchmal sogar die besten Früchte daran. Für Frauen sind dergleichen Übungen nicht notwendig, denn sie tun so immer, was sie nicht lassen können; für uns Männer aber sind immer so recht handgreifliche Exerzitien gut, denn was wir nicht sehen und fühlen, sind wir nie zu glauben geneigt oder halten es für unvernünftig und verächtlich.«

Das gute Mädchen hatte indessen ein kleines Tischchen herbeigeholt und vor ihn hingestellt, auf welchem einiges Essen stand. »Hier steht zum Glück«, rief sie, »noch fast mein ganzes Essen; ich ließ es mir hierher bringen, da ich heute allein war, und essen Sie wenigstens sogleich etwas, bis mein Papa zu Hause kommt und für Sie sorgt. Geht sogleich nach dem Hause, Küster, und holt eine Flasche Wein, sogleich, hört Ihr? Die Brigitte wird sie Euch geben! Trinken Sie lieber weißen Wein oder Rotwein, Herr Lee?«

»Roten«, sagte er.

»So sagt der Brigitte, sie solle Euch von Papas Wein geben!« rief sie dem Küster noch nach. Dann zog sie tüchtig an einer Klingelschnur, worauf ein ländlich gekleidetes feines Mädchen herbeigelaufen kam, welches des Gärtners Tochter war und den essenden Heinrich neugierig betrachtete; denn dieser hatte sich sehr andächtig über ein Stück kalten Rehbratens hergemacht, wunderte sich jedoch bald, daß er gar nicht so viel zu essen vermochte, als er zuerst gedacht, und er legte bald die zierlichen Eßwerkzeuge hin und vermochte jetzt erst recht nicht mehr zu essen, als er bemerkte, daß es wohl diejenigen des Fräuleins selbst waren, die man ihm im ersten Eifer vorgelegt hatte. Er fand sich in einer sonderbaren Lage und wünschte doch lieber wieder auf dem nächtlichen Wege zu sein, um frei und frank seinem Lande zuzuschreiten. Denn es schnürte ihm irgendeine Befangenheit das Herz zu und es war ihm, als ob er besser getan hätte, alles darauf ankommen zu lassen und unter Gottes freiem Himmel zu bleiben. Er nahm die kleine silberne Gabel, welche fast noch eine Kindergabel war und schon viele Jahre gebraucht schien, noch einmal in die Hand und betrachtete sie, und als er sah, daß der Name »Dorothea« höchst sauber in kleiner gotischer Schrift darauf graviert war, legte er das Instrumentchen so schleunig wieder hin, als ob es ihn gestochen hätte, und es erwachte plötzlich ein heftiger Stolz in ihm, wenn er sich dachte, daß man nur im geringsten etwa meinen könnte, er hätte sich etwas zugute darauf getan, mit dem allerliebsten Leibbesteck dieses schönen und vornehmen Fräuleins zu essen, und zwar so wie gestohlen, durch die Gunst eines Versehens. Sie hieß also Dorothea und die Gärtnerstochter nannte sie auch soeben mit diesem Namen, während sie selbst Apollönchen genannt wurde. Die beiden Mädchen hatten sich an einen großen viereckigen Tisch zurückgezogen, der in der Mitte des Saales stand, und sprachen dort mit halblauter Stimme miteinander, als ob sonst niemand zugegen wäre; denn es schien deutlich, daß Dorothea einstweilen das Ihrige getan glaubte und sich einer gemessenen Zurückhaltung ergab; aber in derselben war sie unbefangen und anmutig, daß Heinrich nur in umso größere Verlegenheit geriet, und er, der eben noch kaum seine Glieder zusammenhalten konnte, alsogleich von der Opposition besessen ward, in welche ein unverdorbener junger Mensch solchen Erscheinungen gegenüber gerät, als müßte er sich seiner Haut wehren, wo niemand denkt, ihn in Unruhe zu versetzen. Doch ließ er sich nichts ansehen, und da der Wein inzwischen gekommen war und Apollönchen ihm eingeschenkt hatte, wobei sie ihn im Fluge und mit kritischen Äugelein musterte, trank er binnen kurzem ein großes Glas voll aus und sah nun dem Treiben der Frauenzimmer zu. Die Gärtnerstochter stand bei der Herrntochter, welche am Tische saß, und indem sie kurzweilig und vertraulich plauderten, half jene dieser in ihrer Hantierung und reichte ihr was sie bedurfte. Der große Tisch war ganz mit Gegenständen bedeckt, worunter vorzüglich allerlei Gefäße und Gläser hervorragten, welche sämtlich mit Blumen angefüllt waren, die im Wasser standen. Meistens waren es Spätrosen und die Sträuße, große und kleine, befanden sich im verschiedensten Zustande, so daß man sah, daß es die Ergebnisse vieler Tage waren und auch der älteste Strauß noch mit Liebe erhalten und gepflegt wurde, so hinfällig er auch aussah. Da Heinrich sah, daß die heutigen Blumen vom Kirchhofe sogleich in ein Glas gestellt worden, so vermutete er, daß alle Blumen von den Gräbern herrührten, und dachte sich, die Schöne müsse eine liebevolle Freundin und Pflegerin der Toten sein, was ihr umso mehr Reiz verlieh, als sie eine Gräfin und die draußen Liegenden sämtlich Bauern und Untertanen waren. Außerdem lagen auf dem Tische noch eine Menge späte Feldblümchen, verwelkt oder noch leidlich frisch, und wunderschöne purpurrote oder goldene Baumblätter, allerlei Prachtexemplare, wie sie jetzt von den Bäumen fielen, und noch andere solche Herbstputzsachen aus Wald und Garten, welche über den ganzen Tisch gestreut waren, so daß die Dame für die Gegenstände, mit denen sie sich beschäftigte, fortwährend Raum schaffen und das bunte Blätterwerk mit liebenswürdigem Unwillen wegstreifen mußte. Vor ihr lag eine große offene Mappe, welche ganz mit Bildern und Zeichnungen gefüllt schien, welche auf stattliche Bogen grauen Papieres zu heften ihre Arbeit war, daß sie geschützt und mit einem anständigen Rande versehen wurden. Heinrich sah sie von seinem Sitze aus verkehrt; doch erkannte er, daß es landschaftliche Studien waren, indessen sie ihn wenig rührten, da die Zeit dieser Dinge schon wie ein Traum hinter ihm zu liegen schien; vielmehr empfand er einen Widerwillen, hier auf dergleichen zu stoßen, was ihm so viel Täuschung und Leidwesen bereitet hatte.

Apollönchen schnitt, nach Dorotheas Anweisung, das graue Papier zurecht, je nach dem Maße des Studienblattes, mit einer niedlichen Schere, und beide benahmen sich dabei, als ob sie Leinwand vor sich hätten und eine Aussteuer zuschnitten. Apollönchen fuhr mit der Schere hastig und rasch vorwärts, wie sie es beim Zeuge gewohnt war, welches von selbst reißt dem Faden nach, und sie machte desnahen viele Risse und Krümmungen in das Papier, und dasselbe schrumpfte sich stellenweise auf jene unangenehme Weise auf der Scherenklinge zusammen, wenn man zu unvorsichtig durchfährt, so daß das emsige

Mädchen fortwährend mit den Fingerchen zu glätten, zu seufzen und zu erröten hatte.

»Ei ei, Kind!« sagte Dorothea, »du machst mir ja ganz gefranzte Ränder zu meinen herrlichen Bildern! Ich will wetten, daß der Papa unsere sämtliche Arbeit kassiert und sich endlich selbst dahinter macht, die Sachen zu ordnen!«

»Ach du!« sagte jene, »mach' dus doch besser mit diesem vertrackten Papier! Sieh, du klebst ja alle die Landkarten krumm auf den Bogen, daß sie ganz windschief dastehen!«

»Ach so schweig doch«, sagte Dorothea weinerlich, »ich weiß es ja schon! Es sind aber auch gar zu große Dinger, man kann sie ja gar nicht ordentlich übersehen!«

»Was nur daran zu sehen ist?« sagte Apollönchen, »zu was braucht man sie denn?«

»Ei du Aff! zu was? zum Nutzen und Vergnügen! Siehst du denn nicht, wie hübsch dies aussieht, alle diese lustigen Bäume, wie das kribbelt und krabbelt von Zweigen und Blättern, und wie die Sonne darauf spielt?«

Apollönchen legte die Arme auf den Tisch, neigte das Näschen gegen das Blatt und sagte: »Wahrhaftig ja, es ist wirklich hübsch und so schön grün! Ist dies hier ein See?«

»Ein See! o du närrisches Wesen!« rief die andere und lachte mit dem vergnügtesten Mutwillen, »dies ist ja der blaue Himmel, der über den Bäumen steht! Seit wann wären denn die Bäume unten und das Wasser oben?«

»Geh doch«, sagte diese schmollend, »der Himmel ist ja rund und dies Blaue hier ist viereckig, gerade wie der neue Weiher hinter der Mühle, wo der Herr die Linden hat drum pflanzen lassen. Und gewiß hast du das Bild verkehrt aufgemacht! Kehr' es nur einmal um, dann ist das Wasser schon unten und die Bäume sind oben!«

»Ja, mit den Wurzeln!« sagte Dorothea noch immer lachend, »dies ist ja nur ein Stück vom Himmel, du Kind! Guck einmal durchs Fenster, so siehest du auch nur ein solches Viereck, du Viereck!«

»Und du Dreieck!« sagte Apollönchen und schlug der jungen Herrin mit der flachen Hand auf den Nacken. Plötzlich hielt diese aber an sich und legte bedenklich den Finger an den offenen Mund, als ob ihr etwas sehr Wichtiges einfiele; denn auf dem Blatte, das sie jetzt in die Hand genommen, war zwischen den Bäumen ein Stück von einer helvetischen Alpenkette zu sehen. Heinrich war über den lieblichen vibrierenden Modulationen des Mädchengezwitschers sanft eingeschlafen, und er hörte im Schlafe jetzt einen jener unartikulierten aber metallreichen Frauenausrufe, welche so ergötzlich klingen, wenn sie von etwas überrascht oder halb erschreckt werden. Sie war nämlich plötzlich auf den Gedanken gekommen, da die Zeichnungen offenbar aus der Schweiz herrührten, daß am Ende Heinrich der Urheber derselben sein dürfte, und weil der Zufall schon so viel getan, so schien es ihr sogar gewiß, und sie ging mit der Lebhaftigkeit darauf los, welche solchen Wesen eigen ist, wenn sie ein unschuldiges und argloses Abenteuer herbeiführen mögen. Sie stand jetzt vor dem inzwischen fest Eingeschlafenen und hielt den großen Bogen vor ihn hin, indem sie die beiden oberen Ecken zierlich gefaßt, wie eine Kirchenstandarte. Sie rief ihn beim Namen, worauf er sogleich erwachte; aber er war schon so schlaftrunken von der Müdigkeit, daß er die ersten Augenblicke nicht wußte, wo er war. Er sah nur ein schönes Wesen vor sich stehen, gleich einem Traumengel, der ein Bild vor der Brust hielt und mit freundlichen Sternaugen über dasselbe herblickte. Voll traumhafter Neugierde beugte er sich vor und starrte auf das Bild, bis ihm erst die Landschaft mit den Bäumen und Schneefirnen bekannt vorkamen und er dann auch seine Jugendarbeit erkannte. Dann sah er in das vom Feuer beglänzte Gesicht hinauf, und auch dieses kam ihm so bekannt vor, und doch wußte er nicht wo er es schon gesehen, denn das, was er zehn Minuten zuvor erlebt, lag seinem verwirrten Zustande in ein dunkles Vergessen entrückt. Nun zweifelte er nicht länger, daß er mitten in einem jener Träume sich befinde, die er in jener Stadt geträumt, und daß er wiederum auf jener langen und bezauberten Heimreise begriffen sei. Er hielt die Erscheinung für ein neckendes verklärtes Bild seiner Jugend, das ihm nur erschienen sei, um wieder zu verschwinden und ihn in tiefer Hoffnungslosigkeit zu lassen. Seine Gedanken hielt er für jenes sonderbare Bewußtwerden im Traume, er fürchtete zu erwachen und das schöne Bild zu verlieren, und als er wieder auf die sorgsam gemachte, stille und unschuldige Landschaft blickte, entfielen Tränen seinen Augen. Jetzt hielt er sich für erwacht und suchte das Kopfkissen, um das Gesicht hineinzudrücken und den Traum bequemlich auszuweinen; da er aber kein Kissen fand, fuhr er verwirrt empor, schaute sich um, erwachte jetzt wirklich, und sah durch seine Tränen das Bild doch noch immer dastehen. Dorothea, welche ihn erst vergnügt und munter zur Rede stellen wollte, war sogleich verstummt und sah ergriffen dem seltsamen Wesen zu, so daß sie sich eine Weile nicht zu rühren vermochte und in ihrer reizenden Stellung verharrte. Als Heinrich aber sich inzwischen gesammelt und mit wachen Sinnen den Bogen ergriff und betrachtete, sagte sie gerührt und teilnahmvoll: »Sind diese Sachen nicht von Ihnen?« »Gewiß«, erwiderte er voll Verwunderung und trat an den Tisch, wo er sein ehmaliges Eigentum in schönster Eintracht beisammen sah, alles, was er zu dem alten Trödelmännchen getragen hatte für ein Almosen.

Er freute sich höchlich, die Sachen wieder zu sehen, obgleich sie nicht mehr sein waren, und wühlte begierig darin herum; sie kamen ihm vor, als ob sie ein anderer gemacht hätte, und wie so alles wieder beisammen war, was er nach und nach verloren und seinem jetzigen Wesen so fern ab lag, auch da er nichts mehr von diesen Dingen hoffte, so fand er jetzt, daß ein ganz bestimmter und schätzbarer Wert in der Sammlung lag, und freute sich dieselbe in so lieblichen Händen zu sehen.

»Welch ein Zufall!« sagte er, »wie kommen Sie denn nur dazu?«

»Das ist köstlich, köstlich!« rief sie und klatschte voll Freude in die Hände, »einzig, sage ich! Nun sollen Sie uns aber auch willkommen und in aller Ordnung aufgenommen sein! Noch sind Sie ganz durchnäßt und jämmerlich zuwege; zuerst müssen Sie sich durchaus trocknen und warm ankleiden und nehmen Sie nicht übel, daß ich sogleich einige Vorkehrungen treffe! Bleibe so lange hier, Apollönchen, daß dem ärmsten Herrn Lee niemand was zu Leide tut!« sagte sie scherzend und eilte fort.

»Himmel!« sagte Heinrich, als sie fort war, »das setzt mich aber in die größte Verlegenheit.«

»O machen Sie sich gar nichts daraus, mein Herr!« erwiderte das freundliche Mädchen und verneigte sich ganz anmutig, »der Herr und das Fräulein Dorothea tun immer was ihnen beliebt und was recht ist.

Wie sie es tun, so meinen sie es auch und sind auch gar nicht wie andere Herrschaften! Überdies wird sich der Herr ganz gewiß verwundern und freuen über diese Begebenheit; denn als er vor längerer Zeit die Bilder aus der Residenz brachte, hat die Herrschaft sie wochenlang alle Tage nach Tisch betrachtet und die Mappe mußte immer im Familienzimmer stehen.«

Heinrich ging aber dennoch höchst unruhig hin und her; denn er mochte nicht unhöflich und eigensinnig dem Tun der ungewöhnlichen und tüchtigen Dame entgegen sein, und doch fühlte er sich ganz befangen und beschämt, sich dergestalt einzuquartieren und umzukleiden in einem adeligen Hause.

Inzwischen entstand Geräusch in dem Gartenhaus, und Dorothea trat wieder ein und sagte: »So, nun gehen Sie und tun mir den Gefallen, sich umzukleiden; kommen Sie, hierhin, zu Apollönchens Vater! Komm, zeig' ihm den Weg, mein Mädchen!«

Er ging nach der Anweisung der Frauenzimmer durch einen Gang und trat in die Gärtnerstube, wo der alte Gärtner und der Küster beisammen saßen und eifrig Tabak rauchten. Als er da abgegeben war, zog sich das Fräulein zurück und das Apollönchen huschte hinter ihr drein ebenfalls auf und davon.

»Kommen Sie nur, Herr oder wer Sie sind!« sagte der Gärtner treuherzig, als er sah, daß Heinrich verblüfft dastand, »hier geht es nicht anders zu. Der Herr und das junge Fräulein stellen immer solche Geschichten auf, das sind wir schon gewohnt, und es hat noch nie ein schlimmes Ende genommen, sondern sich immer als richtig und erbaulich herausgestellt! Treten Sie nur in diese Kammer, wenns beliebt, da hat die gute Dame einen ganzen Kram herschleppen lassen aus des Grafen Garderobe, und selbst mitgetragen!«

Heinrich ging demzufolge in die Kammer und fand da einen vollständigen Anzug vor vom Kopf bis zum Fuß, nebst feiner frischer Leibwäsche; nichts war vergessen, selbst die warme seidene Halsbinde nicht. Er wusch sich erst Gesicht und Hände und kämmte sein wirres Haar; dann kleidete er sich langsam und bedenklich an, und als er fertig war, getraute er sich nicht hervorzukommen, sondern setzte sich auf einen Stuhl und stellte allerlei Betrachtungen an. Da fiel sein Blick auf seine schlechten beschmutzten Kleider, die am Boden lagen, und er schämte sich, daß er sie nun da lassen sollte, und wußte nicht was mit ihnen zu beginnen sei, bis er sie wieder anzöge. »Wahrhaftig«, sagte er, »ganz wie ich es geträumt! Nun, zum Teufel, solange das Leben so alle Traumgedichte überbietet, wollen wir munter sein!« Er glaubte sich endlich am besten aus der Sache zu ziehen, wenn er die armen Kleidchen ordentlich zusammenlegte. Er legte sie säuberlich auf einen Stuhl in der Ecke, stellte die zerrissenen Stiefelchen ehrbar unter den Stuhl, als ob es die feinste Fußbekleidung wäre, und machte sich endlich auf den Weg nach dem Saale.

Dort fand er unversehens den Grafen vor nebst einem stattlichen katholischen Priester, die beide von der Jagd gekommen schienen; denn der Graf war im grünen Jagdkleide mit hohen Stiefeln und der Geistliche trug noch über seinen wohlausgefüllten schwarzen Rock eine Waidtasche und seine kanonischen Stiefeln waren arg voll Kot. Auf dem Boden lagen Hasen und Hühner nebst einem toten Reh, und am Tische lehnten die Gewehre. Der Graf selbst war ein großer schöner Mann und Heinrich erkannte ihn sogleich wieder, nur daß seine Haare und sein Bart stark mit Grau gefärbt waren, was ihm indessen sehr wohl anstand. Er ging rasch auf Heinrich zu, schüttelte ihm die Hand und sagte: »Das ist ja eine kostbare Geschichte, hören Sie! Nun sein Sie willkommen, junger Mann! Ich erinnere mich Ihrer noch sehr wohl und bin neugierig wie ein Stubenmädchen, was Sie uns zu erzählen haben werden. Morgen wollen wir des Weitläufigsten plaudern, jetzt aber ungesäumt ans Abendbrot gehen! Herr Pfarrer! Sie werden nichts dagegen haben, kommen Sie!«

Er faßte Heinrich unter den Arm, der Pfarrer gab der Dorothea den Arm, indem er einen höflichen Kratzfuß machte und ein schalkhaft lächelndes Gesicht schnitt, und so brach die Gesellschaft auf und ging durch einen langen Garten nach dem Hause, während die Gärtnerstochter ihrer Herrenfreundin mutwillig Gutnacht nachrief. Man trat jetzt in ein wohlgeheiztes behagliches Zimmer und setzte sich um einen runden Tisch, der bereits sehr elegant und stattlich gedeckt und angerichtet war, und Heinrich aß abermals und mit gutem Behagen, da das sichere und edle Wesen des gräflichen Mannes ihn vollständig aufgeweckt und beruhigt hatte. Denn für einen ordentlichen Menschen ist es fast ebenso wohltuend und erbaulich, einen wohlbestellten, schönen und rechten Mann zu sehen, als schöne und gute Frauen.

Die trefflichen Leute unterhielten sich heiter und behaglich, ohne Heinrich besonders in Anspruch zu nehmen, und es atmete alles, was sie sagten, ein festes und offenes Gemüt. Doch sagte der Graf nach einer Weile zu ihm: »Es ist doch eine allerliebste Geschichte! Ei, erinnern Sie sich auch noch der Ursache unserer Bekanntschaft, der groben Schlingel, die Ihnen damals die Mütze abschlugen?«

»Sicher«, sagte Heinrich lachend, »aber was diesen Punkt betrifft, so habe ich heute bei meinem Abzug jenen Einzugsgruß mit Zinsen zurückgegeben!« Er erzählte hierauf sein Abenteuer mit dem Flurschützen. Der Graf warf ihm einen feurigen Blick zu und sagte: »Wenn Sie aber müde sind, so gehen Sie ohne Zaudern zu Bett, damit wir morgen desto munterer sind!«

»Wenn Sies erlauben!« sagte Heinrich, stand auf und machte die zierlichste Verbeugung, die er in seinem Leben je gemacht, und von der er am Morgen nicht geträumt hätte, daß er sie je machen würde; doch mußte er beinahe dazu lachen. Die kleine Gesellschaft lächelte ebenfalls freundlich, stand auf und entließ ihn mit Wohlwollen, worauf in einem guten Schlafzimmer er sich ins Bett warf und, ohne einen weiteren Gedanken zu verlieren, sofort einschlief.

ZEHNTES KAPITEL

, 10 Heinrich schlief wie ein Murmeltier bis zwölf Uhr des anderen Tages; eben erwachte er und rieb sich sehr zufrieden die Augen, als der Graf hereinkam und sich nach ihm umsah. »Guten Tag, mein Lieber! Wie gehts Ihnen?« sagte er und setzte sich an das Bett, »bleiben Sie ruhig liegen und duseln sich gemütlich aus!« Heinrich tat das auch und sagte: »O es geht gut, Herr Graf! Wie viel Uhr ist es denn?« – »Es ist gerade zwölf Uhr«, erwiderte jener, »es freut mich, daß Sie in meinem Hause so gut geschlafen haben. Nun halten Sie vorerst eine gute Einkehr bei uns und tun Sie ganz, als ob Sie bei den besten und zuverlässigsten Freunden wären, von denen Sie wohl hergestellt und guten Mutes wieder auslaufen werden! Aber nun hören Sie, Sie sind mir ja ein köstlicher Gesell! Wir blieben gestern Nacht noch ziemlich lange auf, und da wir von Ihnen sprachen, fiel uns ein, daß die Bildermappe noch im übel verschlossenen Gartensaale lag. Ich gehe selbst hin, sie zu holen, denn ich wünschte nicht, daß irgend ein Unheil damit geschehe, und bemerke, daß auf dem Kaminsims ein kleines verkommenes Paketchen liegt; ich mußte lachen und dachte: Gewiß sind dies die armütigen Effektchen unseres armen Kauzes von Vagabunden! Ich nahm es in die Hand und fand, daß die Hülle vom Regen und vom Tragen aufgelöst war und auseinanderfiel, und siehe da, statt etwa eines Strumpfes oder eines Schnupftuches, wie ich dachte, fällt mir ein ganz durchnäßtes Buch in die Hand; neugierig schlage ich es auf und sehe lauter Geschriebenes, und indem ich die erste Seite lese, vermute ich sogleich, daß Sie Ihre eigene Geschichte geschrieben haben. Ich sehe das Ding etwas genauer an und erkenne an den Data, daß es Ihre Jugendgeschichte ist, die Sie schon damals mit in die Fremde genommen haben und mit welchem Buche der Erinnerung, als Ihrer letzten Habseligkeit, Sie sich wieder aus dem Staube machen! Ich laufe mit den Sachen zurück und rufe: ‚Seht, Leute! Unser Mensch schlägt sich mit seinem Jugendbuche durch Regen und Sturm, wie Vetter Camoens mit seinem Gedichte durch die Wellen! Der Spaß wird köstlich!‘ Dortchen nimmt das Buch und besieht es von allen Seiten. ‚Ach du lieber Himmel‘, ruft sie, ‚das arme Buch ist ja durch und durch naß und droht zugrunde zu gehen! Das muß sogleich getrocknet werden!‘ Es wird ein frisches Feuer in den Ofen gemacht, das Mädchen setzt sich auf ein Taburettchen davor und hält das Buch, die Blätter auseinanderschüttelnd und es umwendend und kehrend, sorgfältig an das Feuer, und in weniger als einer Viertelstunde ist das tapfere Werk heil und gerettet. Nun aber lasen wir noch länger als zwei Stunden darin, an verschiedenen Stellen, und wechselten mit dem Vorlesen ab, und diesen ganzen Vormittag hab' ich auf meiner Stube darin gelesen. Auf den letzten Blättern stehen einige Gedichte, die haben Sie allem Anscheine nach erst neulich gemacht und hineingeschrieben?« Heinrich bejahte dies und wurde rot, und der Graf fuhr fort: »Ich will mich gar nicht entschuldigen für unsere Indiskretion; es macht sich so alles von selbst und wir wollen unsere Unverschämtheit nun mit gänzlicher Freundschaftlichkeit abbüßen. Zuerst muß ich Sie einmal küssen, Sie sind ein allerliebster Kerl!«

»Bitte, Herr Graf!« sagte Heinrich und duckte sich ein bißchen unter die Decke, »Sie sind allzugütig; aber ich mache mir nicht viel daraus, Männer zu küssen!«

»Ei sieh da!« rief der treffliche Mann, »Sie schlaues Bürschchen! Aber trotz alledem müssen Sie mich doch ein bißchen wohl leiden, ich verlange es!«

»O gewiß sag' ich Ihnen«, erwiderte Heinrich, mit schüchternen und doch zutulichen Worten; »ich kann Sie gar nicht genug ansehen, so sehr gefallen Sie meinen Augen und meinem Herzen!« Und er sah ihn dabei wirklich mit glänzenden Augen an.

»Nun denn«, sagte der Graf mit feinem und gerührtem Lächeln, »so müssen Sie durchaus geküßt sein zur Besiegelung unseres guten Einvernehmens!« Er umarmte Heinrich und küßte ihn herzlich, und dieser küßte ihn, sein leises Sträuben aufgebend, herzhaft und seine Augen füllten sich mit salzig heißem Wasser, da er endlich einen solchen älteren Männerfreund gefunden nach langem Irrsal. Denn über einen rechten Mann scheint die Welt wieder gelungen, recht und hoffnungsvoll zu sein. Schweigend sah er den Grafen an und dieser schwieg auch eine Weile; dann drückte Heinrich die Augen in das Kissen und suchte sie verstohlen zu trocknen, sagte aber dann: »Es geht mir recht närrisch! Als ich ein Schuljunge war, war nichts imstande, mir Tränen zu entlocken, und ich galt für einen verstockten Burschen; seit ich groß geworden bin, ist der Teufel alle Augenblick los und höchstens bring' ich es zu einem oder zwei gänzlich trockenen Jahrgängen!«

Der Graf nahm seine Hand und sprach: »Gedulden Sie sich noch ein paar Jährchen und dann wird es vorbei sein und standhaftes trockenes Sommerwetter werden. Es ging mir gerade so vor zwanzig und dreißig Jahren und reut mich noch heute nicht! Doch nun stehen Sie auf, ziehen sich an und frühstücken. Wissen Sie was! Ich werde es hierher bestellen, und Sie erzählen mir wie es Ihnen ergangen, das heißt Sie liefern mir eine förmliche Fortsetzung der Jugendgeschichte.«

Während Heinrich sich ankleidete und frühstückte, begann er zu erzählen und zündete dazu, als er mit Essen fertig war, eine gute Zigarre an, wie auch der Graf eine solche rauchte. Heinrich erzählte und beichtete mit Lust und frohem Mut, mit Härte und Schärfe, bald mutwillig, bald traurig, bald schnell und feurig, dann wieder langsam und bedenklich, und tat seinem Wesen nicht den mindesten Zwang an, ohne eine Unschicklichkeit zu sagen, oder wenn er eine solche sagte, so fühlte er es sogleich und verbesserte sich ohne großen Kummer; denn was aus einem schicklichen Gemüte kommt, ist leicht zu ertragen, und sein Zuhörer, obgleich er ein älterer Mann war, verbreitete nichts als Freiheit und Sicherheit um sich. Er war jung mit dem Jungen, ohne den Wert seiner Jahre zu verbergen, leicht beweglich und anmutig, doch mit dem Gewichte eines Mannes, der gelebt und gedacht hat und fest steht, wo er steht. Er hörte geläufig und aufmerksam zu, ohne ängstliche Spannung, und ließ sich ansehen, daß der Erzähler bei ihm zu Hause war und verstanden wurde mit feinem Sinne, auch wenn er ein Wort überhört hatte. Auch gab er sein Verständnis nicht mit Ausrufen und Wortstellungen zu erkennen, sondern hörte ebenso leicht und zwanglos, wie ihm erzählt wurde, und Heinrich konnte im Zimmer umhergehen, einen Gegenstand betrachten oder etwas hantieren, ohne dabei den Zuhörer beim Erzählen zu dessen Pein zu fixieren, ob er auch höre und verstehe? So sprach er zum ersten Mal, seit er jenes Buch geschrieben, wieder so recht aus sich heraus und fühlte mit bewegtem Herzen den Unterschied, wenn man dem toten weißen Papier erzählt oder einem lebendigen Menschenkind. So vergingen beinahe zwei Stunden, und als er mit seiner Ankunft auf dem Kirchhof geendet, sagte der Graf: »Wenn Sie als Maler ein Pfuscher gewesen wären, so hätte das Verlassen dieses Berufes gar keine Bedeutung und könnte uns hier nicht weiter beschäftigen. Da Sie aber, wie ich den Beweis im Hause habe, unter günstigeren Umständen oder bei besserer Ausdauer gar wohl noch eine so gute Figur hätten machen können, als so mancher sein Ansehen kümmerlich aufrechthaltende Gesell, der tut, als ob die Musen an seiner Wiege gestanden hätten, so gewinnt die Sache einen tieferen Sinn, und ich gestehe aufrichtig, daß es mir ausnehmend wohl gefällt und mir als ein stolzer und wohlbewußter Streich erscheint, ein Handwerk, das man versteht, durchschaut und sehr wohl empfindet, dennoch wegzuwerfen, wie einen alten Handschuh, weil es uns nicht zu erfüllen vermag, und sich dafür unverweilt die weite lebendige Welt anzueignen.«

»Sie täuschen sich«, unterbrach ihn Heinrich, »ich konnte wirklich nichts machen, ich habe es ja versucht, und auch bei günstigeren Verhältnissen würde ich höchstens ein stelzbeiniger dilettantischer Akademist geworden sein, einer jener Absonderlichen, die etwas Apartes vorstellen und dennoch nicht in die Welt und in die Zeit taugen!«

»Larifari!« erwiderte der Graf, »ich sage Ihnen, es war bloß Ihr guter Instinkt, der Sie damals nichts zuwege bringen ließ. Ein Mensch, der zu was Besserem taugt, macht das Schlechtere immer schlecht, gerade solange er es gezwungen und in guter Naivetät macht; denn nur das Höchste, was er überhaupt hervorbringen kann, macht der Unbefangene gut; in allem anderen macht er Unsinn und Dummheiten. Ein anderes ist, wenn er aus purem Übermut das Beschränktere wieder vornimmt, da mag es ihm spielend gelingen. Und dies wollen wir, denk ich, noch versuchen; denn Sie müssen nicht so jämmerlich davonlaufen, sondern mit gutem Anstand von dem Handwerk Ihrer Jugend scheiden, daß keiner Ihnen ein schiefes Gesicht nachschneiden kann! Auch was wir aufgeben, müssen wir elegant und fertig aufgeben und ihm mit geschlossener Abrechnung freiwillig den Rücken kehren. Dann aber wollen wir bestialische Flurschützen prügeln, dies sei unser Metier, in Liebe und Haß wirken, in Neigung und Widerstand! Sie werden aufhören, selbst Tränen zu vergießen, aber dafür andere deren vergießen lassen, die einen aus Freude, die anderen aus Zorn und Ärger! Aber jetzt vor allem zur Sache! Ich habe Ihre sämtlichen Studien bei dem alten Teufelskerl gekauft, Stück für Stück um einen Taler. Ich lief eifrig hin, damit mir ja keine entgehe, denn die Sachen gefielen mir wohl, ohne daß ich jedoch viel dabei dachte, und erst als ich sah, daß hier ein ganzer wohlgeordneter Fleiß stückweise zum Vorschein kam, vielleicht die heiteren Blütenjahre eines unglücklich gewordenen Menschen, gewann ich ein tieferes Interesse an den Sachen und sammelte sie sorgfältig auf, seltsam bewegt, wenn ich sie so beisammen sah und alle verschwendete Liebe und Treue eines Unbekannten, die Luft eines schönen Landes und verlorener Heimat herausfühlte; denn man sah wohl, daß dies nicht Reisestudien waren, sondern ein Grund und Boden vom Jugendlande des Urhebers. Der Trödler wollte mir aber nie sagen, wo derselbe aufzufinden, und beharrte eigensinnig auf seinem Geheimnis; er log mich an und sagte, es schicke sie ihm ein auswärtiger Händler, als ob der Kauz weiß Gott welche Geschäftsverbindungen hätte in seiner Spelunke. Nun sagen Sie aber: wollen Sie die Sachen wieder haben, oder wollen Sie mir dieselben lassen?«

»Sie sind ja Ihr Eigentum!« sagte Heinrich.

»Was da Eigentum! Sie werden doch nicht glauben, daß ich, nun ich Sie kenne und in meinem Hause habe, Ihre Mappe um solches Bettelgeld behalten will, das wäre ja wie gestohlen! Oder wollen Sie mich beschenken, Sie armer Schlucker?«

»Ich meine«, sagte Heinrich, »daß die Mappe ihre Dienste getan und sich für mich vollständig verwertet hat; erst habe ich etwas daran gelernt und, indem ich sie zusammenbrachte, nichts Schlechteres verübt; dann hat sie mir zur Zeit der Not das Leben gefristet und zwar auf eine Weise, durch welche ich wieder etwas gelernt habe, und auf die Größe der Summe kam es gar nicht an. Jeder Groschen hatte für mich den Wert eines Talers und machte mir ebenso großes Vergnügen als ein solcher, und so habe ich zu Recht bestehend mich der Sachen entäußert. Endlich hat sie mir Ihr Wohlwollen erworben und mir das artigste Abenteuer vorbereitet, und so denke ich, durch dies alles sei ich vollkommen entschädigt.«

»Dies würde alles ganz nach meinem eigenen Sinne sein, wenn die Umstände anders beschaffen wären. So aber ist es eine Düftelei, die wir lassen wollen. Ich bin reich und würde jetzt die Mappe unbedingt um jeden annehmbaren Preis kaufen, auch wenn Sie selbst gar nichts davon bekämen, also ganz ohne Rücksicht auf Sie. Lernen Sie auf Ihrem Rechte bestehen, wo es niemand drückt und ängstiget, wenn Sie Recht gewähren wollen, und nehmen Sie den Erwerb, der Ihnen gebührt, ohne Scheu, nachher können Sie damit tun, was Sie wollen! Also nennen Sie mir einen Preis, wie er Ihnen gut dünkt, und ich werde noch froh sein, die Sachen zu behalten.«

»Gut denn«, sagte Heinrich lachend, »so wollen wir den Handel abschließen! Es sind über achtzig Blätter; geben Sie mir für jedes ineinander gerechnet einen Louis'dor! Manches darunter würde ich, wenn ich ein florierender Künstler wäre, nicht für zehn verkaufen, aber bei einem solchen Handel in Bausch und Bogen ist es nicht also zu nehmen; davon ziehen Sie dann achtzigmal den Taler ab, den Sie dem Alten für jedes Stück gegeben, so wird die Affäre so ziemlich ehrbar und für beide Teile leidlich ausfallen!«

»Sehen Sie wohl!« sagte der Graf und gab ihm lachend die Hand, »so gefallen Sie mir! Hätten Sie zu wenig oder zu viel verlangt, so würden Sie mir in beiden Fällen nicht gefallen haben! Auch den Abzug des Talers nehme ich an und habe absichtlich gleich Geld mitgebracht; hier ist es, damit sie mit einem guten Pfennig in der Tasche, als Gast und nicht als Bettler, an unseren Mittagstisch kommen, wohin wir jetzt gehen wollen!«

Heinrich steckte die Papiere in die Brusttasche und einiges Silbergeld, welches die betreffende Summe vervollständigte, in die Westentasche, denn eine Börse besaß er nicht, und indem er an des Grafen Arm nach dem Familienzimmer ging, sagte er: »Wenn ehemals ein abenteuernder Held in einer befreundeten Burg einkehrte und sich erholte, so reichte man ihm ein neues Schwert, wenn das seinige im Kampfe mit den Riesen und Ungeheuern zerbrochen war. Heute reicht man ihm, wenn es recht hoch und kühnlich hergeht, ein Bündel Banknoten, welche er auch ganz stillvergnügt einsteckt und mit denen er, statt eines Schwertes, um sich schlagen und weiterfechten muß, um sich Luft zu schaffen für seine wunderlichen und unerheblichen Taten.«

»So ist es«, antwortete der Graf, »darum sehen Sie zu, daß Ihnen das moderne Schwert nie mehr zerbricht! Denn nur wenn Sie Geld haben, brauchen Sie am wenigsten an dasselbe zu denken und befinden sich nur dann in vollkommener Freiheit! Wenn es nicht geht, so kann man allerdings auch sonst ein rechter Mann sein; aber man muß alsdann einen absonderlichen und beschränkten Charakter annehmen, was der wahren Freiheit auch widerspricht!«

11 Als sie in das Zimmer traten, kam ihnen Dorothea entgegen und begrüßte Heinrich freundlich, doch mit einer gewissen anmutigen Gemessenheit, indem sie einen leichten Knix machte, sich gleich wieder bolzgrad aufrichtete, den Lockenkopf allerliebst auf eine Seite neigte und den Gast mit reizender Hochgnädigkeit ansah. Auch trug sie ein Kleid von schwerem schwarzen Atlas, das sehr aristokratisch

geschnitten war, um den Hals eine feine Spitzenkrause, in welcher sich ein glänzendes Perlenhalsband verlor, nicht ohne sich zuerst um ein Stückchen des weißen fräuleinhaften Halses zu schmiegen.

Der Graf sah seine Tochter etwas überrascht an, auch schaute er sich um und sagte verwundert: »Ich dächte, wir wollten essen? und wo hast du denn decken lassen?« »Ich habe heute im Rittersaal decken lassen«, sagte sie, »wir haben so lange nicht da gegessen und der Herr grüne Heinrich kann sich da am besten orientieren, bei wem er eigentlich ist, wir haben uns, die wir ihn nun schon mehr kennen, ihm eigentlich noch gar nicht vorgestellt und kaum weiß er, wie wir heißen!«

Der Graf, welcher nicht wußte, was sie im Schilde führen mochte, ließ sie gewähren und so begab man sich durch einige Gänge des weitläufigen Hauses nach einem langen, etwas düstern Saal. Dieser war von unten bis oben mit Ahnenbildern angefüllt, fast durchgängig schöne Männer und Frauen in allen Lebensaltern, die der Tracht und der Kunst nach zu urteilen bis zum Anfange des fünfzehnten Jahrhunderts hinaufreichten. Von da ab waren aber noch wohl drei Jahrhundert dargestellt in Waffen, silbernen Geschirren, Hauschroniken in allerhand Pergamentbänden, altertümlichen Urkundenschränken und Kuriositäten aller Art, welche sämtlich mit Daten, Wappen und deutlichen Merkmalen versehen waren. Die Fenster waren zum größten Teil mit gemalten Scheiben bedeckt, auf welchen allen das Wappen des Hauses mit demjenigen der eingeheirateten Frauen verbunden über biblischen Handlungen und Legenden schwebte. Auch war darin das Hauswappen in allen seinen Wandlungen, von seiner ersten kriegerischen Einfachheit bis zu seiner letzten Vermehrung und Zusammensetzung zu sehen. Der Boden des Saales war ganz mit hochrotem Tuche bedeckt, was zu den dunklen alten Möbeln und Bilderrahmen prächtig und romantisch abstach, während die Tritte der Gehenden nur leise darauf ertönten; in dem Kamin von schwarzem Marmor glühten große Eichenklötze, und da das Gemach der langen Verschlossenheit wegen durchräuchert worden, erhöhte der feine Duft noch die Feierlichkeit und Vornehmheit dieses Aufenthaltes.

»Ich habe«, sagte der Graf, »meinen ganzen Familienkram hier auf einen Punkt aufgestapelt, da dergleichen auch sein Recht will und sich nicht so leicht entäußern läßt, als man glauben möchte. Sehen Sie sich ein wenig um, es sind manche hübsche Sachen darunter!«

Heinrich sah sich lebhaft um und bezeugte große Freude über die vielen wertvollen Stücke und über das Merkwürdige, was hier aufgehäuft war; unter den Bildern waren manche von den besten Meistern der verschiedenen Zeiten und Orte, wo die alten Herren auf ihren Zügen und Gesandtschaften sich umgetrieben. Andere, wenn auch von dunkleren örtlichen Pinselieren gemalt, machten sich durch ihren charaktervollen Gegenstand und dessen Schicksal geltend, das ihnen auf der Stirne stand; vorzüglich aber gefielen ihm die vielen feineren oder keckeren Kindergesichter, welche gleich den Blüten an diesem großen Baume zwischen den reifen Früchten überall hervorlächelten, deren Schicksal, dessen Beginn und Morgenrot hier für immer festgehalten schien, nun auch seit Jahrhunderten erfüllt und in die Erde gelegt war oder gar nicht zur Erfüllung gekommen, da ein Kreuz oder ein denatus [gestorben] ansagte, daß sie als Blüten schon vom Baume geweht worden. Manches gemalte Schwert und Panzerstück war im gleichen Saale auch in Wirklichkeit vorhanden, und der Graf hielt ihm die schweren Stücke mit leichter und kundiger Hand vor, indessen Heinrich sie auch nicht wie ein Mädchen ihm abnahm, da ihm die Waffenfähigkeit und Liebhaberei seines Geburtslandes in den Fingern steckte. Dorothea hingegen bewegte sich rasch und gefällig herum, stieg auf Schemel und Tritte, um einen alten silbernen Becher oder ein Kästchen herabzuholen, und wies und erklärte die Sachen mit freundlicher, aber fast mitleidiger Höflichkeit, was indessen Heinrich, der vollauf mit dem Beschauen der Gegenstände beschäftigt war, nicht bemerkte, sondern nur als einen angenehmen Eindruck zu dem übrigen empfand, ohne darauf zu achten. Erst als sie sich zu Tische setzten und man sich gegenübersaß, wo Dorothea, die den Männern vorlegte, mit noch erhöhter vornehmer Freundlichkeit und Herablassung den Gast nach seinen Wünschen und Bedürfnissen fragte, fiel ihm dies Wesen auf, das ihm gestern gar nicht vorhanden geschienen. Es gefiel ihm aber gar wohl, da er geneigt war, solchen schönen Geschöpfen nichts übel zu nehmen, wenn sie nicht gerade zu herzlos waren, und um sie darin zu bestärken und ihr einen Gefallen zu tun, sagte er: »Solche Anschaulichkeit und Durchsichtigkeit einer langen Vergangenheit sind doch eine Art von Concretum, das sich nicht willkürlich vergessen und verwischen läßt. Wenn es einmal da ist, so ist es da, und man kann sich nicht verhindern, an dem Vorhandenen seine Freude zu haben!«

»Gewiß«, erwiderte der Graf, »nur ist es töricht, willkürlich fortsetzen und machen zu wollen, was unter ganz anderen Verhältnissen und Bedingungen geworden ist. Desnahen nenne ich mich auch ungeniert noch von so und so, weil diese Landschaft so heißt und nicht meine Person, welche kein Berg, sondern ein Mensch ist. Schon weil seltenerweise das Grundstück nie aus unserem Besitz gekommen ist und fortwährend welche von uns hier gewohnt haben in gerader Linie, so erfordert eine gewisse Dankbarkeit gegen diese Erscheinung, daß man ihr die Ehre gebe. Ich selbst habe eine bürgerliche Frau genommen, welche früh gestorben ist und mir keinen Erben hinterließ; ich habe sie so geliebt, daß es mir nicht möglich war, wieder zu heiraten, und wenn es nicht zu seltsam klänge, so wäre ich fast froh, keinen Sohn zu hinterlassen; denn wenn ich mir denken müßte, daß diese Familiengeschichte noch einmal achthundert Jahre fortdauern könnte oder wollte, so würde mir dieser Gedanke Kopfschmerzen machen, da es Zeit ist, daß wir wieder untertauchen in die erneuende Verborgenheit. Ich selbst bin im Verfall des alten Reiches geboren und eigentlich schon ganz überflüssig, so daß sich unser Stamm müde fühlt in mir und nach kräftigender Dunkelheit sehnt. Wenn ich einen Sohn hätte, so würde ich auch Besitz und Stamm gewaltsam aufgegeben haben und dahin gezogen sein, wo kein Herkommen gilt und jeder von vorn anfangen muß, damit das Leibliche der Linie gerettet werde und ferner nütze und genieße, da dieses am Ende die Hauptsache ist.«

Heinrich freute sich dieser Reden und fühlte sich durch sie geehrt. »Ist jene stolze schöne Dame, welche dazumal das Hündchen auf den Tisch setzte, vielleicht Ihre Gemahlin gewesen?« fragte er mit höflicher Teilnahme.

»Nein«, sagte der Graf lachend, »das ist meine Schwester; die lebt als Gattin eines alten Edelmannes vom stolzesten Geblüte tief in Polen und ist ganz verbauert; auch hat sie zur Strafe für ihre Narrheiten schon vier Jahre in Sibirien zubringen müssen mit ihrem Eheherrn.

Übrigens ist es eine ganz gute und liebe Dame, und wenn ich sterbe, so werde ich diesen ganzen Trödel hier zusammenpacken lassen und ihr zuschicken; vielleicht, wenn es gut geht, rutscht er mit der Zeit weiter ostwärts wieder nach Asien hinüber, woher unsere Urväter gekommen sind, und findet da ein gemütliches Grab!«

Dorothea, welche sah, daß ihrem Gaste diese Reden sehr behagten, aber selbst in ihrem Hochmut verharrte, sagte nun in der alten halb teilnehmenden, halb gleichgültigen, ja sogar fast mokanten Weise zu ihm: »Sie scheinen aber auch von einer Art guter Herkunft zu sein, Herr Lee? wenigstens freuen Sie sich am Anfang Ihres hübschen Buches Ihrer wackeren bürgerlichen Eltern?«

»Allerdings«, sagte Heinrich, dem diese Frage in diesem Augenblick etwas überquer kam, errötend, »bin ich auch nicht auf der Straße gefunden!«

Da klatschte sie plötzlich jubelnd in die Hände, indem sie wieder ihre gestrige offene und natürliche Art annahm, und rief fröhlich: »Nun hab ich Sie doch gefangen! Aber Ich bin auf der Straße gefunden, wie Sie mich da sehen!«

Heinrich sah sie verblüfft an und wußte nicht, was das heißen sollte, indessen sie fortfuhr sich zu freuen und rief: »Sehen Sie, nun konnt ich Sie doch noch verblüfft machen, der sich von diesen Herrlichkeiten so gar nicht verblüffen ließ! Ja ja, mein gestrenger Herr von braver Abkunft, ich bin das richtigste Findelkind und heiße mit Namen Dortchen Schönfund und nicht anders, so hat mich mein lieber Pflegepapa getauft!«

Heinrich sah den Grafen verwundert an und dieser lachte und sagte: »Ei, ist dies also nun das Ziel deines Witzes? Wir mußten nämlich gestern Abend lachen, lieber Freund! als wir Ihre Worte lasen: wenn Sie sich selbst bei der Nase fassen, so seien Sie sattsam überzeugt, daß Sie zweiunddreißig Ahnen besäßen! Als wir aber dann die ganz gesunde Freude lasen, welche Sie doch äußern, so ehrliche Eltern zu besitzen, und wie Sie sich doch nicht enthalten können, über die Vorfahren einige Vermutungen aufzustellen, mußten wir wieder lachen; nur das liebe Kind hier schmollte und beklagte sich, daß alle, Adelige wie Bürgerliche und Bauern, sich ihrer Abkunft freuen und nur sie allein sich gänzlich schämen müsse und gar keine Herkunft habe; denn ich habe sie wirklich auf der Straße gefunden und sie ist meine brave und kluge Pflegetochter.« Er streichelte ihr wohlgefällig die Locken, Heinrich aber war ganz beschämt und sagte kleinlaut: »Ich glaube wenigstens zu sehen, daß ich Sie nicht ernstlich beleidigt habe, mein Fräulein! – Was jene Anzüglichkeiten betrifft in meinem Geschreibsel über die adelige und bürgerliche Herkunft, so glaube ich nicht, daß ich sie jetzt noch machen würde; denn ich habe seither gelernt, daß jeder seine Würde am füglichsten wahrt, wenn er andere vor allen Dingen als Menschen betrachtet und gelten läßt und dann sich gar nicht mit ihnen vergleicht und abwägt, haben sie auch welche Stellung und Meinungen sie wollen, sondern auf sich selbst ruht, sich nicht verblüffen läßt, aber auch nicht darauf ausgeht, andere zu verblüffen, denn dies ist immer unhöflich und von ordinärer Art. So gestehe ich, daß ich die jetzige Beschämung vollkommen verdient habe, indem ich mich doch verlocken ließ, die vermeintlich stolze Gräfin abtrumpfen zu wollen, anstatt sie in ihrer Art und Weise ungeschoren zu lassen! Übrigens ist Ihre Abkunft doch noch die vornehmste, denn Sie kommen so recht unmittelbar aus Gottes weiter Welt, und man kann sich ja die hochgestelltesten und wunderbarsten Dinge darunter denken!«

»Nein«, sagte der Graf, »wir wollen sie um Gottes willen nicht zu einer verwunschenen Prinzessin machen, die Sache ist sehr einfach und klar. Vor zwanzig Jahren, als meine Frau eben gestorben, trieb ich mich sehr ungebärdig und schmerzlich im Lande herum und kam an die Donau. Eines Abends, als eben die Sonne unterging, fand ich in ihrem Scheine ein zweijähriges Kind mutterseelenallein im Felde auf einem hölzernen Bänkchen sitzen, das unter einem Apfelbaume war. Die Schönheit des Kindes rührte mich und ich blieb stehen, da es zugleich verlangend die Ärmchen nach mir ausstreckte und durch reichliche Tränen lächelte, so froh schien es, einen Menschen zu sehen. Ich schaute lange aus, ob niemand Angehöriger in der Nähe sei, und da ich niemand entdeckte im weiten Felde, setzte ich mich auf das Bänkchen und nahm das Kind auf den Schoß, das auch alsogleich einschlief. Da nach Verlauf einer halben Stunde sich niemand zeigte, nahm ich es getrost auf den Arm und ging nach dem nächsten Dorfe, um Nachfrage zu halten. Das Kind gehörte nicht in das Dorf, noch in die Gegend überhaupt; hingegen erfuhr ich, daß im Laufe des Nachmittages eine Schar Auswanderer durchgezogen mit Weib und Kindern, die nach dem südlichen Rußland gingen und sich etwas weiter unten am Flusse den folgenden Morgen einschiffen wollten. Ich gab das Kind nicht aus den Händen, blieb in dem Dorfe über Nacht und begab mich mit dem Morgengrauen nach der bezeichneten Stelle, wo ich den Trupp schon im Begriffe fand zu Schiffe zu gehen. Es fand sich, daß die Mutter des Kindes, eine junge Witwe, unterwegs gestorben und begraben worden und daß die Gesellschaft dasselbe gemeinschaftlich mitgenommen. Aber noch war es nicht einmal vermißt worden, das arme Geschöpfchen, das sich während des Ausruhens verlaufen, und die guten Leute erschraken sehr, da ich mit dem lieben Tierchen unvermutet erschien. Es brauchte indes nicht viel Beredsamkeit, bis sie mir meinen Fund überließen, da er so viel wie nichts besaß und die arme tote Mutter auf ihre gute Person allein die Hoffnungen der Zukunft gegründet hatte. Aber so eilig ging es zu mit der Abfahrt, daß ich mich nicht einmal nach den genaueren Namen erkundigen konnte. Das wurde rein vergessen und ich erinnerte mich nachher nur, daß die Leute aus Schwaben gekommen. Von dem Kinde erfuhr ich, daß es Dortchen heiße, und so nannte ich es Dortchen Schönfund, als ich ihm später sein Heimatsrecht bei mir sicherte, und so wissen wir endlich nur, daß Dortchen Schönfund hier ein Schwäblein ist! Es nahm aber von Jahr zu Jahr so sehr und mit solcher Leichtigkeit zu an Anmut, Tugend und Sitte, daß wir die kleine Hexe ohne Wahl vollkommen als die Tochter des Hauses halten und noch froh sein mußten, wenn sie nicht uns über den Kopf wuchs in allen guten Dingen. Meine Schwester, die Adelige, wollte auch durchaus Mittel finden, das Wesen durch irgend einen armen Teufel von Grafen zur Aufrechthaltung dieses alten Kastells zu verwenden, aber, wie gesagt, hieran ist mir nichts gelegen und Schönfündchen ist mir dazu zu gut!«

Das Fräulein hatte bei Erwähnung ihres Fundes und besonders ihrer armen unbekannten Mutter einige heiße Tränen vergossen, das schöne Köpfchen vornübergebeugt und in das Taschentuch gedrückt. Doch lächelte sie schon wieder und sagte: »So, Herr Lee! nun kennen Sie meine glorreiche Geschichte und können mich bedauerlich ansehen! Nun, so sehen Sie mich doch ein bißchen bedauerlich an!«

»Ich werde mich wohl hüten«, sagte dieser, »ich empfinde erst recht den tiefsten Respekt, Fräulein! und sehe gar nichts an Ihnen, das zu bedauern wäre; vielmehr bedauert man sich sogleich selbst, wenn man so vor Ihnen dasitzt.« Er schämte sich aber dies gesagt zu haben und sah verlegen auf seinen Teller, während er in der Tat eine erhöhte Ehrerbietung gegen das Mädchen empfand, da alle ihre Feinheit und Würde einzig in ihrer Person beruhte und weder erworben noch anerzogen schien.

Als man aufstand, hatte der Graf einige Geschäfte mit den Landleuten abzutun und ließ Heinrich die Wahl, ob er ihn begleiten oder sich allein in Haus und Garten umtreiben oder in der Gesellschaft seiner Pflegetochter bleiben wolle. Heinrich zog vor, da es ihm schicklicher schien, sich in die Gärten zu begeben, und tat dies auch, nachdem der Graf sich entfernt. Die Sonne hatte wieder den ganzen Tag geschienen und es war ein heiteres warmes Herbstwetter geworden.

ELFTES KAPITEL

Höchst angenehm gestimmt und aufgeregt ging er in dem schönen Garten umher und fühlte sich lieblich geschmeichelt und gestreichelt durch den artigen Scherz, welchen das Fräulein mit ihm aufgeführt, sowie durch die unbefangene Art, mit welcher sie die Erzählung ihres Herkommens und ihrer Verhältnisse veranlaßt hatte. Aber erst unter den dunklen Bäumen des Lustwaldes stieg ihm plötzlich der schmeichelhafte Gedanke auf, daß er der Schönen am Ende wohl gefallen müsse, weil sie so unverhohlen und freundlich sich mit ihm zu tun machte, und er warf unverweilt sein inneres Auge auf sie mit großem Wohlwollen, auch stellte sich ihm im Fluge ein herrliches und edles Leben dar mit allen seinen Zierden an der Seite dieses guten und liebenswerten Frauenzimmers. Heftig schritt er in dem kühlen Schatten umher und fühlte sein Herz ganz gewaltig schwellen, und er kam sich im höchsten Grade glückselig und deshalb liebenswürdig vor. Aber auf dem obersten Gipfel dieser schönen Einbildungen ließ er den Kopf urplötzlich sinken, indem es ihm unvermutet einfiel, daß dergleichen unbefangene Scherze, frohes Benehmen und Zutraulichkeit ja eben die Kennzeichen und Sitten feiner, natürlicher und wohlgearteter Menschen und einer glücklichen heiteren Geselligkeit wären, welche jeden, den sie einmal arglos aufgenommen und zu kennen glaubt, auch ohne Arg mit ganzer Freundlichkeit behandelt; daß es ebensowohl das Kennzeichen der Grobheit und Ungezogenheit wäre, zum Danke für solche feine Freundlichkeit sogleich das Auge auf die Inhaberinnen derselben zu werfen und ihre Person mit unverschämten und eigenmächtigen Gedanken in Beschlag zu nehmen. So hoch diese sich vorhin verstiegen hatten, umso tiefere Demut befiel ihn jetzt und er beschloß in derselben, die Schönste gegen sich selbst in Schutz zu nehmen, nicht ahnend, daß eine Neigung, die schon mit solcher inniger Achtung vor ihrem Gegenstande beginnt, das allerschärfste Schwert in sich birgt. Und er beschloß ganz gründlich zu Werke zu gehen und die Dame auch in dem geheimsten Gemüte nicht zu lieben, so daß sie unbewußt ganz unbedenklich in demselben wohnen könne, nur von seiner uneigennützigsten Ehrerbietung und guten Freundschaft umgeben.

Dieser herzhafte Beschluß schwellte ihm abermals die Brust und hielt dann sein Blut auf in seinem Laufe, aber sehr schmerzlich süß, daß es ihm wohl und weh dabei ward. Ersteres, weil es immer wohl tut, einem liebenswürdigen Wesen Gutes zu erweisen, selbst wenn das durch Entsagung geschieht, und weh, weil es doch eine häklige Sache ist, eine junge Neigung so ohne weiteres abzuwürgen und eine ganze werdende mögliche Welt im Keime zu zertreten. Indem er dies schmerzliche Gefühl empfand und darüber nachdachte, sagte er: »Im Grunde – ein Mädchen zu lieben ist nie eine Unhöflichkeit, wenn man nur etwas Rechtes ist! Aber von mir würde es jetzt unhöflich und grob sein, weil ich ja nichts, ach so gar nichts bin und erst alles werden muß!« Zum ersten Mal bereute er so recht die vergangenen Jahre und die scheinbar nutzlose Jugend, die ihn jetzt von dieser Erscheinung überrascht werden ließ, ohne daß er bereit und wert war, auch nur im geheimen eine herzhafte Leidenschaft aufkommen zu lassen und zu nähren. Er fuhr seufzend mit der Hand durch das Haar und entdeckte, daß er keinen Hut auf dem Kopfe hatte. »Ein Kerl!«

rief er, »der nicht einmal einen guten Hut, das Zeichen der Freien, auf dem Kopfe trägt! Da lauf ich barhäuptig wie ein Mönch in fremdem Besitztum umher! Ich muß einmal nach meinem Hute sehen!«

Er lief in das Gartenhaus. Das freundliche Apollönchen allein war da und holte ihm auf sein Begehren seinen Hut hervor; aber sie hielt denselben mit einem schalkhaften Lächeln dar, soweit dies ihrer Gutmütigkeit immer möglich war; denn der Hut sah schändlich aus und war gänzlich zugrunde gerichtet. Vom Regen war er noch aus aller Form gewichen und stellte sich von allen Seiten, wie man ihn auch wenden mochte, als ein höhnisches Unding vor. Wie Heinrich ihn so trostlos in der Hand hielt und Apollönchen mit verhaltenem Lachen dabeistand, trat Dorothea aus dem Saale herein und rief: »Wo ist denn das Herrchen? Ach, da sind Sie ja! Wenn es Ihnen lieb ist, so wollen wir doch ein wenig spazieren gehen, sehen Sie hier, da habe ich Ihnen einen Hut zurecht gezimmert, der Ihnen hoffentlich wohl anstehen soll!« Wirklich hielt sie einen breiten grauen Jägerhut in der Hand, um den ein grünes Band geschlungen war. Sie setzte ihm denselben auf und sagte: »Lassen Sie sehen! Ei vortrefflich, sage ich Ihnen, sieh mal, Apollönchen! Ich habe mir erlaubt, Ihre Jugendfarbe daran anzubringen, damit wir doch ein bißchen grünen Heinrich hier haben! Ist dies Ihr Hut? Wollten Sie den aufsetzen? Zeigen Sie!«

»Ach sehen Sie ihn doch nicht an!« rief Heinrich und wollte ihn wegnehmen, aber sie entschlüpfte ihm, und den Trübseligen pathetisch vor sich hinhaltend, sagte sie: »Lassen Sie! Ich möchte gar zu gern ein solch schlechtes Ding und Krone der Armut einmal ganz in der Nähe besehen! Ja es ist wahr! kummervoll sieht er aus, der Hut! Aber wissen Sie, ich möchte doch einmal ein Bursche sein und mit solchem verwegenen Unglückshut so ganz allein in der Welt herumwandern! Aber durchaus müssen wir ihn in unserm Rittersaal aufpflanzen als eine Trophäe unserer Zeit unter den alten Eisenhüten!«

Heinrich entriß ihr die Trophäe und steckte sie in den Ofen, in dem eben ein helles Feuer brannte, und ging mit ihr, die ihn darüber ausschalt, ins Freie. »Wenn er einmal verbrannt sein mußte«, sagte sie, »so hätten wir ihn doch auf feierliche Weise verbrennen sollen! Sie haben in Ihrem Schreibebuch selbst so artig besungen, wie Sie Ihre Dornenkrone lustig auf einem Zimmetfeuerchen verbrennen wollten, nun hätten wir den schlimmen Hut dafür nehmen und ihn dergestalt mit guten Zeremonien verbrennen können, zum Zeichen, daß Sie entschlossen sind, es sich von nun an recht wohl gehen zu lassen!«

Er antwortete hierauf nichts und dachte auch an gar nichts mehr, was er soeben erst gedacht, sondern überließ sich ganz gedankenlos dem Vergnügen, an der Seite der schönen Jungfrau zu sein, welche ihm die Gegend zeigte, vor ihm her über Wassertümpelchen und Geleise sprang, ihr Kleid anmutig aufnehmend, und zuweilen lachend zurücksah, ob er ihr auch ordentlich folge. Seit langer Zeit erging er sich zum ersten Mal wieder auf dem Lande, ohne Sorgen und an einem schönen Abend, und er wurde durch alles dies so wohlgemut, daß er auf die harmloseste Weise mit der Schönen umherlief und lachte und anfing Witze zu machen, ohne jedoch die Bescheidenheit zu verletzen. Es dunkelte schon, als sie wieder auf dem Kirchhof ankamen, wo sie mit dem Herrn des Hauses zusammentrafen; dieser nahm Heinrich mit sich fort und begehrte mit ihm zu sprechen, während Dorothea zurückblieb, um noch schnell, soweit es das scheidende Tageslicht erlaubte, die Gräber nachzusehen, welche ordentlich unter ihrer Obhut zu stehen schienen.

»Ich habe«, sagte der Graf, »jetzt alles überdacht, was wir tun wollen. Ich habe in der Hauptstadt einige Geschäfte und muß diesen Herbst noch hinreisen. So wollen wir gleich morgen zusammen hingehen; Sie versehen sich da mit allem Nötigen, vorzüglich aber mit einigem Handwerkszeuge, soviel Sie zur Vollendung eines oder zweier ansehnlichen Bilder bedürfen, und dann kehren wir hierher zurück; denn ich möchte Sie durchaus nicht mehr in der Stadt wissen und Sie müssen sich vollkommen wohl befinden auf einige Zeit, dies legt eigentlich den besten Grund zu einem guten Wesen; denn die Welt ist nicht auf Grämlichkeit und Unzufriedenheit, sondern auf das Gegenteil gegründet. Hier machen Sie mit leichtem Mut eine gute Arbeit, Sie werden es tun, ich weiß es; obgleich ich eigentlich kein Kunstschmekker und Kenner von Profession bin und nur für weniges Gutes, was in seiner ganzen Art mich anspricht, mich zuweilen interessiere, so weiß ich dennoch, daß es in Ihrem bisherigen Handwerke gerade so zugeht wie mit allem anderen und daß man unter gewissen Umständen mit gutem Sinne immer das kann, was man will, wenn man nur etwas darin getan hat. Ist die Geschichte fertig, so bringen wir sie nach der Stadt, stellen sie aus und ich werde alsdann mittelst meiner gesellschaftlichen Stellung das Nötige veranlassen, daß Ihre Arbeit gesehen und mit Anstand verkauft wird. Erst dann können Sie mit Ehren dem Handwerke, das Ihnen unzulänglich dünkt, den Rücken wenden und Ihren Sinn auf das Weitere richten.«

Hierauf erwiderte Heinrich nichts, sondern blieb einsilbig den übrigen Teil des Abends hindurch, selbst als der seltsame Pfarrer am Abendessen teilnahm und mit kuriosem Humor die Gesellschaft erheiterte. Aber als Heinrich im Bette lag, überdachte er alle diese Dinge mit großen Sorgen; denn er erinnerte sich erst jetzt mit Macht an seine Mutter, zu welcher er noch gestern unaufhaltsam hatte laufen wollen, und es wollte ihn bedünken, daß er nun unverzüglich seinen Weg fortsetzen und sich durch keine Umstände von dieser so einfachen und natürlichen Absicht ablenken lassen solle. Es schwebte ihm vor, wie wenn der Vorschlag des Grafen, seine Freundschaft, die Schönheit Dorotheas, das gastliche Haus und das feine Leben darin, alles dies eine künstliche, glänzende und lockende Welt wäre, welche ihn von dem harten und schmalen Wege seines guten Instinktes wegziehen und in die Irre führen möchte. Obgleich er über diese unsinnige oder unklare Ahnung sogleich lachen mußte, dachte er doch, es wäre für einmal besser, wenn er seiner Absicht treu bliebe und unverzüglich nach Hause reise, um da auf heimatlichem Boden aus sich selbst heraus und ohne alle Ansprüche zu sehen, was er treibe. Er beschloß deshalben, am anderen Tage unverbrüchlich jenen Weg einzuschlagen, anstatt mit dem Grafen zu gehen, und schlief mit diesem Vorsatze ein, aber nicht ohne alsobald wieder aufzuwachen und nichts anderes vor sich zu sehen in der Dunkelheit als das Bild Dorotheas, welches freundlich, aber unbarmherzig allen Schlaf verscheuchte. Hierüber wunderte er sich sehr und fragte sich bedenklich, ob er etwa wirklich verliebt sei? Es war lange her, seit er dies gewesen, aber dennoch glaubte er aus dem Grunde zu wissen, was Liebe sei, und hielt seine aufgeschriebenen Knabengeschichten noch immer für Meisterwerke leidenschaftlicher Erlebnisse. Und dennoch konnte er sich jetzo nicht entsinnen, auch nur ein einziges Mal etwa nicht geschlafen zu haben während jener Geschichten, und war ganz verblüfft, erst jetzt ein ihm bisher unbekanntes Gefühl seinen Rumor beginnen zu sehen, welches ganz anders ins Zeug und in die Tiefe zu gehen schien als alle jene Verwirrungen und Anfängerstückchen. Eine frohe Bangigkeit durchschauerte ihn, Furcht und Lust zugleich, sich selbst zu verlieren, und so gefährliche Dinge schienen sich da ankündigen zu wollen, daß er doppelt beschloß, sich am anderen Tage zu flüchten.

Aber als er in der Frühe geweckt wurde und ein Wagen schon im Hofe stand, während der Graf und Heinrich das Frühstück nahmen, war es ihm nicht möglich, mit einem Worte seines Entschlusses zu erwähnen, ja er dachte kaum noch daran, da es sich von selbst zu verstehen schien, daß er nie einen Augenblick im Ernste von der Seite dieser Person wegkäme. Ohne weiteres stieg er mit seinem Beschützer in den Wagen und mußte der Dorothea versprechen, sich in der Hauptstadt wieder einen grünen Rock anzuschaffen. Als er das versprach und der Wagen in den sonnigen Herbst hinausrollte in der gastlichen Gegend, war es ihm, als ob er böse wäre auf seine arme Mutter, die da im Vaterland säße und in ihrem Schweigen die unerhörtesten Ansprüche erhöbe, alles zu lassen und stracks ein ungeteiltes Herz zu ihr zu bringen; denn in seiner Konfusion und bei der Neuheit der Empfindung glaubte er, daß es jetzt um die Liebe zu seiner Mutter geschehen sein müsse, da er eine Fremde mit solchen Augen ansah, wie er noch nie eine angesehen.

In der Stadt angekommen, sah er sich die Straßen, in denen er in seiner Trübseligkeit umhergegangen, mit Muße an und ging in Gedanken immer selbander durch dieselben hin. Er kaufte sich zwei große Stücke Leinwand und alles dazu gehörige Zeug, auch versah er sich mit neuen Kleidern und Effekten, und endlich wollte der Graf auch den alten Trödler aufsuchen, um durchaus die größeren Sachen Heinrichs wieder zu erwerben, die derselbe ihm verkauft. Sie gingen miteinander hin und fanden in dem dunklen Gäßchen den kleinen Laden halb verschlossen. Die andere Hälfte stand nur so weit offen, so viel Licht einzulassen, als eine kleine armselige Auktion brauchte, welche in der Spelunke stattfand; denn das Männchen war vor wenigen Wochen gestorben. Dies tat Heinrich sehr weh und er bereute es nun, nicht mehr zu dem Alten gegangen zu sein, da er es bei aller Wunderlichkeit so gut mit ihm gemeint hatte. Es trieben sich nur wenige geringe Leute in dem Laden herum und gingen die dunkle Treppe auf und nieder in der engen Wohnung des Verschwundenen, um den niemand sich sonst gekümmert hatte und der auch um niemanden sich gekümmert. Heinrichs Bilder waren noch alle da mit den übrigen Siebensachen, und es kostete wenige Mühe und noch weniger Mittel, derselben habhaft zu werden. Er verpackte sie im Gasthofe, sie nahmen dieselben gleich mit, und Heinrich sah mit angenehmen Gefühlen wenigstens den wesentlicheren Teil seines ehemaligen Besitztumes wieder beisammen und in einem guten Hause aufgehoben, wo er selbst so gern zeitlebens geblieben wäre.

ZWÖLFTES KAPITEL

Was der Graf vorausgesagt, geschah nun wirklich. Heinrich schlug IV,
in einem hellen Gemache seine Werkstatt auf, zwei große ausgespannte Tücher luden mit ihrer weißen Fläche Auge und Hand ein, sich darauf zu ergehen, die alten Bilder und Kartons hingen stattlich an der Wand und seine Studien lagen ihm bequem zur Hand. Man kann eine Übung lange Zeit unterbrochen haben und dennoch, wenn man sie zu guter Stunde plötzlich wieder beginnt mit einem neuen Bewußtsein und vermehrter innerer Erfahrung, etwas hervorbringen, das alles übertrifft, was man einst bei fortgesetztem Fleiße und hastigem Streben zuwege gebracht; eine günstigere Sonne scheint über dem späteren Tun zu leuchten. So ging es jetzt Heinrich; er machte zwei große Forstbilder, einen Laubwald und einen Nadelwald, welche er sich als freundlichen grünen Schmuck für ein lichtes kleines Gemach dachte oder für ein hübsches Treppenhaus, damit da etwa im Winter oder in den Stadtmauern einige Grünigkeiten seien. Die Motive nahm er weislich aus den forstreichen Umgebungen des Landsitzes und komponierte nicht viel darin herum, vielmehr fühlte er einmal das Bedürfnis, das Vorhandene wesentlich darzustellen und es für jedes offene Auge erfrischend und wohlgefällig zu machen. Er überhastete sich nicht und schleppte oder faulenzte nicht, sondern führte Zug um Zug fort, bei der Beschäftigung mit dem einen, ohne zerstreut zu sein, an

den nächsten und an das Ganze denkend, und indem es ihm wohl gelang, freute er sich dessen und lachte darüber, ohne im geringsten seinen Entschluß zu ändern und etwa neue Hoffnungen auf der- gleichen zu setzen. Indem er so sich mit etwas abgab, das er auf immer zu verlassen gedachte und nur aus äußeren Nützlichkeitsgründen noch einmal vornahm, behandelte er diese Arbeit doch mit aller Liebe und Aufmerksamkeit, und diese ruhige und klare Liebe gab ihm fast mühelos die rechten Mittel ein, so daß unversehens die Bilder eine Farbe bekamen, als ob er von jeher gut gemalt hätte und die Gewandt- heit und Zweckmäßigkeit selber wäre. Dies machte ihm das größte Vergnügen und er bereute gar nicht, daß es das erste und letzte Mal sein sollte, wo er ein guter Maler war, vielmehr dachte er schon wäh- rend dieser Arbeit an die neue Zukunft, und während er zweckmäßige und besonnene klare Farben aufsetzte, gingen ihm allerhand Gedanken von der Zweckmäßigkeit des Lebens überhaupt durch den Kopf.

Der Graf war kein Gelehrter, was man so heißt, aber er kannte den Wert und die Bedeutung aller Disziplinen und wußte für das, wes- sen er bedurfte, sich das Wesentliche sogleich zu beschaffen und an- zueignen und immer war bei ihm guter Rat und ein gesundes mensch- liches Urteil zu finden. Demgemäß waren auch seine Büchervorräte und andere Hilfsmittel beschaffen, so daß Heinrich ganz ordentliche Studien betreiben konnte in den Mußestunden und den langen Näch- ten; denn er war jetzt immer wach und munter und eigentlich war ihm alles Mußezeit oder alles Arbeitszeit, er mochte machen was er wollte. Er studierte jetzt verschiedene Geschichtsvorgänge ganz im einzelnen in ihrer faktischen und rhetorischen Dialektik, und fast war es ihm gleichgültig, was für ein Vorgang es war, überall nur das eine und alles sehend, was in allen Dingen wirkt und treibt, und eben dieses eine packen lernend, wie die jungen Füchse eine Wachtel.

Neben diesen erheblichen Sachen fand er noch in dem Hause die beste Gelegenheit, manche gute und nützliche Dinge zu lernen, an welche er bisher nicht gedacht und deren Mangel er erst jetzt be- merkte. Obgleich der Graf seiner sogenannten radikalen Gesinnung und abweichender Handlungen wegen in der ganzen Gegend bei Standesgenossen und anderen Respektspersonen verschrien und ver- haßt war, so hielt er doch einen gewissen Verkehr mit ihnen aufrecht und zwang sie, während seiner Gegenwart wenigstens menschlich und möglichst anständig zu sein, wobei ihn seine Pflegetochter mit geringer Mühe und großem Erfolge unterstützte. So kam es, daß der Gehaßte und Verleumdete doch überall willkommen war und die verkommenen übelwollenden Gesichter gegen ihren Willen aufheiterte, so wie sie sich auch etwas darauf zugute taten, in sein Haus zu kommen, und trotz ihres Nasenrümpfens es nie verfehlten, wenn er von Zeit zu Zeit die Pflichten der Nachbarschaft übte. Heinrich, als aus den mittleren alten Schichten des Volkes entsprungen, hatte bis jetzt dergleichen nicht geahnt oder geübt. Wen er nicht leiden konnte, mit dem ging er nicht um und war gewohnt, seine Abneigung wenig zu verhehlen sowie auch jede Unverschämtheit sogleich zu erwidern und nichts zu ertragen, was ihn nicht ansprach. Diese Volksart, an sich gut und tugendhaft, ist in der gebildeten Gesellschaft hinderlich und unstatthaft, da in dieser wegen der Ungeschicklichkeit im Kleinen das Große und Wichtige gehemmt und getötet wird. Das Volk braucht nicht duldsam zu sein im Kleinen, weil es das Große zu ertragen versteht; jene aber, welche dieses ohnehin nicht haben oder es selten ertragen können, sind darauf angewiesen, für ihre Armut und Fratzenhaftigkeit Nachsicht und Duldung zu verlangen und gegenseitig zu üben, so daß hieraus ein starker Teil der guten Sitte entspringt, die sich sogar zu veredeln und etwas Tieferes zu werden fähig ist. So lernte jetzt Heinrich nach dem Beispiele des Grafen sich auf seinem Stuhle ruhig zu verhalten, die Fratzen, die Rotznasen und die Erbsenschneller zu ertragen und sich gegen jedermann artig zu benehmen, und was er erst mehr heuchelte als in guten Treuen empfand, lernte er nach und nach in der besten Meinung von innen heraus tun und befand sich um vieles wohler dabei, ersehend, wie in jedem Geschöpfe etwas ist, was wert ist, daß man einige Liebe auf es wirft und ihm einigen Wert verleiht. Zuletzt schämte er sich sogar bitterlich seines frühern Übermutes und fühlte, wie weit mehr man Gefahr läuft, den Armen und Widersinnigen gleich zu werden, wenn man sie befehdet und zwackt, als wenn man sie gewähren läßt; denn sie haben etwas Dämonisches und Verheerendes an sich.

In einem ganz sonderlichen Verhältnisse zu dem Hause stand der katholische Pfarrer des Ortes, welcher so oft in Gesellschaft des Grafen erschien, daß er für eine Art von Hausfreund gelten konnte. Er hatte eine dicke Mopsnase, welche durch einen Studentenhieb in zwei Abteilungen geteilt war, zum Denkzeichen einer großen Vornäsigkeit in der Jugend. Der Mund war sehr aufgeworfen und sinnlich und die Tonsur hatte sich allmählich ziemlich vergrößert, obgleich er sie immer noch streng in ihrer kreisrunden Form hielt, da er hierin gar keinen Spaß verstand und die Reitbahn, welche sich an seinem Hinterhaupte dem Blicke darbot, durchaus für eine Tonsur angesehen wissen wollte. Dieser Mann war nun vorzüglich drei Dinge: ein leidenschaftlicher Esser und Trinker, ein großer religiöser Idealist und ein noch größerer Humorist. Und zwar war er letzteres in dem Sinne, daß er alle drei Minuten lang das Wort Humor verwendete und es zum Maßstabe und Kriterium alles dessen machte, was irgendwie vorfiel oder gesprochen wurde. Alles, was er selbst tat, redete und fühlte, gab er zunächst für humoristisch aus, und obgleich es dies nur in den minderen Fällen war und mehr in einem maßlosen Klappern und Feuerwerken mit gesuchten Gegensätzen, Bildern und Gleichnissen bestand, so ging aus diesem Wesen dennoch ein gewisser Humor heraus, welcher die Leute lachen machte, besonders wenn der Graf, Dorothea und Heinrich, welche in ihrem kleinen Finger, wenn sie ihn bewegten, mehr Humor hatten als der Pfarrer in seinem Gemüte, zusammensaßen und er ihnen mit ungeheurem Wortschwall erklärte, was Humor sei und wie sie von dieser Gottesgabe auch nicht eines Senfkörnleins groß besäßen. Er las eifrigst alle humoristischen Schriften und alle, welche vom Humor handelten, und hatte sich ein ordentliches System über dieses Feuchte, Flüssige, Ätherische, Weltumplätschernde, wie er es nannte, aufgebaut, das ziemlich mit seiner Theologie zusammenfiel. Cervantes führte er ebenso oft im Munde wie Shakespeare, aber er fand den größten Gefallen an den unzähligen Prügeln, welche Sancho und der Ritter bekommen, an den Einseifungen, Prellereien und derben Sachen aller Art. Die göttlichen feineren Dinge sah und verstand er gar nicht oder wollte sie nicht sehen, besonders wenn sie wie auf ihn gemünzt waren, was dann zu den Versicherungen seines eigenen Humors den ergötzlichsten Gegensatz bildete. So sah er in dem Abenteuer in der Höhle des Montesinos nur eine äußere komische Schnurre; den feinen Humor, der in dem langen Seile liegt, welches ganz nutzlos abgerollt wird, indessen der Ritter schon im Anfange die Augen schließt, und insbesondere die Art, wie er sich nachher vielfältig in Hinsicht des in der Höhle Gesehenen benimmt, dies alles sah er gar nicht oder rümpfte unmerklich die Nase dazu.

Sein Idealismus, und er nannte sich bald rühmend, bald entschuldigend einen Idealisten, bestand darin, daß er gegenüber seinen Zuhörern, welche alles Wirkliche, Geschehende und Bestehende, sofern es sein eigenes Wesen ausreichend und gelungen ausdrückt, ideal nannten, eben dieses Wirkliche materiellen und groben Mist oder Staub schalt und dagegen alles Niegesehene, Nichtbegriffene, Namenlose und Unaussprechliche ideal hieß, was ebenso gut war, als wenn man irgend einen leeren Raum am Himmel Hinterpommern nennen wollte. Als Priester aber war er höchst freisinnig und über seine Kirche, in welcher er predigte, hinaus; seine Religion dagegen war ein aufgeklärter Deismus, welchen er aber viel fanatischer vertrat als irgend ein Pfaffe seine Satzungen. Er suchte einen rechten Höllenzwang auszuüben mit idealen und humoristischen Redensarten und bauete artige Scheiterhäufchen aus Antithesen, hinkenden Gleichnissen und gewaltsamen Witzen, worauf er den Verstand, den guten Willen und sogar das gute Gewissen seiner Gegner zu verbrennen trachtete, seiner eigenen Meinung zum angenehmen Brandopfer.

Diese Lieblingsbeschäftigung, nebst dem reichlichen Tisch des Grafen, führte ihn häufig in das Haus, und da er zugleich eine ehrliche Haut und ein redlicher Helfer bei allen guten Unternehmungen der Herrschaft war, so wurde er zum Bedürfnis und zur bleibenden Heiterkeit des Hauses. Besonders Dorothea wußte ihn mit der leichtesten Anmut in den Irrgärten seines fanatischen Humors umherzuführen, neckend vor ihm hin zu huschen und durch die verworrenen Buschwerke seines krausen Witzes zu schlüpfen. Unergründlich war es dabei, ob mehr ihr heiteres Wohlwollen oder ein bedenklicher Mutwillen im Spiele lag; denn ebenso oft als sie dem Pfarrer Gelegenheit gab zu glänzen, verlockte sie seine Eitelkeit auf das Eis, wo sein Witz das Bein brach.

Heinrich ward hierüber etwas verdutzt und verwirrt und wußte sich nicht recht in diesen Ton zu finden, auch wußte er anfangs nicht, worum es sich handelte, bis eines Mittags, als Dorothea in ebenso zarter als fröhlicher Weise den Pfarrer verführte, ihr allerlei seltsame und abenteuerliche Beweise für die Unsterblichkeit aufzuzählen, der Graf sagte: »Sie müssen nämlich wissen, lieber Heinrich, daß Dortchen ganz auf eigene Faust nicht an die Unsterblichkeit glaubt, und zwar nicht etwa infolge angelernter und gelesener Dinge oder durch meinen Einfluß, sondern auf ganz originelle Weise, sozusagen von Kindesbeinen an!«

Dorothea schämte sich wie ein Backfischchen, dessen Herzensgeheimnis man verraten hat, und drückte das rotgewordene Gesicht auf das Tischtuch, daß die schwarzen Locken sich auf der weißen Fläche ausbreiteten.

Dieser Vorgang machte auf Heinrich einen Eindruck, der aus Verwunderung und Überraschung gemischt war und jenen angenehmen Schrecken herbeiführte, welcher uns befällt, wenn wir entdecken, daß eine geliebte Person Eigentümlichkeiten und Nücken im Gemüte führt, von denen wir uns bei aller Bewunderung nichts träumen ließen. Er vermochte aber gar nichts dazu zu sagen, und erst als er nach Tisch mit dem Grafen durch die Gegend strich, befragte er ihn um das Nähere.

»Es ist in der Tat so«, erwiderte derselbe; »seit sie ihr Urteil nur ein bißchen rühren konnte und diese Dinge nennen hörte, wir wissen die Zeit kaum anzugeben, sagte sie mit aller Unbefangenheit, aus dem kindlichsten und reinsten Herzen heraus, daß sie gar nicht absehen und glauben könne, wie die Menschen unsterblich sein sollten. Es kommt allerdings oft vor, daß rechtliche Leute aus allen Ständen dies ursprüngliche schlichte Vergänglichkeitsgefühl ohne weiteres aus der Natur schöpfen und, ohne skeptischer oder kritischer Art zu sein, dasselbe unbekümmert bewahren wie eine allereinfachste handgreifliche Wahrheit. Aber so lieblich und natürlich ist mir diese Erscheinung noch nie vorgekommen wie bei diesem Kinde, und ihre unschuldige gemütliche Überzeugung, die so ganz in sich selbst entstand, veranlaßte mich, der ich Gott und Unsterblichkeit hatte liegen lassen, wie sie lagen, meinen philosophischen Bildungsgang noch einmal vorzunehmen und zu revidieren, und als ich auf dem Wege des Denkens und der Bücher wieder da anlangte, wo das Kindsköpfchen von Hause aus gewesen, und Dortchen mir über die Schulter mit in die Bücher guckte, da war es erst merkwürdig, wie sich das bestärkte und bestätigte Gefühl in ihr gestaltete. Wer sagt, daß es keine Poesie gebe ohne den Glauben an die Unsterblichkeit, der hätte sie sehen müssen; denn nicht nur das Leben und die Welt um sie herum, sondern sie selbst wurde durch und durch poetisch. Das Licht der Sonne schien ihr tausendmal schöner als anderen Menschen, was da lebt und webt, war und ist ihr teuer und lieb, das Leben wurde ihr heilig und der Tod wurde ihr heilig, welchen sie sehr ernsthaft nimmt. Sie gewöhnte sich, zu jeder Stunde ohne Schrecken an den Tod zu denken, mitten in dem heitersten Sonnenschein des Glückes, und daß wir alle einst ohne Spaß und für immer davon scheiden müssen. Dieser wirkliche Tod lehrt sie das Leben wert halten und gut verwenden und dies wiederum den Tod nicht fürchten, während das ganze vorübergehende Dasein unserer Person, unser aufblitzendes und verschwindendes Tanzen im Weltlichte diesem ganzen Wesen einen leichten, zarten, halb fröhlichen, halb elegischen Anhauch gibt, das drückende, beengende Gewicht vom einzelnen nimmt und seinen schwerfälligen Ansprüchen, indes das Ganze doch besteht. Und welche Pietät und Mitleid hegt sie für die Sterbenden und Toten! Ihnen, welche ihren Lohn dahin haben und abziehen mußten, wie sie sagt, schmückt sie die Gräber, und es vergeht kein Tag, an welchem sie nicht eine Stunde auf dem Kirchhofe zubringt. Dieser ist ihr Lustgarten, ihre Universität, ihr Schmollwinkel und ihr Putzzimmer, und bald kehrt sie fröhlich und übermütig, bald still und traurig wieder zurück.«

»Glaubt sie denn auch nicht an Gott?« fragte Heinrich.

»Schulgerecht«, erwiderte sein Freund, »sind beide Fragen unzertrennlich, jedoch macht sie sich nichts aus der Schule und sagt nur: Ach Gott! es ist ja recht wohl möglich, daß Gott ist, aber was kann ich ärmstes Ding davon wissen? Wenn wir unsere Nase in alles stekken müßten, so wäre jedem von uns eine deutliche Anweisung gegeben. Ich gönne jedem Menschen seinen guten Glauben und mir mein gutes Gewissen!«

Obgleich Heinrich seinen lieben Gott, zwar etwas eingeschlummert, immer noch im Gemüte trug, so gefiel ihm doch dies alles, was er von Dorothea hörte, ausnehmend wohl, weil sie es war, von welcher man dergleichen sagte; nur behauptete er für sich, daß er es ebenso liebenswürdig und angenehm an ihr finden würde, wenn sie eine eifrige Katholikin oder Jüdin wäre. Doch widerfuhr es ihm bei dieser Gelegenheit zum ersten Mal, daß er ohne alle Bedenklichkeit und vielmehr mit ihm selbst wohltuender Gleichgültigkeit vom Sein oder Nichtsein dieser Dinge sprechen hörte, und er fühlte ohne Freude und ohne Schmerz, ohne Spott und ohne Schwere die anerzogenen Gedanken von Gott und Unsterblichkeit sich in ihm lösen und beweglich werden.

Die Welt sah er schon durch Dortchens Augen an und sie glänzte ihm in der Tat in stärkerem und tieferem Glanze, und ein süßes Weh durchschauerte ihn, wenn er sich nur die Möglichkeit dachte, für dies kurze Leben mit Dortchen in dieser schönen Welt zusammen zu sein.

Doch kannegießerte er seit jenem Tage noch öfter mit dem Grafen über den lieben Gott. Der wahrhafte kluge Edelmann lehnte zwar durchaus ab, ihn belehren und überzeugen zu wollen, und wich seinen Anmutungen gelassen aus. Nur eines Tages wurde er etwas wärmer, als Heinrich anfing: »Ich habe, seit ich in Ihrem Hause bin, wieder viel mit meiner Selbstsucht zu kämpfen, indem ich nach alter eingewurzelter Gewohnheit immer dem lieben Gott für das Gute danken möchte, das er mir erwiesen. Denn obschon ich mir schon seit längerer Zeit widerstand und meine kleinen persönlichen Erlebnisse nicht mehr einer unmittelbaren Lenkung Gottes zuschreiben mochte, so verlockt mich das, was mir hier geschah, dennoch immer wieder dazu, und ich muß manchmal lachen, wenn ich bedenke, welch ein lustiges und liebliches Schauspiel es für den guten weisen Gott sein muß, zu sehen, wie ein junger Mensch ihm gern für etwas Gutes danken möchte und sich ganz ehrlich dagegen sperrt aus lauterer Vernunftmäßigkeit! Warum macht er sich aber auch so närrische Geschöpfe!«

Der Graf sagte: »Ich muß Ihnen diesmal, ganz abgesehen vom lieben Gott, wirklich eine Zurechtweisung angedeihen lassen. Die Christen lehren von ihrem Standpunkt aus ganz praktisch und weise, daß man, so schlecht es einem auch erginge und solange sich auch Gottes Hilfe zu entziehen scheine, nie an ihm verzweifeln müsse, da er dennoch immer da sei. Was dem einen recht, ist dem andern billig! Warum, wenn wir in neunundneunzig Fällen, wo es uns schlimm ergeht, wo kein glücklicher Stern, d.h. kein guter Zufall uns begünstigt, uns mit der Vernunft und Notwendigkeit trösten und unsere tüchtige feste Haltung rühmen, warum denn im hundertsten Falle, wo einmal ein schönes und glückhaftes Ungefähr uns lacht, alsdann stracks an der Vernunft zu verzweifeln, an der natürlichen Schickung der Dinge, an unserer eigenen gesetzmäßigen Anziehungskraft für das uns Angenehme und Nützliche? Ist die Vernunft, welche uns über neunundneunzig unangenehme Dinge hinweggeholfen hat, nicht mehr da, wenn das hundertste Ding ein angenehmes ist? Diese Art zu denken und zu danken ist eigentlich eher eine Blasphemie; denn indem wir für das eine glückliche Ereignis danken, schieben wir dem Schöpfer ja alle die schlimmen und schlechten Erfahrungen mit in die Schuhe. Daher sind nur die asketischen Christen im Rechte, welche dem Gotte auch für das Übel inbrünstig danken. Dieses tun unsere aufgeklärten Herren Deisten aber doch nicht, sie verdanken ihrem Gotte das Unglück nicht im mindesten und er ist nur ihr Sonntags- und Freudengott.

»Was nun Ihren lieben Gott betrifft, lieber Heinrich, so ist es mir ganz gleichgültig, ob Sie an denselben glauben oder nicht! Denn ich halte Sie für einen so wohlbestellten Kauz, daß es nicht darauf ankommt, ob Sie das Grundvermögen Ihres Bewußtseins und Daseins außer sich oder in sich verlegen, und wenn dem nicht so wäre, wenn ich denken müßte, Sie wären ein anderer mit Gott und ein anderer ohne Gott, so würden Sie mir nicht so lieb sein, so würde ich nicht das Vertrauen zu Ihnen haben, das ich wirklich empfinde.

»Dies ist es auch, was diese Zeiten zu vollbringen und herbeizuführen haben: nämlich vollkommene Sicherheit des menschlichen Rechtes und der menschlichen Ehre bei jedem Glauben und jeder Anschauung, und zwar nicht nur im Staatsgesetz, sondern auch im persönlichen vertraulichen Verhalten der Menschen zu einander. Es handelt sich heutzutage nicht mehr um Atheismus und Freigeisterei, um Frivolität, Zweifelsucht und Weltschmerz und welche Spitznamen man alles erfunden hat für schwächliche und kränkliche Dinge! Es handelt sich um das Recht, ruhig zu bleiben im Gemüt, was auch die Ergebnisse des Nachdenkens und des Forschens sein mögen, und unangestastet und ungekränkt zu bleiben, was man auch mit wahrem und ehrlichem Sinne glauben mag. Übrigens geht der Mensch in die Schule alle Tage und keiner vermag mit Sicherheit vorauszusagen, was er am Abend seines Lebens glauben werde! Dafür haben wir die unbedingte Freiheit des Gewissens nach allen Seiten!

»Aber dahin muß die Welt gelangen, daß sie mit eben der schuldlosen guten Ruhe, mit welcher sie ein neues Naturgesetz, einen neuen Stern am Himmel entdeckt, auch die Vorgänge und Ergebnisse in der geistigen Welt hinnimmt und betrachtet, auf alles gefaßt und stets sich gleich als eine Menschheit, die da in der Sonne steht und sagt: hier stehe ich!«

Auf fast ganz weibliche Weise schlüpfte Heinrich in die Grundsätze derer hinein, die er liebte und die ihm wohlwollten, und dies war wohl weniger unmännliche Schwäche als der allgemeine Hergang in diesen Dingen, wo die besten Überzeugungen durch den Einfluß honetter und klarer Persönlichkeit vermittelt werden. War doch der Graf selbst, der gewiß ein Mann war, durch das Wesen eines kleinen unwissenden Mädchens zu seiner Abrechnung veranlaßt worden. Doch wollte Heinrich nicht hinter ihm zurückbleiben und studierte, wohl aufgelegt und von einer anhaltenden neigungsvollen Wärme durchdrungen, die Geschichte des theologischen und philosophischen Gedankenganges der neueren Zeit, wobei ihm jede Erscheinung, jedes Für und Wider, insofern sie nur ganzer und wesentlicher Natur waren, gleich lieb und wichtig wurden, und nur das Naseweise, Inquisitorische und Fanatische in jeder Richtung widerte ihn an.

Die Kultur der Religionen vermag die Völker nur aus dem Gröbsten zu hobeln und zu verändern. Auf einer gewissen Stufe angekommen, hat jeder Mensch seinen bestimmten Wert, welcher nicht um ein Quentchen verliert oder gewinnt, ob er diesen Wert in oder außer sich sucht. Dies empfand Heinrich, wie der Graf ihm gesagt, mit leichtem Herzen und großem Behagen, und die sich so oft gestellte Frage, ob er an sich gut sei, glaubte er sich nun freundlich beantworten zu dürfen, da er nicht die mindeste Veränderung und Bewegung an sich empfand und sich von Grund aus weder um ein Haar besser noch schlimmer vorkam, seit er das halbe Wesen und das peinliche Polemisieren mit dem Gott in seiner Brust aufgegeben.

So verging der Winter in mannigfacher, aber ruhiger Bewegung. Der Pfarrer, welcher mit humoristischem Zorne den grünen Fremdling seine Fahne verlassen sah, fand sich noch öfter im Herrenhause ein und suchte durch einen Sprühregen von Angriffen und Witzkompositionen den Flüchtling zu bedrängen und einzufangen. Vorzüglich ging er darauf aus, die Welt unter dem Gesichtspunkte seiner Zuhörer als heillos nüchtern, trivial und poesielos darzustellen, und um zu zeigen, wie ganz anders sie sich ausnehme im Lichte eines innigen Gottesglaubens, nahm er energische phantasievolle Mystiker zu Hilfe, in welchen er weniger als Christ denn als geistreicher Liebhaber sehr belesen war. Er brachte wiederholt dergleichen her und war sehr willkommen damit, da, wenn man sich einmal über solche Gegenstände unterhält, alles, was aus ganzem Holze geschnitten ist, gleich wichtig erscheint, belehrt und erbaut. So werden auch stets ein recht herzlicher glühender Mystiker und ein rabiater Atheist besser miteinander auskommen und größeres Interesse aneinander haben als etwa ein dürrer orthodoxer Protestant und ein flacher Rationalist, weil jene beiden gegenseitig wohl fühlen, daß ein höherer spezifischer Wert in ihnen treibt und durchscheint.

So hatte er des Angelus Silesius Cherubinischen Wandersmann in das Haus gebracht und die kleine Gesellschaft empfand die größte Freude über den vehementen Gottesschauer, seine lebendige Sprache und poetische Glut. Diese unbefangene Freude ärgerte aber gerade den guten Pfarrer und wollte ihm gar nicht passen, und er ergriff eines Abends das Büchlein und begann umso eindringlicher und nachdrücklicher daraus vorzulesen, als ob die Leutchen bis jetzt gar nicht gemerkt, was sie eigentlich läsen. Als er sich etwas müde geeifert, nahm Heinrich das Buch auch in die Hand, blätterte darin und sagte dann: »Es ist ein recht wesentliches und maßgebendes Büchlein! Wie richtig und trefflich fängt es sogleich an mit dem Distichon: ‚Was fein ist, das besteht!'

Rein wie das feinste Gold, steif wie ein Felsenstein,
Ganz lauter wie Kristall soll dein Gemüte sein.

»Kann man treffender die Grundlage aller dergleichen Übungen und Denkarten, seien sie bejahend oder verneinend, und den Wert, das Muttergut bezeichnen, das man von vornherein hinzubringen muß, wenn die ganze Sache erheblich sein soll? Wenn wir uns aber weiter umsehen, so finden wir mit Vergnügen, wie die Extreme sich berühren und im Umwenden eines ins andere umschlagen kann. Da ist Ludwig Feuerbach, der bestrickende Vogel, der auf einem grünen Aste in der Wildnis sitzt und mit seinem monotonen, tiefen und klassischen Gesang den Gott aus der Menschenbrust wegsingt! Glaubt man nicht ihn zu hören, wenn wir die Verse lesen:

Ich bin so groß als Gott, Er ist als ich so klein:
Er kann nicht über mich, ich unter Ihm nicht sein.

»Ferner:

Ich weiß. daß ohne mich Gott nicht ein Nun kann leben,
Werd ich zunicht, er muß vor Not den Geist aufgeben.

»Auch dies:

Daß Gott so selig ist und lebet ohn Verlangen,
Hat er sowohl von mir als ich von ihm empfangen.

»Und wie einfach wahr findet man das Wesen der Zeit besungen, wenn man das Sinngedichtchen liest: ‚Man muß sich überschwenken.‘

Mensch! wo du deinen Geist schwingst über Ort und Zeit,
So kannst du jeden Blick sein in der Ewigkeit.

»Besonders aber dies: ‚Der Mensch ist Ewigkeit.‘

Ich selbst bin Ewigkeit, wenn ich die Zeit verlasse
Und mich in Gott und Gott in mich zusammenfasse.

»Alles dies macht beinahe vollständig den Eindruck, als ob der gute Angelus nur heute zu leben brauchte und er nur einiger veränderter äußerer Schicksale bedürfte, und der kräftige Gottesschauer wäre ein ebenso kräftiger und schwungvoller Nichtschauer und Feuerbachianer!«

»Das wird mir denn doch zu bunt«, schrie der Pfarrer, »aber Sie vergessen nur, daß es zu Schefflers Zeiten denn doch auch schon

Denker, Philosophen und besonders auch Reformatoren gegeben hat und daß, wenn eine kleinste Ader von Verneinung oder liberaler Humanität in ihm gewesen wäre, er schon vollkommen Gelegenheit gehabt hätte, sie auszubilden!«

»Sie haben recht!« erwiderte Heinrich, »aber nicht ganz in Ihrem Sinne. Was ihn abgehalten hätte und wahrscheinlich noch heute abhalten würde, ist der Gran von Frivolität und Geistreichigkeit, mit welcher sein glühender Mystizismus versetzt ist; diese kleinen Elementchen würden ihn bei aller Energie des Gedankens auch jetzt noch im mystischen Lager festhalten!«

»Frivolität!« rief der Pfarrer, »immer besser! Was wollen Sie damit sagen?«

»Auf dem Titel«, versetzte Heinrich, »benennt der fromme Dichter sein Buch mit dem Zusatz: Geistreiche Sinn- und Schlußreime. Allerdings bedeutet das Wort geistreich im damaligen Sprachgebrauch etwas anderes als heutzutage; wenn wir aber das Büchlein aufmerksam durchgehen, so finden wir, daß es in der Tat auch im heutigen Sinne etwas allzu geistreich und zu wenig einfach ist, so daß jene Bezeichnung jetzt wie eine ironische, aber richtige Vorbedeutung erscheint. Dann sehen Sie aber die Widmung an, die Dedikation an den lieben Gott, worin der Mann seine hübschen Verse Gott dediziert, indem er ganz die Form nachahmt, selbst im Drucke, in welcher man dazumal großen Herren ein Buch zu widmen pflegte, selbst mit der Unterschrift: Sein Allezeit sterbender Johannes Angelus. Betrachten Sie den bitterlich ernsten Gottesmann, den heiligen Augustinus, und gestehen Sie aufrichtig: trauen Sie ihm zu, daß er ein Buch, worin er das Herzblut seines religiösen Gefühles ergossen, mit solch einer witzelnden, affektierten Dedikation versehen hätte? Glauben Sie überhaupt, daß es demselben möglich gewesen wäre, ein so kokettes Büchlein zu schreiben, wie dies eines ist? Er hatte Geist so gut als einer, aber wie streng hält er ihn in der Zucht, wo er es mit Gott zu tun hat! Lesen Sie seine Bekenntnisse, wie rührend und erbauend ist es, wenn man sieht, wie ängstlich er alle sinnliche und geistreiche Bilderpracht, alles Kokettieren, alle Selbsttäuschung oder Täuschung Gottes durch das sinnliche Wort flieht und meidet. Wie er vielmehr jedes seiner strikten und schlichten Worte unmittelbar an Gott selbst richtet und unter dessen Augen schreibt, damit ja kein ungehöriger Schmuck, keine Illusion, keine Art von Schöntun mit Unreinem hineinkomme in seine Geständnisse! Ohne mich zu solchen Propheten zählen zu wollen, fühle ich dennoch diesen ganzen und ernstgemeinten Gott, und erst jetzt, wo ich keinen mehr habe, bereue ich mit ziemlicher Scham die willkürliche und humoristische Manier meiner Jugend, in welcher ich in meiner vermeintlichen Religiosität die göttlichen Dinge zu behandeln pflegte, und ich könnte mich darüber nicht trösten und müßte mich selbst der Frivolität zeihen, wenn ich nicht annehmen müßte, daß jene verblümte und naiv spaßhafte Art eigentlich nur die Hülle der völligen Geistesfreiheit gewesen sei, die ich mir endlich erworben habe!«

Dortchen hatte das Buch inzwischen auch in die Hand genommen und darin geblättert. »Wissen Sie, Herr Lee«, sagte sie und sah ihn freundlich an, »daß es mir sehr wohl gefällt, wie Sie ein so richtiges ernstes und ehrbares Gefühl haben auch für den Gott, den andere glauben? Dies ist sehr hübsch von Ihnen! Aber Himmel! welch ein schöner Vers ist dies hier:

> Blüh auf, gefrorner Christ! Der Mai ist vor der Tür:
> Du bleibest ewig tot, blühst du nicht jetzt und hier.«

Sie sprang ans Klavier und spielte und sang aus dem Stegreif diese sehnsüchtig lockenden Worte, in geistlich choralartigen Maßen und Tonfällen, doch mit einem wie verliebt zitternden durchaus weltlichen Ausdruck ihrer schönen Stimme.

DREIZEHNTES KAPITEL

IV, 13 Blüh auf, gefrorner Christ! Der Mai ist vor der Tür:
Du bleibest ewig tot, blühst du nicht jetzt und hier!

So klang es die ganze Nacht in Heinrichs Ohren, der kein Auge schloß. Ein lauer Südwind wehte über das Land, der Schnee schmolz an seinem Hauche und tropfte unablässig von allen Bäumen im Garten und von den Dächern, so daß das melodische Fallen der unzähligen Tropfen eine Frühlingsmusik machte zu dem, was in dem Wachenden vorging. Noch gestern hatte er geglaubt, mit seiner jetzigen verschwiegenen Verliebtheit hoch über allem zu stehen, was er je über Liebe gedacht und empfunden, und nun mußte er erfahren, daß er gestern noch keine Ahnung hatte von der Veränderung, die in dieser Nacht mit ihm vorging, und diese kurze Frühlingsnacht enthielt gleich einem kräftigen Prolog schon alles, was er während vieler Wochen nun erleben und erleiden sollte. Das Gattungsmäßige im Menschen erwachte in ihm mit aller Gewalt und Pracht seines Wesens, das Gefühl der Schönheit und Vergänglichkeit des Lebens warf darein eine beklemmende Angst, daß die, welche alles dies anrichtete und welche ihm so ganz notwendig schien, um ferner zu leben, ihm ja gewiß nicht werden würde. Denn er ehrte sie, indem er jetzt eine ganze Leidenschaft zu empfinden begann, sogleich so, daß er es nun entschieden und entschlossen verschmähte, sie in seinen Gedanken mit seiner Person zu behelligen, indem er, der Welt gegenüber sich keck und eroberungslustig fühlend, vor Dortchen eine gänzliche Demut und Furcht empfand. Doch wechselte die Furcht wohl zwanzigmal mit der Hoffnung, wenn er manche freundliche Blicke, angenehme Worte und zuletzt die Stimme bedachte, mit welcher sie obigen Frühlingsvers gesungen; doch endete auch dieser Wechsel mit gänzlicher Hoffnungslosigkeit, da er schon in dem Stadium war, wo man einer Schönen, die man liebt, auch die leeren böswilligen Freundlichkeiten und Koketterien verzeiht und sogar mit Dank hinnimmt, ohne eine Hoffnung darauf zu bauen. Dieses war nicht eine sentimentale Schwäche und Mädchenhaftigkeit, sondern es rührte gerade von der Kraft und Tiefe der entfachten Leidenschaft her und von dem ehrlichen Ernste, mit welchem er sie empfand. Denn wo es sich um alles handelt, um ein großes Glück oder Unglück, wird ein wohleingerichteter Mann mitten in der Leidenschaft dennoch Rücksicht für zehn nehmen, und gerade weil es ihm bitterer Ernst ist, glücklich zu sein und glücklich zu machen, so setzt er sein Heil auf die Karte der Hoffnungslosigkeit, weil Liebe, wenn sie durch Hoffnungslosigkeit ihr Spiel verliert, nichts verloren hat als sich selbst.

Am Morgen war er stiller als gewöhnlich und ließ sich nichts ansehen; doch war es nun mit seiner Ruhe vorbei, und mit der Arbeit jeglicher Art ebenfalls, denn sowie er etwas in die Hand nehmen wollte, verirrten sich seine Augen ins Weite und alle seine Gedanken flohen dem Bilde der Geliebten nach, welches, ohne einen einzigen Augenblick zu verschwinden, überall um ihn her schwebte, während dasselbe Bild zu gleicher Zeit wie aus Eisen gegossen schwer in seinem Herzen lag, schön, aber unerbittlich schwer. Von diesem Drucke war er nur frei, und zwar gänzlich, wenn Dortchen zugegen war; alsdann war es ihm wohl und er verlangte nichts weiter und sprach auch wenig mit ihr. Damit war ihr jedoch, als einem Weibe, nicht gedient. Sie fing an, allerlei kleine Teufeleien zu verüben, an sich ganz unschuldige Kindereien in Bewegungen oder Worten, welche einem vermehrten guten Humor zu entspringen schienen, aber ebensowohl täglich heller eine urgründliche Anmut und Beweglichkeit des Gemütes verrieten als auch mit einer federleichten Wendung zeigten, daß sie tausend unergründliche Nücken unter den Locken sitzen hatte. Wenn nun erst die offene und klare Herzensgüte, das was man so die Holdseligkeit am Weibe nennt, einen Mann gewinnt und gänzlich in Beschlag nimmt, so bringen ihn nachher, wenn er in seiner Einfalt entdeckt, daß die Geliebte nicht nur schön, gut und huldvoll, sondern auch gescheit und nicht auf den Kopf gefallen sei, diese fröhliche Bosheit des Herzens, diese kindliche Tücke vollends um den Verstand und um alle Seelenruhe, da es nun total entschieden scheint, ohne diese sei das Leben fürhin leer und tot. So ging auch Heinrich abermals ein neues Licht auf und es befiel ihn ein heftiger Schrecken, nun ganz gewiß nie wieder ruhig zu werden, da er gerade dies kurzweilige Frauenleben nicht sein nennen könne. Denn wenn die Liebe nicht nur schön und tief, sondern auch recht eigentlich kurzweilig ist, so erneut sie sich selbst durch tausend kleine Züge und Lustbarkeiten in jedem Augenblick das bißchen Leben hindurch und verdoppelt den Wert desselben, und nichts macht trauriger, als ein solches Leben möglich zu sehen, ohne es zu gewinnen, ja die allertraurigsten Leute sind die, welche das Zeug dazu haben, recht lustig zu sein, und dennoch traurig sein müssen aus Mangel an guter Gesellschaft.

Wie nun Heinrich an diesen Spielereien und Neckereien aller Art sich sonnte, die oft in nichts anderem bestanden, als daß Dortchen eine Münze oder Glas zum Tanzen brachte und gegen ihn hin dirigierte, worauf er dem Gegenstand einen Nasenstüber gab, daß er wieder zurückflog, mußte er sich tausendmal in acht nehmen, sie nicht drum anzusehen, wenn das Geldstück umgepurzelt war, und über dem kindisch leichten Tun sein schweres Geheimnis zu verraten. Desnahen hielt er sich gewaltsam zurück; aber das tat ihm so weh, daß er aus Verzweiflung unartig und launisch wurde und sich die schönsten Stunden unwiederbringlich verdarb.

Nun glaubte er sich zu heilen, wenn er sich Dortchens Gegenwart entzöge, und fing an, da es erklärter Frühling war, früh Morgens wegzugehen, sich den ganzen Tag im Lande umherzutreiben und erst in der Nacht zurückzukehren, wenn schon alles schlief. Nachdem er dies einige Tage zu seiner großen Qual getan, trieb es ihn, Dorotheen wieder zu sehen, und er fand sich bei Tisch ein; aber er war nun ganz verschüchtert, und weil, wie man in den Wald ruft, es widertönt, so fing Dortchen auch an, sich zurückzuhalten, und schien sich nicht viel mehr daraus zu machen, mit Heinrich zu verkehren. Stracks verzog er sich wieder in die Wälder und blieb drei Tage dort, während welcher er nur in der Nacht zurückkehrte. Das Holz fing sachte an zu knospen und der braune Boden bedeckte sich schon vielfältig mit Blumen. Heinrich verkroch sich an einem wilden steinigen Abhange, der den ganzen Tag an der Sonne lag, unter ein hohes Gebüsch, durch welches eine klare Quelle rieselte. Dort hockte er im Verborgenen, stierte über die duftigen Gehölze und Felder weg nach dem glänzenden Dache des Landhauses in weiter Ferne und grübelte unaufhörlich über sein Unheil. Er fing an, sich zu vergessen und sich nicht mehr zu beherrschen; bisher hatte er, als ein wohlgeschlossener junger Mensch, noch nie laut gedacht oder vor sich hingesprochen; jetzt zwitscherte und flüsterte er unaufhörlich, wo er ging und stand, und als er dies endlich entdeckte, war es ihm schon zur unentbehrlichen Gewohnheit geworden und schaffte ihm einige Erleichterung, weil die stille Luft wenigstens seine Gedanken hören konnte, da sonst niemand auf der Welt dieselben zu ahnen und zu erraten schien. Selbst der Graf befragte ihn gar nicht, was er hätte, und tat, als ob er gar nichts bemerkte von Heinrichs verändertem Wesen.

»O«, sagte dieser unter den Bäumen, »was für ein ungeschickter und gefrorner Christ bin ich gewesen, da ich keine Ahnung hatte von diesem leidvollen und süßen Leben! Ist diese Teufelei also die Liebe? Habe ich nur ein Stückchen Brot weniger gegessen, als Anna krank war? Nein! Habe ich eine Träne vergossen, als sie starb? Nein! Und doch tat ich so schön mit meinen Gefühlen! Ich schwur, der Toten ewig treu zu sein; hier aber wäre es mir nicht einmal möglich, dieser Treue zu schwören, solange sie lebt und jung und schön ist, da dies sich ja von selbst versteht und ich mir nichts anderes denken kann! Wäre es hier möglich, daß meine Neigung und mein Wesen in zwei verschiedene Teile auseinanderfiele, daß neben dieser mich ein anderes Weib auch nur rühren könnte? Nein! Diese ist die Welt, alle Weiber stecken in ihr beisammen, ausgenommen die häßlichen und schlechten!

»Wenn diese schwer erkranken oder gar sterben sollte, würde ich alsdann imstande sein, dem traurigen Ereignis so künstlerisch zuzusehen und es zu beschreiben? O nein, ich fühle es! Es würde mich brechen wie einen Halm und die Welt würde sich mir verfinstern, selbst wenn ich bestimmt wüßte, daß sie mich gar nicht leiden mag! Und dennoch, welch ein praktischer Kerl bin ich gewesen, als ich so theoretisch, so ganz nach dem Schema liebte und ein grünes Bürschchen war! Wie unverschämt hab ich da geküßt, die Kleine und die Große, zum Morgen- und Abendrot! Und jetzt, da ich so manches Jahr älter bin und diese schöne und gute Person liebe, wird es mir schon katzangst, wenn ich nur daran denke, sie in unbestimmter Zeit irgendeinmal küssen zu dürfen, o weh, und doch möchte ich lieber den Kopf in das Grab stecken, wenn dieses mir nicht geschehen kann! Nicht einmal weiß ich mehr es anzufangen, ein Sterbenswörtchen gegen sie hervorzubringen!«

Dann starrte er wieder über das Land hinaus; doch kaum waren einige Minuten vergangen, während welcher er neugierig eine Wolke oder einen Gegenstand am Horizonte betrachtet oder auch ein schwankendes Gras zu seinen Füßen, so kehrten die Gedanken wieder zu ihrer alten Last zurück; denn Dortchens goldenes hartes Bild lag so schwer in seinem Herzen, daß es ein Loch in selbes zu reißen drohte und nicht erlaubte, daß die Gedanken länger anderswo spazieren gingen.

Obgleich er im Grunde dies gern litt und geschehen ließ, so gedachte er doch nicht, sich daran aufzureiben, und begann andere

Saiten aufzuziehen, indem er endlich bestimmt und deutlich festzustellen suchte, daß Dorothea gewiß nichts für ihn fühlte und daß ja auch gar kein vernünftiger Grund vorhanden sei, das etwa sich einzubilden. Er musterte ihr Betragen durch und bestärkte sich schmerzlich in dieser unerbaulichen Ansicht, da er ganz mürbe und demütig geworden war und jetzt nicht das geringste Liebenswürdige an sich fand. So bitter dieser selbstgemischte Trank anfangs zu trinken war, so brachte er doch einige Ruhe zurück, infolge derer die eingeschlafene Vernunft auch wieder auftauchte und den Aufgeregten in ihre kühlenden Arme nahm.

Was dem einen recht, ist dem andern billig, und wie du mir, so ich dir, sind die zwei goldenen Sprüche auch in Liebeshändeln, wenigstens bei gesunden und normalen Menschen, und die beste Kur für ein krankes Herz ist die unzweifelhafte Gewißheit, daß sein Leiden nicht im mindesten geteilt wird. Nur eigensinnige, selbstsüchtige und krankhafte Verfassungen laufen Gefahr, sich aufzulösen, wenn sie durchaus nicht geliebt werden von denen, auf die sie ihr Auge geworfen. Aber was hätte sein können und nicht geworden ist, macht wirklich unglücklich, und kein Trost hilft, daß die Welt weit sei und hinter dem Berge auch noch Leute wohnen; denn nur das Gegenwärtige, was man kennt, ist heilig und tröstlich, und es ist jammerschade um jedes totgeborene Lebensglück.

Da nun der verliebte Heinrich bei sich ausgemacht hatte, daß Dortchen gar nicht an ihn denke, ward er um vieles ruhiger und befand sich am sechsten Tage seines Lebens in der Wildnis schon so weit, daß er darüber ratschlagen konnte, ob er, zum Danke für ihre Liebenswürdigkeit und Schönheit, es ihr sagen wolle oder nicht. Er gedachte sich im ersten Falle wieder auf einen unbefangenen und guten Fuß mit ihr zu setzen und ihr alsdann gelegentlich, eh er abreiste und wenn sie einmal recht artig gegen ihn wäre, lachend und manierlich zu gestehen, welchen Rumor sie ihm angerichtet, und ihr zugleich zu sagen, sie sollte sich nicht im geringsten darum kümmern, er habe es ihr nur sagen wollen, um ihr vielleicht eine kleine Freude zu machen, die sie so sehr verdiene; im übrigen sei nun alles wieder gut und er wohl und munter! Vor Spott und Schadenfreude war er sicher bei ihr, jedoch tauchte ihm sogleich die Besorgnis auf, man dürfte am Ende ein solches Geständnis doch für eine verkappte ernstliche Liebeserklärung und angelegte Schlauheit ansehen. Diese Idee machte ihn sogleich wieder traurig, da er nun es doch verschweigen mußte, und wie er dies einsah, schien es ihm erst unmöglich zu sein und seine Gemütsruhe nur dann wieder erreichbar, wenn er sein bestandenes Ungewitter bekennen durfte, am liebsten der Erregerin desselben selbst. Auch schien ihr diese Kunde durchaus von Rechts wegen zu gebühren und Heinrich war ihr so gut, daß er ihr ohne allen Eigennutz nicht das Geringste entziehen mochte, was ihr zukam. Daher rief er endlich: »Ich sag es ihr doch!« Aber dann fürchtete er wieder, es möchte dennoch ein Mißverständnis hervorgerufen werden und er endlich unter einem schlimmen Eindruck aus dem Hause abziehen müssen, und er rief wieder: »Nein! Ich sag es doch nicht! Was geht es sie an?« Endlich nahm er ein flaches rundes Steinchen aus dem klaren Bächlein, das auf einer Seite rosenrot und auf der anderen Seite milchweiß gefärbt war mit blauen Äderchen, und warf selbiges in die Höhe. Wenn die rote Seite oben läge, wollte er reden, wenn die weiße, wollte er schweigen. Die weiße Seite lag oben und Heinrich war wieder ganz unglücklich, als sie da in der Sonne glänzte. »Ach«, flüsterte er, »dies ist nichts! wer wird alles auf einen Wurf wagen? Dreimal will ich werfen und dann gewiß nicht mehr!« Und er warf wieder und abermals weiß. Zögernd und seufzend warf er zum dritten Mal, da glänzte es rot, und ebenso rot ward sein Gesicht und eine unaussprechliche Freude strahlte auf demselben. »O nun will ich es ihr sagen!« sagte er, und ein Stein fiel ihm vom Herzen und er dachte, nun wäre alles gut.

Der Herzenskundige wird hier wohl bemerken, daß diese Fröhlichkeit nur von der leisen Hoffnung herrührte, welche sich in Heinrichs Vorsatz mit einschlich, und daß er, ohne es zu wollen, dennoch im Begriffe war, jene Schlauheit zu begehen, welche er sich nicht zu schulden wollte kommen lassen.

Es war gerade Sonnabend und der Tag näherte sich seinem Ende. Er nahm sich also vor, noch bis in die Nacht umherzustreifen und am Sonntagmorgen dann guter Dinge zu sein, wieder ein unbefangenes Gesicht zu machen und, sobald sich der günstige Augenblick böte, ihr unter Scherz und Lachen sein Bekenntnis abzulegen mit der gemessensten Aufforderung, daß sie sich gar nichts daraus machen und die Sache einzig wie eine kleine Morgenerheiterung aufnehmen solle. Der arme Teufel, wie er sich selbst belog!

Der Sonntagmorgen geriet wunderschön, der reine Himmel lachte durch alle Fenster in das helle Haus und der Garten blühte schon an allen Enden. Heinrich war wirklich guter Dinge und putzte sich sorgfältiger heraus als gewohnt; er verlor den Mut nicht, da er sich einbildete, nichts erreichen zu wollen, sich allein wie ein Kind auf die herzliche Plauderei freuend, die er ihr vormusizieren wollte, und sich davon ein reines und ungetrübtes Glück und ein ruhiges Leben versprechend. Und es fielen ihm tausend Narrheiten in den Sinn, welche er dazwischen flechten wollte, um Dortchen zu ergötzen, damit sie ja nicht die mindeste Unruhe oder Betrübnis verspüren sollte. So war er in der rosigsten Laune und das Herz klopfte ihm stark und lebendig, und indem ihm fortwährend neue Witze einfielen, über die er lachen mußte, traten ihm zugleich Tränen in die Augen, so sehr freute er sich darauf, ihr endlich gegenüber zu sein und mit ihr zu plaudern.

Aber es fand sich, daß Dortchen schon am Sonnabend viele Meilen weit weggefahren war, um eine Freundin zu besuchen, und wenigstens drei Wochen lang wegbleiben wollte. Hilf Himmel! welch ein Donnerschlag! Der ganze schöne Sonntagsfrühling in Heinrichs Brust war mit einem Zuge weggewischt, die Narrheiten und Witze tauchten unverweilt ihre Köpfe spurlos unter die Flut der dunkelsten Gesinnung und der blaue Himmel ward schwarz wie die Nacht vor Heinrichs Augen. Das erste, was er tat, war, daß er wohl zwanzigmal den Weg vom Garten nach dem Kirchhofe hin und zurück ging, und er drückte sich dabei genau an die Kante des Pfades, an welcher Dortchen hinzustreifen pflegte mit dem Saum ihres Gewandes. Aber auf diesen Stationen brachte er weiter nichts heraus, als daß das alte Elend mit verstärkter Gewalt wieder da war und alle Vernunft wie weggeblasen. Das Gewicht im Herzen war auch wieder da und drückte fleißig darauf los.

Diese drei Wochen glaubte Heinrich nicht erleben zu können und beschloß, sich so bald als möglich fortzumachen. Er zwang sich deshalb zur Arbeit, so gut es gehen wollte. Zum Glück war dieselbe vor dem Liebeswetter schon so weit gediehen, daß es nur der fortgesetzten Anstrengung weniger Tage bedurfte, um zu Ende zu sein; allein wenn Heinrich unter bitteren Schmerzen eine Stunde gemalt hatte, mußte er die Pinsel wegwerfen und in den Wald hinauslaufen, um sich wieder zu verbergen; denn unter den Menschen wußte er nicht, wo er hinsehen sollte. So brauchte er dennoch volle drei Wochen, bis er fertig war, und diese schienen ihm volle drei Jahre zu dauern, während welcher er tausend Dinge und doch immer ein und dasselbe lebte und dachte. Wenn es schönes Wetter war, so machte ihn der blaue Himmel und der Sonnenschein noch tausendmal unglücklicher und er sehnte sich nach Dunkelheit und Regengüssen, und traten diese ein, so hoffte er auf den Sonnenschein, der ihm helfen würde. Überdies begann er allerlei Unstern zu haben, da er fortwährend zerstreut war. So trat er eines Tages fehl, als er einen steilen Klippenpfad heruntersteigen wollte, und torkelte wie ein Sinnloser über die Felsen hinunter, daß er nicht wußte, wie er unten ankam, und ihm die Sinne vergingen. Dies kränkte und schämte ihn so heftig, daß er elendiglich zu weinen anfing. Ein andermal eilte und klomm er hastig den Berg hinauf, immer höher, um weiter in das Land hinauszusehen, als ob er alsdann Dortchen entdecken könnte, und als er endlich ganz oben angelangt und sie nirgends sah, legte er sich auf den Boden und schluchzte jämmerlich, und das Unwetter tobte so heftig in ihm, daß es ihn emporschnellte und herumwarf, wie eine Forelle, die man ins grüne Gras geworfen hat und die nach Wasser schnappet. Wiederum ein andermal setzte er sich auf einen verlassenen Pflug, welcher in einer angefangenen Ackerfurche lag, und machte ein trübseliges Gesicht; denn er begriff nicht, wie jemand noch Freude daran finden könne, zu pflügen, zu säen und zu ernten, und er machte allem Lebendigen umher Leerheit, Nichtigkeit und Seelenlosigkeit zum Vorwurf, da er Dortchen nicht hatte. Da schlenkerte ein vergnügt grinsender Feldlümmel daher, der ein irdenes Krüglein an einem Stricke über der Schulter trug, stand vor ihm still, gaffte ihm in das betrübte Gesicht und fing endlich an, unbändig zu lachen, indem er sich mit dem Ärmel die Nase wischte. Schon das arme Krüglein tat Heinrich weh in den Augen und im Herzen, da es so stillvergnügt und unverschämt am Rücken dieses Burschen baumelte; wie konnte man ein solches Krügelchen umhertragen, da Dortchen nicht im Lande war? Da nun der grobe Gesell nicht aufhörte dazustehen und ihm ins Gesicht zu lachen, stand Heinrich auf, trat weinerlich und leidvoll auf ihn zu und schlug ihm dergestalt hinter das Ohr, daß der arme Kerl zur Seite taumelte, und ehe der sich wieder fassen konnte, prügelte Heinrich all sein Weh auf den fremden Rücken und schlug sich an dem brechenden Kruge die Hand blutig, bis der Feldlümmel, welcher glaubte, der Teufel sei hinter ihm her, sich aus dem Staube machte und erst aus der Entfernung anfing, mit Steinen nach dem tollen Heinrich zu werfen. Langsam ging dieser davon und bedeckte seine überströmenden Augen mit beiden Händen. Solche Kunststücke trieb er nun und der Himmel mochte wissen, wo er sie gelernt hatte.

Endlich aber stellte sich von dem andauernden Druck des besagten goldenen Bildes ein bleibender körperlicher Schmerz auf der linken Seite ein, der erst nur ganz leise war und sich nur allmählich bemerklich machte. Als ihn Heinrich endlich entdeckte und von der gewohnten Beklemmung unterschied, fuhr er unablässig mit der Hand über die Stelle, als ob er wegwischen könnte, was ihm weh tat. Da es aber nicht wegging, sagte er: »So, so, nun hats mich!« denn er dachte, dieses wäre nun das wirkliche und wahrhaftige Herzeleid, an welchem man stürbe, wenn es nicht aufhörte. Und er wunderte sich, daß also das bekannte Herzweh, welches in den Balladen und Romanzen vorkommt, in der Tat und Wahrheit existiere und gerade ihn betreffen müsse. Erst empfand er fast eine kindische Schadenfreude, wie jener Junge, welcher sagte, es geschehe seinem Vater ganz recht, wenn er sich die Hand erfröre, warum kaufe er ihm keine Handschuhe? Doch dann schlug dies Vergnügen wieder in Traurigkeit um, als er sich ernstlicher bedachte und befand, daß nun gar keine Rede mehr davon sein könne, Dortchen etwas zu sagen, da die Sache bedenklich würde und ihr Sorgen und Befangenheit erwecken müßte.

Er suchte jetzt sein Wäldchen wieder auf am Berge, das indessen schön grün geworden war und von Vogelsang ertönte. Auf dem Baume, unter dem Heinrich den ganzen Tag saß, war ein Star und guckte, wenn er genug Würmchen gefressen hatte, zutulich auf ihn herunter und stieg jeden Tag um einen Ast näher herab. Während nun Heinrich darüber nachsann, wie dieser Kummer alles andere, was ihn schon gequält, weit hinter sich lasse, wie das Leid der Liebe so schuldlos sei, denn was habe man getan, daß einem ein anderes Wesen so wohl gefalle? und dennoch so unerträglich und bitter und unvernünftig und einen zugrunde zu richten vermöge, und während er sich jedoch vornahm, daß dies nicht geschehen solle und er sich schon seiner Haut wehren wolle, sprach er nichts mehr als immer den gleichen Seufzer: »O Dortchen, Dortchen – Dortchen, Dortchen Schönfund! Wenn du wüßtest, wie mir es ergeht!« und dies so oft, daß eines schönen Morgens über seinem Kopfe unversehens eine seltsame Stimme rief: »O Dortchen, Dortchen Schönfund! Wenn du wüßtest, wie mir es ergeht!« Dies war der Star, der diese Worte gemächlich auswendig gelernt und nun jedesmal damit fortfuhr, wenn Heinrich eine Weile geschwiegen, so daß sie nun unablässig in dem grünen Busch ertönten. Manchmal, wenn Heinrich nur abgebrochen Dortchen rief und wieder schwieg, sang der Star: »Dortchen?« worauf Heinrich antwortete: »Ja, Dortchen ist nicht Hierchen!« Oder wenn er bloß seufzte: »Wenn du wüßtest!« so rief der Vogel nach einem Weilchen: »Wie mir es ergeht!«

Es erging ihm aber auch so schlimm, daß er sich nach Dorotheens Wiederkehr sehnte, bloß um eine äußerliche Veränderung zu erfahren und sie noch einmal zu sehen, um dann unverzüglich fortzugehen. Als er gerade am letzten Abend der drei Wochen sich ins Haus begab, hoffte er nicht, daß sie schon da sein würde, sah aber schon vom Garten her, daß Licht in ihrem Zimmer war, und erfuhr, daß sie schon am Nachmittage pünktlich angekommen sei. Sogleich befand er sich um vieles besser und schlief wieder einmal ziemlich gut, ohne von ihr zu träumen, da sie sonst immer ihm im Traume erschienen war. Dies hatte ihn auch immer so gequält, wenn die Geträumte ihm durchaus wohlgeneigt nahte, ein leises gütiges Wort flüsterte oder ihn freundlich ansah und er dann nach dem Erwachen nicht fassen und begreifen konnte, warum es nicht wahr sein und er nicht zu seinem erträumten Rechte kommen sollte, als ob die Gute für das verantwortlich wäre, was er träumte.

Am Morgen erklang schon früh ihre Stimme durch das Haus; sie spielte und sang wie eine Nachtigall an einem Pfingstmorgen, und das Haus war voll Leben und Fröhlichkeit. Heinrich wurde zum Frühstück eingeladen, um die Wiedergekehrte zu begrüßen. Hastig und mit klopfendem Herzen ging er hin; aber sie war so lustig und aufgeweckt, daß der Erznarr sogleich wieder traurig wurde, da sie auch gar nichts zu merken schien von dem, was mit ihm vorging.

Dennoch wirkte ihre Gegenwart so wohltuend auf ihn, daß er sich zusammennahm, nicht mehr weglief und sich still und bescheiden verhielt, ohne viel Worte zu verlieren, allein darauf bedacht, bald fortzukommen. Aber sie machte ihm dies nicht so leicht, sondern trieb hundertfachen Mutwillen, der ihn immer wieder aufregte und störte, wobei sie sich immer an andere wandte und vorzüglich Apollönchen dazu brauchte, welche für sie kichern und lachen mußte, so daß Heinrich nie wußte, wem es gelten sollte, und hundertmal in Versuchung geriet, die Kleine beim Kopf zu nehmen und zu sagen: »Du Gänschen, was willst denn du?«

Endlich wurden zwei große Kisten gebracht, in welche die fertigen Bilder gepackt wurden. Heinrich schickte den Tischler fort und nagelte die Kisten selber zu auf dem Hausflur, um nur etwas auszutoben. Er saß bitterlich wehmütig auf dem Deckel und trieb die Nägel mit zornigen Schlägen in das Holz, daß das Haus davon widerhallte; denn mit jedem Nagel, den er einschlug, nahm er sich gewisser vor, am nächsten Tage fortzugehen, und so dünkte es ihn, als nagle er seinen eigenen Sarg zu. Aber nach jedem Schlage schallte ein klangreiches Gelächter oder ein fröhlicher Triller aus den oberen Gängen des Hauses, die Mädchen jagten hin und her und schlugen die Türen auf und zu. Dies bewirkte, daß Heinrich auf sein Zimmer ging und gleich auch den Reisekoffer packte. Als er damit fertig war, ging er höchst schwermütig, aber gefaßt, ins Freie und nach dem Kirchhofe; dort setzte er sich auf eine Bank und hoffte, Dortchen werde etwa herkommen und er wenigstens einige Minuten noch allein und ohne Bosheit bei ihr sitzen können, um sie noch einmal recht anzusehen. Sie kam auch richtig nach einer Viertelstunde herangerauscht, aber von der Gärtnerstochter und dem großen Haushunde begleitet. Da entfernte er sich eiligst, glaubend, sie hätten ihn noch nicht gesehen, und lief hinter die Kirche. Als er dort die Mädchen wieder sprechen und lachen hörte, ging er in der Verwirrung in das Pfarrhaus hinein, das ganz in der Nähe war, und traf den Pfarrer essend am Tische sitzen, über den die Nachmittagssonne friedlich wegschien. Heinrich setzte sich zu ihm und sah ihm zu. »Ich esse hier mein Vesperbrötchen«, sagt der Pfarrer, »wollen Sie nicht mithalten?« – »Ich danke«, erwiderte Heinrich, »wenn Sie erlauben, so will ich Ihnen sonst ein wenig Gesellschaft leisten!« – »Das sind mir junge Leute heutzutage«, sagte der Hochwürdige, »das hat ja gar keinen ordentlichen deutschen Appetit mehr! Na, die Gedanken sind auch danach, da kann freilich nicht viel anderes herauskommen als nichts und aber nichts!« Der Pfarrer merkte nicht, wie materialistisch er sich mit dieser speiselustigen Rede selbst ins Gesicht schlug, sondern war eifrig mit der großen Schüssel beschäftigt, die vor ihm stand. Dieselbe enthielt viele Anhängsel eines frisch geschlachteten Schweines, nämlich die Ohren, die Schnauze und den Ringelschwanz, alles soeben gekocht und dem Geistlichen lieblich in die Nase duftend. Er pries das aufgetürmte Gericht als unübertrefflich an einfacher Zartheit und Unschuld und trank einen tüchtigen Krug braunen klaren Bieres dazu.

Als Heinrich fünf Minuten traurig dagesessen und dem Pastor zugesehen hatte, klopfte es an der Tür und Dorothea trat, nur von dem schönen Hunde begleitet, anmutig und höflich herein und schien aber ein ganz klein bißchen befangen zu sein. »Ich will die Herren nicht stören«, sagte sie, »ich wollte Sie nur bitten, Herr Pfarrer, heute Abend bei uns zu sein, da Herr Lee morgen fortreist; Sie sind doch nicht abgehalten?« – »Gewiß werde ich kommen«, erwiderte der Pfarrer, der sich schon wieder gesetzt hatte, »bitte, mein Liebster, holen Sie doch einen Stuhl für das Fräulein!« Heinrich tat dies mit großer Herzensfreude und stellte einen zweiten Stuhl an den Tisch, sich gegenüber. »Danke schön!« sagte Dortchen freundlich lächelnd und zierlich vor sich niedersehend, indem sie Platz nahm. Nun war Heinrich doch glückselig, da er in der sonnigen und wohnlichen Pfarrersstube ihr gegenübersaß und sie sich so gutmütig und still verhielt. Der Pfarrer, obgleich er fortaß, sprach immer, und die beiden Leutchen brauchten ihm nur zuzuhören, indes der Hund mit feurigen Augen und offenem Maule nach der Schüssel starrte. »Ach, der arme Hund, wie es ihn gelüstet«, sagte Dortchen, »essen Sie dies auch, Herr Pfarrer? oder erlauben Sie, daß ich es ihm gebe?« Sie zeigte hiebei auf das krumme Schwänzchen, das sich manierlich auf dem Rande der Schüssel darstellte. »Dies Sauschwänzchen?« sagte der Pfarrer, »nein, mein Fräulein! das können Sie ihm nicht geben, das eß ich selbst! Warten Sie, hier ist was für ihn!« und er setzte dem gierigen Tiere einen Teller vor, in welchen er allerlei Knöchelchen und Knorpelwerk geworfen hatte. Dortchen und Heinrich sahen sich unwillkürlich einander an und mußten lächeln, nicht über den Pfarrer aus Spott, sondern weil seine vergnügte und selbstzufriedene Freude an dem Sauschwänzchen so lustig war. Auch der Hund, der sich eifrig und begierig mit seinen Knorpeln unterhielt, vermehrte durch seine Behaglichkeit die gute Stimmung der jungen Leute. Dortchen streichelte ihm den Kopf, als Heinrich ihm den Rücken streichelte, und als sie mit ihrer Hand achtlos der seinigen zu begegnen Gefahr lief, wich er ihr aus, wofür sie ihn, irgend eine gleichgültige Frage benutzend, umso freundlicher ansah.

Am offenen Fenster blühte ein Apfelbaum und weiße Schmetterlinge flogen in die Stube, und als es nun gar so lieblich war da zu sitzen der Lieblichen gegenüber, konnte Heinrich nicht anders, als er mußte sich den Pfarrer noch hinwegdenken, die Stube zu seiner eigenen machen und sich vorstellen, als wäre Dortchen seine junge Frau und säße an einem solchen Mainachmittage am weiß gedeckten Tische herzensallein ihm gegenüber. Heiß werdend und verlegen, streichelte er wieder den Hund, und nun fiel ihm plötzlich ein, wie er vor Jahren mit dem ganz jungen Mädchen ja schon einmal gemeinschaftlich einen Hund geliebkost habe, ohne zu ahnen, daß es je wieder begegnen würde. »Nun ist sie groß und schön geworden«, dachte er, was er freilich schon am ersten Tage Gelegenheit hatte zu bemerken, »und wenn abermals eine Reihe von Jahren dahin ist, so wird sie dem Alter entgegengehen und zuletzt dem Tode! Ist es möglich, daß dies Wesen und diese Lieblichkeit vergehen soll?« Es ergriff ihn heftiges Leiden um sie und es schien ihm beim Himmel nicht möglich und nicht möglich zu sein, daß sie anders als in seinen Armen glücklich und zufrieden alt werden könne! Er fühlte, daß ihm sogleich die Augen übergehen würden, stand auf und sagte: »Ich muß gehen, ich habe noch viel zu tun.« Er verbeugte sich verzweifelt, Dortchen stand überrascht auf und verbeugte sich ebenfalls, und dies war sehr komisch und wehmütig, da beide bei dem einfachen Tone, der in dem Hause herrschte, sich längst nicht mehr gegeneinander verbeugt hatten, sondern sich aufrecht begrüßten.

Heinrich lief in die Kirche hinein, um sich zu verbergen, und da dort ein altes Mütterchen kniete und ihr Vaterunser betete, so flüchtete er in die Sakristei und setzte sich dort in einen dunklen Winkel, um unaufhaltsam zu weinen und zu schluchzen. Werfe niemand einen Stein auf ihn, weil er schwach war; denn diese Schwäche war nur der Gegenpol und die Kehrseite der Tiefe und Kraft, mit welcher er das Leben zu empfinden fähig wurde in diesem Hause, und nur wer den heißen Sonnenschein, die leuchtende Trockenheit des Glückes recht voll und anhaltend zu ertragen berufen ist, wird solcher Schwäche teilhaftig, wenn die Sonne sich verhüllt. So saß er eine gute halbe Stunde und es war ihm so elend zu Mute wie noch gar nie in seinem Leben. Denn alles ging ihm durch den Sinn, was er wollte und hoffte, und formte sich sämtlich in das Bild des einzigen Dortchens, dem zu Ehren und zu Lieb er allein alles tun und erleben mochte, was ihm irgend beschieden war.

Die Sakristei war der älteste Teil der ziemlich ansehnlichen Kirche und bestand aus einer uralten Kapelle, die zuerst auf diesem Platze gestanden. Es war ein dunkles romanisches Gewölbe, dessen Fenster zum großen Teil vermauert waren, und man hatte hier viele Gegenstände hingebracht und aufgestapelt, welche im Laufe der Zeit den Raum in der eigentlichen Kirche beengt.

Vorzüglich aber ragte ein großes Grabmal hervor von schwarzem Marmor, auf welchem, aus dem gleichen Stein gehauen, ein langer Ritter ausgestreckt lag, die Hände auf der Brust gefaltet. An seiner linken Seite, auf dem Kranze des Sarkophags, stand eine verschlossene Büchse von Erz, reich gearbeitet und mittelst einer ehernen Kette an dem Marmor befestigt. Sie enthielt das vertrocknete Herz des Ritters, und sein Wappen war auf ihr eingegraben. Die Büchse und die feine Kette waren gänzlich oxydiert und schillerten schön grün im Zwielicht der Sakristei. Das Grabmal aber gehörte, laut den Hausberichten, einem französischen Ritter an, welcher von wilder und heftiger, aber ehrlicher und verliebter Natur gewesen und dessen Herz, als er vor allerhand Unstern und Frauenmißhandlung flüchtig herumzog, in dieser Gegend gewaltsam gebrochen war. Dies war zu Anfang des sechzehnten Jahrhunderts geschehen und seine Familie hatte hier, wo er in den letzten Tagen gepflegt worden, das Grabmal errichten lassen. Dasselbe vor Augen saß Heinrich nun da in seinem Winkel zwischen alten Tabernakeln und Prozessionsgerätschaften, als er hörte, daß wieder Leute in die Kirche traten. Es schienen zwei Frauenzimmer zu sein, und bald unterschied er Dortchens und Apollönchens Stimme, die miteinander leise sprachen. Sie schienen diesmal nicht zu lachen, sondern angelegentlich etwas zu beraten. Doch bald war ihnen der Ernst zu lang und sie kamen in die Sakristei hereingehuscht, indem Dortchen rief: »Komm, wir wollen den verliebten Ritter besehen!« Sie stellten sich dicht vor das Grabmal und gafften dem starren Rittersmann neugierig in das dunkle ehrliche Gesicht. »O Gott! ich fürchte mich!« flüsterte Apollönchen, »wir wollen hinausgehen!« – »Warum denn, Närrchen?« sagte Dortchen laut, »der tut niemand was zu leid! Sieh, wie es ein guter Kerl ist!« Sie nahm das erzene Gefäß in die Hand und wog es bedächtig; aber plötzlich schüttelte sie es, so stark sie konnte, auf und nieder, daß das arme tote Herz darin zu hören war und die Kette dazu erklang. Sie atmete heftig, war rot wie eine Rose im Gesicht und ihr schöner Mund lachte und zeigte die weißen Zähne. »Sieh die Klappernuß! höre die Klappernuß!« rief sie, »da! klappre auch einmal!« Sie drückte dem zitternden Apollönchen die Herzbüchse in die Hände; aber dieses schrie ängstlich auf, ließ die Büchse fallen, und Dortchen fing sie gewandt auf und klapperte abermals damit.

Heinrich, von dessen Gegenwart sie keine Ahnung hatten, sah ganz erstaunt zu. »Wart, du Teufel!« dachte er, »dich will ich schön erschrecken!« Er wischte sich die Augen trocken, stieß einen hohlen Seufzer aus und sprach mit trauriger Zitterstimme, welche er gar nicht zu verstellen brauchte, und in altem Französisch: »Dame, s'il vous plaist, laissez cestuy cueur en repos!« Erbleichend und mit einem Doppelschrei flohen die Mädchen aus der Sakristei und Kirche wie besessen, und zwar Dortchen voraus, welche mit einem elastischen Satz über Schwelle und Stufen der Kirchentür hinaussprang, schneebleich, aber immer noch lachend, ihr Kleid zusammennahm und über den Kirchhof wegeilte, bis sie eine Gartenbank fand, auf welche sie sich warf. Bebend lief das erschreckte Apollönchen hinter ihr drein und flüchtete sich an ihre Seite, sich kaum fassend. Dortchen, deren Gesicht fast so weiß war wie die Zähne, atmete hoch auf, lehnte sich zurück und hielt die Hände um die Knie geschlungen. »O Gott, es hat gespukt! das ist mein Tod!« rief Apollönchen, und Dortchen sagte: »Ja wohl, es spukt, es spukt!« und lachte wie eine Tolle. »Du Gottlose, fürchtest du dich nicht ein bißchen? Klopft dein Herz nicht zehnmal stärker als du das Herz da drin gerüttelt hast?» – »Mein Herz?« erwiderte Dortchen, »ich sage dir, es ist guter Dinge!« – »Was hat es denn gerufen«, sagte Apollönchen und hielt sich beide Hände an die eigene pochende Herzseite, »was hat das französische Gespenst gesagt?« – »Fräulein! hat es gesagt, wenn es Euch gefällt, so macht dies Herz zu Eurem Nadelkissen! Geh wieder hin und sag, wir wollten uns bedenken, ob es uns gefiele!«

Eine Stunde später war Dortchen allein auf ihrem Zimmer, das sie abgeschlossen hatte, und war eifrig damit beschäftigt, ein Körbchen mit Naschwerk zurecht zu machen für den Nachtisch. Sie hatte nämlich die Gewohnheit, immer ein solches Körbchen unter ihrem Verschluß zu halten, das mit feinem Zuckerwerk angefüllt war und das sie in buntes Papier wickelte, nachdem sie eine selbst geschriebene Devise dazu gelegt. Hierzu verwendete sie schöne und graziöse Verse aus allen Sprachen und alten und neuen Dichtern, am liebsten kleine gute Sinngedichte, welche geeignet waren, angenehme und witzige Vorstellungen zu erregen und eine heitere Fröhlichkeit zu verbreiten. Auch trieb sie allerhand Schwank damit, indem sie oft zwei verschiedene Zeilen aus verschiedenen Dichtern zu einem Distichon zusammenfügte, so daß man glaubte, Bekanntes zu lesen, und doch nicht klug daraus wurde, indessen die neue zierliche Wendung, der entgegengesetzte Sinn, welchen das Unbekannt-bekannte abgab, ergötzte und vielfältig in die Irre führte. Dortchen wickelte jetzt rasch und nachdenklich den ganzen Vorrat auf, warf die alten Zettelchen beiseite und schrieb auf neue Streifchen feinen Papieres zwanzig- oder dreißigmal dasselbe Sinngedicht eines alten schlesischen Poeten. Dann wickelte sie diese Zettel mit dem Zuckerwerke wieder ein, wozu sie neues, nur weißes Papier nahm, schloß ihre Tür wieder auf und trug ihr Körbchen nach dem hübschen Schränkchen, das sie im Familienzimmer ebenfalls unter ihrem Verschluß hatte.

Heinrich hatte unterdessen endlich ausgetobt, die Schluchzerei, deren er sich schämte, und der Scherz hatten ihn erleichtert und ruhiger gemacht und er nahm sich nun zum allerletzten Mal bestimmt vor, Dortchen gut zu sein, ohne an etwas weiteres zu denken noch sich zu bekümmern, und seine Gedanken nach anderen Dingen und nach seiner Zukunft zu richten. Desnahen war er ziemlich zufrieden am Abendtisch, und weil er, als der Abreisende, der Gegenstand des Gespräches war, seine Zukunft mit Wohlwollen besprochen wurde und außerdem der Graf, als sich von selbst verstehend, erklärte, abermals mit ihm zu reisen nach der Hauptstadt, da Heinrich das nicht gehofft hatte, so befand er sich zuletzt so glücklich und lustig wie je und lachte Dortchen freundschaftlich an, als sie endlich mit ihrem Körbchen zu ihm trat.

»Heut bekommen Sie zum letzten Mal ein Bonbon von mir!« sagte sie, »suchen Sie sich ein recht gutes aus!«

Heinrich suchte unbefangen einige Sekunden lang und nahm doch das erste beste, was ihm in die Hände kam, da er es vorzog, die Spenderin inzwischen anzusehen, da dies auch ein letztes Bonbon war. Als er das Ergriffene aufmachte und den Zettel las, errötete er und vermochte nicht denselben laut zu lesen, denn es stand darauf:

Hoffnung hintergehet zwar,
Aber nur, was wankelmütig;
Hoffnung zeigt sich immerdar
Treugesinnten Herzen gütig;
Hoffnung senket ihren Grund
In das Herz, nicht in den Mund!

Der Pfarrer nahm das Papier und las das Gedicht. »Allerliebst!« rief er, »sehr hübsch! Sie haben eine allerliebste Devise zum Abschied bekommen. Lassen Sie sehen, Fräulein Dortchen! was ich zum Dableiben erhalten werde!« Er griff begierig nach dem Körbchen, denn es juckte ihn auf der Zunge, etwas Süßes darauf zu legen. Dortchen zog aber das Körbchen weg und sagte: »Nächsten Sonntag bekommen Sie was zum Dableiben, Herr Pfarrer! Heute bekommt nur der, welcher geht!« Heinrich sah sie verwirrt und zweifelhaft an, die aufregenden Verse im Herzen; aber mit der unergründlichen Halbheit der Weiber stand sie da und verzog keine Miene. Rasch verschloß sie den Korb wieder in den Schrank und der arme Heinrich hatte keine Vermutung, daß in allen dreißig Bonbons die gleichen Worte standen.

VIERZEHNTES KAPITEL

Der Wagen stand in aller Frühe bepackt und bereit; Dortchen begleitete die Abreisenden bis an denselben, umgeben von den übrigen Leuten, so wie auch Apollönchen und der alte Gärtner herbeikamen. Heinrich gab den zutraulichen Dienstleuten allen die Hand und zuletzt auch der Dorothea, welche ihm freundlich die ihrige gab und nun sagte: »Adieu, Herr Lee!« Von Wiedersehen oder dergleichen sagte sie gar nichts; ebensowenig als Heinrich, und so fuhren der Graf und er rasch von dannen.

V, 14 Die Bilder kamen in zwei Tagen nach und waren bald zur öffentlichen Ausstellung hergerichtet. Der Graf beschäftigte sich so munter mit der Sache, als ob er selbst der Künstler wäre, und hatte die größte Freude daran, überall dabei zu sein und seinen Schützling zu bevormunden. Wie er es gewünscht, so kam es auch, als die Bilder endlich in dem Saale hingen, wo die Künstler und die wohlhabenden Liebhaber ab und zu gingen. Sie sprangen ziemlich anspruchsvoll in die Augen, hielten aber die erregte Aufmerksamkeit tapfer aus; alte Bekannte wunderten sich über das plötzliche Auftauchen des verschollenen Heinrich und drückten ihm mit Achtung und aufrichtigen Glückwünschen die Hand; der Graf unterließ nicht, vornehm aussehende Herren und Damen vor die Bilder zu führen, so daß sich der Beifall herumsprach und immer ein Trüppchen elegantes Publikum davorstand, kurz, Heinrich konnte nun doch noch mit Ehren und mit leichtem Sinne von dem Handwerk scheiden und dieser Abschied erhielt dadurch einen vollern und schwerern Gehalt. Als Heinrich endlich bei den Aufsehern der Säle den Preis der Bilder angeben wollte, drängte sich der Graf dazwischen und schrieb den betreffenden Zettel selbst auf. Aber er schrieb eine so ausgiebige Summe hin, daß Heinrich laut auflachte und rief: »Da werden wir lange warten können, bis wir die Fahnen an den Mann bringen!« – »Das werden wir schon sehen«, erwiderte der Graf, »nur nicht blöde, mein Freund!« Und in der Tat wurden die Bilder in einigen Tagen gekauft, aber vom Grafen selbst, ohne daß Heinrich es wußte; denn er ließ den Kauf unter fremdem Namen vor sich gehen und abschließen, und zwar nicht um Heinrich eine Art Geschenk aufzudrängen, sondern weil er die zwei Landschaften, welche er veranlaßt und entstehen gesehen, selber besitzen wollte und schon ihren Platz in seinem Hause angeordnet hatte.

Nun hätte Heinrich endlich ohne Hindernis nach seiner Heimat und zu seiner Mutter eilen können; allein wie er sich dazu anschickte, begegneten ihm noch zwei Abenteuer, die ihn ganz verschieden betrafen. Ein alter Bekannter aus der Zeit, da Heinrich mit Ferdinand Lys und Erikson umgegangen, welcher von seinem Wiederauftauchen gehört, suchte ihn auf und gab ihm einen Brief des Ferdinand, welcher schon vor Monaten aus Palermo gekommen war für Heinrich und von Hand zu Hand ging, ohne bestellt werden zu können. Zugleich teilte er ihm mit, daß neueren Nachrichten zufolge der Schreiber des Briefes seither gestorben sei, ohne jedoch etwas Näheres von den Verhältnissen zu wissen.

Heinrich erschrak und ahnte Schlimmes! er ließ daher den Überbringer erst fortgehen, ehe er den Brief öffnete; dann aber tat er ihn auf und las:

»Lieber Heinrich! Nachdem ich mich die Jahre her leidlich herumgeschleppt, muß ich nächstens nun endlich doch noch sterben an dem Stich, den Du mir so tapfer versetzt. Ich tue Dir dies selbst noch kund, um Dir zugleich zu sagen, daß Du mir zwar ein freundliches Andenken bewahren, aber die Sache Dich nicht etwa zu sehr angreifen lassen mögest. Es wäre mir eine Bitterkeit, zu denken, daß Du nur einen Tag lang deswegen unglücklich werden dürftest; denn was geschehen ist, ist sowohl meine Schuld wie Deine, und da ich zufrieden und glücklich sterbe und mit mir im reinen bin, so ist weiter gar nichts zu sagen als noch einmal: ich hoffe, Du werdest so klug sein und Dich meinen Tod nicht anfechten lassen! Ich habe seither viel an Dich gedacht und bin ein förmlicher Philosoph geworden! Nach meiner Berechnung, die ich angestellt, mußt Du jetzt aus der Torheit auch heraus sein, wozu ich Dir Glück wünsche! Lebe wohl, liebe die Welt, sie ist schön, und denke nur mit vollkommen ruhigem Sinn an Deinen treuen Freund! Der lange Erikson ist schon zweimal hier bei mir gewesen. Er hat einen großen Schacher und Handel angelegt und fährt auf einem eigenen Dampfschiffe, das er selber steuert, in der halben Welt herum und seine Frau geht ihm nicht von der Seite. Wenn dieser Brief Dich trifft, so schreibe mir, wie es Dir ergeht! Trifft er Dich nicht, so ist es auch gut, denn alsdann bleibt Dir hoffentlich die ganze Affäre unbekannt!«

Heinrich gab den Brief dem Grafen, ohne etwas zu sagen. Der Graf las ihn und beobachtete Heinrich aufmerksam während einer Stunde, ohne daß sie etwas über die Sache sprachen. Endlich aber sagte der Graf: »Nun, wie ist Ihnen zu Mut? Wie nehmen Sie diesen Brief auf?« Ohne Verzug erwiderte Heinrich: »Ganz wie er geschrieben ist! Ich würde ihm ebenso geschrieben haben, wenn Ferdinand mich getötet hätte! Übrigens vermute ich, daß bei dieser Gelegenheit der letzte Rest von Willkürlichkeit und Narrheit aus mir schwindet.«

Noch am gleichen Tage wurde er durch eine gerichtliche Behörde, die schon lange nach ihm gefahndet, ausfindig gemacht und hinbeschieden. Als er dort war und sich als rechtmäßiges Ich ausgewiesen hatte, ward ihm eröffnet, wie jenes tote Trödelmännchen ihn zu seinem Erben eingesetzt habe. Verwundert hörte Heinrich die Vorlesung des Testamentes an, nach welchem der fahrende Kram des Verstorbenen gerichtlich verkauft und erst dann dem eingesetzten Erben der letzte Wille bekanntgemacht und die vorhandene Barschaft eingehändigt werden mußte. Man hatte aber in einem alten silbernen Becher von mächtiger Größe, der mit einem Deckel versehen war, einen ganzen Schatz in Gold und öffentlichen Papieren vorgefunden, was ein ordentliches bürgerliches Vermögen ausmachte und kein Mensch hinter dem Alten gesucht hätte. Dieser sonderbare Becher stand jetzt auf dem grünen Tische des Gerichtszimmers, wurde umgestürzt und der Inhalt dem Erben vorgezählt. Außerdem händigte man ihm einen Brief des Verstorbenen ein, welcher, mit kaum leserlicher Schrift auf grobes Papier geschrieben, folgendermaßen lautete:

»Du hast mich böslich verlassen, mein Söhnchen, und bist nie wieder zu mir gekommen, doch kenn ich Dich wohl und vermache Dir mein bißchen Erspartes, weil ich keine Blutsverwandten habe. Hoffentlich wirst Du dasselbige richtig erhalten; es soll das Löhnchen sein für die Fahnenstecken, so Du angemalet; denn dazumal, wie ich Dich bei dieser Arbeit sahe, habe ich es mir vorgenommen, und wünsche ich somit, daß es nicht zu spät komme, um Dir einen Beitrag und Anlaß zu geben, wie Du Dich im Kleinen als einen treulichen Verwalter gezeigt hast, es auch in beträchtlicheren Dingen zu sein; Du kannst es wohl, wenn Du es willst und nicht eigensinnig bist. Das Geldchen ist nicht ohne alle Schlauheit, aber je dennoch auf ganz ehrlichem Wege erworben und ist niemand Unrecht geschehen, so daß Du den Segen mit Anstand verwenden magst, wie Dir gut dünkt. Für den Fall, daß du die Künstlerei etwa verabschiedet hättest, habe ich verordnet, daß mein Trödel verkauft wird, damit Du Deine alten Sachen nicht wieder zu Gesicht bekommst. Dies bedünkte mich nämlich zweckmäßig und gut, und hiermit bin ich nun froh, mein Erspartes, was mir viel Spaß machte, da die Leute so verschlafen und spaßhaft sind, noch an den Mann gebracht zu haben, und wenn ich hierdurch mir das freundschaftliche Gedächtnis eines braven und geschickten Menschen erkauft habe, der Gott weiß in welcher Himmelsgegend lustig in die zukünftige Zeit hineinlebet, so habe ich noch ein gutes Geschäft gemacht und meinen Nutzen erreicht, und hiermit lebe wohl, mein Männchen.«

Nachdem den gerichtlichen Anstalten Genüge geschehen, zog Heinrich ab mit seinem Brief und Becher; in den Gängen des weitläufigen Gerichtshauses, wo eine Menge bekümmerter oder erboster Streitführender auf und niederging oder auf Bänken saß, Verklagte und Ankläger, Schuldner und Gläubiger, stellte er einen armen Kerl an, der sich melancholisch da umhertrieb, und gab ihm den schweren Becher zu tragen. Wie er durch die belebte Stadt vor dem Träger hereilte und oft durch mehrere Menschen von ihm getrennt war, lüftete dieser neugierig den Deckel und guckte, was darinnen wäre. Als er das Gold sah, beschloß er, mit dem Schatz zu entwischen, da seine armen verhungerten Gedanken nicht weiter gingen als die eines Hundes, der einen Braten sieht. Er wollte nur warten, bis Heinrich einoder zweimal sich nach ihm umgesehen, wo er dann ein vergnügtes und biederes Gesicht machen wollte, rüstig einherschreitend, jedoch unmittelbar nach dem zweiten oder dritten Umsehen wollte er auf die

Seite springen und sich im Wirrsal verlieren, da er dann auf mehrere Minuten sicher war. Da sich aber Heinrich gar nicht nach ihm umsah, und er immer darauf wartete, so wurde er an seiner Tat seltsam verhindert, immer nach dem Vorgänger hinstarrend, und er geriet in einen wunderlichen Bann, daß er nichts unternehmen konnte und der Weg zurückgelegt war, eh er das Mindeste ausgerichtet; denn plötzlich blieb Heinrich unter der Tür des Gasthofes stehen, wandte sich um und nahm ihm den Becher ab, indem er ihm eine Goldmünze aus demselben gab.

»Nun habe ich ja Geld wie ein Kornhändler!« sagte Heinrich zu dem Grafen, der seiner harrte, setzte den Sparbecher des Alten vor ihn auf den Tisch, erzählte ihm die Geschichte und zeigte ihm auch den Brief.

»Seh einer an!« sagte der Graf, »ich hielt die alte Zipfelkappe immer für einen Kauz; daß er aber solche Ideen hinter den Ohren hätte, sah ich ihm doch nicht an!«

»Es ist aber doch eine sonderbare Sache«, erwiderte Heinrich, »ein solches gefundenes Gut zu haben und zu tun, als ob es einem von Recht- und Verdiensteswegen gehörte!«

»Gefunden!« sagte der Graf, »wie kommen Sie nur dazu, sich wieder so zu zieren? Sie sind ein wesentlicher Mensch, und aus Ihrem Wesen heraus haben Sie die Stängelchen bemalt oder die Spirallinie gezogen, wie Sie sich ausdrücken. Hundert andere hätte gerade das nicht getan und nicht auf die Art getan wie Sie, und dies hat der Alte sehr richtig bemerkt, so daß Ihr eigenes Wesen das Glück, wie wir es immerhin nennen wollen, anzog und bezwang. Glück aber ist nicht unanständig, Glück braucht jeder Geschäftsmann, auch der, welcher sein gutes Menschenwesen in den Verkehr setzt! Aber nun machen Sie, daß Sie fortkommen, sonst fangen Sie mir wieder an zu spintisieren und sich zu zieren! Diesen Becher, der ein altes tüchtiges Stück Gerät ist, geben Sie mir mit zum Andenken! Vorher aber wollen wir einen guten Abschied daraus trinken und auch den Alten leben lassen!«

Sie ließen ein paar Flaschen starken Weines kommen; Heinrich warf den Inhalt des Gefäßes heraus und schwenkte das Gefäß aus, der Graf trocknete es mit frohem Sinn und einem frischen Handtuch sorgfältig ab, und nun gossen sie die erste Flasche in den Becher und tranken denselben zum Andenken an den toten Alten.

Beim zweiten Becher aber sagte der Graf: »Nun wollen wir auch Brüderschaft trinken und uns fortan mit Du anreden, denn wir wollen uns getreu bleiben und gute Freunde sein!«

Heinrich wurde ganz rot und sah tief in den Becher hinein, ohne es zu wagen, das edle Anerbieten seines Freundes anzunehmen noch auch es abzulehnen, da zum ersten Mal ein viel älterer und ganzer Mann, dessen Haare schon ergrauten, ihm solches anbot. Endlich aber gewann er durch den Wert, welcher durch des Mannes Vertrauen und Freundschaft in ihn gelegt wurde, einen guten Mut und er gab dem Grafen die Hand und sah ihn an; doch erst nach einem Weilchen des gleichmütigen und ruhigen Gespräches brachte er auch endlich das Du über die Lippen, so gleichsam im Vorbeigehen brachte er es bescheiden, doch tapfer an, daß der Graf lächelte und ihn beim Kopf kriegte.

Der ältere Freund reiste noch am selben Tage auf sein Gut zurück und der jüngere machte sich endlich am nächsten Morgen auf den Heimweg. Es widerstrebte ihm, den alten geraden Weg, den er unter wechselndem Geschick schon so oft zur Hälfte zurückgelegt, abermals anzutreten, und reiste daher in einem Bogen durch Süddeutschland auf die Stadt Basel zu. Er war nun gerade sieben Jahre abwesend; dies dünkte ihn, so schnell sie auch vorübergeschwunden, jetzt eine Ewigkeit, da ihm mit einem Male, als er sich dem Vaterlande nähern sollte, alles schwer aufs Herz fiel, was sich in demselben begeben, ohne daß er den allerkleinsten Teil daran hatte. Noch schwerer fiel ihm die Mutter aufs Gewissen, die er nun endlich wiedersehen sollte, und in die Freude und Hoffnung über das Wiedersehen mischte sich eine seltsame Beklemmung und Furcht, wenn er sich die Veränderung dachte, welche mit ihrem äußeren Aussehen vorgegangen sein mußte, und er fühlte die Flucht und das Gewicht dieser sieben Jahre tief mit für die alternde Mutter. Seit seine erste Heimreise so romantisch unterbrochen worden und er in dem Hause des Gastfreundes gelebt, hatte er erst das Schreiben an sie immer aufgeschoben, weil er dachte, so bald als möglich selbst hinzukommen und mit seiner wohlhergestellten Person Ende gut alles gut zu spielen. Dann, als er in die Liebeskrankheit verfiel, vergaß er sie zeitweise ganz, und wenn er an sie dachte, wäre es ihm nicht möglich gewesen, auch nur eine Zeile zu schreiben, so wenig als etwas anderes zu beginnen, und am wenigsten hätte er gewußt, in welchem Tone er an die Mutter schreiben sollte, ohne sie zu täuschen, da er selbst nicht wußte, ob er den Tod oder das Leben im Herzen trage. Er ließ daher die Dinge gehen, wie sie gingen, vertraute auf die gute Natur der Mutter und setzte ihre Ruhe mit seiner Ruhe auf die gleiche Karte. Jetzt aber befiel ihn, der noch vor kurzem einen so großen Respekt und eine gewisse Furcht vor dem jungen schönen Weibe gehegt, das er liebte, jetzt befiel ihn dieses Gefühl, wie eine Art Scheu, in verdoppeltem Maße vor der alten schwachen, lange nicht gesehenen Mutter, und es war ihm zu Mute, wie wenn er einer strengen Richterin entgegenginge, die ihn um ihn und sein Leben zur Verantwortung zöge.

Zugleich bemerkte er, sobald er einen Tag lang wieder ganz allein gewesen, daß unversehens der heillose Druck von Dortchens Bild, der, solange er mit dem Grafen noch fröhlich beisammen war, sich nicht hatte verspüren lassen, wieder in seiner Brust saß, und er mußte nun fürchten, daß dies nie wieder wegginge, ohne daß er etwas dazu tun konnte.

Und zwar war es nun diesmal so, da er sonst ganz gefaßt und ruhig war, daß es ihm das Herz zusammenschnürte, ohne daß er besonders an sie dachte, und wenn er ganz beschäftigt mit anderen Dingen war, so wartete der verborgene Herzdrücker und harrte freundschaftlich aus, bis Heinrich sich an die Ursache erinnerte und über sie seufzte.

Um dieser Dinge willen war er froh, einen mäßigen Umweg zu machen, um sich nur erst ein wenig zurechtzufinden, da ihm nun das Wiedersehen der Mutter wichtiger war, als wenn er vor eine Königin hätte treten müssen und er doch mit Ruhe und Unbefangenheit ankommen wollte.

So gelangte er an einem schönen Junimorgen in die alte schöne Stadt Basel und sah den Rhein wieder fließen, vorüber an dem alten Münster. Schon alle Straßen, die nach der Stadt führten, waren mit Tausenden von Fuhrwerken und Wagen bedeckt, welche eine unzählige Menschenmenge aus allen Gauen sowie aus dem Französischen und Deutschen nach Basel trugen; die Stadt selbst aber war ganz mit

Grün bedeckt und mit rot und weißen Tüchern, Flaggen und Fahnen, die von allen Türmen wehten. Denn es wurde heute die vierhundertjährige Jubelfeier der Schlacht bei St. Jakob an der Birs begangen, wo tausend Eidgenossen zehntausend Feinde totschlugen und deren vierzigtausend von den Landesgrenzen abhielten durch den eigenen Opfertod, während im Schoße des Vaterlandes der Bürgerkrieg wütete. Am gleichen Tage ward auch das große eidgenössische Schützenfest eröffnet, welches alle zwei Jahre wiederkehrt und dazumal in Basel den höchsten bisherigen Glanz und Gehalt erreichte, da es gegenüber der alten kraftlosen Tagsatzung das politische Rendezvous des Volkslebens war in einer gärenden Umwandlungszeit.

So stieß Heinrich gleich beim Eintritt ins Land mitten auf seine rauschende und grollende Bewegung, und ohne auszuruhen ging er mit den hunderttausend Zuschauern auf das Schlachtfeld hinaus und wieder zurück in die reiche Stadt, welche mit ihren zahlreichen silbernen und goldenen Ehrengefäßen den Wirt machte. Doch mit dem Mittage räumte die geschichtliche Feier der Vergangenheit der treibenden Gegenwart den Platz ein, und unter der großen Speisehütte des Schießplatzes aßen schon an diesem ersten Mittag fünftausend waffenkundige Männer zusammen, indessen am andern Ende des Platzes auf eine unabsehbare Scheibenreihe ein Rottenfeuer eröffnet wurde, welches acht Tage lang anhielt, ohne einen Augenblick aufzuhören. Dies war kein blindes Knattern wie von einem Regiment Soldaten, sondern zu jedem Schusse gehörte ein wohlzielender Mann mit hellen Augen, der in einem guten Rocke steckte, seiner Glieder mächtig war und wußte was er wollte.

Inmitten der hölzernen Feststadt, deren Ordnung, Gebrauch und Art trotz aller Luftigkeit herkömmlich und festgestellt war und ihre eigene Architektur erzeugt hatte, ragten drei monumentale Zeichen aus dem Wogen der Völkerschaft, die das große Viereck ausfüllte. Ganz in der Mitte die ungeheure grüne Tanne, aus deren Stamm ein vielröhriger Brunnen sein lebendiges Wasser in eine weite Schale goß. In einiger Entfernung davon stand die Fahnenburg, auf welche die Fahnen der stündlich ankommenden Schützengesellschaften gesteckt und unter deren Bogen dieselben begrüßt und verabschiedet und die letzten Handschläge, Vorsätze und Hoffnungen getauscht wurden.

Auf der anderen Seite der Tanne war der Gabensaal, welcher die Preise und Geschenke enthielt aus dem ganzen Lande sowie von allen Orten diesseits und jenseits des Ozeans, vom Gestade des Mittelmeeres, von überall wo nur eine kleine Zahl wanderlustiger, erwerbsfroher Schweizer sich aufhielt oder die Jugend auf fernen Schulen weilte. Der Gesamtwert erreichte diesmal eine größere Höhe als früher je, und das Silbergerät, die Waffen und andere gute Dinge waren massenhaft aufgetürmt.

Während nun in den Stuben der Doktrinäre, in den Sälen der Staatsleute vom alten Metier und in der Halle des Bundes von Anno funfzehn das politische Fortgedeihen stockte und nichts anzufangen war, trieb und schoß dasselbe in mächtigen Keimen auf diesem brausenden tosenden Plan, über dem die vielen Fahnen rauschten. Das Land war mitten in dem Kampfe und in der Mauser begriffen, welche mit dem Umwandlungsprozesse eines Jahrhunderte alten Staatenbundes in einen Bundesstaat abschloß und ein durchaus denkwürdiger, in sich selbst bedingter organischer Prozeß war, der in seiner Mannigfaltigkeit, Vielseitigkeit, in seinen wohlproportionierten Verhältnissen und in seinem erschöpfenden Wesen die äußere Kleinheit des Landes vergessen ließ und sich schlechtweg lehrreich und erbaulich darstellte, da an sich nichts klein und nichts groß ist und ein zellenreicher summender und wohlbewaffneter Bienenkorb bedeutsamer anzusehen ist als ein mächtiger Sandhaufen.

Das erste Jahrzehend, welches Anno dreißig die Fortbildung zur freien Selbstbestimmung oder zu einem jederzeit berechtigten Dasein, oder wie man solche Dinge benennen mag, wieder aufgenommen hatte, war unzureichend und flach verlaufen, weil die humanistischen Kräfte aus der Schule des vorigen Jahrhunderts, die den Anfang noch bewirkt, endlich verklungen waren, ehe ein ausreichendes Neues reif geworden, das für die ausdauernde Einzelarbeit zweckmäßig und rechtlich, in seinen Trägern frisch und anständig sich darstellte. In die Lücke, welche die Stockung hervorbrachte, trat sofort die vermeintliche Reaktion, welche ihrer Art gemäß sich für höchst selbständig und ursprünglich hielt, in der Tat aber nur dazu diente, dem Fortschritt einen Schwung zu geben, und es ihm möglich machte, nach mehrjährigen Kämpfen endlich die sichere und bewußte Mehrheit zu finden für die neue Bundesverfassung. Es begann jene Reihe von blutigen oder trockenen Umwälzungen, Wahlbewegungen und Verfassungsrevisionen, die man Putsche nannte und alles Schachzüge waren auf dem wunderlichen Schachbrett der Schweiz, wo jedes Feld eine kleinere oder größere Volkes- und Staatssouveränität war, die eine mit repräsentativer Einrichtung, die andere demokratisch, diese mit, jene ohne Veto, diese von städtischem Charakter, jene von ländlichem, und wieder eine andere wie eine Theokratie aussehend, und die Schweizer bezeigten bald eine große Übung in diesem Schachspielen und Putschen.

Das Wort Putsch stammt aus der guten Stadt Zürich, wo man einen plötzlichen vorübergehenden Regenguß einen Putsch nennt und demgemäß die eifersüchtigen Nachbarstädte jede närrische Gemütsbewegung, Begeisterung, Zornigkeit, Laune oder Mode der Züricher einen Zürichputsch nennen. Da nun die Züricher die ersten waren, die geputscht, so blieb der Name für alle jene Bewegungen und bürgerte sich sogar in die weitere Sprache ein, wie Sonderbündelei, Freischärler und andere Ausdrücke, die alle aus dem politischen Laboratorium der Schweiz herrühren.

Der Zürichputsch war aber eine religiöse Bewegung gewesen, da der müßige Fortschritt, eingedenk des Sprichwortes, daß Müßiggang aller Laster Anfang ist, etwas an der Religion machen wollte, wie die Bauern sich ausdrückten, und zwar auf dogmatischem Wege. Die Kirche läßt sich aber von unkirchlichen Leuten nicht schulmeistern und umgestalten, sondern nur ignorieren oder abschaffen, wenn die Mehrheit dafür da ist. Die Juristen waren sehr betrübt und entsetzt, zu sehen, daß die Religion dergestalt auf das Gemüt einwirken könne, daß selbst eine aufgeschriebene Verfassung damit zu brechen sei, und sie hielten über diesen Folgen ihrer müßigen Tat den Untergang der Welt nahe; die folgenden Putsche aber gewannen durch diesen Anfang ihr Losungswort, den Glauben, und infolgedessen fanden sich denn richtig die Jesuiten ein als die vollendeten Lückenbüßer der Geschichte und wurden von den der weiteren zweckmäßigen Ausgestaltung des Landes widerstrebenden Dialektikern und Schachspielern als handliche Schachfiguren benutzt, während sie wähnten, um ihrer selbst willen und aus eigener Kraft da zu sein. Sie reichten gerade aus, durch ihr Wesen und ihre Bestimmung einen kräftigen und höchst produktiven Haß und Groll zu erregen, welcher auf dem Fest zu Basel dermaßen gewaltig rauschte, daß davon die Rede war, in corpore aufzubrechen und in den Festkleidern, den Festwein im Blute, hinzuziehen, um den Jesuiten das Loch zu verstopfen und ihre verrückte Theokratie zu zerstören.

Dies blieb zwar nur eine Rede, doch wurde der Keim gelegt zu jener seltsamen Erscheinung der Freischarenzüge, wo seßhafte wohlgestellte Leute, die sämtlich in der Armee eingereiht waren, sich in bürgerliche Kleidung steckten, sich zusammentaten, durch fingierte Handstreiche unter den Augen ihrer Regierungen Stück und Wagen aneigneten und gut bewaffnet auszogen, um in eine benachbarte Souveränität einzubrechen und die dortige gleichgesinnte Minderheit mit Gewalt zur Mehrheit zu machen. Diese vermummten Zivilkrieger wollten für sich nichts, weder Beute noch Kriegsruhm noch Beförderung holen, sondern zogen einzig für den reinen Gedanken aus; als sie daher allein an dem Fluche der Ungesetzlichkeit und offenen Vertragsbrüchigkeit untergingen, trat der noch seltsamere Fall ein, daß sie sich nicht ihrer Tat zu schämen brauchten und doch eingestehen durften, es sei gut, daß sie nicht gelungen, indem ohne den tragischen Verlauf der Freischarenzüge der Sonderbund nicht jene energische Form gewonnen hätte, die den schließlichen Sieg der legalen und ruhigen Freisinnigen herausgefordert und ermöglicht hat. Dem wahrhaft freisinnigen Manne geziemt es, froh zu sein, wenn ihm das Ungehörige und Unüberlegte mißlungen, und er überläßt es den Despoten und wilden Bestien, einen blinden günstigen Zufall als Gnade Gottes und die Schärfe der Klauen als Recht auszukündigen.

Indessen hinderte der Zorn die Schweizer in Basel nicht, im größten Maßstabe zu zechen, und Zorn und Freude schillerten so blitzend durcheinander wie der rote und weiße Wein, von welchem an dem bewegtesten Tage der Woche gegen neunzigtausend Flaschen getrunken wurden allein in der großen Hütte, während die leidenschaftlichen Tischreden von der Tribüne tönten. Als Heinrich, der drei Tage auf dem Platze blieb, diese Kraft und Fülle sah, schien ihm dies fast bedenklich; denn nach dem stillen und innerlichen Leben, das er in der letzten Zeit geführt, dröhnte ihm das gewaltige Getöse betäubend in das Gemüt; denn obgleich da durchaus kein wüstes oder kindisches Geschrei herrschte, sondern ein ausgedehntes Meer gehaltener Männerstimmen wogte, aus dem nur hie und da eine lautere Brandung oder ein fester feuriger Gesang aufstieg, so bildete doch diese handfeste Wirklichkeit und Rührigkeit einen grellen Gegensatz zu dem lautlosen entsagungsbereiten Liebesleiden Heinrichs von jüngst, aus dem nur etwa jener eintönige Starenruf heraustönte. Doch erinnerte er sich, daß dies eine alte Weise seiner Landsleute und nicht etwa ein Zeichen des Verfalles sei und daß die sogenannten alten frommen Schweizer, welche so andächtig niederknieten, ehe sie sich schlugen, mit ihren langen Bärten und schiefen Kerbhütchen zuweilen noch viel wilder tun, bankettieren und rumoren konnten als die jetzigen und daß also deswegen kein Verfall eingetreten und die Schweizer Schützen immer noch die seien, deren Vorfahren vor Jahrhunderten die Straßburger besucht, wenn diese schossen. Auch jetzt rollten ganze Bahnzüge voll Schweizer nach Straßburg hinunter; aber es gab dort keine freien reichsstädtischen Straßburger mehr, sondern nur französische Elsässer und französisches Militär.

Heinrich versöhnte sich also mit dem Zechgetöse, und zwar ließ er dem Gewalthaufen der Trinker sein Recht der Majorität, ohne das Recht seiner Person aufzugeben und sich diesmal ganz ruhig und nüchtern zu erhalten, da ihm die neueste Vergangenheit mit Dortchen und die nächste Zukunft mit seiner Mutter alle Lust fern hielten, sich irgendwie hervortun und jubilieren zu wollen. Dagegen kaufte er sich in der Stadt ein gutes Geschoß und mischte sich unter die Schießenden, nicht um irgend sein Glück zu versuchen, sondern um zu sehen, ob er für seinen Handgebrauch und für den Notfall etwa im Ernste mitzugehen imstande wäre. Er hatte früher, ehe er in die Fremde gegangen, nur wenig geschossen bei zufälligen Gelegenheiten und bei dem Leichtsinn, mit welcher seine Jugend die Sache in die Hand nahm, nichts Sonderliches ausgerichtet. Jetzt erfuhr er, wie der Ernst des Lebens und die Zeit fähig machen, auch die einfachsten Dinge besonnener in die Hand zu nehmen, und während des Tages, an welchem er fleißig schoß, erlangte er die Gewißheit, bei fortgesetzter Übung sich die Eigenschaft zu erwerben, nicht bloß ein Maulheld zu sein oder ein Bratenschütze, sondern in der Stunde der Gefahr etwa für seine Person, und was ihm teuer war, einzustehen.

So wurde sein Heimweg gehemmt und aufgehalten, wie nur eine ängstliche Traumreise aufgehalten werden kann, und es war ihm fast gleich zu Mute wie in jenen Träumen, in denen er heimreiste, und fühlte sich beklommen, so daß er sich losreißen mußte, um nur endlich weiterzukommen. Da alle Posten und Fuhrwerke überfüllt waren, ließ er bloß seine Sachen mit der Post gehen und machte sich an einem kristallhellen Morgen zu Fuß auf den Weg, um endlich der Vaterstadt zuzueilen von einer anderen Seite als er sie vor sieben Jahren verlassen. Überall lag das Land im himmelblauen Duft, aus welchem der Silberschein der Gebirgszüge und der Seen und Ströme funkelte, und die Sonne spielte auf dem betauten Grün. Er sah die reichen Formen des Landes, in Ebenen und Gewässern ruhig und waagrecht, in den steilen Gebirgen gezackt und kühn, zu seinen Füßen fruchtreiche blühende Erde und in der Nähe des Himmels fabelhaftes Totenreich und wilde Wüste, alles dies abwechselnd und überall die Tal- und Wahlschaften bergend, die zu Füßen der fernen Gebirgsriesen wohnten oder fern hinter denselben. Er selbst schritt rüstig durch katholische und reformierte Gebietsteile, durch aufgeweckte und eigensinnig verdunkelte, und wie er sich so das ganze große Sieb von Verfassungen, Konfessionen, Parteien, Souveränitäten und Bürgerschaften dachte, durch welches die endliche sichere und klare Rechtsmehrheit gesiebt werden mußte, die zugleich die Mehrheit der Kraft, des Gemütes und des Geistes war, der fortzuleben fähig ist, da wandelte ihn die feurige Lust an, sich als der einzelne Mann, als der widerspiegelnde Teil vom Ganzen zu diesem Kampfe zu gesellen und mitten in demselben die letzte Hand an sich zu legen und sich mit regen Kräften zurecht zu schmieden zum tüchtigen und lebendigen Einzelmann, der mit ratet und mit tatet und rüstig darauf aus ist, das edle Wild der Mehrheit erjagen zu helfen, von der er selbst ein Teil ist und die ihm deswegen doch nicht teurer ist als die Minderheit, die er besiegt, weil diese von gleichem Fleisch und Blut ist hinwieder mit der Mehrheit.

»Aber die Mehrheit«, rief er vor sich her, »ist die einzige wirkliche und notwendige Macht im Lande, so greifbar und fühlbar wie die körperliche Natur selbst, an die wir gefesselt sind. Sie ist der einzig untrügliche Halt, immer jung und immer gleich mächtig; daher gilt es, unvermerkt sie vernünftig und klar zu machen, wo sie es nicht ist. Dies ist das höchste und schönste Ziel. Weil sie notwendig und unausweichlich ist, so kehren sich die übermütigen und verkehrten Köpfe aller Extreme gegen sie in unvermögender Wut, indessen sie stets abschließt und selbst den Unterlegenen sicher und beruhigt macht, während ihr ewig jugendlicher Reiz ihn zu neuem Ringen mit ihr lockt und so sein geistiges Leben erhält und nährt. Sie ist immer liebenswürdig und wünschbar, und selbst wenn sie irrt, hilft die gemeine Verantwortlichkeit den Schaden ertragen. Wenn sie den Irrtum erkennt, so ist das Erwachen aus demselben ein frischer Maimorgen und gleicht dem Schönsten und Anmutigsten, was es gibt. Sie läßt es sich nicht einfallen, sich stark zu schämen, ja die allgemeine verbreitete Heiterkeit läßt den begangenen Fehltritt kaum ungeschehen wünschen, da er ihre Erfahrung bereichert, diese Freude hervorgerufen hat und durch sein schwindendes Dunkel das Licht erst recht hell und fröhlich erscheinen läßt.

»Sie ist die reizende Aufgabe, an welcher sich ihr einzelner messen kann, und indem er dies tut, wird er erst zum ganzen Mann und es tritt eine wundersame Wechselwirkung ein zwischen dem Ganzen und seinem lebendigen Teile. Mit großen Augen beschaut sich erst die Menge den einzelnen, der ihr etwas vorsagen will, und dieser, mutvoll ausharrend, kehrt sein bestes Wesen heraus, um zu siegen. Er denke aber nicht, ihr Meister zu sein; denn vor ihm sind andere da gewesen, nach ihm werden andere kommen, und jeder wurde von der Menge geboren; er ist ein Teil von ihr, welchen sie sich gegenüberstellt, um mit ihm, ihrem Kind und Eigentum, ein erbauliches Selbstgespräch zu führen. Jede wahre Volksrede ist nur ein Monolog, den das Volk selber hält. Glücklich aber, wer in seinem Lande ein Spiegel seines Volkes sein kann, der nichts widerspiegelt als dies Volk, indessen dieses selbst nur ein kleiner heller Spiegel der weiten lebendigen Welt ist!«

Jetzt war er auf dem Berge angekommen, der gegenüber der Stadt lag, und er sah plötzlich deren Linden hoch in den Himmel tauchen und die goldenen Kronen der Münstertürme in der Abendsonne glänzen. Weithin lag der See gebreitet mit seinen blauen Wassern, der grüne Fluß strömte ruhig aus demselben durch die Stadt hin, und Heinrich fand es in seiner Freude rührend und höchst zuverlässig, daß der Fluß während der sieben Jahre auch nicht einen Augenblick zu strömen aufgehört habe. Aber seine Augen hefteten sich sogleich wieder auf die goldene Abendstadt und entdeckten eine Menge neuer Häuser sowie eine viel erweiterte Ausdehnung am See und am Flusse hin. Nur das alte dunkle Gemäuer mit dem Kirchhof dicht zu seinen Füßen diesseits des Flusses war noch dasselbe, und das Totenglöcklein erklang traurig in demselben, während ein Sarg über die Brücke getragen wurde, welchem ein langer zahlreicher Trauerzug folgte, wie wenn ein Unbescholtener begraben wird, der lange an einem Orte gewohnt hat. Eine kleine Weile sah er dem langsam gehenden Zuge neugierig zu, bis derselbe an dem Berge emporzusteigen begann; dann stieg er aber den steilen Staffelberg hinab, von dem ihm geträumt, daß er eine Kristalltreppe wäre, und machte sich dem Kirchhof zu, der nun von den Leuten angefüllt war; denn er wollte, indem er im Vorbeigehen dem Begräbnis beiwohnte, gleich zum Gruße an die Vaterstadt eine gesellschaftliche Pflicht erfüllen und gedachte auch Dortchens, welche die Toten so sehr bedauerte, die vergehen und für immer aus der Welt scheiden müssen.

Er trat mit den Leuten, die ihn nicht kannten, in das kleine Kirchlein und hörte deutlich den Geistlichen, der das Gebet zu sprechen hatte, den Namen seiner Mutter verkünden mit ihrem Geburts- und Todestage und die Zahl ihrer Jahre mit ihrem Herkommen und ihrem Stande.

Ohne weiter zu hören, ging er hinaus und suchte das Grab, an welchem der Sarg stand auf der Bahre. Eben nahm der altbekannte Totengräber die obere schwarze Tuchdecke von demselben und legte sie bedächtig zusammen, dann die untere von weißer Leinwand, welche der Sitte gemäß eine Handbreit unter der schwarzen Decke hervorsehen muß, und endlich stand das bloße rosige Tannenholz da. Heinrich konnte nicht durch die Bretter hindurchsehen, er sah nur, wie jetzt der Sarg in die Erde gesenkt und mit derselben zugedeckt wurde, und er rührte sich nicht. Die Leute verliefen sich, unter denen Heinrich eine Menge sah und kannte, ohne sie doch zu sehen und zu kennen; der Kirchhof leerte sich, und ein Mann nahm ihn bei der Hand und führte ihn auch fort. Es war der brave Nachbar, welcher auf seiner Hochzeitsreise ihn erst aufgesucht und ihm Nachricht von der Mutter gebracht hatte. Heinrich ging mit ihm über die Brücke und in die Stadt hinauf. Er betrachtete wohl alle Dinge auf dem Wege und warf hierhin einen Blick und dorthin einen und antwortete auch dem Nachbar ordentlich auf seine Fragen, die derselbe an ihn richtete, in der Meinung, ihn munter zu erhalten. Als sie in die Gasse gelangten, wo das alte Haus stand, wollte Heinrich, ohne etwas anderes zu denken, hineintreten; aber fremde Leute sahen aus demselben und der Nachbar führte ihn hinweg und in sein eigenes Haus, so daß also Heinrich nicht wieder in die Tür treten konnte, durch welche seine Jugend aus- und eingegangen.

Als er bei dem Nachbar endlich in der Stube und von den guten glücklichen Leuten teilnehmend begrüßt war, erleichterte es ihr Benehmen gegen ihn, zu sehen, daß er in seinem Äußeren in guten Umständen und in guter Ordnung erschien; er fragte sie, indem er sich setzte, nun um seine Mutter, und sie erzählten ihm, was sie wußten.

Nachdem sie lange in Kummer und stummer Erwartung auf ihren Sohn oder ein Zeichen von ihm gewartet, wurde sie gerade um die Zeit, als Heinrich sich im Herbste auf den Heimweg begeben hatte und dann im Hause des Grafen haften blieb, aus ihrem Hause vertrieben, in welchem sie achtundzwanzig Jahre gewohnt; denn nachdem es ruchbar geworden, daß sie jenes Kapital für ihren Sohn aufgenommen, von welchem nichts weiter zu hören war, hielt man sie um dieser Handlung willen für leichtsinnig und unzuverlässig und kündigte ihr die Summe. Da sie trotz aller Mühen dieselbe nicht aufs neue aufbringen konnte, indem niemand sich in diesen Handel einlassen zu dürfen glaubte, mußte sie endlich den Verkauf des Hauses erdulden und mit ihrer eingewohnten Habe, von welcher jedes Stück seit so vielen Jahren an selbem Platze unverrückt gestanden, in eine fremde ärmliche Wohnung ziehen, über welchem mühseligen und verwirrten Geschäfte sie fast den Kopf verlor. Den Rest des Verkaufswertes legte sie aber nicht etwa wieder an, um aufs neue zu sparen und das Unmögliche möglich zu machen, sondern sie legte ihn gleichgültig hin und nahm davon das wenige, was sie brauchte, aber ohne zu rechnen. Übrigens bemühten sich jetzt die Leute um sie, halfen ihr, wo sie konnten, und verrichteten ihr alle Dienste, welche sie sonst anderen so bereitwillig geleistet. Sie ließ es geschehen und kümmerte sich nichts darum, sondern brütete unverwandt über dem Zweifel, ob sie Unrecht getan, alles an die Ausbildung und gemächliche Selbstbestimmung ihres Sohnes zu setzen, und dies Brüten wurde einzig unterbrochen von der zehrenden Sehnsucht, das Kind nur ein einziges Mal noch zu sehen. Sie setzte zuletzt eine bestimmte Hoffnung auf den Frühling, und als dieser verging und der Sommer anbrach, ohne daß er kam, starb sie.

Auf Heinrichs Frage, ob sie ihn angeklagt, verneinten das die Nachbarsleute, sondern sie habe ihn immer verteidigt, wenn jemand auf sein Verhalten angespielt; jedoch habe sie dabei geweint, und auf eine Weise, daß ihre Tränen unwillkürlichen Vorwurfs genug schienen gegen den verschollenen Sohn. Dies verhehlten ihm die guten Leute nicht, weil sie ein wenig Bitterkeit ihm für zuträglich hielten und dachten, es könne ihm, da er nun in gutem Gedeihen begriffen sei, nicht schaden, etwas gekränkt zu werden, damit der Ernst umso länger vorhalte und er nun ein gründlich guter Bürgersmann werde.

So war nun der schöne Spiegel, welcher sein Volk widerspiegeln wollte, zerschlagen und der einzelne, welcher an der Mehrheit mitwachsen wollte, gebrochen. Denn da er die unmittelbare Lebensquelle, welche ihn mit seinem Volke verband, vernichtet, so hatte er kein Recht und keine Ehre, unter diesem Volke mitwirken zu wollen, nach dem Worte: Wer die Welt will verbessern helfen, kehre erst vor seiner Tür.

Ungeachtet des Widerspruches seiner Gastfreunde suchte er die Wohnung noch auf, in welcher die Mutter gestorben, ließ sich dieselbe übergeben und brachte die Nacht darin zu, im Dunkeln sitzend. Wenn ihr bloßer, durch ihn verschuldeter Tod sein äußeres Leben und Wirken, auf das er nun alle Hoffnung gesetzt hatte, fortan unmöglich machte, so brach in dieser Nacht die Tatsache sein innerstes Leben, daß sie endlich mußte geglaubt haben, ihn als keinen guten Sohn zu durchschauen, und es fielen ihm ungerufen jene furchtbaren Worte ein, welche Manfred von einem durch ihn vernichteten blutsverwandten weiblichen Wesen spricht:

»Nicht meine Hand, mein Herz das brach das ihre,
Es welkte, mich durchschauend.«

Es war ihm, als ob alle Mütter der Erde ihn durchschauten, alle glücklichen ihn verachteten und alle unglücklichen ihn haßten als auch zur Rotte Korah gehörig. Da nun aber in Wirklichkeit nichts an ihm zu durchschauen war als das lauterste und reinste Wasser eines ehrlichen Wollens, wie er jetzt war, so erschien ihm dies Leben wie eine abscheuliche, tückische Hintergehung, wie eine niederträchtige und tödliche Narretei und Vexation, und er brauchte alle Mühen seiner ringenden Vernunft, um diese Vorstellung zu unterdrücken und der guten Meinung der Welt ihr Recht zu geben.

Als das enge Gemach sich mit dem Morgengrauen ein wenig erhellte, sah er den alten bekannten Hausrat, der einst die bequemeren Räume erfüllt, unordentlich und ängstlich zusammengehäuft; er wagte nicht, einen Schrank zu öffnen, und tat endlich nur einen altmodischen Koffer auf, der da zunächst stand. Er enthielt die alten Trachten von den Vorfahrinnen seiner Mutter, wie sie die Frauen gern aufzubewahren pflegen. Großblumige oder gestreifte seidene Röcke und Jäckchen, rote Schuhe mit hohen Absätzen, silbergewirkte Bänder, Häubchen, mächtige weiße Halstücher mit reichen Stickereien, Fächer, bemalt mit Schäferspielen, Fischern und Vogelstellern, und eine Menge zerquetschter künstlicher Blumen, alles das lag vergilbt und zerknittert durcheinander und war doch mit einer gewissen unverwüstlichen Frische anzufühlen, da die weibliche Schonung und Sparsamkeit in der Aufregung diese Festkleider und Putzsachen wohl erhalten und so alt werden ließ. In früheren Jahren, da sie noch eine jüngere Witwe war, hatte sich die Mutter alle Jahr einmal das bescheidene Vergnügen gemacht, an fröhlichen Festtagen die Tracht ihrer Großmutter anzulegen und sich darin etwa zu einem kleinen Abendschmaus zu setzen, und der kleine Heinrich hatte sie alsdann höchlich bewundert und nicht genugsam betrachten können.

Er drückte den Deckel wieder zu und ging durch die Stadt, um hie und da altbefreundete Leute zu begrüßen; man sah ihn groß an, erwies ihm aber Ehre, und es hieß schon überall, er habe ein großes Glück in der Fremde gemacht. Dann begab er sich aufs Land, um seine Vettern und Basen zu sehen, die zerstreut waren. Alle hatten die Stuben voll Kinder, die einen waren wohlhabend, die anderen schienen bedrängt und klagten sehr; doch alle waren gleichmäßig beschäftigt und belastet mit ihren Zuständen und schienen sich selbst nicht viel um einander zu kümmern. Die Frauen waren schon verblüht, rasch und gesalzen in ihrem Tun und Sprechen und die Männer abwechselnd gleichmütig und einsilbig oder jähzornig. Sie schienen Heinrich zu beneiden, daß er nun alles noch vor sich habe, was sie schon durchgelebt zum Teil, und das einzige, worin sie ein herzliches Einverständnis mit ihm fanden, war die Klage um die Verstorbenen.

Heinrich trieb sich eine Zeitlang bei ihnen umher und gab sich meistens mit ihren Kindern ab, da ihm dieses unschuldige Zerstreuung war, welche auf Augenblicke wenigstens seinen harten Zustand in ein linderes Weh verwandelte.

Eines Abends streifte er in der Gegend umher und kam an den breiten Fluß. Ein großer siebzigjähriger Mann, den er noch nie gesehen, in einfacher, aber sauberer Kleidung, beschäftigte sich am Ufer mit Fischerzeug und sang ein sonderbares Lied dazu vom Recht und vom Glück, von dem man nicht wußte, wie es in die Gegend gekommen. Er sang mit frischer Stimme, indem er seine glänzenden Netze zusammenraffte:

Recht im Glücke! goldnes Los,
Land und Leute machst du groß!
Glück im Rechte! fröhlich Blut,
Wer dich hat, der treibt es gut!

Recht im Unglück, herrlich Schaun,
Wie das Meer im Wettergraun!
Göttlich grollts am Klippenrand,
Perlen wirft es auf den Sand!

Einen Seemann grau von Jahren
Sah ich auf den Wassern fahren,
War wie ein Medusenschild
Der versteinten Unruh Bild.

Und er sang: Viel tausendmal
Schoß ich in das Wellental,
Fuhr ich auf zur Wogenhöh,
Ruht ich auf der stillen See!

Und die Woge war mein Knecht,
Denn mein Kleinod war das Recht.
Gestern noch mit ihm ich schlief,
Ach! nun liegts da unten tief!

In der dunklen Tiefe fern
Schimmert ein gefallner Stern,
Und schon dünkt michs tausend Jahr,
Daß das Recht einst meines war.

Wenn die See nun wieder tobt,
Niemand mehr den Meister lobt.
Hab ich Glück, verdien ichs nicht,
Glück wie Unglück mich zerbricht.

Heinrich stand vor ihm still und hörte zu. Der Alte sah ihn aufmerksam an und grüßte ihn. »Ihr scheint«, sagte er, »ein Lee zu sein, den Augen und der Nase nach zu urteilen?« »Ja«, sagte Heinrich. »So so«, erwiderte der Mann, »so seid Ihr vielleicht des Baumeisters Sohn aus der Stadt, der sich vor Jahren viel hier aufhielt? Habt Euch lange nicht sehen lassen!« »Ich habe aber Euch doch nie gesehen mit Wissen!« versetzte Heinrich, und der Mann sagte: »So geht es wohl! Ich meinerseits habe schon viel gesehen und sehe alles. Habe auch Eure Mutter recht wohl gekannt; was macht sie, ist sie gesund und munter?« »Nein, sie ist tot!« antwortete Heinrich. »So so!« der Alte, »tot! ja, die Zeit vergeht! Es ist mir, als sei es heute, und sind es doch gerade funfzig Jahr her, daß ich an dieser Stelle hier als ein zwanzigjähriger Bursche die Leute über das Wasser führte. Es kam eine Kutsche voll Stadtleute von Eurem Dorfe hergefahren, die lustig und guter Dinge waren und über den Fluß setzen wollten. Eure Mutter war als ein dreijähriges Kind dabei, und ich hob es aus der Kutsche und setzte es zu den blühenden und fröhlichen Eltern ins Schiff. – Das Kind hatte ein närrisches rosenrotes Kleidchen an und lächelte so holdselig und gut, daß ich so dachte: Dies ist einmal ein sauberes und freundliches Kind, das wird es gewiß immer gut haben. In dem schwankenden Schiff fing es aber an zu weinen, die hübsche junge Mutter schloß es in die Arme und beruhigte es, indes die anderen hellauf ein Lied sangen im Überfahren und sich mit Wasser bespritzten. Dann sah ich sie wieder, als sie etwa sechzehn Jahr alt und ein sittsames liebliches Mädchendings war. Es fuhr wieder ein ganzer Haufen jungen Volkes hierüber, so daß ich wohl dreimal fahren mußte, und auf der Wiese drüben pflanzten sie sich auf und musizierten und tanzten. Eure Mutter beschied sich aber in ihrer Fröhlichkeit und tanzte nicht so viel, und als ein paar Gelbschnäbel ihr zu eifrig den Hof machten, floh sie in das angebundene Schifflein und fing fleißig an zu stricken. Alles das ist lange her!«

Der Himmel jener Jahre schien dem zuhörenden Heinrich vorüberzuziehen in der blauen wolkenreinen Höhe. Er vermochte aber den lachenden Himmel und das grüne Land nicht länger zu ertragen und wollte zur Stadt zurück, wo er sich in dem Sterbegemach der Mutter verbarg. Die Liebe und Sehnsucht zu Dortchen wachte aufs neue mit verdoppelter Macht auf, seine Augen drangen den Sonnenstrahlen nach, welche über die Dächer in die dunkle Wohnung streiften, und seine Blicke glaubten auf dem goldenen Wege, der zu einem schmalen Stückchen blauer Luft führte, die Geliebte und das verlorene Glück finden zu müssen.

Er schrieb alles an den Grafen; aber ehe eine Antwort da sein konnte, rieb es ihn auf, sein Leib und Leben brach und er starb in wenigen Tagen. Seine Leiche hielt jenes Zettelchen von Dortchen fest in der Hand, worauf das Liedchen von der Hoffnung geschrieben war. Er hatte es in der letzten Zeit nicht einen Augenblick aus der Hand gelassen, und selbst wenn er einen Teller Suppe, seine einzige Speise, gegessen, das Papierchen eifrig mit dem Löffel zusammen in der Hand gehalten oder es unterdessen in die andere Hand gesteckt.

So ging denn der tote grüne Heinrich auch den Weg hinauf in den alten Kirchhof, wo sein Vater und seine Mutter lagen. Es war ein schöner freundlicher Sommerabend, als man ihn mit Verwunderung und Teilnahme begrub, und es ist auf seinem Grabe ein recht frisches und grünes Gras gewachsen.

ANHANG

NACHWORT

DER UNRETUSCHIERTE ›GRÜNE HEINRICH‹

Gottfried Keller hat in einem Brief an Wilhelm Petersen vom 21. April 1881 die endgültige Fassung (1879/80) seines bedeutenden Romans etwas ironisch als »retuschierten Grünen Heinrich« bezeichnet[1]. Demnach kann die erste Fassung von 1854/55 als der unretuschierte ›Grüne Heinrich‹ verstanden werden. Retusche ist ein Begriff aus der Technik der Photographie und meint nicht nur die Korrektur von Fehlern, sondern auch die Unterdrückung von nicht gewünschten Einzelheiten oder die Verbesserung der Bildwirkung. Die Veränderungen, die Keller bei der Überarbeitung seines Romans vorgenommen hat, sind ähnlicher Art. Viele Wendungen, die er für fehlerhaft hielt, sind korrigiert worden. Es ist allerdings im Einzelfall nicht einfach zu bestimmen, ob es sich immer um wirkliche Fehler handelte oder nur um ein anderes Sprachverhalten. Viel wichtiger sind deshalb die unterdrückten Einzelheiten: zum Beispiel die Anekdote von der heruntergeschlagenen Mütze, die der grüne Heinrich zweimal erlebt, oder die berühmte Szene vom Bad der Judith im Waldbach beim Mondenlicht der Sommernacht (S. 443–446), die Keller auf Anraten von Freunden als »Nudität« unterdrückte. Strukturell folgenreich war die Weglassung der Einleitung, die die Abreise von Zürich enthielt und wie ein »Reisebild« gehalten war. Am wichtigsten aber waren die Eingriffe in die Handlung, soweit sie ästhetischer Natur waren. Heinrich Lee starb nicht mehr »aus Reue, weil er der Mutter das Geld durchgebracht und sie vor Kummer in den Tod getrieben«[2]; vielmehr kam er noch rechtzeitig in der Sterbestunde der Mutter zurück, ihr wenigstens die Augen zuzudrücken. Selbst Judith kehrte aus Amerika zurück, und sie hatte die Aufgabe, Heinrich Lee aller Schuld loszusprechen. Trotzdem taten beide »den

[1] Gottfried Keller: Gesammelte Briefe. In 4 Bden. Hrsg. v. Carl Helbling. Bern 1950 bis 1954. Bd. 3/1, S. 380.

[2] Nach Marie Bluntschli; in: Klaus Jeziorkowski: Dichter über ihre Dichtungen. Gottfried Keller. München 1969, S. 212f.

stolzen Schritt der Resignation«[3] und blieben getrennt. Sodann wurde bei der Überarbeitung im Zuge des poetischen Realismus auch noch dem letzten Versagen des Grünen auf dem Grafenschlosse die Rechtfertigung der Natur zuteil: Der Graf konnte noch mitteilen, daß Dortchen Schönfund doch gräflicher Abstammung war und seine blutsverwandte Nichte geworden sei. Das ist fast ein Courths-Mahler-Motiv; aber der grüne Heinrich wurde schon nicht mehr davon betroffen.

DER CHARAKTER DER RETUSCHEN

Diese Retuschen lassen sich in zwei Gruppen aufteilen. Auf der einen Seite sind es Abänderungen, die nötig wurden, weil der Autor die Aufteilung in einen autobiographischen und in einen romanhaften Teil, in die Jugendgeschichte und in den Roman, rückgängig machen wollte. Zugleich benutzte er diese Umwandlung zu einer Abschwächung der radikal-liberalen, d. h. freisinnigen Aussagen des grünen Heinrich und zu einem Widerruf des entschiedenen Verzichtes auf das Leben. Es liegt auf der Hand, daß es sich bei solchen Abänderungen nicht mehr um Retuschen handelte, sondern um Widerruf, Rücknahme und Resignation. Der erste grüne Heinrich scheiterte in der Kunst wie im Leben, und sein Tod war die Abstattung der Schuld, die er auf sich geladen hatte. Es war also eine Abrechnung des Autors mit seiner Figur, und diese Abrechnung mußte konsequenterweise in der Form des Berichtes über einen Fall vorgenommen werden. Als diese Er-Fassung in eine fiktive Autobiographie umgeschrieben werden sollte, mußte die Abrechnung einer Anerkennung oder einer Lossprechung weichen. Dafür mußte das Schuldigwerden ganz oder zum Teil zurückgenommen werden: zum Beispiel durch die Aussetzung des Duells, durch die versöhnliche Hulda-Episode, durch die Aufnahme einer praktischen Tätigkeit. Diese Umstellungen waren jedoch so bedeutend, daß sich der erste Roman wesentlich von der Autobiographie unterscheidet.

[3] Gottfried Keller: Sämtliche Werke und ausgewählte Briefe in 3 Bden (SWB). Hrsg. v. Clemens Heselhaus. Bd. 1. München [4]1978, S. 1033.

Auf der anderen Seite sind es Abänderungen, die das Buch lesbarer machen sollten. Sie können als echte Retuschen angesehen werden; die erfolgreichste ist zweifellos die Aufgliederung in kleinere Kapitel und deren Charakterisierung durch sprechende Überschriften an Stelle der bloßen Numerierung der Kapitel. Daß es im übrigen mit dieser Art von Retuschen sein Bewenden hätte haben können, zeigt eindrucksvoll die ›Jugendgeschichte‹, die im großen und ganzen unverändert als erster Teil der Autobiographie übernommen wurde. Wer meine Aufstellung der Änderungen, Streichungen und Hinzufügungen durchgeht[4], wird nur weniges finden, was unbedingt notwendig war. Manche Streichungen in der Kritik an der Schule (S. 165–171) und in der Charakteristik des Malers Römer (S. 426–431) würden heute, bei der Verlagerung des Interesses auf das Sozialkritische und auf die Psychologie, nicht mehr denkbar sein. Man könnte aus diesen Beobachtungen sogar folgern, daß die erste Fassung im ganzen nicht so schlecht gewesen sein kann. Das gilt um so mehr, als es auch Veränderungen gibt, die eigentlich Erweiterungen waren und nicht immer solche überzeugender Art. So ist die Zwiehan-Geschichte nur eine symbolische Bestätigung für die Entwurzelung des Heinrich Lee und für den Verlust der Identität mit sich selbst und als solche überflüssig, wenn sie nicht die verschwiegene Funktion hätte, die Lücke zwischen der Jugendgeschichte und der Fortsetzung der Autobiographie zu überbrücken. Eine ähnlich zusätzliche Interpretation liefert die Figur des Peter Gilgus auf dem Grafenschloß. Er soll die negativen Seiten des Atheismus in der Karikatur erledigen; aber diese macht auch erst darauf aufmerksam, wie lächerlich Atheismus als Gehabe und Parteilichkeit für Weltanschauungsphilosophie auch wirken kann. Hinzu kommt noch die Absicht, durch die Einführung neuer Episoden den räsonierenden Charakter des ersten Romans zurückzudrängen. Das ist sicher bei der Hulda-Figur in der Fahnenstangen-Episode der Fall. Sie hat nämlich den Eindruck erweckt, daß man es mit einem amourösen Schelmenroman oder mit einem Episoden-Roman zu tun hat[5]. Zum Schelmen

[4] Ebda. S. 1158–1172.

[5] Josef Hofmiller: Der Ur-Heinrich. In: Deutsche Romane von Grimmelshausen bis Musil. Hrsg. v. Jost Schillemeit. Frankfurt 1966, S. 183.

aber passen nicht die ernsthafte Auseinandersetzung mit der Welt, nicht der Tod, nicht die praktische Tätigkeit und nicht die Mißerfolge in der Liebe. Die Meinung, die Struktur des Romans bestehe in einer Aneinanderreihung von Episoden, ist durch die Hinzufügungen in der zweiten Fassung bestärkt worden.

Den Charakter der Retuschen erkennt man im einzelnen am besten in einer Episode, die in beiden Fassungen vorkommt und die ausdrücklich das Problem der künstlerischen Retusche zum Thema hat. Es handelt sich um den Abschnitt aus dem vierten Band, in dem der Autor seinen Helden endlich ein Bild für den Verkauf anfertigen und ausstellen läßt (S. 606–610; 2. Fassung: 4. Bd., 3. Kap. ›Lebensarten‹). In beiden Fassungen bat Heinrich einen arrivierten Maler um Beurteilung und Anregung. Beide Male gab ihm der Erfolgsmaler bereitwillig Auskunft, aber beide Male entpuppte sich der Um-Rat-Gebetene als Plagiator: Der verdutzte Heinrich fand bei der Eröffnung der Kunstausstellung sein Motiv unter dem Namen des Ratgebers als unbestrittenen Höhepunkt der Ausstellung wieder. Die Reaktion auf diese Motiv-Entwendung ist aber beide Male eine andere: Zuerst tadelten die Bekannten, mit denen Heinrich auf der Ausstellung war, entrüstet den »Diebstahl« und die »rücksichtslose Räuberei«; »Heinrich jedoch schwieg still und verarbeitete, als ein löblicher und gelehriger Jüngling, die soeben gemachte Erfahrung, die er sogleich begriff: daß es in Sachen der Kunst kein Patent gibt, sondern nur den einen Satz: Machs, wer kann! Seis, wers wolle, wenns nur entsteht! und daß, wer eine gute Idee schlecht ausführt, dem Rabenvater gleicht, welcher ein Kind aussetzt, wer sie rettet, demjenigen, der es aufnimmt und pflegt!« (S. 610). In der zweiten Fassung aber war Heinrich allein in der Ausstellung. Er hörte, daß einige Künstler sein Bild für das gestohlene Motiv hielten, und er rechtfertigte sich vor dem glänzenden Bild des Plagiators mit folgender Reflexion: »Denn da mir der energische Glanz seines Pinsels nicht zu Gebote stand, so wäre die tiefere Innerlichkeit meines ersten Entwurfes, die nachwirkende Unmittelbarkeit der reichen Naturstudie mit ihrer Formenfülle für den Liebhaber ein etwelcher Ersatz gewesen.«[6] Keller war, wie man sieht, bei der Überarbeitung daran interessiert,

6) SWB, Bd. 1, S. 935.

dem Leser den Unterschied von naturnaher Schilderung und gekonnter Technik anschaulich und überzeugend zu machen; aber er bemerkte nicht, daß er damit über das, was er einem verunglückten Akademie-Schüler zumuten konnte, hinausgeraten war: Er verwendete nämlich Hegelsche Begriffe wie »tiefe Innerlichkeit« und »Unmittelbarkeit der reichen Naturstudie«[7].

Solcher Art sind überhaupt die Retuschen. Wenn zunächst das für die Ausstellung konzipierte Bild bestimmt wurde als »ein anmutiges und reichhaltiges Motiv, welches nicht nur die Entfaltung poetischer Einfälle und feiner Zeichnung, sondern auch schöne Farbenverhältnisse von selbst bedingte und mithin ein sehr glücklich und richtig gewähltes war« (S. 607), so hieß es in der zweiten Fassung: »Zugrunde lag ein ansehnliches Studienblatt aus der Heimat, welches einen gerodeten Eichwald darstellte. Von diesem zog sich ein stehengebliebener Saum von Eichbäumen einen höheren Grat entlang und stieg auf demselben ins Tal herunter an einen schäumenden Waldbach, wie ein Zug schreitender Riesen, die sich unten sammeln und Rat halten.«[8] Ganz zweifellos hat Keller damit ein anschauliches Motiv dem Leser geboten; ob der aber in dem Zug der talab schreitenden Eichen-Riesen noch die »Entfaltung poetischer Einfälle« oder die »platonische Art« des jungen Malers erkennt, ist zweifelhaft.

Der Hauptunterschied der beiden Szenen besteht aber darin, daß die umfangreiche Reflexion über den »gebildeten, strebsamen, talentvollen Dilettantismus« (S. 608) bei der Revision gestrichen wurde. Aber sie war kein »unnützer Ballast« oder »unreifes Beiwerk«, auf die Keller bei der Revision Jagd machte[9], sondern sie diente der Charakterisierung von Heinrichs Mißverständnis der Landschaftskunst. Der Dilettantismus wurde außerdem in seiner Bedeutung für den Kunst-

[7] Daß solche Übereinstimmung mit Hegels Begriff der »modernen bürgerlichen Epopöe« auch schon für die erste Fassung des ›Grünen Heinrich‹ unausgesprochen anzusetzen ist, zeigt Klaus-Detlef Müller in seinem Aufsatz ›Die Dialektik der Kulturbewegung. Hegels romantheoretische Grundsätze und Kellers Grüner Heinrich‹ (in: Poetica 8, 1976, S. 300–320).

[8] SWB, Bd. 1, S. 932. Das Bildmotiv erinnert an die Landschaftsmalerei, etwa an Anton Koch, den Keller in einem Brief aus dem Jahr 1881 an Wilhelm Petersen zusammen mit Rottmann, Lessing und Schirmer erwähnt (Gesammelte Briefe. Bd. 3/1, S. 382).

[9] Siehe Anmerkung 2.

und Literaturbetrieb dargestellt: »Er ist der große Vermittler, Dämpfer und Hinhalter in der Weltökonomie« (S. 608). Das ist in bezug auf die Kritik des Dilettantismus ebenso wichtig, wie das Bild vom »hypochondrischen Ritter vom Dilettantismus, der im durchlöcherten Ordensmantel melancholisch einherstolziert« (S. 609), weil es den grünen Heinrich dem Don Quijote annähert. – Das alles wurde bei der Revision gegen mehr positivistische Konsequenz und realistische Anschaulichkeit eingetauscht. Dahin gehörte auch die Ersetzung von Fremdworten durch heimisches oder sogar altertümliches Wortmaterial. In der ersten Fassung bewegte sich am Sonntagmorgen »ein elegantes Publikum« durch die Ausstellung, in der zweiten Fassung war es »eine geputzte Menge«; die »Audienz« wurde zur »Beratung«; und es ist nicht ausgeschlossen, daß die Reflexion über den Dilettantismus schon deshalb wegfallen mußte, weil sie eine Reihe von Fremdworten enthielt.

DIE GESCHICHTE DES ›GRÜNEN HEINRICH‹

Gottfried Keller hatte nach dem Scheitern seines Kunststudiums in München (1842) den Vorsatz gefaßt, »einen traurigen kleinen Roman zu schreiben über den tragischen Abbruch einer jungen Künstlerlaufbahn, an welcher Mutter und Sohn zugrunde gingen«[10]. Aber schon bald kamen ihm die neuen Zeitgedichte von Herwegh, Anastasius Grün und Freiligrath dazwischen und drängten ihn in die engagierte Lyrik des Vormärz: ›Lieder eines Autodidakten‹ 1845, ›Gedanken eines Lebendig-Begrabenen‹ 1846 (u. a.). Von Anfang an ist also die Arbeit an diesem Roman durch das Einschießen von Zeitelementen aufgehalten oder bestimmt worden. Das wiederholte sich beim Beginn der Niederschrift in Zürich 1846/47, wovon ein kurzes Stück aus der Einleitung erhalten ist. Die zügige Arbeit am Roman begann erst mit der Übersiedlung nach Heidelberg 1848. Jedenfalls haben wir seitdem eine Reihe von Notizen zum Roman; auch der Titel ›Grüner Heinrich‹ war bereits vorhanden. Die ›Jugend-

[10]) Sämtliche Werke. Hrsg. v. Jonas Fränkel und Carl Helbling. Bd. 21. Erlenbach – Zürich 1947, S. 18.

geschichte‹ soll nach einem Brief vom 15. Juli 1851 aber erst in Berlin entstanden sein. Keller hatte schon am 3. Mai 1850, als er eben nach Berlin übersiedelt war, mit Vieweg in Braunschweig den Verlag des ›Grünen Heinrich‹ vereinbart, und ihm wurde schon am 7. Mai 1850 eine erste Honorar-Anweisung zugesandt. Von da an stand der junge Autor unter Terminzwängen. Im Juli 1851 erhielt Vieweg das letzte Manuskript zu Band I, im Dezember 1852 zu Band II und im Oktober 1853 zu Band III. Die Fertigstellung des letzten Kapitels des Romans kommentierte Keller am 9. Mai 1855 in einem Brief an seinen Freund Hermann Hettner mit den Worten: »Ich habe erst vor sechs Wochen das letzte Kapitel meines Romanes und zwar am Palmsonntag buchstäblich unter Tränen geschmiert und werde diesen Tag nie vergessen.«[11]

Aus diesen Daten geht hervor, daß Keller für jeden Band des Romans im Durchschnitt anderthalb Jahre zur Verfügung hatte; andererseits ist aber kaum ein Roman unter so schweren sozialen Behinderungen niedergeschrieben worden wie dieser. Die erste Fassung des ›Grünen Heinrich‹ (1849–1855) ist ein Dokument dafür, wie weit ein Schriftsteller fähig ist, gegen die soziale Misere anzuschreiben; sie hat aber auch genügend Anerkennung gefunden: so bei Hermann Hettner, Varnhagen von Ense, Müller von Königswinter u. a., später noch bei Emil Kuh, Fr. Th. Vischer und Theodor Storm, um nur die bedeutendsten Kritiker zu nennen. Hettner hatte schon 1854 die Vereinheitlichung zu einer Autobiographie vorgeschlagen. Aber eine Überarbeitung wurde erst ins Auge gefaßt, als seit Sommer 1875 die Übernahme des ›Grünen Heinrich‹ in den Göschen-Verlag geplant war, wo schon 1872 die ›Sieben Legenden‹ und 1873/74 ›Die Leute von Seldwyla‹ erschienen waren. In einer autobiographischen Skizze von 1876/77 wurde zum ersten Mal eine umfassende Revision der Komposition des Romans angedeutet. Als Grund wurde angegeben, daß der ›Grüne Heinrich‹ schon im Sprach- und Literaturunterricht »als abschreckendes Beispiel« dafür diene, »wie ein guter Roman nicht beschaffen sein soll.«[12]

[11]) Gesammelte Briefe. Bd. 1, S. 409.
[12]) Sämtliche Werke. Bd. 21, S. 22.

Keller hatte wieder fast zwei Jahre mit der Umarbeitung zu tun. Viel Zeit kostete die Arbeit am vierten Band. Diese Eingriffe fanden aber nicht immer die Zustimmung der Freunde und Kritiker. Darüber wurde Keller ärgerlich, und in seinem Eigensinn verstieg er sich dazu, rund hundert Exemplare der ersten Auflage, die er zur Ablösung des Vertrags von Vieweg übernommen hatte, nach und nach in seinem Ofen zu verheizen. Diejenigen, die trotzdem noch vom ersten ›Grünen Heinrich‹ sprachen, hat er mit Nachbarn verglichen, die bei Nacht und Nebel einen vergrabenen Mops aus der Erde ziehen und einem vor die Tür legen[13]. Jakob Baechtold berichtete sogar: »Die Hand – sprach er einst fast feierlich – möge verdorren, welche je die alte Fassung wieder zum Abdruck bringt.«[14]

Diese leidenschaftliche Ablehnung des eigenen Werkes in seinem frühen Zustand könnte ein Beweis dafür sein, daß der Autor nach 25 Jahren die Kritik von einst nicht mehr aufrecht erhalten und verbreiten wollte. Möglicherweise stand also die Überarbeitung unter dem politischen Druck einer Tendenzwende. Wie sich dies im einzelnen verhält, müßte Aufgabe einer detaillierten Untersuchung sein. Auf jeden Fall läßt sich aber sagen, daß der Unterdrückung der ersten Fassung, wie sie Keller mit radikalem Pathos durchsetzen wollte, nicht ohne kritische Prüfung zugestimmt werden sollte. Es geht dabei nicht um die Frage, ob die erste oder die zweite Fassung besser gelungen sei. Es geht vielmehr um die Frage, ob es Argumente und Anhaltspunkte gibt, die den Leser berechtigen, neben der herrschenden zweiten Fassung auch der frühen Fassung ein Existenzrecht einzuräumen.

In diesem Sinne hat sich auch Fr. Th. Vischer 1881 in einem Nachtrag zu seinem umfangreichen Essay von 1874 geäußert: »Was mich einigermaßen beruhigt, ist die Erwägung, daß die ursprüngliche Form des Abschlusses einer dichterischen Komposition interessant genug bleibt, auch wenn sie durch eine wesentliche Abänderung antiquiert ist.«[15] Das Interessante, das Vischer im Auge hat, läßt sich ge-

[13] Gesammelte Briefe. Bd. 2, S. 274.

[14] Jeziorkowski, S. 214.

[15] Fr. Th. Vischer: Kritische Gänge, Bd. 6. Hrsg. v. Robert Vischer. München ²1922, S. 293.

schichtlich so formulieren, daß der Roman von 1854/55 die jungdeutsche/freisinnige Fassung darstellt, oder daß er zumindest eine Auseinandersetzung mit den jungdeutschen Ideen und Zielen ist, indem sie versuchsweise übernommen wurden. Die Biographie von 1879/80 ist aber in Anlehnung an den poetischen Realismus entstanden und vertritt neben der poetischen Verklärung auch Grundsätze des Positivismus. Seit dem erneuerten Interesse an der Literatur des 19. Jahrhunderts, das sich in Heine-Ausgaben, Jungdeutschland-Studien und einer Biedermeierzeit-Gesamtschau äußert, ist der Blick dafür geschärft, daß wechselnde Weltanschauungen in einem früher unbekannten Maß die Literatur bestimmen. Kellers ›Grüner Heinrich‹ bietet dabei das interessante Beispiel, daß der weltanschauliche Riß sogar die Entwicklung eines einzelnen Autors bestimmen kann. Das scheint mir nicht nur auf Weltschmerz oder auf politische oder ästhetische Unsicherheit hinzuweisen, was Friedrich Sengle als Grundlage für die Biedermeierzeit anzusetzen scheint[16]; sondern es ist auch das notwendige Korrelat zum Historismus: Wer vieles kennt, wird nicht mehr zum Radikalismus des Entweder-Oder neigen, oder, wenn er denn einmal vorschnell Partei genommen hat, wird er um so leidenschaftlicher später die Gegenpartei ergreifen. Der Positionswechsel Gottfried Kellers vom jungdeutschen Ideenschmuggel im Roman zum poetisch-realistischen ›Lob des Herkommens‹ in der Autobiographie ist einer der interessantesten Aspekte des ›Grünen Heinrich‹, der weit über das 19. Jahrhundert hinausreicht. Man braucht nur an Thomas Mann zu denken, der sich im Gegensatz zu Gottfried Keller vom Unpolitischen zum Politischen gewandelt hat. Bei Gottfried Keller möchte man zunächst nur vom Historismus sprechen, wenn man an das Tellfestspiel in der Jugendgeschichte und an das altdeutsche Künstler-Maskenfest in München denkt. Seine ›Züricher Novellen‹ haben noch nachdrücklicher die Position des Historismus vertreten. Aber das energische Eintreten für das Einfache und Wahre beweist, daß er auch die Problematik der vielen Möglichkeiten und die Gefahren der Masken und Verstellungen kannte. Schließlich ist insbesondere die Tatsache, daß es zu zwei Fassungen des ›Grünen

[16] Friedrich Sengle: Biedermeierzeit. Deutsche Literatur im Spannungsfeld zwischen Restauration und Revolution 1815–1848. Bd. 1. Stuttgart 1971, S. 1–33.

Heinrich‹ gekommen ist, die beide zu ihrer Zeit einmal die jungdeutsche, dann die poetisch-realistische Wahrheit für sich hatten, ein genauer Ausdruck dieses historischen Wandels.

DAS JUNGDEUTSCHE REISEBILD

Es gibt übrigens ein bedeutendes Motiv in der ersten Fassung des Romans, das den Historismus zeitbezogen jungdeutsch/freisinnig interpretierte. Das ist das Motiv der Reise, das den ersten Roman eröffnete, aber in der Autobiographie weitgehend gestrichen wurde[17]. Reise aber ist für die Jungdeutschen nicht nur Aufbruch aus der Enge, aus der Tradition, aus unleidlichen Verhältnissen, und also ein Vorgang der Emanzipation; sondern Reise ist auch der Weg durch die Geschichte oder aus ihr heraus. Im weiteren Sinne symbolisiert das Motiv der Reise sogar die beginnende Mobilität des technischen Zeitalters. Um dessentwillen kann man Kellers späteren Worten nicht zustimmen, daß »der jetzige Eingang zu inhaltlos geschwätzig ist.«[18] Am Anfang stand Heinrichs Abschied von der Stadt am See, noch als »Akt eines Naturkults« beschrieben, aber in der Struktur schon dem entsprechend, was Keller später als allgemein gültige Wahrheit ansah, daß »ein Altgewohntes, Naheliegendes erst in dem Augenblicke, in welchem wir uns von ihm wenden, einen ungekannten Reiz und Wert enthüllt...«[19]. Walter Benjamin, der Keller besonders schätzte, drückte das in der VI. Geschichtsphilosophischen These abstrakter aus: »Vergangenes historisch artikulieren heißt nicht, es erkennen ›wie es denn eigentlich gewesen ist‹. Es heißt, sich einer Erinnerung bemächtigen, wie sie im Augenblick einer Gefahr aufblitzt. Dem historischen Materialismus geht es darum, ein Bild der Vergangenheit festzuhalten, wie es sich im Augenblick der Gefahr dem historischen Subjekt unversehens einstellt.«[20] Gottfried Keller ließ allerdings den grünen Heinrich an der angeführten Stelle nicht als

17) Auch das zweite Reisemotiv, Judiths Auswanderung nach Amerika, wurde in der zweiten Fassung durch ihre Rückkehr entwertet.

18) Gesammelte Briefe. Bd. 3/1, S. 161.

19) Sämtliche Werke. Bd. 5. Erlenbach – Zürich 1926, S. 136.

20) Walter Benjamin: Schriften. Bd. 1. Frankfurt 1955, S. 496.

historisches Subjekt reflektieren, sondern noch als ein menschlich bewegtes Subjekt, das der »Flüchtigkeit und Beschränktheit« des Lebens schmerzlich inne wurde[21]. Immerhin bleibt es bemerkenswert, daß Benjamin sich den historischen Materialismus von einer Vorstellung Kellers her aneignete, und daß Keller auch dem historischen Materialismus erwähnenswert ist. In der V. Geschichtsphilosophischen These heißt es: » ›Die Wahrheit wird uns nicht davon laufen‹ – dieses Wort, das von Gottfried Keller stammt, bezeichnet im Geschichtsbild des Historismus genau die Stelle, an der es vom historischen Materialismus durchschlagen wird.«[22]

In der Tat wurde Heinrichs Abschied von den Mietern im Hause der Mutter schon zu einer aufschlußreichen Sozialstudie, die in die spätere Fassung übernommen werden konnte. Der Handwerksbursche, den seine Mutter auf den Weg brachte, weil sie nicht das Geld für die Post hatte, kam am Ende des Romans wieder als »stattlicher junger Bürgersmann« (S. 644), um nachdrücklich an die Rückkehr zur eigenen Mutter zu erinnern. Das wichtige Zusammentreffen mit dem Grafen und Dortchen war eine Vorausdeutung auf ein mögliches glückhaftes Ende im Grafenschloß, das Heinrich dann doch nicht zu ergreifen wagte. Insofern diente der Vorausdeutung auch jene massive politische Erfahrung, daß die königlich-bayerischen Beamten dem Grünen die Mütze, die er schon im Gasthof aufgesetzt hatte, vom Kopf nahmen und vor die Füße warfen, aber der zurückkommende Graf seine Partei ergriff und die dünkelhaften Beamten zurückwies. Daß diese Szene gesellschaftlich-symbolisch verstanden werden sollte, geht daraus hervor, daß der Junge im Gespräch auf dem Reisewagen dem Grafen zu verstehen gab, daß er sich in der royalistischen Umgebung nicht zurechtfand (S. 40). Schließlich wiederholte sich bei Heinrichs Gang durch das abendliche München dieselbe Szene in Form einer republikanischen Anekdote. Jetzt war es der König selbst in Zivil, der dem zerstreuten Heinrich die Mütze vom Kopf schlug und den verdutzt Stammelnden anwies:

[21] Vgl. auch Benjamins Keller-Essay (in: W. B.: Schriften. Bd. 2. Frankfurt 1955, S. 284–296), in dem das Ergriffensein von der Schönheit der Welt bei einer allgemeinen »Grundtrauer« hervorgehoben wird.

[22] Siehe Anmerkung 20.

»Wissen Sie, ich bin der König! Artig sein, Respekt haben, junger Mann!« Diese Szene möchte man wie im ›Simplicissimus‹ karikiert sehen; der junge Keller aber illustrierte sie mit einer Schilderung des festlichen Treibens am zweiten Osterabend: die neue Architektur, die funkelneuen Standbilder, Königsburgen, Paläste, Theater, Kirchen im schroffen Gegensatz zu alten schwarzen Kuppeln und Rat- und Bürgerhäusern, Musik aus Kirchen und Schenken, in den offenen Hausfluren Bürger hinter Gänsebraten und Maßkrügen. Den König aber stellte er vor den Prospekt des Historismus der Stile: »Steinerne Bildsäulen standen vor ernsten byzantinischen Fronten, die still und hoch in den dunkelnden Himmel hinauf stiegen, bald dunkelrot gefärbt, bald blendend weiß, alles wie erst heute und zur Mustersammlung für lernbegierige Schüler aufgestellt.« (S. 45/46)

Was diese Reisebilder unverwechselbar macht, ist der Radikalismus, der die Beschreibungen zu Demonstrationen umformt. Den sinnenhaften Beschreibungen werden politische Sachverhalte und Vorgänge beigemengt. Auf den belebten Straßen von Zürich fehlten nicht die deutschen Emigranten und Professoren. Zur Festesfeier in München gehörten Weihrauch und Orgelspiel, Priester und gebückte Frauen, Handgreiflichkeiten zwischen Soldaten und Handwerksburschen, die Maskerade der historisierenden Bauten und dazu der schwärmerische königliche Baumeister. In den Vorarbeiten hat Keller diesen Radikalismus so gedeutet: »Fähigkeit Heinrichs, bei aller Feinheit und Keuschheit des Gefühls das Stärkste und Härteste zu denken und zu empfinden. Unverantwortlichkeit der Einbildungskraft.«[23] Solchermaßen weist die Einleitung darauf hin, daß in diesem Roman Radikalismus thematisch wird und wie er ein Leben bestimmen oder zerstören kann. Das aber beweist, daß die Einleitung sehr wohl eine Funktion hatte. Sie wies auf die freisinnigen oder jungdeutschen Elemente im Roman hin. Mit der Streichung der Einleitung ging dieses »Zeitgenössische« verloren, damit aber auch die Betonung der geschichtlichen Stunde des Romans. Wenn später dem Autor der Eingang zu »inhaltlos« war, hat er selber diese wichtige Signalwirkung verkannt, oder er hat vergessen, für einen Ersatz im Anfang der Jugendgeschichte zu sorgen.

[23]) Sämtliche Werke. Bd. 19. Erlenbach–Zürich 1926, S. 351.

Schließlich verlangte die Jugendgeschichte selbst nach einem distanzierenden Rahmen; denn in einer frühen Tagebucheintragung vom 8. Juli 1843 umschrieb Keller die erste Idee einer Jugendgeschichte in einer bemerkenswerten Weise: »[...] wenn ich einst aus mir selbst heraustreten und, als ein zweites Ich, mein ursprüngliches eignes Ich in seinem Herzkämmerlein aufstören und betrachten, wenn ich meine Jugendgeschichte schreiben wollte, so würde mir dies [...] ziemlich gelingen«[24]. Dies Wort vom zweiten Ich, das das ursprüngliche eigne Ich aufstört und betrachtet, entspricht ziemlich dem, wie das Ich der Einleitung dem Ich der Jugendgeschichte gegenübersteht. Auch bei der Überarbeitung war Keller zuerst bemüht, die alte Einleitung durch eine neue zu ersetzen. Es war etwa an die Vorwegnahme des Romanendes gedacht, so daß die Absicht, den, der da erzählt, zuerst vorzustellen und zu charakterisieren, beziehungsweise den Verfasser vom fingierten Erzähler zu unterscheiden, ziemlich deutlich hervortritt[25]. Die endgültige Lösung, die Keller mit der autobiographischen Vereinheitlichung und mit der Weglassung jeder Einleitung getroffen hat, war zwar die einfachste; aber sie fabelte eine Autobiographie vor, die der Roman nun einmal nicht ist, und sie verschleierte den Charakter der politisch-weltanschaulichen Auseinandersetzung, wodurch sich dieser Autor vor seinen Zeitgenossen auszeichnet.

›EINE JUGENDGESCHICHTE‹

Die Jugendgeschichte bestätigt die Einsicht, daß erst im Augenblick des Abschieds etwas seinen Wert und Reiz enthüllt. Keller läßt Heinrich seine Jugendgeschichte aufzeichnen, als er auf die Abreise nach Deutschland wartet (S. 48 und S. 465). In der schon erwähnten autobiographischen Skizze von 1876 begründete Keller den Umfang damit, daß er »eine unbezwingliche Lust daran fand, in der vorge-

[24] Sämtliche Werke. Bd. 21. Erlenbach-Zürich 1947, S. 34.

[25] Vgl. etwa die Briefe an Emil Kuh (10. 9. 1871; Gesammelte Briefe. Bd. 3/1, S. 161), an Ferdinand Weibert (27. 6. 1875; Gesammelte Briefe. Bd. 3/2, S. 254) und an Theodor Storm (25. 6. 1878; Gesammelte Briefe. Bd. 3/1, S. 421 f.).

rückten Tageszeit einen Lebensmorgen zu erfinden, den ich nicht gelebt hatte, oder, richtiger gesagt, die dürftigen Keime und Ansätze zu meinem Vergnügen poetisch auswachsen zu lassen«[26]. Diese Interpretation des Autors ist allgemein übernommen worden, obwohl die Mythe von der Erfindung des Lebensmorgens nur für die beschönigenden Teile der Jugendgeschichte gilt und in dieser Beziehung geradezu nach einer Psychoanalyse ruft, wie sie Adolf Muschg versucht hat[27]. Die Jugendgeschichte wäre dann die Kompensation des in mehrfacher Hinsicht zu kurz gekommenen Autors. Aber gegen das Gelingen der Kompensation stand die weitere Bemerkung in der genannten Autobiographie: »[...] von der konfessionellen Herbigkeit Rousseaus angehaucht«. In der Tat gibt es zahlreiche Stellen in der ›Jugendgeschichte‹, in denen sich Heinrich Lee wegen der »Teufeleien« anklagt, die er sich dem gutmütigen Lehrer gegenüber erlaubte, besonders auch gegenüber dem geisteskranken Maler Römer, gegenüber dem Maler Lys und gegenüber manchen anderen. In den Briefen an Hermann Hettner überrascht die Mitteilung am 26. Juni 1854, daß Keller damals die Bekenntnisse des heiligen Augustinus gelesen hat und sie »als eine geistige Robinsonade« ansah, »nämlich insofern man zuschaut, wie sich ein Individuum alles neu erwerben, aneignen und sich einrichten muß.«[28] Auch heißt es im Roman, die ›Jugendgeschichte‹ sei geschrieben, »um sich eine Art Abschluß und Übersicht zu bilden«; und sie soll gelesen werden, um den grünen Heinrich »wie sein ferneres Geschick desto klarer beurteilen zu können« (S. 48). Das Schicksal Römers in Paris, an dem Heinrich nicht unschuldig war, veranlaßte ihn schließlich, bei Anna um Lossprechung durch ein Bekenntnis seiner Schuld nachzusuchen; und als Anna schon zu krank dazu war, wandte er sich an Judith und erhielt eine entschiedene Absage. Es wird dabei angedeutet, daß die Möglichkeit der Aussprache und Selbstbezichtigung allein schon eine Erleichterung gewähre. Daraus darf man schließen, daß die Bekenntnisse in der ›Jugendgeschichte‹ überhaupt die Funktion der Entlastung haben. Mehrmals hat übrigens Gottfried Keller während der Mühen

[26] Sämtliche Werke. Bd. 21, Erlenbach – Zürich 1947, S. 21. Vgl. auch Bd. 6, S. 61.
[27] Adolf Muschg: Gottfried Keller. München 1977.
[28] Gesammelte Briefe. Bd. 1, S. 398.

um die Fertigstellung zu verstehen gegeben, daß er sich mit diesem Roman freischreiben wolle. Es ist ja auch bezeugt, daß mit der Arbeit und Anstrengung am ›Grünen Heinrich‹ auch andere Themen und Motive freigesetzt wurden: ›Die Leute von Seldwyla‹ und die Galatee-Geschichten zum ›Sinngedicht‹. Erst die »Bekenntnisse«, wie immer sie auch im ›Grünen Heinrich‹ verschleiert oder versteckt waren, befähigten Gottfried Keller, als entschiedener und überzeugender Autor aufzutreten. Damit hängt es aber auch zusammen, daß diese Jugendgeschichte nicht wie die Berichte aus der Knabenzeit und aus der Kindheit von Justinus Kerner und Bogumil Goltz[29] vorwiegend eine Verklärung des Lebensmorgens bot, literarhistorisch gesprochen: eine Erweiterung des Poetischen in die Kindheit und Jugendzeit hinein. Im Gegensatz dazu gab diese Geschichte der Jugend grundsätzlich einen neuen Aspekt, indem sie zum »Vorspiel des ganzen Lebens« (S. 176) wurde, worin sich schon die »Hauptzüge der menschlichen Zerwürfnisse« abzeichnen. Wie die Schilderungen der Zustände im Umkreis des Elternhauses zu eindrucksvollen Sozialstudien geraten, so gelingen Keller die Beschreibungen der Verhältnisse an den Schulen, besonders der Schuljustiz, der Thematik im Konfirmandenunterricht, der Atmosphäre im Elternhaus zu kritischen Analysen, die bis heute nur wenig von ihrer aufrüttelnden oder nachwirkenden Kraft verloren haben. Das Besondere an dieser Jugendgeschichte liegt darin, daß sie den Sinn für den spezifischen Zauber einer jeden Jugend weckt – auch schlechte Erinnerungen sind willkommen, weil sie die verlorene Jugend sind(!) – und daß sie über die Probleme der Jugend reflektiert und damit neben dem Entzücken an der Jugend die Sorgen um die Zukunft nicht vergißt. Heute wird man diese Umfunktionierung der nostalgischen Erinnerung gerne in Kauf nehmen, weil sie immer mit der Entdeckung neuer und unerwarteter Perspektiven und Erkenntnisse verbunden ist. Dazu zähle ich etwa die Bemerkungen über die »Tiefe des Volkes« (S. 58), über die Notwendigkeit der Schule: »Das Ausstoßen auch des nichtsnutzigsten Schülers ist nichts als ein Armutszeugnis, welches eine

[29] Bei Goltz (Buch der Kindheit, 1847) ist die Kindheit schwärmerisch verklärt, bei Kerner (Das Bilderbuch meiner Knabenzeit, 1849) wird sie durch zeitgeschichtliche Anekdoten unterdrückt und kommt nicht zu ihrem Recht.

Schule sich gibt« (S. 179), über die Lehre vom Geiste: »Gott strahlt von Weltlichkeit« (S. 327), über die Einsicht, daß auch im Atheismus »das Glockengeläut in der fernen Tiefe die allerschönste Musik« bleibt (S. 330). Es ist die radikale Aufrichtigkeit, die diesen Bemerkungen ihren spezifischen Wert gibt, weil sie in jedem Leben kraft ihrer Entschiedenheit etwas zum Schwingen oder zum Bedenken bringt.

Wer sich die Nahtstelle in der zweiten Fassung, wo Jugendgeschichte und Fortsetzung der Autobiographie (Studienjahre) zusammenstoßen, genauer ansieht, stößt auf einen Widerspruch: Im neunten Kapitel ›Das Pergamentlein‹ des dritten Bandes war die Jugendgeschichte bereits geschrieben (»Wie lang ist es her, seit ich das Vorstehende geschrieben habe«), aber im vierten Kapitel des vierten Bandes (›Das Flötenwunder‹), etwa anderthalb bis zwei Jahre später, begann der grüne Heinrich noch einmal »eine Darstellung meines bisherigen Lebens und Erfahrens«, die bis zum Ende der Jugendgeschichte reichte (»bis zu der Stunde, da ich als Rekrut auf dem Felde stand und die schöne Judith auswandern sah«). Wenn man noch hinzunimmt, daß der alternde grüne Heinrich zur Jugendgeschichte, die er aus dem Nachlaß Judiths zurückerhalten hat, »den andern Teil dazu gefügt [hat], um noch einmal die alten grünen Pfade der Erinnerung zu wandeln«: dann drängt sich einem die Vermutung auf, daß Keller selbst wußte, daß er über seine ›Jugendgeschichte‹ nicht mehr hinauskonnte, aber auch die Überzeugung, daß diesem Sachverhalt die erste Fassung besser Rechnung trägt als die zweite Fassung, die ihn verschleiern will.

Gottfried Keller hat zweimal einen Hinweis auf sein Verfahren und seine Methode gegeben. Schon im sechsten Kapitel des ersten Bandes sagte er in bezug auf die Geschichte von Margret und Jakoblein: »Gleich dem Chorus in den Schauspielen der Alten hatte ich von meiner frühen Jugend an das Leben und die Ereignisse in diesem nachbarlichen Hause betrachtet und war ein allezeit aufmerksamer Teilnehmer. [...] Mit all diesen Eindrücken beladen, zog ich dann über die Gasse wieder nach Hause und spann in der Stille unserer Stube den Stoff zu großen träumerischen Geweben aus, wozu die erregte Phantasie den Einschlag gab.« (S. 104) Der Vergleich mit dem antiken Chor zielt darauf, daß dieser kritisch und parteilich ist. Das spezifisch Epische ist erst mit dem Wort vom Ausspinnen »zu großen träumerischen Geweben« angedeutet. »Aufmerksame Teilnahme«, kritische Haltung und »träumerische Gewebe« sind drei entscheidende Momente dieser Erzählkunst: humanes Interesse, kritische Beurteilung und Perspektiven in »den Zusammenhang und die Tiefe der Welt«.

Später hat Gottfried Keller die Position der aufmerksamen Teilnahme präzisiert: »Für den künstlerischen Menschen nun wäre dies so anzuwenden, daß er sich eher leidend und zusehend verhalten und die Dinge an sich vorüberziehen lassen als ihnen nachjagen soll; denn wer in einem festlichen Zuge mitzieht, kann denselben nicht so beschreiben wie der, welcher am Wege steht. Dieser ist darum nicht überflüssig oder müßig, und der Seher ist erst das ganze Leben des Gesehenen, und wenn er ein rechter Seher ist, so kommt der Augenblick, wo er sich dem Zuge anschließt mit seinem goldenen Spiegel, gleich dem achten Könige im Macbeth, der in seinem Spiegel noch viele Könige sehen ließ.« (S. 391) Die Haltung der interessierten und kritischen Teilnahme wird hier zu der des »künstlerischen Menschen« erweitert. Damit ist aber kein ästhetisierender Standpunkt gemeint, sondern der des tätigen Betrachtens. Ein Künstler soll nicht den Ereignissen nachjagen, sondern sie »als ein wirkender Teil« von ihnen widerspiegeln. Darum das Bild vom festlichen Zuge, den nur der recht beschreiben könne, »der am Wege steht«. Und der ist ein »rechter Seher«, der sich im rechten Augenblick dem Zuge anschließt. Man sieht, das gilt denn doch nicht nur für den Künstler, sondern für jeden, der beschreibend am Zug der Geschichte teilnimmt, also insbesondere auch für die Literatur selbst und für alle diejenigen, die lesend und beurteilend am Weg der Menschheit beteiligt sind. Deshalb ist es ein Wort, das heute noch nicht seine Geltung verloren hat, zumal es von einem Autor stammt, der selbst in die Geschichte seiner Zeit verwickelt war. Deshalb sieht er auch die eigentliche Aufgabe dieser Kunst der Beobachtung in der »Erhaltung der Freiheit und Unbescholtenheit unserer Augen«.

Dies Wort ist auch deshalb bedenkenswert, weil es im Rahmen der Reflexionen über die Goethe-Lektüre (S. 389–393) fällt. Also ist es selbst eins der weiteren Ergebnisse dieser dreißigtägigen Lektüre. Das erste Ergebnis ist der bekannte Satz, der gern zitiert wird, um den neuen Stil der Jugendgeschichte zu charakterisieren: »Es war die hingebende Liebe an alles Gewordene und Bestehende, welche das Recht und die Bedeutung jedes Dinges ehrt und den Zusammenhang und die Tiefe der Welt empfindet.« (S. 391)

Dieser Satz steht nicht nur für eine neue Stufe der Goethe-Rezeption im 19. Jahrhundert, sondern er kündigt auch das neue Weltverständnis jener Literatur an, die man in Anlehnung an Otto Ludwigs Interpretation als die Literatur des »poetischen Realismus« angesehen hat. Insofern sind die Auslassungen über die Goethe-Lektüre auch die Theorie eines neuen Kunstverständnisses und deren frühes Manifest: »Denn wie es mir scheint, geht alles richtige Bestreben auf Vereinfachung, Zurückführung und Vereinigung des scheinbar Getrennten und Verschiedenen auf *einen* Lebensgrund, und in diesem Bestreben, das Notwendige und Einfache mit Kraft und Fülle und in seinem ganzen Wesen darzustellen, ist Kunst« (S. 392). Im Rahmen dieser Reflexion ging Keller zunächst vom Begriff des Poetischen aus: Poetisch sind »alle menschlichen Ereignisse, welche mich anregend berührten«. Aber zunehmend wird er durch Begriffe des Lebens und der Vernunft ersetzt: »... etwas Poetisches oder, was gleichbedeutend ist, etwas Lebendiges oder Vernünftiges«. Schließlich wird die »Anschauung vom Poetischen« zu einer Art Widerspiegelungstheorie: »... es ist das gleiche Gesetz, welches die verschiedenen Dinge poetisch oder der Widerspiegelung ihres Lebens wert macht«. Damit hat Keller im Rahmen dieser Goethe- und Kunst-Reflexion die folgenreichsten Erkenntnisse und Thesen gewonnen und formuliert.

Nicht die gleiche Bedeutung hatte Keller der Jean-Paul-Lektüre Heinrichs ein Jahr vorher zuerkannt (S. 262/63). Wie sich der junge grüne Heinrich auch verschworen haben mag, Jean Paul nie zu verleugnen, »solange mein Herz nicht vertrocknet«, war dies Lektüre-Erlebnis doch vorwiegend rückwärts gewandt. Es tauchte im Zusammenhang der Begegnung mit Anna im Schulmeisterhaus am See auf und war noch ganz dem Spiritualismus jener Wochen des ersten Landaufenthaltes verbunden. Außerdem stand »die heitere, mutwillige Schrankenlosigkeit und Beweglichkeit«, die er in dieser Winterlektüre fand, in genauem Gegensatz zu der gezwungenen und rationalistischen Atmosphäre in Habersaats Illustrations-Refektorium. Die Jean-Paul-Lektüre ist aber nicht ganz folgenlos geblieben. Das Sonderbare und Krankhafte, das der Grüne mit dem Poetischen und Genialen verwechselte (S. 265), und die zerlumpten Kerle und Vagabunden, die er als Staffage für seine »Fratzen von Felsen und Bäumen« erfand (S. 266), sind durchaus als ein Produkt der durch Lektüre überhitzten Phantasie zu erkennen. Man könnte denken, dem Autor habe bei der Schilderung dieser Anfänge im Malen die Goethesche Beurteilung des Manierierten in dem kleinen Essay ›Einfache Nachahmung der Natur, Manier, Stil‹ vorgeschwebt.

Zu dieser geistigen Ausschweifung durch maßlose Lektüre gehört insbesondere das achte Kapitel des ersten Bandes, worin sich die »Leserfamilie« durch lüsterne Romane im Stile des 18. Jahrhunderts und durch Rittergeschichten zugrunde richtet. Wenn auch der grüne Heinrich von dieser Lesewut nur zu seinen Lügengeschichten gebracht wird, so zeigt doch dieser Vorgang, wie anfällig er als typischer Vertreter des Jahrhunderts der anwachsenden Druckerzeugnisse für die Lesewut ist. Auch die Jean-Paul- und Goethe-Lektüre war, unabhängig von deren Bedeutung, ein solcher Anfall von Lesewut. Vor allem durch die »deutschen Bücher«, die er vor dem Aufbruch nach Deutschland las, wurde er »tief und tiefer in einen schmerzlichen Genuß unrechtmäßiger Ruhe und Beschaulichkeit hineingezogen« (S. 461/62).

Keller wurde selbst bei der Arbeit am ›Grünen Heinrich‹ immer wieder zu neuen Abschweifungen verleitet. Er gesteht das auch mehrmals ein, und es ist ganz unverkennbar, daß er von einer ernsthaften Reflexion oder Darlegung allzu gerne in eine Geschichte abschweift. So wird die Goethe-Reflexion durch das Eingreifen des Malers Römer aufgefangen. Eine Zeitlang sieht es auch so aus, als ob damit ein Landschafter im Stil der Goethezeit, etwa ein Philipp Hackert, den grünen Heinrich in die Lehre nimmt. Insbesondere die Anleitung zur Homer-Lektüre, die Nausikaa-Interpretation und die Verbindung der Judith mit der Antike machen das deutlich. Dann aber zeigt der geniale Landschafter immer unheimlichere Züge von Größenwahn und Verfolgungsangst, so daß Römer eher einem romantischen Maler gleicht, der im Irrenhaus oder schlimmer endet. Dennoch sind diese Erzählungen nie der Art, daß sie den Leser in eine maßlose Ausschweifung fallen lassen könnten. Letzten Endes setzt sich in diesen Erzählungen die Reflexion des Autors und seine politische Meinung fort. Es würde nicht schwerfallen, die Episoden in der Jugendgeschichte, die zweifellos zur Anregung des Lesers geschrieben sind, zugleich als Einlagen zu sehen, die das Lesen um der Sensation willen aufhalten sollen. Wie die Geschichte des ›Grünen Heinrich‹ Elemente ihrer Erzähltheorie enthält, so liefern die Episoden selbst Beispiele für die Verlangsamung des Lesens, indem sie transparent werden für Einsichten, die nicht abstrahiert werden können und die nur im Erzählen aufgefaßt werden können.

»DAS BUCH DER URSPRÜNGLICHEN INTENTION«

Wie Einleitung und Jugendgeschichte erkennen lassen, ging es dem Autor auch um einen sozialen Roman, d. h. um die Darstellung der Umwelt, in der sich ein junger Mensch entwickelt, um die Darstellung der Schwierigkeiten, die sich selbst in modernen Gemeinwesen der Verwirklichung selbstbestimmter Lebensaufgaben entgegenstellen. Der zweite Hauptteil des Romans bringt dies soziale Thema in einer sehr eindringlichen Formulierung als »Selbstbestimmung und Verschuldung« (S. 649), wobei gerade das zweite Glied der Formel die Verschärfung des sozialen Bewußtseins verrät. Romanhafter war schon vorher gesagt worden: »...die beiden Entdeckungsreisen, diejenige nach seiner menschlichen Bestimmung und diejenige nach dem zwischenweiligen Auskommen, trafen auf höchst mißliche Weise zusammen.« (S. 613) Dabei ist die Einschätzung des Auskommens, d. h. des Lebensunterhalts, als etwas Zwischenweiliges und Nicht-Endgültiges bemerkenswert. Offensichtlich wird die Reise zur menschlichen Bestimmung höher veranschlagt, und deshalb kommt das pikarische Element des »zwischenweiligen Auskommens« nicht recht zum Zuge. Für sich genommen, könnte tatsächlich das etwas ziellose Verweilen in der Kunststadt, zunächst in Malerkreisen, dann in Hörsälen und politischen Zirkeln, schließlich bei kümmerlichen Versuchen, das Leben zu fristen, als ein pikarisches Vagabundieren von Stelle zu Stelle verstanden werden; ebenso dann auch das wohlige Verweilen auf dem Grafenschloß, als schon der Weg zur darbenden und in Schwermut versunkenen Mutter eingeschlagen war. Zumal auch das Ziel der menschlichen Bestimmung nicht deutlich zu erkennen ist. Dann sieht man jedoch: Der grüne Heinrich hielt dumpf an dem Aufenthalt in der Kunststadt fest, er tat sich schwer mit einer Umstellung des Lebensplans, und er war in Sorge, nach der »Ausstoßung aus der Schule« überhaupt »in der Schule des Lebens unhaltbar« zu werden. Das gab »seinem Treiben eine dunkle Grundlage« (S. 617). Diese Äußerungen gehören in die Kapitel über seine autodidaktische Bildung: »Indessen war es ihm unmöglich, aus sich herauszugehen, und da er sich unterrichtete und zugleich deutsche Luft atmete, so war es erklärlich, daß er in seiner rhetorischen Welt ein Weiser und Gerechter, ein geachteter Tonangeber war, äußerst Weises und Gerechtes dachte und sprach, ohne im mindesten etwas Gerechtes wirklich zu tun, d. h. für Gegenwart und Zukunft tätlich einzustehen.« (S. 617/618) Solche Worte sind schon kritisch gegen eine gewisse Mentalität gerichtet, die im Reden klug und gerecht auftritt, die aber nicht durch Taten für Gegenwart und Zukunft einzutreten willens ist. Diese Mentalität wird mit dem Stadium des Sich-Unterrichtens und mit der deutschen Luft, in der er sich aufhielt, erklärt. Das deutet an, daß damit nicht ein eigentümliches individuelles, sondern ein zeittypisches Verhalten gemeint ist. Der Roman erhält an diesen Stellen ganz moderne Züge. Unabhängig davon, ob Gottfried Keller hier zunächst jungdeutsches Verhalten im Auge hat, erfaßt er damit zugleich das Verhalten der Öffentlichkeitsdemokratie und erkennt schon deutlich die spezifischen Schwächen dieses Systems und die notwendigen Mittel, diese Systemschwächen auszugleichen.

Diese Reflexionen im zweiten bis sechsten Kapitel des vierten Bandes bilden den Angelpunkt des zweiten Teils, und sie stehen symbolisch im Zeichen des Borghesischen Fechters. Während Heinrich sich im Zeichnen an dieser Statue übte, wurde ihm deutlich, daß seine Entscheidung für die Malerei ein reiner Zufall gewesen war. Er kam an die Universität in die Vorlesungen zur Anatomie und von da zur Anthropologie und zur Germanistik im Recht und in der Literatur. Es war die Krise auf dem Wege zur Selbstbestimmung, und der Autor wies selbst ironisch auf den nötigen »Wendepunkt« hin. Dieser kam aber nicht nach den Gesetzen der Novellistik, sondern aus dem Zwang der materiellen Not. Nach und nach wurde alles Verkaufbare versetzt, und die nackte Armut zwang den Akademieschüler zum handwerklichen Bemalen von Fahnenstangen. Dabei waltete noch die besondere Ironie, daß ausgerechnet ein überzeugter Republikaner Fahnenstangen für ein royalistisches Ereignis bepinseln mußte. Die Krise begann mit dem Lys-Duell im Morgengrauen vor dem Bild ›Wohl dem, der nicht sitzet auf der Bank der Spötter!‹. Dies Bild war schon bei der ersten Vorstellung des Malers Lys ausführlich beschrieben worden (S. 471–474), und es war die »hohe Kommission«, vor der die »gezierte Gefühligkeit und Weisheit« zu Schanden werden sollte. Auch der Ehrenpunkt des Duells drehte sich um den verlogenen Spiritualismus, dem Heinrich damals anhing. Trotzdem unterlag nicht er seinem Herausforderer, der ihm »die unverschämte Sprache der Hirnspinner und Fanatiker« vorgeworfen hatte, sondern dieser, der holländische Maler, wurde lebensgefährlich verletzt. Heinrich Lee aber zog sich in das Atelier zurück und strichelte mit dem Labyrinth-Bild seine Absage an die ossianische Landschaftsmalerei. Auf diese verzweifelte Strichelei hielt Erikson bei seinem Abschiedsbesuch seine ironische Rede von der Kunst der Zukunft (S. 562–564) – die sich allerdings heute, in Kenntnis ähnlicher Kunstrealisationen, gar nicht mehr so ironisch liest[30].

Das Duell im Morgengrauen war das makabre Ende des Maskenzuges der Kunst. Dieser historische Maskenzug wurde keineswegs als eine Satire auf den Kunstbetrieb verstanden, obwohl es Keller durchaus als seltsam empfand, daß »die Menschen, wenn sie sich freudig erheben wollen, das Gewand der Vergangenheit anziehen müssen, um nur anständig zu erscheinen« (S. 493). Es war der Festcharakter

[30] Ernst Bloch hat diese ironische Rede »prophetisch« verstanden, um sich vom schlechten Expressionismus abzusetzen (E. Bloch: Erbschaft dieser Zeit. Frankfurt 1973, S. 258/59). Vgl. auch Rainer Würgau: Der Naturbegriff im Werk Gottfried Kellers. Topik der Natur, Materialismus, Mimesis. (Diss.) Tübingen 1970, S. 273–284.

des Zuges, der im Vordergrund stand. Um dessentwillen entschieden sich die Schicksale der beiden Freunde Heinrichs im Verlaufe des Künstlerfestes, während Heinrich selbst nur am Rande der dramatischen Novelle eine Rolle als laubgrüner Narr mit Schellenkappe und Stechpalmenkrone spielte. Immerhin erwuchs ihm aus dem Einfall, vor dem Landhaus Rosalies auf die Bäume zu steigen, ein wirklich lyrischer Moment beim Wiegen in einer Birke. Was uns heute an Satire in den Schilderungen des Künstlerfestes zu fehlen scheint, wurde durch komische Szenen und Festeslaune ersetzt. Wer kann die Bemühungen des Malers Lys um Rosalie, die sich längst für Erikson entschieden hatte, wer Eriksons gutmütige Langsamkeit, des grünen Heinrich vergebliche Sorge um die verlassene Agnes-Diana und des Herrgottmachers unerwartete Chance bei Agnes und noch manches andere, wozu auch die späteren Erweiterungen der Champagnerszene mit Agnes gehören, – wer kann dies alles sehen, ohne zu einer bedeutenden Einsicht in die Komödie des Lebens zu kommen. Die Auflösung des Lebens im Maskenzug und im Fest ermöglicht erst die komische Transparenz, daß alle Anstrengungen vergeblich sind und daß alle Pläne von unerwarteten Figuren und Aspekten durchkreuzt werden. Daraus entwickelte sich die Bemerkung über den komischen Aspekt der Politik: »...es handelt sich aber eben in der Geschichte und Politik um das, was die kurzatmigen Helden und Rhetoren nie einsehen: nicht um ein Trauerspiel, sondern um ein gutes Ziel und Ende, wo die geläuterte unbedingte Einsicht alle versöhnt, um ein größeres heiteres Lustspiel, wo niemand mehr blutet und niemand weint. Langsam, aber sicher geht die Welt diesem Ziele entgegen.« (S. 594) Deshalb ist aber auch nicht erst »die autobiographische Form als Spielraum des Humors«[31]) anzusehen, sondern die Schilderung der Umwelt erfolgt bei Keller überhaupt in kritischer oder humoristischer Tönung, weil der Autor in seinen Figuren selbst Gelingen oder Mißlingen erlebt. Wolfgang Preisendanz, der für das Vorrecht der Autobiographie argumentierte, zitierte selbst das Wort nach der Goethe-Lektüre: »[...] der Seher ist erst das ganze Leben des Gesehenen.« Aber dies stand schon in der ersten Fassung (S. 391)

[31]) Wolfgang Preisendanz: Gottfried Keller: Der grüne Heinrich. In.: W. P.: Wege des Realismus. München 1977, S. 170 ff.

und bedeutet, wie schon dargelegt, daß der Seher auf den Moment wartet, am Zuge teilnehmen zu können.

Der dritte Teil des ursprünglich intendierten Buches vom siebenten bis zum dreizehnten Kapitel des vierten Bandes bringt denn auch in einem Hegelschen Sinne die reine Form des Komischen: »[...] die unendliche Wohlgemutheit und Zuversicht, durchaus erhaben über seinen eigenen Widerspruch und nicht etwa bitter und unglücklich darin zu sein: die Seligkeit und Wohligkeit der Subjektivität, die, ihrer selbst gewiß, die Auflösung ihrer Zwecke und Realisationen ertragen kann.«[32] Diese unvermutete Wohlgemutheit wurde in Erinnerung an die Jugend gewonnen, und sonderbare Heimatträume (S. 649–668) kündigten etwas Außergewöhnliches an. Als sich Heinrich in die Heimat aufmachte, gelangte er aber zuerst in ein Schloß, wo er den Grafen und dessen Findelkind aus der Einleitung des Romans wiederfand. Wie es sich für ein glückliches Romanende gehört, fand sich alles wieder zusammen. Dortchen Schönfund erinnerte sich noch des jungen Schweizers an der Grenze vor sieben Jahren. Der Graf hatte die Zeichnungen und Malereien des Heinrich Lee von dem Trödelmännchen in München aufgekauft. Dem Grafen war insbesondere daran gelegen, dem gescheiterten Maler die Überzeugung zu vermitteln, daß er ebenso gut wie mancher andere ordentliche Bilder zustande bringen könnte. Heinrich ließ sich auch wirklich darauf ein, wenn auch nicht mehr mit dem leidenschaftlichen Interesse von einst. Als er eine alte Frau beim Holzsammeln gegen einen anmaßenden Holzvogt in Schutz nahm, war ihm aufgegangen, daß sein Vorsatz, Maler zu werden, verfehlt gewesen war; er nahm sich nun vor, »das Leben selbst zum Gegenstande des Lebens zu machen«, und er wollte »etwas Lebendiges lernen, wodurch ich unter den Menschen etwas wirke und nütze« (S. 683). Es waren also nicht nur die glücklichen Zufälle, die hier ganz ungeniert zitiert werden, es war auch der endgültig gelungene Durchbruch zu seiner Bestimmung, die die Wohlgemutheit bewirkten. Hinzu kam eine neue Neigung, die ihn, wie in der Jugendgeschichte, völlig erfüllte und in Anspruch nahm. Dortchen hatte alle Voraussetzungen, nach Anna und Judith eine dritte und neuartige Verkörperung des Weiblichen zu werden: Sie

[32] G. W. F. Hegel: Ästhetik. Hrsg. v. Friedrich Bassenge. Berlin (Ost) 1955, S. 1075.

glaubte nicht an die Unsterblichkeit, und trotzdem hatte die Welt für sie nichts von ihrer Schönheit und Faszination verloren. In den Sprüchen des Cherubinischen Wandersmann des Angelus Silesius entdeckte Heinrich einen Zusammenhang mit Ludwig Feuerbach, der auch »den Gott aus der Menschenbrust wegsingt«. So wäre zum ersten Mal eine geistige Basis für ein Zusammensein gegeben. Trotzdem konnte Heinrich sich auch diesmal nicht eindeutig erklären. Stattdessen streifte er wieder in den Wäldern umher, wie in seinem Heimatdorf, und verpaßte die Gelegenheit zu dem von ihm erwarteten Wort. Es sieht sogar so aus, als ob er an Liebeskummer über die verpaßte Gelegenheit sterben mußte.

DIE NICHTGESCHRIEBENE ELEGIE AUF DEN TOD

Die beiden letzten Kapitel, das vierzehnte und das fünfzehnte, sind zu kurz geraten, und der Schluß kommt deshalb überstürzt. An Hermann Hettner hat Keller am 25. Juni 1855 dazu geschrieben: »Dies Schlußkapitel sollte eigentlich ursprünglich etwa drei Kapitel stark werden und eine förmliche Elegie über den Tod bilden, indem hauptsächlich das aufgegebene Bewußtsein der persönlichen Unsterblichkeit dem Heinrich das Gewissen und Weiterleben schwer macht, da die Mutter dies einzige, einmalige und unersetzliche Leben für ihn verloren.«[33] Dieser Hinweis auf die nichtgeschriebene Elegie auf den Tod hilft uns, den Schluß recht zu verstehen. Der Tod der Mutter zwingt, die schon abgeschlossene Diskussion über die Unsterblichkeit noch einmal aufzunehmen. Die Diskussion muß den Tod Heinrichs mit einbeziehen. Die Bedeutung dieses Todes zu ermitteln, heißt die Bedeutung des Romanes zu bestimmen. Zunächst ist es wichtig, Heinrichs Tod als ein fast freies Aus-dem-Leben-Scheiden zu verstehen oder zumindest als eine Analyse der Motivationen, die zu solchem Entschluß führen können und müssen. In den frühen Notizen zum Roman gibt es eine Stelle »über das Reifsein zum Tode« des grünen Heinrich: »Er hat keine Vergangenheit und verliert eben deswegen das Recht auf die Zukunft. Er gibt sich mit dem vollsten

[33] Gesammelte Briefe. Bd. 1. S. 414.

Bewußtsein dieses Unglücks den Tod.« Eine andere Stelle, die hierher gehört, lautet: »Nur in der ganzen vollen Entsagung an Welt und Leben für immer! liegt die Genugtuung und die einzig mögliche Versöhnung in dem *willigen* Sterben und Scheiden vom warmen Leben, der einzige Trost in der ewigen Vergessenheit.«[34]

Es drängte sich denn auch um Heinrichs Ende Schwerwiegendes zusammen: Das »verlorene Schweigen zwischen ihm und der Mutter«, »das verlorene Glück« im Gedenken der Geliebten (aber Nicht-Gewonnenen), das verlorene Recht im Duell mit dem Freunde Lys (dessen Abschiedsbrief ihn noch vor der Rückkehr in die Heimat erreichte). Dagegen wurde auch einiges aufgeboten, die Erreichung der Selbstbestimmung als Ziel anzudeuten: Heinrichs Klarheit über die Lebensaufgabe (»Tätigkeit im lebendigen Menschenstoffe«), seine Gewißheit über die Bedeutung der demokratischen Mehrheit (wenn sie auf die Vernunft hört), die Anerkennung im vertrauten menschlichen Kreise (als verlockende Möglichkeit im Grafenschloß). Gründe und Gegengründe hätten sich fast die Waage gehalten, wenn nicht die Verschuldung gegen die Mutter den Ausschlag gegeben hätte: »Denn da er die unmittelbare Lebensquelle, welche ihn mit seinem Volk verband, vernichtet, so hatte er kein Recht und keine Ehre, unter diesem Volk mitwirken zu wollen.« (S. 763)

Um zu verstehen, warum diese Verschuldung die eigentliche ist, muß man auf Erkenntnisse der Psychoanalyse zurückgreifen. Das Leben, das der grüne Heinrich geführt hat, war eine Existenz ohne Vater. Er erinnerte sich zwar noch an den Frühverstorbenen, und das Gedenken der Mitbürger an den verdienten Volksmann ist noch vorhanden. Aber das »Gemeinwesen« erfährt im Leben des grünen Heinrich eine solche Erhöhung und Stärkung, daß es an die Stelle des verlorenen Vaters treten konnte. Die Folge dieser vaterlosen Existenz ist aber auch die Verstärkung der Mutter-Kind-Symbiose. Von der Mutter wird das ausdrücklich bestätigt, bis zum Ausbruch der Schwermut, als die Symbiose vom Kinde nicht aufrecht erhalten wurde. Um so mehr fiel Heinrich, als er erst zum Begräbnis der Mutter heimkam, dieses Versäumnis auf die Seele. Die Mutter-Kind-Symbiose hat ja auch bei ihm die Verwirklichung von Liebe oder

[34] Sämtliche Werke. Bd. 19. Erlenbach–Zürich 1926, S. 348 und S. 350.

Ehe verhindert. Spätestens wurde das bei dem Verhältnis zu Dortchen Schönfund deutlich.

Nun verwendet Keller zwar nicht diese psychoanalytische Deutung des Vaterverlustes, aber er weist selbst auf symbolische Deutungen des Endes hin. Da ist zunächst das dunkle Lied des alten Fischers, der Heinrichs Mutter noch gekannt hatte, und der sich noch an zwei bedeutende Begegnungen mit ihr erinnert. Auch die Mutter hatte sich schon von den Freuden der Welt zurückgezogen. In den Notizen ist sogar die Rede von der lebenslangen Buße und von einer frühen Schuld[35]. Das romantische Lied deutet mit seinen Worten vom verlorenen Recht an, daß dieser Verlust ein Verlust der Identität ist und zu einer desengagierten Gleichgültigkeit geführt hat. Das Wort vom Verrat an der Mutter legt nahe, den langen Aufenthalt im Ausland als Hauptmoment der Verschuldung anzusehen. Jede dieser drei Deutungen macht das Leben tiefsinnig und gedankenschwer. Auf den verlorenen Vater ist noch am ehesten die Deutung vom verlorenen Recht und vom vergessenen Vaterland anzuwenden. Das aber ist die eigentümliche Kraft dieser ersten Fassung des Romans, daß sie den Leser zum Erleben dessen zwingt, was er liest. So hat Keller selbst seinem Verleger am 2. April 1855 mitgeteilt, daß es ein Buch sei, »das ich zugleich erlebte, indem ich es schrieb«[36].

Clemens Heselhaus

[35] Ebda. S. 347.
[36] Gesammelte Briefe. Bd. 3/2, S. 96.

ANMERKUNGEN

ERSTER BAND

Erstes Kapitel
(S. 9–21)

S. 9 – *Huttens Grabinsel:* Ulrich von Hutten, Reichsritter und Humanist (1488–1523); griff die röm. Geistlichkeit in zahlreichen Schriften an und mußte deshalb in die Schweiz fliehen, wo er, von Zwingli aufgenommen, starb.

S. 10 – *diplomatische Fremdlinge:* Das Bild der fremden Diplomaten gehört in die Zeit der eidgenöss. »Tagsatzungen«, also vor 1848, und erhärtet die Richtigkeit der Angabe des Vorworts, daß die ersten Bogen des ›Grünen Heinrich‹ aus dem Jahre 1847 stammen. – *Gewerk:* Gewerbe, Handwerk. – *industrielle Werkstätte:* gemeint ist die Maschinenfabrik Escher, Wyß und Compagnie, die damals auf dem rechten Ufer der Limmat unterhalb der jetzigen Bahnhofbrücke stand. – *Münsterturme:* das Großmünster in Zürich. – *uralter Lindenhain:* der Lindenhof. – *Brustwehr:* Erdaufschüttung zur Deckung von Schützen, Schutzwall. – *Frauenkloster:* das aargauische Benediktinerinnenkloster Fahr. – *mächtige Abtei:* die ehemalige Zisterzienserabtei Wettingen (nach der gewaltsamen Aufhebung des Klosters im Jahre 1841 kantonales Lehrerseminar).

S. 11 – *mächtige Burgruine:* Das alte Städtchen ist Baden, die Burgruine der »Stein«, wo sich König Albrecht vor seiner Ermordung durch Johann Parricida 1308 noch aufgehalten hat. – *Veste:* Feste, Festung. – *ein deutscher Kaiser:* vgl. Anm. oben »mächtige Burgruine«. – *die beiden alten Städtchen:* Rapperswil und Baden. – *zwei schöne Berge:* wahrscheinlich Zürichberg und Uetliberg.

S. 12 – *byzantinische Stadtkirche:* Gemeint ist das Großmünster, wobei ›byzantinisch‹ noch bis über die Mitte des 19. Jhs. hinaus als genereller kunstwissenschaftl. Terminus für alle frühmittelalterl. Kunst verwandt wurde, ehe sich »romanisch« durchsetzte. – *Gebäude:* Die Schilderung erinnert an die Gebäude des sogenannten Alten Spitals, die aber nicht auf einem Felsenberg lagen. – *Nagelflühe:* aus der Oberfläche von Felsen nagelförmig herausragende Gesteinsansammlungen.

S. 14 – *vom großen Stadtbrunnen:* Gemeint ist wahrscheinlich der Brunnen auf der Stüßihofstatt.

S. 16 – *estimieren:* hochschätzen.

S. 18 – *Frau Hausmeisterin:* (schweiz.) Eigentümerin des Hauses.

Zweites Kapitel
(S. 21–31)

S. 24 – *Montezuma:* Montez'uma, Herrscher des Aztekenreiches, wurde 1519 von dem span. Eroberer Cortez gefangengenommen und bei dem folgenden Aufstand der Mexikaner getötet.

S. 25 – *Dorfmagnat:* Großgrundbesitzer eines Dorfes. – *Deputierter:* Abgeordneter.

S. 28 – *Felleisen:* Ranzen, Reisesack der wandernden Handwerksburschen.

S. 29 – *Alkoven:* Bettnische, sehr kleiner Nebenraum an einem Zimmer.

S. 31 – *Linné:* Carl von Linné, schwed. Naturforscher (1707–1778); hat die Grundlagen der botan. Fachsprache geschaffen und ein System des Pflanzenreichs (Sexualsystem) erstellt, das hauptsächlich auf Zahl und Anordnung der Staub- und Fruchtblätter beruht.

Drittes Kapitel
(S. 31–46)

S. 32 – *Caprice:* Laune, launischer Einfall.

S. 33 – *Hussens Brandstätte:* Jan Hus, tschech. Reformator (1370–1415); wirkte als Lehrer, Prediger und Rektor der Universität in Prag und bekämpfte die Verweltlichung der Kirche, ohne zunächst ihre Lehre anzugreifen. 1410 wurde Hus exkommuniziert und 1415 in Konstanz vom Konzil verhaftet und, da er sich nicht unterwerfen wollte, als Ketzer verbrannt.

S. 41 – *car tel est notre plaisir:* »denn das ist unser Vergnügen«. – *der bornierte Royalist:* der engstirnige Anhänger der Monarchie. – *Drehtanz eines Derwisches:* von Musik begleitete religiös-ekstatische Übungen eines islamischen Bettelmönchs.

S. 43 – *Zopftum:* überholte Einrichtungen od. Anordnungen, rückständige Ansichten (aus der Zeit, als man noch Zöpfe trug).

S. 45 – *Kurtisane:* Geliebte eines Fürsten, vornehme, elegante Dirne. – ... *Straße, welche ganz von mächtigen neuen Gebäuden besetzt war:* die unter Ludwig I. erbaute Ludwigstraße in München.

S. 46 – *Kirche im Jesuitenstile:* bes. prunkvoller Baustil des kirchl. Barocks, hier: die Theatinerkirche in München.

Viertes Kapitel
(S. 46–63)

S. 51 – *Quartierbillets:* hier vermutl. Anspielung auf den Wiener Kongreß (1814/15), die Versammlung der europ. Fürsten und Staatsmänner, die nach dem Sturz Napoleons über die Neuordnung Europas entschied. Hauptanliegen des Wiener Kongresses war es, politische Richtlinien zu erarbeiten, die vor allem nationale und freiheitliche Bestrebungen zurückdrängen sollten. – *Mediationsverfassung:* die Verfassung der Schweiz von 1803–1813. – *Schlacht bei Waterloo:* endgültige Niederlage Napoleons und Ende der Kriege zur Befreiung von der napoleonischen Herrschaft in Europa (Juni 1815). – *Lavater:* Johann Kaspar Lavater, philosophischer Schriftsteller (1741–1801); wurde 1775 Pfarrer in Zürich; in der Zeit des Sturm und Drang eng mit Herder und Goethe befreundet. Vier Jahre vor dem Tod Lavaters hielt sich Goethe mehrere Wochen am Zürichsee auf, mied jedoch den ehemaligen Freund, worauf Keller hier anspielt. – *Restauration:* Bezeichnung für das europ. Zeitalter von 1815–48, in dem sich die mächtigsten europ. Staaten im Kampf gegen die Neuerungen der Franz. Revolution verbanden und eine Wiederherstellung (Restauration) der vorrevolutionären politischen und gesellschaftlichen Verhältnisse forderten.

S. 52 – *Pfründe:* Amt, das etwas einbringt, ohne daß man die damit verbundenen Pflichten zu erfüllen braucht. – *Kastengeist:* kleinliche Ansichten, die beschränkt sind auf den eigenen engen, durch die gesellschaftl. Stellung bedingten Gesichtskreis. – *Nachen:* Boot, Kahn. – *spanisches Rohr:* Peddigrohr.

S. 54 – *Suwarowstiefel:* möglicherweise Anspielung auf den »Zug durch die Schweiz« des Fürsten Suworow; russ. Feldherr (1730–1800); nahm an den Kriegen Katharinas II. teil, vertrieb 1799 die Franzosen aus Oberitalien und überquerte dabei den St. Gotthard.

S. 56 – *Flachshechel:* Gerät zum Kämmen des geschlagenen Flachses.

S. 58 – *Julitage:* vermutl. Anspielung auf die Julirevolution von 1830 in Paris, die den Bourbonenkönig Karl X. stürzte und das Julikönigtum Ludwig Philipps von Orléans (= der Bürgerkönig) schuf. – *der griechische Freiheitskampf:* Griechenland stand seit 1458 unter der Fremdherrschaft Konstantinopels und konnte sich erst Anfang des 19. Jhs. vom türk. Joch befreien. Der griech. Aufstand (1821) wurde unterstützt von griechenfreundl. Freischaren aus Westeuropa, später erhielt Griechenland militärische Unterstützung durch Rußland, England und Frankreich. 1829/30 wurde Griechenland zum selbständigen Königreich erklärt. – *benehmen:* jemandem etwas rauben, entziehen.

S. 59 – *Spieß- und Pfahlbürgertum:* engstirniger Menschenschlag.

Fünftes Kapitel
(S. 63–84)

S. 70 – *Kollationen:* leichte Zwischenmahlzeiten.

S. 77 – *infernalisch:* höllisch, teuflisch. – *»diarium«:* Notizbuch, Tagebuch.

S. 78 – *verscherpfen:* wohl: verschärfen. – *Tractament:* Traktament, Löhnung. – *Habit:* Kleidung, Anzug. – *sintemal:* da, weil. – *conveniret:* stimmt überein.

S. 79 – *Opinion:* Meinung. – *Schapell:* Blumenkranz als Kopfschmuck der Volkstracht.

S. 80 – *Contreordre:* Gegenanweisung, Gegenbefehl. – *Victualien:* Eßwaren, Lebensmittel.

S. 81 – *Custos:* Kustos, Vorsteher und wissenschaftl. Betreuer einer Sammlung, bes. Museums, Archivs; auch: Küster.

S. 82 – *gestabet:* steif. – *regaliren:* reichlich bewirten, beschenken.

S. 83 – *Impromptu:* Stegreifgedicht, nach einem Einfall frei gestaltetes, der Improvisation ähnl. Musikstück. – *kommlich:* angemessen, passend. – *Sigrist:* (schweiz.) Küster, Mesner. – *Baursame:* (schweiz.) Gesamtheit der Bauern.

S. 84 – *Bakel:* Schulmeisterstock. – *caressiret:* karessieren: (schweiz.) zärtlich sein, zärtlich tun. – *salviren:* retten, in Sicherheit bringen.

Sechstes Kapitel
(S. 84–108)

S. 88 – *Kosmographie:* Weltbeschreibung.

S. 91 – *Schacherjude:* Jude, der gewinnsüchtigen Handel treibt, Wucherer. – *koscher:* rein (nach den jüd. religiösen Speisevorschriften). – *der ewige Jude Ahasverus:* Sagengestalt seit dem 13. Jh. Nach der Volkssage darf der Ewige Jude nirgends ruhen und muß ewig unstet über die Erde wandern, zur Strafe dafür, daß er Christus geschlagen oder ihm bei seinem Gang zur Kreuzigung eine kurze Rast versagt hat.

S. 92 – *Profanation:* Profanierung, Entheiligung.

S. 103 – *mit einem Scheite geknebelt:* ein zum Tragen von Paketen durch den Bindfaden gestecktes Stückchen Holz. – *Lade:* hölzerner, eckiger, breiter Behälter mit Deckel; Truhe, Kasten.

S. 104 – *haranguieren:* harangieren, jemanden mit einer langweiligen, feierlichen Rede langweilen.

S. 108 – *Fatum:* Schicksal, Götterspruch, Verhängnis.

Siebentes Kapitel
(S. 108–132)

S. 109 – *Pestalozzische Unterrichtsweise:* auf den Erziehungsrichtlinien des Erziehers und Sozialreformers Johann Heinrich Pestalozzi (1746–1827) aufgebauter Unterrichtsstil, wonach im Mittelpunkt der Erziehung die bildende Kraft der Arbeit und des Gemeinschaftslebens steht und besonderes Gewicht auf die »Anschauung« als den inneren Sinn des Menschen für die Ordnung der Welt gelegt wird.

S. 110 – *Habliche Handwerker:* (schweiz.) wohlhabende Handwerker.

S. 111 – *Frakturschrift:* deutsche, sogen. »gotische« Schrift.

S. 113 – *Schnell- und Zwangbleiche:* bildhaft für angewandte Erziehungsmittel gebraucht, um jemanden gefügig zu machen.

S. 116 – *Geschiebe:* von Flüssen od. Gletschern mitgeführtes und abgelagertes Geröll.

S. 118 – *junger Weih:* junger Habicht.

S. 119 – *Theosophie:* Bestrebung od. Lehre, die den Sinn des Weltgeschehens aufgrund religiösen Glaubens erfassen will. – *Phiole:* birnenförmiges Fläschchen.

S. 123 – *Proszenium:* vorderster Teil der Bühne zwischen Vorhang und Orchester. – *Kolophonium:* Harz, das beim Erhitzen von Kieferharzen entsteht und z.B. für Kunstharze, zum Leimen von Schreibpapier u. zum Bestreichen der Violinbogen verwendet wird.

S. 124 – *Faß des Regulus:* Die Karthager sollen den Atilius Regulus in einem inwendig mit spitzigen Nägeln versehenen Fasse zu Tode gemartert haben.

Achtes Kapitel
(S. 132–165)

S. 140 – *Häscher:* Gerichtsdiener, Schergen.

S. 143 – *Insolenz:* ungebührliches Benehmen, Unverschämtheit, Anmaßung.

S. 145 – *Giberne:* Patronentasche.

S. 147 – *Perkussionsgewehr:* Vorderlader, bei dem die Zündung durch Stoß oder Schlag auf ein Zündhütchen erfolgt. – *Steinschloß:* Gewehr, bei dem das Pulver mittels eines Feuersteins entzündet wird.

S. 160 – *Werg an die Kunkel bekommen:* Abfallfasern bei der Hanf- und Flachsspinnerei an die Spinnrocken bekommen.

S. 161 – *Plänklerkette:* leichte umherschwärmende Truppen, die einzeln und wiederholt auf den Feind schießen. – *Ladstock:* Holz- oder Stahlstab, mit dem beim Vorderlader die Munition in den Lauf geschoben wurde.

Neuntes Kapitel
(S. 165–184)

S. 174 – *märterlich:* gequält, gefoltert.

S. 177 – *Poltron:* Feigling, Maulheld.

ZWEITER BAND

Erstes Kapitel
(S. 185–200)

S. 186 – *Lever:* Morgenempfang bei einem Fürsten.

S. 187 – *Affektation:* Ziererei, Getue, Künstelei. – *alemannisches Wandervolk:* Die Alemannen (westgermanischer Stamm) erschienen zuerst 213 n. Chr. am oberen Main und besiedelten im 4. und 5. Jh. das Elsaß und die Ostschweiz. Die geschichtl. Entwicklung führte zu einer Dreigliederung des Stammes in Schwaben, Deutschschweizer und Elsässer.

S. 188 – *Wehrgeld:* Wergeld; Blutgeld, Sühnegeld für einen Totschlag, das zur Ablösung der Blutrache vom Totschläger und seiner Sippe an die Sippe des Erschlagenen zu entrichten war. – *desnahen:* deshalb.

S. 190 – *prosaisch:* nüchtern, alltäglich. – *servil:* unterwürfig, kriecherisch, ergeben. – *Ostentation:* Schaustellung, Prahlerei. – *Zinsherr:* Grundherr, an den Zins zu zahlen ist.

S. 192 – *Lorelei:* Name des kurz vor St. Goarshausen aus dem Rhein hoch aufsteigenden Schieferfelsens, um den sich die Sage der die Menschen ins Verderben lockenden Zauberin L. rankt. Die Sage, vermutlich eine Erfindung Clemens Brentanos, ist durch Heines, von F. Silcher vertontes Gedicht bes. bekannt geworden. – *Judith:* Judith war auch der Name der Heldin des alttestamentl. Buches J.; sie ging während einer Belagerung ihrer Vaterstadt Betylua durch Holofernes ins feindl. Lager und schlug Holofernes, als sie bei ihm schlief, mit dem Schwert das Haupt ab. – *Pomona:* altital. Gottheit der Baumfrüchte.

S. 193 – *salvieren:* retten, in Sicherheit bringen. – *geistliche Pfründe:* Einkünfte aus einem Kirchenamt, ohne daß die mit dem Amt verbundenen Pflichten erfüllt zu werden brauchen. – *Plafond:* Zimmerdecke.

S. 194 – *Hirschfänger:* kurzes Seitengewehr, mit dem angeschossenes Wild getötet wird. – *Galanteriedegen:* Degen der Hoftracht. – *Foliant:* großformatiges, dickes Buch. – *Don Quixote:* »Ritter von der traurigen Gestalt«, Held des Romans von Cervantes (1547–1616). Dieser arme Landjunker, dessen Geist durch das Lesen von Ritterromanen verwirrt ist, zieht auf Abenteuer aus. Hinter seiner Phantasie verbirgt sich ein Mensch, der einer nüchternen Welt zum Trotz an seinen Illusionen festhält. Wirkungsvolle Kontrastfigur ist der bäuerliche und erdgebundene Sancho Pansa. – *Mr. Florian:* franz. Dichter (1755–1794); schrieb von Rousseau beeinflußte bukolische Romane, Komödien und Idyllen sowie liebenswürdige Fabeln.

S. 196 – *Renommisterei:* Aufschneiderei, Angeberei, Prahlerei. – *Herr Neveu:* Herr Neffe. – *Prospekt:* Ansicht, Aussicht, Rundhorizont.

S. 197 – *Fänte:* unreife, junge Burschen, Gecken, Laffen. – *hagestolz-*

lich: wie ein Hagestolz (älterer Junggeselle). Urspr. bezeichnete Hagestolz die Besitzer eines Nebengutes, meist jüngere Söhne, die wegen des geringen Ertrags nicht heiraten konnten.

S. 198 – *Waterloo:* Antonj Waterloo (1598–1670), holländischer Zeichner, Radierer und Landschaftsmaler. – *Geßner:* Salomon Geßner (1730–1788), Dichter und Maler, Züricher Ratsherr und Kantonalbeamter. – *Reinhardt:* Christian Reinhart (1761–1847), Landschaftsmaler und Radierer; schuf klassisch-heroische Landschaften, realistisch in den Einzelheiten und von idyllischer Stimmung.

Zweites Kapitel
(S. 201–219)

S. 201 – *Franzband:* nach franz. Art in Leder gebundenes Buch. – *Quartband:* Buch in Quartformat (25–35 cm hoch). – *Vignette:* kleine Verzierung auf dem Titelblatt, am Ende des Kapitels u. ä.

S. 202 – *Sulzer:* Johann Georg Sulzer (1720–1779); seine alphabetisch angeordnete ›Allgemeine Theorie der schönen Künste‹ erschien zuerst 1771–74.

S. 206 – *nazarenisches Stengelbäumchen:* Anspielung auf die Malerei der Nazarener; urspr. Spottname für den 1809 von den Malern Overbeck, Pforr u. a. an der Wiener Akademie gegründeten Lukasbund, der eine Erneuerung der Kunst auf religiöser Grundlage erstrebte. Hauptleistung sind die röm. Fresken der Casa Bartholdy.

S. 207 – *Rekognoszierungen:* hier: Spürgänge.

S. 208 – *Spezereien:* Gewürzwaren, feine überseeische Eßwaren. – *Parasol:* Sonnenschirm. – *Ridikül:* hier: Handtäschchen. – *Autodidakt:* jemand, der sich durch Selbstunterricht bildet. – *Horiahaube:* Haube, welche die Schläfen bedeckte und deren Hinter- und Vorderteil durch ein bindenförmiges Mittelstück, welches quer über die Mitte des Kopfes ging, verbunden war. Der Name stammt von einem Siebenbürger namens Horia, der 1785 wegen Rebellion hingerichtet wurde.

Drittes Kapitel
(S. 219–249)

S. 222 – *Dessin:* Muster, Vorlage. – *Dessinateur:* Musterzeichner, Musterentwerfer. – *lästerliches Geld:* unverschämt hohe Summe.

S. 223 – *Geldaristokraten:* nicht durch Geburt, sondern durch Reichtum erlangter Adelstitel.

S. 242 – *raisonnierend:* hier: schwatzend.

S. 243 – *Habit:* Kleidung, Anzug.

S. 246 – *Tracht:* Traglast.

S. 247 – *Tartarus:* in der griech. Mythologie Abgrund der Unterwelt, in den Zeus seine Feinde stürzte.

Viertes Kapitel
(S. 249–263)

S. 253 – *Genien:* Schutzgeister. – *Refektorium:* Speisesaal in Klöstern.

S. 254 – *Meister Habersaat:* Keller zeichnet hier Peter Steiger, seinen ersten Lehrer, der ihn im Malen unterrichtete.

S. 256 – *Vignette:* kleine Verzierung auf dem Titelblatt, am Ende des Kapitels u. ä. – *illuminieren:* hier: einen Stich oder Druck ausmalen, etwas mit Buchmalereien verzieren.

S. 259 – *Sepia:* brauner Farbstoff, der von Sekreten der Tintenfische stammt.

S. 260 – *Claude Lorrain:* franz. Maler (1600–1682); sein Vorbild als Meister der ›idealen Landschaft‹ wirkte bis ins 19. Jh. fort. – *Ruisdael:* Jacob van Ruisdael (1628–1682), holländ. Maler und Radierer; malte Waldlandschaften, Dünen, Küsten- und Stadtansichten von oft schwermütiger Gesamtauffassung.

S. 263 – *der silbenstecherische Patron im Katechismus:* der spitzfindige, pedantische Schutzherr. – *Jean Paul:* Schriftstellername von Jean Paul Friedrich Richter (1763–1825); einer der bedeutendsten Schriftsteller des dt. Idealismus, der weder der Klassik noch der Romantik zuzuordnen ist und Werke von eigenartigen und unwiederholbaren Stilformen schuf.

Fünftes Kapitel
(S. 263–280)

S. 266 – *Swanefeldt:* Hermann Swanevelt (1600–1655), holländ. Landschaftsmaler.

S. 272 – *laborieren in Scheidewasser:* Versuche machen, herumexperimentieren mit Salpetersäure, die zum Trennen einer Gold-Silber-Legierung verwendet wird, weil sie Silber löst, Gold aber nicht. – *Faktotum:* Helfer für alle Arbeiten, ›Mädchen für alles‹.

Sechstes Kapitel
(S. 280–296)

S. 285 – *Freimaurerei:* weltbürgerl. Bewegung des 18. Jhs. auf der Grundlage einer natürl. Ethik, mit dem Ideal edlen Menschentums. Der Name rührt von den geheimgehaltenen symbol. Bräuchen der Freimaurer her, die auf die mittelalterl. Bauhütten (genossenschaftl. Verbände der an einem Kirchenbau arbeitenden Steinmetzen) zurückgeführt werden.

S. 287 – *Wälschland:* die romanischen Länder (Italien, Spanien, Frankreich). – *diables:* Teufeleien.

S. 288 – *waadtländisch:* aus dem frz. Kanton Waadt.

S. 290 – *dispensieren:* befreien, beurlauben.

S. 291 – *allfällig:* (schweiz.) möglicherweise vorkommend, gegebenenfalls. – *zimpferlich:* hier: spitzfingerig.

Siebentes Kapitel
(S. 296–335)

S. 297 – *Valet:* Abschiedsgruß, Lebewohl.

S. 298 – *Travestie in Miniatur:* Verspottung (Verkleidung) im kleinen. Travestie eigentl. satirische Verspottung eines Literaturwerkes, bei der (im Unterschied zur Parodie) der Inhalt beibehalten und die Form verändert wird. – *Thales:* Thales von Milet, griech. Naturphilosoph um 600 v. Chr., gilt als einer der Sieben Weisen und hat hauptsächlich wichtige Erkenntnisse auf dem Gebiet der Astronomie und der Geometrie gewonnen. – *Spinoza:* holländ. Philosoph (1632–1677), der durch seine Lehre, daß Gott und die Welt, die Natur eins seien (Pantheismus) die deutsche Philosophie, insbesondere den Idealismus, maßgeblich beeinflußt hat. – *Modus:* Regel, Maß, Art und Weise. – *Leibniz:* Gottfried Wilhelm Leibniz, Philosoph (1646–1716); teilte die Weltvorgänge in einzelne Monaden auf, deren Lebensgrund die unendliche Zentralmonade der Welt, die Gottheit, bilde. Leibniz benutzt seine Lehre, daß die Welt die vollkommenste unter allen möglichen Welten sei, zur Rechtfertigung Gottes (Theodizee). – *Monadenstaub:* s. Leibniz und dessen Lehre von der Aufteilung der Weltvorgänge in einzelne Monaden, d. h. in lebendige, einfache Einheiten. In jeder dieser Monaden spielt sich das gleiche Weltgeschehen mit unbedingter Notwendigkeit ab, wenn auch stets in anderer Form. – *exemplieren:* ein Beispiel geben. – *prästabilierte Harmonie:* philosophischer Grundsatz in der Lehre von Leibniz, daß die Weltvorgänge in den einzelnen Monaden von vornherein durch einen von Gott angelegten Gleichklang aufeinander abgestimmt sein sollen. – *Kant:* Immanuel Kant (1724–1804); einer der bedeutendsten Philosophen des 18. Jhs., der zeit seines Lebens in Königsberg lebte und lehrte. – *das göttliche Postulat:* Kernpunkt der Religionslehre Kants, daß nämlich zur Erreichung des »höchsten Gutes«, der vom moralischen Bewußtsein geforderten Vereinigung von Tugend und Glückseligkeit, die Unsterblichkeit der Seele, die sittl. Weltordnung und Gott postuliert (aufgestellt) werden müssen. – *Fichte:* Johann Gottlieb Fichte, Philosoph (1762–1814); neben Schelling und Hegel führender Philosoph des dt. Idealismus. – *Auerbachs Keller:* legendäre Gaststätte in Leipzig, die 1530 von dem Leipziger Ratsherrn Heinr. Stromer aus Auerbach (Oberpfalz) angelegt wurde. Doktor Faust soll in diesem Keller auf einem Fasse die Treppe emporgeritten sein. – *Feuerbach:* Ludwig Feuerbach, Philosoph (1804–1872); Gottfr. Keller besuchte im

Winter 1848/49 in Heidelberg die Vorträge Feuerbachs, die dieser auf Einladung der Studenten über religionsphilosophische Fragen im Saal des Rathauses hielt, und wurde bald persönlich mit ihm bekannt. Die Konfrontation mit dem Feuerbachschen Atheismus führte zu einer intensiven Auseinandersetzung Kellers mit seiner eigenen Gottesvorstellung.

S. 299 – *Epikuräer:* Als Epikureer bezeichnete man in der röm. Zeit einen Genußmenschen. Epikureer eigentl. die Anhänger des griech. Philosophen Epikur (341–271 v. Chr.). – *Stoiker:* Anhänger des Stoizismus (philosoph. Lehre im 3. Jh. vor Chr. in Athen). Der Stoiker ist ein Mensch, den nichts auf der Welt erschüttern kann (stoische Gelassenheit) und der als einzige wahrhafte Glückseligkeit den Gehorsam gegen das göttliche Gesetz ansieht.

S. 303 – *byzantinisch:* hier: unterwürfig, schmeichlerisch.

S. 308 – *Foliant:* großformatiges, dickes Buch.

S. 310 – *Palladium:* Altartafel, urspr. Kultbild des Pallas Athene in Troja.

S. 316 – *Proselytenmacher:* eifriger, zudringlicher Bekehrer.

S. 322 – *Panier:* Wahlspruch, Motto, Banner.

S. 327 – *Protektor:* Schutzherr, Schirmherr, Gönner. – *Fähndrich:* Fähnrich, hier in der urspr. Bedeutung der Fahnenträger, der als besonders tapferer Mann galt.

S. 330 – *eigentümliche Orte:* Orte (hier: Kirchenstuhl), die einen festen Eigentümer haben. – *spintisieren:* grübeln, nachdenken. – *allfällig:* (schweiz.) möglicherweise vorkommend, gegebenenfalls.

S. 331 – *Ultramontanismus:* streng katholische, streng an Rom orientierte Einstellung. – *reformierte Orthodoxe:* strenggläubige Angehörige der reformierten Kirche (in der Schweiz von Zwingli und Calvin bestimmter Protestantismus).

S. 334 – *Louisd'or:* unter Ludwig XIII. von Frankreich im 17. Jh. geprägte Goldmünze, die seit 1803 durch das 20-Franc-Stück ersetzt worden ist. – *Seuberling:* Stutzer, Mensch, der mit peinlich übertriebener Sorgfalt auf feine, elegante Kleidung hält. – *Krautstorze:* tölpischer, unansehnlicher Mensch, auch Krautstrunk. – *Liard:* franz. Silbermünze des 15. Jhs., die bis zur Franz. Revolution geprägt wurde. – *Garnhäspel:* Garnhaspel, Gerät zum Abwickeln des Garns in Strähnen.

Achtes Kapitel
(S. 335–387)

S. 336 – *Volksmummereien:* wohl im Sinne von Mummenschanz: Maskenfest, Maskeraden, Verkleidungen. – *Börne:* Ludwig Börne, Schriftsteller (1786–1837); einer der Hauptvertreter des Jungen Deutschland. Diese Gruppe entstand nach der franz. Julirevolution von

1830 und wollte die Kunst zu einem wirksamen Organ der moralischen, politischen und sozialen Erneuerung machen.

S. 337 – *Magazin:* Vorratsraum, Vorratshaus, Lagerhaus. – *Zeugwart:* Verantwortlicher für die in den Magazinen oder im Zeughaus gelagerten Gegenstände, Vorräte etc.

S. 338 – *Zeughaus:* seit dem 16. Jh. Gebäude zum Aufbewahren von Vorräten und Kriegsmaterial. – *Eisenhüte:* eiserne Helme mit breiter Krempe, aber ohne Visier und Nackenschutz. – *Hellebarde:* Hieb- und Stoßwaffe mit langem Stiel und Beil und Haken vor der eisernen Spitze. – *reisige Tyrannenknechte:* zur Heerfahrt gerüstete Knechte (Landsknechte, Soldaten) des Tyrannen (vgl. in Schillers ›Wilhelm Tell‹ den Reichsvogt Geßler und sein Gefolge). – *Zwingherr:* mit Gewalt und Strenge regierender Herr, Tyrann. – *Harangue:* feierliche Ansprache.

S. 340 – *Hornung:* alter Monatsname für Februar; eigtl. »Bastard, im Winkel Gezeugter und deswegen zu kurz Gekommener«.

S. 342 – *Werg:* Abfallfasern bei der Flachs- und Hanfspinnerei.

S. 344 – *Altorf:* Altdorf, Ort in der Schweiz, wo Tell den Apfel vom Kopf seines Sohnes herunterschoß (vgl. in Schillers ›Wilhelm Tell‹: Wiese bei Altdorf).

S. 345 – *Gelichter:* Gesindel, Pack.

S. 346 – *Nücken:* Launen, Schrullen. – *Jamben:* Jambus: Versfuß, bestehend aus einer kurzen und einer langen Silbe.

S. 353 – *Restaurationszeit:* vgl. Anm. S. 51. – *Großer Rat:* gesetzgebender Rat.

S. 355 – *Remise:* Wagenschuppen, Geräteschuppen.

S. 361 – *patrizische Regierungen:* In der Frühzeit Roms saßen ausschließlich Patrizier (Angehörige des Geburtsadels) im Senat. Auch in den mittelalterl. Städten setzte sich zunächst der Rat aus Angehörigen des Patriziats (Oberschicht) zusammen. Gegen die Herrschaft der P. setzten sich seit der Mitte des 13. Jhs. die Zünfte der Handwerker durch. – *repräsentative Demokratie:* Staatsverfassung, bei der das Volk durch gewählte Repräsentanten an der Staatsgewalt teilnimmt. – *Phiole:* birnenförmiges Fläschchen.

S. 362 – *Phalansterium:* Volksgenossenschaft, stellt eine Vereinigung von Produktiv-, Konsumgenossenschaft und Lebensgemeinschaft dar. – *Exekutor:* Vollstrecker, Gerichtsvollzieher.

S. 367 – *Weihen:* Habichte.

S. 371 – *Zwinguri:* Eigenname der Festung, die die Habsburger zur Sicherung ihrer Herrschaft über den Schweizer Kanton Uri errichtet haben. Gessler ließ zu Altdorf (s. Anm. S. 344) einen starken Turm machen, den nannte er Zwing-Ury. – *Bergallmende:* Bergland, das der Gemeinde gehört und gemeinsam bewirtschaftet wird. – *Sempacherschlacht:* bedeutendes Ereignis der Schweiz. Geschichte. In der Nähe von Sempach (Kanton Luzern) siegte 1386 ein eidgenöss. Bauernheer über das Ritterheer Herzog Leopolds III. von Österreich. – *Allmende:* vgl. Anm. oben »Bergallmende«.

S. 374 – *Gloria:* Herrlichkeit.

S. 376 – *Busam:* (ahd. buosam) Busen. – *teuf:* teufen: graben. – *Luna:* Mond, Mondgöttin.

S. 377 – *Schnapphähne:* Wegelagerer. – *Freite:* Brautwerbung.

S. 378 – *Proselytenbelohnung:* Belohnung für jemanden, der eben zu einem anderen Glauben übergetreten ist, für Überläufer.

DRITTER BAND

Erstes Kapitel
(S. 388–412)

S. 388 – *Faschinen:* fest zusammengeschnürte Reisigbündel zum Deichbau od. Befestigen des Ufers.

S. 389 – *aszetisch:* asketisch; streng enthaltsam lebend, sich selbst überwindend.

S. 394 – *Römer:* Keller zeichnet hier seinen zweiten Lehrer Rudolf Meyer (1803–1857). – *Refektorium:* Speisesaal in Klöstern.

S. 396 – *Ariost:* Ludovico Ariosto, italien. Dichter (1474–1533); seit 1503 im Dienst des Kardinals Ippolito von Este, seit 1518 des Herzogs Alfons I. von Ferrara, verfaßte die ersten regelmäßigen italien. Komödien.

S. 398 – *faits accomplis:* vollendete Tatsachen.

S. 400 – *Schaumünze:* Erinnerungs- oder Gedenkmünze ohne Geldwert. – *Dukaten:* alte, urspr. italien. Goldmünze von hohem Feingehalt, die in Deutschland einen Wert von knapp zehn Mark hatte. – *Louisd'or:* vgl. Anm. S. 334.

S. 402 – *Doublette:* (schweiz.) Doppelschlag. – *Aloe:* Lilienpflanze mit mehr od. weniger stammartigen Achsen und rosettenartig angeordneten, meist dickfleischigen Blättern. – *See von Nemi:* Nemisee; Kratersee in den Albaner Bergen bei Rom. – *römische Campagne:* die fast baumlose Steppe der Umgebung Roms, eigentl. die ganze hügelige Ebene im mittleren Latium.

S. 403 – *dorischer Tempel:* ein im Baustil der Dorier erbauter griech. Tempel. – *Architrav:* auf Säulen ruhender, den Oberbau tragender Querbalken. – *Fries:* waagrechter Zierstreifen zum Schmuck einer Wand, der mit Ornamenten oder Figuren versehen ist. – *Kannelierungen:* in die Säulen eingemeißelte, senkrecht verlaufende Rillen. – *Odyssee:* In der ›Odyssee‹ schildert Homer in der Form eines erzählenden Gedichts die Abenteuer und Irrfahrten des trojanischen Helden Odysseus, die dieser auf seiner zehnjährigen Heimfahrt nach dem Fall Trojas besteht. – *Homer:* griech. Dichter, der Ende des 8. Jhs. v. Chr. lebte und vor allem durch seine Epen ›Ilias‹ und ›Odyssee‹ berühmt wurde. – *Ilias:* die Heldendichtung des Homer, die in 24 Gesängen einen Ausschnitt aus den zehnjährigen Kämpfen der Griechen vor Troja behandelt.

S. 405 – *Finessen:* Feinheiten, Tricks. – *ein X für ein U vormachen:* von den römischen Ziffern herkommende Redensart; X = 10, U (früher V geschrieben) = 5, also 10 statt 5 berechnen; d.h. täuschen, betrügen.

S. 410 – *Kufen:* Kübel, Bottiche.

Zweites Kapitel
(S. 412–435)

S. 413 – *Thomas a Kempis:* Thomas von Kempen, Mystiker, (1379/1380–1471); lebte als Subprior im Augustinerkloster Agnetenberg bei Zwolle (Holland). Die unter seinem Namen ersch. 4 Bücher ›Nachfolge Christi‹ wurden nach der Bibel eines der weitestverbreiteten rel. Bücher der Weltliteratur.

S. 421 – *Spiritualismus:* Lehre, daß der Geist das einzig Wirkliche und der Körper nur Erscheinungsform des Geistes sei.

S. 422 – *betreffen ließ:* antreffen ließ. – *Journal des Débats:* französische Zeitschrift. – *Krähwinkler:* deutsche Kleinstädter (vgl. die Verwendung des Ortsnamens »Krähwinkel« in Kotzebues Lustspiel ›Die deutschen Kleinstädter‹).

S. 423 – *malkontenter Mensch:* mißvergnügter Mensch. – *Louis Philipp:* der frz. »Bürgerkönig« (1830–48); bestieg nach der Julirevolution von 1830 als König der Franzosen den Thron, wurde durch die Februarrevolution von 1848 gestürzt und floh nach England. – *Minister Thiers:* Adolphe Thiers, franz. Staatsmann und Historiker (1797–1877); Wortführer des Liberalismus gegen das Königtum, mehrfach Minister unter Louis Philipp (Bürgerkönig), wurde 1871 zum Präsidenten der Republik ernannt und trat 1873 zurück, weil er sich die Gegnerschaft der monarchist. Mehrheit der Nationalversammlung zugezogen hatte. – *Zeitungsexzerpt:* Auszug aus einer Zeitung.

S. 425 – *Recht der ersten Nacht:* das ungeschriebene Recht (Gewohnheitsrecht) z.B. des Grundherrn, die Hochzeitsnacht mit der Braut, die einem seiner Leibeigenen (meist Bauern) zur Frau bestimmt worden war, zu verbringen.

S. 426 – *desavouieren:* ableugnen, mißbilligen, bloßstellen. – *Bourbonen:* französisches Herrscherhaus. – *Napoleoniden:* Abkömmlinge der Familie Napoleons. – *Habsburger:* urspr. deutsches Herrschergeschlecht, das sich durch die Teilungen im 14. und 15. Jh. hauptsächlich in eine österr. und eine deutsche Linie aufspaltete.

S. 429 – *Tuilerien:* ehem. Schloß der frz. Könige in Paris (während des Kommuneaufstandes 1871 bis auf die beiden erhalten gebliebenen Seitenflügel niedergebrannt).

S. 430 – *abgefeimt:* gerissen, durchtrieben. – *Kabalen:* Intrigen, geheime Machenschaften gegen jemanden.

Drittes Kapitel
(S. 435–465)

S. 440 – *Philipp der Zweite:* König von Spanien (1556–98), Sohn Kaiser Karls V.; wurde als Vorkämpfer des strengen Katholizismus die beherrschende Gestalt der Gegenreformation.

S. 441 – *einen Tort antun:* jemandem eine Kränkung zufügen, etwas Unrechtes antun. – *Der Rasende Roland:* Hauptwerk des Renaissance-Dichters Ludovico Ariosto (vgl. Anm. S. 396).

S. 444 – *Geschiebe:* von Flüssen od. Gletschern mitgeführtes und abgelagertes Geröll.

S. 450 – *Wälschland:* vgl. Anm. S. 287.

S. 454 – *Hansa:* Hanse; eine bevorrechtete Genossenschaft deutscher Kaufleute im Ausland, die im Mittelalter von den Kaufleuten der meisten west-, nord-, ost- und mitteldeutschen Städte unter der Führung Lübecks gegründet wurde. – *Vitalienbrüder:* mittelalterl. Seeräuber, die zunächst als Helfer des Königs von Schweden dem von Dänemark belagerten Stockholm Lebensmittel (Vitalien) zuführten, den Kaperkrieg aber dann auf eigene Faust fortsetzten. Betroffen waren vor allem die Hanseflotten. Die Führer der Vitalienbrüder, Godeke Michels und Klaus Störtebecker wurden 1402 in Hamburg hingerichtet. – *Klaus Stürzenbecher:* Klaus Störtebecker (vgl. Anm. oben »Vitalienbrüder«).

S. 455 – *Van Eyckscher Engel:* Engel, wie sie von dem niederländ. Maler Jan van Eyck (um 1390–1441) gemalt wurden. Jan van Eyck war zusammen mit seinem älteren Bruder Hubert der Begründer der altniederländ. Malerei.

S. 456 – *Tragewangen:* Seitenteile der Bahre.

S. 457 – *Figuralgesänge:* eigentl. Figuralmusik; ein kunstvoll gearbeiteter und verzierter mehrstimmiger Satz in der Musik des Mittelalters.

S. 464 – *Integral-Erneuerung:* Erneuerung, die das Ganze betrifft; hier: vollständige Erneuerung der gesetzgebenden Behörde.

Viertes Kapitel
(S. 466–482)

S. 466 – *Sammetbarett:* schirmlose, flache Kopfbedeckung aus Samt, wobei das Barett eigentl. Teil der Amtstracht von Geistlichen, Richtern, Professoren usw. ist.

S. 467 – *Sandbord:* hier vermutl. Sandbank. – *Kabinettsmaler:* Maler, dessen Werke sich zur Ausstellung in einem Kabinett (= Kunstsammlungsraum) eignen.

S. 469 – *Staatsaktionen:* feierliche Handlungen einer Staatsregierung. – *Raffael:* eigentl. Raffaello Santi, italien. Maler und Baumeister (1483–1520); seit 1515 Bauleiter der Peterskirche und Konservator der antiken Denkmäler in Rom. – *Michelangelo:* italien. Bildhauer, Maler u. Baumeister (1475–1564); wirkte hauptsächlich in Florenz (Bau und Ausgestaltung der Medici-Kapelle; Marmorskulptur des ›David‹ vor dem Palazzo Vecchio) und in Rom, wo er die ›Sixtinische Kapelle‹ (päpstl. Hauskapelle im Vatikan) mit gewaltigen Fresken (›Schöpfungsgesch.‹, ›Jüngstes Gericht‹) ausschmückte.

S. 471 – *Salomo:* König des Israel und Juda umfassenden Reiches (etwa 965–926 v. Chr.); galt als das Idealbild eines weisen und mächtigen Herrschers. – *Königin von Saba:* Königin des südarab. Volksstammes Saba, Zeitgenossin Salomos, die seine Weisheit mit Rätselfragen auf die Probe stellte. – *Hamlet:* Held des gleichnamigen Trauerspiels von W. Shakespeare. – *anachronisch:* wohl anachronistisch; zeitlich falsch eingeordnet. – *Van Dyk:* Anthonis van Dyck, fläm. Maler (1599–1641); Schüler und Mitarbeiter von Rubens und vor allem in Italien und England als Porträtmaler tätig.

S. 473 – *Atlas:* Seidengewebe mit glänzender Ober- und matter Unterseite.

S. 475 – *Schemen:* Schattenbilder, wesenlose Trugbilder. – *Kartons:* Skizzen zu Wandgemälden in gleicher Größe. – *ossianisch:* Ossian ist der greise, erblindete Sänger des südirischen Sagenkreises. Im 18. Jh. gab der schottische Dichter Macpherson eigene empfindsame Dichtungen als die Ossians aus. – *Reißkohle:* Zeichenkohle.

Fünftes Kapitel
(S. 482–492)

S. 483 – *Kaiser Maximilian I.:* (1493–1519); wurde 1486 römischer König und nahm 1508 den Kaisertitel ohne päpstl. Krönung an; blieb den Idealen des Ritterstandes verhaftet (der »letzte Ritter«), führte jedoch auf Drängen der Reichsstände eine Reichsreform durch und schuf das neue Fußvolk der Landsknechte. – *Albrecht Dürer:* Maler, Graphiker und Kunstschriftsteller (1471–1528); wirkte hauptsächlich in seiner Vaterstadt Nürnberg und bezeichnet den Höhepunkt der Übergangszeit von der Spätgotik zur Renaissance. – *Mummenschanz:* Maskenfest, Maskeraden, Verkleidungen.

S. 484 – *Weißkunig:* (›der weiße, d.h. weißgekleidete König‹), in Prosa abgefaßte Autobiographie Maximilians I. Sie wurde 1775 gedruckt mit Holzschnitten von H. Burgkmair, H. Schäufelein u.a. und diente als eine wichtige Kostümquelle für das Fastnachtsfest der Münchner Künstlerschaft 1840.

S. 492 – *Schilderei:* bildliche Darstellung, Gemälde.

SECHSTES KAPITEL
(S. 493–550)

S. 493 – *Festheer:* von Münchner Künstlern im Fasching 1840 veranstalteter Festzug. Keller hat nicht teilgenommen, stützte sich aber auf die enthusiastischen mündlichen Berichte und auf die Erinnerungsschrift ›Kaiser Maximilian I. und Albrecht Dürer in Nürnberg. Ein Gedenkbuch für die Teilnehmer und Freunde des Maskenzuges der Künstler in München am 17. Februar und 2. März 1840 von Dr. Rudolf Marggraff‹, Nürnberg 1840.

S. 494 – *Zunft:* genossenschaftl. Vereinigung von Handwerkern. Die urspr. hofhörigen Handwerker der Großgrundherrschaften wurden im 11./12. Jh. in den Städten zu selbständigen Gewerbetreibenden, schlossen sich dann zu Zünften zusammen und errangen trotz des Widerstands der Patrizier zumeist Anteil an der Stadtherrschaft. – *Zunft der Meistersänger:* Zu dieser Zunft schlossen sich Handwerksmeister der versch. Gewerbe zusammen. Sie gründeten »Singschulen«, in denen die bürgerl. Lieddichtung des 14.–16. Jhs. schulmäßig betrieben wurde. Der Meistersang, zunächst rein äußerlich eine Fortsetzung des Minnesangs, erfuhr vor allem durch Hans Sachs eine musikalische Erweiterung und Umformung. – *Hans Sachs:* Dichter in Nürnberg (1494–1576); Sohn eines Schneiders, besuchte die Lateinschule und kam 1508 zu einem Schuhmacher in die Lehre. Seine Wanderzeit führte ihn durch einen großen Teil Deutschlands, wobei er überall Beziehungen zu den »Singschulen« anknüpfte. H. Sachs ist der bekannteste Vertreter der bürgerl. Literatur des 16. Jhs. (über 4000 Meisterlieder; 85 Fastnachtsspiele).

S. 496 – *Schnepperer:* schnippischer, loser Schwätzer. – *Wappendichter:* Wappendichtung; seit Ende des 13. Jhs. beliebte Art der Dichtung, die die Rüstung, bes. aber die Wappen der Streiter, meist mit übertreibendem Lob schilderte. – *Klistierspritze:* Gummispritze, mit der eine kleine Flüssigkeitsmenge durch den After in den Darm eingebracht wird. – *die Schäffler:* Zunft der Böttcher, die seit etwa Mitte des 15. Jhs. in München alle 7 Jahre zur Faschingszeit einen Reifentanz aufführten (vgl. das Spielwerk auf dem Turm des Neuen Rathauses in München).

S. 497 – *Metzen und Kartaune:* schwere Geschütze. – *die zehnte Muse:* überliefert sind neun griech. Musen (Göttinnen der Künste und Wissenschaften). – *Schwertfeger:* Waffenschmied, Hersteller blanker Waffen. – *Formschneider:* Kunsthandwerker, der die zur Wiedergabe durch Holzschnitt bestimmte Zeichnung in den Holzstock schnitt. – *Tischklopfer:* Anspielung auf die Epidemie des Tischklopfens, die in Deutschland eine reiche spiritistische Literatur hervorbrachte.

S. 498 – *Corpus juris:* Rechtsbuch, Gesetzessammlung. – *Gewerke:* hier: Gewerbe, Handwerk. – *Legaten:* Gesandte. – *Kupferstecherei:* die Kunst, mit dem Grabstichel eine Zeichnung in eine Kupferplatte zu ritzen, sie einzufärben und auf Papier abzudrucken.

S. 499 – *überroyalistisch:* überaus königstreu. – *Palastrevolution:* Umsturzversuch aus der unmittelbaren Umgebung eines Herrschers. – *Pairs:* Angehörige des politisch bevorzugten Hochadels.

S. 500 – *Gelb- und Rotgießer:* Gießer, die Messingsorten und Kupferlegierungen herstellten. – *Hephästos:* Hephaistos, griech. Gott des Feuers und der Schmiedekunst. – *der heilige Sebaldus:* Einsiedler aus dem 11. Jh.; wurde 1072 Schutzpatron von Nürnberg, 1425 heiliggesprochen, und über seinem Grab wurde die Sebalduskirche erbaut.

S. 502 – *azurblaue Arabesken:* himmelblaue Blatt- und Rankenornamente. – *Genien:* Schutzgeister.

S. 503 – *Raffael:* vgl. Anm. S. 469.

S. 504 – *Fresko:* auf frische Kalkwand gemaltes Bild. – *Hellebardierer:* mit Hellebarden (Hieb- und Stoßwaffen mit langem Stiel u. Beil u. Haken vor der eisernen Spitze) bewaffnete Landsknechte. – *Syndikus:* ständiger Rechtsbeistand.

S. 505 – *Literator:* wohl Literat; Schriftsteller. – *Rauhwerk:* Rauhwaren, Gewebe mit einseitig oder beidseitig aufgerauhter, weicher, pelzartiger Haardecke wie Barchent, Flanell, Pelzpikee usw.

S. 506 – *Frundsberg:* Georg von Frundsberg, kaiserl. Feldhauptmann (1473–1528); diente als Landsknechtführer den Kaisern Maximilian I. und Karl V. und hatte als »Vater der Landsknechte« diese zu einer schlagkräftigen Truppe ausgebildet. – *Panier:* Banner, Feldzeichen.

S. 507 – *Flamberg:* mit beiden Händen zu führendes Schwert der Landsknechte mit geflammter Klinge. – *Falkoniere:* Beizjäger, die Falken für die Jagd abrichten. – *Erbschenk:* erbliches Hofamt im röm.-dt. Reich, das mit der Kurwürde verbunden war.

S. 508 – *Picardie:* Landschaft und historische Provinz in Nordfrankreich mit der Hauptstadt Amiens.

S. 509 – *Wilibald Pirkheimer:* Humanist (1470–1530); Freund Dürers, ließ sich 1495 in Nürnberg nieder und diente dem Rat von Nürnberg in diplomat. Sendungen. – *Xenophon:* X. von Athen, griech. Schriftsteller aus Attika (um 426 – nach 355 v. Chr.); kämpfte mit dem Perserprinzen Kyros d. J. gegen Artaxerxes II. und führte nach Kyros' Tod dessen griech. Truppen zurück; stand dann in den Diensten Spartas, beteiligt auch an den Kämpfen Spartas gegen die mit Athen verbündeten Thebaner, woraufhin er aus Athen verbannt wurde. – *Teuer-*

dank: allegorisches Gedicht über die Brautfahrt Maximilians I. zu Maria von Burgund. Stoff und Anlage stammen von Maximilian, die Ausführung von Marx Treizsaurwein und Melchior Pfinzing. Die Erstausgabe mit Holzschnitten von H. Schäufelein in Nürnberg von 1517 ist das erste bibliophile dt. Buch. – *Weißkunig:* vgl. Anm. S. 484.

S. 510 – *Zeughaus:* vgl. Anm. S. 338. – *Kämpen:* Kämpfer, streitbare Ritter. – *Mummerei:* Maskerade. – *Thyrsusträger:* Träger des Thyrsusstabes, des von Efeu od. Weinlaub umwundenen Stabes der Bacchantinnen.

S. 511 – *Bacchus:* röm. Weingott (griech. Dionysos). – *Silen:* in der griech. Mythologie Begleiter des Dionysos (Bacchus); ein trunkener, dickbäuchiger, glatzköpfiger Alter, den die Menschen mit Blumenketten fesselten und so zum Weissagen zwangen. – *Küferschürzchen:* Schürze eines Küfers (Kellermeister, Böttcher). – *Schnappsack:* Ranzen, Rucksack. – *Venus:* altitalische Gartengöttin, die später mit der griech. Aphrodite (Göttin der Liebe, Schönheit und des Reizes) gleichgesetzt wurde.

S. 512 – *Diana:* röm. Göttin, als Jagdgöttin der Artemis (griech.) gleichgesetzt. – *Hifthorn:* altertüml. Jagdhorn aus Rindshorn.

S. 513 – *Schellenkappe:* Narrenkappe mit Glöckchen. – *Gnom:* kleiner Erdgeist, Zwerg, Kobold (Wortschöpfung des Paracelsus im 16. Jh.).

S. 515 – *Odeon:* Musiksaal, Tonhalle. – *Fackeltanz:* Fackeltänze bildeten im Mittelalter den Abschluß von Turnier- und Hochzeitsfesten.

S. 517 – *Knittelvers:* vierhebiger, paarweise gereimter Vers, Knüttelvers.

S. 520 – *Niobidengruppe:* Gruppe mit Niobe und deren Kindern. Niobe, die Tochter des Tantalos, Mutter von sieben Söhnen und sieben Töchtern, rühmte sich Leto gegenüber, die nur zwei Kinder geboren hatte. Wegen dieser Hybris (frevelhafte Selbstüberhebung) töteten Apollo und Artemis Niobes Kinder mit ihren Pfeilen. Niobe selbst erstarrte zu Stein. – *Grazien:* in der röm. Mythologie die Göttinnen der Anmut. – *Laokoon:* sagenhafter Priester in Troja, der seine Landsleute vor dem hölzernen Pferd der Griechen warnte und bald darauf bei Darbringung des Opfers mit seinen beiden Söhnen von zwei Schlangen erwürgt wurde. Die Sage ist vor allem durch Vergil und die Marmorgruppe rhodischer Bildhauer (1. Jh. v. Chr.) bekannt geworden.

S. 527 – *Nesi:* (schweiz.) Spottname für ein dummes Jüngferchen.

S. 533 – *Whist:* engl. Kartenspiel für vier Spieler mit frz. Karten, Vorläufer des Bridge.

S. 534 – *Agraffen:* urspr. Spangen zum Zusammenhalten von Kleidungsstücken, Schmuckspangen, Broschen.

S. 536 – *Boudoir:* kleines, elegantes Damenzimmer.

S. 540 – *Nibelungen:* urspr. die dämonischen Besitzer eines großen

Horts, der von dem Zwerg Alberich behütet wird. Nach der Ermordung Siegfrieds gelangt der Goldhort in den Besitz der Burgundenkönige, die nun selbst Nibelungen genannt werden. Vgl. das ›Nibelungenlied‹ (entstanden Anfang des 13. Jhs.).

VIERTER BAND

Erstes Kapitel
(S. 551–568)

S. 552 – *Feldstuhl:* einbeiniger Klappstuhl. – *Serenade:* freies Instrumentalstück, meist mit mehreren Sätzen, Ständchen.

S. 554 – *Heimwesen:* (schweiz.) Anwesen, Hausstand.

S. 560 – *borghesischer Fechter:* Nachbildung der gleichnamigen Skulptur des griech. Bildhauers Agasias (1. Jh. v. Chr.) aus Ephesos; befand sich zunächst in der röm. Galleria Borghese und wurde von Napoleon nach Paris in den Louvre gebracht.

S. 562 – *räsonnieren:* schwatzen, schimpfen.

S. 563 – *Sparren:* schräger Balken (des Daches), kleine Verrücktheit.

S. 564 – *Kohorte:* altröm. Truppeneinheit, 10. Teil einer Legion.

S. 565 – *Benjamin:* urspr. der jüngste Sohn Jakobs, Bruder Josephs (1. Mos. 35, 18), danach allgemein der jüngste Sohn oder der Jüngste in einem bestimmten Kreis.

Zweites Kapitel
(S. 568–586)

S. 569 – *berühmte Vorlesung über Anthropologie:* Keller nimmt hier Bezug auf eine Vorlesung des Anthropologen Jakob Henle, die er während seines Studienaufenthaltes in Heidelberg (1848/49) hörte.

S. 570 – *Korporal:* niedrigster Unteroffiziersgrad. – *Autodidakt:* jemand, der sich durch Selbstunterricht bildet. Hier an dieser Stelle auch eine Art Selbstkritik Kellers, wie einem Brief an Hettner vom 18. 5. 1855 zu entnehmen ist.

S. 572 – *Alp:* nach altem Volksglauben ein Gespenst (Nachtmahr), das sich dem Schläfer auf die Brust setzt und dadurch schwere Träume verursacht.

S. 574 – *theosophische Phantasten:* Anhänger der Theosophie (= Bestrebung od. Lehre, die den Sinn des Weltgeschehens aufgrund religiösen Glaubens erfassen will).

S. 579 – *sphärische Körper:* kugelförmige Körper. – *Myriaden:* Unzahl, unzählige Menge. – *Hexenmeister von Proteus:* Nach der griech. Mythologie war Proteus ein weissagender Meergreis auf der Insel Pharos an der Nilmündung; besaß die Fähigkeit, sich in allerlei Gestalten zu verwandeln; nur wer ihn festzuhalten vermochte, konnte die Wahrsagung von ihm erzwingen.

S. 585 – *Gemeine:* gewöhnliche Soldaten. – *Bürgerwehrkavallerie:* Reiterregiment der Bürgerwehr (= Selbstschutz der Bürger).

DRITTES KAPITEL
(S. 586–596)

S. 588 – *Jean Paul:* vgl. Anm. S. 263. – *Häscher:* Gerichtsdiener, Schergen, Verfolger. – *Abdecker:* jemand, der nicht zum Verzehr geeignete Tiere tötet und beseitigt. – *Abhub:* Abschaum, Unreines, Abgang. – *Pandekten:* Auszüge aus Schriften röm. Juristen, (scherzh.) Rechtswissenschaft. – Keller ließ sich von einem Studiengenossen in Heidelberg über die Vorlesungen bei dem Pandektisten Wangerow berichten, während er selbst bei Mittermaier Kriminalrecht hörte. – *Textur:* Zusammenfügung, Anordnung, Gewebe.

S. 589 – *Rechtsaltertümer:* gemeint sind wohl die Rechtsbücher im dt. Mittelalter, die zunächst private Darstellungen des geltenden Gewohnheitsrechtes waren und später z. T. gesetzesähnl. Ansehen erlangten, so der ›Sachsenspiegel‹ (1220–1235) und der ›Schwabenspiegel‹ (um 1275).

S. 591 – *dualistisch:* zweiheitlich, auf dem Dualismus beruhend (= Lehre, die zwei Grundprinzipien des Seins, z. B. Gut und Böse, annimmt). – *Jesuitismus:* Lehre der Jesuiten; hier auch Stellungnahme Kellers gegen die Jesuiten in Übereinstimmung mit Art. 58 und Art. 59 der Schweizerischen Bundesverfassung von 1848, in denen die Jesuiten als Seuche bezeichnet werden und wonach sie in keinem Teile der Schweiz Aufnahme finden dürfen.

S. 592 – *Kasuistik:* als »Lehre von bestimmten Einzelfällen innerhalb der Morallehre und dem dafür richtigen Verhalten« Bestandteil der Jesuitenlehre. – *Sisyphus:* nach der griech. Mythologie König von Korinth, der von Zeus dazu verurteilt wurde, in der Unterwelt einen Felsbrocken einen Berg hinaufzurollen, der jedesmal, wenn er oben angekommen war, wieder hinunterrollte.

S. 593 – *Autoritätskompagnie:* (schweiz.) Gesellschaft von Autoritäten (= Fachleute, Personen, deren Wissen u. Urteil allgemein anerkannt wird).

S. 596 – *borghesischer Fechter*; vgl. Anm. S. 560.

VIERTES KAPITEL
(S. 596–613)

S. 597 – *Metapher:* bildlicher Ausdruck. – *Prokrustesbett:* Schema, in das etwas mit Gewalt hineingezwängt werden soll. Vgl. die griech.

Sage, nach der Prokrustes, ein Unhold, bei ihm einkehrende Wanderer in ein Bett legte u. sie entweder streckte od. ihnen die Füße abschlug, bis sie hineinpaßten. – *Klafter:* altes Raummaß für Holz jeweils versch. Länge der Scheite.

S. 599 – *Viktualienfrage:* Nahrungsfrage, Frage der Lebensweise.

S. 601 – *freimaurerische Grade:* die Logenmitglieder können in einem festen Stufensystem (Grade) aufsteigen. Die ersten drei Grade sind: Lehrling, Geselle, Meister, auf denen dann die Hochgrade aufbauen. Vgl. auch Anm. S. 285.

S. 602 – *Revalenta arabica:* ein Geheimmittel.

S. 603 – *Komptoir:* Kontor, Büro, Geschäftszimmer. – *Rothschild:* Meyer Amschel Rothschild (1743–1812), gründete ein internat. Bankhaus in Frankfurt a.M. Heute bestehen noch Bankhäuser der Familie Rothschild in London und Paris; das Frankfurter Stammhaus erlosch 1901.

S. 605 – *Spinoza:* vgl. Anm. S. 298. – *Rousseau:* Jean-Jacques Rousseau, frz. Schriftsteller (1712–1778), dessen Gedanken und Schriften neben Diderot u.a. Einfluß auf die Franz. Revolution hatten, z.B. der ›Contrat social‹.

S. 612 – *Cid:* der maurische Beiname des span. Nationalhelden Rodrigo Diaz (1043–1099); von König Alfons VI. verbannt, führte er ein Wanderleben, eroberte das Maurenreich Valencia und wurde frühzeitig ein Mittelpunkt der span. Heldendichtung.

S. 613 – *Robinson:* Robinson Crusoe, Held eines sehr verbreiteten Abenteuerromans (1719) von Daniel Defoe. Zum Vergleich mit Robinson wurde Keller durch Hettners Schrift »Robinson und Robinsonaden« (Berlin 1854), die er während der Arbeit am IV. Band las, angeregt. – *Mäzen:* Kunstfreund, Gönner, Förderer von Künstlern.

Fünftes Kapitel
(S. 613–624)

S. 615 – *Muttergut:* die von der Mutter od. der Mutterseite erworbenen Gegenstände, die nach dem Tod der Mutter zwar dem Kind gehören, aber der Verwaltung des Vaters unterstehen. – *peripatetisch:* Die Peripatetiker (= Schüler des Aristoteles) betreffend.

S. 619 – *petschieren:* mit Petschaft (= Handstempel zum Siegeln) schließen.

S. 621 – *Aszese:* Askese, streng enthaltsame Lebensweise. – *Oberviktualienmeister:* Oberlebensmittelmeister. – *Kalamität der Sklavenfrage:* Die Sklavereifrage sollte erst 1865, durch den Ausgang des Sezessionskrieges, aus dem politischen Leben der Vereinigten Staaten verschwinden.

Sechstes Kapitel
(S. 624–639)

S. 627 – *Höker:* Kleinhändler mit Bude od. offenem Stand.
S. 630 – *Oriflamme:* altes franz. Königsbanner.
S. 637 – *Esse:* Schornstein, Kamin, Rauchfang über dem Herd.
S. 638 – *Ilion:* antiker Name von Troja.

Siebentes Kapitel
(S. 639–672)

S. 647 – *Pönitenz:* Bußübung, Buße.
S. 650 – *Schaumünze:* Erinnerungs-, Gedenkmünze ohne Geldwert. – *Harsthorn:* (schweiz.) Horn eines Heerhaufens, eines Vortrabs.
S. 654 – *konvenieren:* sich schicken, passen.
S. 660 – *Salomo:* vgl. Anm. S. 471.
S. 663 – *Estrich:* (schweiz.) Dachboden. – *statiös:* stattlich, prunkend.
S. 664 – *Merkuriusstab:* Stab des Merkur (= röm. Gott des Handels, Götterbote).
S. 665 – *Esel des Buridan:* John Buridan (14. Jh.) suchte seine Lehre vom Determinismus durch das Beispiel eines hungrigen Esels zu veranschaulichen, der, genau in der Mitte zwischen zwei gleichen Heubündeln stehend, nicht weiß, von welchem er fressen soll.
S. 666 – *Effekten:* hier: Habseligkeiten, Besitz an Waren.
S. 667 – *Spezereien:* hier: feine überseeische Eßwaren. – *Heimwesen:* (schweiz.) Anwesen, Hausstand.

Achtes Kapitel
(S. 673–683)

S. 674 – *Kohlenmeiler:* mit Erde abgedeckter Holzstoß, in dem Holz zu Holzkohle verschwelt wird.
S. 677 – *Holzvogt:* Holzverwalter, Aufseher. – *Feldwärtel:* Feldhüter. – *borghesisches Fechterbild:* vgl. Anm. S. 560.
S. 682 – *mäandrisch:* in Mäanderform (= Ornament mit regelmäßigen, verschieden großen Windungen). – *Kapitol:* hier: das Rathaus als Sitz der Stadtverwaltung.

Neuntes Kapitel
(S. 683–697)

S. 683 – *Vexation:* Quälerei, Strapaze.
S. 686 – *Nausikaa:* Tochter des Phäakenkönigs Alkinoos, die den schiffbrüchigen Odysseus am Strand trifft und ins Haus ihres Vaters

führt (vgl. Homers ›Odyssee‹). – *Odysseus:* Nach der griech. Mythologie König von Ithaka, der als tapfer und klug, aber auch als listig und verschlagen galt. Auf seinen Rat wurde im Trojanischen Krieg das hölzerne Pferd erbaut, mit dem Troja erobert wurde. Homer hat die abenteuerreiche Heimfahrt des Odysseus in der ›Odyssee‹ geschildert.

S. 696 – *kanonische Stiefel:* Stiefel, die den Vorschriften bei Ausübung eines geistl. Amtes entsprechen.

Elftes Kapitel
(S. 710–716)

S. 711 – *häklige Sache:* heikle, schwierige Sache.

S. 715 – *selbander:* zu zweit. – *Effekten:* Habseligkeiten.

Zwölftes Kapitel
(S. 716–729)

S. 719 – *Cervantes:* vgl. Anm. S. 194 (»Don Quixote«).

S. 720 – *Deismus:* religionsphilosophische Anschauung, die aus Vernunftgründen einen Weltschöpfer anerkennt, aber den Glauben an sein weiteres Einwirken auf das Weltgeschehen ablehnt.

S. 721 – *Nücken:* Launen, Schrullen.

S. 723 – *kannegießern:* Plattheiten von sich geben, hier auf religiösem Gebiet.

S. 726 – *Angelus Silesius:* eigentl. Johannes Scheffler, geistl. Dichter in Breslau (1624–1677); Sohn eines luther. Arztes, wurde Leibarzt des Fürsten von Oels, trat 1653 zum kathol. Glauben über und wurde Priester. Im ›Cherubinischen Wandersmann‹ drückt er das mystische Erlebnis des Einsseins mit Gott aus.

S. 727 – *Ludwig Feuerbach:* vgl. Anm. S. 298.

Vierzehntes Kapitel
(S. 747–760)

S. 754 – *Schlacht bei St. Jakob an der Birs:* Mit dem eidgenössischen Schützenfest in Basel vom 1.–8. Juli 1844 war eine Erinnerungsfeier der Schlacht bei St. Jakob an der Biers von 1444 verbunden. In dieser Schlacht kämpften die Eidgenossen, die in langjährigem, grausamem Krieg mit Zürich lagen, das sich mit Österreich verbündet hatte, gegen die Armagnaken des späteren Königs Louis XI.

S. 756 – *Theokratie:* Staatsform, in der staatl. und kirchl. Gewalt vereinigt sind, wobei die Regierungsgewalt meist von Priestern ausgeübt (Lamaismus) od. der Herrscher als Vertreter Gottes betrachtet wird. – *Zürichputsch:* 1839 hatte die liberale Regierung zum Professor der Dogmatik an der theol. Fakultät der Universität den Verfasser des kritischen »Lebens Jesu«, David Friedrich Strauß, berufen. Die putschenden Parteien sahen die Landesreligion bedroht, bildeten ein »Glaubenskomitee« und zwangen die Regierung zum Rücktritt. – *die folgenden Putsche:* Gemeint sind die Freischarenzüge von 1844 und 1845, zu denen die Berufung der Jesuiten nach Luzern den Anstoß gab. Keller hat selbst an den Freischarenzügen der Liberalen gegen Luzern teilgenommen.

S. 757 – *Sonderbund:* Die Freischarenzüge gegen Luzern riefen den Zusammenschluß der katholischen, konservativen Kantone zum Sonderbund hervor. Mit der Niederwerfung des Sonderbundes wurde die neue Eidgenossenschaft begründet. – *freisinnig:* liberal und fortschrittlich gesinnt. In der Schweiz bildete sich etwa ab den dreißiger Jahren die von den Ideen der Franz. Revolution beeinflußte freisinnige Bewegung, die sich 1894 als Partei, die heute noch besteht, etablierte. Die Freisinnigen führten 1848 die Verfassungsrevision der Schweiz herbei und trugen entscheidenden Anteil am demokrat. Wandel der Schweiz.

S. 758 – *Bahnzüge voll Schweizer nach Straßburg:* Anspielung auf den sagenumwobenen Besuch der Zürcher beim Straßburger Schützenfest von 1576, wie er von Fischart in seinem ›Das glückhaft Schiff von Zürich‹ verherrlicht wurde.

Fünfzehntes Kapitel
(S. 761–768)

S. 764 – *Rotte Korah:* Aufrührer, Verschwörer, Rebellen. Urspr. sind mit der Rotte Korah die Anhänger Korahs gemeint, die sich gegen Moses empörten (vgl. AT 4. Mos. 16, 5). Später wurde die »Rotte Korah« zum geflügelten Wort und im allgemeinen mehr scherzhaft angewandt. – *Vexation:* Quälerei, Strapazen.

S. 766 – *Medusenschild:* In der röm. Kunst erscheint das »Medusenhaupt« (nach der griech. Mythologie Kopf der Medusa, der jeden Betrachter versteinert) oft als Emblem auf Panzern und Schilden.

VERGLEICHENDE ÜBERSICHT

der Kapitelfolge in beiden Fassungen des Grünen Heinrich

1. Fassung Buch	Kapitel	Seite	2. Fassung	Buch	Kapitel
I	1	9	–	–	–
	2	21	–	–	–
	3	31	–	–	–
	4	47	–	–	–
Eine Jugendgeschichte		48	Lob des Herkommens	I	1
I	5	54	Vater und Mutter	I	2
		63	Kindheit / Erste Theologie / Schulbänklein	I	3
		71	Lob Gottes und der Mutter / Vom Beten	I	4
		77	Das Meretlein	I	5
I	6	84	Weiteres vom lieben Gott / Frau Margret und ihre Leute	I	6
		92	Fortsetzung der Frau Margret	I	7
		104	Kinderverbrechen	I	8
I	7	108	Schuldämmerung	I	9
		115	Das spielende Kind	I	10
		122	Theatergeschichten / Gretchen und die Meerkatze	I	11
I	8	132	Die Leserfamilie / Lügenzeit	I	12
		140	Waffenfrühling / Frühes Verschulden	I	13
		150	Prahler, Schulden, Philister unter den Kindern	I	14
		156	Frieden in der Stille / Der erste Widersacher und sein Untergang	I	15
I	9	165	Ungeschickte Lehrer / Schlimme Schüler	I	16
		179	Flucht zur Mutter Natur	I	17
II	1	185	Die Sippschaft	I	18
		192	Neues Leben	I	19
II	2	201	Berufsahnungen	I	20
		207	Sonntagsidylle / Der Schulmeister und sein Kind	I	21
II	3	219	Berufswahl / Die Mutter und die Ratgeber	II	1

		226	Judith und Anna	II	2
		232	Bohnenromanze	II	3
		241	Totentanz	II	4
II	4	249	Beginn der Arbeit / Habersaat und seine Schule	II	5
II	5	263	Schwindelhaber	II	6
		271	Fortsetzung des Schwindelhabers	II	7
II	6	280	Wiederum Frühling	II	8
II	7	296	Der Philosophen- und Mädchenkrieg	II	9
		303	Das Gericht in der Laube	II	10
		311	Die Glaubensmühen	II	11
		328	Das Konfirmationsfest	II	12
II	8	335	Das Fastnachtsspiel	II	13
		343	Der Tell	II	14
		352	Tischgespräche	II	15
		363	Abendlandschaft / Berta von Bruneck	II	16
		371	Die barmherzigen Brüder	II	17
		379	Judith	II	18
III	1	388	Arbeit und Beschaulichkeit	III	1
		393	Ein Wunder und ein wirklicher Meister	III	2
		406	Anna	III	3
III	2	412	Judith	III	4
		419	Torheit des Meisters und des Schülers	III	5
III	3	435	Leiden und Leben	III	6
		446	Annas Tod und Begräbnis	III	7
		458	Auch Judith geht	III	8
Ende der Jugendgeschichte		465			
–		–	Das Pergamentlein	III	9
–		–	Der Schädel	III	10
III	4	466	Die Maler	III	11
		480	Fremde Liebeshändel	III	12
III	5	482			
III	6	493	Wiederum Fastnacht	III	13
		523	Das Narrengefecht	III	14
IV	1	551	Der Grillenfang	III	15
		566	Der borghesische Fechter	IV	1

IV	2	568			
		581	Vom freien Willen	IV	2
IV	3	587			
IV	4	596	Lebensarten	IV	3
IV	5	613			
		614	Das Flötenwunder	IV	4
IV	6	624	Die Geheimnisse der Arbeit	IV	5
IV	7	639			
		644	Heimatsträume	IV	6
		655	Weiterträumen	IV	7
		672	Der wandernde Schädel	IV	8
IV	8	673			
IV	9	685	Das Grafenschloß	IV	9
IV	10	697	Glückswandel	IV	10
		703	Dortchen Schönfund	IV	11
IV	11	710			
IV	12	716	Der gefrorne Christ	IV	12
IV	13	729	Das eiserne Bild	IV	13
IV	14	747	Die Rückkehr und ein Ave Caesar	IV	14
IV	15	761			
–		–	Der Lauf der Welt	IV	15
–		–	Der Tisch Gottes	IV	16

ZEITTAFEL

1819	19. Juli: Gottfried Keller als Sohn des Drechslermeisters Hans-Rudolf Keller in Zürich geboren.
1822	Geburt der Schwester Regula.
1824	Tod des Vaters.
1825–34	Schulbesuch (Armenschule, Landknabeninstitut, kantonale Industrieschule).
1834	Verweisung von der Schule wegen eines Schülerstreichs. Beginn einer bald wieder abgebrochenen Lithographen-Lehre.
1837–38	Unterricht bei dem Kunstmaler Rudolf Meyer.
1840–42	Aufenthalt in München zur künstlerischen Ausbildung.
1842–48	Aufenthalt in Zürich bei der Mutter.
1843	Erste Gedichte.
1844	Verkehr im jungdeutschen Emigrantenkreis um Ludwig August Follen; Freundschaft mit Ferdinand Freiligrath. Teilnahme am 1. Freischarenzug gegen Luzern.
1845	Im *Deutschen Taschenbuch* von Julius Fröbel erscheinen erste Gedichte *(Lieder eines Autodidakten)*. Teilnahme am 2. Freischarenzug.
1846	Liebe zu Marie Melos. Der Band *Gedichte* erscheint in Heidelberg. Beginn der Arbeit am *Grünen Heinrich*.
1847	Liebe zu Luise Rieter. Kurzes Volontariat in der Staatskanzlei des Kantons Zürich.
1848–50	Studienaufenthalt in Heidelberg mit einem Stipendium des Kantons Zürich. Freundschaft mit Hermann Hettner. Vorlesungen bei Ludwig Feuerbach und Verkehr in dessen Haus. Liebe zu Johanna Kapp.
1850–55	Aufenthalt in Berlin. Dramatische Pläne. Verkehr in literarischen Salons (Fanny Lewald, Karl August Varnhagen von Ense).
1851	*Neuere Gedichte* erscheinen in Braunschweig (2. vermehrte Auflage 1854).
1853	Bd. 1–3 des *Grünen Heinrich* erscheinen zu Weihnachten im Verlag Friedrich Vieweg in Braunschweig.
1855	Fertigstellung des *Grünen Heinrich*, Bd. 4 erscheint. Liebe zu Betty Tendering.
1855–61	Nach der endgültigen Rückkehr nach Zürich folgen sechs relativ unproduktive Jahre. In dieser Zeit Verkehr im Haus Wesendonck; Bekanntschaft mit Gottfried Semper, Friedrich Theodor Vischer, Richard Wagner, Paul Heyse.
1856	*Die Leute von Seldwyla* (erster Teil) erscheinen in Braunschweig.

1861	Wahl zum Ersten Staatsschreiber des Kantons Zürich.
1864	Tod der Mutter.
1866	Verlobung mit Luise Scheidegger, die noch im selben Jahr Selbstmord begeht.
1869	Festliche Feier zu Kellers 50. Geburtstag mit Verleihung der Ehrendoktorwürde der Universität Zürich.
1872	Die *Sieben Legenden* (entstanden 1857–1871) erscheinen in Stuttgart.
1873	Zu Weihnachten erscheinen die ersten drei Bände der *Leute von Seldwyla* als *Zweite vermehrte Auflage* in Stuttgart.
1874	Der vierte Band *der Leute von Seldwyla* erscheint.
1876	Niederlegung des Amtes.
1876–77	Die *Züricher Novellen* (entstanden 1860–1877) erscheinen in der *Deutschen Rundschau* (Buchausgabe Stuttgart 1877–1878). Briefbekanntschaft mit Theodor Storm.
1878–80	Umarbeitung des *Grünen Heinrich* (die *Neue Ausgabe* erscheint 1879–1880 in vier Bänden im Verlag G. J. Göschen in Stuttgart.
1881	*Das Sinngedicht* (entstanden 1853–1857 und 1880–1881) erscheint in der *Deutschen Rundschau* (Buchausgabe Berlin 1882).
1883	*Gesammelte Gedichte* erscheinen in Berlin.
1885	Alle Rechte am Werk Kellers gehen an Wilhelm Hertz in Berlin.
1886	Der Roman *Martin Salander* (entstanden 1885–1886) erscheint in der *Deutschen Rundschau* (Buchausgabe im selben Jahr).
1888	Tod der Schwester Regula, die Keller den Haushalt geführt hatte.
1889	*Gesammelte Werke* erscheinen in zehn Bänden in Berlin unter Mitwirkung Kellers.
1890	15. Juli: Gottfried Keller stirbt nach sechsmonatiger Krankheit in Zürich. Feierliche Beisetzung in Zürich.

LITERATURHINWEISE

Bibliographien und Forschungsberichte

Zippermann, Charles C.: Gottfried Keller. Bibliographie 1844–1934. Zürich 1935.

Preisendanz, Wolfgang: Die Keller-Forschung der Jahre 1939–1957. In: Germanisch-Romanische Monatsschrift NF 8, 1958, S. 144–178.

Boeschenstein, Hermann: Gottfried Keller. Stuttgart 1969.

Ausgaben

Der grüne Heinrich. Roman in vier Bänden. Braunschweig 1854/1855.

Der grüne Heinrich. Neue Ausgabe. Stuttgart 1879/1880.

Der grüne Heinrich. Studien-Ausgabe der ersten Fassung von 1854/55. Hrsg. v. Emil Ermatinger. 2 Bde. Stuttgart/Berlin ³1914.

Der grüne Heinrich. Erste Fassung [= Gottfried Keller: Sämtliche Werke. Hrsg. v. Jonas Fränkel. Bd. 16–19. Erlenbach-Zürich/München 1926].

Der grüne Heinrich. Erste Fassung. Frankfurt 1961.

Der grüne Heinrich. München ⁴1978 [= Sämtliche Werke und ausgewählte Briefe. Hrsg. v. Clemens Heselhaus. Bd. 1 – Enthält: Erste Fassung und zweite Fassung vom Ende der Jugendgeschichte an].

Zu Leben und Werk

Ermatinger, Emil: Gottfried Kellers Leben. Mit Benutzung von Jakob Baechtolds Biographie dargestellt. 3 Bde. Zürich 1916, ⁸1950.

Benjamin, Walter: Gottfried Keller. Zu Ehren einer kritischen Gesamtausgabe seiner Werke [1927]. In: W.B.: Schriften. Bd. 1. Frankfurt 1955, S. 284–296.

Lukács, Georg: Gottfried Keller [1939]. In: G.L.: Die Grablegung des alten Deutschland. Reinbek 1970, S. 21–92.

Keller, Gottfried: Gesammelte Briefe. In vier Bden. hrsg. von Carl Helbling. Bern 1950–1954.

Zäch, Alfred: Gottfried Keller im Spiegel seiner Zeit. Urteile und Berichte von Zeitgenossen über den Menschen und Dichter. Zürich 1952.

Hauser, Albert: Gottfried Keller. Geburt und Zerfall der dichterischen Welt. Zürich 1959.

Martini, Fritz: Gottfried Keller. In: F.M.: Deutsche Literatur im bürgerlichen Realismus, Stuttgart 1962, ³1974, S. 557–610.

Ernst, Fritz: Gottfried Kellers Ruhm. In: F.E.: Bild und Gestalt. Aufsätze zur Literatur. Bern/Stuttgart 1963, S. 35–51.

Wildbolz, Rudolf: Gottfried Kellers Menschenbild. Bern/München 1964.

Kaiser, Michael: Literatursoziologische Studien zu Gottfried Kellers Dichtung. Bonn 1965.

Wehrli, Max: Gottfried Kellers Verhältnis zum eigenen Schaffen. Bern/München 1965.

Breitenbruch, Bernd: Gottfried Keller in Selbstzeugnissen und Bilddokumenten. Reinbek 1968.

Jeziorkowski, Klaus (Hrsg.): Gottfried Keller. München 1969.

Preisendanz, Wolfgang: Gottfried Keller [1969]. In: W.P.: Wege des Realismus. Zur Poetik und Erzählkunst im 19. Jahrhundert. München 1977, S. 105–126.

Winter, Carl: Gottfried Keller. Zeit, Geschichte, Dichtung. Bonn 1971.

Fehr, Karl: Gottfried Keller. Aufschlüsse und Deutungen. Bern/München 1972.

Gsell, Hanspeter: Einsamkeit, Idyll und Utopie. Studien zum Problem von Einsamkeit und Bindung in Gottfried Kellers Romanen und Novellen. Bern/Frankfurt 1976.

Muschg, Adolf: Gottfried Keller. München 1977.

Zum Roman

(Die Literaturhinweise schließen die zweite Fassung mit ein.)

Leppmann, Franz: Gottfried Kellers ›Grüner Heinrich‹ von 1854/55 und 1879/80. Berlin 1902.

Beyel, Franz: Zum Stil des ›Grünen Heinrich‹. Tübingen 1914.

Gessler, Paul: Die erste Fassung des ›Grünen Heinrich‹. (Diss.) Basel 1924.

Hofmiller, Josef: Der Ur-Heinrich [1927]. In: Jost Schillemeit (Hrsg.): Deutsche Romane von Grimmelshausen bis Musil. Frankfurt 1966, S. 182–189.

Dürst, Alexander: Die lyrischen Vorstufen des ›Grünen Heinrich‹. Bern 1955.

Rilla, Paul: Gottfried Keller und der Grüne Heinrich. In: P.R.: Essays. Berlin 1955, S. 51–108.

Kayser, Wolfgang: Wer erzählt den Roman? [1957]. In: Volker Klotz (Hrsg.): Zur Poetik des Romans. Darmstadt 1965, S. 197–216.

Otto, Ernst: Die Philosophie Feuerbachs in Gottfried Kellers Roman ›Der grüne Heinrich‹. In: Weimarer Beiträge 6, 1960, S. 76–111.

Preisendanz, Wolfgang: Gottfried Keller: Der grüne Heinrich [1963]. In: W.P.: Wege des Realismus. Zur Poetik und Erzählkunst im 19. Jahrhundert. München 1977, S. 127–180.

Muschg, Walter: Gottfried Keller. Das Tagebuch und das Traumbuch. In: W. M.: Pamphlet und Bekenntnis. Olten 1968, S. 229–237.

Laufhütte, Hartmut: Wirklichkeit und Kunst in Gottfried Kellers Roman ›Der grüne Heinrich‹. Bonn 1969.

Seidler, Herbert: Beobachtungen zur Raumgestaltung in G. Kellers Roman ›Der grüne Heinrich‹. In: Acta Germanica 3, 1969, S. 187–206.

Hillebrand, Bruno: Der Garten des »Grünen Heinrich«. In: Deutsche Vierteljahrsschrift 45, 1971, S. 567–582.

Müller, Klaus-Detlef: Die ›Dialektik der Kulturbewegung‹. Hegels romantheoretische Grundsätze und Kellers Grüner Heinrich. In: Poetica 8, 1976, S. 300–320.

Schumacher, Hans: Ein Gang durch den Grünen Heinrich. Frankfurt 1976.

Meier, Hans: Gottfried Kellers ›Grüner Heinrich‹. Betrachtungen zum Roman des poetischen Realismus. Zürich/München 1977.

dtv weltliteratur Klassische Romane und Erzählungen der deutschen Literatur

Adalbert Stifter:
Der Nachsommer
Nachwort von W. Killy
Dünndruck-Ausgabe
dtv 2018

Gottfried Keller:
Der grüne Heinrich
(Erste Fassung)
Nachwort von C. Heselhaus und Anmerkungen von S. Kießling
Dünndruck-Ausgabe
dtv 2034

Theodor Fontane:
Vor dem Sturm
Roman aus dem Winter 1812 auf 13
Mit Einführung u. Anmerkungen hrsg. von W. Keitel und H. Nürnberger
Dünndruck-Ausgabe
dtv 2066
Frau Jenny Treibel
oder
»Wo sich Herz zum Herzen find't«
Roman
Mit Einführung und Anmerkungen hrsg. von W. Keitel und H. Nürnberger
dtv 2079

Fritz Reuter:
Das Leben auf dem Lande
Ut mine Stromtid
Anmerkungen und Nachwort von F. Minssen
Dünndruck-Ausgabe
dtv 2019
Autobiographische Romane
Aus der Franzosenzeit.
Meine Vaterstadt Stavenhagen.
Meine Festungsjahre
Anmerkungen und Nachwort von F. Minssen
Dünndruck-Ausgabe
dtv 2051
Das Leben im Paradiese
Romane und Geschichten aus dem alten Mecklenburg
Anmerkungen und Nachwort von F. Minssen
Dünndruck-Ausgabe
dtv 2055

Wilhelm Raabe:
Die Akten des Vogelsangs
Anmerkungen und Nachwort von H.-W. Peter
dtv 2091

HANSER

Der ganze Kleist in vier Bänden

Diese von Helmut Sembdner herausgegebene Kleistausgabe gehört zu den Klassiker-Editionen in Deutschland, die Maßstäbe gesetzt haben. Sembdner konnte, durch Vergleich der Erstdrucke und Handschriften, die für Kleists Sprache so wichtige musikalisch-rhythmische Zeichensetzung wiederherstellen, die Fälschungen früherer Editionen aufheben und einen authentischen Text bieten. Damit war die vollständigste und zuverlässigste Kleistausgabe in der langen Editionsgeschichte geschaffen. Kleist war einer der genialsten Schriftsteller seiner Zeit, dessen Modernität in dieser Ausgabe neu entdeckt werden kann.

Vier Bände in Kassette,
zusammen 1672 Seiten. DM 34,–